रंगभूमि

मुंशी प्रेमचन्द

Om Books International

पुनर्मुद्रित 2024

Om Books International

ओम बुक्स इंटरनेशनल
कॉर्पोरेट एवं संपादकीय कार्यालय
ए-12, सेक्टर 64, नोएडा 201 301
उत्तर प्रदेश, भारत
फ़ोन : +91 120 477 4100
ईमेल : editorial@ombooks.com
वेबसाइट: www.ombooksinternational.com

विक्रय (सेल्स) कार्यालय
107, अंसारी रोड, दरियागंज
नई दिल्ली 110 002, भारत
फ़ोन : +91 11 4000 9000
ईमेल : sales@ombooks.com
वेबसाइट : www.ombooks.com

आईएसबीएन: 978-93-86410-03-0

भारत में मुद्रित
10 9 8 7 6 5 4 3 2

मुंशी प्रेमचन्द का मूल नाम धनपतराय श्रीवास्तव था। प्रेमचन्द का जन्म 31 जुलाई सन् 1880 को बनारस से चार मील दूर लमही गाँव में हुआ था। उनका जीवन गरीबी में ही पला। उनका पहला विवाह 15 साल की आयु में उनके पिता ने उनसे बड़ी उम्र की लड़की से करा दिया। विवाह के एक साल बाद पिताजी का देहान्त हो गया। अचानक उनके सिर पर पूरे घर का बोझ आ गया। प्रेमचन्द की आर्थिक विपत्तियों का अनुमान इस घटना से लगाया जा सकता है कि पैसे के अभाव में उन्हे अपना कोट बेचना पड़ा और पुस्तकें बेचनीं पड़ीं।

सन् 1905 मे उनकी पहली पत्नी पारिवारिक कटुताओं के कारण घर छोड़कर मायके चली गई, फिर वह कभी नहीं आई। सन् 1905 में उन्होनें शिवरानी देवी से दूसरी शादी कर ली। शिवरानी देवी एक बाल-विधवा थीं और इनके प्रति वो सदा स्नेह के पात्र रहे थे। यह कहा जा सकता है कि दूसरी शादी के पश्चात उनके जीवन में परिस्थितियां कुछ बदलीं और आर्थिक तंगी कम हुई। उनके लेखन में सजगता आई।

तेरह वर्ष की उम्र से ही उन्होनें लिखना आरंभ कर दिया था। शुरू में उन्होनें कुछ नाटक लिखे फिर बाद में उर्दू में उपन्यास लिखना आरंभ किया। इस तरह उनका साहित्यिक सफ़र शुरू हुआ जो मरते दम तक साथ था। उनके लेखन में ग्रामीण भारत का चरित्र उजागर होता था। वो हमेशा सामाजिक कुरीतियों के बारे में लिखते थे, जिसमें जाति-प्रथा, गरीबों एवं दलितों का शोषण एवं नारियों के विषय में बहुत कुछ होता था।

उपन्यास के क्षेत्र में उनके योगदान को देखकर बंगाल के विख्यात उपन्यासकार शरतचंद्र चट्टोपाध्याय ने उनको उपन्यास सम्राट कहकर संबोधित किया था। उनका लेखन हिन्दी साहित्य की एक ऐसी विरासत है जिसके बिना हिन्दी के विकास का अध्ययन अधूरा रहेगा। प्रेमचन्द एक संवेदनशील लेखक, सचेत नागरिक, कुशल वक्ता तथा सुधी संपादक थे। उनके कुछ प्रसिद्ध उपन्यास हैं: गोदान, ग़बन, रंगभूमि, कर्मभूमि, प्रेमाश्रम, निर्मला तथा कुछ प्रमुख कहानियाँ नमक का दारोगा, प्रेम पचीसी, मंत्र, पूस की रात, सद्गति, कफ़न आदि हैं।

सन् 1936 में प्रेमचन्द बीमार रहने लगे। आर्थिक कष्टों तथा इलाज ठीक से न कराए जाने के कारण 8 अक्टूबर सन् 1936 को उनका देहान्त हो गया।

1

शहर अमीरों के रहने और क्रय-विक्रय का स्थान है। उसके बाहर की भूमि उनके मनोरंजन और विनोद की जगह है। उसके मध्य भाग में उनके लड़कों की पाठशालाएँ और उनके मुकदमेबाजी के अखाड़े होते हैं, जहाँ न्याय के बहाने ग़रीबों का गला घोंटा जाता है। शहर के आस-पास ग़रीबों की बस्तियाँ होती हैं। बनारस में पाँड़ेपुर ऐसी ही बस्ती है। वहाँ न शहरी दीपकों की ज्योति पहुँचती है, न शहरी छिड़काव के छींटे, न शहरी जल-स्रोतों का प्रवाह। सड़क के किनारे छोटे-छोटे बनियों और हलवाइयों की दूकानें हैं, और उनके पीछे कई इक्केवाले, गाड़ीवान, ग्वाले और मज़दूर रहते हैं। दो-चार घर बिगड़े सफ़ेदपोशों के भी हैं, जिन्हें उनकी हीनावस्था ने शहर से निर्वासित कर दिया हैं इन्हीं में एक ग़रीब और अंधा रहता है, जिसे लोग सूरदास कहते हैं। भारतवर्ष में अंधे आदमियों के लिए न नाम की ज़रूरत होती है, न काम की। सूरदास उनका बना-बनाया नाम है, और भीख माँगना बना-बनाया काम है। उनके गुण और स्वभाव भी जगत्-प्रसिद्ध हैं–गाने-बजाने में विशेष रुचि, हृदय में विशेष अनुराग, अध्यात्म और भक्ति में विशेष प्रेम, उनके स्वाभाविक लक्षण है। बाह्य दृष्टि बंद और अंतर्दृष्टि खुली हुई।

सूरदास एक बहुत ही क्षीणकाय, दुर्बल और सरल व्यक्ति था। उसे दैव ने कदाचित् भीख माँगने ही के लिए बनाया था। वह नित्यप्रति लाठी टेकता हुआ पक्की सड़क पर आ बैठता और राहगीरों की जान की खैर मनाता। 'दाता! भगवान् तुम्हारा कल्यान करें–'यही उसकी टेक थी और इसी को बार-बार दुहराता था। कदाचित वह इसे लोगों की दया-प्रेरणा का मंत्र समझता था। पैदल चलने वालों को वह अपनी जगह पर बैठे-बैठे दुआएँ देता था। लेकिन जब कोई इक्का आ निकलता, तो वह उसके पीछे दौड़ने लगता, और बग्घियों

के साथ तो उसके पैरों में पर लग जाते थे। प्रातःकाल से संध्या तक उसका समय शुभ कामनाओं ही में कटता था। यहाँ तक कि माघ-पूस की बदली और वायु तथा जेठ-बैसाख की लू-लपट में भी उसे नागा न होता था।

कार्तिक का महीना था। वायु में सुखद शीतलता आ गई थी। संध्या हो चुकी थी। सूरदास अपनी जगह पर मूर्तिवत बैठा हुआ किसी इक्के या बग्घी की आशाप्रद शब्द पर कान लगाये था। सड़क के दोनों ओर पेड़ लगे हुए थे। गाड़ीवानों ने उनके नीचे गाड़ियाँ ढील दीं। उनके पछाईं बैल टाट के टुकड़ों पर खली और भूसा खाने लगे। गाड़ीवानों ने भी उपले जला दिये। कोई चादर पर आटा गूँधता था, कोई गोल-गोल बाटियाँ बनाकर उपलों पर सेंकता था। किसी को बरतनों की जरूरत न थी। सालन के लिए घुइएँ का भुरता काफी था। और इस दरिद्रता पर भी उन्हें कुछ चिंता नहीं थी, बैठे बाटियाँ सेंकते और गाते थे। बैलों के गले में बँधी हुई घंटियाँ मजीरों का काम दे रही थीं। गनेस गाड़ीवान ने सूरदास से पूछा—क्यों भगत, ब्याह करोगे?

सूरदास ने गरदन हिलाकर कहा—कहीं है डौल?

गनेस—हाँ, है क्यों नहीं। एक गाँव में एक सुरिया है, तुम्हारी ही जात-बिरादरी की है, कहो तो बातचीत पक्की करूँ? तुम्हारी बरात में दो दिन मज़े से बाटियाँ लगें।

सूरदास—कोई जगह बताते, जहाँ धन मिले और इस भिखमंगाई से पीछा छूटे। अभी अपने ही पेट की चिन्ता है, तब एक अंधी की और चिन्ता हो जायेगी। ऐसी बेड़ी पैर में नहीं डालता। बेड़ी ही है, तो सोने की तो हो।

गनेस—लाख रुपये की मेहरिया न पा जाओगे। रात को तुम्हारे पैर दबाएगी, सिर में तेल डालेगी, तो एक बार फिर जवान हो जाओगे। ये हड्डियाँ न दिखाई देंगी।

सुरदास—तो रोटियों का सहारा भी जाता रहेगा। ये हड्डियाँ देखकर ही तो लोगों को दया आ जाती है। मोटे आदमियों को भीख कौन देता है? उलटे और ताने मिलते हैं।

गनेस—अजी नहीं, वह तुम्हारी सेवा भी करेगी और तुम्हें भोजन भी देगी। बेचन साह के यहाँ तेलहन झाड़ेगी तो चार आने रोज पाएगी।

सूरदास—तब तो और भी दुर्गति होगी। घरवाली की कमाई खाकर किसी को मुँह दिखाने लायक भी न रहूँगा।

सहसा एक फ़िटन आती हुई सुनाई दी। सूरदास उठ खड़ा हुआ। यही उसकी कमाई का समय था। इसी समय शहर के रईस और महाजन हवा खाने आते थे। फ़िटन ज्यों ही सामने आयी, सूरदास उसके पीछे 'दाता! भगवान् तुम्हारा कल्यान करें' कहता हुआ दौड़ा।

फ़िटन में सामने की गद्दी पर मि. जॉन सेवक और उनकी पत्नी मिसेज़ जॉन सेवक बैठी हुई थीं। दूसरी गद्दी पर उनका जवान लड़का प्रभु सेवक और छोटी बहन सोफ़िया सेवक थी। जॉन सेवक दुहरे बदन के गोरे-चिट्टे आदमी थे। बुढ़ापे में भी चेहरा लाल था। सिर और दाढ़ी के बाल खिचड़ी हो गए थे। पहनावा अँगरेज़ी था, जो उन पर खूब खिलता था। मुखाकृति से गरूर और आत्मविश्वास झलकता था। मिसेज़ सेवक को काल-गति ने अधिक सताया था। चेहरे पर झुर्रियाँ पड़ गई थीं, और उससे हृदय की संकीर्णता टपकती थी, जिसे सुनहरी ऐनक भी न छिपा सकती थी। प्रभु सेवक की मस्सें भीग रही थीं, छरहरा डील, इकहरा बदन, निस्तेज मुख, आँखों पर ऐनक, चेहरे पर गंभीरता और विचार का गाढ़ा रंग नज़र आता था। आँखों से करुणा की ज्योति-सी निकली पड़ती थी। वह प्रकृति-सौंदर्य का आनन्द उठाता हुआ जान पड़ता था। मिस सोफ़िया बड़ी-बड़ी रसीली आँखों वाली, लज्जाशील युवती थी। देह अति कोमल, मानो पंचभूतों की जगह पुष्पों से उसकी सृष्टि हुई हो। रूप अति सौम्य, मानो लज्जा और विनय मूर्तिमान हो गए हों। सिर से पाँव तक चेतना ही चेतना थी, जड़ का कहीं आभास तक न था।

सूरदास फ़िटन के पीछे दौड़ता चला आता था। इतनी दूर तक और इतने वेग से कोई मँजा हुआ खिलाड़ी भी न दौड़ सकता था। मिसेज़ सेवक ने नाक सिकोड़कर कहा—"इस दुष्ट की चीख ने तो कान के परदे फाड़ डाले। क्या यह दौड़ता ही चला जायेगा?"

मि. जॉन सेवक बोले—इस देश के सिर से यह बला-न-जाने कब टलेगी? जिस देश में भीख माँगना लज्जा की बात न हो, यहाँ तक कि सर्वश्रेष्ठ जातियाँ भी जिसे अपनी जीवन-वृत्ति बना लें, जहाँ महात्माओं का एकमात्र यही आधार हो, उसके उद्धार में अभी शताब्दियों की देर है।

प्रभु सेवक—यहाँ यह प्रथा प्राचीन काल से चली आती है। वैदिक काल में राजाओं के लड़के भी गुरुकुलों में विद्या-लाभ करते समय भीख

माँगकर अपना और अपने गुरु का पालन करते थे। ज्ञानियों और ऋषियों के लिए भी यह कोई अपमान की बात न थी, किन्तु वे लोग माया-मोह से मुक्त रहकर ज्ञान-प्राप्ति के लिए दया का आश्रय लेते थे। उस प्रथा का अब अनुचित व्यवहार किया जा रहा है। मैंने यहाँ तक सुना है कि कितने ही ब्राह्मण, जो जमींदार हैं, घर से खाली हाथ मुकद्दमे लड़ने चलते हैं, दिन-भर कन्या के विवाह के बहाने या किसी संबंधी की मृत्यु का हीला करके भीख माँगते हैं, शाम को अनाज बेचकर पैसे खड़े कर लेते हैं, पैसे जल्द रुपये बन जाते हैं, और अंत में कचहरी के कर्मचारियों और वकीलों की जेब में चले जाते हैं।

मिसेज़ सेवक–साईस, इस अंधे से कह दो, भाग जाये, पैसे नहीं हैं।

सोफ़िया–नहीं मामा, पैसे हों तो दे दीजिए। बेचारा आधे मील से दौड़ा आ रहा है, निराश जो जायेगा। उसकी आत्मा को कितना दुःख होगा।

माँ–तो उससे किसने दौड़ने को कहा था? उसके पैरों में दर्द होता होगा।

सोफ़िया–नहीं, अच्छी मामा, कुछ दे दीजिए, बेचारा कितना हाँफ रहा है।

प्रभु सेवक ने जेब से केस निकाला; किन्तु ताँबे या निकिल का कोई टुकड़ा न निकला और चाँदी का कोई सिक्का देने में माँ के नाराज़ होने का भय था। बहन से बोले–सोफ़ी, खेद है, पैसे नहीं निकले। साईस, अंधे से कह दो, धीरे-धीरे गोदाम तक चला आये; वहाँ शायद पैसे मिल जायें।

किन्तु सूरदास को संतोष कहाँ? जानता था, गोदाम पर कोई भी मेरे लिये खड़ा न रहेगा; कहीं गाड़ी आगे बढ़ गई, तो मेहनत बेकार हो जायेगी। गाड़ी का पीछा न छोड़ा, पूरे एक मील तक दौड़ता चला गया। यहाँ तक कि गोदाम आ गया और फ़िटन रुकी। सब लोग उतर पड़े। सूरदास भी एक किनारे खड़ा हो गया। जैसे वृक्षों के बीच में ठूँठ खड़ा हो। हाँफते-हाँफते बेदम हो रहा था।

मि. जॉन सेवक ने यहाँ चमड़े की आढ़त खोल रखी थी। ताहिरअली नाम का व्यक्ति उसका गुमाश्ता था। बरामदे में बैठा हुआ था। साहब को देखते ही उसने उठकर सलाम किया।

जॉन सेवक ने पूछा–कहिए खाँ साहब, चमड़े की आमदनी कैसी है?

ताहिर–हुज़ूर, अभी जैसी होनी चाहिए, वैसी तो नहीं है; मगर उम्मीद है कि आगे अच्छी होगी।

जॉन सेवक—कुछ दौड़-धूप कीजिए, एक जगह बैठे रहने से काम न चलेगा। आस-पास के देहातों में चक्कर लगाया कीजिए। मेरा इरादा है कि म्युनिसिपैलिटी के चेयरमैन साहब से मिलकर यहाँ एक शराब और ताड़ी की दूकान खुलवा दूँ। तब आस-पास के चमार यहाँ रोज आयेंगे और आपको उनसे मेल-जोल करने का मौका मिलेगा। आजकल इन छोटी-छोटी चालों के बग़ैर काम नहीं चलता। मुझी को देखिए, ऐसा शायद ही कोई दिन जाता होगा, जिस दिन शहर के दो-चार धनी-मानी पुरुषों से मेरी मुलाक़ात न होती हो। दस हज़ार की भी एक पालिसी मिल गई, तो कई दिनों की दौड़धूप ठिकाने लग जाती है।

ताहिर—हुज़ूर, मुझे खुद फ़िक्र है। क्या जानता नहीं हूँ कि मालिक को चार पैसे का नफ़ा न होगा, तो वह यह काम करेगा ही क्यों? मगर हुज़ूर ने मेरी जो तनख्वाह मुक़र्रर की है, उसमें गुज़ारा नहीं होता। बीस रुपये का तो गल्ला भी काफी नहीं होता और सब जरूरतें अलग। अभी आपसे कुछ कहने की हिम्मत तो नहीं पड़ती; मगर आपसे न कहूँ, तो किससे कहूँ?

जॉन सेवक—कुछ दिन काम कीजिए, तरक़्क़ी होगी न। कहाँ है हिसाब-किताब, लाइए देखूँ।

यह कहते हुए जॉन सेवक बरामदे में एक टूटे मोढ़े पर बैठ गए। मिसेज़ सेवक कुर्सी पर बैठीं। ताहिरअली ने हिसाब की बही सामने लाकर रख दी। साहब उसकी जाँच करने लगे। दो-चार पन्ने उलट-पलटकर देखने के बाद नाक सिकोड़कर बोले—अभी आपको हिसाब-किताब लिखने का सलीक़ा नहीं है, उस पर आप कहते हैं, तरक़्क़ी कर दीजिए। हिसाब बिलकुल आईना होना चाहिए; यहाँ तो कुछ पता नहीं चलता कि आपने कितना माल खरीदा और कितना माल रवाना किया। खरीदार को प्रति खाल एक आना दस्तूरी मिलती है, वह कहीं दर्ज ही नहीं है!

ताहिर—क्या उसे भी दर्ज कर दूँ?

जॉन सेवक—क्यों, वह मेरी आमदनी नहीं है?

ताहिर—मैंने तो समझा कि वह मेरा हक है।

जॉन सेवक—हरगिज़ नहीं, मैं आप पर ग़बन का मामला चला सकता हूँ। (त्योरियाँ बदलकर) मुलाज़िमों का हक़ है! खूब! आपका हक़ तनख्वाह, इसके सिवा आपको कोई हक़ नहीं है।

ताहिर—हुज़ूर, अब आइंदा ऐसी ग़लती न होगी।

जॉन सेवक—अब तक आपने इस मद में जो रक़म वसूल की है, वह आमदनी में दिखाइए। हिसाब-किताब के मामले में मैं ज़रा भी रिआयत नहीं करता।

ताहिर—हुज़ूर, बहुत छोटी रक़म होगी।

जॉन सेवक—कुछ मुज़ायक़ा नहीं, एक ही पाई सही; वह सब आपको भरनी पड़ेगी। अभी वह रक़म छोटी है, कुछ दिनों में उसकी तादाद सैकड़ों तक पहुँच जायेगी। उस रकम से मैं यहाँ एक संडे-स्कूल खोलना चाहता हूँ। समझ गए, मेम साहब की यह बड़ी अभिलाषा है। अच्छा चलिए, वह ज़मीन कहाँ है जिसका आपने ज़िक्र किया था?

गोदाम के पीछे की ओर एक विस्तृत मैदान था। यहाँ आस-पास के जानवर चरने आया करते थे। जॉन सेवक यह ज़मीन लेकर यहाँ सिगरेट बनाने का एक कारखाना खोलना चाहते थे। प्रभु सेवक को इसी व्यवसाय की शिक्षा प्राप्त करने के लिए अमेरिका भेजा था। जॉन सेवक के साथ प्रभु सेवक और उनकी माता भी ज़मीन देखने चलीं। पिता और पुत्र ने मिलकर जमीन का विस्तार नापा। कहाँ कारखाना होगा, कहाँ गोदाम, कहाँ दफ़्तर, कहाँ मैनेजर का बँगला, कहाँ श्रमजीवियों के कमरे, कहाँ कोयला रखने की जगह और कहाँ से पानी आयेगा, इन विषयों पर दोनों आदमियों में देर तक बातें होती रहीं। अंत में मिस्टर सेवक ने ताहिरअली से पूछा—यह किसकी ज़मीन है?

ताहिर—हुज़ूर, यह तो ठीक नहीं मालूम, अभी चलकर यहाँ किसी से पूछ लूँगा, शायद नायकराम पण्डा की हो।

साहब—आप उससे यह ज़मीन कितने में दिला सकते हैं?

ताहिर—मुझे तो इसमें भी शक है कि वह इसे बेचेगा भी।

जॉन सेवक—अजी, बेचेगा उसका बाप, उसकी क्या हस्ती है? रुपये के सत्तरह आने दीजिए और आसमान के तारे मँगवा लीजिए। आप उसे मेरे पास भेज दीजिए, मैं उससे बातें कर लूँगा।

प्रभु सेवक—मुझे तो भय है कि यहाँ कच्चा माल मिलने में कठिनाई होगी। इधर लोग तंबाकू की खेती कम करते हैं।

जॉन सेवक—कच्चा माल पैदा करना तुम्हारा काम होगा। किसान को ऊख या जौ-गेहूँ से कोई प्रेम नहीं होता। वह जिस जिन्स के पैदा करने में अपना लाभ देखेगा, वही पैदा करेगा। इसकी कोई चिंता नहीं है। खाँ साहब, आप उस पण्डे को मेरे पास कल जरूर भेज दीजिएगा।

ताहिर—बहुत खूब, उसे कहूँगा।

जॉन सेवक—कहूँगा नहीं, उसे भेज दीजिएगा। मगर आपसे इतना भी न हो सका, तो मैं समझूँगा, आपको सौदा पटाने का ज़रा भी ज्ञान नहीं।

मिसेज़ सेवक—(अँगरेज़ी में) तुम्हें इस जगह कोई अनुभवी रखना चाहिए था।

जॉन सेवक—(अँगरेज़ी में) नहीं, मैं अनुभवी आदमियों से डरता हूँ। वे अपने अनुभव से अपना फ़ायदा सोचते हैं, तुम्हें फ़ायदा नहीं पहुँचाते। मैं ऐसे आदमियों से कोसों दूर रहता हूँ।

ये बातें करते हुए तीनों आदमी फ़िटन के पास गए। पीछे-पीछे ताहिरअली भी थे। यहाँ सोफ़िया खड़ी सूरदास से बातें कर रही थी। प्रभु सेवक को देखते ही बोली—'प्रभु, यह अंधा तो कोई ज्ञानी पुरुष जान पड़ता है, पूरा फ़िलॉसफ़र है।'

मिसेज़ सेवक—तू जहाँ जाती है, वहीं तुझे कोई-न-कोई ज्ञानी आदमी मिल जाता है। क्यों रे अंधे, तू भीख क्यों माँगता है? कोई काम क्यों नहीं करता?

सोफ़िया—(अँगरेज़ी में) मामा, यह अंधा निरा गँवार नहीं है।

सूरदास को सोफ़िया से सम्मान पाने के बाद ये अपमानपूर्ण शब्द बहुत बुरे मालूम हुए। अपना आदर करने वाले के सामने अपना अपमान कई गुना असह्य हो जाता है। सिर उठाकर बोला—भगवान् ने जन्म दिया है, भगवान् की चाकरी करता हूँ। किसी दूसरे की ताबेदारी नहीं हो सकती।

मिसेज़ सेवक—तेरे भगवान् ने तुझे अंधा क्यों बना दिया? इसलिए कि तू भीख माँगता फिरे? तेरा भगवान् बड़ा अन्यायी है।

सोफ़िया (अँगरेज़ी में) मामा, इसका अनादर क्यों कर रही हैं, मुझे शर्म आती है।

सूरदास—भगवान् अन्यायी नहीं है, मेरे पूर्व-जन्म की कमाई ही ऐसी थी। जैसे कर्म किए हैं, वैसे फल भोग रहा हूँ। यह सब भगवान की लीला है। वह

बड़ा खिलाड़ी है। घरौंदे बनाता-बिगाड़ता रहता है। उसे किसी से बैर नहीं। वह क्यों किसी पर अन्याय करने लगा?

सोफ़िया—मैं अगर अंधी होती, तो खुदा को कभी माफ न करती।

सूरदास—मिस साहब, अपने पाप सबको भोगने पड़ते हैं, भगवान् का कोई दोष नहीं।

सोफ़िया—मामा, यह रहस्य मेरी समझ में नहीं आता। अगर प्रभु ईशू ने अपने रुधिर से हमारे पापों का प्रायश्चित्त कर दिया, तो फिर सभी ईसाई समान दशा में क्यों नहीं हैं? अन्य मतावलंबियों की भाँति हमारी जाति में अमीर-गरीब, अच्छे-बुरे, लँगड़े-लूले, सभी तरह के लोग मौजूद हैं। इसका क्या कारण है?

मिसेज़ सेवक ने अभी कोई उत्तर न दिया था कि सूरदास बोल उठा—मिस साहब अपने पापों का प्रायश्चित्त हमें आप करना पड़ता है। अगर आज मालूम हो जाय कि किसी ने हमारे पापों का भार अपने सिर ले लिया, तो संसार में अँधेर मच जाए।

मिसेज़ सेवक—सोफ़ी, बड़े अफसोस की बात है कि इतनी मोटी-सी बात तेरी समझ में नहीं आती, हालाँकि रेवरेंड पिम ने स्वयं कई बार तेरी शंका का समाधान किया है।

प्रभु सेवक—(सूरदास से) तुम्हारे विचार में हम लोगों को बैरागी हो जाना चाहिए क्यों?

सूरदास—हाँ, जब तक हम बैरागी न होंगे, दुःख से नहीं बच सकते।

जॉन सेवक—शरीर में भभूत मलकर भीख माँगना स्वयं सबसे बड़ा दुःख है; यह हमें दुःखों से क्योंकर मुक्त कर सकता है?

सूरदास—साहब, बैरागी होने के लिए भभूत लगाने और भीख माँगने की ज़रूरत नहीं। हमारे महात्माओं ने तो भभूत लगाने और जटा बढ़ाने को पाखण्ड बताया है। बैराग तो मन से होता है। संसार में रहे, पर संसार का होकर न रहे। इसे बैराग कहते हैं।

मिसेज़ सेवक—हिन्दुओं ने ये बातें यूनान के stoics से सीखी है; किन्तु यह नहीं समझते कि इनका व्यवहार में लाना कितना कठिन है। यह हो ही नहीं सकता कि आदमी पर दुःख-सुख का असर न पड़े। इसी अंधे को अगर इस वक़्त पैसे न मिलें, तो दिल में हज़ारों गालियाँ देगा।

जॉन सेवक—हाँ, इसे कुछ मत दो, देखो, क्या कहता है। अगर ज़रा भी भुन-भुनाया, तो हंटर से बातें करूँगा। सारा वैराग भूल जायेगा। माँगता है भीख, धेले-धेले के लिए मीलों कुत्तों की तरह दौड़ता है, उस पर दावा यह है कि बैरागी हूँ। (कोचवान से) गाड़ी फेरो, क्लब होते हुए बँगले चलो।

सोफ़िया—मामा, कुछ तो ज़रूर दे दो, बेचारा आशा लगाकर इतनी दूर दौड़ा आया था।

प्रभु सेवक—ओहो, मुझे तो पैसे भुनाने की याद ही न रही।

जॉन सेवक—हरगिज़ नहीं, कुछ मत दो, मैं इसे बैराग का सबक देना चाहता हूँ। गाड़ी चली। सूरदास निराशा की मूर्ति बना हुआ अंधी आँखों से गाड़ी की तरफ ताकता रहा, मानो उसे अब भी विश्वास न होता था कि कोई इतना निर्दयी हो सकता है। वह उपचेतना की दशा में कई कदम गाड़ी के पीछे-पीछे चला। सहसा सोफ़िया ने कहा—सूरदास! खेद है, मेरे पास इस समय पैसे नहीं हैं। फिर कभी आऊँगी, तो तुम्हें इतना निराश न होना पड़ेगा।

अंधे सूक्ष्मदर्शी होते हैं। सूरदास स्थिति को भली-भाँति समझ गए। हृदय को क्लेश तो हुआ, पर बेपरवाही से बोला—मिस साहब, इसकी क्या चिन्ता? भगवान तुम्हारा कल्यान करें। तुम्हारी दया चाहिए, मेरे लिए यही बहुत है।

सोफ़िया ने माँ से कहा—मामा, देखा आपने, इसका मन जरा भी मैला नहीं हुआ।

प्रभु सेवक—हाँ, दुखी तो नहीं मालूम होता।

जॉन सेवक—उसके दिल से पूछो।

मिसेज़ सेवक—गालियाँ दे रहा होगा।

गाड़ी अभी धीरे-धीरे चल रही थी इतने में ताहिरअली ने पुकारा—हुजूर, यह जमीन पण्डा की नहीं, सूरदास की है। यह कह रहे हैं।

साहब ने गाड़ी रुकवा दी, लज्जित नेत्रों से मिसेज़ सेवक को देखा, गाड़ी से उतरकर सूरदास के पास आये और नम्र भाव से बोले—क्यों सूरदास, यह ज़मीन तुम्हारी है?

सूरदास—हाँ हुज़ूर, मेरी ही है। बाप-दादों की इतनी ही तो निशानी बच रही है।

जॉन सेवक—तब तो तेरा काम बन गया। मैं चिन्ता में था कि न जाने कौन इसका मालिक है। उससे सौदा पटेगा भी या नहीं। जब तुम्हारी है, तो फिर कोई चिन्ता नहीं। तुम—जैसे त्यागी और सज्जन आदमी से ज्यादा झंझट न करना पड़ेगा। जब तुम्हारे पास इतनी ज़मीन है, तो तुमने यह भेष क्यों बना रखा है?

सूरदास—क्या करूँ हुज़ूर, भगवान् की जो इच्छा है, वह कर रहा हूँ।

जॉन सेवक—तो अब तुम्हारी विपत्ति कट जायेगी। बस, यह ज़मीन मुझे दे दो। उपकार का उपकार, और लाभ का लाभ। मैं तुम्हें मुँह-माँगा दाम दूँगा।

सूरदास—सरकार, पुरुखों की यही निशानी है, बेचकर उन्हें कौन मुँह दिखाऊँगा?

जॉन सेवक—सड़क पर एक कुआँ बनवा दूँगा। तुम्हारे पुरुखों का नाम चलता रहेगा।

सूरदास—साहब, इस ज़मीन से मुहल्ले वालों का बड़ा उपकार होता है। कहीं एक अंगुल-भर चरी नहीं है। आस-पास के सब ढोर यहीं चरने आते हैं। बेच दूँगा, तो ढोरों के लिए कोई ठिकाना न रह जायेगा।

जॉन सेवक—कितने रुपये साल चराई के पाते हो?

सूरदास—कुछ नहीं, भगवान् खाने को यों ही दे देते हैं, तो किसी से चराई क्यों लूँ? किसी का और कुछ उपकार नहीं कर सकता, तो इतना ही सही।

जॉन सेवक—(आश्चर्य से) तुमने इतनी ज़मीन यों ही चराई के लिए छोड़ रखी है? सोफ़िया सत्य कहती थी कि तुम त्याग की मूर्ति हो। मैंने बड़ों-बड़ों में इतना त्याग नहीं देखा। तुम धन्य हो! लेकिन जब पशुओं पर इतनी दया करते हो, तो मनुष्यों को कैसे निराश करोगे? मैं यह ज़मीन लिए बिना तुम्हारा गला न छोड़ूँगा।

सूरदास—सरकार, यह ज़मीन मेरी है ज़रूर, लेकिन जब तक मुहल्ले वालों से पूछ न लूँ, कुछ कह नहीं सकता। आप इसे लेकर क्या करेंगे?

जॉन सेवक—यहाँ एक कारखाना खोलूँगा, जिससे देश और जाति की उन्नति होगी, ग़रीबों का उपकार होगा, हज़ारों आदमियों की रोटियाँ चलेंगी। इसका यश भी तुम्हीं को होगा।

सूरदास—हुजूर, मुहल्लेवालों से पूछे बिना मैं कुछ नहीं कह सकता।

जॉन सेवक–अच्छी बात है, पूछ लो। मैं फिर तुमसे मिलूँगा। इतना समझ रखो कि मेरे साथ सौदा करने में तुम्हें घाटा न होगा। तुम जिस तरह खुश होगे, उसी तरह खुश करूँगा। यह लो (जेब से पाँच रुपये निकालकर), मैंने तुम्हें मामूली भिखारी समझ लिया था, उस अपमान को क्षमा करो।

सूरदास–हुज़ूर, मैं रुपये लेकर क्या करूँगा? धर्म के नाते दो-चार पैसे दे दीजिए, तो आपका कल्याण मनाऊँगा। और किसी नाते से मैं रुपये न लूँगा।

जॉन सेवक–तुम्हें दो-चार पैसे क्या दूँ? इसे ले लो, धर्मार्थ ही समझो।

सूरदास–नहीं साहब, धर्म में आपका स्वार्थ मिल गया है, अब यह धर्म नहीं रहा।

जॉन सेवक ने बहुत आग्रह किया, किन्तु सूरदास ने रुपये नहीं लिये। तब वह हारकर गाड़ी पर जा बैठे।

मिसेज़ सेवक ने पूछा–क्या बातें हुईं?

जॉन सेवक–है तो भिखारी, पर बड़ा घमंडी है। पाँच रुपये देता था, न लिये।

मिसेज़ सेवक–है कुछ आशा?

जॉन सेवक–जितना आसान समझता था, उतना आसान नहीं है।

गाड़ी तेज़ हो गई।

2

सूरदास लाठी टेकता हुआ धीरे-धीरे घर चला। रास्ते में चलते-चलते सोचने लगा—यह है बड़े आदमियों की स्वार्थपरता! पहले कैसे हेकड़ी दिखाते थे, मुझे कुत्ते से भी नीचा समझा; लेकिन ज्यों ही मालूम हुआ कि ज़मीन मेरी है, कैसी लल्लो-चप्पो करने लगे। इन्हें मैं अपनी ज़मीन दिये देता हूँ। पाँच रुपये दिखाते थे, मानो मैंने रुपये देखे ही नहीं। पाँच तो क्या, पाँच सौ भी दें, तो भी ज़मीन न दूँगा। मुहल्लेवालों को कौन मुँह दिखाऊँगा। इनके कारखाने के लिए बेचारी गउएं मारी-मारी फिरें? ईसाइयों को तनिक भी दया-धर्म का विचार नहीं होता। बस, सबको ईसाई ही बनाते फिरते हैं। कुछ नहीं देना था, तो पहले ही दुत्कार देते। मील-भर दौड़ाकर कह दिया, चल हट। इन सबों में मालूम होता है, उसी लड़की का स्वभाव अच्छा है। उसी में दया-धर्म है। बुढ़िया तो पूरी करकसा है, सीधे मुँह बात ही नहीं करती। इतना घमंड! जैसे यही विक्टोरिया हैं राम-राम! थक गया। अभी तक दम फूल रहा है। ऐसा आज तक कभी न हुआ था कि इतना दौड़ाकर किसी ने कोरा जवाब दे दिया हो। भगवान की यही इच्छा होगी। मन, इतने दुखी न हो। माँगना तुम्हारा काम है, देना दूसरों का काम है। अपना धन है, कोई नहीं देता, तो तुम्हें बुरा क्यों लगता है? लोगों से कह दूँ कि साहब जमीन माँगते थे? नहीं, सब घबरा जायेंगे। मैंने जवाब तो दे दिया, अब दूसरों से कहने का परोजन ही क्या?

यह सोचता हुआ वह अपने द्वार पर आया। बहुत ही सामान्य झोंपड़ी थी। द्वार पर एक नीम का वृक्ष था। किवाड़ों की जगह बांस की टहनियों की एक टट्टी लगी हुई थी। टट्टी हटायी। कमर में पैसों की छोटी-सी पोटली निकाली, जो आज दिन-भर की कमाई थी। तब झोपड़ी की छान टटोल कर एक थैली निकाली, जो उसके जीवन का सर्वस्व थी। उसमें पैसों की पोटली

बहुत धीरे से रखी कि किसी के कानों में भनक भी न पड़े। फिर थैली को छान में छिपाकर वह पड़ोस के एक घर से आग माँग लाया। पेड़ों के नीचे कुछ सूखी टहनियाँ जमा कर रखी थीं, उनसे चूल्हा जलाया। झोपड़ी में हलका-सा अस्थिर प्रकाश हुआ। कैसी बिडंबना थी! कितना नैराश्य-पूर्ण दारिद्रय था! न खाट, न बिस्तर, न बरतन, न भाँड़े। एक कोने में मिट्टी का घड़ा था। जिसकी आयु का कुछ अनुमान उस पर जमी हुई काई से हो सकता था। चूल्हे के पास हाँडी थी। एक पुराना, चलनी की भाँति छिद्रों से भरा हुआ तवा, एक छोटी-सी कठौती और एक लोटा। बस, यही उस घर की सारी संपत्ति थी। मानव लालसाओं का कितना संक्षिप्त स्वरूप! सूरदास ने आज जितना नाज पाया था, वह ज्यों-का-त्यों हाँडी में डाल दिया। कुछ जौ थे, कुछ गेहूँ, कुछ मटर, कुछ चने, थोड़ी-सी जुआर और मुट्ठी भर चावल। ऊपर से थोड़ा-सा नमक डाल दिया। किसकी रसना ने ऐसी खिचड़ी का मजा चखा है? उसमें संतोष की मिठास थी, जिससे मीठी संसार में कोई वस्तु नहीं। हाँडी को चूल्हे पर चढ़ाकर वह घर से निकला, द्वार पर टट्टी लगायी और सड़क पर जा कर एक बनिये की दूकान से थोड़ा-सा आंटा और एक पैसे का गुड़ लाया। आटे को कठौती में गूँधा; उस धुँधले प्रकाश में उसका दुर्बल शरीर और उसका जीर्ण वस्त्र मनुष्य के जीवन प्रेम का उपहास कर रहा था।

हाँडी में कई उबाल आये, कई बार आग बुझी। बार-बार चूल्हा फूँकते-फूँकते सूरदास की आँखों से पानी बहने लगता था। आँखें चाहे देख न सकें, पर रो सकती हैं। यहाँ तक कि वह 'षड्रस युक्त अवलेह तैयार हुआ। उसने उसे उतारकर नीचे रखा। तब तवा चढ़ाया और हाथों से रोटियाँ बनाकर सेंकने लगा। कितना ठीक अंदाज था। रोटियाँ सब समान थीं—न छोटी, न बड़ी; न सेवड़ी, न जली हुई। तवे से उतार-उतारकर रोटियों को चूल्हे में खिलाता था और जमीन पर रखता जाता था। जब रोटियाँ बन गईं तो उसने द्वार पर खड़े होकर पुकारा—'मिट्ठू, आओ बेटा, खाना तैयार है।' किन्तु जब मिट्ठू न आया, तो उसने फिर द्वार पर टट्टी लगायी और नायकराम के बरामदे में जाकर 'मिट्ठू-मिट्ठू' पुकारने लगा। मिट्ठू वहीं पड़ा सो रहा था, आवाज़ सुनकर चौंका। बारह-तेरह वर्ष का सुन्दर हँसमुख बालक था। भरा हुआ शरीर, सुडौल हाथ-पाँव। यह सूरदास के भाई का लड़का था। माँ-बाप

दोनों प्लेग में मर चुके थे। तीन साल से उसके पालन-पोषण का भार सूरदास पर ही था। वह इस बालक को प्राणों से भी प्यारा समझता था। आप चाहे फाके करे, पर मिट्ठू को तीन बार अवश्य खिलाता था। आप मटर चबाकर रह जाता, पर उसे शक्कर और रोटी, कभी घी और नमक के साथ रोटियाँ खिलाता था। अगर कोई भिक्षा में मिठाई या गुड़ दे देता, तो उसे बड़े यत्न से अँगोछे के कोने में बाँध लेता और मिट्ठू को ही देता था। सबसे कहता, यह कमाई बुढ़ापे के लिए कर रहा हूँ। अभी तो हाथ-पैर चलते हैं, माँग-खाता हूँ; जब उठ-बैठ न सकूँगा तो लोटा-भर पानी कौन देगा? मिटठू को सोते पाकर गोद में उठा लिया और झोपड़ी के द्वार पर उतारा। द्वार खोला, लड़के का मुँह धुलवाया और उसके सामने गुड़ और रोटियाँ रख दीं। मिट्ठू ने रोटियाँ देखीं, तो ठुनककर बोला—मैं रोटी और गुड़ न खाऊँगा। यह कहकर उठ खड़ा हुआ।

सूरदास—बेटा, बहुत अच्छा गुड़ है, खाओ तो। देखो, कैसी नरम-नरम रोटियाँ हैं।

मिट्ठू—मैं न खाऊँगा।

सूरदास—तो क्या खाओगे बेटा? इतनी रात गए और क्या मिलेगा?

मिट्ठू—मैं तो दूध-रोटी खाऊँगा।

सूरदास—बेटा, इस जून खा लो। सबेरे मैं दूध ला दूँगा।

मिट्ठू रोने लगा। सूरदास उसे बहलाकर हार गया, तो अपने भाग्य को रोता हुआ उठा, लकड़ी सँभाली और टटोलता हुआ बजरंगी अहीर के घर आया, जो उसके झोंपड़े के पास ही था। बजरंगी खाट पर बैठा नारियल पी रहा था। उसकी स्त्री जमुनी खाना पकाती थी। आँगन में तीन भैंसें और चार-पाँच गायें चरनी पर बँधी हुई चारा खा रही थीं। बजरंगी ने कहा—कैसे चले सूरे? आज बग्घी पर कौन लोग बैठे तुमसे बातें कर रहे थे?

सूदरास—वही गोदाम के साहब थे।

बजरंगी—तुम तो बहुत दूर गाड़ी के पीछे दौड़े, कुछ हाथ लगा?

सूरदास—पत्थर हाथ लगा। ईसाइयों में भी कहीं दया-धर्म होता है। मेरी वही ज़मीन लेने को कहते थे।

बजरंगी—गोदाम के पीछेवाली न?

सूरदास—हाँ वही, बहुत लालच देते रहे, पर मैंने हामी नहीं भरी।

सूरदास ने सोचा था, अभी किसी से यह बात न कहूँगा, पर इस समय दूध लेने के लिए खुशामद ज़रूरी थी। अपना त्याग दिखाकर सुर्खरू बनना चाहता था।

बजरंगी—तुम हामी भरते, तो यहाँ कौन उसे छोड़े देता था। तीन-चार गाँवों के बीच में वही तो ज़मीन है। वह निकल जायेगी, तो हमारी गायें और भैंसें कहाँ जायेंगी?

बजरंगी की स्त्री जमुनी—मैं तो इन्हीं के द्वार पर सबको बाँध आती।

सूरदास—मेरी जान निकल जाए, तब तो बेचूँ ही नहीं, हज़ार-पाँच सौ की क्या गिनती। भौजी, एक घूँट दूध हो तो दे दो। मिठुआ खाने बैठा है। रोटी और गुड़ छूता ही नहीं, बस, दूध-दूध की रट लगाये हुए है। जो चीज घर में नहीं होती, उसी के लिए जिद करता है। दूध न पाएगा तो बिना खाये ही सो रहेगा।

बजरंगी—ले जाओ, दूध का कौन अकाल है। अभी दुहा है। घीसू की माँ, एक कुल्हिया दूध दे दे सूरे को।

जमुनी—जरा बैठ जाओ सूरे, हाथ खाली हो, तो दूँ।

बजरंगी—वहाँ मिठुआ खाने बैठा है, तैं कहती है, हाथ खाली हो तो दूँ। तुझसे न उठा जाये, तो मैं आऊँ।

जमुनी जानती थी कि यह बुद्धूदास उठेंगे, तो पाव के बदले आधा सेर दे डालेंगे। चटपट रसोई से निकल आयी। एक कुल्हिया में आधा पानी लिया, ऊपर से दूध डालकर सूरदास के पास आयी और विषाक्त हितैषिता से बोली—यह लो, लौंडे की जीभ तुमने ऐसी बिगाड़ दी है कि बिना दूध के कौर नहीं उठाता। बाप जीता था तो भर पेट चने भी न मिलते थे, अब दूध के बिना खाने ही नहीं उठता।

सूरदास—क्या करूँ भाभी, रोने लगता है तो तरस आता है।

जमुनी—अभी इस तरह पाल-पोस रहे हो कि एक दिन काम आयेगा, मगर देख लेना, जो चुल्लू भर पानी को भी पूछे। मेरी बात गाँठ बाँध लो। पराया लड़का कभी अपना नहीं होता। हाथ-पाँव हुए और तुम्हें लात मार कर अलग हो जाएगा। तुम अपने लिए साँप पाल रहे हो।

सूरदास—जो कुछ मेरा धर्म है, किए देता हूँ। आदमी होगा, तो कहाँ तक जस न मानेगा। हाँ, अपनी तकदीर ही खोटी हुई, तो कोई क्या करेगा। अपने ही लड़के क्या बड़े होकर मुँह नहीं फेर लेते?

जमुनी—क्यों नहीं कह देते, मेरी भैंसें चरा लाया करे। जवान तो हुआ, क्या जनम भर नन्हा ही बना रहेगा? घीसू की ही जोड़ी-पारी तो है। मेरी बात गाँठ बाँध लो। अभी से किसी काम में न लगाया, तो खिलाड़ी हो जायेगा। फिर किसी काम में उसका जी न लगेगा। सारी उमर तुम्हारे ही सिर फुलौरियाँ खाता रहेगा।

सूरदास ने इसका कुछ जवाब न दिया। दूध की कुल्हिया ली, और लाठी से टटोलता हुआ घर चला। मिट्ठू ज़मीन पर सो रहा था। उसे फिर उठाया और दूध में रोटियाँ भिगोकर उसे अपने हाथ से खिलाने लगा। मिट्ठू नींद से गिरा पड़ता था, पर कौर सामने आते ही उसका मुँह आप-ही-आप खुल जाता। जब वह सारी रोटियाँ खा चुका, तो सूरदास ने उसे चटाई पर लिटा दिया और हाँडी से अपनी पंचमेल खिचड़ी निकालकर खायी। पेट न भरा, तो हाँड़ी धोकर पी गया। तब फिर मिट्ठू को गोद में उठाकर बाहर आया, द्वार पर टट्टी लगायी और मंदिर की ओर चला।

यह मंदिर ठाकुरजी का था, बस्ती के दूसरे सिरे पर। ऊँची कुरसी थी। मंदिर के चारों तरफ़ तीन-चार गज का चौड़ा चबूतरा था। यही मुहल्ले की चौपाल थी। सारे दिन दस-पाँच आदमी यहाँ लेटे या बैठे रहते थे। एक पक्का कुआँ भी था, जिस पर जगधर नाम का एक खोमचेवाला बैठा करता था। तेल की मिठाइयाँ, मूँगफली, रामदाने के लड्डू आदि रखता था। राहगीर आते, उससे मिठाइयाँ लेते, पानी निकाल कर पीते और अपनी राह चले जाते। मंदिर के पुजारी का नाम दयागिरि था, जो इसी मंदिर के समीप एक कुटिया में रहते थे। सगुण ईश्वर के उपासक थे, भजन-कीर्तन को मुक्ति का मार्ग समझते थे और निर्वाण को ढोंग समझते थे। शहर के पुराने रईस कुँअर भरतसिंह के यहाँ मासिक वृत्ति बँधी हुई थी। इसी से ठाकुरजी का भोग लगता था। बस्ती से भी कुछ-न-कुछ मिल ही जाता था। निःस्पृह आदमी था, लोभ छू भी नहीं गया था, सन्तोष और धीरज का पुतला था। सारे दिन भगवद्-भजन में मग्न रहता था। मंदिर में एक छोटी-सी संगत थी। आठ-नौ बजे रात को, दिन भर के काम-धन्धे

से निवृत्त होकर, कुछ भक्तजन जमा हो जाते थे और घंटे-दो घंटे भजन गाकर चले जाते थे। ठाकुरदीन ढोलक बजाने में निपुण था, बजरंगी करताल बजाता था, जगधर को तँबूरे में कमाल था, नायकराम और दयागिरि सारंगी बजाते थे। मजीरे वालों की संख्या घटती-बढ़ती रहती थी। जो और कुछ न कर सकता, वह मजीरा ही बजाता था। सूरदास इस संगत का प्राण था। वह ढोल, मजीरे, करताल, सारंगी, तँबूरा सभी में समान रूप से अभ्यस्त था और गाने में तो आस-पास के कई मुहल्लों में उसका जवाब न था। ठुमरी-गजल से उसे रुचि न थी। कबीर, मीरा, दादू, कमाल, पलटू आदि सन्तों के भजन गाता था। उस समय उसका नेत्रहीन मुख अति आनंद से प्रफुल्लित हो जाता था। गाते-गाते मस्त हो जाता, तन-बदन की सुधि न रहती। सारी चिन्ताएँ, सारे क्लेश भक्ति-सागर में विलीन हो जाते थे।

सूरदास मिट्ठू को लिये पहुँचा, तो संगत बैठ चुकी थी। सभासद आ गए थे, केवल सभापति की कमी थी। उसे देखते ही नायकराम ने कहा—तुमने बड़ी देर कर दी, आध घंटे से तुम्हारी राह देख रहे हैं। यह लौंडा बेतरह तुम्हारे गले पड़ा है। क्यों नहीं इसे हमारे ही घर से कुछ माँगकर खिला दिया करते।

दयागिरि—यहाँ चला आया करे, तो ठाकुरजी के प्रसाद ही से पेट भर जाय।

सूरदास—तुम्हीं लोगों का दिया खाता है या और किसी का? मैं तो बनाने-भर को हूँ।

जगधर—लड़कों को इतना सिर चढ़ाना अच्छा नहीं है। गोद में लादे फिरते हो, जैसे नन्हा-सा बालक हो। मेरा विद्याधर इससे दो साल छोटा है। मैं उसे कभी गोद में लेकर नहीं फिरता।

सूरदास—बिना माँ-बाप के लड़के हठी हो जाते हैं। हाँ, क्या होगा?

दयागिरि—पहले रामायण की एक चौपाई हो जाय।

लोगों ने अपने-अपने साज सँभाले। सुर मिला और आधे घंटे तक रामायण हुई।

नायकराम—वाह सूरदास वाह! अब तुम्हारे ही दम का जलूसा है।

बजरंगी—मेरी तो कोई दोनों आँखें ले ले और यह हुनर मुझे दे दे, तो मैं खुशी से बदल लूँ।

जगधर—अभी भैरों नहीं आया, उसके बिना रंग नहीं जमता।

बजरंगी—ताड़ी बेचता होगा। पैसे का लोभ बुरा होता है। घर में एक मेहरिया है और एक बुढ़िया माँ। मुदा रात-दिन हाय-हाय पड़ी रहती है। काम करने को तो दिन है ही, भला रात को तो भगवान का भजन हो जाय।

जगधर—सूरे का दम उखड़ जाता है, उसका दम नहीं उखड़ता।

बजरंगी—तुम अपना खोंचा बेचो, तुम्हें क्या मालूम, दम किसे कहते हैं। सूरदास जितना दम बाँधते हैं, उतना दूसरा बाँधे, तो कलेजा फट जाये। हँसी-खेल नहीं है।

जगधर—अच्छा भैया, सूरदास के बराबर दुनिया में कोई दम नहीं बाँध सकता। अब खुश हुए।

सूरदास—भैया, इसमें झगड़ा काहे का? मैं कब कहता हूँ कि मुझे गाना आता है। तुम लोगों का हुक्म पाकर, जैसा भला-बुरा बनता है, सुना देता हूँ।

इतने में भैरों भी आकर बैठ गया। बजरंगी ने व्यंग करके कहा—क्या अब कोई ताड़ी पीनेवाला नहीं था? इतनी जल्दी क्यों दूकान बढ़ा दी?

ठाकुरदीन—मालूम नहीं, हाथ-पैर भी धोये हैं या वहाँ से सीधे ठाकुरजी के मंदिर में चले आये। अब सफाई तो कहीं रह ही नहीं गई।

भैरों—क्या मेरी देह में ताड़ी पुती हुई है?

ठाकुरदीन—भगवान् के दरबार में इस तरह न आना चाहिए। जात चाहे ऊँची हो या नीची; पर सफाई चाहिए ज़रूर।

भैरों—तुम यहाँ नित्य नहाकर आते हो?

ठाकुरदीन—पान बेचना कोई नीच काम नहीं है।

भैरों—जैसे पान, वैसे ताड़ी। पान बेचना कोई ऊँचा काम नहीं है।

ठाकुरदीन—पान भगवान् के भोग के साथ रखा जाता है। बड़े-बड़े जनेऊधारी, मेरे हाथ का पान खाते हैं। तुम्हारे हाथ का तो कोई पानी नहीं पीता।

नायकराम—ठाकुरदीन, यह बात तो तुमने बड़ी खरी कही। सच तो है, पासी से कोई घड़ा तक नहीं छुआता।

भैरों—हमारी दूकान पर एक दिन आकर बैठ जाओ, तो दिखा दूँ, कैसे-कैसे धर्मात्मा और तिलकधारी आते हैं। जोगी-जती लोगों को भी किसी ने पान खाते देखा है ताड़ी, गाँजा, चरस पीते चाहे जब देख लो। एक-से-एक महात्मा आकर खुशामद करते हैं।

नायकराम–ठाकुरदीन, अब इसका जवाब दो। भैरों पढ़ा-लिखा होता, तो वकीलों के कान काटता।

भैरों–मैं तो बात सच्ची कहता हूँ, जैसे ताड़ी वैसे पान, बल्कि परात की ताड़ी को तो लोग दवा की तरह पीते हैं।

जगधर–यारों, दो एक-भजन होने दो। मान क्यों नहीं जाते ठाकुरदीन? तुम्हीं हारे, भैरों जीता, चलो छुट्टी हुई।

नायकराम–वाह, हार क्यों मान लें। सासतरार्थ है कि दिल्लगी। हाँ, ठाकुरदीन कोई जवाब सोच निकालो।

ठाकुरदीन–मेरी दुकान पर खड़े हो जाओ, जी खुश हो जाता है। केवड़े और गुलाब की सुगंध उड़ती है। इसकी दूकान पर कोई खड़ा हो जाय, तो बदबू के मारे नाक फटने लगती है। खड़ा नहीं रहा जाता। परनाले में भी इतनी दुर्गन्ध नहीं होती।

बजरंगी–मुझे जो घंटे-भर के लिए राज मिल जाता, तो सबसे पहले शहर-भर की ताड़ी की दूकानों में आग लगवा देता।

नायकराम–अब बताओ भैरों, इसका जवाब दो। दुर्गन्ध तो सचमुच उड़ती है, है कोई जवाब?

भैरों–जवाब एक नहीं, सैकड़ों हैं। पान सड़ जाता है, तो कोई मिट्टी के मोल भी नहीं पूछता। यहाँ ताड़ी जितनी ही सड़ती है, उतना की उसका मोल बढ़ता है। सिरका बन जाता है, तो रुपये बोतल बिकता है और बड़े-बड़े जनेऊधारी लोग खाते हैं।

नायकराम–क्या बात कही है कि जी खुश हो गया। मेरा अख्तियार होता, तो इसी घड़ी तुमको वकालत की सनद दे देता। ठाकुरदीन, अब हार मान जाओ, भैरों से पेश न पा सकोगे।

जगधर–भैरों, तुम चुप क्यों नहीं हो जाते? पंडाजी को तो जानते हो, दूसरों को लड़ाकर तमाशा देखना इनका काम है। इतना कह देने में कौन-सी मरजाद घटी जाती है कि बाबा, तुम जीते मैं हारा।

भैरों–क्यों इतना कह दूँ? बात करने में किसी से कम हूँ क्या?

जगधर–तो ठाकुरदीन, तुम्हीं चुप हो जाओ।

ठाकुरदीन—हाँ जी, चुप न हो जाऊँगा, तो क्या करूँगा। यहाँ आये थे कि कुछ भजन-कीर्तन होगा, सो व्यर्थ का झगड़ा करने लगे। पंडाजी को क्या, इन्हें तो बे हाथ-पैर हिलाए अमिर्तियाँ और लड्डू खाने को मिलते हैं, इन्हें इसी तरह की दिल्लगी सूझती है। यहाँ तो पहर रात में उठकर फिर चक्की में जुतना है।

जगधर—मेरी तो अबकी भगवान् से भेंट होगी, तो कहूँगा, किसी पंडे के घर जनम देना।

नायकराम—भैया, मुझ पर हाथ न उठाओ, दुबला-पतला आदमी हूँ। मैं तो चाहता हूँ, जलपान के लिए तुम्हारे ही खोंचे से मिठाइयाँ लिया करूँ, मगर उस पर इतनी मक्खियाँ उड़ती हैं, ऊपर इतना मैल जमा रहता है कि खाने को जी नहीं चाहता।

जगधर—(चिढ़कर) तुम्हारे न लेने से मेरी मिठाइयाँ सड़ तो नहीं जातीं कि भूखों मरता हूँ? दिन-भर में रुपया-बीस आने पैसे बना ही लेता हूँ। जिसे सेंत-मेंत में रसगुल्ले मिल जायें, वह मेरी मिठाइयाँ क्यों लेगा?

ठाकुरदीन—पंडाजी की आमदनी का कोई ठिकाना नहीं है, जितना रोज मिल जाये, थोड़ा ही है; ऊपर से भोजन घाते में। कोई आँख का अंधा, गाँठ का पूरा फँस गया, तो हाथी-घोड़े, जगह-जमीन, सब दे दिया। ऐसा भागवान और कौन होगा?

दयागिरि—कहीं नहीं ठाकुरदीन, अपनी मेहनत की कमाई सबसे अच्छी। पंडों को यात्रियों के पीछे दौड़ते नहीं देखा है।

नायकराम—बाबा, अगर कोई कमाई पसीने की है, तो वह हमारी कमाई है। हमारी कमाई का हाल बजरंगी से पूछो।

बजरंगी—औरों की कमाई पसीने की होती होगी, तुम्हारी कमाई तो खून की है। और लोग पसीना बहाते हैं, तुम खून बहाते हो। एक-एक जजमान के पीछे लहू की नदी बह जाती है। जो लोग खोंचा सामने रखकर दिन-भर मक्खी मारा करते हैं, वे क्या जानें, तुम्हारी कमाई कैसी होती है? एक दिन मोरचा थामना पड़े, तो भागने को जगह न मिले।

जगधर—चलो भी, आये हो मुँहदेखी कहने, सेर-भर दूध ढाई सेर बनाते हो, उस पर भगवान् के भगत हो।

बजरंगी—अगर कोई माई का लाल मेरे दूध में एक बूँद पानी निकाल दे, तो उसकी टाँग की राह निकल जाऊँ। यहाँ दूध में पानी मिलाना गऊ-हत्या समझते हैं। तुम्हारी तरह नहीं कि तेल की मिठाई को घी की कहकर बेचें और भोले-भाले बच्चों को ठगें।

जगधर—अच्छा भाई, तुम जीते, मैं हारा। तुम सच्चे, तुम्हारा दूध सच्चा। बस, हम खराब, हमारी मिठाइयाँ खराब। चलो छुट्टी हुई।

बजरंगी—मेरे मिज़ाज को तुम नहीं जानते, चेता देता हूँ। सच कहकर कोई सौ जूते मार ले, लेकिन झूठी बात सुनकर मेरे बदन में आग लग जाती है।

भैरों—बजरंगी, बढ़कर बातें न करो, अपने मुँह मियाँ-मिट्ठू बनने से कुछ नहीं होता है। बस, मुँह न खुलवाओ, मैंने भी तुम्हारे यहाँ का दूध पीया है। उससे तो मेरी ताड़ी ही अच्छी है।

ठाकुरदीन—भाई, मुँह से जो चाहे ईमानदार बन ले; पर अब दूध सपना हो गया। सारा दूध जल जाता है, मलाई का नाम नहीं। दूध जब मिलता था, तब मिलता था, एक आँच में अंगुल-भर मोटी मलाई पड़ जाती थी।

दयागिरी—बच्चा, अभी अच्छा-बुरा कुछ मिल तो जाता है। वे दिन आ रहे हैं कि दूध आँखों में आँजने को भी न मिलेगा।

भैरों—हाल तो यह है कि घरवाली सेर के तीन सेर बनाती है, उस पर दावा यह है कि हम सच्चा माल बेचते हैं। सच्चा माल बेचो, तो दिवाला निकल जाये। यह ठाट एक दिन न चले।

बजरंगी—पसीने की कमाई खानेवालों का दिवाला नहीं निकलता; दिवाला उनका निकलता है, जो दूसरों की कमाई खा-खाकर मोटे पड़ते हैं। भाग को सराहो कि शहर में हो; किसी गाँव में होते, तो मुँह में मक्खियाँ आतीं-जातीं। मैं तो उन सबों को पापी समझता हूँ, जो औने-पौने करके, इधर का सौदा उधर बेचकर अपना पेट पालते हैं। सच्ची कमाई उन्हीं की है, जो छाती फाड़कर धरती से धन निकालते हैं।

बजरंगी ने बात तो कही, लेकिन लज्जित हुआ। इस लपेट में वहाँ के सभी आदमी आ जाते थे। वह भैरों, जगधर और ठाकुरदीन को लक्ष्य करना चाहता था, पर सूरदास, नायकराम, दयागिरि, सभी पापियों की श्रेणी में आ गये।

नायकराम—तब तो भैया, तुम हमें भी ले बीते। एक पापी तो मैं ही हूँ कि सारे दिन मटरगस्ती करता हूँ, और वह भोजन करता हूँ कि बड़ों-बड़ों को मयस्सर न हो।

ठाकुरदीन—दूसरा पापी मैं हूँ कि शौक की चीज़ बेचकर रोटियाँ कमाता हूँ। संसार में तमोली न रहें, तो किसका नुकसान होगा?

जगधर—तीसरा पापी मैं हूँ कि दिन-भर औन-पौन करता रहता हूँ। सेब और खुम खाने को न मिलें, तो कोई मर जाएगा।

भैरों—तुमसे बड़ा पापी मैं हूँ कि सबको नसा खिलाकर अपना पेट पालता हूँ। सच पूछो, तो इससे बुरा कोई काम नहीं। आठों पहर नसेबाजों का साथ, उन्हीं की बातें सुनना, उन्हीं के बीच रहना। यह भी कोई जिन्दगी है!

दयागिरि—क्यों बजरंगी, साधु-संत तो सबसे बड़े पापी होंगे कि वे कुछ नहीं करते?

बजरंगी—नहीं बाबा, भगवान् के भजन से बढ़कर और कौन उद्यम होगा? रामनाम की खेती सब कामों से बढ़कर है।

नायकराम—तो यहाँ अकेले बजरंगी पुन्यात्मा है और सब-के-सब पापी हैं?

बजरंगी—सच पूछो, तो सबसे बड़ा पापी मैं हूँ कि गउओं का पेट काटकर, उनके बछड़ों को भूखा मारकर अपना पेट पालता हूँ।

सूरदास—भाई, खेती सबसे उत्तम है, बान उससे मद्धिम है; बस, इतना ही फरक है। बान को पाप क्यों कहते हैं, और क्यों पापी बनते हो? हाँ, सेवा निरधिन है और चाहो तो उसे पाप कहो। अब तक तो तुम्हारे ऊपर भगवान् की दया है, अपना-अपना काम करते हो; मगर ऐसे बुरे दिन आ रहे हैं, जब तुम्हें सेवा और टहल करके पेट पालना पड़ेगा, जब तुम अपने नौकर नहीं, पराए के नौकर हो जाओगे, तब तुममें नीति-धरम का निशान भी न रहेगा।

सूरदास ने ये बातें बड़े गम्भीर भाव से कहीं, जैसे कोई ऋषि भविष्यवाणी कर रहा हो। सब सन्नाटे में आ गए। ठाकुरदीन ने चिंतित होकर पूछा—क्यों सूरे, कोई विपत आनेवाली है क्या? मुझे तो तुम्हारी बातें सुनकर डर लग रहा है। कोई नई मुसीबत तो नहीं आ रही है?

सूरदास—हाँ, लच्छन तो दिखाई देते हैं, चमड़े के गोदामवाला साहब यहाँ एक तमाकू का कारखाना खोलने जा रहा है। मेरी ज़मीन माँग रहा है। कारखाने का खुलना ही हमारे ऊपर विपत का आना है।

ठाकुरदीन—तो जब जानते ही हो, तो क्यों अपनी ज़मीन देते हो?

सूरदास—मेरे देने पर थोड़े ही है भाई। मैं दूँ, तो भी ज़मीन निकल जायेगी, न दूँ, तो निकल जायेगी। रुपयेवाले सब कुछ कर सकते हैं।

बजरंगी—साहब रुपयेवाले होंगे, अपने घर के होंगे। हमारी ज़मीन क्या खाकर ले लेंगे? माथे गिर जाएंगे, माथे? ठट्ठा नहीं है।

अभी ये ही बातें हो रही थीं कि सैयद ताहिरअली आकर खड़े हो गए और नायकराम से बोले—पण्डाजी, मुझे आपसे कुछ कहना है, ज़रा इधर चले आइए।

बजरंगी—उसी ज़मीन के बारे में कुछ बातचीत करनी है न? वह ज़मीन न बिकेगी।

ताहिर—मैं तुमसे थोड़े ही पूछता हूँ। तुम उस जमीन के मालिक-मुख़्तार नहीं हो।

बजरंगी—कह तो दिया, वह ज़मीन न बिकेगी, मालिक-मुख़्तार कोई हो।

ताहिर—आइए पण्डाजी, आइए, इन्हें बकने दीजिए।

नायकराम—आपको जो कुछ कहना हो कहिए; ये सब लोग अपने ही हैं, किसी से परदा नहीं है। सुनेंगे, तो सब सुनेंगे और जो बात तय होगी, सबकी सलाह से होगी। कहिए, क्या कहते हैं?

ताहिर—उसी ज़मीन के बारे में बातचीत करनी थी।

नायकराम—तो उस ज़मीन का मालिक तो आपके सामने बैठा हुआ है। जो कुछ कहना है, उसी से क्यों नहीं कहते? मुझे बीच में दलाली नहीं खानी है। जब सूरदास ने साहब के सामने इनकार कर दिया, तो फिर कौन-सी बात बाकी रह गई?

बजरंगी—इन्होंने सोचा होगा कि पण्डाजी को बीच में डालकर काम निकाल लेंगे। साहब से कह देना, यहाँ साहबी न चलेगी।

ताहिर—तुम अहीर हो न, तभी इतने गर्म हो रहे हो। अभी साहब को जानते नहीं हो, तभी बढ़-बढ़कर बातें कर रहे हो। जिस वक्त साहब जमीन लेने पर आ जाएँगे, ले ही लेंगे तुम्हारे रोके न रुकेंगे। जानते हो, शहर के हाकिमों से उनका कितना रब्त-जब्त है? उनकी लड़की की मँगनी हाकिम-जिला से होने वाली है। उनकी बात को कौन टाल सकता है? सीधे से, रजामंदी के साथ दे दोगे, तो अच्छे दाम पा जाओगे; शरारत करोगे, तो ज़मीन भी निकल

जाएगी, कौड़ी भी हाथ न लगेगी। रेलों के मालिक क्या जमीन अपने साथ लाये थे? हमारी ही जमीन तो ली है? क्या उसी कायदे से यह जमीन नहीं निकल सकती।

बजरंगी–तुम्हें कुछ तय-कराई मिलनेवाली होगी, तभी इतनी खैरख्वाही कर रहे हो।

जगधर–उनसे जो कुछ मिलनेवाला हो, वह हमीं से ले लीजिए और उनसे कह दीजिए, ज़मीन न मिलेगी। आप लोग झाँसेबाज हैं, ऐसा झाँसा दीजिए कि साहब कि अकिल गुम हो जाय।

ताहिर–खैरख्वाही रुपये के लालच से नहीं है। अपने मालिक की आँख बचाकर एक कौड़ी भी लेना हराम समझता हूँ। खैरख्वाही इसलिए करता हूँ कि उनका नमक खाता हूँ।

जगधर–अच्छा साहब, भूल गई, माफ कीजिए। मैंने तो संसार के चलन की बात कही थी।

ताहिर–तो सूरदास, मैं साहब से जाकर क्या कह दूँ?

सूरदास–बस, यही कह दीजिए कि ज़मीन न बिकेगी।

ताहिर–मैं फिर कहता हूँ, धोखा खाओगे। साहब ज़मीन लेकर ही छोड़ेंगे।

सूरदास–मेरे जीते-जी तो ज़मीन न मिलेगी। हाँ, मर जाऊँ तो भले ही मिल जाय

ताहिरअली चले गए, तो भैरों बोला–दुनिया अपना ही फ़ायदा देखती है। अपना कल्यान हो, दूसरे जियें या मरें। बजरंगी, तुम्हारी तो गायें चरती हैं, इसलिए तुम्हारी भलाई तो इसी में है कि ज़मीन बनी रहे। मेरी कौन गायें चरती हैं? कारखाना खुला, तो मेरी बिक्री चौगुनी हो जायेगी। यह बात तुम्हारे ध्यान में क्यों नहीं आयी? तुम सबकी तरफ़ से वकालत करने वाले कौन हो? सूरे की ज़मीन है, वह बेचे या रखे, तुम कौन होते हो, बीच में कूदनेवाले?

नायकराम–हाँ बजरंगी, जब तुमसे कोई वास्ता-सरोकार नहीं, तो तुम कौन होते हो बीच में कूदनेवाले? बोलो, भैरों को जवाब दो।

बजरंगी–वास्ता-सरोकार कैसे नहीं? दस गाँवों और मुहल्लों के जानवर चरने आते हैं। वे कहाँ जायेंगे? साहब के घर कि भैरों के? इन्हें तो अपनी दुकान की हाय-हाय पड़ी हुई है। किसी के घर सेंध क्यों नहीं मारते? जल्दी से धनवान हो जाओगे।

भैरों–सेंध मारो तुम; यहाँ दूध में पानी नहीं मिलाते।

दयागिरि–भैरों, तुम सचमुच बड़े झगड़ालू हो। जब तुम्हें प्रिय बचन बोलना नहीं आता, तो चुप क्यों नहीं रहते? बहुत बातें करना बुद्धिमानी का लक्षण नहीं, मूर्खता का लक्षण है।

भैरों–ठाकुरजी के भोग के बहाने से रोज छाछ पा जाते हो न? बजरंगी की जय क्यों न मनाओगे!

नायकराम–पट्ठा बात बेलाग कहता है कि एक बार सुनकर फिर किसी की जबान नहीं खुलती।

ठाकुरदीन–अब भजन-भाव हो चुका। ढोल-मँजीरा उठाकर रख दो।

दयागिरि–तुम कल से यहाँ न आया करो, भैरों।

भैरों–क्यों न आया करें? मंदिर तुम्हारा बनवाया नहीं है। मंदिर भगवान् का है। तुम किसी को भगवान के दरबार में आने से रोक दोगे?

नायकराम–लो बाबाजी और लोगे, अभी पेट भरा कि नहीं?

जगधर–बाबाजी, तुम्हीं गम खा जाओ, इससे साधू-सन्तों की महिमा नहीं घटती। भैरों, साधू-सन्तों की बात का तुम्हें बुरा न मानना चाहिए।

भैरों–तुम खुशामद करो, क्योंकि खुशामद की रोटियाँ खाते हो। यहाँ किसी के दबैल नहीं हैं।

बजरंगी–लो अब चुप रहना भैरों, बहुत हो चुका। छोटा मुँह, बड़ी बात।

नायकराम–तो भैरों को धमकाते क्या हो? क्या कोई भगोड़ा समझ लिया है? तुमने जब दंगल मारे थे, तब मारे थे, अब तुम वही नहीं हो। आजकल भैरों की दुहाई है।

भैरों नायकराम के व्यंग्य-हास्य पर झल्लाया नहीं, हँस पड़ा। व्यंग्य में विष नहीं था, रस था। संखिया मरकर रस हो जाती है।

भैरों का हँसना था कि लोगों ने अपने-अपने साज सँभाले, और भजन होने लगा। सूरदास की सुरीली तान आकाश-मंडल में यों नृत्य करती हुई मालूम होती थी, जैसे प्रकाश-ज्योति जल के अंतस्तल में नृत्य करती है–

''झीनी-झीनी बीनी चदरिया।
काहे कै ताना, काहे कै भरनी, कौन तार से बीनी चदरिया?

इंगला-पिंगला ताना-भरनी, सुखमन तार से बीनी चदरिया।
आठ कँवल-दस चरखा डोले, पाँच तत्त, गुन तीनी चदरिया;
साईं को सियत मास दो लागै, ठोक-ठोक कै बीनी चदरिया।
सो चादर सुर-नर-मुनि ओढ़ैं, ओढ़िकै मैली कीनी चदरिया;
दास कबीर जतन से ओढ़ी, ज्यों-की-त्यों धर दीनी चदरिया।''

बातों में रात अधिक जा चुकी थी। ग्यारह का घंटा सुनाई दिया। लोगों ने ढोलक-मजीरे समेट दिए। सभा विसर्जित हुई। सूरदास ने मिट्ठू को फिर गोद में उठाया और अपनी झोंपड़ी में लाकर टाट पर सुला दिया। आप ज़मीन पर लेट रहा।

3

मि. जॉन सेवक का बँगला सिगरा में था। उनके पिता मि. ईश्वर सेवक ने सेना-विभाग में पेंशन पाने के बाद वहीं मकान बनवा लिया था और अब तक उसके स्वामी थे। इसके आगे उनके पुरखों का पता नहीं चलता, और न हमें उसकी खोज करने की विशेष जरूरत है। हाँ, इतनी बात अवश्य निश्चित है कि प्रभु ईसा की शरण में जाने का गौरव ईश्वर सेवक को नहीं, उनके पिता को था। ईश्वर सेवक को अब भी अपना बाल्य-जीवन कुछ-कुछ याद आता था जब वह अपनी माता के साथ गंगास्नान को जाया करते थे। माता की दाह-क्रिया की स्मृति भी अभी न भूली थी। माता के देहान्त के बाद उन्हें याद आता था कि मेरे घर में कई सैनिक घुस आये थे, और मेरे पिता को पकड़ कर ले गए थे। इसके बाद स्मृति विशृंखल हो जाती थी। हाँ, उनके गोरे रंग और आकृति से यह सहज ही अनुमान किया जा सकता था कि वह उच्चवंशीय थे और कदाचित् इसी सूबे में उनका पूर्व-निवास भी था।

यह बँगला उस जमाने में बना था, जब सिगरा में भूमि का इतना आदर न था। अहाते में फूल-पत्तियों की जगह शाक-भाजी और फलों के वृक्ष थे। यहाँ तक कि गमलों में भी सुरुचि की अपेक्षा उपयोगिता पर अधिक ध्यान दिया गया था। बेलें, परवल, कद्दू, कुंदरू, सेम आदि की थीं, जिनसे बँगले की शोभा होती थी और फल भी मिलता था। एक किनारे खपरैल का बरामदा था, जिसमें गाय-भैंस पली हुई थीं। दूसरी ओर अस्तबल था। मोटर का शौक न बाप को था, न बेटे को। फ़िटन रखने में किफायत भी थी और आराम भी। ईश्वर सेवक गृह-प्रबंध में निपुण थे और गृह कार्यों में उनका उत्साह लेश-मात्र भी कम न हुआ था। उनकी आराम-कुर्सी बँगले के सायबान में पड़ी रहती थी। उस पर वह सुबह से शाम तक बैठे जॉन सेवक की फिजूल-खर्ची

और घर की बरबादी का रोना रोया करते थे। वह अब भी नियमित रूप से पुत्र को घंटे-दो-घंटे उपदेश दिया करते थे और शायद इसी उपदेश का फल था कि जॉन सेवक का धन और मान दिनों-दिन बढ़ता जाता था। 'किफायत' उनके जीवन का मूल तत्त्व था, और इसका उल्लंघन उन्हें असह्य था। वह अपने घर में धन का अपव्यय नहीं देख सकते थे, चाहे वह किसी मेहमान ही का धन क्यों न हो। धर्मानुरागी इतने थे कि बिना नागा दोनों वक़्त गिरजाघर जाते। उनकी अपनी अलग सवारी थी। एक आदमी इस तामजान को खींचकर गिरजाघर के द्वार तक पहुँचा आया करता था। वहाँ पहुँचकर ईश्वर सेवक उसे तुरन्त घर लौटा देते थे। गिरजा के अहाते में तामजान की रक्षा के लिए किसी आदमी के बैठे रहने की जरूरत न थी। घर आकर वह आदमी और कोई काम कर सकता था। बहुधा उसे लौटाते समय वह काम भी बतलाया करते थे। दो घंटे बाद वह आदमी जाकर उन्हें खींच लाता था। लौटती बार वह यथासाध्य खाली हाथ न लौटते थे, कभी दो-चार पपीते मिल जाते, कभी नारंगियाँ, कभी सेर-आध सेर मकोय। पादरी उनका बहुत सम्मान करता था। उनकी सारी उम्मत (अनुयायियों की मण्डली) में इतना वयोवृद्ध और दूसरा आदमी न था, उस पर धर्म का इतना प्रेमी। वह उसके धर्मोपदेशों को जितनी तन्मयता से सुनते थे और जितनी भक्ति से कीर्तन में भाग लेते थे, वह आदर्श कही जा सकती थी।

प्रातःकाल था। लोग जलपान करके या छोटी हाजिरी खाकर, मेज़ पर से उठे थे। मि. जॉन सेवक ने गाड़ी तैयार करने का हुक्म दिया। ईश्वर सेवक ने अपनी कुरसी पर बैठे-बैठे चाय का एक प्याला पिया था, और झुँझला रहे थे कि इसमें शक्कर क्यों इतनी झोंक दी गई थी। शक्कर कोई नियामत नहीं कि पेट फाड़कर खायी जाय। एक तो मुश्किल से पचती है, दूसरे इतनी महँगी। इसकी आधी शक्कर चाय को मजेदार बनाने के लिए काफी थी। अंदाज से काम करना चाहिए था, शक्कर कोई पेट भरने की चीज नहीं है। सैकड़ों बार कह चुका हूँ, पर मेरी कौन सुनता है। मुझे तो सबने कुत्ता समझ लिया है। उसके भूँकने की कौन परवा करता है?

मिसेज़ सेवक ने धर्मानुराग और मितव्ययिता का पाठ भलीभाँति अभ्यस्त किया था। लज्जित होकर बोलीं—पापा, क्षमा कीजिए। आज सोफ़ी ने शक्कर

ज़्यादा डाल दी थी। कल से आपको यह शिकायत न रहेगी, मगर करूँ क्या, यहाँ तो हलकी चाय किसी को अच्छी नहीं लगती।

ईश्वर सेवक ने उदासीन भाव से कहा–मुझे क्या करना है, कुछ कयामत तक तो बैठा रहूँगा नहीं, मगर घर के बरबाद होने के ये ही लक्षण हैं। ईशू, मुझे अपने दामन में छुपा।

मिसेज़ सेवक–मैं अपनी भूल स्वीकार करती हूँ। मुझे अंदाज़ से शक्कर निकाल देनी चाहिए थी।

ईश्वर सेवक–अरे, तो आज यह कोई नई बात थोड़े ही है! रोज़ तो यही रोना रहता है। जॉन समझता है, मैं घर का मालिक हूँ, रुपये कमाता हूँ, खर्च क्यों न करूँ? मगर धन कमाना एक बात है, उसका सद्व्यय करना दूसरी बात। होशियार आदमी उसे कहते हैं, जो धन का उचित उपयोग करे। इधर से लाकर उधर खर्च कर दिया, तो क्या फ़ायदा? इससे तो न लाना ही अच्छा। समझाता ही रहा; पर इतनी ऊँची रास का घोड़ा ले लिया। इसकी क्या जरूरत थी? तुम्हें घुड़दौड़ नहीं करना है। एक टट्टू से काम चल सकता था। यही न कि औरों के घोड़े आगे निकल जाते, तो इसमें तुम्हारी क्या शेखी मारी जाती थी। कहीं दूर नहीं जाना पड़ता। टट्टू होता छः सेर की जगह दो सेर दाना खाता। आखिर चार सेर दाना व्यर्थ ही जाता है न? मगर मेरी कौन सुनता है? ईशू, मुझे अपने दामन में छुपा। सोफ़ी, यहाँ आ बेटी, कलामेपाक सुना।

सोफ़िया प्रभु सेवक के कमरे में बैठी हुई उनसे मसीह के इस कथन पर शंका कर रही थी कि गरीबों के लिए आसमान की बादशाहत है, और अमीरों का स्वर्ग में जाना उतना ही असंभव है, जितना ऊँट का सुई की नोक में जाना। उसके मन में शंका हो रही थी, क्या दरिद्र होना स्वयं कोई गुण है, और धनी होना स्वयं कोई अवगुण? उसकी बुद्धि इस कथन की सार्थकता को ग्रहण न कर सकती थी। क्या मसीह ने केवल अपने भक्तों को खुश करने के लिए ही धन की इतनी निन्दा की है? इतिहास बतला रहा है कि पहले केवल दीन, दुःखी, दरिद्र और समाज के पतित जनता ने ही मसीह के दामन में पनाह ली। इसीलिए तो उन्होंने धन की इतनी अवहेलना नहीं की? कितने ही गरीब ऐसे हैं, जो सिरे से पाँव तक अधर्म और अविचार में डूबे हुए हैं। शायद उनकी दुष्टता ही उनकी दरिद्रता का कारण है। क्या केवल दरिद्रता उनके सब पापों

का प्रायश्चित कर देगी? कितने ही धनी हैं, जिनके हृदय आइने की भाँति निर्मल हैं। क्या उनका वैभव उनके सारे सत्कर्मों को मिटा देगा?

सोफ़िया सत्यासत्य के निरूपण में सदैव रत रहती थी। धर्मतत्त्वों को बुद्धि की कसौटी पर कसना उसका स्वाभाविक गुण था, और जब तक तर्क-बुद्धि स्वीकार न करे, वह केवल धर्म-ग्रंथों के आधार पर किसी सिद्धांत को न मान सकती थी। जब उसके मन में कोई शंका होती तो वह प्रभु सेवक की सहायता ने उसके निवारण की चेष्टा किया करती।

सोफ़िया—मैं इस विषय पर बड़ी देर से गौर कर रही हूँ; पर कुछ समझ में नहीं आता। प्रभु मसीह ने दरिद्रता को इतना महत्त्व क्यों दिया और धन-वैभवं को क्यों निषिद्ध बतलाया?

प्रभु सेवक—जाकर मसीह से पूछो।

सोफ़िया—तुम क्या समझते हो?

प्रभु सेवक—मैं कुछ नहीं समझता, और न कुछ समझना ही चाहता हूँ। भोजन, निद्रा और विनोद, ये ही मनुष्य जीवन के तीन तत्त्व हैं। इसके सिवा सब गोरख-धन्धा है। मैं धर्म को बुद्धि से बिलकुल अलग समझता हूँ। धर्म को तोलने के लिए बुद्धि उतनी ही अनुपयुक्त है, जितना बैंगन तोलने के लिए सुनार का काँटा। धर्म, धर्म है, बुद्धि, बुद्धि। या तो धर्म का प्रकाश इतना तेजोमय है कि बुद्धि की आँखें चौंधिया जाती हैं, या इतना घोर-अन्धकार कि बुद्धि को कुछ नजर ही नहीं आता। इन झगड़ों में व्यर्थ सिर खपाती हो। सुना, आज पापा चलते-चलते क्या कह गए!

सोफ़िया—नहीं, मेरा ध्यान उधर न था।

प्रभु सेवक—यही कि मशीनों के लिए शीघ्र आर्डर दे दो। उस ज़मीन को लेने का इन्होंने निश्चय कर लिया। उसका मौका बहुत पसंद आया। चाहते हैं कि जल्द-से-जल्द बुनियाद पड़ जाये, लेकिन मेरा जी इस काम से घबराता है। मैंने यह व्यवसाय सीखा तो; पर सच पूछो, तो मेरा दिल वहाँ भी न लगता था। अपना समय दर्शन, साहित्य, काव्य की सैर में काटता था। वहाँ के बड़े-बड़े विद्वानों और साहित्य-सेवियों से वार्तालाप करने में जो आनन्द मिलता था, वह कारखाने में कहाँ नसीब था? सच पूछो, तो मैं इसीलिए वहाँ गया ही था। अब घोर संकट में पड़ा हुआ हूँ। अगर इस काम में हाथ नहीं लगाता तो पापा को

दुःख होगा, वह समझेंगे कि मेरे हज़ारों रुपये पानी में गिर गए! शायद मेरी सूरत से घृणा करने लगें। काम शुरू करता हूँ तो यह भय होता है कि कहीं मेरी बेदिली से लाभ के बदले हानि न हो। मुझे इस काम में जरा भी उत्साह नहीं। मुझे तो रहने को एक झोपड़ी चाहिए और दर्शन तथा साहित्य का एक अच्छा-सा पुस्तकालय। और किसी वस्तु की इच्छा नहीं रखता। यह लो, दादा को तुम्हारी याद आ गई। जाओ, नहीं तो वह यहाँ आ पहुँचेंगे और व्यर्थ की बकवास से घण्टों समय नष्ट कर देंगे।

सोफ़िया—यह विपत्ति मेरे सिर बुरी पड़ी है। जहाँ पढ़ने कुछ बैठी कि इनका बुलावा पहुँचा। आजकल 'उत्पत्ति' की कथा पढ़वा रहे हैं। मुझे एक-एक शब्द पर शंका होती है। कुछ बोलूँ, तो बिगड़ जायें, बिलकुल बेगार करनी पड़ती है।

मिसेज़ सेवक बेटी को बुलाने आ रही थीं। अंतिम शब्द उनके कानों में पड़ गए। तिलमिला गईं। आकर बोलीं—बेशक, ईश्वर-ग्रंथ पढ़ना बेगार है, मसीह का नाम लेना पाप है, तुझे तो उस भिखारी अंधे की बातों में आनन्द आता है, हिंदुओं के गपोड़े पढ़ने में तेरा जी लगता है; ईश्वर-वाक्य तो तेरे लिए जहर है। खुदा जाने तेरे दिमाग में यह खब्त कहाँ से समा गया है। जब देखती हूँ, तुझे अपने पवित्र धर्म की निन्दा ही करते देखती हूँ। तू अपने मन में भले ही समझ ले कि ईश्वर-वाक्य कपोल-कल्पना है, लेकिन अन्धे की आँखों में अगर सूर्य का प्रकाश न पहुँचे, तो सूर्य का दोष नहीं, अन्धे की आँखों का ही दोष है! आज तीन-चौथाई दुनिया जिस महात्मा के नाम पर जान देती है, जिस महान आत्मा की अमृत-वाणी आज सारी दुनिया को जीवन प्रदान कर रही है, उससे यदि तेरा मन विमुख हो रहा है, तो यह तेरा दुर्भाग्य है और तेरी दुर्बुद्धि है। खुदा तेरे हाल पर रहम करे।

सोफ़िया—महात्मा ईसा के प्रति कभी मेरे मुँह से कोई अनुचित शब्द नहीं निकला। मैं उन्हें धर्म, त्याग और सद्विचार का अवतार समझती हूँ! लेकिन उनके प्रति श्रद्धा रखने का यह आशय नहीं है कि भक्तों ने उनके उपदेशों में जो असंगत बातें भर दी हैं या उनके नाम से जो विभूतियाँ प्रसिद्ध कर रखी हैं, उन पर भी ईमान लाऊँ! और यह अनर्थ कुछ मसीह ही के साथ नहीं किया गया, संसार के सभी महात्माओं के साथ अनर्थ किया गया है।

मिसेज़ सेवक—तुझे ईश्वर-ग्रंथ के प्रत्येक शब्द पर ईमान लाना पड़ेगा, वरना तू अपनी गणना प्रभु मसीह के भक्तों में नहीं कर सकती।

सोफ़िया—तो मैं मजबूर होकर अपने को उनकी उम्मत से बाहर समझूँगी; क्योंकि बाइबिल के प्रत्येक शब्द पर ईमान लाना मेरे लिए असम्भव है!

मिसेज़ सेवक—तू विधर्मिणी और भ्रष्टा है। प्रभु मसीह तुझे कभी क्षमा न करेंगे!

सोफ़िया—अगर धार्मिक संकीर्णता से दूर रहने के कारण ये नाम दिए जाते हैं, तो मुझे स्वीकार करने में कोई आपत्ति नहीं है।

मिसेज़ सेवक से अब जब्त न हो सका। अभी तक उन्होंने कातिल वार न किया था। मातृस्नेह हाथों को रोके हुए था। लेकिन सोफ़िया के वितंडावाद ने अब उनके धैर्य का अन्त कर दिया! बोलीं—प्रभु मसीह से विमुख होने वाले के लिए इस घर में जगह नहीं है।

प्रभु सेवक—मामा, आप घोर अन्याय कर रही हैं। सोफ़िया यह कब कहती है, कि मुझे प्रभु मसीह पर विश्वास नहीं है?

मिसेज़ सेवक—हाँ, वह यही कह रही है, तुम्हारी समझ का फेर है। ईश्वर-ग्रंथ पर ईमान न लाने का और क्या अर्थ हो सकता है? इसे प्रभु मसीह के अलौकिक कृत्यों पर अविश्वास और उनके नैतिक उपदेशों पर शंका है। यह उनके प्रायश्चित्त के तत्त्व को नहीं मानती, उनके पवित्र आदेशों को स्वीकार नहीं करती।

प्रभु सेवक—मैंने इसे मसीह के आदेशों का उल्लंघन करते कभी नहीं देखा।

सोफ़िया—धार्मिक विषयों में मैं अपनी विवेक-बुद्धि के सिवा और किसी के आदेशों को नहीं मानती।

मिसेज़ सेवक—मैं तुझे अपनी संतान नहीं समझती, और तेरी सूरत नहीं देखना चाहती।

यह कहकर सोफ़िया के कमरे में घुस गईं, और उसकी मेज़ पर से बौद्ध-धर्म और वेदांत के कई ग्रंथ उठाकर बाहर बरामदे में फेंक दिए! उसी आवेश में उन्हें पैरों से कुचला और जाकर ईश्वर सेवक से बोलीं—पापा, आप सोफ़ी को नाहक बुला रहे हैं, वह प्रभु मसीह की निंदा कर रही है।

मि. ईश्वर सेवक ऐसे चौंके, मानो देह पर आग की चिनगारी गिर पड़ी हो, और अपनी ज्योति-विहीन आँखों को फाड़कर बोले—क्या कहा, सोफ़ी प्रभु मसीह की निंदा कर रही है! सोफ़ी?

मिसेज़ सेवक–हाँ-हाँ, सोफ़ी। कहती है, मुझे उनकी विभूतियों पर, उनके उपदेशों और आदेशों पर, विश्वास नहीं है।

ईश्वर सेवक–(ठंडी साँस खींचकर) प्रभु मसीह, मुझे अपने दामन में छुपा, अपनी भटकती हुई भेड़ों को सच्चे मार्ग पर ला। कहाँ है सोफ़ी? मुझे उसके पास ले चलो, मेरे हाथ पकड़कर उठाओ। खुदा, मेरी बेटी के हृदय को अपनी ज्योति से जगा। मैं उसके पैरों पर गिरूँगा, उसकी मिन्नतें करूँगा; उसे दीनता से समझाऊँगा। मुझे उसके पास तो ले चलो।

मिसेज़ सेवक–मैं सब कुछ करके हार गई। उस पर खुदा की लानत है। मैं उसका मुँह नहीं देखना चाहती।

ईश्वर सेवक–ऐसी बातें न करो। वह मेरे खून-का-खून, मेरी जान-की-जान, मेरे प्राणों-का-प्राण है। मैं उसे कलेजे से लगाऊँगा। प्रभु मसीह ने विधर्मियों को छाती से लगाया था, कुकर्मियों को अपने दामन में शरण दी थी, वह मेरी सोफ़िया पर अवश्य दया करेंगे। ईशू, मुझे अपने दामन में छुपा।

जब मिसेज़ सेवक ने अब भी सहारा न दिया, तो ईश्वर सेवक लकड़ी के सहारे उठे और लाठी टेकते हुए सोफ़िया के कमरे में द्वार पर आकर बोले–बेटी सोफ़ी, कहाँ है? इधर आ बेटी, तुझे गले से लगाऊँ। मेरा मसीह खुदा का दुलारा बेटा था, दीनों का सहायक, निर्बलों का रक्षक, दरिद्रों का मित्र, डूबतों का सहारा, पापियों का उद्धारक, दुखियों को पार लगानेवाला! बेटी, ऐसा और कौन-सा नबी है, जिसका दामन इतना चौड़ा हो, जिसकी गोद में संसार के सारे पापों, सारी बुराइयों के लिए स्थान हो? वही एक ऐसा नबी है, जिसने दुरात्माओं को, अधर्मियों को, मुक्ति की शुभ सूचना दी, नहीं तो हम-जैसे मलिनात्माओं के लिए मुक्ति कहाँ थी? हमें उबारने वाला कौन था?

यह कहकर उन्होंने सोफ़ी को हृदय से लगा लिया। माता के कठोर शब्दों ने उसके निर्बल क्रोध को जागृत कर दिया था। अपने कमरे में आकर रो रही थी, बार-बार मन उद्विग्न हो उठता था। सोचती थी, अभी, इसी क्षण, इस घर से निकल जाऊँ। क्या इस अनन्त संसार में मेरे लिए जगह नहीं है? मैं परिश्रम कर सकती हूँ, अपना भार आप सँभाल सकती हूँ आत्मस्वातंत्र्य का खून करके अगर जीवन की चिंताओं से निवृत्ति हुई, तो क्या? मेरी आत्मा इतनी तुच्छ वस्तु नहीं है कि उदर पालने के लिए उसकी हत्या कर दी जाय।

प्रभु सेवक को अपनी बहन से सहानुभूति थी। धर्म पर उन्हें उससे कहीं कम श्रद्धा थी। किन्तु वह अपने स्वतंत्र विचारों को अपने मन ही में संचित रखते थे। गिरजा चले जाते थे, पारिवारिक प्रार्थनाओं में भाग लेते थे, यहाँ तक कि धार्मिक भजन भी गा लेते थे। वह धर्म को गंभीर विचार के क्षेत्र से बाहर समझते थे। वह गिरजा उसी भाव से जाते थे, जैसे थिएटर देखने जाते। पहले अपने कमरे में झाँककर देखा कि कहीं मामा तो नहीं देख रहीं हैं; नहीं तो मुझ पर वज्र-प्रहार होने लगेंगे। तब चुपके से सोफ़िया के पास आये, बोले—सोफ़ी, क्यों नादान बनती हो? साँप के मुँह में उँगली डालना कौन-सी बुद्धिमानी है? अपने मन में जो विचार रख, जिन बातों को जी चाहे, मानो; जिनको जी न चाहे, न मानो; पर इस तरह ढिंढोरा पीटने से क्या फायदा? समाज में नक्कू बनने की क्या जरूरत? कौन तुम्हारे दिल के अन्दर देखने जाता है!

सोफ़िया ने भाई को अवलेहना की दृष्टि से देखकर कहा—धर्म के विषय में मैं कर्म को वचन के अनुरूप ही रखना चाहती हूँ। चाहती हूँ, दोनों से एक ही स्वर निकले। धर्म का स्वाँग भरना मेरी क्षमता से बाहर है। आत्मा के लिए मैं संसार के सारे दुःख झेलने को तैयार हूँ। अगर मेरे लिए इस घर में स्थान नहीं है, तो ईश्वर का बनाया हुआ विस्तृत संसार तो है! कहीं भी अपना निर्वाह कर सकती हूँ। मैं सारी विडंबनाएँ सह लूँगी, लोक-निंदा की मुझे चिन्ता नहीं है; मगर अपनी ही नज़रों में गिरकर मैं ज़िंदा नहीं रह सकती। अगर यही मान लूँ कि मेरे लिए चारों तरफ से द्वार बन्द हैं, तो भी मैं आत्मा को बेचने की अपेक्षा भूखों मर जाना कहीं अच्छी समझती हूँ।

प्रभु सेवक—दुनिया उससे कहीं तंग है, जितना तुम समझती हो।

सोफ़िया—कब्र के लिए तो जगह निकल ही आएगी।

सहसा ईश्वर सेवक ने जाकर उसे छाती से लगा लिया, और अपने भक्ति-गद्‌गद नेत्र-जल से उसके संतप्त हृदय को शांत करने लगे। सोफ़िया को उनकी श्रद्धालुता पर दया आ गई। कौन ऐसा निर्दय प्राणी है, जो भोले-भाले बालक के कठघोड़े का उपहास करके उसका दिल दुःखाए, उसके मधुर स्वप्न को विशृंखल कर दे?

सोफ़िया ने कहा—दादा, आप आकर इस कुर्सी पर बैठ जायें, खड़े-खड़े आपको तकलीफ होती है।

ईश्वर सेवक—जब तक तू अपने मुख से न कहेगी कि मैं प्रभु मसीह पर विश्वास करती हूँ, तब तक मैं तेरे द्वार पर, यों ही, भिखारियों की भाँति खड़ा रहूँगा।

सोफ़िया—दादा, मैंने यह कभी नहीं कहा कि मैं प्रभु ईशू पर ईमान नहीं रखती, या मुझे उन पर श्रद्धा नहीं है। मैं उन्हें महान् आदर्श पुरुष और क्षमा तथा दया का अवतार समझती हूँ, और समझती रहूँगी।

ईश्वर सेवक ने सोफ़िया के कपोलों का चुम्बन करके कहा—बस, मेरा चित्त शांत हो गया। ईशू तुझे अपने दामन में लें। मैं बैठता हूँ, मुझे ईश्वर-वाक्य सुना, कानों को प्रभु मसीह की वाणी से पवित्र कर।

सोफ़िया इनकार न कर सकी। 'उत्पत्ति' का एक परिच्छेद खोलकर पढ़ने लगी। ईश्वर सेवक आँखें बंद करके कुरसी पर बैठ गए और तन्मय होकर सुनने लगे। मिसेज़ सेवक ने यह दृश्य देखा और विजयगर्व से मुस्कराती हुई चली गईं।

यह समस्या तो हल हो गई; पर ईश्वर सेवक के मरहम से उसके अंतःकरण का नासूर न अच्छा हो सकता था। आये-दिन उसके मन में धार्मिक शंकाएँ उठती रहती थीं और दिन-प्रतिदिन उसे अपने घर में रहना दुस्सह होता जाता था। शनैः-शनैः प्रभु सेवक की सहानुभूति भी क्षीण होने लगी। मि. जॉन सेवक को अपने व्यावसायिक कामों से इतना अवकाश ही न मिलता था कि उसके मानसिक विप्लव का निवारण करते। मिसेज़ सेवक पूर्ण निरंकुशता से उस पर शासन करती थीं। सोफ़िया के लिए कठिन परीक्षा का समय वह होता था, जब वह ईश्वर सेवक को बाइबिल पढ़कर सुनाती थीं। इस परीक्षा से बचने के लिए वह नित्य बहाने ढूँढ़ती रहती थीं। अतः अपने कृत्रिम जीवन से उसे घृणा होती जाती थी। उसे बार-बार प्रबल अंतःप्रेरणा होती कि घर छोड़कर कहीं चली जाऊँ और स्वाधीन होकर सत्या-सत्य की विवेचना करूँ; पर इच्छा व्यवहार-क्षेत्र में पैर रखते हुए संकोच से विवश हो जाती थी। पहले प्रभु सेवक से अपनी शंकाएँ प्रकट करके वह शांत-चित्त हो जाया करती थी; पर ज्यों-ज्यों उनकी उदासीनता बढ़ने लगी; सोफ़िया के हृदय से भी उनके प्रति प्रेम और आदर उठने लगा। उसे धारणा होने लगी कि इनका मन केवल भोग और विलास का दास है, जिसे सिद्धान्तों से कोई लगाव नहीं। यहाँ तक कि उनकी काव्य-रचनाएँ भी, जिन्हें वह पहले बड़े शौक से सुना करती थी, अब

उसे कृत्रिम भावों से परिपूर्ण मालूम होतीं। वह बहुधा टाल दिया करती कि मेरे सिर में दर्द है, सुनने को जी नहीं चाहता। अपने मन में कहती, इन्हें उन सद्भावों और पवित्र आवेगों को व्यक्त करने का क्या अधिकार है, जिनका आधार आत्मदर्शन और अनुभव पर न हो।

एक दिन जब घर से सब प्राणी गिरजाघर जाने लगे, तो सोफ़िया ने सिरदर्द का बहाना किया। अब तक वह शंकाओं के होते हुए भी रविवार को गिरजाघर चली जाया करती थी। प्रभु सेवक उसका मनोभाव ताड़ गए, बोले–सोफ़ी गिरजा जाने में तुम्हें क्या आपत्ति है? वहाँ जाकर आध घंटे चुपचाप बैठे रहना कोई ऐसा मुश्किल काम नहीं।

प्रभु सेवक बड़े शौक से गिरजा जाया करते थे, वहाँ उन्हें बनाव और दिखाव, पाखंड और ढकोसलों की दार्शनिक मीमांसा करने और व्यंग्योक्तियों के लिए सामग्री जमा करने का अवसर मिलता था। सोफ़िया के लिए आराधना विनोद की वस्तु नहीं, शांति और तृप्ति की वस्तु थी। बोली–तुम्हारे लिए आसान हो, मेरे लिए मुश्किल ही है।

प्रभु सेवक–क्यों अपनी जान बवाल में डालती हो? अम्माँ का स्वभाव तो जानती हो।

सोफ़िया–मैं तुमसे परामर्श नहीं चाहती, अपने कामों की जिम्मेदारी अपने ऊपर लेने को तैयार हूँ।

मिसेज़ सेवक ने पूछा–सोफ़ी, क्या सिर में दर्द इतना है कि गिरजे तक नहीं चल सकती?

सोफ़िया–जा क्यों नहीं सकती; पर जाना नहीं चाहती।

मिसेज़ सेवक-क्यों?

सोफ़िया–मेरी इच्छा। मैंने गिरजा जाने की प्रतिज्ञा नहीं की है।

मिसेज़ सेवक–क्या तू चाहती है कि हम कहीं मुँह दिखाने के लायक न रहें?

सोफ़िया–हरगिज़ नहीं, मैं सिर्फ इतना ही चाहती हूँ कि आप मुझे चर्च जाने के लिए मजबूर न करें।

ईश्वर सेवक पहले ही अपने तामजान पर बैठकर चल दिए थे। जॉन सेवक ने आकर केवल इतना पूछा–क्या बहुत ज़्यादा दर्द है? मैं उधर से कोई दवा लेता आऊँगा, ज़रा पढ़ना कम कर दो और रोज़ घूमने आया करो।

यह कहकर वह प्रभु सेवक के साथ फ़िटन पर आ बैठे। लेकिन मिसेज़ सेवक इतनी आसानी से उसका गला छोड़ने वाली न थीं। बोलीं—तुझे ईशू के नाम से इतनी घृणा है?

सोफ़िया—मैं हृदय से उनकी श्रद्धा करती हूँ।

माँ—तू झूठ बोलती है।

सोफ़िया—अगर दिल में श्रद्धा न होती, तो जबान से कदापि न कहती।

माँ—तू प्रभु मसीह को अपना मुक्तिदाता समझती है? तुझे यह विश्वास है कि वहीं उद्धार करेंगे?

सोफ़िया—कदापि नहीं। मेरा विश्वास है कि मेरी मुक्ति, अगर मुक्ति हो सकती है, तो मेरे कर्मों से होगी।

माँ—तेरे कर्मों से तेरे मुँह में कालिख लगेगी, मुक्ति न होगी।

यह कहकर मिसेज़ सेवक फ़िटन पर जा बैठी। संध्या हो गई थी। सड़क पर ईसाइयों के दल-के-दल कोई ओवरकोट पहने, कोई माघ की ठंड से सिकुड़े हुए, खुश गिरजे चले जा रहे थे, पर सोफ़िया को सूर्य की मलिन ज्योति भी असह्य हो रही थी, वह एक ठंडी साँस खींचकर बैठ गई। 'तेरे कर्मों से तेरे मुँह में कालिख लगेगी'—ये शब्द उसके अंतःकरण को भाले के समान बेधने लगे। सोचने लगी—मेरी स्वार्थ-सेवा का यही उचित दंड है। मैं भी केवल रोटियों के लिए अपनी आत्मा की हत्या कर रही हूँ, अपमान और अनादर के झोंके सह रही हूँ। इस घर में कौन मेरा हितैषी है? कौन है, जो मेरे मरने की खबर पाकर आँसू की चार बूँदे गिरा दे? शायद मेरे मरने से लोगों को खुशी होगी। मैं इनकी नजरों में इतनी गिर गई हूँ। ऐसे जीवन पर धिक्कार है। मैंने देखे हैं हिन्दू-घरानों में भिन्न-भिन्न मतों के प्राणी कितने प्रेम से रहते हैं। बाप सनातन-धर्मावलंबी है, तो बेटा आर्यसमाजी। पति ब्रह्मसमाज में है, तो स्त्री पाषाणपूजकों में। सब अपने-अपने धर्म का पालन करते हैं। कोई किसी से नहीं बोलता। हमारे यहाँ आत्मा कुचली जाती है। फिर भी यह दावा है कि हमारी शिक्षा और सभ्यता विचार-स्वातंत्र्य की पोषक हैं। हैं तो हमारे यहाँ भी उदार विचारों के लोग, प्रभु सेवक ही उनकी एक मिसाल हैं, पर इनकी उदारता यथार्थ में विवेकशून्यता है। ऐसे सेवक ही उनकी एक मिसाल है, पर इनकी उदारता यथार्थ में विवेकशून्यता है। ऐसे प्राणियों से तो अनुदार

ही अच्छे। इनमें कुछ विश्वास तो है, निरे बहुरूपिये तो नहीं हैं। आखिर मामा अपने दिल में क्या समझती हैं कि बात-बात पर वाग्बाणों से छेदने लगती हैं? उनके दिल में यही विचार होगा कि इसे कहीं और ठिकाना नहीं है, कोई इसका पूछनेवाला नहीं। मैं इन्हें दिखा दूँगी कि मैं अपने पैरों पर खड़ी हो सकती हूँ। अब इस घर में रहना नरकवास के समान है। इस बेहयाई की रोटियाँ खाने से भूखों मर जाना अच्छा है। बला से लोग हँसेंगे, आजाद तो हो जाऊँगी। किसी के ताने-मेहने तो न सुनने पड़ेंगे।

सोफ़िया उठी, और मन में कोई स्थान निश्चित किये बिना ही अहाते से बाहर निकल आयी। उस घर की वायु उसे दूषित मालूम होती थी। वह आगे बढ़ती जाती थी; पर दिल में लगातार प्रश्न हो रहा था, कहाँ जाऊँ? जब वह घनी आबादी में पहुँची तो शोहदों ने उस पर इधर-उधर से आवाजें कसनी शुरू कीं। किन्तु वह शर्म से सिर नीचा करने के बदले उन आवाजों और कुवासनामयी दृष्टियों का जवाब घृणायुक्त नेत्रों से देती चली जाती थी, जैसे कोई सवेग जल-धारा पत्थरों को ठुकराती हुई आगे बढ़ती चली जाय। यहाँ तक कि वह उस खुली हुई सड़क पर आ गई, जो दशाश्वमेध घाट की ओर जाती है।

उसके जी में आया, ज़रा दरिया की सैर करती चलूँ। कदाचित् किसी सज्जन से भेंट हो जाये। जब तक दो-चार आदमियों से परिचय न हो, और वे मेरा हाल न जानें, मुझसे कौन सहानुभूति प्रकट करेगा? कौन मेरे हृदय की बात जानता है? ऐसे सदय प्राणी सौभाग्य ही से मिलते हैं। जब अपने माता-पिता अपने शत्रु हो रहे हैं, तो दूसरों से भलाई की क्या आशा?

वह इसी नैराश्य की दशा में चली जा रही थी कि सहसा उसे एक विशाल प्रासाद दिख पड़ा, जिसके सामने बहुत चौड़ा हरा मैदान था। अंदर जाने के लिए एक ऊँचा फाटक था, जिसके ऊपर एक सुनहरा गुम्बद बना था। इस गुम्बद में नौबत बज रही थी, फाटक से भवन तक सुर्खी की एक रविश थी, जिसके दोनों ओर बेलें और गुलाब की क्यारियाँ थीं। हरी-हरी घास पर बैठे कितने नर-नारी माघ की शीतल वायु का आनन्द ले रहे थे। कोई लेटा हुआ था, कोई तकियेदार चौकियों पर बैठा सिगार पी रहा था।

सोफ़िया ने शहर में ऐसा रमणीक स्थान न देखा था। उसे आश्चर्य हुआ कि शहर के मध्य भाग में भी ऐसे मनोरम स्थान मौजूद हैं। वह एक चौकी

पर बैठ गई और सोचने लगी–अब लोग चर्च से आ गए होंगे। मुझे घर में न देखकर चौंकेगे तो ज़रूर; पर समझेंगे, कहीं घूमने गई होगी। अगर रात-भर यहीं बैठी रहूँ, तो भी वहाँ किसी को चिन्ता न होगी, आराम से खा-पीकर सोएँगे। हाँ, दादा को अवश्य दुःख होगा, वह भी केवल इसीलिए कि उन्हें बाइबिल पढ़कर सुनानेवाला कोई नहीं। मामा तो दिल में खुश होंगी कि अच्छा हुआ, आँखों से दूर हो गई। मेरा किसी से परिचय नहीं। इसी से कहा है, सबसे मिलते रहना चाहिए, न जाने कब किससे काम पड़ जाय। मुझे बरसों रहते हो गए और किसी से राह-रस्म न पैदा की। मेरे साथ नैनीताल में यहाँ के किसी रईस की लड़की पढ़ती थी, भला-सा नाम था। हाँ, इन्दु। कितना कोमल स्वभाव था! बात-बात से प्रेम टपका पड़ता था। हम दोनों गले में बाँहें डाले टहलती थीं। यहाँ कोई बालिका इतनी सुन्दर और ऐसी सुशील न थी। मेरे और उसके विचारों में कितना सादृश्य था! कहीं उसका पता मिल जाता, तो दस-पाँच दिन उसी के यहाँ मेहमान हो जाती। उसके पिता का अच्छा-सा नाम था। हाँ, कुँवर भरतसिंह। पहले यह बात ध्यान में न आयी, नहीं तो एक कार्ड लिखकर डाल देती। मुझे भूल तो क्या गई होगी, इतनी निष्ठुर तो न मालूम होती थी। कम-से-कम मानव-चरित्र का तो अनुभव हो जाएगा।

मजबूरी में हमें उन लोगों की याद आती है, जिनकी सूरत भी विस्मृत हो चुकी होती है। विदेश में हमें अपने मुहल्ले का नाई या कहार भी मिल जाय, तो हम उसके गले मिल जाते हैं, चाहे देश में उससे कभी सीधे मुँह बात भी न की हो।

सोफ़िया सोच रही थी कि किसी से कुँवर भरतसिंह का पता पूछूँ, इतने में भवन में सामनेवाले पक्के चबूतरे पर फर्श बिछ गया। कई आदमी सितार, बेला, मृदंग ले, आ बैठे, और इन साजों के साथ स्वर मिलाकर कई नवयुवक एक स्वर से गाने लगे–

शांति-समर में कभी भूलकर धैर्य नहीं खोना होगा;
वज्र-प्रहार भले सिर पर हो, नहीं किन्तु रोना होगा।
अरि से बदला लेने का मन-बीज नहीं बोना होगा;
घर में कान तूल देकर फिर तुझे नहीं सोना होगा।

देश-दाग़ को रुधिर वारि से हर्षित हो धोना होगा;
देश-कार्य की सारी गठरी सिर पर रख ढोना होगा।
आँखें लाल, भवें टेढ़ी कर, क्रोध नहीं करना होगा;
बलि-वेदी पर तुझे हर्ष से चढ़कर कट मरना होगा।
नश्वर है नर-देह, मौत से कभी नहीं डरना होगा;
सत्य-मार्ग को छोड़ स्वार्थ-पथ पैर नहीं धरना होगा।
होगी निश्चय जीत धर्म की यही भाव भरना होगा;
मातृभूमि के लिए जगत में जीना औ' मरना होगा।

संगीत में न लालित्य था, न माधुर्य; पर वह शक्ति, वह जागृति भरी हुई थी, जो सामूहिक संगीत का गुण है, आत्मसमर्पण और उत्कर्ष का पवित्र संदेश विराट आकाश में, नील गगन में और सोफ़िया के अशांत हृदय में गूँजने लगा। वह अब तक धार्मिक विवेचन ही में रत रहती थी। राष्ट्रीय संदेश सुनने का अवसर उसे कभी न मिला था। उसके रोम-रोम से वही ध्वनि, दीपक-से ज्योति के समान निकलने लगी–

'मातृभूमि के लिए जगत में जीना औ' मरना होगा।'

उसके मन में एक तरंग उठी कि मैं भी आकर गानेवालों के साथ गाने लगती। भाँति-भाँति के उद्गार उठने लगे–मैं किसी दूसरे देश में जाकर भारत का आर्तनाद सुनाती। यहीं खड़ी होकर कह दूँ, मैं अपने को भारत-सेवा के लिए समर्पित करती हूँ। अपने जीवन के उद्देश्य पर एक व्याख्यान देती–हम भाग्य के दुखड़े रोने के लिए अपनी अवनत दशा पर आँसू बहाने के लिए नहीं बनाये गए हैं।

समा बँधा हुआ था, सोफ़िया के हृदय ही आँखों के सामने इन्हीं भावों के चित्र नृत्य करते हुए मालूम होते थे।

अभी संगीत की ध्वनि गूँज ही रही थी कि अकस्मात् उसी अहाते के अंदर एक खपरैल के मकान में आग लग गई। जब तक लोग उधर दौड़े, अग्नि की ज्वाला प्रचंड हो गई। सारा मैदान जगमगा उठा। वृक्ष और पौधे प्रदीप्त प्रकाश के सागर में नहा उठे। गानेवालों ने तुरन्त अपने-अपने साज वहीं छोड़े, धोतियाँ ऊपर उठायीं, आस्तीनें चढ़ाईं और आग बुझाने दौड़े। भवन से और

भी कितने ही युवक निकल पड़े। कोई कुएँ से पानी लाने दौड़ा, कोई आग के मुँह में घुसकर अन्दर की चीजें निकाल-निकालकर बाहर फेंकने लगा। लेकिन कहीं वह उतावलापन, वह घबराहट, वह भगदड़, वह कुहराम, वह 'दौड़ो-दौड़ो' का शोर, वह स्वयं कुछ न करके दूसरों को हुक्म देने का गुल न था, जो ऐसी दैवी आपदओं के समय साधारणतः हुआ करता है। सभी आदमी ऐसे सुचारु और सुव्यवस्थित रूप से अपना-अपना काम कर रहे थे कि एक बूँद पानी भी व्यर्थ न गिरने पाता था, और अग्नि का वेग प्रतिक्षण घटता जाता था। लोग इतनी निर्भयता से आग में कूदते थे, मानों वह जलकुंड है।

अभी अग्नि का वेग पूर्णतः शांत न हुआ था कि दूसरी तरफ़ से आवाज़ आयी—'दौड़ो-दौड़ो, आदमी डूब रहा है।' भवन के दूसरी ओर एक पक्की बावली थी, जिसके किनारे झाड़ियाँ लगी हुई थीं, तट पर एक छोटी-सी नौका खूँटी में बँधी हुई पड़ी थी। आवाज़ सुनते ही आग बुझानेवाले दल से कई आदमी निकलकर बावली की तरफ़ लपके, और डूबनेवाले को बचाने के लिए पानी में कूद पड़े। उनके कूदने की आवाज! 'धम! धम!' सोफ़िया के कानों में आई। ईश्वर का यह कैसा प्रकोप कि एक ही साथ दोनों प्रधान तत्त्वों में विप्लव! और एक ही स्थान पर! वह उठकर बावली की ओर जाना ही चाहती थी कि अचानक उसने एक आदमी को पानी का डोल लिये फिसलकर जमीन पर गिरते देखा। चारों और अग्नि शांत हो गई थी; पर जहाँ वह आदमी गिरा था, वहाँ अब तक बड़े वेग से धधक रही थी। अग्नि-ज्वाला विकराल मुँह खोले उस अभागे मनुष्य की तरफ लपकी। आग की लपटें उसे निगल जातीं; पर सोफ़िया विद्युत-गति से ज्वाला की तरफ दौड़ी और उस आदमी को खींचकर बाहर निकाल आयी। यह सब कुछ क्षण-मात्र में हो गया। अभागे की जान बच गई; लेकिन सोफ़िया का कोमल गात आग की लपट में झुलस गया। वह ज्वालाओं के घेरे से बाहर आते ही अचेत होकर ज़मीन पर गिर पड़ी।

सोफ़िया ने तीन दिन तक आँखें न खोलीं। मन न जाने किन लोकों में भ्रमण किया करता था। कभी अद्भुत, कभी भयावह दृश्य दिखायी देते। कभी ईसा की सौम्य मूर्ति आँखों के सामने आ जाती, कभी किसी विदुषी महिला के चंद्रमुख के दर्शन होते, जिन्हें वह सेंट मेरी समझती।

चौथे दिन प्रातःकाल उसने आँखें खोलीं, तो अपने को एक सजे हुए कमरे में पाया। गुलाब और चन्दन की सुगन्ध आ रही थी। उसके सामने कुरसी पर वही महिला बैठी हुई थी, जिन्हें उसने सुषुप्तावस्था में सेंट मेरी समझा था, और सिरहाने की ओर एक वृद्ध पुरुष बैठे थे, जिनकी आँखों में दया टपकी पड़ती थी। इन्हीं को कदाचित् उसने, अर्द्ध चेतना की दशा में, ईसा समझा था। स्वप्न की रचना स्मृतियों की पुनरावृत्ति-मात्र होती है।

सोफ़िया ने क्षीण स्वर में पूछा–मैं कहाँ हूँ?

वृद्ध पुरुष ने कहा–तुम कुँवर भरतसिंह के घर में हो। तुम्हारे सामने रानी साहिबा बैठी हुई हैं, तुम्हारा जी अब कैसा है?

सोफ़िया–अच्छी हूँ, प्यास लगी है। मामा कहाँ हैं, पापा कहाँ हैं, आप कौन हैं?

रानी–यह डॉक्टर गांगुली हैं। तीन दिन से तुम्हारी दवा कर रहे हैं। तुम्हारे पापा-मामा कौन हैं?

सोफ़िया–पापा का नाम मि. जॉन सेवक है। हमारा बँगला सिगरा में है।

डॉक्टर–अच्छा, तुम जॉन सेवक की बेटी हो? हम उसे जानता है; अभी बुलाता है।

रानी–किसी को अभी भेज दूँ?

सोफ़िया–कोई जल्दी नहीं है, आ जायेंगे। मैंने जिस आदमी को पकड़कर खींचा था, उसकी क्या दशा हुई?

रानी–बेटी, वह ईश्वर की कृपा से बहुत अच्छी तरह है। उसे ज़रा भी आँच नहीं लगी। वह मेरा बेटा विनय है। अभी आता होगा। तुम्हीं ने उसके प्राण बचाये अगर तुम दौड़कर न पहुँच जातीं, तो आज न जाने क्या होता। मैं तुम्हारे ऋण से कभी मुक्त नहीं हो सकती। तुम मेरे कुल की रक्षा करनेवाली देवी हो।

सोफ़िया–जिस घर में आग लगी थी, उसके आदमी सब बच गए?

रानी–बेटी, यह तो केवल अभिनय था, विनय ने यहाँ एक सेवा-समिति बना रखी है! जब शहर में कोई मेला होता है, या कहीं से किसी दुर्घटना का समाचार आता है, तो समिति वहाँ पहुँचकर सेवा-सहायता करती है। उस दिन समिति की परीक्षा के लिए कुँवर साहब ने वह अभिनय किया था।

डॉक्टर—कुँवर साहब देवता है, कितने ग़रीब लोगों की रक्षा करता है। यह समिति, अभी थोड़े दिन हुए, बंगाल गई थी। यहाँ सूर्य-ग्रहण का स्नान होने वाला है। लाखों यात्री दूर-दूर से आएँगे। उसके लिए यह सब तैयारी हो रही है।

इतने में एक युवती रमणी आकर खड़ी हो गई। उसके मुख से उज्ज्वल दीपक के समान प्रकाश की रश्मियाँ छिटक रही थीं। गले में मोतियों के हार के सिवा उसके शरीर पर कोई आभूषण न था। उषा की शुभ्र छटा मूर्तिमान् हो गई थी। सोफ़िया ने उसे एक क्षण-भर देखा, तब बोली—इंदु, तुम यहाँ कहाँ? आज कितने दिनों के बाद तुम्हें देखा है?

इंदु चौंक पड़ी। तीन दिन से बराबर सोफ़िया को देख रही थी, खयाल आता था कि इसे कहीं देखा है; पर कहाँ देखा है, यह याद न आती थी। उसकी बातें सुनते ही स्मृति जागृत हो गई, आँखें चमक उठी, गुलाब खिल गया। बोली—ओहो! सोफ़ी, तुम हो?

दोनों सखियाँ गले मिल गईं। यह वहीं इंदु थी, जो सोफ़िया के साथ नैनीताल में पढ़ती थी। सोफ़िया को आशा न थी कि इंदु इतने प्रेम से मिलेगी। इंदु कभी पिछली बातें याद करके रोती, कभी हँसती, कभी गले मिल जाती। अपनी माँ से उसका गुणानुवाद करने लगी। माँ उसका प्रेम देखकर फूली न समाती। अंत में सोफ़िया ने झेंपते हुए कहा—इंदु, ईश्वर के लिए अब मेरी और ज़्यादा तारीफ न करो, नहीं तो मैं तुमसे न बोलूँगी। इतने दिनों तक कभी एक खत भी न लिखा, मुँह-देखे का प्रेम करती हो।

रानी—नहीं बेटी सोफ़ी, इंदु मुझसे कई बार तुम्हारी चर्चा कर चुकी है। यहाँ किसी से हँसकर बोलती तक नहीं। तुम्हारे सिवा मैंने इसे किसी की तारीफ़ करते नहीं सुना।

इंदु—बहन, तुम्हारी शिकायत वाजिब है, पर करूँ क्या, मुझे खत नहीं लिखना आता। एक तो बड़ी भूल यह हुई कि तुम्हारा पता नहीं पूछा, और अगर पता मालूम भी होता, तो भी मैं खत न लिख सकती। मुझे डर लगता है कि कहीं तुम हँसने न लगो। मेरा पत्र कभी समाप्त ही न होता, और न जाने क्या-क्या लिख जाती।

कुँवर साहब को मालूम हुआ कि सोफ़िया बातें कर रही है, तो वह भी उसे धन्यवाद देने के लिए आये। पूरे छः फीट के मनुष्य थे, बड़ी-बड़ी आँखें, लम्बे

बाल, लम्बी दाढ़ी, मोटे कपड़े का एक नीचा कुरता पहने हुए थे। सोफ़िया ने ऐसा तेजस्वी स्वरूप कभी न देखा था। उसने अपने मन में ऋषियों की जो कल्पना कर रखी थी, वह बिलकुल ऐसी ही थी। इस विशाल शरीर में बैठी हुई विशाल आत्मा दोनों नेत्रों से ताक रही थी। सोफ़ी ने सम्मान-भाव से उठना चाहा; पर कुँवर साहब मधुर स्वर में बोले—बेटी, लेटी रहो, तुम्हें उठने में कष्ट होगा। लो, मैं बैठ जाता हूँ, तुम्हारे पापा से मेरा परिचय है, पर क्या मालूम था कि तुम मि. सेवक की बेटी हो। मैंने उन्हें बुलाया है, लेकिन मैं कहे देता हूँ, मैं अभी तुम्हें न जाने दूँगा। यह कमरा अब तुम्हारा है और यहाँ से चले जाने पर भी तुम्हें एक बार नित्य यहीं आना पड़ेगा (रानी से) जाह्नवी, यहाँ प्यानो मँगवाकर रख दो। आज मिस सोहराबजी को बुलवाकर सोफ़िया का एक तैल चित्र खिंचवाओ। सोहराबजी ज्यादा कुशल हैं; पर मैं नहीं चाहता कि सोफ़िया को उनके सामने बैठना पड़े। वह चित्र हमें याद दिलाता रहेगा कि किसने महान संकट के अवसर पर हमारी रक्षा की।

रानी—कुछ नाज भी दान करा दूँ?

यह कहकर रानी ने डॉक्टर गांगुली की ओर देखकर आँखें मटकाईं। कुँवर साहब तुरंत बोले—फिर वही ढकोसले! इस जमाने में जो दरिद्र है, उसे दरिद्र होना चाहिए, जो भूखों मरता है, उसे भूखों मरना चाहिए; जब घंटे-दो-घंटे की मेहनत से खाने-भर को मिल सकता है, तो कोई सबब नहीं है कि क्यों कोई आदमी भूखों मरे। दान ने हमारी जाति में जितने आलसी पैदा कर दिए हैं, उतने सब देशों ने मिलकर भी न पैदा किए होंगे। दान का इतना महत्त्व क्यों रखा गया, यह मेरी समझ में नहीं आता।

रानी—ऋषियों ने भूल की कि तुमसे सलाह न ले ली।

कुँवर—हाँ, मैं होता, तो साफ कह देता—आप लोग यह आलस्य, कुकर्म और अनर्थ का बीज बो रहे हैं। दान आलस्य का मूल है और आलस्य सब पापों का मूल है। इसलिए दान ही सब पापों का मूल है, कम-से-कम पोषक तो अवश्य ही है। दान नहीं, अगर जी चाहता हो, तो मित्रों को एक भोज दे दो।

डॉक्टर गांगुली—सोफ़िया, तुम राजा साहब का बात सुनता है? तुम्हारा प्रभु मसीह तो दान को सबसे बढ़कर महत्त्व देता है, तुम कुँवर साहब से कुछ नहीं कहता?

सोफ़िया ने इंदु की ओर देखा, और मुस्कराकर आँखें नीची कर लीं, मानो कह रही थी कि मैं इनका आदर करती हूँ, नहीं तो जवाब देने में असमर्थ नहीं हूँ।

सोफ़िया मन-ही-मन इन प्राणियों के पारस्परिक प्रेम की तुलना अपने घर वालों से कर रही थी। आपस में कितनी मुहब्बत है। माँ-बाप दोनों इंदु पर प्राण देते हैं। एक मैं अभागिनी हूँ कि कोई मुँह भी नहीं देखना चाहता। चार दिन यहाँ पड़े हो गए, किसी ने खबर तक न ली। किसी ने खोज न की होगी। अम्मां ने तो समझा होगा, कहीं डूब मरी। मन में प्रसन्न हो रही होंगी कि अच्छा हुआ, सिर से बला टली। मैं ऐसे सहृदय प्राणियों में रहने योग्य नहीं हूँ। मेरी इनसे क्या बराबरी?

यद्यपि यहाँ किसी के व्यवहार में दया की झलक भी न थी, लेकिन सोफ़िया को उन्हें अपना इतना आदर-सत्कार करते देखकर अपनी दीनावस्था पर ग्लानि होती थी। इंदु से भी शिष्टाचार करने लगी। इंदु उसे प्रेम से 'तुम' कहती थी, पर वह 'आप' कहकर संबोधित करती थी।

कुँवर साहब कह गए थे, मैंने मि. सेवक को सूचना दे दी है, वह आते ही होंगे। सोफ़िया को अब यह भय होने लगा कि कहीं वह आ न रहे हों। आते-ही-आते मुझे अपने साथ चलने को कहेंगे। मेरे सिर फिर वहीं विपत्ति पड़ेगी। इंदु से अपनी विपत्ति कथा कहूँ, तो शायद उसे मुझसे कुछ सहानुभूति हो। यह नौकरानी यहाँ व्यर्थ ही बैठी हुई है। इंदु आयी भी, तो उससे कैसे बातें करूँगी। पापा के आने के पहले एक बार इंदु से एकांत में मिलने का मौका मिल जाता, तो अच्छा होता। क्या करूँ, इंदु को बुला भेजूँ? न जाने क्या करने लगी। प्यानो बजाऊँ, तो शायद सुनकर आये।

उधर इंदु भी सोफ़िया से कितनी ही बातें करना चाहती थी। रानीजी के सामने उसे दिल की बातें करने का अवसर न मिला था। डर रही थी कि सोफ़िया के पिता उसे लेते गए, तो मैं फिर अकेली हो जाऊँगी। डॉक्टर गांगुली ने कहा था कि इन्हें ज्यादा बातें मत करने देना, आज और आराम से सो लें, तो फिर कोई चिंता न रहेगी। इसलिए वह आने का इरादा करके भी रह जाती थी। आखिर नौ बजते-बजते वह अधीर हो गई। आकर नौकरानी को अपना कमरा साफ करने के बहाने से हटा दिया और सोफ़िया के सिरहाने बैठकर बोली—क्यों बहन, बहुत कमजोरी तो नहीं मालूम होती?

सोफ़िया—बिल्कुल नहीं। मुझे तो मालूम होता है कि मैं चंगी हो गई।

इंदु—तुम्हारे पापा कहीं तुम्हें अपने साथ ले गए, तो मेरे प्राण निकल जायेंगे। तुम भी उनकी राह देख रही हो। उनके आते ही खुश होकर चली जाओगी, और शायद फिर कभी याद न करोगी।

यह कहते-कहते इंदु की आँखें सजल हो गईं। मनोभावों के अनुचित आवेश को हम बहुधा मुस्कराहट से छिपाते हैं। इंदु की आँखों में आँसू भरे हुए थे, पर वह मुस्करा रही थी।

सोफ़िया बोली—आप मुझे भूल सकती हैं, पर मैं आपको कैसे भूलूँगी?

वह अपने दिल का दर्द सुनाने ही जा रही थी कि संकोच ने आकर जबान बंद कर दी, बात फेरकर बोली—मैं कभी-कभी आपसे मिलने आया करूँगी।

इंदु—मैं तुम्हें यहाँ से अभी पंद्रह दिन तक न जाने दूँगी। धर्म बाधक न होता, तो कभी न जाने देती। अम्मांजी तुम्हें अपनी बहू बनाकर छोड़तीं। तुम्हारे ऊपर बेतरह रीझ गई हैं। जहाँ बैठती हैं, तुम्हारी ही चर्चा करती हैं। विनय भी तुम्हारे हाथों बिका हुआ-सा जान पड़ता है। तुम चली जाओगी, तो सबसे ज्यादा दुःख उसी को होगा। एक बात भेद की तुमसे कहती हूँ, अम्मांजी तुम्हें कोई चीज तोहफा समझकर दें, तो इनकार मन करना, नहीं तो उन्हें बहुत दुःख होगा।

इस प्रेममय आग्रह ने संकोच का लंगर उखाड़ दिया। जो अपने घर में नित्य कटु शब्द सुनने का आदी हो, उसके लिए उतनी मधुर सहानुभूति काफ़ी से ज़्यादा थी। जब सोफ़ी को इंदु से अपने मनोभावों को गुप्त रखना मैत्री के नियमों के विरुद्ध प्रतीत हुआ। करुण स्वर में बोली—इंदु, मेरा वश चलता तो कभी रानी के चरणों को न छोड़ती, पर अपना क्या काबू है? यह स्नेह और कहाँ मिलेगा?

इंदु यह भाव न समझ सकी। अपनी स्वाभाविक सरलता से बोली—कहीं विवाह की बातचीत हो रही है क्या?

सोफ़िया—नहीं, मैंने तो इरादा कर लिया है कि विवाह न करूँगी।

इंदु—क्यों?

सोफ़िया—इसलिए कि विवाह से मुझे अपनी धार्मिक स्वाधीनता त्याग देनी पड़ेगी। धर्म विचार-स्वतंत्रता का गला घोंट देता है। मैं अपनी आत्मा को

किसी मत के हाथ नहीं बेचना चाहती। मुझे ऐसा ईसाई पुरुष मिलने की आशा नहीं, जिसका हृदय इतना उदार हो कि वह मेरी धार्मिक शंकाओं को दरगुज़र कर सके। मैं परिस्थिति से विवश होकर ईसा को खुदा का बेटा और अपना मुक्तिदाता नहीं मान सकती, विवश होकर गिरजाघर में ईश्वर की प्रार्थना करने नहीं जाना चाहती। मैं ईसा को ईश्वर नहीं मान सकती।

इंदु–मैं तो समझती थी, तुम्हारे यहाँ हम लोगों के यहाँ से कहीं ज़्यादा आज़ादी है; जहाँ चाहो, अकेली जा सकती हो। हमारा तो घर से निकलना मुश्किल है।

सोफ़िया–लेकिन इतनी धार्मिक संकीर्णता तो नहीं है?

इंदु–नहीं, कोई किसी को पूजा-पाठ के लिए मजबूर नहीं करता। बाबूजी नित्य गंगास्नान करते हैं, घण्टों शिव की आराधना करते हैं। अम्मांजी कभी भूलकर भी स्नान करने नहीं जातीं, न किसी देवता की पूजा करती हैं; पर बाबूजी कभी आग्रह नहीं करते। भक्ति तो अपने विश्वास और मनोवृत्ति पर ही निर्भर है। हम भाई-बहन के विचार में आकाश-पताल का अन्तर है। मैं कृष्ण की उपासिका हूँ, विनय ईश्वर के अस्तित्व को स्वीकार नहीं करता; पर बाबूजी हम लोगों से कभी कुछ नहीं कहते और न हम भाई-बहन में कभी इस विषय पर वाद-विवाद होता है।

सोफ़िया–हमारी स्वाधीनता लौकिक और इसलिए मिथ्या है। आपकी स्वाधीनता मानसिक और इसलिए सत्य है। असली स्वाधीनता वही है, जो विचार के प्रवाह में बाधक न होती हो।

इंदु–तुम गिरजे में कभी नहीं जातीं?

सोफ़िया–पहले दुराग्रह-वश जाती थी, अबकी नहीं गई। इस पर घर के लोग बहुत नाराज़ हुए बुरी तरह तिरस्कार किया गया।

इंदु ने प्रेममयी सरलता से कहा–वे लोग नाराज़ हुए होंगे, तो तुम बहुत रोयी होगी। इन प्यारी आँखों से आँसू बहे होंगे। मुझसे किसी का रोना नहीं देखा जाता।

सोफ़िया–पहले रोया करती थी, अब परवा नहीं करती।

इंदु–मुझे तो कभी कोई कुछ कह देता है, तो हृदय पर तीर-सा लगता है। दिन-दिन भर रोती ही रह जाती हूँ। आँसू ही नहीं थमते। वह बात

बार-बार हृदय में चुभा करती है। सच पूछो, तो मुझे किसी के क्रोध पर रोना नहीं आता, रोना आता है अपने ऊपर कि मैंने उन्हें क्यों नाराज़ किया, क्यों मुझसे ऐसी भूल हुई।

सोफ़िया को भ्रम हुआ कि इंदु मुझे अपनी क्षमाशीलता से लज्जित करना चाहती है, माथे पर शिकन पड़ गई। बोली–मेरी जगह पर आप होतीं, तो ऐसा न कहतीं। आखिर क्या आप अपने धार्मिक विचारों को छोड़ बैठतीं?

इंदु–यह तो नहीं कह सकती कि क्या करती; पर घरवालों को प्रसन्न रखने की चेष्टा करती।

सोफ़िया–आपकी माताजी अगर आपको जबरदस्ती कृष्ण की उपासना करने से रोकें, तो आप मान जायेंगी?

इंदु–हाँ, मैं तो मान जाऊँगी। अम्माँ को नाराज़ न करूँगी। कृष्ण तो अंतर्यामी हैं, उन्हें प्रसन्न रखने के लिए उपासना की ज़रूरत नहीं। उपासना तो केवल अपने मन के संतोष के लिए है।

सोफ़िया–(आश्चर्य से) आपको ज़रा भी मानसिक पीड़ा न होगी?

इंदु–अवश्य होगी; पर उनकी खातिर मैं सह लूँगी।

सोफ़िया–अच्छा, अगर वह आपकी इच्छा के विरुद्ध आपका विवाह करना चाहें तो?

इंदु–(लजाते हुए) वह समस्या तो हल हो चुकी। माँ-बाप ने जिससे उचित समझा, कर दिया। मैंने जबान तक नहीं खोली।

सोफ़िया–अरे, यह कब?

इंदु–इसे तो दो साल हो गए। (आँखें नीची करके) अगर मेरा अपना वश होता, तो उन्हें कभी न वरती, चाहे कुँवारी ही रहती। मेरे स्वामी मुझसे प्रेम करते हैं, धन की कोई कमी नहीं। पर मैं उनके हृदय के केवल चतुर्थांश की अधिकारिणी हूँ, उसके तीन भाग सार्वजनिक कामों में भेंट होते हैं। एक के बदले चौथाई पाकर कौन संतुष्ट हो सकता है? मुझे तो बाजरे की पूरी बिस्कुट के चौथाई हिस्से से कहीं अच्छी मालूम होती है। क्षुधा तो तृप्त हो जाती है, जो भोजन का यथार्थ उद्देश्य है।

सोफ़िया–आपकी धार्मिक स्वाधीनता में तो बाधा नहीं डालते?

इंदु–नहीं। उन्हें इतना अवकाश कहाँ?

सोफ़िया—तब तो मैं आपको मुबारकबाद दूँगी।

इंदु—अगर किसी कैदी को बधाई देना उचित हो, तो शौक से दो।

सोफ़िया—बेड़ी प्रेम की हो तो?

इंदु—ऐसा होता, तो मैं तुमसे बधाई देने को आग्रह करती। मैं बँध गई, वह मुक्त हैं। मुझे यहाँ आये तीन महीने होने आते हैं; पर तीन बार से ज़्यादा नहीं आये; और वह भी एक-एक घंटे के लिए। इसी शहर में रहते हैं, दस मिनट में मोटर आ सकती है; पर इतनी फुर्सत किसे है। हाँ, पत्रों में अपनी मुलाकात का काम निकालना चाहते हैं, और वे पत्र भी क्या होते हैं, आदि से अंत तक अपने दुखड़ों से भरे हुए। आज यह काम है, कल वह काम है; इनसे मिलने जाना है, उनका स्वागत करना है। म्युनिसिपैलिटी के प्रधान क्या हो गए, राज्य मिल गया। जब देखो, वही धुन सवार! और सब कामों के लिए फुर्सत है। अगर फुर्सत नहीं है, तो सिर्फ यहाँ आने की। मैं तुम्हें चेताए देती हूँ, किसी देश-सेवक से विवाह न करना, नहीं तो पछताओगी। तुम उसके अवकाश के समय की मनोरंजन-सामग्री-मात्र रहोगी।

सोफ़िया—मैं तो पहले ही अपना मन स्थिर कर चुकी; सबसे अलग-ही-अलग रहना चाहती हूँ, जहाँ मेरी स्वाधीनता में बाधा डालने वाला कोई न हो। मैं सत्पथ पर रहूँगी, या कुपथ पर चलूँगी, यह जिम्मेदारी भी अपने ही सिर लेना चाहती हूँ। मैं बालिग हूँ और अपना नफा-नुकसान देख सकती हूँ। आजन्म किसी की रक्षा में नहीं रहना चाहती; क्योंकि रक्षा का कार्य पराधीनता के सिवा और कुछ नहीं।

इंदु—क्या तुम अपने मामा और पापा के अधीन नहीं रहना चाहती?

सोफ़िया—न, पराधीनता में प्रकार का नहीं, केवल मात्राओं का अंतर है।

इंदु—तो मेरे ही घर क्यों नहीं रहती? मैं इसे अपना सौभाग्य समझूँगी! और अम्माँजी तो तुम्हें आँखों की पुतली बनाकर रखेंगी। मैं चली जाती हूँ, तो वह अकेले घबराया करती हैं। तुम्हें पा जाएं, तो फिर गला न छोड़ें। कहो अम्माँ से कहूँ? यहाँ तुम्हारी स्वाधीनता में कोई दखल न देगा। बोलो, कहूँ जाकर अम्माँ से?

सोफ़िया—नहीं, अभी भूलकर भी नहीं। आपकी अम्माँजी को जब मालूम होगा कि इसके माँ-बाप इसकी बात नहीं पूछते, मैं उनकी आँखों से

भी गिर जाऊँगी। जिसकी अपने घर में इज्जत नहीं, उसकी बाहर भी इज्जत नहीं होती।

इंदु—नहीं सोफ़ी, अम्माँजी का स्वभाव बिल्कुल निराला है। जिस बात से तुम्हें अपने निरादर का भय है, वही बात अम्माँजी के आदर की वस्तु है। वह स्वयं अपनी माँ से किसी बात पर नाराज़ हो गई थीं, तब से मैके नहीं गईं। नानी मर गई; पर अम्माँ ने उन्हें क्षमा नहीं किया। सैकड़ों बुलावे आये; पर उन्हें देखने तक न गईं। उन्हें ज्यों ही यह बात मालूम होगी, तुम्हारी दूनी इज्जत करने लगेंगी।

सोफ़ी ने आँखों में आँसू भरकर कहा—बहन, मेरी लाज अब आप ही के हाथ में है।

इंदु ने उसका सिर अपनी जाँघ पर रखकर कहा—वह मुझे अपनी लाज से कम प्रिय नहीं है।

उधर मि. जॉन सेवक को कुँवर साहब का पत्र मिला, तो जाकर स्त्री से बोले—देखा, मैं कहता न था कि सोफ़ी पर कोई संकट आ पड़ा। यह देखो, कुँवर भरतसिंह का पत्र है। तीन दिनों से उनके घर पड़ी हुई है। उनके एक झोंपड़े में आग लग गई थी, वह भी उसे बुझाने लगी। वहीं लपट में आ गई।

मिसेज़ सेवक—ये सब बहाने हैं। मुझे उसकी किसी बात पर विश्वास नहीं रहा। जिसका दिल खुदा से फिर गया, उसे झूठ बोलने का क्या डर? यहाँ से बिगड़कर गई थी, समझा होगा, घर से निकलते ही फूलों की सेज बिछी हुई मिलेगी। जब कहीं शरण न मिली, तो यह पत्र लिखवा दिया। अब आटे-दाल का भाव मालूम होगा। यह भी संभव है, खुदा ने उसके अविचार का यह दंड दिया हो।

मि. जॉन सेवक—चुप भी रहो, तुम्हारी निर्दयता पर मुझे आश्चर्य होता है। मैंने तुम जैसी कठोर-हृदय स्त्री नहीं देखी।

मिसेज़ सेवक—मैं तो नहीं जाती। तुम्हें जाना हो, तो जाओ।

जॉन सेवक—मुझे तो देख रही हो, मरने की फुरसत नहीं है। उसी पाँड़ेपुर वाली ज़मीन के विषय में बातचीत कर रहा हूँ। ऐसे मूंजी से पाला पड़ा है कि किसी तरह चंगुल में नहीं आता। देहातियों को जो लोग सरल कहते हैं, बड़ी भूल करते हैं। इनसे ज्यादा चालाक आदमी मिलना मुश्किल है। तुम्हें इस

वक़्त कोई काम नहीं है, मोटर मँगवाए देता हूँ, शान से चली जाओ, और उसे अपने साथ लेती आओ।

ईश्वर सेवक वहीं आराम-कुरसी पर आँखें बन्द किये ईश्वर-भजन में मग्न बैठे थे। जैसे बहरा आदमी मतलब की बात सुनते ही सचेत हो जाता है, मोटरकार का जिक्र सुनते ही ध्यान टूट गया। बोले—मोटरकार की क्या ज़रूरत है? क्या दस-पाँच रुपये काट रहे हैं। यों उड़ाने से तो कारूँ का खजाना भी काफी न होगा। क्या गाड़ी पर न जाने से शान में फर्क आ जायेगा? तुम्हारी मोटर देखकर कुँवर साहब रोब में न आयेंगे, उन्हें खुदा ने बहुतेरी मोटरें दी हैं। प्रभु, दास को अपनी शरण में लो, अब देर न करो, मेरी सोफ़ी बेचारी वहाँ बेगानों में पड़ी हुई है, न जाने इतने दिन किस तरह काटे होंगे। खुदा उसे सच्चा रास्ता दिखाए। मेरी आँखें ढूँढ़ रही हैं। वहाँ उस बेचारी का कौन पूछत्तर होगा, अमीरों के घर में गरीबों का कहाँ गुजर।

जॉन सेवक—अच्छा ही हुआ। यहाँ तो रोजाना डॉक्टर की फीस न देनी पड़ती?

ईश्वर सेवक—डॉक्टर का क्या काम था। ईश्वर की दया से मैं खुद थोड़ी-बहुत डॉक्टरी कर लेता हूँ। घरवालों का स्नेह डॉक्टर की दवाओं से कहीं ज़्यादा लाभदायक होता है! मैं अपनी बच्ची को गोद में लेकर कलामे-पाक सुनाता, उसके लिए खुदा से दुआ माँगता।

मिसेज़ सेवक—तो आप ही चले जाइए!

ईश्वर सेवक—सिर और आँखों से, मेरा ताँगा मँगवा दो। हम सबों को चलना चाहिए। भूले-भटके को प्रेम ही सन्मार्ग पर लाता है। मैं भी चलता हूँ। अमीरों के सामने दीन बनना पड़ता है। उनसे बराबरी का दावा नहीं किया जाता।

जॉन सेवक—मुझे अभी साथ न ले जाइए, मैं किसी दूसरे अवसर पर जाऊँगा। इस वक्त वहाँ शिष्टाचार के सिवा और कोई काम न होगा। मैं उन्हें धन्यवाद दूँगा, वह मुझे धन्यवाद देंगे। मैं इस परिचय को दैवी प्रेरणा समझता हूँ। इतमीनान से मिलूँगा। कुँवर साहब का शहर में बड़ा दबाव है। म्युनिसिपैलिटी के प्रधान उनके दामाद हैं। उनकी सहायता से मुझे पाँड़ेपुरवाली ज़मीन बड़ी आसानी से मिल जायेगी। सम्भव है, वह कुछ हिस्से भी खरीद लें। मगर आज इन बातों का मौका नहीं है।

ईश्वर सेवक—मुझे तुम्हारी बुद्धि पर हँसी आती है। जिस आदमी से राह, रस्म पैदा करके तुम्हारे इतने काम निकल सकते हैं, उससे मिलने में भी तुम्हें इतना संकोच? तुम्हारा समय इतना बहुमूल्य है कि आध घण्टे के लिए भी वहाँ नहीं जा सकते। पहली ही मुलाकात में सारी बातें तय कर लेना चाहते हो? ऐसा सुनहरा अवसर पाकर भी तुम्हें उससे फ़ायदा उठाना नहीं आता?

जॉन सेवक—खैर, आपका अनुरोध है, तो मैं ही चला जाऊँगा। मैं एक ज़रूरी काम कर रहा था, फिर कर लूँगा। आपको कष्ट करने की ज़रूरत नहीं। (स्त्री से) तुम तो चल रही हो?

मिसेज़ सेवक—मुझे नाहक ले चलते हो; मगर...खैर...चलो।

भोजन के बाद चलना निश्चित हुआ। अंग्रेजी प्रथा के अनुसार यहाँ दिन का भोजन एक बजे होता था। बीच का समय तैयारियों में कटा। मिसेज़ सेवक ने अपने आभूषण निकाले, जिनसे वृद्धावस्था ने भी उन्हें विरक्त नहीं किया था। अपना अच्छे-से-अच्छा गाउन और ब्लाउज़ निकाला। इतना शृंगार वह अपनी बरस-गाँठ के सिवा और किसी उत्सव में न करती थीं। उद्देश्य था सोफ़िया को जलाना, उसे दिखाना कि तेरे आने से मैं रो-रोकर मरी नहीं जा रही हूँ। कोचवान को गाड़ी धोकर साफ करने का हुक्म दिया गया। प्रभु सेवक को भी साथ ले चलने की राय हुई। लेकिन जॉन सेवक ने जाकर उसके कमरे में देखा, तो उसका पता न था। उसकी मेज पर एक दर्शन-ग्रन्थ खुला पड़ा था। मालूम होता था, पढ़ते-पढ़ते उठकर कहीं चला गया है। वास्तव में यह ग्रंथ तीन दिनों से इसी भाँति पड़ा हुआ था। प्रभु सेवक को उसे बंद करके रख देने का अवकाश न था। वह प्रातःकाल से दो घड़ी रात तक शहर का चक्कर लगाया करता। केवल दो बार भोजन करने घर आता था। ऐसा कोई स्कूल न था, जहाँ उसने सोफ़ी को न ढूँढ़ा हो। कोई जान-पहचान का आदमी, कोई मित्र ऐसा न था, जिसके घर जाकर उसने तलाश न की हो। दिन-भर की दौड़-धूप के बाद रात को निराश होकर लौट आता और चारपायी पर लेटकर घंटों सोचता और रोता! कहाँ चली गई? पुलिस के दफ्तर में दिन-भर में दस-दस बार जाता और पूछता, कुछ पता चला? समाचारपत्रों में भी सूचना दे रखी थी। वहाँ भी रोज कई बार जाकर दरियाफ्त करता। उसे विश्वास होता जाता था कि सोफ़ी हमसे सदा के लिए बिदा हो गई। आज भी, रोज

की भाँति, एक बजे थका-माँदा, उदास और निराश लौटकर आया, तो जॉन सेवक ने शुभ सूचना दी—सोफ़िया का पता मिल गया।

प्रभु सेवक का चेहरा खिल उठा। बोला—सच! कहाँ? क्या उसका कोई पत्र आया है?

जॉन सेवक—कुँवर भरतसिंह के मकान पर है। जाओ, खाना खा लो। तुम्हें भी वहाँ चलना है।

प्रभु सेवक—मैं तो लौटकर खाना खाऊँगा। भूख गायब हो गई। है तो अच्छी तरह?

मिसेज़ सेवक—हाँ, हाँ, बहुत अच्छी तरह है। खुदा ने यहाँ से रूठकर जाने की सजा दे दी।

प्रभु सेवक—मामा, खुदा ने आपका दिल न जाने किस पत्थर का बनाया है। क्या घर से आप ही रूठकर चली गई थी? आप ही ने उसे निकाला और अब भी आपको उस पर ज़रा भी दया नहीं आती?

मिसेज़ सेवक—गुमराहों पर दया करना पाप है।

प्रभु सेवक—अगर सोफ़ी गुमराह है, तो ईसाइयों में 100 में 99 आदमी गुमराह हैं! वह धर्म का स्वाँग नहीं दिखाना चाहती, यही उसमें दोष है; नहीं तो प्रभु मसीह से जितनी श्रद्धा उसे है, उतनी उन्हें भी न होगी, जो ईसा पर जान देते हैं।

मिसेज़ सेवक—खैर, मालूम हो गया कि तुम उसकी वकालत खूब कर सकते हो। मुझे इन दलीलों को सुनने की फुरसत नहीं। यह कहकर मिसेज़ सेवक वहाँ से चली गईं। भोजन का समय आया। लोग मेज पर बैठे, प्रभु सेवक आग्रह करने पर भी न गया। तीनों आदमी फ़िटन पर बैठे, तो ईश्वर सेवक ने चलते-चलते जॉन सेवक से कहा—सोफ़ी को ज़रूर साथ लाना और इस अवसर को हाथ से न जाने देना। प्रभु मसीह तुम्हें सद्बुद्धि दे, सफल मनोरथ करें।

थोड़ी देर में फिटन कुँवर साहब के मकान पर पहुँच गई। कुँवर साहब ने बड़े तपाक से उनका स्वागत किया। मिसेज़ सेवक ने मन में सोचा था, मैं सोफ़िया से एक शब्द भी न बोलूँगी, दूर से खड़ी देखती रहूँगी। लेकिन जब सोफ़िया के कमरे में पहुँची और उसका मुरझाया चेहरा देखा, तो शोक से कलेजा मसोस उठा। मातृ-स्नेह उबल पड़ा। अधीर होकर उससे लिपट गईं। आँखों से आँसू बहने लगे। इस प्रवाह में सोफ़िया का मनोमालिन्य बह गया।

उसने दोनों हाथ माता की गर्दन में डाल दिये और कई मिनट तक दोनों प्रेम का स्वर्गीय आनन्द उठाती रहीं। जॉन सेवक ने सोफ़िया का माथा चूमा; किन्तु प्रभु सेवक आँखों में आँसू-भरे उसके सामने खड़ा रहा। आलिंगन करते हुए उसे भय होता था कि कहीं हृदय फट न जाय। ऐसे अवसरों पर उसके भाव और भाषा, दोनों ही शिथिल हो जाते हैं।

जब जॉन सेवक सोफ़ी को देखकर कुँवर साहब के साथ बाहर चले गए, तो मिसेज़ सेवक बोलीं—तुझे उस दिन क्या सूझी कि यहाँ चली आयी? यहाँ अजनबियों में पड़े-पड़े तेरी तबीयत घबराती रही होगी। ये लोग अपने धन के घमंड में तेरी बात भी न पूछते होंगे।

सोफ़िया—नहीं मामा, यह बात नहीं है। घमंड तो यहाँ किसी में छू भी नहीं गया है। सभी सहृदयता और विनय के पुतले हैं। यहाँ तक कि नौकर-चाकर भी इशारों पर काम करते हैं। मुझे आज चौथे दिन होश आया है। पर इन लोगों ने इतने प्रेम से सेवा-सुश्रूषा न की होती, तो शायद मुझे हफ़्तों बिस्तर पर पड़े रहना पड़ता। मैं अपने घर में भी ज़्यादा-से-ज़्यादा इतने ही आराम से रहती।

मिसेज़ सेवक—तुमने अपनी जान जोखिम में डाली थी, तो क्या ये लोग इतना भी करने से रहते?

सोफ़िया—नहीं मामा, ये लोग अत्यंत सुशील और सज्जन हैं। खुद रानीजी प्रायः मेरे पास बैठी पंखा झलती हैं। कुँवर साहब दिन में कई बार आकर देख जाते हैं, और इंदु से तो मेरा बहनापा-सा हो गया है। यही लड़की है, जो मेरे साथ नैनीताल में पढ़ा करती थी।

मिसेज़ सेवक—(चिढ़कर) तुझे दूसरों में सब गुण-ही-गुण नज़र आते हैं। अवगुण सब घरवालों ही के हिस्से में हैं। यहाँ तक कि दूसरे धर्म भी अपने धर्म से अच्छे हैं।

प्रभु सेवक—मामा, आप तो ज़रा-ज़रा-सी बात पर तिनक उठती हैं। अगर कोई अपने साथ अच्छा बरताव करे, तो क्या उसका एहसान न माना जाये? कृतघ्नता से बुरा कोई दूषण नहीं है।

मिसेज़ सेवक—यह कोई आज नई बात थोड़े ही है। घरवालों की निंदा तो इसकी आदत हो गई है। यह मुझे जताना चाहती है कि ये लोग इसके

साथ मुझसे ज्यादा प्रेम करते हैं। देखूँ, यहाँ से जाती है तो कौन-सा तोहफा दे देते हैं। कहाँ तेरी रानी साहिबा? मैं भी उन्हें धन्यवाद दे दूँ। उनसे आज्ञा ले लो और घर चलो। पापा अकेले घबरा रहे होंगे।

सोफ़िया—वह तो तुमसे मिलने को बहुत उत्सुक थीं। कब की आ गई होतीं, पर कदाचित् हमारे बीच में बिना बुलाए आना अनुचित समझती होंगी।

प्रभु सेवक—मामा, अभी सोफ़ी को यहाँ दो-चार दिन और आराम से पड़ी रहने दीजिए। अभी इसे उठने में कष्ट होगा। देखिए, कितनी दुर्बल हो गई है!

सोफ़िया—रानीजी भी यही कहती थीं कि अभी मैं तुम्हें जाने न दूँगी।

मिसेज़ सेवक—यह क्यों नहीं कहती कि तेरा ही जी यहाँ से जाने को नहीं चाहता। वहाँ तेरा इतना प्यार कौन करेगा!

सोफ़िया—नहीं मामा, आप मेरे साथ अन्याय कर रही हैं। मैं अब यहाँ एक दिन भी नहीं रहना चाहती। इन लोगों को मैं अब और कष्ट नहीं दूँगी। मगर एक बात मुझे मालूम हो जानी चाहिए। मुझ पर फिर तो अत्याचार न किया जायेगा? मेरी धार्मिक स्वतंत्रता में फिर तो कोई बाधा न डाली जायेगी?

प्रभु सेवक—सोफ़ी, तुम व्यर्थ इन बातों की क्यों चर्चा करती हो? तुम्हारे साथ कौन-सा अत्याचार किया जाता है? ज़रा-सी बात का बतंगड़ बनाती हो।

मिसेज़ सेवक—नहीं, तूने यह बात पूछ ली, बहुत अच्छा किया। मैं भी मुगालते में नहीं रखना चाहती। मेरे घर में प्रभु मसीह के द्रोहियों के लिए जगह नहीं है।

प्रभु सेवक—आप नाहक उससे उलझती हैं। समझ लीजिए, कोई पगली बक रही है।

मिसेज़ सेवक—क्या करूँ, मैंने तुम्हारी तरह दर्शन नहीं पढ़ा। यथार्थ को स्वप्न नहीं समझ सकती। यह गुण तो तत्त्वज्ञानियों ही में हो सकता है। यह मत समझो कि मुझे अपनी संतान से प्रेम नहीं है। खुदा जानता है, मैंने तुम्हारी खातिर क्या-क्या कष्ट नहीं झेले। उस समय तुम्हारे पापा एक दफ़्तर में क्लर्क थे। घर का सारा काम-काज मुझी को करना पड़ता था। बाज़ार जाती, खाना पकाती, झाड़ू लगाती; तुम दोनों ही बचपन में कमज़ोर थे, नित्य एक-न-एक रोग लगा ही रहता था। घर के कामों से ज़रा फुरसत मिलती तो डॉक्टर के पास जाती। बहुधा तुम्हें गोद में लिए-ही-लिए रातें कट जातीं। इतने

आत्मसमर्पण से पाली हुई संतान को जब ईश्वर से विमुख होते देखती हूँ, तो मैं दुःख और क्रोध से बावली हो जाती हूँ। तुम्हें मैं सच्चा, ईमान का पक्का, मसीह का भक्त बनाना चाहती थी। इसके विरुद्ध जब तुम्हें ईशू से मुँह मोड़ते देखती हूँ; उनके उपदेश, उनके जीवन और उनके अलौकिक कृत्यों पर शंका करते पाती हूँ, तो मेरे हृदय के टुकड़े हो जाते हैं, और यही इच्छा होती है कि इसकी सूरत न देखूँ। मुझे अपना मसीह सारे संसार से यहाँ तक कि अपनी जान से भी प्यारा है।

सोफ़िया—आपको ईशू इतना प्यारा है, तो मुझे भी अपनी आत्मा, अपना ईमान उससे कम प्यारा नहीं है। मैं उस पर किसी प्रकार का अत्याचार नहीं सह सकती।

मिसेज़ सेवक—खुदा तुझे इस अभक्ति की सज़ा देगा। मेरी उससे यही प्रार्थना है कि वह फिर मुझे तेरी सूरत न दिखाए।

यह कहकर मिसेज़ सेवक कमरे में बाहर निकल आईं। रानी और इंदु उधर से आ रही थीं। द्वार पर उनसे भेंट हो गई। रानीजी मिसेज़ सेवक के गले लिपट गईं और कृतज्ञतापूर्ण शब्दों का दरिया बहा दिया। मिसेज़ सेवक को इस साधुप्रेम में बनावट की बू आयी। लेकिन रानी को मानव चरित्र का ज्ञान न था। इंदु से बोलीं—देख, मिस सोफ़िया से कह दे, अभी जाने की तैयारी न करें। मिसेज़ सेवक, आप मेरी खातिर से सोफ़िया को अभी दो-चार दिन यहाँ रहने दें, मैं आपसे सविनय अनुरोध करती हूँ। अभी मेरा मन उसकी बातों से तृप्त नहीं हुआ और न उसकी सेवा ही कर सकी। मैं आपसे वादा करती हूँ, मैं स्वयं उसे आपके पास पहुँचा दूँगी। जब तक वह यहाँ रहेगी, आपसे दिन में एक बार भेंट तो होती ही रहेगी? धन्य हैं आप, जो ऐसी सुशीला लड़की पायीं! दया, विवेक की मूर्ति है। आत्मत्याग तो इसमें कूट-कूटकर भरा हुआ है।

मिसेज़ सेवक—मैं इसे अपने साथ चलने के लिए मजबूर नहीं करती। आप जितने दिन चाहें, शौक से रखें।

रानी—बस-बस, मैं इतना ही चाहती थी। आपने मुझे मोल ले लिया। आपसे ऐसी ही आशा थी। आप इतनी सुशीला न होतीं, तो लड़की में ये गुण कहाँ से आते? एक मेरी इंदु है कि बातें करने का भी ढंग नहीं जानती। एक बड़ी रियासत की रानी है; पर इतना भी नहीं जानती कि मेरी वार्षिक आय

कितनी है! लाखों के गहने संदूक में पड़े हुए हैं, उन्हें छूती तक नहीं! हाँ, सैर करने को कह दीजिए, तो दिन-भर घूमा करे। क्यों इंदु, झूठ कहती हूँ?

इंदु—तो क्या करूँ, मन-भर सोना लादे बैठी रहूँ? मुझे तो इस तरह अपनी देह को जकड़ना अच्छा नहीं लगता।

रानी—सुनी आपने इसकी बातें? गहनों से इसकी देह जकड़ जाती है? आइए, अब आपको अपने घर की सैर कराऊँ। इंदु, चाय बनाने को कह दे।

मिसेज़ सेवक—मिस्टर सेवक बाहर खड़े मेरा इंतज़ार कर रहे होंगे। देर होगी।

रानी—वाह, इतनी जल्दी। कम-से-कम आज यहाँ भोजन तो कर ही लीजिएगा। लंच करके हवा खाने चलें, फिर लौटकर कुछ देर गप-शप करें। डिनर के बाद मेरी मोटर आपको घर पहुँचा देगी।

मिसेज़ सेवक इनकार न कर सकीं। रानीजी ने उनका हाथ पकड़ लिया, और अपने राजभवन की सैर कराने लगीं। आध घंटे तक मिसेज़ सेवक मानो इंद्र-लोक की सैर करती रहीं। भवन क्या था, आमोद, विलास, रसज्ञता और वैभव का क्रीड़ास्थल था। संगमरमर के फर्श पर बहुमूल्य कालीन बिछे हुए थे। चलते समय उनमें पैर धँस जाते थे। दीवारों पर मनोहर पच्चीकारी; कमरों की दीवार में बड़े-बड़े आदम-कद आईने; गुलकारी इतनी सुन्दर कि आँखें मुग्ध हो जायें; शीशे की अमूल्य-अलभ्य वस्तुएँ, प्राचीन चित्रकारों की विभूतियाँ; चीनी के विलक्षण गुलदान; जापान, चीन, यूनान और ईरान की कला-निपुणता के उत्तम नमूने; सोने के गमले; लखनऊ की बोलती हुई मूर्तियाँ, इटली के बने हुए हाथी-दाँत के पलँग; लकड़ी के नफीस ताक; दीवारगीरें; किश्तियाँ आँखों को लुभानेवाली, पिंजड़ों में चहकती भाँति-भाँति की चिड़ियां, आँगन में संगमरमर का हौज और उसके किनारे संगमरमर की अप्सराएँ—मिसेज़ सेवक ने इन सारी वस्तुओं में से किसी की प्रशंसा नहीं की, कहीं भी विस्मय या आनंद का एक शब्द भी मुँह से न निकला। उन्हें आनंद के बदले ईर्ष्या हो रही थी। ईर्ष्या में गुण-ग्राहकता नहीं होती। वह सोच रही थी—एक यह भाग्यवान् है कि ईश्वर ने इन्हें भोग-विलास और आमोद-प्रमोद की इतनी सामग्रियाँ प्रदान कर रखी हैं। एक अभागिनी मैं हूँ कि एक झोंपड़े में पड़ी हुई दिन काट रही हूँ। सजावट और बनावट का जिक्र ही क्या, आवश्यक वस्तुएँ भी काफी नहीं। इस पर

तुर्रा यह कि हम प्रातः से संध्या तक छाती फाड़कर काम करते हैं, यहाँ कोई तिनका तक नहीं उठाता। लेकिन इसका क्या शोक? आसमान की बादशाहत में तो अमीरों का हिस्सा नहीं। वह तो हमारी मीरास होगी। अमीर लोग कुत्तों की भाँति दुतकारे जाएंगे, कोई झाँकने तक न पाएगा।

इस विचार से उन्हें कुछ तसल्ली हुई। ईर्ष्या की व्यापकता ही साम्यवाद की सर्वप्रियता का कारण है। रानी साहब को आश्चर्य हो रहा था कि इन्हें मेरी कोई चीज पसंद न आयी, किसी वस्तु का बखान न किया। मैंने एक-एक चित्र और एक-एक प्याले के लिए हजारों खर्च किए हैं। ऐसी चीजें यहाँ और किसके पास हैं? अब अलभ्य हैं, लाखों में भी न मिलेंगी। कुछ नहीं, बन रही हैं या इतना गुणज्ञान ही नहीं है कि इनकी कद्र कर सकें।

इतने पर भी रानीजी को निराशा नहीं हुई। उन्हें अपने बाग दिखाने लगीं। भाँति-भाँति के फूल और पौधे दिखाए। माली बड़ा चतुर था। प्रत्येक पौधे का गुण और इतिहास बतलाता जाता था–कहाँ से आया, कब आया, किस तरह लगाया गया, कैसे उसकी रक्षा की जाती है; पर मिसेज़ सेवक का मुँह अब भी न खुला। यहाँ तक कि अंत में उसने एक ऐसी नन्हीं-सी जड़ी दिखायी, जो येरुशलम से लाई गई थी। कुँवर साहब उसे स्वयं बड़ी सावधानी से लाये थे, और उसमें एक-एक पत्ती निकलना उनके लिए एक-एक शुभ सम्वाद से कम न था। मिसेज़ सेवक ने तुरंत उस गमले को उठा लिया, उसे आँखों से लगाया ओर पत्तियां को चूमा। बोलीं–मेरी सौभाग्य है कि इस दुर्लभ वस्तु के दर्शन हुए।

रानी ने कहा–कुँवर साहब स्वयं इसका बड़ा आदर करते हैं। अगर यह आज सूख जाये, तो दो दिन तक उन्हें भोजन अच्छा न लगेगा।

इतने में चाय तैयार हुई। मिसेज़ सेवक लंच पर बैठीं। रानीजी को चाय से रुचि न थी। विनय और इंदु के बारे में बातें करने लगीं। विनय के आचार-विचार, सेवा-भक्ति और परोपकार-प्रेम की सराहना की, यहाँ तक कि मिसेज़ सेवक का जी उकता गया। इसके जवाब में वह अपनी संतानों की बखान न कर सकती थीं।

उधर मि. जॉन सेवक और कुँवर साहब दीवानखाने में बैठे लंच कर रहे थे। चाय और अंडों से कुँवर साहब को रुचि न थी। विनय भी इन दोनों

वस्तुओं को त्याज्य समझते थे। जॉन सेवक उन मनुष्यों में थे, जिनका व्यक्तित्व शीघ्र ही दूसरों को आकर्षित कर लेता है। उनकी बातें इतनी विचारपूर्ण होती थीं कि दूसरे अपनी बातें भूलकर उन्हीं की सुनने लगते थे। और यह बात न थी कि उनका भाषण शब्दाडंबर-मात्र होता हो। अनुभवशील और मानव-चरित्र के बड़े अच्छे ज्ञाता थे। ईश्वरदत्त प्रतिभा थी, जिसके बिना किसी सभा में सम्मान नहीं प्राप्त हो सकता। इस समय वह भारत की औद्योगिक और व्यावसायिक दुर्बलता पर अपने विचार प्रकट कर रहे थे। अवसर पाकर उन साधनों का भी उल्लेख करते जाते थे, जो इस कुदशा-निवारण के लिए उन्होंने सोच रखे थे। अंत में बोले—हमारी जाति का उद्धार कला-कौशल और उद्योग की उन्नति में है। इस सिगरेट के कारखाने से कम-से-कम एक हज़ार आदमियों के जीवन की समस्या हल हो जायेगी और खेती के सिर से उनका बोझ टल जायेगा। जितनी ज़मीन एक आदमी अच्छी तरह जोत-बो सकता है, उसमें घर-भर का लगा रहना व्यर्थ है। मेरा कारखाना ऐसे बेकारों को अपनी रोटी कमाने का अवसर देगा।

कुँवर साहब—लेकिन जिन खेतों में इस वक़्त नाज बोया जाता है, उन्हीं खेतों में तम्बाकू बोई जाने लगेगी। फल यह होगा कि नाज और महँगा हो जायेगा।

जॉन सेवक—मेरी समझ में तम्बाकू की खेती का असर जूट, सन, तेलहन और अफीम पर पड़ेगा। निर्यात जिंस कुछ कम हो जायेगी। गल्ले पर इसका कोई असर नहीं पड़ सकता। फिर हम उस जमीन को भी जोत में लाने का प्रयास करेंगे, जो अभी तक परती पड़ी हुई है।

कुंवर साहब—लेकिन तम्बाकू कोई अच्छी चीज़ तो नहीं है। इसकी गणना मादक वस्तुओं में है और स्वास्थ्य पर इसका बुरा असर पड़ता है।

जॉन सेवक—(हँसकर) ये सब डॉक्टरों की कोरी कल्पनाएँ हैं, जिन पर गम्भीर विचार करना हास्यास्पाद है। डॉक्टरों के आदेशानुसार हम जीवन व्यतीत करना चाहे, तो जीवन का अंत ही हो जाये। दूध में सिल के कीड़े रहते हैं, घी में चरबी की मात्रा अधिक है, चाय और कहवा उत्तेजक हैं, यहाँ तक कि साँस लेने से भी कीटाणु शरीर में प्रवेश कर जाते हैं। उनके सिद्धान्तों के अनुसार समस्त संसार कीटों से भरा हुआ है, जो हमारे प्राण

लेने पर तुले हुए हैं। व्यवसायी लोग इन गोरख धंधों में नहीं पड़ते; उनका लक्ष्य केवल वर्तमान परिस्थितियों पर रहता है। हम देखते हैं कि इस देश में विदेश से करोड़ों रुपये के सिगरेट सिगार आते हैं। हमारा कर्त्तव्य है कि इस धन-प्रवाह को विदेश जाने से रोकें। इसके बगैर हमारा आर्थिक जीवन कभी पनप नहीं सकता।

यह कह कर उन्होंने कुँवर साहब को गौरवपूर्ण नेत्रों से देखा। कुँवर साहब की शंकाएँ बहुत कुछ निवृत्त हो चुकी थीं। प्रायः वादी को निरुत्तर होते देखकर हम दिलेर हो जाते हैं। बच्चा भी भागते हुए कुत्ते पर निर्भय हो कर पत्थर फेंकता है।

जॉन सेवक निःशंक होकर बोले—मैंने इन सब पहलुओं पर विचार करके ही यह मत स्थिर किया, और आपके इस दास को (प्रभु सेवक की ओर इशारा करके) इस व्यवसाय का वैज्ञानिक ज्ञान प्राप्त करने के लिए अमेरिका भेजा। मेरी कम्पनी के अधिकांश हिस्से बिक चुके हैं, पर अभी रुपये नहीं वसूल हुए। इस प्रांत में अभी सम्मिलित व्यवसाय करने का दस्तूर नहीं। लोगों में विश्वास नहीं इसलिए मैंने दस प्रति सैकड़े वसूल करके काम शुरू कर देने का निश्चय किया है। साल-दो-साल जब आशातीत सफलता होगी और वार्षिक लाभ होने लगेगा, तो पूँजी आप-ही-आप दौड़ी आयेगी। छत पर बैठा हुआ कबूतर 'आ-आ' की आवाज सुनकर सशंक हो जाता है और जमीन पर नहीं उतरता; पर थोड़ा-सा खाना बिखेर दीजिए, तो तुरन्त उतर आता है। मुझे पूरा विश्वास है कि पहले ही साल हमें 25 प्रति सैकड़े लाभ होगा। यह प्रास्पेक्टस है, इसे गौर से देखिए। मैंने लाभ का अनुमान करने में बड़ी सावधानी से काम लिया है; बढ़ भले ही जाये, कम नहीं हो सकता।

कुँवर साहब—पहले ही साल 25 प्रति सैकड़े?

जॉन सेवक—जी हाँ, बड़ी आसानी से। आपसे मैं हिस्से लेने के लिए विनय करता, पर जब तक एक साल का लाभ दिखा न दूँ, आग्रह नहीं कर सकता। हाँ, इतना अवश्य निवेदन करूँगा कि उस दशा में सम्भव है, हिस्से बराबर पर न मिल सकें। 100 रुपये के हिस्से शायद 200 रुपये पर मिलें।

कुँवर साहब—मुझे अब एक ही शंका और है। यदि इस व्यवसाय में इतना लाभ हो सकता है, तो अब तक ऐसी और कम्पनियाँ क्यों न खुलीं?

जॉन सेवक—(हँसकर) इसलिए कि अभी तक शिक्षित समाज में व्यवसाय-बुद्धि पैदा नहीं हुई। लोगों की नस-नस में गुलामी समायी हुई है। कानून और सरकारी नौकरी के सिवा और किसी ओर निगाह जाती ही नहीं। दो-चार कम्पनियाँ खुलीं भी, किन्तु उन्हें विशेषज्ञों के परामर्श और अनुभव से लाभ उठाने को अवसर न मिला। अगर मिला भी, तो बड़ा महँगा पड़ा! विवश होकर कम्पनियों को कारोबार बंद करना पड़ा। यहाँ प्रायः सभी कम्पनियों का यही हाल है। डाइरेक्टरों की थैलियाँ भरी जाती हैं, हिस्से बेचने और विज्ञापन देने में लाखों रुपये उड़ा दिए जाते हैं, बड़ी उदारता से दलालों का आदर-सत्कार किया जाता है, इमारतों में पूँजी का बड़ा भाग खर्च कर दिया जाता है, मैनेजर भी बहुवेतन-भोगी रखा जाता है। परिणाम क्या होता है? डाइरेक्टर अपनी जेब भरते हैं, मैनेजर अपना पुरस्कार भोगता है, दलाल अपनी दलाली लेता है; मतलब यह कि सारी पूँजी ऊपर-ही-ऊपर उड़ जाती है। मेरा सिद्धांत है, कम-से-कम खर्च और ज़्यादा-से-ज़्यादा नफा। मैंने एक कौड़ी दलाली नहीं दी, विज्ञापनों की मद उड़ा दी। यहाँ तक कि मैनेजर के लिए भी केवल 500 रुपये ही वेतन देना निश्चित किया है, हालाँकि किसी दूसरे कारखाने में एक हजार सहज ही मिल जाते। उस पर घर का आदमी। डाइरेक्टर के बारे में भी मेरा यही निश्चय है कि सफर-खर्च के सिवा और कुछ न दिया जाये।

कुँवर साहब सांसारिक पुरुष न थे। उनका अधिकांश समय धर्म-ग्रंथों के पढ़ने में लगता था। वह किसी ऐसे काम में शरीक न होना चाहते थे, जो उनकी धार्मिक एकाग्रता में बाधक हो। धूर्तों ने उन्हें मानव-चरित्र का छिद्रान्वेषी बना दिया था। उन्हें किसी पर विश्वास न होता था। पाठशालाओं और अनाथालयों को चंदे देते हुए वह बहुत डरते थे और बहुधा इस विषय में औचित्य की सीमा से बाहर निकल जाते थे—सुपात्रों को भी उनसे निराश होना पड़ता था। पर संयमशीलता जहाँ इतनी सशंक रहती है, वहाँ लाभ का विश्वास होने पर उचित से अधिक निःशंक भी हो जाती है। मिस्टर जॉन सेवक का भाषण व्यावसायिक ज्ञान से परिपूर्ण था; पर कुँवर साहब पर इससे ज़्यादा प्रभाव उनके व्यक्तित्व का पड़ा। उनकी दृष्टि में जॉन सेवक अब केवल धन के उपासक न थे, वरन् हितैषी मित्र थे। ऐसा आदमी उन्हें मुगालता न दे सकता था। बोले—जब आप इतनी किफ़ायत से काम करेंगे, तो आपका उद्योग

अवश्य सफल होगा, इसमें कोई संदेह नहीं। आपको शायद अभी मालूम न हो, मैंने यहाँ एक सेवा-समिति खोल रखी है। कुछ दिनों से यही खब्त सवार है। उसमें इस समय लगभग एक सौ स्वयंसेवक हैं। मेले-ठेले में जनता की रक्षा और सेवा करना उसका काम है। मैं चाहता हूँ कि उसे आर्थिक कठिनाइयों से सदा के लिए मुक्त कर दूँ। हमारे देश की संस्थाएँ बहुधा धनाभाव के कारण अल्पायु होती हैं। मैं इस संस्था को सुदृढ़ बनाना चाहता हूँ और मेरी यह हार्दिक अभिलाषा है कि इससे देश का कल्याण हो। मैं किसी से इस काम में सहायता नहीं लेना चाहता। उसके निर्विघ्न संचालन के लिए स्थायी कोष की व्यवस्था कर देना चाहता हूँ। मैं आपको अपना मित्र और हितचिंतक समझकर पूछता हूँ, क्या आपके कारखाने में हिस्से लेने से मेरा उद्देश्य पूरा हो सकता है? आपके अनुमान में कितने रुपये लगाने से एक हजार की मासिक आमदनी हो सकती है?

जॉन सेवक की व्यावसायिक लोलुपता ने अभी उनकी सद्भावनाओं को शिथिल नहीं किया था। कुँवर साहब ने उनकी राय पर फ़ैसला छोड़कर उन्हें दुविधा में डाल दिया। अगर उन्हें पहले से मालूम होता कि यह समस्या सामने आवेगी, तो नफा का तखमीना बताने में ज़्यादा सावधान हो जाते। गैरों से चालें चलना क्षम्य समझा जाता है; लेकिन ऐसे स्वार्थ के भक्त कम मिलेंगे, जो मित्रों से दगा करें। सरल प्राणियों के सामने कपट भी लज्जित हो जाता है।

जॉन सेवक ऐसा उत्तर देना चाहते थे, जो स्वार्थ और आत्मा, दोनों ही को स्वीकार हो। बोले—कम्पनी की जो स्थिति है, वह मैंने आपके सामने खोलकर रख दी है। संचालन-विधि भी आपको बतला चुका हूँ। मैंने सफलता के सभी साधनों पर निगाह रखी है। इस पर भी संभव है मुझसे भूल हो गई हो, और सबसे बड़ी बात तो यह है कि मनुष्य विधाता के हाथों का खिलौना-मात्र है। उसके सारे अनुमान, सारी बुद्धिमत्ता, सारी शुभ-चिंताएँ नैसर्गिक शक्तियों के अधीन हैं। तंबाकू की उपज बढ़ाने के लिए किसानों को पेशगी रुपये देने ही पड़ेंगे। एक रात का पाला कम्पनी के लिए घातक हो सकता है। जले हुए सिगरेट का एक टुकड़ा कारखाने को खाक में मिला सकता है। हाँ, मेरी परिमित बुद्धि की दौड़ जहाँ तक है, मैंने कोई बात बढ़ाकर नहीं कही है। आकस्मिक बाधाओं को देखते हुए आप लाभ के अनुमान में कुछ और कमी कर सकते हैं।

कुँवर साहब–आखिर कहाँ तक?

जॉन सेवक–20 रुपये सैकड़े समझिए।

कुँवर साहब–और पहले वर्ष?

जॉन सेवक–कम-से-कम 15 रुपये प्रति सैकड़े।

कुँवर साहब–मैं पहले वर्ष 10 रुपये और उसके बाद 15 रुपये प्रति सैकड़े पर संतुष्ट हो जाऊँगा।

जॉन सेवक–तो फिर मैं आपसे यही कहूँगा कि हिस्से लेने में विलम्ब न करें। खुदा ने चाहा, तो आपको कभी निराशा न होगी।

सौ-सौ रुपये के हिस्से थे। कुँवर साहब ने 500 हिस्से लेने का वादा किया और बोले–कल पहली किस्त के दस हज़ार रुपये बैंक द्वारा आपके पास भेज दूँगा।

जॉन सेवक की ऊँची-से-ऊँची उड़ान भी यहाँ तक न पहुँची थी; पर वह इस सफलता पर प्रसन्न न हुए। उनकी आत्मा अब भी उनका तिरस्कार कर रही थी कि तुमने एक सरल-हृदय सज्जन पुरुष को धोखा दिया। तुमने देश की व्यावसायिक उन्नती के लिए नहीं, अपने स्वार्थ के लिए प्रयत्न किया है। देश के सेवक बनकर तुम अपनी पाँचों उँगलियाँ घी में रखना चाहते हो। तुम्हारा मनोवांछित उद्देश्य यही है कि नफे का बड़ा भाग किसी-न-किसी हीले से आप हज्म करो। तुमने इस लोकोक्ति को प्रमाणित कर दिया कि 'बनिया मारे जान, चोर मारे अनजान।'

अगर कुँवर साहब के सहयोग से जनता में कम्पनी की साख जम जाने का विश्वास न होता, तो मिस्टर जॉन सेवक साफ कह देते कि कम्पनी इतने हिस्से आपको नहीं दे सकती। एक परोपकारी संस्था के धन को किसी संदिग्ध व्यवसाय में लगाकर उसके अस्तित्व को खतरे में डालना स्वार्थपरता के लिए भी कड़वा ग्रास था; मगर धन का देवता आत्मा का बलिदान पाये बिना प्रसन्न नहीं होता। हाँ, इतना अवश्य हुआ कि अब तक वह निजी स्वार्थ के लिए यह स्वाँग भर रहे थे, उनकी नीयत साफ नहीं थी। अब उन्होंने निःस्पृह होकर नेकनीयती का व्यवहार करने का निश्चय किया। बोले–मैं कम्पनी के संस्थापक की हैसियत से इस सहायता के लिए हृदय से आपका अनुगृहीत हूँ। खुदा ने चाहा आपको आज के फैसले पर कभी पछताना न पड़ेगा। अब मैं आपसे एक

और प्रार्थना करता हूँ। आपकी कृपा ने मुझे धृष्ट बना दिया है। मैंने कारखाने के लिए जो ज़मीन पसंद की है, वह पाँड़ेपुर के आगे की पक्की सड़क पर स्थित है। रेल का स्टेशन वहाँ से निकट है और आस-पास बहुत से गाँव हैं। रकबा दस बीघे का है। ज़मीन परती पड़ी हुई है। हाँ, बस्ती के जानवर उसमें चरने आया करते हैं। उसका मालिक एक अंधा फकीर हैं अगर आप उधर कभी हवा खाने गए होंगे, तो आपने उस अंधे को अवश्य देखा होगा।

कुँवर साहब—हाँ-हाँ, अभी तो कल ही गया था, वही अंधा है न, काला-काला, दुबला-दुबला, जो सवारियों के पीछे दौड़ा करता है?

जॉन सेवक—जी हाँ, वही-वही। वह ज़मीन उसी की है; किन्तु वह उसे किसी दाम पर नहीं छोड़ना चाहता। मैं उसे पाँच हजार तक देता था; पर राजी न हुआ। कुछ झक्की-सा है। कहता है, मैं वहाँ धर्मशाला, मन्दिर और तालाब बनवाऊँगा। दिन-भर भीख माँगकर तो गुजर करता है, उस पर इरादे इतने लम्बे हैं। कदाचित् मुहल्लेवालों के भय से उसे कोई मामला करने का साहस नहीं होता। मैं एक निजी मामले में सरकार से सहायता लेना उचित नहीं समझता; पर ऐसी दशा में मुझे इसके सिवा दूसरा कोई उपाय भी नहीं सूझता। और फिर यह बिलकुल निजी बात भी नहीं है। म्युनिसिपैलिटी और सरकार दोनों को इस कारखाने के हजारों रुपये रोज की आमदनी होगी, हजारों शिक्षित और अशिक्षित मनुष्यों का उपकार होगा। इस पहलू से देखिए, तो यह सार्वजनिक काम है, और इसमें सरकार से सहायता लेने में मैं औचित्य का उल्लघंन नहीं करता। आप अगर ज़रा तवज्जह करें, तो बड़ी आसानी से काम निकल जाये।

कुँवर साहब—मेरा उस फ़कीर पर कुछ दबाव नहीं है और होता भी, तो मैं उससे काम न लेता।

जॉन सेवक—आप राजा साहब चतारी...

कुँवर साहब—नहीं, मैं उनसे कुछ नहीं कह सकता। वह मेरे दामाद हैं और इस विषय में मेरा उनसे कहना नीति-विरुद्ध है। क्या वह आपके हिस्सेदार नहीं हैं?

जॉन सेवक—जी नहीं, वह स्वयं अतुल सम्पत्ति के स्वामी होकर भी धनियों की उपेक्षा करते हैं। उनका विचार है कि कल-कारखाने पूँजीवालों का

प्रभुत्व बढ़ाकर जनता का अपकार करते हैं। इन्हीं विचारों ने तो उन्हें यहाँ प्रधान बना दिया।

कुँवर साहब—यह तो अपना-अपना सिद्धांत है। हम द्वैध जीवन व्यतीत कर रहे हैं, और मेरा विचार यह है कि जनतावाद के प्रेमी उच्च श्रेणी में जितने भी मिलेंगे, उतने निम्न श्रेणी में न मिल सकेंगे। खैर, आप उनसे मिलकर देखिए तो। क्या कहूँ, शहर के आस-पास मेरी एक एकड़ जमीन भी नहीं है, नहीं तो आपको यह कठिनाई न होती। मेरे योग्य और जो काम हो, उसके लिए हाजिर हूँ।

जॉन सेवक—जी नहीं, मैं आपको और कष्ट देना नहीं चाहता, मैं स्वयं उनसे मिलकर तय कर लूँगा।

कुँवर साहब—अभी तो मिस सोफ़िया पूर्ण स्वस्थ होने तक यहीं रहेंगी न? आपको तो इसमें कोई आपत्ति नहीं है?

जॉन सेवक इस विषय में सिर्फ दो-चार बातें करके यहाँ से विदा हुए। मिसेज़ सेवक फ़िटन पर पहले ही से आ बैठी थीं। प्रभु सेवक विनय के साथ बाग में टहल रहे थे। विनय ने आकर जॉन सेवक से हाथ मिलाया। प्रभु सेवक उनसे कल फिर मिलने का वादा करके पिता के साथ चले। रास्ते में बातें होने लगीं।

जॉन सेवक—आज एक मुलाकात में जितना काम हुआ, उतना महीनों की दौड़-धूप से भी न हुआ था। कुँवर साहब बड़े सज्जन आदमी हैं। 50 हज़ार के हिस्से ले लिए। ऐसे ही दो-चार भले आदमी और मिल जायें, तो बेड़ा पार है।

प्रभु सेवक—इस घर के सभी प्राणी दया और धर्म के पुतले हैं। विनयसिंह जैसा वाक्-मर्मज्ञ नहीं देखा। मुझे तो उनसे प्रेम हो गया।

जॉन सेवक—कुछ काम की बातचीत भी की?

प्रभु सेवक—जी नहीं, आपके नजदीक जो काम की बातचीत है, उन्हें उसमें ज़रा भी रुचि नहीं। वह सेवा का व्रत ले चुके हैं, और इतनी देर तक अपनी समिति की ही चर्चा करते रहे।

जॉन सेवक—क्या तुम्हें आशा है कि तुम्हारा यह परिचय चतारी के राजा साहब पर भी कुछ असर डाल सकता है? विनयसिंह राजा साहब से हमारा कुछ काम निकलवा सकते हैं?

प्रभु सेवक—उनसे कहे कौन, मुझमें तो इतनी हिम्मत नहीं। उन्हें आप स्वदेशानुरागी सन्यासी समझिए। मुझसे अपनी समिति में आने के लिए उन्होंने बहुत आग्रह किया है।

जॉन सेवक—शरीक हो गए न?

प्रभु सेवक—जी नहीं, कह आया हूँ कि सोचकर उत्तर दूँगा। बिना सोचे-समझे इतना कठिन व्रत क्योंकर धारण कर लेता।

जॉन सेवक—मगर सोचने-समझने में महीनों न लगा देना। दो-चार दिन में आकर नाम लिखा लेना। तब तुम्हें उनसे कुछ काम की बातें करने का अधिकार हो जायेगा। (स्त्री से) तुम्हारी रानीजी से कैसी निभी?

मिसेज़ सेवक—मुझे तो उनसे घृणा हो गई। मैंने किसी में इतना घमंड नहीं देखा।

प्रभु सेवक—मामा, आप उनके साथ घोर अन्याय कर रही हैं।

मिसेज़ सेवक—तुम्हारे लिए देवी होंगी, मेरे लिए तो नहीं हैं।

जॉन सेवक—यह तो मैं पहले ही समझ गया था कि तुम्हारी उनसे न पटेगी। काम की बातें न तुम्हें आती हैं, न उन्हें। तुम्हारा काम तो दूसरों में ऐब निकालना है। सोफ़ी को क्यों नहीं लाईं?

मिसेज़ सेवक—वह आये भी तो, या जबरन घसीट लाती?

जॉन सेवक—आयी नहीं या रानी ने आने नहीं दिया?

प्रभु सेवक—वह तो आने को तैयार थी, किन्तु इसी शर्त पर कि मुझ पर कोई धार्मिक अत्याचार न किया जाये।

जॉन सेवक—इन्हें यह शर्त क्यों मंजूर होने लगी!

मिसेज़ सेवक—हाँ, इस शर्त पर मैं उसे नहीं ला सकती। वह मेरे घर रहेगी, तो मेरी बात माननी पड़ेगी।

जॉन सेवक—तुम दोनों में एक का भी बुद्धि से सरोकार नहीं। तुम सिड़ी हो, वह जिद्दी हैं उसे मना-मनाकर जल्दी लाना चाहिए।

प्रभु सेवक—अगर मामा अपनी बात पर अड़ी रहेंगी, तो शायद वह फिर घर न जाये।

जॉन सेवक—आखिर जायेगी कहाँ?

प्रभु सेवक—उसे कहीं जाने की ज़रूरत ही नहीं। रानी उस पर जान देती हैं।

जॉन सेवक–यह बेल मुँढ़े चढ़ने की नहीं है। दो में से एक को दबना पड़ेगा।

लोग घर पहुँचे, तो गाड़ी की आहट पाते ही ईश्वर सेवक ने बड़ी स्नेहमयी उत्सुकता से पूछा–सोफ़ी आ गई न? आ, तुझे गले लगा लूँ। ईशू तुझे अपने दामन में ले।

जॉन सेवक–पापा, वह अभी यहाँ आने के योग्य नहीं है। बहुत अशक्त हो गई है। दो-चार दिन बाद आवेगी।

ईश्वर सेवक–ग़ज़ब खुदा का! उसकी यह दशा है, और तुम सब उसे उसके हाल पर छोड़ आये! क्या तुम लोगों में जरा भी मानापमान का विचार नहीं रहा! बिलकुल खून सफेद हो गया?

मिसेज़ सेवक–आप जाकर उसकी खुशामद कीजिएगा, तो आवेगी। मेरे कहने से तो नहीं आयी। बच्ची तो नहीं कि गोद में उठा लाती?

जॉन सेवक–पापा, वहाँ बहुत आराम से है। राजा और रानी, दोनों ही उसके साथ प्रेम करते हैं। सच पूछिए, तो रानी ही ने उसे नहीं छोड़ा।

ईश्वर सेवक–कुँवर साहब से कुछ काम की बातचीत भी हुई?

जॉन सेवक–जी हाँ, मुबारक हो। 50 हज़ार की गोटी हाथ लगी।

ईश्वर सेवक–शुक्र है, शुक्र है, ईशू, मुझ पर अपना साया कर। यह कहकर वह फिर आराम-कुर्सी पर बैठ गए।

4

चंचल प्रकृति बालकों के लिए अंधे विनोद की वस्तु हुआ करते हैं। सूरदास को उनकी निर्दय बाल-क्रीड़ाओं से इतना कष्ट होता था कि वह मुँह-अँधेरे घर से निकल पड़ता और चिराग जलने के बाद लौटता। जिस दिन उसे जाने में देर होती, उस दिन विपत्ति में पड़ जाता था। सड़क पर, राहगीरों के सामने, उसे कोई शंका न होती थी; किन्तु बस्ती की गलियों में पग-पग पर किसी दुर्घटना की शंका बनी रहती थी। कोई उसकी लाठी छीनकर भागता; कोई कहता—सूरदास, सामने गड्ढा है, बाईं तरफ हो जाओ। सूरदास बाएँ घूमता, तो गड्ढे में गिर पड़ता। मगर बजरंगी का लड़का घीसू इतना दुष्ट था कि सूरदास को छेड़ने के लिए घड़ी-भर रात रहते ही उठ पड़ता। उसकी लाठी छीनकर भागने में उसे बड़ा आनन्द मिलता था।

एक दिन सूर्योदय के पहले सूरदास घर से चले, तो घीसू एक तंग गली में छिपा हुआ खड़ा था। सूरदास को वहाँ पहुँचते ही शंका हुई। वह खड़ा होकर आहट लेने लगा। घीसू अब हँसी न रोक सका। झपटकर सूरे का डंडा पकड़ लिया। सूरदास डंडे को मज़बूत पकड़े हुए था। घीसू ने पूरी शक्ति से खींचा। हाथ फिसल गया, अपने ही ज़ोर में गिर पड़ा, सिर में चोट लगी, खून निकल आया। उसने खून देखा, तो चीखता-चिल्लाता घर पहुँचा। बजरंगी ने पूछा, क्यों रोता है रे? क्या हुआ? घीसू ने उसे कुछ जवाब न दिया। लड़के खूब जानते हैं कि किस न्यायशाला में उनकी जीत होगी। आकर माँ से बोला—सूरदास ने मुझे ढकेल दिया। माँ ने सिर की चोट देखी, तो आँखों में खून उतर आया। लड़के का हाथ पकड़े हुए आकर बजरंगी के सामने खड़ी हो गई और बोली—अब इस अंधे की शामत आ गई है। लड़के को ऐसा ढकेला कि लहूलुहान हो गया। उसकी इतनी हिम्मत! रुपये का घमण्ड उतार दूँगी।

बजरंगी ने शांत भाव से कहा—इसी ने कुछ छेड़ा होगा। वह बेचारा तो इससे आप अपनी जान छिपाता फिरता है।

जमुनी—इसी ने छेड़ा था, तो भी क्या इतनी बेदर्दी से ढकेलना चाहिए था कि सिर फूट जाय! अंधों को सभी लड़के छेड़ते हैं; पर वे सबसे लठियाँव नहीं करते फिरते।

इतने में सूरदास भी आकर खड़ा हो गया। मुख पर ग्लानि छाई हुई थी। जमुनी लपककर उसके सामने आयी और बिजली की तरह कड़ककर बोली—क्यों सूरे, साँझ होते ही रोज लुटिया लेकर दूध के लिए सिर पर सवार हो जाते हो और अभी घिसुआ ने ज़रा लाठी पकड़ ली, तो उसे इतनी ज़ोर से धक्का दिया कि सिर फूट गया। जिस पत्तल में खाते हो, उसी में छेद करते हो। क्यों, रुपये का घमण्ड हो गया है क्या?

सूरदास—भगवान् जानते हैं, जो मैंने घीसू को पहचाना हो। समझा, कोई लौंडा होगा, लाठी को मजबूत पकड़े रहा। घीसू का हाथ फिसल गया, गिर पड़ा। मुझे मालूम होता कि घीसू है, तो लाठी उसे दे देता। इतने दिन हो गए, लेकिन कोई कह दे कि मैंने किसी लड़के को झूठ-झूठ मारा है। तुम्हारा ही दिया खाता हूँ, तुम्हारे ही लड़के को मारूँगा?

जमुनी—नहीं, अब तुम्हें घमंड हुआ है। भीख माँगते हो, फिर भी लाज नहीं आती, सबकी बराबरी करने को मरते हो। आज मैं लहू का घूंट पीकर रह गई, नहीं तो जिन हाथों से तुमने उसे ढकेला है, उसमें लूका लगा देती।

बजरंगी जमुनी को मना कर रहा था, और लोग भी समझा रहे थे, लेकिन वह किसी की न सुनती थी। सूरदास अपराधियों की भाँति सिर झुकाये यह वाग्बाण सह रहा था। मुँह से एक शब्द भी न निकालता था।

भैरों ताड़ी उतारने जा रहा था, रुक गया और सूरदास पर दो-चार छींटे उड़ा दिए—जमाना ही ऐसा है, सब रोजगारों से अच्छा भीख माँगना। अभी चार दिन पहले घर में भूँजी भाँग न थी, अब चार पैसे के आदमी हो गए हैं। पैसे होते हैं, तभी घमण्ड होता है; नहीं क्या घमंड करेंगे हम और तुम, जिनकी एक रुपया कमाई है, तो दो खर्च है।

जगधर औरों से तो भीगी बिल्ली बना रहता था, सूरदास को धिक्कारने के लिए वह भी निकल पड़ा। सूरदास पछता रहा था कि मैंने लाठी क्यों न छोड़

दी, कौन कहे कि दूसरी लकड़ी न मिलती। जगधर और भैरों के कटु वाक्य को सुन-सुनकर वह और भी दुःखी हो रहा था। अपनी दीनता पर रोना आता था। सहसा मिठुआ भी आ पहुँचा। वह भी शरारत का पुतला था, घीसू से भी दो अंगुल बढ़ा हुआ। जगधर को देखते ही यह सरस पद गा-गाकर चिढ़ाने लगा–

लालू का लाल मुँह, जगधर का काला,
जगधर तो हो गया लालू का साला।

भैरों को भी उसने एक स्वरचित पद सुनाया–

भैरों, भैरों, ताड़ी बेच,
या बीबी की साड़ी बेच।

चिढ़नेवाले चिढ़ते क्यों हैं, इसकी मीमांसा तो मनोविज्ञान के पंडित ही कर सकते हैं। हमने साधारणतया लोगों को प्रेम और भक्ति के भाव ही से चिढ़ते देखा है। कोई राम या कृष्ण के नामों से इसलिए चिढ़ता है कि लोग उसे चिढ़ाने ही के बहाने से ईश्वर के नाम लें। कोई इसलिए चिढ़ता है कि बाल-वृंद उसे घेरे रहें। कोई बैंगन या मछली से इसलिए चिढ़ता है कि लोग इन अखाद्य वस्तुओं के प्रति घृणा करें। सारांश यह कि चिढ़ना एक दार्शनिक क्रिया है। इसका उद्देश्य केवल सत्-शिक्षा है। लेकिन भैरों और जगधर में यह भक्तिमयी उदारता कहाँ? वे बाल-विनोद का रस लेना क्या जानें? दोनों झल्ला उठे। जगधर मिठुआ को गाली देने लगा; लेकिन भैरों को गालियाँ देने से संतोष न हुआ। उसने लपककर उसे पकड़ लिया। दो-तीन तमाचे ज़ोर-ज़ोर से मारे और बड़ी निष्ठुरता से उसके कान पकड़कर खींचने लगा। मिठुआ बिलबिला उठा। सूरदास अब तक दीन-भाव से सिर झुकाए खड़ा था। मिठुआ का रोना सुनते ही उसकी त्योरियाँ बदल गईं। चेहरा तमतमा उठा। सिर उठाकर फूटी हुई आँखों से ताकता हुआ बोला–भैरों, भला चाहते हो, तो उसे छोड़ दो; नहीं तो ठीक न होगा। उसने तुम्हें कौन-सी ऐसी गोली मार दी थी कि उसकी जान लिए लेते हो। क्या समझते हो कि उसके सिर पर कोई है ही नहीं! जब तक मैं जीता हूँ, कोई उसे तिरछी निगाह से नहीं देख सकता। दिलावरी तो जब

देखता कि किसी बड़े आदमी से हाथ मिलाते। इस बालक को पीट लिया, तो कौन-सी बड़ी बहादुरी दिखायी।

भैरों–मार की इतनी अखर है, तो इसे रोकते क्यों नहीं? हमको चिढ़ाएगा, तो हम पीटेंगे–एक बार नहीं, हज़ार बार; तुमको जो करना हो, कर लो।

जगधर–लड़के को डाँटना तो दूर, ऊपर से और सह देते हो। तुम्हारा दुलारा होगा, दूसरे क्यों...

सूरदास–चुप भी रहो, आये हो वहाँ से न्याय करने। लड़कों को तो यह बात ही होती है; पर कोई उन्हें मार नहीं डालता। तुम्हीं लोगों को अगर किसी दूसरे लड़के ने चिढ़ाया होता, तो मुँह तक न खोलते। देखता तो हूँ, जिधर से निकलते हो, लड़के तालियाँ बजाकर चिढ़ाते हैं; पर आँखें बन्द किए अपनी राह चले जाते हो। जानते हो न कि जिन लड़कों के माँ-बाप हैं, उन्हें मारेंगे, तो वे आँखें निकाल लेंगे। केले के लिए ठीकरा भी तेज होता है।

भैरों–दूसरे लड़कों की और उसकी बराबरी है? दरोगाजी की गालियाँ खाते हैं, तो क्या डोमड़ों की गालियाँ भी खाएँ? अभी तो दो ही तमाचे लगाये हैं, फिर चिढ़ाए, तो उठाकर पटक दूँगा, मरे या जिए।

सूरदास–(मिट्ठू का हाथ पकड़कर) मिठुआ, चिढ़ा तो, देखूँ, यह क्या करते हैं। आज जो कुछ होना होगा, यहीं हो जायेगा।

लेकिन मिठुआ के गालों में अभी तक जलन हो रही थी, मुँह भी सूज गया था, सिसकियाँ बंद न होती थीं। भैरों का रौद्र रूप देखा, तो रहे-सहे होश भी उड़ गए। जब बहुत बढ़ावे देने पर भी उसका मुँह न खुला, तो सूरदास ने झुँझलाकर कहा–अच्छा, मैं ही चिढ़ाता हूँ, देखूँ मेरा क्या बना लेते हो!

यह कहकर उसने लाठी मज़बूत पकड़ ली, और बार-बार उसी पद की रट लगाने लगा मानो कोई बालक अपना सबक याद कर रहा हो–

भैरों, भैरों, ताड़ी बेच,
या बीबी की साड़ी बेच।

एक ही साँस में उसने कई बार यही रट लगाई। भैरों कहाँ तो क्रोध से उन्मत्त हो रहा था, कहाँ सूरदास का यह बाल-हठ देखकर हँस पड़ा। और लोग भी हँसने लगे। अब सूरदास को ज्ञात हुआ कि मैं कितना दीन और बेकस हूँ।

मेरे क्रोध का यह सम्मान है! मैं सबल होता, तो मेरा क्रोध देखकर ये लोग थर-थर काँपने लगते; नहीं तो खड़े-खड़े हँस रहे हैं, समझते हैं कि हमारा कर ही क्या सकता है! भगवान ने इतना अपंग न बना दिया होता, तो क्यों यह दुगति होती। यह सोचकर हठात् उसे रोना आ गया। बहुत जब्त करने पर भी आँसू न रुक सके।

बजरंगी ने भैरों और जगधर दोनों को धिक्कारा—क्या अंधे से हेकड़ी जताते हो! सरम नहीं आती? एक तो लड़के का तमाचों से मुँह लाल कर दिया, उस पर और गरजते हो। वह भी तो लड़का ही है, गरीब का है, तो क्या? जितना लाड़-प्यार उसका होता है, उतना भले घरों के लड़कों का भी नहीं होता है। जैसे और सब लड़के चिढ़ाते हैं, वह भी चिढ़ाता है। इसमें इतना बिगड़ने की क्या बात है। (जमुनी की ओर देखकर) यह सब तेरे कारण हुआ। अपने लौंडे को डाँटती नहीं, बेचारे अंधे पर गुस्सा उतारने चली है।

जमुनी सूरदास का रोना देखकर सहम गई थी! जानती थी, दीन की हाय कितनी मोटी होती है। लज्जित होकर बोली—मैं क्या जानती थी कि जरा-सी बात का इतना बखेड़ा हो जायेगा। आ बेटा मिट्ठू, चल बछवा पकड़ ले, तो दूध दुहूँ।

दुलारे लड़के तिनके की मार भी नहीं सह सकते। मिट्ठू दूध की पुचकार से भी शांत न हुआ, तो जमुनी ने आकर उसके आँसू पोंछे और गोद में उठाकर घर ले गई। उसे क्रोध जल्द आता था; पर जल्द ही पिघल भी जाती थी।

मिट्ठू तो उधर गया, भैरों ओर जगधर भी अपनी-अपनी राह चले, पर सूरदास सड़क की ओर न गया। अपनी झोंपड़ी में जाकर अपनी बेकसी पर रोने लगा। अपने अंधेपन पर आज उसे जितना दुःख हो रहा था, उतना और कभी न हुआ था। सोचा, मेरी यह दुर्गत इसलिए न है कि अंधा हूँ, भीख माँगता हूँ। मसक्कत की कमाई खाता होता, तो मैं भी गरदन उठाकर न चलता? मेरा भी आदर-मान होता; क्यों चिऊँटी की भाँति पैरों के नीचे मसला जाता! आज भगवान ने अपंग न बना दिया होता, तो क्या दोनों आदमी लड़के को मारकर हँसते हुए चले जाते, एक-एक की गरदन मरोड़ देता। बजरंगी से क्यों नहीं कोई बोलता। घिसुआ ने भैरों की ताड़ी का मटका फोड़ दिया था, कई रुपये का नुकसान, लेकिन भैरों ने चूं तक न की। जगधर को उसके

मारे घर से निकलना मुश्किल है। अभी दस-ही-पाँच दिनों की बात है, उसका खोंचा उलट दिया। जगधर ने चूं तक न की। जानते हैं न कि जरा भी गरम हुए कि बजरंगी ने गरदन पकड़ी। न जाने उस जनम में ऐसे कौन-से अपराध किए थे, जिसकी यह सजा मिल रही हैं लेकिन भीख न मागूँ तो खाऊँ क्या? और फिर जिन्दगी पेट ही पालने के लिए थोड़े ही है। कुछ आगे के लिए भी तो करना है। नहीं, इस जनम में तो अन्धा हूँ ही, उस जनम में इससे भी बड़ी दुर्दशा होगी। पितरों का रिन सिर पर सवार है, गयाजी में उनका सराध न किया, तो वे भी क्या समझेंगे कि मेरे बंस में कोई है। मेरे साथ तो कुल का अन्त ही है। मैं यह रिन न चुकाऊँगा, तो और कौन लड़का बैठा हुआ है, जो चुका देगा? कौन उद्दम करूँ। किसी बड़े आदमी के घर पंखा खींच सकता हूँ लेकिन यह काम भी तो साल भर में चार ही महीने रहता है, बाकी महीने क्या करूँगा? सुनता हूँ, अन्धे कुर्सी, मोढ़े, दरी, टाट बुन सकते हैं, पर यह काम किससे सीखूँ? कुछ भी हो अब भीख न माँगूंगा।

चारों ओर से निराश होकर सूरदास के मन में विचार आया कि इस ज़मीन को क्यों न बेच दूँ। इसके सिवा अब मुझे और कोई सहारा नहीं है। कहाँ तक बाप-दादों के नाम को रोऊँ! साहब उसे लेने को मुँह फैलाए हुए हैं। दाम भी अच्छा दे रहे हैं। उन्हीं को दे दूँ। चार-पाँच हज़ार बहुत होते हैं। अपने घर सेठ की तरह बैठा हुआ चैन की बंसी बजाऊँगा। चार आदमी घेरे रहेंगे, मुहल्ले में अपना मान होने लगेगा। ये ही लोग, जो आज मुझ पर रोब जमा रहे हैं, मेरा मुँह जोहेंगे, मेरी खुशामद करेंगे। यही न होगा, मुहल्ले की गउएं मारी-मारी फिरेंगी; फिरें, इसको मैं क्या करूँ। जब तक निभ सका, निभाया। अब नहीं निभता तो क्या करूँ। जिनकी गायें चरती हैं, कौन मेरी बात पूछते हैं? आज कोई मेरी पीठ पर खड़ा हो जाता, तो भैरों मुझे रुलाकर यों मूंछों पर ताव देता हुआ न चला जाता। जब आबरू ही न रही, तो जीने पर धिक्कार है।

मन में यह विचार स्थिर करके सूरदास अपनी झोंपड़ी से निकला और लाठी टेकता हुआ गोदाम की तरफ़ चला। गोदाम के सामने पहुँचा, तो दयागिरि से भेंट हो गई। उन्होंने पूछा—इधर कहाँ चले सूरदास? तुम्हारी जगह तो पीछे छूट गई।

सूरदास—जरा इन्हीं मियाँ साहब से कुछ बातचीत करनी है।

दयागिरि–क्या इसी ज़मीन के बारे में?

सूरदास–हाँ, मेरा विचार है कि यह ज़मीन बेचकर कहीं तीर्थयात्रा करने चला जाऊँ। इस मुहल्ले में अब निबाह नहीं है।

दयागिरि–सुना, आज भैरों तुम्हें मारने की धमकी दे रहा था।

सूरदास–मैं तरह न दे जाता, तो उसने मार ही दिया था। सारा मुहल्ला बैठा हँसता रहा, किसी की जबान न खुली कि अंधे-अपाहिज आदमी पर यह कुन्याव क्यों करते हो। तो जब मेरा कोई हितू नहीं है, तो मैं क्यों दूसरों के लिए मरूँ?

दयागिरि–नहीं सूरे, मैं तुम्हें ज़मीन बेचने की सलाह न दूँगा। धर्म का फल इस जीवन में नहीं मिलता। हमें आँखें बंद करके नारायन पर भरोसा रखते हुए धर्म-मार्ग पर चलते रहना चाहिए। सच पूछो, तो आज भगवान ने तुम्हारे धर्म की परीक्षा ली है। संकट ही में धीरज और धर्म की परीक्षा होती है। देखो, गुसाईंजी ने कहा है–

'आपत्ति-काल परखिये चारी। धीरज, धर्म, मित्र अरु नारी।'

ज़मीन पड़ी है, पड़ी रहने दो। गउएँ चरती हैं, यह कितना बड़ा पुण्य है। कौन जानता है, कभी कोई दानी, धर्मात्मा आदमी मिल जाय और धर्मशाला, कुआँ, मन्दिर बनवा दे तो मरने पर भी तुम्हारा नाम अमर हो जाएगा। रही तीर्थ-यात्रा, उसके लिए रुपये की जरूरत नहीं। साधु-सन्त जनम-भर यही किया करते हैं; पर घर से रुपयों की थैली बाँधकर नहीं चलते। मैं भी शिवरात्रि के बाद बद्रीनारायण जानेवाला हूँ। हमारा-तुम्हारा साथ हो जायेगा। रास्ते में तुम्हारी एक कौड़ी न खर्च होगी, इसका मेरा जिम्मा है।

सूरदास–नहीं बाबा, अब यह कुन्याव नहीं सहा जाता। भाग्य में धर्म करना नहीं लिखा हुआ है, तो कैसे धर्म करूँगा। ज़रा इन लोगों को भी तो मालूम हो जाये कि सूरे भी कुछ है।

दयागिरि–सूरे, आँखें बंद होने पर भी कुछ नहीं सूझता। यह अहंकार है, इसे मिटाओ, नहीं तो यह जन्म भी नष्ट हो जायेगा। यही अहंकार सब पापों का मूल है–

'मैं अरु मोर तोर तैं माया, जेहि बस कीन्हें जीव निकाया।'

न यहाँ तुम हो, न तुम्हारी भूमि; न तुम्हारा कोई मित्र है, न शत्रु है; जहाँ देखो भगवान्-ही-भगवान् हैं–

'ज्ञान-मान जहँ एकौ नाहीं, देखत ब्रह्म रूप सब माहीं।'

इन झगड़ों में मत पड़ो।

सूरदास–बाबाजी, जब तक भगवान् की दया न होगी, भक्ति और वैराग्य किसी पर मन न जमेगा। इस घड़ी मेरा हृदय रो रहा है, उसमें उपदेश और ज्ञान की बातें नहीं पहुँच सकतीं। गीली लकड़ी खराद पर नहीं चढ़ती।

दयागिरि–पछताओगे और क्या।

यह कहकर दयागिरि अपनी राह चले गए। वह नित्य गंगा-स्नान को जाया करते थे।

उनके जाने के बाद सूरदास ने अपने मन में कहा–यह भी मुझी को ज्ञान का उपदेश करते हैं। दीनों पर उपदेश का भी दाँव चलता है, मोटों को कोई उपदेश नहीं करता। वहाँ तो जाकर ठाकुरसुहाती करने लगते हैं। मुझे ज्ञान सिखाने चले हैं। दोनों जून भोजन मिल जाता है न! एक दिन न मिले, तो सारा ज्ञान निकल जाय।

वेग से चलती हुई गाड़ी रुकावटों को फाँद जाती है। सूरदास समझाने से और भी ज़िद पकड़ गया। सीधे गोदाम के बरामदे में जाकर रुका। इस समय यहाँ बहुत-से चमार जमा थे। खालों की खरीद हो रही थी। चौधरी ने कहा–आओ सूरदास, कैसे चले?

सूरदास इतने आदमियों के सामने अपनी इच्छा न प्रकट कर सका। संकोच ने उसकी जबान बंद कर दी। बोला–कुछ नहीं, ऐसे ही चला आया।

ताहिर–साहब इनसे पीछेवाली ज़मीन माँगते हैं, मुँह-माँगे दाम देने को तैयार हैं! पर यह किसी तरह राजी नहीं होते। उन्होंने खुद समझाया, मैंने कितनी मिन्नत की; लेकिन इनके दिल में कोई बात जमती ही नहीं।

लज्जा अत्यन्त निर्लज्ज होती है। अन्तिम काल में भी जब हम समझते हैं कि उसकी उलटी साँसें चल रही हैं, वह सहसा चैतन्य हो जाती है और पहले से भी अधिक कर्त्तव्यशील हो जाती है। हम दुरवस्था में पड़कर किसी मित्र से सहायता की याचना करने को घर से निकलते हैं, लेकिन मित्र से आँखें चार

होते ही लज्जा हमारे सामने आकर खड़ी हो जाती है और हम इधर-उधर की बातें करके लौट आते हैं। यहाँ तक कि हम एक शब्द भी ऐसा मुँह से नहीं निकलने देते, जिसका भाव हमारी अन्तर्वेदना का द्योतक हो।

ताहिरअली की बातें सुनते ही सूरदास की लज्जा ठट्ठा मारती हुई बाहर निकल आयी। बोला—मियाँ साहब, वह ज़मीन तो बाप-दादों की निसानी है, भला मैं उसे बय या पट्टा कैसे कर सकता हूँ? मैंने उसे धरम काज के लिए संकल्प कर दिया है।

ताहिर—धरम काज बिना रुपये के कैसे होगा? जब रुपये मिलेंगे, तभी तो तीरथ करोगे, साधु-संतों की सेवा करोगे; मंदिर-कुआँ बनवाओगे?

चौधरी—सूरे, इस बखत अच्छे दाम मिलेंगे। हमारी सलाह तो यही है कि दे दो, तुम्हारा कोई उपकार तो उससे होता नहीं।

सूरदास—मुहल्ले-भर की गउएँ चरती हैं, क्या इससे पुन्न नहीं होता? गऊ की सेवा से बढ़कर और कौन पुन्न का काम है?

ताहिर—अपना पेट पालने के लिए तो भीख माँगते फिरते हो, चले हो दूसरों के साथ पुन्न करने। जिनकी गायें चरती हैं, वे तो तुम्हारी बात भी नहीं पूछते, एहसान मानना तो दूर रहा। इसी धरम के पीछे तुम्हारी यह दशा हो रही है, नहीं तो ठोकरें न खाते फिरते।

ताहिर अली खुद बड़े दीनदार आदमी थे, पर अन्य धर्मों की अवहेलना करने में उन्हें संकोच न होता था। वास्तव में वह इस्लाम के सिवा और किसी धर्म को धर्म नहीं समझते थे।

सूरदास ने उत्तेजित होकर कहा—मियाँ साहब, धरम एहसान के लिए नहीं किया जाता। नेकी करके दरिया में डाल देना चाहिए।

ताहिर—पछताओगे और क्या। साहब से जो कुछ कहोगे, वही करेंगे। तुम्हारे लिए घर बनवा देंगे, माहवार गुजारा देंगे; मिठुआ को किसी मदरसे में पढ़ने को भेज देंगे, उसे नौकर रखा देंगे, तुम्हारी आँखों की दवा करा देंगे, मुमकिन है, सूझने लगे। आदमी बन जाओगे, नहीं तो धक्के खाते रहोगे।

सूरदास पर और किसी प्रलोभन का असर तो न हुआ; हाँ, दृष्टि-लाभ की सम्भावना ने ज़रा नरम कर दिया। बोला—क्या जनम के अंधों की दवा भी हो सकती है?

ताहिर–तुम जनम के अंधे हो क्या? तब तो मजबूरी है। लेकिन वह तुम्हारे आराम के इतने सामान जमा कर देंगे कि तुम्हें आँखों की ज़रूरत ही न रहेगी।

सूरदास–साहब, बड़ी नामूसी होगी। लोग चारों ओर से धिक्कारने लगेंगे।

चौधरी–तुम्हारी जायदाद है, बय करो, चाहे पट्टा लिखो, किसी दूसरे को दखल देने की क्या मजाल है!

सूरदास–बाप-दादों का नाम तो नहीं डुबाया जाता।

मूर्खों के पास युक्तियाँ नहीं होतीं, युक्तियों का उत्तर वे हठ से देते हैं। युक्ति कायल हो सकती है, नरम हो सकती है, भ्राँति हो सकती हैं; हठ को कौन कायल करेगा?

सूरदास की जिद से ताहिरअली को क्रोध आ गया। बोले–तुम्हारी तकदीर में भीख माँगना लिखा है, तो कोई क्या कर सकता है। इन बड़े आदमियों से अभी पाला नहीं पड़ा है। अभी खुशामद कर रहे हैं, मुआवजा देने पर तैयार हैं; लेकिन तुम्हारा मिजाज नहीं मिलता और वही जब कानूनी दाव-पेंच खोलकर जमीन पर कब्जाकर लेंगे, दो-चार सौ रुपये बरायनाम मुआवजा दे देंगे, तो सीधे हो जाओगे। मुहल्लेवालों पर भूले बैठे हो। पर देख लेना, कोई पास भी फटके। साहब यह जमीन लेंगे जरूर, चाहे खुशी से दो, चाहे रोकर।

सूरदास ने गर्व से उत्तर दिया–खाँ साहब, अगर ज़मीन जायेगी, तो इसके साथ मेरी जान भी जायेगी। यह कहकर उसने लकड़ी सँभाली और अपने अड्डे पर आ बैठा।

उधर दयागिरि ने जाकर नायकराम से यह समाचार कहा। बजरंगी भी बैठा था। यह खबर सुनते ही दोनों के होश उड़ गये। सूरदास के बल पर दोनों उछलते रहे, उस दिन ताहिरअली से कैसी बातें कीं और आज सूरदास ने ही धोखा दिया। बजरंगी ने चिंतित होकर कहा–अब क्या होगा पण्डाजी, बताओ?

नायकराम–करना क्या होगा, जैसा किया है, वैसा भोगना होगा। जाकर अपनी घरवाली से पूछो। उसी ने आज आग लगाई थी। जानते तो हो कि सूरे मिठुआ पर जान देता है, फिर क्यों भैरों की मरम्मत नहीं की। मैं होता तो भैरों को दो-चार खरी-खोटी सुनाए बिना न जाने देता, और नहीं तो दिखावे के लिए

सही। उस बेचारे को भी मालूम हो जाता कि मेरी पीठ पर है कोई। आज उसे बड़ा रंज हुआ है, नहीं तो जमीन बेचने का कभी उसे ध्यान ही न आया था।

बजरंगी—अरे, तो अब कोई उपाय निकालोगे या बैठकर पिछली बातों के नाम को रोएँ!

नायकराम—उपाय यही है कि आज सूरे आये, तो चलकर उसके पैरों पर गिरो, उसे दिलासा दो, जैसे राजी हो, वैसे राजी करो, दादा भैया करो, मान जाये तो अच्छा, नहीं तो साहब से लड़ने के लिए तैयार हो जाओ, उनका कब्जा न होने दो। जो कोई जमीन के पास आये, मारकर भगा दो। मैंने तो यही सोच रखा है। आज सूरे को अपने हाथ से बना के दूधिया पिलाऊँगा और मिठुआ को भरपेट मिठाइयाँ खिलाऊँगा। जब न मानेगा तो देखी जाएगी।

बजरंगी—जरा मियाँ साहब के पास क्यों नहीं चले चलते? सूरदास ने उससे न जाने क्या-क्या बातें की हों। कहीं लिखा-पढ़ी कराने को कह आया हो, तो फिर चाहे कितनी ही आरजू-बिनती करोगे, भी अपनी बात न पलटेगा।

नायकराम—मैं उस मुंशी के द्वार पर न जाऊँगा। उसका मिजाज और भी आसमान पर चढ़ जायेगा।

बजरंगी—नहीं पण्डाजी, मेरी खातिर से ज़रा चले चलो।

नायकराम आख़िर राजी हुए। दोनों आदमी ताहिरअली के पास पहुँचे। वहाँ इस वक़्त सन्नाटा था। खरीद का काम हो चुका था। चमार चले गए थे। ताहिरअली अकेले बैठे हुए हिसाब-किताब लिख रहे थे। मीजान में कुछ फर्क पड़ता था। बार-बार जोड़ते थे; पर भूल पर निगाह न पहुँचती थी। सहसा नायकराम ने कहा—कहिए मुंशीजी, आज सूरे से क्या बातचीत हुई?

ताहिर—अहा, आइए पण्डाजी, मुआफ कीजिएगा, मैं ज़रा मीजान लगाने में मसरूफ था, इस मोढ़े पर बैठिए। सूरे से कोई बात तय न होगी। उसकी तो शामतें आयी हैं। आज तो धमकी देकर गया है कि जमीन के साथ मेरी जान भी जाएगी। गरीब आदमी है, मुझे उस पर तरस आता है। आखिर यही होगा कि साहब किसी कानून की रूह से जमीन पर काबिज हो जायेंगे। कुछ मुआवजा मिला, तो मिला, नहीं तो उसकी भी उम्मीद नहीं।

नायकराम—जब सूरे राजी नहीं हैं, तो साहब क्या खा के यह ज़मीन ले लेंगे! देख बजरंगी, हुई न वही बात, सूरे ऐसा कच्चा आदमी नहीं है।

ताहिर—साहब को अभी आप जानते नहीं हैं।

नायकराम—मैं साहब और साहब के बाप, दोनों को अच्छी तरह जानता हूँ। हाकिमों की खुशामद की बदौलत आज बड़े आदमी बने फिरते हैं।

ताहिर—खुशामद का ही तो आजकल जमाना है। वह इस ज़मीन को लिए बगैर न मानेंगे।

नायकराम—तो इधर भी यही तय है कि ज़मीन पर किसी पर कब्जा न होने देगें, चाहे जान जाये। इसके लिए मर मिटेंगे। हमारे हजारों यात्री आते हैं। इसी खेत में सबको टिका देता हूँ। जमीन निकल गई, तो क्या यात्रियों को अपने सिर पर ठहराऊँगा? आप साहब से कह दीजिएगा, यहाँ उनकी दाल न गलेगी। यहाँ भी कुछ दम रखते हैं। बारहों मास खुले-खजाने जुआ खेलते हैं। एक दिन में हजारों के वारे-न्यारे हो जाते हैं। थानेदार से लेकर सुपरीडंट तक जानते हैं, पर मजाल क्या कि कोई दौड़ लेकर आय। खून तक छिपा डाले हैं।

ताहिर—तो आप ये सब बातें मुझसे क्यों कहते हैं, क्या मैं जानता नहीं हूँ? आपने सैयद रजाअली थानेदार का नाम तो सुना ही होगा, मैं उन्हीं का लड़का हूँ। कौन पण्डा है, जिसे मैं नहीं जानता।

नायकराम—लीजिए, घर ही बैद, तो मरिए क्यों? फिर तो आप अपने घर के आदमी हैं। दारोगाजी की तरह भला क्या कोई अफसर होगा। कहते थे, बेटा, जो चाहे करो, लेकिन मेरे पंजे में न आना। मेरे द्वार पर फड़ जाती थी, वह कुर्सी पर बैठे देखा करते थे। बिलकुल घराँव हो गया था। कोई बात बनी-बिगड़ी, जाके सारी कथा सुना देता था। पीठ पर हाथ फेरकर कहते—बस जाओ, अब हम देख लेंगे। ऐसे आदमी अब कहाँ? सतजुगी लोग थे। आप तो अपने भाई ही ठहरे, साहब को धता क्यों नहीं बताते? आपको भगवान् ने विद्या-बुद्धि दी है, बीसों बहाने निकाल सकते हैं। बरसात में पानी जमता है, दीमक बहुत लगेंगे, लोनी लगेगी...ऐसे ही और कितने बहाने हैं।

ताहिर—पण्डाजी, जब आपसे भाईचारा हो गया, तो क्या परदा है। साहब पल्ले सिरे का घाघ है। हाकिमों से उसका बड़ा मेल-जोल है। मुफ्त में ज़मीन ले लेगा। सूरे को तो चाहे सौ-दो सौ मिल भी रहें, मेरा इनाम-इकराम गायब हो जाएगा। आप सूरे से मुआमला तय करा दीजिए, तो उसका भी फायदा हो, मेरा भी फायदा हो और आपका भी फायदा हो।

नायकराम—आपको वहाँ से जो इनाम-इकराम मिलनेवाला हो, वह हमीं लोगों से ले लीजिए। इसी बहाने कुछ आपकी खिदमत करेंगे। मैं तो दारोगाजी को जैसा समझता था, वैसा ही आपको समझता हूँ।

ताहिर—मुआजल्लाह, पण्डाजी, ऐसी बात न कहिए। मैं मालिक की निगाह बचाकर एक कौड़ी लेना भी हराम समझता हूँ। वह अपनी खुशी से जो कुछ दे देंगे हाथ फैलाकर ले लूँगा; पर उनसे छिपाकर नहीं। खुदा उस रास्ते से बचाए। वालिद ने इतना कमाया, पर मरते वक्त घर में एक कौड़ी कफन को भी न थी।

नायकराम—अरे यार, मैं तुम्हें रुसवत थोड़े ही देने को कहता हूँ। जब हमारा-आपका भाईचारा हो गया, तो हमारा काम आपसे निकलेगा, आपका काम हमसे। यह कोई रुसवत नहीं।

ताहिर—नहीं पण्डाजी, खुदा मेरी नीयत को पाक रखे, मुझसे नमकहरामी न होगी। मैं जिस हाल में हूँ उसी में खुश हूँ, जब उसके करम की निगाह होगी, तो मेरी भलाई की कोई सूरत निकल ही आयेगी।

नायकराम—सुनते हो बजरंगी, दरोगाजी की बातें। चलो, चुपके से घर बैठो, जो कुछ आगे आयेगी, देखी जायेगी। अब तो साहब ही से निबटना है।

बजरंगी के विचार में नायकराम ने उतनी मिन्नत-समाजत न की थी, जितनी करनी चाहिए थी। आये थे अपना काम निकालने कि हेकड़ी दिखाने। दीनता से जो काम निकल जाता है, वह डींग मारने से नहीं निकलता। नायकराम ने तो लाठी कंधे पर रखी, ओर चले। बजरंगी ने कहा—मैं ज़रा गोरुओं को देखने जाता हूँ, उधर से होता हुआ आऊँगा। यों बड़ा अक्खड़ आदमी था, नाक पर मक्खी न बैठने देता। सारा मुहल्ला उसके क्रोध से काँपता था, लेकिन कानूनी कारवाइयों से डरता था। पुलिस और अदालत के नाम ही से उसके प्राण सूख जाते थे। नायकराम को नित्य ही अदालत से काम रहता था, वह इस विषय में अभ्यस्त थे। बजरंगी को अपनी जिन्दगी में कभी गवाही देने की नौबत भी न आयी थी। नायकराम के चले आने के बाद ताहिरअली भी घर गए; पर बजरंगी वहीं आस-पास टहलता रहा कि वह बाहर निकलें, तो अपना दुःखड़ा सुनाऊँ।

ताहिरअली के पिता पुलिस-विभाग में कांस्टेबिल से थानेदारी के पद तक पहुँचे थे। मरते समय कोई जायदाद तो न छोड़ी, यहाँ तक कि उनकी

अन्तिम क्रिया कर्ज से की गई; लेकिन ताहिरअली के सिर पर दो विधवाओं और उनकी सन्तानों का भार छोड़ गए। उन्होंने तीन शादियाँ की थीं। पहली स्त्री से ताहिरअली थे, दूसरी से माहिरअली और जाहिरअली, और तीसरी से जाबिरअली। ताहिरअली धैर्यशील और विवेकी मनुष्य थे। पिता का देहांत होने पर साल-भर तक तो रोजगार की तलाश में मारे-मारे फिरे। कहीं मवेशीखाने की मुहर्रिरी मिल गई, कहीं किसी दवा बेचने वाले के एजेंट हो गए, कहीं चुंगी-घर के मुंशी का पद मिल गया। इधर कुछ दिनों से मिस्टर जॉन सेवक के यहाँ स्थायी रूप से नौकर हो गए थे। उनके आचार-विचार अपने पिता से बिलकुल निराले थे। रोजा-नमाज के पाबन्द और नीयत के साफ थे। हराम की कमाई से कोसों भागते थे। उनकी माँ तो मर चुकी थीं; पर दोनों विमाताएँ जीवित थीं। विवाह भी हो चुका था; स्त्री के अतिरिक्त एक लड़का था—साबिरअली, और एक लड़की—नसीमा। इतना बड़ा कुटुम्ब था और 30 रुपये मासिक आय। इस महँगी के समय में, जब कि इससे पँचगुनी आमदनी में भी सुचारू रूप से निर्वाह नहीं होता, उनको बहुत कष्ट झेलने पड़ते थे; पर नीयत खोटी न होती थी। ईश्वर-भीरुता उनके चरित्र का प्रधान गुण थी। घर में पहुँचे, तो माहिरअली पढ़ रहा था, जाहिर और जाबिर मिठाई के लिए रो रहे थे, साबिर आँगन में उछल-उछलकर बाजरे की रोटियाँ खा रहा था। ताहिरअली तख्त पर बैठ गए और दोनों छोटे भाइयों को गोद में उठाकर चुप कराने लगे। उनकी बड़ी विमाता ने, जिसका नाम जैनब था, द्वार पर खड़ी होकर नायकराम और बजरंगी की बातें सुनी थीं। बजरंगी दस ही पाँच कदम चला था कि माहिरअली ने पुकारा—सुनो जी, ओ आदमी। जरा यहाँ आना, तुम्हें अम्माँ बुला रही हैं।

बजरंगी लौट पड़ा, कुछ आस बँधी। आकर फिर बरामदे में खड़ा हो गया। जैनब टाट के परदे की आड़ में खड़ी थीं, पूछा—क्या बात थी जो?

बजरंगी—वही ज़मीन की बातचीत थी। साहब इसे लेने को कहते हैं। हमारा गुजर-बसर इसी ज़मीन से होता है! मुंसीजी से कह रहा हूँ, किसी तरह इस झगड़े को मिटा दीजिए। नज़र-नियाज देने को भी तैयार हूँ, मुदा मुंसीजी सुनते ही नहीं।

जैनब—सुनेंगे क्यों नहीं, सुनेंगे न तो, ग़रीबों की हाय किस पर पड़ेगी? तुम भी तो गँवार आदमी हो, उनसे क्या कहने गए? ऐसी बातें मरदों से कहने की थोड़ी ही होती हैं। हमसे कहते, हम तय करा देते।

जाबिर की माँ का नाम था रकिया। वह भी आकर खड़ी हो गईं। दोनों महिलाएँ साये की तरह साथ-साथ रहती थीं। दोनों के भाव एक, दिल एक, विचार एक, सौतिन का जलापा नाम को न था। बहनों का-सा प्रेम था। बोली–और क्या, भला ऐसी बातें मरदों से की जाती हैं?

बजरंगी–माताजी, मैं गँवार आदमी, इसका हाल क्या जानूँ। अब आप ही तय करा दीजिए। ग़रीब आदमी हूँ, बाल-बच्चे जीएँगे।

जैनब–सच-सच कहना, यह मुआमला दब जाये, तो कहाँ तक दोगे?

बजरंगी–बेगम साहब, 50 रुपये तक देने को तैयार हूँ।

जैनब–तुम भी गजब करते हो, 50 रुपये में इतना बड़ा काम निकालना चाहते हो?

रकिया–(धीरे से) बहन, कहीं बिदक न जाये।

बजरंगी–क्या करूँ, बेगम साहब, ग़रीब आदमी हूँ। लड़कों को दूध-दही जो कुछ हुकुम होगा, खिलाता रहूँगा; लेकिन नगद तो इससे ज़्यादा मेरा किया न होगा।

रकिया–अच्छा, तो रुपयों का इंतजाम करो। खुदा ने चाहा, तो सब तय हो जायेगा।

जैनब–(धीरे से) रकिया, तुम्हारी जल्दबाजी से मैं आज़िज हूँ।

बजरंगी–माँजी, यह काम हो गया, तो सारा मुहल्ला आपका जस गायगा।

जैनब–मगर तुम तो 50 रुपये से आगे बढ़ने का नाम ही नहीं लेते। इतने तो साहब ही दे देंगे, फिर गुनाह बेलज्जत क्यों किया जाये।

बजरंगी–माँजी, आपसे बाहर थोड़े ही हूँ। दस-पाँच रुपये और जुटा दूँगा।

जैनब–तो कब तक रुपये आ जाएँगे?

बजरंगी–बस, दो दिन की मोहलत मिल जाये। तब तक मुंसीजी से कह दीजिए, साहब से कहें-सुनें।

जैनब–वाह महतो, तुम तो बड़े होशियार निकले। सेंत ही में काम निकालना चाहते हो। पहले रुपये लाओ, फिर तुम्हारा काम न हो, तो हमारा जिम्मा।

बजरंगी दूसरे दिन आने का वादा करके खुश-खुश चला गया, जो जैनब ने रकिया से कहा–तुम बेसब्र हो जाती हो। अभी चमारों से दो पैसे खाल लेने पर तैयार हो गईं। मैं दो आने लेती और वे खुशी से देते। यही अहीर पूरे सौ गिनकर जाता। बेसब्री से गरजमंद चौकन्ना हो जाता है। समझता है,

शायद हमें बेवकूफ बना रही है। जितनी देर लगाओ, जितनी बेरुखी से काम लो, उतना एतबार बढ़ता है।

रकिया—क्या करूँ, मैं डरती हूँ कि कहीं बहुत सख्ती से निशाना खता न कर जाये।

जैनब—वह अहीर रुपये ज़रूर लायेगा। ताहिर को आज ही से भरना शुरू कर दो। बस, अजाब का खौफ दिलाना चाहिए। उन्हें हत्थे चढ़ाने का वही ढंग है।

रकिया—और कहीं साहब न माने, तो?

जैनब—तो कौन हमारे ऊपर नालिश करने जाता है।

ताहिरअली खाना खाकर लेटे थे कि जैनब ने जाकर कहा—साहब दूसरों की ज़मीन क्यों लिए लेते हैं? बेचारे रोते फिरते हैं।

ताहिर—मुफ्त थोड़े ही लेना चाहते हैं! उसका माकूल मुआवजा देने पर तैयार हैं।

जैनब—यह तो ग़रीबों पर जुल्म है।

रकिया—जुल्म ही नहीं है, अजाब है। भैया, तुम साहब से साफ-साफ कह दो, मुझे इस अजाब में न डालिए। खुदा ने मेरे आगे भी बाल-बच्चे दिए हैं, न जाने कैसी पड़े; मैं यह अजाब सिर पर न लूँगा।

जैनब—गँवार तो हैं ही, तुम्हारे ही सिर हो जायें। तुम्हें साफ कह देना चाहिए कि मैं मुहल्ले वालों से दुश्मनी मोल न लूँगा, जान-जोखिम की बात है।

रकिया—जान-जोखिम तो है ही, ये गँवार किसी के नहीं होते।

ताहिर—क्या आपने भी कुछ अफवाह सुनी है?

रकिया—हाँ, ये सब चमार आपस में बातें करते जा रहे थे कि साहब ने ज़मीन ली, तो खून की नदी बह जायेगी। मैंने तो जब से सुना है, होश उड़े जा रहे हैं।

जैनब—होश उड़ने की बात ही है।

ताहिर—मुझे सब नाहक बदनाम कर रहे हैं। मैं न लेने में, न देने में। साहब ने उस अंधे से ज़मीन की निस्बत बातचीत करने का हुक्म दिया था। मैंने हुक्म की तामील की, जो मेरा फर्ज था; लेकिन ये अहमक यही समझ रहे हैं कि मैंने ही साहब को इस ज़मीन की खरीदारी पर आमादा किया है; हालांकि खुदा जानता है, मैंने कभी उनसे उसका ज़िक्र ही नहीं किया।

जैनब—मुझे बदनामी का खौफ तो नहीं है; हाँ, खुदा के कहर से डरती हूँ। बेकसों की आह क्यों सिर पर लो?

ताहिर—मेरे ऊपर क्यों अजाब पड़ने लगा?

जैनब—और किसके ऊपर पड़ेगा बेटा? यहाँ तो तुम्हीं हो, साहब तो नहीं बैठे हैं। वह तो भुस में आग लगाकर दूर से तमाशा देखेंगे, आयी-गयी तो तुम्हारे सिर जाएगी इस पर कब्जा तुम्हें करना पड़ेगा। मुकद्दमें चलेंगे, तो पैरवी तुम्हें करनी पड़ेगी। ना भैया, मैं इस आग में नहीं कूदना चाहती।

रकिया—मेरे मैके में एक कारिंदे ने किसी काश्तकार की ज़मीन निकाल ली थी। दूसरे ही दिन जवान बेटा उठ गया। किया उसने ज़मींदार ही के हुक्म से, मगर बला आयी उस ग़रीब के सिर। दौलत वालों पर अजाब भी नहीं पड़ता। उसका वार भी गरीबों पर ही पड़ता है। हमारे बच्चे रोज ही नजर और आसेब की चपेट में आते रहते हैं; पर आज तक कभी नहीं सुना कि अंगरेज के बच्चे को नजर लगी हो। उन पर बलैयात का असर ही नहीं होता।

यह पते की बात थी। ताहिरअली को भी इसका तुजुर्बा था। उनके घर के सभी बच्चे गण्डों और ताबीजों से मढ़े हुए थे, उस पर भी आये दिन झाड़-फूँक और राई-नोन की ज़रूरत पड़ा ही करती थी।

धर्म का मुख्य स्तम्भ भय है। अनिष्ट की शंका को दूर कीजिए, फिर तीर्थ-यात्रा, पूजा-पाठ, स्नान-ध्यान, रोज़ा-नमाज, किसी का निशान भी न रहेगा। मसजिदें खाली नज़र आयेंगी, और मंदिर वीरान!

ताहिरअली को भय ने परास्त कर दिया। स्वामिभक्ति और कर्त्तव्य-पालन का भाव ईश्वरीय कोप का प्रतिकार न कर सका।

5

चतारी के राजा महेंद्रकुमार सिंह यौवनावस्था ही में अपनी कार्य-दक्षता और वंश प्रतिष्ठा के कारण म्युनिसिपैलिटी के प्रधान निर्वाचित हो गए थे। विचारशीलता उनके चरित्र का दिव्यगुण थी। रईसों की विलास-लोलुपता और सम्मान-प्रेम का उनके स्वभाव में लेश भी न था। बहुत ही सादे वस्त्र पहनते, ठाठ-बाट से घृणा थी और व्यसन तो उन्हें छू तक न गया था। घुड़दौड़, सिनेमा-थिएटर, राग-रंग, सैर और शिकार, शतरंज या ताशबाजी से उन्हें कोई प्रयोजन न था। हाँ, अगर कुछ प्रेम था, तो उद्यान-सेवा से। वह नित्य घंटे-दो-घंटे अपनी वाटिका में काम किया करते थे। बस, शेष समय नगर के निरीक्षण और नगर-संस्था के संचालन में व्यतीत करते थे। राज्याधिकारियों से वह बिला जरूरत बहुत कम मिलते थे। उनके प्रधानत्व में शहर के केवल उन्हीं भागों को सबसे अधिक महत्व न दिया जाता था, जहाँ हाकिमों के बंगले थे। नगर की अंधेरी गलियों और दुर्गन्धमय परनालों की सफाई सुविस्तृत सड़कों और सुरम्य विनोद-स्थानों की सफाई से कम आवश्यक न समझी जाती थी। इसी कारण हुक्काम उनसे खिंचे रहते थे, उन्हें दम्भी और अभिमानी समझते थे किन्तु नगर के छोटे-से-छोटे मनुष्य को भी उनसे अभिमान या अविनय की शिकायत न थी। हर समय हर एक प्राणी से प्रसन्न-मुख मिलते थे। नियमों का उल्लंघन करने के लिए उन्हें जनता पर जुर्माना करने का अभियोग चलाने की बहुत कम जरूरत पड़ती थी। उनका प्रभाव और सद्भावना कठोर नीति को दबाये रखती थी। वह अत्यंत मितभाषी थे। वृद्धावस्था में मौन विचार-प्रौढ़ता का द्योतक होता है, और युवावस्था में विचार-दारिद्रय का; लेकिन राजा साहब का वाक्-संयम इस धारणा को असत्य सिद्ध करता था। उनके मुँह से जो बात निकलती थी, विवेक और विचार से परिष्कृत होती थी। एक ऐश्वर्यशाली ताल्लुकेदार होने पर भी उनकी प्रवृत्ति

साम्यवाद की ओर थी। संभव है, यह उनके राजनीतिक सिद्धान्तों का फल हो, क्योंकि उनकी शिक्षा, उनका प्रभुत्व उनकी परिस्थिति, उनका स्वार्थ, सब इस प्रवृत्ति के प्रतिकूल था; पर संयम और अभ्यास ने अब इसे उनके विचार-क्षेत्र से निकालकर उनके स्वभाव के अन्तर्गत कर दिया था। नगर निर्वाचन-क्षेत्रों के परिमार्जन में उन्होंने प्रमुख भाग लिया था, इसलिए शहर के अन्य रईस उनसे सावधान रहते थे; उनके विचार में राजा साहब का जनतावाद केवल उनकी अधिकार-रक्षा का साधन था। वह चिरकाल तक इस सामान्य पद का उपयोग करने के लिए यह आवरण धारण किये हुए थे। पत्रों में कभी-कभी इस पर टीकाएँ होती रहती थीं, किन्तु राजा साहब इनका प्रतिवाद करने में अपनी बुद्धि और समय का अपव्यय न करते थे। यशस्वी बनना उनके जीवन का मुख्य उद्देश्य था। पर वह खूब जानते थे कि इस महान् पद पर पहुँचने के लिए सेवा—और निःस्वार्थ सेवा-के सिवा और कोई मार्ग नहीं है।

प्रातःकाल था। राजा साहब स्नान-ध्यान से निवृत्त होकर नगर का निरीक्षण करने जा ही रहे थे कि इतने में मिस्टर जॉन सेवक का मुलाकाती कार्ड पहुँचा। जॉन सेवक का राज्याधिकारियों से ज़्यादा मेल-जोल था, उनकी सिगरेट कम्पनी के हिस्सेदार भी अधिकांश अधिकारी लोग थे। राजा साहब ने कम्पनी की नियमावली देखी थी; पर जॉन सेवक से उनकी कभी भेंट न हुई थी। दोनों को एक-दूसरे पर अविश्वास था, जिसका आधार अफवाहों पर होता है। राजा साहब उन्हें खुशामदी और समय-सेवी समझते थे। जॉन सेवक को वह एक रहस्य प्रतीत होते थे। किन्तु राजा साहब कल इंदु से मिलने गए थे। वहाँ सोफ़िया से उनकी भेंट हो गई थी। जॉन सेवक की कुछ चर्चा आ गई। उस समय मि. सेवक के विषय में उनकी धारणा बहुत कुछ परिवर्तित हो गई थी। कार्ड पाते ही बाहर निकल आये, और जॉन सेवक से हाथ मिलाकर अपने दीवानखाने में लग गए। जॉन सेवक को वह किसी योगी की कुटी-सा मालूम हुआ, जहाँ अलंकार सजावट का नाम भी न था। चंद कुर्सियों और एक मेज के सिवा वहाँ और कोई सामान न था। हाँ, कागजों और समाचार-पत्रों का एक ढेर मेज पर तितर-बितर पड़ा हुआ था।

हम किसी से मिलते ही अपने सूक्ष्म बुद्धि से जान जाते हैं कि हमारे विषय में उसके क्या भाव हैं। मि. सेवक को एक क्षण तक मुँह खोलने

का साहस न हुआ, कोई समयोचित भूमिका न सूझती थी। एक पृथ्वी और दूसरा आकाश से इस अगम्य सागर को पार करने की सहायता माँग रहा था। राजा साहब को भूमिका तो सूझ गई थी—सोफ़ी के देवोपम त्याग और सेवा की प्रशंसा से बढ़कर और कौन-सी भूमिका होती—किन्तु कतिपय मनुष्यों को अपनी प्रशंसा सुनने से जितना संकोच होता है, उतना ही किसी दूसरे की प्रशंसा करने से होता है। जॉन सेवक में यह संकोच न था। वह निन्दा और प्रशंसा दोनों ही के करने में समान रूप से कुशल थे। बोले—आपके दर्शनों की बहुत दिनों से इच्छा थी; लेकिन परिचय न होने के कारण न आ सकता था। और, साफ बात यह है कि (मुस्कराकर) आपके विषय में अधिकारियों के मुख से ऐसी-ऐसी बातें सुनता था, जो इस इच्छा को व्यक्त न होने देती थीं। लेकिन आपने निर्वाचन-क्षेत्रों को सुगम बनाने में जिस विशुद्ध देश-प्रेम का परिचय दिया है, उसने हाकिमों की मिथ्याक्षेपों की कलई खोल दी।

अधिकारियों के मिथ्याक्षेपों की चर्चा करके जॉन सेवक ने अपने वाक्-चातुर्य को सिद्ध कर दिया। राजा साहब की सहानुभूति प्राप्त करने के लिए इससे सुलभ और कोई उपाय न था। राजा साहब को अधिकारियों से यही शिकायत थी, इसी कारण उन्हें अपने कार्यों के सम्पादन में कठिनाई पड़ती थी, विलम्ब होता था, बाधाएँ उपस्थिति होती थीं। बोले—यह मेरा दुर्भाग्य है कि हुक्काम मुझ पर इतना अविश्वास करते हैं। मेरा अगर कोई अपराध है, तो इतना ही कि जनता के लिए भी स्वास्थ्य और सुविधाओं को उतना ही आवश्यक समझता हूँ, जितना हुक्काम और रईसों के लिए।

मिस्टर सेवक—महाशय, इन लोगों के दिमाग को कुछ न पूछिए। संसार इनके उपयोग के लिए है। और किसी को इसमें जीवित रहने का भी अधिकार नहीं है। जो प्राणी इनके द्वार पर अपना मस्तक न घिसे, वह अपवादी है, अशिष्ट है, राजद्रोही है; और जिस प्राणी में राष्ट्रीयता का लेश मात्र भी आभास हो—विशेषतः वह, जो यहाँ कला-कौशल और व्यवसाय को पुनर्जीवित करना चाहता हो, दंडनीय है। राष्ट्र-सेवा इनकी दृष्टि में सबसे अधम पाप है। आपने मेरे सिगरेट के कारखाने की नियमावली तो देखी होगी?

महेंद्र—जी हाँ, देखी थी।

जॉन सेवक—नियमावली का निकलना कहिए कि एक सिरे से अधिकारी वर्ग की निगाहें मुझसे फिर गईं। मैं उनका कृपा-भाजन था, कितने ही अधिकारियों से मेरी मैत्री थी। किन्तु उसी दिन से मैं उनकी बिरादरी से टाट-बाहर कर दिया गया, मेरा हुक्का-पानी बंद हो गया। उनकी देखा-देखी हिंदुस्तानी हुक्काम और रईसों ने भी आनाकानी शुरू की। अब मैं उन लोगों की दृष्टि में शैतान से भी ज्यादा भयंकर हूँ।

इतनी लम्बी भूमिका के बाद जॉन सेवक अपने मतलब पर आये। बहुत सकुचाते हुए अपना उद्देश्य प्रकट किया। राजा साहब मानव-चरित्र के ज्ञाता थे, बने हुए तिलकधारियों को खूब पहचानते थे। उन्हें मुगालता देना आसान न था। किन्तु समस्या ऐसी आ पड़ी थी कि उन्हें धर्म-रक्षा के हेतु अविचार की शरण लेनी पड़ी। किसी दूसरे अवसर पर वह इस प्रस्ताव की ओर आँख उठाकर भी न देखते। एक दीन-दुर्बल अंधे की भूमि को, जो उसके जीवन का एकमात्र आधार हो, उसके कब्जे से निकालकर एक व्यवसायी को दे देना उनके सिद्धांत के विरुद्ध था। पर आज पहली बार उन्हें अपने नियम को ताक पर रखना पड़ा। यह जानते हुए कि मिस सोफ़िया ने उनके एक निकटतम संबंधी की प्राण-रक्षा की है, यह जानते हुए कि जॉन सेवक के साथ सद्व्यवहार करना कुँवर भरतसिंह को एक भारी ऋण से मुक्त कर देगा, वह इस प्रस्ताव की अवहेलना न कर सकते थे। कृतज्ञता हमसे वह सब कुछ करा लेती है, जो नियम की दृष्टि से त्याज्य है। यह वह चक्की है, जो हमारे सिद्धान्तों और नियम को पीस डालती है। आदमी जितना ही निस्पृह होता है, उपकार का बोझ उसे उतना ही असह्य होता है। राजा साहब ने इस मामले को जॉन सेवक की इच्छानुसार तय कर देने का वचन दिया, और मिस्टर सेवक अपनी सफलता पर फूले हुए घर आये।

स्त्री ने कहा—क्या तय कर आये?

जॉन सेवक—वही, जो तय करने गया था।

स्त्री—शुक्र है, मुझे आशा न थी।

जॉन सेवक—यह सब सोफ़ी के एहसान की बरकत है। नहीं तो यह महाशय सीधे मुँह से बात करनेवाले न थे। यह उसी के आत्मसमर्पण की शक्ति है, जिसने महेन्द्र कुमार सिंह जैसे अभिमानी और बेमुरौवत आदमी को

नीचा दिखा दिया। ऐसे तपाक से मिले, मानो मैं उनका पुराना दोस्त हूँ। यह असाध्य कार्य था, और सफलता के लिए मैं सोफ़ी का आभारी हूँ।

मिसेज़ सेवक–(क्रुद्ध होकर) तो तुम जाकर उसे लिवा लाओ, मैंने तो मना नहीं किया है। मुझे ऐसी बातें क्यों बार-बार सुनाते हो? मैं तो अगर प्यासी मरती भी रहूँगी, तो उससे पानी न माँगूंगी। मुझे लल्लो चप्पो नहीं आती। जो मन में है, वही मुख में है। अगर वह खुदा से मुँह फेरकर अपनी टेक पर दृढ़ रह सकती है, तो मैं अपने ईमान पर दृढ़ रहते हुए क्यों उसकी खुशामद करूँ।

प्रभु सेवक नित्य एक बार सोफ़िया से मिलने जाया करता था। कुँवर साहब और विनय, दोनों ही की विनयशीलता और शालीनता ने उसे मंत्र-मुग्ध कर दिया था। कुँवर साहब गुणज्ञ थे। उन्होंने पहले ही दिन, एक निगाह में ताड़ लिया कि वह साधारण बुद्धि का युवक नहीं है। उन पर शीघ्र ही प्रकट हो गया कि इसकी स्वाभाविक रुचि साहित्य-दर्शन की ओर है। वाणिज्य और व्यापार से इसे उतनी ही भक्ति है, जितनी विनय की जमींदारी से। इसलिए वह प्रभु सेवक से प्रायः साहित्य और काव्य आदि विषयों पर वार्तालाप किया करते थे। वह उसकी प्रवृत्तियों को राष्ट्रीयता के भावों से अलंकृत कर देना चाहते थे। प्रभु सेवक को भी ज्ञात हो गया कि यह महाशय काव्य-कला के मर्मज्ञ हैं। इनसे उसे वह स्नेह हो गया था, जो कवियों को रसिक जनों से हुआ करता है। उसने इन्हें अपनी कई काव्य-रचनाएँ सुनायी थीं और उनकी उदार अभ्यर्थनाओं से उस पर एक नशा-सा छाया रहता था। वह हर वक्त रचना-विचार में निमग्न रहता। यह शंका और नैराश्य, जो प्रायः नवीन साहित्य-सेवियों को अपनी रचनाओं के प्रचार और सम्मान के विषय में हुआ करता है, कुँवर साहब के प्रोत्साहन के कारण विश्वास और उत्साह के रूप में परिवर्तित हो गया था। वही प्रभु सेवक, जो पहले हफ्तों कलम न उठाता था, अब एक-एक दिन में कई कविताएँ रच डालता। उसके भावोद्‌गारों में सरिता के-से प्रवाह और बाहुल्य का आविर्भाव हो गया था। इस समय वह बैठा हुआ कुछ लिख रहा था। जॉन सेवक को आते देखकर वहाँ आया कि देखूँ, क्या खबर लाये हैं। ज़मीन के मिलने में जो कठिनाइयाँ उपस्थित हो गई थीं, उनसे उसे आशा हो गई थी कि कदाचित् कुछ दिनों तक इस बंधन में न फँसना पड़े। जॉन सेवक की सफलता ने वह आशा भंग कर दी। मन की इस दशा में

माता के अंतिम शब्द उसे बहुत प्रिय मालूम हुए। बोला—मामा, अगर आपका विचार है कि सोफ़ी वहाँ निरादर और अपमान सह रही है, और उकताकर स्वयं चली आवेगी, तो आप बड़ी भूल कर रही हैं। सोफ़ी अगर वहाँ बरसों रहे, तो भी वे लोग उसका गला न छोड़ेंगे। मैंने इतने उदार और शीलवान प्राणी ही नहीं देखे। हाँ, सोफ़ी का आत्माभिमान इसे स्वीकार न करेगा कि वह चिरकाल तक उनके आतिथ्य और सज्जनता का उपभोग करे। इन दो सप्ताहों में वह जितनी क्षीण हो गई है, उतनी महीनों बीमार रहकर भी न हो सकती थी। उसे संसार के सब सुख प्राप्त हैं; किन्तु जैसे कोई शीतप्रधान देश का पौधा उष्ण देश में आकर अनेकों यत्न करने पर भी दिन-दिन सूखता जाता है; वैसी ही दशा उसकी भी हो गई है। उसे रात-दिन वही चिन्ता व्याप्त रहती है, कि कहाँ जाऊँ? क्या करूँ? अगर आपने जल्द उसे वहाँ से बुला न लिया, तो आपको पछताना पड़ेगा। वह आजकल बौद्ध और जैन-ग्रंथों को देखा करती है, और मुझे आश्चर्य न होगा, अगर वह हमसे सदा के लिए छूट जाय।

जॉन सेवक—तुम तो रोज वहाँ जाते हो, क्यों अपने साथ नहीं लाते?

मिसेज़ सेवक—मुझे इसकी चिन्ता नहीं है। प्रभु मसीह का द्रोही मेरे यहाँ आश्रय नहीं पा सकता।

प्रभु सेवक—गिरजे न जाना ही अगर प्रभु मसीह का द्रोही बनना है, तो लीजिए आज से मैं भी गिरजे न जाऊँगा। निकाल दीजिए मुझे भी घर से।

मिसेज़ सेवक—(रोकर) तो यहाँ मेरा ही क्या रखा है। अगर मैं ही विष की गाँठ हूँ, तो मैं मुँह में कालिख लगाकर क्यों न निकल जाऊँ। तुम और सोफ़ी आराम से रहो, मेरा भी खुदा मालिक है।

जॉन सेवक—प्रभु, तुम मेरे सामने अपनी माँ का निरादर नहीं कर सकते।

प्रभु सेवक—खुदा न करे, मैं अपनी माँ का निरादर करूँ। लेकिन मैं दिखावे के धर्म के लिए अपनी आत्मा पर यह अत्याचार न होने दूँगा। आप लोगों की नाराजी के खौफ से अब तक मैंने इस विषय में कभी मुँह नहीं खोला। लेकिन जब देखता हूँ कि और किसी बात में तो धर्म की परवा नहीं की जाती, और सारा धर्मानुराग दिखावे के धर्म पर ही किया जा रहा हैं, तो मुझे संदेह होने लगता है कि इसका तात्पर्य कुछ और तो नहीं!

जॉन सेवक—तुमने किस बात में मुझे धर्म के विरुद्ध आचरण करते देखा?

प्रभु सेवक—सैकड़ों ही बातें हैं, एक हो तो कहूँ।

जॉन सेवक—नहीं, एक ही बतलाओ।

प्रभु सेवक—उस बेकस अंधे की ज़मीन पर, कब्जा करने के लिए आप जिन साधनों की उपयोग कर रहे हैं, क्या वे धर्मसंगत हैं? धर्म का अन्त वहीं हो गया, जब उसने कह दिया कि मैं अपनी जमीन किसी तरह न दूँगा। अब कानूनी विधानों से, कूटनीति से, धमकियों से अपना मतलब निकालना आपको धर्मसंगत मालूम होता हो; पर मुझे तो वह सर्वथा अर्धम और अन्याय ही प्रतीत होता है।

जॉन सेवक—तुम इस वक़्त अपने होश में नहीं हो, मैं तुमसे वाद-विवाद नहीं करना चाहता। पहले जाकर शांत हो जाओ, फिर मैं तुम्हें इसका उत्तर दूँगा।

प्रभु सेवक क्रोध से भरा हुआ अपने कमरे में आया और सोचने लगा कि क्या करूँ। यहाँ तक उसका सत्याग्रह शब्दों ही तक सीमित था, अब उसके क्रियात्मक होने का अवसर आ गया, पर क्रियात्मक शक्ति का उसके चरित्र में एकमात्र अभाव था। इस उद्विग्न दशा में वह कभी एक कोट पहनता, कभी उसे उतारकर दूसरा पहनता, कभी कमरे के बाहर चला जाता, कभी अन्दर आ जाता। सहसा जॉन सेवक आकर बैठ गए, और गम्भीर भाव से बोले—प्रभु, आज तुम्हारा आवेश देखकर मुझे जितना दुःख हुआ है, उससे कहीं अधिक चिन्ता हुई है। मुझे अब तक तुम्हारी व्यावहारिक बुद्धि पर विश्वास था; पर अब विश्वास उठ गया। मुझे निश्चय था कि तुम जीवन और धर्म के संबंध को भली-भाँति समझते हो; पर अब ज्ञात हुआ कि सोफ़ी और अपनी माता की भाँति तुम भी भ्रम में पड़े हुए हो। क्या तुम समझते हो कि मैं और मुझ-जैसे और हज़ारों आदमी, जो नित्य गिरजे आते हैं, भजन गाते हैं, आँखें बंद करके ईश-प्रार्थना करते हैं, धर्मानुराग में डूबे हुए हैं? कदापि नहीं। अगर अब तक तुम्हें नहीं मालूम है, तो अब मालूम हो जाना चाहिए कि धर्म केवल स्वार्थ-संगठन है। संभव है, तुम्हें ईसा पर विश्वास हो, शायद तुम उन्हें खुदा का बेटा या कम-से-कम महात्मा समझते हो, पर मुझे तो यह भी विश्वास नहीं है। मेरे हृदय में उनके प्रति उतनी ही श्रद्धा है, जितनी किसी मामूली फकीर के प्रति। उसी प्रकार फकीर भी दान और क्षमा की महिमा गाता फिरता है, परलोक के सुखों का राग गाया करता है। वह भी उतना ही त्यागी, उतना ही

दीन, उतना ही धर्मरत है। लेकिन इतना अविश्वास होने पर भी मैं रविवार को सौ काम छोड़कर गिरजे अवश्य जाता हूँ। न जाने से अपने समाज में अपमान होगा, उसका मेरे व्यवसाय पर बुरा असर पड़ेगा। फिर अपने ही घर में अशांति फैल जाएगी। मैं केवल तुम्हारी माता के खातिर से अपने ऊपर यह अत्याचार करता हूँ और तुमसे भी मेरा यही अनुरोध है कि व्यर्थ का दुराग्रह न करो। तुम्हारी माता क्रोध के योग्य नहीं, दया के योग्य है। बोलो, तुम्हें कुछ कहना है?

प्रभु सेवक–जी नहीं।

जॉन सेवक–अब तो फिर इतनी उच्छृंखलता न करोगे?

प्रभु सेवक ने मुस्कराकर कहा–जी नहीं।

6

धर्मभीरुता में जहाँ अनेक गुण हैं, वहाँ एक अवगुण भी है; वह सरल होती है। पाखंडियों का दांव उस पर सहज ही में चल जाता है। धर्मभीरु प्राणी तार्किक नहीं होता। उसकी विवेचना-शक्ति शिथिल हो जाती है। ताहिरअली ने जब से अपनी दोनों विमाताओं की बातें सुनी थीं, उनके हृदय में घोर अशांति हो रही थी। बार-बार खुदा से दुआ माँगते थे, नीति-ग्रंथों से अपनी शंका का समाधान करने की चेष्टा करते थे। दिन तो किसी तरह गुजरा, संध्या होते ही वह मि. जॉन सेवक के पास पहुँचे और बड़े विनीत शब्दों में बोले—हुजूर की खिदमत में इस वक़्त एक खास अर्ज करने के लिए हाज़िर हुआ हूँ। इर्शाद हो तो कहूँ।

जॉन सेवक—हाँ-हाँ, कहिए, कोई नई बात है क्या?

ताहिर—हुजूर उस अंधे की ज़मीन लेने का ख्याल छोड़ दें, तो बहुत ही मुनासिब हो। हज़ारों दिक्कतें हैं। अकेला सूरदास ही नहीं, सारा मुहल्ला लड़ने पर तुला हुआ है। खासकर नायकराम पण्डा बहुत बिगड़ा हुआ है। वह बड़ा खौफनाक आदमी है। जाने कितनी बार फौजदारियाँ कर चुका है। अगर ये सब दिक्कतें किसी तरह दूर भी हो जाएं, तो भी मैं आपसे यही अर्ज करूँगा कि इसके बजाए किसी दूसरी ज़मीन की फ़िक्र कीजिए।

जॉन सेवक—यह क्यों?

ताहिर—हुजूर, यह सब अजाब का काम है। सैकड़ों आदमियों का काम उस ज़मीन से निकलता है, सबकी गायें वहीं चरती हैं, बारातें ठहरती हैं, प्लेग के दिनों में लोग वहीं झोंपड़े डालते हैं। वह ज़मीन निकल गई, तो सारी आबादी को तकलीफ होगी और लोग दिल में हमें सैकड़ों बद्दुआएँ देंगे। इसका अजाब जरूर पड़ेगा।

जॉन सेवक–(हँसकर) अजाब तो मेरी गरदन पर पड़ेगा न? मैं उसका बोझ उठा सकता हूँ।

ताहिर–हुजूर, मैं भी तो आप ही के दामन से लगा हुआ हूँ। मैं उस अजाब से कब बच सकता हूँ? बल्कि मुहल्लेवाले मुझी को बागी समझते हैं। हुजूर तो यहाँ तशरीफ रखते हैं, मैं आठों पहर उनकी आँखों के सामने रहूँगा, नित्य उनकी नजरों में खटकता रहूँगा, औरतें भी राह चलते दो गालियाँ सुना दिया करेंगी। बाल-बच्चों वाला आदमी हूँ, खुदा जाने क्या पड़े, क्या न पड़े? आखिर शहर के करीब और ज़मीनें भी तो मिल सकती हैं।

धर्मभीरुता जड़वादियों की दृष्टि से हास्यास्पद बन जाती है। विशेषतः एक जवान आदमी में तो यह अक्षम्य समझी जाती है। जॉन सेवक ने कृत्रिम क्रोध धारण करके कहा–मेरे भी तो बाल-बच्चे हैं। जब मैं नहीं डरता, तो आप क्यों डरते हैं? क्या आप समझते हैं कि मुझे अपने बाल-बच्चे प्यारे नहीं, या मैं खुदा से नहीं डरता?

ताहिर–आप साहबे-एकबाल हैं, आपको अजाब का खौफ नहीं। एकबाल वालों से अजाब भी काँपता है। खुदा का कहर ग़रीबों ही पर गिरता है।

जॉन सेवक–इस नए धर्म-सिद्धांत के जन्मदाता शायद आप ही होंगे; क्योंकि मैंने आज तक कभी नहीं सुना कि ऐश्वर्य से ईश्वरीय कोप भी डरता है। बल्कि हमारे धर्मग्रन्थों में तो धनिकों के लिए स्वर्ग का द्वार ही बन्द कर दिया गया है।

ताहिर–हुजूर, मुझे इस झगड़े से दूर रखें, तो अच्छा हो।

जॉन सेवक–आज आपको इस झगड़े से दूर रखूँ, कल आपको यह शंका हो कि पशु-हत्या से खुदा नाराज़ होता है, आप मुझे खालों की खरीद से दूर रखें, तो मैं आपको किन-किन बातों से दूर रखूँगा, और कहाँ-कहाँ ईश्वर के कोप से आपकी रक्षा करूँगा? इससे तो कहीं अच्छा यही है कि आपको अपने ही से दूर रखूँ। मेरे यहाँ रह कर आपको ईश्वरीय कोप का सामना करना पड़ेगा।

मिसेज़ सेवक–जब आपको ईश्वरीय कोप का इतना भय है, तो आपसे हमारे यहाँ काम नहीं हो सकता।

ताहिर–मुझे हुजूर की खिदमत से इनकार थोड़े ही है, मैं तो सिर्फ...

मिसेज़ सेवक—आपको हमारी प्रत्येक आज्ञा का पालन करना पड़ेगा, चाहे उससे आपका खुदा खुश हो या नाखुश। हम अपने कामों में आपके खुदा को हस्तक्षेप न करने देंगे।

ताहिरअली हताश हो गए। मन को समझाने लगे—ईश्वर दयालु है, क्या वह देखता नहीं कि मैं कैसी बेड़ियों में जकड़ा हुआ हूँ। मेरा इसमें क्या वश है? अगर स्वामी की आज्ञाओं को न मानूँ तो कुटुम्ब का पालन क्योंकर हो। वर्षों मारे-मारे फिरने के बाद तो यह ठिकाने की नौकरी हाथ आयी है। इसे छोड़ दूँ, तो फिर उसी तरह की ठोकरें खानी पड़ेंगी। अभी कुछ और नहीं है, तो रोटी-दाल का सहारा तो है। गृहचिंता आत्मचिंतन की घातिका है।

ताहिरअली को निरुत्तर होना पड़ा। बेचारे अपनी स्त्री के सारे गहने बेच कर खा चुके थे। अब एक छल्ला भी न था। माहिरअली अँग्रेजी पढ़ता था। उसके लिए अच्छे कपड़े बनवाने पड़ते, प्रति-मास फीस देनी पड़ती। जाबिरअली और जाहिरअली उर्दू-मदरसे में पढ़ते थे; किन्तु उनकी माता नित्य जान खाया करती थीं कि उन्हें भी अँगरेजी मदरसे में दाखिल करा दो, उर्दू पढ़ाकर क्या चपरासीगिरी करनी है? अंगरेजी थोड़ी भी आ जाएगी, तो किसी-न-किसी दफ्तर में घुस ही जाएंगे। भाइयों के लालन-पालन पर उनकी आवश्यकताएँ ठोकर खाती रहती थीं। पाजामें में इतने पैबन्द लग जाते थे कि कपड़े का यथार्थ रूप छिप जाता था। नये जूते तो शायद इन पाँच वर्षों में उन्हें नसीब ही न हुए। माहिरअली के पुराने जूतों पर संतोष करना पड़ता था। सौभाग्य से माहिरअली के पाँव बड़े थे। यथासाध्य यह भाइयों को कष्ट न होने देते थे। लेकिन कभी हाथ तंग रहने के कारण उनके लिए नये कपड़े न बनवा सकते, या फीस देने में देर हो जाती, या नाश्ता न मिल सकता, या मदरसे में जलपान करने के लिए पैसे न मिलते, तो दोनों माताएँ व्यंग्यों और कटूक्तियों से उनका हृदय छेद डालती थीं। बेकारी के दिनों में यह बहुधा, अपना बोझ हलका करने के लिए स्त्री और बच्चों को मैके पहुँचा दिया करते थे। उपहास से बचने के खयाल से एक आध महीने के लिए बुला लेते और फिर किसी-न-किसी बहाने से विदा कर देते। जब से मि. जॉन सेवक की शरण आये थे, एक प्रकार से उनके सुदिन आ गए थे; कल की चिन्ता सिर पर सवार न रहती थी। माहिरअली की उम्र पंद्रह से अधिक हो गई थी। अब

सारी आशाएँ उसी पर अवलंबित थीं। सोचते, जब माहिर मैट्रिक पास हो जाएगा, तो साहब से सिफारिश कराके पुलिस में भर्ती करा दूँगा। पचास रुपये से क्या कम वेतन मिलेगा। हम दोनों भाइयों की आय मिलाकर 80 रुपये हो जाएगी। तब जीवन का कुछ आनंद मिलेगा। तब तक जाहिरअली भी हाथ-पैर सँभाल लेगा। फिर चैन-ही-चैन है। बस तीन-चार साल की और तकलीफ है। स्त्री से बहुधा झगड़ा हो जाता। वह कहा करती—ये भाई-बंद एक भी काम न आएँगे। ज्यों ही अवसर मिला, पर झाड़कर निकल जाएँगे, तुम खड़े ताकते रह जाओगे। ताहिरअली इन बातों पर स्त्री से रूठ जाते। उसे घर में आग लगानेवाली, विष की गाँठ कहकर रुलाते।

आशाओं और चिंताओं से इतना दबा हुआ व्यक्ति मिसेज़ सेवक के कटु वाक्यों का क्या उत्तर देता! स्वामी के कोप ने ईश्वर के कोप को परास्त कर दिया। व्यथित कंठ से बोले—हुजूर का नमक खाता हूँ, आपकी मरजी मेरे लिए खुदा के हुक्म का दरजा रखती है। किताबों में आका को खुश करने का वही सबाब लिखा, जो खुदा को खुश रखने का है। हुजूर की नमकहरामी करके खुदा को क्या मुँह दिखाऊँगा!

जॉन सेवक—हाँ, अब आप आये सीधे रास्ते पर। जाइए, अपना काम कीजिए। धर्म और व्यापार को एक तराजू तौलना मूर्खता है। धर्म-धर्म है, व्यापार व्यापार; परस्पर कोई संबंध नहीं। संसार में जीवित रहने के लिए किसी व्यापार की जरूरत है, धर्म की नहीं। धर्म व्यापार का श्रृंगार है। वह धनाधीशों ही को शोभा देता है। खुदा आपको कमाई दे, अवकाश मिले, घर में फालतू रुपये हों, तो नमाज पढ़िए, हज कीजिए, मसजिद बनवाइए, कुएँ खुदवाइए; मजहब है, खाली पेट खुदा का नाम लेना पाप है।

ताहिरअली ने झुककर सलाम किया और घर लौट आये।

7

संध्या हो गई थी। किन्तु फागुन लगने पर भी सरदी के मारे हाथ-पाँव अकड़ते थे। ठंडी हवा के झोंके शरीर की हड्डियों में चुभे जाते थे। जाड़ा इंद्र की मदद पाकर, फिर अपनी बिखरी हुई शक्तियों का संचय कर रहा था और प्राणपण से समयचक्र को पलट देना चाहता था। बादल भी थे, बूँदें भी थीं, ठंडी हवा भी थी, कुहरा भी था। इतनी विभिन्न शक्तियों के मुकाबले में ऋतु राज की एक न चलती। लोग लिहाफ में यों मुँह छिपाये हुए थे, जैसे चूहे बिलों में से झाँकते हैं। दूकानदार अँगीठियों के सामने, बैठे हाथ सेंकते थे। पैसों के सौदे नहीं, मुरौवत के सौदे बेचते थे। राह चलते लोग अलाव पर यों गिरते थे, मानो दीपक पर पतंगे गिरते हों। बड़े घरों की स्त्रियाँ मनाती थीं—मिसराइन न आये, तो आज भोजन बनाएँ, चूल्हे के सामने बैठने का अवसर मिले। चाय की दुकानों पर जमघट रहता था। ठाकुरदीन के पान छबड़ी में सड़ रहे थे; पर उसकी हिम्मत न पड़ती थी कि उन्हें फेरे। सूरदास अपनी जगह पर तो आ बैठा था; पर इधर-उधर से सूखी टहनियाँ बटोरकर जला ली थीं और हाथ सेंक रहा था। सवारियाँ आज कहाँ! हाँ, कोई इक्का-दुक्का मुसाफिर निकल जाता था, तो बैठे-बैठे उसका कल्याण मना लेता था। जब से सैयद ताहिरअली ने उसे धमकियाँ दी थीं, जमीन के निकल जाने की शंका उसके हृदय पर छायी रहती थी। सोचता—क्या इसी दिन के लिए, मैंने इस ज़मीन का इतना जतन किया था? मेरे दिन सदा यों ही थोड़े ही रहेंगे, कभी तो लच्छमी प्रसन्न होंगी। अंधों की आँखें न खुले पर भाग खुल सकता है। कौन जाने, कोई दानी मिल जाय, या मेरे ही हाथ में धीरे-धीरे कुछ रुपये इकट्ठे हो जाएँ। बनते देर नहीं लगती। यही अभिलाषा थी कि यहाँ एक कुआँ और एक छोटा-सा मंदिर बनवा देता, मरने के पीछे अपनी कुछ निशानी रहती,

नहीं तो कौन जानेगा कि अन्धा कौन था? पिसनहारी ने कुआँ खुदवाया था, आज तक उसका नाम चला जाता है। झक्कड़ साईं ने बावली बनवायी थी, आज तक झक्कड़ की बावली है। जमीन निकल गई, तो नाम डूब जाएगा। कुछ रुपये मिले भी, तो किस काम के?

नायकराम उसे ढाढ़स देता रहता था—तुम कुछ चिन्ता मत करो, कौन माँ का बेटा है, जो मेरे रहते तुम्हारी ज़मीन निकाल ले। लहू की नदी बहा दूँगा। उस किरंटे की क्या मजाल, गोदाम में आग लगा दूँगा। इधर का रास्ता छुड़ा दूँगा। वह है किस गुमान में, बस तुम हामी न भरना। किन्तु इन शब्दों से जो तस्कीन होती थी, वह भैरों और जगधर की ईर्ष्यापूर्ण वितंडाओं से मिट जाती थी, और वह एक लम्बी साँस खींचकर रह जाता था।

वह इन्हीं विचारों में मग्न था कि नायकराम कंधे पर लट्ठ रखे, एक अँगोछा कंधे पर डाले, पान के बीड़े मुँह में भरे, आकर खड़ा हो गया और बोला—सूरदास, बैठे टापते ही रहोगे? साँझ हो गई, हवा खानेवाले अब इस ठंड में न निकलेंगे। खाने-भर को मिल गया कि नहीं?

सूरदास—कहाँ महाराज, आज तो एक भगवान से भी भेंट न हुई।

नायकराम—जो भाग्य में था, मिल गया। चलो, घर चलें। बहुत ठंड लगती हो तो मेरा यह अँगोछा कंधे पर डाल लो। मैं तो इधर आया था कि कहीं साहब मिल जायें, तो दो-दो बातें कर लूँ। फिर एक बार उनकी और हमारी भी हो जाये।

सूरदास चलने की उठा ही था कि सहसा एक गाड़ी की आहट मिली। रुक गया। आस बँधी। एक क्षण में फ़िटन आ पहुँची। सूरदास ने आगे बढ़कर कहा—दाता, भगवान् तुम्हारा कल्यान करें, अंधे की खबर लीजिए।

फ़िटन रुक गई, और चतारी के राजा साहब उतर पड़े। नायकराम उनका पण्डा था। साल में दो-चार सौ रुपये उनकी रियासत से पाता था। उन्हें आशीर्वाद देकर बोला—सरकार का इधर कैसे आना हुआ? आज तो बड़ी ठंड है।

राजा साहब—यही सूरदास है, जिसकी ज़मीन आगे पड़ती है? आओ, तुम दोनों आदमी मेरे साथ बैठ जाओ, मैं ज़रा उस ज़मीन को देखना चाहता हूँ।

नायकराम—सरकार चलें, हम दोनों पीछे-पीछे आते हैं।

राजा साहब—अजी आकर बैठ जाओ, तुम्हें आने में देर होगी, और मैंने अभी संध्या नहीं की है।

सूरदास—पण्डाजी, तुम बैठ जाओ, मैं दौड़ता हुआ, गाड़ी के साथ-ही-साथ पहुँचूँगा।

राजा साहब—नहीं-नहीं, तुम्हारे बैठने में कोई हरज नहीं है, तुम इस समय भिखारी सूरदास नहीं, ज़मींदार सूरदास हो।

नायकराम—बैठो सूरे, बैठो। हमारे सरकार साक्षात् देवरूप हैं।

सूरदास—पण्डाजी, मैं...

राजा साहब—पण्डाजी, तुम इनका हाथ पकड़कर बिठा दो, यों न बैठेंगे।

नायकराम ने सूरदास को गोद में उठाकर गद्दी पर बैठा दिया, आप भी बैठे, और फ़िटन चली। सूरदास को अपने जीवन में फ़िटन पर बैठने का यह पहला ही अवसर था। ऐसा जान पड़ता था के मैं उड़ा जा रहा हूँ। तीन-चार मिनट में जब गोदाम पर गाड़ी रुक गई और राजा साहब उतर पड़े, तो सूरदास को आश्चर्य हुआ कि इतनी जल्दी क्योंकर आ गए।

राजा साहब—ज़मीन तो बड़े मौके की है।

सूरदास—सरकार, बाप-दादों की निसानी है।

सूरदास के मन में भाँति-भाँति की शंकाएँ उठ रही थीं—क्या साहब ने इनको यह ज़मीन देखने के लिए भेजा है? सुना है, यह बड़े धर्मात्मा पुरुष हैं, तो इन्होंने साहब को समझा क्यों न दिया? बड़े आदमी सब एक होते हैं, चाहे हिन्दू हों या तुर्क; तभी तो मेरा इतना आदर कर रहे हैं, जैसे बकरे की गरदन काटने से पहले उसे भर पेट दाना देते हैं। लेकिन मैं इनकी बातों में आनेवाला नहीं हूँ।

राजा साहब—असामियों के साथ बंदोबस्त है?

नायकराम—नहीं सरकार, ऐसे ही परती पड़ी रहती है, सारे मुहल्ले की गऊएँ यहीं चरने आती हैं। उठा दी जाये, तो 200 रुपये से कम नफ़ा न हो, पर यह कहता है, जब भगवान् मुझे यों ही खाने-भर को देते हैं, तो इसे क्यों उठाऊँ।

राजा साहब—अच्छा, तो सूरदास दान लेता ही नहीं, देता भी है। ऐसे प्राणियों के दर्शन ही से पुण्य होता है।

नायकराम की निगाह में सूरदास का इतना आदर कभी न हुआ था। बोले— हुजूर, उस जनम का कोई बड़ा भारी महात्मा है।

राजा साहब—उस जनम का नहीं, इस जनम का महात्मा है।

सच्चा दानी प्रसिद्धि का अभिलाषी नहीं होता। सूरदास को अपने त्याग और दान के महत्त्व का ज्ञान ही न था। शायद होता तो स्वभाव में इतनी सरल दीनता न रहती, अपनी प्रशंसा कानों को मधुर लगती है। सभ्य दृष्टि में दान का यही सर्वोत्तम पुरस्कार है। सूरदास का दान पृथ्वी या आकाश का दान था, जिसे स्तुति या कीर्ति की चिन्ता नहीं होती। उसे राजा साहब की उदारता में कपट की गन्ध आ रही थी। वह यह जानने के लिए विकल हो रहा था कि राजा साहब का इन बातों से क्या अभिप्राय है।

नायकराम राजा साहब को खुश करने के लिए सूरदास का गुणानुवाद करने लगे—धर्मावतार, इतने पर भी इन्हें चैन नहीं है। यहाँ, धर्मशाला, मंदिर और कुआँ बनवाने का विचार कर रहे हैं।

राजा साहब—वाह, तब तो बात ही बन गई। क्यों सूरदास, तुम इस ज़मीन में से 9 बीघे मिस्टर जॉन सेवक को दे दो। उनसे जो रुपये मिले, उन्हें धर्म-कार्य में लगा दो। इस तरह तुम्हारी अभिलाषा भी पूरी हो जायेगी और साहब का काम भी निकल जायेगा। दूसरों से इतने अच्छे दाम न मिलेंगे। बोलो, कितने रुपये दिला दूँ?

नायकराम सूरदास को मौन देखकर डरे कि कहीं यह इनकार कर बैठा, तो मेरी बात गई! बोले—सूरे, हमारे मालिक को जानते हो न, चतारी के महाराज हैं, इसी दरबार से हमारी परवरिस होती है। मिनिसपलटी के सबसे बड़े हाकिम हैं। आपके हुक्म बिना कोई अपने द्वार पर खूँटा भी नहीं गाड़ सकता। चाहें तो सब इक्केवालों को पकड़वा लें, सारे शहर का पानी बन्द कर दें।

सूरदास—जब आपका इतना बड़ा अख्तियार है, तो साहब को कोई दूसरी ज़मीन क्यों नहीं दिला देते?

राजा साहब—ऐसे अच्छे मौके पर शहर में दूसरी ज़मीन मिलनी मुश्किल है। लेकिन तुम्हें इसके देने में क्या आपत्ति है? इस तरह न जाने कितने दिनों में तुम्हारी मनोकामनाएँ पूरी होंगी। यह तो बहुत अच्छा अवसर हाथ आया, रुपये लेकर धर्म-कार्य में लगा दो।

सूरदास—महाराज, मैं खुशी से ज़मीन न बेचूँगा।

नायकराम—सूरे, कुछ भंग तो नहीं खा गए? कुछ खयाल है, किससे बातें कर रहे हो!

सूरदास—पण्डाजी, सब खियाल है, आँखें नहीं है, तो क्या अक्किल भी नहीं है! पर जब मेरी चीज़ है ही नहीं, तो मैं उसका बेचनेवाला कौन होता हूँ?

राजा साहब—यह ज़मीन तो तुम्हारी ही है?

सूरदास—नहीं सरकार, मेरी नहीं, मेरे बाप-दादों की है। मेरी चीज़ वही है, जो मैंने अपने बाँह-बल से पैदा की हो। यह ज़मीन मुझे धरोहर मिली है, मैं इसका मालिक नहीं हूँ।

राजा साहब—सूरदास, तुम्हारी यह बात मेरे मन में बैठ गई। अगर और ज़मींदारों के दिल में ऐसे ही भाव होते, तो आज सैकड़ों घर यों तबाह न होते। केवल भोग-विलास के लिए लोग बड़ी-बड़ी रियासतें बरबाद कर देते हैं। पण्डाजी! मैंने सभा में यही प्रस्ताव पेश किया है कि जमींदारों को अपनी जायदाद बेचने का अधिकार न रहे, लेकिन जो जायदाद धर्म-कार्य के लिए बेची जाय, उसे मैं बेचना नहीं कहता।

सूरदास—धरमावतार, मेरा जो इस ज़मीन के साथ इतना ही नाता है कि जब तक जिऊँ, इसकी रक्षा करूँ और मरूँ, तो इसे ज्यों-की-त्यों छोड़ जाऊँ।

राजा साहब—लेकिन यह तो सोचो कि तुम अपनी ज़मीन का एक भाग केवल इसलिए दूसरों को दे रहे हो कि मंदिर बनवाने के लिए रुपये मिल जायें।

नायकराम—बोलो सूरे, महाराज की इस बात का क्या जवाब देते हो?

सूरदास—मैं सरकार की बातों का जवाब देने जोग हूँ कि जवाब दूँ? लेकिन इतना तो सरकार जानते ही हैं कि लोग उँगली पकड़ते-पकड़ते पहुँचा पकड़ लेते हैं। साहब पहले तो न बोलेंगे, फिर धीरे-धीरे हाता बना लेंगे, कोई मंदिर में जाने न पायेगा, उनसे कौन रोज-रोज लड़ाई करेगा।

नायकराम—दीनबन्धु! सूरदास ने यह बात पक्की कही, बड़े आदमियों से कौन लड़ता फिरेगा?

राजा साहब—साहब क्या करेंगे, क्या तुम्हारा मंदिर खोदकर फेंक देंगे?

नायकराम—बोलो सूरे, अब क्या कहते हो?

सूरदास—सरकार, ग़रीब की घरवाली गाँव-भर की भावज होती है। साहब किरस्तान हैं, धरमशाले में तमाकू का गोदाम बनाएँगे, मंदिर में उनके मजूर सोएँगे, कुएँ पर उनके मजूरों का अड्डा होगा, बहू-बेटियाँ पानी भरने न जा सकेंगी। साहब न करेंगे, साहब के लड़के करेंगे। मेरे बाप-दादों का नाम डूब जायेगा। सरकार, मुझे इस दलदल में न फँसाइए।

नायकराम—धरमावतार, सूरदास की बात मेरे मन में भी बैठती है। थोड़े दिनों में मंदिर, धरमशाला, कुआँ, सब साहब का हो जायेगा, इसमें संदेह नहीं।

राजा साहब—अच्छा, यह भी माना; लेकिन ज़रा यह भी तो सोचो कि इस कारखाने से लोगों को क्या फ़ायदा होगा। हज़ारों मजदूर, मिस्त्री, बाबू, मुंशी, लुहार, बढ़ई आकर आबाद हो जायेंगे, एक अच्छी बस्ती हो जायेगी, बनियों की नई-नई दूकानें खुल जायेंगी, आस-पास के किसानों को अपनी शाक-भाजी लेकर शहर न जाना पड़ेगा, यहीं खरे दाम मिल जायेंगे। कुँजड़े, खटिक, ग्वाले, धोबी, दरजी, सभी को लाभ होगा। क्या तुम इस पुण्य के भागी न बनोगे?

नायकराम—अब बोलो सूरे, अब तो कुछ नहीं कहना है? हमारे सरकार की भलमंसी है कि तुमसे इतनी दलील कर रहे हैं। दूसरा हाकिम होता तो एक हुकुमनामे में सारी जमीन तुम्हारे हाथ से निकल जाती।

सूरदास—भैया, इसीलिए न लोग चाहते हैं कि हाकिम धरमात्मा हो, नहीं तो क्या देखते नहीं हैं कि हाकिम लोग बिना डाम-फूल-सुअर के बात नहीं करते। उनके सामने खड़े होने का तो हियाव ही नहीं होता, बातें कौन करता है। इसीलिए तो मानते हैं कि हमारे राजों-महाराजों का राज होता, तो हमारा दुःख-दर्द सुनते। सरकार बहुत ठीक कहते हैं, मुहल्ले की रौनक ज़रूर बढ़ जायेगी, रोजगारी लोगों को फ़ायदा भी होगा। लेकिन जहाँ यह रौनक बढ़ेगी, वहाँ ताड़ी-शराब का भी तो परचार बढ़ जायेगा, कसबियाँ भी तो आकर बस जायेंगी, परदेशी आदमी हमारी बहू-बेटियों को घूरेंगे, कितना अधरम होगा! दिहात के किसान अपना काम छोड़कर मजूरी के लालच से दौड़ेंगे, यहाँ बुरी-बुरी बातें सीखेंगे और अपने बुरे आचरण अपने गाँव में फैलाएंगे। दिहातों की लड़कियाँ, बहुएँ मजूरी करने आयेंगी और पैसे के लोभ में अपना धरम बिगाड़ेंगी। यही रौनक शहरों में है। वही रौनक यहाँ हो जायेगी। भगवान न करें यहाँ वह रौनक हो सरकार। सरकार, मुझे इस कुकरम और अधरम से बचाएँ। यह सारा पाप मेरे सिर पड़ेगा।

नायकराम—दीनबंधु, सूरदास बहुत पक्की बात कहता है। कलकत्ता, बम्बई, अहमदाबाद, कानपुर, आपके अकबाल से सभी जगह घूम आया हूँ, जजमान लोग बुलाते रहते हैं। जहाँ-जहाँ कल-कारखाने हैं, वहाँ यही हाल देखा है।

राजा साहब—क्या बुराइयाँ तीर्थस्थानों में नहीं हैं?

सूरदास–सरकार, उनका सुधार भी तो बड़े आदमियों के ही हाथ में है, जहाँ बुरी बातें पहले ही से हैं, वहाँ से हटाने के बदले उन्हें और फैलाना तो ठीक नहीं है।

राजासाहब–ठीक कहते हो सूरदास, बहुत ठीक कहते हो। तुम जीते, मैं हार गया। जिस वक्त मैंने साहब से इस ज़मीन को तय करा देने का वादा किया था, ये बातें मेरे ध्यान में न आयी थीं। अब तुम निश्चिंत हो जाओ, मैं साहब से कह दूँगा, सूरदास अपनी ज़मीन नहीं देता। नायकराम देखो, सूरदास को किसी बात की तकलीफ न होने पाये, अब मैं चलता हूँ। यह लो सूरदास, यह तुम्हारी इतनी दूर आने की मजूरी है।

यह कहकर उन्होंने एक रुपया सूरदास के हाथ में रखा और चल दिये। नायकराम ने कहा–सूरदास, आज राजा साहब भी तुम्हारी खोपड़ी को मान गए।

8

सोफ़िया को इंदु के साथ रहते चार महीने गुज़र गए। अपने घर और घरवालों की याद आते ही उसके हृदय में एक ज्वाला-सी प्रज्वलित हो जाती थी। प्रभु सेवक नित्यप्रति उससे एक बार मिलने आता; पर कभी उससे घर का कुशल-समाचार न पूछती। वह कभी हवा खाने भी न जाती कि कहीं मामा से साक्षात् न हो जाय। यद्यपि इंदु ने उसकी परिस्थिति को सबसे गुप्त रखा था; पर अनुमान से सभी प्राणी उसकी यथार्थ दशा से परिचित हो गए थे। इसलिए प्रत्येक प्राणी को यह खयाल रहता था कि कोई ऐसी बात न होने पावे, जो उसे अप्रिय प्रतीत हो! इंदु को तो उससे इतना प्रेम हो गया था कि अधिकतर उसी के पास बैठी रहती। उसकी संगति से इंदु को भी धर्म और दर्शन के ग्रंथों से रुचि होने लगी।

घर टपकता हो, तो उसकी मरम्मत की जाती है; गिर जाये, तो उसे छोड़ दिया जाता है। सोफ़ी को जब ज्ञात हुआ कि इन लोगों को मेरी सब बातें मालूम हो गईं तो उसने परदा रखने की चेष्टा करनी छोड़ दी; धर्म-ग्रंथों के अध्ययन में डूब गई। पुरानी कुदूरतें दिल से मिटने लगीं। माता के कठोर वाक्य-बाणों का घाव भरने लगा। वह संकीर्णता, जो व्यक्तिगत भावों और चिन्ताओं को अनुचित महत्त्व दे देती है, इस सेवा और सद्व्यवहार के क्षेत्र में आकर तुच्छ जान पड़ने लगी। मन ने कहा, यह मामा का दोष नहीं, उनकी धार्मिक अनुदारता का दोष है; उनका विचार-क्षेत्र परिमित है, उनमें विचार-स्वातन्त्र्य का सम्मान करने की क्षमता ही नहीं, मैं व्यर्थ उनसे रुष्ट हो रही हूँ। यही एक काँटा था, जो उसके अन्तस्तल में खटकता रहता था। जब वह निकल गया तो चित्त शान्त हो गया। उसका जीवन धर्म-ग्रंथों के अवलोकन और धर्म-सिद्धान्तों के मनन तथा चिन्तन में व्यतीत होने लगा। अनुराग अन्तर्वेदना की सबसे उत्तम औषधि है।

किन्तु इस मनन और अवलोकन से उसका चित्त शांत होता हो, यह बात न थी। नाना प्रकार की शंकाएँ नित्य उपस्थित होती रहती थीं—जीवन का उद्देश्य क्या है? प्रत्येक धर्म में इसके विविध उत्तर मिलते थे; पर एक भी ऐसा नहीं मिला, जो मन में बैठ जाय। ये विभूतियाँ क्या हैं, क्या केवल भक्तों की कपोल-कल्पनाएँ हैं? सबसे जटिल समस्या यह थी कि उपासना का उद्देश्य क्या है? ईश्वर क्यों मनुष्यों से अपनी उपासना करने का अनुरोध करता है, इससे उसका क्या अभिप्राय है? क्या वह अपनी ही सृष्टि से अपनी स्तुति सुनकर प्रसन्न होता है? वह इन प्रश्नों की मीमांसा में इतनी तल्लीन रहती कि कई-कई दिन कमरे के बाहर न निकलती, खाने-पीने की सुधि न रहती, यहाँ तक कि कभी-कभी इंदु का आना उसे बुरा मालूम होता।

एक दिन प्रातःकाल वह कोई धर्मग्रंथ पढ़ रही थी कि इंदु आकर बैठ गई। उसका मुख उदास था। सोफ़िया उसकी ओर आकृष्ट न हुई, पूर्ववत् पुस्तक देखने में मग्न रही। इंदु बोली—सोफ़ी, अब यहाँ दो-चार दिन की ओर मेहमान हूँ, मुझे भूल तो न जाओगी?

सोफ़ी ने बिना सिर उठाए ही कहा—हाँ।

इंदु—तुम्हारा मन तो अपनी किताबों में बहल जायेगा, मेरी याद भी न आयेगी; पर मुझसे तुम्हारे बिना एक दिन न रहा जायेगा।

सोफ़ी ने किताब की तरफ़ देखते हुए कहा—हाँ।

इंदु—फिर न जाने कब भेंट हो। सारे दिन अकेले पड़े-पड़े बिसूरा करूँगी।

सोफ़ी ने किताब का पन्ना उलटकर कहा—हाँ।

इंदु से सोफ़िया की निष्ठुरता अब न सही गई। इस समय वह रुष्ट होकर चली जाती अथवा उसे स्वाध्याय में मग्न देखकर कमरे में पाँव ही न रखती; किन्तु इस समय उसका कोमल हृदय वियोग-व्यथा से भरा हुआ था, उसमें मान का स्थान नहीं था, रोकर बोली—बहन! ईश्वर के लिए ज़रा पुस्तक बंद कर दो; चली जाऊँगी, तो फिर खूब पढ़ना। वहाँ से तुम्हें छेड़ने न आऊँगी।

सोफ़ी ने इंदु की ओर देखा, मानो समाधि टूटी! उसकी आँखों में आँसू थे, मुख जरा उतरा हुआ, सिर के बाल बिखरे हुए। बोली—अरे! इंदु, बात क्या है? रोती क्यों हो?

इंदु—तुम अपनी किताब देखो, तुम्हें किसी के रोने-धोने की क्या परवाह है! ईश्वर ने न जाने क्यों मुझे तुझ-सा हृदय नहीं दिया।

सोफ़िया—बहन, क्षमा करना, मैं एक बड़ी उलझन में पड़ी हुई थी। अभी तक गुत्थी नहीं सुलझी। मूर्तिपूजा को सर्वथा मिथ्या समझती थी। मेरा विचार था कि ऋषियों ने केवल मूर्खों की आध्यात्मिक शान्ति के लिए यह व्यवस्था कर दी है; आज से मैं मूर्ति-पूजा की कायल हो गई। लेखक ने वैज्ञानिक सिद्धान्तों से सिद्ध किया है। यहाँ तक कि मूर्तियों का आकार-प्रकार भी वैज्ञानिक नियमों के ही आधार पर अवलम्बित बतलाया है।

इंदु—मेरे लिए बुलावा आ गया। तीसरे दिन चली जाऊँगी।

सोफ़िया—यह तो तुमने बुरी खबर सुनाई, फिर मैं यहाँ कैसे रहूँगी?

इस वाक्य में सहानुभूति नहीं, केवल स्वहित था। किन्तु इंदु ने इसका आशय यह समझा कि सोफ़ी को मेरा वियोग असह्य होगा। बोली—तुम्हारा जी तो किताबों में बहल जायेगा। हाँ, मैं तुम्हारी याद में तड़पा करूँगी। सच कहती हूँ, तुम्हारी सूरत एक क्षण के लिए भी चित्त से न उतरेगी, यह मोहिनी मूर्ति आँखों के सामने फिरा करेगी। बहन, अगर तुम्हें बुरा न लगे, तो एक याचना करूँ। क्या यह सम्भव नहीं हो सकता कि तुम भी कुछ दिन मेरे साथ रहो? तुम्हारे सत्संग में मेरा जीवन सार्थक हो जाएगा। मैं इसके लिए तुम्हारी सदैव अनुगृहीत रहूँगी।

सोफ़िया—तुम्हारे प्रेम के बंधन में बँधी हुई हूँ, जहाँ चाहो, ले चलो। चाहूँ तो जाऊँगी, न चाहूँ तो भी जाऊँगी। मगर यह तो बताओ, तुमने राजा साहब से भी पूछ लिया है?

इंदु—यह ऐसी कौन-सी बात है, जिसके लिए उनकी अनुमति लेनी पड़े। मुझसे बराबर कहते रहते हैं कि तुम्हारे लिए एक लेडी की ज़रूरत है, अकेले तुम्हारा जी घबराता होगा। यह प्रस्ताव सुनकर फूले न समाएँगे।

रानी जाह्नवी तो इंदु की विदाई की तैयारियाँ कर रही थीं, और इंदु सोफ़िया के लिए लैस और कपड़े आदि ला-लाकर रखती थी। भाँति-भाँति के कपड़ों से कई संदूक भर दिए। प्रभु सेवक को सोफ़ी का इंदु के साथ जाना अच्छा न लगता था। उसे अब भी आशा थी कि मामा का क्रोध शान्त हो जाएगा और वह सोफ़ी को गले लगाएँगी; किन्तु वह इन्दु का निमंत्रण अस्वीकार न करना चाहती थी। उसने प्रण कर लिया था अब घर न जाऊँगी।

तीसरे दिन राजा महेंद्रकुमार इंदु को विदा कराने आये, तो इंदु ने और बातों के साथ सोफ़ी को साथ ले चलने का ज़िक्र छेड़ दिया। बोली–मेरा जी वहाँ अकेले घबराया करता है, मिस सोफ़िया के रहने से मेरा जी बहल जायेगा।

महेंद्र–क्या मिस सेवक अभी तक यहीं हैं?

इंदु–बात यह है कि उनके धार्मिक विचार स्वतंत्र हैं और उनके घरवाले उनके विचारों की स्वतंत्रता सहन नहीं कर सकते। इसी कारण वह अपने घर नहीं जाना चाहतीं।

महेंद्र–लेकिन यह तो सोचो, उनके मेरे घर में रहने से मेरी कितनी बदनामी होगी। मि. सेवक को यह बात बुरी लगेगी और यह नितान्त अनुचित है कि मैं उनकी लड़की को, उनकी मरजी के बगैर, अपने घर में रखूँ। सरासर बदनामी होगी।

इंदु–मुझे तो इसमें बदनामी की कोई बात नहीं नज़र आती। क्या सहेली अपनी सहेली के यहाँ मेहमान नहीं होती? सोफ़ी का स्वभाव भी तो ऐसा उच्छृंखल नहीं हैं कि वह इधर-उधर घूमने लगेगी।

महेंद्र–वह देवी सही; लेकिन ऐसे कितने ही कारण हैं कि मैं उनका तुम्हारे साथ जाना उचित नहीं समझता हूँ। तुममें यह बड़ा दोष है कि कोई काम करने से पहले उसके औचित्य का विचार नहीं करतीं। क्या तुम्हारे विचार में कुल-मर्यादा की अवहेलना करना कोई बुराई नहीं? उनके घरवाले यही तो चाहते हैं कि वह प्रकट रूप से अपने धर्म के नियमों का पालन करें। अगर वह इतना भी नहीं कर सकतीं, तो मैं यही कहूँगा कि उनका विचार-स्वातंत्र्य औचित्य की सीमा से बहुत आगे बढ़ गया है।

इंदु–किन्तु मैं उनसे वादा कर चुकी हूँ। कई दिन से मैं इन्हीं तैयारियों में व्यस्त हूँ। यहाँ अम्माँ से आज्ञा ले चुकी हूँ। घर के सभी प्राणी, नौकर-चाकर जानते हैं कि वह मेरे साथ जा रही हैं। ऐसी दशा में अगर में उन्हें न ले गई, तो लोग अपने मन में क्या कहेंगे? सोचिए, इसमें मेरी कितनी हेठी होगी। मैं किसी को मुँह दिखाने के लायक न रहूँगी।

महेंद्र–बदनामी से बचने के लिए सब कुछ किया जा सकता है। तुम्हें मिस सेवक से कहते शर्म आती हो, तो मैं कह दूँ। वह इतनी नादान नहीं कि इतनी-सी बात न समझें।

इंदु—मुझे उनके साथ रहते-रहते उनसे इतना प्रेम हो गया है कि उनसे एक दिन भी अलग रहना मेरे लिए असाध्य-सा जान पड़ता है। इसकी तो खैर परवा नहीं; जानती हूँ, कभी-न-कभी उनसे वियोग होगा ही; इस समय मुझे सबसे बड़ी चिन्ता अपनी बात खोने की है। लोग कहेंगे, बात कहकर पलट गई। सोफ़ी ने पहले साफ इनकार कर दिया था। मेरे बहुत कहने-सुनने पर राजी हुई थी। आप मेरी खातिर से अबकी मेरी प्रार्थना स्वीकार कीजिए, फिर मैं आपसे पूछे बगैर कोई काम न करूँगी।

महेंद्रकुमार किसी तरह राजी न हुए। इंदु रोई, अनुनय-विनय की, पैरों पड़ी, वे सभी मन्त्र फूंके, जो कभी निष्फल ही न होते; पर पति का पाषाण-हृदय न पसीजा; उन्हें अपना नाम संसार की सब वस्तुओं से प्रिय था।

जब महेंद्रकुमार बाहर चले गए, तो इंदु बहुत देर तक शोकावस्था में बैठी रही। बार-बार यही खयाल आता—सोफ़ी अपने मन में क्या कहेगी। मैंने उससे कह रखा है कि मेरे स्वामी मेरी कोई बात नहीं टालते। अब वह समझेगी, वह इसकी बात भी नहीं पूछते। बात भी ऐसी ही है, इन्हें मेरी क्या परवा है? बातें ऐसी करेंगे, मानो इनसे उदार संसार में कोई प्राणी न होगा, पर वह सब कोरी बकवास है। इन्हें तो यहीं मंजूर है कि यह दिन-भर अकेली बैठी अपने नाम को रोया करे। दिल में जलते होंगे कि सोफ़ी के साथ इसके दिन आराम से गुजरेंगे। मुझे कैदियों की भाँति रखना चाहते हैं। इन्हें जिद करना आता है, तो मैं क्या जिद नहीं कर सकती। मैं भी कहे देती हूँ, आप सोफ़ी को न चलने देंगे, तो मैं भी न जाऊँगी। मेरा कर ही क्या सकते हैं, कुछ नहीं। दिल में डरते हैं कि सोफ़ी के जाने से घर का खर्च बढ़ जाएगा। स्वभाव के कृपण तो हैं ही। उस कृपणता को छिपाने के लिए बदनामी का बहाना निकाला है। दुखी आत्मा दूसरों की नेकनीयती पर सन्देह करने लगती है।

संध्या-समय जब जाह्नवी सैर करने चलीं, तो इंदु ने उनसे यह समाचार कहा, और आग्रह किया कि तुम महेंद्र को समझाकर सोफ़ी को ले चलने पर राजी कर दो। जाह्नवी ने कहा—तुम्हीं क्यों नहीं मान जातीं?

इंदु—अम्माँ, मैं सच्चे हृदय से कह रही हूँ, मैं जिद नहीं करती। अगर मैंने पहले ही सोफ़िया से न कह दिया होता, तो मुझे ज़रा भी दुःख न होता; पर सारी तैयारियाँ करके अब उसे न ले जाऊँ, तो वह अपने दिल में क्या कहेगी?

मैं उसे मुँह नहीं दिखा सकती। यह इतनी छोटी-सी बात है कि अगर मेरा जरा भी खयाल होता, तो वह इनकार न करते। ऐसी दशा में आप क्यों कर आशा कर सकती हैं कि मैं उनकी प्रत्येक आज्ञा शिरोधार्य करूँ?

जाह्नवी—वह तुम्हारे स्वामी हैं, उनकी सभी बातें तुम्हें माननी पड़ेंगी।

इंदु—चाहे वह मेरी ज़रा-ज़रा-सी बातें भी न मानें?

जाह्नवी—हाँ, उन्हें इसका अख्तियार है। मुझे लज्जा आती है कि मेरे उपदेशों का तुम्हारे ऊपर ज़रा भी असर नहीं हुआ। मैं तुम्हें पति-परायण सती देखना चाहती हूँ, जिसे अपने पुरुष की आज्ञा या इच्छा के सामने अपने मानापमान का जरा भी विचार नहीं होता। अगर वह तुम्हें सिर के बल चलने को कहें, तो भी तुम्हारा धर्म है कि सिर के बल चलो। तुम इतने में ही घबरा गईं?

इंदु—आप मुझसे वह करने को कहती हैं, जो मेरे लिए असम्भव है।

जाह्नवी—चुप रहो, मैं तुम्हारे मुँह ऐसी बातें नहीं सुन सकती। मुझे भय हो रहा है कि कहीं सोफ़ी के विचार-स्वातंत्र्य का जादू तुम्हारे ऊपर भी तो नहीं चल गया!

इंदु ने इसका कुछ उत्तर न दिया। भय होता था कि मेरे मुँह से कोई ऐसा शब्द न निकल पड़े जिससे अम्मा के मन में यह संदेह और भी जम जाय, तो बेचारी सोफ़ी का यहाँ रहना कठिन हो जाय। वह रास्ते-भर मौन धारण किए बैठी रही। जब गाड़ी फिर मकान पर पहुँची, और वह उतरकर अपने कमरे की ओर चली, तो जाह्नवी ने कहा—बेटी, मैं तुमसे हाथ जोड़कर कहती हूँ, महेंद्र से इस विषय में अब एक शब्द भी न कहना, नहीं तो मुझे बहुत दुःख होगा।

इंदु ने माता को मर्माहत भाव से देखा और अपने कमरे में चली गई। सौभाग्य से महेंद्रकुमार भोजन करके सीधे बाहर चले गए, नहीं तो इंदु के लिए अपने उद्गारों का रोकना अत्यंत कठिन हो जाता। इसके मन में रह-रहकर इच्छा होती थी कि चलकर सोफ़िया से क्षमा माँगू, साफ-साफ कह दूँ—बहन, मेरा कुछ वश नहीं है। मैं कहने को रानी हूँ, वास्तव में मुझे उतनी स्वाधीनता भी नहीं है, जितनी मेरे घर की महिरयों को। लेकिन यह सोचकर रह जाती थी कि पतिनिंदा मेरी धर्म-मर्यादा के प्रतिकूल है। मैं सोफ़ी की निगाहों से गिर जाऊँगी। वह समझेगी, इसमें जरा भी आत्माभिमान नहीं है।

नौ बजे विनयसिंह उससे मिलने आये। वह मानसिक अशांति की दशा में बैठी हुई अपने संदूकों में से सोफ़ी के लिए खरीदे हुए कपड़े निकाल रही थी और सोच रही थी कि इन्हें उसके पास कैसे भेजूँ। खुद जाने का साहस न होता था। विनय सिंह को देखकर बोली—क्यों विनय, अगर तुम्हारी स्त्री अपनी किसी सहेली को कुछ दिनों के लिए अपने साथ रखना चाहे, तो तुम उसे मना कर दोगे, या खुश होगे?

विनय—मेरे सामने यह समस्या कभी आयेगी ही नहीं, इसलिए मैं इसकी कल्पना करके अपने मस्तिष्क को कष्ट नहीं देना चाहता।

इंदू—यह समस्या तो पहले ही उपस्थित हो चुकी है।

विनय—बहन, मुझे तुम्हारी बातों से डर लग रहा है।

इंदु—इसीलिए कि तुम अपने को धोखा दे रहे हो; लेकिन वास्तव में तुम उससे बहुत गहरे पानी में हो, जितना तुम समझते हो। क्या तुम समझते हो कि तुम्हारा कई-कई दिनों तक घर में न आना, नित्य सेवा-समिति के कामों में व्यस्त रहना, मिस सोफ़िया की ओर आँख उठाकर न देखना, उसके साये से भागना, उस अंतर्द्वंद्व को छिपा सकता है, जो तुम्हारे हृदय-तल में विकराल रूप से छिड़ा हुआ है? लेकिन याद रखना, इस द्वंद्व की एक झंकार भी न सुनाई दे, नहीं तो अनर्थ हो जायेगा। सोफ़िया तुम्हारा इतना सम्मान करती है, जितना कोई सती अपने पुरुष का भी न करती होगी। वह तुम्हारी भक्ति करती है। तुम्हारे संयम, त्याग और सेवा ने उसे मोहित कर लिया है। लेकिन अगर मुझे धोखा नहीं हुआ है तो उसकी भक्ति में प्रणय का लेश भी नहीं यद्यपि तुम्हें सलाह देना व्यर्थ है, क्योंकि तुम इस मार्ग की कठिनाइयों को खूब जानते हो, तथापि मैं तुमसे यही अनुरोध करती हूँ कि तुम कुछ दिनों के लिए कहीं चले जाओ। तब तक कदाचित सोफ़ी भी अपने लिए कोई-न-कोई रास्ता ढूँढ़ निकालेगी। संभव है, इस समय सचेत हो जाने से दो जीवनों का सर्वनाश होने से बच जाय।

विनय—बहन, जब सब कुछ जानती हो ही, तो तुमसे क्या छिपाऊँ। अब मैं सचेत नहीं हो सकता। इन चार-पाँच महीनों में मैंने जो मानसिक ताप सहन किया है, उसे मेरा हृदय ही जानता है। मेरी बुद्धि भ्रष्ट हो गई है, मैं आँखें खोलकर गढ़े में गिर रहा हूँ, जान-बूझकर विष का प्याला पी रहा हूँ। कोई

बाधा, कोई कठिनाई, कोई शंका अब मुझे सर्वनाश से नहीं बचा सकती। हाँ, इसका मैं तुम्हें विश्वास दिलाता हूँ कि इस आग की एक चिनगारी या एक लपट भी सोफ़ी तक न पहुंचेगी। मेरा सारा शरीर भस्म हो जाय, हड्डियाँ तक राख हो जायँ; पर सोफी को उस ज्वाला की झलक तक नहीं दिखायी देगी। मैंने भी यही निश्चय किया है कि जितनी जल्दी हो सके, मैं यहाँ से चला जाऊँ—अपनी रक्षा के लिए नहीं, सोफ़ी की रक्षा के लिए। अहा! इससे तो यह कहीं अच्छा था कि सोफ़ी ने मुझे उसी आग में जल जाने दिया होता; मेरा परदा ढका रह जाता। अगर अम्मां को यह बात मालूम हो गई, तो उनकी क्या दशा होगी? इसकी कल्पना ही से मेरे रोएँ खड़े हो जाते हैं। बस, अब मेरे लिए मुँह में कालिख लगाकर कहीं डूब मरने के सिवा और कोई उपाय नहीं है।

यह कहकर विनयसिंह बाहर चले गए। इंदु 'बैठो-बैठो' कहती रह गई। वह इस समय आवेश में उससे बहुत ज्यादा कह गए थे, जितना वह कहना चाहते थे। और देर तक बैठते, तो न जाने और क्या-क्या कह जाते। इन्दु की दशा उस प्राणी की-सी थी जिसके पैर बँधें हों और सामने उसका घर जल रहा हो। वह देख रही थी, यह आग सारे घर को जला देगी; विनय के ऊँचे-ऊँचे मंसूबे माता की बड़ी-बड़ी अभिलाषाएँ, पिता के बड़े-बड़े अनुष्ठान, सब विध्वंस हो जाएँगे। वह इन्हीं शोकमय विचारों में पड़ी सारी रात करवटें बदलती रही। प्रातःकाल उठी, तो द्वार पर उसके लिए पालकी तैयार खड़ी थी। वह माता के गले से लिपटकर रोई, पिता के चरणों को आँसुओं से धोया और घर से चली। रास्ते में सोफ़ी का कमरा पड़ता था। इंदु ने उस कमरे की ओर ताका भी नहीं। सोफ़ी उठकर द्वार पर आयी, और आँखों से आँसू भरे हुए उससे हाथ मिलाया। इंदु ने जल्दी से हाथ छुड़ा लिया और आगे बढ़ गई।

9

सोफ़िया इस समय उस अवस्था में थी, जब एक साधारण हँसी की बात, एक साधारण आँखों का इशारा, किसी का उसे देखकर मुस्करा देना, किसी महरी का उसकी आज्ञा का पालन करने में एक क्षण विलम्ब करना, ऐसी हज़ारों बातें, जो नित्य घरों में होती हैं और जिनकी कोई परवा भी नहीं करता, उसका दिल दुःखाने के लिए काफ़ी हो सकती थीं। चोट खाये हुए अंग को मामूली-सी ठेस भी असह्य हो जाती है। फिर इंदु का बिना उससे कुछ कहे-सुने चला जाना क्यों न दुःखजनक होता! इंदु तो चली गई; पर वह बहुत देर तक अपने कमरे के द्वार पर मूर्ति की भाँति खड़ी सोचती रही—यह तिरस्कार क्यों? मैंने ऐसा कौन-सा अपराध किया है, जिसका मुझे दंड मिला है? अगर उसे यह मंजूर न था कि मुझे साथ ले जाती, तो साफ-साफ कह देने में क्या आपत्ति थी? मैंने उसके साथ चलने के लिए आग्रह तो किया न था! क्या मैं इतना नहीं जानती थी कि विपत्ति में कोई किसी का साथी नहीं होता? वह रानी है, उसकी इतनी ही कृपा क्या कम थी कि मेरे साथ हँस-बोल लिया करती थी। मैं उसकी सहेली बनने के योग्य कब थी; क्या मुझे इतनी समझ भी न थी। लेकिन इस तरह आँखें फेर लेना कौन-सी भलमनसी है! राजा साहब ने न माना होगा, यह केवल बहाना है। राजा साहब इतनी-सी बात को कभी अस्वीकार नहीं कर सकते। इंदु ने खुद ही सोचा होगा—वहाँ बड़े-बड़े आदमी मिलने आवेंगे, उनसे इसका परिचय क्योंकर कराऊँगी कदाचित् यह शंका हुई हो कि कहीं उसके सामने मेरा रंग फीका न पड़ जाय। बस, यही बात है। अगर मैं मूर्खा, रूप-गुणविहीना होती, तो वह मुझे जरूर साथ ले जाती; मेरी हीनता से उसका रंग और चमक उठता। मेरा दुर्भाग्य!

वह अभी द्वार पर खड़ी ही थी कि जाह्नवी बेटी को बिदा करके लौटी और सोफ़ी के कमरे में आकर बोलीं—बेटी, मेरा अपराध क्षमा करो, मैंने ही

तुम्हें रोक लिया। इंदु को बुरा लगा, पर करूँ क्या, वह तो गयी ही तुम भी चली जातीं, तो मेरा दिल कैसे कटता? विनय भी राजपूताना जाने को तैयार बैठे हैं, मेरी तो मौत हो जाती। तुम्हारे रहने से मेरा दिल बहलता रहेगा। सच कहती हूँ बेटी, तुमने मुझ पर कोई मोहिनी-मंत्र फूंक दिया है।

सोफ़िया—आपकी शालीनता है, जो ऐसा कहती हैं। मुझे खेद है, इंदु ने जाते समय मुझसे हाथ भी न मिलाया।

जाह्नवी—केवल लज्जावश बेटी, केवल लज्जावश। मैं तुझसे कहती हूँ, ऐसी सरल बालिका संसार में न होगी। तुझे रोककर मैंने उस पर घोर अन्याय किया है। मेरी बच्ची का वहाँ ज़रा भी जी नहीं लगता; महीने-भर रह जाती है, तो स्वास्थ्य बिगड़ जाता है। इतनी बड़ी रियासत है, महेन्द्र सारा बोझा उसी के सिर डाल देते हैं। उन्हें तो म्युनिसिपैलिटी ही से फुरसत नहीं मिलती। बेचारी आय-व्यय का हिसाब लिखते-लिखते घबरा जाती है, उस पर एक-एक पैसे का हिसाब। महेन्द्र को हिसाब रखने की धुन है। जरा-सा फर्क पड़ा, तो उसके सिर हो जाते हैं। इन्दु को अधिकार है, जितना चाहे खर्च करे, पर हिसाब जरूर लिखे। राजा साहब किसी की रू-रियायत नहीं करते। कोई नौकर एक पैसा भी खा जाय, तो उसे निकाल देते हैं। चाहे उसने उनकी सेवा में अपना जीवन बिता दिया हो। यहाँ मैं इन्दु को कभी कड़ी निगाह से नहीं देखती, चाहे घी का घड़ा लुढ़का हो। वहाँ जरा-सी बात पर राजा की घुड़कियाँ सुननी पड़ती हैं बच्ची से बात नहीं सही जाती। जवाब तो देती नहीं—और यही हिन्दू स्त्री का धर्म है—पर रोने लगती है। वह दया की मूर्ति है। कोई उसका सर्वस्व खा जाय, लेकिन ज्यों ही उसके सामने आकर रोया, बस उसका दिल पिघला। सोफ़ी, भगवान् ने मुझे दो बच्चे दिए और दोनों ही को देखकर हृदय शीतल हो जाता है। इंदु जितनी ही कोमल प्रकृति और सरल हृदया है, विनय उतना ही धर्मशील और साहसी है। बकना तो जानता ही नहीं। मालूम होता है, दूसरों की सेवा करने के लिए ही उसका जन्म हुआ है। घर में किसी टहलनी को भी कोई शिकायत हुई और सब काम छोड़कर उसकी दवा-दारू करने लगा। एक बार मुझे ज्वर आने लगा था—इस लड़के ने तीन महीने तक द्वार का मुँह नहीं देखा। नित्य मेरे पास बैठा रहता, कभी पंखा झलता, कभी पाँव सहलाता, कभी रामायण और महाभारत पढ़कर सुनाता। कितना कहती, बेटा

जाओ, घूमो-फिरो; आखिर ये लौंडियाँ-बाँदियाँ किस दिन काम आयेंगी, डॉक्टर रोज आते ही हैं; तुम क्यों मेरे साथ सती होते हो; पर किसी तरह न जाता। अब कुछ दिनों से सेवा-समिति का आयोजन कर रहा है। कुँवर साहब को जो सेवा-समिति से इतना प्रेम है, वह विनय ही के सत्संग का फल है, नहीं तो आज से तीन साल पहले इनका-सा बिलासी सारे नगर में न था। दिन में दो बार हजामत बनती थी। दरजनों धोबी और दरजी कपड़े धोने और सीने के लिए नौकर थे। पेरिस से एक कुशल धोबी कपड़े सँवारने के लिए आया था। कश्मीर और इटली के बाबरची खाना पकाते थे। तसवीरों का इतना व्यसन था कि कई बार अच्छे चित्र लेने के लिए इटली तक की यात्रा की। तुम उन दिनों मंसूरी रही होगी। सैर करने निकलते, तो सशस्त्र सवारों का एक दल साथ चलता। शिकार खेलने की लत थी, महीनों शिकार खेलते रहते। कभी कश्मीर, कभी बीकानेर, कभी नेपाल, केवल शिकार खेलते रहते। विनय ने उनकी काया ही पलट दी। जन्म का विरागी है पूर्व-जन्म में अवश्य कोई ऋषि रहा होगा।

सोफ़ी—आपके दिल में सेवा और भक्ति के इतने ऊँचे भाव कैसे जागृत हुए? यहाँ तो प्रायः रानियाँ अपने भोग-विलास में ही मग्न रहती हैं?

जाह्नवी—बेटी, यह डॉक्टर गांगुली के सदुपदेश का फल है। जब इंदु दो साल की थी, तो मैं बीमार पड़ी। डॉक्टर गांगुली मेरी दवा करने के लिए आये। हृदय का रोग था, जी घबराता करता, मानो किसी ने उच्चाटन-मंत्र मार दिया हो। डॉक्टर महोदय ने मुझे महाभारत पढ़कर सुनाना शुरू किया। उसमें मेरा ऐसा जी लगा कि कभी-कभी आधी रात तक बैठी पढ़ा करती। थक जाती तो डॉक्टर साहब से पढ़वाकर सुनती। फिर तो वीरतापूर्ण कथाओं के पढ़ने का मुझे ऐसा चस्का लगा कि राजपूतों की ऐसी कोई कथा नहीं, जो मैंने न पढ़ी हो। उसी समय से मेरे मन में जातिप्रेम का भाव अंकुरित हुआ। एक नई अभिलाषा उत्पन्न हुई—मेरी कोख से भी कोई ऐसा पुत्र जन्म लेता, जो अभिमन्यु, दुर्गादास और प्रताप की भाँति जाति का मस्तक ऊँचा करता। मैंने व्रत लिया कि पुत्र हुआ, तो उसे देश और जाति के हित के लिए समर्पित कर दूँगी। मैं उन दिनों तपस्विनी की भाँति ज़मीन पर सोती, केवल एक बार रूखा भोजन करती, अपने बरतन तक अपने हाथ से धोती थी। एक वे देवियाँ थीं, जो जाति की मर्यादा रखने के लिए प्राण तक दे देती थीं; एक मैं अभागिनी

हूँ कि लोक-परलोक की सब चिन्ताएँ छोड़कर केवल विषय-वासनाओं में लिप्त हूँ। मुझे जाति की इस अधोगति को देखकर अपनी विलासिता पर लज्जा आती थी। ईश्वर ने मेरी सुन ली। तीसरे साल विनय का जन्म हुआ। मैंने बाल्यावस्था से ही उसे कठिनाइयों का अभ्यास कराना शुरू किया। न कभी गद्दों पर सुलाती, न कभी महरियों और दाइयों की गोद में जाने देती, न कभी मेवे खाने देती। दस वर्ष की अवस्था तक केवल धार्मिक कथाओं द्वारा उसकी शिक्षा हुई। इसके बाद मैंने डॉक्टर गांगुली के साथ छोड़ दिया। मुझे उन्हीं पर पूरा विश्वास था; और मुझे इसका गर्व है कि विनय की शिक्षा-दीक्षा का भार जिस पुरुष पर रखा, वह इसके सर्वथा योग्य था। विनय पृथ्वी के अधिकांश प्रांतों का पर्यटन कर चुका है। संस्कृत और भारतीय भाषाओं के अतिरिक्त योरप की प्रधान भाषाओं का भी उसे अच्छा ज्ञान है। संगीत का उसे इतना अभ्यास है कि अच्छे-अच्छे कलावंत उसके सामने मुँह खोलने का साहस नहीं कर सकते। नित्य कम्बल बिछाकर ज़मीन पर सोता है और कम्बल ही ओढ़ता है। पैदल चलने में कई बार इनाम पा चुका है। जलपान के लिए मुट्ठी-भर चने, भोजन के लिए रोटी और साग, बस इसके सिवा संसार के और सभी भोज्य-पदार्थ उसके लिए वर्जित से हैं। बेटी, मैं तुझसे कहाँ तक कहूँ, पूरा त्यागी है। उसके त्याग का सबसे उत्तम फल यह हुआ कि उसके पिता को भी त्यागी बनना पड़ा। जवान बेटे के सामने बूढ़ा बाप कैसे विलास का दास बना रह सकता था! मैं समझती हूँ कि विषय-भोग से उनका मन तृप्त हो गया, बहुत अच्छा हुआ। त्यागी पुत्र का भोगी पिता—अत्यन्त हास्यास्पद दृश्य होता। वह मुक्त-हृदय से विनय के सत्कार्यों में भाग लेते हैं और कह सकती हूँ कि उनके अनुराग के बगैर विनय को कभी इतनी सफलता न प्राप्त होती। समिति में इस समय एक सौ नवयुवक हैं, जिनमें कितने ही सम्पन्न घरों के हैं। कुँवर साहब की इच्छा है कि समिति के सदस्यों की पूर्ण संख्या पाँच सौ तक बढ़ा दी जाये। डॉक्टर गांगुली इस वृद्धावस्था में अदम्य उत्साह से समिति का संचालन करते हैं। वही इसके इसके अध्यक्ष हैं। जब व्यवस्थापक सभा के काम से अवकाश मिलता है, तो नित्य दो-ढाई घंटे युवकों को शरीर-विज्ञान-संबंधी व्याख्यान देते हैं। पाठ्यक्रम तीन वर्षों में समाप्त हो जाता है; तब सेवा-कार्य आरम्भ होता है। अबकी बीस युवक उत्तीर्ण होंगे और यह निश्चय किया गया

है कि वे दो साल भारत का भ्रमण करें; पर शर्त यह है कि उनके साथ एक लुटिया, डोर, धोती और कंबल के सिवा और सफर का सामान न हो। यहाँ तक कि खर्च के लिए रुपये भी न रखे जाएँ। इससे कई लाभ होंगे, युवकों को कठिनाइयों का अभ्यास होगा, देश की यथार्थ दशा का ज्ञान होगा, दृष्टि-क्षेत्र, विस्तीर्ण हो जाएगा और सबसे बड़ी बात यह है कि चरित्र बलवान् होगा, धैर्य, साहस, उद्योग, संकल्प आदि गुणों की वृद्धि होगी। विनय इन लोगों के साथ जा रहा है और मैं गर्व से फूली नहीं समाती कि मेरा पुत्र जाति-हित के लिए यह आयोजन कर रहा है और तुमसे सच कहती हूँ, अगर कोई ऐसा अवसर आ पड़े कि जाति-रक्षा के लिए उसे प्राण भी देना पड़े, तो मुझे ज़रा भी शोक न होगा। शोक तब होगा, जब मैं उसे ऐश्वर्य के सामने सिर झुकाते या कर्त्तव्य के क्षेत्र में हटते देखूँगी। ईश्वर न करे, मैं वह दिन देखने के लिए जीवित रहूँ। मैं नहीं कह सकती कि उस वक्त मेरे चित्त की क्या दशा होगी? शायद मैं विनय के रक्त की प्यासी हो जाऊँ; शायद इन निर्बल हाथों में इतनी शक्ति आ जाय कि मैं उसका गला घोंट दूँ।

यह कहते-कहते रानी के मुख पर एक विचित्र तेजस्विता की झलक दिखायी देने लगी, अश्रुपूर्ण नेत्रों में आत्मगौरव की लालिमा प्रस्फुटित होने लगी। सोफ़िया आश्चर्य से रानी का मुँह ताकने लगी। इस कोमल काया में इतना अनुरक्त और परिष्कृत हृदय छिपा हुआ है, इसकी वह कल्पना भी न कर सकती थीं।

एक क्षण में रानी ने फिर कहा—बेटी, मैं आवेश में तुमसे अपने दिल की कितनी ही बातें कह गई; पर क्या करूँ, तुम्हारे मुख पर मधुर सरलता है, जो मेरे मन को आकर्षित करती है। इतने दिनों में मैंने तुम्हें खूब पहचान लिया। तुम सोफ़ी नहीं, स्त्री के रूप में विनय हो। कुँवर साहब तो तुम्हारे ऊपर मोहित हो गए हैं। घर में आते हैं, तो तुम्हारी चर्चा जरूर करते हैं। यदि धार्मिक बाधा न होती, तो (मुस्कराकर) उन्होंने मिस्टर सेवक के पास विनय के विवाह का संदेशा कभी का भेज दिया होता!

सोफ़ी का चेहरा शर्म से लाल हो गया, लम्बी-लम्बी पलकें नीचे को झुक गईं और अधरों पर एक अति सूक्ष्म, शांत, मृदुल मुस्कान की छटा दिखायी दी। उसने हाथों से मुँह छिपा लिया और बोली—आप मुझे गालियाँ दे रही हैं, मैं भाग जाऊँगी।

रानी—अच्छा, शर्माओ मत। लो, यह चर्चा ही न करूँगी। तुमसे यही अनुरोध है कि अब तुम्हें किसी बात का संकोच न करना चाहिए। इंदु तुम्हारी सहेली थी, तुम्हारे स्वभाव से परिचित थी, तुम्हारी आवश्यकताओं को समझती थी। मुझमें इतनी बुद्धि नहीं। तुम इस घर को अपना घर समझो, जिस चीज की जरूरत हो, निस्संकोच भाव से कह दो। अपनी इच्छा के अनुसार भोजन बनवा लो। जब सैर करने को जी चाहे, गाड़ी तैयार करा लो। किसी नौकर को कहीं भेजना चाहो, भेज दो; मुझसे कुछ पूछने की जरूरत नहीं। मुझसे कुछ कहना हो, तुरंत चली आओ; पहले से सूचना देने का काम नहीं। यह कमरा अगर पसन्द न हो, तो मेरे बगलवाले कमरे में चलो, जिसमें इंदु रहती थी। वहाँ से जब मेरा जी चाहेगा, तुमसे बातें कर लिया करूँगी। जब अवकाश हो, मुझे इधर-उधर के समाचार सुना देना। बस, यह समझो कि तुम मेरी प्राइवेट सेक्रेटरी हो।

यह कहकर जाह्नवी चली गई। सोफ़ी का हृदय हलका हो गया। उसे बड़ी चिंता हो रही थी कि इंदु के चले जाने पर यहाँ मैं कैसे रहूँगी, कौन मेरी बात पूछेगा, बिन बुलाये मेहमान की भाँति पड़ी रहूँगी। यह चिंता शांत हो गई।

उस दिन से उसका और भी आदर-सत्कार होने लगा। लौंडियाँ उसका मुँह जोहती रहतीं, बार-बार आकर पूछ जातीं—मिस साहब, कोई काम तो नहीं है? कोचवान दोनों जून पूछ जाता—हुक्म हो तो गाड़ी तैयार करूँ। रानीजी भी दिन में एक बार जरूर आ बैठतीं। सोफ़ी को अब मालूम हुआ कि उनका हृदय स्त्री-जाति के प्रति सदिच्छाओं से कितना परिपूर्ण था। उन्हें भारत की देवियों को ईंट और पत्थर के सामने सिर झुकाते देखकर हार्दिक वेदना होती थी। वह उनके जड़वाद को, उनके मिथ्यावाद को, उसके स्वार्थवाद को भारत की अधोगति का मुख्य कारण समझती थीं। इन विषयों पर सोफ़ी से घंटों बात किया करतीं।

इस कृपा और स्नेह ने धीरे-धीरे सोफ़ी के दिल में विरानेपन के भावों को मिटाना शुरू किया। उसके आचार-विचार में परिवर्तन होने लगा। लौंडियों से कहते हुए अब झेंप न होती, भवन के किसी भाग में जाते हुए अब संकोच न होता; किन्तु चिंताएँ ज्यों-ज्यों घटती थीं, विलास-प्रियता बढ़ती थी। उसके अवकाश की मात्रा में वृद्धि होने लगी। विनोद से रुचि होने लगी। कभी-कभी प्राचीन कवियों के चित्रों को देखती, कभी बाग की सैर करने चली जाती,

कभी प्यानो पर जा बैठती, यहाँ तक कि कभी-कभी जाह्नवी के साथ शतरंज भी खेलने लगी। वस्त्राभूषण से अब वह उदासीनता न रही। गाउन के बदले रेशमी साड़ियाँ पहनने लगी। रानी जी के आग्रह से कभी-कभी पान भी खा लेती। कंघी-चोटी से प्रेम हुआ। चिन्ता त्यागमूलक होती है। निश्चिंतता का आमोद-विनोद से मेल है।

एक दिन, तीसरे पहर, वह अपने कमने में बैठी हुई कुछ पढ़ रही थी। गरमी इतनी सख्त थी कि बिजली के पंखे और खस की टट्टियों के होते हुए भी शरीर से पसीना निकल रहा था, बाहर लू से देह झुलसी जाती थी। सहसा प्रभु सेवक आकर बोले—सोफ़ी, ज़रा चलकर एक झगड़े का निर्णय कर दो। मैंने एक कविता लिखी है, विनयसिंह को उसके विषय में शंकाएँ हैं। मैं कुछ कहता हूँ, वह कुछ कहते हैं; फैसला तुम्हारे ऊपर छोड़ा गया है। ज़रा चलो।

सोफ़ी—मैं काव्य संबंधी विवाद का क्या निर्णय करूँगी, पिंगल का अक्षर तक नहीं जानती, अलंकारों का लेश-मात्र भी ज्ञान नहीं; मुझे व्यर्थ ले जाते हो।

प्रभु सेवक—उस झगड़े का निर्णय करने के लिए पिंगल जानने की ज़रूरत नहीं। मेरे और उनके आदर्श में विरोध है। चलो तो।

सोफ़ी आँगन से निकली, तो ज्वाला-सी देह में लगी। जल्दी-जल्दी पग उठाते हुए विनय के कमरे में आयी, जो राजभवन के दूसरे भाग में था। आज तक वह यहाँ कभी न आयी थी। कमरे में कोई सामान न था। केवल एक कम्बल बिछा हुआ था और ज़मीन पर ही दस-पाँच पुस्तकें रखी हुई थीं। न पंखा, न खस की टट्टी, न परदे, न तसवीरें। पछुआ सीधे कमरे में आती थी। कमरे की दीवारें जलते तवे की भाँति तप रही थीं। वहीं विनय कम्बल पर सिर झुकाए बैठे हुए थे। सोफ़ी को देखते ही वह उठ खड़े हुए और उसके लिए कुर्सी लाने दौड़े।

सोफ़ी—कहाँ जा रहे हैं?

प्रभु सेवक—(मुस्कराकर) तुम्हारे लिए कुर्सी लाने।

सोफ़ी—वह कुर्सी लगाएँगे और मैं बैठूँगी। कितनी भद्दी बात है।

प्रभु सेवक—मैं रोकता भी, तो वह न मानते।

सोफ़ी—इस कमरे में इनसे कैसे रहा जाता है?

प्रभु सेवक—पूरे योगी हैं। मैं तो प्रेम वश चला आता हूँ।

विनय ने एक गद्देदार कुर्सी लाकर सोफ़ी के लिए रख दी। सोफ़ी संकोच और लज्जा से गड़ी जा रही थी। विनय की ऐसी दशा हो रही थी, मानो पानी में भीग रहे हैं। सोफ़ी मन में कहती थी—कैसा आदर्श जीवन है! विनय मन में कहते थे—कितना अनुपम सौंदर्य है! दोनों अपनी-अपनी जगह खड़े रहे। आखिर विनय को एक उक्ति सूझी। प्रभु सेवक की ओर देखकर बोले—हम और तुम वादी हैं, खड़े रह सकते हैं, पर न्यायाधीश का तो उच्च स्थान पर बैठना ही उचित है।

सोफ़ी ने प्रभु सेवक की ओर ताकते हुए उत्तर दिया—खेल में बालक अपने को भूल नहीं जाता।

अंत में तीनों प्राणी कम्बल पर बैठे। प्रभु सेवक ने अपनी कविता पढ़ सुनाई। कविता माधुर्य में डूबी हुई, उच्च और पवित्र भावों से परिपूर्ण थी। कवि ने प्रसाद-गुण कूट-कूट कर भर दिया था। विषय था—एक माता का अपनी पुत्री को आशीर्वाद। पुत्री ससुराल जा रही है; माता उसे गले लगाकर आशीर्वाद देती है—पुत्री, तू पति-परायण हो, तेरी गोद फले, उसमें फूल के-से कोमल बच्चे खेलें, उनकी मधुर हास्य-ध्वनि से तेरा घर और आँगन गूँजे। तुझ पर लक्ष्मी की कृपा हो। तू पत्थर भी छुए, तो कंचन हो जाय। तेरा पति तुझ पर उसी भाँति अपने प्रेम की छाया रखे, जैसे छप्पर दीवार को अपनी छाया में रखता है।

कवि ने इन्हीं भावों के अन्तर्गत दाम्पत्य जीवन का ऐसा सुललित चित्र खींचा था कि उसमें प्रकाश, पुष्प और प्रेम का आधिक्य था; कहीं अँधेरी घाटियाँ न थीं, जिनमें हम गिर पड़ते हैं; कहीं वे काँटे न थे, जो हमारे पैरों में चुभते हैं; कहीं वह विकार न था, जो हमें मार्ग से विचलित कर देता है। कविता समाप्त करके प्रभु सेवक ने विनयसिंह से कहा—अब आपको इसके विषय में जो कुछ कहना हो, कहिए।

विनयसिंह ने सकुचाते हुए उत्तर दिया—मुझे जो कुछ कहना था, कह चुका।

प्रभु सेवक—फिर से कहिए।

विनयसिंह—बार-बार वही बातें क्या कहूँ।

प्रभु सेवक—मैं आपके कथन का भावार्थ कर दूँ?

विनयसिंह—मेरे मन में एक बात आयी, कह दी; आप व्यर्थ इसे इतना बढ़ा रहे हैं।

प्रभु सेवक–आप उन भावों को सोफ़ी के सामने प्रकट करते क्यों शर्माते हैं?

विनयसिंह–शर्माता नहीं हूँ, लेकिन आपसे मेरा कोई विवाद नहीं है। आपको मानव-जीवन का यह आदर्श सर्वोत्तम प्रतीत होता है, मुझे वह अपनी वर्तमान अवस्था के प्रतिकूल जान पड़ता है। इसमें झगड़े की कोई बात नहीं है।

प्रभु सेवक–(हँसकर) हाँ, यही तो मैं आपसे कहलाना चाहता हूँ कि आप उसे वर्तमान अवस्था के प्रतिकूल क्यों समझते हैं? क्या आपके विचार में दाम्पत्य जीवन सर्वथा निंद्य है? और, क्या संसार के समस्त प्राणियों को संन्यास धारण कर लेना चाहिए।

विनयसिंह–यह मेरा आशय कदापि नहीं कि संसार के समस्त प्राणियों को संन्यास धारण कर लेना चाहिए; मेरा आशय केवल यह था कि दाम्पत्य जीवन स्वार्थ का पोषक है। इसके लिए प्रमाण की आवश्यकता नहीं और इस अधोगति की दशा में जबकि स्वार्थ हमारी नसों में कूट-कूटकर भरा हुआ है, जब कि हम बिना स्वार्थ के कोई काम या कोई बात नहीं करते, यहाँ तक कि माता-पुत्र संबंध में–गुरु-शिष्य संबंध में–पत्नी-पुरुष के संबंध में स्वार्थ का प्राधान्य हो गया है,किसी उच्च कोटि के कवि के लिए दाम्पत्य जीवन की सराहना करना–उसकी तारीफों के पुल बाँधना शोभा नहीं देता। हम दाम्पत्य सुख के दास हो रहे हैं। हमने इसी को अपने जीवन का लक्ष्य रखा है। इस समय हमें ऐसे व्रतधारियों की, त्यागियों की, परमार्थ-सेवियों की आवश्यकता है, जो जाति के उद्धार के लिए अपने प्राण तक दे दें। हमारे कविजनों को इन्हीं उच्च और पवित्र भावों को उत्तेजित करना चाहिए। हमारे देश में जनसंख्या जरूरत से ज्यादा हो गई है। हमारी जननी संतान-वृद्धि भार को अब नहीं संभाल सकती। विद्यालयों में, सड़कों पर, गलियों में इतने बालक दिखायी देते हैं, कि समझ में नहीं आता, ये क्या करेंगे। हमारे देश में इतनी उपज भी नहीं होती कि सबके लिए एक बार इच्छापूर्ण भोजन भी प्राप्त हो। भोजन का अभाव ही हमारे नैतिक और आर्थिक पतन का मुख्य कारण है। आपकी कविता सर्वथा असामयिक है। मेरे विचार में इससे समाज का उपकार नहीं हो सकता। इस समय हमारे कवियों का कर्त्तव्य है त्याग का महत्त्व दिखाना, ब्रह्मचर्य में अनुराग उत्पन्न करना, आत्मनिग्रह का उपदेश करना। दाम्पत्य का तो दासत्व मूल है और यह समय उसके गुण-गान के लिए अनुकूल नहीं है।

प्रभु सेवक–आपको जो कुछ कहना था, कह चुके?

विनयसिंह–अभी बहुत कुछ कहा जा सकता है। पर इस समय इतना ही काफ़ी है।

प्रभु सेवक–मैं आपसे पहले ही कह चुका हूँ कि बलिदान और त्याग के आदर्श की मैं निंदा नहीं करता। वह मनुष्य के लिए सबसे ऊँचा स्थान है; और वह धन्य है, जो उसे प्राप्त कर ले। किन्तु जिस प्रकार कुछ व्रतधारियों के निर्जल और निराहार रहने से अन्न और जल की उपयोगिता में बाधा नहीं पड़ती, उसी प्रकार दो-चार योगियों के त्याग से दाम्पत्य जीवन त्याज्य नहीं हो जाता। दाम्पत्य मनुष्य के सामाजिक जीवन का मूल्य है। उसका त्याग कर दीजिए, बस हमारे सामाजिक संगठन का शीराजा बिखर जाएगा और हमारी दशा पशुओं के समान हो जाएगी। गार्हस्थ्य को ऋषियों ने सर्वोच्च्च-धर्म कहा है और अगर शांत हृदय से विचार कीजिए तो विदित हो जाएगा कि ऋषियों का यह कथन अत्युक्ति मात्र नहीं है। दया, सहानुभूति, सहिष्णुता, उपकार, त्याग देवोचित गुणों के विकास के जैसे सुयोग गार्हस्थ्य जीवन में प्राप्त होते हैं और किसी अवस्था में नहीं मिल सकते। मुझे तो यहाँ तक कहने में संकोच नहीं है कि मनुष्य के लिए यही एक ऐसी व्यवस्था है जो स्वाभाविक कही जा सकती है। जिन कृत्यों ने मानव-जाति का मुख उज्ज्वल कर दिया है, उनका श्रेय योगियों को नहीं, दाम्पत्य-सुख-भोगियों को है। हरिश्चंद्र योगी नहीं थे, रामचंद्र योगी नहीं थे, कृष्ण त्यागी नहीं थे, नेपोलियन त्यागी नहीं था, नेलसन योगी नहीं था। धर्म और विज्ञान के क्षेत्र में त्यागियों ने अवश्य कीर्ति-लाभ की है; लेकिन कर्म-क्षेत्र में यश का सेहरा भोगियों के ही सिर बँधा है। इतिहास में ऐसा एक भी प्रमाण नहीं मिलता कि किसी जाति का उद्धार त्यागियों द्वारा हुआ हो। आज भी हिन्दुस्तान में 10 लाख से अधिक त्यागी बसते हैं पर कौन कह सकता है कि उनसे समाज का कुछ उपकार हो रहा है। संभव है, अप्रत्यक्ष रूप से होता हो; पर प्रत्यक्ष रूप से नहीं होता। फिर यह आशा क्योंकर की जा सकती है कि दाम्पत्य जीवन की अवहेलना से जाति का विशेष उपकार होगा। हाँ, अगर अविचार को उपकार कहें, तो अवश्य उपकार होगा।

यह कथन समाप्त करके प्रभु सेवक ने सोफ़िया से कहा–तुमने दोनों वादियों के कथन सुन लिए, तुम इस समय न्याय के आसन पर हो, सत्यासत्य का निर्णय करो।

सोफ़ी–इसका निर्णय तुम आप ही कर सकते हो। तुम्हारी समझ में संगीत बहुत अच्छी चीज़ है?

प्रभु सेवक–अवश्य।

सोफ़ी–लेकिन, अगर किसी के घर में आग लगी हुई हो, तो उसके निवासियों को गाते-बजाते देखकर तुम उन्हें क्या कहोगे?

प्रभु सेवक–मूर्ख कहूँगा, और क्या।

सोफ़ी–क्यों, गाना तो कोई बुरी चीज़ नहीं?

प्रभु सेवक–तो यह साफ-साफ क्यों नहीं कहतीं कि तुमने इन्हें डिग्री दे दी? मैं पहले ही समझ रहा था कि तुम इन्हीं की तरफ़ झुकोगी।

सोफ़ी–अगर यह भय था, तो तुमने मुझे निर्णायक क्यों बनाया था? तुम्हारी कविता उच्च कोटि की है। मैं इसे सर्वांग-सुंदर कहने को तैयार हूँ। लेकिन तुम्हारा कर्त्तव्य है कि अपनी इस अलौकिक शक्ति को स्वदेश-बंधुओं के हित में लगाओ। अवनति की दशा में शृंगार और प्रेम का राग अलापने की जरूरत नहीं होती, इसे तुम भी स्वीकार करोगे। सामान्य कवियों के लिए कोई बन्धन नहीं है–उन पर कोई उत्तरदायित्व नहीं है। लेकिन तुम्हें ईश्वर ने जितनी ही महत्त्वपूर्ण शक्ति प्रदान की है, उतना ही उत्तरदायित्व भी तुम्हारे ऊपर ज्यादा है।

जब सोफ़िया चली गई, तो विनय ने प्रभु सेवक से कहा–मैं इस निर्णय को पहले ही से जानता था। तुम लज्जित तो न हुए होंगे?

प्रभु सेवक–उसने तुम्हारी मुरौवत की है।

विनयसिंह–भाई, तुम बड़े अन्यायी हो। इतने युक्तिपूर्ण निर्णय पर भी उनके सिर इलजाम लगा ही दिया। मैं तो उनकी विचारशीलता का पहले ही से कायल था, आज से भक्त हो गया। इस निर्णय ने मेरे भाग्य का निर्णय कर दिया। प्रभु; मुझे स्वप्न में भी यह आशा न थी कि मैं इतनी आसानी से लालसा का दास हो जाऊँगा। मैं मार्ग से विचलित हो गया, मेरा संयम कपटी मित्र की भाँति परीक्षा के पहले ही अवसर पर मेरा साथ छोड़ गया। मैं भली-भाँति जानता हूँ कि मैं आकाश के तारे तोड़ने जा रहा हूँ–वह फल खाने जा रहा हूँ, जो मेरे लिए वर्जित है। खूब जानता हूँ प्रभु, कि मैं अपने जीवन को नैराश्य की वेदी पर बलिदान कर रहा हूँ। अपनी पूज्य माता के हृदय पर कुठाराघात कर रहा हूँ, अपनी मर्यादा की नौका को कलंक के सागर में डुबो रहा हूँ, अपनी

महत्त्वाकांक्षाओं को विसर्जित कर रहा हूँ, पर मेरा अंतःकरण इसके लिए मेरा तिरस्कार नहीं करता। सोफ़िया मेरी किसी तरह नहीं हो सकती; पर मैं उसका हो गया, और आजीवन उसी का रहूँगा।

प्रभु सेवक—विनय, अगर सोफ़ी को यह बात मालूम हो गई, तो वह यहाँ एक क्षण भी न रहेगी; कहीं वह आत्महत्या न कर ले। ईश्वर के लिए यह अनर्थ न करो।

विनयसिंह—नहीं प्रभु, मैं बहुत जल्द यहाँ से चला जाऊँगा, और फिर कभी न आऊँगा। मेरा हृदय जलकर भस्म हो जाये; पर सोफ़ी को आँच भी न लगने पावेगी। मैं दूर देश में बैठा हुआ इस विद्या, विवेक और पवित्रता की देवी की उपासना किया करूँगा। मैं तुमसे सत्य कहता हूँ, मेरे प्रेम में वासना का लेश भी नहीं है। मेरे जीवन को सार्थक बनाने के लिए यह अनुराग ही काफी है। यह मत समझो कि मैं सेवा-धर्म का त्याग कर रहा हूँ। नहीं, ऐसा न होगा, मैं अब भी सेवा-मार्ग का अनुगामी रहूँगा; अंतर केवल इतना होगा कि निराकार की जगह साकार की, अदृश्य की जगह दृश्यमान की भक्ति करूँगा।

सहसा जाह्नवी ने आकर कहा—विनय, ज़रा इंदु के पास चले जाओ, कई दिन से उसका समाचार नहीं मिला। मुझे शंका हो रही है, कहीं बीमार तो नहीं हो गई। खत भेजने में विलम्ब तो कभी न करती थी!

विनय तैयार हो गए। कुरता पहना, हाथ में सोटा लिया और चल दिए। प्रभु सेवक सोफ़ी के पास आकर बैठ गए और सोचने लगे—विनयसिंह की बातें इससे कहूँ या न कहूँ। सोफ़ी ने उन्हें चिंतित देखकर पूछा—कुँवर साहब कुछ कहते थे?

प्रभु सेवक—उस विषय में तो कुछ नहीं कहते थे; पर तुम्हारे विषय में ऐसे भाव प्रकट किये, जिनकी सम्भावना मेरी कल्पना में भी न आ सकती थी।

सोफ़ी ने क्षण-भर ज़मीन की ओर ताकने के बाद कहा—मैं समझती हूँ, पहले ही समझ जाना चाहिए था; पर मैं इससे चिंतित नहीं हूँ। यह भावना मेरे हृदय में उसी दिन अंकुरित हुई, जब यहाँ आने के चौथे दिन बाद मैंने आँखें खोलीं, और उस अर्द्धचेतना की दशा में एक देव-मूर्ति को सामने खड़े अपनी ओर वात्सल्य-दृष्टि से देखते हुए पाया। वह दृष्टि और वह मूर्ति आज तक मेरे हृदय पर अंकित है और सदैव अंकित रहेगी।

प्रभु सेवक—सोफ़ी, तुम्हें यह कहते हुए लज्जा नहीं आती?

सोफ़िया—नहीं, लज्जा नहीं आती। लज्जा की बात ही नहीं है। वह मुझे अपने प्रेम के योग्य समझते हैं, यह मेरे गौरव की बात है। ऐसे साधु-प्रकृति, ऐसे त्यागमूर्ति, ऐसे सदुत्साही पुरुष की प्रेम-पात्री बनने में कोई लज्जा नहीं। अगर प्रेम-प्रसाद पाकर किसी युवती को गर्व होना चाहिए, तो वह युवती मैं हूँ यही वरदान था, जिसके लिए मैं इतने दिनों तक शांत भाव से धैर्य धारण किये हुए मन में तप कर रही थी। वह वरदान आज मुझे मिल गया है, तो यह मेरे लिए लज्जा की बात नहीं, आनन्द की बात है।

प्रभु सेवक—धर्म-विरोध के होते हुए भी?

सोफ़िया—यह विचार उन लोगों के लिए है, जिनके प्रेम वासनाओं से युक्त होते हैं। प्रेम और वासना में उतना ही अन्तर है, जितना कंचन और काँच में। प्रेम की सीमा भक्ति से मिलती है, और उनमें केवल मात्रा का भेद है। भक्ति में सम्मान और प्रेम में सेवाभाव का आधिक्य होता है। प्रेम के लिए धर्म की विभिन्नता कोई बंधन नहीं है। ऐसी बाधाएँ उस मनोभाव के लिए हैं, जिसका अंत विवाह है, उस प्रेम के लिए नहीं, जिसका अंत बलिदान है।

प्रभु सेवक—मैंने तुम्हें जता दिया, यहाँ से चलने के लिए तैयार रहो।

सोफ़िया—मगर घर पर किसी से इसकी चर्चा करने की ज़रूरत नहीं।

प्रभु सेवक—इससे निश्चिंत रहो।

सोफ़िया—कुछ निश्चय हुआ, यहाँ से उनके जाने का कब इरादा है?

प्रभु सेवक—तैयारियाँ हो रही हैं। रानीजी को यह बात मालूम हुई, तो विनय के लिए कुशल नहीं। मुझे आश्चर्य न होगा, अगर मामा से इसकी शिकायत करें।

सोफ़िया ने गर्व से सिर उठाकर कहा—प्रभु, कैसी बच्चों की-सी बातें करते हो? प्रेम अभय का मंत्र है। प्रेम का उपासक संसार की समस्त चिंताओं और बाधाओं से मुक्त हो जाता है। प्रभु सेवक चले गए, तो सोफ़िया ने किताब बंद कर दी और बाग में आकर हरी घास पर लेट गई। उसे आज लहराते हुए फलों में, मंद-मंद चलनेवाली वायु में; वृक्षों पर चहकनेवाली चिड़ियों के कलरव में, आकाश पर छाई लालिमा में एक विचित्र शोभा, एक अकथनीय सुषमा, एक अलौकिक छटा का अनुभव हो रहा था। वह प्रेम-रत्न पा गई थी।

उस दिन के बाद एक सप्ताह हो गया, विनयसिंह ने राजपूताने को प्रस्थान न किया। वह किसी-न-किसी हीले से दिन टालते जाते थे। कोई तैयारी न करनी थी, फिर भी तैयारियाँ पूरी न होती थीं। अब विनय और सोफ़िया, दोनों ही को विदित होने लगा कि प्रेम को, जब वह स्त्री और पुरुष में हो, वासना से निर्लिप्त रखना उतना आसान नहीं, जितना उन्होंने समझा था। सोफ़ी एक किताब बगल में दबाकर प्रातःकाल बाग में जा बैठती। शाम को भी कहीं और सैर करने न जाकर वहीं आ जाती। विनय भी उससे कुछ दूर पर लिखते-पढ़ते, कुत्ते से खेलते या किसी मित्र से बातें करते अवश्य दिखायी देते। दोनों एक-दूसरे की ओर दबी आँखों से देख लेते थे; पर संकोचवश कोई बातचीत करने में अग्रसर न होता था। दोनों ही लज्जाशील थे; पर दोनों इस मौन भाषा का आशय समझते थे। पहले इस भाषा का ज्ञान न था। दोनों के मन में एक ही उत्कंठा, एक ही विकलता, एक ही ज्वाला थी। मौन-भाषा से उन्हें तस्कीन न होती; पर किसी को वार्तालाप करने का साहस न होता। दोनों अपने-अपने मन में एक ही उत्कंठा, एक ही विकलता, एक ही ज्वाला थी। मौन-भाषा से उन्हें तस्कीन न होती; पर किसी को वार्तालाप करने का साहस न होता। दोनों अपने-अपने मन में प्रेम-वार्ता की नई-नई उक्तियाँ सोचकर आते और यहाँ आकर भूल जाते। दोनों ही व्रतधारी, दोनों ही आदर्शवादी थे; किन्तु एक का धर्मग्रंथों की ओर ताकने को जी न चाहता था, दूसरा समिति को अपने निर्धारित विषय पर व्याख्यान देने का अवसर भी न आता था। दोनों ही के लिए प्रेम--यत्न प्रेम-मद सिद्ध हो रहा था।

एक दिन, रात को, भोजन करने के बाद सोफ़िया रानी जाह्नवी के पास बैठी हुई कोई समाचार-पत्र पढ़कर सुना रही थी कि विनयसिंह आकर बैठ गए। सोफ़ी की विचित्र दशा हो गई, पढ़ते-पढ़ते भूल जाती कि कहाँ तक पढ़ चुकी हूँ, और पढ़ी हुई पंक्तियों को फिर पढ़ने लगती, वह भी अटक-अटककर, शब्दों पर आँखें न जमतीं। वह भूल जाना चाहती थी कि कमरे में रानी के अतिरिक्त कोई और बैठा हुआ है, पर बिना विनय की ओर देखे ही उसे दिव्य-ज्ञान-सा हो जाता था कि अब वह मेरी ओर ताक रहे हैं, और तत्क्षण उसका मन अस्थिर हो जाता जाह्नवी ने कई बार टोका--सोती तो नहीं हो? क्या बात है, रुक क्यों जाती हो? आज तुझे क्या हो गया है बेटी? सहसा

उनकी दृष्टि विनयसिंह की ओर फिरी–उसी समय जब वह प्रेमातुर नेत्रों से उसकी ओर ताक रहे थे। जाह्नवी का विकसित, शांत मुख-मंडल तमतमा उठा, मानो बाग में आग लग गई। अग्निमय नेत्रों से विनय की ओर देखकर बोलीं–तुम कब जा रहे हो?

विनयसिंह–बहुत जल्द।

जाह्नवी–मैं बहुत जल्द का आशय यह समझती हूँ कि तुम प्रातःकाल ही प्रस्थान करोगे।

विनयसिंह–अभी साथ जानेवाले कई सेवक बाहर गये हुए हैं।

जाह्नवी–कोई चिन्ता नहीं। वे पीछे चले जाएँगे, तुम्हें कल प्रस्थान करना होगा।

विनयसिंह–जैसी आज्ञा।

जाह्नवी–अभी जाकर सब आदमियों को सूचना दे दो। मैं चाहती हूँ कि तुम स्टेशन पर सूर्य के दर्शन करो।

विनय–इंदु से मिलने जाना है।

जाह्नवी–कोई ज़रूरत नहीं। मिलने-भेंटने की प्रथा स्त्रियों के लिए है, पुरुषों के लिए नहीं, जाओ।

विनय को फिर कुछ कहने की हिम्मत न हुई, आहिस्ता से उठे और चले गए।

सोफ़ी ने साहस करके कहा–आजकल तो राजपूताने में आग बरसती होगी!

जाह्नवी ने निश्चयात्मक भाव से कहा–कर्त्तव्य कभी आग और पानी की परवा नहीं करता। जाओ, तुम भी सो, रहो, सवेरे उठना है।

सोफ़ी सारी रात बैठी रही। विनय से एक बार मिलने के लिए उसका हृदय तड़फड़ा रहा था–आह! वह कल चले जायेंगे, और मैं उनसे विदा भी न हो सकूँगी। वह बार-बार खिड़की से झाँकती कि कहीं विनय की आहट मिल जाये। छत पर चढ़कर देखा; अन्धकार छाया हुआ था, तारागण उसकी आतुरता पर हँस रहे थे। उसके जी में कई बार प्रबल आवेग हुआ कि छत पर से नीचे बाग में कूद पड़ूँ, उनके कमरे में जाऊँ और कहूँ–मैं तुम्हारी हूँ। आह! अगर सम्प्रदाय ने हमारे और उनके बीच में बाधा न खड़ी कर दी होती तो वह इतने चिंतित क्यों होते? मुझको इतना संकोच क्यों होता? रानी मेरी

अवहेलना क्यों करती? अगर मैं राजपूतानी होती, तो रानी सहर्ष मुझे स्वीकार करतीं, पर मैं ईसा की अनुचरी होने के कारण त्याज्य हूँ। ईसा और कृष्ण में कितनी समानता है; पर उनके अनुचरों में कितनी विभिन्नता! कौन कह सकता है कि साम्प्रदायिक भेदों ने हमारी आत्माओं पर कितना अत्याचार किया है।

ज्यों-ज्यों रात बीतती थी, सोफ़ी का दिल नैराश्य से बैठा जाता था—हाय, मैं यों ही बैठी रहूँगी और सबेरा हो जायेगा, विनय, चले जायेंगे। कोई भी तो नहीं, जिसके हाथों एक पत्र लिखकर भेज दूँ। मेरे ही कारण तो उन्हें यह दण्ड मिल रहा है। माता का हृदय भी निर्दय होता है। मैं समझी थी, मैं ही अभागिनी हूँ; पर अब मालूम हुआ ऐसी माताएँ और भी हैं!

तब वह छत पर से उतरी और अपने कमरे में जाकर लेट रही। नैराश्य ने निद्रा की शरण ली; पर निद्रा क्षुधावस्था का विनोद हैं शान्ति-विहीन और नीरस। जरा ही देर सोयी थी कि चौंककर उठ बैठी। सूर्य का प्रकाश कमरे में फैल गया था, और विनयसिंह अपने बीसों साथियों के साथ स्टेशन जाने को तैयार खड़े थे। बाग में हजारों आदमियों की भीड़ लगी हुई थी।

वह तुरंत बाग में आ पहुँची और भीड़ को हटाती हुई यात्रियों के सम्मुख आकर खड़ी हो गई। राष्ट्रीय गान हो रहा था, यात्री नंगे सिर, नंगे पैर, एक-एक कुरता पहने, हाथ में लकड़ी लिए, गरदनों में एक-एक थैली लटकाए चलने को तैयार थे। सब-के-सब प्रसन्न-बदन, उल्लास से भरे हुए, जातीयता के गर्व से उन्मत्त थे, जिनको देखकर दर्शकों के मन गौरवान्वित हो रहे थे। एक क्षण में ही रानी जाह्नवी आईं और यात्रियों के मस्तक पर केशर के तिलक लगाये। तब कुँवर भरतसिंह ने आकर उनके गलों में हार पहनाए। इसके बाद डॉक्टर गांगुली ने चुने हुए शब्दों में उन्हें उपदेश दिया। उपदेश सुनकर यात्री लोग प्रस्थित हुए। जयजयकार की ध्वनि सहस्त्र-सहस्त्र कण्ठों से निकलकर वायुमंडल को प्रतिध्वनित करने लगी। स्त्रियों और पुरुषों का एक समूह उनके पीछे-पीछे चला। सोफ़िया चित्रवत् खड़ी यह दृश्य देख रही थी। उसके हृदय में बार-बार उत्कंठा होती थी, मैं भी इन्हीं यात्रियों के साथ चली जाऊँ और अपने दुःखित बन्धुओं की सेवा करूँ। उसकी आँखें विनयसिंह की ओर लगी हुई थीं। एकाएक विनयसिंह की आँखें उसकी ओर फिरीं; उनमें कितना नैराश्य था, कितनी मर्म-वेदना, कितनी विवशता, कितनी विनय! वह सब यात्रियों के

पीछे चल रहे थे, बहुत धीरे-धीरे मानों पैरों में बेड़ी पड़ी हो। सोफ़िया उपचेतना की अवस्था में यात्रियों के पीछे-पीछे चली, और उसी दशा में सड़क पर आ पहुँची; फिर चौराहा मिला, इसके बाद किसी राजा का विशाल भवन मिला; पर अभी तक सोफ़ी को खबर न हुई कि मैं इनके साथ चली आ रही हूँ। उसे इस समय विनयसिंह के सिवा और कोई नज़र ही न आता था। कोई प्रबल आकर्षण उसे खींचे लिए जाता था। यहाँ तक कि वह स्टेशन के समीप के चौराहे पर पहुँच गई। अचानक उसके कानों में प्रभु सेवक की आवाज़ आयी, जो बड़े वेग से फ़िटन दौड़ाए चले आते थे।

प्रभु सेवक ने पूछा—सोफ़ी, तुम कहाँ जा रही हो? जूते तक नहीं, केवल स्लीपर पहने हो!

सोफ़िया पर घड़ों पानी पड़ गया—आह! मैं इस वेश में कहाँ चली आयी! मुझे सुधि ही न रही। लजाती हुई बोली—कहीं तो नहीं!

प्रभु सेवक—क्या इन लोगों के साथ स्टेशन तक जाओगी? आओ, गाड़ी पर बैठ जाओ। मैं भी वहीं चलता हूँ। मुझे तो अभी-अभी मालूम हुआ कि ये लोग जा रहे हैं, जल्दी से गाड़ी तैयार करके आ पहुँचा, नहीं तो मुलाकात भी न होती।

सोफ़ी—मैं इतनी दूर निकल आयी, और ज़रा भी ख्याल न आया कि कहाँ जा रही हूँ।

प्रभु सेवक—आकर बैठ जाओ। इतनी दूर आयी हो, तो स्टेशन तक और चली चलो।

सोफ़ी—मैं स्टेशन न जाऊँगी। यहीं से लौट जाऊँगी।

प्रभु सेवक—मैं स्टेशन से लौटता हुआ आऊँगा। आज तुम्हें मेरे साथ घर चलना होगा।

सोफ़ी—मैं वहाँ न जाऊँगी।

प्रभु सेवक—बड़े पापा नाराज़ होंगे। आज उन्होंने तुम्हें बहुत आग्रह करके बुलाया है।

सोफ़ी—जब तक मामा मुझे खुद आकर न ले जायेंगी, उस घर में क़दम न रखूँगी।

यह कहकर सोफ़ी लौट पड़ी, और प्रभु सेवक स्टेशन की तरफ़ चल दिए।

स्टेशन पर पहुँचकर विनय ने चारों तरफ़ आँखें फाड़-फाड़कर देखा, सोफ़ी न थी।

प्रभु सेवक ने उसके कान में कहा—धर्मशाले तक यों ही रात के कपड़े पहने चली आयी थी, वहाँ से लौट गई। जाकर खत ज़रूर लिखिएगा, वरना वह राजपूताने जा पहुँचेगी।

विनय ने गद्‌गद कंठ से कहा—केवल देह लेकर जा रहा हूँ, हृदय यहीं छोड़े जाता हूँ।

10

बालकों पर प्रेम की भाँति द्वेष का असर भी होता है। जबसे मिठुआ और घीसू को मालूम हुआ था कि ताहिरअली हमारा मैदान जबरदस्ती ले रहे हैं, तब से दोनों उन्हें अपना दुश्मन समझते थे। चतारी के राजा साहब और सूरदास में जो बातें हुई थीं, उनकी दोनों को खबर न थी। सूरदास को स्वयं शंका थी कि यद्यपि राजा साहब ने आश्वासन दिया, पर शीघ्र ही यह समस्या फिर उपस्थित होगी। जॉन सेवक साहब इतनी आसानी से गला छोड़ने वाले नहीं हैं। बजरंगी, नायकराम आदि भी इसी प्रकार की बातें करते रहते थे। मिठुआ और घीसू इन बातों को बड़े प्रेम से सुनते, उनकी द्वेषाग्नि और भी प्रचंड होती थी। घीसू जब भैंसे लेकर मैदान जाता तो ज़ोर-ज़ोर से पुकारता—देखें, कौन हमारी ज़मीन लेता है, उठाकर ऐसा पटकूँ कि वह भी याद करे। दोनों टाँगें तोड़ दूँगा। कुछ खेल समझ लिया है! वह जरा था भी कड़े-दम, कुश्ती लड़ता था। बजरंगी खुद भी जवानी में अच्छा पहलवान था। घीसू को वह शहर के पहलवानों की नाक बना देना चाहता था, जिससे पंजाबी पहलवानों को भी ताल ठोकने की हिम्मत न पड़े, दूर-दूर जाकर दंगल मारे, लोग कहें—'यह बजरंगी का बेटा है।' अभी से घीसू को अखाड़े भेजता था। घीसू अपने घंमड में समझता था कि मुझे जो पेंच मालूम हैं, उनसे जिसे चाहूँ, गिरा दूँ। मिठुआ कुश्ती तो न लड़ता था; पर कभी-कभी अखाड़े की तरफ़ जा बैठता था। उसे अपनी पहलवानी की डींग मारने के लिए इतना काफ़ी थी। दोनों जब ताहिरअली को कहीं देखते, तो सुना-सुनाकर कहते—दुश्मन जाता है, उसका मुँह काला। मिठुआ कहता—जै शंकर, काँटा लगे न कंकर, दुश्मन को तंग कर। घीसू कहता—बम भोला, बैरी के पेट में गोला, उससे कुछ न जाये बोला।

ताहिरअली इन छोकरों की छिछोरी बातें सुनते और अनसुनी कर जाते। लड़कों के मुँह क्या लगें। सोचते, कहीं ये गालियाँ दे बैठें, तो इनका क्या बना लूँगा। वे दोनों समझते, डर के मारे नहीं बोलते, और शेर हो जाते। घीसू मिठुआ पर उन पेचों का अभ्यास करता, जिनसे वह ताहिरअली को पटकेगा। पहले यह हाथ पकड़ा; फिर अपनी तरफ खींचा; तब वह हाथ गर्दन में डाल दिया और अड़ंगी लगायी। बस चित्त। मिठुआ फौरन गिर पड़ता था और उसे इस पेच के अद्भुत प्रभाव का विश्वास हो जाता था।

एक दिन दोनों ने सलाह की—चलकर मियाँजी के लड़कों की खबर लेनी चाहिए। मैदान में जाकर जाहिर और जाबिर को खेलने के लिए बुलाया, और खूब चपतें लगाईं। जाबिर छोटा था, उसे मिठुआ ने दाबा। जाहिर और घीसू का जोड़ था; लेकिन घीसू अखाड़ा देखे हुए था, कुछ दाँव-पेंच जानता ही था, आन-की-आन में जाहिर को दबा बैठा। मिठुआ ने जाबिर के चुटकियाँ काटनी शुरू कीं। बेचारा रोने लगा। घीसू ने जाहिर को कई घिस्से दिये, वह भी चौंधिया गया; जब देखा कि यह तो मार ही डालेगा, तो उसने फरियाद मचायी। इन दोनों का रोना सुनकर नन्हा-सा साबिर एक पतली-सी टहनी लिए, अकड़ता हुआ पीड़ितों की सहायता करने आया और घीसू को टहनी से मारने लगा। जब इस शस्त्र-प्रहार का घीसू पर कुछ असर न हुआ, तो उसने इससे ज़्यादा चोट करने वाला बाण निकाला—घीसू पर थूकने लगा। घीसू ने जाहिर को छोड़ दिया, और साबिर के दो-तीन तमाचे लगाये। जाहिर मौका पाकर फिर उठा, और अबकी ज़्यादा सावधान होकर घीसू से चिमट गया। दोनों में मल्ल-युद्ध होने लगा। आखिर घीसू ने उसे फिर पटका और मुश्कें चढ़ा दीं। जाहिर को अब रोने के सिवा कोई उपाय न सूझा, जो निर्बलों का अंतिम आधार है। तीनों की आर्तध्वनि माहिर अली के कान में पहुँची। वह इस समय स्कूल जाने को तैयार थे। तुरंत किताबें पटक दीं और मैदान की तरफ़ दौड़े। देखा, तो जाबिर और जाहिर नीचे पड़े हाय-हाय कर रहे हैं और साबिर अलग बिलबिला रहा है! कुलीनता का रक्त खौल उठा; मैं सैयद पुलिस के अफसर का बेटा, चुंगी के मुहर्रिर का भाई, अँगरेज़ी के आठवें दरजे का विद्यार्थी! यह मूर्ख, उजड्ड अहीर का लौंडा, इसकी इतनी मजाल कि मेरे भाइयों को नीचा दिखाए! घीसू के एक ठोकर लगाई और मिठुआ के कई तमाचे। मिठुआ तो

रोने लगा; किन्तु घीसू चिमड़ा था। जाहिर को छोड़कर उठा, हौसले बढ़े हुए थे, दो मोरचे जीत चुका था, ताल ठोककर माहिरअली से भी लिपट गया। माहिर का सफेद पाजामा मैला हो गया, आज ही जूते में रोगन लगाया था, उस पर गर्द पड़ गई; सँवारे हुए बाल बिखर गए, क्रोधेन्मत होकर घीसू को इतनी जोर से धक्का दिया कि वह दो कदम पर जा गिरा। साबिर, जाहिर, जाबिर, सब हँसने लगे। लड़कों की चोट प्रतिकार के साथ ही गायब हो जाती है। घीसू इनको हँसते देखकर और भी झुँझलाया; फिर उठा और माहिरअली से लिपट गया। माहिर ने उसका टेंटुआ पकड़ा और ज़ोर से दबाने लगे। घीसू समझा, अब मरा, यह बिना मारे न छोड़ेगा। मरता क्या न करता, माहिर के हाथ में दाँत जमा दिए; तीन दाँत गड़ गए, खून बहने लगा। माहिर चिल्ला उठे, उसका गला छोड़कर अपना हाथ छुड़ाने का यत्न करने लगे; मगर घीसू किसी भाँति न छोड़ता था। खून बहते देखकर तीनों भाइयों ने फिर रोना शुरू किया। जैनब और रकिया यह हंगामा सुनकर दरवाज़े पर आ गई। देखा तो समर-भूमि रक्त से प्लावित हो रही है, गालियाँ देती हुई ताहिरअली के पास आई। जैनब ने तिरस्कार भाव से कहा–तुम यहाँ बैठे खालें नोच रहे हो, कुछ दीन-दुनिया की भी खबर है! वहाँ वह अहीर का लौंडा हमारे लड़कों का खून-खच्चर किये डालता है। मुए को पकड़ पाती, तो खून ही चूस लेती।

रकिया–मुआ आदमी है कि देव-बच्चा है! माहिर के हाथ में इतनी ज़ोर से दाँत काटा है कि खून के फौवारे निकल रहे हैं। कोई दूसरा मर्द होता, तो इसी बात पर मुए को जीता गाड़ देता।

जैनब–कोई अपना होता, तो इस वक़्त मूड़ीकाटे को कच्चा ही चबा जाता।

ताहिरअली घबराकर मैदान की ओर दौड़े। माहिर के कपड़े खून से तर देखे, तो जामे से बाहर हो गए। घीसू के दोनों कान पकड़कर ज़ोर से हिलाए और तमाचे-पर-तमाचे लगाने शुरू किये। मिठुआ ने देखा, अब पिटने की बारी आयी; मैदान हमारे हाथ से गया, गालियाँ देता हुआ भागा। इधर घीसू ने भी गालियाँ देनी शुरू कीं। श्हार के लौंडे गाली की कला में सिद्धहस्त होते हैं। घीसू नई-नई अछूती गालियाँ दे रहा था और ताहिरअली गालियों का जवाब तमाचों से दे रहे थे। मिठुआ ने जाकर इस संग्राम की सूचना बजरंगी को दी–सब लोग मिलकर घीसू को मार रहे हैं, उसके मुँह से लहू निकल रहा है।

वह भैंसे चरा रहा था, बस तीनों लड़के आकर भैसों को भगाने लगे। घीसू ने मना किया, तो सबों ने मिलकर मारा और बड़े मियाँ भी निकलकर मार रहे हैं। बजरंगी यह खबर सुनते ही आग हो गया। उसने ताहिरअली की माताओं को 50 रुपये दिए थे और उस ज़मीन को अपनी समझ बैठा था। लाठी उठाई और दौड़ा। देखा, तो ताहिरअली घीसू के हाथ-पाँव बँधवा रहे हैं। पागल हो गया, बोला—बस, मुंशीजी, भला चाहते हो तो, हट जाओ; नहीं तो सारी सेखी भुला दूँगा। यहाँ जेहल का डर नहीं है, साल-दो-साल वहीं काट आऊँगा, लेकिन तुम्हें किसी काम का न रखूँगा। जमीन तुम्हारे बाप की नहीं है। इसीलिए तुम्हें 50 रुपये दिये हैं। क्या वे हराम के रुपये थे? बस, हट ही जाओ, नहीं तो कच्चा चबा जाऊँगा; मेरा नाम बजरंगी है!

ताहिरअली ने अभी कुछ जवाब न दिया था कि घीसू ने बाप को देखते ही ज़ोर से छलाँग मारी और एक पत्थर उठाकर ताहिरअली की तरफ़ फेंका। वह सिर नीचा न कर लें, तो माथा फट जाये। जब तक घीसू दूसरा पत्थर उठाए, उन्होंने लपककर उसका हाथ पकड़ा ओर इतनी ज़ोर से ऐंठा कि वह 'अहा मरा! अहा मरा!' कहता हुआ ज़मीन पर गिर पड़ा। अब बजरंगी आपे से बाहर हो गया। झपटकर ऐसी लाठी मारी कि ताहिरअली तिरमिराकर गिर पड़े। कई चमार, जो अब तक इसे लड़कों का झगड़ा समझकर चुपचाप बैठे थे, ताहिरअली को गिरते देखकर दौड़े और बजरंगी को पकड़ लिया। समर-क्षेत्र में सन्नाटा छा गया। हाँ, जैनब और रकिया द्वार पर खड़ी शब्द-बाण चलाती जाती थीं—मूड़ी-काटे ने गजब कर दिया, इस पर खुदा का कहर गिरे, दूसरा दिन देखना नसीब न हो, इसकी मैयत उठे, कोई दौड़कर साहब के पास जाकर क्यों इत्तिला नहीं करता। अरे-अरे चमारों, बैठे मुँह क्या ताकते हो, जाकर साहब को खबर क्यों नहीं देते। कहना—अभी चलिए। साथ लाना, कहना पुलिस लेते चलिए, यहाँ जान देने नहीं आये हैं।

बजरंगी ने ताहिरअली को गिरते देखा, तो सँभल गया, दूसरा हाथ न चलाया। घीसू का हाथ पकड़ा और घर चला गया। यहाँ घर में कुहराम मचा। दो चमार जॉन सेवक के बँगले की तरफ गए। ताहिरअली को लोगों ने उठाया और चारपाई पर लादकर कमरे में लाये। कंधे पर लाठी पड़ी थी, शायद हड्डी टूट गयी थी। अभी तक बेहोश थे। चमारों ने तुरंत हल्दी पीसी और उसे

गुड़-चूने में मिलाकर उनके कंधे में लगाया। एक आदमी लपककर पेड़ के पत्ते तोड़ लाया, दो आदमी बैठकर सेंकने लगे। जैनब और रकिया तो ताहिरअली की मरहम-पट्टी करने लगीं, बेचारी कुल्सूम दरवाज़े पर खड़ी रो रही थी। पति की ओर उससे ताका भी न जाता था। गिरने से उनके सिर में चोट आ गई थीं लहू बहकर माथे पर जम गया था। बालों में लटें पड़ गई थीं, मानो किसी चित्रकार के ब्रुश में रंग सूख गया हो। हृदय में शूल उठ रहा था। पर पति के मुख की ओर ताकते ही उसे मूर्छा-सी आने लगी थी, दूर खड़ी थी; यह विचार भी मन में उठ रहा था कि ये सब आदमी अपने दिल में क्या कहते होंगे? इसे पति के प्रति जरा भी प्रेम नहीं, खड़ी तमाशा देख रही है। क्या करूँ, उनका चेहरा न जाने कैसा हो गया हैं वही चेहरा, जिसकी कभी बलायें ली जाती थीं, मरने के बाद भयावह हो जाता है, उसकी ओर दृष्टिपात करने के लिए कलेजे को मजबूत करना पड़ता है। जीवन की भाँति मृत्यु का भी सबसे विशिष्ट आलोक मुख पर ही पड़ता है। ताहिरअली की दिन-भर सेंक-बाँध हुई, चमारों ने इस तरह दौड़-धूप की, मानो उनका कोई अपना इष्ट मित्र है। क्रियात्मक सहानुभूति ग्राम-निवासियों का विशेष गुण है। रात को भी चमार उनके पास बैठे सेंकते-बाँधते रहे! जैनब और रकिया बार-बार कुल्सूम को ताने देतीं—बहन, तुम्हारा दिल भी गजब का है। शौहर का यहाँ बुरा हाल हो रहा है और तुम यहाँ मज़े से बैठी हो। हमारे मियाँ के सिर में ज़रा-सा दर्द होता था, तो हमारी जान नाखून में समा जाती थी। आजकल की औरतों का कलेजा सचमुच पत्थर का होता है। कुल्सूम का हृदय इस बाणों से बिंध जाता था; पर यह कहने का साहस न होता था कि तुम्हीं दोनों क्यों नहीं चली जातीं? आखिर तुम भी तो उन्हीं की कमाई खाती हो और मुझसे अधिक किन्तु इतना कहती तो बचकर कहाँ जाती, दोनों उसके गले पड़ जातीं। सारी रात जागती रही। बार-बार द्वार पर जाकर आहट ले आती थी। किसी भाँति रात कटी। प्रातःकाल ताहिरअली की आँखें खुलीं; दर्द से अब भी कराह रहे थे; पर अब अवस्था उतनी शोचनीय न थी। तकिये के सहारे बैठ गए। कुल्सूम ने उन्हें चमारों से बातें करते सुना। उसे ऐसा जान पड़ा कि उनका स्वर कुछ विकृत हो गया है। चमारों ने ज्यों ही उन्हें होश में देखा, समझ गए कि अब हमारी जरूरत नहीं रही, अब घरवाली की सेवा-सुश्रूषा का अवसर आ गया।

एक-एक करके विदा हो गए। अब कुल्सूम ने चित्त सावधान किया और पति के पास आ बैठी। ताहिरअली ने उसे देखा, तो क्षीण स्वर में बोले—खुदा ने हमें नमकहरामी की सजा दी है। जिनके लिए अपने आका का बुरा चेता, वही अपने दुश्मन हो गए।

कुल्सूम—तुम यह नौकरी छोड़ क्यों नहीं देते? जब तक ज़मीन का मुआमला तय न हो जायेगा, एक-न-एक झगड़ा-बखेड़ा रोज़ होता रहेगा, लोगों से दुश्मनी बढ़ती जायेगी। यहाँ जान थोड़े ही देना है। खुदा ने जैसे इतने दिन रोजी दी है, वैसे ही फिर देगा। जान तो सलामत रहेगी।

ताहिर—जान तो सलामत रहेगी, पर गुजर क्योंकर होगा, कौन इतना दिए देता है? देखती हो कि अच्छे-अच्छे पढ़े-लिखे आदमी मारे-मारे फिरते हैं।

कुल्सूम—न इतना मिलेगा, न सही; इसका आधा तो मिलेगा! दोनों वक़्त न खाएँगे, एक ही वक़्त सही; जान तो आफत में न रहेगी।

ताहिर—तुम एक वक़्त खाकर खुश रहोगी, घर में और लोग भी तो हैं, उनके दुःखड़े रोज़ कौन सुनेगा? मुझे अपनी जान से दुश्मनी थोड़े ही है; पर मजबूर हूँ। खुदा को जो मंजूर होगा, वह पेश आयेगा।

कुल्सूम—घर के लोगों के पीछे क्या जान दे दोगे?

ताहिर—कैसी बातें करती हो, आखिर वे लोग कोई गैर तो नहीं हैं? अपने ही भाई हैं, अपनी माँएँ हैं। उनकी परवरिश मेरे सिवा और कौन करेगा?

कुल्सूम—तुम समझते होंगे, वे तुम्हारे मोहताज हैं; मगर उन्हें तुम्हारी रत्ती-भर भी परवा नहीं। सोचती हैं, जब तक मुफ़्त का मिले, अपने खजाने में क्यों हाथ लगाएँ। मेरे बच्चे पैसे-पैसे को तरसते हैं और वहाँ मिठाइयों की हाँड़ियाँ आती हैं, उनके लड़के मजे से खाते हैं। देखती हूँ और आँखें बन्द कर लेती हूँ।

ताहिर—मेरा जो फ़र्ज है, उसे पूरा करता हूँ। अगर उनके पास रुपये हैं, तो इसका मुझे क्यों अफ़सोस हो, वे शौक से खाएँ, आराम से रहें। तुम्हारी बातों से हसद की बू आती है। खुदा के लिए मुझसे ऐसी बातें न किया करो।

कुल्सूम—पछताओगे; जब समझाती हूँ, मुझ ही पर नाराज़ होते हो; लेकिन देख लेना, कोई बात न पूछेगा।

ताहिर—यह सब तुम्हारी नीयत का कसूर है।

कुल्सूम—हाँ औरत हूँ, मुझे अक्ल कहाँ! पड़े तो हो, किसी ने झाँका तक नहीं। कलक होती, तो यों चैन से न बैठी रहतीं।

ताहिरअली ने करवट ली, तो कंधे में असह्य वेदना हुई। 'आह-आह' करके चिल्ला उठे। माथे पर पसीना आ गया। कुल्सूम घबराकर बोली—किसी को भेजकर डॉक्टर को क्यों नहीं बुला लेते? कहीं हड्डी पर जरब न आ गया हो।

ताहिर—हाँ, मुझे भी ऐसा ही खौफ होता है, मगर डॉक्टर को बुलाऊँ तो उसकी फीस के रुपये कहाँ से आवेंगे?

कुल्सूम—तनख्वाह तो अभी मिली थी, क्या इतनी जल्द खर्च हो गई?

ताहिर—खर्च तो नहीं हो गई, लेकिन फीस की गुंजाइश नहीं है। अबकी माहिर की तीन महीने की फीस देनी होगी। 12 रुपये तो फीस ही के निकल जाएंगे, सिर्फ 18 रुपये बचेंगे। अभी तो पूरा महीना पड़ा हुआ है। क्या फाके करेंगे?

कुल्सूम—जब देखो, माहिर की फीस का तकाजा सिर पर सवार रहता है। अभी दस दिन हुए, फीस दी नहीं गई?

ताहिर—दस दिन नहीं हुए, एक महीना हो गया।

कुल्सूम—फीस अबकी न दी जायेगी। डॉक्टर की फीस उनकी फीस से ज़्यादा ज़रूरी है। वह पढ़कर कमाएँगे, तो मेरे घर न भरेंगे। मुझे तो तुम्हारी ही जान का भरोसा है।

ताहिर—(बात बदलकर) इन मूजियों की जब तक अच्छी तरह तंबीह न हो जायेगी, शरारत से बाज न आयेंगे।

कुल्सूम—सारी शरारत इसी माहिर की थी। लड़कों में लड़ाई-झगड़ा होता ही रहता है। यह वहाँ न जाता तो क्यों मुआमला इतना तूल खींचता? इस पर जो अहीर के लौंडे ने जरा दाँत काट लिया, तो तुम भन्ना उठे।

ताहिर—मुझे तो खून के छींटे देखते ही जैसे सिर पर भूत सवार हो गया।

इतने में घीसू की माँ जमुनी आ पहुँची। जैनब ने उसे देखते ही तुरंत बुला लिया और डाँटकर कहा—मालूम होता है, तेरी शामत आ गई है।

जमुनी—बेगम साहब, शामत नहीं आयी है, बुरे दिन आये हैं, और क्या कहूँ। मैं कल ही दही बेचकर लौटी, तो यह हाल सुना। सीधे आपकी खिदमत में दौड़ी; पर यहाँ बहुत-से आदमी जमा थे, लाज के मारे लौट गई। आज दही

बेचने नहीं गई। बहुत डरते-डरते आयी हूँ। जो कुछ भूल-चूक हुई, उसे माफ कीजिए, नहीं तो उजड़ जायेंगे, कहीं ठिकाना नहीं है।

जैनब—अब हमारे किये कुछ नहीं हो सकता। साहब बिना मुकदमा चलाये न मानेंगे और वह न चलायेंगे, तो हम चलायेंगे। हम कोई धुनिये-जुलाहे हैं? यों सबसे दबते फिरें, तो इज्जत कैसे रहे? मियाँ के बाप थानेदार थे; सारा इलाका नाम से काँपता था, बड़े-बड़े रईस हाथ-बाँधें खड़े रहते थे। उनकी औलाद क्या ऐसी गई-गुजरी हो गई कि छोटे-छोटे आदमी बेइज्जती करें। तेरे लौंडे ने माहिर को इतनी जोर से दाँत काटा कि लहू-लुहान हो गया; पट्टी बाँधे पड़ा है। तेरे शौहर ने आकर लड़के को डाँट दिया होता, तो बिगड़ी बात बन जाती। लेकिन उसने तो आते-ही-आते लाठी का वार कर दिया। हम शरीफ लोग हैं, इतनी रियायत नहीं कर सकते।

रकिया—जब पुलिस आकर मारते-मारते कचूमर निकाल देगी, तब होश आयेगा; नज़र-नियाज देनी पड़ेगी, वह अलग। तब आटे-दाल का भाव मालूम होगा।

जमुनी को अपने पति के हिस्से का व्यावहारिक ज्ञान भी मिला था। इन धमकियों से भयभीत न होकर बोली—बेगह साहब, यहाँ इतने रुपये कहाँ धरे हैं, दूध-पानी करके दस-पाँच रुपये बटोरे हैं। वहीं तक अपनी दौड़ है। इस रोजगार में अब क्या रखा है। रुपये का तीन पसेरी तो भूसा है। एक रुपये में भैंस का पेट नहीं भरता। उस पर खली, बिनौला, भूसी, चोकर सभी कुछ चाहिए। किसी तरह दिन काट रहे हैं। आपके बाल-बच्चों को साल-छः महीने दूध पिला दूँगी।

जैनब समझ गई कि यह अहीरन कच्ची गोटी नहीं खेली है। इसके लिए किसी दूसरे ही मंत्र का प्रयोग करना चाहिए। नाक सिकोड़कर बोली—तू अपना दूध अपने घर रख, यहाँ दूध-घी के ऐसे भूखे नहीं हैं। यह ज़मीन अपनी हुई जाती है; जितने जानवर चाहूँगी, पाल लूँगी। मगर तुझसे कहे देती हूँ कि तू कल से घर में न बैठने पायेगी। पुलिस की रपट तो साहब के हाथ में है; पर हमें भी खुदा ने ऐसा इल्म दिया है कि जहाँ एक नक्श लिखकर दम किया कि जिन्नात अपना काम करने लगे। जब हमारे मियाँ जिन्दा थे, तो एक बार पुलिस के एक बड़े अँगरेज हाकिम से कुछ हुज्जत हो गई। बोला—हम तुमको निकाल देंगे। मियाँ ने कहा, हमें निकाल दोगे, तुम भी आराम से न बैठोगे।

मियाँ ने आकर मुझसे कहा। मैंने उसी रात को सुलेमानी नक्श लिखकर दम किया, उसकी मेम साहब का पूरा हमल गिर गया। दौड़ा हुआ आया, खुशामदें कीं, पैरों पर गिरा, मियाँ से कसूर मुआफ कराया, तब मेम की जान बची। क्यों रकिया, तुम्हें याद है न?

रकिया–याद क्यों नहीं है, मैंने ही तो दुआ पढ़ी थी। साहब रात को दरवाजे पर पुकारता था।

जैनब–हम अपनी तरफ से किसी की बुराई नहीं चाहते; लेकिन जब जान पर आ बनती है; तो सबक भी ऐसा दे देते हैं कि जिंदगी भर न भूलें। अभी अपने पीर से कह दें, तो खुदा जाने क्या गजब ढाये। तुम्हें याद है रकिया, एक अहीर ने उन्हें दूध में पानी मिलाकर दिया था। उनकी जबान से इतना ही निकाला–जा, तुझसे खुदा समझें। अहीर ने घर आकर देखा, तो उसकी 20 रुपये की भैंस मर गई थी।

जमुनी ने ये बातें सुनी, तो होश उड़ गए। अन्य स्त्रियों की भाँति वह भी थाना, पुलिस, कचहरी और दरबार की अपेक्षा भूत-पिशाचों से ज्यादा डरी रहती थी। पास-पड़ोस में पिशाच-लीला देखने के अवसर आये-दिन मिलते ही रहते थे। मुल्लाओं के यंत्र-मंत्र कहीं ज्यादा लागू होते हैं, यह भी मानती थी। जैनब बेगम ने उसकी पिशाच-भीरुता को लक्षित करके अपनी विषय चातुरी का परिचय दिया। जमुनी भयभीत होकर बोली–नहीं बेगम साहब, आपको भी भगवान् ने बाल-बच्चे दिये हैं, जुलुम न कीजिएगा, नहीं तो मर जाऊँगी।

जैनब–यह भी न करें, वह भी न करें, तो इज्जत कैसे रहे? कल को तेरा अहीर लट्ठ लेकर आ पहुँचे तो? खुदा ने चाहा, तो अब वह लट्ठ उठाने लायक ही न रहेगा।

जमुनी थरथराकर पैरों पर गिर पड़ी और बोली–बीबी, जो हुकुम हो, उसके लिए हाजिर हूँ।

जैनव ने चोट-पर-चोट लगाई और जमुनी के बहुत रोने-गिड़गिड़ाने पर 25 रुपये लेकर जिन्नात से उसे अभय-दान दिया। घर गई, रुपये लाकर दिए और पैरों पर गिरी; मगर बजरंगी से यह बात न कही। वह चली तो जैनब ने हँसकर कहा–खुदा देता है तो छप्पर फाड़कर देता है। इसका तो सान-गुमान

भी न था। तुम बेसब्र हो जाती हो, नहीं तो मैंने कुछ-न-कुछ और ऐंठा होता। सवार को चाहिए कि बाग हमेशा कड़ी रखे।

सहसा साबिर ने जाकर जैनब से कहा–आपको अब्बा बुलाते हैं। जैनब वहाँ गई, तो ताहिरअली को पड़े कराहते देखा। कुल्सूम से बोली–बीबी, गजब का तुम्हारा जिगर है। अरे भले आदमी, जाकर ज़रा मूँग का दलिया पका दे। गरीब ने रात को कुछ नहीं खाया, इस वक्त भी मुँह में कुछ न जाएगा, तो क्या हाल होगा?

ताहिर–नहीं, मेरा कुछ खाने को जी नहीं चाहता। आपको इसलिए तकलीफ दी है कि अगर आपके पास कुछ रुपये हों, तो मुझे कर्ज के तौर पर दे दीजिए। मेरे कंधे में बड़ा दर्द है, शायद हड्डी टूट गई है, डॉक्टर को दिखाना चाहता हूँ; मगर उसकी फीस के लिए रुपयों की ज़रूरत है।

जैनब–बेटा, भला सोचो तो, मेरे पास रुपये कहाँ से जायेंगे, तुम्हारे सिर की कसम खाकर कहती हूँ। मगर तुम डॉक्टर को बुलाओ ही क्यों? तुम्हें सीधे साहब के यहाँ जाना चाहिए। यह हंगामा उन्हीं की बदौलत तो हुआ है, नहीं तो यहाँ हमसे किसी को क्या गरज थी। एक इक्का मँगवा लो और साहब के यहाँ चले जाओ। वह एक रुक्की लिख देंगे, तो सरकारी शिफाखाने में खासी तरह इलाज हो जायेगा। तुम्हीं सोचो, हमारी हैसियत डॉक्टर बुलाने की है?

ताहिरअली के दिल में यह बात बैठ गई। माता को धन्यवाद दिया। सोचा, न जाने यही बात मेरी समझ में क्यों नहीं आयी। इक्का मँगवाया, लाठी के सहारे बड़ी मुश्किल से उस पर सवार हुए और साहब के बँगले पर पहुँचे।

मिस्टर सेवक, राजा महेंद्रकुमार से मिलने के बाद, कम्पनी के हिस्से बेचने के लिए बाहर चले गए थे और उन्हें लौटे हुए आज तीन दिन हो गए थे। कल वह राजा साहब से फिर मिले थे; मगर जब उनका फैसला सुना, तो बहुत निराश हुए। बहुत देर बैठे तर्क-वितर्क करते रहे; लेकिन राजा साहब ने कोई संतोषजनक उत्तर न दिया। निराश होकर आये और मिसेज़ से सारा वृत्तांत कह सुनाया।

मिसेज़ सेवक को हिंदुस्तानियों से चिढ़ थी। यद्यपि इसी देश के अन्न-जल से उनकी सृष्टि हुई थी, पर अपने विचार से हजरत ईसा की शरण में आकर, वह हिंदुस्तानियों के अवगुणों से मुक्त हो चुकी थीं। उनके विचार में यहाँ

के आदमियों को खुदा ने सज्जनता, सहृदयता, उदारता, शालीनता आदि दिव्य गुणों से सम्पूर्णतः वंचित रखा है। वह योरोपीय सभ्यता की भक्त थीं और आहार-विहार में उसी का अनुसरण करती थीं। खान-पान, वेश-भूषा, रहन-सहन, सब अंगरेजी थी; मजबूरी केवल अपने साँवले रंग से थी। साबुन के निरंतर प्रयोग और अन्य रासायनिक पदार्थों का व्यवहार करने पर भी मनोकामना पूरी होती न थी। उनके जीवन की एकमात्र यही अभिलाषा थी कि हम ईसाइयों की श्रेणी से निकलकर अंगरेजों में जा मिलें, हमें लोग साहब समझें हमारे रब्त-जब्त अंग्रेजों से हो, हमारे लड़कों की शादियाँ ऐंग्लों इंडियन या कम-से-कम उच्च श्रेणी के यूरेशियन लोगों से हो। सोफ़ी की शिक्षा-दीक्षा अंगरेजी ढंग पर हुई थी; किन्तु वह माता के बहुत आग्रह करने पर भी अंग्ररेजी दावतों और पार्टियों में शरीक होती न थी और नाच से तो उसे घृणा ही थी। किन्तु मिसेज़ सेवक इन अवसरों को हाथ से न जाने देती थीं, यों काम न चलता तो विशेष प्रयत्न करके निमंत्रण-पत्र मंगवाती थीं। अगर स्वयं उनके मकान पर दावतें और पार्टियाँ बहुत कम होती थीं, तो इसका कारण ईश्वर सेवक की कृपणता थी।

यह समाचार सुनकर मिसेज़ सेवक बोलीं—देख ली हिन्दुस्तानियों की सज्जनता? फूले न समाते थे। अब तो मालूम हुआ कि ये लोग कुटिल और विश्वासघाती हैं। एक अंधे भिखारी के सामने तुम्हारी यह इज्जत है। पक्षपात तो इन लोगों की घुट्टी में पड़ा हुआ है, और यह उन बड़े-बड़े आदमियों का हाल है, जो अपनी जाति के नेता समझे जाते हैं, जिनकी उदारता पर लोगों को गर्व है। मैंने मिस्टर क्लार्क से एक बार चर्चा की थी। उन्होंने तहसीलदारों को हुक्म दे दिया कि अपने-अपने इलाके में तम्बाकू की पैदावार बढ़ाओ यह सोफ़ी के आग में कूदने का पुरस्कार है! जरा-सा म्युनिसिपैलिटी का अख्तियार क्या मिल गया, सबों के दिमाग फिर गए। मिस्टर क्लार्क कहते थे कि अगर राजा साहब जमीन पर मुआमला न तय करेंगे, तो मैं जाब्ते से उसे आपको दिला दूँगा।

मिस्टर जोज़फ क्लार्क जिले के हाकिम थे। अभी थोड़े ही दिनों से यहाँ आये थे। मिसेज़ सेवक ने उनसे रब्त-जब्त पैदा कर लिया था। वास्तव में उन्होंने क्लार्क को सोफ़ी के लिए चुना था। दो-एक बार उन्हें अपने घर बुला भी चुकी थीं। गृह-निर्वासन से पहले दो-तीन बार सोफ़ी से उनकी मुलाकात भी

हो चुकी थी; किन्तु वह उनकी ओर विशेष आकृष्ट न हुई थी। तो भी मिसेज़ सेवक इस विषय में अभी निराश न हुई थीं। क्लार्क से कहती थीं–सोफ़ी मेहमानी करने गई है। इस प्रकार अवसर पाकर उनकी प्रेमाग्नि को भड़काती रहती थीं।

जॉन सेवक ने लज्जित होकर कहा–मैं क्या जानता था, यह महाशय भी दगा देंगे। यहाँ उनकी बड़ी ख्याति है, अपने वचन के पक्के समझे जाते हैं। खैर, कोई मुजायका नहीं। अब कोई दूसरा उपाय सोचना पड़ेगा।

मिसेज़ सेवक–मैं मिस्टर क्लार्क से कहूँगी। पादरी साहब से भी सिफारिश कराऊँगी।

जॉन सेवक–क्लार्क को म्युनिसिपैलिटी के मुआमलों में हस्तक्षेप करने का अधिकार नहीं।

जॉन सेवक इसी चिन्ता में पड़े हुए थे कि इस हंगामे की खबर मिली। सन्नाटे में आ गए। पुलिस को रिपोर्ट की। दूसरे दिन गोदाम जाने का विचार कर ही रहे थे कि ताहिरअली लाठी टेकते हुए आ पहुँचे। आते-आते एक कुरसी पर बैठ गए। इक्के के हचकोलों ने अधमुआ-सा कर दिया था।

मिसेज़ सेवक ने अँगरेजी में कहा–कैसी सूरत बना ली है, मानो विपत्ति का पहाड़ टूट पड़ा है!

जॉन सेवक–कहिए मुंशीजी, मालूम होता हे, आपको बहुत चोट आयी। मुझे इसका बड़ा दुःख है।

ताहिर–हुज़ूर, कुछ न पूछिए, कम्बख्तों ने मार डालने में कोई कसर नहीं छोड़ी थी।

जॉन सेवक–और इन्हीं दुष्टों की आप मुझसे सिफारिश कर रहे थे।

ताहिर–हुज़ूर, अपनी खता की बहुत सजा पा चुका। मुझे ऐसा मालूम होता है कि मेरी गरदन की हड्डी पर जरब आ गया है।

जॉन सेवक–यह आपकी भूल है। हड्डी टूट जाना कोई मामूली बात नहीं है। आप यहाँ तक किसी तरह न आ सकते थे। चोट ज़रूर आयी है, मगर दो-चार रोज़ मालिश कर लेने से आराम हो जायेगा। आखिर यह मारपीट हुई क्यों?

ताहिर–हुज़ूर, यह सब उसी शैतान बजरंगी अहीर की हरकत है।

जॉन सेवक—मगर चोट खा जाने ही से आप निरपराध नहीं हो सकते। मैं इसे आपकी नादानी और असावधानी समझता हूँ। आप ऐसे आदमियों से उलझे ही क्यों? आपको मालूम है, इसमें मेरी कितनी बदनामी है?

ताहिर—मेरी तरफ़ से ज्यादती तो नहीं हुई।

जॉन सेवक—ज़रूर हुई, वरना देहातों में आदमी किसी से छेड़कर लड़ने नहीं आते। आपको इस तरह रहना चाहिए कि लोगों पर आपका रोब रहे। यह नहीं कि छोटे-छोटे आदमियों को आपसे मार-पीट करने की हिम्मत हो।

मिसेज़ सेवक—कुछ नहीं, यह सब इनकी कमजोरी है। कोई राह चलते किसी को नहीं मारता।

ईश्वर सेवक कुरसी पर पड़े-पड़े बोले—खुदा के बेटे, मुझे अपने साये में ले, सच्चे दिल से उसकी बंदगी न करने की यही सज़ा है।

ताहिरअली को ये बातें घाव पर नमक के समान लगीं। ऐसा क्रोध आया कि इसी वक़्त कह दूँ, जहन्नुम में जाय तुम्हारी नौकरी; पर जॉन सेवक को उनकी दुरावस्था से लाभ उठाने की एक युक्ति सूझ गई। फ़िटन तैयार कराई और ताहिरअली को लिए हुए राजा महेंद्रकुमार के मकान पर जा पहुँचे। राजा साहब शहर का गश्त लगाकर मकान पर पहुँचे ही थे कि जॉन सेवक का कार्ड पहुँचा। झुँझलाए, लेकिन शील आ गया, निकल आये। मिस्टर सेवक ने कहा—क्षमा कीजिएगा, आपको कुसमय कष्ट हुआ, किन्तु पाँड़ेपुरवालों ने इतना उपद्रव मचा रखा है कि मेरी समझ में नहीं आता, आपके सिवा किसका दामन पकड़ूँ। कल सबों ने मिलकर गोदाम पर धावा कर दिया। शायद आग लगा देना चाहते थे, पर आग तो न लगा सके; हाँ, यह मेरे एजेंट हैं, सब-के-सब इन पर टूट पड़े। इनको और इनके भाइयों को मारते-मारते बेदम कर दिया। इतने पर भी उन्हें तस्कीन न हुई, जनाने मकान में घुस गए; और अगर स्त्रियाँ अन्दर से द्वार न बन्द कर लें, तो उनकी आबरू बिगड़ने में कोई सन्देह न था। इनके तो ऐसी चोटें लगी हैं कि शायद महीनों चलने-फिरने लायक न हों, कंधे ही हड्डी टूट गई है।

महेंद्रकुमार सिंह स्त्रियों का बड़ा सम्मान करते थे। उनका अपमान होते देखकर तैश में आ जाते थे। रौद्र रूप धारण करके बोले—सब जनाने में घुस गए!

जॉन सेवक—किवाड़ तोड़ना चाहते थे मगर चमारों ने धमकाया तो हट गए।

महेंद्रकुमार—कमीने! स्त्रियों पर अत्याचार करना चाहते थे।

जॉन सेवक—यही तो इस ड्रामा का सबसे लज्जास्पद अंश है।

महेंद्रकुमार—लज्जास्पद नहीं महाशय, घृणास्पद कहिए।

जॉन सेवक—अब यह बेचारे कहते हैं कि या तो मेरा इस्तीफा लीजिए, या गोदाम की रक्षा के लिए चौकीदारों का प्रबंध कीजिए। स्त्रियाँ इतनी भयभीत हो गई है कि यहाँ एक क्षण भी नहीं रहना चाहतीं। यह सारा उपद्रव उसी अंधे की बदौलत हो रहा है।

महेंद्रकुमार—मुझे तो वह बहुत ग़रीब, सीधा-सा आदमी मालूम होता है; मगर है छँटा हुआ। उसी की दीनता पर तरस खाकर मैंने निश्चय किया था कि आपके लिए कोई दूसरी ज़मीन तलाश करूँ। लेकिन जब उन लोगों ने शरारत पर कमर बाँधी है और आपको जबरदस्ती वहाँ से हटाना चाहते हैं, तो उसका उन्हें अवश्य दंड मिलेगा।

जॉन सेवक—बस, यही बात है, वे लोग मुझे वहाँ से निकाल देना चाहते हैं। अगर रिआयत की गई, तो मेरे गोदाम में जरूर आग लग जाएगी।

महेंद्रकुमार—मैं खूब समझ रहा हूँ। यों मैं स्वयं जनवादी हूँ और उस नीति का हृदय से समर्थन करता हूँ; पर जनवाद के नाम पर देश में जो अशांति फैली हुई है, उसका मैं घोर विरोधी हूँ। ऐसी जनवाद से तो धनवाद, एकवाद सभी वाद अच्छे हैं। आप निश्चिंत रहिए।

इसी भाँति कुछ देर और बातें करके राजा साहब को खूब भरकर जॉन सेवक विदा हुए। रास्ते में ताहिरअली सोचने लगे—साहब को मेरी दुर्गति से अपना स्वार्थ सिद्ध करने में ज़रा भी संकोच नहीं हुआ। क्या ऐसे धनी-मानी, विशिष्ट, विचारशील, विद्वान प्राणी भी इतने स्वार्थ-भक्त होते हैं?

जॉन सेवक अनुमान से उनके मन में भाव ताड़ गए। बोले—आप सोच रहे होंगे, मैंने बातों में इतना रंग क्यों भरा, केवल घटना का यथार्थ वृत्तांत क्यों न कह सुनाया; किन्तु सोचिए, बिना रंग भरे मुझे यह फल प्राप्त हो सकता? संसार में किसी काम का अच्छा या बुरा होना उसकी सफलता पर निर्भर है। एक व्यक्ति राजसत्ता का विरोध करता है। यदि अधिकारियों ने उसका दमन कर दिया, तो वह राजद्रोही कहा जाता है और प्राणदंड पाता है। यदि उसका उद्देश्य पूरा हो गया तो वह अपनी जाति का उद्धारकर्ता और

विजयी समझा जाता है, उसके स्मारक बनाए जाते हैं। सफलता में दोषों को मिटाने की विलक्षण शक्ति है। आप जानते हैं, दो साल पहले मुस्तफा कमाल क्या था? बागी, देश उनके खून का प्यासा था। आज वह अपनी जाति का प्राण है। क्यों? इसलिए कि वह सफल मनोरथ हुआ। लेकिन कई साल पहले प्राणभय से अमेरिका भागा था, आज वह प्रधान है। इसलिए कि उसका विद्रोह सफल हुआ। मैंने राजा साहब को स्वपक्षी बना लिया, फिर रंग भरने का दोष कहाँ रहा?

इतने में फ़िटन बँगले पर आ पहुँची। ईश्वर सेवक ने आते-ही-आते पूछा—कहो, क्या कर आये?

जॉन सेवक ने गर्व से कहा—राजा को अपना मुरीद बना आया। थोड़ा-सा रंग तो ज़रूर भरना पड़ा, पर उसका असर बहुत अच्छा हुआ।

ईश्वर सेवक—ख़ुदा, मुझ पर दया-दृष्टि कर। बेटा, रंग मिलाये बग़ैर भी दुनिया का कोई काम चलता है? सफलता का यही मूल-मंत्र है, और व्यवसाय की सफलता के लिए तो यह सर्वथा अनिवार्य है। आपके पास अच्छी-से-अच्छी वस्तु है; जब तक आप स्तुति नहीं करते, कोई ग्राहक खड़ा ही नहीं होता। अपनी अच्छी वस्तु को अमूल्य, दुर्लभ, अनुपम कहना बुरा नहीं। अपनी औषधि को आप सुधातुल्य, रामबाण, अक्सीर, ऋषि-प्रदत्त, संजीवनी, जो चाहे, कह सकते हैं, इसमें कोई बुराई नहीं। किसी उपदेशक से पूछो, किसी वकील से पूछो, किसी लेखक से पूछो, सभी एक स्वर से कहेंगे कि रंग और सफलता समानार्थक हैं। यह भ्रम है कि चित्रकार ही को रंगों की जरूरत होती है। अब तो तुम्हें निश्चय हो गया कि वह जमीन मिल जाएगी।

जॉन सेवक—जी हाँ, अब कोई संदेह नहीं।

यह कहकर उन्होंने प्रभु सेवक को पुकारा और तिरस्कार करके बोले—बैठे-बैठे क्या कर रहे हो? ज़रा पाँड़ेपुर क्यों नहीं चले जाते? अगर तुम्हारा यही हाल रहा, तो मैं कहाँ तक तुम्हारी मदद करता फिरूँगा।

प्रभु सेवक—मुझे जाने में कोई आपत्ति नहीं; पर इस समय मुझे सोफ़ी के पास जाना है।

जॉन सेवक—पाँड़ेपुर से लौटते हुए सोफ़ी के पास आसानी से जा सकते हो।

प्रभु सेवक—मैं सोफ़ी से मिलना ज़्यादा ज़रूरी समझता हूँ।

जॉन सेवक–तुम्हारे रोज़-रोज़ मिलने से क्या फ़ायदा, जब तुम आज तक उसे घर लाने में सफल नहीं हो सके?

प्रभु सेवक के मुँह से ये शब्द निकलते-निकलते रह गए–मामा ने जो आग लगा दी है, वह मेरे बुझाए नहीं बुझ सकी। तुरंत अपने कमरे में आये, कपड़े पहने और उसी वक़्त ताहिरअली के साथ पाँड़ेपुर चलने को तैयार हो गए। ग्यारह बज चुके थे, जमीन से आग की लपट निकल रही थी, दोपहर का भोजन तैयार था; किन्तु प्रभु सेवक माता और पिता के बहुत आग्रह करने पर भी भोजन पर न बैठे। ताहिरअली खुदा से दुआ कर रहे थे कि किसी तरह दोपहरी यहीं कट जाय, पंखे के नीचे टट्टियों से छनकर आनेवाली शीतल वायु ने उनकी पीड़ा को बहुत शान्त कर दिया; किन्तु प्रभु सेवक के हठ ने उन्हें यह आनंद न उठाने दिया।

11

भैरों पासी अपनी माँ का सपूत बेटा था। यथासाध्य उसे आराम से रखने की चेष्टा करता रहता था। इस भय से कि कहीं बहू सास को भूखा न रखे, वह उसकी थाली अपने सामने परसा लिया करता था और उसे अपने साथ बैठाकर खिलाता था। बुढ़िया तम्बाकू पीती थी। उसके वास्ते एक सुन्दर, पीतल से मढ़ा हुआ नारियल लाया था। आप चाहे ज़मीन पर सोये, पर उसे खाट पर सुलाता। कहता, इससे न जाने कितने कष्ट झेलकर मुझे पाला-पोसा है; मैं इससे जीते-जी कभी उरिन नहीं हो सकता। अगर माँ का सिर भी दर्द करता तो बेचैन हो जाता, ओझे-सयाने बुला लाता। बुढ़िया को गहने-कपड़े का भी शौक था। पति के राज में जो सुख न पाये थे, वे बेटे के राज में भोगना चाहती थी। भैरों ने उसके लिए हाथों के कड़े, गले की हँसली और ऐसी ही कई चीज बनवा दी थी। पहनने के लिए मोटे कपड़ों की जगह कोई रंगीन छींट लाया करता था। अपनी स्त्री को ताकीद करता रहता था कि अम्माँ को कोई तकलीफ न होने पाये। इस तरह बुढ़िया का मन बढ़ गया था। ज़रा-सी कोई बात इच्छा के विरुद्ध होती, तो रूठ जाती और बहू को आड़े हाथों लेती। बहू का नाम सुभागी था। बुढ़िया ने उसका नाम अभागी रख छोड़ा था। बहू ने ज़रा चिलम भरने में देर की, चारपाई बिछाना भूल गई, या मुँह से निकलते ही उसका पैर दबाने या सिर की जुएँ निकालने न आ पहुँची, तो बुढ़िया उसके सिर हो जाती। उसके बाप और भाइयों के मुँह में कालिख लगाती, सबों की दाढ़ियाँ जलाती और उसे गालियों ही से संतोष न होता, ज्यों ही भैरों दूकान से आता, एक-एक की सौ-सौ लगाती। भैरों सुनते ही जल उठता, कभी जली-कटी बातों से और कभी डण्डों से स्त्री की खबर लेता। जगधर से भैरों की गहरी मित्रता थी। यद्यपि भैरों का घर बस्ती के पश्चिम सिरे पर था, और जगधर

का घर पूर्व सिरे पर, किन्तु जगधर की यहाँ बहुत आमद-रफ़्त थी। यहाँ मुफ़्त में ताड़ी पीने को मिल जाती थी। जिसे मोल लेने के लिए उसके पास पैसे न थे। उसके घर में खानेवाले बहुत थे, कमानेवाला अकेला वही था। पाँच लड़कियाँ थीं, एक लड़का और स्त्री। खोंचे की बिक्री में इतना लाभ कहाँ कि इतने पेट भरे और ताड़ी-शराब भी पिए! वह भैरों की हाँ-में-हाँ मिलाया करता था। इसलिए सुभागी उससे जलती थी।

दो-तीन साल पहले की बात है, एक दिन, रात के समय, भैरों और जगधर बैठे हुए ताड़ी पी रहे थे। जाड़ों के दिन थे; बुढ़िया खा-पीकर, अँगीठी सामने रखकर, आग ताप रही थी। भैरों ने सुभागी से कहा—थोड़े-से-मटर भून ला। नमक, मिर्च, प्याज भी लेती आना। ताड़ी के लिए चिखने की जरूरत थी। सुभागी ने मटर तो भूने, लेकिन प्याज घर में न था। हिम्मत न पड़ी कि कह दे—प्याज नहीं है। दौड़ी हुई कुँजड़े की दूकान पर गई। कुँजड़ा दूकान बंद कर चुका था। सुभागी ने बहुत चिरौरी की, पर उसने दूकान न खोली। विवश होकर उसने भूने हुए मटर लाकर भैरों के सामने रख दिए। भैरों ने प्याज न देखा, तो तेवर बदले। बोला—क्या मुझे बैल समझती है कि भुने हुए मटर लाकर रख दिए, प्याज क्यों नहीं लाई?

सुभागी ने कहा—प्याज घर में नहीं है, तो क्या मैं प्याज हो जाऊँ?

जगधर—प्याज के बिना मटर क्या अच्छे लगेंगे?

बुढ़िया—प्याज तो अभी कल ही धेले का आया था। घर में कोई चीज़ तो बचती ही नहीं। न जाने इस चुड़ैल का पेट है या भाड़।

सुभागी—मुझसे कसम ले लो, जो प्याज हाथ से भी छुआ हो। ऐसी जीभ होती, तो इस घर में एक दिन भी निबाह न होता।

भैरों—प्याज नहीं था, तो लाई क्यों नहीं?

जगधर—जो चीज़ घर में न रहे, उसकी फिकर रखनी चाहिए।

सुभागी—मैं क्या जानती थी कि आज आधी रात को प्याज की धुन सवार होगी।

भैरों ताड़ी के नशे में था। नशे में भी क्रोध का-सा गुण है, निर्बलों ही पर उतरता है। डंडा पास ही धरा था, उठाकर एक डंडा सुभागी को मारा। उसके हाथ की सब चूड़ियाँ टूट गईं। घर से भागी। भैरों पीछे दौड़ा। सुभागी

एक दूकान की आड़ में छिप गई। भैरों ने बहुत ढूँढ़ा, जब उसे न पाया तो घर जाकर किवाड़ बंद कर लिए और फ़िर रात भर खबर न ली। सुभागी ने सोचा, इस वक़्त जाऊँगी तो प्राण न बचेंगे। पर रात-भर रहूँगी कहाँ? बजरंगी के घर गई। उसने कहा—ना, बाबा, मैं यह रोग नहीं पालता। सूरदास बैठा खाना पका रहा था। उसकी झोपड़ी में घुस गई और बोली—सूरे, आज रात-भर पड़े रहने दो, मारे डालता है, अभी जाऊँगी, तो एक हड्डी भी न बचेगी।

सूरदास ने कहा—आओ, लेट रहो, भोरे चली जाना, अभी नसे में होगा।

दूसरे दिन जब भैरों को यह बात मालूम हुई, तो सूरदास से गाली-गलौज की और मारने की धमकी दी। सुभागी उसी दिन से सूरदास पर स्नेह करने लगी। जब अवकाश पाती, तो उसके पास आ बैठती, कभी-कभी उसके घर में झाडू लगा जाती, कभी घरवालों की आँख बचाकर उसे कुछ दे जाती, मिठुआ को अपने घर बुला ले जाती और उसे गुड़-चबेना खाने को देती।

भैरों ने कई बार उसे सूरदास के घर से निकलते देखा। जगधर ने दोनों को बातें करते हुए पाया। भैरों के मन में संदेह हो गया कि ज़रूर इन दोनों में कुछ साँठ-गाँठ है, तभी से वह सूरदास से खार खाता था। उससे छेड़कर लड़ता। नायकराम के भय से उसकी मरम्मत न कर सकता था, सुभागी पर उसका अत्याचार दिनोंदिन बढ़ता जाता था और जगधर, शांत स्वभाव होने पर भी, भैरों का पक्ष लिया करता था।

जिस दिन बजरंगी और ताहिरअली में झगड़ा हुआ था, उसी दिन भैरों और सूरदास में भी संग्राम छिड़ गया। बुढ़िया ने दोपहर को नहाया था। सुभागी उसकी धोती छाँटना भूल गई। गरमी के दिन थे ही, रात को 9 बजे बुढ़िया को फिर गरमी मालूम हुई। गरमियों के दिनों दो बार स्नान करती थी, जाड़ों में दो महीनों में एक बार! जब वह नहाकर धोती माँगने लगी, तो सुभागी को याद आयी। काटो तो बदन में लहू नहीं। हाथ जोड़कर बोली—अम्माँ, आज धोती धोने की याद नहीं रही। तुम ज़रा देर मेरी धोती पहन लो, तो मैं उसे छाँटकर अभी सुखाए देती हूँ।

बुढ़िया इतनी क्षमाशील न थी, हज़ारों गालियाँ सुनाईं और गीली धोती पहने बैठी रही। इतने में भैरों दूकान से आया और सुभागी से बोला—जल्दी खाना ला, आज संगत होने वाली है। आओ अम्माँ, तुम भी खा लो।

बुढ़िया बोली—नहाकर गीली धोती पहने बैठी हूँ। अब अपने हाथों से धोती धो लिया करूँगी।

भैरों—क्या इसने धोती नहीं धोई?

बुढ़िया—वह अब मेरी धोती क्यों धोने लगी। घर की मालकिन है। यही क्या कम है कि एक रोटी खाने को दे देती है।

सुभागी ने बहुत कुछ उज्र किया; किन्तु भैरों ने एक न सुनी, डंडा लेकर मारने दौड़ा। सुभागी भागी और आकर सूरदास के घर में घुस गई। पीछे-पीछे भैरों भी वहीं पहुँचा। झोपड़े में घुसा और चाहता था कि सुभागी का हाथ पकड़कर खींच ले कि सूरदास उठकर खड़ा हो गया और बोला—क्या बात है भैरों, इसे क्यों मार रहे हो?

भैरों गर्म होकर बोला—द्वार पर से हट जाओ, नहीं तो पहले तुम्हारी हड्डियाँ तोड़ूँगा, सारा बगुलाभगतपन निकल जायेगा। बहुत दिनों से तुम्हारा रंग देख रहा हूँ, आज सारी कसर निकाल लूँगा।

सूरदास—मेरा क्या छैलापन तुमने देखा? बस, यही न कि मैंने सुभागी को घर से निकाल नहीं दिया?

भैरों—बस, अब चुप ही रहना। ऐसे पापी न होते, तो भगवान ने आँखें क्यों फोड़ दी होतीं। भला चाहते हो, तो सामने से हट जाओ।

सूरदास—मेरे घर में तुम उसे न मारने पाओगे; यहाँ से चली जाय, तो चाहे जितना मार लेना।

भैरों—हटता है सामने से कि नहीं?

सूरदास—मैं अपने घर पर यह उपद्रव न मचाने दूँगा।

भैरों ने क्रोध में आकर सूरदास को धक्का दिया। बेचारा बेलाग खड़ा था, गिर पड़ा, पर फिर उठा और भैरों की कमर पकड़कर बोला—अब चुपके से चले जाओ, नहीं तो अच्छा न होगा!

सूरदास था तो दुबला-पतला, पर उसकी हड्डियाँ लोहे की थीं। बादल-बूँदी, सरदी-गरमी झेलते-झेलते उसके अंग ठोस हो गए थे। भैरों को ऐसा ज्ञात होने लगा, मानो कोई लोहे का शिकंजा है। कितना ही ज़ोर मारता, पर शिकंजा ज़रा भी ढीला न होता था। सुभागी ने मौका पाया, तो भागी। अब भैरों ज़ोर-ज़ोर से गालियाँ देने लगा। मुहल्लेवाले यह शोर सुनकर आ पहुँचे। नायकराम ने

मज़ाक करके कहा—क्यों सूरे, अच्छी सूरत देखकर आँखें खुल जाती हैं क्या मुहल्ले ही में?

सूरदास—पण्डाजी, तुम्हें दिल्लगी सूझी है और यहाँ मुख में कालिख लगाई जा रही है। अंधा था, अपाहिज था, भिखारी था, नीच था, चोरी-बदनामी के इलजाम से तो बचा हुआ था! आज वह इलजाम भी लग गया।

बजरंगी—आदमी जैसा आप होता है, वैसा ही दूसरों को समझता है।

भैरों—तुम कहीं के बड़े साधु हो। अभी आज ही लाठी चलाकर आये हो। मैं दो साल से देख रहा हूँ, मेरी घरवाली इससे आकर अकेले में घंटों बातें करती है। जगधर ने भी उसे यहाँ से रात को जाते देखा है। आज ही, अभी, उसके पीछे मुझसे लड़ने को तैयार था।

नायकराम—सुभा होने की बात ही है। अंधा आदमी देवता थोड़े ही होता है, और फिर देवता लोग भी तो काम के तीर से नहीं बचे। सूरदास तो फिर भी आदमी है, और अभी उमर ही क्या है?

ठाकुरदीन—महाराज, क्यों अंधे के पीछे पड़े हुए हो। चलो, कुछ भजन-भाव हो।

नायकराम—तुम्हें भजन-भाव सूझता है, यहाँ एक भले आदमी की इज्जत का मुआमला आ पड़ा है। भैरों, हमारी एक बात मानो, तो कहें। तुम सुभागी को मारते बहुत हो, इससे उसका मन तुमसे नहीं मिलता। अभी दूसरे दिन बारी आती है अब महीने में दो बार से ज्यादा न आने पाये।

भैरों देख रहा था कि मुझे लोग बना रहे हैं। तिनककर बोला—अपनी मेहरिया है, मारते-पीटते हैं, तो किसी का साझा है? जो घोड़ी पर कभी सवार ही नहीं हुआ, वह दूसरों को सवार होना क्या सिखाएगा। वह क्या जाने, औरत कैसे काबू में रहती है।

यह व्यंग्य नायकराम पर था, जिसका अभी तक विवाह नहीं हुआ था। घर में धन था, यजमानों की बदौलत किसी बात की चिंता न थी, किन्तु न जाने क्यों अभी तक उसका विवाह नहीं हुआ था। वह हजार-पाँच सौ रुपये से गम खाने को तैयार था; पर कहीं शिप्पा न जमता था। भैरों ने समझा था, नायकराम दिल से कट जाएँगे; मगर वह छँटा हुआ शहरी गुंडा ऐसे व्यंगों को कब ध्यान में लाता था। बोला—कहो बजरंगी! इसका कुछ जवाब दो, औरत कैसे बस में रहती है?

बजरंगी—मार-पीट से नन्हा-सा लड़का तो बस में आता नहीं, औरत क्या बस में आयेगी।

भैरों—बस में आये औरत का बाप, औरत किस खेत की मूली है! मार से भूत भागता है।

बजरंगी—तो औरत भी भाग जायेगी, लेकिन काबू में न आयेगी?

नायकराम—बहुत अच्छी कही बजरंगी, बहुत पक्की कही, वाह-वाह। मार से भूत भागता है, तो औरत भी भाग जाएगी। अब तो कट गई तुम्हारी बात?

भैरों—बात कट जाएगी, दिल्लगी है? चूने को जितना ही कूटो, उतना ही चिमटता है।

जगधर—ये सब कहने की बातें हैं। औरत अपने मन से बस में आती है और किसी तरह नहीं।

नायकराम—क्यों बजरंगी, नहीं है कोई जवाब?

ठाकुरदीन—पण्डाजी, तुम दोनों को लड़ाकर तभी दम लोगे; बिचारे अपाहिज आदमी के पीछे पड़े हो।

नायकराम—तुम सूरदास को क्या समझते हो, यह देखने ही में इतने दुबले हैं। अभी हाथ मिलाओ, तो मालूम हो। भैरों, अगर उन्हें पछाड़ दो, तो पाँच रुपये इनाम दूँ।

भैरों—निकल जाओगे।

नायकराम—निकलनेवाले को कुछ कहता हूँ। यह देखो, ठाकुरदीन के हाथ में रखे देता हूँ।

जगधर—क्या ताकते हो भैरों, ले पड़ो।

सूरदास—मैं नहीं लड़ता।

नायकराम—सूरदास, देखो, नाम-हँसाई मत कराओ। मर्द होकर लड़ने से डरते हो। हार ही जाओगे या और कुछ!

सूरदास—लेकिन भाई, मैं पेंच-पांच नहीं जानता। पीछे से यह न कहना, हाथ क्यों पकड़ा। मैं जैसे चाहूँगा, वैसे लड़ूँगा।

जगधर—हाँ-हाँ, तुम जैसे चाहना, वैसे लड़ना।

सूरदास—अच्छा तो आओ, कौन आता है!

नायकराम—अंधे आदमी का जीवट देखना। चलो भैरों, आओ मैदान में।

भैरों—अंधे से क्या लड़ूँगा!

नायकराम—बस, इसी पर इतना अकड़ते थे?

जगधर—निकल जाओ भैरों, एक झपट्टे में तो मार लोगे!

भैरों—तुम्हीं क्यों नहीं लड़ जाते, तुम्हीं इनाम ले लेना।

जगधर को रुपये की नित्य चिन्ता रहती थी। परिवार बड़ा होने के कारण किसी तरह चूल न बैठती थी, घर में एक-न-एक चीज घटी रहती थी। धनोपार्जन के किसी उपाय को हाथ से न छोड़ना चाहता था। बोला—क्यों सूरे, हमसे लड़ोगे?

सूरदास—तुम्हीं आ जाओ, कोई सही।

जगधर—क्यों पण्डाजी, इनाम दोगे न?

नायकराम—इनाम तो भैरों के लिए था, लेकिन कोई हरज नहीं! हाँ शर्त यह है कि एक ही झपट्टे में गिरा दो।

जगधर ने धोती ऊपर उठा ली और सूरदास से लिपट गया। सूरदास ने उसकी एक टाँग पकड़ ली और इतनी ज़ोर से खींचा कि जगधर धम से गिर पड़ा। चारों तरफ़ से तालियाँ बजने लगीं।

बजरंगी बोला—वाह, सूरदास, वाह! नायकराम ने दौड़कर उसकी पीठ ठोंकी।

भैरों—मुझे तो कहते थे, एक ही झपट्टे में गिरा दोगे, तुम कैसे गिर गए?

जगधर—सूरे ने टाँग पकड़ ली, नहीं तो क्या गिरा लेते। वह अड़ंगा मारता कि चारों खाने चित्त गिरते।

नायकराम—अच्छा, तो एक बाजी और हो जाये।

जगधर—हाँ-हाँ, अबकी देखना।

दोनों योद्धाओं में फिर मल्ल-युद्ध होने लगा। सूरदास ने अबकी जगधर का हाथ पकड़कर इतने ज़ोर से ऐंठा कि वह 'आह! आह!' करता हुआ ज़मीन पर बैठ गया। सूरदास ने तुरंत उसका हाथ छोड़ दिया और गरदन पकड़कर ऐसा दबोचा कि जगधर की आँखें निकल आयीं; नायकराम ने दौड़कर सूरदास को हटा लिया बजरंगी ने जगधर को उठाकर बिठाया और हवा करने लगा।

भैरों ने बिगड़कर कहा—यह कोई कुश्ती है कि जहाँ पकड़ पाया, वहीं धर दबाया। यह तो गँवारों की लड़ाई है, कुश्ती थोड़े ही है।

नायकराम—यह बात तो पहले तय हो चुकी थी।

जगधर सँभलकर उठ बैठा और चुपके से सरक गया। भैरों भी उसके पीछे चलता हुआ। उनके जाने के बाद यहाँ खूब कहकहे उड़े और सूरदास की खूब पीठ ठोंकी गई। सबको आश्चर्य हो रहा था कि सूरदास-जैसा दुर्बल आदमी जगधर जैसे मोटे-ताजे आदमी को कैसे दबा बैठा। ठाकुरदीन यंत्र-मंत्र का कायल था। बोला—सूरे को किसी देवता का इष्ट है। हमें भी बताओ सूरे, कौन-सा मंत्र जगाया था?

सूरदास—सौ मंत्रों का मंत्र हिम्मत है। ये रुपये जगधर को दे देना, नहीं तो मेरी कुशल नहीं है।

ठाकुरदीन—रुपये क्यों दे दूँ, कोई लूट है? तुमने बाजी मारी है, तुमको मिलेंगे।

नायकराम—अच्छा सूरदास, ईमान से बता दो, सुभागी को किस मंत्र से बस में किया? अब तो यहाँ सब लोग अपने ही हैं, कोई दूसरा नहीं है। मैं भी कहीं कंपा लगाऊँ।

सूरदास ने करुण स्वर में कहा—पण्डाजी, अगर तुम भी मुझसे ऐसी बातें करोगे, तो मैं मुँह में कालिख लगाकर कहीं निकल जाऊँगा। मैं पराई स्त्री को अपनी माता, बेटी, बहन समझता हूँ। जिस दिन मेरा मन इतना चंचल हो जाएगा तुम मुझे जीता न देखोगे। यह कहकर सूरदास फूट-फूटकर रोने लगा। जरा देर में आवाज सँभालकर बोला—भैरों रोज उसे मारता है। बिचारी कभी-कभी मेरे पास आकर बैठ जाती है। मेरा अपराध इतना ही है कि मैं उसे दुतकार नहीं देता। इसके लिए चाहे जो इलजाम लगाए, मेरा धरम था, वह मैंने किया। बदनामी के डर से जो आदमी धरम से मुँह फेर ले, वह आदमी नहीं है।

बजरंगी—तुम्हें हट जाना था, उसकी औरत थी, मारता चाहे पीटता, तुमसे मतलब?

सूरदास—भैया, आँखों देखकर रहा नहीं जाता, यह तो संसार का व्यवहार है; पर इतनी-सी बात पर कोई इतना बड़ा कलंक तो नहीं लगा देता। मैं तुमसे सच कहता हूँ, आज मुझे जितना दुःख हो रहा है, इतना दादा के मरने पर भी न हुआ था। मैं अपाहिज, दूसरों के टुकड़े खानेवाला और मुझ पर यह कलंक! (रोने लगा)

नायकराम—तो रोते क्यों हो भले आदमी, अंधे हो तो क्या मर्द नहीं हो? मुझे तो कोई यह कलंक लगाता, तो और खुश होता। ये हजारों आदमी जो तड़के गंगा-स्नान करने जाते हैं, वहाँ नजरबाजी के सिवा क्या करते हैं! मंदिरों में इसके सिवा क्या होता है! मेले-ठेलों में भी यही होता है। यही तो मरदों के काम है। अब सरकार के राज में लाठी-तलवार का तो कहीं नाम नहीं रहा, सारी मनुसाई इसी नजरबाजी में रह गई है। इसकी क्या चिन्ता! चलो भगवान का भजन हो, यह सब दुःख दूर हो जायेगा।

बजरंगी को चिन्ता लगी हुई थी—आज की मार-पीट का न जाने क्या फल हो? कल पुलिस द्वार पर आ जायेगी। गुस्सा हराम होता है। नायकराम ने आश्वासन दिया—भले आदमी, पुलिस से क्या डरते हो? कहो, थानेदार को बुलाकर नचाऊँ, कहो इन्सपेक्टर को बुलाकर चपतियाऊँ। निश्चिंत बैठे रहो, कुछ न होने पायेगा। तुम्हारा बाल भी बाँका हो जाय; तो मेरा जिम्मा।

तीनों आदमी यहाँ से चले। दयागिरि पहले ही से इनकी राह देख रहे थे। कई गाड़ीवान और बनिए भी आ बैठे थे। ज़रा देर में भजन की तानें उठने लगीं। सूरदास अपनी चिंताओं को भूल गया, मस्त होकर गाने लगा। कभी भक्ति से विह्वल होकर नाचता, उछलने-कूदने लगता, कभी रोता, कभी हँसता। सभा विसर्जित हुई, तो सभी प्राणी प्रसन्न थे, सबके हृदय निर्मल हो गए थे, मलिनता मिट गई थी, मानो किसी रमणीक स्थान की सैर करके आये हों। सूरदास तो मन्दिर के चबूतरे ही पर लेटा और लोग अपने-अपने घर गए। किंतु थोड़ी ही देर बाद सूरदास को फिर उन्हीं चिंताओं ने आ घेरा—मैं क्या जानता था कि भैरों के मन में मेरी ओर से इतना मैल है, नहीं तो सुभागी को अपने झोंपड़े में आने ही क्यों देता। जो सुनेगा, वही मुझ पर थूकेगा। लोगों को ऐसी बातें पर कितनी जल्द विश्वास आ जाता है। मुहल्ले में कोई अपने दरवाजे पर खड़ा न होने देगा। ऊंह! भगवान तो सबके मन की बात जानते हैं। आदमी का धरम है कि किसी को दुःख में देखे, तो उसे तसल्ली दे। मगर अपना धरम पालने में भी कलंक लगता है, तो लगे, बला से। इसके लिए कहाँ तक रोऊँ। कभी-न-कभी तो लोगों को मेरे मन का हाल मालूम हो ही जाएगा।

किन्तु जगधर और भैरों दोनों के मन में ईर्ष्या का फोड़ा पक रहा था। जगधर कहता था—मैंने तो समझा था, सहज में पाँच रुपये मिल जायेंगे,

नहीं तो क्या कुत्ते ने काटा था कि उससे भिड़ने जाता? आदमी काहे का है, लोहा है।

भैरों—मैं उसकी ताकत की परीक्षा कर चुका हूँ। ठाकुरदीन सच कहता है, उसे किसी देवता का इष्ट है।

जगधर—इष्ट-विष्ट कुछ नहीं है, यह सब बेफिकरी है। हम-तुम गृहस्थी के जंजाल में फँसे हुए हैं, नोन-तेल-लकड़ी की चिन्ता सिर पर सवार रहती है, घाटे-नफे के फेर में पड़े रहते हैं। उसे कौन चिन्ता है? मजे से जो कुछ मिल जाता है, खाता है और मीठी नींद सोता है। हमको-तुमको रोटी-दाल भी दोनों जून नसीब नहीं होती है। उसे क्या कमी है, किसी ने चावल दिये, कहीं मिठाई पा गया, घी-दूध बजरंगी के घर से मिल ही जाता है। बल तो खाने से होता है।

भैरों—नहीं, यह बात नहीं। नसा खाने से बल का नास हो जाता है।

जगधर—कैसी उलटी बातें करते हो, ऐसा होता तो फौज में गोरों को बरांडी क्यों पिलायी जाती। अंगरेज सभी शराब पीते हैं, तो क्या कमजोर होते हैं?

भैरों—आज सुभागी आती है, तो गला दबा देता हूँ।

जगधर—किसी के घर में छिपी बैठी होगी।

भैरों—अंधे ने मेरी आबरू बिगाड़ दी। बिरादरी में यह बात फैलेगी, तो हुक्का बन्द हो जाएगा, भात देना पड़ जाएगा।

जगधर—तुम्हीं तो ढिंढोरा पीट रहे हो। यह नहीं, पटकनी खायी थी, तो चुपके से घर चले आते। सुभागी घर आती तो उससे समझते। तुम लगे वहीं दुहाई देने।

भैरों—इस अंधे को मैं ऐसा कपटी न समझता था, नहीं तो अब तक कभी का मज़ा चखा चुका होता। अब उस चुड़ैल को घर में न रखूँगा। चमार के हाथों यह बेआबरुई!

जगधर—अब इससे बड़ी और क्या बदनामी होगी, गला काटने का काम है।

भैरों—बस, यही मन में आता है कि चलकर गंड़ासा मारकर काम तमाम कर दूं। लेकिन नहीं, मैं उसे खेला-खेलाकर मारूगा। सुभागी का दोष नहीं। सारा तूफान इसी ऐबी अन्धे का खड़ा किया हुआ है।

जगधर—दोष दोनों का है।

भैरों–लेकिन छेड़छाड़ तो पहले मर्द ही करता है। उससे तो अब मुझे कोई वास्ता नहीं रहा, जहाँ चाहे जाए, जैसे चाहे रहें। मुझे तो अब इसी अन्धे से भुगतना है। सूरत से कैसा गरीब मालूम होता है, जैसे कुछ जानता ही नहीं और मन में इतना कपट भरा हुआ है। भीख माँगते दिन जाते हैं, उस पर भी अभागे की आँखें नहीं खुलतीं। जगधर, इसने मेरा सिर नीचा कर दिया। मैं दूसरों पर हँसा करता था, अब जमाना मुझ पर हँसेगा। मुझे सबसे बड़ा मलाल तो यह है कि अभागिन गयी भी, तो चमार के साथ गई। अगर किसी ऐसे आदमी के साथ जाती, जो जात-पाँत में, देखने-सुनने में, धन-दौलत में मुझसे बढ़कर होता, तो मुझे इतना रंज न होता। जो सुनेगा, अपने मन में यही कहेगा कि मैं उस अन्धे से भी गया-बीता हूँ।

जगधर–औरतों का सुभाव कुछ समझ में नहीं आता; नहीं तो, कहाँ तुम और कहाँ वह अन्धा। मुँह पर मक्खियाँ भिनका करती हैं, मालूम होता है, जूते खाकर आया है।

भैरों–और बेहया कितना बड़ा है। भीख माँगता है, अन्धा है; पर जब देखो, हँसता ही रहता है। मैंने उसे कभी रोते ही नहीं देखा।

जगधर–घर में रुपये गड़े हैं; रोये उसकी बला। भीख तो दिखाने को माँगता है।

भैरों–अब रोयेगा। ऐसा रुलाऊँगा कि छठी का दूध याद आ जाएगा।

यों बातें करते हुए दोनों अपने-अपने घर गए। रात के दो बजे होंगे कि अकस्मात् सूरदास की झोंपड़ी से ज्वाला उठी। लोग अपने-अपने द्वारों पर सो रहे थे। निद्रावस्था में भी उपचेतना जागती रहती है। दम-के-दम में सैकड़ों आदमी जमा हो गए। आसमान पर लाली छायी हुई थी, ज्वालाएँ लपक-लपककर आकाश की ओर दौड़ने लगीं। कभी उनका आकार किसी मन्दिर के स्वर्ण-कलश का-सा हो जाता था, कभी वे वायु के झोंकों से यों कंपित होने लगती थीं, मानो जल में चाँद का प्रतिबिंब है। आग बुझाने का प्रयत्न किया जा रहा था; पर झोंपड़े की आग, इर्ष्या की आग की भाँति कभी नहीं बुझती। कोई पानी ला रहा था, कोई यों ही शोर मचा रहा था; किन्तु अधिकांश लोग चुपचाप खड़े नैराश्यपूर्ण दृष्टि से अग्निदाह को खड़े देख रहे थे, मानो किसी मित्र की चिताग्नि है।

सहसा सूरदास दौड़ा हुआ आया और चुपचाप ज्वाला के प्रकाश में खड़ा हो गया।

बजरंगी ने पूछा—यह कैसे लगी सूरे, चूल्हे में तो आग नहीं छोड़ दी थी?

सूरदास—झोंपड़े में जाने का कोई रास्ता नहीं है?

बजरंगी—अब तो अंदर-बाहर सब एक हो गया है। दीवारें जल रही हैं।

सूरदास—किसी तरह नहीं जा सकता?

बजरंगी—कैसे जाओगे? देखते नहीं हो, यहाँ तक लपटें आ रही हैं!

जगधर—सूरे, क्या आज चूल्हा ठंडा नहीं किया था?

नायकराम—चूल्हा ठंडा किया होता, तो दुसमनों का कलेजा कैसे ठंडा होता।

जगधर—पण्डाजी, मेरा लड़का काम न आये, अगर मुझे कुछ भी मालूम हो। तुम मुझ पर नाहक सुभा करते हो।

नायकराम—मैं जानता हूँ जिसने लगाई है, बिगाड़ न दूँ, तो कहना।

ठाकुरदीन—तुम क्या बिगाड़ोगे, भगवान आप ही बिगाड़ देंगे। इसी तरह जब मेरे घर में चोरी हुई थी, तो सब स्वाहा हो गया।

जगधर—जिसके मन में इतनी खुटाई हो, भगवान उसका सत्यानाश कर दें।

सूरदास—अब तो लपट नहीं आती।

बजरंगी—हाँ, फूस जल गया, अब धरन जल रही है।

सूरदास—अब तो अंदर जा सकता हूँ?

नायकराम—अंदर तो जा सकते हो; पर बाहर नहीं निकल सकते। अब चलो आराम से सो रहो; जो होना था, हो गया। पछताने से क्या होगा?

सूरदास—हाँ, सो रहूँगा, जल्दी क्या है।

थोड़ी देर में रही-सही आग भी बुझ गई। कुशल यह हुई कि और किसी के घर में आग न लगी। सब लोग इस दुर्घटना पर आलोचनाएँ करते हुए विदा हुए। सन्नाटा छा गया। किन्तु सूरदास अब भी वहीं बैठा हुआ था। उसे झोंपड़े और बरतन आदि के जल जाने का भी दुःख न था; दुःख था उस पोटली का, जो उसकी उम्र-भर की कमाई थी, जो उसके जीवन की सारी आशाओं का आधार थी, जो उसकी सारी यातनाओं और रचनाओं का निष्कर्ष थी। इस छोटी-सी पोटली में उसका, उसके पितरों का और उसके नामलेवा का उद्धार संचित था। यही उसके लोक और परलोक, उसकी

दीन-दुनिया का आशा-दीपक थी। उसने सोचा–पोटली के साथ रुपये थोड़े ही जल गए होंगे। अगर रुपये पिघल भी गऐ होंगे, तो चाँदी कहाँ जायेगी। क्या जानता था कि आज यह विपत्ति आने वाली है, नहीं तो यहीं न सोता। पहले तो कोई झोंपड़ी के पास आता ही न; और आग लगाता भी तो पोटली को पहले ही निकाल लेता। सच तो यों है कि मुझे यहाँ रुपये रखने ही न चाहिए थे? पर रखता कहाँ? मुहल्ले में ऐसा कौन है, जिसे रखने को देता? हाय! पूरे पाँच सौ रुपये थे, कुछ पैसे ऊपर हो गए थे। क्या इसी दिन के लिए पैसे-पैसे बटोर रहा था? खा लिया होता तो कुछ तस्कीन होती। क्या सोचता था और क्या हुआ! गया जाकर पितरों को पिंडा देने का इरादा किया था। अब उनसे कैसे गला छूटेगा? सोचता था, कहीं मिठुआ की सगाई ठहर जाय, तो कर डालूँ। बहू घर में आ जाय, तो एक रोटी खाने को मिले। अपने हाथों ठोंक-ठोंककर खाते एक जुग बीत गया। बड़ी भूल हुई। चाहिए था कि जैसे-जैसे हाथ में रुपये आते, एक-एक काम पूरा करता जाता। बहुत पाँव फैलाने का यही फल है।

उस समय तक राख ठंडी हो चुकी थी। सूरदास अटकल से द्वार की ओर झोंपड़े में घुसा; पर दो-तीन पग के बाद एकाएक पाँव भूबल में पड़ गया। ऊपर राख थी, लेकिन नीचे आग। तुरंत पाँव खींच लिया और अपनी लकड़ी से राख को उलटने-पलटने लगा, जिससे नीचे की आग भी जल्दी राख हो जाये। आध घंटे में उसने सारी राख नीचे से ऊपर कर दी, और तब फिर डरते-डरते राख में पैर रखा। राख गरम थी, पर असह्य न थी। उसने उसी जगह की सीध में राख को टटोलना शुरू किया, जहाँ छप्पर में पोटली रखी थी। उसका दिल धड़क रहा था। उसे विश्वास था कि रुपये मिलें या न मिलें, पर चाँदी तो कहीं गई ही नहीं। सहसा वह उछल पड़ा, कोई भारी चीज़ हाथ लगी। उठा लिया; पर टटोलकर देखा, तो मालूम हुआ ईंट का टुकड़ा है। फिर टटोलने लगा, जैसे कोई आदमी पानी में मछलियाँ टटोले। कोई चीज़ हाथ न लगी। तब तो उसने नैराश्य की उतावली और अधीरता के साथ सारी रख छान डाली। एक-एक मुट्ठी राख हाथ में लेकर देखी। लोटा मिला, तवा मिला, किंतु पोटली न मिली। उसका वह पैर, जो अब तक सीढ़ी पर था, फिसल गया और अब वह अथाह गहराई में जा पड़ा। उसके मुख से सहसा एक चीख

निकल आयी। वह वहीं राख पर बैठ गया और बिलख-बिलखकर रोने लगा। यह फूस की राख न थी, उसकी अभिलाषाओं की राख थी। अपनी बेबसी का इतना दुःख उसे कभी न हुआ था।

तड़का हो गया, सूरदास अब राख के ढेर को बटोरकर एक जगह कर रहा था। आशा से ज़्यादा दीर्घजीवी और कोई वस्तु नहीं होती।

उसी समय जगधर आकर बोला—सूरे, सच कहना, तुम्हें मुझ पर तो सुभा नहीं है?

सूरे को सुभा तो था, पर उसने इसे छिपाकर कहा—तुम्हारे ऊपर क्यों सुभा करूँगा? तुमसे मेरी कौन-सी अदावत थी?

जगधर—मुहल्ले वाले तुम्हें भड़काएँगे, पर मैं भगवान से कहता हूँ, मैं इस बारे में कुछ नहीं जानता।

सूरदास—अब तो जो कुछ होना था, हो चुका। कौन जाने, किसी ने लगा दी, या किसी की चिलम से उड़कर लग गई। यह भी तो हो सकता है कि चूल्हे में आग रह गई हो। बिना जाने-बूझे किस पर सुभा करूँ?

जगधर—इसी से तुम्हें चेता दिया कि कहीं सुभे में मैं भी न मारा जाऊँ।

सूरदास—तुम्हारी तरफ़ से मेरा दिल साफ है।

जगधर को भैरों की बातों से अब यह विश्वास हो गया कि उसी की शरारत है। उसने सूरदास को रुलाने की बात कही थी। उस धमकी को इस तरह पूरा किया। वह वहाँ से सीधे भैरों के पास गया। वह चुपचाप बैठा नारियल का हुक्का पी रहा था, पर मुख से चिन्ता और घबराहट झलक रही थी। जगधर को देखते ही बोला—कुछ सुना; लोग क्या बातचीत कर रहे हैं?

जगधर—सब लोग तुम्हारे ऊपर सुभा करते हैं। नायकराम की धमकी तो तुमने अपने कानों से सुनी।

भैरों—यहाँ ऐसी धमकियों की परवा नहीं है। सबूत क्या है मैंने लगायी?

जगधर—सच कहो, तुम्हीं ने लगाई?

भैरों—हाँ, चुपके से एक दियासलाई लगा दी।

जगधर—मैं कुछ-कुछ पहले ही समझ गया था; पर यह तुमने बुरा किया। झोंपड़ी जलाने से क्या मिला? दो-चार दिन में फिर दूसरी झोपड़ी तैयार हो जायेगी।

भैरों—कुछ हो, दिल की आग तो ठंडी हो गई! यह देखो!

यह कहकर उसने एक थैली दिखायी, जिसका रंग धुएँ से काला हो गया था। जगधर ने उत्सुक होकर पूछा–इसमें क्या है? अरे! इसमें तो रुपये भरे हुए हैं।

भैरों–यह सुभागी को बहका ले जाने का जरीबाना है।

जगधर–सच बताओ, ये रुपये कहाँ मिले?

भैरों–उसी झोंपड़े में। बड़े जतन से धरन की आड़ में रखे हुए थे। पाजी रोज राहगीरों को ठग-ठगकर पैसे लाता था और इसी थैली में रखता था। मैंने गिने हैं। पाँच सौ से ऊपर हैं। न जाने कैसे इतने रुपये जमा हो गए! बचा को इन्हीं रुपयों की गरमी थी। अब गरमी निकल गई। अब देखूँ, किस बल पर उछलते हैं। बिरादरी को भोज-भात देने का सामान हो गया। नहीं तो, इस बखत रुपये कहाँ मिलते। आजकल तो देखते ही हो, बल्लमटेरों के मारे बिकरी कितनी मंदी है।

जगधर–मेरी तो सलाह है कि रुपये उसे लौटा दो। बड़ी मसक्कत की कमाई है। हज़म न होगी।

जगधर दिल का खोटा आदमी नहीं था; पर इस समय उसने यह सलाह उसे नेक-नीयती से नहीं, हसद से दी थी। उसे यह असह्य था कि भैरों के हाथ इतने रुपये लग जाएं। आधे रुपये उसे दे देता, तो शायद उसे तस्कीन हो जाती; पर भैरों से यह आशा न की जा सकती थी। बेपरवाही से बोला–मुझे अच्छी तरह हज़म हो जायेगी। हाथ में आये हुए रुपये को नहीं लौटा सकता। उसने तो भीख माँगकर जमा किए हैं, गेहूँ तो तोला नहीं था।

जगधर–पुलिस सब खा जायेगी।

भैरों–सूरे पुलिस में न जायेगा। रो-धोकर चुप हो जायेगा।

जगधर–ग़रीब की हाय बड़ी जान-लेवा होती है।

भैरों–वह ग़रीब है! अंधा होने से ही ग़रीब हो गया? जो आदमी दूसरों की औरतों पर डोरे डाले, जिसके पास सैकड़ों रुपये जमा हों, जो दूसरों को रुपये उधार देता हो, वह ग़रीब है? ग़रीब जो कहो, तो हम-तुम हैं। घर में ढूँढ़ आओ, एक पूरा रुपया न निकलेगा। जब तक उसे रोते न देखूँगा। यह कांटा न निकलेगा। जिसने मेरी आबरू बिगाड़ दी, उसके साथ जो चाहे करूँ, मुझे पाप नहीं लग सकता।

जगधर का मन आज खोंचा लेकर गलियों का चक्कर लगाने में न लगा। छाती पर साँप लोट रहा था—इसे दम-के-दम में इतने रुपये मिल गए, अब मौज उड़ाएगा। तकदीर इस तरह खुलती है। यहाँ कभी पड़ा हुआ पैसा भी न मिला। पाप-पुन्न की कोई बात नहीं। मैं ही कौन दिन-भर पुन्न किया करता हूँ। दमड़ी छदाम कौड़ियों के लिए टेनी मारता हूँ। बाट खोटे रखता हूँ, तेल की मिठाई को घी की कहकर बेचता हूँ। ईमान गंवाने पर भी कुछ नहीं लगता। जानता हूँ यह बुरा काम है; पर बाल-बच्चों को पालना भी तो जरूरी है। इसने ईमान खोया, तो कुछ लेकर खोया, गुनाह बेलज्जत नहीं रहा। अब दो-तीन दूकानों का और ठेका ले लेगा। ऐसा ही कोई माल मेरे हाथ भी पड़ जाता, तो जिन्दगी सुफल हो जाती।

जगधर के मन में ईर्ष्या का अंकुर जमा। वह भैरों के घर से लौटा तो देखा कि सूरदास राख को बटोरकर उसे आटे की भाँति गूँध रहा है। सारा शरीर भस्म से ढका हुआ है और पसीने की धारें निकल रही हैं। बोला—सूरे, क्या ढूँढ़ते हो?

सूरदास—कुछ नहीं। यहाँ रखा ही क्या था! यही लोटा-तवा देख रहा था।

जगधर—और वह थैली किसकी है, जो भैरों के पास है?

सूरदास चौंका। क्या इसीलिए भैरों आया था? ज़रूर यही बात है। घर में आग लगाने के पहले रुपये निकाल लिए होंगे।

लेकिन अंधे भिखारी के लिए दरिद्रता इतनी लज्जा की बात नहीं है, जितना धन। सूरदास जगधर से अपनी आर्थिक हानि को गुप्त रखना चाहता था। वह गया करना चाहता था, मिठुआ का ब्याह करना चाहता था, कुआँ बनवाना चाहता था; किन्तु इस ढंग से कि लोगों को आश्चर्य हो कि इसके पास रुपये कहाँ से आये, लोग यही समझें कि भगवान दीन जनों की सहायता करते हैं। भिखारियों के लिए धन-संचय पाप-संचय से कम अपमान की बात नहीं है। बोला—मेरे पास थैली-वैली कहाँ? होगी किसी की। थैली होती, तो भीख माँगता?

जगधर—मुझसे उड़ते हो? भैरों मुझसे स्वयं कह रहा था कि झोंपड़े में धरन के ऊपर यह थैली मिली। पाँच सौ रुपये से कुछ बेसी हैं।

सूरदास—वह तुमसे हँसी करता होगा। साढ़े पाँच रुपये तो कभी जुड़े ही नहीं, साढ़े पाँच सौ कहाँ से आते!

इतने में सुभागी वहाँ आ पहुँची। रात-भर मंदिर के पिछवाड़े अमरूद के बाग में छिपी बैठी थी। वह जानती थी, आग भैरों ने लगाई है। भैरों ने उस पर जो कलंक लगाया था, उसकी उसे विशेष चिंता न थी, क्योंकि वह जानती थी, किसी को इस पर विश्वास न आएगा। लेकिन मेरे कारण सूदरास का यों सर्वनाश हो जाय, इसका उसे बड़ा दुःख था। वह इस समय उसको तस्कीन देने आयी थी। जगधर को वह भैरों ही का दूसरा अवतार समझती थी। उसने प्रण कर लिया था कि अब भैरों के घर न जाऊँगी, अलग रहूँगी और मेहनत-मजूरी करके जीवन का निर्वाह करूँगी। यहाँ कौन लड़के रो रहे हैं, एक मेरा ही पेट उसे भारी है न? अब अकेले ठोंके और खाय और बुढ़िया के चरण धो-धोकर पीये, मुझसे तो यह नहीं हो सकता। इतने दिन हुए, कभी अपने मन से धेले का सेंदुर भी न दिया होगा, तो मैं उसके लिए क्यों मरूँ?

वह पीछे लौटना ही चाहती थी कि जगधर ने पुकारा—सुभागी, कहाँ जाती है? देखी अपने खसम की करतूत, बेचारे सूरदास को कहीं का न रखा।

सुभागी ने समझा, मुझे झाँसा दे रहा है। मेरे पेट की थाह लेने के लिए यह जाल फेंका हैं व्यंग से बोली—उसके गुरु तो तुम्हीं हो, तुम्हीं ने मंत्र दिया होगा।

जगधर—हाँ, यही मेरा काम है, चोरी-डाका न सिखाऊँ, तो रोटियाँ क्योंकर चलें!

सुभागी ने फिर व्यंग किया—क्यों! रात ताड़ी पीने को नहीं मिली क्या?

जगधर—ताड़ी के बदले क्या अपना ईमान बेच दूँगा? जब तक समझता था, भला आदमी है, साथ बैठता था, हँसता-बोलता था, ताड़ी भी पी लेता था, कुछ ताड़ी के लालच से नहीं जाता था (क्या कहना है, आप ऐसे धर्मात्मा तो हैं!) लेकिन आज से कभी उसके पास बैठते देखा, तो कान पकड़ लेना। जो आदमी दूसरों के घर में आग लगाये, गरीबों के रुपये चुरा ले जाय, वह अगर मेरा बेटा भी हो तो उसकी सूरत न देखूँ। सूरदास ने न जाने कितने जतन से पाँच सौ रुपये बटोरे थे। वह सब उड़ा ले गया। कहता हूँ, लौटा दो, तो लड़ने पर तैयार होता है।

सूरदास—फिर वही रट लगाये जाते हो। कह दिया क़ि मेरे पास रुपये नहीं थे, कहीं और जगह से मार लाया होगा। मेरे पास पाँच सौ रुपये होते, तो चैन की बंसी न बजाता, दूसरों के सामने हाथ क्यों पसारता?

जगधर—सूरे, अगर तुम भरी गंगा में कहो कि मेरे रुपये नहीं है, तो भी मैं न मानूँगा। मैंने अपनी आँखों से वह थैली देखी है। भैरों ने अपने मुँह से कहा है कि यह थैली झोपड़े में धरन के ऊपर मिली। तुम्हारी बात कैसे मान लूँ?

सुभागी—तुमने थैली देखी है?

जगधर—हाँ, देखी नहीं तो क्या झूठ-बोल रहा हूँ?

सुभागी—सूरदास, सच-सच बता दो, रुपये तुम्हारे हैं!

सूरदास—पागल हो गई है क्या? इनकी बातों में आ जाती है! भला मेरे पास रुपये कहाँ से आते?

जगधर—इनसे पूछ, रुपये न थे, तो इस घड़ी राख बटोरकर क्या ढूँढ़ रहे थे?

सुभागी ने सूरदास के चेहरे की तरफ़ अन्वेषण की दृष्टि से देखा। उसकी बीमार की-सी दशा थी, जो अपने प्रियजनों की तस्कीन के लिए अपनी असह्य वेदना को छिपाने का असफल प्रयत्न कर रहा हो। जगधर के निकट आकर बोली—रुपये ज़रूर थे, इसका चेहरा कहे देता है।

जगधर—मैंने थैली अपनी आँखों से देखी है।

सुभागी—अब चाहे वह मुझे मारे या निकाले, पर रहूँगी उसी के घर। कहाँ-कहाँ थैली को छिपाएगा? कभी तो मेरे हाथ लगेगी। मेरे ही कारण इस पर यह बिपत पड़ी है। मैंने ही उजाड़ा है, मैं ही बसाऊँगी। जब तक इसके रुपये न दिला दूँगी, मुझे चैन न आयेगा।

यह कहकर वह सूरदास से बोली—तो अब रहोगे कहाँ?

सूरदास ने यह बात न सुनी। वह सोच रहा था—रुपये मैंने ही तो कमाए थे, क्या फिर नहीं कमा सकता? यही न होगा, जो काम इस साल होता, वह कुछ दिनों के बाद होगा। मेरे रुपये थे ही नहीं, शायद उस जन्म में मैंने भैरों के रुपये चुराये होंगे। यह उसी का दण्ड मिला है। मगर बिचारी सुभागी का अब क्या हाल होगा? भैरों उसे अपने घर में कभी न रखेगा। बिचारी कहाँ मारी-मारी फिरेगी। यह कलंक भी मेरे सिर लगना था। कहीं का न हुआ। धन गया, घर गया, आबरू गई; ज़मीन बच रही है, यह भी न जाने, जायेगी या बचेगी। अन्धापन ही क्या थोड़ी बिपत थी कि नित ही एक-न-एक चपत पड़ती रहती है। जिसके जी में आता है, चार खोटी-खरी सुना देता है।

इस दुःखजनक विचारों से मर्माहत-सा होकर वह रोने लगा। सुभागी जगधर के साथ भैरों के घर की ओर चली जा रही थी और यहाँ सूरदास अकेला बैठा हुआ रो रहा था।

सहसा वह चौंक पड़ा। किसी ओर से आवाज़ आयी—तुम खेल में रोते हो!

मिठुआ घीसू के घर से रोता चला आता था, शायद घीसू ने मारा था। इस पर घीसू उसे चिढ़ा रहा था—खेल में रोते हो!

सूरदास कहाँ तो नैराश्य, ग्लानि, चिन्ता और क्षोभ के अपार जल में गोते खा रहा था, कहाँ यह चेतावनी सुनते ही उसे ऐसा मालूम हुआ, किसी ने उसका हाथ पकड़कर किनारे पर खड़ा कर दिया। वाह! मैं तो खेल में रोता हूँ। कितनी बुरी बात है! लड़के भी खेल में रोना बुरा समझते हैं, रोनेवाले को चिढ़ाते हैं और मैं खेल में रोता हूँ। सच्चे खिलाड़ी कभी रोते नहीं, बाजी-पर-बाजी हारते हैं, चोट-पर-चोट खाते हैं, धक्के-पर-धक्के सहते हैं; पर मैदान में डटे रहते हैं, उनकी त्योरियों पर बल नहीं पड़ते। हिम्मत उनका साथ नहीं छोड़ती, दिल पर मालिन्य के छींटे भी नहीं आते, न किसी से जलते हैं, न चिढ़ते हैं। खेल में रोना कैसा? खेल हँसने के लिए, दिल बहलाने के लिए है, रोने के लिए नहीं।

सूरदास उठ खड़ा हुआ, और विजय-गर्व की तरंग में राख के ढेर को दोनों हाथों से उड़ाने लगा।

आवेग में हम उद्दिष्ट स्थान से आगे निकल जाते हैं। वह संयम कहाँ है, जो शत्रु पर विजय पाने के बाद तलवार को म्यान में कर ले?

एक क्षण में मिठुआ, घीसू और मुहल्ले के बीसों लड़के आकर इस भस्म-स्तूप के चारों ओर जमा हो गए और मारे प्रश्नों के सूरदास के परेशान कर दिया। उसे राख फेंकते देखकर सबों को खेल हाथ आया। राख की वर्षा होने लगी। दम-के-दम में सारी राख बिखर गई, भूमि पर केवल काला निशान रह गया।

मिठुआ ने पूछा—दादा, अब हम रहेंगे कहाँ?

सूरदास—दूसरा घर बनाएँगे।

मिठुआ—और कोई फिर आग लगा दे?

सूरदास—तो फिर बनाएँगे।

मिठुआ—और फिर लगा दे?

सूरदास—तो हम भी फिर बनाएँगे।

मिठुआ—और कोई हज़ार बार लगा दे?

सूरदास—तो हम हज़ार बार बनायेंगे।

बालकों को संख्याओं से विशेष रुचि होती है। मिठुआ ने फिर पूछा—और जो कोई सौ लाख बार लगा दे?

सूरदास ने उसी बालोचित सरलता से उत्तर दिया—तो हम भी सौ लाख बार बनाएंगे।

जब वहाँ राख की चुटकी भी न रही, तो सब लड़के किसी दूसरे खेल की तलाश में दौड़े। दिन अच्छी तरह निकल आया था। सूरदास ने भी लकड़ी सँभाली और सड़क की तरफ़ चला। उधर जगधर यहाँ से नायकराम के पास गया; और यहाँ भी यह वृत्तांत सुनाया। पण्डा ने कहा—मैं भैरों के बाप से रुपये वसूल करूँगा, जाता कहाँ है, उसकी हड्डियों से रुपये निकालकर दम लूँगा, अंधा अपने मुँह से चाहे कुछ कहे या न कहे।

जगधर वहाँ से बजरंगी, दयागिरि, ठाकुरदीन आदि मुहल्ले के सब छोटे-बड़े आदमियों से मिला और यह कथा सुनायी। आवश्यकतानुसार यथार्थ घटना में नमक-मिर्च भी लगाता जाता था। सारा मुहल्ला भैरों का दुश्मन हो गया।

सूरदास तो सड़क के किनारे राहगीरों की जय मना रहा था, यहाँ मुहल्लेवालों ने उसकी झोंपड़ी बसानी शुरू की। किसी ने फूस दिया, किसी ने बाँस दिये, किसी ने धरन दी, कई आदमी झोंपड़ी बनाने में लग गए। जगधर ही इस संगठन का प्रधान मंत्री था। अपने जीवन में शायद ही उसने इतना सदुत्साह दिखाया हो। ईर्ष्या में तम-ही-तम नहीं होता, कुछ सत् भी होता है। संध्या तक झोंपड़ी तैयार हो गई, पहले से कहीं ज़्यादा बड़ी और पायदार। जमुनी ने मिट्टी के दो घड़े और दो-तीन हाँड़ियाँ लाकर रख दीं। एक चूल्हा भी बना दिया। सबने गुट कर रखा था कि सूरदास को झोपड़ी बनने की जरा भी खबर न हो। जब वह शाम को आये, तो घर को देखकर चकित हो जाय और पूछने लगे किसने बनायी, तब सब लोग कहें, आप-ही-आप तैयार हो गई।

12

प्रभु सेवक ताहिरअली के साथ चले, तो पिता पर झल्लाये हुए थे—यह मुझे कोल्हू का बैल बनाना चाहते हैं। आठों पहर तम्बाकू ही के नशे में डूबा पड़ा रहूँ, अधिकारियों की चौखट पर मस्तक रगड़ूँ, हिस्से बेचता फिरूँ, पत्रों में विज्ञापन छपवाऊँ, बस सिगरेट की डिबिया बन जाऊँ। यह मुझसे नहीं हो सकता। मैं धन कमाने की कल नहीं हूँ, मनुष्य हूँ। धन-लिप्सा अभी तक मेरे भावों को कुचल नहीं पायी है। अगर मैं अपनी ईश्वरदत्त रचना-शक्ति से काम न लूँ, तो यह मेरी कृतघ्नता होगी। प्रकृति ने मुझे धनोपार्जन के लिए बनाया ही नहीं; नहीं तो वह मुझे इन भावों से क्यों भूषित करती। कहते तो हैं कि मुझे धन की क्या चिन्ता? थोड़े दिनों का मेहमान हूँ, मानो ये सब तैयारियाँ मेरे लिए हो रही हैं। लेकिन अभी कह दूँ कि आप मेरे लिए कष्ट न उठाइए, मैं जिस दशा में हूँ, उसी में प्रसन्न हूँ, तो कुहराम मच जाय। अच्छी विपत्ति गले पड़ी, जाकर देहातियों पर रोब जमाइए, उन्हें धमकाइए, उनको गालियाँ सुनाइए। क्यों? उन सबों ने कोई नयी बात नहीं की है। कोई उनकी जायदाद पर जबरदस्ती हाथ बढ़ाएगा तो वे लड़ने पर उतारू हो जाएँगे। अपने अस्तित्वों की रक्षा करने का उनके पास और साधन ही क्या है! मेरे मकान पर आज कोई अधिकार करना चाहे, तो मैं कभी चुपचाप न बैठूँगा। धैर्य तो नैराश्य की अंतिम अवस्था का नाम है। जब तक हम निरुपाय नहीं हो जाते, धैर्य की शरण नहीं लेते। इस मियाँजी को भी ज़रा-सी चोट आ गई, तो फ़रियाद लेकर पहुँचे। खुशामदी है, चापलूसी से अपना विश्वास जमाना चाहता है। आपको भी गरीबों पर रोब जमाने की धुन सवार होगी। मिलकर नहीं रहते बनता। पापा की भी यही इच्छा है। खुदा करे, सब-के-सब बिगड़ खड़े हों, गोदाम में आग लगा दें और इस महाशय की ऐसी खबर लें कि यहाँ

से भागते ही बनें। ताहिरअली से सरोष बोले—क्या बात हुई कि सब-के-सब बिगड़ खड़े हुए?

ताहिर—हुज़ूर, बिलकुल बेसबब। मैं तो खुद ही इन सबों से जान बचाता रहता हूँ।

प्रभु सेवक—किसी कार्य के लिए कारण का होना आवश्यक है; पर आज मालूम हुआ कि वह भी दार्शनिक रहस्य है, क्यों?

ताहिर—(बात न समझकर) जी हाँ, और क्या!

प्रभुसेवक—जी हाँ, और क्या के क्या मानी? क्या आप बात भी नहीं समझते, या बहरेपन का रोग है? मैं कहता हूँ, बिना चिनगारी के आग नहीं लग सकती; आप फरमाते हैं, जी हाँ, और क्या। आपने कहाँ तक शिक्षा पायी है?

ताहिर—(कातर स्वर से) हुज़ूर, मिडिल तक तालीम पायी थी, पर बदक़िस्मती से पास न हो सका। मगर जो काम कर सकता हूँ, वह मिडिल पास कर दे, तो जो जुर्माना कहिए, दूँ। बहुत दिनों तक चुंगी में मुंशी रह चुका हूँ।

प्रभु सेवक—तो फिर आपके पाण्डित्य और विद्वता पर किसे शंका हो सकती है! आपके कथन के आधार पर मुझे मान लेना चाहिए कि आप शांत बैठे हुए पुस्तकावलोकन में मग्न थे, या सम्भवतः ईश्वर-भजन में तन्मय हो रहे थे, और विद्रोहियों को एक सशस्त्र दल पहुँचकर आप पर हमले करने लगा।

ताहिर—हुजूर तो खुद ही चल रहे हैं, मैं क्या अर्ज करूँ, तहक़ीक़ात पर लीजिएगा।

प्रभु सेवक—सूर्य को सिद्ध करने के लिए दीपक की ज़रूरत नहीं होती। देहाती लोग प्रायः बड़े शांतिप्रिय होते हैं। जब तक उन्हें भड़काया न जाये, लड़ाई-दंगा नहीं करते। आपकी तरह उन्हें ईश्वर-भजन से रोटियाँ नहीं मिलतीं। सारे दिन सिर खपाते हैं, तब रोटियाँ नसीब होती हैं। आश्चर्य है कि आपके सिर पर जो कुछ गुज़री, उसके कारण भी नहीं बता सकते। इसका आशय इसके सिवा और क्या हो सकता है कि या तो आपको खुदा ने बहुत मोटी बुद्धि दी है, या आप अपना रोब जमाने के लिए लोगों पर अनुचित दबाव डालते हैं।

ताहिर—हुज़ूर, झगड़ा लड़कों से शुरू हुआ। मुहल्ले के कई लड़के मेरे लड़कों को मार रहे थे। मैंने जाकर उन सबों की गोशमाली कर दी। बस, इतनी ज़रा-सी बात पर लोग चढ़ आये।

प्रभु सेवक—धन्य हैं, आपके साथ भगवान् ने उतना अन्याय नहीं किया है, जितना मैं समझता था। आपके लड़कों में और मुहल्ले के लड़कों में मार-पीट हो रही थी। अपने लड़कों के रोने की आवाज़ सुनी और आपका खून उबलने लगा। देहातियों के लड़कों की इतनी हिम्मत कि आपके लड़कों को मारें! खुदा का गजब! आपकी शराफत यह अत्याचार न सह सकी। अपने औचित्य, दूरदर्शिता और सहज बुद्धि को समेटकर ताक पर रख दिया और उन दुस्साहसी लड़कों को मारने दौड़े। तो अगर आप-जैसे सभ्य पुरुष को बाल संग्राम में हस्तक्षेप करते देखकर और लोग भी आपका अनुसरण करें, तो आपको शिकायत न होनी चाहिए। आपको दुनिया में इतने दिनों तक रहने के बाद यह अनुभव हो जाना चाहिए था कि लड़कों के बीच में बूढ़ों को न पड़ना चाहिए। इसका नतीजा बुरा होता है। अगर आप इस अनुभव से वंचित थे, तो आपको इस पाठ के लिए प्रसन्न होना चाहिए, जिससे आपको एक परमावश्यक और महत्त्वपूर्ण ज्ञान प्राप्त हुआ। इसके लिए फरियाद करने की जरूरत न थी।

फ़िटन उड़ी जाती थी और उसके साथ ताहिरअली के होश भी उड़े जाते थे—मैं समझता था, इन हज़रत में ज़्यादा इंसानियत होगी; पर देखता हूँ तो यह अपने बाप से भी दो अंगुल ऊँचे हैं। न हारी मानते हैं, न जीती। ये ताने बर्दाश्त नहीं हो सकते। कुछ मुफ्त में तनख्वाह नहीं देते। काम करता हूँ; मजदूरी लेता हूँ। तानों-ही-तानों में मुझे कमीना, अहमक, जाहिल, सब कुछ बना डाला। अभी उम्र में मुझसे कितने छोटे हैं! माहिर से दो-चार साल बड़े होंगे; मगर मुझे इस तरह आड़े हाथों ले रहे हैं, गोया मैं नादान बच्चा हूँ! दौलत ज़्यादा होने से अक्ल भी ज़्यादा हो जाती है। चैन से जिन्दगी बसर होती है, जभी ये बातें सूझ रही हैं। रोटियों के लिए ठोकरें खानी पड़तीं, तो मालूम होता, तजुर्बा क्या चीज है? आप कोई बात एतराज के लायक देखें, तो उसे समझाने का हक है, इसकी मुझे शिकायत नहीं; पर जो कुछ कहो, नरमी और हमदर्दी के साथ। यह नहीं कि जहर उगलने लगो, कलेजे को चलनी बना डालो।

ये बातें हो रही थीं कि पाँड़ेपुर आ पहुँचा। सूरदास आज बहुत प्रसन्नचित्त नज़र आता था। और दिन सवारियों के निकल जाने के बाद दौड़ता था। आज

आगे ही से उनका स्वागत किया, फ़िटन देखते ही दौड़ा। प्रभु सेवक ने फ़िटन रोक दी और कर्कश स्वर में बोले—क्यों सूरदास, माँगते हो भीख, बनते हो साधु और काम करते हो बदमाशों का? मुझसे फ़ौजदारी करने का हौसला हुआ है?

सूरदास—कैसी फ़ौजदारी हुजूर? मैं अंधा-अपाहिज आदमी भला क्या फ़ौजदारी करूँगा।

प्रभु सेवक—तुम्हीं ने तो मुहल्लेवालों को साथ लेकर मेरे मुंशीजी पर हमला किया था और गोदाम में आग लगाने को तैयार थे?

सूरदास—सरकार, भगवान से कहता हूँ, मैं नहीं था। आप लोगों का माँगता हूँ, जान-माल का कल्यान मनाता हूँ, मैं क्या फौजदारी करूँगा?

प्रभु सेवक—क्यों मुंशीजी, यही अगुआ था न?

ताहिर—नहीं हुज़ूर, इशारा इसी का था, पर यह वहाँ न था।

प्रभु सेवक—मैं इन चालों को खूब समझता हूँ। तुम जानते होंगे, इन धमकियों से लोग डर जायेंगे, मगर एक-एक से चक्की न पिसवायी, तो कहना कि कोई कहता था। साहब को तुमने क्या समझा है! अगर हाकिमों से झूठ भी कह दें, तो सारा मुहल्ला बंध जाय। मैं तुम्हें जताये देता हूँ।

फ़िटन आगे बढ़ी, तो जगधर मिला। खोंचा हथेली पर रखे, एक हाथ से मक्खियाँ उड़ाता चला जाता था। प्रभु सेवक को देखते ही सलाम करके खड़ा हो गया। प्रभु सेवक ने पूछा—तुम भी कल फ़ौजदारी करनेवालों में थे?

जगधर—सरकार, मैं टके का आदमी क्या खा के फ़ौजदारी करूँगा, और बिचारे सूरदास की क्या मजाल है कि सरकार के सामने अकड़ दिखाये। अपनी ही बिपत में पड़ा हुआ है। किसी ने रात को बिचारे की झोंपड़ी में आग लगा दी। बरतन-भाँडा सब जल गया। न जाने किस-किस जतन से कुछ रुपये जुटाये थे; वे भी लुट गए। गरीब ने सारी रात रो-रोकर काटी है। आज हम लोगों ने उसका झोपड़ा बनाया है। अभी छुट्टी मिली है, तो खोंचा लेकर निकला हूँ। हुकुम हो, तो कुछ खिलाऊँ। कचालू खूब चटपटे हैं।

प्रभु सेवक का जी ललचा गया। खोंचा उतारने को कहा और कचालू, दही-बड़े, फुलौड़ियाँ खाने लगे। भूख लगी हुई थी। ये चीज़ें बहुत प्रिय लगीं। कहा—सूरदास ने तो यह बात मुझसे नहीं कही?

जगधर—वह कभी न कहेगा। कोई गला भी काट ले, तो शिकायत न करेगा।

प्रभु सेवक–तब तो वास्तव में कोई महापुरूष है। कुछ पता न चला, किसने झोंपड़े में आग लगाई थी

जगधर–सब मालूम हो गया, हुजूर, पर किया क्या जाये। कितना कहा गया कि थाने में रपट कर दे, मुदा कहता है, कौन किसी को फँसाये! जो कुछ भाग में लिखा था, वह हुआ। हुजूर, सारी करतूत भैरों ताड़ीवाले की है।

प्रभु सेवक–कैसे मालूम हुआ? किसी ने उसे आग लगाते देखा?

जगधर–हुजूर! वह खुद मुझसे कह रहा था। रुपयों की थैली लाकर दिखायी। इससे बढ़कर और क्या सबूत होगा?

प्रभु सेवक–भैरों के मुँह पर कहोगे?

जगधर–नहीं सरकार, खून हो जाएगा।

सहसा भैरों सिर पर ताड़ी का घड़ा रखे आता हुआ दिखायी दिया। जगधर ने तुरंत खोंचा उठाया, बिना पैसे लिए क़दम बढ़ाता हुआ दूसरी तरफ़ चल दिया। भैरों ने समीप आकर सलाम किया। प्रभु सेवक ने आँखें दिखाकर पूछा–तू ही भैरों ताड़ीवाला है न?

भैरों–(काँपते हुए) हाँ हुज़ूर, मेरा ही नाम भैरों है।

प्रभु सेवक–तू यहाँ लोगों के घरों में आग लगाता फिरता है?

भैरों–हुजूर, जवानी की क़सम खाता हूँ, किसी ने हुज़ूर से झूठ कह दिया है।

प्रभु सेवक–तू कल मेरे गोदाम पर फौजदारी करने में शरीक था?

भैरों–हुजूर का ताबेदार हूँ, आपसे फ़ौजदारी करूँगा। मुंशीजी से पूछिए, झूठ कहता हूँ या सच। सरकार, न जाने क्यों सारा मुहल्ला मुझसे दुश्मनी करता है। अपने घर में एक रोटी खाता हूँ, वह भी लोगों से नहीं देखा जाता। यह जो अंधा है, हुजूर; एक ही बदमास है। दूसरों की बहू-बेटियों पर बुरी निगाह रखता है। माँग-माँगकर रुपये जोड़ लिए हैं, लेन-देन करता है। सारा मुहल्ला उसके कहने में है। उसी के चेले बजरंगी ने फौजदारी की है, मालमस्त है, गाय-भैंसे हैं, पानी मिला-मिलाकर दूध बेचता है। उसके सिवा किसका गुरदा है कि हुजूर से फौजदारी करे।

प्रभु सेवक–अच्छा! इस अंधे के पास रुपये भी हैं?

भैरों–हुजूर, बिना रुपये के इतनी गरमी और कैसे होगी! जब पेट भरता है, तभी तो बहू-बेटियों पर निगाह डालने की सूझती है।

प्रभु सेवक—बेकार क्या बकता है, अंधा आदमी क्या बुरी निगाह डालेगा? मैंने तो सुना है, वह बहुत सीधा-सादा आदमी है।

भैरों—आपका कुत्ता आप को थोड़े ही काटता है, आप तो उसकी पीठ सहलाते हैं; पर जिन्हें काटने दौड़ता है, वे तो उसे इतना सीधा न समझेंगे।

इतने में भैरों की दूकान आ गई। ग्राहक उसकी राह देख रहे थे। वह अपनी दूकान में चला गया। तब प्रभु सेवक ने ताहिरअली से कहा—आप कहते हैं, सारा मुहल्ला मुझे मिलकर मारने आया था। मुझे इस पर विश्वास नहीं आता। जहाँ लोगों में इतना बैर-विरोध है, वहाँ इतनी एकता होना असम्भव है। दो आदमी दोनों एक दूसरे के दुश्मन। अगर आपकी जगह कोई दूसरा होता, तो इस वैमनस्य से मनमाना फायदा उठाता। उन्हें आपस में लड़ाकर दूर से तमाशा देखता, मुझे तो इन आदमियों पर क्रोध के बदले दया आती है।

बजरंगी का घर मिला। तीसरा पहर हो गया था। वह भैसों की नाँद में पानी डाल रहा था। फ़िटन पर ताहिरअली के साथ प्रभु सेवक को बैठे देखा तो समझ गया—मियाँजी अपने मालिक को लेकर रोब जमाने आये हैं। जानते हैं, इस तरह मैं दब जाऊँगा। साहब अमीर होंगे, पर अपने घर के होंगे। मुझे कायल कर दें तो अभी जो जुरमाना लगा दें, वह देने को तैयार हूँ; लेकिन जब मेरा कोई कसूर नहीं, कसूर सोलहों आने मियाँ ही का है, तो मैं क्यों दबूँ? न्याय से दबा लें, पद से दबा लें, भबकी से दबनेवाले कोई और होंगे।

ताहिरअली ने इशारा किया—यही बजरंगी है। प्रभु सेवक ने बनावटी क्रोध धारण करके कहा—क्यों बे, कल के हंगामे में तू भी शरीक था?

बजरंगी—शरीक किसके साथ था? मैं अकेला था।

प्रभु सेवक—तेरे साथ सूरदास और मुहल्ले के और लोग न थे; झूठ बोलता है!

बजरंगी—झूठ नहीं बोलता, किसी का दबैल नहीं हूँ। मेरे साथ न सूरदास था और न मोहल्ले का कोई दूसरा आदमी। मैं अकेला था।

घीसू ने हाँक लगाई—पादड़ी! पादड़ी।

मिठुआ बोला—पादड़ी आया, पादड़ी आया।

दोनों अपने हमजोलियों को यह आनंद-समाचार सुनाने दौड़े, पादड़ी गाएगा, तसवीरें दिखाएगा। किताबें देगा, मिठाइयाँ और पैसे बाँटेगा—लड़कों ने

सुना, तो वे भी इस लूट का माल बँटाने दौड़े। एक क्षण में वहाँ बीसों बालक जमा हो गए। शहर के दूरवर्ती मोहल्लों में अंग्रेजी वस्त्रधारी पुरुष पादरी का पर्याय है। नायकराम भंग पीकर बैठे थे, पादड़ी का नाम सुनते ही उठे, उनकी बेसुरी तानों में उन्हें विशेष आनन्द मिलता था। ठाकुरदीन ने भी दूकान छोड़ दी, उन्हें पादड़ियों से धार्मिक वाद-विवाद करने की लत थी। अपना धर्मज्ञान प्रकट करने के ऐसे सुन्दर अवसर पाकर न छोड़ते थे। दयागिरि भी आ पहुँचे। पर जब लोग पहुँचे, तो भेद फिटन के पास खुला। प्रभु सेवक बजरंगी से कह रहे थे—तुम्हारी शामत न आये, नहीं तो साहब तुम्हें तबाह कर देंगे। किसी काम के न रहोगे। तुम्हारी इतनी मजाल!

बजरंगी इसका जवाब देना ही चाहता था कि नायकराम ने आगे बढ़कर कहा—उस पर आप क्यों बिगड़ते हैं, फौजदारी मैंने की है, जो कहना हो, मुझसे कहिए।

प्रभु सेवक ने विस्मित होकर पूछा—तुम्हारा क्या नाम है?

नायकराम को कुछ तो राजा महेन्द्रकुमार के आश्वासन और कुछ विजया की तरंग और कुछ अपनी शक्ति के ज्ञान ने उच्छृंखल बना दिया था। लाठी सीधी करता हुआ बोला—लट्ठमार पाँड़े!

इस जवाब में हेकड़ी की जगह हास्य का आधिक्य था। प्रभु सेवक का बनावटी क्रोध हवा हो गया। हँसकर बोले—तब तो यहाँ ठहरने में कुशल नहीं है, कहीं बिल खोदना चाहिए।

नायकराम अक्खड़ आदमी था। प्रभु सेवक के मनोभाव न समझ सका। भ्रम हुआ—यह मेरी हँसी उड़ा रहे हैं, मानो कह रहे हैं कि तुम्हारी बकवास से क्या होता है, हम ज़मीन लेंगे और ज़रूर लेंगे। तिनककर बोला—आप हँसते क्या हैं, क्या समझ रखा है कि अंधे की ज़मीन सहज ही में मिल जायेगी? इस धोखे में न रहिएगा।

प्रभु सेवक को अब क्रोध आया। पहले उन्होंने समझा था, नायकराम दिल्लगी कर रहा है। अब मालूम हुआ कि वह सचमुच लड़ने पर तैयार है। बोले—इस धोखे में नहीं हूँ। कठिनाइयों को खूब जानता हूँ। अब तक भरोसा था कि समझौते से सारी बातें तय हो जायेंगी, इसीलिए आया था। लेकिन तुम्हारी इच्छा कुछ और हो, तो वही सही। अब तक मैं तुम्हें निर्बल समझता

था, और निर्बलों पर अपनी शक्ति का प्रयोग न करना चाहता था। पर आज जाना कि तुम हेकड़ हो, अपने बल का घमण्ड है। इसलिए अब हम तुम्हें भी अपने हाथ दिखाएँ, तो कोई अन्याय नहीं है।

इन शब्दों में नेकनीयती झलक रही थी। ठाकुरदीन ने कहा—हुजूर, पण्डाजी की बातों का खियाल न करें। इनकी आदत ही ऐसी है, जो कुछ मुँह में आया, बक डालते हैं। हम लोग आपके ताबेदार हैं।

नायकराम—आप दूसरों के बल पर कूदते होंगे, यहाँ अपने हाथों के बल का भरोसा करते हैं। आप लोगों के दिल में जो अरमान हों, निकाल डालिए। फिर न कहना कि धोखे से वार किया (धीरे से) एक ही हाथ में सारी किरस्तानी निकल जायेगी।

प्रभु सेवक—क्या कहा, ज़रा ज़ोर से क्यों नहीं कहते?

नायकराम—(कुछ डरकर) कह तो रहा हूँ, जो अरमान हो, निकाल डालिए।

प्रभु सेवक—नहीं, तुमने कुछ और कहा है।

नायकराम—जो कुछ कहा है, वही फिर कह रहा हूँ। किसी का डर नहीं है।

प्रभु सेवक—तुमने गाली दी है।

यह कहते हुए प्रभु सेवक फ़िटन से नीचे उतर पड़े, नेत्रों से ज्वाला-सी निकलने लगी, नथने फड़कने लगे, सारा शरीर थरथराने लगा, एड़ियाँ ऐसी उछल रही थीं मानो किसी उबलती हुई हाँड़ी का ढकना है। आकृति विकृत हो गई थी। उनके हाथ में केवल एक पतली-सी छड़ी थी। फ़िटन से उतरते ही वह झपट कर नायकराम के कल्ले पर पहुँच गए, उसके हाथ से लाठी छीनकर फेंक दी; और ताबड़तोड़ कई बेंत लगाए। नायकराम दोनों हाथों से वार रोकता पीछे हटता जाता था। ऐसा जान पड़ता था कि वह अपने होश में नहीं है। वह यह जानता था कि भद्र पुरुष मार खाकर चाहे चुप रह जायें, गाली नहीं सह सकते। कुछ तो पश्चात्ताप, कुछ आघात की अविलंबिता और कुछ परिणाम के भय से उसे वार करने का अवकाश ही न दिया। इन अविरल प्रहारों से वह चौंधिया-सा गया। इसमें कोई सन्देह नहीं कि प्रभु सेवक उसके जोड़ के न थे; किन्तु उसमें वह उत्साहस, वह न्याय-पक्ष का विश्वास था जो संख्या और शस्त्र तथा बल की परवाह नहीं करता।

और लोग भी हतबुद्धि-से खड़े रहे; किसी ने बीच-बचाव तक न किया। बजरंगी नायकराम के पसीने की जगह खून बहानेवालों में था। दोनों साथ खेले और एक ही अखाड़े में लड़े थे। ठाकुरदीन और कुछ न कर सकता था; किन्तु दोनों-के-दोनों गुमसुम से ताकते रहे। यह सब कुछ पल मारने में हो गया। प्रभु सेवक अभी तक बेंत चलाते ही जाते थे। जब छड़ी से कोई असर न होते देखा, तो ठोकर चलानी शुरू की। यह चोट कारगर हुई। दो-ही-तीन ठोकरें पड़ी थीं कि नायकराम जाँघ में चोट खाकर गिर पड़ा। उसके गिरते ही बजरंगी ने दौड़कर प्रभु सेवक को हटा दिया और बोले—बस साहब, बस! अब इसी में कुशल है कि आप चले जाइए, नहीं तो खून हो जाएगा।

प्रभु सेवक—हमको कोई चरकटा समझ लिया है बदमाश, खून पी जाऊँगा, गाली देता है!

बजरंगी—बस, अब बहुत न बढ़िए, यह उसी गाली का फल है कि आप यों खड़े हैं; नहीं तो अब तक न जाने क्या हो गया होता।

प्रभु सेवक क्रोधोन्माद से निकलकर विचार के क्षेत्र में पहुँच चुके थे। आकर फ़िटन पर बैठ गए और घोड़े को चाबुक मारा, घोड़ा हवा हो गया।

बजरंगी ने जाकर नायकराम को उठाया। घुटनों में बहुत चोट आयी थी, खड़ा न हुआ जाता था। मालूम होता था, हड्डी टूट गई है। बजरंगी का कंधा पकड़कर धीरे-धीरे लँगड़ाते हुए घर चले।

ठाकुरदीन ने कहा—नायकराम, भला या बुरा, भूल तुम्हारी थी। ये लोग गाली नहीं बर्दाश्त कर सकते।

नायकराम—अरे, तो मैंने गाली कब दी थी भाई, मैंने तो यही कहा था कि एक ही हाथ में किरस्तानी निकल जायेगी। बस, इसी पर बिगड़ गया।

जमुनी अपने द्वार पर खड़े-खड़े यह तमाशा देख रही थी। आकर बजरंगी को कोसने लगी—खड़े मुँह ताकते रहे, और वह लौंडा मार-पीटकर चला गया, सारी पहलवानी धरी रह गई।

बजरंगी—मैं तो जैसे घबरा गया।

जमुनी—चुप भी रहो। लाज नहीं आती। एक लौंडा आकर सबको पछाड़ गया। यह तुम लोगों के घमण्ड की सजा है।

ठाकुरदीन—बहुत सच कहती हो जमुनी, यह कौतुक देखकर यही कहना पड़ता है कि भगवान को हमारे गरूर की सजा देनी थी, नहीं तो क्या ऐसे-ऐसे जोधा कठपुतलियों की भाँति खड़े रहते। भगवान किसी का घमण्ड नहीं रखते।

नायकराम—यही बात होगी भाई, मैं अपने घमंड में किसी को कुछ न समझता था।

ये बातें करते हुए लोग नायकराम के घर आये। किसी ने आग बनायी, कोई हल्दी पीसने लगा। थोड़ी देर में मुहल्ले के और लोग आकर जमा हो गए। सबको आश्चर्य होता था कि नायकराम-जैसा फेकैत और लठैत कैसे मुँह की खा गया। कहाँ सैकड़ों के बीच से बेदाग निकल जाता था, कहाँ एक लौंडे ने लथेड़ डाला। भगवान की मरजी।

जगधर हल्दी का लेप करता हुआ बोला—यह सारी आग भैरों की लगायी हुई है। उसने रास्ते ही में साहब के कान भर दिए थे। मैंने तो देखा, उसकी जेब में पिस्तौल भी था।

नायकराम—पिस्तौल और बंदूक बस देखूँगा, अब तो लाग पड़ गई।

ठाकुरदीन—कोई अनुष्ठान करवा दिया जाय।

नायकराम—इसे बीच बाजार में फिटन रोककर मारूँगा, फिर कहीं मुँह दिखाने लायक न रहेगा। अब मन में यही ठन गई है।

सहसा भैरों आकर खड़ा हो गया। नायकराम ने ताना दिया—तुम्हें तो खुशी हुई होगी!

भैरों—क्यों भैया?

नायकराम—मुझ पर मार न पड़ी है!

भैरों—क्या मैं तुम्हारा दुसमन हूँ भैया? मैंने तो अभी दूकान पर सुना। होस उड़ गए। साहब देखने में तो बहुत सीधा-सादा मालूम होता था। मुझसे हँस-हँसकर बातें कीं, यहाँ आकर न जाने कौन भूत उस पर सवार हो गया।

नायकराम—उसका भूत मैं उतार दूँगा, अच्छी तरह उतार दूँगा, ज़रा खड़ा तो होने दो। हाँ, जो कुछ राय हो, उसकी खबर वहाँ न होने पाए, नहीं तो चौकन्ना हो जायेगा।

बजरंगी—यहाँ हमारा ऐसा कौन बैरी बैठा हुआ है?

जगधर—यह न कहो, घर का भेदी लंका दाहे। कौन जाने, कोई आदमी साबासी लूटने के लिए, इनाम लेने के लिए, सुर्खरू बनने के लिए, वहाँ सारी बातें लगा आये!

भैरों—मुझी पर शक कर रहे हो न? तो मैं इतना नीच नहीं हूँ कि घर का भेद दूसरों में खोलता फिरूँ। इस तरह चार आदमी एक जगह रहते हैं, तो आपस में खटपट होती ही है; लेकिन इतना कमीना नहीं हूँ कि भभीखन की भाँति अपने भाई के घर में आग लगवा दूँ। क्या इतना नहीं जानता कि मरने-जीने में, बिपत-सम्पत में मुहल्ले के लोग ही काम आते हें? कभी किसी के साथ विश्वासघात किया है? पण्डाजी कह दें, कभी उनकी बात दुलखी है? उनकी आड़ न होती, तो पुलिस ने अब तक मुझे कब का लदवा दिया होता, नहीं तो रजिस्टर में नाम तक नहीं है।

नायकराम—भैरों, तुमने अवसर पड़ने पर कभी साथ नहीं छोड़ा, इतना तो मानना पड़ेगा।

भैरों—पण्डाजी, तुम्हारा हुक्म हो, तो आग में कूद पड़ूँ।

इतने में सूरदास भी आ पहुँचा। सोचता आता था—आज कहाँ खाना बनाऊँगा, इसकी क्या चिन्ता है; बस, नीम के पेड़ के नीचे बाटियाँ लगाऊँगा। गरमी के तो दिन हैं, कौन पानी बरस रहा है। ज्यों ही बजरंगी के द्वार पर पहुँचा कि जमुनी ने आज का सारा वृत्तांत कह सुनाया। होश उड़ गए। उपले-ईंधन की सुधि न रही। सीधे नायकराम के यहाँ पहुँचा। बजरंगी ने कहा—आओ सूरे, बड़ी देर लगायी, क्या अभी चले आते हो? आज तो यहाँ बड़ा गोलमाल हो गया।

सूरदास—हाँ, जमुनी ने मुझसे कहा। मैं तो सुनते ही ठक रह गया।

बजरंगी—होनी थी, और क्या। है तो लौंडा, पर हिम्मत का पक्का है। जब तक हम लोग हाँ-हाँ करें, तब तक फ़िटन से कूद ही तो पड़ा और लगा हाथ-पर-हाथ चलाने।

सूरदास—तुम लोगों ने पकड़ भी न लिया?

बजरंगी—सुनते तो हो, जब तक दौड़े, तक तक तो उसने हाथ चला ही दिया।

सूरदास—बड़े आदमी गाली सुनकर आपे से बाहर हो जाते हैं।

जगधर—जब बीच बाजार में बेभाव पड़ेगी, तब रोएँगे। अभी तो फूले न समाते होंगे।

बजरंगी—जब चौक में निकले, तो गाड़ी रोककर जूतों से मारें।

सूरदास—अरे, अब जो हो गया, सो हो गया, उसकी आबरू बिगाड़ने से क्या मिलेगा?

नायकराम—तो क्या यों ही छोड़ दूँगा! एक-एक बेंत के बदले अगर सौ-सौ जूते न लगाऊँ तो मेरा नाम नायकराम नहीं। यह चोट मेरे बदन पर नहीं, मेरे कलेजे पर लगी है। बड़ों-बड़ों का सिर नीचा कर चुका हूँ, इन्हें मिटाते क्या देर लगती है। (चुटकी बजाकर) इस तरह उड़ा दूँगा।

सूरदास—बैर बढ़ाने से कुछ फ़ायदा न होगा। तुम्हारा तो कुछ न बिगड़ेगा, लेकिन मुहल्ले के सब आदमी बँध जायेंगे।

नायकराम—कैसी पागलों की-सी बातें करते हो। मैं कोई धुनिया-चमार हूँ कि इतनी बेइज्जती कराके चुप हो जाऊँ। तुम लोग सूरदास को कायल क्यों नहीं करते जी? क्या चुप होके बैठ रहूँ? बोलो बजरंगी, तुम लोग भी डर रहे हो कि वह किरस्तान सारे मुहल्ले को पीसकर पी जायेगा?

बजरंगी—औरों की तो मैं नहीं कहता, लेकिन मेरा बस चले, तो उसके हाथ-पैर तोड़ दूँ, चाहे जेहल ही क्यों न काटना पड़े। यह तुम्हारी बेइज्जती नहीं है, मुहल्ले भर के मुँह में कालिख लग गई है।

भैरों—तुमने मेरे मुँह से बात छीन ली। क्या कहूँ, उस वक़्त मैं न था, नहीं तो हड्डी तोड़ डालता।

जगधर—पण्डाजी, मुँह-देखी नहीं कहता, तुम चाहे दूसरों के कहने-सुनने में आ जाओ, लेकिन मैं बिना उसकी मरम्मत किये न मानूँगा।

इस पर कई आदमियों ने कहा—मुखिया की इज्जत गई, तो सबकी गई। वही तो किरस्तान हैं, जो गली-गली ईसामसीह के गीत गाते फिरते हैं। डोमड़ा, चमार, जो गिरजा में जाकर खाना खा ले, वही किरस्तान हो जाता है। वही बाद में कोट-पतलून पहनकर साहब बन जाते हैं।

ठाकुरदीन—मेरी तो सलाह यही है कि कोई अनुष्ठान कर दिया जाय।

नायकराम—अब बताओ सूरे, तुम्हारी बात मानूँ या इतने आदमियों की? तुम्हें यह डर होगा कि कहीं मेरी ज़मीन पर आँच न आ जाये, तो इससे तुम निश्चिंत रहो। राजा साहब ने जो बात कह दी, उसे पत्थर की लकीर समझो। साहब सिर रगड़कर मर जाएँ, तो भी जमीन अब नहीं पा सकते।

सूरदास—जमीन की मुझे चिंता नहीं हैं। मरूँगा, तो सिर पर लाद ही ले जाऊँगा। पर अंत में यह सारा पाप मेरे ही सिर पड़ेगा। मैं ही तो इस सारे तूफान की जड़ हूँ, मेरे ही कारण तो यह रगड़-रगड़ मची हुई है, नहीं तो साहब को तुमसे कौन दुश्मनी थी।

नायकराम—यारों, सूरे को समझाओ।

जगधर—सूरे, सोचो, हम लोगों की कितनी बेआबरुई है।

सूरदास—आबरू को बनाने-बिगाड़ने वाला आदमी नहीं है, भगवान् है। उन्हीं की निगाह में आबरू बनी रहनी चाहिए। आदमियों की निगाह में आबरू की परख कहाँ है। जब सूद खानेवाला बनिया, घूस लेनेवाला हाकिम और झूठ बोलने वाला गवाह बेआबरू नहीं समझा जाता, लोग उसका आदर-मान करते हैं, तो यहाँ सच्ची आबरू की कदर करनेवाला कोई है ही नहीं।

बजरंगी—तुमसे कुछ मतलब नहीं, हम लोग जो चाहेंगे, करेंगे।

सूरदास—अगर मेरी बात न मानोगे, तो मैं जाके साहब से सारा माजरा कह सुनाऊँगा।

नायकराम—अगर तुमने उधर पैर रखा, तो याद रखना, वहीं खोदकर गाड़ दूँगा। तुम्हें अन्धा-अपाहिज समझकर तुम्हारी मुरौवत करता हूँ, नहीं तो तुम हो किस खेत की मूली! क्या तुम्हारे कहने से अपनी इज्जत गँवा दूँ, बाप-दादों के मुँह में कालिख लगवा दूँ। बड़े आये हो वहाँ से ज्ञानी बनके। तुम भीख माँगते हो, तुम्हें अपनी इज्जत की फिकिर न हो, यहाँ तो आज तक पीठ में धूल नहीं लगी।

सूरदास ने इसका कुछ जवाब न दिया। चुपके से उठा और मंदिर के चबूतरे पर जाकर लेट गया। मिठुआ प्रसाद के इंतज़ार में वहीं बैठा हुआ था। उसे पैसे निकालकर दिये कि सत्तू-गुड़ खा ले। मिठुआ खुश होकर बनिए की दूकान की ओर दौड़ा। बच्चों को सत्तू और चबेना रोटियों से अधिक प्रिय होता है।

सूरदास के चले जाने के बाद कुछ देर तक लोग सन्नाटे में बैठे रहे। उसके विरोध ने उन्हें संशय में डाल दिया था। उसकी स्पष्टवादिता से सब लोग डरते थे। यह भी मालूम था कि वह जो कुछ कहता है, उसे पूरा कर दिखाता है। इसलिए आवश्यक था कि पहले सूरदास से निबट लिया जाय।

उसे कायल करना मुश्किल था। धमकी से भी कोई काम न निकल सकता था। नायकराम ने उस पर लगे हुए कलंक का समर्थन करके उसे परास्त करने का निश्चय किया। बोला—मालूम होता है, उन लोगों ने अंधे को फोड़ लिया है।

भैरों—मुझे भी यही सन्देह होता है।

जगधर—सूरदास फूटनेवाला आदमी नहीं है।

बजरंगी—कभी नहीं।

ठाकुरदीन—ऐसा स्वभाव तो नहीं है, पर कौन जाने। किसी की नहीं चलायी जाती। मेरे ही घर चोरी हुई, तो क्या बाहर के चोर थे? पड़ोसियों की करतूत थी। पूरे एक हज़ार का माल उठ गया। और वहीं के लोग, जिन्होंने माल उड़ाया अब तक मेरे मित्र बने हुए हैं। आदमी का मन छिन-भर में क्या से क्या हो जाता है!

नायकराम—शायद ज़मीन का मामला करने पर राज़ी हो गया हो; पर साहब ने इधर आँख उठाकर भी देखा, तो बँगले में आग लगा दूँगा। (मुस्कुराकर) भैरों मेरी मदद करेंगे ही।

भैरों—पण्डाजी, तुम लोग मेरे ऊपर सुभा करते हो, पर मैं जवानी की क़सम खाता हूँ, जो उसके झोंपड़े के पास भी गया होऊँ। जगधर मेरे यहाँ आते-जाते हैं, इन्हीं से ईमान से पूछिए।

नायकराम—जो आदमी किसी की बहू-बेटी पर बुरी निगाह करे, उसके घर में आग लगाना बुरा नहीं। मुझे पहले तो विश्वास नहीं आता था; पर आज उसके मिजाज का रंग बदला हुआ है।

बजरंगी—पण्डाजी, सूर को तुम आज 30 बरसों से देख रहे हो। ऐसी बात न कहो।

जगधर—सूरे में और चाहे जितनी बुराइयाँ हों, यह बुराई नहीं है।

भैरों—मुझे ऐसा जान पड़ता है कि हमने हक-नाहक उस पर कलंक लगाया। सुभागी आज सबेरे आकर मेरे पैरों पर गिर पड़ी और तब से घर से बाहर नहीं निकली। सारे दिन अम्माँ की सेवा-टहल करती रही।

यहाँ तो ये बातें होती रहीं कि प्रभु सेवक का सत्कार क्योंकर किया जायेगा। उसी के कार्यक्रम का निश्चय होता रहा। उधर प्रभु सेवक घर चले, तो आज के कृत्य पर उन्हें वह संतोष न था, जो सत्कार्य का सबसे बड़ा इनाम है। इसमें संदेह नहीं कि उनकी आत्मा शांत थी।

कोई भला आदमी अपशब्दों को सहन नहीं कर सकता और न करना ही चाहिए। अगर कोई गालियाँ खाकर चुप रहे, तो इसका अर्थ यही है कि वह पुरुषार्थहीन है, उसमें आत्माभिमान नहीं। गालियाँ खाकर भी जिसके खून में जोश न आये, वह जड़ है, पशु है, मृतक है।

प्रभु सेवक को खेद यह था कि मैंने यह नौबत आने ही क्यों दी। मुझे उनसे मैत्री करनी चाहिए थी। उन लोगों को ताहिरअली के गले मिलाना चाहिए था; पर यह समय-सेवा किससे सीखूँ? उँह! ये चालें वह चले, जिसे फैलने की अभिलाषा हो, यहाँ तो सिमटकर रहना चाहते हैं। पापा सुनते ही झल्ला उठेंगे। सारा इलजाम मेरे सिर मढ़ेंगे। मैं बुद्धिहीन, विचारहीन, अनुभवहीन प्राणी हूँ। अवश्य हूँ, जिसे संसार में रहकर सांसारिकता का ज्ञान न हो, वह मन्दबुद्धि है। पापा बिगड़ेंगे, मैं शांत भाव से उनका क्रोध सह लूँगा। अगर वह मुझसे निराश होकर यह कारखाना खोलने का विचार त्याग दें, तो मुँह माँगी मुराद पा जाऊँ।

किन्तु प्रभु सेवक को कितना आश्चर्य हुआ, जब सारा वृत्तांत सुनकर भी जॉन सेवक के मुख पर क्रोध का कोई लक्षण न दिखायी दिया; यह मौन व्यंग्य और तिरस्कार से कहीं ज़्यादा दुस्सह था। प्रभु सेवक चाहते थे कि पापा मेरी खूब तम्बीह करें, जिसमें मुझे अपनी सफाई देने का अवसर मिले, मैं सिद्ध कर दूँ कि इस घटना का ज़िम्मेदार मैं नहीं हूँ। मेरी जगह कोई दूसरा आदमी होता, तो उसके सिर भी यही विपत्ति पड़ती। उन्होंने दो-एक बार पिता के क्रोध को उकसाने की चेष्टा की; किन्तु जॉन सेवक ने केवल एक बार उन्हें तीव्र दृष्टि से देखा, और उठकर चले गए। किसी कवि की यशेच्छा श्रोताओं के मौन पर इतनी मर्माहत न हुई होगी।

मिस्टर जॉन सेवक छलके हुए दूध पर आँसू न बहाते थे। प्रभु सेवक के कार्य की तीव्र आलोचना करना व्यर्थ था। वह जानते थे कि इसमें आत्मसम्मान कूट-कूटकर भरा हुआ है। उन्होंने स्वयं इस भाव का पोषण किया था। सोचने लगे—इस गुत्थी को कैसे सुलझाऊँ? नायकराम मुहल्ले का मुखिया है। सारा मुहल्ला इसके इशारों का गुलाम है। सूरदास तो केवल स्वर भरने के लिए है। और नायकराम मुखिया ही नहीं, शहर का मशहूर गुंडा भी है। बड़ी कुशल हुई कि प्रभु सेवक वहाँ से जीता-जागता लौट आया। राजा साहब बड़ी मुश्किलों

से सीधे हुए थे! नायकराम उनके पास ज़रूर फरियाद करेगा, अबकी हमारी ज्यादती साबित होगी। राजा साहब को पूँजीवालों से यों ही चिढ़ है, यह कथा सुनते ही जामे से बाहर हो जाएंगे। फिर किसी तरह उनका मुँह सीधा न होगा। सारी रात जॉन सेवक इसी उधेड़बुन में पड़े रहे। एकाएक उन्हें एक बात सूझी। चेहरे पर मुस्कराहट की झलक दिखायी दी। सम्भव है, यह चाल सीधी पड़ जाये, तो फिर बिगड़ा हुआ काम सँवर जाये। सुबह को हाज़िरी खाने के बाद फ़िटन तैयार कराई और पाँड़ेपुर चल दिये।

नायकराम ने पैरों में पट्टियाँ बाँध ली थीं, शरीर में हल्दी की मालिश कराए हुए थे, एक डोली मँगवा रखी थी और राजा महेन्द्रकुमार के पास जाने को तैयार थे। अभी मुहूर्त में दो-चार पल की कसर थी। बजरंगी और जगधर साथ जाने वाले थे। सहसा फ़िटन पहुँची, तो लोग चकित हो गए। एक क्षण में सारा मुहल्ला आकर जमा हो गया, आज क्या होगा?

जॉन सेवक नायकराम के पास जाकर बोले—आप ही का नाम नायकराम पाँड़े है न? मैं आपसे कल की बातों के लिए क्षमा माँगने आया हूँ। लड़के ने ज्यों ही मुझसे यह समाचार कहा, मैंने उसको खूब डाँटा, और रात ज़्यादा न हो गई होती, तो मैं उसी वक़्त आपके पास आया होता। लड़का कुमार्गी और मूर्ख है। कितना ही चाहता हूँ कि उसमें जरा आदमीयत आ जाए, पर ऐसी उलटी समझ है कि किसी बात पर ध्यान ही नहीं देता। विद्या पढ़ने के लिए विलायत भेजा, वहाँ से भी पास हो आया; पर सज्जनता न आयी। उसकी नादानी का इससे बढ़कर और क्या सबूत होगा कि इतने आदमियों के बीच में वह आपसे बेअदबी कर बैठा। अगर कोई आदमी शेर पर पत्थर फेंके, तो उसकी वीरता नहीं, उसका अभिमान भी नहीं, उसकी बुद्धिहीनता है। ऐसा प्राणी दया के योग्य है; क्योंकि जल्द या देर में वह शेर के मुँह का ग्रास बन जाएगा। इस लौंडे की ठीक यही दशा है। आपने मुरौवत न की होती, क्षमा से न काम लिया होता, तो न जाने क्या हो जाता। जब आपने इतनी दया की है, तो दिल से मलाल भी निकाल डालिए।

नायकराम चारपाई पर लेट गए, मानो खड़े होने में कष्ट हो रहा हैं और बोले—साहब, दिल से मलाल तो न निकलेगा, चाहे जान निकल जाय। इसे हम लोगों की मुरौवत कहिए, चाहे उनकी तकदीर कहिए कि वह यहाँ से बेदाग

चले गए; लेकिन मलाल तो दिल में बना हुआ है। वह तभी निकलेगा, जब या तो मैं न रहूँगा या वह न रहेंगे। रही भलमनसी, भगवान ने चाहा तो जल्द ही सीख जायेंगे। बस, एक बार हमारे हाथ में फिर पड़ जाने दीजिए। हमने बड़े-बड़े को भलामानुस बना दिया, उनकी क्या हस्ती है।

जॉन सेवक–अगर आप इतनी आसानी से उसे भलमनसी सिखा सकें, तो कहिए, आप ही के पास भेज दूँ, मैं तो सब कुछ करके हार गया।

नायकराम–बोलो भाई बजरंगी, साहब को बातों का जवाब दो, मुझसे तो बोला नहीं जाता, रात कराह-कराहकर काटी है। साहब कहते हैं, माफ कर दो, दिल में मलाल न रखो। मैं तो यह सब व्यवहार नहीं जानता। यहाँ तो ईंट का जवाब पत्थर से देना सीखा है।

बजरंगी–साहब लोगों का यही दस्तूर है। पहले तो मारते हैं, और जब देखते हैं कि अब हमारे ऊपर भी मार पड़ना चाहती है, तो चट कहते हैं, माफ कर दो; यह नहीं सोचते कि जिसने मार खायी है, उसे बिन मारे कैसे तस्कीन होगी।

जॉन सेवक–तुम्हारा यह कहना ठीक है, लेकिन यह समझ लो कि क्षमा बदले के भय से नहीं माँगी जाती। भय से आदमी छिप जाता है, दूसरों की मदद माँगने दौड़ता है, क्षमा नहीं माँगता। क्षमा आदमी उसी वक़्त माँगता है, जब उसे अपने अन्याय और बुराई का विश्वास हो जाता है, और जब उसकी आत्मा उसे लज्जित करने लगती है। प्रभु सेवक से तुम माफी माँगने को कहो, तो कभी न राज़ी होगा। तुम उसकी गरदन पर तलवार चलाकर भी उसके मुँह से क्षमा-याचना का एक शब्द नहीं निकलवा सकते। अगर विश्वास न हो, तो इसकी परीक्षा कर लो। इसका कारण यही है कि वह समझता है, मैंने कोई ज्यादती नहीं की। वह कहता है, मुझे उन लोगों ने गालियाँ दीं। लेकिन मैं उसे किसी तरह नहीं मान सकता कि आपने उसे गालियाँ दी होंगी। शरीफ आदमी न गालियाँ देता है, न गालियाँ सुनता है। मैं जो क्षमा माँग रहा हूँ, वह इसलिए कि मुझे यहाँ सरासर उसकी ज़्यादती मालूम होती है। मैं उसके दुर्व्यवहार पर लज्जित हूँ, और मुझे इसका दुःख है कि मैंने उसे यहाँ क्यों आने दिया। सच पूछिए, तो अब मुझे यही पछतावा हो रहा है कि मैंने इस ज़मीन को लेने की बात ही क्यों उठाई। आप लोगों ने मेरे गुमास्ते को मारा, मैंने पुलिस में रपट तक न की। मैंने निश्चय कर लिया कि अब इस जमीन का नाम न लूँगा।

मैं आप लोगों को कष्ट नहीं देना चाहता, आपको उजाड़कर अपना घर नहीं बनाना चाहता। अगर तुम लोग खुशी से दोगे तो लूँगा, नहीं तो छोड़ दूँगा। किसी का दिल दुखाना सबसे बड़ा अधर्म कहा गया है। जब तक आप लोग मुझे क्षमा न करेंगे, मेरी आत्मा को शान्ति न मिलेगी।

उद्दंडता सरलता का केवल उग्र रूप है। साहब के मधुर वाक्यों ने नायकराम का क्रोध शांत कर दिया। कोई दूसरा आदमी इतनी ही आसानी से उसे साहब की गरदन पर तलवार चलाने के लिए उत्तेजित कर सकता था; सम्भव था, प्रभु सेवक को देखकर उसके सिर पर खून सवार हो जाता; पर इस समय साहब की बातों ने उसे मंत्रमुग्ध-सा कर दिया। बोला–कहो बजरंगी, क्या कहते हो?

बजरंगी–कहना क्या है, जो अपने सामने मस्तक नवाते, उसके सामने मस्तक नवाना ही पड़ता है। साहब यह भी तो कहते हैं कि अब इस जमीन से कोई सरोकार न रखेंगे, तो हमारे और उनके बीच में झगड़ा ही क्या रहा?

जगधर–हाँ, झगड़े का मिट जाना ही अच्छा है। बैर-विरोध से किसी का भला नहीं होता।

भैरों–छोटे साहब को चाहिए कि आकर पण्डाजी से खता माफ करावें। अब वह कोई बालक नहीं हैं कि आप उनकी ओर से सिपारिस करें। बालक होते, तो दूसरी बात थी, तब हम लोग आप ही को उलाहना देते। वह पढ़े-लिखे आदमी हैं, मूँछ-दाढ़ी निकल आयी है, उन्हें खुद आकर पण्डाजी से कहना-सुनना चाहिए।

नायकराम–हाँ, यह बात पक्की है। जब तक वह थूककर न चाटेंगे, मेरे दिल से मलाल न निकलेगा।

जॉन सेवक–तो तुम समझते हो कि दाढ़ी-मूँछ आ जाने से बुद्धि आ जाती है? क्या ऐसे आदमी नहीं देखे हैं, जिनके बाल पक गए हैं, दाँत टूट गए हैं और अभी तक अक्ल नहीं आयी? प्रभु सेवक अगर बुद्धू न होता, तो इतने आदमियों के बीच में और पण्डाजी-जैसे पहलवान पर हाथ न उठाता। उसे तुम कितना ही दबाओ, पर मुआफ़ी न माँगेगा। रही ज़मीन की बात, अगर तुम लोगों की मरजी है कि मैं इस मुआमले को दबा रहने दूँ, तो यही सही। पर शायद अभी तक तुम लोगों ने इस समस्या पर विचार नहीं किया, नहीं तो कभी विरोध न करते। बतलाइए पण्डाजी, आपको क्या शंका है?

नायकराम–भैरों, इसका जवाब दो। अब तो साहब ने तुमको कायल कर दिया।

भैरों–कायल क्या कर दिया, साहब यही कहते हैं न कि छोटे साहब को अक्कल नहीं है; तो वह कुएँ में क्यों नहीं कूद पड़ते, अपने दाँतों से अपना हाथ क्यों नहीं काट लेते? ऐसे आदमियों को कोई कैसे पागल समझ ले?

जॉन सेवक–जो आदमी न समझे कि किस मौके पर कौन काम करना चाहिए, किस मौके पर कौन बात करनी चाहिए, वह पागल नहीं तो और क्या है?

नायकराम–साहब, उन्हें मैं पागल तो किसी तरह न मानूँगा। हाँ आपका मुँह देख के उनसे बैर न बढ़ाऊँगा। आपकी नम्रता ने मेरा सिर झुका दिया है। सच कहता हूँ आपकी भलमनसी और सराफत ने मेरा गुस्सा ठण्डा कर दिया, नहीं तो मेरे दिल में न जाने कितना गुबार भरा हुआ था। अगर आप थोड़ी देर और न आते तो आज शाम तक छोटे साहब अस्पताल में होते। आज तक कभी मेरी पीठ में धूल नहीं लगी। ज़िन्दगी में पहली बार मेरा इतना अपमान हुआ और पहली बार मैंने क्षमा करना भी सीखा। यह आपकी बुद्धि की बरकत है। मैं आपकी खोपड़ी को मान गया। अब साहब की दूसरी बात का जवाब दो बजरंगी।

बजरंगी–उसमें अब काहे का सवाल-जवाब। साहब ने तो कह दिया कि मैं उसका नाम न लूँगा। बस, झगड़ा मिट गया।

जॉन सेवक–लेकिन अगर उस ज़मीन के मेरे हाथ में आने से तुम्हारा सोलहों आने फ़ायदा हो, तो भी तुम हमें न लेने दोगे?

बजरंगी–हमारा फ़ायदा क्या होगा, हम तो मिट्टी में मिल जायेंगे।

जॉन सेवक–मैं दिखा दूँगा कि यह तुम्हारा भ्रम है। बतलाओ, तुम्हें क्या एतराज है?

बजरंगी–पण्डाजी के हज़ारों यात्री आते हैं, वे इसी मैदान में ठहरते हैं। दस-दस बीस-बीस दिन पड़े रहते हैं, वहीं खाना बनाते हैं, वहीं सोते भी हैं। सहर के धरमसालों में देहात के लोगों को आराम कहाँ? यह ज़मीन न रहे, तो कोई जात्री यहाँ झाँकने भी न आये।

जॉन सेवक–यात्रियों के लिए, सड़क के किनारे, खपरैल के मकान बनवा दिये जायें, तो कैसा?

बजरंगी—इतने मकान कौन बनवायेगा?

जॉन सेवक—इसका मेरा जिम्मा। मैं वचन देता हूँ कि यहाँ धर्मशाला बनवा दूँगा।

बजरगी—मेरी और मुहल्ले के आदमियों की गायें-भैंसे कहाँ चरेंगी?

जॉन सेवक—अहाते में घास चराने का तुम्हें अख्तियार रहेगा। अभी तुम्हें सारा दूध लेकर शहर जाना पड़ता है। हलवाई तुमसे दूध लेकर मलाई, मक्खन, दही बनाता है, और तुमसे कहीं ज़्यादा सुखी है। यह नफा उसे तुम्हारे ही दूध से तो होता है! तुम अभी यहाँ मलाई-मक्खन बनाओ, तो लेगा कौन? जब यहाँ कारखाना खुल जायेगा, तो हज़ारों आदमियों की बस्ती हो जायेगी, तुम दूध की मलाई बेचोगे, दूध अलग बिकेगा। इस तरह तुम्हें दोहरा नफ़ा होगा। तुम्हारे उपले घर बैठे बिक जायेंगे। तुम्हें तो कारखाना खुलने से नफ़ा-ही-नफ़ा है।

नायकराम—आता है समझ में न बजरंगी?

बजरंगी—समझ में क्यों नहीं आता, लेकिन एक मैं दूध की मलाई बना लूँगा, और लोग भी तो हैं, जो खाने के लिए जानवर पाले हुए हैं। उन्हें तो मुसकिल पड़ेगी।

ठाकुरदीन—मेरी एक गाय है। चोरों का बस चलता, तो इसे भी ले गए होते। दिन-भर वह चरती है। साँझ सबेरे दूध दुहकर छोड़ देता हूँ। धेले का भी चारा नहीं लेना पड़ता। तब तो आठ आने रोज का भूसा भी पूरा न पड़ेगा।

जॉन सेवक—तुम्हारी पान की दुकान है न? अभी तुम दस-बारह आने पैसा कमाते होंगे। तब तुम्हारी बिक्री चौगुनी हो जायेगी। इधर की कमी उधर पूरी हो जायेगी। मज़दूरों को पैसे की पकड़ नहीं होती; काम से ज़रा फुरसत मिली कि कोई पान पर गिरा; कोई सिगरेट पर दौड़ा। खोंचेवाले की खासी बिक्री होगी, और शराब-ताड़ी का पूछना ही क्या, चाहे तो पानी को शराब बनाकर बेचो। गाड़ीवालों की मजदूरी बढ़ जाएगी। यही मोहल्ला चौक की भाँति गुलजार हो जाएगा। तुम्हारे लड़के अभी शहर पढ़ने जाते हैं, तब यहीं मदरसा खुल जायेगा।

जगधर—क्या यहाँ मदरसा भी खुलेगा?

जॉन सेवक—हाँ, कारखाने के आदमियों के लड़के आखिर पढ़ने कहाँ जायेंगे? अँगरेजी भी पढ़ायी जाएगी।

जगधर—फीस कुछ कम ली जायेगी?

जॉन सेवक—फीस बिलकुल ही न ली जायेगी, कम-ज़्यादा कैसी!

जगधर—तब तो बड़ा आराम हो जायेगा।

नायकराम—जिसका माल है, उसे क्या मिलेगा?

जॉन सेवक—जो तुम लोग तय कर दो। मैं तुम्हीं को पंच मानता हूँ। बस, उसे राज़ी करना तुम्हारा काम हैं

नायकराम—यह राज़ी ही है। आपने बात-की-बात में सबको राज़ी कर लिया, नहीं तो यहाँ लोग मन में न जाने क्या-क्या समझे बैठे थे। सच है, विद्या बड़ी चीज़ है।

भैरों—वहाँ ताड़ी की दूकान के लिए कुछ देना तो न पड़ेगा?

नायकराम—कोई और खड़ा हो गया, तो चढ़ा-ऊपरी होगी ही।

जॉन सेवक—नहीं, तुम्हारा हक़ सबसे बढ़कर समझा जायेगा।

नायकराम—तो फिर तुम्हारी चाँदी है भैरों!

जॉन सेवक—तो अब मैं चलूँ पण्डाजी, अब आपके दिल में मलाल तो नहीं है?

नायकराम—अब कुछ कहलाइए न, आपका-सा भलामानुस आदमी कम देखा।

जॉन सेवक चले गए तो बजरंगी ने कहा—कहीं सूरे राज़ी न हुए, तो?

नायकराम—हम राज़ी करेंगे! चार हज़ार रुपये दिलाने चाहिए। अब इसी समझौते में कुशल है। जमीन रह नहीं सकती। यह आदमी इतना चतुर है कि इससे हम लोग पेस नहीं पा सकते। यों निकल जाएगी तो हमारे साथ यह सलूक कौन करेगा? सेंत में जस मिलता हो, तो छोड़ना न चाहिए।

जॉन सेवक घर पहुँचे तो डिनर तैयार था। प्रभु सेवक ने पूछा—आप कहाँ गए थे? जॉन सेवक ने रूमाल से मुँह पोंछते हुए कहा—हर एक काम करने की तमीज चाहिए। कविता रच लेना दूसरी बात है, काम कर दिखाना दूसरी बात। तुम एक काम करने गए, मोहल्ले-भर से लड़ाई ठानकर चले आये। जिस समय मैं पहुँचा, सारे आदमी नायकराम के द्वार पर जमा थे। वह डोली में बैठकर शायद राजा महेंद्रसिंह के पास जाने को तैयार था। मुझे सबों ने यों देखा जैसे फाड़ खायेंगे। लेकिन मैंने कुछ इस तरह धैर्य और विनय से काम लिया, उन्हें दलीलों और चिकनी-चुपड़ी बातों में ऐसा ढर्रे पर लाया कि जब

चला, तो सब मेरा गुणानुवाद कर रहे थे। ज़मीन का मुआमला भी तय हो गया। उसके मिलने में अब कोई बाधा नहीं हैं

प्रभु सेवक–पहले तो सब उस ज़मीन के लिए मरने-मारने पर तैयार थे।

जॉन सेवक–और कुछ कसर थी, तो वह तुमने जाकर पूरी कर दी। लेकिन याद रखो, ऐसे विषयों में सदैव मार्मिक अवसर पर निगाह रखनी चाहिए। यही सफलता का मूल-मंत्र है। शिकारी जानता है, किस वक़्त हिरन पर निशाना मारना चाहिए। एक महीना नहीं, एक दिन पहले, मेरी बातों का इन आदमियों पर ज़रा भी असर न होता। कल तुम्हारी उद्दंडता ने वह अवसर प्रस्तुत कर दिया। मैं क्षमाप्रार्थी बनकर उनके सामने गया। मुझे दबकर, झुककर, दीनता से, नम्रता से अपनी समस्या को उनके सम्मुख उपस्थित करने का अवसर मिला। यदि उनकी ज़्यादती होती, तो मेरी ओर से भी कड़ाई की जाती। उस दशा में दबना नीति और आचरण के विरुद्ध होता। ज़्यादती हमारी ओर से हुई, बस यही मेरी जीत थी।

ईश्वर सेवक बोले–ईश्वर, इस पापी को अपनी शरण में ले। बर्फ़ आजकल बहुत महँगी हो गई है, फिर समझ में नहीं आता, क्यों इतनी निर्दयता से खर्च की जाती है। सुराही का पानी काफ़ी ठण्डा होता है।

जॉन सेवक–पापा, क्षमा कीजिए, बिना बर्फ़ के प्यास ही नहीं बुझती।

ईश्वर सेवक–खुदा ने चाहा बेटा, तो उस ज़मीन का मुआमला तय हो जायेगा। आज तुमने बड़ी चतुरता से काम किया।

मिसेज़ सेवक–मुझे इन हिन्दुस्तानियों पर विश्वास नहीं आता। दग़ाबाज़ी कोई इनसे सीख ले। अभी सब-के-सब हाँ-हाँ कह रहे हैं, मौका पड़ने पर सब निकल जायेंगे। महेंद्रसिंह ने नहीं धोखा दिया? यह जाति ही हमारी दुश्मन है। इनका वश चले, तो एक ईसाई भी मुल्क में न रहने पाये।

प्रभु सेवक–मामा, यह आपका अन्याय है? पहले हिन्दुस्तानियों को ईसाइयों से कितना ही द्वेष रहा हो, किन्तु अब हालत बदल गई हैं। हम खुद अँगरेज़ों की नकल करके उन्हें चिढ़ाते हैं, प्रत्येक अवसर पर अँगरेजों की सहायता से उन्हें दबाने की चेष्टा करते हैं। किन्तु यह हमारी राजनीतिक भ्राँति है। हमारा उद्धार देशवासियों से भ्रातृभाव रखने में है, उन पर रोब जमाने में नहीं। आखिर हम भी तो इसी जननी की संतान हैं। यह असंभव है कि गोरी

जातियाँ केवल धर्म के नाते हमारे साथ भाईचारे का व्यवहार करें। अमेरिका के हब्शी ईसाई हैं, लेकिन अमेरिका के गोरे उनके साथ कितना पाशविक और अत्याचारपूर्ण बर्ताव करते हैं। हमारी मुक्ति भारतवासियों के साथ है।

मिसेज़ सेवक–खुदा वह दिन न लाये कि हम इन विधर्मियों की दोस्ती को अपने उद्धार का साधन बनाएँ। हम शासनाधिकारियों के सहधर्मी हैं। हमारा धर्म, हमारी रीति-नीति, हमारा आहार-व्यवहार अँगरेजों के अनुकूल है। हम और वे एक कलिसिया में, एक परमात्मा के सामने, सिर झुकाते हैं। हम इस देश में शासक बनकर रहना चाहते हैं, शासित बनकर नहीं। तुम्हें शायद कुँवर भरतसिंह ने यह उपदेश दिया है। कुछ दिन और उनकी सोहबत रही, तो शायद तुम भी ईशू से विमुख हो जाओ।

प्रभु सेवक–मुझे तो ईसाईयों में जागृति के विशेष लक्षण नहीं दिखाई देते।

जॉन सेवक–प्रभु सेवक, तुमने बड़ा गहन विषय छेड़ दिया। मेरे विचार में हमारा कल्याण अँगरेज़ों के साथ मेल-जोल करने में है। अँगरेज़ इस समय भारतवासियों की संयुक्त शक्ति से चिंतित हो रहे हैं। हम अँगरेजों से मैत्री करके उन पर अपनी राजभक्ति का सिक्का जमा सकते हैं और मनमाने स्वत्व प्राप्त कर सकते हैं। खेद यही है कि हमारी जाति ने अभी तक रातनीतिक क्षेत्र में पग ही नहीं रखा। यद्यपि देश में हम अन्य जातियों से शिक्षा में कहीं आगे बढ़े हुए हैं; पर अब तक राजनीति पर हमारा कोई प्रभाव नहीं है। हिन्दुस्तानियों में मिलकर हम गुम हो जायेंगे, खो जायेंगे। उनसे पृथक् रहकर विशेष अधिकार और विशेष सम्मान प्राप्त कर सकते हैं।

ये ही बातें हो रही थीं कि एक चपरासी ने आकर एक खत दिया। यह जिलाधीश मिस्टर क्लार्क का खत था। उनके यहाँ विलायत से कई मेहमान आये हुए थे। क्लार्क ने उनके सम्मान में एक डिनर दिया था और मिस सोफ़िया सेवक को उसमें सम्मिलित होने के लिए निमंत्रित किया था। साथ ही मिसेज़ सेवक से विशेष अनुरोध भी किया था कि सोफ़िया को एक सप्ताह के लिए अवश्य बुला लीजिए।

चपरासी के चले जाने के बाद मिसेज़ सेवक ने कहा–सोफ़ी के लिए यह स्वर्ण-संयोग है।

जॉन सेवक–हाँ, है तो; पर वह आयेगी कैसे?

मिसेज़ सेवक—उसके पास यह पत्र भेज दूँ?

जॉन सेवक—सोफ़ी इसे खोलकर देखेगी भी नहीं। उसे जाकर लिया क्यों नहीं लातीं?

मिसेज़ सेवक—वह तो आती ही नहीं।

जॉन सेवक—तुमने कभी बुलाया ही नहीं, आती क्योंकर?

मिसेज़ सेवक—वह आने के लिए कैसी शर्त लगाती है!

जॉन सेवक—अगर उसकी भलाई चाहती हो, तो अपनी शर्तों को तोड़ दो।

मिसेज़ सेवक—वह गिरजा न जाये, तो भी ज़बान न खोलूँ?

जॉन सेवक—हज़ारों ईसाई गिरजा नहीं जाते, और अँगरेज़ तो बहुत कम आते हैं।

मिसेज़ सेवक—प्रभु मसीह की निंदा करे, तो भी चुप रहूँ?

जॉन सेवक—वह मसीह की निंदा नहीं करती, और न कर सकती है। जिसे ईश्वर ने ज़रा-सी बुद्धि दी है, वह प्रभु मसीह का सच्चे दिल से सम्मान करेगा। हिंदू तक ईशू का नाम आदर के साथ लेते हैं। अगर सोफ़ी मसीह को अपना मुक्तिदाता, ईश्वर का बेटा या ईश्वर नहीं समझती, तो उस पर जब्र क्यों किया जाए? कितने ही ईसाईयों को इस विषय में शंकाएँ हैं चाहे वे उन्हें भयवश प्रकट न करें। मेरे विचार में अगर कोई प्राणी अच्छे कर्म करता है और शुद्ध विचार रखता है, तो वह उस मसीह के उस भक्त से कहीं श्रेष्ठ है, जो मसीह का नाम तो जपता है, पर नीयत का खराब है।

ईश्वर सेवक—या खुदा, इस खानदान पर अपना साया फैला। बेटा, ऐसी बातें जबान से न निकालो। मसीह का दास कभी सन्मार्ग से नहीं फिर सकता। उस पर प्रभु मसीह की दयादृष्टि रहती है।

जॉन सेवक—(स्त्री से) तुम कल सुबह चली जाओ, रानी से भेंट भी हो जायेगी और सोफ़ी को भी लेती आओगी।

मिसेज़ सेवक—अब जाना ही पड़ेगा। जी तो नहीं चाहता; पर जाऊँगी। उसी की टेक रहे!

सूरदास संध्या समय घर आया, और सब समाचार सुने, तो नायकराम से बोला—तुमने मेरी ज़मीन साहब को दे दी?

नायकराम—मैंने क्यों दी? मुझसे वास्ता?

सूरदास–मैं तो तुम्हीं को सब कुछ समझता था और तुम्हारे ही बल पर कूदता था, पर आज तुमने भी साथ छोड़ दिया। अच्छी बात है। मेरी भूल थी कि तुम्हारे बल पर फूला हुआ था। यह उसी की सजा है। अब न्याय के बल पर लड़ूँगा, भगवान ही का भरोसा करूँगा।

नायकराम–बजरंगी, ज़रा भैरों को बुला लो, इन्हें सब बातें समझा दें। मैं इनसे कहाँ तक मगज लगाऊँ।

बजरंगी–भैरों को क्यों बुला लूँ, क्या मैं इतना भी नहीं कर सकता। भैरों को इतना सिर चढ़ा दिया, इसी से तो उसे घमंड हो गया है।

यह कहकर बजरंगी ने जॉन सेवक की सारी आयोजनाएँ कुछ बढ़ा-घटाकर बयान कर दीं और बोला–बताओ, जब कारखाने से सबका फायदा है, तो हम साहब से क्यों लड़ें?

सूरदास–तुम्हें विश्वास हो गया कि सबका फ़ायदा होगा?

बजरंगी–हाँ, हो गया। मानने-लायक बात होती है, तो मानी ही जाती है।

सूरदास–कल तो तुम लोग ज़मीन के पीछे जान देने पर तैयार थे, मुझ पर संदेह कर रहे थे कि मैंने साहब से मेल कर लिया, आज साहब के एक ही चकमे में पानी हो गए?

बजरंगी–अब तक किसी ने ये सब बातें इतनी सफाई से न समझाई थीं। कारखाने से सारे मुहल्ले का, सारे शहर का फायदा है। मजूरों की मजूरी बढ़ेगी, दूकानदारों की बिक्री बढ़ेगी। तो अब हमें तो झगड़ा नहीं है। तुमको भी हम यही सलाह देते हैं कि अच्छे दाम मिल रहे हैं, ज़मीन दे डालो। यों न दोगे, तो जाबते से ले ली जायेगी। इससे क्या फ़ायदा?

सूरदास–अधर्म और अविचार कितना बढ़ जायेगा, यह भी मालूम है?

बजरंगी–धन से तो अधर्म होता ही है, पर धन को कोई छोड़ नहीं देता।

सूरदास–तो अब तुम लोग मेरा साथ न दोगे? मत दो। जिधर न्याय है, उधर किसी की मदद की ज़रूरत भी नहीं है। मेरी चीज़ है, बाप-दादों की कमाई है, किसी दूसरे का उस पर कोई अख्तियार नहीं है। मगर ज़मीन गई, तो उसके साथ मेरी जान भी जायेगी। यह कहकर सूरदास उठ खड़ा हुआ और अपने झोंपड़े के द्वार पर आकर नीम के नीचे लेट रहा।

13

विनयसिंह के जाने के बाद सोफ़िया को ऐसा प्रतीत होने लगा कि रानी जाह्नवी मुझसे खिंची हुई हैं। वह अब उसे पुस्तकें तथा पत्र या चिट्ठियाँ लिखने के लिए बहुत कम बुलातीं; उसके आचार-व्यवहार को संदिग्ध दृष्टि से देखतीं। यद्यपि अपनी बदगुमानी को वह यथासाध्य प्रकट न होने देतीं, पर सोफ़ी को ऐसा खयाल होता कि मुझ पर अविश्वास किया जा रहा है। वह जब कभी बाग में सैर करने चली जाती या कहीं घूमने निकल जाती तो लौटने पर उसे ऐसा मालूम होता कि मेरी किताबें उलट-पलट दी गई हैं। वह बदगुमानी उस वक़्त और असह्य हो जाती, जब डाकिये के आने पर रानीजी स्वयं उसके हाथ से पत्र आदि लेतीं और बड़े ध्यान से देखतीं कि सोफ़िया का कोई पत्र तो नहीं है। कई बार सोफ़िया को अपने पत्रों के लिफाफे फटे हुए मिले। वह इस कूटनीति का रहस्य खूब समझती थी। यह रोक-थाम केवल इसलिए है कि मेरे और विनयसिंह के बीच में पत्र-व्यवहार न होने पाए। पहले रानीजी सोफ़िया से विनय और इंदु की चर्चा अकसर किया करतीं। अब भूलकर भी विनय का नाम न लेतीं। यह प्रेम की पहली परीक्षा थी।

किन्तु आश्चर्य यह था कि सोफ़िया में अब वह आत्माभिमान न था जो नाक पर मक्खी न बैठने देती थी, वह अब अत्यंत सहनशील हो गई थी। रानीजी से द्वेष करने के बदले वह उनकी संशय-निवृत्ति के लिए अवसर खोजा करती थी। उसे रानीजी का बर्ताव सर्वथा न्यायसंगत मालूम होता था। वह सोचती—इनकी परम अभिलाषा है कि विनय का जीवन आदर्श हो और मैं उनके आत्मसंयम में बाधक न बनूँ। मैं इन्हें कैसे समझाऊँ कि आपकी अभिलाषा को मेरे हाथों ज़रा-सा भी झोंका न लगेगा। मैं तो स्वयं अपना जीवन एक ऐसे उद्देश्य पर समर्पित कर चुकी हूँ जिसके लिए वह काफी नहीं!

मैं स्वयं किसी की इच्छा को अपने उद्देश्य-मार्ग का काँटा न बनाऊँगी। लेकिन उसे यह अवसर न मिलता था। जो बातें जबान पर नहीं आ सकतीं, उनके लिए कभी अवसर नहीं मिलता।

सोफ़ी को बहुधा अपने मन की चंचलता पर खेद होता। वह मन को इधर से हटाने के लिए पुस्तकावलोकन में मग्न हो जाना चाहिए; लेकिन जब पुस्तक सामने खुली रहती और मन कहीं और जा पहुँचता, तो वह झुंझलाकर पुस्तक बन्द कर देती और सोचती—यह मेरी क्या दशा है? क्या माया यह कपट-रूप धारण करके मुझे सन्मार्ग से विचलित करना चाहती है? मैं जानकर क्यों अनजान बनी जाती हूँ? अब प्रतिज्ञा करती हूँ कि मैं इस काँटे को हृदय से निकाल डालूँगी।

लेकिन प्रेम-ग्रस्त प्राणियों की प्रतिज्ञा कायर की समर-लालसा है, जो द्वन्द्वी की ललकार सुनते ही विलुप्त हो जाती है। सोफ़िया विनय को तो भूल जाना चाहती थी; पर इसके साथ ही शंकित रहती थी कि कहीं वह मुझे भूल न जायें। जब कई दिनों तक उनका कोई समाचार नहीं मिला, तो उसने समझा—मुझे भूल गए, जरूर भूल गए। मुझे उनका पता मालूम होता, तो कदाचित् रोज़ एक पत्र लिखती, कई-कई पत्र भेजती; पर उन्हें एक पत्र लिखने का भी अवकाश नहीं! वह मुझे भूल जाने का उद्योग कर रहे हैं। अच्छा ही है। वह एक क्रिश्चियन स्त्री से क्यों प्रेम करने लगे? उनके लिए क्या एक-से-एक परम सुन्दरी, सुशिक्षिता, प्रेमपरायण राजकुमारियाँ नहीं हैं?

एक दिन इन भावनाओं ने इसे इतना व्याकुल किया कि वह रानी के कमरे में जाकर विनय के पत्रों को पढ़ने लगी और एक क्षण में जितने पत्र मिले, सब पढ़ डाले। देखूँ, मेरी ओर कोई संकेत है या नहीं; कोई वाक्य ऐसा है, जिसमें प्रेम की सुगंध आये? किन्तु ऐसा शब्द एक भी न मिला, जिससे वह खींच-तानकर भी कोई गुप्त आशय निकाल सकती। हाँ, उस पहाड़ी देश में जिन कठिनाइयों का सामना करना पड़ता था, उनका विस्तार से उल्लेख किया गया था। युवावस्था को अतिशयोक्ति से प्रेम है। हम बाधाओं पर विजय पाकर नहीं, उनकी विशद व्याख्या करके अपना महत्त्व बढ़ाना चाहते हैं। अगर सामान्य ज्वर है, तो वह सन्निपात कहा जाता है। एक दिन पहाड़ों में चलना पड़ा, तो वह नित्य पहाड़ों से सिर टकराना कहा

जाता है। विनयसिंह के पत्र ऐसी ही वीर-कथाओं से भरे हुए थे। सोफ़िया यह हाल पढ़कर विकल हो गई। वह इतनी विपत्ति झेल रहे हैं, और मैं यहाँ आराम से पड़ी हूँ! वह इसी उद्वेग में अपने कमरे में आयी और विनय को एक लम्बा पत्र लिखा। जिसका एक-एक शब्द प्रेम में डूबा हुआ था। अन्त में उसने बड़े प्रेम-विनीत शब्दों में प्रार्थना की कि मुझे अपने पास आने की आज्ञा दीजिए, मैं अब यहाँ नहीं रह सकती। उसकी शैली अज्ञात रूप से कवित्वमय हो गई। पत्र समाप्त करके वह उसी वक़्त पास ही के लैटरबक्स में डाल आयी।

पत्र डाल आने के बाद जब उसका उद्वेग शान्त हुआ तो, उसे विचार आया कि मेरा रानीजी के कमरे में छिपकर जाना और पत्रों को पढ़ना किसी तरह उचित न था। वह सारे दिन इसी चिन्ता में पड़ी रही। बार-बार अपने को धिक्कारती। ईश्वर! मैं कितनी अभागिनी हूँ! मैंने अपना जीवन सच्चे धर्म की जिज्ञासा पर अर्पण कर दिया था, बरसों से सत्य की मीमांसा में रत हूँ; पर वासना की पहली ही ठोकर में नीचे गिर पड़ी। मैं क्यों इतनी दुर्बल हो गई हूँ? क्या मेरा पवित्र उद्देश्य वासनाओं के भंवर में पड़कर डूब जाएगा? मेरी आदत इतनी बुरी हो जाएगी कि मैं किसी की वस्तुओं की चोरी करूँगी, इसकी मैंने कभी कल्पना भी न की थी। जिनका मुझ पर इतना विश्वास, इतना भरोसा, इतना प्रेम, इतना आदर है, उन्हीं के साथ मेरा यह विश्वासघात! अगर अभी यह दशा है, तो भगवान ही जाने, आगे चलकर क्या दशा होगी। इससे तो यह कहीं अच्छा है कि जीवन का अन्त हो जाय! आह! वह पत्र, जो मैं अभी छोड़ आयी हूँ, वापस मिल जाता, तो मैं फाड़ डालती।

वह इसी चिंता और ग्लानि में बैठी हुई थी कि रानीजी कमरे में आयीं। सोफ़िया उठ खड़ी हुई और अपनी आँखें छिपाने के लिए ज़मीन की ओर ताकने लगी। किन्तु आँसू पी जाना आसान नहीं है। रानी ने कठोर स्वर में पूछा—सोफ़ी, क्यों रोती है?

जब हम अपनी भूल पर लज्जित होते हैं, यथार्थ बात आप-ही-आप हमारे मुँह से निकल पड़ती है। सोफ़ी हिचकती हुई बोली—जी, कुछ नहीं...मुझसे एक अपराध हो गया है, आपसे क्षमा माँगती हूँ।

रानी ने और भी तीव्र स्वर में पूछा—क्या बात है?

सोफ़ी—आज जब आप सैर करने गई थीं, तो मैं आपके कमरे में चली गई थी।

रानी—क्या काम था?

सोफ़ी लज्जा से आरक्त होकर बोली—मैंने आपकी कोई चीज नहीं छुई।

रानी—मैं तुम्हें इतना नीच नहीं समझती।

सोफ़ी—एक पत्र देखना था।

रानी—विनयसिंह का?

सोफ़िया ने सिर झुका लिया। वह अपनी दृष्टि में स्वयं इतनी पतित हो गई थी कि जी चाहता था, ज़मीन फट जाती और मैं उसमें समा जाती। रानी ने तिरस्कार के भाव से कहा—सोफ़ी, तुम मुझे कृतघ्न समझोगी, मगर मैंने तुम्हें अपने घर में रखकर बड़ी भूल की। ऐसी भूल मैंने कभी न की थी। मैं न जानती थी कि तुम आस्तीन का सांप बनोगी। इससे बहुत अच्छा होता कि विनय उसी दिन आग में जल गया होता, तब मुझे इतना दुःख न होता। मैं तुम्हारे आचरण को पहले न समझी। मेरी आँखों पर परदा पड़ा था। तुम जानती हो, मैंने क्यों विनय को इतनी जल्द यहाँ से भगा दिया? तुम्हारे कारण, तुम्हारे प्रेमाघातों से बचाने के लिए। लेकिन अब भी तुम भाग्य की भाँति उसका दामन नहीं छोड़तीं। आखिर तुम उससे क्या चाहती हो? तुम्हें मालूम है, तुमसे उसका विवाह नहीं हो सकता। अगर मैं हैसियत और कुल-मर्यादा का विचार न करूँ, तो भी तुम्हारे और हमारे बीच में धर्म की दीवार खड़ी है। इस प्रेम का फल इसके सिवा और क्या होगा कि तुम अपने साथ उसे भी ले डूबोगी और मेरी चिर-संचित अभिलाषाओं को मिट्टी में मिला दोगी? मैं विनय को ऐसा मनुष्य बनाना चाहती हूँ, जिस पर समाज को गर्व हो, जिसके हृदय में अनुराग हो, साहस हो, धैर्य हो, जो संकटों के सामने मुँह न मोड़े, जो सेवा के हेतु सदैव सिर को हथेली पर लिए रहे, जिसमें विलासिता का लेश भी न हो, जो धर्म पर अपने को मिटा दे। मैं उसे सपूत बेटा, निश्छल मित्र और निःस्वार्थ सेवक बनाना चाहती हूँ। मुझे उसके विवाह की लालसा नहीं, अपने पोतों को खेलाने की अभिलाषा नहीं। देश में आत्मसेवी पुरुषों और संतान सेवी माताओं का अभाव नहीं है। धरती उनके बोझ से दबी जाती है। मैं अपने बेटे को

सच्चा राजपूत बनाना चाहती हूँ। आज वह किसी की रक्षा के निमित्त अपने प्राण दे दे, तो मुझसे अधिक भाग्यवती माता संसार में न होगी। तुम मेरे इस स्वर्ण-स्वप्न को विच्छिन्न कर रही हो। मैं तुमसे सत्य कहती हूँ सोफ़ी, अगर तुम्हारे उपकार के बोझ से दबी न होती, तो तुम्हें इस दशा में विष देकर मार्ग से हटा देना अपना कर्त्तव्य समझती। मैं राजपूतनी हूँ, मरना भी जानती हूँ और मारना भी जानती हूँ। इसके पहले कि तुम्हें विनय से पत्र-व्यवहार करते देखूँ, मैं तुम्हारा गला घोंट दूँगी। तुमसे भिक्षा माँगती हूँ, विनय को अपने प्रेम-पाश में फंसाने की चेष्टा न करो, नहीं तो इसका फल बुरा होगा। तुम्हें ईश्वर ने बुद्धि दी है, विवेक दिया है। विवेक से काम लो। मेरे कुल का सर्वनाश न करो।

सोफ़ी ने रोते हुए कहा—मुझे आज्ञा दीजिए, आज चली जाऊँ।

रानी कुछ नर्म होकर बोलीं—मैं तुम्हें जाने को नहीं कहती। तुम मेरे सिर और आँखों पर रहो, (लज्जित होकर) मेरे मुँह से इस समय जो कटु शब्द निकले हैं, उनके लिए क्षमा करो। वृद्धावस्था बड़ी अविनयशील होती है। यह तुम्हारा घर है। शौक से रहो। विनय अब शायद फिर न आयेगा। हाँ, वह शेर का सामना कर सकता है; पंर मेरे क्रोध का सामना नहीं कर सकता। वह वन-वन पत्तियाँ तोड़ेगा, पर घर न आएगा। अगर तुम्हें उससे प्रेम है, तो अपने को उसके हित के लिए बलिदान करने को तैयार हो जाओ। अब उसकी जीवन-रक्षा का केवल एक ही उपाय है। जानती हो, वह क्या है?

सोफ़ी ने सिर हिलाकर कहा—नहीं।

रानी—जानना चाहती हो?

सोफ़ी ने सिर हिलाकर कहा—हाँ।

रानी—आत्मसमर्पण के लिए तैयार हो?

सोफ़ी ने फिर सिर हिलाकर कहा—हाँ।

रानी—तो तुम किसी सुयोग्य पुरुष से विवाह कर लो। विनय को दिखा दो कि तुम उसे भूल गईं, तुम्हें उसकी चिन्ता नहीं है। यही नैराश्य उसको बचा सकता है। हो सकता है कि यह नैराश्य उसे जीवन से विरक्त कर दे, वह ज्ञान-लाभ का आश्रय ले, जो नैराश्य का एकमात्र शरणस्थल है, पर सम्भावना होने पर भी इस उपाय के सिवा दूसरा अवलम्ब नहीं है। स्वीकार करती हो?

सोफ़ी रानी के पैरों पर गिर पड़ी रोती हुई बोली—उनके हित के लिए... कर सकती हूँ।

रानी ने सोफ़ी को उठाकर गले लगा लिया और करुण स्वर में बोलीं—मैं जानती हूँ, तुम उसके लिए सब कुछ कर सकती हो। ईश्वर तुम्हें इस प्रतिज्ञा को पूरा करने का बल प्रदान करें।

यह कहकर जाह्नवी वहाँ से चली गईं। सोफ़ी एक कोच पर बैठ गई और दोनों हाथों से मुँह छिपाकर फूट-फूटकर रोने लगी। उसका रोम-रोम ग्लानि से पीड़ित हो रहा था। उसे जाह्नवी पर क्रोध न था। उसे उन पर असीम श्रद्धा हो रही थी। कितना उच्च और पवित्र उद्देश्य है! वास्तव में मैं ही दूध की मक्खी हूँ, मुझको निकल जाना चाहिए। लेकिन रानी का अन्तिम आदेश उसके लिए सबसे कड़ुवा ग्रास था। वह योगिनी बन सकती थी; पर प्रेम को कलंकित करने की कल्पना से ही घृणा होती थी। उसकी दशा उस रोगी की-सी थी, जो किसी बाग में सैर करने जाय और फल तोड़ने के अपराध में पकड़ लिया जाय। विनय के त्याग ने उसे उनका भक्त बना दिया, भक्ति ने शीघ्र ही प्रेम का रूप धारण किया और वही प्रेम उसे बलात् नारकीय अन्धकार की ओर खींचे लिये जाता था। अगर वह हाथ-पैर छुड़ाती है, तो भय है... वह इसके आगे कुछ न सोच सकी। विचार-शक्ति शिथिल हो गई। अन्त में सारी चिंताएँ, सारी ग्लानि, सारा नैराश्य, सारी विडंबना एक ठंडी साँस में विलीन हो गई।

शाम हो गई थी। सोफ़िया मन-मारे उदास बैठी बाग की तरफ़ टकटकी लगाए ताक रही थी, मानो कोई विधवा पति के शोक में मग्न हो। सहसा प्रभु सेवक ने कमरे में प्रवेश किया।

सोफ़िया ने प्रभु सेवक से कोई बात नहीं की। चुपचाप अपनी जगह मूर्तिवत् बैठी रही। वह उस दशा को पहुँच गई थी, जब सहानुभूति से भी अरुचि हो जाती है। नैराश्य की अन्तिम अवस्था विरक्ति होती है।

लेकिन प्रभु सेवक अपनी नई रचना सुनाने के लिए इतने उत्सुक हो रहे थे कि सोफ़ी के चेहरे की ओर उनका ध्यान ही न गया। आते-ही-आते बोले—सोफ़ी, देखो, मैंने आज रात को यह कविता लिखी है। ज़रा ध्यान देकर सुनना। मैंने अभी कुँवर साहब को सुनाई है। उन्हें बहुत आनंद आया।

यह कहकर प्रभु सेवक ने मधुर स्वर में अपनी कविता सुनानी शुरू की। कवि ने मृत्युलोक के एक दुःखी प्राणी के हृदय के भाव व्यक्त किये थे, जो तारागण को देखकर उठे। वह एक-एक चरण झूम-झूमकर पढ़ते थे और दो-दो, तीन-तीन बार दुहराते थे; किन्तु सोफ़िया ने एक बार भी दाद न दी, मानो वह काव्य रस-शून्य हो गई थी। जब पूरी कविता समाप्त हो गई, तो प्रभु सेवक ने पूछा—इसके विषय में तुम्हारा क्या विचार है?

सोफ़िया ने कहा—अच्छी तो है।

प्रभु सेवक—मेरी सूक्तियों पर तुमने ध्यान नहीं दिया। तारागण की आज तक किसी कवि ने देवात्माओं में उपमा नहीं दी है। मुझे तो विश्वास है कि इस कविता के प्रकाशित होते ही कवि-समाज में हलचल मच जायेगी।

सोफ़िया—मुझे तो याद आता है कि शैली और वर्ड्सवर्थ इस उपमा को पहले ही बाँध चुके हैं। यहाँ के कवियों ने भी कुछ ऐसा ही वर्णन किया है। कदाचित् ह्यूगो की एक कविता का शीर्षक भी यही है। सम्भव है, तुम्हारी कल्पना उन कवियों से लड़ गई हो।

प्रभु सेवक—मैंने काव्य-साहित्य तुमसे बहुत ज़्यादा देखा है; पर मुझे कहीं यह उपमा नहीं दिखायी दी।

सोफ़िया—खैर, हो सकता है, मुझी को याद न होगा। कविता बुरी नहीं है।

प्रभु सेवक—अगर कोई दूसरा कवि यह चमत्कार दिखा दे, तो उसकी गुलामी करूँ।

सोफ़िया—तो मैं कहूँगी, तुम्हारी निगाह में अपनी स्वाधीनता का मूल्य बहुत ज़्यादा नहीं है।

प्रभु सेवक—तो मैं भी यही कहूँगा कि कवित्व के रसास्वादन के लिए अभी तुम्हें बहुत अभ्यास करने की ज़रूरत है।

सोफ़िया—मुझे अपने जीवन में इससे अधिक महत्त्व के काम करने हैं। आजकल घर के क्या समाचार हैं?

प्रभु सेवक—वही पुरानी दशा चली आती है। मैं तो आजिज आ गया हूँ। पापा को अपने कारखाने की धुन लगी हुई है, और मुझे उस काम से घृणा है। पापा और मामा हरदम दोनों भुनभुनाते रहते हैं। किसी का मुँह सीधा नहीं होता। कहीं ठिकाना नहीं मिलता, नहीं तो इस माया के घोंसले में एक दिन भी न रहता। कहाँ जाऊँ, कुछ समझ में नहीं आता।

सोफ़िया–बड़े आश्चर्य की बात है कि इतने गुणी और विद्वान् होकर भी तुम्हें निर्वाह का कोई उपाय नहीं सूझता। क्या कल्पना के संसार में आत्मसम्मान का स्थान नहीं है?

प्रभु सेवक–सोफ़ी, मैं और सब कुछ कर सकता हूँ, पर गृह-चिंता का बोझ नहीं उठा सकता। मैं निर्द्वन्द्व, निश्चिन्त, निर्लिप्त रहना चाहता हूँ। एक सुरम्य उपवन में, किसी सघन वृक्ष के नीचे, पक्षियों का मधुर कलरव सुनता हुआ काव्य-चिंतन में मग्न पड़ा रहूँ, यही मेरे जीवन का आदर्श है।

सोफ़िया–तुम्हारी ज़िन्दगी इसी भाँति स्वप्न देखने में गुजरेगी।

प्रभु सेवक–कुछ हो, चिंता से तो मुक्त हूँ, स्वच्छन्द तो हूँ!

सोफ़िया–जहाँ आत्मा और सिद्धांतों की हत्या होती हो, वहाँ से स्वच्छन्दता कोसों दूर भागती है। मैं इसे स्वच्छन्दता नहीं कहती, यह निर्लज्जता है। माता-पिता की निर्दयता कम पीड़ाजनक नहीं होती, बल्कि दूसरों का अत्याचार इतना असह्य नहीं होता, जितना माता-पिता का।

प्रभु सेवक–उंह, देखा जाएगा। सिर पर जो आ जाएगी, झेल लूँगा। मरने के पहले ही क्यों रोऊँ?

यह कहकर प्रभु सेवक ने पाँड़ेपुर की घटना बयान की और इतनी डींग मारी कि सोफ़ी चिढ़कर बोली–रहने दो, एक गँवार को पीट लिया, तो कौन-सा बड़ा काम किया। अपनी कविताओं में तो अहिंसा के देवता बन जाते हो, यहाँ ज़रा-सी बात पर इतने जामे से बाहर हो गए।

प्रभु सेवक–गाली सह लेता?

सोफ़िया–जब तुम मारनेवाले को मारोगे, गाली देनेवाले को भी मारोगे, तो अहिंसा का निर्वाह कब करोगे? राह चलते तो किसी को कोई नहीं मारता। वास्तव में किसी युवक को उपदेश करने का अधिकार नहीं है, चाहे उसकी कवित्व शक्ति कितनी ही विलक्षण हो। उपदेश करना सिद्ध पुरुषों ही का काम है। यह नहीं कि जिसे जरा तुकबन्दी आ गई, वह लगा शांति और अहिंसा का पाठ पढ़ाने। जो बात दूसरों को सिखलाना चाहते हो, वह पहले स्वयं सीख लो।

प्रभु सेवक–ठीक यही बात विनय ने भी अपने पत्र में लिखी है। लो, याद आ गया। यह तुम्हारा पत्र है। मुझे याद ही न रही थी। यह प्रसंग न आ जाता, तो जेब में रखे ही लौट जाता।

यह कहकर प्रभु सेवक ने एक लिफाफा निकालकर सोफ़िया के हाथ में रख दिया। सोफ़िया ने पूछा—आजकल कहाँ हैं?

प्रभु सेवक—उदयपुर के पहाड़ी प्रांतों में घूम रहे हैं। मेरे नाम जो पत्र आया है, उसमें तो उन्होंने साफ लिखा है कि मैं इस सेवा-कार्य के लिए सर्वथा अयोग्य हूँ। मुझमें उतनी सहनशीलता नहीं, जितनी होनी चाहिए। युवावस्था अनुभव-लाभ का समय है। अवस्था प्रौढ़ हो जाने पर ही सार्वजनिक कार्यों में सम्मिलित होना चाहिए। किसी युवक को सेवा-कार्य करने को भेजना वैसा ही है, जैसे किसी बच्चे वैद्य को रोगियों के कष्ट-निवारण के लिए भेजना।

प्रभु सेवक चले गए, तो सोफ़िया सोचने लगी—यह पत्र पढ़ूँ या न पढ़ूँ? विनय इसे रानीजी से गुप्त रखना चाहते हैं, नहीं तो यहीं के पते से भेजते? मैंने अभी रानीजी को वचन दिया है, उनसे पत्र-व्यवहार न करूँगी। इस पत्र को खोलना उचित नहीं। रानीजी को दिखा दूँ। इससे उनके मन में मुझ पर जो संदेह हो, जो रानी के क्रोध को और भी उत्तेजित कर दे। नहीं, इस पत्र को गुप्त ही रखना चाहिए। रानी को दिखाना मुनासिब नहीं।

उसने फिर सोचा—पढ़ने से क्या फायदा, न जाने मेरे चित्त की क्या दशा हो? मुझे अब अपने ऊपर विश्वास नहीं रहा। जब इस प्रेमांकुर को जड़ से उखाड़ना ही है, तो उसे क्यों सींचूँ? इस पत्र को रानी के हवाले कर देना ही उचित है।

सोफ़िया ने और ज़्यादा सोच-विचार नहीं किया। शंका हुई, कहीं मैं विचलित न हो जाऊँ। चलनी में पानी नहीं ठहरता।

उसने उसी वक्त वह पत्र ले जाकर रानी को दे दिया। उन्होंने पूछा—किसका पत्र है? यह तो विनय की लिखावट जान पड़ती है। तुम्हारे नाम आया है न? तुमने खोला नहीं?

सोफ़िया—जी नहीं।

रानी ने प्रसन्न होकर कहा—मैं तुम्हें आज्ञा देती हूँ, पढ़ो। तुमने अपना वचन पालन किया, इससे मैं बहुत खुश हुई।

सोफ़िया—मुझे क्षमा कीजिए।

रानी—मैं खुशी से कहती हूँ, पढ़ो; देखो, क्या लिखते हैं?

सोफ़िया—जी नहीं।

रानी ने पत्र ज्यों-का-त्यों संदूक में बन्द कर दिया। खुद भी नहीं पढ़ा। कारण, यह नीति-विरुद्ध था। तब सोफ़िया से बोली—बेटी, अब मेरी तुमसे एक और याचना है। विनय को एक पत्र लिखो और उसमें स्पष्ट लिख दो, हमारा और तुम्हारा कल्याण इसमें है कि हममें केवल भाई और बहन का संबंध रहे। तुम्हारे पत्र से यह प्रकट होना चाहिए कि तुम उनके प्रेम की अपेक्षा उनके जातीय भावों की ज़्यादा कद्र करती हो। तुम्हारा यह पत्र मेरे और उनके पिता के हजारों उपदेशों से अधिक प्रभावशाली होगा। मुझे विश्वास है, तुम्हारा पत्र पाते ही उनकी चेष्टाएँ बदल जायेंगी और वह कर्त्तव्य-मार्ग पर सुदृढ़ हो जायेंगे। मैं इस कृपा के लिए जीवन-पर्यंत तुम्हारी आभारी रहूँगी।

सोफ़ी ने कातर स्वर में कहा—आपकी आज्ञा का पालन करूँगी।

रानी—नहीं, केवल मेरी आज्ञा का पालन करना काफ़ी नहीं है। अगर उससे यह भासित हुआ कि किसी की प्रेरणा से लिखा गया है, तो उसका असर जाता रहेगा।

सोफ़िया—आपको पत्र लिखकर दिखा दूँ?

रानी—नहीं, तुम्हीं भेज देना।

सोफ़िया जब वहाँ से आकर पत्र लिखने बैठी, तो उसे सूझता ही न था कि क्या लिखूँ। सोचने लगी—वह मुझे निर्मम समझेंगे; अगर लिख दूँ, मैंने तुम्हारा पत्र पढ़ा ही नहीं, तो उन्हें कितना दुःख होगा! कैसे कहूँ कि मैं तुमसे प्रेम नहीं करती?

वह मेज़ पर से उठ खड़ी हुई और निश्चय किया, कल लिखूँगी। एक किताब पढ़ने लगीं। भोजन का समय हो गया। नौ बज गए। अभी वह मुँह-हाथ धोकर बैठी ही थी कि उसने रानी को द्वार से अन्दर की ओर झाँकते देखा। समझी, किसी काम से जा रही होंगी, फिर किताब देखने लगी। पन्द्रह मिनट भी न गुज़रे थे कि रानी फिर दूसरी तरफ़ से लौटीं और कमरे में झाँका।

सोफ़ी को उनका यों मँडलाना बहुत नागवार मालूम हुआ। उसने समझा—यह मुझे बिल्कुल काठ की पुतली बनाना चाहती है। बस, इनके इशारों पर नाचा करूँ। इतना तो नहीं हो सका कि जब मैंने बंद लिफाफा उनके हाथ में रख दिया, तो मुझे खत पढ़कर सुना देतीं। आखिर मैं लिखूँ क्या? नहीं मालूम, उन्होंने अपने खत में क्या लिखा है? सहसा उसे ध्यान आया कि कहीं

मेरा पत्र उपदेश के रूप में न हो जाय। वह इसे पढ़कर शायद मुझसे चिढ़ जायं। अपने प्रेमियों से हम उपदेश और शिक्षा की बातें नहीं, प्रेम और परितोष की बातें सुनना चाहते हैं। बड़ी कुशल हुई, नहीं तो वह मेरा उपदेश-पत्र पढ़कर न जाने दिल में क्या समझते। उन्हें खयाल होता, गिरजा में उपदेश सुनते-सुनते इसकी प्रेम-भावनाएँ निर्जीव हो गई हैं। अगर वह मुझे ऐसा पत्र लिखते, तो मुझे कितना बुरा मालूम होता! आह! मैंने बड़ा धोखा खाया। पहले मैंने समझा था, उनसे केवल आध्यात्मिक प्रेम करूँगी। अब विदित हो रहा है कि आध्यात्मिक प्रेम या भक्ति केवल धर्म-जगत् ही की वस्तु है। स्त्री-पुरुष में पवित्र प्रेम होना असम्भव है। प्रेम पहले उँगली पकड़कर तुरंत ही पहुँचा पकड़ता है। यह भी जानती हूँ प्रेम मुझे ज्ञान के ऊँचे आदर्श से गिरा रहा है। हमें जीवन इसलिए प्रदान किया गया है कि सद्विचारों और सत्कार्यों से उसे उन्नत करें और एक दिन अनन्त ज्योति में विलीन हो जाय। यह भी जानती हूँ कि जीवन नश्वर है, अनित्य है और संसार के सुख भी अनित्य और नश्वर हैं। यह सब जानते हुए भी पतंग की भाँति दीपक पर गिर रही हूँ। इसीलिए तो कि प्रेम में वह विस्मृति है, जो संयम ज्ञान और धारणा पर परदा डाल देती है। भक्तजन भी, जो आध्यात्मिक आनन्द भोगते रहते हैं, वासनाओं से मुक्त नहीं हो सकते। जिसे कोई बलात् खींचे लिये जाता हो, उससे कहना कि तू मत जा, कितना बड़ा अन्याय है।

पीड़ित प्राणियों के लिए रात एक कठिन तपस्या है। ज्यों-ज्यों रात गुजरती थी, सोफ़ी की उद्विग्नता बढ़ती जाती थी। आधी रात तक मनोभावों से निरन्तर संग्राम करने के बाद अन्त को उसने विवश होकर हृदय के द्वार प्रेम-क्रीड़ाओं के लिए उन्मुक्त कर दिए, जैसे किसी रंगशाला का व्यवस्थापक दर्शकों की रेल-पेल से तंग आकर शाला का पट सर्वसाधारण के लिए खोल देता है। बाहर का शोर भीतर के मधुर स्वर-प्रवाह में बाधक होता। सोफ़ी ने अपने को प्रेम-कल्पनाओं की गोद में डाल दिया। अबाध रूप से उनका आनन्द उठाने लगी।

'क्यों विनय, तुम मेरे लिए क्या-क्या मुसीबतें झेलोगे? अपमान, अनादर, द्वेष, माता-पिता का विरोध, तुम मेरे लिए यह सब विपत्ति सह लोगे? लेकिन धर्म? वह देखो, तुम्हारा मुख उदास हो गया। तुम सब कुछ करोगे; पर धर्म

नहीं छोड़ सकते। मेरी भी यही दशा है। मैं तुम्हारे साथ उपवास कर सकती हूँ, तिरस्कार, अपमान, निंदा, सब कुछ भोग सकती हूँ, पर धर्म को कैसे त्याग दूँ? ईसा का दामन कैसे छोड़ दूँ? ईसाइयत की मुझे परवा नहीं, जो क्षमा और दया का अवतार थी? क्या यह संभव नहीं कि मैं ईसा के दामन से लिपटी रहकर भी अपनी प्रेमाकांक्षाओं को तृप्त करूँ? हिन्दू-धर्म की उदार छाया में किसके लिए शरण नहीं? आस्तिक भी हिन्दू है, नास्तिक भी हिन्दू है, तैंतीस करोड़ देवताओं को माननेवाला भी हिन्दू है। जहाँ महावीर के भक्तों के लिए स्थान है, बुद्धदेव के भक्तों के लिए स्थान है, वहाँ क्या ईसू के भक्त के लिए स्थान नहीं है? तुमने मुझे अपने प्रेम का निमंत्रण दिया है, मैं उसे अस्वीकार क्यों करूँ?' मैं भी तुम्हारे साथ सेवाकार्य में रत हो जाऊँगी, तुम्हारे साथ वनों में विचरूँगी, झोंपड़ी में रहूँगी'

आह, मुझसे बड़ी भूल हुई। मैंने नाहक वह पत्र रानीजी को दे दिया। मेरा पत्र था, मुझे उसको पढ़ने का पूरा अधिकार था। मेरे और उनके बीच प्रेम का नाता है, जो संसार के और सभी संबंधों से पवित्र और श्रेष्ठ है। मैं इस विषय में अपने अधिकार को त्यागकर विनय के साथ अन्याय कर रही हूँ। नहीं, मैं उनसे दगा कर रही हूँ, मैं प्रेम को कलंकित कर रही हूँ। उनके मनोभावों का उपहास कर रही हूँ। यदि वह मेरा पत्र बिना पढ़े ही फाड़कर फेंक देते, तो मुझे इतना दुःख होता कि उन्हें कभी क्षमा न करती। क्या करूँ? जाकर रानीजी से वह पत्र माँग लूँ? उसे देने में उन्हें कोई आपत्ति नहीं हो सकती। मन में चाहे कितना ही बुरा मानें; पर मेरी अमानत मुझे अवश्य दे देंगी। वह मेरी मामा की भाँति अनुदार नहीं हैं। मगर मैं उनसे माँगू क्यों? वह मेरी चीज है, किसी अन्य प्राणी का उस पर दावा नहीं। अपनी चीज़ ले लेने के लिए मैं किसी दूसरे का एहसान क्यों उठाऊँ?

ग्यारह बज रहे थे। भवन में चारों तरफ सन्नाटा छाया हुआ था। नौकर-चाकर सब सो गए थे। सोफ़िया ने खिड़की से बाहर बाग की ओर देखा ऐसा, मालूम होता था कि आकाश से दूध की वर्षा हो रही है। चाँदनी खूब छिटकी हुई थी। संगमरमर की दोनों परियाँ, जो हौज के किनारे खड़ी थीं, उसे निस्स्वर संगीत की प्रकाशमयी प्रतिमाओं-सी प्रतीत होती थीं, जिससे सारी प्रकृति उल्लसित हो रही थी।

सोफ़िया के हृदय में प्रबल उत्कंठा हुई कि इसी क्षण चलकर अपना पत्र लाऊँ। वह दृढ़ संकल्प करके अपने कमरे से निकली और निर्भय होकर रानीजी के दीवानखाने की ओर चली। वह अपने हृदय को बार-बार समझा रही थी—मुझे भय किसका है, अपनी चीज़ लेने जा रही हूँ; कोई पूछे तो उससे साफ़-साफ़ कह सकती हूँ। विनयसिंह का नाम लेना कोई पाप नहीं है।

किन्तु निरन्तर यह आश्वासन मिलने पर भी उसके कदम इतनी सावधानी से उठते थे कि बरामदे के पक्के फ़र्श पर भी कोई आहट न होती थी। उसकी मुखाकृति से वह अशांति झलक रही थी, जो आंतरिक दुश्चिन्ता का चिह्न है। वह सहमी हुई आँख से दाहिने-बायें, आगे-पीछे ताकती जाती थी। जरा-सा भी कोई खटका होता, तो उसके पाँव स्वतः रुक जाते थे और वह बरामदे के खंभों की आड़ में छिप जाती थी। रास्ते में कई कमरे थे। यद्यपि उनमें अँधेरा था, रोशनी गुल हो चुकी थी, तो भी वह दरवाज़े पर एक क्षण के लिए रुक जाती थी कि कोई उनमें बैठा न हो। सहसा एक टेरियर कुत्ता, जिसे रानीजी बहुत प्यार करती थीं, सामने से आता हुआ दिखायी दिया। सोफ़ी के रोयें खड़े हो गए। इसने जरा भी मुँह खोला और सारे घर में हलचल हुई। कुत्ते ने उसकी ओर सशंक नेत्रों से देखा और अपने निर्णय की सूचना देना ही चाहता था कि सोफ़िया ने धीरे से उसका नाम लिया और उसे गोद में उठाकर उसकी पीठ सहलाने लगी। कुत्ता दुम हिलाने लगा, लेकिन अपनी राह जाने के बदले वह सोफ़िया के साथ हो लिया। कदाचित् उसकी पशु-चेतना ताड़ रही थी कि कुछ दाल में काला जरूर है। इस प्रकार पाँच कमरों के बाद रानीजी का दीवानखाना मिला। उसके द्वार खुले हुए थे, लेकिन अन्दर अँधेरा था। कमरे में बिजली के बटन लगे हुए थे। उंगलियों की एक अति सूक्ष्म गति से कमरे में प्रकाश हो सकता था। लेकिन इस समय बटन का दबाना बारूद के ढेर में दियासलाई से कम भयकारक न था। प्रकाश से वह कभी इतनी भयभीत न हुई थी। मुश्किल तो यह थी कि प्रकाश के बगैर वह सफल-मनोरथ भी न हो सकती थी। यही अमृत भी था और विष भी। उसे क्रोध आ रहा था कि किवाड़ों में शीशे क्यों लगे हुए हैं? परदे हैं, वे भी इतने बारीक कि आदमी का मुँह दिखायी देता है। घर न हुआ, कोई सजी हुई दुकान हुई। बिलकुल अंगरेजी नकल है।

और रोशनी ठंडी करने की जरूरत ही क्या थी? इससे तो कोई बहुत बड़ी किफायत नहीं हो जाती।

हम जब किसी तंग सड़क पर चलते हैं, तो हमें सवारियों का आना-जाना बहुत ही कष्टदायक जान पड़ता है। जी चाहता है कि इन रास्तों पर सवारियों के आने की रोक होनी चाहिए। हमारा अख्तियार होता, तो इन सड़कों पर कोई सवारी न आने देते विशेषतः मोटरों को। लेकिन उन्हीं सड़कों पर जब हम किसी सवारी पर बैठकर निकलते हैं, तो पग-पग पथिकों को हटाने के लिए रुकने पर झुँझलाते हैं कि ये सब पटरी पर क्यों नहीं चलते, ख्वामख्वाह बीच में धंसे पड़ते हैं। कठिनाइयों में पड़कर परिस्थिति पर क्रुद्ध होना मानव-स्वभाव है।

सोफ़िया कई मिनट तक बिजली के बटन के पास खड़ी रही। बटन दबाने की हिम्मत न पड़ती थी। सारे आँगन में प्रकाश फैल जायेगा, लोग चौंक पड़ेंगे। अँधेरे में सोता हुआ मनुष्य भी उजाला फैलते ही जाग पड़ता है। विवश होकर उसने मेज को टटोलना शुरू किया। दावात लुढ़क गई, स्याही मेज पर फैल गई और उसके कपड़ों पर दाग पड़ गए। उसका विश्वास था कि रानी ने पत्र अपने हैंडबेग में रखा होगा। जरूरी चिट्ठियाँ उसी में रखती थीं। बड़ी मुश्किल से उसे बैग मिला। वह उसमें से एक-एक पत्र निकालकर अंधेरे में देखने लगी। लिफाफे अधिकांश एक ही आकार के थे, निगाहें कुछ काम न कर सकीं। आखिर इस तरह मनोरथ पूरा न होते देखकर उसने हैंडबैग उठा लिया और कमरे से बाहर निकली। सोचा, मेरे कमरे में अभी तक रोशनी है, वहाँ वह पत्र सहज ही में मिल जाएगा। इसे लाकर फिर यहीं रख दूँगी। लेकिन लौटती बार वह इतनी सावधानी से पाँव न उठा सकी। आती बार वह पग-पग पर इधर-उधर देखती हुई आयी थी। अब बड़े वेग से चली जा रही थी, इधर-उधर देखने की फुरसत न थी। खाली हाथ उज्र की गुंजाइश थी। रंगे हुए हाथों के लिए कोई उज्र, कोई बहाना नहीं है।

अपने कमरे में पहुँचते ही सोफ़िया ने द्वार बन्द कर दिया और परदे डाल दिये। गरमी के मारे सारी देह पसीने से तर थी, हाथ काँप रहे थे। मानो लकवा गिर गया हो। वह चिट्ठियों को निकाल-निकालकर देखने लगी। और पत्रों को केवल देखना ही न था, उन्हें अपनी जगह सावधानी से रखना भी था। पत्रों

का एक दफ्तर सामने था, बरसों की चिट्ठियाँ वहाँ निर्वाण सुख भोग रही थीं। सोफ़िया को उनकी तलाशी लेते घंटों गुज़र गए, दफ्तर समाप्त होने को आ गया; पर वह चीज़ न मिली। उसे अब कुछ-कुछ निराशा होने लगी; यहाँ तक कि अंतिम पत्र भी उलट-पलटकर रख दिया गया। तब सोफ़िया ने एक लम्बी साँस ली। उसकी दशा उस मनुष्य की-सी थी, जो किसी मेले में अपने खोये हुए बन्धु को ढूँढ़ता हो, वह चारों ओर आँखें फाड़-फाड़कर देखता है, उसका नाम लेकर जोर-जोर से पुकारता है, उसे भ्रम होता है; वह खड़ा है लपककर उसके पास जाता है और लज्जित होकर आता है। अन्त में वह निराश होकर जमीन पर बैठ जाता है और रोने लगता है।

सोफ़िया भी रोने लगी। वह पत्र कहाँ गया? रानी ने तो उसे मेरे सामने ही इसी बैग में रख दिया था? उनके और सभी पत्र यहाँ मौजूद हैं। क्या उसे कहीं और रख दिया? मगर आशा उस घास की भाँति है, जो ग्रीष्म की ताप से जल जाती है, भूमि पर उसका निशान तक नहीं रहता, धरती ऐसी उज्जवल हो जाती है, जैसे टकसाल का नया रुपया; लेकिन पावस की बूँद पड़ते ही फिर जली हुई जड़ें पनपने लगती हैं और उसी शुष्क स्थान पर हरियाली लहराने लगती है।

सोफ़िया की आशा फिर हरी हुई। कहीं मैं कोई पत्र छोड़ तो नहीं गई। उसने दुबारा पत्रों को पढ़ना शुरू किया और ज़्यादा ध्यान देकर। एक-एक लिफाफे को खोलकर देखने लगी कि कहीं रानी ने उसे किसी दूसरे लिफाफे में रख दिया हो। जब देखा कि इस तरह तो सारी रात गुजर जाएगी, तो उन्हीं लिफाफों को खोलने लगी, जो भारी-भारी मालूम होते थे। अंत को यह शंका भी मिट गई। उस लिफाफे का कहीं पता न था। अब आशा की जड़ें भी सूख गईं, पावस की बूँद न मिली।

सोफ़िया चारपाई पर लेट गई, मानो थक गई हो। सफलता में अनन्त सजीवता होती है, विफलता में असह्य अशान्ति। आशा मद है, निराशा मद का उतार। नशे में हम मैदान की तरफ दौड़ते हैं, सचेत होकर हम घर में विश्राम करते हैं। आशा जड़ की ओर ले जाती है, निराशा चैतन्य की ओर। आशा आँखें बन्द कर देती है, निराशा आँखें खोल देती हैं। आशा सुलानेवाली थपकी है, निराशा जगानेवाला चाबुक।

सोफ़िया को इस वक्त अपनी नैतिक दुर्बलता पर क्रोध आ रहा था। मैंने व्यर्थ ही अपनी आत्मा के सिर पर यह अपराध मढ़ा। क्या मैं रानी से अपना पत्र न माँग सकती थी? उन्हें उसके देने में जरा भी विलम्ब न होता। फिर मैंने वह पत्र उन्हें दिया ही क्यों? रानीजी को कहीं मेरा यह कपट-व्यवहार मालूम हो गया; और अवश्य ही मालूम हो जायेगा, तो वह मुझे अपने मन में क्या समझेंगी? कदाचित् मुझसे नीच और निकृष्ट कोई प्राणी न होगा।

सहसा सोफ़िया के कानों में झाड़ू लगने की आवाज़ आयी। वह चौंकी, क्या सबेरा हो गया? परदा उठाकर द्वार खोला, तो दिन निकल आया था। उसकी आँखों में अँधेरा छा गया। उसने बड़ी कातर दृष्टि से हैंडबैग की ओर देखा और मूर्ति के समान खड़ी रह गई। बुद्धि शिथिल हो गई। अपनी दशा और अपने कृत्य पर उसे ऐसा क्रोध आ रहा था कि गरदन पर छुरी फेर लूँ। कौन-सा मुँह दिखाऊँगी? रानी बहुत तड़के उठती हैं, मुझे अवश्य ही देख लेंगी। किन्तु अब और हो ही क्या सकता है? भगवन्! तुम दीनों के आधार-स्तम्भ हो, अब लाज तुम्हारे हाथ है। ईश्वर करे, अभी रानी न उठी हों। उसकी इस प्रार्थना में कितनी हीनता, कितनी विवशता, कितनी व्यथा, कितनी श्रद्धा और कितनी लज्जा थी! कदाचित् इतने शुद्ध हृदय से उसने कभी प्रार्थना न की होगी!

अब एक क्षण भी विलम्ब करने का अवसर न था। उसने बैग उठा लिया और बाहर निकली। आत्म-गौरव कभी इतना पद-दलित न हुआ होगा। उसके मुँह में कालिख लगी होती, तो शायद वह इस भाँति आँखें चुराती हुई न जाती! कोई भ्रद पुरुष अपराधी के रूप में बेड़ियाँ पहने जाता हुआ भी इतना लज्जित न होगा! जब वह दीवानखाने के द्वार पर पहुँची, तो उसका हृदय यों धड़कने लगा, मानो कोई हथौड़ा चला रहा हो। वह ज़रा देर ठिठकी, कमरे में झाँककर देखा, रानी बैठी हुई थीं। सोफ़िया की इस समय जो दशा हुई, उसकी केवल कल्पना ही की जा सकती है। वह गड़ गई, कट गई, सिर पर बिजली गिर पड़ती नीचे की भूमि फट जाती, तो भी कदाचित् वह इस महान् संकट के सामने उसे पुष्प-वर्षा या जलविहार के समान सुखद प्रतीत होता। उसने ज़मीन की ओर ताकते हुए हैंडबैग चुपके से ले जाकर मेज़ पर रख दिया। रानी ने उसकी ओर उस दृष्टि से देखा, तो अंतस्तल पर शर के समान लगती है।

उसमें अपमान भरा हुआ था; क्रोध न था, दया न थी, ज्वाला न थी, तिरस्कार था—विशुद्ध, सजीव और सशब्द।

सोफ़िया लौटना ही चाहती थी कि रानी ने पूछा—विनय का पत्र ढूँढ़ रही थीं?

सोफ़िया अवाक् रह गई। मालूम हुआ, किसी ने कलेजे में बर्छी मार दी।

रानी ने फिर कहा—उसे मैंने अलग रख दिया है, मँगवा दूँ?

सोफ़िया ने उत्तर न दिया। उसके सिर में चक्कर-सा आने लगा। मालूम हुआ, कमरा घूम रहा है।

रानी ने तीसरा बाण चलाया—क्या यही सत्य की मीमांसा है?

सोफ़िया मूर्च्छित होकर फर्श पर गिर पड़ी।

14

सोफ़िया को होश आया तो वह अपने कमरे में चारपाई पर पड़ी हुई थी। कानों में रानी के अंतिम शब्द गूँज रहे थे—क्या यही सत्य की मीमांसा है? वह अपने को इस समय इतनी नीच समझ रही थी कि घर का मेहतर भी उसे गालियाँ देता, तो शायद सिर न उठाती। वह वासना के हाथों इतनी परास्त हो चुकी थी कि अब उसे अपने सँभलने की कोई आशा न दिखायी देती थी। उसे भय होता था कि मेरा मन मुझसे वह सब कुछ करा सकता है, जिसकी कल्पना-मात्र से मनुष्य का सिर लज्जा से झुक जाता है। मैं दूसरों पर कितना हँसती थी, अपनी धार्मिक प्रवृत्ति पर कितना अभिमान करती थी, मैं पुनर्जन्म और मुक्ति-पुरुष और प्रकृति जैसे गहन विषयों पर विचार करती थी, और दूसरों को इच्छा तथा स्वार्थ का दास समझकर उनका अनादर करती थी। मैं समझती थी, परमात्मा के समीप पहुँच गई हूँ, संसार की उपेक्षा करके अपने को जीवनमुक्त समझ रही थी, पर आज मेरी सद्भक्ति का परदाफाश हो गया! विनय को ये बातें मालूम होंगी, तो वह अपने मन में क्या समझेंगे? कदाचित् मैं उनकी निगाहों में इतनी गिर जाऊँगी कि वह मुझसे बोलना भी पसंद न करें। मैं अभागिन हूँ, मैंने उन्हें बदनाम किया, अपने कुल को कलंकित किया, अपनी आत्मा की हत्या की, अपने आश्रयदाताओं की उदारता को कलुषित किया। मेरे कारण धर्म भी बदनाम हो गया, नहीं तो क्या आज मुझसे यह पूछा जाता—क्या यही सत्य की मीमांसा है?

उसने सिरहाने की ओर देखा। अलमारियों पर धर्म-ग्रंथ सजे हुए रखे थे। उन ग्रंथों की ओर ताकने की हिम्मत न पड़ी। यही मेरे स्वाध्याय का फल है? मैं सत्य की मीमांसा करने चली थी और इस बुरी तरह गिरी कि अब उठना कठिन है।

सामने दीवार पर बुद्ध भगवान् का चित्र लटक रहा था। उनके मुख पर कितना तेज था। सोफ़िया की आँखें झुक गईं। उनकी ओर ताकते हुए उसे लज्जा आती थी। बुद्ध के अमरत्व का उसे कभी इतना पूर्ण विश्वास न हुआ था। अन्धकार में लकड़ी का कुंदा भी सजीव हो जाता है। सोफ़ी के हृदय पर ऐसा ही अंधकार छाया हुआ था।

अभी नौ बजे का समय था, पर सोफ़िया को भ्रम हो रहा था कि संध्या हो रही है। वह सोचती थी—क्या मैं सारे दिन सोती रह गई, किसी ने मुझे जगाया भी नहीं! कोई क्यों जगाने लगा? यहाँ अब मेरी परवा किसे है, और क्यों हो! मैं कुलक्षणा हूँ, मेरी जात से किसी का उपकार न होगा, जहाँ रहूँगी वहीं आग लगाऊँगी। मैंने बुरी साइत में इस घर में पाँव रखे थे। मेरे हाथों यह घर वीरान हो जाएगा, मैं विनय को अपने साथ डूबो दूँगी, माता का शाप अवश्य पड़ेगा। भगवन् आज मेरे मन में ऐसे विचार क्यों आ रहे हैं?

सहसा मिसेज़ सेवक कमरे में दाखिल हुईं। उन्हें देखते ही सोफ़िया को अपने हृदय में एक जलोद्गार-सा उठता हुआ जान पड़ा। वह दौड़कर माता के गले से लिपट गई। यही अब उसका अंतिम आश्रय था। यहीं अब उसे सहानुभूति मिल सकती थी; जिसके बिना उसका जीना दूभर था; यहीं अब उसे वह विश्राम, वह शांति, वह छाया मिल सकती थी, जिसके लिए उसकी संतप्त आत्मा तड़प रही थी। माता की गोद के सिवा यह सुख-स्वर्ग और कहाँ है? माता के सिवा कौन उसे छाती से लगा सकता है, कौन उसके दिल पर मरहम रख सकता है? माँ के कटु शब्द और उसका निष्ठुर व्यवहार, सब कुछ इस सुख-लालसा के आवेग में विलुप्त हो गया। उसे ऐसा जान पड़ा, ईश्वर ने मेरी दीनता पर तरस खाकर मामा को यहाँ भेजा है। माता की गोद में अपना व्यथित मस्तक रखकर एक बार फिर उसे बल और धैर्य का अनुभव हुआ, जिसकी याद अभी तक दिल से न मिटी थी। वह फूट-फूट कर रोने लगी। लेकिन माता की आँखों में आँसू न थे। वह तो मिस्टर क्लार्क के निमंत्रण का सुख-संवाद सुनाने के लिए अधीर हो रही थीं। ज्यों ही सोफ़िया के आँसू थमे, मिसेज़ सेवक ने कहा—आज तुम्हें मेरे साथ चलना होगा। मिस्टर क्लार्क ने तुम्हें अपने यहाँ निमंत्रित किया है।

सोफ़िया ने उत्तर न दिया। उसे माता की यह बात भद्दी मालूम हुई।

मिसेज़ सेवक ने फिर कहा—जब से तुम यहाँ आयी हो, वह कई बार तुम्हारा कुशल-समाचार पूछ चुके हैं। जब मिलते हैं, तुम्हारी चर्चा जरूर करते हैं। ऐसा सज्जन सिविलियन मैंने नहीं देखा। उनका विवाह किसी अँगरेज के खानदान में हो सकता है, और यह तुम्हारा सौभाग्य है कि वह अभी तक तुम्हें याद करते हैं।

सोफ़िया ने घृणा से मुँह फेर लिया। माता की सम्मान-लोलुपता असह्य थी। न मुहब्बत की बातें हैं, न आश्वासन के शब्द, न ममता के उद्‌गार। कदाचित् प्रभु मसीह ने भी निमंत्रित किया होता, तो वह इतनी प्रसन्न न होती।

मिसेज़ सेवक बोलीं—अब तुम्हें इनकार न करना चाहिए। विलम्ब से प्रेम ठंडा हो जाता है और फिर उस पर कोई चोट नहीं पड़ सकती। ऐसा स्वर्ण-सुयोग फिर न हाथ आएगा, एक विद्वान् ने कहा है—प्रत्येक प्राणी को जीवन में केवल एक बार अपने भाग्य की परीक्षा का अवसर मिलता है और वही भविष्य का निर्णय कर देता है। तुम्हारे जीवन में वह यही अवसर है। इसे छोड़ दिया, तो फिर हमेशा पछताओगी।

सोफ़िया ने व्यथित होकर कहा—अगर मिस्टर क्लार्क ने मुझे निमंत्रित न किया होता, तो शायद आप मुझे याद भी न करतीं?

मिसेज़ सेवक ने अवरुद्ध कंठ से कहा—मेरे मन में जो कुछ है, वह तो ईश्वर ही जानता है; पर ऐसा कोई दिन नहीं जाता कि मैं तुम्हारे और प्रभु के लिए ईश्वर प्रार्थना न करती होऊँ। यह उन्हीं प्रार्थनाओं का शुभ फल है कि तुम्हें यह अवसर मिला है।

यह कहकर मिसेज़ सेवक जाह्नवी से मिलने गईं। रानी ने उसका विशेष आदर न किया। अपनी जगह पर बैठे-बैठे बोलीं—आपके दर्शन तो बहुत दिनों के बाद हुए।

मिसेज़ सेवक ने सूखी हँसी हँसकर कहा—अभी मेरी वापसी की मुलाकात आपके जिम्मे बाकी है।

रानी—आप मुझसे मिलने आयीं ही कब? पहले भी सोफ़िया से मिलने आयी थीं, और आज भी। मैं तो आज आपको एक खत लिखनेवाली थी। अगर बुरा न मानिए तो एक बात पूछूँ?

मिसेज़ सेवक—पूछिए, बुरा क्यों मानूँगी।

रानी—मिस सोफ़िया की उम्र तो ज़्यादा हो गई, आपने उसकी शादी की कोई फ़िक्र की या नहीं? अब तो उसका जितनी जल्दी विवाह हो जाये, उतना ही अच्छा। आप लोगों में लड़कियाँ बहुत सयानी होने पर ब्याही जाती हैं।

मिसेज़ सेवक—इसकी शादी कब की हो गई होती, कई अँगरेज़ बेतरह पीछे पड़े, लेकिन यह राज़ी ही नहीं होती। इसे धर्मग्रन्थों से इतनी रुचि है कि विवाह को जंजाल समझती है। आजकल जिलाधीश मिस्टर क्लार्क के पैगाम आ रहे हैं। देखूँ, अब भी राज़ी होती है या नहीं। आज मैं उसे ले जाने ही के इरादे से आयी हूँ। मैं हिन्दुस्तानी ईसाईयों से नाते नहीं जोड़ना-चाहती। उनका रहन-सहन मुझे पसंद नहीं है और सोफ़ी जैसी सुशिक्षित लड़की के लिए कोई अँगरेज पति मिलने में कोई कठिनाई नहीं हो सकती।

जाह्नवी—मेरे विचार में विवाह सदैव अपने स्वजातियों में करना चाहिए। योरोपियन लोग हिंदुस्तानी ईसाइयों का बहुत आदर नहीं करते और अनमेल विवाहों का परिणाम अच्छा नहीं होता।

मिसेज़ सेवक—(गर्व के साथ) ऐसा कोई योरोपियन नहीं है, जो मेरे खानदान में विवाह करना मर्यादा के विरुद्ध समझे। हम और वे एक हैं। हम और वे एक ही खुदा को मानते हैं, एक ही गिरजा में प्रार्थना करते हैं और एक ही नबी के अनुचर हैं। हमारा और उनका रहन-सहन, खान-पान, रीति-व्यवहार एक है। यहाँ अँग्रेजों के समाज में, क्लब में, दावतों में हमारा एक-सा सम्मान होता है। अभी तीन-चार दिन हुए, लड़कियों को इनाम देने का जलसा था। मिस्टर क्लार्क ने खुद मुझे उस जलसे का प्रधान बनाया और मैंने ही इनाम बाँटे। किसी हिन्दू या मुसलमान लेडी को यह सम्मान न प्राप्त हो सकता था।

रानी—हिंदू या मुसलमान, जिन्हें कुछ भी अपने जातीय गौरव का खयाल है, अँग्रेज़ों के साथ मिलना-जुलना अपने लिए सम्मान की बात नहीं समझते। यहाँ तक कि हिन्दुओं में जो अँग्रेजों से खान-पान रखते हैं, उन्हें लोग अपमान की दृष्टि से देखते हैं, शादी विवाह का तो कहना की क्या! राजनीतिक प्रभुत्व की बात और है। डाकुओं का एक दल विद्वानों की एक सभा को बहुत आसानी से परास्त कर सकता है। लेकिन इससे विद्वानों का महत्त्व कुछ कम नहीं होता। प्रत्येक हिंदू जानता है कि मसीह बौद्ध काल में यहीं आये थे, यहीं उनकी शिक्षा हुई थी और जो ज्ञान उन्होंने यहाँ प्राप्त

किया, उसी का पश्चिम में प्रचार किया। फिर यह कैसे हो सकता है कि हिंदू अँगरेज़ों को श्रेष्ठ समझें?

दोनों महिलाओं में इसी तरह नोक-झोंक होती रही। दोनों एक दूसरे को नीचा दिखाना चाहती थीं; दोनों एक दूसरे के मनोभावों को समझती थी। कृतज्ञता या धन्यवाद के शब्द किसी के मुँह से न निकले। यहाँ तक कि जब मिसेज़ सेवक विदा होने लगीं, तो रानी जाह्नवी उनको पहुँचाने के लिए कमरे के द्वार तक भी न गईं। अपनी जगह पर बैठे-बैठे हाथ बढ़ा दिया और मिसेज़ सेवक कमरे ही में थी कि अपना समाचारपत्र पढ़ने लगीं।

मिसेज़ सेवक सोफ़िया के पास आयीं, तो वह तैयार थी। किताबों के गटठ्र बँधे हुए थे। कई दासियाँ इधर-उधर इनाम के लालच में खड़ी थीं। मन में प्रसन्न थीं, किसी तरह यह बला टली। सोफ़िया बहुत उदास थी। इस घर को छोड़ते हुए उसे दुःख हो रहा था। उसे अपने उद्दिष्ट स्थान का पता न था। उसे कुछ मालूम न था कि तकदीर कहाँ जाएगी? क्या-क्या विपत्तियाँ झेलनी पड़ेंगी? जीवन-नौका किस घाट लगेगी। उसे ऐसा मालूम था कि विनयसिंह से फिर मुलाकात न होगी, उनसे सदा के लिए बिछुड़ रही हूँ। रानी की अपमान-भरी बातें, उनकी भर्त्सना और अपनी भ्रांति सब कुछ भूल गई। हृदय के एक-एक तार से यही ध्वनि निकल रही थी—अब विनय से फिर भेंट न होगी।

मिसेज़ सेवक बोलीं—कुँवर साहब से भी मिल लूँ।

सोफ़िया डर रही थी कि कहीं मामा को रात की घटना की खबर न मिल जाये, कुँवर साहब कहीं दिल्लगी-ही-दिल्लगी में कह न डालें। बोली—उनसे मिलने में देर होगी, फिर मिल लीजिएगा।

मिसेज़ सेवक—फिर किसे इतनी फुर्सत है!

दोनों कुँवर साहब के दीवानखाने में पहुँचीं। यहाँ इस वक़्त स्वयंसेवकों की भीड़ लगी हुई थी। गढ़वाल प्रांत में दुर्भिक्ष का प्रकोप था। न अन्न था, न जल। जानवर मरे जाते थे, पर मनुष्यों को मौत भी न आती थी; एड़ियाँ रगड़ते थे, सिसकते थे। यहाँ से पचास स्वयंसेवकों का एक दल, पीड़ितों का कष्ट निवारण करने के लिए जानेवाला था। कुँवर साहब इस वक्त उन लोगों को छाँट रहे थे; उन्हें जरूरी बातें समझा रहे थे। डॉक्टर गांगुली ने इस

वृद्धावस्था में भी इस दल का नेतृत्व स्वीकार कर लिया था। दोनों आदमी इतने व्यस्त थे कि मिसेज़ सेवक की ओर किसी ने ध्यान न दिया। आखिर वह बोलीं—डॉक्टर साहब, आपका कब जाने का विचार है?

कुँवर साहब ने मिसेज़ सेवक की तरफ़ देखा और बड़े तपाक से आगे बढ़कर हाथ मिलाया, कुशल-समाचार पूछा और ले जाकर एक कुर्सी पर बैठा दिया। सोफ़िया माँ के पीछे जाकर खड़ी हो गई।

कुँवर साहब—ये लोग गढ़वाल जा रहे हैं। आपने पत्रों में देखा होगा, वहाँ लोगों पर कितना घोर संकट पड़ा हुआ है।

मिसेज़ सेवक—खुदा इन लोगों का उद्योग सफल करें। इनके त्याग की जितनी भी प्रशंसा की जाये, कम है। मैं देखती हूँ, यहाँ इनकी खास तादाद है।

कुँवर साहब—मुझे इतनी आशा न थी, विनय की बातों पर विश्वास न होता था, सोचता था, इतने वालंटियर कहाँ मिलेंगे। सभी को नवयुवकों के निरुत्साह का रोना रोते हुए देखता था। इनमें जोश नहीं है, त्याग नहीं है, जान नहीं है, सब अपने स्वार्थ-चिंतन में मतवाले हो रहे हैं। कितनी ही सेवा-समितियाँ स्थापित हुईं; पर एक भी पनप न सकीं। लेकिन अब मुझे अनुभव हो रहा है कि लोगों को हमारे नवयुवकों के विषय में कितना भ्रम हुआ था। अब तक तीन सौ नाम दर्ज हो चुके हैं। कुछ लोगों ने आजीवन सेवा-धर्म पालन करने का व्रत लिया है। इनमें कई आदमी तो हजारों रुपये माहवार की आय पर लात मारकर आये हैं। इनका सत्साहस देखकर मैं बहुत आशावादी हो गया हूँ।

मिसेज़ सेवक—मिस्टर क्लार्क कल आपकी बहुत प्रशंसा कर रहे थे। ईश्वर ने चाहा, तो आप शीघ्र सी. आई. ई. होंगे और मुझे आपको बधाई देने का अवसर मिलेगा।

कुँवर साहब—(लजाते हुए) मैं इस सम्मान के योग्य नहीं हूँ। मिस्टर क्लार्क मुझे इस योग्य समझते हैं, तो वह उनकी कृपा-दृष्टि है। मिस सेवक, तैयार रहना, कल तीन बजे के मेल से ये लोग सिधारेंगे। प्रभु ने भी आने का वादा किया है।

मिसेज़ सेवक—सोफ़ी आज घर जा रही है। (मुस्कराकर) शायद आपको जल्द ही इसका कन्यादान देना पड़े (धीरे से) मिस्टर क्लार्क जाल फैला रहे हैं।

सोफ़ी शर्म से गड़ गई। उसे अपनी माता के ओछेपन पर क्रोध आ रहा था—इन सब बातों का ढिंढ़ोरा पीटने की क्या जरूरत है? क्या यह समझती हैं कि मि. क्लार्क का नाम लेने से कुँवर साहब रोब में आ जाएँगे?

कुँवर साहब—बड़ी खुशी की बात है। सोफ़ी, देखो, हम लोगों को और विशेषतः अपने ग़रीब भाइयों को न भूल जाना। तुम्हें परमात्मा ने जितनी सहृदयता प्रदान की है, वैसा ही अच्छा अवसर भी मिल रहा है। हमारी शुभेच्छाएँ सदैव तुम्हारे साथ रहेंगी। तुम्हारे एहसान से हमारी गरदन सदा दबी रहेगी। कभी-कभी हम लोगों को याद करती रहना। मुझे पहले न मालूम था, नहीं तो आज इन्दु को अवश्य बुला भेजता। खैर, देश की तुम्हें दशा मालूम है। मिस्टर क्लार्क बहुत ही होनहार आदमी हैं। एक दिन जरूर यह इस देश के किसी प्रांत के विधाता होंगे। मैं विश्वास के साथ यह भविष्यवाणी कर सकता हूँ। उस वक्त तुम अपने प्रभाव, योग्यता और अधिकार से देश को बहुत कुछ लाभ पहुँचा सकोगी। तुमने अपने स्वदेशवासियों की दशा देखी है, उनकी दरिद्रता का तुम्हें पूर्ण अनुभव है। इस अनुभव का उनकी सेवा और सुधार में सद्व्यय करना।

सोफ़िया मारे शर्म के कुछ बोल न सकी। माँ ने कहा—आप रानीजी को ज़रूर साथ लाइएगा। मैं कार्ड भेजूँगी।

कुँवर साहब—नहीं मिसेज़ सेवक, मुझे क्षमा कीजिएगा। मुझे खेद है कि मैं उस उत्सव में सम्मिलित न हो सकूँगा। मैंने व्रत कर लिया है कि राज्याधिकारियों से कोई सम्पर्क न रखूँगा। हाकिमों की कृपा-दृष्टि, ज्ञात या अज्ञात रूप से, हम लोगों को आत्मसेवी और निरंकुश बना देती है। मैं अपने को इस परीक्षा में नहीं डालना चाहता, क्योंकि मुझे अपने ऊपर विश्वास नहीं है। मैं अपनी जाति में राजा और प्रजा तथा छोटे और बड़े का विभेद नहीं करना चाहता। सब प्रजा हैं, राजा है वह भी प्रजा है, रंक है वह भी प्रजा है। झूठे अधिकार के गर्व से अपने सिर को नहीं फिराना चाहता।

मिसेज़ सेवक—खुदा ने आपको राजा बनाया है। राजों ही के साथ तो राजा का मेल हो सकता है। अँगरेज़ लोग बाबुओं को मुँह नहीं लगाते, क्योंकि इससे यहाँ के राजों का अपमान होता है।

डॉ. गांगुली—मिसेज़ सेवक, यह बहुत दिनों तक राजा रह चुका है, अब इसका जी भर गया है। मैं इसका बचपन का साथी हूँ। हम दोनों साथ-साथ पढ़ते थे। देखने में यह मुझसे छोटा मालूम होता है, पर कई साल बड़ा है।

मिसेज़ सेवक–(हँसकर) डॉक्टर के लिए यह तो कोई गर्व की बात नहीं है।

डॉ. गांगुली–हम दूसरों का दवा करना जानते हैं, अपना दवा करना नहीं जानता। कुँवर साहब उसी बखत से Pessimist है। उसी Pessimist ने इसकी शिक्षा में बाधा डाली। अब भी इसका वही हाल है। हाँ, अब थोड़ा फेरफार हो गया है। पहले कर्म से भी निराशावादी था और वचन से भी। अब इसके वचन और कर्म में सादृश्य नहीं है। वचन से तो अब भी Pessimist है, पर काम वह करता है, जिसे कोई पक्का Pessimist ही कर सकता।

कुँवर साहब–गांगुली, तुम मेरे साथ अन्याय कर रहे हो। मुझमें आशावादिता के गुण ही नहीं है। आशावादी परमात्मा का भक्त होता है, पक्का ज्ञानी, पूर्ण ऋषि। उसे चारों ओर परमात्मा की ही ज्योति दिखायी देती है। इसी में उसे भविष्य पर अविश्वास नहीं होता। मैं आदि से भोग-विलास का दास रहा हूँ; वह दिव्य ज्ञान न प्राप्त कर सका, जो आशावादिता की कुँजी है। मेरे लिए Pessimist के सिवा और कोई मार्ग नहीं है। मिसेज़ सेवक, डॉक्टर महोदय के जीवन का सार है–आत्मोत्सर्ग। इन पर जितनी विपत्तियाँ पड़ीं, वे किसी ऋषि को नास्तिक बना देतीं। जिस प्राणी के सात बेटे जवान हो-होकर दगा दे जाएँ, पर वह अपने कर्त्तव्य-मार्ग से जरा भी विचलित न हो, ऐसा उदाहरण विरला ही कहीं मिलेगा। इनकी हिम्मत तो टूटना जानती ही नहीं, आपदाओं की चोटें इन्हें और भी ठोस बना देती हैं। मैं साहसहीन, पौरुषहीन प्राणी हूँ। मुझे यकीन नहीं आता कि कोई शासक जाति शासितों के साथ न्याय और साम्य का व्यवहार कर सकती है। मानव-चरित्र को मैं किसी देश में, किसी काल में, इतना निष्काम नहीं पाता। दासता ही उसकी तकदीर हो जाती है। किन्तु हमारे डॉक्टर बाबू मानव-चरित्र को इतना स्वार्थी नहीं समझते। इनका मत है कि हिंसक पशुओं के हृदय में भी अनंत ज्योति की किरणें विद्यमान रहती हैं, केवल परदे को हटाने की जरूरत है। मैं अँगरेज़ों की तरफ़ से निराश हो गया हूँ, इन्हें विश्वास है कि भारत का उद्धार अँगरेज़-जाति ही के द्वारा होगा।

मिसेज़ सेवक–(रुखाई से) तो क्या आप यह नहीं मानते कि अँगरेज़ों ने भारत के लिए जो कुछ किया है, वह शायद ही किसी जाति ने किसी जाति या देश के साथ किया हो?

कुँवर साहब—नहीं, मैं यह नहीं मानता।

मिसेज़ सेवक—(आश्चर्य से) शिक्षा का इतना प्रचार और भी किसी काल में हुआ था?

कुँवर साहब—मैं उसे शिक्षा नहीं कहता, जो मनुष्य को स्वार्थ का पुतला बना दे।

मिसेज़ सेवक—रेल, तार, जहाज़, डाक, सब विभूतियाँ अँगरेज़ों के साथ आयीं!

कुँवर साहब—अँगरेज़ों के बगैर भी आ सकती थीं, और अगर आयी भी हैं तो अधिकतर अँगरेज़ों के लाभ के लिए।

मिसेज़ सेवक—ऐसा न्याय-विधान पहले कभी न था।

कुँवर साहब—ठीक है, ऐसा न्याय-विधान कहाँ था, जो अन्याय को न्याय और असत्य को सत्य सिद्ध कर दे! यह न्याय नहीं, न्याय का गोरखधंधा है।

सहसा रानी जाह्नवी कमरे में आयीं। सोफ़िया का चेहरा उन्हें देखते ही सूख गया, वह कमरे के बाहर निकल आयी, रानी के सामने खड़ी न रह सकी। मिसेज़ सेवक को भी शंका हुई कि कहीं चलते-चलते रानी से फिर न विवाद हो जाये। वह भी बाहर चली आयीं। कुँवर साहब ने दोनों को फ़िटन पर सवार कराया। सोफ़िया ने सजल नेत्रों से कर जोड़कर कुँवरजी को प्रणाम किया। फ़िटन चली। आकाश पर काली घटा छायी हुई थी, फिटन सड़क पर तेजी से दौड़ी चली जाती थी और सोफ़िया बैठी रो रही थी। उसकी दशा उस बालक की-सी थी, जो रोटी खाता हुआ मिठाईवाले की आवाज सुनकर उसके पीछे दौड़े ठोकर खाकर गिर पड़े, पैसा हाथ से निकल जाए और वह रोता-हुआ घर लौट आवे।

15

राजा महेन्द्रकुमार सिंह यद्यपि सिद्धान्त के विषय में अधिकारियों से जौ-भर भी न दबते थे; पर गौण विषयों में वह अनायास उनसे विरोध करना व्यर्थ ही नहीं, जाति के लिए अनुपयुक्त भी समझते थे। उन्हें शांत नीति पर जितना विश्वास था, उतना उग्र नीति पर न था, विशेषतः इसलिए कि वह वर्तमान परिस्थिति में जो कुछ सेवा कर सकते थे, वह शासकों के विश्वासपात्र होकर ही कर सकते थे। अतएव कभी-कभी उन्हें विवश होकर ऐसी नीति का अवलंबन करना पड़ता था, जिससे उग्र नीति के अनुयायियों को उन पर उँगली उठाने का अवसर मिलता था। उनमें यदि कोई कमजोरी थी, तो यह कि वह सम्मान-लोलुप मनुष्य थे; और ऐसे अन्य मनुष्यों की भाँति वह बहुत औचित्य की दृष्टि से नहीं, ख्यातिलाभ की दृष्टि से अपने आचरण का निश्चय करते थे। पहले उन्होंने न्याय-पक्ष लेकर जॉन सेवक को सूरदास की ज़मीन दिलाने से इनकार कर दिया था; पर अब उन्हें इसके विरुद्ध आचरण करने के लिए बाध्य होना पड़ रहा था। अपने सहवर्गियों को समझाने के लिए तो पांड़ेपुरवालों का ताहिरअली के घर में घुसने पर उद्यत होना ही काफी था; पर यथार्थ में जॉन सेवक और मिस्टर क्लार्क की पारस्परिक मैत्री ने ही उन्हें अपना फैसला पलट देने को प्रेरित किया था। पर अभी तक उन्होंने बोर्ड में इस प्रस्ताव को उपस्थित न किया था। उन्हें यह शंका होती थी कि कहीं लोग मुझे एक धनी व्यापारी के साथ पक्षपात करने का दोषी न ठहराने लगें। उनकी आदत थी कि बोर्ड में प्रस्ताव रखने के पहले वह इंदु से, और इंदु न होती, तो अपने इष्ट-मित्रों से परामर्श कर लिया करते थे; उनके सामने अपना पक्ष-समर्थन करके, उनकी शंकाओं का समाधान करने का प्रयास करके, अपना इतमीनान कर लेते थे। यद्यपि इस तर्कयुद्ध से कोई अन्तर न पड़ता, वह अपने पक्ष

पर स्थिर रहते; पर घंटे-दो-घंटे के विचार-विनिमय से उनको बड़ा आश्वासन मिलता था।

तीसरे पहर का समय था। समिति के सेवक गढ़वाल जाने के लिए स्टेशन पर जमा हो रहे थे। इंदु ने गाड़ी तैयार करने का हुक्म दिया। यद्यपि बादल घिरा हुआ था और प्रतिक्षण गगन श्याम-वर्ण हुआ जाता था, किन्तु सेवकों को विदा करने के लिए स्टेशन पर जाना ज़रूरी था। जाह्नवी ने उसे बहुत आग्रह करके बुलाया था। वह जाने को तैयार ही थी कि राजा साहब अन्दर आये और इंदु को कहीं जाने को तैयार देखकर बोले–कहाँ जाती हो, बादल घिरा हुआ है।

इंदु–समिति के लोग गढ़वाल जा रहे हैं। उन्हें विदा करने स्टेशन जा रही हूँ। अम्माँजी ने बुलाया भी है।

राजा–पानी अवश्य बरसेगा।

इंदु–परदा डाल दूँगी; और भीग भी गई, तो क्या? आखिर वे भी तो आदमी ही हैं, जो लोक-सेवा के लिए इतनी दूर जा रहे हैं।

राजा–न जाओ, तो कोई हरज है? स्टेशन पर भीड़ बहुत होगी।

इंदु–हरज क्या होगा, मैं जाऊँ या न जाऊँ, वे लोग तो जाएँगे ही, पर दिल नहीं मानता। वे लोग घर-बार छोड़कर जा रहे हैं, न जाने क्या-क्या कष्ट उठाएंगे, न जाने कब लौटेंगे, मुझसे इतना भी न हो कि उन्हें विदा कर आऊँ? आप भी क्यों नहीं चलते?

राजा–(विस्मित होकर) मैं?

इन्दु–हाँ-हाँ, आपके जाने में कोई हरज है?

राजा–मैं ऐसी संस्थाओं में सम्मिलित नहीं होता!

इंदु–कैसी संस्थाओं में?

राजा–ऐसी ही संस्थाओं में!

इंदु–क्या सेवा-समितियों से सहानुभूति रखना भी आपत्तिजनक है? मैं तो समझती हूँ, ऐसे शुभ कार्यों में भाग लेना किसी के लिए भी लज्जा या आपत्ति की बात नहीं हो सकती।

राजा–तुम्हारी समझ में और मेरी समझ में बड़ा अन्तर है। यदि मैं बोर्ड का प्रधान न होता, यदि मैं शासन का एक अंग न होता, अगर मैं रियासत

का स्वामी न होता, तो स्वच्छन्दता से प्रत्येक सार्वजनिक कार्य में भाग लेता। वर्तमान स्थिति में मेरा किसी संस्था में भाग लेना इस बात का प्रमाण समझा जायेगा कि राज्याधिकारियों को उससे सहानुभूति है। मैं यह भ्रांति नहीं फैलाना चाहता। सेवासमिति युवकों का दल है और यद्यपि इस समय उसने सेवा का आदर्श अपने सामने रखा है और वह सेवा-पथ पर ही चलने की इच्छा रखती है; पर अनुभव ने सिद्ध कर दिया है कि सेवा और उपकार बहुधा ऐसे रूप धारण कर लेते हैं, जिन्हें कोई शासन स्वीकार नहीं कर सकता और प्रत्यक्ष और अप्रत्यक्ष रूप से उसे उसका मूलोच्छेद करने के प्रयत्न करने पड़ते हैं। मैं इतना बड़ा उत्तरदायित्व अपने सिर पर नहीं लेना चाहता।

इंदु–तो आप इस पद को त्याग क्यों नहीं देते? अपनी स्वाधीनता का क्यों बलिदान करते हैं?

राजा–केवल इसलिए कि मुझे विश्वास है कि नगर-प्रबंध जितनी सुंदरता से मैं कर सकता हूँ और कोई नहीं कर सकता। नगरसेवा का ऐसा अच्छा और दुर्लभ अवसर पाकर मैं अपनी स्वच्छंदता की ज़रा भी परवा नहीं करता। मैं एक राज्य का आधीश हूँ और स्वभावतः मेरी सहानुभूति सरकार के साथ है। जनवाद और साम्यवाद का सम्पत्ति से वैर है। मैं उस समय तक साम्यवाद का साथ न दूँगा, जब तक मन में यह निश्चय न कर लूँ कि अपनी सम्पत्ति त्याग दूँगा। मैं वचन से साम्यवाद का अनुयायी बनकर कर्म से उसका विरोधी नहीं बनना चाहता। कर्म और बचन में इतना घोर-विरोध मेरे लिए असह्य है। मैं उन लोगों को धूर्त और पाखंडी समझता हूँ, जो अपनी सम्पत्ति को भोगते हुए साम्य की दुहाई देते फिरते हैं। मेरी समझ में नहीं आता कि साम्यवाद के पुजारी बनकर वह किस मुँह से विशाल प्रासादों में रहते हैं, मोटर-बोटों में जल-क्रीड़ा करते हैं और संसार के सुखों का दिल खोलकर उपभोग करते हैं। अपने कमरे में फर्श हटा देना और सादे वस्त्र पहन लेना ही साम्यवाद नहीं हैं यह निर्लज्ज धूर्तता है, खुला हुआ पाखंड है। अपनी भोजनशाला के बचे-खुचे टुकड़ों को गरीबों के सामने फेंक देना साम्यवाद को मुँह चिढ़ाना, उसे बदनाम करना है।

यह कटाक्ष कुँवर साहब पर था–इंदु समझ गई। त्योरियाँ बदल गईं, किन्तु उसने जब्त किया और इस अप्रिय प्रसंग को समाप्त करने के लिए बोली–मुझे देर हो रही है, तीन बजने वाले हैं, साढ़े तीन पर गाड़ी छूटती है,

अम्माँजी से मुलाकात हो जायेगी, विनय का कुशल-समाचार भी मिल जायेगा। एक पंथ दो काज होगा।

राजा साहब–जिन कारणों से मेरा जाना अनुचित है, उन्हीं कारणों से तुम्हारा जाना अनुचित है। तुम जाओ या मैं जाऊँ, एक ही बात है।

इंदु उसी पाँव अपने कमरे में लौट आयी और सोचने लगी–यह अन्याय नहीं, तो और क्या है? घोर अत्याचार! कहने को तो मैं रानी हूँ, लेकिन इतना अख्तियार भी नहीं कि घर से बाहर जा सकूँ। मुझसे तो लौंडियाँ ही अच्छी हैं। चित्त बहुत खिन्न हुआ, आँखें सजल हो गईं। घंटी बजाई और लौंडी से कहा–गाड़ी खुलवा दो, मैं स्टेशन न जाऊँगी।

महेन्द्रकुमार भी उसके पीछे-पीछे कमरे में जाकर बोले–कहीं सैर क्यों नहीं कर आती?

इंदु–नहीं, बादल घिरा हुआ है, भीग जाऊँगी।

राजा साहब–क्या नाराज़ हो गईं?

इंदु–नाराज़ क्यों हूँ? आपके हुक्म की लौंडी हूँ। आपने कहा, मत जाओ, न जाऊँगी।

राजा साहब–मैं तुम्हें विवश नहीं करना चाहता। यदि मेरी शंकाओं को जान लेने के बाद भी तुम्हें वहाँ जाने में कोई आपत्ति नहीं दिखलाई पड़ती, तो शौक से जाओ। मेरा उद्देश्य केवल तुम्हारी सद्बुद्धि को प्रेरित करना था। मैं न्याय के बल पर रोकना चाहता हूँ, आज्ञा के बल से नहीं। बोलो, अगर तुम्हारे जाने से मेरी बदनामी हो, तो तुम जाना चाहोगी?

यह चिड़िया के पर काटकर उसे उड़ाना था। इन्दु ने उड़ने की चेष्टा ही न की। इस प्रश्न का केवल एक ही उत्तर हो सकता था–कदापि नहीं, यह मेरे धर्म के प्रतिकूल है। किन्तु इन्दु को अपनी परवशता इतनी अखर रही थी कि उसने इस प्रश्न को सुना ही नहीं, या सुना भी तो उस पर ध्यान न दिया। उसे ऐसा जान पड़ा, यह मेरे जले पर नमक छिड़क रहे हैं। अम्माँ अपने मन में क्या कहेंगी? मैंने बुलाया और नहीं आयी। क्या दौलत की हवा लगी! कैसे क्षमा-याचना करूँ? यदि लिखूँ, अस्वस्थ हूँ तो वह एक क्षण में यहाँ आ पहुँचेगी और मुझे लज्जित होना पड़ेगा। आह! अब तक तो वहाँ पहुँच गई होती। प्रभु सेवक ने बड़ी प्रभावशाली कविता लिखी होगी। दादाजी का उपदेश भी मार्के

का होगा। एक-एक शब्द अनुराग और प्रेम में डूबा होगा। सेवक-दल वर्दी पहने कितना सुन्दर लगता होगा।

इन कल्पनाओं ने इन्दु को इतना उत्सुक किया कि वह दुराग्रह करने को उद्यत हो गई। मैं तो जाऊँगी। बदनामी नहीं, पत्थर होगी। ये सब मुझे रोक रखने के बहाने हैं। तुम डरते हो; अपने कर्मों के फल भोगो; मैं क्यों डरूँ? मन में यह निश्चय करके उसने निश्चयात्मक रूप से कहा—आपने मुझे जाने की आज्ञा दे दी, मैं जाती हूँ।

राजा ने भग्न हृदय होकर कहा—तुम्हारी इच्छा, जाना चाहती हो, शौक से जाओ।

इंदु चली गई, तो राजा साहब सोचने लगे—स्त्रियाँ कितनी निष्ठुर, कितनी स्वच्छंदताप्रिय और मानशील होती हैं! चली जा रही है, मानो मैं कुछ हूँ ही नहीं। इसकी ज़रा भी चिन्ता नहीं कि हुक्काम के कानों तक यह बात पहुँचेगी; तो वह मुझे क्या कहेंगे। समाचारपत्रों के संवाददाता यह वृत्तांत अवश्य ही लिखेंगे और उपस्थित महिलाओं में चतारी की रानी का नाम मोटे अक्षरों में लिखा हुआ नजर आएगा। मैं जानता कि इतना हठ करेगी, तो मना ही क्यों करता, खुद भी साथ जाता। एक तरफ बदनाम होता, तो दूसरी ओर बखान होता। अब तो दोनों ओर से गया। इधर भी बुरा बना, उधर भी बुरा बना। आज मालूम हुआ कि स्त्रियों के सामने कोरी साफगोई नहीं चलती, वे लल्लो-चप्पो ही से राजी रहती हैं।

इंदु स्टेशन की तरफ़ चली; पर ज्यों-ज्यों आगे बढ़ती थी, उसका दिल एक बोझ से दबा जाता था। मैदान में जिसे हम विजय कहते हैं, घर में उसी का नाम अभिनयशीलता, निष्ठुरता और अभद्रता है। इंदु को इस विजय पर गर्व न था। अपने हठ का खेद था। सोचती जाती थी—वह मुझे अपने मन में कितनी अभिमानिनी समझ रहे होंगे। समझते होंगे, जब यह जरा-जरा बातों में यों आँखें फेर लेती है, जरा-जरा से मतभेद में यों लड़ने के लिए तैयार हो जाती है, तो किसी कठिन अवसर पर इससे सहानुभूति की क्या आशा की जा सकती है! अम्मांजी यह सुनेंगी, तो मुझी को बुरा कहेंगी। निस्संदेह मुझसे भूल हुई। लौट चलूँ और उनसे अपने अपराध क्षमा कराऊँ। मेरे सिर पर न जाने क्यों भूत सवार हो जाता है। अनायास ही उलझ पड़ी! भगवान, मुझे कब इतनी बुद्धि होगी कि उनकी इच्छा के सामने सिर झुकाना सीखूँगी।

इंदु ने बाहर की तरफ़ सिर निकालकर देखा, स्टेशन का सिगनल नज़र आ रहा था। नर-नारियों के समूह स्टेशन की ओर दौड़े चले जा रहे थे। सवारियों का ताँता लगा हुआ था। उसने कोचवान से कहा—गाड़ी फेर दो, मैं स्टेशन न जाऊँगी, घर की तरफ़ चलो।

कोचवान ने कहा—सरकार! अब तो आ गए; वह देखिए, कई आदमी मुझे इशारा कर रहे हैं कि घोड़ों को बढ़ाओ, गाड़ी पहचानते हैं।

इन्दु—कुछ परवा नहीं, फौरन घोड़े फेर दो।

कोचवान—क्या सरकार की तबियत कुछ खराब हो गई है क्या?

इन्दु—बक-बक मत करो, गाड़ी लौटा ले चलो।

कोचवान ने गाड़ी फेर दी। इन्दु ने एक लम्बी साँस ली और सोचने लगी—सब लोग मेरा इन्तजार कर रहे होंगे; गाड़ी देखते ही पहचान गए थे। अम्मां कितनी खुश हुई होंगी; पर गाड़ी लौटते देखकर उन्हें और अन्य आदमियों को कितना विस्मय हुआ होगा! कोचवान से कहा—जरा पीछे फिरकर देखो, कोई आ तो नहीं रहा?

कोचवान—हुजूर कोई गाड़ी तो आ रही है।

इन्दु—घोड़ों को तेज कर दो, चौगाम छोड़ दो।

कोचवान—हुजूर, गाड़ी नहीं मोटर है, साफ मोटर है।

इन्दु—घोड़ों को चाबुक लगाओ।

कोचवान—हुजूर, यह तो अपनी ही मोटर मालूम होती है, हींगनसिंह चला रहे हैं। खूब पहचान गया, अपनी ही मोटर है।

इन्दु—पागल हो, अपनी मोटर यहाँ क्यों आने लगी?

कोचवान—हुजूर, अपनी मोटर न हो, तो जो चोर की सजा, वही मेरी। साफ नजर आ रही, वही रंग है, ऐसी मोटर इस शहर में दूसरी है ही नहीं।

इन्दु—जरा गौर से देखो।

कोचवान—क्या देखूँ हुजूर, वह आ पहुँची, सरकार बैठे हैं।

इन्दु—ख्वाब तो नहीं देख रहा है!

कोचवान—लीजिए, हुजूर यह बराबर आ गई।

इन्दु ने घबराकर बाहर देखा, तो सचमुच अपनी ही मोटर थी। गाड़ी के बराबर आकर रुक गई और राजा साहब उतर पड़े। कोचवान ने गाड़ी रोक दी। इंदु चकित होकर बोली—आप कब आ गए?

राजा–तुम्हारे आने के पाँच मिनट मैं भी चल पड़ा।

इन्दु–रास्ते में तो कहीं नहीं दिखायी दिए।

राजा–लाइन की तरफ से आया हूँ। इधर की सड़क खराब है। मैंने समझा जरा चक्कर तो पड़ेगा मगर जल्द पहुँचूँगा। तुम स्टेशन के सामने से कैसे लौट आयीं? तबियत तो अच्छी है? मैं तो घबरा गया। आओ, मोटर पर बैठ जाओ। स्टेशन पर गाड़ी आ गई है, दस मिनट में छूट जायेगी। लोग उत्सुक हो रहे हैं।

इंदु–अब मैं न जाऊँगी। आप तो पहुँच ही गए थे।

राजा–तुम्हें चलना ही पड़ेगा।

इंदु–मुझे मजबूर न कीजिए, मैं न जाऊँगी।

राजा–पहले तो तुम यहाँ आने के लिए इतनी उत्सुक थीं, अब क्यों इनकार कर रही हो?

इन्दु–आपकी इच्छा के विरुद्ध आयी थी। आपने मेरे कारण अपने नियम का उल्लघंन किया है, तो मैं किस मुँह से वहाँ जा सकती हूँ। आपने मुझे सदा के लिए शालीनता का सबक दे दिया।

राजा–मैं उन लोगों से तुम्हें लाने का वादा कर आया हूँ। तुम न चलोगी, तो मुझे कितना लज्जित होना पड़ेगा।

इंदु–आप व्यर्थ इतना आग्रह कर रहे हैं। आपको मुझसे नाराज़ होने का यह अंतिम अवसर था। अब फिर इतना दुस्साहस न करूँगी।

राजा–एंजिन सीटी दे रहा है।

इन्दु–ईश्वर के लिए मुझे जाने दीजिए।

राजा ने निराश होकर कहा–जैसी तुम्हारी इच्छा! मालूम होता है, हमारे और तुम्हारे ग्रहों में कोई मौलिक विरोध है, जो पग-पग पर अपना फल दिखलाता रहता है।

यह कहकर वह मोटर पर सवार हो गए, और बड़े वेग से स्टेशन की तरफ़ चले। बग्घी भी आगे बढ़ी। कोचवान ने पूछा–हुजूर गईं क्यों नहीं? सरकार बुरा मान गए।

इंदु ने इसका कुछ जवाब न दिया। वह सोच रही थी–क्या मुझसे फिर भूल हुई? क्या मेरा जाना उचित था? क्या वह शुद्ध हृदय से मेरे जाने के

लिए आग्रह कर रहे थे या एक थप्पड़ लगाकर दूसरा थप्पड़ लगाना चाहते थे? ईश्वर ही जाने। वही अन्तर्यामी हैं, मैं किसी के दिल की बात क्या जानूँ।

गाड़ी धीरे-धीरे आगे बढ़ती जाती थी। आकाश पर छाए हुए बादल फटते जाते थे; पर इन्दु के हृदय पर छाई हुई घटा प्रतिक्षण और भी घनी होती जाती थी—आह! क्या वस्तुतः हमारे ग्रह में कोई मौलिक विरोध है, जो पग-पग पर मेरी आकांक्षाओं को दलित करता है? मैं कितना चाहती हूँ कि उनकी इच्छा के विरुद्ध एक कदम भी न चलूँ; किन्तु यह प्रकृति विरोध मुझे हमेशा नीचा दिखाता है। अगर वह शुद्ध मन से अनुरोध कर रहे थे, तो मेरा इनकार सर्वथा असंगत था। आह! उन्हें मेरे हाथों फिर कष्ट पहुँचा। उन्होंने अपनी स्वाभाविक सज्जनता से मेरा अपराध क्षमा किया और मेरा मान रखने के लिए अपने सिद्धान्त की परवा न की। समझे होंगे, अकेली जाएगी, तो लोग ख्याल करेंगे, पति की इच्छा के विरुद्ध आयी है, नहीं तो क्या वह भी न आते? मुझे इस अपमान से बचाने के लिए उन्होंने अपने ऊपर इतना अत्याचार किया। मेरी जड़ता से वह कितने हताश हुए हैं, नहीं तो उनके मुँह से यह वाक्य कदापि न निकलता। मैं सचमुच अभागिन हूँ।

इन्हीं विषादमय विचारों में डूबी हुई वह चंद्रभवन पहुँची और गाड़ी से उतर कर सीधे राजा साहब के दीवानखाने में जा बैठी। आँखें चुरा रही थी कि किसी नौकर-चाकर से सामना न हो जाये। उसे ऐसा जान पड़ता था कि मेरे मुख पर कोई दाग लगा हुआ है। जी चाहता था, राजा साहब आते-ही-आते मुझ पर बिगड़ने लगे, खूब आड़े हाथों लें, हृदय को तानों से छलनी कर दें, यही उनकी शुद्ध-हृदयता का प्रमाण होगा। यदि वह आकर मुझसे मीठी-मीठी बातें करने लगें, तो समझ जाऊँगी, मेरी तरफ से उनका दिल साफ नहीं है, यह सब केवल शिष्टाचार है। वह इस समय पति की कठोरता की इच्छुक थी। गरमियों में किसान वर्षा का नहीं, ताप का भूखा होता है।

इंदु को बहुत देर तक न बैठना पड़ा। पाँच बजते-बजते राजा साहब आ पहुँचे। इंदु का हृदय धक-धक करने लगा, वह उठकर द्वार पर खड़ी हो गई। राजा साहब उसे देखते ही बड़े मधुर स्वर से बोले—तुमने आज जातीय-उद्गारों का एक अपूर्व दृश्य देखने का अवसर खो दिया। कई हज़ार मनुष्यों ने जब यात्रियों पर पुष्प-वर्षा की, तो सारी भूमि फूलों से ढक गई। सेवकों का राष्ट्रीय

गान इतना भावमय, इतना प्रभावोत्पादक था कि दर्शक-वृंद मुग्ध हो गये। मेरा हृदय जातीय गौरव से उछला पड़ता था। बार-बार यही खेद होता है कि तुम न हुईं। यही समझ लो मैं उस आनन्द को प्रकट नहीं कर सकता। मेरे मन में सेवा-समिति के विषय में जितनी शंकाएँ थीं, वे सब शांत हो गईं। यही जी चाहता था कि मैं भी सब कुछ छोड़-छाड़कर इस दल के साथ चला जाता। डॉक्टर गांगुली को अब तक मैं निरा बकवादी समझता था। आज मैं उनका उत्साह और साहस देखकर दंग रह गया। तुमसे बड़ी भूल हुई। तुम्हारी माताजी बार-बार पछताती थीं।

इंदु को जिस बात की शंका थी, वह पूरी हो गई। सोचा—यह सब कपटलीला है। इनका दिल साफ नहीं है। यह मुझे बेवकूफ समझते हैं और बेवकूफ बनाना चाहते हैं। इन मीठी बातों की आड़ में कितनी कटुता छिपी हुई है। चिढ़कर बोली—मैं जाती, तो आपको ज़रूर बुरा मालूम होता।

राजा—(हँसकर) केवल इसलिए कि मैंने तुम्हें जाने से रोका था? अगर मुझे बुरा मालूम होता, तो मैं खुद क्यों जाता?

इंदु—मालूम नहीं, आप क्या समझकर गए। शायद मुझे लज्जित करना चाहते होंगे।

राजा—इंदु, इतना अविश्वास मत करो। सच कहता हूँ, मुझे तुम्हारे जाने का ज़रा मलाल न होता। मैं यह स्वीकार करता हूँ कि पहले मुझे तुम्हारी जिद बुरी लगी; किन्तु जब मैंने विचार किया, तो मुझे अपना आचरण सर्वथा अन्यायपूर्ण प्रतीत हुआ। मुझे ज्ञात हुआ कि तुम्हारी स्वेच्छा को दबा देना सर्वथा अनुचित है। अपने इसी अन्याय का प्रायश्चित्त करने के लिए मैं स्टेशन गया। तुम्हारी यह बात मेरे मन में बैठ गई कि हुक्काम का विश्वासपात्र बने रहने के लिए अपनी स्वाधीनता का बलिदान क्यों करते हो, नेकनाम रहना अच्छी बात है, किंतु नेकनामी के लिए सच्ची बातों में दबना अपनी आत्मा की हत्या करना है। अब तो तुम्हें मेरी बातों का विश्वास आया?

इन्दु—आपकी दलीलों का जवाब नहीं दे सकती; लेकिन मैं आपसे प्रार्थना करती हूँ कि मुझसे कोई भूल हो जाए, तो आप दंड दिया करें, मुझे खूब धिक्कारा करें। अपराध और दंड के कारण और कार्य का संबंध है और यही मेरी समझ में आता है। अपराधी के सिर तेल चुपड़ते मैंने किसी को नहीं देखा। मुझे

यह अस्वाभाविक जान पड़ता है। इससे मेरे मन में भाँति-भाँति की शंकाएँ उठने लगती हैं।

राजा—देवी रूठती हैं, तो लोग उन्हें मनाते हैं। इसमें अस्वाभाविकता क्या है!

दोनों में देर तक सवाल-जवाब होता रहा। महेन्द्र बहेलिए की भाँति दाना दिखाकर चिड़िया फँसाना चाहते थे और चिड़िया सशंक होकर उड़ जाती थी। कपट में से कपट ही पैदा होता है। वह इन्दु को आश्वासित न कर सके। तब वह उनकी व्यथा को शांत करने का भार समय पर छोड़कर एक पत्र पढ़ने लगे और इन्दु दिल पर बोझ रखे हुए अन्दर चली गई।

दूसरे दिन राजा साहब ने दैनिक पत्र खोला, तो उसमें सेवकों की यात्रा का वृत्तांत बड़े विस्तार से प्रकाशित हुआ था। इसी प्रसंग में लेखक ने राजा साहब की उपस्थिति पर भी टीका की थी—

इस अवसर पर म्युनिसिपैलिटी के प्रधान राजा महेन्द्रकुमार सिंह का मौजूद होना बड़े महत्त्व की बात है। आश्चर्य है कि राजा साहब जैसे विवेकशील पुरुष ने वहाँ जाना क्यों आवश्यक समझा? राजा साहब अपने व्यक्तित्व को अपने पद से पृथक् नहीं कर सकते और उसकी उपस्थिति सरकार को उलझन में डालने का कारण हो सकती है। अनुभव ने यह बात सिद्ध कर दी है कि सेवा-समितियाँ चाहे कितनी शुभेच्छाओं से भी गर्भित हों, पर कालांतर में वे विद्रोह और अशांति का केंद्र बन जाती हैं। क्या राजा साहब इसका जिम्मा ले सकते हैं कि यह समिति आगे चलकर अपनी पूर्ववर्ती संस्थाओं का अनुसरण न करेगी?

राजा साहब ने पत्र बंद करके रख दिया और विचारमग्न हो गए! उनके मुँह से बेअख्तियार निकल गया—वही हुआ जिसका मुझे डर था। आज क्लब जाते-ही-जाते मुझ पर चारों ओर से संदेहात्मक दृष्टि पड़ने लगेगी। कल ही कमिश्नर साहब से मिलने जाना है, उन्होंने पूछा तो क्या कहूँगा? इस दुष्ट संपादक ने मुझे बुरा चरका दिया। पुलिस वालों की भाँति इस समुदाय में भी मुरौवत नहीं होती। जरा भी रिआयत नहीं करते। मैं इसका मुँह बंद रखने के लिए, इसे प्रसन्न रखने के लिए कितने यत्न किया करता हूँ, आवश्यक और अनावश्यक विज्ञापन छपवाकर इसकी मुट्ठियाँ गरम करता रहता हूँ; जब कोई दावत या उत्सव होता है, तो सबसे पहले इसे निमंत्रण भेजता हूँ; यहाँ

तक कि गत वर्ष म्युनिसिपैलिटी से इसे पुरस्कार भी दिला दिया था। इन सब खातिरदारियों का यह उपहार है! कुत्ते की दुम को सौ वर्षों तक गाड़ रखो, तो भी टेढ़ी-की-टेढ़ी। अब अपनी मान-रक्षा क्योंकर करूँ? इसके पास जाना तो उचित नहीं। क्या कोई बहाना सोचूँ?

राजा साहब बड़ी देर तक पसोपेश में खड़े रहे। कोई ऐसी बात सोच निकालना चाहते थे, जिससे हुक्काम की आबरू बनी रहे, साथ ही जनता के सामने भी आँखें नीची न करनी पड़ें; पर बुद्धि काम न करती थी। कई बार इच्छा हुई, चलकर इन्दु से इस समस्या को हल करने में मदद लूँ। पर यह समझकर कि कहीं वह कह दे कि 'हुक्काम नाराज होते हैं, तो होने दो, तुम्हें उनसे क्या सरोकार; अगर वे तुम्हें दबाएँ, तो तुरन्त त्याग-पत्र भेज दो, तो फिर मेरे लिए निकलने का कोई रास्ता न रहेगा, उससे कुछ कहने की हिम्मत न पड़ी।

वह सारी रात इसी चिन्ता में डूबे रहे। इंदु भी कुछ गुमसुम थी। प्रातःकाल दो-चार मित्र आ गए और उसी लेख की चर्चा की। एक साहब बोले—मैं कमिश्नर से मिलने गया था, तो वह उसी लेख को पढ़ रहा था और रह-रहकर ज़मीन पर पैर पटकता था।

राजा साहब के होश और भी उड़ गए। झट उन्हें एक उपाय सूझ गया। मोटर तैयार कराई और कमिश्नर के बँगले पर जा पहुँचे। यों तो यह महाशय राजा साहब का कार्ड पाते ही बुला लिया करते थे, आज अरदली ने कहा—साहब एक ज़रूरी काम कर रहे हैं, मेम साहब बैठी हैं, आप एक घंटा ठहरें।

राजा साहब समझ गए कि लक्षण अच्छे नहीं हैं। बैठकर एक अँगरेज़ी पत्रिका के चित्र देखने लगे—वाह, कितने साफ और सुंदर चित्र हैं! हमारी पत्रिकाओं में कितने भद्दे चित्र होते हैं, व्यर्थ की कागज लीप-पोतकर खराब किया जाता है। किसी ने बहुत किया, तो बिहारीलाल के भावों को लेकर एक सुन्दरी का चित्र बनवा दिया और उसके नीचे उसी भाव का दोहा लिख दिया; किसी ने पद्माकर के कवित्त को चित्रित किया। बस, इसके आगे किसी की अक्ल नहीं दौड़ती।

किसी तरह एक घंटा गुजरा और साहब ने बुलाया। राजा साहब अन्दर गए तो साहब की त्योरियाँ चढ़ी हुई देखीं। एक घंटे इंतज़ार से झुंझला गए थे, खड़े-खड़े बोले—आपको अवकाश हो, तो मैं कुछ कहूँ, नहीं तो फिर कभी आऊँगा।

कमिश्नर साहब ने रुखाई से पूछा—मैं पहले आपसे यह पूछना चाहता हूँ कि इस पत्र ने आपके विषय में जो आलोचना की है, वह आपकी नज़र से गुजरी है?

राजा साहब—जी हाँ, देख चुका हूँ।

कमिश्नर—आप इसका कोई जवाब देना चाहते हैं?

राजा साहब—मैं इसकी कोई ज़रूरत नही समझता; अगर इतनी-सी बात पर मुझ पर अविश्वास किया जा सकता है और मेरी बरसों की वफादारी का कुछ विचार नहीं किया जाता, तो मुझे विवश होकर अपना पद-त्याग करना पड़ेगा। अगर आप वहाँ जाते, तो क्या इस पत्र को इतना साहस होता कि आपके विषय में यही आलोचना करता? हरगिज नहीं। यह मेरे भारतवासी होने का दंड है। जब तक हम पर ऐसी द्वेषपूर्ण टीका-टिप्पणी होती रहेगी, मैं नहीं समझ सकता कि अपने कत्तर्व्य का कैसे पालन कर सकूँगा।

कमिश्नर ने कुछ नरम होकर कहा—गवर्नमेंट के हरएक कर्मचारी का धर्म है कि किसी को अपने ऊपर ऐसे इलज़ाम लगाने का अवसर न दे।

राजा साहब—मैं जानता हूँ आप लोगों को यह किसी तरह भूल नहीं सकता कि मैं भारतवासी हूँ, इसी प्रकार मेरे बोर्ड के सहयोगियों के लिए यह भूल जाना असम्भव है कि मैं शासन का एक अंग हूँ। आप जानते हैं कि मैं बोर्ड में मिस्टर जॉन सेवक को पाँड़ेपुर की ज़मीन दिलाने का प्रस्ताव करने वाला हूँ; लेकिन जब तक मैं अपने आचरण से यह सिद्ध न कर दूँगा कि मैंने स्वतः, बगैर किसी दबाव के, केवल प्रजा के हित के लिए यह प्रस्ताव उपस्थित किया है, उसकी स्वीकृति की कोई आशा नहीं हैं यही कारण है, जो मुझे कल स्टेशन पर ले गया था।

कमिश्नर की बाँछें खिल गईं। हँस-हँसकर बातें बनाने लगा।

राजा साहब—ऐसी दशा में क्या आप समझते हैं, मेरा जवाब देना जरूरी है?

कमिश्नर—नहीं-नहीं, कभी नहीं।

राजा साहब—मुझे आपसे पूरी सहायता मिलनी चाहिए।

कमिश्नर—मैं यथाशक्ति आपकी सहायता करूँगा।

राजा साहब—बोर्ड ने मंजूर भी कर लिया, तो मुहल्लेवालों की तरफ़ से फसाद की आशंका है।

कमिश्नर–कुछ परवा नहीं, मैं सुपरिंटेंडेंट-पुलिस को ताकीद कर दूँगा कि वह आपको मदद करते रहें।

राजा साहब यहाँ से चले, तो ऐसा मालूम होता था, मानो आकाश पर चल रहे हों। यहाँ से वह मि. क्लार्क के पास गए और वहाँ भी इसी नीति से काम लिया। दोपहर को घर आये। उनके हृदय में यह खयाल खटक रहा था कि इस बहाने से मेरा काम तो निकल गया; लेकिन मैं सूरदास के साथ कहीं ऐसी ज्यादती तो नहीं कर रहा हूँ कि अंत में मुझे नगरवासियों के सामने लज्जित होना पड़े? इसी विषय में बातचीत करने के लिए वह इंदु के पास आये और बोले–तुम कोई ज़रूरी काम तो नहीं कर रही हो? मुझे एक बात में तुमसे कुछ सलाह करनी है।

इंदु डरी कि कहीं सलाह करते-करते वाद-विवाद न होने लगे। बोली–काम तो कुछ नहीं कर रही हूँ; परमात्मा ने मुझे इतनी बुद्धि नहीं दी। मुझे तो उन्होंने केवल खाने, सोने और आपको दिक करने के लिए बनाया है।

राजा साहब–तुम्हारे दिक करने ही में तो मज़ा मिलता है। बतलाओ, सूरदास की ज़मीन के बारे में तुम्हारी क्या राय है? तुम मेरी जगह होतीं तो क्या करतीं?

इन्दु–आखिर आपने क्या निश्चय किया?

राजा साहब–पहले तुम बताओ, फिर मैं बताऊँगा।

इंदु–मेरी राय में तो सूरदास से उसके बाप-दादों की जायदाद छीन लेना अन्याय होगा।

राजा साहब–तुम्हें मालूम हैं कि सूरदास को इस जायदाद से कोई लाभ नहीं होता, केवल इधर-उधर के ढोर चरा करते हैं?

इंदु–उसे यह इतमीनान तो है कि ज़मीन मेरी है। मुहल्लेवाले उसका एहसान तो मानते ही होंगे? उसकी धर्म-प्रवृत्ति पुण्य कार्य से संतुष्ट होगी।

राजा साहब–लेकिन मैं नगर के मुख्य व्यवस्थापक की हैसियत से एक व्यक्ति के यथार्थ या कल्पित हित के लिए नगर का हज़ारों रुपये का नुकसान तो नहीं करा सकता? कारखाना खुलने से हज़ारों मनुष्यों की जीविका चलेगी, नगर की आय में वृद्धि होगी, सबसे बड़ी बात यह है कि उस अमिट धन का भाग देश में रह जायेगा, जो सिगरेट के लिए अन्य देशों को देना पड़ता है।

इंदु ने राजा के मुँह की ओर तीव्र दृष्टि से देखा। सोचा-इनका अभिप्राय क्या है? पूँजीपतियों से तो इन्हें विशेष प्रेम नहीं है। यह तो सलाह नहीं, बहस है। क्या अधिकारियों के दबाव से इन्होंने ज़मीन को मिस्टर सेवक के अधिकार में देने का फैसला कर लिया है और मुझसे अपने निश्चय अनुमोदन कराना चाहते हैं? इनके भाव से तो कुछ ऐसा ही प्रकट हो रहा है। बोली–इस दृष्टिकोण से तो यही न्यायसंगत है कि सूरदास की ज़मीन छीन ली जाये।

राजा साहब–भई, इतनी जल्द पहलू बदलने की सनद नहीं। अपनी उसी युक्ति पर स्थिर रहो। मैं केवल सलाह नहीं चाहता, मैं यह देखना चाहता हूँ कि तुम इस विषय में क्या-क्या शंकाएँ कर सकती हो और मैं उनका संतोषजनक उत्तर दे सकता हूँ या नहीं? मुझे जो कुछ करना था, कर चुका; अब तुमसे तर्क करके अपना इतमीनान करना चाहता हूँ।

इंदु–अगर मेरे मुँह से कोई अप्रिय शब्द निकल जाये, तो आप नाराज़ तो न होंगे?

राजा साहब–इसकी परवा न करो, जातीय सेवा का दूसरा नाम बेहयाई है। अगर ज़रा-ज़रा-सी बात पर नाराज़ होने लगें, तो हमें पागलखाने जाना पड़े।

इंदु–यदि एक व्यक्ति के हित के लिए आप नगर का अहित नहीं करना चाहते तो क्या सूरदास ही ऐसा व्यक्ति है, जिसके पास दस बीघे ज़मीन हो? ऐसे लोग भी तो नगर में हैं, जिनके पास इससे कहीं ज़्यादा ज़मीन है। कितने ही ऐसे बँगले हैं, जिनका घेरा दस बीघे से अधिक है। हमारे बँगले का क्षेत्र पंद्रह बीघे से कम न होगा। मि. सेवक के बँगले का भी पाँच बीघे से कम का घेरा नहीं है और दादाजी का भवन तो पूरा एक गाँव है। आप इनमें से कोई भी ज़मीन इस कारखाने के लिए ले सकते हैं। सूरदास की जमीन में तो मोहल्ले के ढोर चरते हैं। अधिक नहीं, तो एक मोहल्ले का फायदा तो होता ही है। इन हातों से तो एक व्यक्ति के सिवा और किसी का कुछ फायदा नहीं होता, यहाँ तक कि कोई जानवर अन्दर चला जाय, तो उसे तुरन्त गोली मार दी जाय।

राजा साहब–(मुस्कुराकर) बड़े मार्के की युक्ति है। कायल हो गया। मेरे पास इसका कोई जवाब नहीं। लेकिन शायद मालूम नहीं कि उस अन्धे को तुम जितना दीन और असहाय समझती हो, उतना नहीं है। सारा मोहल्ला उसकी

हिमायत करने पर तैयार है; यहाँ तक कि लोग मि. सेवक के गुमाश्ते के घर में घुस गए, उनके भाइयों को मारा, आग लगा दी, स्त्रियों तक की बेइज्जती की।

इंदु–मेरे विचार में तो यह इस बात का एक और प्रमाण है कि उस ज़मीन को छोड़ दिया जाये। उस पर कब्जा करने से ऐसी घटनाएँ कम न होंगी, बढ़ेंगी। मुझे तो भय है, कहीं खून-खराबा न हो जाये।

राजा साहब–जो लोग स्त्रियों की बेइज्जती कर सकते हैं, वे दया के योग्य नहीं।

इंदु–जिन लोगों की ज़मीन आप छीन लेंगे, वे आपके पाँव न सहलाएँगे।

राजा साहब–आश्चर्य है, तुम स्त्रियों को अपमान को मामूली बात समझ रही हो।

इंदु–फौज के गोरे, रेल के कर्मचारी, नित्य हमारी बहनों का अपमान करते रहते हैं, उनसे तो कोई नहीं बोलता। इसीलिए कि आप उनका कुछ बिगाड़ नहीं सकते। अगर लोगों ने उपद्रव किया है, तो अपराधियों पर मुकदमा दायर कीजिए, उन्हें दंड दिलाइए। उनकी जायदाद क्यों जब्त करते हैं?

राजा साहब–तुम जानती हो, मि. सेवक की यहाँ के अधिकारियों से कितनी राह-रस्म है। मिस्टर क्लार्क तो उनके द्वार के दरबान बने हुए हैं। अगर मैं उनकी इतनी सेवा न कर सका, तो हुक्काम का विश्वास मुझ पर से उठ जायेगा।

इंदु ने चिंतित हो कहा–मैं नहीं जानती थी कि प्रधान की दशा इतनी शोचनीय होती है।

राजा साहब–अब तो मालूम हो गया। बतलाओ, अब मुझे क्या करना चाहिए?

इंदु–पद-त्याग।

राजा साहब–मेरे पद-त्याग से ज़मीन बच सकेगी?

इंदु–आप दोष-पाप से तो मुक्त हो जायेंगे!

राजा साहब–ऐसी गौण बातों के लिए पद-त्याग हास्यजनक है।

इंदु को अपने पति के प्रधान होने का बड़ा गर्व था। इस पद को वह बहुत श्रेष्ठ और आदरणीय समझती थी। उसका खयाल था कि यहाँ राजा साहब पूर्ण रूप से स्वतंत्र हैं, बोर्ड उनके अधीन है, जो चाहते हैं, करते हैं,

पर अब विदित हुआ कि उसे कितना भ्रम था। उसका गर्व चूर-चूर हो गया। उसे आज ज्ञात हुआ कि प्रधान केवल राज्याधिकारियों के हाथों का खिलौना है। उनकी इच्छा से जो चाहे करे, उनकी इच्छा के प्रतिकूल कुछ नहीं कर सकता। वह संख्या का बिन्दु है, जिसका मूल्य केवल दूसरी संख्याओं के सहयोग पर निर्भर है। राजा साहब की पद-लोलुपता उसे कुठाराघात के समान लगी। बोली—उपहास इतना निंद्य नहीं है, जितना अन्याय। मेरी समझ में नहीं आता कि आपने इस पद की कठिनाइयों को जानते हुए भी क्यों इसे स्वीकार किया। अगर आप न्याय-विचार से सूरदास की ज़मीन का अपहरण करते, तो मुझे आपसे कोई शिकायत न होती; लेकिन केवल अधिकारियों के भय से या बदनामी से बचने के लिए न्याय-पथ से मुँह फेरना अत्यंत अपमानजनक है। आपको नगरवासियों और विशेषतः दीनजनों के स्वत्व की रक्षा करनी चाहिए। अगर हुक्काम किसी पर अत्याचार करें, तो आपको उचित है कि दुखियों की हिमायत करें। निजी हानि-लाभ की चिंता न करके हुक्काम का विरोध करें, सारे नगर में—सारे देश में—तहलका मचा दें, चाहे इसके लिए पद-त्याग ही नहीं, किसी बड़ी-से-बड़ी विपत्ति का सामना करना पड़े। मैं राजनीति के सिद्धान्तों से परिचित नहीं हूँ पर आपका जो मानवीय धर्म है, वह आपसे कह रही हूँ। मैं आपको सचेत किये देती हूँ कि आपने अगर हुक्काम के दबाव से सूरदास की ज़मीन ली, तो मैं चुपचाप बैठी न रह सकूँगी। स्त्री हूँ तो क्या; कर दिखा दूँगी कि सबल-से-सबल प्राणी भी किसी दीन को आसानी से पैरों-तले नहीं कुचल सकता।

यह कहते-कहते इंदु रुक गई। उसे ध्यान आ गया कि मैं आवेश में आकर औचित्य की सीमा से बाहर होती जाती हूँ। राजा साहब इतने लज्जित हुए कि बोलने को शब्द न मिलते थे। अंत में शरमाते हुए बोले—तुम्हें मालूम नहीं कि राष्ट्र के सेवकों को कैसी-कैसी मुसीबतें झेलनी पड़ती हैं। अगर वे अपने कर्त्तव्य का निर्भय होकर पालन करने लगें, तो जितनी सेवा वे अब कर सकते हैं, उतनी भी न कर सकें। मि. क्लार्क और मि. सेवक में विशेष घनिष्ठता हो जाने के कारण परिस्थिति बिलकुल बदल गई है। मिस सेवक जब से तुम्हारे घर से गई हैं, मि. क्लार्क नित्य ही उन्हीं के पास बैठे रहते हैं, इजलास पर नहीं जाते, कोई सरकारी काम नहीं करते, किसी से मिलते तक

नहीं। मिस सेवक ने उन पर मोहनी मंत्र-सा डाल दिया है। दोनों साथ-साथ सैर करने जाते हें, साथ-साथ थिएटर देखने जाते हैं। मेरा अनुमान है कि मि. सेवक ने वचन दे दिया है।

इंदु—इतनी जल्दी! अभी उसे हमारे यहाँ से गए एक सप्ताह से ज़्यादा न हुआ होगा।

राजा साहब—मिसेज़ सेवक ने पहले से ही सब कुछ पक्का कर रखा था। मिस सेवक के वहाँ जाते ही प्रेम-क्रीड़ा शुरू हो गई।

इंदु ने अब तक सोफ़िया को एक साधारण ईसाई लड़की समझ रखा था। यद्यपि वह उससे बहन का-सा बर्ताव करती थी, उसकी योग्यता का आदर करती थी, उससे प्रेम करती थी, किन्तु दिल में उसे अपने से नीचा समझती थी। पर मि. क्लार्क से उसके विवाह की बात ने उसके हृद्‌गत भावों को आंदोलित कर दिया। सोचने लगी—मि. क्लार्क से विवाह हो जाने के बाद जब सोफ़िया मिसेज़ क्लार्क बनकर मुझसे मिलेगी, तो अपने मन में मुझे तुच्छ समझेगी; उसके व्यवहार में, बातों में, शिष्टाचार में बनावटी नम्रता की झलक होगी, वह मेरे सामने जितना ही झुकेगी, उतना ही मेरा सिर नीचा करेगी। यह अपमान मेरे सहे न सहा जायेगा। मैं उससे नीची बनकर नहीं रह सकती। इस अभागे क्लार्क को क्या कोई योरोपियन लेडी न मिलती थी कि सोफ़िया पर गिर पड़ा! कुल का नीच होगा, कोई अँगरेज उससे अपनी लड़की का विवाह करने पर राजी न होता होगा। विनय इसी छिछोरी स्त्री पर जान देता है। ईश्वर ही जाने, अब उस बेचारे की क्या दशा होगी कुलटा है और क्या। जाति और कुल का प्रभाव कहाँ जाएगा? सुन्दरी है, सुशिक्षित है, चतुर है, विचारशील है, सब कुछ सही, पर है तो ईसाइन। बाप ने लोगों को ठग-ठगाकर कुछ धन और सम्मान प्राप्त कर लिया है। इससे क्या होता है मैं तो अब भी उससे वही पहले का-सा बर्ताव करूँगी। जब तक वह स्वयं आगे न बढ़ेगी, हाथ न बढाऊँगी। लेकिन मैं चाहे जो कुछ करूँ, उस पर चाहे कितना ही बड़प्पन जताऊँ, उसके मन में यह अभिमान तो अवश्य ही होगा कि मेरी एक कड़ी निगाह इसके पति के सम्मान और अधिकार को खाक में मिला सकती है। संभव है, वह अब और भी विनीत भाव से पेश आये। अपने सामर्थ्य का ज्ञान हमें शीलवान बना देता है। मेरा उससे मान करना, तनना हँसी मालूम होगी। उसकी नम्रता से

तो उसका ओछापन ही अच्छा। ईश्वर करे, वह मुझसे सीधे मुँह बात न करे तब देखने वाले उसे मन में धिक्कारेंगे, इसी में अब मेरी लाज रह सकती है; पर वह इतनी अविचारशील कहाँ है!

अंत में इंदु ने निश्चय किया—मैं सोफ़िया से मिलूँगी ही नहीं। मैं अपने रानी होने का अभिमान तो उससे कर ही नहीं सकती। हाँ, एक जाति-सेवक की पत्नी बनकर, अपने कुल गौरव का गर्व दिखाकर उसकी उपेक्षा कर सकती हूँ।

ये सब बातें एक क्षण में इंदु के मन में आ गईं। बोली—मैं आपको कभी दबने की सलाह न दूँगी।

राजा साहब—और यदि दबना पड़े?

इंदु—तो अपने को अभागिनी समझूँगी।

राजा साहब—यहाँ तक कोई हानि नहीं; पर कोई आंदोलन तो न उठाओगी? यह इसलिए पूछता हूँ कि तुमने अभी मुझे यह धमकी दी है।

इंदु—मैं चुपचाप न बैठूँगी। आप दबें, मैं क्यों दबूँ?

राजा साहब—चाहे मेरी कितनी ही बदनामी हो जाये?

इंदु—मैं इसे बदनामी नहीं समझती।

राजा साहब—फिर सोच लो। यह मानी हुई बात है कि वह ज़मीन मि. सेवक को अवश्य मिलेगी। मैं रोकना भी चाहूँ, तो नहीं रोक सकता और यह भी मानी हुई बात है कि इस विषय में तुम्हें मौनव्रत का पालन करना पड़ेगा।

राजा साहब अपने सार्वजनिक जीवन में अपनी सहिष्णुता और मृदु-व्यवहार के लिए प्रसिद्ध थे; पर निजी व्यवहारों में इतने क्षमाशील न थे। इंदु का चेहरा तमतमा उठा, तेज़ होकर बोली—अगर आपको अपना सम्मान प्यारा है, तो मुझे भी अपना धर्म प्यारा है।

राजा साहब गुस्से के मारे वहाँ से उठकर चले गए और इंदु अकेली रह गई।

सात-आठ दिनों तक दोनों के मुँह में दही जमा रहा। राजा साहब कभी घर में आ जाते, तो दो-चार बातें करके यों भागते, जैसे पानी में भीग रहे हों। न वह बैठते, न इंदु उन्हें बैठने को कहती। उन्हें यह दुःख था कि इसे मेरी ज़रा भी परवाह नहीं है। पग-पग पर मेरा रास्ता रोकती है। मैं अपना पदत्याग दूँ, तब इसे तस्कीन होगी। इसकी यही इच्छा है कि सदा के लिए दुनिया से मुँह मोड़ लूँ, संसार से नाता तोड़ लूँ, घर में बैठा-बैठा राम-नाम

भजा करूँ, हुक्काम से मिलना-जुलना छोड़ दूँ, उनकी आँखों में गिर जाऊँ, पतित हो जाऊँ। मेरे जीवन की सारी अभिलाषाएँ और कामनाएँ इसके सामने तुच्छ हैं, दिल में मेरी सम्मान-भक्ति पर हँसती है। शायद मुझे नीच, स्वार्थी और आत्मसेवी समझती है। इतने दिनों तक मेरे साथ रहकर भी मुझसे इसे प्रेम नहीं हुआ, मुझसे मन नहीं मिला। पत्नी पति की हितचिंतक होती है, यह नहीं कि उसके कामों का मजाक उड़ाए, उसकी निंदा करे। इसने साफ कह दिया है कि मैं चुपचाप न बैठूँगी। न जाने क्या करने का इरादा है। अगर समाचारपत्रों में एक छोटा-सा पत्र भी लिख देगी, तो मेरा काम तमाम हो जाएगा, कहीं का न रहूँगा, डूब मरने का समय होगा। देखूँ, यह नाव कैसे पार लगती है?

इधर इंदु को दुःख था कि ईश्वर ने इन्हें सब कुछ दिया है, यह हाकिमों से क्यों इतना दबते हैं, क्यों इतनी ठकुरसुहाती करते हैं, अपने सिद्धान्तों पर स्थिर क्यों नहीं रहते, उन्हें क्यों स्वार्थ के नीचे रखते हैं, जाति-सेवा का स्वाँग क्यों भरते हैं? वह भी कोई आदमी है, जिसने मानापमान के पीछे धर्म और न्याय का बलिदान कर दिया हो? एक वे योद्धा थे, जो बादशाहों के सामने सिर न झुकाते थे, अपने वचन पर, अपनी मर्यादा पर मर मिटते थे। आखिर लोग इन्हें क्या कहते होंगे। संसार को धोखा देना आसान नहीं। इन्हें चाहे भ्रम हो कि लोग मुझे जाति का सच्चा सेवक समझते हैं; पर यथार्थ में सभी इन्हें पहचानते हैं। सब मन में कहते होंगे, कितना बना हुआ आदमी है।

शनैः-शनैः उनके विचारों में परिवर्तन होने लगा—यह उनका कसूर नहीं है, मेरा कसूर है। मैं क्यों उन्हें अपने आदर्श के अनुसार बनाना चाहती हूँ? आजकल प्रायः इसी स्वभाव के पुरुष होते हैं। उन्हें संसार चाहे कुछ कहे, चाहे कुछ समझे, पर उनके घरों में तो कोई मीन-मेख नहीं निकालता। स्त्री कर्त्तव्य है कि अपने पुरुष की सहगामिनी बने। पर प्रश्न यह है, क्या स्त्री का अपने पुरुष से पृथक कोई अस्तित्व नहीं है? इसे तो बुद्धि स्वीकार नहीं करती। दोनों अपने कर्मानुसार पाप-पुण्य के अधिकारी होते हैं। वास्तव में यह हमारे भाग्य का दोष है, अन्यथा हमारे विचारों में क्यों इतना भेद होता? कितना चाहती हूँ कि आपस में कोई अन्तर न होने पाए, कितना बचाती हूँ, पर आये दिन कोई-न-कोई विघ्न उपस्थित हो ही जाता है। अभी एक घाव नहीं भरने

पाया था कि दूसरा चरका लगा। क्या मेरा जीवन यों ही बीतेगा? हम जीवन में शान्ति की इच्छा रखते हैं, प्रेम और मैत्री के लिए जान देते हैं। जिसके सिर पर नित्य नंगी तलवार लटकती हो, उसे शांति कहाँ? अंधेर तो यह है कि मुझे चुप भी नहीं रहने दिया जाता। कितना कहती थी कि मुझे इस बहस में न घसीटिए, इन काँटों में न दौड़ाइए, पर न माना। अब जो मेरे पैरों में काँटे चुभ गए, दर्द से कराहती हूँ, तो कानों पर उंगली रखते हैं। मुझे रोने की स्वाधीनता भी नहीं। 'जबर मारे और रोने न दे।' आठ दिन गुजर गये, बात भी नहीं पूछी कि मरती हो या जीती। बिलकुल उसी तरह पड़ी हूँ, जैसे कोई सराय हो। इससे तो कहीं अच्छा था कि मर जाती। सुख गया, आराम गया, पल्ले क्या पड़ा? रोना और झीकना। जब यही दशा है, तो कब तक निभेगी, 'बकरे की माँ कब तक खैर मनाएगी?' दोनों के दिल एक-दूसरे से फिर जायेंगे कोई किसी की सूरत भी न देखना चाहेगा।

शाम हो गई थी। इंदु का चित्त बहुत घबरा रहा था। उसने सोचा, ज़रा अम्माँ जी के पास चलूँ कि सहसा राजा साहब सामने आकर खड़े हो गए। मुख निष्प्रभ हो रहा था, मानो घर में आग लगी हुई हो। भय-कम्पित स्वर में बोले—इंदु, मिस्टर क्लार्क मिलने आये हैं। अवश्य उसी ज़मीन के संबंध में कुछ बातचीत करेंगे। अब मुझे क्या सलाह देती हो? मैं एक काग़ज़ लाने का बहाना करके चला आया हूँ।

यह कहकर उन्होंने बड़े कातर नेत्रों से इंदु की ओर देखा, मानो सारे संसार की विपत्ति उन्हीं के सिर पर आ पड़ी हो, मानो कोई देहाती किसान पुलिस के पंजे में फंस गया हो। ज़रा साँस लेकर फिर बोले—अगर मैंने इनसे विरोध किया, तो मुश्किल में फँस जाऊँगा। तुम्हें मालूम नहीं, इन अँगरेज़ हुक्काम के कितने अधिकार होते हैं। यों चाहूँ, तो इसे नौकर रख लूँ, मगर इसकी एक शिकायत में मेरी सारी आबरू खाक में मिल जायेगी। ऊपरवाले हाकिम इसके खिलाफ मेरी एक भी न सुनेंगे। रईसों को इतनी स्वतंत्रता भी नहीं, जो एक साधारण किसान को है। हम सब इनके हाथों के खिलौने हैं; जब चाहें, जमीन पर पटककर चूर-चूर कर दें। मैं इसकी बात दुलख नहीं सकता। मुझ पर दया करो, मुझ पर दया करो!

इंदु ने क्षमा-भाव से देखकर कहा—मुझसे आप क्या करने को कहते हैं?

राजा साहब–यही कि या तो मौन रहकर इस अत्याचार का तमाशा देखो, या मुझे अपने हाथों से थोड़ी-सी संखिया दे दो।

राजा साहब की इस कापुरुषता और विवशता, उनके भय-विकृत मुखमंडल, दयनीय दीनता तथा क्षमा-प्रार्थना पर इंदु करुणार्द्र हो गई–इस करुणा में सहानुभूति न थी, सम्मान न था। यह वह दया थी, जो भिखारी को देखकर किसी उदार प्राणी के हृदय में उत्पन्न होती है। सोचा–हा! इस भय का भी कोई ठिकाना है! बच्चे हौआ से भी इतना न डरते होंगे। मान लिया, क्लार्क नाराज ही हो गया, तो क्या करेगा? पद से वंचित नहीं कर सकता, यह उसके सामर्थ्य के बाहर है; रियासत जब्त नहीं कर सकता, हाहाकार मच जाएगा। अधिक-से-अधिक इतना कर सकता है कि अफसरों को शिकायत लिख भेजे। पर इस समय इनसे तर्क करना व्यर्थ है। इनके होश-हवास ठिकाने नहीं हैं। बोली–अगर आप समझते हैं कि क्लार्क की अप्रसन्नता आपके लिए दुस्सह है, तो जिस बात से वह प्रसन्न हों, वही कीजिए। मैं वादा करती हूँ कि आपके बीच में मुँह न खोलूँगी। जाइए, साहब को देर हो रही होगी, कहीं इसी बात पर न नाराज़ हो जायें!

राजा साहब इस व्यंग्य से दिल में ऐंठकर रह गए। नन्हा-सा मुँह निकल आया। चुपके से उठे और चले गए, वैसे ही, जैसे गरज का बावला आसामी महाजन के इनकार से निराश होकर उठे। इंदु के आश्वासन से उन्हें संतोष न हुआ। सोचने लगे–मैं इसकी नज़रों में गिर गया। बदनामी से इतना डरता था, पर घर ही में मुँह दिखाने लायक न रहा।

राजा साहब के जाते ही इंदु ने एक लम्बी साँस ली और फर्श पर लेट गई। उसके मुँह से सहसा ये शब्द निकले–इनका हृदय से कैसे सम्मान करूँ? इन्हें अपना उपास्य देव कैसे समझूँ? नहीं जानती, इस अभक्ति के लिए क्या दंड मिलेगा। मैं अपने पति की पूजा करना चाहती हूँ; पर दिल पर मेरा काबू नहीं! भगवान! तुम मुझे इस कठिन परीक्षा में क्यों डाल रहे हो?

16

अरावली की पहाड़ियों में एक वट-वृक्ष के नीचे विनयसिंह बैठे हुए हैं। पावस ने उस जन-शून्य, कठोर, निष्प्रभ, पाषाणमय स्थान को प्रेम, प्रमोद और शोभा से मंडित कर दिया है, मानो कोई उजड़ा हुआ घर आबाद हो गया हो। किन्तु विनय की दृष्टि इस प्राकृतिक सौंदर्य की ओर नहीं; वह चिन्ता की उस दशा मे है, जब आँखें खुली रहती हैं और कुछ नहीं सूझता; कान खुले रहते हैं और कुछ सुनायी नहीं देता; बाह्य चेतना शून्य हो गई है। उनका मुख निस्तेज हो गया है, शरीर इतना दुर्बल कि पसलियों की एक-एक हड्डी गिनी जा सकती है।

हमारी अभिलाषाएँ ही जीवन का स्रोत हैं; उन्हीं पर तुषारपात हो जाए, तो जीवन का प्रवाह क्यों न शिथिल हो जाए।

उनके अंतस्तल में निरंतर भीषण संग्राम होता रहता है। सेवा-मार्ग उनका ध्येय था। प्रेम के काँटे उसमें बाधक हो रहे थे। उन्हें अपने मार्ग से हटाने के लिए वह सदैव यत्न करते रहते हैं। कभी-कभी वह आत्म-ग्लानि से विकल होकर सोचते हैं, सोफ़ी ने मुझे उस अग्नि-कुंड से निकाला ही क्यों? बाहर की आग केवल देह का नाश करती है, जो स्वयं नश्वर है, भीतर की आग अनंत आत्मा का सर्वनाश कर देती है।

विनय को यहाँ आये कई महीने हो गए; पर उनके चित्त की अशांति समय के साथ बढ़ती ही जाती है। वह आने को तो यहाँ लज्जावश आ गए थे; पर एक-एक घड़ी एक-एक युग के समान बीत रही है। पहले उन्होंने यहाँ के कष्टों को खूब बढ़ा-चढ़ाकर अपनी माता को पत्र लिखे। उन्हें विश्वास था कि अम्माँजी मुझे बुला देंगी। पर वह मनोरथ पूरा न हुआ। इतने ही में सोफ़िया का पत्र मिल गया, जिसने उनके धैर्य के टिमटिमाते हुए दीपक को बुझा दिया। अब उनके चारों ओर अँधेरा था। वह अँधेरे में चारों ओर टटोलते

फिरते थे और कहीं राह न पाते थे। अब उनके जीवन का कोई लक्ष्य नहीं है। कोई निश्चित मार्ग नहीं है, बेमाँझी की नाव है, जिसे एकमात्र तरंगों की दया का ही भरोसा है।

किन्तु इस चिन्ता और ग्लानि की दशा में भी वह यथासाध्य अपने कर्त्तव्य का पालन करते जाते हैं। जसवंतनगर के प्रांत में एक बच्चा भी नहीं है, जो उन्हें न पहचानता हो। देहात के लोग उनके इतने भक्त हो गए हैं कि ज्यों ही वह किसी गाँव में जा पहुँचते हैं, सारा गाँव उनके दर्शनों के लिए एकत्र हो जाता है। उन्होंने उन्हें अपनी मदद आप करना सिखाया है। इस प्रान्त के लोग अब वन्य जंतुओं को भगाने के लिए पुलिस के यहाँ नहीं दौड़े जाते, स्वयं संगठित होकर उन्हें भगाते हैं; जरा-जरा-सी बात पर अदालतों के द्वार नहीं खटखटाने जाते, पंचायतों में समझौता कर लेते हैं; जहाँ कभी कुएँ न थे, वहाँ अब पक्के कुएँ हो गए हैं; सफाई की ओर भी लोग ध्यान देने लगे हैं, दरवाज़ों पर कूड़े-करकट के ढेर नहीं जमा किए जाते। सारांश यह कि प्रत्येक व्यक्ति अब केवल अपने ही लिए नहीं, दूसरों के लिए भी है; वह अब अपने को प्रतिद्वंद्वियों से घिरा हुआ नहीं, मित्रों और सहयोगियों से घिरा समझता है। सामूहिक जीवन का पुनरुद्धार होने लगा है।

विनय को चिकित्सा का भी अच्छा ज्ञान है। उनके हाथों सैकड़ों रोगी आरोग्य लाभ कर चुके हैं। कितने ही घर, जो परस्पर के कलह से बिगड़ गए थे, फिर आबाद हो गए हैं। ऐसी अवस्था में उनका जितना सेवा-सत्कार करने के लिए लोग तत्पर रहते हैं, उसका अनुमान करना कठिन नहीं; पर सेवकों के भाग्य में सुख कहाँ? विनय को रूखी रोटियों और वृक्ष की छाया के अतिरिक्त और किसी वस्तु से प्रयोजन नहीं। इस त्याग और विरक्ति ने उन्हें उस प्रांत में सर्वमान्य और सर्वप्रिय बना दिया है।

किन्तु ज्यों-ज्यों उनमें प्रजा की भक्ति होती जा रही है, प्रजा पर उनका प्रभाव बढ़ता जाता है, राज्य के अधिकारी वर्ग उनसे बदगुमान होते जाते हैं। उनके विचार में प्रजा दिन-दिन सरकश होती जाती है। दारोगाजी की मुट्ठियाँ अब गर्म नहीं होतीं, कामदार और अन्य कर्मचारियों के यहाँ मुकद्दमें नहीं आते, कुछ हत्थे नहीं चढ़ता; यह प्रजा में विद्रोहात्मक भाव के लक्षण नहीं; तो क्या हैं? ये ही विद्रोह के अंकुर हैं, उन्हें उखाड़ देने में ही कुशल है।

जवसंतनगर से दरबार को नित्य नई-नई सूचनाएँ—कुछ यथार्थ, कुछ कल्पित-भेजी जाती हैं और विनयसिंह को जाब्ते के शिकंजे में खींचने का आयोजन किया जाता है। दरबार ने इन सूचनाओं से आशंकित होकर कई गुप्तचरों को विनय के आचार-विचार की टोह लगाने के लिए तैनात कर दिया; पर उनकी निःस्पृह सेवा किसी को उन पर आघात करने का अवसर नहीं देती।

विनय के पाँव में बेवाय फटी थी; चलने में कष्ट होता था। बरगद के नीचे ठंडी-ठंडी हवा जो लगी, तो बैठे-बैठे सो गए। आँख खुली, तो दोपहर ढल चुका थी। झपटकर उठ बैठे, लकड़ी सँभाली और आगे बढ़े। आज उन्होंने जसवंतनगर में विश्राम करने का विचार किया था। दिन भागा चला जाता था, तीसरे पहर के बाद सूर्य की गति तीव्र हो जाती है। संध्या होती जाती थी और अभी जसवंतनगर का कहीं पता न था। इधर बेवाय के कारण एक-एक कदम उठाना दुस्सह था। हैरान थे क्या करूँ। किसी किसान का झोपड़ा भी नजर न आता था कि वहाँ रात काटें। पहाड़ों में सूर्यास्त से हिंसक पशुओं की आवाजें सुनाई देने लगती हैं, इसी हैसबैस में पड़े हुए थे कि सहसा उन्हें दूर से एक आदमी आता हुआ दिखायी दिया। उसे देखकर वह इतने प्रसन्न हुए कि अपनी राह छोड़कर कई कदम उसकी तरफ चले। समीप आया, तो मालूम हुआ कि डाकिया है। वह विनय को पहचानता था। सलाम करके बोला—इस चाल से तो आप आधी रात को भी जसवंतनगर न पहुँचेंगे।

विनय—पैर में बेवाय फट गई है, चलते नहीं बनता। तुम खूब मिले। मैं बहुत घबरा रहा था कि अकेले कैसे जाऊँगा। अब एक से दो हो गए, कोई चिंता नहीं हैं मेरा कोई पत्र है?

डाकिये ने विनयसिंह के हाथ में एक पत्र रख दिया। रानीजी का पत्र था। यद्यपि अँधेरा हो रहा था, पर विनय इतने उत्सुक हुए कि तुरंत लिफाफा खोलकर पत्र पढ़ने लगे। एक क्षण में उन्होंने पत्र समाप्त कर दिया और तब एक ठंडी साँस भरकर लिफाफे में रख दिया। उनके सिर में ऐसा चक्कर आया कि गिरने का भय हुआ। ज़मीन पर बैठ गए। डाकिए ने घबराकर पूछा—क्या कोई बुरा समाचार है। आपका चेहरा पीला पड़ गया है।

विनय—नहीं, कोई ऐसी खबर नहीं। पैरों में दर्द हो रहा है, शायद मैं आगे न जा सकूँगा।

डाकिया—यहाँ इस बीहड़ में अकेले पड़े रहिएगा?

विनय—डर क्या है?

डाकिया—इधर जानवर बहुत हैं, अभी कल एक गाय उठा ले गए।

विनय—मुझे जानवर भी न पूछेंगे। तुम जाओ, मुझे यहीं छोड़ दो।

डाकिया—यह नहीं हो सकता, मैं भी यहीं पड़ा रहूँगा।

विनय—तुम मेरे लिए क्यों अपनी जान संकट में डालते हो? चले जाओ, घड़ी रात गए तक पहुँच जाओगे।

डाकिया—मैं तो तभी जाऊँगा, जब आप भी चलेंगे। मेरी जान की कौन हस्ती है। अपना पेट पालने के सिवा और क्या करता हूँ! आपके दम से हजारों का भला होता है। जब आपको अपनी चिंता नहीं है, तो मुझे अपनी क्या चिंता है।

विनय—भाई, मैं तो मजबूर हूँ। चला ही नहीं जाता।

डाकिया—मैं आपको कंधे पर बैठाकर ले चलूँगा; पर यहाँ न छोड़ूँगा।

विनय—भाई, तुम बहुत दिक कर रहे हो। चलो, लेकिन मैं धीरे-धीरे चलूँगा। तुम न होते, तो आज मैं यहीं पड़ा रहता।

डाकिया—आप न होते, तो मेरी जान की कुशल न थी। यह न समझिए कि मैं केवल आपकी खातिर ज़िद कर रहा हूँ, मैं इतना पुण्यात्मा नहीं हूँ। अपनी रक्षा के लिए आपको साथ लिए चलता हूँ। (धीरे से) मेरे पास इस वक़्त ढाई सौ रुपये हैं। दोपहर को एक जगह सो गया, बस देर हो गई। आप मेरे भाग्य से मिल गए, नहीं तो डाकुओं से जान न बचती।

विनय—यह तो बड़े जोखिम की बात है। तुम्हारे पास कोई हथियार है?

डाकिया—मेरे हथियार आप हैं। आपके साथ मुझे कोई खटका नहीं है। आपको देखकर किसी डाकू की मजाल नहीं कि मुझ पर हाथ उठा सके। आपने डकैतों को भी वश में कर लिया है।

सहसा घोड़ों की टाप की आवाज़ कान में आयी। डाकिए ने घबराकर पीछे देखा। पाँच सवार भाले उठाए, घोड़े बढ़ाए चले आते थे। उसके होश उड़ गए, काटो तो बदन में लहू नहीं। बोला—लीजिए, सब आ ही पहुँचे। इन सबों के मारे इधर रास्ता चलना कठिन हो गया है। बड़े हत्यारे हैं। सरकारी नौकरों को तो छोड़ना ही नहीं जानते। अब आप ही बचाएँ, तो मेरी जान बच सकती है।

इतने में पाँचों सवार सिर पर आ पहुँचे। उनमें से एक ने पुकारा—अबे, ओ डाकिए, इधर आ, तेरे थैले में क्या है?

विनयसिंह ज़मीन पर बैठे हुए थे। लकड़ी टेककर उठे कि इतने में एक सवार ने डाकिए पर भाले का वार किया। डाकिया सेना में रह चुका था। वार को थैले पर रोका। भाला थैले के आर-पार हो गया। वह दूसरा वार करने वाला ही था कि विनय सामने आकर बोले—भाइयो, यह क्या अँधेर करते हो! क्या थोड़े-से रुपयों के लिए एक गरीब की जान ले लोगे?

सवार—जान इतनी प्यारी है, तो रुपये क्यों नहीं देता?

विनय—जान भी प्यारी है और रुपये भी प्यारे हैं। दोनों में से एक भी नहीं दे सकता।

सवार—तो दोनों ही देने पड़ेंगे।

विनय—तो पहले मेरा काम तमाम कर दो। जब तक मैं हूँ, तुम्हारा मनोरथ न पूरा होगा।

सवार—हम साधु-संतों पर हाथ नहीं उठाते। सामने से हट जाओ।

विनय—जब तक मेरी हड्डियाँ तुम्हारे घोड़ों के पैरों-तले न रौंदी जाएंगी, मैं सामने से न हटूँगा।

सवार—हम कहते हैं, सामने से हट जाओ। क्यों हमारे सिर हत्या का पाप लगाते हो?

विनय—मेरा जो धर्म है, वह मैं करता हूँ; तुम्हारा जो धर्म हो, वह तुम करो। गरदन झुकाए हुए हूँ।

दूसरा सवार—तुम कौन हो?

तीसरा सवार—बेधा हुआ है, मार दो एक हाथ, गिर पड़े प्रायश्चित्त कर लेंगे।

पहला सवार—आखिर तुम हो कौन?

विनय—मैं कोई हूँ, तुम्हें इससे मतलब?

दूसरा सवार—तुम तो इधर के रहनेवाले नहीं जान पड़ते। क्यों बे डाकिए, यह कौन हैं?

डाकिया—यह तो नहीं जानता, पर इनका नाम है विनयसिंह। धर्मात्मा और परोपकारी आदमी हैं। कई महीनों से इस इलाके में ठहरे हुए हैं।

विनय का नाम सुनते ही पाँचों सवार घोड़ों से कूद पड़े और विनय के सामने हाथ बाँधकर खड़े हो गए। सरदार ने कहा—महाराज, हमारा अपराध

क्षमा कीजिए। हमने आपका नाम सुना है। आज आपके दर्शन पाकर जीवन सफल हो गया। इस इलाके में आपका यश घर-घर गाया जा रहा है। मेरा लड़का घोड़े से गिर पड़ा था पसली की हड्डी टूट गई थी। जीने की कोई आशा न थी। आप ही के साथ के एक महाराज हैं इन्द्रदत्त। उन्होंने आकर लड़के को देखा, तो तुरन्त मरहम-पट्टी की और एक महीने तक रोज आकर उसकी दवा-दारू करते रहे। लड़का चंगा हो गया। मैं तो प्राण भी दे दूँ, तो आपसे उऋण नहीं हो सकता। अब हम पापियों का उद्धार कीजिए। हमें आज्ञा दीजिए कि आपके चरणों की रज माथे पर लगाएँ। हम तो इस योग्य भी नहीं हैं।

विनय ने मुस्कराकर कहा—अब तो डाकिए की जान न लोगे? तुमसे हमें डर लगता है।

सरदार—महाराज, हमें अब लज्जित न कीजिए। डाकिया महाशय, तुम आज किसी भले आदमी का मुँह देखकर उठे थे, नहीं तो अब तक तुम्हारा प्राण-पखेरु आकाश में उड़ता होता। मेरा नाम सुना है न? वीरपालसिंह मैं ही हूँ, जिसने राज्य के नौकरों को नेस्तनाबूद करने का प्रण कर लिया है।

विनय—राज्य के नौकरों पर इतना अत्याचार क्यों करते हो?

वीरपाल—महाराज, आप तो कई महीनों से इस इलाके में हैं, क्या आपको इन लोगों की करतूतें मालूम नहीं हैं? ये लोग प्रजा को दोनों हाथों से लूट रहे हैं। इनमें न दया है, न धर्म। हैं हमारे ही भाईबंद हैं, पर हमारी ही गरदन पर छुरी चलाते हैं। किसी ने जरा साफ कपड़े पहने और ये लोग उसके सिर हुए। जिसे घूस न दीजिए, वही आपका दुश्मन है। चोरी कीजिए, डाके डालिए, घरों में आग लगाइए, गरीबों का गला काटिए, कोई आपसे न बोलेगा। बस, कर्मचारियों की मुट्ठियाँ गर्म करते रहिए। दिन-दहाड़े खून कीजिए, पर पुलिस की पूजा कर दीजिए, आप बेदाग छूट जायेंगे, आपके बदले कोई बेकसूर फाँसी पर लटका दिया जाएगा। कोई फरियाद नहीं सुनता। कौन सुने, सभी एक ही थैली के चट्टे-बट्टे हैं। यही समझ लीजिए कि हिंसक जन्तुओं का एक गोल है, सब-के-सब मिलकर शिकार करते हैं। और मिल-जुलकर खाते हैं। राजा है वह काठ का उल्लू। उसे विलायत में जाकर विद्वानों के सामने बड़े-बड़े व्याख्यान देने की धुन है। मैंने यह किया और वह किया। बस, डींगें मारना उसका काम है। या तो विलायत की सैर करेगा, या यहाँ अंगरेजों के

साथ शिकार खेलेगा, सारे दिन उन्हीं की जूतियाँ सीधी करेगा। इसके सिवा उसे कोई काम नहीं, प्रजा जिए या मरे, उसकी बला से। बस कुशल इसी में है कि कर्मचारी जिस कल बैठाएँ उसी कल बैठिए, शिकायत न कीजिए, जबान न हिलाइए—रोइए, तो मुँह बन्द करके। हमने लाचार होकर इस हत्या-मार्ग पर पग रखा है। किसी तरह तो इन दुष्टों की आँखें खुलें। इन्हें मालूम हो कि हमें भी दंड देनेवाला कोई है। ये पशु से मनुष्य हो जाएँ।

विनय—मुझे यहाँ की स्थिति का कुछ ज्ञान तो था; पर यह न मालूम था कि दशा इतनी शोचनीय है। मैं अब स्वयं राजा साहब से मिलूँगा और यह सारा वृत्तांत उनसे कहूँगा।

वीरपाल—महाराज, कहीं ऐसी भूल भी न कीजिएगा, नहीं तो लेने के देने पड़ जाएंगे। यह अँधेर नगरी है। राजा में इतना ही विवेक होता, तो राज्य की यह दशा ही क्यों होती? वह उलटे आप ही के सिर हो जाएगा।

विनय—इसकी चिन्ता नहीं। संतोष तो हो जायेगा कि मैंने अपने कर्त्तव्य का पालन किया! मुझे तुमसे भी कुछ कहना है। तुम्हारा यह विचार कि इन हत्याकांडों से अधिकारीवर्ग प्रजापरायण हो जायेगा, मेरी समझ में निर्मूल और भ्रमपूर्ण है। रोग का अन्त करने के लिए रोगी का अन्त कर देना न बुद्धि-संगत है, न न्याय-संगत। आग आग से शांत नहीं होती, पानी से शांत होती है।

वीरपाल—महाराज, हम आपसे तर्क तो नहीं कर सकते; पर इतना जानते हैं कि विष विष ही से शांत होता है। जब मनुष्य दुष्टता की चरम सीमा पर पहुँच जाता है, उसमें दया और धर्म लुप्त हो जाता है, जब उसके मनुष्यत्व का सर्वनाश हो जाता है। जब वह पशुओं के-से आचरण करने लगता है, जब उसमें आत्मा की ज्योति मलिन हो जाती है, तब उसके लिए केवल एक ही उपाय शेष रह जाता है—और वह है प्राणदंड। व्याघ्र-जैसे हिंसक पशु सेवा से वशीभूत हो सकते हैं! पर स्वार्थ को कोई दैविक शक्ति परास्त नहीं कर सकती।

विनय—ऐसी शक्ति है तो। हाँ, केवल उसका उचित उपयोग करना चाहिए। विनय ने अभी बात भी न पूरी की थी कि अकस्मात् किसी तरफ़ से बंदूक की आवाज़ कानों में आयी। सवारों ने चौंककर एक-दूसरे की तरफ़ देखा और एक तरफ़ घोड़े छोड़ दिये। दम-के-दम में घोड़े पहाड़ों में जाकर गायब

हो गए। विनय की समझ में कुछ न आया। कि बन्दूक की आवाज कहाँ से आयी और पाँचों सवार क्यों भागे डाकिए से पूछा–ये सब किधर जा रहे हैं?

डाकिया–बंदूक की आवाज़ ने किसी शिकार की खबर दी होगी, उसी तरफ़ गए हैं। आज किसी सरकारी नौकर की जान पर ज़रूर बनेगी।

विनय–अगर यहाँ के कर्मचारियों का यही हाल है, जैसा इन्होंने बयान किया तो मुझे बहुत जल्द महाराज की सेवा में जाना पड़ेगा।

डाकिया–महाराज, अब आपसे क्या परदा है; सचमुच यही हाल है। हम लोग तो टके के मुलाजिम ठहरे, चार पैसे ऊपर से न कमाएँ तो बाल-बच्चों को कैसे पालें? तलब है, वह साल-साल भर तक नहीं मिलती, लेकिन यहाँ तो जो जितने ही ऊँचे ओहदे पर है, उसका पेट भी उतना ही बड़ा है।

दस बजते-बजते दोनों आदमी जसवंतनगर पहुँच गए। विनय बस्ती के बाहर की एक वृक्ष के नीचे बैठ गए और डाकिए से जाने को कहा। डाकिए ने उनसे अपने घर चलने का बहुत आग्रह किया। जब वह किसी तरह न राज़ी हुए, तो अपने घर से उनके वास्ते भोजन बनवा लाया। भोजन के उपरांत दोनों आदमी उसी जगह लेटे। डाकिया उन्हें अकेला छोड़कर घर न गया। वह तो थका था, लेटते ही सो गया, पर विनय को नींद कहाँ! रानीजी के पत्र का एक-एक शब्द उनके हृदय में काँटे के समान चुभ रहा था। रानी ने लिखा था–तुमने मेरे साथ और अपने बंधुओं के साथ दगा की है। मैं तुम्हें कभी क्षमा न करूँगी। तुमने मेरी अभिलाषाओं को मिट्टी में मिला दिया। तुम इतनी आसानी से इंद्रियों के दास हो जाओगे, इसकी मुझे लेश मात्र भी आशंका न थी। तुम्हारा वहाँ रहना व्यर्थ है, घर लौट जाओ और विवाह करके आनंद से भोग-विलास करो। जाति-सेवा के लिए जिस आचरण की आवश्यकता है, जिस मनोबल की आवश्यकता है, वह तुमने नहीं पाया और न पा सकोगे। युवावस्था में हम लोग अपनी योग्यताओं की बृहद-कल्पनाएँ कर लेते हैं। तुम भी उसी भ्राँति में पड़ गए। मैं तुम्हें बुरा नहीं कहती। तुम शौक से लौट आओ, संसार में सभी अपने-अपने स्वार्थ में रत हैं, तुम भी स्वार्थ-चिंतन में मग्न हो जाओ। हाँ, अब मुझे तुम्हारे ऊपर वह घमंड न होगा, जिस पर मैं फूली हुई थी। तुम्हारे पिताजी को अभी यह वृत्तांत मालूम नहीं है। वह सुनेंगे, तो न जाने उनकी क्या दशा होगी। किन्तु यह बात अगर तुम्हें अभी नहीं मालूम है,

तो मैं बताए देती हूँ कि अब तुम्हें अपनी प्रेम-क्रीड़ा के लिए कोई दूसरा क्षेत्र ढूँढ़ना पड़ेगा; क्योंकि मिस सोफ़िया की मँगनी मि. क्लार्क से हो गई है और दो-चार दिन में विवाह भी होनेवाला है। यह इसीलिए लिखती हूँ कि तुम्हें सोफ़िया के विषय में कोई भ्रम न रहे और विदित हो जाये कि जिसके लिए तुमने अपने जीवन की और अपने माता-पिता की अभिलाषाओं का खून किया, उसकी दृष्टि में तुम क्या हो!

विनय के मन में ऐसा उद्वेग हुआ कि इस वक्त सोफ़िया सामने आ जाती, तो उसे धिक्कारता—यही मेरे अनंत हृदयानुराग का उपहार है? तुम्हारे ऊपर मुझे कितना विश्वास था, पर अब ज्ञात हुआ कि वह तुम्हारी प्रेम-क्रीड़ा मात्र थी। तुम मेरे लिए आकाश की देवी थीं। मैंने तुम्हें एक स्वर्गीय आलोक, दिव्य ज्योति समझ रखा था। आह! मैं अपना धर्म तक तुम्हारे चरणों पर निछावर करने को तैयार था। क्या इसीलिए तुमने मुझे ज्वालाओं के मुख से निकाला था? खैर, जो हुआ, अच्छा हुआ। ईश्वर ने मेरे धर्म की रक्षा की, यह व्यथा भी शान्त हो ही जाएगी। मैं तुम्हें व्यर्थ ही कोस रहा हूँ। तुमने वही किया, जो इस परिस्थिति में अन्य स्त्रियाँ करतीं। मुझे दुःख इसलिए हो रहा है कि मैं तुमसे कुछ और ही आशाएँ रखता था। यह मेरी भूल थी। मैं जानता हूँ कि मैं तुम्हारे योग्य नहीं था। मुझमें वे गुण कहाँ, जिनका तुम आदर कर सकतीं; पर यह भी जानता हूँ कि मेरी जितनी भक्ति तुममें थी और अब भी है, उतनी शायद ही किसी की किसी में हो सकती है। क्लार्क विद्वान, चतुर, योग्य गुणों का आगार ही क्यों न हो, लेकिन अगर मैंने तुम्हें पहचानने में धोखा नहीं खाया है, तो तुम उसके साथ प्रसन्न न रह सकोगी।

किन्तु इस समय उन्हें इस नैराश्य से कहीं अधिक वेदना इस विचार से हो रही थी कि मैं माताजी की नजरों में गिर गया—उन्हें कैसे मालूम हुआ? क्या सोफ़ी ने उन्हें मेरा पत्र तो नहीं दिखा दिया? अगर उसने ऐसा किया है, तो वह मुझ पर इससे अधिक कठोर आघात न कर सकती थी। क्या प्रेम निठुर होकर द्वेषात्मक भी हो जाता है? नहीं, सोफ़ी पर यह सन्देह करके मैं उस पर अत्याचार न करूँगा। समझ गया, इन्दु की सरलता ने यह आग लगायी है। उसने हँसी-हँसी में कह दिया होगा। न जाने उसे कभी बुद्धि होगी कि नहीं। उसकी तो दिल्लगी हुई और यहाँ मुझ पर जो बीत रही है, मैं ही जानता हूँ।

यह सोचते-सोचते विनय के मन में प्रत्याघात का विचार उत्पन्न हुआ। नैराश्य में प्रेम भी द्वेष का रूप धारण कर लेता है। उनकी प्रबल इच्छा हुई कि सोफ़िया को एक लम्बा पत्र लिखूँ और उसे जी भरकर धिक्कारूँ। वह इस पत्र की कल्पना करने लगे-त्रियाचरित की कथाएँ पुस्तकों में बहुत पढ़ी थीं, पर कभी उन पर विश्वास न आता था। मुझे यह गुमान ही न होता था कि स्त्री, जिसे परमात्मा ने पवित्र, कोमल तथा देवोपम भावों का आगार बनाया है, इतनी निर्दयी और इतनी मलिन-हृदय हो सकती है; पर यह तुम्हारा दोष नहीं, यह तुम्हारे धर्म का दोष है, जहाँ प्रेम-व्रत का कोई आदर्श नहीं है। अगर तुमने हिन्दू धर्म-ग्रन्थों का अध्ययन किया है; तो तुमको एक नहीं; अनेक ऐसी देवियों के दर्शन हुए होंगे, जिन्होंने एक बार प्रेम-व्रत धारण कर लेने के बाद जीवन पर्यंत परपुरुष की कल्पना भी नहीं की। हाँ, तुम्हें ऐसी देवियाँ भी मिली होंगी, जिन्होंने प्रेम-व्रत लेकर आजीवन अक्षय वैधव्य का पालन किया। मि. क्लार्क की सहयोगिनी बनकर तुम एक ही छलांग में विजित से विजेताओं की श्रेणी में पहुँच जाओगी और बहुत सम्भव है, इसी गौरव-कामना ने तुम्हें यह वज्राघात करने पर आरूढ़ किया हो; पर तुम्हारी आँखें बहुत जल्द खुलेंगी और तुम्हें ज्ञात होगा कि तुमने अपना सम्मान बढ़ाया नहीं; खो दिया।

इस भाँति विनय ने दुष्कल्पनाओं की धुन में दिल का खूब गुबार निकाला। अगर इन विषाक्त भावों का एक छींटा भी सोफ़िया पर छिड़क सकता, तो उस विरहिणी की न जाने क्या दशा होती। कदाचित् उसकी जान ही पर बन जाती। पर विनयसिंह को स्वयं अपनी क्षुद्रता पर घृणा हुई—मेरे मन में ऐसे कुविचार क्यों आ रहे हैं। उसका परम कोमल हृदय ऐसे निर्दय आघातों को सहन नहीं कर सकता। उसे मुझसे प्रेम था। मेरा मन कहता है कि अब भी उसे मेरे प्रति सहानुभूति है। मगर मेरे ही समान वह भी धर्म कर्त्तव्य, समाज और प्रथा की बेड़ियों में बँधी है। हो सकता है कि उसके माता-पिता ने उसे मजबूर किया हो और उसने अपने को उनकी इच्छा पर बलिदान कर दिया हो। यह भी हो सकता है कि माताजी ने उसे मेरे प्रेम-मार्ग से हटाने के लिए यह उपाय निकाला हो। वह जितनी ही सहृदय हैं, उतनी ही क्रोधशील भी। मैं बिना जाने-बूझे सोफ़िया पर दोषारोपण करके अपनी उच्छृंखलता का परिचय दे रहा हूँ।

इसी उद्विग्न दशा में करवटें बदलते-बदलते विनय की आँखें झपक गईं। पहाड़ी देशों में रातें बड़ी सुहावनी होती हैं। एक ही झपकी में तड़का हो गया। मालूम नहीं वह कब तक पड़े सोया करते; लेकिन पानी के झींसे मुँह पर पड़े, तो घबड़ाकर उठ बैठे। बादल घिरे हुए थे और हलकी-हलकी फुहार पड़ रही थी। जसवंतनगर चलने का विचार करके उठे थे कि कई आदमियों को घोड़े भगाए अपनी तरफ़ आते देखा। समझे, शायद वीरपालसिंह और उनके साथी होंगे; पर समीप आये, तो मालूम हुआ कि रियासत की पुलिस के आदमी हैं। डाकिया उनके पास ही सोया था, पर उसका कहीं पता न था, वह पहले ही उठकर चला गया था।

अफसर ने पूछा—तुम्हारा ही नाम विनयसिंह है?

'जी हाँ।'

'कल रात को तुम्हारे साथ कई आदमियों ने यहाँ पड़ाव डाला था?'

'जी नहीं, मेरे साथ केवल यहाँ के डाकघर का एक डाकिया था।'

'तुम वीरपालसिंह को जानते हो?'

'इतना ही जानता हूँ कि वह मुझे रास्ते में मिल गया, वहाँ से कहाँ गया, यह मैं नहीं जानता।'

'तुम्हें यह मालूम था कि वह डाकू था?'

'उसने यहाँ के राजकर्मचारियों के विषय में इसी शब्द का प्रयोग किया था।'

'इसका आशय मैं यह समझता हूँ कि तुम्हें यह बात मालूम थी।'

'आप इसका जो आशय चाहें, समझें।'

'उसने यहाँ से तीन मील पर सरकारी खजाने की गाड़ी लूट ली है और एक सिपाही की हत्या कर डाली है। पुलिस को संदेह है कि यह संगीन वारदात तुम्हारे इशारे से हुई है। इसलिए हम तुम्हें गिरफ्तार करते हैं।'

'यह मेरे ऊपर घोर अन्याय है। मुझे उस डाके और हत्या की ज़रा भी खबर नहीं है।'

'इसका फैसला अदालत से होगा।'

'कम-से-कम मुझे इतना पूछने का अधिकार तो है कि पुलिस को मुझ पर यह संदेह करने का क्या कारण है?'

'उसी डाकिए का बयान है, जो रात को तुम्हारे साथ यहाँ सोया था।'

विनय ने विस्मित होकर कहा—यह उसी डाकिए का बयान है!

'हाँ, उसने घड़ी रात रहे इसकी सूचना दी। अब आपको विदित हो गया होगा कि पुलिस आप जैसे महाशयों से कितनी सतर्क रहती है।'

मानव चरित्र कितना दुर्बोध और जटिल है, इसका विनय को जीवन में पहली ही बार अनुभव हुआ। इतनी श्रद्धा और भक्ति की आड़ में इतनी कुटिलता और पैशाचिकता।

दो सिपाहियों ने विनय के हाथों में हथकड़ी डाल दी, उन्हें एक घोड़े पर सवार कराया और जसवंतनगर की ओर चले।

17

विनयसिंह छः महीने से कारागार में पड़े हुए हैं। न डाकुओं का कुछ पता मिलता है और न उन पर अभियोग चलाया जाता है। अधिकारियों को अब भी भ्रम है कि इन्हीं के इशारे से डाका पड़ा था। इसीलिए वे उन पर नाना प्रकार के अत्याचार किया करते हैं। जब इस नीति से काम नहीं चलता दिखायी देता, तो प्रलोभन से काम लेते हैं और फिर वही पुरानी नीति ग्रहण करने लगते हैं। विनयसिंह पहले अन्य कैदियों के साथ रखे गए थे, लेकिन जब उन्होंने अपराधियों को उनकी ओर बहुत आकृष्ट होते देखा, तो इस भय से कि कहीं जेल में उपद्रव न हो जाये; उन्हें सबसे अलग एक काल-कोठरी में बंद कर दिया। कोठरी बहुत तंग थी, एक भी खिड़की न थी, दोपहर को अँधेरा छाया रहता था, दुर्गन्ध इतनी कि नाक फटती थी। चौबीस घंटे में केवल एक बार द्वार खुलता, रक्षक भोजन रखकर फिर द्वार बंद कर देता। विनय को कष्ट सहने की बान पड़ गई थी, भूख-प्यास सह सकते थे, ओढ़न-बिछावन की उन्हें जरूरत न थी, इससे उन्हें कोई विशेष कष्ट न होता था; पर अन्धकार और दुर्गन्ध उनके लिए बिलकुल सजा थी। भीतर उनका दम घुटने लगता था। निर्मल, स्वच्छ वायु में साँस लेने के लिए वह तड़प-तड़पकर रह जाते थे। ताजी हवा कितनी बहुमूल्य होती है, इसका अब उन्हें प्रत्यक्ष ज्ञान हो रहा था। किन्तु दुर्व्यहारों को सहते हुए भी वह दुःखी या भग्न-हृदय न होते थे। इन कठिन परीक्षाओं ही में उन्हें जाति का उद्धार दिखायी देता था। वह अपने मन में कहते थे—यह कठिन व्रत निष्फल नहीं जा सकता। जब तक हम कठिनाइयाँ झेलना न सीखेंगे, जब तक हम भोग-विलास का परित्याग न करेंगे, हमसे देश का कुछ उपकार नहीं हो सकता। यही विचार उन्हें धैर्य देता रहता था।

किन्तु जब सोफ़िया की कलुषता की याद आ जाती, तो उसका सारा धैर्य, उत्साह और आत्मोत्सर्ग नैराश्य में विलीन हो जाता था। वह अपने को कितना ही समझाते कि सोफ़िया ने जो कुछ किया, विवश होकर किया होगा; पर इस युक्ति में उन्हें संतोष न होता था—क्या सोफ़िया स्पष्ट नहीं कह सकती थी कि मैं विवाह नहीं करना चाहती? विवाह के विषय में माता-पिता की इच्छा हमारे यहाँ निश्चयात्मक है; लेकिन ईसाइयों में स्त्री की इच्छा ही प्रधान समझी जाती है। अगर सोफ़िया को क्लार्क से प्रेम न था, तो क्या वह उन्हें कोरा जवाब न दे सकती थी? यथार्थ में कोमल जाति का प्रेम-सूत्र भी कोमल होता है, जो जरा-से झटके से टूट जाता है। जब सोफ़िया-जैसी विचारशील, आन पर जान देनेवाली, सिद्धान्त-प्रिय, उन्नत-हृदय युवती यों विचलित हो सकती है, तो दूसरी स्त्रियों से क्या आशा की जा सकती है? इस जाति पर विश्वास करना ही व्यर्थ है। सोफ़ी ने मुझे सदा के लिए सचेत कर दिया, ऐसा पाठ हृदयंगम करा दिया, जो कभी न भूलेगा। जब सोफ़िया दगा कर सकती है, तो ऐसी कौन स्त्री है, जिस पर विश्वास किया जा सके? आह! क्या जानता था कि इतना त्याग, इतनी सरलता, इतनी सदाकांक्षा भी अन्त में स्वार्थ के सामने सिर झुका देगी। अब जीवन-पर्यन्त स्त्री की ओर आँख उठाकर भी न देखूँगा। उससे यों दूर रहूँगा, जैसे काली नागिन से। उससे यों बचकर चलूँगा, जैसे काँटे से। किसी से घृणा करना सज्जनता और औचित्य के विरुद्ध है; मगर अब इस जाति से घृणा करूँगा।

इस नैराश्य, शोक और चिंता में पड़े-पड़े कभी-कभी वह इतना व्यग्र हो जाते कि जी में आता—चलकर उस वज्र-हृदया के सामने दीवार से टकराकर प्राण दे दूँ, जिसमें उसे भी ग्लानि हो। मैं यहाँ अग्निकुंड में जल रहा हूँ, हृदय में फफोले पड़े हुए हैं, वहाँ किसी को खबर भी नहीं, आमोद-प्रमोद का आनन्द उठाया जा रहा है। उसकी आँखों के सम्मुख एड़ियाँ रगड़-रगड़कर प्राण देता, तो उसे भी अपनी कुटिलता और निर्दयता पर लज्जा आती। भगवान् मुझे दुश्चिंताओं के लिए क्षमा करना। मैं दुखी हूँ, वह भी मेरे सदृश नैराश्य की आग में जलती! क्लार्क उसके साथ उसी भाँति दगा करता जैसे, उसने मेरे साथ की है। अगर अहित कामना में सत्य का कुछ भी अंश है और प्रेम-मार्ग से विमुख होने का कुछ भी दंड है, तो एक दिन उसे भी शोक और व्यथा के आँसू बहाते देखूँगा। यह असम्भव है कि खूने-नाहक रंग न लाये।

लेकिन वह नैराश्य सर्वथा व्यथाकारक ही न था, उसमें आत्मपरिष्कार के अंकुर भी छिपे हुए थे। विनय के हृदय में फिर वह सद्भाव जागृत हो गया, जिसे प्रेम की कल्पनाओं ने निर्जीव बना डाला था। नैराश्य ने स्वार्थ का संहार कर दिया।

एक दिन विनयसिंह रात के समय लेटे सोच रहे थे कि न जाने मेरे साथियों पर क्या गुजरी, मेरी ही तरह वे भी तो विपत्ति में नहीं फँस गए, किसी की कुछ खबर ही नहीं कि सहसा उन्हें अपने सिरहाने की ओर एक धमाके की आवाज़ सुनाई दी। वह चौंक पड़े, और कान लगाकर सुनने लगे। मालूम हुआ कि कुछ लोग दीवार खोद रहे हैं। दीवार पत्थर की थी; मगर बहुत पुरानी थी। पत्थरों के जोड़ों में लोनी लग गई थी। पत्थर की सिलें आसानी से अपनी जगह छोड़ जाती थीं। विनय को आश्चर्य हुआ—ये कौन लोग हैं? अगर चोर हैं, तो जेल की दीवार तोड़ने से इन्हें क्या मिलेगा? शायद समझते हैं, जेल के दारोग़ा का यही मकान है। वह इसी हैस-बैस में थे कि अन्दर प्रकाश की एक झलक आयी। मालूम हो गया कि चोरों ने अपना काम पूरा कर लिया। सेंध के सामने जाकर बोले—तुम कौन हो? यह दीवार क्यों खोद रहे हो?

बाहर से आवाज़ आयी—हम आपक पुराने सेवक हैं। हमारा नाम वीरपालसिंह है।

विनय ने तिरस्कार के भाव से कहा—क्या तुम्हारे लिए किसी खजाने की दीवारें नहीं हैं, जो जेल की दीवार खोद रहे हो? यहाँ से चले जाओ, नहीं तो मैं शोर मचा दूँगा।

वीरपाल—महाराज, हमसे उस दिन बड़ा अपराध हुआ, क्षमा कीजिए। हमें न मालूम था कि केवल एक क्षण हमारे साथ रहने के कारण आपको यह कष्ट भोगना पड़ेगा, नहीं तो हम सरकारी खजाना न लूटते। हमको रात-दिन यही चिन्ता लगी हुई थी कि किसी भाँति आपके दर्शन करें और आपको संकट से निकालें। आइए, आपके लिए घोड़ा हाज़िर है।

विनय—मैं अधर्मियों के हाथों अपनी रक्षा नहीं कराना चाहता। अगर तुम समझते हो कि मैं इतना बड़ा अपराध सिर पर रखे हुए जेल से भागकर अपनी जान बचाऊँगा, तो तुम धोखे में हो। मुझे अपनी जान इतनी प्यारी नहीं है।

वीरपाल–अपराधी तो हम हैं, आप तो सर्वथा निरपराध हैं, आपके ऊपर तो अधिकारियों ने यह घोर अन्याय किया है। ऐसी दशा में आपको यहाँ से निकल जाने में कुछ पशोपेश न करना चाहिए।

विनय–जब तक न्यायालय मुझे मुक्त न करे, मैं यहाँ से किसी तरह नहीं जा सकता।

वीरपाल–यहाँ के न्यायालयों से न्याय की आशा रखना चिड़िया से दूध निकालना है। हम सब-के-सब इन्हीं अदालतों के मारे हुए हैं। मैंने कोई अपराध नहीं किया था, मैं अपने गाँव का मुखिया था; किन्तु मेरी सारी जायदाद केवल इसीलिए जब्त कर ली गई कि मैंने एक असहाय युवती को इलाकेदार के हाथों से बचाया था। उसके घर में वृद्धा माता के सिवा कोई न था। हाल में विधवा हो गई थी। इलाकेदार की कुदृष्टि उस पर पड़ गई और यह युवती को उसके घर से निकाल ले जाने का प्रयास करने लगा। मुझे टोह मिल गई। रात को ज्यों ही इलाकेदार के आदमियों ने वृद्धा के घर में घुसना चाहा, मैं अपने कई मित्रों को साथ लेकर वहाँ पहुँचा और दुष्टों को मारकर घर से निकाल दिया। बस, इलाकेदार उसी दिन से मेरा जानी दुश्मन हो गया। मुझ पर चोरी का अभियोग लगाकर कैद कर दिया। अदालत अन्धी थी, जैसा इलाकेदार ने कहा, वैसा न्यायाधीश ने किया। ऐसी अदालतों से आप व्यर्थ न्याय की आशा रखते हैं।

विनय–तुम लोग उस दिन मुझसे बातें करते-करते बंदूक की आवाज़ सुनकर ऐसे भागे कि मुझे तुम पर अब विश्वास ही नहीं आता।

वीरपाल–महाराज, कुछ न पूछिए, बंदूक की आवाज़ सुनते ही हमें उन्माद-सा हो गया। हमें जब रियासत से बदला लेने का अवसर मिलता है, तो हम अपने को भूल जाते हैं। हमारे ऊपर कोई भूत सवार हो जाता है। रियासत ने हमारा सर्वनाश कर दिया है। हमारे पुरखों ने अपने रक्त से इस राज्य की बुनियाद डाली थी, आज यह राज्य हमारे रक्त का प्यासा हो रहा है। हम आपके पास से भागे, तो थोड़ी ही दूर पर अपने गोल के कई आदमियों को रियासत के सिपाहियों से लड़ते पाया। पहुँचते ही सरकारी आदमियों पर टूट पड़े, उनकी बंदूकें छीन लीं, एक आदमी को मार गिराया और रुपयों की थैलियाँ घोड़ो पर लादकर भाग निकले। जब से सुना है कि आप हमारी

सहायता करने के संदेह में गिरफ्तार किए गए हैं, तब से इसी दौड़-धूप में हैं कि आपको यहाँ से निकाल ले जायें। यह जगह आप-जैसे धर्मपरायण, निर्भीक और स्वाधीन पुरुषों के लिए उपयुक्त नहीं है। यहाँ उसी का निबाह है, जो पल्ले दर्जे का घाघ, कपटी, पाखंडी और दुरात्मा हो। अपना काम निकालने के लिए बुरे-से-बुरे काम करने से भी न हिचके।

विनयसिंह ने बड़े गर्व से उत्तर दिया—अगर तुम्हारी बातें अक्षरशः सत्य हों, तो भी मैं कोई ऐसा काम न करूँगा, जिससे रियासत की बदनामी हो। मुझे अपने भाइयों के साथ विष का प्याला पीना मंजूर है; पर रोकर उनको संकट में डालना मंजूर नहीं। इस राज्य को हम लोगों ने सदैव गौरव की दृष्टि से देखा है, महाराज साहब को आज भी हम उसी श्रद्धा की दृष्टि से देखते हैं। यह उन्हीं साँगा और प्रताप के वंशज हैं, जिन्होंने हिन्दू-जाति की रक्षा के लिए अपने प्राणों की आहुति दे दी थी। हम महाराज को अपना रक्षक, अपना हितैषी, क्षत्रिय-कुल-तिलक समझते हैं। उनके कर्मचारी सब हमारे भाई-बन्द हैं। फिर यहाँ की अदालत पर क्यों न विश्वास करें? वे हमारे साथ अन्याय भी करें, तो भी हम जबान न खोलेंगे। राज्य पर दोषारोपण करके हम अपने को उस महान् वस्तु के अयोग्य सिद्ध कर सकते हैं, जो हमारे जीवन का लक्ष्य और इष्ट है।

‘धोखा खाइएगा।’

‘इसकी कोई चिन्ता नहीं।’

‘मेरे सिर से कलंक कैसे उतरेगा?’

‘अपने सत्कार्यों से।’

वीरपाल समझ गया कि यह अपने सिद्धान्त से विचलित न होंगे। पाँचों आदमी घोड़ों पर सवार हो गए और एक क्षण में हेमंत के घने कुहरे ने उन्हें अपने परदे में छिपा लिया। घोड़ों की टाप की ध्वनि कुछ देर तक कानों में आती रही, फिर वह भी गायब हो गई।

अब विनय सोचने लगे—प्रातःकाल जब लोग यह सेंध देखेंगे, तो दिल में क्या खयाल करेंगे? उन्हें निश्चय हो जायेगा कि मैं डाकुओं से मिला हुआ हूँ और गुप्त रीति से भागने की चेष्टा कर रहा हूँ। लेकिन नहीं, जब देखेंगे कि मैं भागने का अवसर पाकर भी न भागा, तो उनका दिल मेरी तरफ हो जायेगा। यह सोचते हुए उन्होंने पत्थर के टुकड़े चुनकर सेंध को बंद करना शुरू किया।

उनके पास केवल एक हलका-सा कम्बल था, और हेमंत की तुषार-सिक्त वायु इस सूराख से सन-सन आ रही थी। खुले मैदान में शायद उन्हें कभी इतनी ठण्ड न लगी थी। हवा सुई की भाँति रोम-रोम में चुभ रही थी। सेंध बंद करने के बाद वह लेट गए।

प्रातःकाल जेलखाने में हलचल मच गई। नाजिम, इलाकेदार, सभी घटना-स्थल पर पहुँच गए। तकहीकात होने लगी। विनयसिंह ने सम्पूर्ण वृत्तांत कह सुनाया। अधिकारियों को बड़ी चिन्ता हुई कि कहीं वे ही डाकू इन्हें निकाल न ले जायें। उनके हाथों में हथकड़ियाँ और पैरों में बेड़ियाँ डाल दी गईं। निश्चय हो गया कि इन पर आज ही अभियोग चलाया जाये। सशस्त्र पुलिस उन्हें अदालत की ओर ले चली। हज़ारों आदमियों की भीड़ साथ हो गई। सब लोग यही कह रहे थे—हुक्काम ऐसे सज्जन, सहृदय और परोपकारी पुरुष पर अभियोग चलाते हैं, बुरा करते हैं। बेचारे ने न जाने किस साइत में यहाँ क़दम रखे थे। हम तो अभागे हैं ही, अपने पिछले कर्मों का फल भोग रहे हैं। हमें अपने हाल पर छोड़ देते, व्यर्थ इस आग में कूदे। कितने ही लोग रो रहे थे। निश्चय था कि न्यायाधीश इन्हें कड़ी सजा देगा। प्रतिक्षण दर्शकों की संख्या बढ़ती जाती थी और पुलिस को भय हो रहा था कि कहीं यह लोग बिगड़ न जाएँ। सहसा एक मोटर आयी और शोफर ने उतरकर पुलिस अफसर को एक पत्र दिया। सब लोग ध्यान से देख रहे थे कि देखें, अब क्या होता है। इतने में विनयसिंह मोटर पर सवार कराये गए और मोटर हवा हो गई। सब लोग चकित रह गए।

जब मोटर कुछ दूर चली गई, तो विनय ने शोफर से पूछा—मुझे कहाँ लिए जाते हो? शोफर ने कहा—आपको दीवान साहब ने बुलाया है।

विनय ने और कुछ न पूछा। उन्हें उस समय भय के बदले हर्ष हुआ कि दीवान साहब से मिलने का यह अच्छा अवसर मिला। अब उनसे यहाँ की स्थिति पर बातें होंगी। सुना है, विद्वान आदमी हैं। देखूँ, इस नीति का क्योंकर समर्थन करते हैं।

एकाएक शोफर बोला—यह दीवान एक ही पाजी है। दया करना तो जानता ही नहीं। एक दिन बच्चा को इसी मोटर से ऐसा गिराऊँगा कि हड्डी-पसली का पता न लगेगा।

विनय—ज़रूर गिराओ, ऐसे अत्याचारियों की यही सजा है।

शोफर ने कुतूहलपूर्ण नेत्रों से विनय को देखा। उसे अपने कानों पर विश्वास न हुआ। विनय के मुँह से ऐसी बात सुनने की उसे आशा न थी। उसने सुना था कि वह देवोपम गुणों के आगार हैं, उनका हृदय पवित्र है। बोला—आपकी भी यही इच्छा है?

विनय—क्या किया जाये, ऐसे आदमियों पर किसी बात का तो असर ही नहीं होता।

शोफर—अब तक मुझे यही शंका होती थी कि लोग मुझे हत्यारा कहेंगे; लेकिन जब आप-जैसे देव-पुरुष की यह इच्छा है, तो मुझे क्या डर? बचा बहुत रात को निकला करते हैं। एक ठोकर में तो काम तमाम हो जाएगा।

विनय यह सुनकर ऐसा चौंके, मानो कोई भयंकर स्वप्न देखा हो। उन्हें ज्ञात हुआ कि मैंने एक द्वेषात्मक भाव का समर्थन करके कितना बड़ा अनर्थ किया। अब उनकी समझ में आया कि विशिष्ट पुरुषों को कितनी सावधानी से मुँह खोलना चाहिए, क्योंकि उनका एक-एक शब्द प्रेरणा-शक्ति से परिपूर्ण रहता है। वह मन में पछता रहे थे कि मेरे मुँह से ऐसी बात निकली ही क्यों और किसी भाँति कमान से निकले हुए तीर को फेर लाने का उपाय सोच रहे थे कि इतने में दीवान साहब का भवन आ गया। विशाल फाटक पर दो सशस्त्र सिपाही खड़े थे और फाटक से थोड़ी दूर पर पीतल की दो तोपें रखी हुई थीं। फाटक पर मोटर रुक गई और दोनों सिपाही विनयसिंह को अन्दर ले चले। दीवान साहब दीवानखाने में विराजमान थे। खबर पाते ही विनय को बुला लिया।

दीवान साहब का डील ऊँचा, शरीर सुगठित और वर्ण गौर था। अधेड़ हो जाने पर भी उनकी मुख-श्री किसी खिले हुए फूल के समान थी। तनी हुई मूँछें थीं, सिर पर रंग-बिरंगी उदयपुरी पगिया, देह पर एक चुस्त शिकारी कोट, नीचे उदयपुरी पाजामा और एक भारी ओवरकोट। छाती पर कई तमगे और सम्मान-सूचक चिह्न दिखाई दे रहे थे। उदयपुरी रिसाले के साथ योरोपीय महासमर में सम्मिलित हुए थे और वहाँ कई अवसरों पर अपने असाधारण पुरुषार्थ से सेनानायकों को चकित कर दिया। यह उसी सुकीर्ति का फल था कि वह इस पद पर नियुक्त हुए थे। सरदार नीलकंठसिंह नाम था। ऐसा तेजस्वी पुरुष विनयसिंह की निगाहों से कभी न गुजरा था।

दीवान साहब ने विनय को देखते ही मुस्कराकर उन्हें एक कुर्सी पर बैठने का संकेत किया और बोले—ये आभूषण तो आपकी देह पर बहुत शोभा नहीं देते; किन्तु जनता की दृष्टि में इनका जितना आदर है, उतना मेरे इन तमगों और पट्टियों का कदापि नहीं है। यह देखकर मुझे आपसे डाह हो, तो कुछ अनुचित है?

विनय ने समझा था, दीवान साहब जाते-ही-जाते गरज पड़ेंगे, लाल-पीली आँखें दिखाएँगे। वह उस बर्ताव के लिए तैयार थे! अब जो दीवान साहब की सहृदयतापूर्ण बातें सुनीं, तो संकोच में पड़ गए। उस कठोर उत्तर के लिए यहाँ कोई स्थान न था, जिसे उन्होंने सोच रखा था। बोले—यह तो कोई ऐसी दुर्लभ वस्तु नहीं है, जिसके लिए आपको डाह करना पड़े।

दीवान साहब—(हँसकर) आपके लिए दुर्लभ नहीं है; पर मेरे लिए तो दुर्लभ है। मुझमें यह सत्साहस, सदुत्साह नहीं है, जिसके उपकार-स्वरूप ये सब चीजें मिलती हैं। मुझे मालूम हुआ कि आप कुँवर भरतसिंह के सुपुत्र हैं। उनसे मेरा पुराना परिचय है। अब वह शायद मुझे भूल गए हों। कुछ तो इस नाते से कि आप मेरे पुराने मित्र के बेटे हैं और कुछ इस नाते से कि आपने इस युवावस्था में विषय-वासनाओं को त्यागकर लोक-सेवा का व्रत धारण किया है, मेरे दिल में आपके प्रति विशेष प्रेम और सम्मान है। व्यक्तिगत रूप से मैं आपकी सेवाओं को स्वीकार करता हूँ और इस थोड़े-से समय में आपने रियासत का जो कल्याण किया है, उसके लिए आपका कृतज्ञ हूँ। मुझे खूब मालूम है कि आप निरपराध हैं और डाकुओं से आपका कोई संबंध नहीं हो सकता। इसका मुझे गुमान तक नहीं है। महाराज साहब से भी आपके संबंध में घंटे-भर बातें हुईं। वह भी मुक्त कंठ से आपकी प्रशंसा करते हैं। लेकिन परिस्थितियाँ हमें आपसे यह याचना करने के लिए मजबूर कर रही हैं कि बहुत अच्छा हो, अगर आप प्रजा से अपने को अलग रखें। मुझे आपसे यह कहते हुए बहुत खेद हो रहा है कि अब यह रियासत आपका सत्कार करने का आनन्द नहीं उठा सकती।

विनय ने अपने उठते हुए क्रोध को दबाकर कहा—आपने मेरे विषय में जो सद्‌भाव प्रकट किये हैं, उनके लिए आपका कृतज्ञ हूँ। पर खेद है कि मैं आपकी आज्ञा का पालन नहीं कर सकता। समाज की सेवा करना ही मेरे

जीवन का मुख्य उद्देश्य है और समाज से पृथक् होकर मैं अपना व्रत भंग करने में असमर्थ हूँ।

दीवान साहब—अगर आपके जीवन का मुख्य उद्देश्य यही है, तो आपको किसी रियासत में आना उचित न था। रियासतों को आप सरकार की हरमसरा समझिए। जहाँ सूर्य के प्रकाश का भी गुजर नहीं हो सकता। हम सब इस हरमसरा के हब्शी ख्वाजासरा हैं। हम किसी की प्रेम-रस पूर्ण दृष्टि को इधर उठने न देंगे। कोई मनचला जवान इधर कदम रखने का साहस नहीं कर सकता। अगर ऐसा हो, तो हम अपने पद के अयोग्य समझे जायें। हमारा रसीला बादशाह, इच्छानुसार मनोविनोद के लिए, कभी-कभी यहाँ पदार्पण करता है। हरमसरा के सोए भाग्य उसी दिन जग जाते हैं। आप जानते हैं, बेगमों की सारी मनोकामनाएँ उनकी छवि-माधुरी, हाव-भाव और बनाव-सिंगार पर ही निर्भर होती हैं, नहीं तो रसीला बादशाह उनकी ओर आँख उठाकर भी न देखे। हमारे रसीले बादशाह पूर्वीय रागरस के प्रेमी हैं; उनका हुक्म है कि बेगमों का वस्त्राभूषण पूर्वीय हो, श्रृंगार पूर्वीय हो, रीति-नीति पूर्वीय हो; उनकी आँखें लज्जापूर्ण हों, पश्चिम की चंचलता उनमें न आने पाए, उनकी गति मरालों की गति की भाँति मंद हो, पश्चिम की ललनाओं की भाँति उछलती-कूदती न चलें, वे ही परिचारिकाएँ हों, वे ही हरम की दारोगा, वे ही हब्शी गुलाम, वे ही ऊँची चहारदीवारी, जिसके अन्दर चिड़िया भी न पर मार सके। आपने इस हरमसरा में घुस आने का दुस्साहस किया है, यह हमारे रसीले बादशाह को एक आँख नहीं भाता और आप अकेले नहीं हैं आपके साथ समाज-सेवकों का एक जत्था है। इस जत्थे के संबंध में भाँति-भाँति की शंकाएँ हो रही हैं। नादिरशाही हुक्म है कि जितनी जल्द हो सके, यह जत्था हरमसरा से दूर हटा दिया जाय। यह देखिए, पोलिटिकल रेजिडेंट ने आपके सहयोगियों के कृत्यों की गाथा लिख भेजी है। कोई कोर्ट में कृषकों की सभाएँ बनाता फिरता है; कोई बीकानेर में बेगार की जड़ खोदने पर तत्पर हो रहा है; कोई मारवाड़ में रियासत के उन करों का विरोध कर रहा है, जो परम्परा से वसूल होते चले आये हैं। आप लोग साम्यवाद का डंका बजाते फिरते हैं। आपका कथन है; प्राणि-मात्र को खाने-पहनने और शांति से जीवन व्यतीत करने का समान स्वत्व है। इस हरमसरा में इन सिद्धान्तों और विचारों का

प्रचार करके आप हमारी सरकार को बदगुमान कर देंगे, और उसकी आँखें फिर गईं, तो संसार में हमारा कहीं ठिकाना नहीं है। हम आपको अपने कुंज में आग न लगाने देंगे।

हम अपनी दुर्बलताओं को व्यंग्य की ओट में छिपाते हैं। दीवान साहब ने व्यंग्योक्ति का प्रयोग करके विनय की सहानुभूति प्राप्त करनी चाही थी; पर विनय मनोविज्ञान से इतने अनभिज्ञ न थे, उनकी चाल भाँप गए और बोले—हमारा अनुमान था कि हम अपनी निःस्वार्थ सेवा से आपको अपना हमदर्द बना लेंगे।

दीवान साहब—इसमें आपकी पूरी सफलता हुई है। हमको आपसे हार्दिक सहानुभूति है, लेकिन आप जानते हैं कि रेजिडेंट साहब की इच्छा के विरुद्ध हम तिनका तक नहीं हिला सकते। आप हमारे ऊपर दया कीजिए, हमें इसी दशा में छोड़ दीजिए, हम जैसे पतितों का उद्धार करने में आपको यश के बदले अपयश ही मिलेगा।

विनय—आप रेजिडेंट के अनुचित हस्तक्षेप का विरोध क्यों नहीं करते?

दीवान साहब—इसलिए कि हम आपकी भाँति निःस्पृह और निःस्वार्थ नहीं हैं। सरकार की रक्षा में हम मनमाने कर वसूल करते हैं, मनमाने कानून बनाते हैं, मनमाने दंड देते हैं, कोई चूँ नहीं कर सकता। यही हमारी कारगुजारी समझी जाती है, इसी के उपलक्ष्य में हमको बड़ी-बड़ी उपाधियाँ मिलती हैं, पद की उन्नति होती है। ऐसी दशा में हम उनका विरोध क्यों करें।

दीवान साहब की इस निर्लज्जता पर झुँझलाकर विनयसिंह ने कहा—इससे तो यह कहीं अच्छा था कि रियासतों का निशान ही न रहता।

दीवान साहब—इसीलिए तो हम आपसे विनय कर रहे हैं कि अब किसी और प्रांत की ओर अपनी दया-दृष्टि कीजिए।

विनय—अगर मैं जाने से इनकार करूँ?

दीवान साहब—तो मुझे बड़े दुःख के साथ आपको उसी न्यायालय के सिपुर्द करना पड़ेगा, जहाँ न्याय का खून होता है।

विनय—निरपराध?

दीवान साहब—आप पर डाकुओं की सहायता का अपराध लगा हुआ है।

विनय—अभी आपने कहा है कि आपको मेरे विषय में ऐसी शंका नहीं।

दीवान साहब—वह मेरी निजी राय थी, यह मेरी राजकीय सम्मति है।

विनय—आपको अख्तियार है।

विनयसिंह फिर मोटर पर बैठे, तो सोचने लगे—जहाँ ऐसे-ऐसे निर्लज्ज, अपनी अपकीर्ति पर बगलें बजानेवाले कर्णधार हैं, उस नौका को ईश्वर ही पार लगाए, तो लगे। चलो, अच्छा ही हुआ। जेल में रहने से माताजी को तस्कीन होगी। यहाँ से जान बचाकर भागता, तो वह मुझसे बिल्कुल निराश हो जातीं। अब उन्हें मालूम हो जायेगा कि उनका पत्र निष्फल नहीं हुआ। चलूँ, अब न्यायालय का स्वाँग भी देख लूँ।

18

सोफ़िया घर आयी, तो उसके आत्मगौरव का पतन हो चुका था; अपनी ही निगाहों में गिर गई थी। उसे अब न रानी पर क्रोध था, न अपने माता-पिता पर। केवल अपनी आत्मा पर क्रोध था, जिसके हाथों उसकी इतनी दुर्गति हुई थी। जिसने उसे काँटों में उलझा दिया था। उसने निश्चय किया, मन को पैरों से कुचल डालूँगी, उसका निशान मिटा दूँगी। दुविधा में पड़कर वह अपने मन को अपने ऊपर शासन करने का अवसर न देना चाहती थी, उसने सदा के लिए मुँह बन्द कर देने का दृढ़ संकल्प कर लिया था। वह जानती थी, मन का मुँह बन्द करना नितांत कठिन है; लेकिन वह चाहती थी, अब अगर मन कर्त्तव्यमार्ग से विचलित हो, तो उसे अपने अनौचित्य पर लज्जा आये; जैसे कोई तिलकधारी वैष्णव शराब की भट्ठी पर जाते हुए झिझकता है और शर्म से गर्दन नहीं उठा सकता, उसी तरह उसका मन भी संस्कार के बंधनों में पड़कर कुत्सित वासनाओं से झिझके। इस आत्मदान के लिए वह कलुषता और कुटिलता का अपराध सिर पर लेने को तैयार थी; यावज्जीवन नैराश्य और वियोग की आग में जलने के लिए तैयार थी। वह आत्मा से उस अपमान का बदला लेना चाहती थी, जो उसे रानी के हाथों सहना पड़ा था। उसका मन शराब पर टूटता था, वह उसे विष पिलाकर उसकी प्यास बुझाना चाहती थी। उसने निश्चय कर लिया था, अपने को मि. क्लार्क के हाथों में सौंप दूँगी। आत्मदान का इसके सिवा कोई साधन न था।

किन्तु उसका आत्मसम्मान कितना ही दलित हो गया हो, बाह्य सम्मान अपने पूर्ण ओज पर था। अपने घर में उसका इतना आदर-सत्कार कभी न हुआ था। मिसेज़ सेवक की आँखों में वह कभी इतनी प्यारी न थी। उनके मुख से उसने कभी इतनी मीठी बातें न सुनी थीं। यहाँ तक कि वह अब उसकी

धार्मिक विवेचनाओं में भी सहानुभूति प्रकट करती थीं। ईश्वरोपासना के विषय में भी अब उस पर अत्याचार न किया जाता था। वह अब अपनी इच्छा की स्वामिनी थी, और मिसेज़ सेवक यह देखकर आनंद से फूली न समाती थीं कि सोफ़िया सबसे पहले गिरजाघर पहुँच जाती थी। वह समझती थीं, मि. क्लार्क के सत्संग से यह सुसंस्कार हुआ है।

परन्तु सोफ़िया के सिवा यह और कौन जान सकता है कि उसके दिल पर क्या बीत रही है। उसे नित्य प्रेम का स्वाँग भरना पड़ता था, जिससे उसे मानसिक घृणा होती थी। उसे अपनी इच्छा के विरुद्ध कृत्रिम भावों की नकल करनी पड़ती थी। उसे प्रेम और अनुराग के वे शब्द तन्मय होकर सुनने पड़ते थे, जो उसके हृदय पर हथौड़ों की चोटों की भाँति पड़ते थे। उसे उन अनुरक्त चितवनों का लक्ष्य बनना पड़ता था, जिनके सामने वह आँखें बन्द कर लेना चाहती थी। मिस्टर क्लार्क की बातें कभी-कभी इतनी रसमयी हो जाती थीं कि सोफ़ी का जी चाहता था, इस स्वरचित रहस्य को खोल दूँ, इस कृत्रिम जीवन का अंत कर दूँ। लेकिन इसके साथ ही उसे अपनी आत्मा की व्यथा और जलन में एक ईर्ष्यामय आनन्द का अनुभव होता था। पापी, तेरी यही सजा है, तू इसी योग्य है; तूने मुझे जितना अपमानित किया है, उसका तुझे प्रायश्चित्त करना पड़ेगा।

इस भाँति वह विरहिणी रो-रोकर जीवन के दिन काट रही थी और विडम्बना यह थी कि यह व्यथा शांत होती नजर न आती थी। सोफ़िया अज्ञात रूप से मि. क्लार्क से कुछ खिंची हुई रहती थी, हृदय बहुत दबाने पर भी उनसे न मिलता था। उसका यह खिंचाव क्लार्क की प्रेमाग्नि को और भी उत्तेजित करता रहता था। सोफ़िया इस अवस्था में भी अगर उन्हें मुँह न लगाती थी, तो इसका मुख्य कारण मि. क्लार्क की धार्मिक प्रवृत्ति थी। उसकी निगाह में धार्मिकता से बढ़कर कोई अवगुण न था। वह इसे अनुदारता, द्वेष, अहंकार संकीर्णता का द्योतक समझती थी। क्लार्क दिल-ही-दिल समझते थे कि सोफ़िया को मैं अभी नहीं पा सका और इसलिए बहुत उत्सुक होने पर भी उन्हें सोफ़िया से प्रस्ताव करने का साहस न होता था। उन्हें यह पूर्ण विश्वास न होता था कि मेरी प्रार्थना स्वीकृत होगी। किन्तु आशा-सूत्र उन्हें सोफ़िया के दामन से बाँधें हुए था।

इसी प्रकार एक वर्ष से अधिक गुजर गया और मिसेज़ सेवक को अब संदेह होने लगा कि सोफ़िया कहीं हमें सब्ज बाग तो नहीं दिखा रही है? आखिर एक दिन उन्होंने सोफ़िया से कहा–मेरी समझ में नहीं आता, तू रात-दिन मि. क्लार्क के साथ बैठी-बैठी क्या किया करती है! क्या बात है? क्या वह प्रोपोज (प्रस्ताव) ही नहीं करते, या तू ही उनसे भागी-भागी फिरती है?

सोफ़िया शर्म से लाल होकर बोली–वह प्रोपोज ही नहीं करना चाहते, तो क्या मैं उनकी जबान हो जाऊँ?

मिसेज़ सेवक–यह तो हो ही नहीं सकता कि स्त्री चाहे और पुरुष प्रस्ताव न करे। वह तो आठों पहर अवसर देखा करता है। तू ही उन्हें फटकने न देती होगी।

सोफ़िया–मामा, ऐसी बातें करके मुझे लज्जित न कीजिए।

मिसेज़ सेवक–कसूर तुम्हारा है, और अगर तुम दो-चार दिन में मि. क्लार्क को प्रोपोज करने का अवसर न दोगी, तो फिर तुम्हें रानी साहबा के पास भेज दूँगी और फिर बुलाने का नाम भी न लूँगी।

सोफ़ी थर्रा गई। रानी के पास लौटकर जाने से मर जाना कहीं अच्छा था। उसने मन में ठान लिया–आज वह करूँगी, जो आज तक किसी स्त्री ने न किया होगा। साफ कह दूँगी, मेरे घर का द्वार मेरे लिए बन्द है। अगर आप मुझे आश्रय देना चाहते हों, तो दीजिए, नहीं तो मैं अपने लिए कोई और रास्ता निकालूँ। मुझसे प्रेम की आशा न रखिए। आप मेरे स्वामी हो सकते हैं, प्रियतम नहीं हो सकते। यह समझकर आप मुझे अंगीकार करते हों, तो कीजिए; वरना फिर मुझे अपनी सूरत न दिखाइएगा।

संध्या हो गई थी। माघ का महीना था; उस पर हवा, फिर बादल; सर्दी के मारे हाथ-पाँव अकड़े जाते थे। न कहीं आकाश का पता था, न पृथ्वी का। चारों तरफ़ कुहरा-ही-कुहरा नज़र आता था। रविवार था। ईसाई स्त्रियाँ और पुरुष साफ-सुथरे कपड़े और मोटे-मोटे ओवरकोट पहने हुए एक-एक करके गिरजाघर में दाखिल हो रहे थे। एक क्षण में जॉन सेवक, उनकी स्त्री, प्रभु सेवक और ईश्वर सेवक फ़िटन से उतरे। और लोग तुरंत अन्दर चले गए, केवल सोफ़िया बाहर रह गई। सहसा प्रभु सेवक ने बाहर आकर पूछा–क्यों सोफ़ी, मिस्टर क्लार्क अन्दर गए?

सोफ़िया—हाँ, अभी-अभी गए हैं।

प्रभु सेवक—और तुम?

सोफ़िया ने दीन भाव से कहा—मैं भी चली जाऊँगी।

प्रभु सेवक—आज तुम बहुत उदास मालूम होती हो।

सोफ़िया की आँखें अश्रुपूर्ण हो गईं। बोली—हाँ प्रभु, आज मैं बहुत उदास हूँ। आज मेरे जीवन में सबसे महान् संकट का दिन है, क्योंकि आज मैं क्लार्क को प्रोपोज करने के लिए मजबूर करूँगी। मेरा नैतिक और मानसिक पतन हो गया। अब मैं अपने सिद्धांतों पर जान देने वाली, अपने ईमान को ईश्वरीय इच्छा समझने वाली, धर्मतत्त्वों को तर्क की कसौटी पर रखनेवाली सोफ़िया नहीं हूँ। वह सोफ़िया संसार में नहीं है। अब मैं जो कुछ हूँ, वह अपने मुँह से कहते हुए मुझे स्वयं लज्जा आती है।

प्रभु सेवक कवि होते हुए भी उस भावना-शक्ति से वंचित था, जो दूसरों के हृदय में पैठकर उनकी दशा का अनुभव करती है। वह कल्पना-जगत् में नित्य विचरता रहता था और ऐहिक सुख-दुःख से अपने को चिंतित बनाना उसे हास्यास्पद जान पड़ता था। ये दुनिया के मेले हैं, इनमें क्यों सिर खपाएँ, मनुष्य को भोजन करना और मस्त रहना चाहिए। यही शब्द सोफ़िया के मुख से सैकड़ों बार सुन चुका था। झुँझलाकर बोला—तो इसमें रोने-धोने की क्या ज़रूरत है? मामा से साफ-साफ क्यों नहीं कह देतीं? उन्होंने तुम्हें मजबूर तो नही किया है?

सोफ़िया ने तिरस्कार करते हुए कहा—प्रभु, ऐसी बातों से दिल न दुःखाओ। तुम क्या जानो, मेरे दिल पर क्या गुजर रही है। अपनी इच्छा से कोई विष का प्याला नहीं पीता। शायद ही कोई ऐसा दिन जाता हो कि मैं तुमसे अपनी सैकड़ों बार की कही हुई कहानी न कहती होऊँ। फिर भी तुम कहते हो, तुम्हें मजबूर किसने किया? तुम तो कवि हो, तुम इतने भाव-शून्य कैसे हो गए? मजबूरी के सिवा आज मुझे कौन यहाँ खींच लाया? आज मेरी यहाँ आने की जरा भी इच्छा नहीं थी पर यहाँ मौजूद हूँ। मैं तुमसे सत्य कहती हूँ, धर्म का रहा-सहा महत्त्व भी मेरे दिल से उठ गया। मूर्खों को यह कहते हुए लज्जा नहीं आती कि मजहब खुदा की बरकत है। मैं कहती हूँ, वह ईश्वरीय कोप है, दैवी वज्र है, जो मानव-जाति के सर्वनाश

के लिए अवतरित हुआ है। इसी कोप के कारण आज मैं विष का घूंट पी रही हूँ। रानी जाह्नवी जैसी सहृदय महिला के मुझसे यों आँखें फेर लेने का और क्या कारण था? मैं उस देव-पुरुष से क्यों छल करती, जिसकी हृदय में आज भी उपासना करती हूँ और नित्य करती रहूँगी? अगर यह कारण न होता, तो मुझे अपनी आत्मा को यह निर्दयतापूर्ण दंड देना ही क्यों पड़ता? मैं इस विषय पर जितना ही विचार करती हूँ उतना ही धर्म के प्रति अश्रद्धा बढ़ती है। आह! मेरी निष्ठुरता से विनय को कितना दुःख हुआ होगा, इसकी कल्पना ही मेरे प्राण सूखे जाते हैं। वह देखो, मि. क्लार्क बुला रहे हैं। शायद सरमन (उपदेश) शुरू होनेवाला है। चलना पड़ेगा, नहीं तो मामा जीता न छोड़ेंगी।

प्रभु सेवक तो क़दम बढ़ाते हुए जा पहुँचे; सोफ़िया दो-ही-चार क़दम चली थी कि एकाएक उसे सड़क पर किसी के गाने की आहट मिली। उसने सिर उठाकर चहारदीवारी के ऊपर से देखा, एक अंधा आदमी, हाथ में खँजरी लिए, यह गीत गाता हुआ चला जाता है:

भई, क्यों रन से मुँह मोड़ै?
वीरों का काम है लड़ना, कुछ नाम जगत में करना,
क्यों निज मरजादा छोड़ै?
भई, क्यों रन से मुँह मोड़ै?
क्यों जीत की तुझको इच्छा, क्यों हार की तुझको चिंता,
क्यों दुःख से नाता जोड़ै?
भई, क्यों रन से मुँह मोड़ै?
तू रंगभूमि में आया, दिखलाने अपनी माया,
क्यों धरम-नीति को तोड़ै?
भई, क्यों रन से मुँह मोड़ै?

सोफ़िया ने अन्धे को पहचान लिया; सूरदास था। वह इस गीत का कुछ इस तरह मस्त होकर गाता था कि सुननेवालों के दिल पर चोट-सी लगती थी। लोग राह चलते-चलते सुनने को खड़े हो जाते थे। सोफ़िया तल्लीन होकर यह गीत सुनती रही। उसे इस पद में जीवन का सम्पूर्ण रहस्य कूट-कूटकर भरा हुआ मालूम होता था:

तू रंगभूमि में आया, दिखलाने अपनी माया,
क्यों धरम-नीति को तोड़ै? भई, क्यों रन से मुँह मोड़ै?

राग इतना सुरीला, इतना मधुर, इतना उत्साहपूर्ण था कि एक समाँ-सा छा गया। राग पर खंजरी की ताल और भी आफत करती थी। जो सुनता था, सिर धुनता था।

सोफ़िया भूल गई कि मैं गिरजे में जा रही हूँ सरमन की जरा भी याद न रही। वह बड़ी देर तक फाटक पर खड़ी यह 'सरमन' सुनती रही। यहाँ तक कि सरमन समाप्त हो गया, भक्तजन बाहर निकलकर चले। मि. क्लार्क ने आकर धीरे से सोफ़िया के कंधे पर हाथ रखा, तो वह चौंक पड़ी।

क्लार्क–लार्ड बिशप का सरमन समाप्त हो गया और तुम अभी तक यहीं खड़ी हो!

सोफ़िया–इतनी जल्द! मैं जरा इस अंधे का गाना सुनने लगी। सरमन कितनी देर हुआ?

क्लार्क–आध घंटे से कम न हुआ होगा। लार्ड बिशप के सरमन संक्षिप्त होते हैं; पर अत्यंत मनोहर। मैंने ऐसा दिव्य ज्ञान में डूबा हुआ उपदेश आज तक न सुना था, इंग्लैंड में भी नहीं। खेद है, तुम न आयीं।

सोफ़िया–मुझे आश्चर्य होता है कि मैं यहाँ आध घंटे तक खड़ी रही!

इतने में मिस्टर ईश्वर सेवक अपने परिवार के साथ आकर खड़े हो गए। मिसेज़ सेवक ने क्लार्क को मातृस्नेह से देखकर पूछा–क्यों विलियम, सोफ़ी आज के सरमन के विषय में क्या कहती है?

क्लार्क–यह तो अन्दर गईं ही नहीं।

मिसेज़ सेवक ने सोफ़िया को अवहेलना की दृष्टि से देखकर कहा–सोफ़ी, यह तुम्हारे लिए शर्म की बात है।

सोफ़ी लज्जित होकर बोली–मामा, मुझसे बड़ा अपराध हुआ। मैं इस अंधे का गाना सुनने के लिए ज़रा रुक गई, इतने में सरमन समाप्त हो गया!

ईश्वर सेवक–बेटी, आज सरमन सुधा-तुल्य था, जिसने आत्मा को तृप्त कर दिया। जिसने नहीं सुना, वह उम्र-भर पछताएगा। प्रभु, मुझे अपने दामन में छिपा। ऐसा सरमन आज तक न सुना था।

मिसेज़ सेवक—आश्चर्य है कि उस स्वर्गोपम सुधा-वृष्टि के सामने तुम्हें यह ग्रामीण गान अधिक प्रिय मालूम हुआ!

प्रभुसेवक—मामा, यह न कहिए। ग्रामीणों के गाने में कभी-कभी इतना रस होता है, जो बड़े-बड़े कवियों की रचनाओं में भी दुर्लभ है।

मिसेज़ सेवक—अरे, यह तो वही अंधा है, जिसकी ज़मीन हमने ले ली है। आज यहाँ कैसे आ पहुँचा? अभागे ने रुपये न लिए, अब गली-गली भीख माँगता फिरता है।

सहसा सूरदास ने उच्च स्वर में कहा—दुहाई है पंचो, दुहाई। सेवक साहब और राजा साहब ने मेरी ज़मीन जबरदस्ती छीन ली है। हम दुखियों को फरियाद कोई नहीं सुनता। दुहाई है!

'दुरबल को न सताइए, जाकी मोटी हाय।
मुई खाल की साँस सों सार भसम ह्वै जाये।।'

क्लार्क ने मि. सेवक से पूछा—उसकी ज़मीन तो मुआवजा देकर ली गई थी न? अब यह कैसा झगड़ा है?

मि. सेवक—उसने मुआवजा नहीं लिया। रुपये खजाने में जमा कर दिये गए हैं। बदमाश आदमी है।

एक ईसाई बैरिस्टर ने, जो चतारी के राजा साहब के प्रतियोगी थे, सूरदास से पूछा—क्यों अंधे, कैसी ज़मीन थी? राजा साहब ने कैसे ले ली?

सूरदास—हुज़ूर, मेरे बाप-दादों की ज़मीन है। सेवक साहब वहाँ चुरुट बनाने का कारखाना खोल रहे हैं। उनके कहने से राजा साहब ने वह ज़मीन मुझसे छीन ली है। दुहाई है सरकार की, दुहाई पंचों, गरीब की कोई नहीं सुनता।

ईसाई बैरिस्टर ने क्लार्क से कहा—मेरे विचार में व्यक्तिगत लाभ के लिए किसी की ज़मीन पर कब्जा करना मुनासिब नहीं है।

क्लार्क—बहुत अच्छा मुआवजा दिया गया है।

बैरिस्टर—आप किसी को मुआवजा लेने के लिए मजबूर नहीं कर सकते, जब तक आप यह न सिद्ध कर दें कि आप ज़मीन को सार्वजनिक कार्य के लिए ले रहे हैं।

काशी आयरन-वर्क्स के मालिक जॉनवर्ड ने, जो जॉन सेवक के पुराने प्रतिद्वंद्वी थे, कहा—बैरिस्टर साहब, क्या आपको नहीं मालूम कि सिगरेट का

कारखाना खोलना परम परमार्थ है? सिगरेट पीनेवाले आदमी को स्वर्ग पहुँचने में जरा भी दिक्कत नहीं होती।

प्रोफेसर चार्ल्स सिमियन, जिन्होंने सिगरेट के विरोध में एक पैंफ्लेट लिखा था, बोले–अगर सिगरेट के कारखाने के लिए सरकार ज़मीन दिला सकती है, तो कोई कारण नहीं है कि चकलों के लिए न दिलाए। सिगरेट के कारखाने के लिए जमीन पर कब्जा करना उस धारा का दुरुपयोग करना है। मैंने अपने पैंफ्लेट में संसार के बड़े-से-बड़े विद्वानों और डॉक्टरों की सम्मतियाँ लिखी थीं। स्वास्थ्य-नाश का मुख्य कारण सिगरेट का बहुत प्रचार है। खेद है, उस पैम्फलेट की जनता ने कदर न की।

काशी रेलवे-यूनियन के मंत्री मिस्टर नीलमणि ने कहा–ये सभी नियम पूँजीपतियों के लाभ के लिए बनाए गये हैं, और पूँजीपतियों को यह निश्चय करने का अधिकार दिया गया है उन नियमों का कहाँ व्यवहार करें। कुत्तों को खाल की रखवाली सौंपी गई हैं क्यों अंधे, तेरी ज़मीन कुल कितनी है?

सूरदास–हुज़ूर, दस बीघे से कुछ ज़्यादा होगी। सरकार, बाप-दादों की यही निसानी है। पहले राजा साहब मुझसे मोल माँगते थे, जब मैंने न दी, तो जबरदस्ती ले ली। हुजूर, अंधा अपाहिज हूँ, आपके सिवा किससे फरियाद करूँ? कोई सुनेगा तो सुनेगा, नहीं भगवान् तो सुनेंगे!

जॉन सेवक अब वहाँ पल भर भी न ठहर सके। वाद-विवाद हो जाने का भय था और संयोग से उनके सभी प्रतियोगी एकत्र हो गए थे। मिस्टर क्लार्क भी सोफ़िया के साथ अपनी मोटर पर आ बैठे। रास्ते में जॉन सेवक ने कहा–कहीं राजा साहब ने इस अंधे की फरियाद सुन ली, तो उनके हाथ-पाँव फूल जायेंगें

मिसेज़ सेवक–पाजी आदमी है। इसे पुलिस के हवाले क्यों नहीं करा देते?

ईश्वर सेवक–नहीं बेटा, ऐसा भूलकर भी न करना; नहीं तो अखबारवाले इस बात का बतंगड़ बनाकर तुम्हें बदनाम कर देंगे। प्रभु, मेरा मुँह अपने दामन में छिपा और इस दुष्ट की जबान बंद कर दे।

मिसेज़ सेवक–दो-चार दिन में आप ही शांत हो जायेगा। ठेकेदारों को ठीक कर लिया न?

जॉन सेवक–हाँ, काम तो आजकल में शुरू हो जानेवाला है, मगर इस मूजी को चुप करना असान नहीं है। मुहल्लेवालों को तो मैंने फोड़ लिया, वे

सब इसकी मदद न करेंगे; मगर मुझे आशा थी, उधर से सहारा न पाकर इसकी हिम्मत टूट जायेगी। वह आशा पूरी न हुई। मालूम होता है बड़े जीवट का आदमी है, आसानी से काबू में आनेवाला नहीं हैं राजा साहब का म्युनिसिपल बोर्ड में वह जोर नहीं रहा; नहीं तो कोई चिंता न थी। उन्हें पूरे साल-भर तक बोर्ड वालों की खुशामद करनी पड़ी; तब जाकर वह प्रस्ताव मंजूर करा सके। ऐसा न हो, बोर्ड वाले फिर कोई चाल चलें।

इतने में राजा महेन्द्रकुमार की मोटर सामने आकर रुकी। राजा साहब बोले–आपसे खूब मुलाकात हुई। मैं आपके बँगले से लौटा आ रहा हूँ। आइए, हम और आप सैर कर आयें। मुझे आपसे कुछ ज़रूरी बातें करनी हैं।

जब जॉन सेवक मोटर पर आ बैठे, तो बातें होने लगीं। राजा साहब ने कहा–आपका सूरदास तो एक ही दुष्ट निकला। कल से सारे शहर में घूम-घूमकर गाता है और हम दोनों को बदनाम करता है। अंधे गाने में कुशल होते ही हैं। उसका स्वर बहुत लोचदार हैं बात-की-बात में हजारों आदमी घेर लेते हैं। जब खूब जमाव हो जाता है, तो यह दुहाई मचाता है। और हम दोनों को बदनाम करता है।

जॉन सेवक–अभी चर्च में आ पहुँचा था। बस वही दुहाई देता था। प्रोफेसर सिमियन, मि. नीलमणि आदि महापुरुषों को तो आप जानते ही हैं, उसे और भी उकसा रहे हैं। शायद अभी वहीं खड़ा हो।

महेन्द्र कुमार–मिस्टर क्लार्क से तो कोई बातचीत नहीं हुई?

जॉन सेवक–थे तो वह भी, उनकी सलाह है कि अंधे को पागलखाने भेज दिया जाये। मैं मना न करता, तो वह उसी वक़्त थानेदार को लिखते।

महेन्द्रकुमार–आपने बहुत अच्छा किया, उन्हें मना कर दिया। उसे पागलखाने या जेलखाने भेज देना आसान है; लेकिन जनता को यह विश्वास दिलाना कठिन है कि उसके साथ अन्याय नहीं किया गया। मुझे तो उसकी दुहाई-तिहाई की परवा न होती; पर आप जानते हैं, हमारे कितने दुश्मन हैं। अगर उसका यही ढंग रहा, तो दस-पाँच दिनों में हम सारे शहर में नक्कू बन जाएँगे।

जॉन सेवक–अधिकार और बदनामी का तो चोली-दामन का साथ है। इसकी चिंता न कीजिए। मुझे तो यह अफ़सोस है कि मैंने मुहल्लेवालों को

काबू में लाने के लिए बड़े-बड़े वादे कर लिए। जब अंधे पर किसी का कुछ असर न हुआ, तो मेरे वादे बेकार हो गए।

महेन्द्रकुमार–अजी, आपकी तो जीत-ही-जीत है; गया तो मैं। इतनी ज़मीन आपको दस हज़ार से कम में न मिलती। धर्मशाला बनवाने में आपके इतने ही रुपये लगेंगे। मिट्टी तो मेरी खराब हुई। शायद जीवन में यह पहला ही अवसर है कि मैं जनता की आँखों में गिरता हुआ नजर आता हूँ। चलिए ज़रा पाँड़ेपुर तक हो आयें। संभव है, मुहल्लेवालों को समझाने का अब भी कुछ असर हो।

मोटर पांड़ेपुर की तरफ चली। सड़क खराब थी; राजा साहब ने इंजीनियर को ताकीद कर दी थी कि सड़क की मरम्मत का प्रबन्ध किया जाय; पर अभी तक कहीं कंकड़ भी न नजर आता था। उन्होंने अपनी नोटबुक में लिखा, इसका जवाबतलब किया जाए। चुंगीघर पहुँचे, तो देखा कि चुंगी का मुंशी आराम से लेटा हुआ है। और कई गाड़ियाँ सड़क पर रवन्ने के लिए खड़ी हैं। मुंशी जी ने मन में निश्चय कर लिया कि गाड़ी पीछे एक रुपये लिए बिना रवन्ना न दूँगा, नहीं तो गाड़ियों को यहीं रात-भर खड़ी रखूँगा। राजा साहब ने जाते-ही-जाते गाड़ीवालों को रवन्ना दिला दिया और मुंशीजी के रजिस्टर पर ये कैफियत लिख दी। पाँड़ेपुर पहुँचे, तो अँधेरा हो चला था। मोटर रुकी। दोनों महाशय उतरकर मंदिर पर आये। नायकराम लुंगी बाँधे हुए भंग घोंट रहे थे, दौड़े हुए आये। बजरंगी नाँद में पानी भर रहा था, आकर खड़ा हो गया। सलाम-बंदगी के पश्चात् जॉन सेवक ने नायकराम से कहा–अंधा तो बहुत बिगड़ा हुआ है।

नायकराम–सरकार, बिगड़ा तो इतना है कि जिस दिन डौंड़ी पिटी, उस दिन से घर नहीं आया। सारे दिन शहर में घूमता है; भजन गाता है और दुहाई मचाता है।

राजा साहब–तुम लोगों ने कुछ समझाया नहीं?

नायकराम–दीनबंधु, अपने सामने वह किसी को कुछ समझता ही नहीं। दूसरा आदमी हो, तो मार-पीट की धमकी से सीधा हो जाय; पर इसे तो डर-भय जैसे छू ही नहीं गया। उसी दिन से घर नहीं आया।

राजा साहब–तुम लोग उसे समझा-बुझाकर यहाँ लाओ। सारा संसार छान आये हो; एक मूर्ख को काबू में नहीं ला सकते?

नायकराम—सरकार, समझाना-बुझाना तो मैं नहीं जानता, जो हुकुम हो, हाथ-पैर तोड़कर बैठा दूँ, आज ही चुप हो जायेगा।

राजा साहब—छी, छी, कैसी बातें करते हो! मैं देखता हूँ, यहाँ पानी का नल नहीं है। तुम लोगों को तो बहुत कष्ट होता होगा। मिस्टर सेवक, आप यहाँ नल पहुँचाने का ठेका ले लीजिए।

नायकराम—बड़ी दया है दीनबंधु, नल आ जाये तो क्या कहना है।

राजा साहब—तुम लोगों ने कभी इसके लिए दरख्वास्त ही नहीं दी।

नायकराम—सरकार, यह बस्ती हद-बाहर है।

राजा साहब—कोई हरज नहीं, नल लगा दिया जायेगा।

इतने में ठाकुरदीन ने आकर कहा—सरकार, मेरी भी कुछ खातिरी हो जाये।

यह कहकर उसने चाँदी के वरक में लिपटे हुए पान के बीड़े दोनों महानुभावों की सेवा में अर्पित किये। मि. सेवक को अँगरेजी वेष-भूषा रहने पर भी, पान से घृणा न थी, शौक से खाया। राजा साहब मुँह में पान रखते हुए बोले—क्या यहाँ लालटेन नहीं हैं? अँधेरे में तो बड़ी तकलीफ होती होगी?

ठाकुरदीन ने नायकराम की ओर मार्मिक दृष्टि से देखा, मानो यह कह रहा हो कि मेरे बीड़ों ने यह रंग जमा दिया बोला—सरकार, हम लोगों की कौन सुनता है? अब हुजूर की निगाह हो गई हे, तो लग जायेगी। बस, और कहीं नहीं, इसी इसी मंदिर पर एक लालटेन लगा दी जाये। साधु-महात्मा आते हैं, तो अँधेरे में उन्हें कष्ट होता है। लालटेन से मंदिर की शोभा बढ़ जाएगी। सब आपको आशीर्वाद देंगे।

राजा साहब—तुम लोग एक प्रार्थना-पत्र भेज दो।

ठाकुरदीन—हुजूर के परताप से दो-एक साधु-संत रोज ही आते रहते हैं। अपने से जो कुछ हो सकता है, उनका सेवा-सत्कार करता हूँ, नहीं तो यहाँ और कौन पूछने वाला है। सरकार, जब से चोरी हो गई, तब से हिम्मत टूट गई।

दोनों आदमी मोटर पर बैठनेवाले ही थे कि सुभागी एक लाल साड़ी पहने, घूँघट निकाले, आकर ज़रा दूर पर खड़ी हो गई, मानो कुछ कहना चाहती है। राजा साहब ने पूछा—यह कौन है? क्या कहना चाहती है?

नायकराम—सरकार, एक पासिन है। क्या है सुभागी, कुछ कहने आयी है?

सुभागी—(धीरे से) कोई सुनेगा?

राजा साहब–हाँ, हाँ, कह, क्या कहती है?

सुभागी–कुछ नहीं मालिक, यही कहने आयी थी कि सूरदास के साथ बड़ा अन्याय हुआ है। अगर उनकी फरियाद न सुनी गई, तो वह मर जायेंगे।

जॉन सेवक–उसके मर जाने के डर से सरकार अपना काम छोड़ दे?

सुभागी–हुजूर, सरकार का काम परजा को पालना है कि उजाड़ना? जब से यह ज़मीन निकल गई है; बेचारे को न खाने की सुध है, न पीने की। हम ग़रीब औरतों का तो वही एक आधार है, नहीं तो मुहल्ले के मरद कभी औरतों को जीता न छोड़ते और मरदों की मिली-भगत है। मरद चाहे औरत के अंग-अंग, पोर-पोर काट डाले, कोई उसको मने नहीं करता। चोर-चोर मौसरे भाई हो जाते हैं। यही एक बेचारा था कि हम गरीबों की पीठ पर खड़ा हो जाता था।

भैरों भी आकर खड़ा हो गया था। बोला–हुजूर, सूरे न होता, तो यह आपके सामने खड़ी न होती। उसी ने जान पर खेलकर इसकी जान बचाई थी।

राजा साहब–जीवट का आदमी मालूम होता है।

नायकराम–जीवट क्या है सरकार, बस यह समझिए कि हत्या के बल जीतता है।

राजा साहब–बस, यह बात तुमने बहुत ठीक कही, हत्या ही के बल जीतता है। चाहूँ, तो आज पकड़वा दूँ; पर सोचता हूँ, अंधा है, उस पर क्या गुस्सा दिखाऊँ। तुम लोग उसके पड़ोसी हो, तुम्हारी बात कुछ-न-कुछ सुनेगा ही। तुम लोग उसे उसे समझाओ। नायकराम, हम तुमसे बहुत जोर देकर कहे जाते हैं।

एक घंटा रात जा चुकी थी। कुहरा और भी घना हो गया था। दूकानों के दीपकों के चारों तरफ कोई मोटा कागज-सा पड़ा हुआ जान पड़ता था। दोनों महाशय विदा हुए; पर दोनों ही चिन्ता में डूबे हुए थे। राजा साहब सोच रहे थे कि देखें, लालटेन और पानी के नल का कुछ असर होता है या नहीं। जॉन सेवक को चिन्ता थी कि कहीं मुझे जीती-जिताई बाजी न खोनी पड़े।

19

सोफ़िया अपनी चिंताओं में ऐसी व्यस्त हो रही थी कि सूरदास को बिल्कुल भूल-सी गई थी। उसकी फरियाद सुनका उसका हृदय काँप उठा। इस दीन प्राणी पर इतना घोर अत्याचार! उसकी दयालु प्रकृति यह अन्याय न सह सकी। सोचने लगी—सूरदास को इस विपत्ति से क्योंकर मुक्त करूँ? इसका उद्धार कैसे हो? अगर पापा से कहूँ तो हर्गिज़ न सुनेंगे। उन्हें अपने कारखाने की ऐसी धुन सवार है कि वह इस विषय में मेरे मुँह से एक शब्द सुनना भी पसन्द न करेंगे।

बहुत सोच-विचार के बाद उसने निश्चय किया—चलकर इंदु से प्रार्थना करूँ। अगर वह राजा साहब से ज़ोर देकर कहेगी, तो सम्भव है, राजा साहब मान जायें। पिता से विरोध करके उसे बड़ा दुःख होता था; पर उसकी धार्मिक दृष्टि से दया का महत्त्व इतना ऊँचा था कि उसके सामने पिता के हानि-लाभ की कोई हस्ती न थी। जानती थी, राजा साहब दीन-वत्सल हैं और उन्होंने सूरदार पर केवल मि. क्लार्क की खातिर वज्रपात किया है। जब उन्हें ज्ञात हो जाएगा कि मैं उस काम के लिए उनकी जरा भी कृतज्ञ न हूँगी, तो शायद वह अपने निर्णय पर पुनः विचार करने के लिए तैयार हो जाएँ। यहाँ ज्यों ही यह बात खुलेगी, सारा घर मेरा दुश्मन हो जाएगा, पर इसकी क्या चिन्ता? इस भय से मैं अपना कर्त्तव्य तो नहीं छोड़ सकती।

इसी हैस-बैस में तीन दिन गुज़र गए। चौथे दिन प्रातःकाल वह इंदु से मिलने चली। सवारी किराए की थी। सोचती जाती थी—ज्यों ही अन्दर क़दम रखूँगी, इंदु दौड़कर गले लिपट जायेगी, शिकायत करेगी कि इतने दिनों के बाद क्यों आयी हो? हो सकता है कि आज मुझे आने भी न दे। वह राजा साहब को जरूर राजी कर लेगी। न जाने पापा ने राजा साहब को कैसे चकमा दिया।

यही सोचते-सोचते वह राजा साहब के मकान पर पहुँच गई और इंदु को खबर दी। उसे विश्वास था कि मुझे लेने के लिए इंदु खुद निकल आयेगी, किन्तु 15 मिनट इंतज़ार करने के बाद एक दासी आयी और उसे अन्दर ले गई।

सोफ़िया ने जाकर देखा कि इंदु अपने बैठने के कमरे में दुशाला ओढ़े, अँगीठी के सामने एक कुर्सी पर बैठी हुई हैं। सोफ़िया ने कमरे में क़दम रखा, तब भी इंदु कुर्सी से न उठी, यहाँ तक कि सोफ़िया ने हाथ बढ़ाया, तब भी रुखाई से हाथ बढ़ा देने के सिवा इंदु मुँह से कुछ न बोली। सोफ़िया ने समझा, इसका जी अच्छा नहीं है। बोली—सिर में दर्द है क्या?

उसकी समझ ही में न आता था कि बीमारी के सिवा इस निष्ठुरता का और भी कोई कारण हो सकता है?

इंदु ने क्षीण स्वर में कहा—नहीं, अच्छी तो हूँ इस सर्दी-पाले में तो तुम्हें बड़ा कष्ट हुआ!

सोफ़िया मानशीला स्त्री थी। इंदु की इस निष्ठुरता से उसके दिल पर चोट-सी लगी। पहला विचार तो हुआ कि उलटे पाँव वापस जाऊँ; मगर यह सोचकर कि यह बहुत ही हास्यजनक बात होगी, उसने दुस्साहस करके एक कुर्सी खींची और उस पर बैठ गई।

'आपसे मिले साल-भर से अधिक हो गया।'

'हाँ, मुझे कहीं आने-जाने की फुरसत कम रहती है। मड़ियाडू की रानी साहब एक महीने में तीन बार आ चुकी हैं, मैं एक बार भी न जा सकी।'

सोफ़िया दिल में हँसती हुई व्यंग से बोली—जब रानियों को यह सौभाग्य नहीं प्राप्त होता, तो मैं किस गिनती में हूँ! क्या कुछ रियासत का काम भी देखना पड़ता है?

'कुछ नहीं, और सब कुछ। राजा साहब को जातीय कार्यों से अवकाश ही नहीं मिलता, तो घर का कारोबार देखनेवाला भी तो कोई चाहिए।' मैं भी देखती हूँ कि जब इन्हीं कार्यों की बदौलत उनका यह सम्मान है, जो बड़े-बड़े हाकिमों को भी प्राप्त नहीं है, तो उनसे ज्यादा छेड़-छाड़ नहीं करती।'

सोफ़िया अभी तक न समझ सकी कि इंदु की अप्रसन्नता का कारण क्या है। बोली—आप बड़ी भाग्यशालिनी हैं कि इस तरह उनके सत्कार्यों में हाथ बँटा सकती हैं। राजा साहब की सुकीर्ति आज सारे शहर में छाई हुई है;

लेकिन बुरा न मानिएगा, कभी-कभी वह भी मुँह-देखी कर जाते हैं और बड़ों के आगे छोटों की परवा नहीं करते।

'शायद उनकी यह पहली शिकायत है, जो मेरे कान में आयी है।'

'हाँ, दुर्भाग्यवश यह काम मेरे ही सिर पड़ा। सूरदास को तो आप जानती ही हैं। राजा साहब ने उसकी ज़मीन पापा को दे दी है। बेचारा आजकल गली-गली दुहाई देता फिरता है। पिता के विरुद्ध एक शब्द भी मुँह से निकालना मेरे लिए लज्जास्पद है, यह समझती हूँ। फिर भी यह कहे बिना नहीं रहा जाता कि इस मौके पर राजा साहब को एक दीन प्राणी पर ज़्यादा दया करनी थी।'

इन्दु ने सोफ़िया को प्रश्नसूचक नेत्रों से देखकर कहा—आजकल पिता से भी अनबन है क्या?

सोफ़िया ने गर्व से कहा—न्याय और कर्तव्य के सामने पिता, पुत्र या पति का पक्षपात न किया जाए, तो कोई लज्जा की बात नहीं।

'तो तुम्हें अपने पिता को सन्मार्ग पर लाना चाहिए था। राजा साहब ने जो कुछ किया, तुम्हारी खातिर किया, और तुम्हीं उन पर इलजाम रखती हो? कितने शोक की बात है? उन्हें मि. सेवक, मि. क्लार्क या संसार के किसी अन्य व्यक्ति से दबने की जरूरत नहीं है; किन्तु इस अवसर पर उन्होंने तुम्हारे पापा का पक्ष न किया होता, तो शायद सबसे पहले तुम्हीं उन पर कृतघ्नता का दोषारोपण करतीं। सूरदास पर यह अन्याय इसलिए किया कि तुमने संकट में विनय की रक्षा की है, और तुम अपने पिता की बेटी हो।'

सोफ़िया ये कठोर शब्द सुनकर तिलमिला गई। बोली—अगर मैं जानती कि मेरी उस क्षुद्र सेवा का यों प्रतिकार किया जायेगा, तो शायद विनयसिंह के समीप न जाती। क्षमा कीजिए, मुझसे भूल हुई कि आपके पास यह शिकायत लेकर आयी। सुना करती थी, अमीरों में स्थिरता नहीं होती। आज उसका प्रमाण मिल गया। लीजिए, जाती हूँ। मगर इतना कहे जाती हूँ कि चाहे पापा मेरा मुँह देखना पाप समझें पर मैं इस विषय में कदापि चुप न बैठूँगी।

इंदु कुछ नरम होकर बोली—आखिर तुम राजा साहब से क्या चाहती हो?

'क्यों ऐश्वर्य पाकर बुद्धि भी मन्द हो जाती है।'

'मैं प्यादे से वजीर नहीं बनी हूँ।'

'खेद है, आपने अब तक मेरा आशय नहीं समझा।'

'खेद करने से तो बात मेरी समझ में न आएगी।'

'मैं चाहती हूँ कि सूरदास की ज़मीन उसे लौटा दी जाये।'

'तुम्हें मालूम है, इसमें राजा साहब का कितना अपमान होगा?

'अपमान अन्याय से अच्छा है।'

'यह भी जानती हो कि जो कुछ हुआ, तुम्हारे मि. क्लार्क की प्रेरणा से हुआ है?'

'यह तो नहीं जानती; क्योंकि इस विषय में मेरी उनसे कभी बातचीत नहीं हुई। लेकिन जानती भी, तो राजा साहब की मान-हानि के विचार से पहले राजा साहब ही से अनुनय-विनय करना उचित समझती। अपनी भूल अपने ही हाथों सुधर जाये, तो यह उससे कहीं अच्छा है कि कोई दूसरा उसे सुधारे।'

इंदु को चोट लगी। समझा, यह मुझे धमकी दे रही है। मि. क्लार्क के अधिकार पर इतना अभिमान! तनकर बोली—मैं नहीं समझती कि किसी राज्याधिकारी को बोर्ड के फैसले में भी दखल देने का मजाज़ है, और चाहे एक दिन अंधे पर अत्याचार ही क्यों न करना पड़े, राजा साहब अपने फैसले को बहाल रखने के लिए कोई बात उठा न रखेंगे। एक राजा का सम्मान एक क्षुद्र न्याय से कहीं ज्यादा महत्त्व की वस्तु है।

सोफ़िया ने व्यथित होकर कहा—इसी क्षुद्र न्याय के लिए सत्यवादी पुरुषों ने सिर कटवा दिए हैं।

इन्दु ने कुर्सी के बाँह पर हाथ पटककर कहा—न्याय का स्वाँग भरने का युग अब नहीं रहा।

सोफ़िया ने उत्तर न दिया। उठ खड़ी हुई और बोली—कष्ट के लिए क्षमा कीजिएगा।

इंदु अँगीठी की आग उकसाने लगी। सोफ़िया की ओर आँख उठाकर भी न देखा।

सोफ़िया यहाँ से चली, तो इन्दु के दुर्व्यवहार से उसका कोमल हृदय विदीर्ण हो रहा था। सोचती जाती थी—वह हँसमुख, प्रसन्न-चित्त, विनोदशील इन्दु कहाँ है? क्या ऐश्वर्य मानव-प्रकृति को भी दूषित कर देता है? मैंने तो आज तक कभी इसका दिल दुखानेवाली बात नहीं कही। क्या मैं ही कुछ और हो गई हूँ, या वही कुछ और हो गई? इसने मुझसे सीधे मुँह बात भी

नहीं की। बात करना तो दूर, उलटे और गालियाँ सुनायीं। मैं इस पर कितना विश्वास करती थी? समझती थी, देवी है। आज इसका यथार्थ स्वरूप दिखायी पड़ा। लेकिन मैं इसके ऐश्वर्य के सामने क्यों सिर झुकाऊँ? इसने अकारण, निष्प्रयोजन ही मेरा अपमान किया। शायद रानीजी ने इसके कान भरे हों, लेकिन सज्जनता भी कोई चीज है!

सोफ़िया ने उसी क्षण इस अपमान का पूरा; बल्कि पूरे से भी ज़्यादा बदला लेने का निश्चय कर लिया। उसने यह विचार न किया—सम्भव है, इस समय किसी कारण इसका मन खिन्न रहा हो, अथवा किसी दुर्घटना ने इसे असमंसज में डाल रखा हो। उसने तो सोचा—ऐसी अभद्रता, ऐसी दुर्जनता के लिए दारुण-से-दारुण मानसिक कष्ट, बड़ी-से-बड़ी आर्थिक क्षति, तीव्र-से-तीव्र शारीरिक व्यथा का उज्र भी काफ़ी नहीं। इसने मुझे चुनौती दी है, स्वीकार करती हूँ। इसे अपनी रियासत का घमण्ड है, मैं दिखा दूँगी कि यह सूर्य का स्वयं प्रकाश नहीं, चाँद की पराधीन ज्योति है। इसे मालूम हो जाएगा कि राजा और रईस, सब-के-सब शासनाधिकारियों के हाथों के खिलौने हैं, जिन्हें वे अपनी इच्छा के अनुसार बनाते-बिगाड़ते रहते हैं।

दूसरे ही दिन से सोफ़िया ने अपनी कपट-लीला आरम्भ कर दी। मि. क्लार्क से उसका प्रेम बढ़ने लगा। द्वेष के हाथों की कठपुतली बन गई। अब उनकी प्रेम मधुर बातें सिर झुकाकर सुनती, उनकी गर्दन में बाँहें डालकर कहती—तुमने प्रेम करना किससे सीखा? दोनों अब निरंतर साथ नज़र आते, सोफ़िया दफ्तर में साहब का गला न छोड़ती, बार-बार चिट्ठियाँ लिखती—जल्द आओ, मैं तुम्हारी बाट जोह रही हूँ। और यह सारा प्रेमाभिनय केवल इसलिए था कि इंदु से अपमान का बदला लूँ।

एक दिन वह मि. क्लार्क को पाँड़ेपुर की तरफ़ सैर कराने ले गई। जब मोटर गोदाम के सामने से होकर गुजरी, तो उसने ईंट और कंकड़ के ढेरों की ओर संकेत करते कहा—पापा बड़ी तत्परता से काम कर रहे हैं।

क्लार्क—हाँ, मुस्तैद आदमी हैं। मुझे तो उनकी श्रमशीलता पर डाह होती है।

सोफ़ी—पापा ने धर्म-अधर्म का विचार नहीं किया। कोई माने या न माने, मैं तो यही कहूँगी कि अंधे के साथ अन्याय हुआ।

क्लार्क—हाँ, अन्याय तो हुआ। मेरी तो बिल्कुल इच्छा न थी।

सोफ़ी—तो आपने क्यों अपनी स्वीकृति दी?

क्लार्क—क्या करता?

सोफ़ी—अस्वीकार कर देते। साफ लिख देना चाहिए था कि इस काम के लिए किसी की जमीन नहीं जब्त की जा सकती।

क्लार्क—तुम नाराज़ न हो जातीं?

सोफ़ी—कदापि नहीं। आपने शायद मुझे अब तक नहीं पहचाना।

क्लार्क—तुम्हारे पापा ज़रूर नाराज़ हो जाते।

सोफ़ी—मैं और पापा एक नहीं हैं। मेरे और उनके आचार-व्यवहार में दिशाओं का अन्तर है।

क्लार्क—इतनी बुद्धि होती, तो अब तक तुम्हें कब का पा गया होता। मैं तुम्हारे स्वभाव और विचारों से परिचित न था। समझा, शायद यह अनुमति मेरे लिए हितकर हो।

सोफ़ी—सारांश यह कि मैं ही इस अन्याय की जड़ हूँ। राजा साहब ने मुझे प्रसन्न करने के लिए बोर्ड में यह प्रस्ताव रखा। आपने भी मुझी को प्रसन्न करने के लिए स्वीकृति प्रदान की। आप लोगों ने मेरी तो मिट्टी ही खराब कर दी।

क्लार्क—मेरे सिद्धान्तों से तुम परिचित हो। मैंने अपने ऊपर बहुत जब्र करके यह प्रस्ताव स्वीकार किया।

सोफ़ी—आपने अपने ऊपर जब्र नहीं किया है, मेरे ऊपर किया है। और आपको इसका प्रायश्चित्त करना पड़ेगा।

क्लार्क—मैं न जानता था कि तुम इतनी न्यायप्रिय हो।

सोफ़ी—मेरी तारीफ करने से इस पाप का प्रायश्चित्त न होगा।

क्लार्क—मैं अंधे को किसी दूसरे गाँव में इतनी ही ज़मीन दिला दूँगा।

सोफ़िया—क्या उसी की ज़मीन उसे नहीं लौटाई जा सकती?

क्लार्क—कठिन है।

सोफ़िया—असम्भव तो नहीं है?

क्लार्क—असम्भव से कुछ ही कम है।

सोफ़िया—तो समझ गई, असम्भव नहीं है, आपको यह प्रायश्चित्त करना ही पड़ेगा। कल ही उस प्रस्ताव को मंसूख कर दीजिए।

क्लार्क–प्रिये, तुम्हें मालूम नहीं, उसका क्या परिणाम होगा।

सोफ़िया–मुझे इसकी चिन्ता नहीं। पापा को बुरा लगेगा, लगे। राजा साहब का अपमान होगा, हो। मैं किसी के लाभ या सम्मान-रक्षा के लिए अपने ऊपर पाप का भार क्यों लूँ? क्यों ईश्वरीय दण्ड की भागिनी बनूँ। आप लोगों ने मेरी इच्छा के विरुद्ध मेरे सिर पर एक महान पातक का बोझ रख दिया है। मैं इसे सहन नहीं कर सकती। आपको अंधे की ज़मीन वापस करनी पड़ेगी।

ये बातें हो ही रही थीं कि सैयद ताहिरअली ने सोफ़िया को मोटर में बैठे जाते देखा, तो तुरंत आकर सामने खड़े हो गए और सलाम किया। सोफ़ी ने मोटर रोक दी और पूछा–कहिए मुंशीजी, इमारत बनने लगी?

ताहिर–जी हाँ, कल दाग-बेल पड़ेगी; पर मुझे यह बेल मुड़े चढ़ती नहीं नज़र आती।

सोफ़िया–क्यों? क्या कोई वारदात हो गई?

ताहिर–हुज़ूर, जब से इस अंधे ने शहर में आह-फरियाद शुरू की है, तब से अजीब मुसीबतों का सामना हो गया है। मुहल्लेवाले तो अब नहीं बोलते, लेकिन शहर के शोहदे-लुच्चे रोजाना आकर मुझे धमकियाँ देते हैं। कोई घर में आग लगाने को आमादा होता है, कोई लूटने को दौड़ता है, कोई मुझे कत्ल करने की धमकी देता है।

आज सुबह कई सौ आदमी लाठियाँ लिए आ गए और गोदाम को घेर लिया। कुछ लोग सीमेंट और चूने के ढेरों को बखेरने लगे, कई आदमी पत्थर की सिलों को तोड़ने लगे। मैं तनहा क्या कर सकता था? दरवाज़ा बंद किये बैठा अल्लाह-अल्लाह कर रहा था कि किसी तरह हंगामा फ़रो हो। बारे दुआ कबूल हुई। ऐन उसी वक़्त अंधा न जाने किधर से आ निकला और बिजली की तरह कड़ककर बोला–'तुम लोग यह ऊधम मचाकर मुझे क्यों कलंक लगा रहे हो? आग लगाने से मेरे दिल की आग न बुझेगी, लहू बहाने से मेरा चित्त शांत न होगा। आप लोगों की दुआ से यह आग और जलन मिटेगी। परमात्मा से कहिए, मेरा दुःख मिटाए। भगवान से विनती कीजिए, मेरा संकट हरे। जिन्होंने मुझ पर जुलुम किया है, उनके दिल में दया-धरम जागे, बस मैं आप लोगों से और कुछ नहीं चाहता।' इतना सुनते ही कुछ लोग तो हट गए; मगर कितने ही आदमी बिगड़कर बोले–तुम देवता हो, तो बने रहो;

हम देवता नहीं हैं, हम तो जैसे के साथ तैसा करेंगे। उन्हें भी तो गरीबों पर जुल्म करने का मजा मिल जाए। यह कहकर वे लोग पत्थरों को उठा-उठाकर पटकने लगे। तब इस अंधे ने वह काम किया, जो औलिया ही कर सकते हैं। हुज़ूर, मुझे तो कामिल यकीन हो गया कि कोई फरिश्ता है। उसकी बातें अभी तक कानों में गूँज रही हैं। उसकी तसवीर अभी तक आँखों के सामने खिंची हुई है। उसने ज़मीन से एक बड़ा-सा पत्थर का टुकड़ा उठा लिया और उसे अपने माथे के सामने रखकर बोला—अगर तुम लोग अभी भी मेरी विनती न सुनोगे, तो इसी दम इस पत्थर से सिर टकराकर जान दे दूँगा। मुझे मर जाना मंजूर है। पर यह अन्धेर नहीं देखा जा सकता। उसके मुँह से इन बातों का निकलना था कि चारों तरफ़ सन्नाटा छा गया। जो जहाँ था, वह वहीं बुत बन गया। जरा देर में लोग आहिस्ता-आहिस्ता रुखसत होने लगे और कोई आधा घण्टे में सारा मजमा गायब हो गया। सूरदास उठा और लाठी टेकता हुआ जिधर से आया था, उसी तरफ चला गया। हुजूर! मुझे तो पूरा यकीन है कि वह इनसान नहीं, कोई फरिश्ता है।

सोफ़ी—उसे किसी से इन दुष्टों के आने की खबर मिल गई होगी।

ताहिर—हुज़ूर, मेरा तो कयास है कि उसे इल्म गैब है।

सोफ़ी—(मुस्कराकर) आपने पापा को इत्तिला नहीं दी?

ताहिर—हुज़ूर, तब से मौका ही न मिला। खुद बाल-बच्चों को तनहा छोड़कर नहीं जा सकता। आदमी सब पहले ही भाग गए थे। इसी फिक्र में खड़ा था कि हुज़ूर की मोटर नजर आयी।

मि. क्लार्क—यह अंधा ज़रूर कोई असाधारण पुरुष है।

सोफ़ी—तुम उससे दो-चार बातें करके देखो। उसके आध्यात्मिक और दार्शनिक विचार सुनकर चकित हो जाओगे। साधु भी है और दार्शनिक भी। कहीं हम उसके विचारों को व्यवहार में ला सकते, तो निश्चय ही सांसारिक जीवन सुखमय हो जाता। जाहिल है, बिलकुल निरक्षर; लेकिन उसका एक-एक वाक्य विद्वानों के बड़े-बड़े ग्रन्थों पर भारी है।

मोटर चली, तो सोफ़ी बोली—आप लोग ऐसे साधुजनों पर भी अन्याय करने से बाज नहीं आते, जो अपने शत्रुओं पर एक कंकड़ भी उठाकर नहीं फेंकता। प्रभु मसीह में भी तो यही गुण सर्वप्रधान था।

क्लार्क—प्रिये, अब लज्जित न करो। इसका प्रायश्चित्त निश्चय होगा।

सोफ़ी—राजा साहब इसका घोर विरोध करेंगे।

मि. क्लार्क—थुह! उनमें इतना नैतिक साहस नहीं है। वह जो कुछ करते हैं, हमारा रुख देखकर करते हैं। इस वजह से उन्हें कभी असफलता नहीं होती। हाँ, उनमें यह विशेष गुण है, वह हमारे प्रस्तावों का रूपान्तर करके अपना काम बना लेते हैं। और उन्हें जनता के सामने ऐसी चतुरता से उपस्थित करते हैं कि लोगों की दृष्टि में उनका सम्मान बढ़ जाता है। हिन्दुस्तानी रईसों और राजनीतिज्ञों में आत्मविश्वास का बड़ा अभाव होता है। वे हमारी सहायता से वह कर सकते हैं, जो हम नहीं कर सकते हैं। पर हमारी सहायता के बिना कुछ भी नहीं कर सकते।

मोटर सिगरा आ पहुँची। सोफ़िया उतर पड़ी। क्लार्क ने उसे प्रेम की दृष्टि से देखा, हाथ मिलाया और चले गए।

20

मि. क्लार्क ने मोटर से उतरते ही अरदली को हुक्म दिया—डिप्टी साहब को फौरन हमारा सलाम दो। नाजिर, अहलमद और अन्य कर्मचारियों को भी तलब किया गया। सब-के-सब घबराए—यह आज असमय क्यों तलबी हुई, कोई ग़लती तो नहीं पकड़ी गई? किसी ने रिश्वत की शिकायत तो नहीं कर दी? बेचारों के हाथ-पाँव फूल गए।

डिप्टी साहब बिगड़े—मैं कोई साहब का जाती नौकर नहीं हूँ जब चाहा, तलब कर लिया। कचहरी के समय के भीतर जितनी बार चाहें, तलब करें; लेकिन यह कौन-सी बात है कि जब जी में आया, सलाम भेज दिया। इरादा किया, न चलूँ, पर इतनी हिम्मत कहाँ कि साफ-साफ इनकार कर सकें। बीमारी का बहाना करना चाहा; मगर अरदली ने कहा—हुजूर, इस वक्त न चलेंगे, तो साहब बहुत नाराज होंगे। कोई बहुत जरूरी काम है, तभी तो मोटर से उतरते ही आपको सलाम दिया।

आखिर डिप्टी साहब को मजबूर होकर आना पड़ा। छोटे अमलों ने जरा भी चूँ न की, अरदली की सूरत देखते ही हुक्का छोड़ा, चुपके से कपड़े पहने, बच्चों को दिलासा दिया और हाकिम के हुक्म को अकाल मृत्यु समझते हुए गिरते-गिरते बंगले पर आ पहुँचे। साहब के सामने आते ही डिप्टी साहब का सारा गुस्सा उड़ गया, इशारों पर दौड़ने लगे। मि. क्लार्क ने सूरदास की जमीन की मिसिल मँगवायी, उसे बड़े गौर से पढ़वाकर सुना, तब डिप्टी साहब से राजा महेन्द्रकुमार के नाम एक परवाना लिखवाया, जिसका आशय यह था—पाँड़ेपुर में सिगरेट के कारखाने के लिए जो जमीन ली गई है, वह उस धारा के उद्देश्य के विरुद्ध है, इसलिए मैं अपनी अनुमति वापस लेता हूँ। मुझे इस विषय में धोखा दिया गया है और एक व्यक्तिगत स्वार्थ के लिए कानून का दुरुपयोग किया गया है।

डिप्टी साहब ने दबी जबान से शंका की—हुजूर, अब आपको वह हुक्म मंसूख करने का मजाज नहीं; क्योंकि सरकार ने उसका समर्थन कर दिया है।

मिस्टर क्लार्क ने कठोर स्वर से कहा—हमीं सरकार हैं, हमने वह कानून बनाया है, हमको सब अख्तियार है। आप अभी राजा साहब को परवाना लिख दें, कल लोकल गवर्नमेंट को उसकी नकल भेज दीजिएगा। जिले के मालिक हम हैं, सूबे की सरकार नहीं, यहाँ बलवा हो जायेगा, तो हमको इंतज़ाम करना पड़ेगा, सूबे की सरकार यहाँ न आयेगी।

अमले थर्रा उठे, डिप्टी साहब को कोसने लगे—यह क्यों बीच में बोलते हैं। अँगरेज है; कहीं गुस्से में आकर मार बैठे, तो उसका क्या ठिकाना। जिले में बादशाह हैं, जो चाहे करे, अपने से क्या मतलब।

डिप्टी साहब की छाती भी धड़कने लगी, फिर जबान न खुली। परवाना तैयार हो गया, साहब ने उस पर हस्ताक्षर किया, उसी वक्त एक अरदली राजा साहब के पास परवाना लेकर पहुँचा। डिप्टी साहब वहाँ से उठे, तो मि. जॉन सेवक को इस हुक्म की सूचना दे दी।

जॉन सेवक भोजन कर रहे थे। यह समाचार सुना, तो भूख गायब हो गई। बोले—यह मि. क्लार्क को क्या सूझी?

मिसेज़ सेवक ने सोफ़ी की ओर तीव्र दृष्टि से देखकर पूछा—तूने इनकार तो नहीं कर दिया? ज़रूर कुछ गोलमाल किया है।

सोफ़िया ने सिर झुकाकर कहा—बस, आपका गुस्सा मुझी पर रहता है, जो कुछ करती हूँ, मैं ही करती हूँ।

ईश्वर सेवक—प्रभु मसीह, इस गुनहगार को अपने दामन में छिपा। मैं आखिर तक मना करता रहा कि बुड्ढे की ज़मीन मत लो; मगर कौन सुनता है। दिल में कहते होंगे, यह तो सठिया गया है, पर यहाँ दुनिया देखे हुए हैं। राजा डरकर क्लार्क के पास आया होगा।

प्रभु सेवक—मेरा भी यही विचार है। राजा साहब ने स्वयं मिस्टर क्लार्क से कहा होगा। आजकल उनका शहर में निकलना मुश्किल हो रहा हैं अन्धे ने सारे शहर में हलचल मचा दी है।

जॉन सेवक—मैं सोच रहा था, कल शांति-रक्षा के लिए पुलिस के जवान माँगूगा, इधर यह गुल खिला! कुछ बुद्धि काम नहीं करती कि क्या बात हो गई।

प्रभु सेवक—मैं तो समझता हूँ, हमारे लिए इस जमीन को छोड़ देना ही बेहतर होगा। आज सूरदास न पहुँच जाता, तो गोदाम की कुशल न थी, हज़ारों रुपये का सामान खराब हो जाता। यह उपद्रव शांत होने वाला नहीं है।

जॉन सेवक ने उसकी हँसी उड़ाते हुए कहा—हाँ, बहुत अच्छी बात है, हम सब मिलकर उस अंधे के पास चलें और उसके पैरों पर सिर झुकाएँ। आज उसके डर से जमीन छोड़ दूँ कल चमड़े की आढ़त तोड़ दूँ, परसों यह बँगला छोड़ दूँ और इसके बाद मुँह छिपाकर यहाँ से कहीं चला जाऊँ। क्यों यही सलाह है न? फिर शांति-ही-शांति है, न किसी से लड़ाई न किसी से झगड़ा। यह सलाह तुम्हें मुबारक रहे। संसार शांति-भूमि नहीं, समर-भूमि है। यहाँ वीरों और पुरुषार्थियों की विजय होती है निर्बल और कायर मारे जाते हैं। मि. क्लार्क और राजा महेन्द्रकुमार की हस्ती ही क्या है, सारी खुदाई भी अब इस जमीन को मेरे हाथों से नहीं छीन सकती। मैं सारे शहर में हलचल मचा दूँगा और सारे हिन्दुस्तान को हिला डालूँगा। अधिकारियों की स्वेच्छाचारिता की यह मिसाल देश के सभी पत्रों में उद्धृत की जाएगी, कौंसिल और सभाओं में एक नहीं, सहस्त्र-सहस्त्र कंठों से घोषित की जाएगी और उसकी प्रतिध्वनि अँगरेजी पार्लियामेंट तक में पहुँचेगी। यह स्वजातीय उद्योग और व्यवसाय का प्रश्न है। इस विषय में समस्त भारत के रोजगारी, क्या हिन्दुस्तानी और क्या अँगरेज, मेरे सहायक होंगे और गवर्नमेंट कोई इतनी निर्बुद्धि नहीं है कि वह व्यवसायियों की सम्मिलित ध्वनि पर कान बंद कर ले। यह व्यापार-राज्य का युग है। योरप में बड़े-बड़े शक्तिशाली साम्राज्य पूँजीपतियों के इशारों पर बनते-बिगड़ते हैं, किसी गवर्नमेंट का साहस नहीं कि उनकी इच्छा का विरोध करे। तुमने मुझे समझा क्या है, वह नरम चारा नहीं हूँ, जिसे क्लार्क और महेन्द्र खा जाएँगे।

प्रभु सेवक तो ऐसे सिटपिटाए कि फिर जबान न खुली। धीरे से उठकर चले गए। सोफ़िया भी एक क्षण के लिए सन्नाटे में आ गई। फिर सोचने लगी—अगर पापा ने आंदोलन किया भी, तो उसका नतीजा कहीं बरसों में निकलेगा और यही कौन कह सकता है कि क्या नतीजा होगा? अभी से उसकी क्या चिंता? उसके गुलाबी होंठों पर विजय-गर्व की मुस्कराहट दिखायी दी। इस समय वह इन्दु के चेहरे पर उड़ता हुआ रंग देखने के लिए अपना सब कुछ न्योछावर कर सकती थी—काश, मैं वहाँ मौजूद होती! देखती तो कि

इन्दु के चेहरे पर कैसी झेंप है। चाहे सदैव के लिए नाता टूट जाता; पर इतना जरूर कहती—देखा अपने राजा साहब का अधिकार और बल? इसी पर इतना इतराती थीं? किन्तु क्या मालूम था कि क्लार्क इतनी जल्दी करेंगे।

भोजन करके वह कमरे में गई और रानी इन्दु के मानसिक संताप का कल्पनातीत आनन्द उठाने लगी—राजा साहब बदहवास, चेहरे का रंग उड़ा हुआ, आकर इन्दु के पास बैठ जाएँगे। इन्दुदेवी लिफाफा देखेंगी, आँखों पर विश्वास न आएगा; फिर रोशनी तेज करके देखेंगी, तब राजा के आँसू पोंछेंगी—आप व्यर्थ इतने खिन्न होते हैं, आप अपनी ओर से शहर में डुग्गी पिटवा दीजिए कि हमने सूरदास की जमीन सरकार से लड़कर वापस दिला दी। सारे नगर में आपके न्याय की धूम मच जाएगी। लोग समझेंगे, आपने लोकमत का सम्मान किया है। खुशामदी टट्टू कहीं का! चाल से विलियम को उल्लू बनाना चाहता था। ऐसी मुँह की खायी है कि याद ही करेगा। खैर, आज न सही, कल, परसों कभी तो इन्दुदेवी से मुलाकात होगी ही। कहाँ तक मुँह छिपाएंगी।

यह सोचते-सोचते सोफ़िया मेज़ पर बैठ गई और इस वृत्तांत पर एक प्रहसन लिखने लगी। ईर्ष्या से कल्पना-शक्ति उर्वर हो जाती है। सोफ़िया ने आज तक कभी प्रहसन न लिखा था। किन्तु इस समय ईर्ष्या के उद्गार में उसने एक घंटे के अन्दर चार दृश्यों का एक विनोदपूर्ण ड्रामा लिख डाला। ऐसी-ऐसी चोट करने वाली अन्योक्तियाँ और हृदय में चुटकियाँ लेनेवाली फब्तियाँ लेखनी से निकालीं कि उसे अपनी प्रतिभा पर स्वयं आश्चर्य होता था। उसे एक बार यह विचार हुआ कि मैं यह क्या बेवकूफी कर रही हूँ। विजय पाकर परास्त शत्रु को मुँह चिढ़ाना परले सिरे की नीचता है, पर ईर्ष्या में उसने समाधान, के लिए एक युक्ति ढूँढ़ निकाली। ऐसे कपटी, सम्मान-लोलुप, विश्वासघातक, प्रजा के मित्र बनकर उसकी गरदन पर तलवार चलानेवाले, चापलूस, रईसों की यही सजा है, उनके सुधार का एकमात्र साधन है, जनता की निगाहों में गिर जाने का भय ही उन्हें सन्मार्ग पर ला सकता है। उपहास का भय न हो, तो वे शेर हो जाएँ, अपने सामने किसी को कुछ न समझें।

प्रभु सेवक मीठी नींद सो रहे थे। आधी रात बीत चुकी थी। सहसा सोफ़िया ने आकर जगाया, चौंककर उठ बैठे और यह समझकर कि शायद कमरे में चोर घुस आये हैं, द्वार की ओर दौड़े। गोदाम की घटना आँखों के

सामने फिर गई। सोफ़ी ने हँसते हुए उनका हाथ पकड़ लिया और पूछा—कहाँ भागे जाते हो?

प्रभु सेवक— चोर हैं? लालटेन जला लूँ?,

सोफ़िया—चोर नहीं हैं, ज़रा मेरे कमरे में चलो, तुम्हें एक चीज़ सुनाऊँ। अभी लिखी है।

प्रभु सेवक—वाह-वाह! इतनी-सी बात के लिए नींद खराब कर दी। क्या फिर सबेरा न होता, क्या लिखा है।

सोफ़िसा—एक प्रहसन है।

प्रभु सेवक—प्रहसन! कैसा प्रहसन? तुमने प्रहसन लिखने का कब से अभ्यास किया?

सोफ़िया—आज ही। बहुत जब्त किया कि सबेरे सुनाऊँगी; पर रहा न गया।

प्रभु सेवक सोफ़िया के कमरे में आये और एक ही क्षण में दोनों ने ठट्ठे मार-मारकर हँसना शुरू किया। लिखते समय सोफ़िया को जिन वाक्यों पर जरा भी हँसी न आयी थी; उन्हीं को पढ़ते समय उससे हँसी रोके न रुकती थी। जब कोई हँसनेवाली बात आ जाती, तो सोफ़ी पहले ही से हँस पड़ती, प्रभु सेवक मुँह खोले हुए उसकी ओर ताकता, बात कुछ समझ में न आती, मगर उसकी हँसी पर हँसता, और ज्यों ही बात समझ में आ जाती, हास्य-ध्वनि और भी प्रचंड हो जाती। दोनों के मुख आरक्त हो गए, आँखों से पानी बहने लगा, पेट में बल पड़ गए, यहाँ तक कि जबड़ों में दर्द होने लगा। प्रहसन के समाप्त होते-होते ठट्ठे की जगह खाँसी ने ले ली। खैरियत थी कि दोनों तरफ़ से द्वार बंद थे, नहीं तो उस निःस्तब्धता से सारा बँगला हिल जाता।

प्रभु सेवक—नाम भी खूब रखा, राजा मुछेन्द्रसिंह। महेन्द्र और मुछेन्द्र की तुक मिलती है! पिलपिली साहब के हंटर खाकर मुछेन्द्रसिंह का झुक-झुककर सलाम करना खूब रहा। कहीं राजा साहब जहर न खा लें।

सोफ़िया—ऐसा हयादार नहीं है।

थोड़ी देर में दोनों अपने-अपने कमरे में सोये। सोफ़िया प्रातःकाल उठी और मि. क्लार्क का इंतज़ार करने लगी। उसे विश्वास था कि वह आते ही होंगे, उनसे सारी बातें स्पष्ट रूप से मालूम होंगी, अभी तो केवल अफवाह सुनी है। संभव है, राजा साहब घबराए हुए उनके पास अपना दुखड़ा रोने के

लिए आये हों; लेकिन आठ बज गए और क्लार्क का कहीं पता न था। वह भी तड़के ही आने को तैयार थे; पर आते हुए झेंपते थे कि कहीं सोफ़िया यह न समझे कि जरा-सी बात का मुझ पर एहसान जताने आये हैं। इससे अधिक भय था कि वहाँ लोगों को क्या मुँह दिखाऊँगा, या तो मुझे देखकर लोग दिल-ही-दिल में जलेंगे या खुल्लमखुल्ला दोषारोपण करेंगे। सबसे ज्यादा खौफ ईश्वर सेवक का था कि कहीं वह दुष्ट, पापी, शैतान, काफिर न कह बैठें। वृद्ध आदमी हैं उनकी बातों का जवाब ही क्या? इन्हीं कारणों से वह आते हुए हिचकिचाते थे और दिल में मना रहे थे कि सोफ़िया ही इधर आ निकले।

नौ बजे तक क्लार्क का इंतज़ार करने के बाद सोफ़िया अधीर हो उठी। इरादा किया, मैं ही चलूँ कि सहसा मि. जॉन सेवक आकर बैठ गए और सोफ़िया को क्रोधोन्मत्त नेत्रों से देखकर बोले–सोफ़ी, मुझे तुमसे ऐसी आशा न थी। तुमने मेरे सारे मंसूबे खाक में मिला दिये।

सोफ़िया–मैंने क्या किया? मैं आपका आशय नहीं समझी।

जॉन सेवक–मेरा आशय यह है कि तुम्हारी ही दुष्प्रेरणा से मि. क्लार्क ने अपना पहला हुक्म रद्द किया है।

सोफ़िया–आपको भ्रम है।

जॉन सेवक–मैंने आज तक बिना प्रमाण के किसी पर दोषारोपण नहीं किया। मैं अभी इन्दुदेवी से मिलकर आ रहा हूँ। उन्होंने इसके प्रमाण दिए कि यह तुम्हारी करतूत है।

सोफ़िया–आपको विश्वास है कि इन्दु ने मुझ पर जो इलज़ाम रखा है, वह ठीक है?

जॉन सेवक–उसे असत्य समझने के लिए मेरे पास कोई प्रमाण नहीं है।

सोफ़िया–उसे सत्य समझने के लिए यदि इन्दु का वचन काफी है, तो उसे असत्य समझने के लिए मेरा वचन क्यों काफी नहीं है?

जॉन सेवक–सच्ची बात विश्वासोत्पादक होती है।

सोफ़िया–यह मेरा दुर्भाग्य है कि मैं अपनी बातों में वह नमक-मिर्च नहीं लगा सकती; लेकिन मैं इसका आपको विश्वास दिलाती हूँ कि इन्दु ने हमारे और विलियम के बीच में द्वेष डालने के लिए यह स्वाँग रचा है।

जॉन सेवक ने भ्रम में पड़कर कहा–सोफ़ी मेरी तरफ़ देख। क्या तू सच कह रही है?

सोफ़िया ने लाख यत्न किये कि पिता की ओर निःशंक दृष्टि से देखें; किन्तु आँखें आप-ही-आप झुक गईं। मनोवृत्ति वाणी को दूषित कर सकती है; अंगों पर उसका जोर नहीं चलता। जिह्वा चाहे निःशब्द हो जाय; पर आँखें बोलने लगती हैं। मिस्टर जॉन सेवक ने उसकी लज्जा-पीड़ित आँखें देखीं और क्षुब्ध होकर बोले–आखिर तुमने क्या समझकर ये काँटे बोए?

सोफ़िया–आप मेरे ऊपर घोर अन्याय कर रहे हैं। आपको विलियम ही से इसका स्पष्टीकरण कराना चाहिए। हाँ, इतना अवश्य कहूँगी कि सारे शहर में बदनाम होने की अपेक्षा मैं उस जमीन का आपके अधिकार से निकल जाना कहीं अच्छा समझती हूँ।

जॉन सेवक–अच्छा! तो तुमने मेरी नेकनामी के लिए यह चाल चली है? तुम्हारा बहुत अनुगृहीत हूँ। लेकिन यह विचार तुम्हें बहुत देर में हुआ। ईसाई जाति यहाँ केवल अपने धर्म के कारण इतनी बदनाम है कि उससे ज्यादा बदनाम होना असंभव है। जनता का वश चले तो, आज हमारे सारे गिरजाघर मिट्टी के ढेर हो जाएँ। अँगरेजों से लोगों को इतनी चिढ़ नहीं है। वे समझते हैं कि अँगरेजों का रहन-सहन और आचार-व्यवहार स्वजातीय है–उनके देश और जाति के अनुकूल है। लेकिन जब कोई हिंदुस्तानी, चाहे वह किसी मत का हो, अँगरेजी आचरण करने लेता है, तो जनता उसे बिल्कुल गया-गुजरा समझ लेती है, वह भलाई या बुराई के बन्धनों से मुक्त हो जाता है; उससे किसी को सत्कार्य की आशा नहीं होती, उससे कुकर्मों पर किसी को आश्चर्य नहीं होता। मैं यह कभी न मानूँगा कि तुमने मेरा सम्मान-रक्षा के लिए यह प्रयास किया है। तुम्हारा उद्देश्य केवल मेरे व्यावहारिक लक्ष्यों का सर्वनाश करना है। धार्मिक विवेचनाओं ने तुम्हारी व्यावहारिक बुद्धि को डावाँडोल कर दिया है। तुम्हें इतनी समझ भी नहीं कि त्याग और परोपकार एक आदर्श है–कवियों के लिए, भक्तों के मनोरंजन के लिए, उपदेशकों की वाणी को अलंकृत करने के लिए। मसीह, बुद्ध और मूसा के जन्म लेने का समय अब नहीं रहा, धन-ऐश्वर्य निन्दित होने पर भी मानवीय इच्छाओं का स्वर्ग है और रहेगा। खुदा के लिए तुम मुझ पर अपने धर्म-सिद्धान्तों की परीक्षा मत करो, मैं तुमसे नीति और

धर्म के पाठ नहीं पढ़ना चाहता। तुम समझती हो, खुदा ने न्याय, सत्य और दया का तुम्हीं को इजारेदार बना दिया है और संसार में जितने धनीमानी पुरुष हैं, सब-के-सब अन्यायी, स्वेच्छाचारी और निर्दयी हैं, लेकिन ईश्वरीय विधान की कायल होकर भी तुम्हारा विचार है कि संसार में असमता और विषमता का कारण केवल मनुष्य की स्वार्थपरायणता है, तो मुझे यही कहना पड़ेगा कि तुमने धर्म-ग्रन्थों का अनुशीलन आँखें बन्द करके किया है, उनका आशय नहीं समझा। तुम्हारे इस दुर्व्यवहार से मुझे जितना दुःख हो रहा है, उसे प्रकट करने के लिए मेरे पास शब्द नहीं है, और यद्यपि मैं कोई वली फकीर नहीं हूँ; लेकिन याद रखना, कभी-न-कभी तुम्हें पितृद्रोह का खामियाजा उठाना पड़ेगा।

अहित-कामना क्रोध की पराकाष्ठा है। 'इसका फल तुम ईश्वर से पाओगी'—वह वाक्य कृपाण और भाले से ज़्यादा घातक होता है। जब हम समझते हैं कि किसी दुष्कर्म का दंड देने के लिए भौतिक शक्ति काफ़ी नहीं है, तब हम आध्यात्मिक दंड का विधान करते हैं। उससे न्यून कोई दंड हमारे संतोष के लिए काफी नहीं होता।

जॉन सेवक ये कोसने सुनाकर उठ गए। किन्तु सोफ़िया को इन दुर्वचनों से लेशमात्र भी दुःख न हुआ। उसने यह ऋण भी इन्दु ही के खाते में दर्ज किया और उसकी प्रतिहिंसा ने और उग्र रूप धारण किया। उसने निश्चय किया—इस प्रहसन को आज ही प्रकाशित करूँगी। अगर एडीटर ने न छापा, तो स्वयं पुस्तकाकार छपवाऊँगी और मुफ्त बांटूँगी। ऐसी कालिख लग जाए कि फिर किसी को मुँह न दिखा सके।

ईश्वर सेवक ने जॉन सेवक की कठोर बातें सुनीं, तो बहुत नाराज़ हुए मिसेज़ सेवक को भी यह व्यवहार बुरा लगा। ईश्वर सेवक ने कहा—न जाने तुम्हें अपने हानि-लाभ का ज्ञान कब होगा। बनी हुई बात को निभाना मुश्किल नहीं है। तुम्हें इस अवसर पर इतने धैर्य और गम्भीरता से काम लेना था कि जितनी क्षति हो चुकी है, उसकी पूर्ति हो जाये। घर का एक कोना गिर पड़े, तो सारा घर गिरा देना बुद्धिमत्ता नहीं है। जमीन गई तो कोई ऐसी तरकीब सोचो कि उस पर फिर तुम्हारा कब्जा हो। यह नहीं कि जमीन के साथ अपनी मान-मर्यादा खो बैठो। जाकर राजा साहब को मि. क्लार्क के फैसले की अपील करने पर तैयार करो और मि. क्लार्क से अपना मेल-जोल बनाए रखो, यह

समझ लो कि उनसे तुम्हें कोई नुकसान ही नहीं पहुँचा। सोफ़ी को बरहम करके तुम क्लार्क को अनायास अपना शत्रु बना रहे हो। हाकिमों तक पहुँच रहेगी, तो ऐसी कितनी ही जमीनें मिलेंगी। प्रभु मसीह, मुझे अपने दामन में छिपाओ और यह संकट टालो।

मिसेज़ सेवक—मैं तो इतनी मिन्नतों से उसे यहाँ लायी और तुम सारे किये-धरे पर पानी फेरे देते हो।

ईश्वर सेवक—प्रभु, मुझे आसमान की बादशाहत दे। अगर यही मान लिया कि सोफ़ी के इशारे से यह बात हुई, तो हमें उससे कोई शिकायत न होनी चाहिए, बल्कि मेरे दिल में तो उसका सम्मान और बढ़ गया है, उसे खुदा ने सच्ची रोशनी प्रदान की है, उसमें भक्ति और विश्वास की बरकत है। उसने जो कुछ किया है, उसकी प्रशंसा न करना न्याय का गला घोंटना है। प्रभु मसीह ने अपने को दीन-दुःखी प्राणियों पर बलिदान कर दिया, दुर्भाग्य से हममें उतनी श्रद्धा नहीं। हमें अपनी स्वार्थपरता पर लज्जित होना चाहिए। सोफ़ी के मनोभावों की उपेक्षा करना उचित नहीं। पापी पुरुष किसी साधु को देखकर दिल में शरमाता है, उससे वैर नहीं ठानता।

जॉन सेवक—यह न भक्ति है और न धर्मानुराग, केवल दुराग्रह और द्वेष है।

ईश्वर सेवक ने इसका कुछ जवाब न दिया। अपनी लकड़ी टेकते हुए सोफ़ी के कमरे में आये और बोले—बेटी, मेरे आने से तुम्हारा कोई हरज तो नहीं हुआ?

सोफ़िया—नहीं-नहीं, आइए, बैठिए।

ईश्वर सेवक—ईशू, इस गुनाहगार को ईमान की रोशनी दे। अभी जॉन सेवक ने तुम्हें बहुत कुछ बुरा-भला कहा है, उन्हें क्षमा करो। बेटी, दुनिया में खुदा की जगह अपना पिता ही होता है, उसकी बातों का बुरा न मानना चाहिए। तुम्हारे ऊपर खुदा का हाथ है, खुदा की बरकत है। तुम्हारे पिता का सारा जीवन स्वार्थ-सेवा में गुजरा है और वह अभी तक उसका उपासक है। खुदा से दुआ करो कि उसके हृदय का अन्धकार ज्ञान की दिव्य ज्योति से दूर कर दे। जिन लोगों ने हमारे प्रभु मसीह को नाना प्रकार के कष्ट दिये थे, उनके विषय मे प्रभु ने कहा था—खुदा, उन्हें मुआफ कर। वे नहीं जानते कि हम क्या करते हैं।

सोफ़ी—मैं आपसे सच कहती हूँ, मुझे पापा की बातों का ज़रा भी मलाल नहीं है; लेकिन वह मुझ पर मिथ्या दोष लगाते हैं। इन्दु की बातों के सामने मेरी बातों को कुछ समझते ही नहीं।

ईश्वर सेवक—बेटी, यह उनकी भूल है। मगर तुम अपने दिल से उन्हें क्षमा कर दो। सामाजिक प्राणियों की इतनी निंदा की गई है; पर न्याय से देखो, तो वे कितनी दया के पात्र हैं। आखिर आदमी जो कुछ करता है, अपने बाल-बच्चों के लिए ही तो करता है। उन्हीं के सुख और शांति के लिए, उन्हीं को संसार की वक्र दृष्टि से बचाने के लिए वह निंदा, अपमान, सब कुछ सहर्ष सह लेता है, यहाँ तक कि अपनी आत्मा और धर्म को भी उन पर अर्पित कर देता है। ऐसी दशा में जब वह देखता है कि जिन लोगों के हित के लिए मैं अपना रक्त और पसीना एक कर रहा हूँ, वे ही मुझसे विरोध कर रहे हैं, वह झुँझला जाता है। तब उसे सत्यासत्य का विवेक नहीं रहता। देखो क्लार्क से भूलकर भी इन बातों का जिक्र न करना, नहीं तो आपस में मनोमालिन्य बढ़ेगा। वचन देती हो।

ईश्वर सेवक जब उठकर चले गए, तो प्रभु ने आकर पूछा—वह प्रहसन कहाँ भेजा?

सोफ़िया—अभी तो कहीं नहीं भेजा, क्या भेज ही दूँ?

प्रभु सेवक—ज़रूर-ज़रूर, मज़ा आ जायेगा, सारे शहर में धूम मच जायेगी।

सोफ़िया—ज़रा दो-एक दिन देख लूँ।

प्रभु सेवक—शुभ कार्य में विलम्ब न होना चाहिए, आज ही भेजो, मैंने भी आज अपनी कथा समाप्त कर दी। सुनाऊँ?

सोफ़िया—हाँ-हाँ, पढ़ो।

प्रभु सेवक ने अपनी कविता सुनानी शुरू की। एक-एक शब्द करुण रस में सराबोर था। कथा इतनी दर्दनाक थी कि सोफ़ी की आँखों से आँसू की झड़ी लग गई। प्रभु सेवक भी रो रहे थे। क्षमा और प्रेम के भाव एक-एक शब्द से उसी भाँति टपक रहे थे, जैसे आँखों से आँसू की बूँदे। कविता समाप्त हो गई, तो सोफ़ी ने कहा—मैंने कभी, अनुमान भी न किया था कि तुम इस रस का आस्वादन इतनी कुशलता से करा सकते हो! जी चाहता है, तुम्हारी कलम

चूम लूँ। उफ! कितनी अलौकिक क्षमा है! बुरा न मानना, तुम्हारी रचना तुमसे कहीं ऊँची है। ऐसे पवित्र, कोमल और ओजस्वी भाव तुम्हारी कलम से कैसे निकल आते हैं?

प्रभु सेवक–उसी तरह, जैसे इतने हास्योत्पादक और गर्वनाशक भाव तुम्हारी कलम से निकले। तुम्हारी रचना तुमसे कहीं नीची है।

सोफ़ी–मैं क्या, और मेरी रचना क्या। तुम्हारा एक-एक छंद बलि जाने के योग्य है। वास्तव में क्षमा मानवीय भावों सर्वोपरि है। दया का स्थान इतना ऊँचा नहीं। दया वह दाना है, जो पोली धरती पर उगता है। इसके प्रतिकूल क्षमा वह दान है, जो काँटों में उगता है। दया वह धारा है, जो समतल भूमि पर बहती है, क्षमा का मार्ग टेढ़ा और कठिन है। तुम्हारा एक-एक शब्द हृदय में चुभ जाता है। आश्चर्य है, तुममें क्षमा का लेश भी नहीं है!

प्रभु सेवक–सोफ़ी, भावों के सामने आचरण का कोई महत्त्व नहीं है। कवि का कर्म-क्षेत्र सीमित होता है, पर भाव-क्षेत्र अनंत और अपार है। उस प्राणी को तुच्छ मत समझो, जो त्याग और निवृत्ति का राग अलापता हो, पर स्वयं कौड़ियों पर जान देता हो। संभव है, उसकी वाणी किसी महान् पापी के हृदय में जा पहुँचे।

सोफ़ी–जिसके वचन और कर्म में इतना अन्तर हो, उसे किसी और नाम से पुकारना चाहिए।

प्रभु सेवक–नहीं सोफ़ी, यह बात नहीं है। कवि के भाव बतलाते हैं कि यदि उसे अवसर मिलता, तो वह क्या कुछ हो सकता था। अगर वह अपने भावों की उच्चता को न प्राप्त कर सका, तो इसका कारण केवल यह है कि परिस्थिति उसके अनुकूल न थी।

भोजन का समय आ गया। इसके बाद सोफ़ी ने ईश्वर सेवक को बाइबिल सुनाना शुरू किया। आज की भाँति विनीत और शिष्ट वह कभी न हुई थी। ईश्वर सेवक की ज्ञान-पिपासा उसकी चेतना को दबा बैठी थी। निद्रावस्था ही उनकी आंतरिक जागृति थी। कुरसी पर लेटे हुए वह खर्राटें ले-लेकर देव-ग्रंथ का श्रवण करते थे। पर आश्चर्य यह था कि पढ़नेवाला उन्हें निद्रा-मग्न समझकर ज्यों ही चुप हो जाता, वह तुरन्त बोल उठते–हाँ-हाँ, पढ़ो, चुप क्यों हो, मैं सुन रहा हूँ।

सोफ़ी को बाइकिल का पाठ करते-करते संध्या हो गई, तो उसका गला छूटा। ईश्वर सेवक बाग में टहलने चले गए और प्रभु सेवक को सोफ़ी से गपशप करने का मौका मिला।

सोफ़ी–बड़े पापा एक बार पकड़ लेते हैं, तो फिर गला नहीं छोड़ते।

प्रभु सेवक–मुझसे बाइबिल पढ़ने को नहीं कहते। मुझसे तो क्षण-भर भी वहाँ न बैठा जाये। तुम न जाने कैसे बैठी पढ़ती रहती हो।

सोफ़ी–क्या करूँ; उन पर दया आती है।

प्रभु सेवक–बना हुआ है। मतलब की बात पर कभी नहीं चूकता। यह सारी भक्ति केवल दिखाने की है।

सोफ़ी–यह तुम्हारा अन्याय है। उनमें और चाहे कोई गुण न हो, पर प्रभु मसीह पर उनका दृढ़ विश्वास है। चलो, कहीं सैर करने चलते हो?

प्रभु सेवक–कहाँ चलोगी? चलो, यहीं हौज के किनारे बैठकर कुछ काव्य चर्चा करें। मुझे तो इससे ज्यादा आनन्द और किसी बात में नहीं मिलता।

सोफ़ी–चलो, पाँड़ेपुर की तरफ़ चलें। कहीं सूरदास मिल गया, तो उसे यह खबर सुनाएँगे।

प्रभु सेवक–फूला न समाएगा, उछल पड़ेगा।

सोफ़ी–जरा शह पा जाए, तो इस शहर से भगाकर ही छोड़े, दोनों ने सड़क पर आकर एक ताँगा किराए पर किया और पाँड़ेपुर चले। सूर्यास्त हो चुका था। कचहरी के अमले बगल में बस्ते दबाए, भीरुता और स्वार्थ की मूर्ति बने चले आते थे। बँगलों में टेनिस हो रहा था। शहर के शोहदे दीनदुनिया से बेखबर पानवालों की दूकानों पर जमा थे। बनियों की दूकानों पर मजदूरों की स्त्रियाँ भोजन की सामग्रियाँ ले रही थीं। ताँगा बरना नदी के पुल पर पहुँचा था कि अकस्मात् आदमियों की एक भीड़ दिखायी दी। सूरदास खंजरी बजाकर गा रहा था। सोफ़ी ने ताँगा रोक दिया और ताँगेवाले से कहा–जाकर उस अंधे को बुला ला।

एक क्षण में सूरदास लाठी टेकता हुआ आया और सिर झुकाकर खड़ा हो गया।

सोफ़ी–मुझे पहचानते हो सूरदास?

सूरदास–हाँ, भला हुजूर ही को न पहचानूँगा!

सोफ़ी–तुमने तो हम लोगों को सारे शहर में खूब बदनाम किया।

सूरदास–फरियाद करने के सिवा मेरे पास और कौन बल था?

सोफ़ी–फरियाद का क्या नतीजा निकला?

सूरदास–मेरी मनोकामना पूरी हो गई। हाकिमों ने मेरी ज़मीन मुझे दे दी। ऐसा तो हो ही नहीं सकता कि कोई काम तन-मन से किया जाए और उसका कुछ फल न निकले तपस्या से तो भगवान मिल जाते हैं। बड़े साहब के अरदली ने कल रात ही को मुझे यह हाल सुनाया। आज पाँच ब्राह्मणों को भोजन कराना है। कल घर चला जाऊँगा।

प्रभु सेवक–मिस साहब ही ने बड़े साहब से कह-सुनकर तुम्हारी ज़मीन दिलवाई है। इससे पिता और राजा साहब दोनों ही इनसे नाराज हो गए हैं। इनकी तुम्हारे ऊपर बड़ी दया है।

सोफ़ी–प्रभु, तुम बड़े पेट के हलके हो। यह कहने से क्या फ़ायदा कि मिस साहब ने ज़मीन दिलवाई है? यह तो कोई बहुत बड़ा काम नहीं है।

सूरदास–साहब, यह तो मैं उसी दिन जान गया था, जब मिस साहब से पहले-पहल बातें हुई थीं। मुझे उसी दिन मालूम हो गया कि इनके चित्त में दया और धरम है। इसका फल भगवान इनको देंगे।

सोफ़ी–सूरदास, यह मेरी सिफ़ारिश का फल नहीं, तुम्हारी तपस्या का फल है। राजा साहब को तुमने खूब छकाया। अब थोड़ी-सी कसर और है। ऐसा बदनाम कर दो कि शहर में किसी को मुँह न दिखा सकें, इस्तीफा देकर अपने इलाके की राह लें।

सूरदास–नहीं मिस साहब, यह खिलाड़ियों की नीति नहीं है। खिलाड़ी जीतकर हारनेवाले खिलाड़ी की हँसी नहीं उड़ाता, उससे गले मिलता है और हाथ जोड़कर कहता है–"भैया, अगर हमने खेल में तुमसे कोई अनुचित बात कही हो, या कोई अनुचित व्यौहार किया हो, तो हमें माफ करना।' इस तरह दोनों खिलाड़ी हँसकर अलग होते हैं; खेल खतम होते ही दोनों मित्र बन जाते हैं, उनमें कोई कपट नहीं रहता। मैं आज राजा साहब के पास गया था और उनके हाथ जोड़ आया। उन्होंने मुझे भोजन कराया। जब चलने लगा तो बोले, मेरा दिल तुम्हारी ओर से साफ है, कोई शंका मत करना।

सोफ़िया–ऐसे दिल के साफ तो नहीं हैं, मौका पाकर अवश्य दगा करेंगे, मैं तुमसे कहे देती हूँ।

सूरदास—नहीं मिस साहब, ऐसा मत कहिए। किसी पर संदेह करने से अपना चित्त मलिन होता है। वह विद्वान हैं, धर्मात्मा हैं, कभी दगा नहीं कर सकते। और जो दगा ही करेंगे, तो उन्ही का धरम जाएगा; मुझे क्या, फिर इसी तरह फरियाद करता रहूँगा। जिस भगवान् ने अबकी बार सुना है, वही भगवान् फिर सुनेंगे।

प्रभु सेवक—और जो कोई मुआमला खड़ा करके क़ैद करा दिया तो?

सूरदास—(हँसकर) इसका फल उन्हें भगवान् से मिलेगा। मेरा धरम तो यही है कि जब कोई मेरी चीज़ पर हाथ बढ़ाए, तो उसका हाथ पकड़ लूँ। वह लड़े, तो लड़ूँ और उस चीज के लिए प्रान तक दे दूँ। चीज मेरे हाथ आएगी, इससे मुझे मतलब नहीं; मेरा काम तो लड़ना है और वह भी धरम की लड़ाई लड़ना। अगर राजा साहब दगा भी करें, तो मैं उनसे दगा न करूँगा।

सोफ़िया—लेकिन मैं तो राजा साहब को इतने सस्ते न छोड़ूँगी।

सूरदास—मिस साहब, आप विद्वान् होकर ऐसी बातें करती हैं, मुझे अचरज है। आपके मुँह से ये बातें शोभा नहीं देतीं। नहीं, आप हँसी कर रही हैं। आपसे कभी ऐसा काम नहीं हो सकता।

इतने में किसी ने पुकारा—सूरदास, चलो ब्राह्मण लोग आ गए हैं।

सूरदास लाठी टेकता घाट की ओर चला। ताँगा भी चला।

प्रभु सेवक ने कहा—चलोगी मि. क्लार्क की तरफ़?

सोफ़िया ने कहा—नहीं, घर चलो।

रास्ते में कोई बातचीत नहीं हुई। सोफ़िया किसी विचार में मग्न थी। दोनों आदमी सिगरा पहुँचे, तो चिराग जल चुके थे। सोफ़ी सीधे अपने कमरे में गई, मेज़ पर ड्राअर खोला, प्रहसन का हस्त-लेख निकाला और टुकड़े-टुकड़े करके जमीन पर फेंक दिया।

21

सूरदास के आर्तनाद ने महेन्द्रकुमार की ख्याति और प्रतिष्ठा को जड़ से हिला दिया। वह आकाश से बातें करने वाला कीर्ति-भवन क्षण-भर में धराशायी हो गया। नगर में लोग उनकी सेवाओं को भूल-से गए। उनके उद्योग से नगर का कितना उपकार हुआ था, इसकी किसी को याद ही न रही। नगर की नालियाँ और सड़कें, बगीचे और गलियाँ, उनके अविश्रान्त प्रयत्नों की कितनी अनुगृहीत थीं! नगर की शिक्षा और स्वास्थ्य को उन्होंने किस हीनावस्था से उठाकर उन्नति के मार्ग पर लगाया था, इसकी ओर कोई ध्यान ही न देता था। देखते-देखते युगांतर हो गया। लोग उनके विषय में आलोचनाएँ करते—अब वह जमाना नहीं रहा, जब राजे रईसों के नाम आदर से लिये जाते थे, जनता को स्वयं ही उनमें भक्ति होती थी। वे दिन विदा हो गए। ऐश्वर्य-भक्ति प्राचीन काल की राज्य भक्ति ही का एक अंश थी। राजा, जागीरदार, यहाँ तक कि अपने जमींदार पर प्रजा सिर कटा देती थी। यह सर्वमान्य नीति-सिद्धान्त था कि राजा भोक्ता है, प्रजा भोग्य है। यही सृष्टि का नियम था, लेकिन आज राजा और प्रजा में भोक्ता और भोग्य का संबंध नहीं है, अब सेवक और सेव्य का संबंध है। अब अगर किसी राजा की इज्जत है, तो उसकी सेवा-प्रवृत्ति के कारण, अन्यथा उसकी दशा दाँतों-तले दबी हुई जिह्वा की-सी है। प्रजा को भी उस पर विश्वास नहीं आता। अब जनता उसी का सम्मान करती है, उसी पर न्यौछावार होती है, जिसने अपना सर्वस्व प्रजा पर अर्पित कर दिया हो, जो त्याग-धन का धनी हो। जब तक कोई सेवा-मार्ग पर चलना नहीं सीखता, जनता के दिलों में घर नहीं कर पाता।

राजा साहब को अब मालूम हुआ कि प्रसिद्धि श्वेत वस्त्र के सदृश है, जिस पर एक धब्बा भी नहीं छिप सकता। जिस तरफ उनकी मोटर निकल

जाती, लोग उन पर आवाजें कसते, यहाँ तक कि कभी-कभी तालियाँ भी पड़तीं। बेचारे बड़ी विपत्ति में फँसे हुए थे। ख्याति-लाभ करने चले थे, मर्यादा से भी हाथ धोया। और अवसरों पर इन्दु से परामर्श कर लिया करते थे, इससे हृदय को शान्ति मिलती थी, पर अब वह द्वार भी बन्द था। इन्दु से सहानुभूति की कोई आशा न थी।

रात के नौ बजे थे। राजा साहब अपने दीवानखाने में बैठे हुए इसी समस्या पर विचार कर रहे थे—लोग कितने कृतघ्न होते हैं; मैंने अपने जीवन के सात वर्ष उनकी निरंतर सेवा में व्यतीत कर दिये, अपना कितना समय, अनुभव, कितना सुख उनकी नजर किया! उसका मुझे आज यह उपहार मिल रहा है कि एक अंधा भिखारी मुझे सारे शहर में गालियाँ देता फिरता है और कोई उसकी ज़बान नहीं पकड़ता, बल्कि लोग उसे उकसाते और उत्तेजित करते हैं। इतने सुव्यवस्थित रूप से अपने इलाके का प्रबंध करता, तो अब तक निकासी में लाखों रुपये की वृद्धि हो गई होती। एक दिन वह था कि जिधर से निकल जाता था, लोग खड़े हो-होकर सलाम करते थे, सभाओं में मेरा व्याख्यान सुनने के लिए लोग उत्सुक रहते थे और मुझे अंत में बोलने का अवसर मिलता था; और एक दिन यह है कि मुझ पर तालियाँ पड़ती हैं और मेरा स्वाँग निकालने की तैयारियाँ की जाती हैं। अंधे में फिर भी विवेक है, नहीं तो बनारस के शोहदे दिन-दहाड़े मेरा घर लूट लेते।

सहसा अरदली ने आकर मि. क्लार्क का आज्ञा-पत्र उनके सामने रख दिया। राजा साहब ने चौंककर लिफाफा खोला, तो अवाक् रह गए। विपत्ति-पर-विपत्ति! रही-सही इज्जत भी खाक में मिल गई।

चपरासी—हुजूर, कुछ जवाब देंगे?

राजा साहब—जवाब की ज़रूरत नहीं।

चपरासी—कुछ इनाम नहीं मिला। हुजूर ही...

राजा साहब ने उसे और कुछ न कहने दिया। जेब से एक रुपया निकालकर फेंक दिया। अरदली चला गया।

राजा साहब सोचने लगे—दुष्ट को इनाम माँगते शर्म भी नहीं आती, मानो मेरे नाम कोई धन्यवाद-पत्र लाये हैं। कुत्ते हैं, और क्या! कुछ न दो, तो

काटने दौड़ें, झूठी-सच्ची शिकायतें करें। समझ में नहीं आता, क्लार्क ने क्यों अपना हुक्म मंसूख कर दिया। जॉन सेवक से किसी बात पर अनबन हो गई क्या? शायद सोफ़िया ने क्लार्क को ठुकरा दिया। चलो, यह भी अच्छा ही हुआ। लोग यह तो कहेंगे कि अंधे ने राजा साहब को नीचा दिखा दिया; पर इस दुहाई से तो गला छूटेगा।

उनकी दशा इस समय उस आदमी की-सी थी, जो अपने मुँह-जोर घोड़े के भाग जाने पर खुश हो। अब हड्डियों के टूटने का भय तो नहीं रहा। मैं घाटे में नहीं हूँ। अब रूठी रानी भी प्रसन्न हो जाएँगी। इन्दु से कहूँगा, मैंने ही मिस्टर क्लार्क से अपना फैसला मंसूख करने के लिए कहा है।

वह कई दिन से इंदु से मिलने न गए थे। अन्दर जाते हुए डरते थे कि इंदु के तानों का क्या जवाब दूँगा। इंदु भी इस भय से उनके पास न आती थी कि कहीं फिर मेरे मुँह से कोई अप्रिय शब्द न निकल जाये। प्रत्येक दाम्पत्य-कलह के पश्चात् जब वह उसके कारणों पर शांत हृदय से विचार करती थी, तो उसे ज्ञात होता था कि मैं ही अपराधिन हूँ, और अपने दुराग्रह पर उसे हार्दिक दुःख होता था। उसकी माता ने बाल्यावस्था ही से पतिव्रता का बड़ा ऊँचा आदर्श उसके सम्मुख रहा था। उस आदर्श से गिरने पर वह मन-ही-मन कुढ़ती और अपने को धिक्कारती थी—मेरा धर्म उनकी आज्ञा का पालन करना है। मुझे तन-मन से उनकी सेवा करनी चाहिए। मेरा सबसे पहले कर्त्तव्य उनके प्रति है, देश और जाति का स्थान गौण है; पर मेरा दुर्भाग्य बार-बार मुझे कर्त्तव्य-मार्ग से विचलित कर देता है। मैं इस अंधे के पीछे बरबस उनसे उलझ पड़ी। वह विद्वान हैं, विचारशील हैं। यह मेरी धृष्टता है कि उनकी अगुआई करने का दावा करती हूँ। जब मैं छोटी-छोटी बातों में मानापमान का विचार करती हूँ, तो उनसे कैसे आशा करूँ कि वह प्रत्येक विषय में निष्पक्ष हो जाएँ।

कई दिन तक मन में यह खिचड़ी पकाते रहने के कारण उसे सूरदास से चिढ़ हो गई। सोचा—इसी अभागे के कारण मैं यह मनस्ताप भोग रही हूँ। इसी ने यह मनोमालिन्य पैदा कराया है। आखिर उस जमीन से मुहल्लेवालों ही का निस्तार होता है न, तो जब उन्हें कोई आपत्ति नहीं है, तो अंधे की क्यों नानी मरती है! किसी की जमीन पर कोई जबरदस्ती क्यों अधिकार

करे?—यह ढकोसला है, और कुछ नहीं। निर्बल जन आदिकाल से ही सताये जाते हैं और सताये जाते रहेंगे। जब यह व्यापक नियम है, तो क्या एक कम, क्या एक ज्यादा।

इन्हीं दिनों सूरदास ने राजा साहब को शहर में बदनाम करना शुरू किया तो उसके ममत्व का पलड़ा बड़ी तेजी से दूसरी ओर झुका। उसे सूरदास के नाम से चिढ़ हो गई—यह टके का आदमी और इसका इतना साहस कि हम लोगों के सिर चढ़े। अगर साम्यवाद का यही अर्थ है, तो ईश्वर हमें इससे बचाए। यह दिनों का फेर है, नहीं तो इसकी क्या मजाल थी कि हमारे ऊपर छींटे उड़ाता।

इंदु दीन जनों पर दया कर सकती थी—दया में प्रभुत्व का भाव अंतर्हित है—न्याय न कर सकती थी, न्याय की भित्ति साम्य पर है। सोचती—यह उस बदमाश को पुलिस के हवाले क्यों नहीं कर देते? मुझसे तो यह अपमान न सहा जाता। परिणाम कुछ होता, पर इस समय तो इस बुरी तरह पेश आती कि देखनेवालों के रोयें खड़े हो जाते।

वह इन्हीं कुत्सित विचारों में पड़ी हुई थी कि सोफ़िया ने आकर उसके सामने राजा साहब पर सूरदास के साथ अन्याय करने का अपराध लगाया, खुली हुई धमकी दे गई। इन्दु को इतना क्रोध आया कि सूरदास को पाती, तो उसका मुँह नोच लेती। सोफ़िया के जाने के बाद वह क्रोध में भरी हुई राजा साहब से मिलने आयी; पर बाहर मालूम हुआ कि वह कुछ दिन के लिए इलाके पर गए हुए हैं। ये दिन उसने बड़ी बेचैनी में काटे। अफ़सोस हुआ कि गए और मुझसे पूछा भी नहीं!

राजा साहब जब इलाके से लौटे, तो उन्हें मि. क्लार्क का परवाना मिला। वह उस पर विचार कर रहे थे कि इन्दु उनके पास आयी और बोली—इलाके पर गए और मुझे खबर तक न हुई, मानो मैं घर में हूँ ही नहीं।

राजा ने लज्जित होकर कहा—ऐसा ही एक ज़रूरी काम था। एक दिन की भी देर हो जाती, तो इलाके में फौजदारी हो जाती। मुझे अब अनुभव हो रहा है कि ताल्लुकेदारों के अपने इलाके पर न रहने से प्रजा को कितना कष्ट होता है।

'इलाके में रहते, तो कम-से-कम इतनी बदनामी तो न होती।'

'अच्छा, तुम्हें भी मालूम हो गया। तुम्हारा कहना न मानने में मुझसे बड़ी भूल हुई। इस अंधे ने ऐसी विपत्ति में डाल दिया कि कुछ करते-धरते नहीं बनता।' सारे शहर में बदनाम कर रहा है। न जाने शहरवालों को इससे इतनी सहानुभूति कैसे हो गई। मुझे इसकी जरा भी आशंका न थी कि शहरवालों को मेरे विरुद्ध खड़ा कर देगा।'

'मैंने तो जब से सुना है कि अंधा तुम्हें बदनाम कर रहा है, तब से ऐसा क्रोध आ रहा है कि वश चले, तो उसे जीता चुनवा दूँ।

राजा साहब ने प्रसन्न होकर कहा—तो हम दोनों घूम-घामकर एक ही लक्ष्य पर आ पहुँचे।

'इस दुष्ट को ऐसा दंड देना चाहिए कि उम्र-भर याद रहे।'

'मिस्टर क्लार्क ने इसका फैसला खुद ही कर दिया। सूरदास की ज़मीन वापस दी गई।'

इन्दु को ऐसा मालूम हुआ कि ज़मीन धँस रही है और मैं उसमें समाई जा रही हूँ। वह दीवार न थाम लेती, तो ज़रूर गिर पड़ती—सोफ़िया ने मुझे यों नीचा दिखाया है। मेरे साथ वह कूट-नीति चली है। हमारी मर्यादा को धूल में मिलाना चाहती है कि मैं उसके कदम चूमूँ। कदापि नहीं।

उसने राजा साहब से कहा—अब आप क्या करेंगे?

'कुछ नहीं, करना क्या है। सच पूछो, तो मुझे इसका ज़रा भी दुःख नहीं है।' मेरा तो गला छूट गया।'

'और हेठी कितनी हुई!'

'हेठी ज़रूर हुई; पर इस बदनामी से अच्छी है।'

इन्दु का मुख-मंडल गर्व से तमतमा उठा। बोली—यह बात आपके मुँह से शोभा नहीं देती। यह नेकनामी-बदनामी का प्रश्न नहीं है, अपनी मर्यादा-रक्षा का प्रश्न है। आपकी कुल-मर्यादा पर आघात हुआ है, उसकी रक्षा करना आपका परम धर्म है, चाहे उसके लिए न्याय के सिद्धान्तों की बलि ही क्यों न देनी पड़े। मि. क्लार्क की हस्ती ही क्या है, मैं किसी सम्राट् के हाथों भी अपनी मर्यादा की हत्या न होने दूँगी, चाहे इसके लिए मुझे अपना सर्वस्व, यहाँ तक कि प्राण भी देना पड़े। आप तुरंत गवर्नर को मि. क्लार्क के न्याय-विरुद्ध हस्तक्षेप की सूचना दीजिए। हमारे पूर्वजों ने अँगरेजों की उस समय प्राण-रक्षा

की थी, जब उनकी जानों के लाले पड़े हुए थे। सरकार उन एहसानों को मिटा नहीं सकती। नहीं, आप स्वयं जाकर गवर्नर से मिलिए, उनसे कहिए कि मि. क्लार्क के हस्तक्षेप से मेरा अपमान होगा, मैं जनता की दृष्टि में गिर जाऊँगा और शिक्षित-वर्ग को सरकार में भी लेश-मात्र विश्वास न रहेगा। साबित कर दीजिए कि किसी रईस का अपमान करना दिल्लगी नहीं है।

राजा साहब ने चिंतित स्वर में कहा—मि. क्लार्क से सदा के लिए विरोध हो जायेगा। मुझे आशा नहीं है कि उनके मुकाबले में गवर्नर मेरा पक्ष ले। तुम इन लोगों को जानती नहीं हो। इनकी अफसरी-मातहती दिखाने-भर की है, वास्तव में सब एक हैं। एक जो करता है, सब उसका समर्थन करते हैं। व्यर्थ की हैरानी होगी।

'अगर गवर्नर न सुनें, तो वाइसराय से अपील कीजिए। विलायत जाकर वहाँ के नेताओं से मिलिए। यह कोई छोटी बात नहीं है, आपके सिर पर एक महान् उत्तरदायित्व का भार आ पड़ा है, उसमें जौ-भर भी दबना आपको सदा के लिए कलंकित कर देगा।'

राजा साहब ने एक मिनट तक विचार करके कहा—तुम्हें यहाँ के शिक्षितों का हाल मालूम नहीं है। तुम समझती होगी कि वे मेरी सहायता करेंगे, या कम-से-कम सहानुभूति ही दिखाएँगे; पर जिस दिन मैंने प्रत्यक्ष रूप से मि. क्लार्क की शिकायत की, उसी दिन से लोग मेरे घर आना-जाना छोड़ देंगे। कोई मुँह तक न दिखाएगा। लोग रास्ता कतराकर निकल जाएँगे। इतना ही नहीं, गुप्त रूप से क्लार्क से मेरी शिकायत करेंगे और मुझे हानि पहुँचाने में कोई बात उठा न रखेंगे। हमारे भद्र समाज की नैतिक दुर्बलता अत्यन्त लज्जाजनक है। सब-के-सब प्रत्यक्ष या अप्रत्यक्ष रूप से सरकार के आश्रित हैं। जब तक उन्हें मालूम है कि हुक्काम से मेरी मैत्री है, तभी तक मेरा आदर-सत्कार करते हैं। जिस दिन उन्हें मालूम होगा कि जिलाधीश की निगाह मुझसे फिर गई, उसी दिन से मेरे मान-सम्मान की इति समझो। अपने बंधुओं की यही दुर्बलता और कुटिल स्वार्थ-लोलुपता है, जो हमारे निर्भीक, सत्यवादी और हिम्मत के धनी नेताओं को हताश कर देती है।

राजा साहब ने बहुत हीले-हवाले किये, परिस्थिति का बहुत की दुराशापूर्ण चित्र खींचा, लेकिन इंदु अपने ध्येय से जौ-भर भी न टली। वह उनके हृदय

में उस सोये हुए भाव को जगाना चाहती थी, तो कभी प्रताप और साँगा, टीपू और नाना के नाम पर लहालोट हो जाता था। वह जानती थी कि वह भाव प्रभुत्व-प्रेम की घोर निद्रा में मग्न है, मरा नहीं। बोली–अगर मान लें कि आपकी सारी शंकाएँ पूरी हो जायें, आपका सम्मान मिट जाये, सारा शहर आपका दुश्मन हो जाये, हुक्काम आपको संदेह की दृष्टि से देखने लगें, यहाँ तक कि आपके इलाके के जब्त होने की नौबत भी आ जाये, तब भी मैं आपसे यही कहती जाऊँगी, अपने स्थान पर अटल रहिए। यही हमारा क्षात्र धर्म है। आज ही यह बात समाचार-पत्रों में प्रकाशित हो जाएगी और सारी दुनिया नहीं, तो कम-से-कम समस्त भारत आपकी ओर उत्सुक नेत्रों से देखेगा कि आप जातीय गौरव की कितने धैर्य, साहस और त्याग के साथ रक्षा करते हैं। इस संग्राम में हमारी हार भी महान् विजय का स्थान पाएगी; क्योंकि वह पशु-बल की नहीं, आत्मबल की लड़ाई है। लेकिन मुझे तो पूर्ण विश्वास है कि आपकी शंकाएँ निर्मूल सिद्ध होंगी। एक कर्मचारी के अन्याय की फरियाद सरकार के कानों में पहुँचाकर आप उस सुदृढ़ राजभक्ति का परिचय देंगे, सरकार की उस न्याय-रीति पर पूर्ण विश्वास की घोषणा करेंगे, जो साम्राज्य का आधार है। बालक माता के सामने रोये, हठ करे, मचले; पर माता की ममता क्षण-मात्र भी कम नहीं होती। मुझे तो निश्चय है कि सरकार न्याय की धाक जमाने के लिए आपका और भी सम्मान करेगी। जातीय आन्दोलन के नेता प्रायः उच्च कोटि की उपाधियों से विभूषित किए जाते हैं और कोई कारण नहीं कि आपको भी वही सम्मान न प्राप्त हो।

यह युक्ति राजा साहब को विचारणीय जान पड़ी। बोले–अच्छा, सोचूँगा। इतना कहकर चले गए।

दूसरे दिन सुबह जॉन सेवक राजा साहब से मिलने आये। उन्होंने भी यही सलाह दी कि इस मुआमले में ज़रा भी न दबना चाहिए। लड़ूँगा तो मैं, आप केवल मेरी पीठ ठोकते जाइएगा। राजा साहब को कुछ ढाढ़स हुआ, एक से दो हुए। संध्या समय वह कुँवर साहब से सलाह लेने गए। उनकी भी यही राय हुई। डॉक्टर गांगुली तार द्वारा बुलाए गए। उन्होंने यहाँ तक ज़ोर दिया कि 'आप चुप भी हो जायेंगे, तो मैं व्यवस्थापक सभा में इस विषय को अवश्य उपस्थित करूँगा।' सरकार हमारे वाणिज्य-व्यवसाय की ओर इतनी उदासीन

नहीं रह सकती। यह न्याय-अन्याय या मानापमान का प्रश्न नहीं है, केवल व्यावसायिक प्रतिस्पर्धा का प्रश्न है।'

राजा साहब इंदु से बोले—लो तुम्हारी ही सलाह पक्की रही। जान पर खेल रहा हूँ।

इंदु ने उन्हें श्रद्धा की दृष्टि से देखकर कहा—ईश्वर ने चाहा तो आपकी विजय होगी।

22

सैयद ताहिरअली को पूरी आशा थी कि जब सिगरेट का कारखाना बनना शुरू हो जायेगा, तो मेरी कुछ-न-कुछ तरक्की हो जायेगी। मि. सेवक ने उन्हें इसका वचन दिया था। इस आशा के सिवा उन्हें अब तक ऋणों को चुकाने का कोई उपाय न नज़र आता था, जो दिनों-दिन बरसात की घास के समान बढ़ते जाते थे। वह स्वयं बड़ी किफायत से रहते थे। ईद के अतिरिक्त कदाचित् और कभी दूध उनके कंठ के नीचे न जाता था। मिठाई उनके लिए हराम थी। पान-तंबाकू का उन्हें शौक ही न था। किन्तु वह खुद चाहे कितनी ही किफायत करें, घरवालों की ज़रूरत में काट-कपट करना न्याय-विरुद्ध समझते थे। कहते, यही तो लड़कों को खाने-पीने की उम्र है, इसी उम्र में तो उनही हड्डियाँ चौड़ी-चकली होती हैं, दिल और दिमाग बढ़ते हैं। इस उम्र में लड़कों को मुकब्बी खाना न मिले, तो उनकी सारी जिंदगी बरबाद हो जाती है।

लड़कों के विषय में यह कथन सत्य हो या नहीं; पर पान-तंबाकू के विषय में ताहिरअली की विमाताएँ जिस युक्ति का प्रतिपादन करती थीं, उसकी सत्यता स्वयंसिद्ध थी—स्त्रियों का इनके बगैर निबाह ही नहीं हो सकता। कोई देखे तो कहे, क्या इनके यहाँ पान तक मयस्सर नहीं! यही तो अब शराफत की एक निशानी रह गई है, मामाएँ नहीं, खवासें नहीं, तो क्या पान से भी गए। मर्दों को पान की ऐसी जरूरत नहीं। उन्हें हाकिमों से मिलना-जुलना पड़ता है, पराई बंदगी करते हैं, उन्हें पान की क्या जरूरत?

विपत्ति यह थी कि माहिर और जाबिर तो मिठाइयाँ खाकर ऊपर से दूध पीते और साबिर और नसीमा खड़े मुँह ताका करते। जैनब बेगम कहतीं—इनके गुड़ के बाप कोल्हू ही, खुदा के फजल से जिंदा हैं। सबको खिलाकर खिलाएँ,

तभी खिलाना कहलाये। सब कुछ तो उन्हीं की मुट्ठी में है, जो चाहें खिलाएँ, जैसे चाहें रखें; कोई हाथ पकड़नेवाला है?

वे दोनों दिन-भर बकरी की तरह पान चबाया करतीं, कुल्सूम को भोजन के पश्चात् एक बीड़ा भी मुश्किल से मिलता था। अपनी इन जरूरतों के लिए ताहिरअली से पूछने या चादर देखकर पाँव फैलाने की जरूरत न थी।

प्रातःकाल था। चमड़े की खरीद हो रही थी। सैकड़ों चमार बैठे चिलम पी रहे थे। यही एक समय था, जब ताहिरअली को अपने गौरव का कुछ आनंद मिलता था। इस वक्त उन्होंने अपने महत्त्व का हलका-सा नशा हो जाता था। एक चमार द्वार पर झाडू लगाता, एक उनका तख्त साफ करता, एक पानी भरता। किसी को साग-भाजी लाने के लिए बाजार भेज देते और किसी से लकड़ी चिराते। इतने आदमियों को अपनी सेवा में तत्पर देखकर उन्हें मालूम होता था कि मैं भी कुछ हूँ। उधर जैनब और रकिया परदे में बैठी पानदान का खर्च वसूल करतीं। साहब ने ताहिरअली को दस्तूरी लेने से मना किया था, स्त्रियों को पान-पत्ते का खर्च लेने का निषेध न किया था। इस आमदनी से दोनों ने अपने-अपने लिए गहने बनवा लिए थे। ताहिरअली इस रकम का हिसाब लेना छोटी बात समझते थे।

इसी समय जगधर आकर बोला—मुंसीजी, हिसाब कब तक चुकता कीजिएगा? मैं कोई लखपती थोड़े ही हूँ कि रोज मिठाइयाँ देता जाऊँ, चाहे दाम मिलें या न मिलें। आप जैसे दो-चार गाहक और मिल जायें, तो मेरा दिवाला ही निकल जाये। लाइए, रुपये दिलवाइए, अब हीला-हवाला न कीजिए, गाँव-मुहल्ले की बहुत मुरौवत कर चुका। मेरे सिर भी महाजन का लहना-तगादा है। यह देखिए कागद, हिसाब कर दीजिए।

देनदारों के लिए हिसाब का कागज यमराज का परवाना है। वे उसकी ओर ताकने का साहस नहीं कर सकते। हिसाब देखने का मतलब है, रुपये अदा करना। देनदार ने हिसाब का चिट्ठा हाथ में लिया और पानेवाले का हृदय आशा से विकसित हुआ। हिसाब का परत हाथ में लेकर फिर कोई हीला नहीं किया जा सकता। यही कारण है कि देनदारों को खाली हिसाब देखने का साहस नहीं होता।

ताहिरअली ने बड़ी नम्रता से कहा—भई, हिसाब सब मालूम है, अब बहुत जल्द तुम्हारा बकाया साफ़ हो जायेगा। दो-चार दिन और सब्र करो।

जगधर—कहाँ तक सबर करूँ साहब? दो-चार दिन करते-करते तो महीनों हो गए। मिठाइयाँ खाते बखत तो मीठी मालूम होती हैं, दाम देते क्यों कड़वा लगता है?

ताहिर—बिरादर, आजकल ज़रा तंग हो गया हूँ, मगर अब जल्द कारखाने का काम शुरू होगा, मेरी भी तरक़्क़ी होगी। बस, तुम्हारी एक-एक कौड़ी चुका दूँगा।

जगधर—ना साहब, आज तो मैं रुपये लेकर ही जाऊँगा। महाजन के रुपये न दूँगा, तो आज मुझे छटाँक-भर भी सौदा न मिलेगा। भगवान् जानते हैं, जो मेरे घर में टका भी हो। यह समझिए कि आप मेरा नहीं, अपना दे रहे हैं। आपसे झूठ बोलता होऊँ, तो जवानी काम न आए, रात बाल-बच्चे भूखे ही सो रहे। सारे मुहल्ले में सदा लगायी, किसी ने चार आने पैसे न दिये।

चमारों के चौधरी को जगधर पर दया आ गई। ताहिरअली से बोला—मुंशीजी, मेरा पावना इन्हीं को दे दीजिए, मुझे दो-चार दिन में दीजिएगा।

ताहिर—जगधर, मैं खुदा का गवाह करके कहता हूँ, मेरे पास रुपये नहीं हैं, खुदा के लिए दो-चार दिन ठहर जाओ।

जगधर—मुंसीजी, झूठ बोलना गाय खाना है, महाजन के रुपये आज न पहुँचे, तो कहीं का नहीं रहूँगा।

ताहिरअली ने घर में आकर कुल्सूम से कहा—मिठाई वाला सिर पर सवार है, किसी तरह टलता ही नहीं। क्या करूँ, रोकड़ में से दस रुपये निकालकर दे दूँ?

कुल्सूम ने चिढ़कर कहा—जिसके दाम आते हैं, यह सिर पर सवार होगा ही! अम्माँजान से क्यों नहीं माँगते? मेरे बच्चों को मिठाई मिली नहीं; जिन्होंने उचक-उचककर खाया-खिलाया है, वे दाम देने की बेर क्यों भीगी बिल्ली बनी हुई हैं?

ताहिर—इसी मारे तो मैं तुमसे बात कहता नहीं। रोकड़ से ले लेने में क्या हरज है? तनख्वाह मिलते ही जमा कर दूँगा।

कुल्सूम—खुदा के लिए कहीं यह गज़ब न करना। रोकड़ को काला साँप समझो। कहीं आज ही साहब रक़म की जाँच करने लगे तो?

ताहिर—अजी नहीं, साहब को इतनी फुरसत कहाँ कि रोकड़ मिलाते रहें!

कुल्सूम—मैं अमानत की रक़म छूने को न कहूँगी। ऐसा ही है, तो नसीमा का तौक उतारकर कहीं गिरो रख दो, और तो मेरे किये कुछ नहीं हो सकता।

ताहिरअली को दुःख तो बहुत हुआ; पर करते क्या। नसीमा का तौक निकालते थे, और रोते थे। कुल्सूम उसे प्यार करती थी और फुसलाकर कहती थी, तुम्हें नया तौक बनवाने जा रहे हैं। नसीमा फूली न समाती थी कि मुझे नया तौक मिलेगा।

तौक रूमाल में लिए हुए ताहिरअली बाहर निकले, और जगधर को अलग ले जाकर बोले—भई, इसे ले जाओ, कहीं गिरो रखकर अपना काम चलाओ। घर में रुपये नहीं हैं।

जगधर—उधार सौदा बेचना पाप है, पर करूँ क्या, नगद बेचने लगूँ, तो घूमता ही रह जाऊँ।

यह कहकर उसने सकुचाते हुए तौक ले लिया और पछताता हुआ चला गया। कोई दूसरा आदमी अपने गाहक को इतना दिक करके रुपये न वसूल करता। उसे लड़की पर दया आ ही जाती, जो मुस्कुराकर कह रही थी मेरा तौक कब बनाकर लाओगे? परन्तु जगधर गृहस्थी के असह्य भार के कारण उससे कहीं असज्जन बनने पर मजबूर था, जितना वह वास्तव में था।

जगधर को गये आध घंटा भी न गुज़रा था कि बजरंगी त्योरियाँ बदले हुए आकर बोला—मुंशीजी, रुपये देने हों, तो दीजिए, नहीं तो कह दीजिए, बाबा, हमसे नहीं हो सकता; बस, हम सबर कर लें। समझ लेंगे कि एक गाय नहीं लगी। रोज-रोज दौड़ाते क्यों हैं?

ताहिर—बिरादर, जैसे इतने दिनों तक सब्र किया है, थोड़े दिन और करो। खुदा ने चाहा, तो अबकी तुम्हारी एक पाई भी न रहेगी।

बजरंगी—ऐसे वादे तो आप बीसों बार कर चुके हैं।

ताहिरअली—अबकी पक्का वादा करता हूँ?

बजरंगी—तो किस दिन हिसाब कीजिएगा?

ताहिरअली असमंजस में पड़ गए, कौन-सा दिन बतलाएँ। देनदारों को हिसाब के दिन का उतना ही भय होता है, जितना पापियों को। वे 'दो-चार; 'बहुत जल्द' 'आज-कल में' आदि अनिश्चयात्मक शब्दों की आड़ लिया करते हैं। ऐसे वादे पूरे किए जाने के लिए नहीं, केवल पाने वालों को टालने के लिए किये जाते हैं। ताहिरअली स्वभाव से खरे आदमी थे। तकाजों से उन्हें बड़ा कष्ट होता था। वह तकाजों से उतना ही डरते थे, जितना शैतान से। उन्हें दूर से देखते ही

उनके प्राण-पखेरू छटपटाने लगते थे। कई मिनट तक सोचते रहे, क्या जवाब दूँ, खर्च का यह हाल है, और तरक्की के लिए कहता हूँ, तो कोरा जवाब मिलता है। आखिरकार बोले—दिन कौन-सा बताऊँ, चार-छः दिन में जब आ जाओगे, उसी दिन हिसाब हो जायेगा।

बजरंगी—मुंशीजी, मुझसे उड़नघाइयाँ न बताइए। मुझे भी सभी तरह के ग्राहकों से काम पड़ता है। अगर दस दिन में आऊँगा, तो आप कहेंगे, इतनी देर क्यों की, अब रुपये खर्च हो गए। चार-पाँच दिन में आऊँगा, तो आप कहेंगे, अभी रुपये मिले ही नहीं। इसलिए मुझे कोई दिन बता दीजिए, जिससे मेरा भी हरज न हो और आपको भी सुबीता हो।

ताहिर—दिन बता देने में मुझे कोई उज्र न होता, लेकिन बात यह है कि मेरी तनख्वाह मिलने की कोई तारीख मुकर्रर नहीं है; दो-चार दिनों का हेर-फेर हो जाता है। एक हफ्ते के बाद किसी लड़के को भी भेज दोगे, तो रुपये मिल जायेंगे।

बजरंगी—अच्छी बात है, आप ही का कहना सही। अगर अबकी वादाखिलाफी कीजिएगा, तो फिर माँगने न आऊँगा।

बजरंगी चला गया, तो ताहिरअली डींग मारने लगे—तुम लोग समझते होंगे, ये लोग इतनी-इतनी तलब पाते हैं, घर में बटोरकर रखते होंगे और यहाँ खर्च का यह हाल है कि आधा महीना भी खतम नहीं होता और रुपये उड़ जाते हैं। शराफत रोग है, और कुछ नहीं।

एक चमार ने कहा—हुज़ूर, बड़े आदमियों का खर्च भी बड़ा होता है। आप ही लोगों की बदौलत तो गरीबों की गुजर होती है। घोड़े की लात घोड़ा ही सह सकता है।

ताहिरअली—अजी, सिर्फ पान में इतना खर्च हो जाता है कि उतने में दो आदमियों का अच्छी तरह गुजर हो सकता है।

चमार—हुजूर, देखते नहीं हैं, बड़े आदमियों की बड़ी बात होती है।

ताहिरअली के आँसू अच्छी तरह न पुँछने पाए थे कि सामने से ठाकुरदीन आता हुआ दिखायी दिया। बेचारे पहले ही से कोई बहाना सोचने लगे। इतने में उसने आकर सलाम किया और बोला—मुंशीजी, कारखाने में कब से हाथ लगेगा?

ताहिर—मसाला जमा हो रहा है। अभी इंजीनियर ने नक्शा नहीं बनाया है, इसी वजह से देर हो रही है।

ठाकुरदीन—इंजीनियर ने भी कुछ लिया होगा? बड़ी बेइमान जात है हुजूर! मैंने भी कुछ दिन ठेकेदारी की है; जो कमाता था, इंजीनियरों को खिला देता था। आखिर घबड़ाकर छोड़ बैठा। इंजीनियर के भाई डॉक्टर होते हैं। रोगी चाहे मरता हो, पर फीस लिए बिना बात न करेंगे। फीस के नाम से रिआयत भी करेंगे, तो गाड़ी के किराये और दवा में कस लेंगे। (हिसाब का परत दिखाकर) ज़रा इधर भी एक निगाह हो जाये।

ताहिर—सब मालूम है, तुमने गलत थोड़े ही लिखा होगा।

ठाकुरदीन—हुजूर! ईमान है, तो सब कुछ है। साथ कोई न जायेगा। मुझे क्या हुकुम होता है?

ताहिर—दो-चार दिन की मुहलत दो।

ठाकुरदीन—जैसी आपकी मरजी। हुज़ूर, चोरी हो जाने से लाचार हो गया, नहीं तो दो-चार रुपयों की कौन बात थी। इस चोरी में तबाह हो गया। घर में फूटा लोटा तक न बचा। दाने को मुहताज हो गया हुजूर! चोरों को आँखों के सामने भागते देखा, उनके पीछे दौड़ा पागलखाने तक दौड़ा चला गया। अँधेरी रात थी, ऊँच-खाल कुछ न सूझता था। एक गढ़े में गिर पड़ा। फिर उठा। माल बड़ा प्यारा होता है। लेकिन चोर निकल गये थे। थाने में इत्तला की, थानेदारों की खुशामद की। मुदा गई हुई लच्छमी कहीं लौटती है। तो कब आऊँ?

ताहिर—तुम्हारे आने की ज़रूरत नहीं, मैं खुद भिजवा दूँगा।

ठाकुरदीन—जैसी आपकी खुशी, मुझे कोई उजर नहीं है। मुझे तगादा करते आप ही सरम आती है। कोई भलामानुस हाथ में पैसे रहते हुए टाल-मटोल नहीं करता, फौरन निकालकर फेंक देता है। आज जरा पान लेने जाना था, इसलिए चला आया था। सब न हो सके, तो थोड़ा-बहुत दे दीजिए। किसी तरह काम न चला, जब आपके पास आया। आदमी पहचानता हूँ हुजूर पर मौका ऐसा ही आ पड़ा है।

ठाकुरदीन की विनम्रता और प्रफुल्लित सहृदयता ने ताहिरअली को मुग्ध कर दिया। तुरंत संदूक खोला और पाँच रुपये निकालकर उसके सामने रख

दिये। ठाकुरदीन ने रुपये उठाए नहीं, एक क्षण कुछ विचार करता रहा, तब बोला—ये आपके रुपये हैं कि सरकारी रोकड़ के हैं?

ताहिर—तुम ले जाओ, तुम्हें आम खाने से मतलब कि पेड़ गिनने से?

ठाकुरदीन—नहीं मुंशीजी, यह न होगा। अपने रुपये हों, तो दीजिए, मालिक की रोकड़ हो, तो रहने दीजिए; फिर आकर ले जाऊँगा। आपके चार पैसे खाता हूँ, तो आपको आँखों से देखकर गढ़े में न गिरने दूँगा। बुरा न मानिए, तो मान जाइए, इसकी चिंता नहीं, साफ बात करने के लिए बदनाम हूँ, आपके रुपये यों अलल्ले-तलल्ले खर्च होंगे तो एक दिन आप धोखा खाएँगे। सराफत-ठाठबाट बढ़ाने में नहीं, अपनी आबरू बचाने में है।

ताहिरअली ने सजल नयन होकर कहा—रुपये लेते जाओ।

ठाकुरदीन उठ खड़ा हुआ और बोला—जब आपके पास हों, तब देना।

अब तक तो ताहिरअली को कारखाने के बनने की उम्मीद थी। इधर आमदनी बढ़ी, उधर मैंने रुपये दिये; लेकिन जब मि. क्लार्क ने अनिश्चित समय तक के लिए कारखाने का काम बन्द करवा दिया, तब ताहिरअली का अपने लेनदारों को समझाना मुश्किल हो गया। लेनदारों ने ज्यादा तंग करना शुरू किया। ताहिरअली बहुत चिंतित रहने लगे, बुद्धि कुछ काम न करती थी। कुल्सूम कहती थी—ऊपर का खर्च सब बंद कर दिया जाए। दूध, पान और मिठाइयों के बिना आदमी को कोई तकलीफ नहीं हो सकती है। ऐसे कितने आदमी हैं जिन्हें इस जमाने में ये मयस्सर हैं। और की क्या कहूँ, मेरे ही लड़के तरसते हैं। मैं पहले ही समझा चुकी हूँ, और अब फिर समझाती हूँ कि जिनके लिए तुम अपना खून और पसीना एक कर रहे हो, वे तुम्हारी बात भी न पूछेंगे। पर निकलते ही साफ उड़ न जाएँ, तो कहना। अभी से रुख देख रही हूँ। औरों को सूद पर रुपये दिये जाते हैं। लेकिन घर के खर्च को कभी कुछ माँगो, तो टका-सा जवाब मिलता है, मेरे पास कहाँ। तुम्हारे ऊपर इन्हें कुछ तो रहम आना चाहिए। आज दूध, मिठाइयाँ बंद कर दो, तो घर में रहना मुश्किल हो जाए।

तीसरा पहर था। ताहिरअली बरामदे में उदास बैठे हुए थे। सहसा भैरों आकर बैठ गया, और बोला—क्यों मुंशीजी, क्या सचमुच अब यहाँ कारखाना न बनेगा?

ताहिर–बनेगा क्यों नहीं, अभी थोड़े दिनों के लिए रुक गया है।

भैरों–मुझे तो बड़ी आशा थी कि कारखाना बन गया, तो बिकरी-बट्टा बढ़ जायेगा; दूकान पर बिक्री बिलकुल मंदी है। मैं चाहता हूँ कि यहाँ सबेरे थोड़ी देर बैठा करूँ। आप मंजूर कर लें, तो अच्छा हो। मेरी थोड़ी-बहुत बिकरी हो जायेगी। आपको भी पान खाने के लिए कुछ नज़र कर दिया करूँगा।

किसी और समय ताहिरअली ने भैरों को डाँट बताई होती। ताड़ी की दूकान खोलने की आज्ञा देना उनके धर्म-विरुद्ध था। पर इस समय रुपये की चिन्ता ने उन्हें असमंजस में डाल दिया। डर से पहले भी धनाभाव के कारण उनके कर्म और सिद्धान्तों में कई बार संग्राम हो चुका था, और प्रत्येक अवसर पर उन्हें सिद्धांतों ने परिस्थितियों के सामने सिर झुका दिया। क्या करूँ? इसमें मेरा क्या कसूर? मैं किसी बेजा खर्च के लिए शरा को नहीं तोड़ रहा हूँ, हालत ने मुझे बेबस कर दिया है। कुछ झेंपे हुए बोले–यहाँ ताड़ी की बिकरी न होगी।

भैरों–हुज़ूर, बिकरी तो ताड़ी की महक से होगी। नसेबाजों की ऐसी आदत होती है कि न देखें, तो चाहे बरसों न पिएँ, पर नसा सामने देखकर उनसे नहीं रहा जाता।

ताहिर–मगर साहब के हुक्म के बगैर मैं कैसे इजाजत दे सकता हूँ?

भैरों–आपकी जैसी मरजी! मेरी समझ में तो साहब से पूछने की ज़रूरत ही नहीं। मैं कौन यहाँ दूकान रखूँगा। सबेरे एक घड़ा लाऊँगा, घड़ी-भर में बेचकर अपनी राह लूँगा। उन्हें खबर ही न होगी कि यहाँ कोई ताड़ी बेचता है।

ताहिर–नमकहरामी सिखाते हो, क्यों?

भैरों–हुजूर, इसमें नमकहरामी काहे की, अपने दाँव-घात पर कौन नहीं लेता?

सौदा पट गया। भैरो एकमुश्त 15 रुपये देने को राज़ी हो गया। जाकर सुभागी से बोला–देख, सौदा कर आया न! तू कहती थी, वह कभी न मानेंगे। इसलाम हैं, उनके यहाँ ताड़ी-सराब मना है, पर मैंने कह दिया था कि इसलाम हो, चाहे बाम्हन हो, धरम-करम किसी में नहीं रह गया। रुपये पर सभी लपक पड़ते हैं। ये मियाँ लोग बाहर ही से उजले कपड़े पहने दिखायी देते हैं। घर में भूनी भाँग नहीं होती। मियाँ ने पहले तो दिखाने के लिए इधर-उधर किया, फिर 15 रुपये में राज़ी हो गये। पन्द्रह रुपये तो पन्द्रह दिन में सीधे हो जाएँगे।

सुभागी पहले घर की मालकिन बनना चाहती थी, इसलिए रोज डंडे खाती थी। अब वह घर-भर की दासी बनकर मालकिन बनी हुई है। रुपये-पैसे उसी के हाथ में रहते हैं। सास, जो उसकी सूरत से जलती थी, दिन में सौ-सौ बार उसे आशीर्वाद देती है। सुभागी ने चटपट रुपये निकालकर भैरों को दिये। शायद दो बिछुड़े हुए मित्र इस तरह टूटकर गले न मिलते होंगे, जैसे ताहिरअली इन रुपयों पर टूटे। रकम छोटी थी, इसके बदले में उन्हें अपने धर्म की हत्या करनी पड़ी थी। लेनदार अपने-अपने रुपये ले गए। ताहिरअली के सिर का बोझ हलका हुआ, मगर उन्हें बहुत रात तक नींद न आयी। आत्मा की आयु दीर्घ होती है। उसका गला कट जाये, पर प्राण नहीं निकलते।

23

जब तक सूरदास शहर में हाकिमों के अत्याचार की दुहाई देता रहा, उसके मुहल्ले वाले जॉन सेवक के हितैषी होने पर भी उससे सहानुभूति करते रहे। निर्बलों के प्रति स्वभावतः करुणा उत्पन्न हो जाती है। लेकिन सूरदास की विजय होते ही यह सहानुभूति स्पर्द्धा के रूप में प्रकट हुई। यह शंका पैदा हुई कि सूरदास मन में हम लोगों को तुच्छ समझ रहा होगा। कहता होगा, जब मैंने राजा महेन्द्रकुमार जैसों को नीचा दिखा दिया, उनका गर्व चूर-चूर कर दिया, तो ये लोग किस खेत की मूली हैं। सारा मुहल्ला उससे मन-ही-मन खार खाने लगा। केवल एक ठाकुरदीन था, जो अब भी उसके पास आया-जाया करता था। उसे अब यकीन हो गया था कि सूरदास को अवश्य किसी देवता का इष्ट है, उसने ज़रूर कोई मंत्र सिद्ध किया है, नहीं तो उसकी इतनी कहाँ मजाल कि ऐसे-ऐसे प्रतापी आदमियों का सिर झुका देता। लोग कहते हैं, जंत्र-मंत्र सब ढकोसला है। यह कौतुक देखकर उनकी आँखें नहीं खुलतीं।

सूरदास के स्वभाव में भी अब कुछ परिवर्तन हुआ। धैर्यशील वह पहले ही से था; पर न्याय और धर्म के पक्ष में कभी-कभी उसे क्रोध आ जाता था। अब उसमें अग्नि का लेशांश भी न रहा; घूर था, जिस पर सभी कूड़े फेंकते हैं। मुहल्लेवाले राह चलते उसे छेड़ते, आवाज़ें कसते, ताने मारते; पर वह किसी को जवाब न देता, सिर झुकाए भीख माँगने जाता और चुपके से अपनी झोंपड़ी में आकर पड़ा रहता। हाँ, मिठुआ के मिजाज़ न मिलते थे, किसी से सीधे मुँह बात न करता। कहता, यह कोई न समझे कि अन्धा भीख माँगता है, अन्धा बड़े-बड़ों की पीठ में धूल लगा देता है। बरबस लोगों को छेड़ता, भले आदमियों से बतबढ़ाव कर बैठता। अपने हमजोलियों से कहता, चाहूँ तो सारे मुहल्ले को बंधवा दूँ। किसानों के खेतों से बेधड़क चने, मटर, मूली, गाजर उखाड़ लाता;

अगर कोई टोकता, तो उससे लड़ने को तैयार हो जाता था। सूरदास को नित्य उलाहने मिलने लगे। वह अकेले में मिठुआ को समझाता; पर उस पर कुछ असर न होता था। अनर्थ यह था कि सूरदास की नम्रता और सहिष्णुता पर तो किसी की निगाह न जाती थी, मिठुआ की लनतरानियों और दुष्टताओं पर सभी की निगाह पड़ती थी। लोग यहाँ तक कह जाते थे कि सूरदास ने ही उसे सिर चढ़ा लिया है, बछवा खूँटे ही के बल कूदता है। ईर्ष्या बाल-क्रीड़ाओं को भी कपट नीति समझती है।

आजकल सोफ़िया मि. क्लार्क के साथ सूरदास से अकसर मिला करती थी। वह नित्य उसे कुछ-न-कुछ देती और उसकी दिलजोई करती। पूछती रहती, मुहल्लेवाले या राजा साहब के आदमी तुम्हें दिक तो नहीं कर रहे हैं। सूरदास जवाब देता, मुझ पर सब लोग दया करते हैं, मुझे किसी से शिकायत नहीं है। मुहल्लेवाले समझते हैं, यह बड़े साहब से हम लोगों की शिकायत करता है। अन्योक्तियों द्वारा यह भाव प्रकट भी करते–'सैंया भये कोतवाल, अब डर काहे का'? प्यादे से फरजी भयो, टेढ़ो-टेढ़ों जाय।' एक बार किसी चोरी के संबंध में नायकराम के घर में तलाशी हो गई। नायकराम को संदेह हुआ, सूरदास ने यह तीर मारा है। इसी भाँति एक बार भैरों से आबकारी के दारोग़ा ने जवाब तलब किया। भैरों ने शायद नियम के विरुद्ध आधी रात तक दूकान खोल रखी थी। भैरों का भी शुभा सूरदास ही पर हुआ, इसी ने यह चिनगारी छोड़ी है। इन लोगों के संदेह पर तो सूरदास को बहुत दुःख न हुआ, लेकिन जब सुभागी खुल्लमखुल्ला उसे लांछित करने लगी, तो उसे बहुत दुःख हुआ। उसे विश्वास था कि कम-से-कम सुभागी को मेरी नीयत का हाल मालूम है। उसे मुझको इन लोगों के अन्याय से बचाना चाहिए था, मगर उसका मन भी मुझसे फिर गया।

इस भाँति कई महीने गुज़र गए। एक दिन रात को सूरदास खा-पीकर लेटा हुआ था कि किसी ने आकर चुपके से उसका हाथ पकड़ा। सूरदास चौंका, पर सुभागी की आवाज़ पहचानकर बोला–क्या कहती है?

सुभागी–कुछ नहीं, ज़रा मड़ैया में चलो, तुमसे कुछ कहना है।

सूरदास उठा और सुभागी के साथ झोंपड़ी में आकर बोला–कह, क्या कहती है? अब तो तुझे भी बैर हो गया है। गालियाँ देती फिरती है, चारों ओर

बदनाम कर रही है। बतला, मैंने तेरे साथ कौन-सी बुराई की थी कि तूने मेरी बुराई पर कमर बाँध ली? और लोग मुझे भला-बुरा कहते हैं, मुझे रंज नहीं होता, लेकिन जब तुझे ताने देते सुनता हूँ, तो मुझे रोना आता है, कलेजे में पीड़ा-सी होने लगती है। जिस दिन भैरों की तलबी हुई थी, तूने कितना कोसा था। सच बता, क्या तुझे भी सक हुआ था कि मैंने ही दारोगाजी से शिकायत की है? क्या तू मुझे इतना नीच समझती है? बता।

सुभागी ने करुणावरुद्ध कंठ से उत्तर दिया—मैं तुम्हारा जितना आदर करती हूँ, उतना और किसी का नहीं। तुम अगर देवता होते, तो भी इतनी ही सिरधा से तुम्हारा पूजा करती।

सूरदास—मैं क्या घमंड करता हूँ? साहब से किसकी शिकायत करता हूँ? जब ज़मीन निकल गई थी, तब तो लोग मुझसे न चिढ़ते थे। अब ज़मीन छूट जाने से क्यों सब-के-सब मेरे दुसमन हो गए हैं? बता, मैं क्या घमंड करता हूँ? मेरी जमीन छूट गई है, तो कोई बादसाही मिल गई है कि घमंड करूँगा?

सुभागी—मेरे मन का हाल भगवान जानते होंगे।

सूरदास—तो मुझे क्यों जलाया करती है?

सुभागी—इसलिए।

यह कहकर उसने एक छोटी-सी पोटली सूरदास के हाथ में रख दी। पोटली भारी थी। सूरदास ने उसे टटोला और पहचान गया। यह उसी की पोटली थी; जो चोरी गई थी। अनुमान से मालूम हुआ कि रुपये भी उतने ही हैं। विस्मित होकर बोला—यह कहाँ मिली?

सुभागी—तुम्हारी मिहनत की कमाई है, तुम्हारे पास आ गई। अब जतन से रखना।

सूरदास—मैं न रखूँगा। इसे ले जा।

सुभागी—क्यों? अपनी चीज़ लेने में कोई हरज है?

सूरदास—यह मेरी चीज़ नहीं; भैरों की चीज़ है। इसी के लिए भैरों ने अपनी आत्मा बेची है; महँगा सौदा लिया है। मैं इसे कैसे ले लूँ?

सुभागी—मैं ये सब बातें नहीं जानती। तुम्हारी चीज़ है, तुम्हें लेनी पड़ेगी। इसके लिए मैंने अपने घरवालों से छल किया है। इतने दिनों से इसी के लिए माया रच रही हूँ। तुम न लोगे, तो इसे मैं क्या करूँगी?

सूरदास–भैरों को मालूम हो गया, तो तुम्हें जीता न छोड़ेगा।

सुभागी–उन्हें न मालूम होने पाएगा। मैंने इसका उपाय सोच लिया है।

यह कहकर सुभागी चली गई। सूरदास को और तर्क-वितर्क करने का मौका न मिला। बड़े असमंजस में पड़ा–ये रुपये लूँ या क्या करूँ? यह थैली मेरी है या नहीं? क्या मैं अपने रुपये के बदले उसके रुपये ले सकता हूँ? सुभागी मुझ पर कितनी दया करती है। वह इसीलिए मुझे ताने दिया करती थी कि यह भेद न खुलने पाए।

वह इसी उधेड़बुन में पड़ा हुआ था कि एकाएक 'चोर-चोर!' का शोर सुनाई दिया। पहली ही नींद थी। लोग गाफिल सो रहे थे। फिर आवाज़ आयी–'चोर-चोर!'

भैरों की आवाज़ थी। सूरदास समझ गया, सुभागी ने यह प्रपंच रचा है। अपने द्वार पर पड़ा रहा। इतने में बजरंगी की आवाज़ सुनाई दी–किधर गया, किधर? यह कहकर वह लाठी लिए अँधेरे में एक तरफ़ दौड़ा। नायकराम भी घर से निकले और 'किधर-किधर' करते हुए दौड़े। रास्ते में बजरंगी से मुठभेड़ हो गई। दोनों ने एक-दूसरे को चोर समझा। दोनों ने वार किया और दोनों चोट खाकर गिर पड़े। ज़रा देर में बहुत-से आदमी जमा हो गए। ठाकुरदीन ने पूछा–क्या-क्या ले गया? अच्छी तरह देख लेना, कहीं छत में न चिमटा हुआ हो। चोर दीवार से ऐसा चिमट जाते हैं कि दिखायी नहीं देते।

सुभागी–हाय, मैं तो लुट गई। अभी तो बैठी-बैठी अम्माँ का पाँव दबा रही थी। इतने में न जाने मुआ कहाँ से आ पहुँचा।

भैरों–(चिराग से देखकर) सारी जमा-जथा लुट गई। हाय राम!

सुभागी–हाय, मैंने उसकी परछाईं देखी, तो समझी यही होंगे। जब उसने संदूक पर हाथ बढ़ाया, तो भी समझी यही होंगे।

ठाकुरदीन–खपरैल पर चढ़कर आया होगा। मेरे यहाँ जो चोरी हुई थी, उसमें भी चोर सब खपरैल पर चढ़कर आये थे।

इतने में बजरंगी आया। सिर से रुधिर बह रहा था, बोला–मैंने उसे भागते देखा। लाठी चलाई उसने भी वार किया। मैं तो चक्कर खाकर गिर पड़ा; पर उस पर भी ऐसा हाथ पड़ा कि सिर खुल गया होगा।

सहसा नायकराम हाय-हाय करते आये और ज़मीन पर गिर पड़े। सारी देह खून से तर थी।

ठाकुरदीन–पण्डाजी, तुमसे भी उसका सामना हो गया क्या?

नायकराम की निगाह बजरंगी की ओर गई। बजरंगी ने नायकराम की ओर देखा। नायकराम ने दिल में कहा–पानी का दूध बनाकर बेचते हो; अब यह ढँग निकाला है। बजरंगी ने दिल में कहा–जात्रियों को लूटते हो, अब मुहल्लेवालों ही पर हाथ साफ करने लगे।

नायकराम–हाँ भई, यहीं गली में तो मिला। बड़ा भारी जवान था।

ठाकुरदीन–तभी तो अकेले दो आदमियों को घायल कर गया। मेरे घर में जो चोर पैठे थे, वे सब देव मालूम होते थे। ऐसे डील-डौल के तो आदमी ही नहीं देखे। मालूम होता है, तुम्हारे ऊपर उसका भरपूर हाथ पड़ा।

नायकराम–हाथ मेरा भी भरपूर पड़ा है। मैंने उसे गिरते देखा। सिर ज़रूर फट गया होगा। जब तक पकड़ूँ, निकल गया।

बजरंगी–हाथ तो मेरा भी ऐसा पड़ा है कि बच्चा को छठी का दूध याद आ गया होगा। चारों खाने चित गिरा था।

ठाकुरदीन–किसी जाने हुए आदमी का काम है। घर के भेदिए बिना चोरी नहीं होती। मेरे यहाँ सबों ने मेरी छोटी लड़की को मिठाई देकर नहीं घर का सारा भेद पूछ लिया था?

बजरंगी–थाने में ज़रूर रपट करना।

भैरों–रपट ही करके थोड़े रह जाऊँगा। बच्चा से चक्की न पिसवाऊँ, तो कहना। चाहे बिक जाऊँ, पर उन्हें भी पीस डालूँगा। मुझे सब मालूम है।

ठाकुरदीन–माल-का-माल ले गया, दो आदमियों को चुटैल कर गया। इसी से मैं चोरों के नगीच नहीं गया था। दूर ही से 'लेना-देना' करता रहा। जान सलामत रहे, तो माल फिर आ जाता है।

भैरों को बजरंगी पर शुभा न था, न नायकराम पर; उसे जगधर पर शुभा था। शुभा ही नहीं, पूरा विश्वास था। जगधर के सिवा किसी को न मालूम था कि रुपये कहाँ रखे हुए हैं। जगधर लठैत भी अच्छा था। वह पड़ोसी होकर भी घटनास्थल पर सबसे पीछे पहुँचा था। ये सब कारण उसके संदेह को पुष्ट करते थे।

यहाँ से लोग चले तो, रास्ते में बातें होने लगीं। ठाकुरदीन ने कहा–कुछ अपनी कमाई के रुपये तो थे नहीं, वही सूरदास के रुपये थे।

नायकराम—पराया माल अपने घर आकर अपना हो जाता है।

ठाकुरदीन—पाप का दंड जरूर भोगना पड़ता है, चाहे जल्दी हो, चाहे देर।

बजरंगी—तुम्हारे चोरों को कुछ दंड न मिला।

ठाकुरदीन—मुझे कौन किसी देवता का इष्ट था। सूरदास को इष्ट है। उसकी एक कौड़ी भी किसी को हजम नहीं हो सकती, चाहे कितना ही चूरन खाये। मैं तो बद कर कहता हूँ, अभी उसके घर की तलाशी ली जाए, तो सारा माल बरामद हो जाए।

दूसरे दिन मुँह-अँधेरे भैरों ने कोतवाली में इत्तला दी। दोपहर तक दारोग़ाजी तहकीकात करने आ पहुँचे। जगधर की खानातलाशी हुई, कुछ न निकला। भैरों ने समझा, इसने माल कहीं छिपा दिया। उस दिन से भैरों के सिर एक भूत-सा सवार हो गया। वह सवेरे ही दारोगाजी के घर पहुँच जाता, दिन-भर उनकी सेवा-टहल किया करता, चिलम भरता, पैर दबाता, घोड़े के लिए घास छील लाता, चौकीदारों की खुशामद किया करता, अपनी दूकान पर बैठा हुआ सारे दिन इसी चोरी की चर्चा किया करता—क्या कहूँ, मुझे कभी ऐसी नींद न आती थी, उस दिन न जाने कैसे सो गया? अगर बँधवा न दूँ, तो नाम नहीं। दारोगाजी ताक में हैं। उसमें सब रुपये ही नहीं हैं। असरफियाँ भी हैं। जहाँ बिकेंगी, बेचनेवाला तुरन्त पकड़ा जाएगा।

शनैः-शनैः भैरों को मुहल्ले-भर पर संदेह होने लगा। और जलते तो लोग उससे पहले ही थे, अब सारा मुहल्ला उसका दुश्मन हो गया। यहाँ तक कि अंत में वह अपने घरवालों ही पर अपना क्रोध उतारने लगा। सुभागी पर फिर मार पड़ने लगी—तूने मुझे चौपट किया, तू इतनी बेखबर न होती, तो चोर कैसे घर में घुस आता? मैं तो दिन-भर दौरी-दूकान करता हूँ, थककर सो गया। तू घर में पड़े-पड़े क्या करती है? अब जहाँ से बने, मेरे रुपये ला, नहीं तो जीता न छोड़ूँगा! अब तक उसने अपनी माँ का हमेशा अदब किया था, पर अब उसकी भी ले-दे मचाता—तू कहा करती है, मुझे रात को नींद ही नहीं आती, रात भर जागती रहती हूँ। उस दिन तुझे कैसे नींद आ गई? सारांश यह कि उसके दिल में किसी की इज्जत, किसी का विश्वास, किसी का स्नेह न रहा। धन के साथ सद्भाव भी दिल से निकल गये। जगधर को देखकर तो उसकी आँखों में खून उतर आता था। उसे बार-बार छेड़ता कि यह गरम पड़े तो खबर

लूँ, पर जगधर उससे बचता रहता था। वह खुली चोटें करने की अपेक्षा छिपे वार करने में अधिक कुशल था।

एक दिन संध्या समय जगधर ताहिरअली के पास आकर खड़ा हो गया। ताहिरअली ने पूछा—कैसे चले जी?

जगधर—आपसे एक बात कहने आया हूँ। आबकारी के दारोग़ा अभी मुझसे मिले थे। पूछते थे—भैरों गोदाम पर दूकान रखता है कि नहीं? मैंने कहा—साहब, मुझे नहीं मालूम। तब चले गए, पर आजकल में वह इसकी तहकीकात करने ज़रूर आयेंगे। मैंने सोचा, कहीं आपकी भी सिकायत न कर दें, इसीलिए दौड़ा आया।

ताहिरअली ने दूसरे ही दिन भैरों को वहाँ से भगा दिया।

इसके कई दिन बाद एक दिन, रात के समय सूरदास बैठा भोजन बना रहा था कि जगधर ने आकर कहा—क्यों सूरे, तुम्हारी अमानत तो तुम्हें मिल गई न?

सूरदास ने अज्ञात भाव से कहा—कैसी अमानत?

जगधर—वही रुपये, जो तुम्हारी झोंपड़ी से उठ गए थे।

सूरदास—मेरे पास रुपये कहाँ थे?

जगधर—अब मुझसे न उड़ो, रत्ती-रत्ती बात जानता हूँ, और खुश हूँ कि किसी तरह तुम्हारी चीज़ उस पापी के चंगुल से निकल आयी। सुभागी अपनी बात की पक्की है।

सूरदास—जगधर, मुझे इस झमेले में न घसीटो, ग़रीब आदमी हूँ। भैरों के कान में ज़रा भी भनक पड़ गई, तो मेरी जान तो पीछे लेगा, पहले सुभागी का गला घोंट देगा।

जगधर—मैं उससे कहने थोड़े ही जाता हूँ; पर बात हुई मेरे मन की। बचा ने इतने दिनों तक हलवाई की दूकान पर खूब दादे का फातिहा पढ़ा, धरती पर पाँव ही न रखता था, अब होश ठिकाने आएँगे।

सूरदास—तुम नाहक मेरी जान के पीछे पड़े हो।

जगधर—एक बार खिलखिलाकर हँस दो, तो मैं चला जाऊँ। अपनी गयी हुई चीज पाकर लोग फूले नहीं समाते। मैं तुम्हारी जगह होता, तो नाचता-कूदता, गाता-बजाता, थोड़ी देर के लिए पागल हो जाता। इतना हँसता,

इतना हँसता कि पेट में बावगोला पड़ जाता; और तुम सोंठ बने हुए हो! लो, हँसो तो

सूरदास–इस बखत हँसी नहीं आती।

जगधर–हँसी क्यों नहीं आएगी, मैं तो हँसा दूँगा।

यह कहकर उसने सूरदास को गुदगुदाना शुरू किया। सूरदास विनोदशील आदमी था। ठट्ठे मारने लगा। ईर्ष्यामय परिहास का विचित्र दृश्य था। दोनों रंगशाला के नटों की भाँति हँस रहे थे और यह खबर न थी कि इस हँसी का परिणाम क्या होगा? शामत की मारी सुभागी इसी वक़्त बनिए की दूकान से जिंस लिए आ रही थी। सूरदास के घर से अट्टहास की आकाशभेदी ध्वनि सुनी, तो चकराई। अंधे कुएँ में पानी कैसा? आकर द्वार पर खड़ी हो गई और सूरदास से बोली–आज क्या मिल गया है सूरदास, जो फूले नहीं समाते?

सूरदास ने हँसी रोककर कहा–मेरी थैली मिल गई; चोर के घर में छिछोर पैठा।

सुभागी–तो सब माल अकेले हजम कर जाओगे?

सूरदास–नहीं, तुझे भी एक कंठी ला दूँगा, ठाकुरजी का भजन करना।

सुभागी–अपनी कंठी घर रखो, मुझे एक सोने का कंठा बनवा देना।

सूरदास–तब तो तू धरती पर पाँव ही न रखेगी!

जगधर–इसे चाहे कंठा बनवाना या न बनवाना, इसकी बुढ़िया को एक नथ ज़रूर बनवा देना। पोपले मुँह पर नथ खूब खिलेगी, जैसे कोई बंदरिया नथ पहने हो।

इस पर तीनों ने ठट्ठा मारा। संयोग से भैरों भी उसी वक्त थाने से चला आ रहा था। ठट्ठे की आवाज़ सुनी, तो झोंपड़ी के अन्दर झाँका, ये आज कैसे गुलछर्रे उड़ रहे हैं। यह तिगड्डम देखा, तो आँखों में खून उतर आया, जैसे किसी ने कलेजे पर गरम लोहा रख दिया हो। क्रोध से उन्मत हो उठा। कठोर-से-कठोर, अश्लील-से-अश्लील दुर्वचन कहे, जैसे कोई सूरमा अपनी जान बचाने के लिए अपने शस्त्रों का घातक-से-घातक प्रयोग करे–तू कुलटा है, मेरे दुश्मनों के साथ हँसती है, फाहसा कहीं की, टके-टके पर अपनी आबरू बेचती है। खबरदार, जो आज से मेरे घर में क़दम रखा, खून चूस लूँगा। अगर अपनी कुशल चाहती है, तो इस अंधे से कह दे फिर अपनी सूरत न दिखाये; नहीं तो

इसकी और तेरी गरदन एक ही गँड़ासे से काटूँगा। मैं तो इधर-उधर मारा-मारा फिरूँ और वह कलमुँही यारों के साथ नोक-झोंक करे! पापी अंधे को मौत भी नहीं आती कि मुहल्ला साफ हो जाता, न जाने इसके करम में क्या-क्या दुःख भोगना लिखा है। सायद जेहल में चक्की पीसकर मरेगा।

यह कहता हुआ वह चला गया। सुभागी के काटो तो बदन में खून नहीं। मालूम हुआ, सिर पर बिजली गिर पड़ी। जगधर दिल में खुश हो रहा था, जैसे कोई शिकारी हरिन का देखकर खुश हो। कैसा बौखला रहा है! लेकिन सूरदास? आह! उसकी वही दशा थी, जो किसी सती की अपना सतीत्व खो देने के पश्चात् होती है। तीनों थोड़ी देर तक स्तम्भित खड़े रहे। अंत में जगधर ने कहा—सुभागी, अब तू कहाँ जायेगी?

सुभागी ने उसकी ओर विषाक्त नेत्रों से देखकर कहा—अपने घर जाऊँगी! और कहाँ?

जगधर—बिगड़ा हुआ है, प्रान लेकर छोड़ेगा।

सुभागी—चाहे मारे, चाहे जलाये, घर तो मेरा वही है?

जगधर—कहीं और क्यों नहीं पड़ रहती, गुस्सा उतर जाए तो चली जाना।

सुभागी—तुम्हारे घर चलती हूँ, रहने दोगे?

जगधर—मेरे घर! मुझसे तो यह यों ही जलता है, फिर तो खून ही कर डालेगा।

सुभागी—तुम्हें अपनी जान इतनी प्यारी है, तो दूसरा कौन उससे बैर मोल लेगा?

यह कहकर सुभागी तुरंत अपने घर की ओर चली गई। सूरदास ने हाँ—नहीं कुछ न कहा। उसके चले जाने के बाद जगधर बोला—सूरे तुम आज मेरे घर चलकर सो रहो। मुझे डर लग रहा है कि भैरों रात को कोई उपद्रव न मचाये। बदमाश आदमी है, उसका क्या ठिकाना, मार-पीट करने लगे।

सूरदास—भैरों को जितना नादान समझते हो, उतना वह नहीं है। तुमसे कुछ न बोलेगा; हाँ, सुभागी को जी-भर मारेगा।

जगधर—नशे में उसे अपनी सुध-बुध नहीं रहती।

सूरदास—मैं कहता हूँ, तुमसे कुछ न बोलेगा। तुमने अपने दिल की कोई बात नहीं छिपाई है, तुमसे लड़ाई करने की उसे हिम्मत न पड़ेगी।

जगधर का भय शांत न हुआ; पर सूरदास की ओर से निराश होकर चला गया। सूरदास सारी रात जागता रहा। इतने बड़े लांछन के बाद उसे अब यहाँ रहना लज्जाजनक जान पड़ता था। अब मुँह में कालिख लगाकर कहीं निकल जाने के सिवा उसे और उपाय न सूझता था—मैंने तो कभी किसी की बुराई नहीं की, भगवान् मुझे क्यों यह दंड दे रहे हैं? यह किन पापों का प्रायश्चित्त पड़ रहा है? तीरथ-यात्रा से चाहे यह पाप उतर जाए। कल कहीं चल देना। पहले भी भैरों ने मुझ पर यही पाप लगाया था। लेकिन अब सारे मुहल्ले के लोग मुझे मानते थे, उसकी यह बात हँसी में उड़ गई। उलटे लोगों ने उसी को डाँटा। अबकी तो सारा मुहल्ला मेरा दुश्मन है, लोग सहज ही में विश्वास कर लेंगे, मुँह में कालिख लग जायेगी। नहीं, अब यहाँ से भाग जाने ही में कुशल है। देवताओं की सरन लूँ, वह मेरी रच्छा कर सकते हैं, पर बेचारी सुभागी का क्या हाल होगा? भैरों अबकी उसे ज़रूर छोड़ देगा। इधर मैं भी चला जाऊँगा तो बेचारी कैसे रहेगी? उसके नैहर में भी तो कोई नहीं है। जवान औरत है, मिहनत-मजूरी कर नहीं सकती। न जाने कैसी पड़े, कैसी न पड़े। चलकर एक बार भैरों से अकेले में सारी बातें साफ-साफ कह दूँ। भैरों से कभी मेरी सफाई से बातचीत नहीं हुई। उसके मन में गाँठ पड़ी हुई है। मन में मैल रहने ही से उसे मेरी ओर से ऐसा भरम होता है। जब तक उसका मन साफ न हो जाये, मेरा यहाँ से जाना उचित नहीं। लोग कहेंगे, काम किया था, तभी तो डर कर भागा, न करता, तो डरता क्यों? ये रुपये भी उसे फेर दूँ। मगर जो उसने पूछा कि ये रुपये कहाँ से मिले, तो सुभागी का नाम न बताऊँगा, कह दूँगा, मुझे झोपड़ी में रखे हुए मिले। इतना छिपाए बिना सुभागी की जान न बचेगी। लेकिन परदा रखने से सफाई कैसे होगी? छिपाने का काम नहीं है। सब कुछ आदि से अंत तक सच-सच कह दूँगा। तभी उसका मन साफ होगा। इस विचार से उसे बड़ी शांति मिली, जैसे किसी कवि को उलझी हुई समस्या की पूर्ति से होती है।

वह तड़के ही उठा और जाकर भैरों के दरवाज़े पर आवाज़ दी। भैरों सोया हुआ था। सुभागी बैठी रो रही थी। भैरों ने उसके घर पहुँचते ही उसकी यथाविधि ताड़ना की थी। सुभागी ने सूरदास की आवाज़ पहचानी। चौंकी कि यह इतने तड़के कैसे आ गया! कहीं दोनों में लड़ाई न हो जाये। सूरदास कितना बलिष्ठ है, यह बात उससे छिपी न थी। डरी कि सूरदास ही रात की

बातों का बदला लेने न आया हो। यों तो बड़ा सहनशील है, पर आदमी है, क्रोध आ गया होगा। झूठा इलजाम सुनकर क्रोध आता ही है। कहीं गुस्से में आकर इन्हें मार न बैठे। पकड़ पाएगा, तो प्रान ही लेकर छोड़ेगा। सुभागी भैरों की मार खाती थी, घर से निकाली जाती थी, लेकिन यह मजाल न थी कि कोई बाहरी आदमी भैरों को कुछ कहकर निकल जाये। उसका मुँह नोच लेती। उसने भैरों को जगाया नहीं, द्वार खोलकर पूछा—क्या है सूरे, क्या कहते हो?

सूरदास के मन में बड़ी प्रबल उत्कंठा हुई कि इससे पूछूँ, रात तुझ पर क्या बीती; लेकिन जब्त कर गया, मुझे इससे वास्ता? उसकी स्त्री है। चाहे मारे, चाहे दुलारे। मैं कौन होता हूँ, पूछनेवाला? बोला—भैरों क्या अभी सोते हैं? ज़रा जगा दे, उनसे कुछ बातें करनी हैं।

सुभागी—कौन बात है, मैं भी सुनूँ?

सूरदास—ऐसी ही एक बात है, ज़रा जगा तो दे।

सुभागी—इस बखत जाओ, फिर कभी आकर कह देना।

सूरदास—दूसरा कौन बखत आएगा। मैं सड़क पर जा बैठूँगा कि नहीं? देर न लगेगी।

सुभागी—और कभी तो इतने तड़के न आते थे, आज ऐसी कौन-सी बात है?

सूरदास ने चिढ़कर कहा—उसी से कहूँगा, तुझसे कहने की बात नहीं है।

सुभागी को पूरा विश्वास हो गया कि यह इस समय आपे में नहीं है। जरूर मार-पीट करेगा। बोली—मुझे मारा-पीटा थोड़े ही था; बस वहीं जो कुछ कहा-सुना, वही कह-सुनकर रह गए।

सूरदास—चल, तेरे चिल्लाने की आवाज, मैंने अपने कानों सुनी।

सुभागी—मारने को धमकाता था; बस मैं जोर से चिल्लाने लगी।

सूरदास—न मारा होगा। मारता भी, तो मुझे क्या, तू उसकी घरवाली है; जो चाहे करे, तू जाकर उसे भेज दे। मुझे एक बात कहनी है।

जब अब भी सुभागी न गई तो सूरदास ने भैरों का नाम लेकर ज़ोर-ज़ोर से पुकारना शुरू किया। कई हाँकों के बाद भैरों की आवाज़ सुनाई दी—कौन है, बैठो, आता हूँ।

सुभागी यह सुनते ही भीतर गई और बोली—जाते हो, तो एक डंडा लेते जाओ, सूरदास है, कहीं लड़ने न आया हो।

भैरों—चल बैठ, लड़ाई करने आया है! मुझसे तिरिया-चरित्तर मत खेल।

सुभागी—मुझे उसकी त्योरियाँ बदली हुई मालूम होती हैं, इसी से कहती हूँ।

भैरों—यह क्यों नहीं कहती कि तू उसे चढ़ाकर लायी है। वह तो इतना कीना नहीं रखता। उसके मन में कभी मैल नहीं रहता।

यह कहकर भैरों ने अपनी लाठी उठाई और बाहर आया। अंधा शेर भी हो, तो उसका क्या भय? एक बच्चा भी उसे मार गिराएगा।

सूरदास ने भैरों से कहा—यहाँ और कोई तो नहीं है? मुझे तुमसे भेद की बात करनी है।

भैरों—कोई नहीं है। कहो, क्या बात कहते हो?

सूरदास—तुम्हारे चोर का पता मिल गया।

भैरों—सच, जवानी कसम?

सूरदास—हाँ, सच कहता हूँ। वह मेरे पास आकर तुम्हारे रुपये रख गया। और तो कोई चीज नहीं गई थी?

भैरों—मुझे जलाने आये हो, अभी मन नहीं भरा?

सूरदास—नहीं, भगवान् से कहता हूँ, तुम्हारी थैली मेरे घर में ज्यों-की-त्यों पड़ी मिली।

भैरों—बड़ा पागल था, फिर चोरी काहे को की थी?

सूरदास—हाँ, पागल ही था और क्या।

भैरों—कहाँ है, ज़रा देखूँ तो?

सूरदास ने थैली कमर से निकालकर भैरों को दिखायी। भैरों ने लपककर थैली ले ली। ज्यों-की-त्यों बन्द थी।

सूरदास—गिन लो, पूरे हैं कि नहीं?

भैरों—हैं, पूरे हैं, सच बताओ, किसने चुराया था?

भैरों को रुपये मिलने की इतनी खुशी न थी, जितनी चोर का नाम जानने की उत्सुकता। वह यह देखना चाहता था कि मैंने जिस पर शक किया था, वही है कि कोई और।

सूरदास—नाम जानकर क्या करोगे? तुम्हें माल से मतलब है कि चोर के नाम से?

भैरों—नहीं, तुम्हें क़सम है, बता दो, है इसी मुहल्ले का है न?

सूरदास—हाँ, है तो मुहल्ले ही का; पर नाम न बताऊँगा।

भैरों—जवानी की क़सम खाता हूँ, उससे कुछ न कहूँगा।

सूरदास—मैं उसको वचन दे चुका हूँ कि नाम न बताऊँगा। नाम बता दूँ, और तुम अभी दंगा करने लगो, तब?

भैरों—विसवास मानो, मैं किसी से न बोलूँगा। जो क़सम कहो, खा जाऊँ। अगर जबान खोलूँ तो समझ लेना, इसके असल में फरक है। बात और बाप एक है। अब और कौन कसम लेना चाहते हो?

सूरदास—अगर फिर गए, तो यहीं तुम्हारे द्वार पर सिर पटककर जान दे दूँगा।

भैरों—अपनी जान क्यों दे दो, मेरी जान ले लेना; चूँ न करूँगा।

सूरदास—मेरे घर में एक बार चोरी हुई थी, तुम्हें याद है न? चोर को ऐसा सुभा हुआ कि तुमने मेरे रुपये लिए हैं। इसी से उसने तुम्हारे यहाँ चोरी की, और मुझे रुपये लाकर दे दिये। बस, उसने मेरी गरीबी पर दया की और कुछ नहीं। उससे मेरा और कोई नाता नहीं है।

भैरों—अच्छा, यह सब सुन चुका, नाम तो बताओ।

सूरदास—देखो, तुमने क़सम खायी है।

भैरों—हाँ, भाई क़सम से मुकरता थोड़ा ही हूँ।

सूरदास—तुम्हारी घरवाली और मेरी बहन सुभागी।

इतना सुनना था कि भैरों जैसे पागल हो गया। घर में दौड़ा हुआ गया और माँ से बोला—अम्माँ, इसी डाइन ने मेरे रुपये चुराए थे। सूरदास अपने मुँह से कह रहा है। इस तरह मेरा घर मूसकर यह चुड़ैल अपने धींगड़ों का घर भरती है। उस पर मुझसे उड़ती थी। देख तो, तेरी क्या गत बनाता हूँ। बता, सूरदास झूठ कहता है कि सच?

सुभागी ने सिर झुकाकर कहा—सूरदास झूठ बोलते हैं।

उसके मुँह से बात पूरी न निकलने पायी थी कि भैरों ने लकड़ी खींचकर मारी। वार खाली गया। इससे भैरों का क्रोध और भी बढ़ा। वह सुभागी के पीछे दौड़ा। सुभागी ने एक कोठरी में घुसकर भीतर से द्वार बंद कर लिया। भैरों ने द्वार पीटना शुरू किया। सारे मुहल्ले में हुल्लड़ मच गया, भैरों सुभागी को मारे डालता है, लोग दौड़ पड़े। ठाकुरदीन ने भीतर जाकर पूछा—क्या है

भैरों, क्यों किवाड़ तोड़े डालते हो? भले आदमी, कोई घर के आदमी पर इतना गुस्सा करता है।

भैरों—कैसा घर का आदमी जी! ऐसे घर के आदमी का सिर काट लेना चाहिए जो दूसरों से हँसे। आखिर मैं काना हूँ, कतरा हूँ, लूला हूँ, लँगड़ा हूँ, मुझमें क्या ऐब है, जो यह दूसरों से हँसती है? मैं इसकी नाक काटकर तभी छोड़ूँगा। मेरे घर जो चोरी हुई थी, वह इसी चुड़ैल की करतूत थी। इसी ने रुपये चुराकर सूरदास को दिये थे।

ठाकुरदीन—सूरदास को!

भैरों—हाँ-हाँ, सूरदास को। बाहर तो खड़ा है, पूछते क्यों नहीं? उसने जब देखा कि अब चोरी न पचेगी, तो लाकर सब रुपये मुझे दे गया है।

बजरंगी—अच्छा, तो रुपये सुभागी ने चुराए थे!

लोगों ने भैरों को ठंडा किया और बाहर खींच लाये। यहाँ सूरदास पर टिप्पणियाँ होने लगीं। किसी की हिम्मत न पड़ती थी कि साफ-साफ कहे? सब-के-सब डर रहे थे कि कहीं मेम साहब से शिकायत न कर दे। पर अन्योक्तियों द्वारा सभी अपने मनोविचार प्रकट कर रहे थे। सूरदास को आज मालूम हुआ कि पहले कोई मुझसे डरता न था, पर दिल में सब इज्जत करते थे; अब सक-के-सब मुझसे डरते हैं; पर मेरी सच्ची इज्जत किसी के दिल में नहीं है। उसे इतनी ग्लानि हो रही थी कि आकाश से वज्र गिरे और मैं यहीं जल-भुन जाऊँ।

ठाकुरदीन ने कहा—सूरे तो कभी ऐसा न था। आज से नहीं, लड़कपन से देखते हैं।

नायकराम—पहले नहीं था, अब हो गया। अब तो किसी को कुछ समझता ही नहीं।

ठाकुरदीन—प्रभुता पाकर सभी को मद हो जाता है, पर सूरे में तो मुझे कोई ऐसी बात नहीं दिखायी देती।

नायकराम—छिपा रुस्तम है! बजरंगी, मुझे तुम्हारे ऊपर सक था।

बजरंगी (हँसकर) पण्डाजी, भगवान् से कहता हूँ, मुझे तुम्हारे ऊपर शक था।

भैरों—और मुझसे जो सच पूछो, तो जगधर पर सक था।

सूरदास सिर झुकाए चारों ओर से ताने और लताड़ें सुन रहा था। पछता रहा था—मैंने ऐसे कमीने आदमी से यह बात बताई ही क्यों। मैंने तो समझा

था, साफ-साफ कह देने से इसका दिल साफ हो जायेगा। उसका यह फल मिला! मेरे मुँह में तो कालिख लग ही गई, उस बेचारी का न जाने क्या हाल होगा? भगवान! अब कहाँ गए, क्या कथा-पुरानों ही में अपने सेवकों को उबारने आते थे, अब क्यों नहीं आकाश से कोई दूत आकर कहता कि यह अंधा बेकसूर है।

जब भैरों के द्वार पर यह अभिनय होते हुए आध घंटे से अधिक हो गया, तो सूरदास के धैर्य का प्याला छलक पड़ा। अब मौन बने रहना उसके विचार में कायरता थी, नीचता थी। एक सती पर इतना कलंक थोपा जा रहा है और मैं चुपचाप खड़ा सुनता हूँ। यह महापाप है। वह तनकर खड़ा हो गया और फटी हुई आँखें फाड़कर बोला–यारों, क्यों बिपत के मारे हुए दुखियों पर यह कीचड़ फेंक रहे हो, ये छुरियाँ चला रहे हो? कुछ तो भगवान् से डरो। क्या संसार में कहीं इंसाफ नहीं रहा? मैंने तो भलमनसी की कि भैरों के रुपये उसे लौटा दिये। उसका मुझे यह फल मिल रहा है! सुभागी ने क्यों यह काम किया और क्यों मुझे रुपये दिये, यह मैं न बताऊँगा लेकिन भगवान् मेरी इससे भी ज़्यादा दुर्गत करें, अगर मैंने सुभागी को अपनी छोटी बहन के सिवा कभी कुछ और समझा हो। मेरा कसूर इतना ही है कि वह रात को मेरी झोंपड़ी में आयी थी। उस बखत जगधर वहाँ बैठा था। उनसे पूछो कि हम लोगों में कौन-सी बातें हो रही थीं। अब इस मुहल्ले में मुझ-जैसे अंधे-अपाहिज आदमी का निबाह नहीं हो सकता। जाता हूँ; पर इतना कहे जाता हूँ कि सुभागी पर जो कलंक लगाएगा, उसका भला न होगा। वह सती है, सती को पाप लगाकर कोई सुखी नहीं हो सकता। मेरा कौन कोई रोने वाला बैठा है जिसके द्वार पर खड़ा हो जाऊँगा, वह चुटकी-भर आटा दे देगा। अब यहाँ से दाना-पानी उठता है। पर एक दिन आवेगा, जब तुम लोगों को सब बातें मालूम हो जायेंगी, और तब तुम जानोगे कि अंधा निरपराध था।

यह कहकर सूरदास अपनी झोंपड़ी की तरफ़ चला गया।

24

सूरदास की ज़मीन वापस दिला देने के बाद सोफ़िया फिर मि. क्लार्क से तन गई। दिन गुजरते जाते थे और वह मि. क्लार्क से दूरतर होती जाती थी। उसे अब सच्चे अनुराग के लिए अपमान, लज्जा, तिरस्कार सहने की अपेक्षा कृत्रिम प्रेम का स्वाँग भरना कहीं दुस्सह प्रतीत होता था। सोचती थी, मैं जल से बचने के लिए आग में कूद पड़ी। प्रकृति बल-प्रयोग सहन नहीं कर सकती। उसने अपने मन को बलात् विनय की ओर से खींचना चाहा था, अब उसका मन बड़े वेग से उनकी ओर दौड़ रहा था। इधर उसने भक्ति के विषय में कई ग्रन्थ पढ़े थे और फलतः उसके विचार में एक रूपान्तर हो गया था। अपमान और लोक-निन्दा का भय उसके दिल से मिटने लगा था। उसके सन्मुख प्रेम का सर्वोच्च आदर्श उपस्थित हो गया था, जहाँ अहंकार की आवाज नहीं पहुँचती। त्यागपरायण तपस्वी को सोमरस का स्वाद मिल गया था और उसके नशे में उसे सांसारिक भोग-विलास, मान-प्रतिष्ठा सारहीन जान पड़ती थी। जिन विचारों से प्रेरित होकर उसने विनय से मुँह फेरने और क्लार्क से विवाह करने का निश्चय किया था, वे अब उसे नितांत अस्वाभाविक मालूम होते थे। रानी जाह्नवी से तिरस्कृत होकर अपने मन का दमन करने के लिए उसने अपने ऊपर यह अत्याचार किया था। पर अब उसे नज़र ही न आता था कि मेरे आचरण में कलंक की कौन सी बात थी? उसमें अनौचित्य कहाँ था। उसकी आत्मा अब उस निश्चय का घोर प्रतिवाद कर रही थी, उसे जघन्य समझ रही थी। उसे आश्चर्य होता था कि मैंने विनय के स्थान पर क्लार्क को प्रतिष्ठित करने का फैसला कैसे किया। मि. क्लार्क में सद्गुणों की कमी नहीं, वह सुयोग्य हैं, शीलवान् हैं, उदार हैं, सहृदय हैं। वह किसी भी स्त्री को प्रसन्न रख सकते हैं, जिसे सांसारिक सुख-भोग की लालसा हो। लेकिन उनमें वह त्याग कहाँ,

वह सेवा का भाव कहाँ, वह जीवन का उच्चादर्श कहाँ, वह वीर-प्रतिज्ञा कहाँ, वह आत्मसमर्पण कहाँ? उसे अब प्रेमानुराग की कथाएँ और भक्ति-रस प्रधान काव्य, जीव और आत्मा, आदि और अनादि पुनर्जन्म और मोक्ष आदि गूढ़ विषयों की व्याख्या से कहीं आकर्षक मालूम होते थे। इसी बीच में उसे कृष्ण का जीवन-चरित्र पढ़ने का अवसर मिला और उसने उस भक्ति की जड़ हिला दी, जो उसे प्रभु मसीह से थी। वह मन में दोनों महान् पुरुषों की तुलना किया करती। मसीह की दया की अपेक्षा उसे कृष्ण के प्रेम से अधिक शांति मिलती थी। उसने अब तक गीता ही के कृष्ण को देखा था और मसीह की दयालुता, सेवाशीलता और पवित्रता से आगे उसे कृष्ण का रहस्यमय जीवन गीता की जटिल दार्शनिक व्याख्याओं से भी दुर्बोध जान पड़ता था। उसका मस्तिष्क गीता के विचारोत्कर्ष के सामने झुक जाता था, पर अब ईसा की दया इस बाल-क्रीड़ा के सामने नीरस थी। ईसा की दया में आध्यात्मिकता थी, कृष्ण के प्रेम में भावुकता; ईसा की दया आकाश की भाँति अनंत थी, कृष्ण का प्रेम नवकुसुमित, नवपल्लवित उद्यान की भाँति मनोहर; ईसा की दया जल-प्रवाह की मधुर ध्वनि थी, कृष्ण का प्रेम वंशी की व्याकुल टेर; एक देवता था, दूसरा मनुष्य; एक तपस्वी था; दूसरा कवि; एक में जागृति और आत्मज्ञान था, दूसरे से अनुराग और उन्माद; एक व्यापारी था, हानि-लाभ पर निगाह रखनेवाला, दूसरा रसिया था, अपने सर्वस्व को दोनों हाथों लुटानेवाला; एक संयमी था, दूसरा भोगी। अब सोफ़िया का मन नित्य इसी प्रेम-क्रीड़ा में बसा रहता था, कृष्ण ने उसे मोहित कर लिया था, उसे अपनी वंशी की ध्वनि सुना दी थी।

मिस्टर क्लार्क का लौकिक शिष्टाचार अब उसे हास्यास्पद मालूम होता था। वह जानती थी कि यह सारा प्रेमालाप एक परीक्षा में भी सफल नहीं हो सकता। वह बहुधा उनसे रुखाई करती। वह बाहर से मुस्कराते हुए आकर उसकी बगल में कुर्सी खींचकर बैठ जाते, और वह उनकी ओर आँखें उठाकर भी न देखती। यहाँ तक कि कई बार उसने अपनी धार्मिक अश्रद्धा से मिस्टर क्लार्क के धर्मपरायण हृदय को कठोर आघात पहुँचाया। उन्हें सोफ़िया एक रहस्य-सी जान पड़ती थी। उसके सम्मुख बैठे हुए वह अपनी लघुता का अनुभव करते थे, पग-पग पर उन्हें ज्ञात होता था कि मैं इसके योग्य नहीं हूँ। इसी वजह से इतनी घनिष्ठता होने पर भी उन्हें उसे वचनबद्ध करने का साहस

न होता था। मिसेज़ सेवक आग में ईंधन डालती रहती थीं—एक ओर क्लार्क को उकसातीं, दूसरी ओर सोफ़ी को समझातीं—तू समझती है, जीवन में ऐसे अवसर बार-बार आते हैं, यह तेरी ग़लती है। मनुष्य को केवल एक अवसर मिलता है, और वही उसके भाग्य का निर्णय कर देता है।

मि. जॉन सेवक ने भी अपने पिता के आदेशानुसार दोरुखी चाल चलनी शुरू की। वह गुप्त रूप से तो राजा महेन्द्रकुमार सिंह की कल घुमाते रहते थे; पर प्रकट रूप से मिस्टर क्लार्क के आदर-सत्कार में कोई बात उठा न रखते थे। रहे मि. ईश्वर सेवक, वह तो समझते थे, खुदा ने सोफ़िया को मिस्टर क्लार्क ही के लिए बनाया है। वह अकसर उनके यहाँ आते थे और भोजन भी वहीं कर लेते थे। जैसे कोई दलाल ग्राहक को देखकर उसके पीछे-पीछे हो लेता है, और उसे किसी दूसरी दूकान पर बैठने नहीं देता, वैसे ही वह मिस्टर क्लार्क को घेरे रहते थे कि कोई ऊँची दूकान उन्हें आकर्षित न कर ले। मगर इतने शुभेच्छुकों के रहते हुए भी मिस्टर क्लार्क को अपनी सफलता दुर्लभ मालूम होती थी।

सोफ़िया को इन दिनों बनाव-सिंगार का बड़ा व्यसन हो गया था। अब तक उसने माँग-चोटी या वस्त्राभूषण की कभी चिंता न की थी। भोग-विलास से दूर रहना चाहती थी। धर्म-ग्रंथों की यही शिक्षा थी—शरीर नश्वर है, संसार असार है, जीवन मृग-तृष्णा है, इसके लिए बनाव-सँवार की जरूरत नहीं। वास्तविक शृंगार कुछ और ही है, उसी पर निगाह रखनी चाहिए। लेकिन अब वह जीवन को इतना तुच्छ न समझती थी। उसका रूप कभी इतने निखार पर न था। उसकी छविलालसा कभी इतनी सजग न थी।

संध्या हो चुकी थी। सूर्य की शीतल किरणें किसी देवता के आशीर्वाद की भाँति तरु-पुंजों के हृदय को विहसित कर रही थीं। सोफ़िया एक कुंज में खड़ी आप-ही-आप मुस्करा रही थी कि मिस्टर क्लार्क की मोटर आ पहुँची। वह सोफ़िया को बाग में देखकर सीधे उसके पास आये और एक कृपा-लोलुप दृष्टि से देखकर उसकी ओर हाथ बढ़ा दिया। सोफ़िया ने मुँह फेर लिया, मानो उनके बढ़े हुए हाथ को देखा ही नहीं।

सहसा एक क्षण बाद उसने हास्य-भाव से पूछा—आज कितने अपराधियों को दंड दिया?

मिस्टर क्लार्क झेंप गए। सकुचाते हुए बोले—प्रिये, यह तो रोज़ की बातें हैं, इनकी क्या चर्चा करूँ?

सोफ़ी—तुम यह कैसे निश्चय करते हो कि अमुक अपराधी वास्तव में अपराधी है? इसका तुम्हारे पास कोई यंत्र है?

क्लार्क—गवाह तो रहते हैं।

सोफ़ी—गवाह हमेशा सच्चे होते हैं।

क्लार्क—कदापि नहीं। गवाह अकसर झूठे और सिखाये हुए होते हैं।

सोफ़ी—और उन्हीं गवाहों के बयान पर फैसला करते हो!

क्लार्क—इसके सिवा और उपाय ही क्या है!

सोफ़ी—तुम्हारी असमर्थता दूसरे की जान क्यों ले? इसीलिए कि तुम्हारे वास्ते मोटरकार, बँगला, खानसामे, भाँति-भाँति की शराब और विनोद के अनेक साधन जुटाए जायें?

क्लार्क ने हतबुद्धि की भाँति कहा—तो क्या नौकरी से इस्तीफा दे दूँ?

सोफ़िया—जब तुम जानते हो कि वर्तमान शासन-प्रणाली में इतनी त्रुटियाँ हैं, तो तुम उसका अंग बनकर निरपराधियों का खून क्यों करते हो?

क्लार्क—प्रिये, मैंने इस विषय पर कभी विचार नहीं किया।

सोफ़िया—और बिना विचार किए ही न्याय की हत्या किया करते हो। कितने निर्दयी हो!

क्लार्क—हम तो केवल कल के पुर्ज़े हैं, हमें ऐसे विचारों से क्या प्रयोजन?

सोफ़ी—क्या तुम्हें इसका विश्वास है कि तुमने कोई अपराध नहीं किया?

क्लार्क—यह दावा कोई मनुष्य नहीं कर सकता।

सोफ़ी—तो तुम इसीलिए दंड से बचे हुए हो कि तुम्हारे अपराध छिपे हुए हैं?

क्लार्क—यह स्वीकार करने को जी तो नहीं चाहता; विवश होकर स्वीकार करना पड़ेगा।

सोफ़ी—आश्चर्य है कि स्वयं अपराधी होकर तुम्हें दूसरे अपराधियों को दंड देते हुए ज़रा भी लज्जा नहीं आती!

क्लार्क—सोफ़ी, इसके लिए तुम फिर कभी मेरा तिरस्कार कर लेना। इस समय मुझे एक महत्वपूर्ण विषय में तुमसे सलाह लेनी है। खूब विचार करके राय देना। राजा महेन्द्रकुमार ने मेरे फैसले की अपील गवर्नर के यहाँ

की थी, इसका ज़िक्र तो मैं तुमसे कर चुका हूँ। उस वक़्त मैंने समझा था, गवर्नर अपील पर ध्यान न देंगे। एक जिले के अफसर के खिलाफ किसी रईस की मदद करना हमारी प्रथा के प्रतिकूल है, क्योंकि इससे शासन में विघ्न पड़ता है, किन्तु 6-7 महीनों में परिस्थिति कुछ ऐसी हो गई है, राजा साहब ने अपनी कुल-मर्यादा, दृढ़ संकल्प और तर्क-बुद्धि से इतनी अच्छी तरह काम किया है कि अब शायद फैसला मेरे खिलाफ होगा। काउंसिल में हिन्दुस्तानियों का बहुमत हो जाने के कारण अब गवर्नर का महत्त्व बहुत कम हो गया है। यद्यपि यह काउंसिल के निर्णय को रद्द कर सकते हैं, पर इस अधिकार से वह असाधारण अवसरों पर ही काम ले सकते है। अगर राजा साहब की अपील वापस कर दी गई, तो दूसरे ही दिन देश में कुहराम मच जायेगा और समाचार-पत्रों को विदेशी राज्य के एक नए अत्याचार पर शोर मचाने का वह मौका मिल जायेगा जो वे नित्य खोजते रहते हैं। इसलिए गवर्नर ने मुझसे कहा है कि यदि राजा साहब के आँसू पोंछे जायें, तो तुम्हें कुछ दुःख तो न होगा? मेरी समझ में नहीं आता, इसका क्या उत्तर दूँ। अभी तक कोई निश्चय नहीं कर सका।

सोफ़ी–क्या इसका निर्णय करना मुश्किल है?

क्लार्क–हाँ, इसलिए मुश्किल है कि जन-सम्मति से राज्य करने की जो व्यवस्था हम लोगों ने खुद की है, उसे पैरों-तले कुचलना बुरा मालूम होता है। राजा कितना ही सबल हो, पर न्याय का गौरव रखने के लिए कभी-कभी राजा को भी सिर झुकाना पड़ता है। मेरे लिए कोई बात नहीं, फैसला मेरे अनुकूल हो या प्रतिकूल, मेरे ऊपर इसका कोई असर नहीं पड़ता, बल्कि प्रजा पर हमारे न्याय की धाक और बैठ जाती है। (मुस्कुराकर) गवर्नर ने मुझे इस अपराध के लिए दंड भी दिया है। वह मुझे यहाँ से हटा देना चाहते हैं।

सोफ़िया–क्या तुम्हें इतना दबना पड़ेगा?

क्लार्क–हाँ, मैं रियासत का पोलिटिकल एजेंट बना दिया जाऊँगा, यह पद बड़े मज़े का है। राजा तो केवल नाम के लिए होता है, सारा अख्तियार तो एजेंट ही के हाथों में रहता है। हममें जो बड़े भाग्यशाली होते हैं, उन्हीं को यह पद प्रदान किया जाता है।

सोफ़िया—तब तो तुम बड़े भाग्यशाली हो।

मिस्टर क्लार्क इस व्यंग से मन में कटकर रह गए। उन्होंने समझा था, सोफ़ी यह समाचार सुनकर फूली न समाएगी, और तब मुझे उससे यह कहने का अवसर मिलेगा कि यहाँ से जाने के पहले हमारा दाम्पत्य सूत्र में बँध जाना आवश्यक है। 'तब तो तुम बड़े भाग्यशाली हो', इस निर्दय व्यंग्य ने उनकी सारी अभिलाषाओं पर पानी फेर दिया। इस वाक्य में वह निष्ठुरता, वह कटाक्ष, वह उदासीनता भरी हुई थी, जो शिष्टाचार की भी परवा नहीं करतीं। वह सोचने लगे—इसकी सम्मति की प्रतीक्षा किये बिना मैंने अपनी इच्छा प्रकट कर दी, कहीं यह तो इसे बुरा नहीं लगा? शायद समझती हो कि अपनी स्वार्थ-कामना से यह इतने प्रसन्न हो रहे हैं, पर उस बेकस अन्धे की इन्हें जरा भी परवा नहीं कि उस पर क्या गुजरेगी। अगर यही करना था, तो यह राग ही क्यों छेड़ा था। बोले—यह तो तुम्हारे फैसले पर निर्भर है।

सोफ़ी ने उदासीन भाव से उत्तर दिया—इन विषयों में तुम मुझसे चतुर हो।

क्लार्क—उस अन्धे की फिक्र है।

सोफ़ी ने निर्दयता से कहा—उस अन्धे के खुदा तुम्हीं नहीं हो।

क्लार्क—मैं तुम्हारी सलाह पूछता हूँ और तुम मुझी पर छोड़ती जाती हो।

सोफ़ी—अगर मेरी सलाह से तुम्हारा अहित हो, तो?

क्लार्क ने बड़ी वीरता से उत्तर दिया—सोफ़ी, मैं तुम्हें कैसे विश्वास दिलाऊँ कि मैं तुम्हारे लिए सब कुछ कर सकता हूँ?

सोफ़ी—(हँसकर) इसके लिए मैं तुम्हारी बहुत अनुगृहीत हूँ।

इतने में मिसेज़ सेवक वहाँ आ गईं और क्लार्क से हँस-हँसकर बातें करने लगीं। सोफ़ी ने देखा, अब मिस्टर क्लार्क को बनाने का मौका नहीं रहा, तो सोफ़ी अपने कमरे में चली आयी। देखा, तो प्रभु सेवक वहाँ बैठे हैं। सोफ़ी ने कहा—इन हजरत को अब यहाँ से बोरिया-बँधना सँभालना पड़ेगा। किसी रियासत के एजेंट होंगे।

प्रभु सेवक—(चौंककर) कब?

सोफ़ी—बहुत जल्द। राजा महेन्द्रकुमार इन्हें ले बीते।

प्रभु सेवक—तब तो तुम यहाँ थोड़े ही दिनों की मेहमान हो!

सोफ़ी—मैं इनसे विवाह न करूँगी।

प्रभु सेवक—सच?

सोफ़ी—हाँ, मैं कई दिन से यह फैसला कर चुकी हूँ, पर तुमसे कहने का मौका न मिला।

प्रभु सेवक—क्या डरती थीं कि कहीं मैं शोर न मचा दूँ?

सोफ़ी—बात तो वास्तव में यही थी।

प्रभु सेवक—मेरी समझ में नहीं आता कि तुम पर इतना अविश्वास क्यों करती हो? जहाँ तक मुझे याद है, मैंने तुम्हारी बात किसी से नहीं कही।

सोफ़ी—क्षमा करना प्रभु! न जाने क्यों मुझे तुम्हारे ऊपर विश्वास नहीं आता। तुममें अभी कुछ ऐसा लड़कपन है, कुछ ऐसे खुले हुए निर्द्वन्द्व मनुष्य हो कि तुमसे कोई बात कहते उसी भाँति डरती हूँ, जैसे कोई आदमी वृक्ष की पतली टहनी पर पैर रखते डरता है।

प्रभु सेवक—अच्छी बात है, यों ही मुझसे डरा करो। वास्तव में मैं कोई बात सुन लेता हूँ, तो मेरे पेट में चूहे दौड़ने लगते हैं और जब तक किसी से कह न लूँ, मुझे चैन ही नहीं आता। खैर, मैं तुम्हें इस फैसले पर बधाई देता हूँ। मैंने तुमसे स्पष्ट तो कभी नहीं कहा; पर कई बार संकेत कर चुका हूँ कि मुझे किसी दशा में क्लार्क को अपना बहनोई बनाना पसन्द नहीं है। मुझे न जाने क्यों उनसे चिढ़ है। वह बेचारे मेरा बड़ा आदर करते हैं; पर अपना जी उनसे नहीं मिलता। एक बार मैंने उन्हें अपनी एक कविता सुनायी थी। उसी दिन से मुझे उनसे चिढ़ हो गई है। बैठे सोंठ की तरह सुनते रहे, मानो मैं किसी दूसरे आदमी से बातें कर रहा हूँ। कविता का ज्ञान ही नहीं। उन्हें देख कर बस यही इच्छा होती है कि खूब बनाऊँ। मैंने कितने ही मनुष्यों को अपनी रचना सुनाई होगी, पर विनय-जैसा मर्मज्ञ और किसी को नहीं पाया। अगर वह कुछ लिखें तो खूब लिखें। उनका रोम-रोम काव्यमय है।

सोफ़ी—तुम इधर कभी कुँवर साहब की तरफ़ नहीं गए थे?

प्रभु सेवक—आज गया था और वहीं से चला आ रहा हूँ। विनयसिंह बड़ी विपत्ति में पड़ गए हैं। उदयपुर के अधिकारियों ने उन्हें जेल में डाल रखा है।

सोफ़िया के मुख पर क्रोध या शोक का कोई चिह्न न दिखायी दिया। उसने यह न पूछा, क्यों गिरफ्तार हुए? क्या अपराध था? ये सब बातें उसने अनुमान कर लीं। केवल इतना पूछा—रानीजी तो वहाँ नहीं जा रही हैं?

प्रभु सेवक—न! कुँवर साहब और डॉक्टर गांगुली, दोनों जाने को तैयार हैं; पर रानी किसी को नहीं जाने देतीं। कहती हैं, विनय अपनी मदद आप कर सकता है। उसे किसी की सहायता की जरूरत नहीं।

सोफ़िया थोड़ी देर तक गम्भीर विचार में स्थित बैठी रही। विनय की वीर मूर्ति उसकी आँखों के सामने फिर रही थी। सहसा उसने सिर उठाया और निश्चयात्मक भाव से बोली—मैं उदयपुर जाऊँगी।

प्रभु सेवक—वहाँ जाकर क्या करोगी?

सोफ़ी—यह नहीं कह सकती कि वहाँ जाकर क्या करूँगी। अगर और कुछ न कर सकूँगी, तो कम-से-कम जेल में रहकर विनय की सेवा तो करूँगी, अपने प्राण तो उन पर निछावर कर दूँगी। मैंने उनके साथ जो छल किया है, चाहे किसी इरादे से किया हो, वह नित्य मेरे हृदय में काँटें की भाँति चुभा करता है। उससे उन्हें जो दुःख हुआ होगा, उसकी कल्पना करते ही मेरा चित्त विकल हो जाता है। मैं अब उस छल का प्रायश्चित करूँगी। किसी और उपाय से नहीं, तो अपने प्राणों ही से।

यह कहकर सोफ़िया ने खिड़की से झाँका, तो मि. क्लार्क अभी तक खड़े मिसेज़ सेवक से बातें कर रहे थे। मोटरकार भी खड़ी थी। वह तुरंत बाहर आकर मि. क्लार्क से बोली—विलियम, आज मामा से बातें करने ही में रात खत्म कर दोगे? मैं सैर करने के लिए तुम्हारा इंतजार कर रही हूँ।

कितनी मंजुल वाणी थी! कितनी मनोहारिणी छवि से कमल-नेत्रों में मधुर हास्य का कितना जादू भरकर, वह प्रेम-याचना की गई थी! क्लार्क ने क्षमाप्रार्थी नेत्रों से सोफ़िया को देखा—यह वही सोफ़िया है, जो अभी एक ही क्षण पहले मेरी हँसी उड़ा रही थी। तब जल पर आकाश की श्यामल छाया थी; अब उसी जल में इन्दु की सुनहरी किरण नृत्य कर रही थी, उसी लहराते हुए जल की कंपित, विहसित, चंचल छटा उसकी आँखों में थी। क्लार्क लज्जित होकर बोले—प्रिय, क्षमा करो, मुझे याद ही न रही, बातों में देर हो गई।

सोफ़िया ने माता को सरल नेत्रों से देखकर कहा—मामा, देखती हो इनकी निष्ठुरता, यह अभी से मुझसे तंग आ गए हैं। मेरी इतनी सुधि न रही कि झूठे ही पूछ लेते, सैर करने चलोगी?

मिसेज़ सेवक—हाँ विलियम, यह तुम्हारी ज्यादती है। आज सोफ़ी ने तुम्हें रंगे हाथों पकड़ लिया है। मैं तुम्हें निर्दोष समझती थी और सारा दोष उसी के सिर रखती थी।

क्लार्क ने कुछ मुस्कुराकर अपनी झेंप मिटायी और सोफ़िया का हाथ पकड़कर मोटर की तरफ़ चले। पर अब भी उन्हें शंका हो रही थी कि मेरे हाथ में जो नाज़ुक कलाई है, वह कोई वस्तु है या केवल कल्पना और स्वप्न। रहस्य और भी दुर्भेद्य होता हुआ दिखायी देता था। यह कोई बन्दर को नचानेवाला मदारी है या बालक जो बन्दर को दूर से देखकर खुश होता है, पर बन्दर के निकट आते भी भय से चिल्लाने लगता है।

जब मोटर चली, तो सोफ़िया ने कहा—एजेंट के अधिकार तो बड़े होते हैं, वह चाहे तो किसी रियासत के भीतरी मुआमिलों में भी हस्तक्षेप कर सकता है, क्यों?

क्लार्क ने प्रसन्न होकर कहा—उसका अधिकार सर्वत्र, यहाँ तक कि राजा के महल के अन्दर भी होता है। रियासत का कहना ही क्या, वह राजा के खाने-सोने, आराम करने का समय तक नियत कर सकता है। राजा किससे मिले, किससे दूर रहे, किसका आदर करे, किसी अवहेलना करे, ये सब बातें एजेंट के अधीन हैं। वह यहाँ तक निश्चय कर सकता है कि राजा की मेज पर कौन-कौन से प्याले आएँगे, राजा के लिए कैसे और कितने कपड़ों की जरूरत है, यहाँ तक कि वह राजा के विवाह का भी निश्चय करता है, बस, यों समझो कि वह रियासत का खुदा होता है।

सोफ़िया—तब तो वहाँ सैर-सपाटे का खूब अवकाश मिलेगा। यहाँ की भाँति दिन-भर दफ्तर में तो न बैठना पड़ेगा?

क्लार्क—वहाँ कैसा दफ्तर, एजेंट का काम दफ्तर में बैठना नहीं है। वह वहाँ बादशाह का स्थानापन्न होता है।

सोफ़िया—अच्छा, जिस रियासत में चाहो, जा सकते हो?

क्लार्क—हाँ, केवल पहले कुछ लिखा-पढ़ी करनी पड़ेगी। तुम कौन-सी रियासत पसंद करोगी?

सोफ़िया—मुझे तो पहाड़ी देशों से विशेष प्रेम है। पहाड़ों के दामन में बसे हुए गाँव, पहाड़ों की गोद में चरनेवाली भेड़ें और पहाड़ों से गिरनेवाले

जल-प्रपात, ये सभी दृश्य मुझे काव्यमय प्रतीत होते हैं। मुझे मालूम होता है, वह कोई दूसरा ही जगत है, इससे कहीं शांतिमय और शुभ। शैल मेरे लिए एक मधुर स्वप्न है। कौन-कौन-सी रियासतें पहाड़ों में हैं?

क्लार्क—भरतपुर, जोधपुर, कश्मीर, उदयपुर...

सोफ़िया—बस, तुम उदयपुर के लिए लिखो। मैंने इतिहास में उदयपुर की वीर-कथाएँ पढ़ी हैं और तभी से मुझे उस देश को देखने की बड़ी लालसा है। वहाँ के राजपूत कितने वीर, कितने स्वाधीनता-प्रेमी; कितने आन पर जान देनेवाले होते थे। लिखा है, चित्तौड़ में जितने राजपूतों ने वीर-गति पायी, उनके जनेऊ तौले गए, तो 75 मन निकले। कई हजार राजपूत-स्त्रियाँ एक साथ चिता पर बैठकर राख हो गई। ऐसे प्रणवीर प्राणी संसार में शायद ही और कहीं हों।

क्लार्क—हाँ, वे वृत्तांत मैंने भी इतिहास में देखे हैं। ऐसी वीर जाति का जितना सम्मान किया जाये, कम है। इसीलिए उदयपुर का राजा हिंदू राजों में सर्वश्रेष्ठ समझा जाता है। उसकी वीर-कथाओं में अतिशयोक्ति से बहुत काम लिया गया है, फिर भी यह मानना पड़ेगा कि इस देश में इतनी जाँबाज और कोई जाति नहीं है।

सोफ़िया—तुम आज ही उदयपुर के लिए लिखो और सम्भव हो, तो हम लोग एक मास के अन्दर यहाँ से प्रस्थान कर दें।

क्लार्क—लेकिन कहते हुए डर लगता है...तुम मेरा आशय समझ गई होंगी...यहाँ से चलने के पहले मैं तुमसे वह चिर-सिंचित...मेरा जीवन...

सोफ़िया ने मुस्कराकर कहा—समझ गई, उसके प्रकट करने का कष्ट न उठाओ। इतनी मंदबुद्धि नहीं हूँ; लेकिन मेरी निश्चय-शक्ति अत्यन्त शिथिल है, यहाँ तक कि सैर करने के लिए चलने का निश्चय भी घंटों के सोच-विचार के बाद करती हूँ। ऐसे महत्त्व के विषय में, जिसका संबंध जीवनपर्यंत रहेगा, मैं इतनी जल्द कोई फैसला नहीं कर सकती। बल्कि साफ तो यों है कि अभी तक मैं यही निर्णय नहीं सकी कि मुझ-जैसी निर्द्वन्द्व, स्वाधीन विचार प्रिय स्त्री दांपत्य जीवन के योग्य है भी या नहीं। विलियम, मैं तुमसे हृदय की बात कहती हूँ, गृहिणी-जीवन से मुझे भय मालूम होता है। इसलिए जब तक तुम मेरे स्वभाव से भली-भाँति परिचित न हो जाओ, मैं तुम्हारे हृदय में झूठी आशाएँ पैदा करके तुम्हें धोखे में नहीं डालना चाहती। अभी मेरा और तुम्हारा

परिचय केवल एक वर्ष का है। अब तक मैं तुम्हारे लिए केवल एक रहस्य हूँ। क्यों, हूँ या नहीं?

क्लार्क—हाँ सोफ़ी! वास्तव में अभी मैं तुम्हें अच्छी तरह नहीं पहचान पाया हूँ।

सोफ़िया—फिर ऐसी दशा में तुम्हीं सोचो, हम दोनों का दाम्पत्य सूत्र में बँध जाना कितनी बड़ी नादानी है। मेरे दिल की जो पूछो, तो मुझे एक सहृदय, सज्जन विचारशील और सच्चरित्र पुरुष के साथ मित्र बनकर रहना, उसकी स्त्री बनकर रहने से कम आनंददायक नहीं मालूम होता। तुम्हारा क्या विचार है, यह मैं नहीं जानती, लेकिन मैं सहानुभूति और सहवास को वासनामय संबंध से कहीं महत्त्वपूर्ण समझती हूँ।

क्लार्क—किन्तु सामाजिक और धार्मिक प्रथाएँ ऐसे संबंधों को...

सोफ़िया—हाँ, ऐसे संबंध अस्वाभाविक होते हैं और साधारणः उन पर आचरण नहीं किया जा सकता। मैं भी इसे सदैव के लिए जीवन का नियम बनाने को प्रस्तुत नहीं हूँ, लेकिन जब तक हम एक-दूसरे को अच्छी तरह समझ न लें, जब तक हमारे अंतःकरण एक-दूसरे के सामने आईने न बन जायें, उस समय तक मैं ऐसे ही संबंध को आवश्यक समझती हूँ।

क्लार्क—मैं तुम्हारी इच्छाओं का दास हूँ। केवल इतना कह सकता हूँ कि तुम्हारे बिना मेरा जीवन वह घर है, जिसमें कोई रहनेवाला नहीं; वह दीपक है, जिसमें उजाला नहीं; वह कवित्त है, जिसमें रस नहीं।

सोफ़िया—बस, बस! यह प्रेमियों की भाषा केवल प्रेम-कथाओं के ही लिए शोभा देती है। यह लो, पाँड़ेपुर आ गए। अँधेरा हो रहा है। सूरदास चला गया होगा। यह हाल सुनेगा, तो उस ग़रीब का दिल टूट जायेगा।

क्लार्क—उसके निर्वाह का और कोई और प्रबंध कर दूँ?

सोफ़िया—इस भूमि से उसका निर्वाह नहीं होता था—केवल मुहल्ले के जानवर चरा करते थे। वह ग़रीब है, भिखारी है, पर लोभी नहीं। मुझे तो कोई साधु मालूम होता है।

क्लार्क—अंधे कुशाग्र-बुद्धि और धार्मिक होते हैं।

सोफ़िया—मुझे तो उसके प्रति बड़ी श्रद्धा हो गई है। देखो, पापा ने काम शुरू कर दिया। अगर उन्होंने राजा की पीठ न ठोकी होती, तो उन्हें तुम्हारे सम्मुख आने का कदापि साहस न होता।

क्लार्क–तुम्हारे पापा बड़े चतुर आदमी हैं। ऐसे ही प्राणी संसार में सफल होते हैं। कम-से-कम मैं तो यह दोरुखी चाल न चल सकता।

सोफ़िया–देख लेना, दो-ही-चार वर्षों में मुहल्ले में कारखाने के मज़दूरों के मकान होंगे, यहाँ का एक मनुष्य भी न रहने पाएगा।

क्लार्क–पहले तो अंधे ने बड़ा शोर-गुल मचाया था। देखें, अब क्या करता है?

सोफ़िया–मुझे तो विश्वास है कि वह चुप होकर कभी न बैठेगा, चाहे इस ज़मीन के पीछे जान ही क्यों न चली जाये।

क्लार्क–नहीं प्रिये, ऐसा कदापि न होने पाएगा। जिस दिन यह नौबत आयेगी, सबसे पहले सूरदास के लिए मेरे कंठ से जय-ध्वनि निकलेगी, सबसे पहले मेरे हाथ उस पर फूलों की वर्षा करेंगे।

सोफ़िया ने क्लार्क को आज पहली बार सम्मानपूर्ण प्रेम की दृष्टि से देखा।

25

साल-भर तक राजा महेन्द्रकुमार और मिस्टर क्लार्क में निरंतर चोटें चलती रहीं। पत्र का पृष्ठ रणक्षेत्र था और शृंखलित सूरमाओं की जगह सूरमाओं से कहीं बलवान दलीलें। मनों स्याही बह गई, कितनी ही कलमें काम आयीं। दलीलें कट-कटकर रावण की सेना भी भाँति फिर जीवित हो जाती थी। राजा साहब बार-बार हतोत्साह हो जाते, सरकार से मेरा मुकाबला करना चींटी का हाथी से मुकाबला करना है। लेकिन मिस्टर जॉन सेवक और उससे अधिक इन्दु उन्हें ढाढ़स देती रहती थी। शहर के रईसों ने हिम्मत से कम, स्वार्थ-सिद्धि से अधिक काम लिया। इस विनय-पत्र पर, जो डॉक्टर गांगुली ने नगर निवासियों की ओर से गवर्नर की सेवा में भेजने के लिए लिखा था, हस्ताक्षर करने के समय अधिकांश सज्जन बीमार पड़ गए—ऐसे असाध्य रोग से पीड़ित हो गए कि हाथ में कलम पकड़ने की शक्ति न रही। कोई तीर्थ-यात्रा करने चला गया, कोई किसी परमावश्यक काम से कहीं बाहर रवाना हो गया, जो गिने-गिनाये लोग कोई हीला न कर सके, वे भी हस्ताक्षर करने के लिए मिस्टर क्लार्क से क्षमा-प्रार्थना कर आये—हुजूर! न जाने उसमें क्या लिखा था, हमारे सामने तो केवल सादा कागज आया था, हमसे यही कहा गया कि यह पानी का महसूल घटाने की दरखास्त है। हमें मालूम होता क़ि उस पत्र पर पीछे से हुजूर की शिकायत लिखी जाएगी, तो हम भूलकर भी कलम न उठाते। हाँ, जिन महानुभावों ने सिगरेट कम्पनी के हिस्से लिए थे, उन्हें विवश होकर हस्ताक्षर करने पड़े, हस्ताक्षर करने वालों की संख्या यद्यपि बहुत न थी; पर डॉक्टर गांगुली को व्यवस्थापक सभा में सरकार से प्रश्न करने के लिए बहाना मिल गया। उन्होंने अदम्य उत्साह और धैर्य के साथ प्रश्नों की बाढ़ जारी रखी। सभा में डॉक्टर महोदय का विशेष सम्मान

था, कितने ही सदस्यों ने उनके प्रश्नों का समर्थन किया, यहाँ तक डॉक्टर गांगुली के एक प्रस्ताव पर अधिकारियों को बहुमत से हार माननी पड़ी। इस प्रस्ताव से लोगों को बड़ी-बड़ी आशाएँ थीं किन्तु जब इसका भी कुछ असर न हुआ, तो जगह-जगह सरकार पर अविश्वास प्रकट करने के लिए सभाएँ होने लगीं। रईसों और जमींदारों की तो भय के कारण जबान बन्द थी; किन्तु मध्यम श्रेणी के लोगों ने खुल्लमखुल्ला इस निरंकुशता का विरोध करना शुरू किया। कुँवर भरतसिंह को उनका नेतृत्व प्राप्त हुआ और वह स्पष्ट शब्दों में कहने लगे–अब हमें अपने पैरों पर खड़ा होना चाहिए। हमारा उद्धार अपने ही हाथों होगा। महेन्द्रकुमार भी गुप्त रूप से इस दल को प्रोत्साहित करने लगे। डॉक्टर गांगुली के बहुत कुछ आश्वासन देने पर भी शासकों पर उन्हें अश्रद्धा हो गई। निराशा निर्बलता से उत्पन्न होती है; पर उसके गर्भ से शक्ति का जन्म होता है।

रात के नौ बज गए थे। विनयसिंह को कारावास-दंड का समाचार पाकर कुँवर साहब ने अपने हितैषियों को इस स्थिति पर विचार करने के लिए आमंत्रित किया था। डॉक्टर गांगुली, जॉन सेवक, प्रभु सेवक, राजा महेन्द्रकुमार और कई अन्य सज्जन आये हुए थे। इंदु भी राजा साहब के साथ आयी थी और अपनी माता से बातें कर रही थी। कुँवर साहब ने नायकराम को बुला भेजा था और वह कमरे के द्वार पर बैठे हुए तम्बाकू मल रहे थे।

महेन्द्रकुमार बोले–रियासतों पर सरकार का बड़ा दबाव है। वे अपंग हैं और सरकार के इशारे पर चलने के लिए मजबूर हैं।

भरतसिंह ने राजा साहब खंडन किया–जिससे किसी का उपकार न हो और जिसके व्यक्तित्व का आधार ही अपकार पर हो, उसका निशान जितनी जल्द मिट जाये, उतना ही अच्छा। विदेशियों के हाथों में अन्याय का यन्त्र बनकर जीवित रहने से तो मर जाना ही उत्तम है।

डॉक्टर गांगुली–वहाँ का हाकिम लोग खुद पतित है। डरता है कि रियासत में स्वाधीन विचारों का प्रचार हो जायेगा, तो हम प्रजा को कैसे लूटेगा। राजा मसनद लगाकर बैठा रहता है, उसका नौकर-चाकर मनमाना राज करता है।

जॉन सेवक ने पक्षपात-रहित होकर कहा–सरकार किसी रियासत को अन्याय करने के लिए मजबूर नहीं करती। हाँ, चूँकि वे अशक्त हैं, अपनी रक्षा

आप नहीं कर सकते, इसलिए ऐसे कामों में जरूरत से ज़्यादा तत्पर हो जाते हैं, जिनसे सरकार के प्रसन्न होने का उन्हें विश्वास होता है।

भरतसिंह–विनय कितना नम्र, सुशील, सुधीर है, यह आप लोगों से छिपा नहीं। मुझे इसका विश्वास ही नहीं हो सकता है कि उसकी जात से किसी का अहित हो सकता है।

प्रभु सेवक कुँवर साहब के मुँह लगे हुए थे। अब तक जॉन सेवक के भय से न बोले थे; पर अब न रहा गया। बोले–क्यों, क्या पुलिस से चोरों का अहित नहीं होता? क्या साधुओं से दुर्जनों का अहित नहीं होता? और फिर गऊ जैसे पशु की हिंसा करने वाले क्या संसार में नहीं हैं? विनय ने दलित किसानों की सेवा करनी चाही थी। उसी का यह उन्हें उपहार मिला है। प्रजा की सहन-शक्ति की भी कोई सीमा होनी चाहिए और होती है। उसकी अवहेलना करके कानून ही नहीं रह जाता। उस समय उस कानून को भंग करना ही प्रत्येक विचारशील प्राणी का कर्तव्य हो जाता है। अगर आज सरकार का हुक्म हो कि सब लोग मुँह में कालिख लगाकर निकलें, तो इस हुक्म की उपेक्षा करना हमारा धर्म हो जाएगा। उदयपुर के दरबार को कोई अधिकार नहीं है कि वह किसी को रियासत से निकल जाने पर मजबूर करे।

डॉक्टर गांगुली–उदयपुर ऐसा हुक्म दे सकता है। उसको अधिकार है।

प्रभु सेवक–मैं उसे स्वीकार नहीं करता। जिस आज्ञा का आधार केवल पशु-बल हो, उसका पालन करना आवश्यक नहीं। अगर उदयपुर में कोई उत्तरदायित्वपूर्ण सरकार होती और वह बहुमत से यह हुक्म देती, तो दूसरी बात थी। लेकिन जबकि प्रजा ने कभी दरबार से यह इच्छा नहीं की, बल्कि वह विनयसिंह पर जान देती है, तो केवल अधिकारियों की स्वेच्छा हमको उनकी आज्ञा का पालन करने के लिए बाध्य नहीं कर सकती।

राजा साहब ने इधर-उधर भीत नेत्रों से देखा कि यहाँ कोई मेरा शत्रु तो नहीं बैठा हुआ है। जॉन सेवक भी त्यौरियाँ बदलने लगे।

डॉक्टर गांगुली–हम दरबार से नहीं लड़ सकता।

प्रभु सेवक–प्रजा को अपने स्वत्व की रक्षा के लिए उत्तेजित तो कर सक़ते हैं।

भरतसिंह—इसका परिणाम विद्रोह के सिवा और क्या हो सकता है, और विद्रोह का दमन करने के लिए दरबार सरकार से सहायता लेगा। हज़ारों बेकसों का खून हो जायेगा।

प्रभु सेवक—जब तक हम खून से डरते रहेंगे, हमारे स्वत्व भी हमारे पास आने से डरते रहेंगे। उनकी रक्षा भी तो खून से ही होगी। राजनीति का क्षेत्र समर-क्षेत्र से कम भयावह नहीं है। उसमें उतरकर रक्तपात से डरना कापुरुषता है।

जॉन सेवक से अब जब्त न हुआ। बोले—तुम-जैसे भावुक युवकों को ऐसे गहन राजनीतिक विषयों पर कुछ करने के पहले अपने शब्दों को खूब तौल लेना चाहिए। यह अवसर शांत और शीतल विचार से काम लेने का है।

प्रभु सेवक ने दबी जबान से कहा; मानो मन में यह कह रहा है—शीतल विचार कायरता का दूसरा नाम है।

डॉक्टर गांगुली—मेरे विचार में भारतीय सरकार की सेवा में डेपुटेशन जाना चाहिए।

भरतसिंह—सरकार कह देगी, हमें दरबार के आंतरिक विषय में दखल देने का अधिकार नहीं।

महेन्द्रकुमार—दरबार ही के पास क्यों न डेपुटेशन भेजा जाये?

जॉन सेवक—हाँ, यही मेरी भी सलाह है। राज्य के विरुद्ध आंदोलन करना राज्य को निर्बल बना देता है और प्रजा को उद्दंड। राज्य प्रभुत्व का प्रत्येक दशा में अक्षुण्ण रहना आवश्यक है, अन्यथा उसका फल वही होगा, जो आज साम्यवाद का व्यापक रूप धारण कर रहा है। संसार ने तीन दशाब्दियों तक जनवाद की परीक्षा की और अंत में हताश हो गया। आज समस्त संसार जनवाद के आतंक से पीड़ित है। हमारा परम सौभाग्य है कि वह अग्नि-ज्वाला अभी तक हमारे देश में नहीं पहुँची और हमें यत्न करना चाहिए कि उससे भविष्य में भी निश्शंक रहें।

कुँवर भरतसिंह जनवाद के बड़े पक्षपाती थे। अपने सिद्धान्त का खंडन होते देखकर बोले—फूस का झोंपड़ा बनाकर आप अग्नि-जवाला से निशंक रह ही नहीं सकते। बहुत संभव है कि ज्वाला बाहर से न आने पर भी घर ही की एक चिनगारी उड़कर उस पर गिर पड़े। आप झोपड़ा रखिए ही क्यों! जनवाद आदर्श

व्यवस्था न हो; पर संसार अभी उससे उत्तम कोई शासन-विधान नही निकाल सका है? खैर, जब यह सिद्ध हो गया कि हम दरबार पर कोई असर नहीं डाल सकते, तो सब्र करने के सिवा और क्या किया जा सकता है। मैं राजनीतिक विषयों से अलग रहना चाहता हूँ, क्योंकि उसमें कोई फायदा नहीं। स्वाधीनता का मूल्य रक्त है। जब हममें उसे देने की शक्ति ही नहीं है, तो व्यर्थ में कमर क्यों बाँधें, पैंतरे क्यों बदलें, ताल क्यों ठोकें? उदासीनता ही में हमारा कल्याण है?

प्रभु सेवक–यह तो बहुत मुश्किल है कि आँखों से अपना घर लुटते देखूँ और मुँह न खोलूँ।

भरतसिंह–हाँ, बहुत मुश्किल है, पर अपनी वृत्तियों को साधना पड़ेगा। यह उसका यही उपाय है कि हम कुल्हाड़ी का बेंट न बनें। बेंट कुल्हाड़ी की मदद न करे, तो कुल्हाड़ी कठोर और तेज होने पर भी हमें बहुत हानि नहीं पहुँचा सकती। यह हमारे लिए घोर लज्जा की बात है कि हम शिक्षा, ऐश्वर्य या धन के बल पर शासकों के दाहिने हाथ बनकर प्रजा का गला काटें और इस बात पर गर्व करें कि हम हाकिम हैं।

जॉन सेवक–शिक्षित-वर्ग सदैव से राज्य का आश्रित रहा है और रहेगा। राज्य-विमुख होकर वह अपना अस्तित्व नहीं मिटा सकता।

भरतसिंह–यही तो सबसे बड़ी विपत्ति है। शिक्षित वर्ग जब तक शासकों का आश्रित रहेगा, हम अपने लक्ष्य के जौ भर भी निकट न पहुँच सकेंगे। उसे अपने लिए थोड़े, बहुत थोड़े दिनों के लिए कोई दूसरा ही अवलंब खोजना पड़ेगा।

राजा महेन्द्रसिंह बगलें झाँक रहे थे कि यहाँ से खिसक जाने का कोई मौका मिल जाये। इस वाद-विवाद का अंत करने के इरादे से बोले–तो आप लोगों ने क्या निश्चय किया? दरबार की सेवा में डेपुटेशन भेजा जायेगा?

डॉक्टर गांगुली–हम खुद जाकर विनय को छुड़ा लाएगा।

भरतसिंह–अगर बधिक ही से प्राण-याचना करनी है, तो चुप रहना ही अच्छा, कम-से-कम बात तो बनी रहेगी।

डॉक्टर गांगुली–फिर वही Pessimism का बात। हम विनय को समझाकर उसे यहाँ आने पर राज़ी कर लेगा।

रानी जाह्नवी ने इधर आते हुए इस वाक्य के अंतिम शब्द सुन लिए। गर्वसूचक भाव से बोलीं–नहीं डॉक्टर गांगुली, आप विनय पर यह कृपा न

कीजिए। यह उसकी पहली परीक्षा है। इसमें उसको सहायता देना उसके भविष्य को नष्ट करना है। वह न्याय पक्ष पर है, उसे किसी से दबने की जरूरत नहीं। अगर उसने प्राण-भय से इस अन्याय को स्वीकार कर लिया, तो सबसे पहले मैं ही उसके माथे पर कालिमा का टीका लगा दूँगी।

रानी के ओजपूर्ण शब्दों ने लोगों को विस्मित कर दिया। ऐसा जान पड़ता था कि कोई देवी आकाश से यह संदेश सुनाने के लिए उतर आयी है।

एक क्षण के बाद भरतसिंह ने रानी के शब्दों का भावार्थ किया—मेरे खयाल में अभी विनयसिंह को उसी दशा में छोड़ देना चाहिए। यह उसकी परीक्षा है। मनुष्य बड़े-से-बड़े काम जो कर सकता है, वह यही है कि आत्मरक्षा के लिए मर मिटे। यही मानवीय जीवन का उच्चतम उद्देश्य है। ऐसी ही परीक्षाओं में सफल होकर हमें वह गौरव प्राप्त हो सकता है कि जाति हम पर विश्वास कर सके।

गांगुली—रानी हमारी देवी हैं। हम उनके सामने कुछ नहीं कह सकता। पर देवी लोगों का बात संसार वालों के व्यवहार के योग्य नहीं हो सकता। हमको पूरा आशा है कि हमारा सरकार ज़रूर बोलेगा।

रानी—सरकार की न्यायशीलता का एक दृष्टांत तो आपके सामने ही है। अगर अब भी आपको उस पर विश्वास हो, तो मैं यही कहूँगी कि आपको कुछ दिनों किसी औषधि का सेवन करना पड़ेगा।

गांगुली—दो-चार दिन में यह बात मालूम हो जायेगा। सरकार को भी तो अपनी नेकनामी-बदनामी का डर है।

महेन्द्रकुमार बहुत देर के बाद बोले—राह देखते-देखते तो आँखें पथरा गईं। हमारी आशा इतनी चिरंजीवी नहीं।

सहसा टेलीफोन की घंटी बोली। कुँवर साहब ने पूछा—कौन महाशय हैं?

'मैं हूँ प्राणनाथ। मिस्टर क्लार्क का तबादला हो गया।'

'कहाँ?'

'पोलिटिकल विभाग में जा रहे हैं ग्रेड कम कर दिया गया है।'

डॉक्टर गांगुली—अब बोलिए, मेरा बात सच हुआ कि नहीं? आप लोग कहता था, सरकार का नीयत बिगड़ा हुआ है। पर हम कहता था, उसको हमारा बात मानना पड़ेगा।

महेन्द्रकुमार—अजी, प्राणनाथ मसखरा है, आपसे दिल्लगी कर रहा होगा।

भरतसिंह—नहीं, मुझसे तो उसने कभी दिल्लगी नहीं की।

रानी—सरकार ने इतने नैतिक साहस से शायद पहली ही बार काम लिया है।

गांगुली—अब वह ज़माना नहीं है, जब सरकार प्रजा-मत की उपेक्षा कर सकता था। अब काउंसिल का प्रस्ताव उसे मानना पड़ता है।

भरतसिंह—जमाना तो वही है, और सरकार की नीति में भी कोई विशेष परिवर्तन नहीं हुआ है। इसमें ज़रूर कोई-न-कोई राजनीतिक रहस्य है।

जॉन सेवक—व्यापारी मंडल ने मेरे प्रस्ताव को स्वीकार करके गवर्नमेंट के छक्के छुड़ा दिए।

महेन्द्र कुमार—मेरा डेपुटेशन बड़े मौके से पहुँचा था।

गांगुली—मैंने काउंसिल को ऐसा संगठित कर दिया था कि हमको इतना बड़ा मेजोरिटी कभी नहीं मिला।

इन्दु रानी के पीछे खड़ी थी। बोली—विनय-पत्र पर मेरे ही उद्योग से इतने आदमियों के नाम आये थे। मुझे तो विश्वास है, यह उसी की करामात है।

नायकराम अब तक चुपचाप बैठे हुए थे। उनकी समझ में न आता था कि यहाँ क्या बातें हो रही हैं। टेलीफोन की बात उनकी समझ में न आयी। अब उन्हें ज्ञात हुआ कि लोग सफलता का सेहरा अपने-अपने सिर बाँध रहे हैं। ऐसे अवसर पर भला वह कब चूकनेवाले थे। बोले—सरकार, यहाँ भी गाफिल बैठने वाले नहीं हैं। सिविल सारजंट के कान में यह बात डाल दी थी कि राजा साहब की ओर से पूरा एक हज़ार लठैत जवान तैयार बैठा हुआ है। उनका हुक्म बहाल न हुआ, तो खून-खच्चर हो जायेगा, शहर मे तूफान आ जायेगा। उन्होंने लाट साहब से यह बात जरूर ही कही होगी।

महेन्द्रकुमार—मैं तो समझता हूँ, यह तुम्हारी धमकियों ही की करामात है।

नायकराम—धर्मावतार, धमकियाँ कैसी, खून की नदी बह जाती। आपका ऐसा अकबाल है कि चाहूँ, तो एक बार शहर लुटवा दूँ। ये लाल साफे वाले खड़े मुँह ताकते रह जाएँ।

प्रभु सेवक ने हास्य-भाव से कहा—सच पूछिए, तो यह उस कविता का फल है, जो मैंने 'हिंदुस्तान-रिव्यू' में लिखी थी।

रानी–प्रभु, तुमने यह चपत खूब लगाई। डॉक्टर गांगुली अपना सिर सुहला रहे हैं। क्यों डॉक्टर, बैठी या नहीं? एक तुच्छ सफलता पर आप लोग इतने फूले नहीं समाते! इसे विजय न समझिए, यह वास्तव में पराजय है, जो आपको अपने अभीष्ट से कोसों दूर हटा देती है, आपके गले में फंदे को और भी मजबूत कर देती है। बाजे वाले सरदी में बाजे को आग से सेंकते हैं, केवल इसीलिए कि उसमें से कर्ण मधुर स्वर निकले! आप लोग भी सेंके जा रहे हैं, अब चोटों के लिए पीठ मजबूत कर लीजिए।

यह कहती हुई जाह्नवी अन्दर चली गईं; पर उनके जाते ही इस तिरस्कार का असर भी जाता रहा, लोग फिर वही राग अलापने लगे।

महेन्द्रकुमार–क्लार्क महोदय भी क्या याद करेंगे कि किसी से पाला पड़ा था।

गांगुली–अब इससे कौन इनकार कर सकता है कि ये लोग कितने न्यायप्रिय होते हैं।

जॉन सेवक–अब जरा उस अन्धे की भी खबर लेनी चाहिए।

नायकराम–साहब! उसको हार-जीत का कोई भ्रम नहीं है। उस जमीन की दस-गुनी भी मिल जाए, तो भी वह इसी तरह रहेगा।

जॉन सेवक–मैं कल ही से मिल में काम लगा दूँगा। जरा मिस्टर क्लार्क को भी देख लूँ।

महेन्द्रकुमार–मैं तो अभिवादन-पत्र न दूँगा। उनकी तरफ से कोशिश तो होगी, पर बोर्ड का बहुमत मेरे साथ है।

गांगुली–ऐसा हाकिम लोग को अभिवादन-पत्र देने का काम नहीं।

महेन्द्रकुमार के पेट में चूहे दौड़ रहे थे कि इंदु से भी इस सुख-संवाद पर बातें करूँ। यों तो बहुत ही गम्भीर पुरुष थे; पर इस विजय ने बालोचित उल्लास से विह्वल कर दिया था। एक नशा-सा छाया हुआ था। रानी के जाने के ज़रा देर बार वह विहंसित मुख, प्रसन्न चित्त, अज्ञात भाव से अकड़ते, गर्व से मस्तक उठाए अन्दर दाखिल हुए। इंदु रानी के पास बैठी हुई थी। खड़ी होकर बोली–आखिर साहब बहादुर को बोरिया–बँधना सँभालना पड़ा न!

महेन्द्रकुमार सिंह रानी के सामने अपना कुत्सित आनंद न प्रकट कर सके। बोले–हाँ, अब तो टलना ही पड़ेगा।

इंदु–अब कल मैं इन लेडी साहब का कुशल-समाचार पूछूँगी, जो धरती पर पाँव न रखती थीं, अपने आगे किसी को कुछ समझती ही न थीं। बुलाकर दावत करूँ?

महेन्द्रकुमार–कभी न आयेगी, और ज़रूरत ही क्या है!

इंदु–ज़रूरत क्यों नहीं! झेंपेगी तो, सिर तो नीचा हो जायेगा। न आएगी, न सही। अम्माँ, आपने तो देखा है, सोफ़िया पहले कितनी नम्र और मिलनसार थी; लेकिन क्लार्क से विवाह की बातचीत होते ही मिजाज़ आसमान पर चढ़ गया।

रानी ने गम्भीर भाव से कहा–बेटी, यह तुम्हारा भ्रम है। सोफ़िया मिस्टर क्लार्क से कभी विवाह न करेगी। अगर मैं आदमियों को कुछ पहचान सकती हूँ तो देख लेना, मेरी बात ठीक उतरती है या नहीं।

इंदु–अम्माँ, क्लार्क से उसकी मँगनी हो गई है। सम्भव है, गुप्त रूप से विवाह भी हो गया हो। देखती नहीं हो, दोनों कितने घुले-मिले रहते हैं।

रानी–कितने ही घुले-मिले रहें; पर उनका विवाह न हुआ है, न होगा। मैं अपनी संकीर्णता के कारण सोफ़िया की कितनी ही उपेक्षा करूँ; किन्तु वह सती है, इसमें अणु-मात्र भी संदेह नहीं। उसे लज्जित करके तुम पछताओगी।

इंदु–अगर वह इतनी उदार है, तो आपके बुलाने से अवश्य आयेगी।

रानी–हाँ, मुझे पूर्ण विश्वास है।

इंदु–तो बुला भेजिए, मुझे दावत का प्रबंध क्यों न करना पड़े?

रानी–तुम यहाँ बुलाकर उसका अपमान करना चाहती हो। मैं तुमसे अपने हृदय की बात कहती हूँ, अगर वह ईसाइन न होती, तो आज के पाँचवें वर्ष मैं उससे विनय का विवाह करती और इसे अपना धन्य भाग समझती।

इंदु को ये बातें कुछ अच्छी न लगीं। उठकर अपने कमरे में चली गई। एक क्षण में महेन्द्रकुमार भी वहाँ पहुँच गए और दोनों डींगें मारने लगे। कोई लड़का खेल में जीतकर भी इतना उन्मत्त न होता होगा।

उधर दीवानखाने से भी सभा उठ गई। लोग अपने-अपने घर गए। जब एकांत हो गया, तो कुँवर साहब ने नायकराम को बुलाकर कहा–पण्डाजी, तुमसे मैं एक काम लेना चाहता हूँ, करोगे?

नायकराम–सरकार, हुकुम हो, तो सिर देने को हाजिर हैं। ऐसी क्या बात है भला?

कुँवर—देखो, दुनियादारी मत करो। मैं जो काम लेना चाहता हूँ, वह सहज नहीं। बहुत समय, बहुत बुद्धि, बहुत बल व्यय करना पड़ेगा। जान-जोखिम भी है। अगर दिल इतना मजबूत हो, तो हामी भरो, नहीं साफ-साफ जवाब दे दो, मैं कोई यात्री नहीं कि तुम्हें अपनी धाक बिठाना जरूरी हो। मैं तुम्हें जानता हूँ और तुम मुझे जानते हो। इसलिए साफ बातचीत होनी चाहिए।

नायकराम—सरकार, आपसे दुनियादारी करके भगवान् को क्या मुँह दिखाऊँगा! आपका नमक तो रोम-रोम में सना हुआ है। अगर मेरे काबू की बात होगी, तो पूरी करूँगा, चाहे जान ही पर क्यों न आ बने। आपके हुकुम देने की देर है।

कुँवर—विनय को छुड़ाकर ला सकते हो?

नायकराम—दीनबंधु, अगर प्राण देकर भी ला सकूँगा, तो उठा न रखूँगा।

कुँवर—तुम जानते हो, मैंने तुमसे यह सवाल क्यों किया! मेरे यहाँ सैकड़ों आदमी हैं। खुद डॉक्टर गांगुली जाने को तैयार हैं। महेन्द्र को भेज दूँ, तो वह भी चले जायेंगे। लेकिन इन लोगों के सामने मैं अपनी बात नहीं छोड़ना चाहता। सिर पर यह इलजाम नहीं लेना चाहता कि कहते कुछ हैं, और करते कुछ। धर्म-संकट में पड़ा हुआ हूँ। पर बेटे की मुहब्बत नहीं मानती। हूँ तो आदमी, काठ का कलेजा तो नहीं है? कैसे सब्र करूँ? उसे बड़े-बड़े अरमानों से पाला है, वही एक जिंदगी का सहारा है। तुम उसे किसी तरह अपने साथ लाओ। उदयपुर के अमले और कर्मचारी देवता नहीं, उन्हें लालच देकर जेल में जा सकते हो, विनयसिंह से मिल सकते हो, अमलों की मदद से उन्हें बाहर ला सकते हो, यह कुछ कठिन नहीं। कठिन है विनय को आने पर राज़ी करना। वह तुम्हारी बुद्धि और चतुरता पर छोड़ता हूँ। अगर तुम मेरी दशा का ज्ञान उन्हें करा सकोगे, तो मुझे विश्वास है, वह आयेंगे। बोलो, कर सकते हो यह काम? इसका मेहनताना एक बूढ़े बाप के आशीर्वाद के साथ और जो कुछ चाहोगे, पेश करूँगा।

नायकराम—महाराज, कल चला जाऊँगा। भगवान् ने चाहा, तो उन्हें साथ लाऊँगा, नहीं तो फिर मुँह न दिखाऊँगा।

कुँवर—नहीं पण्डाजी, जब उन्हें मालूम हो जायेगा कि मैं कितना विकल हूँ, तो वह चले आयेंगे; वह अपने बाप की जान को सिद्धान्त पर बलिदान न

करेंगे। उनके लिए मैंने अपने जीवन की कायापलट कर दी, यह फकीरी भेष धारण किया, क्या वह मेरे लिए इतना भी न करेंगे! पण्डाजी, सोचो, जिस आदमी ने हमेशा मखमली बिछौना पर आराम किया हो, उसे इस काठ के तख्त पर आराम मिल सकता है? विनय का प्रेम ही वह मंत्र है, जिसके वश होकर मैं यह कठिन तपस्या कर रहा हूँ। जब विनय ने त्याग का व्रत ले लिया, तो मैं किस मुँह से बुढ़ापे में भोगविलास में लिप्त रहता? आह! ये सब जाह्नवी के बोए हुए काँटें हैं। उसके आगे मेरी कुछ नहीं चलती। मेरा सुख-स्वर्ग, उसी के कारण मेरा प्यारा विनय मेरे हाथों से निकला जाता है, ऐसा पुत्र-रत्न खोकर यह संसार मेरे लिए नरक हो जायेगा। तुम कल जाओगे? मुनीम से जितने रुपये चाहो, ले लो।

नायकराम–आपके अकबाल से किसी बात की कमी नहीं। आपकी दया चाहिए, आपने इतने प्रतापी होकर जो त्याग किया है, वह कोई दूसरा करता; तो आँखें निकल पड़तीं। त्याग करना कोई हँसी है! यहाँ तो घर में भूंजी भाँग नहीं, जात्रियों की सेवा टहल न करें, तो भोजन का ठिकाना भी न हो; पर बूटी की ऐसी चाट पड़ गई है कि एक दिन न मिले, तो बावला हो जाता हूँ। कोई आपकी तरह क्या त्याग करेगा?

कुँवर–यह तो मानी हुई बात है तुम गए, तो विनय को लेकर ही लौटोगे। अब यह बताओ कि मैं तुम्हें क्या दक्षिणा दूँ? तुम्हारी सबसे बड़ी अभिलाषा क्या है?

नायकराम–सरकार की कृपा बनी रहे, मेरे लिए यह कुछ कम नहीं।

कुँवर–तो इसका आशय यह है कि तुम मेरा काम नहीं करना चाहते?

नायकराम–सरकार, ऐसी बात न कहें। आप मुझे पालते हैं, आपका हुकुम न बजा लाऊँगा, तो भगवान् को क्या मुँह दिखाऊँगा। और फिर आपका काम कैसा, अपना ही काम है।

कुँवर–नहीं भाई, मैं तुम्हें सेंत में इतना कष्ट नहीं देना चाहता। यह सबसे बड़ा सलूक है, जो तुम मेरे साथ कर रहे हो। मैं भी तुम्हारे साथ वही सलूक करना चाहता हूँ, जिसे तुम सबसे बड़ा समझते हो। तुम्हारे कै लड़के हैं?

नायकराम ने सिर झुकाकर कहा–धर्मावतार, अभी तो ब्याह ही नहीं हुआ।

कुँवर—अरे, यह क्या बात है! आधी उम्र गुज़र गई और तुम कुँआरे ही बैठे हो!

नायकराम—सरकार, तकदीर के सिवा और क्या कहूँ!

इन शब्दों में इतनी मर्मांतक वेदना भरी हुई थी कि कुँवर साहब पर नायकराम की चिरसंचित अभिलाषा प्रकट हो गई। बोले—तो तुम घर में अकेले ही रहते हो?

नायकराम—हाँ, धर्मावतार, भूत की भाँति अकेला ही पड़ा रहता हूँ। आपके अकबाल से दो खंड का मकान है, बाग-बगीचे हैं, गायें-भैंसें हैं, पर रहनेवाला कोई नहीं, भोगने वाला कोई नहीं। हमारी बिरादरी में उन्हीं का ब्याह होता है, जो बड़े भाग्यवान होते हैं।

कुँवर—(मुस्कराकर) तो तुम्हारा विवाह कहीं ठहरा दूँ।

नायकराम—महाराज, ऐसी तकदीर कहाँ?

कुँवर—तकदीर मैं बना दूँगा, मगर यह क़ैद तो नहीं है कि कन्या ऊँचे कुल ही हो?

नायकराम—दीनबंधु, कन्याओं के लिए ऊँचा-नीचा कुल नहीं देखा जाता। कन्या और गऊ तो पवित्र हैं। ब्राह्मण के घर आकर और भी पवित्र हो जाती हैं। फिर जिसने दान लिया, संसार भर का पाप हजम किया, तो फिर औरत की क्या बात है। जिसका ब्याह नहीं हुआ, सरकार उसकी जिन्दगी दो कौड़ी की।

कुँवर—अच्छी बात है, ईश्वर ने चाहा, तो लौटते ही दूल्हा बनोगे। तुमने पहले कभी चर्चा ही नहीं की।

नायकराम—सरकार, यह बात आपसे क्या कहता। अपने हेलियों-मेलियों के सिवा और किसी से चर्चा नहीं की। कहते लाज आती है। जो सुनेगा, वह कहेगा, इसमें कोई-न-कोई ऐब जरूर है। कई बार लबारियों की बातों में आकर सैकड़ों रुपये गँवाये। अब किसी से क्या कह सकता। भगवान् के आसरे बैठा हूँ।

कुँवर—तो कल किस गाड़ी से जाओगे?

नायकराम—हुजूर, डाक से चला जाऊँगा।

कुँवर—ईश्वर करे, जल्द लौटो। मेरी आँखें, तुम्हारी ओर रहेंगी। यह लो, खर्च के लिए लेते जाओ।

यह कहकर कुँवर साहब ने मुनीम को बुलाकर उसके कान में कुछ कहा। मुनीम ने नायकराम को अपने साथ आने का इशारा किया और अपनी गद्दी पर बैठकर बोला—बोलो, कितना हमारा, कितना तुम्हारा?

नायकराम—क्या यह भी कोई दक्षिणा है?

मुनीम—रक़म तो तुम्हारे हाथ जाती है?

नायकराम—मेरे हाथ में नहीं आती, विनयसिंह के पास भेजी जा रही है। बच्चा, मुसीबत में भी मालिक से नमकहरामी करते हो! उनके ऊपर तो बिपत पड़ी है और तुम्हें अपना घर भरने की धुन है। तुम जैसे लालचियों को तो ऐसी जगह मारे, जहाँ पानी न मिले।

मुनीम ने लज्जित होकर नोटों का एक पुलिंदा नायकराम को दे दिया। नायकराम ने गिनकर नोटों को कमर में बाँधा और मुनीम से बोले—मेरी कुछ दक्षिणा दिलवाते हो?

मुनीम—कैसी दक्षिणा?

नायकराम—नगद रुपयों की। नौकरी प्यारी है कि नहीं? जानते हो, यहाँ से निकाल दिये जाओगे, तो कहीं भीख न मिलेगी। अगर भला चाहते हो, तो पचास रुपये की गड्डी बाएँ हाथ से बढ़ा दो, नहीं तो जाकर कुँवर साहब से जड़े देता हूँ। खड़े-खड़े निकाल दिये जाओगे। ऐसी बेभाव पड़ेगी कि चाँद गंजी हो जाएगी।

मुनीम—गुरु, अब यारों से ही यह गीदड़ भभकी! इतने रुपये मिल गए, कौन कुँवर विनयसिंह रसीद लिख देते हैं।

नायकराम—रुपये लाते हो कि नहीं, बोलो चटपट?

मुनीम—गुरु, तुम तो...

नायकराम—रुपये लाते हो कि नहीं? यहाँ बातों की फुरसत नहीं। चटपट सोचो। मैं चला। याद रखो, कहीं भीख न मिलेगी।

मुनीम—यहाँ मेरे पास कहाँ है! यह तो सरकारी रक़म है।

नायकराम—अच्छा, तो हैंडनोट लिख दो।

मुनीम—गुरु, जरा इधर देखो, गरीब आदमी हूँ।

नायकराम—तुम गरीब हो? बचा! हराम की कौड़ियाँ खाकर मोटे पड़ गये हो, उस पर गरीब बनते हो? लिखो चटपट। कुँवर साहब जरा भी मुरौवत

न करेंगे। यों ही मुझे इतने रुपये दिला दिये हैं? बस, मेरे कहने भर की देर है। गबन का मुकद्दमा चल जाएगा बेटा, समझे? लाओ, बाप की पूजा करो। तुम-जैसे घाघ रोज थोड़े ही फँसते हैं।

मुनीम ने नायकराम की त्योरियों से भाँप लिया कि यह अब बिना दक्षिणा लिए न छोड़ेगा। चुपके से 25 रुपये निकालकर उसके हाथ में रखे और बोला—पंडित, अब दया करो, ज़्यादा न सताओ।

नायकराम ने रुपये मुट्ठी में किये और बोले—बचा, अब किसी को न सताना, मैं तुम्हारी टोह में रहूँगा।

नायकराम चले गए, तो मुनीम ने मन में कहा—ले जाओ, समझ लेंगे, खैरात किया।

कुँवर भरतसिंह उस वक़्त दीवानखाने के द्वार पर खड़े थे। आज वायु की शीतलता में आनंद न था। गगन-मंडल में चमकते हुए तारागण व्यंग-दृष्टि की भाँति हृदय में चुभते थे। सामने वृक्षों के कुंज में विनय की स्मृति-मूर्ति, श्याम, करुण की भाँति कंपित, धुएँ की भाँति असंबद्ध, यों निकलती मालूम हुई, जैसे किसी संतप्त हृदय से हाय की ध्वनि निकलती है।

कुँवर साहब कई मिनट तक खड़े रोते रहे। विनय के लिए उनके अंतःकरण से इस भाँति शुभेच्छाएँ निकल रही थीं, जैसे उषाकाल में बाल-सूर्य की स्निग्ध, मधुर, मंद, शीतल किरणें निकलती हैं।

26

अरावली की हरी-भरी झूमती हुई पहाड़ियों के दामन में जसवंतनगर यों शयन कर रहा है, जैसे बालक माता की गोद में। माता के स्तन से दूध की धारें, प्रेमोद्गार से विकल, उबलती, मीठे स्वरों में गाती निकलती हैं और बालक के नन्हें-से मुख में समाकर नीचे बह जाती हैं। प्रभात की स्वर्ण-किरणों में नहाकर माता का स्नेह-सुंदर गात निखर गया है और बालक भी अंचल से मुँह निकाल-निकालकर माता के स्नेह-प्लावित मुख की ओर देखता है, हुमकता है और मुस्कुराता है; पर माता बार-बार उसे अंचल से ढँक लेती है कि कहीं उसे नज़र न लग जाये।

सहसा तोप के छूटने की कर्ण-कटु ध्वनि सुनाई दी। माता का हृदय काँप उठा, बालक गोद में चिमट गया।

फिर वही भयंकर ध्वनि! माँ दहल उठी, बालक चिमट गया।

फिर तो लगातार तोपें छूटने लगीं। माता के मुख पर आशंका के बादल छा गए। आज रियासत के नए पोलिटिकल एजेंट यहाँ आ रहे हैं। उन्हीं के अभिवादन में सलामियाँ उतारी जा रही हैं।

मिस्टर क्लार्क और सोफ़िया को यहाँ आये एक महीना गुज़र गया। जागीरदारों की मुलाकातों, दावतों, नज़रानों से इतना अवकाश ही न मिला कि आपस में कुछ बातचीत हो। सोफ़िया बार-बार विनयसिंह का जिक्र करना चाहती; पर न तो उसे मौका ही मिलता और न यही सूझता कि कैसे वह जिक्र छेड़ूँ। आखिर जब पूरा महीना खत्म हो गया, तो एक दिन उसने क्लार्क से कहा—इन दावतों का ताँता तो लगा ही रहेगा, और बरसात बीती जा रही है। अब यहाँ जी नहीं लगता, ज़रा पहाड़ी प्रांतों की सैर करनी चाहिए। पहाड़ियों में खूब बहार होगी। क्लार्क भी सहमत हो गए।

एक सप्ताह से दोनों रियासतों की सैर कर रहे हैं। रियासत के दीवान सरदार नीलकंठ राव भी साथ हैं। जहाँ ये लोग पहुँचते हैं, बड़ी धूमधाम से उनका स्वागत होता है, सलामियाँ उतारी जाती हैं, मान-पत्र मिलते हैं, मुख्य-मुख्य स्थानों की सैर कराई जाती है। पाठशालाओं, चिकित्सालयों और अन्य सार्वजनिक संस्थाओं का निरीक्षण किया जाता है। सोफ़िया को जेलखाने के निरीक्षण का बहुत शौक है। वह बड़े ध्यान से क़ैदियों को, उनके भोजनालयों को, जेल के नियमों को देखती है और क़ैदखाने के सुधार के लिए कर्मचारियों से विशेष आग्रह करती है। आज तक कभी इन अभागों की ओर किसी एजेंट ने ध्यान न दिया था। उनकी दशा शोचनीय थी, मनुष्यों से ऐसा व्यवहार किया जाता था, जिसकी कल्पना ही से रोमांच हो जाता है। पर सोफ़िया के अविरल प्रयन्न से उनकी दशा सुधरने लगी है। आज जसवंतनगर के मेज़बानों को सेवा-सत्कार का सौभाग्य प्राप्त हुआ है और सारा कस्बा, अर्थात् वहाँ के राजकर्मचारी, पगड़ियाँ बाँधे इधर-उधर दौड़ते फिरते हैं। किसी के होश-हवास ठिकाने नहीं हैं, जैसे नींद में किसी ने भेड़ियों का स्वप्न देखा हो। बाजार कर्मचारियों ने सुसज्जित कराए हैं, जेल के क़ैदियों और शहर के चौकीदारों ने कुलियों और मजदूरों का काम किया है, बस्ती का कोई प्राणी बिना अपना परिचय दिए हुए सड़कों पर नहीं आने पाता। नगर के किसी मनुष्य ने इस स्वागत में भाग नहीं लिया है और रियासत ने उनकी उदासीनता का यह उत्तर दिया है। सड़कों को दोनों तरफ़ सशस्त्र सिपाहियों की सफें खड़ी कर दी गई हैं कि प्रजा की अशांति का कोई चिह्न भी न नज़र आने पाए। सभाएँ करने की मनाही कर दी गई है।

सन्ध्या हो गई थी। जुलूस निकला। पैदल और सवार आगे-आगे थे। फौजी बाजे बज रहे थे। सड़कों पर रोशनी हो रही थी, पर मकानों में, छतों पर, अंधकार छाया हुआ था। फूलों की वर्षा हो रही थी, पर छतों से नहीं, सिपाहियों के हाथों से। सोफ़ी सब कुछ समझती थी, पर क्लार्क की आँखों पर परदा-सा पड़ा हुआ था। असीम ऐश्वर्य ने उनकी बुद्धि को भ्रांत कर दिया है। कर्मचारी सब कुछ कर सकते हैं, पर भक्ति पर उनका वश नहीं होता। नगर में कहीं आनन्दोत्साह का चिह्न नहीं है, सियापा-सा छाया हुआ है, न पग-पग पर जय-ध्वनि है, न कोई रमणी आरती उतारने आती है, न

कहीं गाना-बजाना है मानो किसी पुत्र-शोक मग्न माता के सामने विहार हो रहा हो।

कस्बे का गश्त करके सोफ़ी, क्लार्क, सरदार नीलकंठ और दो-एक उच्च कर्मचारी तो राजभवन में आकर बैठे, और लोग विदा हो गए। मेज़ पर चाय लाई गई। मि. क्लार्क ने बोतल से शराब उड़ेली, तो सरदार साहब, जिन्हें इसकी दुर्गंध से घृणा थी, खिसककर सोफ़िया के पास आ बैठे और बोले—जसवंतनगर आपको कैसा पसंद आया?

सोफ़िया—बहुत ही रमणीक स्थान है। पहाड़ियों का दृश्य अत्यंत मनोहर है। शायद कश्मीर के सिवा ऐसी प्राकृतिक शोभा और कहीं न होगी। नगर की सफाई से चित्त प्रसन्न हो गया। मेरा तो जी चाहता है, यहाँ कुछ दिनों रहूँ।

नीलकंठ डरे। एक-दो दिन तो पुलिस और सेना के बल से नगर को शांत रखा जा सकता है, पर महीने-दो महीने किसी तरह नहीं। असम्भव है। कहीं ये लोग यहाँ जम गए, तो नगर की यथार्थ स्थिति अवश्य ही प्रकट हो जाएगी। न जाने उसका क्या परिणाम हो। बोले—यहाँ की बाह्य छटा के धोखे में न आइए। जलवायु बहुत खराब है। आगे आपको इससे कहीं सुंदर स्थान मिलेंगे।

सोफ़िया—कुछ भी हो, मैं यहाँ दो हफ़्ते अवश्य ठहरूँगी। क्यों विलियम, तुम्हें यहाँ से जाने की कोई जल्दी तो नहीं है?

क्लार्क—तुम यहाँ रहो, तो मैं दफन होने को तैयार हूँ।

सोफ़िया—लीजिए सरदार साहब, विलियम को कोई आपत्ति नहीं है।

सोफ़िया को सरदार साहब को दिक करने में मजा आ रहा था।

नीलकंठ—फिर भी मैं आपसे यही अर्ज़ करूँगा कि जसवंतनगर बहुत अच्छी जगह नहीं है। जलवायु की विषमता के अतिरिक्त यहाँ की प्रजा में अशांति के बीज अंकुरित हो गए हैं।

सोफ़िया—तब तो हमारा यहाँ रहना और भी आवश्यक है। मैंने किसी रियासत में यह शिकायत नहीं सुनी। गवर्नमेंट ने रियासतों को आंतरिक स्वाधीनता प्रदान कर दी है। लेकिन इसका यह आशय नहीं है कि रियासतों में अराजकता के कीटाणुओं को सेये जाने दिया जाये। इसका उत्तरदायित्व अधिकारियों पर है, और गवर्नमेंट को अधिकार है कि वह इस असावधानी का संतोषजनक उत्तर माँगे।

सरदार साहब के हाथ-पाँव फूल गए। सोफ़िया से उन्होंने यह बात निश्शंक होकर कहीं थी। उसकी विनयशीलता से उन्होंने समझ लिया था कि मेरी नज़र-भेंट ने अपना काम कर दिखाया। कुछ बेतकल्लुफ से हो गए थे। यह फटकार पड़ी, तो आँखें चौंधिया गईं। कातर स्वर में बोले—मैं आपको विश्वास दिलाता हूँ कि यद्यपि रियासत पर इस स्थिति का उत्तरदायित्व है; पर हमने यथासाध्य इसके रोकने की चेष्टा की और अब भी कर रहे हैं। यह बीज उस दिशा से आया, जिधर से उसके आने की सम्भावना न थी; या यों कहिए कि विष-बिन्दु सुनहरे पात्रों में लाये गए। बनारस के रईस कुँवर भरतसिंह के स्वयंसेवकों ने कुछ ऐसे कौशल से काम लिया कि हमें खबर तक न हुई। डाकुओं से धन की रक्षा की जा सकती है, पर साधुओं से नहीं। विशेषतः कुँवर साहब का पुत्र अत्यंत कुटिल प्रकृति का युवक है। उसने इस प्रांत में अपने विद्रोहात्मक विचारों का यहाँ तक प्रचार किया कि इसे विद्रोहियों का अखाड़ा बना दिया। उसकी बातों में कुछ ऐसा जादू होता था कि प्रजा प्यासों की भाँति उसकी ओर दौड़ती थी। उसके साधु भेष, उसके सरल निस्पृह जीवन, उसकी मृदुल सहृदयता और सबसे अधिक उसके देवोपम स्वरूप ने छोटे-बड़े सभी पर वशीकरण-सा कर दिया। रियासत को बड़ी चिन्ता हुई। हम लोगों की नींद हराम हो गई। प्रतिक्षण विद्रोह की आग भड़क उठने की आशंका होती थी। यहाँ तक हमें सदर से सैनिक सहायता भेजनी पड़ी। विनयसिंह तो किसी तरह गिरफ्तार हो गया; पर उसके अन्य सहयोगी अभी तक इलाके में छिपे हुए प्रजा को उत्तेजित कर रहे हैं। कई बार यहाँ सरकारी खजाना लुट चुका है। कई बार विनय को जेल से निकाल ले जाने का दुष्प्रयत्न किया जा चुका है। और कर्मचारियों को नित्य प्राणों की शंका बनी रहती है। मुझे विवश होकर आपसे यह वृत्तांत कहना पड़ा। मैं आपको यहाँ ठहरने की कदापि राय न दूँगा। अब आप स्वयं समझ सकती हैं कि हम लोगों ने जो कुछ किया, उसके सिवा और क्या कर सकते थे।

सोफ़िया ने बड़ी चिन्ता के भाव से कहा—दशा उससे कहीं भयंकर है, जितना मैं समझती थी। इस अवस्था में विलियम का यहाँ से जाना कर्त्तव्य के विरुद्ध होगा। वह यहाँ गवर्नमेंट के प्रतिनिधि होकर आए हैं, केवल सैर-सपाटे करने के लिए नहीं। क्यों, विलियम, तुम्हें यहाँ रहने में कोई आपत्ति तो नहीं है? यहाँ की रिपोर्ट भी तो करनी पड़ेगी।

क्लार्क ने एक चुस्की लेकर कहा—तुम्हारी इच्छा हो, तो मैं नरक में भी स्वर्ग का सुख ले सकता हूँ। रहा रिपोर्ट लिखना, वह तुम्हारा काम है।

नीलकंठ—मेरी आपसे सविनय प्रार्थना है कि रियासत को सँभालने के लिए कुछ और समय दीजिए। अभी रिपोर्ट करना हमारे लिए घातक होगा।

इधर तो यह अभिनय हो रहा था, सोफ़िया प्रभुत्व के सिंहासन पर विराजमान थी, ऐश्वर्य चँवर हिलाता था, अष्टसिद्धि हाथ बाँधे खड़ी थी। उधर विनय अपनी अँधेरी कालकोठरी में म्लान और क्षुब्ध बैठा हुआ नारी जाति की निष्ठुरता और असहृदयता पर रो रहा था। अन्य कैदी अपने-अपने कमरे साफ कर रहे थे, उन्हें कल नए कंबल और नए कुरते दिये गए थे, जो रियासत में एक नई घटना थी। जेल कर्मचारी कैदियों को पढ़ा रहे थे—मेम साहब पूछें, तुम्हें क्या शिकायत है, तो सब लोग एक स्वर से कहना, हुजूर के प्रताप से हम बहुत सुखी हैं और हुज़ूर के जान-माल की खैर मनाते हैं। पूछें, क्या चाहते हो? तो कहना, हुजूर की दिनोंदिन उन्नति हो, इसके सिवा हम कुछ नहीं चाहते। खबरदार, जो किसी ने सिर ऊपर उठाया और कोई बात मुँह से निकाली, खाल उधेड़ ली जाएगी। कैदी फूले न समाते थे। आज मेम साहब की आमद की खुशी में मिठाइयाँ मिलेंगी। एक दिन की छुट्टी होगी। भगवान उन्हें सदा सुखी रखें कि हम अभागों पर इतनी दया करती हैं।

किन्तु विनय के कमरे में अभी तक सफाई नहीं हुई। नया कम्बल पड़ा हुआ है, छुआ तक नहीं गया। कुरता ज्यों-का-त्यों तह किया हुआ रखा है। वह अपना पुराना कुरता ही पहने हुए है। उसके शरीर के एक-एक रोम से, मस्तिष्क के एक-एक अणु से, हृदय की एक-एक गति से यही आवाज़ आ रही है—सोफ़िया! उसके सामने क्योंकर जाऊँगा। उसने सोचना शुरू किया—सोफ़िया यहाँ क्यों आ रही है? क्या मेरा अपमान करना चाहती है? सोफ़ी, जो दया और प्रेम की सजीव मूर्ति थी, क्या वह मुझे क्लार्क के सामने बुलाकर पैरों से कुचलना चाहती है? इतनी निर्दयता और मुझ जैसे आभागे पर, जो आप ही अपने दिनों को रो रहा है! नहीं, वह इतनी वज्र-हृदया नहीं है, उसका हृदय इतना कठोर नहीं हो सकता। यह सब मि. क्लार्क की शरारत है, वह मुझे सोफ़ी के सामने लज्जित करना चाहते हैं; पर मैं उन्हें यह अवसर न दूँगा, मैं उनके सामने जाऊँगा ही नहीं, मुझे बलात् ले जाये; जिसका जी

चाहे। क्यों बहाना करूँ कि मैं बीमार हूँ। साफ कह दूँगा, मैं वहाँ नहीं जाता। अगर जेल का यह नियम है, तो हुआ करे, मुझे ऐसे नियम की परवाह नहीं, जो बिल्कुल निरर्थक है। सुनता हूँ, दोनों यहाँ एक सप्ताह तक रहना चाहते हैं, क्या प्रजा को पीस ही डालेंगे? अब भी तो मुश्किल से आधे आदमी बच रहे होंगे, सैकड़ों निकाल दिये गए, सैकड़ों जेल में ठूंस दिये गए, क्या इस कस्बे को बिलकुल मिट्टी में मिला देना चाहते हैं।

सहसा जेल का दारोग़ा आकर कर्कश स्वर में बोला—तुमने कमरे की सफाई नहीं की! अरे, तुमने तो अभी कुरता भी नहीं बदला, कम्बल तक नहीं बिछाया! तुम्हें हुक्म मिला या नहीं?

विनय—हुक्म तो मिला, मैंने उसका पालन करना आवश्यक नहीं समझा।

दारोग़ा ने और गरम होकर कहा—इसका यही नतीजा होगा कि तुम्हारे साथ भी और क़ैदियों का-सा सलूक किया जाये। हम तुम्हारे साथ अब तक शराफत का बर्ताव करते आए हैं, इसलिए कि तुम एक प्रतिष्ठित रईस के लड़के हो और यहाँ विदेश में आ पड़े हो। पर मैं शरारत नहीं बर्दाश्त कर सकता।

विनय—यह बतलाइए कि मुझे पोलिटिकल एजेंट के सामने तो न जाना पड़ेगा?

दारोगा—और यह कंबल और कुरता किसलिए दिया गया है; कभी और भी किसी ने यहाँ नया कंबल पाया है? तुम लोगों के तो भाग्य खुल गए।

विनय—अगर आप मुझ पर इतनी रियायत करें कि मुझे साहब के सामने जाने को मजबूर न करें, तो मैं आपका हुक्म मानने को तैयार हूँ।

दारोग़ा—कैसे बेसिर—पैर की बातें करते हो, मेरा कोई अख्तियार है? तुम्हें जाना पड़ेगा।

विनय ने बड़ी नम्रता से कहा—मैं आपका यह एहसान कभी न भूलूँगा।

किसी दूसरे अवसर पर दारोग़ाजी शायद जामे से बाहर हो जाते, पर आज कैदियों को खुश रखना ज़रूरी था। बोले—मगर भाई, यह रिआयत करनी मेरी शक्ति से बाहर है। मुझ पर न जाने क्या आफत आ जाये। सरदार साहब मुझे कच्चा खा ही जाएंगे। मेम साहब को जेलों को देखने की धुन है। बड़े साहब तो कर्मचारियों के दुश्मन हैं, मेम साहब उनसे भी बढ़-चढ़कर है। सच पूछो तो जो कुछ हैं, वह मेम साहब ही हैं। साहब तो उनके इशारों के गुलाम

हैं। कहीं वह बिगड़ गईं, तो तुम्हारी मियाद तो दूनी हो ही जायेगी, हम भी पिस जायेंगे।

विनय—मालूम होता है, मेम साहब का बड़ा दबाव है।

दारोग़ा—दबाव! अजी, यह कहो कि मेम साहब ही पोलिटिकल एजेंट हैं। साहब तो केवल हस्ताक्षर करने-भर को हैं। नजर-भेंट सब मेम साहब के ही हाथों में जाती है।

विनय—आप मेरे साथ इतनी रिआयत कीजिए कि मुझे उनके सामने जाने के लिए मजबूर न कीजिए। इतने कैदियों में एक आदमी की कमी जान न पड़ेगी। हाँ, अगर वह मुझे नाम लेकर बुलाएँगी, तो मैं चला जाऊँगा।

दारोग़ा—सरदार साहब मुझे जीता निगल जायेंगे।

विनय—मगर करना आपको यही पड़ेगा। मैं अपनी खुशी से कदापि न जाऊँगा।

दारोग़ा—मैं बुरा आदमी हूँ, मुझे दिक मत करो। मैंने इसी जेल में बड़े-बड़ों की गरदनें ढीली कर दी हैं।

विनय—अपने को कोसने का आपको अधिकार है; पर आप जानते हैं, मैं जब्र के सामने सिर झुकाने वाला नहीं हूँ।

दारोग़ा—भाई, तुम विचित्र प्राणी हो, उसके हुक्म से सारा शहर खाली कराया जा रहा है, और फिर भी अपनी जिद किये जाते हो। लेकिन तुम्हें अपनी जान भारी हो, मुझे अपनी जान भारी नहीं है।

विनय—क्या शहर खाली कराया जा रहा है? यह क्यों?

दारोग़ा—मेम साहब का हुक्म है, और क्या, जसवंतनगर पर उनका कोप है। जब से उन्होंने यहाँ की वारदातें सुनी हैं, मिजाज़ बिगड़ गया है। उनका वश चले, तो इसे खुदवाकर फेंक दें। हुक्म हुआ है कि एक सप्ताह तक कोई जवान आदमी कस्बे में न रहने पाए। भय है कि कहीं उपद्रव न हो जाये, सदर से मदद माँगी गई है।

दारोग़ा ने स्थिति को इतना बढ़ाकर बयान किया, इससे उनका उद्देश्य विनयसिंह पर प्रभाव डालना था और उनका उद्देश्य पूरा हो गया। विनयसिंह को चिन्ता हुई कि कहीं मेरी अवज्ञा से क्रुद्ध होकर अधिकारियों ने मुझ पर और भी अत्याचार करने शुरू किये और जनता को यह खबर मिली, तो वह

बिगड़ खड़ी होगी और उस दशा में मैं उन हत्याओं के पाप का भागी ठहरूँगा। कौन जाने, मेरे पीछे मेरे सहयोगियों ने लोगों को और भी उभार रखा हो, उनमें उद्दंड प्रकृति के युवकों की कमी नहीं है। नहीं, हालत नाज़ुक है। मुझे इस वक़्त धैर्य से काम लेना चाहिए। दारोग़ा से पूछा—मेम साहब यहाँ किस वक़्त आयेंगी?

दारोग़ा—उनके आने का कोई ठीक समय थोड़े ही है। धोखा देकर किसी ऐसे वक्त आ पहुँचेगी, जब हम लोग गाफिल पड़े होंगे। इसी से तो कहता हूँ कि कमरे की सफाई कर डालो; कपड़े बदल लो; कौन जाने, आज ही आ जायें।

विनय—अच्छी बात है; आप जो कुछ कहते हैं, सब कर लूँगा। अब आप निश्चिंत हो जाएँ।

दारोग़ा—सलामी के वक़्त आने से इनकार तो न करोगे?

विनय—जी नहीं; आप मुझे सबसे पहले आँगन में मौजूद पाएँगे।

दारोग़ा—मेरी शिकायत तो न करोगे?

विनय—शिकायत करना मेरी आदत नहीं, इसे आप खूब जानते हैं।

दारोग़ा चला गया। अँधेरा हो चला था। विनय ने अपने कमरे में झाड़ू लगाई, कपड़े बदले, कम्बल बिछा दिया। वह कोई ऐसा काम नहीं करना चाहते थे, जिससे किसी की दृष्टि उनकी ओर आकृष्ट हो; वह अपनी निरपेक्षता से हुक्काम के संदेहों को दूर कर देना चाहते थे। भोजन का समय आ गया, पर मिस्टर क्लार्क ने पदार्पण न किया। अंत में निराश होकर दारोग़ा ने जेल के द्वार बन्द कराए और कैदियों को विश्राम करने का हुक्म दिया। विनय लेटे तो सोचने लगे—सोफ़ी का यह रूपांतर क्योंकर हो गया? वही लज्जा और विनय की मूर्ति, वही सेवा और त्याग की प्रतिमा आज निरंकुशता की देवी बनी हुई है! उसका हृदय कितना कोमल था, कितना दयाशील, उसके मनोभाव कितने उच्च और पवित्र थे, उसका स्वभाव कितना सरल था, उसकी एक-एक दृष्टि हृदय पर कालिदास की एक-एक उपमा की-सी चोट करती थी, उसके मुँह से जो शब्द निकलता था, वह दीपक की ज्योति की भाँति चित्त को आलोकित कर देता था। ऐसा मालूम होता था, केवल पुष्प-सुगंध से उसकी सृष्टि हुई है, कितना-कितना निष्कंप, कितना गंभीर, कितना मधुर सौन्दर्य था! वह सोफ़ी अब इतनी निर्दय हो गई है!

चारों ओर सन्नाटा छाया हुआ था, मानो, कोई तूफान आने वाला है। आज जेल के आँगन में दारोग़ा के जानवर न बंधे थे, न बरामदों में घास के ढेर थे। आज किसी कैदी को जेल-कर्मचारियों के जूठे बरतन नहीं माँजने पड़े, किसी ने सिपाहियों की चम्पी नहीं की। जेल के डॉक्टर की बुढ़िया महरी आज कैदियों को गालियाँ नहीं दे रही थी और दफ्तर में कैदियों से मिलने वाले संबंधियों के नजरानों का बाँट-बखरा न होता था। कमरों में दीपक थे, दरवाजे खुले रखे हुए थे। विनय के मन में प्रश्न उठा क्यों न भाग चलूँ? मेरे समझाने से कदाचित् लोग शान्त हो जाएँ। सदर सेना आ रही है, जरा-सी बात पर विप्लव हो सकता है। यदि मैं शांति-स्थापना करने में सफल हुआ, तो वह मेरे इस अपराध का प्रायश्चित्त होगा। उन्होंने दबी हुई नजरों से जेल की ऊँची दीवारों को देखा, कमरे से बाहर निकलने की हिम्मत न पड़ी। किसी ने देख लिया तो? लोग यही समझेंगे कि मैं जनता को भड़काने के इरादे से भागने की चेष्टा कर रहा था।

इस हैस-बैस में रात कट गई। अभी कर्मचारियों की नींद भी न खुली थी कि मोटर की आवाज़ ने आगंतुकों की सूचना दी। दारोग़ा, डॉक्टर, वार्डर, चौकीदार हड़बड़ाकर निकल पड़े। पहली घंटी बजी, क़ैदी मैदान में निकल आये, उन्हें कतारों में खड़े होने का हुक्म दिया गया, और उसी क्षण सोफ़िया, मिस्टर क्लार्क और सरदार नीलकंठ जेल में दाखिल हुए।

सोफ़िया ने आते ही कैदियों पर निगाह डाली। उस दृष्टि में प्रतीक्षा न थी, उत्सुकता न थी, भय था, विकलता थी, अशांति थी। जिस आकांक्षा ने उसे बरसों रुलाया था, जो उसे यहाँ तक खींच लायी थी, जिसके लिए उसने अपने प्राणप्रिय सिद्धान्तों का बलिदान किया था, उसी को सामने देखकर वह इस समय कातर हो रही थी। जैसे कोई परदेशी बहुत दिनों के बाद अपने गाँव में आकर अंदर कदम रखते हुए डरता है कि कहीं कोई अशुभ समाचार कानों में न पड़ जाए? सहसा उसने विनय को सिर झुकाए खड़े देखा। हृदय में प्रेम का एक प्रचंड आवेग हुआ, नेत्रों में अँधेरा छा गया। घर वही था, पर उजड़ा हुआ, घास-पात से ढका हुआ, पहचानना मुश्किल था। वह प्रसन्न मुख कहाँ था, जिस पर कवित्त की सरलता बलि होती थी, वह पुरुषार्थ का-सा विशाल वक्ष कहाँ था। सोफ़ी के मन में अनिवार्य इच्छा हुई कि विनय के पैरों पर गिर

पड़ूँ, उसे अश्रु-जल से धोऊँ, उसे गले से लगाऊँ। अकस्मात् विनयसिंह मूर्च्छित होकर गिर पड़े, एक आर्तध्वनि थी, जो एक क्षण तक प्रवाहित होकर शोकावेग से निशब्द हो गई। सोफ़ी तुरंत विनय के पास जा पहुँची। चारों तरफ़ शोर मच गया। जेल का डॉक्टर दौड़ा। दारोग़ा पागलों की भाँति उछल-कूद मचाने लगा—अब नौकरों की खैरियत नहीं। मेम साहब पूछेंगी, इसकी हालत इतनी नाज़ुक थी, तो इसे चिकित्सालय में क्यों नहीं रखा; बड़ी मुसीबत में फँसा। इस भले आदमी को भी इसी वक्त बेहोश होना था। कुछ नहीं, इसने दम साधा है, बना हुआ है, मुझे तबाह करने पर तुला हुआ है। बचा! जाने दो मेम साहब को तो देखना, तुम्हारी ऐसी खबर लेता हूँ कि सारी बेहोशी निकल जाए, फिर कभी बेहोश होने का नाम ही न लो। यह आखिर इसे हो क्या गया, किसी कैदी को आज तक यों मूर्च्छित होते नहीं देखा। हाँ, किस्सों में लोगों को बात-बात में बेहोश हो जाते पढ़ा है। मिर्गी का रोग होगा और क्या।

दारोग़ा तो अपनी जान की ख़ैर मना रहा था, उधर सरदार साहब मिस्टर क्लार्क से कह रहे थे—यह वही युवक है, जिसने रियासत में ऊधम मचा रखा है। सोफ़ी ने डॉक्टर से घुड़ककर कहा, हट जाओ, और विनय को उठवाकर दफ़्तर में लायी। आज वहाँ बहुमूल्य गलीचे बिछे हुए थे। चाँदी की कुर्सियाँ थीं, मेज पर जरी का मेजपोश था, उस पर सुन्दर गुलदस्ते थे। मेज पर जलपान की सामग्रियाँ चुनी हुई थीं। तजबीज़ थी कि निरीक्षण के बाद साहब यहाँ नाश्ता करेंगे। सोफ़ी ने विनय को कालीन के फ़र्श पर लिटा दिया और सब आदमियों को वहाँ से हट जाने का इशारा किया। उसकी करुणा और दया प्रसिद्ध थी, किसी को आश्चर्य न हुआ। जब कमरे में कोई न रहा, तो सोफ़ी ने खिड़कियों पर परदे डाल दिये और विनय का सिर अपनी जाँघ पर रखकर अपनी रुमाल उस पर झलने लगी। आँसू की गरम-गरम बूँदें उसकी आँखों से निकल-निकलकर विनय के मुख पर गिरने लगीं। उन जल-बिन्दुओं में कितनी प्राणप्रद शक्ति थी! उसमें उसकी समस्त मानसिक और आत्मिक शक्ति भरी हुई थी। एक-एक जल-बिन्दु उसके जीवन का एक-एक बिन्दु था। विनयसिंह की आँखें खुल गईं। स्वर्ग का एक पुष्प अक्षय, अपार सौरभ में नहाया हुआ, हवा के मृदुल झोकों से हिलता, सामने विराज रहा था। सौंदर्य की सबसे मनोहर, सबसे मधुर छवि वह है, जब वह सजल शोक से आर्द्र होता

है, वही उसका आध्यात्मिक स्वरूप होता है। विनय चौंककर उठे नहीं; यहीं तो प्रेम-योगियों की सिद्धि है, यही तो उनका स्वर्ग है, यही तो स्वर्ण-साम्राज्य है, यही तो उनकी अभिलाषाओं का अंत है, इस स्वर्गीय आनंद में तृप्ति कहाँ! विनय के मन में करुण भावना जागृत हुई—काश, इसी भाँति प्रेम-शय्या पर लेटे हुए सदैव के लिए ये आँखें बंद हो जातीं! सारी आकांक्षाओं का लय हो जाता। मरने के लिए इससे अच्छा और कौन-सा अवसर होगा?

एकाएक उन्हें याद आ गया, सोफ़ी को स्पर्श करना भी मेरे लिए वर्जित है। उन्होंने तुरंत अपना सिर उसकी जाँघ पर से खींच लिया और अवरुद्ध कंठ से बोले—मिसेज़ क्लार्क, आपने मुझ पर बड़ी दया की, इसके लिए आपका अनुगृहीत हूँ।

सोफ़िया ने तिरस्कार की दृष्टि से देखकर कहा—अनुग्रह गालियों के रूप में नहीं प्रकट किया जाता।

विनय ने विस्मित होकर कहा—ऐसा घोर अपराध मुझसे कभी नहीं हुआ।

सोफ़िया—ख्वाहमखाह किसी शख्स के साथ मेरा संबंध जोड़ना गाली नहीं तो क्या है?

विनय—मिस्टर क्लार्क?

सोफ़िया—क्लार्क को मैं तुम्हारी जूतियों का तस्मा खोलने के योग्य भी नहीं समझती।

विनय—लेकिन अम्माँजी ने...।

सोफ़िया—तुम्हारी अम्माँजी ने झूठ लिखा और तुमने उस पर विश्वास करके मुझ पर घोर अन्याय किया। कोयल आम न पाकर भी निम्बौड़ियों पर नहीं गिरती।

इतने में क्लार्क ने आकर पूछा—इस क़ैदी की क्या हालत है? डॉक्टर आ रहा है, वह इसकी दवा करेगा। चलो, देर हो रही है।

सोफ़िया ने रुखाई से कहा—तुम जाओ, मुझे फुरसत नहीं।

क्लार्क—कितनी देर तक तुम्हारी राह देखूँ?

सोफ़िया—यह मैं नहीं कह सकती। मेरे विचार में एक मनुष्य की सेवा करना सैर करने से कहीं आवश्यक है।

क्लार्क—खैर, मैं थोड़ी देर और ठहरूँगा।

यह कहकर वह बाहर चले गए, तब सोफ़ी ने विनय के माथे से पसीना पोंछते हुए कहा—विनय, मैं डूब रही हूँ, मुझे बचा लो। मैंने रानीजी की शंकाओं को निवृत्त करने के लिए यह स्वाँग रचा था।

विनय ने अविश्वाससूचक भाव से कहा—तुम यहाँ क्लार्क के साथ क्यों आयीं और उनके साथ कैसे रहती हो?

सोफ़िया का मुख-मंडल लज्जा से आरक्त हो गया। बोली—विनय, यह मत पूछो, मगर मैं ईश्वर को साक्षी देकर कहती हूँ, मैंने जो कुछ किया, तुम्हारे लिए किया। तुम्हें इस क़ैद से निकालने के लिए मुझे इसके सिवा और कोई उपाय न सूझा। मैंने क्लार्क को प्रमाद में डाल रखा है। तुम्हारे ही लिए मैंने यह कपट-वेष धारण किया है। अगर तुम इस वक़्त कहो, सोफ़ी, तू मेरे साथ जेल में रह, तो मैं यहाँ आकर तुम्हारे साथ रहूँगी। मैंने तुम्हारा दामन पकड़ लिया है और अब उसे किसी तरह नहीं छोड़ सकती; चाहे तुम ठुकरा ही क्यों न दो। मैंने आत्मसम्मान तक तुम्हें समर्पित कर दिया है। विनय, यह ईश्वरीय विधान है, यह उसकी ही प्रेरणा है; नहीं तो इतना अपमान और उपहास सहकर तुम मुझे जिन्दा न पाते।

विनय ने सोफ़ी के दिल की थाह लेने के लिए कहा—अगर यह ईश्वरीय विधान है, तो उसने हमारे और तुम्हारे बीच में यह दीवार क्यों खड़ी कर दी है?

सोफ़िया—यह दीवार ईश्वर ने नहीं खड़ी की, आदमियों ने खड़ी की है।

विनय—कितनी मज़बूत है!

सोफ़िया—हाँ मगर दुर्भेद्य नहीं।

विनय—तुम इसे तोड़ सकोगी?

सोफ़िया—इसी क्षण, तुम्हारी आँखों के एक इशारे पर। कोई समय था, जब मैं उस दीवार को ईश्वरकृत समझती थी और उसका सम्मान करती थी, पर अब उसका यथार्थ स्वरूप देख चुकी। प्रेम इन बाधाओं की परवा नहीं करता, यह दैहिक संबंध नहीं, आत्मिक संबंध है।

विनय ने सोफ़ी का हाथ अपने हाथ में लिया और उसकी ओर प्रेम-विह्वल नेत्रों से देखकर बोले—तो आज से तुम मेरी हो, और मैं तुम्हारा हूँ।

सोफ़ी का मस्तक विनय के हृदय-स्थल पर झुक गया, नेत्रों से जल-वर्षा होने लगी, जैसे काले बादल धरती पर झुककर एक क्षण में उसे तृप्त कर देते हैं।

उसके मुख से एक शब्द भी न निकला, मौन रह गई। शोक की सीमा कंठावरोध है, पर शुष्क और दाह-युक्त; आनन्द की सीमा भी कंठावरोध है, पर आर्द्र और शीतल। सोफ़ी को अब अपने एक-एक अंग में, नाड़ियों की एक-एक गति में आन्तरिक शक्ति का अनुभव हो रहा था। नौका ने कर्णधार का सहारा पा लिया था। अब उसका लक्ष्य निश्चित था। वह अब हवा के झोकों या लहरों के प्रवाह के साथ डावाँडोल न होगी, वरन् सुव्यवस्थित रूप से अपने पथ पर चलेगी।

विनय भी दोनों पर खोले हुए आनंद के आकाश में उड़ रहे थे। वहाँ की वायु में सुगंध थी, प्रकाश में प्राण, किसी ऐसी वस्तु का अस्तित्व न था, जो देखने में अप्रिय, सुनने में कटु, छूने में कठोर हो और स्वाद में कडुवी हो। वहाँ के फूलों में काँटें न थे, सूर्य में इतनी उष्णता न थी, जमीन पर व्याधियाँ न थीं, दरिद्रता न थी, चिन्ता न थी, कलह न था, एक व्यापक शांति का साम्राज्य था। सोफ़िया इस साम्राज्य की रानी थी और वह स्वयं उसके प्रेम-सरोवर में विहार कर रहे थे। इस मुख-स्वप्न के सामने यह त्याग और तप का जीवन कितना नीरस, कितना निराशाजनक था, यह अँधेरी कोठरी कितनी भयंकर!

सहसा क्लार्क ने फिर आकर कहा—डार्लिंग, अब विलम्ब न करो, बहुत देर हो रही है, सरदार साहब आग्रह कर रहे हैं। डॉक्टर इस रोगी की खबर लेगा।

सोफ़ी उठ खड़ी हुई और विनय की ओर से मुँह फेरकर करुण-कम्पित स्वर में बोली—घबराना नहीं, मैं कल फिर आऊँगी।

विनय को ऐसा जान पड़ा, मानो नाड़ियों में रक्त सूखा जा रहा है। वह मर्माहत पक्षी की भाँति पड़े रहे। सोफ़ी द्वार तक आयी, फिर रुमाल लेने के बहाने लौटकर विनय के कान में बोली—मैं कल फिर आऊँगी और तब हम दोनों यहाँ से चले जायेंगे। मैं तुम्हारी तरफ़ से सरदार नीलकंठ से कह दूँगी कि वह क्षमा माँगते हैं।

सोफ़ी के चले जाने के बाद भी ये आतुर, उत्सुक, प्रेम में डूबे हुए शब्द किसी मधुर संगीत के अंतिम स्वरों की भाँति विनय के कानों में गूँजते रहे। किन्तु वह शीघ्र ही इहलोक में आने के लिए विवश हुआ। जेल के डॉक्टर ने आकर उसे दफ़्तर ही में एक पलंग पर लिटा दिया और पुष्टिकारक औषधियाँ सेवन कराईं। पलंग पर नर्म बिछौना था, तकिये लगे थे, पंखा झला जा रहा था। दारोगा एक-एक क्षण में कुशल पूछने के लिए आता था, और डॉक्टर तो वहाँ से हटने

का नाम ही न लेता था। यहाँ तक कि विनय ने इन शुश्रूषाओं से तंग आकर डॉक्टर से कहा–मैं बिलकुल अच्छा हूँ, आप अब जाएँ, शाम को आइएगा।

डॉक्टर साहब डरते-डरते बोले–आपको जरा नींद आ जाए, तो मैं चला जाऊँ।

विनय ने उन्हें विश्वास दिलाया कि आपके विदा होते ही मुझे नींद आ जायेगी। डॉक्टर अपने अपराधों की क्षमा माँगते हुए चले गए। इसी बहाने से विनय ने दारोगा को भी खिसकाया, जो आज शील और दया के पुतले बने हुए थे। उन्होंने समझा था, मेम साहब के चले जाने के बाद इसकी खबर लूँगा; पर वह अभिलाषा पूरी न हो सकी। सरदार साहब ने चलते समय जता दिया था कि इनके सेवा-सत्कार में कोई कसर न रखना, नहीं तो मेम साहब जहन्नुम में भेज देंगी।

शांत विचार के लिए एकाग्रता उतनी ही आवश्यक है, जितनी ध्यान के लिए। वायु की गति तराजू के पलड़ों को बराबर नहीं होने देती। विनय को अब विचार हुआ–अम्माँजी को यह हाल मालूम हुआ, तो वह अपने मन में क्या कहेंगी। मुझसे उनकी कितनी मनोकामनाएँ सम्बद्ध हैं। सोफ़ी के प्रेम-पाश से बचने के लिए उन्होंने मुझे निर्वासित किया, इसीलिए उन्होंने सोफ़ी को कलंकित किया। उनका हृदय टूट जायेगा। दुःख तो पिताजी को भी होगा; पर वे मुझे क्षमा कर देंगे, उन्हें मानवीय दुर्बलताओं से सहानुभूति है। अम्माँजी में बुद्धि-ही-बुद्धि है; पिताजी में हृदय और बुद्धि दोनों ही हैं। लेकिन मैं इसे दुर्बलता क्यों कहूँ? मैं कोई ऐसा काम नहीं कर रहा हूँ, जो संसार में किसी ने न किया हो। संसार में ऐसे कितने प्राणी हैं जिन्होंने अपने को जाति पर होम कर दिया हो? स्वार्थ के साथ जाति का ध्यान रखनेवाले महानुभावों ही ने अब तक जो कुछ किया है, किया है। जाति पर मर मिटनेवाले तो उँगलियों पर गिने जा सकते हैं। फिर जाति के अधिकारियों में न्याय और विवेक नहीं प्रजा में उत्साह और चेष्टा, नहीं, उसके लिए मरना व्यर्थ है। अंधे के आगे रोकर अपना दीदा खोने के सिवा और क्या हाथ आता है?

शनैः-शनैः भावनाओं ने जीवन की सुख-सामग्रियाँ जमा करनी शुरू कीं–चलकर देहात में रहूँगा। वहीं एक छोटा-सा मकान बनवाऊँगा, साफ, खुला हुआ, हवादार, ज़्यादा टीमटाम की ज़रूरत नहीं। वहीं हम दोनों सबसे

अलग शांति से निवास करेंगे। आडंबर बढ़ाने से क्या फायदा। मैं बगीचे में काम करूँगा, क्यारियाँ बनाऊँगा, कलमें लगाऊँगा और सोफ़ी को अपनी दक्षता से चकित कर दूँगा। गुलदस्ते बनाकर उसके सामने पेश करूँगा और हाथ बाँधकर कहूँगा–सरकार, कुछ इनाम मिले। फलों की डालियाँ लगाऊँगा और कहूँगा–रानीजी, कुछ निगाह हो जाये। कभी-कभी सोफ़ी भी पौधों की सींचेगी। मैं तालाब से पानी भर-भर दूँगा। वह लाकर क्यारियों में डालेगी। उसका कोमल गात पसीने से और सुन्दर वस्त्र पानी से भीग जाएगा तब किसी वृक्ष के नीचे उसे बैठाकर पंखा झलूंगा। कभी-कभी किश्ती में सैर करेंगे। देहाती डोंगी होगी, डाँडे से चलनेवाली। मोटरबोट में वह आनन्द कहाँ, वह उल्लास कहाँ! उसकी तेजी से सिर चकरा जाता है, उसके शोर से कान फट जाते हैं। मैं डोंगी पर डाँडा चलाऊँगा, सोफ़िया कमल के फूल तोड़ेगी। हम एक क्षण के लिए अलग न होंगे। कभी-कभी प्रभु सेवक भी आयेंगे। ओह! कितना सुखमय जीवन होगा! कल हम दोनों घर चलेंगे। जहाँ मंगल बाँहें फैलाए हमारा इंतजार कर रहा है।

सोफ़ी और क्लार्क की आज संध्या समय एक जागीरदार के यहाँ दावत थी। जब मेज़ें सज गईं और एक हैदराबाद के मदारी ने अपने कौतुक दिखाने शुरू किये, तो सोफ़ी ने मौका पाकर सरकार नीलकंठ से कहा–उस क़ैदी की दशा मुझे चिंताजनक मालूम होती है। उसके हृदय की गति बहुत मंद हो गई है। क्यों विलियम, तुमने देखा, उसका मुख कितना पीला पड़ गया था?

क्लार्क ने आज पहली बार आशा के विरुद्ध उत्तर दिया–मूर्च्छा में बहुधा मुख पीला हो जाता है।

सोफ़ी–वही तो मैं भी कह रही थी कि उसकी दशा अच्छी नहीं, नहीं तो मूर्च्छा ही क्यों आती। अच्छा हो कि आप किसी कुशल डॉक्टर के सिपुर्द कर दें। मेरे विचार में अब वह अपने अपराध की काफ़ी सज़ा पा चुका है, उसे मुक्त कर देना उचित होगा।

नीलकंठ–मेम साहब, उसकी सूरत पर न जाइए। आपको ज्ञात नहीं, यहाँ जनता पर उसका कितना प्रभाव है। वह रियासत में इतनी प्रचंड अशांति उत्पन्न कर देगा कि उसे दमन करना कठिन हो जायेगा। बड़ा ही जिद्दी है, रियासत से बाहर जाने पर राजी ही नहीं होता।

क्लार्क—ऐसे विद्रोही को क़ैद रखना ही अच्छा है।

सोफ़ी ने उत्तेजित होकर कहा—मैं इसे घोर अन्याय समझती हूँ और मुझे आज पहली बार यह मालूम हुआ कि तुम इतने हृदय-शून्य हो!

क्लार्क—मुझे तुम्हारा जैसा दयालु हृदय रखने का दावा नहीं।

सोफ़ी ने क्लार्क के मुख को जिज्ञासा की दृष्टि से देखा। यह गर्व, यह आत्मगौरव कहाँ से आया? तिरस्कार भाव से बोली—एक मनुष्य का जीवन इतनी तुच्छ वस्तु नहीं।

क्लार्क—साम्राज्य-रक्षा के सामने एक व्यक्ति के जीवन की कोई हस्ती नहीं। जिस दया से, जिस सहृदयता से किसी दीन प्राणी का पेट भरता हो, उसके शारीरिक कष्टों का निवारण होता हो, किसी दुःखी जीव को सांत्वना मिलती हो, उसका मैं कायल हूँ, और मुझे गर्व है कि उस सम्पत्ति से वंचित नहीं हूँ; लेकिन जो सहानुभूति साम्राज्य की जड़ खोखली कर दे, विद्रोहियों को सर उठाने का अवसर दे, प्रजा में अराजकता का प्रचार करें, उसे मैं अदूरदर्शिता ही नहीं, पागलपन समझता हूँ।

सोफ़ी के मुख-मंडल पर एक अमानुषीय तेजस्विता की आभा दिखायी दी, पर उसने जब्त किया। कदाचित् इतने धैर्य से उसने कभी काम नहीं लिया था। धर्म-परायणता का सहिष्णुता से वैर है। पर इस समय उसके मुँह से निकला हुआ एक अनर्गल शब्द भी उसके समस्त जीवन का सर्वनाश कर सकता है। नर्म होकर बोली—हाँ, इस विचार-दृष्टि से बेशक वैयक्तिक जीवन का कोई मूल्य नहीं रहता। मेरी निगाह इस पहलू पर न गई थी। मगर फिर भी इतना कह सकती हूँ कि अगर वह मुक्त कर दिया जाये, तो फिर इस रियासत में कदम न रखेगा और मैं यह निश्चय रूप से कह सकती हूँ कि वह अपनी बात का धनी है।

नीलकंठ—क्या आपसे उसने वादा किया है?

सोफ़ी—हाँ, वादा ही समझिए, मैं उसकी जमानत कर सकती हूँ।

नीलकंठ—इतना तो मैं भी कह सकता हूँ कि वह अपने वचन से फिर नहीं सकता।

क्लार्क—जब तक उसका लिखित प्रार्थना-पत्र मेरे सामने न आये, मैं इस विषय में कुछ नहीं कर सकता।

नीलकंठ—हाँ, यह तो परमावश्यक ही है।

सोफ़ी–प्रार्थना-पत्र का विषय क्या होगा?

क्लार्क–सबसे पहले वह अपना अपराध स्वीकार करे और अपनी राजभक्ति का विश्वास दिलाने के बाद हलफ लेकर कहे कि इस रियासत में फिर कदम न रखूँगा। उसके साथ जमानत भी होनी चाहिए। जो नकद रुपये हों, या प्रतिष्ठित आदमियों की जमानत। तुम्हारी जमानत का मेरी दृष्टि में कितना ही महत्त्व हो, जाब्ते में उसका कुछ मूल्य नहीं।

दावत के बाद सोफ़ी राजभवन में आयी, तो सोचने लगी–यह समस्या क्योंकर हल हो? यों तो मैं विनय की मिन्नत-समाजत करूँ, तो वह रियासत से चले जाने पर राज़ी हो जायेंगे; लेकिन कदाचित् वह लिखित प्रतिज्ञा न करेंगे। अगर किसी भाँति मैंने रो-धोकर उन्हें इस बात पर राज़ी कर लिया, तो यहाँ कौन प्रतिष्ठित आदमी उनकी जमानत करेगा? हाँ, उनके घर से नकद रुपये आ सकते हैं! पर रानी साहब कभी इसे मंजूर न करेंगी। विनय को कितने ही कष्ट सहने पड़ें, उन्हें इन पर दया न आएगी। मज़ा तो जब है कि लिखित प्रार्थना-पत्र और जमानत की कोई शर्त ही न रहे। वह अवैध रूप से मुक्त कर दिये जायें। इसके सिवा कोई उपाय नहीं।

राजभवन विद्युत-प्रकाश से ज्योतिर्मय हो रहा था। भवन के बाहर चारों तरफ़ सावन की काली घटा थी और अथाह अलंकार। उस तिमिर-सागर में प्रकाशमय राजभवन ऐसा मालूम होता था, मानो नीले गगन पर चाँद निकला हो। सोफ़ी अपने सजे हुए कमरे में आईने के सामने बैठी हुई उन सिद्धियों को जगा रही है, जिनकी शक्ति अपार है–आज उसने मुद्दत के बाद बालों में फूल गूँथे हैं, फीरोजी रेशम की साड़ी पहनी है और कलाइयों में कंगन धारण किये हैं। आज पहली बार उसने उन लालित्य-प्रसारिणी कलाओं का प्रयोग किया है, जिनमें स्त्रियाँ निपुण होती हैं। यह मंत्र उन्हीं को आता है कि क्योंकर केशों की एक तड़प अंचल की एक लहर चित्तको चंचल कर देती है। आज उसने मिस्टर क्लार्क के साम्राज्यवाद को विजय करने का निश्चय किया है, वह आज अपनी सौंदर्य-शक्ति की परीक्षा करेगी।

रिमझिम बूँदें गिर रही थीं, मानो मौलसिरी के फूल झड़ रहे हों। बूँदों में एक मधुर स्वर था। राजभवन, पर्व-शिखर के ऊपर ऐसा मालूम होता था, मानो देवताओं ने आनंदोत्सव की महफिल सजायी है। सोफ़िया प्यानो पर बैठ

गई और एक दिल को मसोसनेवाला राग गाने लगी। जैसे उषा की स्वर्ण-छटा प्रस्फुटित होते ही प्रकृति के प्रत्येक अंग को सजग कर देती है, उसी भाँति सोफ़ी की पहली ही तान ने हृदय में एक चुटकी-सी ली। मिस्टर क्लार्क आकर एक कोच पर बैठ गए और तन्मय होकर सुनने लगे, मानो किसी दूसरे ही संसार में पहुँच गए हैं। उन्हें कभी कोई नौका उमड़े हुए सागर में झकोले खाली नजर आती, जिस पर छोटी-छोटी सुन्दर चिड़ियां मँडलाती थीं। कभी किसी अनंत वन में एक भिक्षुक, झोली कंधे पर रखे, लाठी टेकता हुआ नजर आता? संगीत से कल्पना चित्रमय हो जाती है।

जब तक सोफ़ी गाती रही, मिस्टर क्लार्क बैठे सिर धुनते रहे। जब वह चुप हो गई, तो उसके पास गए और उसकी कुर्सी की बाँहों पर हाथ रखकर, उसके मुँह के पास मुँह ले जाकर बोले—इन उँगलियों को हृदय में रख लूँगा।

सोफ़ी—हृदय कहाँ है?

क्लार्क ने छाती पर हाथ रखकर कहा—यहाँ तड़प रहा है।

सोफ़ी—शायद हो, मुझे तो विश्वास नहीं आता। मेरा तो ख्याल है, ईश्वर ने तुम्हें हृदय दिया ही नहीं है।

क्लार्क—सम्भव है, ऐसा ही हो। पर ईश्वर ने जो कसर रखी थी, वह तुम्हारे मधुर स्वर ने पूरी कर दी। शायद उसमें सृष्टि करने की शक्ति है।

सोफ़ी—अगर मुझमें यह विभूति होती, तो आज मुझे एक अपरिचित व्यक्ति के सामने लज्जित न होना पड़ता।

क्लार्क ने अधीर होकर कहा—क्या मैंने तुम्हें लज्जित किया? मैंने!

सोफ़ी—जी हाँ, आपने। मुझे आज तुम्हारी निर्दयता से जितना दुःख हुआ, उतना शायद और कभी न हुआ था। मुझे बाल्यावस्था से यह शिक्षा दी गई है कि प्रत्येक जीव पर दया करनी चाहिए, मुझे बताया गया है कि यही मनुष्य का सबसे बड़ा धर्म है। धार्मिक ग्रंथों में भी दया और सहानुभूति ही मनुष्य का विशेष गुण बतलायी गई है। पर आज विदित हुआ कि निर्दयता का महत्त्व दया से कहीं अधिक है। सबसे बड़ा दुःख मुझे इस बात का है कि अनजान आदमी के सामने मेरा अपमान हुआ।

क्लार्क—खुदा जानता है सोफ़ी, मैं तुम्हारा कितना आदर करता हूँ। हाँ, इसका खेद मुझे अवश्य है कि मैं तुम्हारी उपेक्षा करने के लिए बाध्य हुआ।

इसका कारण तुम जानती ही हो। हमारा साम्राज्य तभी तक अजेय रह सकता है, जब तक प्रजा पर हमारा आतंक छाया रहे, जब तक वह हमें अपना हितचिंतक, अपना रक्षक, अपना आश्रय समझती रहे, जब तक हमारे न्याय पर उसका अटल विश्वास हो। जिस दिन प्रजा के दिल से हमारे प्रति विश्वास उठ जायेगा, उसी दिन हमारे साम्राज्य का अंत हो जायेगा। अगर साम्राज्य को रखना ही हमारे जीवन का उद्देश्य है, तो व्यक्तिगत भावों और विचारों का यहाँ कोई महत्त्व नहीं। साम्राज्य के लिए हम बड़े-से-बड़े नुकसान उठा सकते हैं, बड़ी-से-बड़ी तपस्याएँ कर सकते हैं। हमें अपना राज्य प्राणों से भी प्रिय है, और जिस व्यक्ति से हमें क्षति की लेशमात्र भी शंका हो, उसे हम कुचल डालना चाहते हैं, उसका नाश कर देना चाहते हैं, उसके साथ किसी भाँति की रिआयत, सहानुभूति यहाँ तक कि न्याय का व्यवहार भी नहीं कर सकते।

सोफ़ी–अगर तुम्हारा खयाल है कि मुझे साम्राज्य से इतना प्रेम नहीं, जितना तुम्हें है, और मैं उसके लिए इतने बलिदान नहीं सह सकती, जितने तुम कर सकते हो, तुमने मुझे बिलकुल नहीं समझा। मुझे दावा है, इस विषय में मैं किसी से जौ-भर भी पीछे नहीं। लेकिन यह बात मेरे अनुमान में भी नहीं आती कि दो प्रेमियों में कभी इतना मतभेद हो सकता है कि सहृदयता और सहिष्णुता के लिए गुंजाइश न रहे और विशेषतः उस दशा में जब कि दीवार के कानों के अतिरिक्त और कोई कान भी सुन रहा हो। दीवार देश-भक्ति के भावों से शून्य है; उसकी गहराई और उसके विस्तार से जरा भी परिचित नहीं। उसने तो यही समझा होगा कि जब इन दोनों में मेरे सम्मुख इतनी तकरार हो सकती है, तो घर पर न जाने क्या दशा होगी। शायद आज से उसके दिल से मेरा सम्मान उठ गया। उसने औरों से भी यह वृत्तांत कहा होगा। मेरी तो नाक-सी कट गई। समझते हो, मैं गा रही हूँ। यह गाना नहीं, रोना है। जब दाम्पत्य के द्वार पर यह दशा हो रही है, जहाँ फूलों से, हर्षनादों से, प्रेमालिंगनों से, मृदुल हास्य से मेरा अभिवादन होना चाहिए था, तो मैं अन्दर क़दम रखने का क्योंकर साहस कर सकती हूँ? तुमने मेरे हृदय के टुकड़े-टुकड़े कर दिये। शायद तुम मुझे Sentimental समझ रहे होंगे; पर अपने चरित्र को मिटा देना मेरे वश की बात नहीं। मैं अपने को धन्यवाद देती हूँ कि मैंने विवाह के विषय में इतनी दूर-दृष्टि से काम लिया।

यह कहते-कहते सोफ़ी की आँखों से टप-टप आँसू गिरने लगे। शोकाभिनय में भी बहुधा यथार्थ शोक की वेदना होने लगती है। मिस्टर क्लार्क खेद और असमर्थता का राग अलापने लगे; पर न उपयुक्त शब्द ही मिलते थे, न विचार। अश्रु-प्रवाह तर्क और शब्द-योजना के लिए निकलने का कोई मार्ग नहीं छोड़ता। बड़ी मुश्किल से उन्होंने कहा—सोफ़ी, मुझे क्षमा करो, वास्तव में मैं न समझता था कि इस ज़रा-सी बात से तुम्हें इतनी मानसिक पीड़ा होगी।

सोफ़ी—इसकी मुझे कोई शिकायत नहीं। तुम मेरे गुलाम नहीं हो कि मेरे इशारों पर नाचो। मुझमें वे गुण नहीं, जो पुरुषों का हृदय खींच लेते हैं, न वह रूप है, न वह छवि है, न वह उद्दीपन-कला। नखरे करना नहीं जानती, कोप-भवन में बैठना नहीं जानती। दुःख केवल इस बात का है कि उस आदमी ने तो मेरे एक इशारे पर मेरी बात मान ली और तुम इतना अनुनय-विनय करने पर भी इनकार करते जाते हो। वह भी सिद्धांतवादी मनुष्य है; अधिकारियों की यंत्रणाएँ सहीं, अपमान सहा, कारागार की अँधेरी कोठरी में कैद होना स्वीकार किया, पर अपने वचन पर सुदृढ़ रहा इसमें कोई मतलब नहीं कि उसकी टेक जा थी या बेजा, वह उसे जा समझता था। वह जिस बात को न्याय समझता था, उससे भय या लोभ, या दंड उसे विचलित नहीं कर सके। लेकिन जब मैंने नरमी के साथ उसे समझाया कि तुम्हारी दशा चिंताजनक है, तो उसके मुख से ये करुण शब्द निकले—मेम साहब, जान की तो परवाह नहीं, अपने मित्रों और सहयोगियों की दृष्टि में पतित होकर जिंदा रहना श्रेय की बात नहीं, लेकिन आपकी बात टालना नहीं चाहता। आपके शब्दों में कठोरता नहीं, सहृदयता है, और मैं अभी तक भाव-विहीन नहीं हुआ हूँ।' मगर तुम्हारे ऊपर मेरा कोई मंत्र न चला। शायद तुम उससे बड़े सिद्धान्तवादी हो। हालांकि अभी इसकी परीक्षा नहीं हुई। खैर, मैं तुम्हारे सिद्धांतों से सौतियाडाह नहीं करना चाहती। मेरी सवारी का प्रबन्ध कर दो, मैं कल ही चली जाऊँगी और फिर अपनी नादानियों से तुम्हारे मार्ग का कंटक बनने न आऊँगी।

मिस्टर क्लार्क ने घोर आत्मवेदना के साथ कहा—डार्लिंग, तुम नहीं जानतीं, यह कितना भयंकर आदमी है। हम क्रांति से, षड्यंत्रों से, संग्राम से इतना नहीं डरते, जितना इस भाँति के धैर्य और धुन से। मैं भी मनुष्य हूँ सोफ़ी, यद्यपि इस समय मेरे मुँह से यह दावा समयोचित नहीं पर कम-से-कम

उस पवित्र आत्मा के नाम पर, जिसका मैं अत्यंत दीनभक्त हूँ, मुझे यह कहने का अधिकार है—मैं उस युवक का हृदय से सम्मान करता हूँ। उसके दृढ़ संकल्प की, उसके साहस की, उसकी सत्यवादिता की दिल से प्रशंसा करता हूँ। जानता हूँ, वह एक ऐश्वर्यशाली पिता का पुत्र है और राजकुमारों की भाँति आनन्द-भोग में मग्न रह सकता है; पर उसके ये ही सद्‌गुण हैं, जिन्होंने उसे इतना अजेय बना रखा है एक सेना का मुकाबला करना इतना कठिन नहीं, जितना ऐसे गिने-गिनाये व्रतधारियों का, जिन्हें संसार में भय नहीं। मेरा जाति-धर्म हाथ बाँधें हुए है।

सोफ़ी को ज्ञात हो गया कि मेरी धमकी सर्वथा निष्फल नहीं हुई। विवशता का शब्द जबान पर, खेद का भाव मन में आया, और अनुमति की पहली मंजिल पूरी हुई। उसे यह भी ज्ञात हुआ कि इस समय मेरे हाव-भाव का इतना असर नहीं हो सकता, जितना बलपूर्ण आग्रह था। सिद्धांतवादी मनुष्य हाव-भाव के प्रतिकार करने के लिए अपना दिल मजबूत कर सकता है, वह अपने अंतःकरण के सामने अपनी दुर्बलता स्वीकार नहीं कर सकता, लेकिन दुराग्रह के मुकाबले में वह निष्क्रिय हो जाता है। तब उसकी एक नहीं चलती। सोफ़ी ने कटाक्ष करते हुए कहा—अगर तुम्हारा जातीय कर्त्तव्य तुम्हें प्यारा है, तो मुझे भी आत्मसम्मान प्यारा है। स्वदेशी की अभी तक किसी ने व्याख्या नहीं की; पर नारियों की मान-रक्षा उसका प्रधान अंग है और होनी चाहिए, इससे तुम इनकार नहीं कर सकते।

यह कहकर वह स्वामिनी-भाव से मेज़ के पास गई और एक डाकेट का पत्र निकाला, जिस पर एजेंट आज्ञा-पत्र लिखा करता था।

क्लार्क—क्या करती हो सोफ़ी? खुदा के लिए जिद मर करो।

सोफ़ी—जेल के दारोग़ा के नाम हुक्म लिखूँगी।

यह कहकर वह टाइपराइटर पर बैठ गई।

क्लार्क—यह अनर्थ न करो सोफ़ी, ग़ज़ब हो जायेगा।

सोफ़ी—मैं गज़ब से क्या, प्रलय से भी नहीं डरती।

सोफ़ी ने एक-एक का उच्चारण करते हुए आज्ञा-पत्र टाइप किया। उसने एक जगह जान-बूझकर एक अनुपयुक्त शब्द टाइप कर दिया, जिसे एक सरकारी पत्र में न आना चाहिए। क्लार्क ने टोका—यह शब्द मत रखो।

सोफ़ी—क्यों, धन्यवाद न दूँ?

क्लार्क—आज्ञा-पत्र में धन्यवाद का क्या ज़िक्र? कोई निजी थोड़े ही है।

सोफ़ी—हाँ, ठीक है, यह शब्द निकाले देती हूँ। नीचे क्या लिखूँ?

क्लार्क—नीचे कुछ लिखने की जरूरत नहीं, केवल मेरा हस्ताक्षर होगा।

सोफ़ी ने सम्पूर्ण आज्ञा-पत्र पढ़कर सुनाया।

क्लार्क—प्रिये, यह तुम बुरा कर रही हो।

सोफ़ी—कोई परवा नहीं, मैं बुरा ही करना चाहती हूँ। हस्ताक्षर भी टाइप कर दूँ? नहीं, (मुहर निकालकर) यह मुहर किए देती हूँ।

क्लार्क—जो चाहो करो। जब तुम्हें अपनी ज़िद्द के आगे कुछ बुरा-भला नहीं सूझता, तो क्या कहूँ?

सोफ़ी—कहीं और तो इसकी नक़ल न होगी?

क्लार्क—मैं कुछ नहीं जानता।

यह कहकर मि. क्लार्क अपने शयन-गृह की ओर जाने लगे। सोफ़ी ने कहा—आज इतनी जल्दी नींद आ गई?

क्लार्क—हाँ, थक गया हूँ। अब सोऊँगा। तुम्हारे इस पत्र से रियासत में तहलका पड़ जायेगा।

सोफ़ी—अगर तुम्हें इतना भय है, तो मैं इस पत्र को फाड़े डालती हूँ। इतना नहीं गुदगुदाना चाहती कि हँसी के बदले रोना आ जाये। बैठते हो, या देखो, यह लिफाफा फाड़ती हूँ।

क्लार्क—कुर्सी पर उदासीन भाव से बैठ गए और बोले—लो बैठ गया, क्या कहती हो?

सोफ़ी—कहती कुछ नहीं हूँ, धन्यवाद का गीत सुनते जाओ।

क्लार्क—धन्यवाद की ज़रूरत नहीं।

सोफ़ी ने फिर गाना शुरू किया और क्लार्क चुपचाप बैठे सुनते रहे।

उनके मुख पर करुण प्रेमाकांक्षा झलक रही थी। यह परख और परीक्षा कब तक? इस क्रीड़ा का कोई अन्त भी है? इस आकांक्षा ने उन्हें साम्राज्य की चिन्ता से मुक्त कर दिया—आह! काश, अब भी मालूम हो जाता कि तू इतनी बड़ी भेंट पाकर प्रसन्न हो गई! सोफ़ी ने उनकी प्रेमाग्नि को खूब उद्दीप्त किया और तब सहसा प्यानो बंद कर दिया और बिना कुछ बोले हुए अपने

शयनागार में चली गई। क्लार्क वहीं बैठे रहे, जैसे कोई थका हुआ मुसाफ़िर अकेला किसी वृक्ष के नीचे बैठा हो।

सोफ़ी ने सारी रात भावी जीवन के चित्र खींचने में काटी, पर इच्छानुसार रंग न दे सकी। पहले रंग भरकर उसे जरा दूर से देखती, तो विदित होता, धूप की जगह छाँह है, छाँह की जगह धूप, लाल रंग का आधिक्य है, बाग में अस्वाभाविक रमणीयता, पहाड़ों पर जरूरत से ज्यादा हरियाली, नदियों में अलौकिक शांति। फिर ब्रुश लेकर इन त्रुटियों को सुधारने लगती, तो सारा दृश्य जरूरत से ज्यादा नीरस, उदास और मलिन हो जात। उसकी धार्मिकता अब अपने जीवन में ईश्वरीय व्यवस्था का रूप देखती है। अब ईश्वर ही उसका कर्णधार था, वह अपने कर्माकर्म के गुणदोष से मुक्त थी।

प्रातःकाल वह उठी, तो मि. क्लार्क सो रहे थे। मूसलाधार वर्षा हो रही थी। उसने शोफर को बुलाकर मोटर तैयार करने का हुक्म दिया अेर एक क्षण में जेल की तरफ़ चली, जैसे कोई बालक पाठशाला से घर की तरफ़ दौड़े।

उसके जेल पहुँचते ही हलचल-सी पड़ गई। चौकीदार आँखें मलते हुए दौड़-दौड़कर वर्दियाँ पहनने लगे। दारोग़ाजी ने उतावली में उलटी अचकन पहनी और बेतहाशा दौड़े। डॉक्टर साहब नंगे पाँव भागे, याद न आया कि रात को जूते कहाँ रखे थे, और इस समय तलाश करने की फ़ुरसत न थी। विनयसिंह बहुत रात गए सोये थे और अभी तक मीठी नींद के मजे ले रहे थे। कमरे में जल-कणों से भीगी हुई वायु आ रही थी। नरम गलीचा बिछा हुआ था। अभी तक रात का लैंप न बुझा था, मानो विनय की व्यग्रता की साक्षी दे रहा था। सोफ़ी का रूमाल अभी तक विनय के सिरहाने पड़ा हुआ था और उसमें से मनोहर सुगन्ध उड़ रही थी। दारोग़ा ने जाकर सोफ़ी को सलाम किया और वह उन्हें लिए विनय के कमरे में आयी। देखा, तो नींद में है। रात की मीठी नींद से मुख पुष्प के समान विकसित हो गया है। होंठों पर हलकी-सी मुस्कराहट है; मानो फूल पर किरणें चमक रही हों। सोफ़ी को विनय आज तक कभी इतना सुंदर न मालूम हुआ था।

सोफ़ी ने डॉक्टर से पूछा—रात को इसकी कैसी दशा थी?

डॉक्टर—हुज़ूर, कई बार मूर्च्छा आयी; पर मैं एक क्षण के लिए भी यहाँ से न टला। जब उन्हें नींद आ गई, तो मैं भोजन करने चला गया। अब तो इनकी दशा बहुत अच्छी मालूम होती है।

सोफ़ी—हाँ, मुझे भी ऐसा ही मालूम होता है। आज वह पीलापन नहीं है। मैं अब इससे यह पूछना चाहती हूँ कि इसे किसी दूसरी जेल में क्यों न भिजवा दूँ। यहाँ की जलवायु इसके लिए अनुकूल नहीं है। पर आप लोगों के सामने यह अपने मन की बातें न कहेगा। आप लोग ज़रा बाहर चले जायें, तो मैं इसे जगाकर पूछ लूँ, और इसका ताप भी देख लूँ। (मुस्कुराकर) डॉक्टर साहब, मैं भी इस विद्या से परिचित हूँ। नीम हकीम हूँ, पर खतरे-जान नहीं।

जब कमरे में एकांत हो गया, तो सोफ़ी ने विनय का सिर उठाकर अपनी जाँघ पर रख लिया और धीरे-धीरे उसका माथा सहलाने लगी। विनय की आँखें खुल गईं। इस तरह झपटकर उठा, जैसे नींद में किसी नदी से फिसल पड़ा हो। स्वप्न का इतना तत्काल फल शायद ही किसी को मिला हो।

सोफ़ी ने मुस्कुराकर कहा—तुम अभी तक सो रहे हो; मेरी आँखों की तरफ़ देखो, रात-भर नहीं झपकीं।

विनय—संसार का सबसे उज्ज्वल रत्न पाकर भी मीठी नींद न लूँ, तो मुझ-सा भाग्यहीन और कौन होगा?

सोफ़ी—मैं तो उससे भी उज्ज्वल रत्न पाकर और भी चिंताओं में फँस गई। अब यह भय है कि कहीं वह हाथ से न निकल जाये। नींद का सुख अभाव में है, जब कोई चिंता नही होती। अच्छा, अब तैयार हो जाओ।

विनय—किस बात के लिए?

सोफ़ी—भूल गए? इस अंधकार से प्रकाश में आने के लिए, इस काल-कोठरी से विदा होने के लिए। मैं मोटर लायी हूँ; तुम्हारी मुक्ति का आज्ञा-पत्र मेरी जेब में है। कोई अपमानसूचक शर्त नहीं है। केवल उदयपुर राज्य में बिना आज्ञा के न आने की प्रतिज्ञा ली गई है। आओ, चलें। मैं तुम्हें रेल के स्टेशन तक पहुँचाकर लौट जाऊँगी। तुम दिल्ली पहुँचकर मेरा इंतज़ार करना। एक सप्ताह के अन्दर मैं तुमसे दिल्ली में आ मिलूँगी, और फिर विधाता भी हमें अलग न कर सकेगा।

विनयसिंह की दशा उस बालक की-सी थी, जो मिठाइयों के खोंचे को देखता है, पर इस भय से कि अम्माँ मारेंगी, मुँह खोलने का साहस नहीं कर सकता। मिठाइयों के स्वाद याद करके उसकी राल टपकने लगती है। रसगुल्ले कितने रसीले हैं, मालूम होता है, दाँत किसी रसकुंड में फिसल पड़े। अमिर्तियाँ

कितनी कुरकुरी है, उनमें भी रस भरा होगा। गुलाबजामुन कितनी सोंधी होती है कि खाता ही चला जाए। मिठाइयों से पेट नहीं भर सकता। अम्माँ पैसे न देंगी। होंगे ही नहीं, किससे माँगेगी। ज्यादा हठ करूँगा, तो रोने लगेंगी। सजल नेत्र होकर बोला—सोफ़ी, मैं भाग्यहीन आदमी हूँ, मुझे इसी दशा में रहने दो। मेरे साथ अपने जीवन का सर्वनाश न करो। मुझे विधाता ने दुःख भोगने ही के लिए बनाया है। मैं इस योग्य नहीं कि तुम...।

सोफ़ी ने बात काटकर कहा—विनय, मैं विपत्ति की ही भूखी हूँ। अगर तुम सुख-सम्पन्न होते, अगर तुम्हारा जीवन विलासमय होता, अगर तुम वासनाओं के दास होते, तो कदाचित् मैं तुम्हारी तरफ़ से मुँह फेर लेती। तुम्हारे सत्साहस और त्याग ही ने मुझे तुम्हारी तरफ़ खींचा है।

विनय—अम्माँजी को तुम जानती हो, वह मुझे कभी क्षमा न करेंगी।

सोफ़ी—तुम्हारे प्रेम का आश्रय पाकर मैं उनके क्रोध को शांत कर लूँगी। जब वह देखेंगी कि मैं तुम्हारे पैरों की जंजीर नहीं, तुम्हारे पीछे उड़नेवाली रज हूँ, तो उनका हृदय पिघल जायेगा।

विनय ने सोफ़ी को स्नेहपूर्ण नेत्रों से देखकर कहा—तुम उनके स्वभाव से परिचित नहीं हो। वह हिन्दू-धर्म पर जान देती हैं।

सोफ़ी—मैं भी हिन्दू-धर्म पर जान देती हूँ। जो आत्मिक शांति मुझे और कहीं न मिली, वह गोपियों की प्रेम-कथा में मिल गई। वह प्रेम का अवतार, जिसने गोपियों को प्रेम-रस पान कराया, जिसने कुब्जा का डोंगा पार लगाया, जिसने प्रेम के रहस्य दिखाने के लिए ही संसार को अपने चरणों से पवित्र किया, उसकी ही चेरी बनकर जाऊँगी, तो वह कौन सच्चा हिन्दू है, जो मेरी उपेक्षा करेगा?

विनय ने मुस्कराकर कहा—उस छलिया ने तुम पर भी जादू डाल दिया? मेरे विचार में तो कृष्ण की प्रेम-कथा सर्वथा भक्त-कल्पना है।

सोफ़ी—हो सकती है। प्रभु मसीह को भी तो कल्पित कहा जाता है। शेक्सपियर भी तो कल्पना-मात्र हैं। कौन यह कह सकता है कि कालिदास की सृष्टि पंचभूतों से हुई है? लेकिन इन पुरुषों के कल्पित होते हुए भी हम उनकी पवित्र कीर्ति के भक्त हैं, और वास्तविक पुरुषों की कीर्ति से अधिक। शायद इसीलिए कि उनकी रचना स्थूल परमाणु से नहीं, सूक्ष्म कल्पना से हो।

ये व्यक्तियों के नाम हों, न हों, पर आदर्शों के नाम अवश्य हैं। इनमे से प्रत्येक पुरुष मानवीय जीवन का एक आदर्श है।

विनय-सोफ़ी, मैं तुमसे तर्क में पार न पा सकूँगा। मेरा मन कह रहा है कि मैं तुम्हारी सरल हृदयता से अनुचित लाभ उठा रहा हूँ। मैं तुमसे हृदय की बात कहता हूँ सोफ़ी, तुम मेरा यथार्थ रूप नहीं देख रही हो। कहीं उस पर निगाह पड़ जाए, तो तुम मेरी तरफ ताकना भी पसंद नहीं करोगी। तुम मेरे पैरों की जंजीर चाहे न बन सको, पर मेरी दबी हुई आग को जगानेवाली हवा अवश्य बन जाओगी। माताजी ने बहुत सोच-समझकर मुझे यह व्रत दिया है। मुझे भय होता है कि एक बार मैं इस बंधन से मुक्त हुआ, तो वासना मुझे इतने वेग से बहा ले जायेगी कि फिर शायद मेरे अस्तित्व का पता ही न चले। सोफ़ी, मुझे इस कठिनतम परीक्षा में न डालो। मैं यथार्थ में बहुत दुर्बल चरित्र, विषयसेवी प्राणी हूँ। तुम्हारी नैतिक विशालता मुझे भयभीत कर रही है। हाँ, मुझ पर इतनी दया अवश्य करो कि आज यहाँ से किसी दूसरी जगह प्रस्थान कर दो।

सोफ़ी—क्या मुझसे इतनी दूर भागना चाहते हो?

विनय—नहीं-नहीं, इसका और ही कारण है। न जाने क्योंकर यह विज्ञप्ति निकल गई है कि जसवंतनगर एक सप्ताह के लिए खाली कर दिया जाये। कोई जवान आदमी कस्बे में न रहने पाए। मैं तो समझता हूँ, सरदार साहब ने तुम्हारी रक्षा के लिए यह व्यवस्था की है, पर लोग तुम्हीं को बदनाम कर रहे हैं।

सोफ़ी और क्लार्क का परस्पर तर्क-वितर्क सुनकर सरदार नीलकंठ ने तत्काल यह हुक्म जारी कर दिया था। उन्हें निश्चय था कि मेम साहब के सामने साहब की एक न चलेगी और विनय को छोड़ना पड़ेगा। इसलिए पहले ही से शांति-रक्षा का उपाय करना आवश्यक था। सोफ़ी ने विस्मित होकर पूछा—क्या ऐसा हुक्म दिया गया है?

विनय—हाँ, मुझे खबर मिली है। कोई चपरासी कहता था।

सोफ़ी—मुझे ज़रा भी खबर नहीं। मैं अभी जाकर पता लगाती हूँ और इस हुक्म को मंसूख करा देती हूँ। ऐसी ज्यादती रियासतों के सिवा और कहीं नहीं हो सकती। यह सब तो हो जायेगा, पर तुम्हें अभी मेरे साथ चलना पड़ेगा।

विनय—नहीं सोफ़ी, मुझे क्षमा करो। दूर का सुनहरा दृश्य समीप आकर बालू का मैदान हो जाता है। तुम मेरे लिए आदर्श हो। तुम्हारे प्रेम का आनंद

मैं कल्पना ही द्वारा ले सकता हूँ। डरता हूँ कि तुम्हारी दृष्टि में गिर न जाऊँ। अपने को कहाँ तक गुप्त रखूँगा? तुम्हें पाकर फिर मेरा जीवन नीरस हो जाएगा, मेरे लिए उद्योग और उपासना की कोई वस्तु न रह जाएगी। सोफ़ी, मेरे मुँह से न जाने क्या-क्या अनर्गल बातें निकल रही हैं। मुझे स्वयं संदेह हो रहा है कि मैं अपने होश में हूँ या नहीं। भिक्षुक राजसिंहासन पर बैठकर अस्थिर चित्त हो जाए, तो कोई आश्चर्य नहीं। मुझे यहीं पड़ा रहने दो। मेरी तुमसे यही अंतिम प्रार्थना है कि मुझे भूल जाओ।

सोफ़ी—मेरी स्मरण-शक्ति इतनी शिथिल नहीं है।

विनय—कम-से-कम मुझे यहाँ से जाने के लिए विवश न करो; क्योंकि मैंने निश्चय कर लिया है, मैं यहाँ से न जाऊँगा। कस्बे की दशा देखते हुए मुझे विश्वास नहीं है कि मैं जनता को काबू में रख सकूँगा।

सोफ़ी ने गम्भीर भाव से कहा—जैसी तुम्हारी इच्छा। मैं तुम्हें जितना सरल हृदय समझती थी, तुम उससे कहीं बढ़कर कूटनीतिज्ञ हो। मैं तुम्हारा आशय समझती हूँ, और इसलिए कहती हूँ, जैसी तुम्हारी इच्छा। पर शायद तुम्हें मालूम नहीं कि युवती का हृदय बालक के समान होता है। उसे जिस बात के लिए मना करो, उसी तरफ़ लपकेगा। अगर तुम आत्मप्रशंसा करते, अपने कृत्यों की अप्रत्यक्ष रूप से डींग मारते, तो शायद मुझे तुमसे अरुचि हो जाती। अपनी त्रुटियों और दोषों का प्रदर्शन करके तुमने मुझे और भी वशीभूत कर लिया। तुम मुझसे डरते हो, इसलिए तुम्हारे सम्मुख न आऊँगी, पर रहूँगी तुम्हारे ही साथ। जहाँ-जहाँ तुम जाओगे, मैं परछाईं की भाँति तुम्हारे साथ रहूँगी। प्रेम एक भावनागत विषय है, भावना ही से उसका पोषण होता है, भावना ही से वह जीवित रहता है और भावना ही से लुप्त हो जाता है। वह भौतिक वस्तु नहीं है। तुम मेरे हो, यह विश्वास मेरे प्रेम को सजीव और सतृष्ण रखने के लिए काफी है। जिस दिन इस विश्वास की जड़ हिल जाएगी, उसी दिन इस जीवन का अन्त हो जाएगा। अगर तुमने यही निश्चय किया है कि इस कारागार में रहकर तुम अपने जीवन के उद्देश्य को अधिक सफलता के साथ पूरा कर सकते हो, तो इस फैसले के आगे सिर झुकाती हूँ। इस विराग ने मेरी दृष्टि में तुम्हारे आदर को कई गुना बढ़ा दिया है। अब जाती हूँ। कल शाम को फिर आऊँगी। मैंने इस आज्ञापत्र के लिए जितना त्रिया-चरित्र खेला

है, वह तुमसे बता दूँ, तो तुम आश्चर्य करोगे। तुम्हारी एक 'नहीं' ने मेरे सारे प्रयास पर पानी फेर दिया। क्लार्क कहेगा, मैं कहता था, वह राज़ी न होगा, कदाचित् व्यंग्य करे; पर कोई चिन्ता नहीं, कोई बहाना कर दूँगी।

यह कहते-कहते सोफ़ी के सतृष्ण अधर विनयसिंह की तरफ झुके, पर वह कोई पैर फिसलनेवाले मनुष्य की भाँति गिरते-गिरते संभल गई। धीरे से विनयसिंह का हाथ दबाया और द्वार की ओर चली; पर बाहर जाकर फिर लौट आयी और अत्यंत दीन भाव से बोली—विनय, तुमसे एक बात पूछती हूँ। मुझे आशा है, तुम साफ-साफ बतला दोगे। मैं क्लार्क के साथ यहाँ आयी, उससे कौशल किया, उसे झूठी आशाएँ दिलाईं और अब उसे मुगालते में डाले हुए हूँ। तुम इसे अनुचित तो नहीं समझते, तुम्हारी दृष्टि में मैं कलंकिनी तो नहीं हूँ?

विनय के पास इसका एक ही संभावित उत्तर था। सोफ़ी का आचरण उसे आपत्तिजनक प्रतीत होता था। उसे देखते ही उसने इस बात को आश्चर्य के रूप में भी प्रकट किया था। पर इस समय वह इस भाव को प्रकट न कर सका। यह कितना बड़ा अन्याय होता, कितनी घोर निर्दयता! वह जानता था कि सोफ़ी ने जो कुछ किया है, वह एक धार्मिक तत्त्व के अधीन होकर। वह इसे ईश्वरीय प्रेरणा समझ रही है। अगर ऐसा न होता, तो शायद अब तक वह हताश हो गई होती। ऐसी दशा में कठोर सत्य वज्रपात के समान होता। श्रद्धापूर्ण तत्परता बोले—सोफ़ी, तुम यह प्रश्न करके अपने ऊपर और उससे अधिक मेरे ऊपर अन्याय कर रही हो। मेरे लिए तुमने अब तक त्याग-ही-त्याग किये हैं, सम्मान, समृद्धि, सिद्धान्त एक की भी परवा नहीं की। संसार में मुझसे बढ़कर कृतघ्न और कौन प्राणी होगा, जो मैं इस अनुराग का निरादर करूँ।

यह कहते-कहते वह रुक गया। सोफ़ी बोली—कुछ और कहना चाहते हो, रुक क्यों गए? यही न कि तुम्हें मेरा क्लार्क के साथ रहना अच्छा नहीं लगता। जिस दिन मुझे निराशा हो जायेगी कि मैं मिथ्याचरण से तुम्हारा कुछ उपकार नहीं कर सकती, उसी दिन मैं क्लार्क को पैरों से ठुकरा दूँगी। इसके बाद तुम मुझे प्रेम-योगिनी के रूप में देखोगे, जिसके जीवन का एकमात्र उद्देश्य होगा तुम्हारे ऊपर समर्पित हो जाना।

27

नायकराम मुहल्लेवालों से विदा होकर उदयपुर रवाना हुए। रेल के मुसाफिरों को बहुत जल्द उनसे श्रद्धा हो गई। किसी को तंबाकू मलकर खिलाते, किसी के बच्चे को गोद में लेकर प्यार करते। जिस मुसाफिर को देखते, जगह नहीं मिल रही है, इधर-उधर भटक रहा है, जिस कमरे में जाता है, धक्के खाता है, उसे बुलाकर अपनी बगल में बैठा लेते। फिर ज़रा देर में सवालों का ताँता बाँध देते—कहाँ मकान है? कहाँ जाते हो? कितने लड़के हैं? क्या कारोबार होता है? इन प्रश्नों का अंत इस अनुरोध पर होता कि मेरा नाम नायकराम पण्डा है; जब कभी कासी जाओ, मेरा नाम पूछ लो, बच्चा-बच्चा जानता है; दो दिन, चार दिन, महीने, जब तक इच्छा हो, आराम से कासीवास करो। घर-द्वार, नौकर-चाकर सब हाजिर हैं, घर का-सा आराम पाओगे, वहाँ से चलते समय जो चाहो, दे दो, न हो, न दो। घर आकर भेज दो, इसकी कोई चिन्ता नहीं। यह कभी मत सोचो, अभी रुपये नहीं हैं, फिर चलेंगे। शुभ काम के लिए महूरत नहीं देखा जाता, रेल का किराया लेकर चल खड़े हो। काशी में तो मैं हूँ ही, किसी बात की तकलीफ न होगी। काम पड़ जाए तो जान लड़ा दें, तीरथ-यात्रा के लिए टालमटोल मत करो। कोई नहीं जानता कब बड़ी यात्रा करनी पड़ जाए, संसार के झगड़े तो सदा लगे ही रहेंगे।

दिल्ली पहुँचे, तो कई नए मुसाफिर गाड़ी में आये। आर्य-समाज के किसी उत्सव में जा रहे थे। नायकराम ने उनसे वही जिरह शुरू की। यहाँ तक कि एक महाशय गर्म होकर बोले—तुम हमारे बाप-दादे का नाम पूछकर क्या करोगे? हम तुम्हारे फंदे में फंसनेवाले नहीं हैं। यहाँ गंगाजी के कायल नहीं, और न काशी ही को स्वर्गपुरी समझते हैं।

नायकराम जरा भी हताश नहीं हुए। मुस्कराकर बोले–बाबूजी, आप आरिया होकर ऐसा कहते हैं। आरिया लोगों ही ने तो हिन्दू-धरम की लाज रखी, नहीं तो अब तक सारा देश मुसलमान-किरस्तान हो गया होता। हिन्दू-धरम के उद्धारक होकर आप काशी को भला कैसे न मानेंगे। उसी नगरी में राजा हरिसचंद की परीक्षा हुई थी, वहीं बुद्ध भगवान ने अपना धरम-चक्र चलाया था, वहीं शंकर भगवान ने मंडन मिसिर से सास्त्रार्थ किया था; वहाँ जैनी जाते हैं, बौद्ध आते हैं, वैस्नव आते हैं। वह हिन्दुओं की नगरी नहीं है, सारे संसार की नगरी वही है। दूर-दूर के लोग भी जब तक काशी के दरसन न कर लें, उनकी यात्रा सुफल नहीं होती। गंगाजी मुकुत देती है, पाप काटती हैं, यह सब तो गंवारों को बहलाने की बातें हैं। उनसे कहो कि चलकर उस पवित्र नगरी को देख आओ, जहाँ कदम-कदम पर आरिया-जाति के निसान मिलते हैं, जिसका नाम लेते ही सैकड़ों महात्माओं, रिसियो-मुनियों की याद आ जाती है, तो उनकी समझ में यह बात न आएगी। पर जथारथ में बात यही है। काशी का महातम इसीलिए है कि वह आरिया-जाति की जीती-जागती पुरातन पुरी है।

इन महाशयों को फिर काशी की निन्दा करने का साहस न हुआ। वे मन में लज्जित हुए और नायकराम के धार्मिक ज्ञान के कायल हो गए, हालाँकि नायकराम ने ये थोड़े-से वाक्य ऐसे अवसरों के लिए किसी व्याख्याता के भाषण से चुनकर रट लिए थे।

रेल के स्टेशन पर वह ज़रूर उतरते और रेल के कर्मचारियों का परिचय प्राप्त करते। कोई उन्हें पान खिला देता, कोई जलपान करा देता। सारी यात्रा समाप्त हो गई, पर वह लेटे तक नहीं, ज़रा भी आँख नहीं झपकी। जहाँ दो मुसाफिरों को लड़ते-झगड़ते देखते, तुरन्त तीसरे बन जाते और उनमें मेल करा देते। तीसरे दिन वह उदयपुर पहुँच गए और रियासत के अधिकारियों से मिलते-जुलते, घूमते-घामते जसवंतनगर में दाखिल हुए। देखा, मिस्टर क्लार्क का डेरा पड़ा हुआ है। बाहर से आने-जानेवालों की बड़ी जाँच-पड़ताल होती है, नगर का द्वार बन्द-सा है, लेकिन पंडे को कौन रोकता? कस्बे में पहुँचकर सोचने लगे, विनयसिंह से क्योंकर मुलाकात हो? रात को तो धर्मशाला में ठहरे, सबेरा होते ही जेल के दारोग़ा के मकान में जा पहुँचे। दारोग़ाजी सोफ़ी को विदा करके आये थे और नौकर पर बिगड़ रहे थे कि तूने हुक्का क्यों

नहीं भरा, इतने में बरामदे में पण्डाजी की आहट पाकर बाहर निकल आये। उन्हें देखते ही नायकराम ने गंगाजल की शीशी निकाली और उनके सिर पर जल छिड़क दिया।

दारोगाजी ने अन्यमनस्क होकर कहा—कहाँ से आते हो?

नायकराम—महाराज, अस्थान तो परागराज है; पर आ रहा हूँ बड़ी दूर से। इच्छा हुई, इधर भी जजमानों को आसीरबाद देता चलूँ।

दारोगाजी का लड़का, जिसकी उम्र चौदह-पंद्रह वर्ष की थी, निकल आया। नायकराम ने उसे नख से शिख तक बड़े ध्यान से देखा, मानो उसके दर्शनों से हार्दिक आनंद प्राप्त हो रहा है और तब दारोग़ाजी से बोले—यह आपके चिरंजीव पुत्र हैं न? पिता-पुत्र की सूरत कैसी मिलती है दूर से ही पहचाना जाये। छोटे ठाकुर साहब, क्या पढ़ते हो?

लड़के ने कहा—अँगरेज़ी पढ़ता हूँ।

नायकराम—यह तो मैं पहले ही समझ गया था। आजकल तो इसी विद्या का दौरदौरा है, राजविद्या ठहरी। किस दफे में पढ़ते हो भैया?

दारोग़ा—अभी तो हाल ही में अँगरेज़ी शुरू की है, उस पर भी पढ़ने में मन नहीं लगाते, अभी थोड़ी ही पढ़ी है।

लड़के ने समझा, मेरा अपमान हो रहा है। बोला—तुमसे तो ज़्यादा पढ़ा हूँ।

नायकराम—इसकी कोई चिन्ता नहीं, सब आ जायेगा, अभी उनकी औस्था ही क्या है। भगवान की इच्छा होगी, तो कुल का नाम रोसन कर देंगे। आपके घर पर कुछ जगह-ज़मीन भी है?

दारोगाजी ने अब समझा। बुद्धि बहुत तीक्ष्ण न थी। अकड़कर कुर्सी पर बैठ गए और बोले—हाँ, चित्तौर के इलाके में कई गाँव हैं। पुरानी जागीर है। मेरे पिता महाराना के दरबारी थे। हल्दीघाटी की लड़ाई ने राना प्रताप ने मेरे पूर्वजों को यह जागीर दी थी। अब भी मुझे दरबार में कुर्सी मिलती है और पान-इलायची से सत्कार होता है। कोई कार्य-प्रयोजन होता है, तो महाराना के यहाँ से आदमी आता है। बड़ा लड़का मरा था, तो महाराना ने शोक-पत्र भेजा था।

नायकराम—जागीरदार का क्या कहना! जो जागीरदार, वही राजा; नाम का फरक है। असली राजा तो जागीरदार ही होते हैं, राज तो नाम के हैं।

दारोग़ा—बराबर राजकुल से आना-जाना लगा रहता है।

नायकराम—अभी इनकी कहीं बातचीत तो नहीं हो रही है?

दारोग़ा—अजी, लोग तो जान खा रहे हैं, रोज एक-न-एक जगह से संदेशा आता रहता है; पर मैं सबों को टका-सा जवाब देता हूँ। जब तक लड़का पढ़-लिख न ले, तब तक उसका विवाह कर देना नादानी है।

नायकराम—यह आपने पक्की बात कही। जथारथ में ऐसा ही होना चाहिए। बड़े आदमियों की बुद्धि भी बड़ी होती है। पर लोक-रीति पर चलना ही पड़ता है। अच्छा, अब आज्ञा दीजिए, कई जगह जाना है। जब तक मैं लौटकर न आऊँ, किसी को जवाब न दीजिएगा। ऐसी कन्या आपको न मिलेगी और न ऐसा उत्तम कुल ही पाइएगा।

दारोग़ा—वाह-वाह! इतनी जल्दी चले जाइएगा? कम-से-कम भोजन तो कर लीजिए। कुछ हमें भी तो मालूम हो कि आप किस का संदेसा लाये हैं? वह कौन हैं; कहाँ रहते हैं?

नायकराम—सब कुछ मालूम हो जायेगा, पर अभी बताने का हुक्म नहीं है।

दारोग़ा ने लड़के से कहा—तिलक, अन्दर जाओ, पण्डितजी के लिए पान बनवा लाओ, कुछ नाश्ता भी लेते आना।

यह कहकर तिलक के पीछे-पीछे खुद अन्दर चले गए और गृहिणी से बोले—कहीं से तिलक के ब्याह का संदेसा आया है। पान तश्तरी में भेजना। नाश्ते के लिए कुछ नहीं है? वह तो मुझे पहले ही मालूम था। घर में कितनी ही चीज आये, दुबारा देखने को नहीं मिलती। न जाने कहाँ के मरभुखे जमा हो गए हैं। अभी कल ही एक कैदी के घर से मिठाइयों का पूरा थाल आया था, क्या हो गया?

स्त्री—लड़कों से पूछा, क्या हो गया। मैं तो हाथ से छूने की भी क़सम खाती हूँ। यह कोई संदूक में बंद करके रखने की चीज तो है नहीं। जिसका जब जी चाहता है, निकालकर खाता है। कल से किसी ने रोटियों की ओर नहीं ताका।

दारोग़ा—तो आख़िर तुम किस मरज की दवा हो? तुमसे इतना भी नहीं हो सकता कि जो चीज़ घर में आये, उसे यत्न से रखो, हिसाब से खर्च करो। वह लौंडा कहाँ गया?

स्त्री—तुम्हीं ने तो अभी उसे डाँटा था, बस चला गया। कह गया है कि घड़ी-घड़ी की डाँट-फटकार बरदाश्त नहीं हो सकती।

दारोग़ा—यह और मुसीबत हुई। ये छोटे आदमी दिन-दिन सिर चढ़ते जाते हैं, कोई कहाँ तक इनकी खुशामद करे, अब कौन बाजार से मिठाइयाँ लाये? आज तो किसी सिपाही को भी नहीं भेज सकता, न जाने सिर से कब यह बला टलेगी। तुम्हीं चले जाओ तिलक!

तिलक—शर्बत क्यों नहीं पिला देते?

स्त्री—शकर भी तो नहीं है। चले क्यों नहीं जाते?

तिलक—हाँ, चले क्यों नहीं जाते! लोग देखेंगे हजरत मिठाई लिए जाते हैं।

दारोग़ा—तो इसमें क्या गाली है, किसी के घर चोरी तो नहीं कर रहे हो? बुरे काम से लजाना चाहिए, अपना काम करने में क्या लाज?

तिलक यों तो लाख सिर पटकने पर भी बाज़ार न जाते, पर इस वक़्त अपने विवाह की खुशी थी, चले गए। दारोग़ाजी ने तश्तरी में पान रखे और नायकराम के पास लाये।

नायकराम—सरकार, आपके घर पान नहीं खाऊँगा।

दारोग़ा—अजी, अभी क्या हरज है, अभी तो कोई बात भी नहीं हुई।

नायकराम—मेरा मन बैठ गया, तो सब ठीक समझिए।

दारोग़ा—यह तो आपने बुरी पख लगायी। यह बात नहीं हो सकती कि आप हमारे द्वार पर आयें और हम बिना यथेष्ट आदर-सत्कार किये आपको जाने दें। मैं तो मान भी जाऊँगा, पर तिलक की माँ किसी तरह राजी न होंगी।

नायकराम—इसी से मैं यह संदेसा लेकर आने से इनकार कर रहा था। जिस भले आदमी के द्वार पर जाइए, वह भोजन और दच्छिना के बगैर गला नहीं छोड़ता। इसी से तो आजकल कुछ लबाड़ियों ने बर खोजने को ब्यौसाय बना लिया है। इससे यह काम करते हुए और भी संकोच होता है।

दारोग़ा—ऐसे धूर्त्त यहाँ नित्य ही आया करते है; पर मैं तो पानी को भी नहीं पूछता। जैसा मुँह होता है, वैसा बीड़ा मिलता है। यहाँ तो आदमी को एक नजर देखा और उसकी नस-नस पहचान गया। आप यों न जाने पायेंगे।

नायकराम—मैं जानता कि आप इस तरह पीछे पड़ जायेंगे, तो लबाड़ियों ही की-सी बातचीत करता। गला तो छूट जाता।

दारोग़ा—यहाँ ऐसा अनाड़ी नहीं हूँ, उड़ती चिड़िया पहचानता हूँ।

नायकराम डट गए। दोपहर होते-होते बच्चे-बच्चे से उनकी मैत्री हो गई। दारोगाइन ने भी पालागन कहला भेजा। इधर से भी आशीर्वाद दिया गया। दारोग़ा तो दस बजे दफ्तर चले गए। नायकराम के लिए पूरियाँ-कचौरियाँ, चटनी, हलवा बड़ी विधि से बनाया गया। पंडितजी ने भीतर जाकर भोजन किया। रायता, दही, स्वामिनी ने स्वयं पंखा झला। फिर तो उन्होंने और रंग जमाया। लड़के-लड़कियों के हाथ देखे। दारोगाइन ने भी लजाते हुए हाथ दिखाया। पण्डितजी ने अपने भाग्य-रेखाज्ञान का अच्छा परिचय दिया। और भी धाक जम गई। शाम को दारोग़ाजी दफ्तर से लौटे, तो पण्डितजी शान से मसनद लगाए बैठे हुए थे और पड़ोस के कई आदमी उन्हें घेरे खड़े थे।

दारोग़ा ने कुर्सी पर लेटकर कहा—यह पद तो इतना ऊँचा नहीं, और न ही वेतन ही कुछ ऐसा अधिक मिलता है, पर काम इतना ज़िम्मेदारी का है कि केवल विश्वासपात्रों को ही मिलता है। बड़े-बड़े आदमी किसी-न-किसी अपराध के लिए दंड पाकर आते हैं। अगर चाहूँ, तो उनके घरवालों से एक-एक मुलाकात के लिए हजारों रुपये ऐंठ लूँ, लेकिन अपना यह ढंग नहीं। जो सरकार से मिलता है, उसी को बहुत समझता हूँ। किसी भीरु पुरुष का तो यहाँ घड़ी-भर निबाह न हो। एक-से-एक खूनी, डकैत, बदमाश आते रहते हैं, जिनके हजारों साथी होते हैं; चाहें तो दिन-दहाड़े जेल को लुटवा लें, पर ऐसे ढंग से उन पर रोब जमाता हूँ कि बदनामी भी न हो और नुकसान भी न उठाना पड़े। अब आज-ही-कल देखिए, काशी के कोई करोड़पति राजा हैं महाराजा भरतसिंह, उनका पुत्र राजविद्रोह के अभियोग में फँस गया है। हुक्काम तक उसका इतना आदर करते हैं कि बड़े साहब की मेम साहब दिन में दो-दो बार उसका हाल-चाल पूछने आती हैं और सरदार नीलकंठ बराबर पत्रों द्वारा उसका कुशल-समाचार पूछते रहते हैं। चाहूँ तो महाराजा भरतसिंह से एक मुलाकात के लिए लाखों रुपये उड़ा लूँ; पर यह अपना धर्म नहीं।

नायकराम—अच्छा! क्या राजा भरतसिंह का पुत्र यहीं कैद है?

दारोग़ा—और यहाँ सरकार को किस पर इतना विश्वास है?

नायकराम—आप-जैसे महात्माओं के दरसन दुरलभ हैं। किन्तु बुरा न मानिए, तो कहूँ, बाल-बच्चों का भी ध्यान रखना चाहिए। आदमी घर से पैसे कमाने के लिए ही निकलता है।

दारोग़ा—अरे, तो क्या कोई क़सम खायी है, पर किसी का गला नहीं दबाता। चलिए, आपको जेलखाने की सैर कराऊँ। बड़ी साफ-सुथरी जगह है। मेरे यहाँ तो जो कोई मेहमान आता है, उसे वहीं ठहरा देता हूँ। जेल के दारोगा की दोस्ती से जेल की हवा खाने के सिवा और क्या मिलेगा?

यह कहकर दारोग़ा मुस्कराये। वह नायकराम को किसी बहाने से यहाँ से टालना चाहते थे। नौकर भाग गया था, कैदियों और चपरासियों से काम लेने का मौका न था। सोचा, अपने हाथ चिलम भरनी पड़ेगी, बिछावन बिछाना पड़ेगा, मर्यादा में बाधा उपस्थित होगी, घर का परदा खुल जायेगा। इन्हें वहाँ ठहरा दूँगा, खाना भिजवा दूँगा, परदा ढका रह जायेगा।

नायकराम—चलिए, कौन जाने, कभी आपकी सेवा में आना ही पड़े। पहले से ठौर-ठिकाना देख लूँ। महाराजा साहब के लड़के ने कौन कसूर किया था?

दारोग़ा—क़सूर कुछ नहीं था, बस हाकिमों की जिद है। यहाँ देहातों में घूम-घूमकर लोगों को उपदेश करता था, बस, हाकिमों को उस पर संदेह हो गया कि यह राजविद्रोह फैला रहा है। यहाँ लाकर कैद कर दिया। मगर आप तो अभी उसे देखिएगा ही, ऐसा गम्भीर, शांत, विचारशील आदमी आज तक मैंने नहीं देखा। हाँ, किसी से दबता नहीं। खुशामद करके चाहे कोई पानी भरा ले; पर चाहो कि रोब से उसे दबा ले, तो जौ-भर भी न दबेगा।

नायकराम दिल में खुश था कि बड़ी अच्छी साइत में चला था कि भगवान् आप ही सब द्वार खोल देते हैं। देखूँ, अब विनयसिंह से क्या बात होती है। यों तो वह न जायेंगे, पर रानीजी की बीमारी का बहाना करना पड़ेगा। वह राज़ी हो जायें, यहाँ से निकाल ले जाना तो मेरा काम है। भगवान् की इतनी दया हो जाती, तो मेरी मनोकामना पूरी हो जाती, घर बस जाता, जिन्दगी सुफल हो जाती।

28

सोफ़िया के चले जाने के बाद विनय के विचार-स्थल में भाँति-भाँति की शंकाएँ होने लगीं। मन एक भीरु शत्रु है, जो सदैव पीठ के पीछे से वार करता है। जब तक सोफ़ी सामने बैठी थी, उसे सामने आने का साहस न हुआ। सोफ़ी के पीठ फेरते ही उसने ताल ठोकनी शुरू की—न जाने मेरी बातों का सोफ़िया पर क्या असर हुआ। कहीं वह यह तो नहीं समझ गई कि मैंने जीवन-पर्यंत के लिए सेवा-व्रत धारण कर लिया है। मैं भी कैसा मंद बुद्धि हूँ, उसे माताजी की अप्रसन्नता का भय दिलाने लगा, जैसे भोले-भाले बच्चों की आदत होती है कि प्रत्येक बात पर अम्माँ से कह देने की धमकी देते हैं। जब वह मेरे लिए इतना आत्मबलिदान कर रही है, यहाँ तक कि धर्म के पवित्र बंधन को भी तोड़ देने पर तैयार है, तो उसके सामने मेरा सेवा-व्रत और कर्त्तव्य का ढोंग रचना संपूर्णतः नीति-विरुद्ध है। मुझे वह मन में कितना निष्ठुर, कितना भीरु, कितना हृदय-शून्य समझ रही होगी। माना कि परोपकार आदर्श जीवन है, लेकिन स्वार्थ भी तो सर्वथा त्याज्य नहीं। बड़े-से-बड़ा जाति-भक्त भी स्वार्थ ही की ओर झुकता है। स्वार्थ का एक भाग मिटा देना जाति-सेवा के लिए काफी है। यही प्राकृतिक नियम है। आह! मैंने अपने पाँव में कुल्हाड़ी मारी। वह कितनी गर्वशीला है, फिर भी मेरे लिए क्या-क्या अपमान न सहे! मेरी माता ने उसका जितना अपमान किया; उतना कदाचित् उसकी माता ने किया होता, तो वह उसका मुँह न देखती। मुझे आखिर सूझी क्या। निस्संदेह मैं उसके योग्य नहीं हूँ, उसकी विशाल मनस्विता मुझे भयभीत करती है; पर क्या मेरी भक्ति मेरी त्रुटियों की पूर्ति नहीं कर सकती। जहाँगीर जैसा आत्म-सेवी, मंद-बुद्धि पुरुष नूरजहाँ को प्रसन्न रख सकता है, तो क्या मैं अपने आत्मसमर्पण से अपने अनुराग से, उसे संतुष्ट

नहीं कर सकता? कहीं वह मेरी शिथिलता से अप्रसन्न होकर मुझसे सदा के लिए विरक्त न हो जाये! यदि मेरे सेवा-व्रत, मातृभक्ति और संकोच का यह परिणाम हुआ, तो यह जीवन दुस्सह हो जायेगा।

आह! कितना अनुपम सौंदर्य है! उच्च शिक्षा और विचार से मुख पर कैसी आध्यात्मिक गम्भीरता आ गई है! मालूम होता है, कोई देवी इंद्रलोक से उतर आयी है, मानो बहिर्जगत् से उसका कोई संबंध ही नहीं, अंतर्जगत् ही में विचरती है। विचारशीलता स्वाभाविक सौंदर्य को कितना मधुर बना देती है। विचारोत्कर्ष ही सौंदर्य का वास्तविक शृंगार है। वस्त्राभूषणों से तो उसकी प्राकृतिक शोभा ही नष्ट हो जाती है। वह कृत्रिम और वासनामय हो जाता है। Vulger शब्द ही इस आशय को व्यक्त कर सकता है हास्य और मुस्कान में जो अन्तर है, धूप और चाँदनी में जो अन्तर है, संगीत और काव्य में जो अन्तर है, वही अन्तर अलंकृत और परिष्कृत सौंदर्य में हैं उसकी मुस्कान कितनी मनोहर है, जैसे बसन्त की शीलत वायु, या किसी कवि की अछूती सूझ। यहाँ किसी रूपमयी सुन्दरी से बातें करने लगे, तो चित्त मलिन हो जाता है, या तो शीन काफ ठीक नहीं, या लिंग-भेद का ज्ञान नहीं। सोफ़ी के लिए व्रत, नियम, सिद्धांत की उपेक्षा करना क्षम्य ही नहीं, श्रेयस्कर भी हैं यह मेरे लिए जीवन और मरण का प्रश्न है। उसके बगैर मेरा जीवन एक सूखे वृक्ष की भाँति होगा, जिसे जल की अविरल वर्षा भी पल्लवित नहीं कर सकती। मेरे जीवन की उपयोगिता, सार्थकता ही लुप्त हो जाएगी। जीवन रहेगा, पर आनन्द-विहीन, प्रेम-विहीन, उद्देश्य-विहीन।

विनय इन्हीं विचारों में डूबा हुआ था कि दारोग़ाजी आकर बैठ गए और बोले—मालूम होता है, अब यह बला सिर से जल्द ही टलेगी। एजेंट साहब यहाँ से कूच करने वाले हैं। सरदार साहब ने शहर में डौंड़ी फिरवा दी है कि अब किसी को कस्बे से बाहर जाने की ज़रूरत नहीं। मालूम होता है, मेम साहब ने यह हुक्म दिया है।

विनय—मेम साहब बड़ी विचारशील महिला हैं।

दारोग़ा—यह बहुत अच्छा हुआ, नहीं तो अवश्य उपद्रव हो जाता और सैकड़ों जानें जातीं। जैसा तुमने कहा, मेम साहब बड़ी विचारशील हैं; हालाँकि उम्र अभी कुछ नहीं।

विनय—आपको खूब मालूम है कि वह कल यहाँ से चली जायेंगी?

दारोग़ा—हाँ, और क्या सुनी-सुनाई कहता हूँ? हाकिमों की बातों की घंटे-घंटे टोह लगती है। रसद और बेगार, जो एक सप्ताह के लिए ली जानेवाली थी, बन्द कर दी गई है।

विनय—यहाँ फिर न आयेंगी?

दारोग़ा—तुम तो इतने अधीर हो रहे हो, मानो उन पर आसक्त हो।

विनय ने लज्जित होकर कहा—मुझसे उन्होंने कहा था कि कल तुम्हें देखने आऊँगी।

दारोग़ा—कह दिया होगा, पर अब उनकी तैयारी है। यहाँ तो खुश हैं कि बेदाग बच गए, नहीं तो और सभी जगह जेलरों पर जुरमाने किए हैं।

दारोग़ाजी चले गए, तो विनय सोचने लगा—सोफ़िया ने कल आने का वादा किया था। क्या अपना वादा भूल गई? अब न आयेगी? यदि एक बार आ जाती, तो मैं उसके पैरों पर गिरकर कहता, सोफ़ी, मैं अपने होश में नहीं हूँ। देवी अपने उपासक से इसलिए तो अप्रसन्न नहीं होती कि वह उसके चरणों का स्पर्श करते हुए भी झिझकता है। यह तो उपासक की अश्रद्धा का नहीं, असीम श्रद्धा का चिह्न है।

ज्यों-ज्यों दिन गुज़रता था, विनय की व्यग्रता बढ़ती जाती थी। मगर अपने मन की व्यथा किससे कहे। उसने सोचा—रात को यहाँ से किसी तरह भागकर सोफ़ी के पास जा पहुँचूं। हाँ दुर्दैव! वह मेरी मुक्ति का आज्ञा-पत्र तक लायी थी, उस वक्त मेरे सिर पर न जाने कौन-सा भूत सवार था।

सूर्यास्त हो रहा था। विनय सिर झुकाए दफ्तर के सामने टहल रहा था। सहसा उसे ध्यान आया—क्यों न फिर बेहोशी का बहाना करके गिर पड़ूँ। यहाँ सब लोग घबरा जायेंगे और ज़रूर सोफ़ी को मेरी खबर मिल जायेगी। अगर उसकी मोटर तैयार होगी, तो एक बार मुझे देखने आ जायेगी। पर यहाँ तो स्वाँग भरना भी नहीं आता। अपने ऊपर खुद ही हँसी आ जाएगी। कहीं हँसी रुक न सकी, तो भद्द हो जाएगी। लोग समझ जायेंगे, बना हुआ है। काश, इतना मूसलाधार पानी बरस जाता कि वह घर के बाहर निकल ही न सकती। पर कदाचित इन्द्र को भी मुझसे बैर है, आकाश पर बादल का कहीं नाम नहीं, मानो किसी हत्यारे का दयाहीन हृदय हो। क्लार्क ही को कुछ हो जाता, तो आज उसका जाना रुक जाता।

जब अँधेरा हो गया, तो उसे सोफ़ी पर क्रोध आने लगा—जब आज ही यहाँ से जाना था, तो उसने मुझसे कल आने का वादा ही क्यों किया, मुझसे जान-बूझकर झूठ क्यों बोली? क्या अब कभी मुलाकात ही न होगी; तब पूछूँगा। उसे खुद समझ जाना चाहिए था कि यह इस वक़्त अस्थिर चित्त हो रहा है। उससे मेरे चित्त की दशा छिपी नहीं है। वह उस अंतर्द्वंद्व को जानती है, जो मेरे हृदय में इतना भीषण रूप धारण किये हुए है। एक ओर प्रेम और श्रद्धा है, तो दूसरी ओर अपनी प्रतिज्ञा, माता की अप्रसन्नता का भय और लोक-निंदा की लज्जा। इतने विरुद्ध भावों के समागम से यदि कोई अनर्गल बातें करने लगे, तो इसमें आश्चर्य ही क्या। उसे इस दशा में मुझसे खिन्न न होना चाहिए था। अपनी प्रेममय सहानुभूति से मेरी हृदयाग्नि को शांत करना चाहिए था। अगर उसकी यही इच्छा है कि मैं इसी दशा में घुल-घुलकर मर जाऊँ, तो यही सही। यह हृदय-दाह जीवन के साथ ही शांत होगा। आह! ये दो दिन कितने आनन्द के दिन थे! रात हो रही है, फिर उसी अँधेरी, दुर्गन्धमय कोठरी में बन्द कर दिया जाऊँगा, कौन पूछेगा कि मरते हो या जीते। इस अंधकार में दीपक की ज्योति दिखायी भी दी, तो जब तक वहाँ पहुँचे नजरों से ओझल हो गई।

इतने में दारोग़ाजी फिर आये। पर अब की वह अकेले न थे, उनके साथ एक पण्डितजी भी थे। विनयसिंह को ख्याल आया कि मैंने इन पण्डितजी को कहीं देखा है; पर याद न आता था, कहाँ देखा है। दारोग़ाजी देर तक खड़े पण्डितजी से बातें करते रहे। विनयसिंह से कोई न बोला। विनय ने समझा, मुझे धोखा हुआ, कोई और आदमी होगा। रात को सब क़ैदी खा-पीकर लेटे। चारों ओर के द्वार बंद कर दिये गए। विनय थरथरा रहा था कि मुझे भी अपनी कोठरी में जाना पड़ेगा; पर न जाने क्यों, वहीं पड़ा रहने दिया गया।

रोशनी गुल कर दी गई। चारों ओर सन्नाटा छा गया। विनय उसी उद्विग्न दशा में खड़ा सोच रहा था, कैसे यहाँ से निकलूँ। जानता था कि चारों तरफ के द्वार बन्द हैं, न रस्सी है, न कोई मित्र। तिस पर भी वह प्रतीक्षाभाव से द्वार पर खड़ा था कि शायद कोई हिकमत सूझ जाए। निराशा में प्रतीक्षा अंधे की लाठी हैं

सहसा सामने से एक आदमी आता हुआ दिखायी दिया। विनय ने समझा, कोई चौकीदार होगा। डरा कि मुझे यहाँ खड़ा देखकर कहीं उसके दिल में संदेह

न हो जाये। धीरे-से कमरे की ओर चला। इतना भीरु वह कभी न हुआ था। तोप के सामने खड़ा सिपाही भी बिच्छू को देखकर सशंक हो जाता है।

विनय कमरे में गए ही थे कि पीछे से वह आदमी भी अन्दर आ पहुँचा। विनय ने चौंककर पूछा—कौन?

नायकराम बोले—आपका गुलाम हूँ, नायकराम पण्डा!

विनय—तुम यहाँ कहाँ? आज तुम्हीं तो दारोग़ा के साथ पगड़ी बाँधे खड़े थे?

नायकराम—आप ही के पास तो आया हूँ।

विनय—झूठे हो। यहाँ कोई यजमानी है क्या?

नायकराम—जजमान कैसे, यहाँ तो मालिक ही हैं।

विनय—आये कब? वहाँ तो सब कुशल है?

नायकराम—हाँ, सब कुशल ही है। कुँवर साहब ने जब से आपका हाल सुना है, बहुत घबराए हुए हैं, रानीजी बीमार हैं।

विनय—अम्माँजी कब से बीमार हैं?

नायकराम—कोई एक महीना होने आता है। बस! घुली जाती हैं। न कुछ खाती हैं, न पीती हैं, न किसी से बोलती हैं। न जाने कौन रोग है कि किसी बैद, हकीम, डॉक्टर की समझ ही में नहीं आता। दूर-दूर के डॉक्टर बुलाये गए हैं, पर मरज की थाह किसी को नहीं मिलती। कोई कुछ बताता है, कोई कुछ। कलकत्ते से कोई कविराज आये हैं, वह कहते हैं, अब यह बच नहीं सकती। ऐसी घुल गई हैं कि देखने डर लगता। मुझे देखा, तो धीरे से बोलीं—पण्डाजी, अब डेरा कूच है। मैं खड़ा-खड़ा रोता रहा।

विनय ने सिसकते हुए कहा—हाय ईश्वर! मुझे माता के दर्शन भी न होंगे क्या?

नायकराम—मैंने जब बहुत पूछा, सरकार किसी को देखना चाहती हैं, तो आँखों में आँसू भरकर बोलीं, एक बार विनय को देखना चाहती हूँ, पर भाग्य में देखना बदा नहीं है, न जाने उसका क्या हाल होगा।

विनय इतना रोये कि हिचकियाँ बाँध गईं। जब जरा आवाज काबू में हुई तो, बोले—अम्माँजी को कभी किसी ने रोते नहीं देखा था। अब चित्त व्याकुल हो रहा है। कैसे उनके दर्शन पाऊँगा? भगवान् न जाने किन पापों का यह दंड मुझे दे रहे हैं।

नायकराम—मैंने पूछा, हुक्म हो, तो जाकर उन्हें लिवा लाऊँ? इतना सुनना था कि वह जल्दी में उठकर बैठ गईं और मेरा हाथ पकड़कर बोलीं—तुम उसे लिवा लाओगे? नहीं, वह न आयेगा, वह मुझसे रूठा हुआ है। कभी न आएगा। उसे साथ लाओ, तो तुम्हारा बड़ा उपकार होगा। इतना सुनते ही मैं वहाँ से चल खड़ा हुआ। अब विलम्ब न कीजिए, कहीं ऐसा न हो कि माता की लालसा मन में ही रह जाये, नहीं तो आपको जनम-भर पछताना पड़ेगा।

विनय—कैसे चलूँगा।

नायकराम—इसकी चिन्ता मत कीजिए, ले तो मैं चलूँगा। जब यहाँ तक आ गया, तो यहाँ से निकलना क्या मुश्किल है।

विनय कुछ सोचकर बोले—पण्डाजी, मैं तो चलने को तैयार हूँ; पर भय यही है कि कहीं अम्माँजी नाराज़ न हो जायें, तुम उनके स्वभाव को नहीं जानते।

नायकराम—भैया, इसका कोई भय नहीं है। उन्होंने तो कहा है कि जैसे बने, वैसे लाओ। उन्होंने यहाँ तक कहा था कि माफी माँगनी पड़े, तो इस औसर पर माँग लेनी चाहिए।

विनय—तो चलो, कैसे चलते हो?

नायकराम—दिवाल फाँदकर निकल जायेंगे, यह कौन मुसकिल है!

विनयसिंह को शंका हुई कि कहीं किसी की निगाह पड़ गई, तो! सोफ़ी यह सुनेगी, तो क्या कहेगी? सब अधिकारी मुझ पर तालियाँ बजाएँगे। सोफ़ी सोचेगी, बड़े सत्यवादी बनते थे, अब वह सत्यवादिता कहाँ गई। किसी तरह सोफ़ी को यह खबर दी जा सकती, तो वह अवश्य आज्ञा-पत्र भेज देती; पर यह बात नायकराम से कैसे कहूँ। बोले—पकड़े गए तो?

नायकराम—पकड़े गए, तो! पकड़ेगा कौन? यहाँ कच्ची गोली नहीं खेले हैं। सब आदमियों को पहले ही से गाँठ रखा है।

विनय—खूब सोच लो। पकड़े गए तो फिर किसी तरह छुटकारा न होगा।

नायकराम—पकड़े जाने का तो नाम ही न लो। यह देखो, सामने कई ईंटें दिवाल से मिलाकर रखी हुई हैं। मैंने पहले ही से यह इन्तजाम कर लिया है। मैं ईंटों पर खड़ा हो जाऊँगा। आप मेरे कंधे पर चढ़कर इस रस्सी को लिए हुए दिवाल पर चढ़ जाइएगा। रस्सी उस तरफ़ फेंक दीजिएगा। मैं उसे इधर मजबूत पकड़े रहूँगा, आप उधर धीरे से उतर जाइएगा। फिर वहाँ आप रस्सी को

मजबूत पकड़े रहिएगा, मैं भी इधर से चला आऊँगा। रस्सी बड़ी मजबूत है, टूट नहीं सकती। मगर हाँ, छोड़ न दीजिएगा, नहीं तो मेरी हड्डी-पसली टूट जायेगी।

यह कहकर नायकराम रस्सी का पुलिंदा लिए हुए ईंटों के पास जाकर खड़े हो गए। विनय भी धीरे-धीरे चले। सहसा किसी चीज़ के खटकने की आवाज़ आयीं विनय ने चौंककर कहा—भाई, मैं न जाऊँगा। मुझे यही पड़ा रहने दो। माताजी के दर्शन करना मेरे भाग्य में नहीं है।

नायकराम—घबराइए मत, कुछ नहीं है।

विनय—मेरे तो पैर थरथरा रहे हैं।

नायकराम—तो इसी जीवट पर चले थे साँप के मुँह में उँगली डालने? जोखिम के समय पद-सम्मान का विचार नहीं रहता।

विनय—तुम मुझे जरूर फँसाओगे।

नायकराम—मरद होकर फँसने से इतना डरते हो! फँस ही गए, तो कौन चूड़ियाँ मैली हो जायेंगी! दुसमन की क़ैद से भागना लज्जा की बात नहीं।

यह कहकर वह ईंटों पर खड़ा हो गया और विनय से बोला—मेरे कंधे पर आ जाओ।

विनय—कहीं तुम गिर पड़े तो?

नायकराम—तुम्हारे जैसे पाँच सवार हो जायें, तो लेकर दौडूँ। धरम की कमाई में बल होता है।

यह कहकर उसने विनय का हाथ पकड़कर उसे अपने कंधे पर ऐसी आसानी से उठा लिया, मानो कोई बच्चा है।

विनय—कोई आ रहा है।

नायक—आने दो। यह रस्सी कमर में बाँध लो और दिवाल पकड़कर चढ़ जाओ।

अब विनय ने हिम्मत मजबूत की। यही निश्चयात्मक अवसर था। सिर्फ एक छलाँग की ज़रूरत थी। ऊपर पहुँच गए, तो बेड़ा पार है; न पहुँच सके तो अपमान, लज्जा, दंड सब कुछ है। ऊपर स्वर्ग है, नीचे नरक; ऊपर मोक्ष है, नीचे माया-जाल। दीवार पर चढ़ने में हाथों के सिवा और किसी चीज़ से मदद न मिल सकती थी। विनय दुर्बल होने पर भी मजबूत आदमी थे। छलाँग मारी और बेड़ा पार हो गया; दीवार पर जा पहुँचे और रस्सी पकड़कर नीचे

उतर पड़े। दुर्भाग्य-वश पीछे दीवार से मिली हुई गहरी खाई थी, जिसमें बरसात का पानी भरा हुआ था। विनय ने ज्यों ही रस्सी छोड़ी गर्दन तक पानी में डूब गए और बड़ी मुश्किल से बाहर निकले। तब रस्सी पकड़कर फिर नायकराम को इशारा किया। वह मँजा हुआ खिलाड़ी था। एक क्षण में नीचे आ पहुँचा। ऐसा जान पड़ता था कि वह दीवार पर बैठा था, केवल उतरने की देर थी।

विनय—देखना, खाई है।

नायकराम—पहले ही देख चुका हूँ। तुमसे बताने की याद ही न रही।

विनय—तुम इस काम में निपुण हो। मैं कभी न निकल सकता। किधर चलोगे?

नायकराम—सबसे पहले तो देवी के मंदिर चलूँगा, वहाँ से फिर मोटर पर बैठकर स्टेशन की ओर। ईश्वर ने चाहा, तो आज के तीसरे दिन घर पहुँच जायेंगे। देवी सहायक न होतीं, तो इतनी जल्दी और इतनी आसानी से यह काम न होता। उन्होंने यह संकट हरा। उन्हें अपना खून चढ़ाऊँगा।

अब दोनों आजाद थे। विनय को ऐसा मालूम हो रहा था कि मेरे पाँव आप-ही-आप उठे जाते हैं। वे इतने हलके हो गए थे। जरा देर मे दोनों आदमी सड़क पर आ गए।

विनय—सवेरा होते दौड़-धूप शुरू हो जायेगी।

नायकराम—तब तक हम लोग यहाँ से सौ कोस पर होंगे।

विनय—घर से भी तो वारंट द्वारा पकड़ मँगा सकते हैं।

नायकराम—वहाँ की चिन्ता मत करो। वह अपना राज है।

आज सड़क पर बड़ी हलचल थी। सैकड़ों आदमी लालटेंने लिए कस्बे में छावनी की तरफ़ जा रहे थे। एक गोल इधर से आता था, दूसरा उधर से। प्रायः लोगों के हाथों में लाठियाँ थीं। विनयसिंह को कुतूहल हुआ, आज यह भीड़-भाड़ कैसी! लोगों पर वह निःस्तब्ध तत्परता छायी थी, जो किसी भयंकर उद्यम की सूचक होती है। किन्तु किसी से कुछ पूछ न सकते थे कि कहीं वह पहचान न जाये।

नायकराम—देवी के मंदिर तक तो पैदल ही चलना पड़ेगा।

विनय—पहले इन आदमियों से तो पूछो, कहाँ दौड़े जा रहे हैं। मुझे तो ऐसा मालूम हो रहा कि कहीं कुछ गड़बड़ हो गई।

नायकराम—होगी, हमें इन बातों से क्या मतलब? चलो, अपनी राह चलें।

विनय—नहीं-नहीं ज़रा पूछो तो क्या बात है?

नायकराम ने एक आदमी से पूछा, तो ज्ञात हुआ है कि नौ बजे के समय एजेंट साहब अपनी मेम साहब के साथ मोटर पर बैठे हुए बाज़ार की तरफ़ से निकले। मोटर बड़ी तेज़ी से जा रही थी। चौराहे पर पहुँची, तो एक आदमी, जो बाईं ओर से आ रहा था, मोटर के नीचे दब गया। साहब ने आदमी को दबते हुए देखा; पर मोटर को रोका नहीं। यहाँ तक कि कई आदमी मोटर के पीछे दौड़े। बाज़ार के इस सिरे तक आते-आते मोटर को बहुत-से आदमियों ने घेर लिया। साहब ने आदमियों को डाँटा कि अभी हट जाओ। जब लोग न हटे, तो उन्होंने पिस्तौल चला दी। एक आदमी तुरंत गिर पड़ा। अब लोग क्रोधोन्माद की दशा में साहब के बँगले पर जा रहे थे।

विनय ने पूछा—वहाँ जाने की क्या ज़रूरत है?

एक आदमी—जो कुछ होना है, वह हो जायेगा। यही न होगा, मारे जायेंगे। मारे तो यों ही जा रहे हैं। एक दिन तो मरना है ही। दस-पाँच आदमी मर गए, तो कौन संसार सूना हो जायेगा?

विनय के होश उड़ गए। यकीन हो गया कि आज कोई उपद्रव अवश्य होगा। बिगड़ी हुई जनता वह जल-प्रवाह है, जो किसी के रोके नहीं रुकता। ये लोग झल्लाये हुए हैं। इस दशा में इनसे धैर्य और क्षमा की बातें करना व्यर्थ है। कहीं ऐसा न हो कि ये लोग बँगले को घेर लें। सोफ़िया भी वहीं है। कहीं उस पर आघात कर बैठें। दुरावेश में सौजन्य का नाश हो जाता है। नायकराम से बोले—पण्डाजी, ज़रा बँगले तक होते चलें।

नायकराम—किसके बँगले तक?

विनय—पोलिटिकल एजेंट के।

नायकराम—उनके बँगले पर जाकर क्या कीजिएगा? क्या अभी तक परोपकार से जी नहीं भरा? ये जानें, वह जानें, हमसे-आपसे मतलब?

विनय—नहीं, मौका नाजुक है, वहाँ जाना जरूरी हैं

नायकराम—नाहक अपनी जान के दुश्मन हुए हो। वहाँ कुछ दंगा हो जाए, तो! मरद हैं ही, चुपचाप खड़े मुँह तो देखा न जाएगा। दो-चार हाथ इधर या उधर चला ही देंगे। बस, धर-पकड़ हो जाएगी। इससे क्या फायदा?

विनय—कुछ भी हो, मैं यहाँ यह हंगामा होते देखकर स्टेशन नहीं जा सकता।

नायकराम—रानीजी तिल-तिल पर पूछती होंगी।

विनय—तो यहाँ कौन दो-चार दिन लग जाते हैं। तुम यहीं ठहरो, मैं अभी आता हूँ।

नायकराम—जब तुम्हें कोई भय नहीं है, तो यहाँ कौन रोनेवाला बैठा हुआ है। मैं आगे-आगे चलता हूँ। देखना, साथ न छोड़ना। यह ले लो, जोखिम का मामला है। मेरे लिए यह लकड़ी काफी है।

यह कहकर नायकराम ने एक दो नलीवाली पिस्तौल कमर से निकालकर विनय के हाथ में रख दी। विनय पिस्तौल लिए हुए आगे बढ़ा। जब राजभवन के निकट पहुँचे, तो इतनी भीड़ देखी कि एक-एक क़दम चलना मुश्किल हो गया, और भवन से एक गोली के टप्पे पर तो उन्हें विवश होकर रुकना पड़ा। सिर-ही-सिर दिखायी देते थे। राजभवन के सामने एक बिजली की लालटेन जल रही थी और उसके उज्जवल प्रकाश में हिलता, मचलता; रुकता, ठिठकता हुआ जनप्रवाह इस तरह भवन की ओर चला जा रहा था, मानो उसे निगल जाएगा। भवन के सामने, इस प्रवाह को रोकने के लिए, वरदीपोश सिपाहियों की एक कतार, संगीनें चढ़ाए, चुपचाप खड़ी थी और ऊँचे चबूतरे पर खड़ी होकर सोफ़ी कुछ कह रही थी; पर इस हुल्लड़ में उसकी आवाज सुनायी न देती थी। ऐसा मालूम होता था कि किसी विदुषी की मूर्ति है, जो कुछ कहने का संकेत कर रही है।

सहसा सोफ़िया ने दोनों हाथ ऊपर उठाए। चारों ओर सन्नाटा छा गया। सोफ़ी ने उच्च और कम्पित स्वर में कहा—मैं अंतिम बार तुम्हें चेतावनी देती हूँ कि यहाँ से शांति के साथ चले जाओ, नहीं तो सैनिकों को विवश होकर गोली चलानी पड़ेगी। एक क्षण के अन्दर यह मैदान साफ हो जाना चाहिए।

वीरपालसिंह ने सामने आकर कहा—प्रजा अब ऐसे अत्याचार नहीं सह सकती।

सोफ़ी—अगर लोग सावधानी से रास्ता चलें, तो ऐसी दुर्घटना क्यों हो!

वीरपाल—मोटरवालों के लिए भी कोई कानून है या नहीं।

सोफ़ी—उनके लिए कानून बनाना तुम्हारे अधिकार में नहीं है।

वीरपाल—हम कानून नहीं बना सकते, पर अपनी प्राण-रक्षा तो कर सकते हैं?

सोफ़ी–तुम विद्रोह करना चाहते हो और उसके कुफल का भार तुम्हारे सिर पर होगा।

वीरपाल–हम विद्रोही नहीं हैं, मगर यह नहीं हो सकता कि हमारा एक भाई किसी मोटर के नीचे दब जाये, चाहे वह मोटर महारानी ही की क्यों न हो, और हम मुँह न खोलें।

सोफ़ी–वह संयोग था।

वीरपाल–सावधानी उस संयोग को टाल सकती थी। अब हम उस वक़्त तक यहाँ से न जायेंगे, जब तक हमें वचन न दिया जायेगा कि भविष्य में ऐसी दुर्घटनाओं के लिए अपराधी को उचित दंड मिलेगा, चाहे वह कोई हो।

सोफ़ी–संयोग के लिए कोई वचन नहीं दिया जा सकता। लेकिन...

सोफ़ी कुछ और कहना चाहती थी कि किसी ने एक पत्थर उसकी तरफ़ फेंका, जो उसके सिर में इतनी ज़ोर से लगा कि वह वहीं सिर थामकर बैठ गई। यदि विनय तत्क्षण किसी ऊँचे स्थान पर खड़े होकर जनता को आश्वासन देते, तो कदाचित् उपद्रव न होता, लोग शांत होकर चले जाते। सोफ़ी का जख्मी हो जाना जनता का क्रोध शांत करने को काफी न था। किन्तु जो पत्थर सोफ़ी के सिर में लगा, वही कई गुने आघात के साथ विनय के हृदय में लगा। उसकी आँखों में खून उतर आया। आपे से बाहर हो गया। भीड़ को बलपूर्वक हटाता, आदमियों को ढकेलता, कुचलता सोफ़ी के बगल में जा पहुँचा, पिस्तौल कमर से निकाली और वीरपालसिंह पर गोली चला दी। फिर क्या था, सैनिकों को मानो हुक्म मिल गया, उन्होंने बंदूके छोड़नी शुरू कीं। कुहराम मच गया, लेकिन फिर भी कई मिनट तक लोग वहीं खड़े गोलियों का जवाब ईंट-पत्थर से देते रहे। दो-चार बंदूकें इधर से भी चलीं। वीरपाल बाल-बाल बच गया और विनय को निकट होने के कारण पहचानकर बोला–आप भी उन्हीं में हैं?

विनय–हत्यारा!

वीरपाल–परमात्मा हमसे फिर गया है।

विनय–तुम्हें एक स्त्री पर हाथ उठाते लज्जा नहीं आती?

चारों तरफ़ से आवाज़ें आने लगीं–विनयसिंह हैं, यह कहाँ से आ गए, यह भी उधर मिल गए, इन्हीं ने तो पिस्तौल छोड़ी है!

'शायद शर्त पर छोड़े गए हैं।'

'धन की लालसा सिर पर सवार है।'

'मार दो एक पत्थर, सिर फट जाए, यह भी हमारा दुश्मन है।'

'दगाबाज है।'

'इतना बड़ा आदमी और थोड़े-से धन के लिए ईमान बेच बैठा!'

बंदूकों के सामने निहत्थे लोग कब तक ठहरते! जब कई आदमी अपने पक्ष के लगातार गिरे, तो भगदड़ मच गई; कोई इधर भागा, कोई उधर। मगर वीरपालसिंह और उसके साथ के पाँचों सवार, जिनके हाथों में बंदूकें थीं, राजभवन के पीछे की ओर से विनयसिंह के सिर पर आ पहुँचे। अँधेरे में किसी की निगाह उन पर न पड़ी। विनय ने पीछे की तरफ़ घोड़ों की टाप सुनी, तो चौंके, पिस्तौल चलाई, पर वह खाली थी।

वीरपाल ने व्यंग करके कहा—आप तो प्रजा के मित्र बनते थे?

विनय—तुम जैसे हत्यारों की सहायता करना मेरा नियम नहीं है।

वीरपाल—मगर हम उससे अच्छे हैं, जो प्रजा की गरदन पर अधिकारियों से मिलकर छुरी चलाये।

विनय क्रोधावेश में बाज की तरह झपटे कि उसके हाथ से बंदूक छीन लें, किन्तु वीरपाल के एक सहयोगी ने झपटकर विनयसिंह को नीचे गिरा दिया, दूसरा साथी तलवार लेकर उसी तरफ़ लपका ही था कि सोफ़ी, जो अब तक चेतना-शूल्य दशा में भूमि पर पड़ी थी, चीख मारकर उठी और विनयसिंह से लिपट गई। तलवार अपने लक्ष्य पर न पहुँचकर सोफ़ी के माथे पर पड़ी। इतने में नायकराम लाठी लिए हुए आ पहुँचा और लाठियाँ चलाने लगा। दो विद्रोही आहत होकर गिर पड़े। वीरपाल अब तक हतबुद्धि की भाँति खड़ा था। न उसे ज्ञात था कि सोफ़ी को पत्थर किसने मारा; न उसने अपने सहयोगियों ही को विनय को आघात करने के लिए कहा था। यह सब कुछ उसकी आँखों के सामने, पर उसकी इच्छा के विरुद्ध हो रहा था। पर अब अपने साथियों को देखकर वह तटस्थ न रह सका। उसने बंदूक का कुंदा तौलकर इतनी ज़ोर से नायकराम के सिर में मारा कि उसका सिर फट गया और एक पल में उसके तीनों साथी अपने आहत साथियों को लेकर भाग निकले। विनयसिंह सँभलकर उठे, तो देखा कि बगल में नायकराम खून से तर अचेत पड़ा है और सोफ़ी का कहीं पता नहीं। उसे कौन ले गया, क्यों ले गया, कैसे ले गया, इसकी उन्हें खबर न थी।

मैदान में एक आदमी भी न था। दो-चार लाशें अलबत्ता इधर-उधर पड़ी हुई थीं।

मिस्टर क्लार्क कहाँ थे? तूफान उठा और गया, आग लगी और बुझी, पर उनका कहीं पता तक नहीं। वह शराब के नशे में मस्त, दीन-दुनिया से बेखबर, अपने शयनागार में पड़े हुए थे। विद्रोहियों का शोर सुनकर सोफ़ी भवन से बाहर निकल आयी थी। मिस्टर क्लार्क को इसलिए जगाने की चेष्टा न की थी कि उनके आने से रक्तपात का भय था। उसने शांत उपायों से शांति-रक्षा करनी चाही थी और उसका यह फल था। वह पहले सतर्क हो जाती, तो कदाचित् स्थिति इतनी भयावह न हो पाती।

विनय ने नायकराम को देखा। नाड़ी का पता न था, आँखें पथरा गई थीं। चिन्ता, शोक और पश्चात्ताप से चित्त इतना विकल हुआ कि वह रो पड़े। चिंता थी माता की, उनके दर्शन भी न करने पाया; शोक था सोफ़िया का, न जाने उसे कौन ले गया; पश्चात्ताप था अपने क्रोधशीलता पर कि मैं ही इस सारे विद्रोह और रक्तपात का कारण हूँ। अगर मैंने वीरपाल पर पिस्तौल न चलायी होती, तो यह उपद्रव शांत हो जाता।

आकाश पर श्यामल घन-घटा छायी हुई थी, पर विनय के हृदयाकाश पर छायी हुई शोक-घटा उससे कहीं घनघोर, अपार और असूझ थी।

29

मिस्टर विलियम क्लार्क अपने अन्य स्वदेश-बंधुओं की भाँति सुरापान के भक्त थे, पर उसके वशीभूत न थे। वह भारतवासियों की भाँति पीकर छकना न जानते थे। घोड़े पर सवार होना जानते थे, उसे काबू से बाहर न होने देते थे। पर आज सोफ़ी ने जान-बूझकर उन्हें मात्रा से अधिक पिला दी थी, बढ़ावा देती जाती थी—वाह! इतनी ही, एक ग्लास तो और लो। अच्छा, यह मेरी खातिर से, वाह! अभी तुमने मेरे स्वास्थ्य का प्याला तो पिया ही नहीं। सोफ़ी ने विनय से कल मिलने का वादा किया था, पर उनकी बातें उसे एक क्षण के लिए भी चैन न लेने देती थीं। वह सोचती थी—विनय ने आज ये नये बहाने क्यों ढूँढ़ निकाले? मैंने उनके लिए धर्म की भी परवा न की, फिर भी वह मुझसे भागने की चेष्टा कर रहे हैं। अब मेरे पास और कौन-सा उपाय है? क्या प्रेम का देवता इतना पाषाण-हृदय है, क्या वह बड़ी-से-बड़ी पूजा पाकर भी प्रसन्न नहीं होता? माता की अप्रसन्नता का इतना भय उन्हें कभी न था। कुछ नहीं, अब उनका प्रेम शिथिल हो गया है। पुरुषों का चित्त चंचल होता है, उसका एक और प्रमाण मिल गया। अपनी अयोग्यता का कथन उनके मुँह से कितना अस्वाभाविक मालूम होता है। वह जो इतने उदार, इतने विरक्त, इतने सत्यवादी, इतने कर्तव्यनिष्ठ हैं मुझसे कहते हैं, मैं तुम्हारे योग्य नहीं हूँ। हाय! वह क्या जानते हैं मैं उनसे कितनी भक्ति रखती हूँ, मैं इस योग्य भी नहीं कि उनके चरण-स्पर्श करूँ। कितनी पवित्र आत्मा है, कितने उज्जवल विचार, कितना आलौकिक आत्मोत्सर्ग! नहीं, वह मुझसे दूर रहने ही के लिए ये बहाने कर रहे हैं। उन्हें भय है कि मैं उनके पैरों की जंजीर बन जाऊँगी, उन्हें कर्त्तव्य-मार्ग से हटा दूँगी, उनको आदर्श से विमुख कर दूँगी। मैं उनकी इस शंका का कैसे निवारण करूँ?

दिन-भर इन्हीं विचारों में व्यग्र रहने के बाद संध्या को वह इतनी व्याकुल हुई कि उसने रात ही को विनय से फिर मिलने की निश्चय किया। उसने क्लार्क को शराब पिलाकर इसीलिए अचेत कर दिया कि उसे किसी प्रकार का संदेह न हो। जेल के अधिकारियों से उसे कोई भय न था। वह इस अवसर को विनय से अनुनय-विनय करने में, उनके प्रेम को जगाने में, उनकी शंकाओं को शांत करने में लगाना चाहती थी; पर उसका यह प्रयास उसी के लिए घातक सिद्ध हुआ। मिस्टर क्लार्क मौके पर पहुँच सकते, तो शायद स्थिति इतनी भयंकर न होती, कम-से-कम सोफ़ी को ये दुर्दिन न देखने पड़ते। क्लार्क अपने प्राणों से उसकी रक्षा करते। सोफ़ी ने उनसे दगा करके अपना ही सर्वनाश कर लिया था। अब वह न जाने कहाँ और किस दशा में थी। प्रायः लोगों का विचार था कि विद्रोहियों ने उसकी हत्या कर डाली और उसके शव को आभूषणों के लोभ से अपने साथ ले गए। केवल विनयसिंह इस विचार से समहत न थे। उन्हें विश्वास था कि सोफ़ी अभी ज़िंदा है। विद्रोहियों ने जमानत के तौर पर उसे अपने यहाँ कैद कर रखा है, जिसमें संधि की शर्तें तय करने में सुविधा हो। सोफ़ी रियासत को दबाने के लिए उनके हाथों में एक यंत्र के समान थी।

इस दुर्घटना से रियासत में तहलका मच गया। अधिकारी वर्ग आपको डरते थे, प्रजा आपको। अगर रियासत के कर्मचारियों ही तक बात रहती, तो विशेष चिन्ता की बात न थी, रियासत खून के बदले खून लेकर संतुष्ट हो जाती, ज़्यादा-से-ज़्यादा एक ही जगह चार का खून कर डालती। पर सोफ़ी के बीच में पड़ जाने से समस्या जटिल हो गई थी, मुआमला रियासत के लिए अधिकार-क्षेत्र के बाहर पहुँच गया था, यहाँ तक कि लोगों को भय था, रियासत पर कोई जवाल न आ जाये। इसलिए अपराधियों की पकड़-धकड़ में असाधारण तत्परता से काम लिया जा रहा था। संदेहमात्र में लोग फाँस दिये जाते थे और उनको कठोरतम यातनाएँ दी जाती थी। साक्षी और प्रमाण की कोई मर्यादा न रह गई थी। इन अपराधियों के भाग्य-निर्णय के लिए एक अलग न्यायालय खोल दिया गया था। उसमें मँजे हुए प्रजा-द्रोहियों को छाँट-छाँटकर नियुक्त किया गया था। वह अदालत किसी को छोड़ना न जानती थी। किसी अभियुक्त को प्राण-दंड देने के लिए एक सिपाही की शहादत काफी थी। सरदार नीलकंठ बिना अन्न-जल, दिन-के-दिन विद्रोहियों की खोज लगाने

में व्यस्त रहते थे। यहाँ तक कि हिज़ हाइनेस महाराज साहब स्वयं शिमला, दिल्ली और उदयपुर एक किए हुए थे। पुलिस-कर्मचारियों के नाम रोज ताकीदें भेजी जाती थी। उधर शिमला से भी ताकीदों के बाद धमकियाँ आने लगीं। उसी अनुपात से यहाँ प्रजा पर भी उत्तरोत्तर अत्याचार बढ़ता जाता था। मि. क्लार्क को निश्चय था कि इस विद्रोह में रियासत का हाथ भी अवश्य था। अगर रियासत ने पहले से विद्रोहियों का जीवन कठिन कर दिया होता, तो वे कदापि इस भाँति सर न उठा सकते। रियासत के बड़े-बड़े अधिकारी भी उनके सामने जाते काँपते थे। वह दौरे पर निकलते, तो एक अंगरेजी रिसाला साथ ले लेते और इलाके-के-इलाके उजड़वा देते, गाँव-के-गाँव तबाह करवा देते, यहाँ तक कि स्त्रियों पर भी अत्याचार होता था। और सबसे अधिक खेद की बात यह थी कि रियासत और क्लार्क के इन सारे दुष्कृत्यों में विनय भी मनसा-वाचा-कर्मणा सहयोग करते थे। वास्तव में उन पर प्रमाद का रंग छाया हुआ था। सेवा और उपकार के भाव हृदय से संपूर्णतः मिट गए थे। सोफ़ी और उसके शत्रुओं का पता लगाने का उद्योग, यही एक काम विनय के लिए रह गया था। मुझे दुनिया क्या कहती है, मेरे जीवन का क्या उद्देश्य है, माताजी का क्या हाल हुआ, इन बातों की ओर अब उनका ध्यान ही न जाता था। अब तो वह रियासत के दाहिने हाथ बने हुए थे। अधिकारी समय-समय पर उन्हें और भी उत्तेजित करते रहते थे। विद्रोहियों के दमन में कोई पुलिस का कर्मचारी, रियासत का कोई नौकर इतना हृदयहीन, विचारहीन, न्यायहीन न बन सकता था। उनकी राज-भक्ति का पारावार न था, या यों कहिए कि इस समय वह रियासत के कर्णधार बने हुए थे, यहाँ तक कि सरदार नीलकंठ भी उनसे दबते थे। महाराजा साहब को उन पर इतना विश्वास हो गया था कि उनसे सलाह लिए बिना कोई काम न करते। उनके लिए आने-जाने की कोई रोक-टोक न थी। मि. क्लार्क से तो उनकी दाँतकाटी रोटी थी। दोनों एक ही बँगले में रहते थे और अंतरंग में सरदार साहब की जगह पर विनय की नियुक्ति की चर्चा की जाने लगी थी।

प्रायः साल-भर तक रियासत में यही आपाधापी रही। जब जसवंतनगर विद्रोहियों से पाक हो गया, अर्थात् वहाँ कोई जवान आदमी न रहा, तो विनय ने स्वयं सोफ़ी का सुराग लगाने के लिए कमर बाँधी। उनकी सहायता के लिए

गुप्त पुलिस के कई अनुभवी आदमी तैनात किये गए। चलने की तैयारियाँ होने लगीं। नायकराम अभी तक कमज़ोर थे। उनके बचने की आशा ही न रही थी, पर जिंदगी बाकी थी, बच गए। उन्होंने विनय को जाने पर तैयार देखा, तो साथ चलने को निश्चय किया। आकर बोले—भैया, मुझे भी साथ ले चलो, मैं यहाँ अकेला न रहूँगा।

विनय—मैं कहीं परदेश थोड़े ही जाता हूँ। सातवें दिन यहाँ आया करूँगा, तुमसे मुलाकात हो जायेगी।

सरदार नीलकंठ वहीं बैठे हुए थे, बोले—अभी तुम जाने के लायक नहीं हो।

नायकराम—सरदार साहब! आप भी इन्हीं की-सी कहते हैं। इनके साथ न रहूँगा, तो रानी जी को कौन मुँह दिखाऊँगा।

विनय—तुम यहाँ ज़्यादा आराम से रह सकोगे, तुम्हारे ही भले की कहता हूँ।

नायकराम—सरदार साहब, अब आप ही भैया को समझाइए। आदमी एक घड़ी की नहीं चलाता, तो एक हफ़्ता तो बहुत है। फिर मोरचा लेना है वीरपालसिंह से जिसका लोहा मैं भी मानता हूँ। मेरी कई लाठियाँ उसने ऐसी रोक लीं कि एक भी पड़ जाती, तो काम तमाम हो जाता। पक्का फेकैत। क्या मेरी जान तुम्हारी जान से प्यारी है?

नीलकंठ—हाँ, वीरपाल है तो शैतान। न जाने कब, किधर से कितने आदमियों के साथ टूट पड़े उसके गोइन्दे सारी रियासत में फैले हुए हैं।

विनय—भाई! बात यह है कि मैं अपने साथ किसी गैर की जान जोखिम में नहीं डालना चाहता।

नायकराम—हाँ, अब आप मुझे गैर समझते हैं, तो दूसरी बात है। हाँ, गैर तो हूँ ही; गैर न होता, तो रानीजी के इशारे पर कैसे यहाँ दौड़ा आता, जेल में आकर कैसे बाहर निकाल लाता और साल-भर तक खाट क्यों सेता? सरदार साहब, हुजूर ही अब इन्साफ कीजिए। मैं गैर हूँ? जिसके लिए जान हथेली पर लिए फिरता हूँ, वही गैर समझता हैं।

नीलकंठ—विनयसिंह, यह आपका अन्याय है। आप इन्हें गैर क्यों कहते हैं? अपने हितैषियों को गैर कहने से उन्हें दुःख होता है।

नायकराम—बस, सरदार साहब! हुजूर ने लाख रुपये की बात कह दी। पुलिस के आदमी गैर नहीं हैं और मैं गैर हूँ!

विनय—अगर गैर कहने से तुम्हें दुःख होता है, तो मैं यह शब्द वापस लेता हूँ! मैंने गैर केवल इस विचार से कहा था कि तुम्हारे संबंध में मुझे घरवालों को जवाब देना पड़ेगा। पुलिसवालों के लिए तो कोई मुझसे जवाब न माँगेगा।

नायकराम—सरदार साहब, अब आप ही इसका जवाब दीजिए। यह मैं कैसे कहूँ कि मुझे कुछ हो गया, तो कुँवर साहब कुछ पूछ-ताछ न करेंगे, उनका भेजा आया ही हूँ। भैया को जवाबदेही तो ज़रूर करनी पड़ेगी।

नीलकंठ—यह माना कि तुम उनके भेजे हुए आये हो; मगर तुम इतने अबोध नहीं हो कि तुम्हारी हानि-लाभ की ज़िम्मेदारी विनयसिंह के सिर हो। तुम अपना अच्छा-बुरा आप सोच सकते हो। क्या कुँवर साहब इतना भी न समझेंगे?

नायकराम—अब कहिए धर्मावतार, अब तो मुझे ले चलना पड़ेगा सरदार साहब ने मेरी डिग्री कर दी। मैं कोई नाबालिग नहीं हूँ कि सरकार के सामने जवाब देना पड़े।

अंत में विनय ने नायकराम को साथ ले चलना स्वीकार किया और दो-तीन दिन पश्चात् दस आदमियों की एक टोली, भेष बदलकर, सब तरह लैस होकर, टोहिए कुत्तों को साथ लिए, दुर्गम पर्वतों में दाखिल हुई। पहाड़ों से आग निकल रही थी। बहुधा, कोसों तक पानी की एक बूँद भी न मिलती; रास्ते पथरीले, वृक्षों का पता नहीं दोपहर को लोग गुफाओं में विश्राम करते थे, रात को बस्ती से अलग किसी चौपाल या मन्दिर में पड़े रहते। दो-दो आदमियों का संग था। चौबीस घंटों में एक बार सब आदमियों को एक स्थान पर जमा होना पड़ता था। दूसरे दिन का कार्यक्रम निश्चय करके लोग फिर अलग-अलग हो जाते थे। नायकराम और विनयसिंह की एक जोड़ी थी। नायकराम अभी तक चलने-फिरने में कमज़ोर था, पहाड़ों की चढ़ाई में थककर बैठ जाता, भोजन की मात्रा भी बहुत कम हो गई थी, दुर्बल इतना हो गया था कि पहचानना कठिन था, किन्तु विनयसिंह पर प्राणों को न्योछावर करने को तैयार रहता था। यह जानता था कि ग्रामीणों के साथ कैसा व्यवहार करना चाहिए, विविध स्वभाव और श्रेणी के मनुष्यों से परिचित था। जिस गाँव में पहुँचता, धूम मच जाती कि काशी के पण्डाजी पधारे हैं। भक्तजन जमा हो जाते, नाई-कहार आ पहुँचते, दूध-घी, फल-फूल,

शाक-भाजी आदि की रेल-पेल हो जाती। किसी मंदिर के चबूतरे पर खाट पड़ जाती। बाल-वृद्ध, नर-नारी बेधड़क पण्डाजी के पास आते और यथाशक्ति दक्षिणा देते। पण्डाजी बातों-बातों में उनसे गाँव का समाचार पूछ लेते। विनयसिंह को अब ज्ञात हुआ कि नायकराम साथ न होते, तो मुझे कितने कष्ट झेलने पड़ते। वह स्वभाव से मितभाषी, संकोचशील, गम्भीर आदमी थे। उनमें वह शासन-बुद्धि न थी, जो जनता पर आतंक जमा लेती है, न वह मधुर वाणी, जो मन को मोहती है। ऐसी दशा में नायकराम का संग उनके लिए दैवी सहायता से कम न था।

रास्ते में कभी-कभी हिंसक जंतुओं से मुठभेड़ हो जाती। ऐसे अवसरों पर नायकराम सीनासिपर हो जाता था। एक दिन चलते-चलते दोपहर हो गई। दूर तक आबादी का कोई निशान न था। धूप की प्रखरता से एक-एक पग चलना मुश्किल था। कोई कुआँ या तालाब भी नजर न आता था। सहसा एक ऊँचा टीकरा दिखायी दिया। नायकराम उस पर चढ़ गया कि शायद ऊपर से कोई गाँव या कुआँ दिखायी दे। उसने शिखर पर पहुँचकर इधर-उधर निगाह दौड़ाई, तो दूर एक आदमी जाता हुआ दिखायी देता। उसके हाथ में एक लकड़ी और पीठ पर एक थैली थी। कोई बिना वर्दी का सिपाही मालूम होता था। नायकराम उसे कई बार ज़ोर-ज़ोर से पुकारा, तो उसने गर्दन फेरकर देखा। नायकराम उसे पहचान गए। यह विनयसिंह के साथ का एक स्वयंसेवक था। उसे इशारे से बुलाया और टीले से उतरकर उसके पास आये। इस सेवक का नाम इंद्रदत्त था।

इंद्रदत्त ने पूछा—तुम यहाँ कैसे आ फँसे जी? तुम्हारे कुँवर कहाँ हैं?

नायकराम—पहले यह बताओ कि यहाँ कोई गाँव है, कहीं दाना-पानी मिल सकता है?

इंद्रदत्त—जिसके रामधनी, उसे कौन कमी! राजदरबार ने भोजन की रसद नहीं लगाई? तेली से ब्याह करके तेल का रोना!

नायकराम—क्या करूँ, बुरा फँस गया हूँ, न रहते बनता है, न जाते।

इंद्रदत्त—उनके साथ तुम भी अपनी मिट्टी खराब कर रहे हो। कहाँ हैं आजकल?

नायकराम—क्या करोगे?

इन्द्रदत्त—कुछ नहीं, जरा मिलना चाहता था।

नायकराम—हैं तो वह भी। यहीं भेट हो जाएगी। थैली में कुछ है?

यों बातें करते हुए दोनों विनयसिंह के पास पहुँचे। विनय ने इंद्रदत्त को देखा, तो शत्रु-भाव से बोला—इंद्रदत्त, तुम कहाँ? घर क्यों नहीं गए?

इंद्रदत्त—आपसे मिलने की बड़ी आकांक्षा थी। आपसे कितनी ही बातें करनी हैं। पहले यह बतलाइए कि आपने यह चोला क्यों बदला?

नायकराम—पहले तुम अपनी थैली में से कुछ निकालो, फिर बातें होंगी।

विनयसिंह अपनी कायापलट का समर्थन करने के लिए सदैव तत्पर रहते थे। बोले—इसलिए कि मुझे अपनी भूल मालूम हो गई। मैं पहले समझता था कि प्रजा बड़ी सहनशील और शांतिप्रिय है। अब ज्ञात हुआ कि वह नीच और कुटिल है। उसे ज्यों ही अपनी शक्ति का कुछ ज्ञान हो जाता है, वह उसका दुरुपयोग करने लगती है। जो प्राणी शक्ति का संचार होते ही उन्मत्त हो जाए, उसका अशक्त, दलित रहना ही अच्छा है। गत विद्रोह इसका ज्वलंत प्रमाण है। ऐसी दशा में मैंने जो कुछ किया और कर रहा हूँ, वह सर्वथा न्यायसंगत और स्वाभाविक है।

इंद्रदत्त—क्या आपके विचार में प्रजा को चाहिए कि उस पर कितने ही अत्याचार किये जायें, वह मुँह न खोले?

विनय—हाँ, वर्तमान दशा में यही उसका धर्म है।

इन्द्रदत्त—उसके नेताओं को भी यही आदर्श उसके सामने रखना चाहिए?

विनय—अवश्य!

इंद्रदत्त—तो जब आपने जनता को विद्रोह के लिए तैयार देखा, तो उसके सम्मुख खड़े होकर धैर्य और शांति का उपदेश क्यों नहीं दिया?

विनय—व्यर्थ था। उस वक़्त कोई मेरी न सुनता।

इंद्रदत्त—अगर न सुनता, तो क्या आपका वह धर्म नहीं था कि दोनों दलों के बीच में खड़े होकर पहले खुद गोली का निशाना बनते?

विनय—मैं अपने जीवन को इतना तुच्छ नहीं समझता।

इन्द्रदत्त—जो जीवन सेवा और परोपकार के लिए समर्पण हो चुका हो, उसके लिए इससे उत्तम और कौन मृत्यु हो सकती थी?

विनय—आग में कूदने का नाम सेवा नहीं है। उसे दमन करना ही सेवा है।

इंद्रदत्त–अगर वह सेवा नहीं है, तो दीन जनता की, अपनी कामुकता पर आहुति देना भी सेवा नहीं है। बहुत सम्भव था कि सोफ़िया ने अपनी दलीलों से वीरपालसिंह को निरुत्तर कर दिया होता। किन्तु आपने विषय के वशीभूत होकर पिस्तौल का पहला वार किया, और इसलिए इस हत्याकांड का सारा भार आपकी ही गरदन पर है और जल्द या देर में आपको इसका प्रायश्चित्त करना पड़ेगा। आप जानते हैं, प्रजा को आपके नाम से कितनी घृणा है? अगर कोई आदमी आपको यहाँ देखकर पहचान जाए, तो उसका पहला काम यह होगा कि आपके ऊपर तीर चलाए। आपने यहाँ की जनता के साथ, अपने सहयोगियों के साथ, अपनी जाति के साथ और सबसे अधिक अपनी पूज्यमाता के साथ जो कुटिल विश्वासघात किया है, उसका कलंक कभी आपके माथे से न मिटेगा। कदाचित् रानीजी आपको देखें, तो अपने हाथों से आपकी गरदन पर कटार चला दें। आपके जीवन से मुझे यह अनुभव हुआ कि मनुष्य का कितना नैतिक पतन हो सकता है।

विनय ने कुछ नम्र होकर कहा–इंद्रदत्त, अगर तुम समझते हो कि मैंने स्वार्थवश अधिकारियों की सहायता की, तो तुम मुझ पर घोर अन्याय कर रहे हो। प्रजा का साथ देने में जितनी आसानी से यश प्राप्त होता है, उससे कहीं अधिक आसानी से अधिकारियों का साथ देने में अपयश मिलता है। यह मैं जानता था। किन्तु सेवक का धर्म यश और अपयश का विचार करना नहीं है, उसका धर्म सन्मार्ग पर चलना है। मैंने सेवा का व्रत धारण किया है और ईश्वर न करे कि वह दिन देखने के लिए जीवित रहूँ, जब मेरे सेवाभाव में स्वार्थ का समावेश हो। पर इसका आशय यह नहीं है कि मैं जनता का अनौचित्य देखकर भी उसका समर्थन करूँ। मेरा व्रत मेरे विवेक की हत्या नहीं कर सकता।

इंद्रदत्त–कम-से-कम इतना तो आप मानते ही हैं कि स्वहित के लिए जनता का अहित न करना चाहिए।

विनय–जो प्राणी इतना न माने, वह मनुष्य कहलाने योग्य नहीं है।

इन्द्रदत्त–क्या आपने केवल सोफ़िया के लिए रियासत की समस्त प्रजा को विपत्ति में नहीं डाला और अब भी उसका सर्वनाश करने की धुन में नहीं हैं?

विनय–तुम मुझ पर यह मिथ्या दोषारोपण करते हो। मैं जनता के लिए सत्य से मुँह नहीं मोड़ सकता। सत्य मुझे देश और जाति, दोनों से प्रिय है।

जब तक मैं समझता था कि प्रजा सत्य-पक्ष पर है, मैं उसकी रक्षा करता था। जब मुझे विदित हुआ कि उसने सत्य से मुँह मोड़ लिया, मैंने भी उससे मुँह मोड़ लिया। मुझे रियासत के अधिकारियों से कोई आंतरिक विरोध नहीं है। मैं वह आदमी नहीं हूँ कि हुक्काम को न्याय पर देखकर भी अनायास उनसे बैर करूँ, और न मुझसे यही हो सकता है कि प्रजा को विद्रोह और दुराग्रह पर तत्पर देखकर भी उसकी हिमायत करूँ। अगर कोई आदमी मिस सोफ़िया की मोटर के नीचे दब गया तो यह एक आकस्मिक घटना थी। सोफ़िया ने जान-बूझकर तो उस पर से मोटर को चला नहीं दिया। ऐसी दशा में जनता का उस भाँति उत्तेजित हो जाना, इस बात का प्रत्यक्ष प्रमाण था कि वह अधिकारियों को बलपूर्वक अपने वश में करना चाहती है। आप सोफ़िया के प्रति मेरे आचरण का आक्षेप करके मुझ पर ही अन्याय नहीं कर रहे हैं, वरन् अपनी आत्मा को भी कलंकित कर रहे हैं।

इंद्रदत्त—हज़ारों आदमी निरपराध क्यों मारे गए? क्या यह भी प्रजा का कसूर था?

विनय—यदि आपको अधिकारियों की कठिनाइयों का कुछ अनुभव होता, तो आप मुझसे कदापि यह प्रश्न न करते। इसके लिए आप क्षमा के पात्र हैं। साल-भर पहले जब अधिकारियों से मेरा कोई संबंध न था, कदाचित् मैं भी ऐसा ही समझता था। किन्तु अब मुझे अनुभव हुआ कि उन्हें ऐसे अवसरों पर न्याय का पालन करने में कितनी कठिनाइयाँ झेलनी पड़ती है। मैं यह स्वीकार नहीं करता कि अधिकार पाते ही मनुष्य का रूपांतर हो जाता है। मनुष्य स्वभावतः न्यायप्रिय होता है। उसे किसी को बरबस कष्ट देने से आनन्द नहीं मिलता, बल्कि उतना ही दुःख और क्षोभ होता है, जितना किसी प्रजासेवक को। अन्तर केवल इतना ही है कि प्रजासेवक किसी दूसरे पर दोषारोपण करके अपने को संतुष्ट कर लेता है, यही उसके कर्त्तव्य की इतिश्री हो जाती है; अधिकारियों को यह अवसर प्राप्त नहीं होता। वे आप अपने आचरण की सफाई नहीं पेश कर सकते। आपको खबर नहीं कि हुक्काम ने अपराधियों को खोज निकालने में कितनी दिक्कतें उठायीं। प्रजा अपराधियों को छिपा लेती थी और राजनीति के किसी सिद्धांत का उस पर कोई असर न होता था। अतएव अपराधियों के साथ निरपराधियों का फँस जाना संभव

ही था। फिर आपको मालूम नहीं है कि इस विद्रोह ने रियासत को कितने महान् संकट में डाल दिया है। अँगरेज़ी सरकार को संदेह है कि दरबार ने ही यह सारा षड्यंत्र रचा था। अब दरबार का कर्त्तव्य है कि वह अपने को इस आक्षेप से मुक्त करे, और जब तक मिस सोफ़िया का सुराग नहीं मिल जाता, रियासत की स्थिति अत्यंत चिंतामय है। भारतीय होने के नाते मेरा धर्म है रियासत के मुख पर से कालिमा को मिटा दूँ; चाहे इसके लिए मुझे कितना ही अपमान, कितना ही लांछन, कितना ही कटु वचन क्यों न सहना पड़े, चाहे मेरे प्राण ही क्यों न चले जायें। जाति सेवक की अवस्था कोई स्थायी रूप नहीं रखती, परिस्थितियों के अनुसार उसमें परिवर्तन होता रहता है। कल मैं रियासत का जानी दुश्मन था, आज उसका अनन्य भक्त हूँ और उसके लिए मुझे लेश-मात्र भी लज्जा नहीं।

इंदद्रत्त—ईश्वर ने आपको तर्क बुद्धि दी है और उससे आप दिन को रात सिद्ध कर सकते हैं; किन्तु आपकी कोई उक्ति प्रजा के दिल से इस खयाल को नहीं दूर कर सकती कि आपने उसके साथ दगा दी और इस विश्वासघात की जो यंत्रणा आपको सोफ़िया के हाथों मिलेगी, उससे आपकी आँखें खुल जायेंगी।

विनय ने इस भाँति लपककर इंद्रदत्त का हाथ पकड़ लिया, मानो वह भागा जा रहा हो और बोले—तुम्हें सोफ़िया का पता मालूम है?

इन्द्रदत्त—नहीं।

विनय—झूठ बोलते हो।

इन्द्रदत्त—हो सकता है।

विनय—तुम्हें बताना पड़ेगा।

इंदद्रत्त—आपको अब मुझसे यह पूछने का अधिकार नहीं रहा। आपका या दरबार का मतलब पूरा करने के लिए मैं दूसरों की जान संकट में नहीं डालना चाहता। आपने एक बार विश्वासघात किया है और फिर कर सकते हैं।

नायकराम—बता देंगे, आप क्यों इतना घबराए जाते हैं। इतना तो बता ही दो भैया इंद्रदत्त, कि मेम साहब कुशल से हैं न?

इंद्रदत्त—हाँ, बहुत कुशल से हैं और प्रसन्न हैं। कम-से-कम विनयसिंह के लिए कभी विकल नहीं होतीं। सच पूछो, तो उन्हें अब इनके नाम से घृणा हो गई है।

विनय—इंद्रदत्त, हम और तुम बचपन के मित्र हैं। तुम्हें ज़रूरत पड़े, तो मैं अपने प्राण तक दे दूँ; पर तुम इतनी ज़रा-सी बात बतलाने से इनकार कर रहे हो। यही दोस्ती है?

इन्द्रदत्त—दोस्ती के पीछे दूसरों की जान क्यों विपत्ति में डालूँ?

विनय—मैं माता के चरणों की कसम खाकर कहता हूँ, मैं इसे गुप्त रखूँगा। मैं केवल एक बार सोफ़िया से मिलना चाहता हूँ।

इन्द्रदत्त—काठ की हाँड़ी बार-बार नहीं चढ़ती।

विनय—इन्द्र, मैं जीवन-पर्यंत तुम्हारा उपकार मानूँगा।

इन्द्रदत्त—जी नहीं, बिल्ली बख्शे, मुरगा बाँड़ा ही अच्छा।

विनय—मुझसे जो कसम चाहे ले लो।

इंद्रदत्त—जिस बात के बतलाने का मुझे अधिकार नहीं, उसे बतलाने के लिए आप मुझसे व्यर्थ आग्रह कर रहे हैं।

विनय—तुम पाषाण-हृदय हो।

इंद्रदत्त—मैं उससे भी कठोर हूँ। मुझे जितना चाहिए, कोस लीजिए, पर सोफ़ी के विषय में मुझसे कुछ न पूछिए।

नायकराम—हाँ भैया, बस यही टेक चली जाए, मरदों का यही काम है। दो टूक कह दिया कि जानते हैं, लेकिन बतलाएंगे नहीं, चाहे किसी को भला लगे या बुरा।

इन्द्रदत्त—अब तो कलई खुल गई न? क्यों कुँवर साहब महाराज, अब तो बढ़-बढ़कर बातें न करोगे?

विनय—इन्द्रदत्त, जले पर नमक न छिड़को। जो बात पूछता हूँ, बतला दो; नहीं तो मेरी जान को रोना पड़ेगा। तुम्हारी जितनी खुशामद कर रहा हूँ, उतनी आज तक किसी की नहीं की थी; पर तुम्हारे ऊपर जरा भी असर नहीं होता।

इन्द्रदत्त—मैं एक बार कह चुका हूँ कि मुझे जिस बात को बतलाने का अधिकार नहीं, वह किसी तरह न बताऊँगा। बस, इस विषय में तुम्हारा आग्रह करना व्यर्थ है। यह लो, अपनी राह जाता हूँ। तुम्हें जहाँ जाना हो, जाओ!

नायकराम—सेठजी, भागो मत, मिस साहब का पता बताए बिना न जाने पाओगे।

इंद्रदत्त—क्या जबरदस्ती पूछोगे?

नायकराम—हाँ, जबरदस्ती पूछूँगा। बाम्हन होकर तुमसे भिक्षा माँग रहा हूँ, और तुम इनकार करते हो। इसी पर धर्मात्मा, सेवक, चाकर बनते हो! यह समझ लो, बाम्हन भीख लिये बिना द्वार से नहीं जाता; नहीं पाता, तो धरना देकर बैठ जाता, और फिर लेकर ही उठता है।

इंद्रदत्त—मुझसे ये पंडई चालें न चलो, समझे! ऐसे भीख देने वाले कोई और होंगे।

नायकराम—क्यों बाप-दादों का नाम डुबाते हो भैया? कहता हूँ, यह भीख दिये बिना अब तुम्हारा गला नहीं छूट सकता।

यह कहते हुए नायकराम चट ज़मीन पर बैठ गए, इंद्रदत्त के दोनों पैर पकड़ लिए, उन पर अपना सिर रख दिया और बोले—अब तुम्हारा जो धरम हो, वह करो। मैं मूरख हूँ, गँवार हूँ, पर बाम्हन हूँ। तुम सामरथी पुरुष हो। जैसा उचित समझो, करो।

इंद्रदत्त अब भी न पसीजे, अपने पैरों को छुड़ाकर चले जाने की चेष्टा की, पर उनके मुख से स्पष्ट विदित हो रहा था कि इस समय बड़े असमंजस से पड़े हुए हैं। इस दीनता की उपेक्षा करते हुए अत्यन्त लज्जित हैं। वह बलिष्ठ पुरुष थे, स्वयंसेवकों में कोई उनका-सा दीर्घकाय युवक न था। नायकराम अभी कमजोर थे। निकट था कि इन्द्रदत्त अपने पैरों को छुड़ाकर निकल जाएँ कि नायकराम ने विनय से कहा—भैया, खड़े क्या देखते हो? पकड़ लो इनके पाँव, देखूँ, यह कैसे नहीं बताते।

विनयसिंह कोई स्वार्थ सिद्ध करने के लिए खुशामद करना भी अनुचित समझते थे, पाँव पर गिरने की बात ही क्या। किसी संत-महात्मा के सामने दीन भाव प्रकट करने से उन्हें संकोच न था, अगर उससे हार्दिक श्रद्धा हो। केवल अपना काम निकालने के लिए के लिए उन्होंने सिर झुकाना सीखा ही न था। पर जब उन्होंने नायकराम को इंद्रदत्त के पैरों पर गिरते देखा, तो आत्मसम्मान के लिए कोई स्थान न रहा। सोचा, जब मेरी खातिर नायकराम ब्राह्मण होकर यह अपमान सहन कर रहा है, तो मेरा दूर खड़े शान की लेना मुनासिब नहीं। यद्यपि एक क्षण पहले इन्द्रदत्त से उन्होंने अविनय-पूर्ण बातें की थीं और उनकी चिरौरी करते हुए लज्जा आती थी, पर सोफ़ी का समाचार भी इसके सिवा अन्य किसी उपाय से मिलता हुआ नहीं नजर आता था। उन्होंने आत्मसम्मान

को भी सोफ़ी पर समर्पण कर दिया। मेरे पास यही एक चीज है, जिसे मैंने अभी तक तेरे हाथों में न दिया था। आज वह भी तेरे हवाले करता हूँ। आत्मा अब भी सिर न झुकाना चाहती थी पर कमर झुक गई। एक पल में उनके हाथ इंद्रदत्त के पैरों के पास जा पहुँचे। इंद्रदत्त ने तुरंत पैर खींच लिए और विनय को उठाने की चेष्टा करते हुए बोले—विनय, यह क्या अनर्थ करते हो, हैं, हैं!

विनय की दशा उस सेवक की-सी थी, जिसे उसके स्वामी ने थूककर चाटने का दंड दिया हो। अपनी अधोगति पर रोना आ गया।

नायकराम ने इंद्रदत्त से कहा—भैया, मुझे भिच्छुक समझकर दुतकार सकते थे; लेकिन अब कहो।

इंद्रदत्त संकोच में पड़कर बोले—विनय, क्यों मुझे इतना लज्जित कर रहे हो! मैं वचन दे चुका हूँ कि किसी से यह भेद न बताऊँगा।

नायकराम—तुमसे कोई ज़बरदस्ती तो नहीं कर रहा है। जो धरम समझो, करो, तुम आप बुद्धिमान हो।

इंद्रदत्त ने खिन्न होकर कहा—ज़बरदस्ती नहीं, तो और क्या है! गरज बावली होती है, पर आज मालूम हुआ कि वह अंधी भी होती है। विनय, व्यर्थ ही अपनी आत्मा पर यह अन्याय कर रहे हो। भले आदमी, क्या आत्मगौरव भी घोलकर पी गए? तुम्हें उचित था कि प्राण देकर भी आत्मा की रक्षा करते। अब तुम्हें ज्ञात होगा कि स्वार्थ-कामना मनुष्य को कितना पतित कर देती हैं मैं जानता हूँ, एक वर्ष पहले सारा संसार मिलकर भी तुम्हारा सिर न झुका सकता था, आज तुम्हारा यह नैतिक पतन हो रहा है! अब उठो, मुझे पाप में न डुबाओ।

विनय को इतना क्रोध आया कि इसके पैरों को खींच लूँ और छाती पर चढ़ बैठूँ। दुष्ट इस दशा में भी डंक मारने से बाज नहीं आता। पर यह विचार करके कि अब तो जो कुछ होना था, हो चुका, ग्लानि-भाव से बोले—इंद्रदत्त, तुम मुझे जितना पामर समझते हो, उतना नहीं हूँ; पर सोफ़ी के लिए मैं सब कुछ कर सकता हूँ। मेरा आत्म-सम्मान, मेरी बुद्धि, मेरा पौरुष, मेरा धर्म—सब कुछ प्रेम के हवन-कुंड में स्वाहा हो गया। अगर तुम्हें अब भी मुझ पर दया न आये, तो मेरी कमर से पिस्तौल निकालकर एक निशाने से काम तमाम कर दो।

यह कहते-कहते विनय की आँखों में आँसू भर आये। इंद्रदत्त ने उन्हें उठाकर कंठ से लगा लिया और करुण भाव से बोले—विनय, क्षमा करो,

यद्यपि तुमने ज़ाति का अहित किया है, पर मैं जानता हूँ कि तुमने वही किया, जो कदाचित् उस स्थिति में मैं या कोई भी अन्य प्राणी करता। मुझे तुम्हारा तिरस्कार करने का अधिकार नहीं। तुमने अगर प्रेम के लिए आत्ममर्यादा को तिलांजलि दे दी, तो मैं भी मैत्री और सौजन्य के लिए अपने वचन से विमुख हो जाऊँगा। जो तुम चाहते हो, वह मैं बता दूँगा। पर इससे तुम्हें कोई लाभ न होगा; क्योंकि मिस सोफ़िया की दृष्टि में तुम गिर गए हो, उसे अब तुम्हारे नाम से घृणा होती है। उससे मिलकर तुम्हें दुःख होगा।

नायकराम—भैया, तुम अपनी-सी कर दो, मिस साहब को मनाना-जनाना इनका काम है। आसिक लोग बड़े चलते-पुरजे होते हैं, छटे हुए सोहदे, देखने ही को सीधे होते हैं। मासूक को चुटकी बजाते अपना कर लेते हैं। जरा आँखों में पानी भरकर देखा और मासूक पानी हुआ।

इंद्रदत्त—मिस सोफ़िया मुझे कभी क्षमा न करेंगी; लेकिन अब उनका-सा हृदय कहाँ से लाऊँ। हाँ, एक बात बतला दो। इसका उत्तर पाये बिना मैं कुछ न बता सकूँगा।

विनय—पूछो।

इन्द्रदत्त—तुम्हें वहाँ अकेले जाना पड़ेगा। वचन दो कि दो खुफिया पुलिस का कोई आदमी साथ न रहेगा।

विनय—इससे तुम निश्चिंत रहो।

इंद्रदत्त—अगर तुम पुलिस के साथ गए, तो सोफ़िया की लाश के सिवा और कुछ न पाओगे।

विनय—मैं ऐसी मूर्खता करूँगा ही क्यों!

इंद्रदत्त—यह समझ लो कि मैं सोफ़ी का पता बताकर उन लोगों के प्राण तुम्हारे हाथों में रखे देता हूँ, जिनकी खोज में तुमने दाना-पानी हराम कर रखा है।

नायकराम—भैया, चाहे अपनी जान निकल जाये, उन पर कोई रेप न आने पाएगा। लेकिन यह भी बता दो कि वहाँ हम लोगों की जान का जोखम तो नहीं है?

इंद्रदत्त—(विनय से) अगर वे लोग तुमसे बैर साधना चाहते, तो अब तक तुम लोग जीते न रहते। रियासत की समस्त शक्ति भी तुम्हारी रक्षा न कर सकती। उन लोगों को तुम्हारी एक-एक बात की खबर मिलती रहती है। यह

समझ लो कि तुम्हारी जान उनकी मुट्ठी में है। उतने प्रजा-द्रोह के बाद अगर तुम अभी जिन्दा हो, तो यह मिस सोफ़िया की कृपा है। अगर मिस सोफ़िया की तुमसे मिलने की इच्छा होती, तो इससे ज्यादा आसान कोई काम न था, लेकिन उनकी तो यह हालत है कि तुम्हारे नाम ही से चिढ़ती है। अगर अब भी उनसे मिलने की अभिलाषा हो, तो मेरे साथ आओ।

विनयसिंह को अपनी विचार-परिवर्तक शक्ति पर विश्वास था। इसकी उन्हें लेशमात्र भी शंका न थी कि सोफ़ी मुझसे बातचीत न करेगी। हाँ, खेद इस बात का था कि मैंने सोफ़ी ही के लिए अधिकारियों को जो सहायता दी, उसका परिणाम यह हुआ। काश, मुझे पहले ही मालूम हो जाता कि सोफ़ी मेरी नीति को पसन्द नहीं करती, वह मित्रों के हाथ में है और सुखी है, तो मैं यह अनीति करता ही क्यों? मुझे प्रजा से कोई वैर तो था नहीं। सोफ़ी पर भी तो इसकी कुछ-न-कुछ ज़िम्मेवारी है। वह मेरी मनोवृत्तियों को जानती थी। क्या वह एक पत्र भेजकर मुझे अपनी स्थिति की सूचना न दे सकती थी! जब उसने ऐसा नहीं किया, तो उसे अब मुझ पर त्यौरियाँ चढ़ाने का क्या अधिकार है?

यह सोचते वह इंद्रदत्त के पीछे-पीछे चलने लगे। भूख-प्यास हवा हो गई।

30

चलते-चलते संध्या हो गई। पहाड़ों की संध्या मैदान की रातों से कहीं अधिक भयानक होती है। तीनों आदमी चले जाते थे; किन्तु अभी ठिकाने का पता न था। पहाड़ियों के साये लम्बे हो गए। सूर्य डूबने से पहले ही दिन डूब गया। रास्ता न सुझायी देता था। दोनों आदमी बार-बार इंद्रदत्त से पूछते, अब कितनी दूर है। यहाँ तक कि विनयसिंह ने झुँझलाकर कहा—इंद्रदत्त, अगर तुम हमारे खून के प्यासे हो, तो साफ-साफ क्यों नहीं कहते? इस भाँति कुढ़ा-कुढ़ाकर क्यों मारते हो, इंद्रदत्त ने इसका भी जवाब वही दिया कि चले आओ, अब दूर नहीं है; हाँ, ज़रा सतर्क रहना, रास्ता दुर्गम है।

विनय को अब बार-बार पछतावा हो रहा था कि इंद्रदत्त के साथ क्यों आया, क्यों न पहले उनके हाथों सोफ़िया को एक पत्र भेज दिया! पत्र का उत्तर मिलने पर जब सोफ़िया की लिपि पहचान लेता, तो निश्चिंत होकर आता। सोफ़ी इतनी वज्र-हृदया तो हैं नहीं कि पत्र का उत्तर ही न देती। यह उतावली करने में मुझसे बड़ी भूल हुई। इन्द्रदत्त की नीयत अच्छी नहीं मालूम होती। इन शंकाओं से उनका मार्ग और कठिन हो रहा था। लोग ज्यों-ज्यों आगे बढ़ते थे, रास्ता बीहड़ और विषम होता जाता था। कभी टीलों पर चढ़ना पड़ता और कभी इतना नीचे उतरना पड़ता कि मालूम होता कि रसातल को चले जा रहे हैं। कभी दायें-बायें गहरे खड्डों के बीच में एक पतली-सी पगडंडी मिल जाती। आँखें बिलकुल काम न देती थीं। केवल अटकल का सहारा था, जो वास्तव में अंतर्दृष्टि है। विनय पिस्तौल चढ़ाए हुए थे, मन में निश्चय कर लिया था कि ज़रा भी कोई शंका हुई, तो पहला वार इंद्रदत्त पर करूँगा।

सहसा इंद्रदत्त रुक गए और बोले—लीजिए, आ गए। बस, आप लोग यहीं ठहरिए, मैं जाकर उन लोगों को सूचना दे दूँ।

विनय ने चकित होकर पूछा—यहाँ पर तो कोई नजर नहीं आता, बस सामने एक वृक्ष है।

इंद्रदत्त—राजद्रोहियों के लिए ऐसे गुप्त स्थानों की ज़रूरत होती है, जहाँ यमराज के दूत भी न पहुँच सकें।

विनय—भई यों अकेले छोड़कर मत जाओ। क्यों न यहीं से आवाज़ दो? या चलो, मैं भी चलता हूँ।

इंद्रदत्त—यहाँ से तो शायद शंख की ध्वनि भी न पहुँच सके, और दूसरों को ले चलने का मुझे अधिकार नहीं; क्योंकि घर मेरा नहीं है और दूसरों के घर में आपको क्योंकर ले जा सकता हूँ? इन गरीबों के पास यहाँ कोई सेना या दुर्ग नहीं, केवल मार्ग की दुर्गमता ही उनकी रक्षा करती है। मुझे देर न लगेगी।

यह कहकर वह वेग से चला और कई पग चलकर उसी वृक्ष के नीचे अदृश्य हो गया। विनयसिंह कुछ देर तक तो संशय में पड़े हुए उसकी राह देखते रहे, फिर नायकराम से बोले—इस धूर्त ने तो बुरा फँसाया। यहाँ इस निर्जन स्थान पर लाकर खड़ा कर दिया कि बिना मौत ही मर जाये। अभी तक लौटकर नहीं आया।

नायकराम—तुम्हें क्या चिंता, आसिक लोग तो जान हथेली पर लिए ही रहते हैं, मरे तो हम कि सूखे पर ही रहे।

विनय—मैं इसकी नीयत तो ताड़ गया था।

नायकराम—तो फिर क्यों बिना कान-पूंछ हिलाये चले आये? अपने साथ मुझे भी डुबाया! क्या इस्क में अकिल घनचक्कर हो जाती है?

विनय—आधा घंटा तो हुआ, अभी तक किसी का पता ही नहीं। यहाँ से भागना भी चाहें, तो कहाँ जायें। इसने ज़रूर दगा की। ज़िन्दगी का यहीं तक साथ था।

नायकराम—आसिक होकर मरने से डरते हो! मरना तो एक दिन है ही, आज ही सही। जब ओखली में सिर दिया, तो मूसलों का क्या गम, मारे उसका जितना जी चाहे।

विनय—कहीं सचमुच सोफ़िया आ जाये!

नायकराम—फिर क्या कहने, लपककर टाँग लेना, मज़ा तो जब आये कि तुम हाय-हाय करके रोने लगो और वह आँचल से तुम्हारे आँसू पोंछे।

विनय–भई देखना, मैं उसे देखकर रो पड़ूँ, तो हँसना मत। उसे देखते ही दौड़ूँगा और ऐसे जोर से पकड़ूँगा कि छुड़ा न सके।

नायकराम–यह मेरा अंगोछा ले लो, चट उसके पैर में बाँध देना।

विनय–तुम हँसी उड़ा रहे हो, और मेरा हृदय धड़क रहा है कि न जाने क्या होने वाला है। आह! मैं समझ गया, मैं इधर से एक बार गया हूँ। हम जसवंतनगर के आस-पास कहीं हैं। इन्द्रदत्त हमें भ्रम में डालने के लिए इतना चक्कर देकर लाया है।

नायकराम–जसवंतनगर यहीं हो, तो हमें क्या। हम चिल्लाएँ, तो कौन सुनेगा!

विनय–क्या सचमुच इसने धोखा किया? मेरा तो जी चाहता है कि यहाँ से किसी ओर को चल दूँ। अगर सोफ़ी ने कठोर बातें कहनी शुरू कीं, तो मेरा दिल फट जायेगा। जिसके हित के लिए इतने अधर्म और अकर्म किए, उसकी निर्दयता कैसे सही जाएगी? ऐसी ही बातों से जी खट्टा हो जाता है–जिसके लिए चोर बने, वही पुकारे चोर!

नायकराम–स्त्रियों का यही हाल है।

विनय–हाँ, जो सुना करता था, वह आँखों के आगे आया।

नायकराम–मैं यह अँगोछा बिछाए देता हूँ, पत्थर ठंडा हो गया है, आराम से लेटो। मिस साहब आयें, तो हरि-इच्छा, नहीं तो तड़के यहाँ से चल देंगे। कहीं-न-कहीं राह मिल ही जाएगी। मैं यह पिस्तौल लिए बैठा हूँ, कोई खटका हुआ, तो देखी जाएगी। मेरा तो अब यहाँ से जी भर गया; न जाने वह कौन दिन होगा कि फिर घर के दरसन होंगे।

विनय–मेरा तो घर से नाता टूट गया। सोफ़िया के साथ जाऊँगा, तो घुसने ही न पाऊँगा; सोफ़िया न मिली तो जाऊँगा ही नहीं। यहीं धूनी रमाऊँगा।

नायकराम–भैया, तुम्हारे साथ बोलना छोटा मुँह बड़ी बात है, पर साथ रहते-रहते ढीठ हो गया हूँ। मुझे तो मिस साहब ऐसी कोई बड़ी अप्सरा नहीं मालूम होतीं। यहाँ तो भगवान की दया से नित्य ही ऐसी-ऐसी सूरतें देखने में आती हैं कि मिस साहब उनके सामने पानी भरें। मुखड़ा, देखो, तो जैसे हीरा दप-दप कर रहा हो। और इनके लिए तुम राज-पाट त्यागने पर तैयार हो। सच कहता हूँ, रानीजी को बड़ा कलक होगा। माँ का दिल दुखाना महापाप है। कुछ हालचाल भी तो नहीं मिला, न जाने चल बसीं कि हैं।

विनय—पण्डाजी, मैं सोफ़ी के रूप का उपासक नहीं हूँ। मैं स्वयं नहीं जानता कि उसमें वह कौन-सी बात है, जो मुझे इतना आकर्षित कर रही है। मैं उसके लिए राजपाट तो क्या, अपना धर्म तक त्याग सकता हूँ। अगर संसार मेरे अधीन होता, तो भी मैं उसे सोफ़िया की भेंट कर देता। अगर आज मुझे मालूम हो जाये कि सोफ़ी इस संसार में नहीं है, तो तुम मुझे जीता ना पाओगे। उससे मिलने की आशा मेरा जीवन-सूत्र है। उसके चरणों पर प्राण दे देना ही मेरे जीवन की प्रथम और अन्तिम अभिलाषा है।

वृक्ष की ओर लालटेन का प्रकाश दिखायी दिया। दो आदमी आ रहे थे। एक के हाथ में लालटेन थी, दूसरे के हाथ में जाजम। विनय ने दोनों को पहचान लिया। एक तो वीरपालसिंह था, दूसरा उसका साथी। वीरपालसिंह ने समीप आकर लालटेन रख दी और विनय को प्रणाम करके दोनों चुपचाप जाजम बिछाने लगे। जाजम बिछाकर वीरपाल बोला—आइए, बैठ जाइए, आपको बड़ा कष्ट हुआ। मिस साहब अभी आ रही हैं।

आशा और निराशा की द्विविध तरंगों में विनय का दिल बैठा जाता था। उन्हें लज्जा आ रही थी कि जिन मनुष्यों को मैंने अधिकारियों की मदद से मिटा देने का प्रयत्न किया, अंत में उन्हीं के द्वार का मुझे भिक्षुक बनना पड़ा। मजा तो तब आता कि ये सब हथकड़ियाँ पहले हुए, मेरे सामने आते और इन्हें मैं क्षमा प्रदान करता। वास्तव में विजय का सेहरा इन्हीं के सिर रहा। आह! जिन्हें मैं पामर और हत्यारा समझता था, वे ही आज मेरे भाग्य विधाता बने हुए हैं।

जब वे जाजम पर बैठे और नायकराम सजग होकर टहलने लगे, तो वीरपाल ने कहा—कुँवर साहब, मेरा परम सौभाग्य है कि आज आपको अपने सामने अदालत की कुर्सी पर बैठे न देखकर अपने द्वार पर बैठे देख रहा हूँ, नहीं तो उन अभागों के साथ मेरी गरदन पर भी छुरी चल जाती, जिन्होंने मार खाकर रोने के सिवा और कोई अपराध नहीं किया।

विनय—वीरपालसिंह, उन दुष्कृत्यों की चर्चा करके मुझे लज्जित न करो। अगर उनका कुछ प्रायश्चित्त हो सकता है, तो मैं करने को तैयार हूँ।

वीरपाल—सच्चे दिल से?

विनय—हाँ, अगर मिस सोफ़िया की तुमने रक्षा की है।

वीरपाल—उन्हें तो आप अभी प्रत्यक्ष देख लेंगे।

विनय—तो मैं भी तुम्हें मुआफ कराने का यथासाध्य उद्योग करूँगा।

वीरपाल—आप जानते हैं, मैं मिस साहब को क्यों लाया? इसीलिए कि हम उन्हीं की सेवा और सिफ़ारिश से अपनी रक्षा की आशा रखते थे। हमें आशा थी कि मिस साहब द्वारा हम प्राण-दान पाने में सफल हो जायेंगे, पर दुर्भाग्यवश उन्हें हमारे अनुमान से कहीं ज़्यादा गहरा घाव लगा था और उसके भरने में पूरे नौ महीने लग गए। अपने मुँह से क्या कहें, पर जितने श्रद्धा से हमने उनकी सेवा की, वह हमीं जानते हैं। यही समझ लीजिए कि मुझे छः महीने तक घर से निकलने का मौका न मिला। इतने दिनों तक जसवंतनगर में नर-हत्या का बाजार गर्म था, रोज-रोज की खबरें सुनता था और माथा ठोंककर रह जाता था। मिस साहब को अपनी रक्षा के लिए लाया था। उनके पीछे सारा इलाका तबाह हो गया। खैर, जो परमात्मा को मंजूर था, हुआ। अब मेरी आपसे यही विनय है कि हमारे ऊपर दयादृष्टि होनी चाहिए। आपको परमात्मा ने प्रभुता दी है। आपके एक इशारे से हम लोगों की जान बच जाएगी।

विनय ने मुक्त हृदय से कहा—मुझे पूर्ण विश्वास है कि दरबार तुम्हारे अपराध क्षमा कर देगा। हाँ, तुम्हें वचन देना पड़ेगा कि अब से तुम रियासत के प्रति द्रोहभाव न रखोगे।

वीरपाल—मैं इसकी प्रतिज्ञा लेने को तैयार हूँ। कुँवर साहब, सच तो यह है कि आपने हमें बिलकुल अशक्त कर दिया। यह आप ही का दमन है, जिसने हमें इतना कमज़ोर बना दिया। जिन-जिन आदमियों पर हमें भरोसा था, वे सब दगा दे गए। शत्रु-मित्र में भेद करना कठिन हो गया। प्रत्येक प्राणी अपनी प्राण-रक्षा के लिए, अपने को निर्दोष सिद्ध करने के लिए, अथवा अधिकारियों का विश्वासपात्र बनने के लिए हमारी आस्तीन का साँप बन गया। वही मैं हूँ, जिसने जसवंतनगर का सरकारी खजाना लूटा था और वही मैं हूँ कि आज चूहे की भाँति बिल में छिपा हूँ। प्रतिक्षण यही डर रहता है कि कहीं पुलिस न आ जाए।

विनय—मिस सोफ़िया कभी मुझे याद करती हैं?

वीरपाल—मिस साहब को आपसे जितना प्रेम है, उसकी आप कल्पना भी नहीं कर सकते। (अपने साथी की ओर संकेत करके) इनके आघात से आपको मिस साहब ही ने बचाया था और मिस साहब की खातिर से आप इतने दिनों

हमारे हाथों से बचे रहे। हमें आपसे भेंट करने का अवसर न था, पर हमारी बंदूकों को था। मिस साहब आपको याद करके घंटों रोया करती थीं; पर अब उनका हृदय आपसे ऐसा फट गया है कि आपका कोई नाम भी लेता है, तो चिढ़ जाती हैं। वह तो कहती हैं, मुझे ईश्वर ने अपना धर्म-परित्याग करने का दंड दिया है। पर मेरा विचार है कि अब भी आपके प्रति उनके हृदय में असीम श्रद्धा है। प्रेम की भाँति मान भी घनिष्ठता ही से उत्पन्न होता है। आप उनसे निराश न होइएगा। आप राजा हैं, आपके लिए सब कुछ क्षम्य है। धर्म का बंधन तो छोटे आदमियों के लिए हैं।

सहसा उसी वृक्ष की ओर दूसरी लालटेन का प्रकाश दिखायी दिया। एक वृद्धा लोटा लिए आ रही थी। उसके पीछे सोफ़ी थी—हाथ में एक थाली लिए हुए, जिसमें एक घी का दीपक जल रहा था। वही सोफ़िया थी, वही तेजस्वी सौंदर्य की प्रतिमा, कांति की मंदता ने उसे एक अवर्णनीय, शुभ्र आध्यात्मिक लावण्य प्रदान कर दिया था, मानो उसकी सृष्टि पंचभूत से नहीं, निर्मल ज्योत्स्ना के परमाणुओं से हुई हो।

उसे देखते ही विनय के हृदय में ऐसा उद्‌गार उठा कि दौड़कर इसके चरणों पर गिर पड़ूँ। सौंदर्य-प्रतिमा मोहित नहीं करती, वशीभूत कर लेती है।

बुढ़िया ने लोटा रख दिया और लालटेन लिए चली गई। वीरपालसिंह और उसका साथी भी वहाँ से हटकर दूर चले गए। नायकराम भी उन्हीं के साथ हो गए थे।

विनय—सोफ़िया, आज मेरे जीवन का Lucky day है, मैं तो निराश हो चला था।

सोफ़िया—मेरा परम सौभाग्य था कि आपके दर्शन हुए। आपके दर्शन बदे थे, नहीं तो मरने में कोई असर न रह गई थी।

विनय की आशंकाएँ निर्मल होती हुई नज़र आयीं। इंद्रदत्त और वीरपाल ने मुझे अनायास ही चिन्ता में डाल दिया था। सम्मिलन, प्रेम को सजग कर देता है, मनोल्लास के प्रवाह में उनकी सरल बुद्धि किसी पुष्पमाला के समान बहती चली हाती थी। इस वाक्य में कितना तीव्र व्यंग्य था, यह उनकी समझ में न आया।

सोफ़ी ने थाल में से दही चावल निकालकर विनय के मस्तक पर तिलक लगाया और मुस्कराकर बोली—अब आरती करूँगी।

विनय ने गद्गद् होकर कहा—प्रिये, यह क्या ढकोसला कर रही हो? तुम भी इन रस्मों के जाल में फँस गई!

सोफ़ी—वाह! आपका आदर-सत्कार कैसे न करूँ? आप मेरे मुक्तिदाता हैं, मुझे इन डाकुओं और वधिकों के पंजे से छुड़ा रहे हैं, आपका स्वागत कैसे न करूँ! मेरे कारण आपने रियासत में अँधेर मचा दिया, सैकड़ों निरपराधियों का खून कर दिया, कितने ही घरों के चिराग़ गुल कर दिये। माताओं को पुत्र-शोक का मजा चखा दिया, रमणियों को वैधव्य की गोद में बैठा दिया और सबसे बड़ी बात यह कि अपनी आत्मा का, अपने सिद्धान्तों का, अपने जीवन के आदर्श का मटियामेट कर दिया। इतना कीर्ति-लाभ करने के बाद भी आपका अभिवादन न करूँ? मैं इतनी कृतघ्न नहीं हूँ। अब आप एक तुच्छ सेवक नहीं, रियासत के दाहिने हाथ हैं। राजे-महाराजे आपका सम्मान करते हैं, मैं आपका सम्मान न करूँ?

अब विनय की आँखें खुलीं। व्यंग्य का एक-एक शब्द शर के समान लगा। बोले—सोफ़ी, मैं तुम्हारा वही भक्त और जाति का वही पुराना सेवक हूँ। तुम इस भाँति मेरा उपहास करके मुझ पर अन्याय कर रही हो। सम्भव है, भ्रम-वश मेरी जात से दूसरों का अहित हुआ, पर मेरा उद्देश्य केवल तुम्हारी रक्षा करना था।

सोफ़िया ने उत्तेजित होकर कहा—बिल्कुल झूठ है। यह सब मेरी खातिर नहीं, अपनी खातिर था। इसका उद्देश्य केवल उस नीच निरंकुशता को तृप्त करना था, जो तुम्हारे अंतस्तल में सेवा का रूप धारण किये हुए बैठी हुई है। मैंने तुम्हारी प्रभुताशीलता पर अपने को समर्पित नहीं किया था, बल्कि तुम्हारी सेवा, सहानुभूति और देशानुराग पर। इसलिए तुम्हें अपना उपास्य देव बनाया था कि तुम्हारे जीवन का आदर्श उच्च था, तुममें प्रभु मसीह की दया, भगवान् बुद्ध के विराग और लूथर की सत्यनिष्ठा की झलक थी। क्या दुखियों को सताने वाले, निर्दय, स्वार्थप्रिय अधिकारियों की संसार में कमी थी? तुम्हारे आदर्श ने मुझे तुम्हारे कदमों पर झुकाया। जब मैं प्राणिमात्र को स्वार्थ में लिप्त देखते-देखते संसार से घृणा करने लगी थी, तुम्हारी निःस्वार्थता ने मुझे अनुरक्त कर लिया। लेकिन काल-गति के एक ही पलटे ने तुम्हारा यथार्थ रूप प्रकट कर दिया। मेरा पता लगाने के लिए तुमने धर्माधर्म का विचार भी त्याग

दिया। जो प्राणी अपना स्वार्थ सिद्ध करने के लिए इतना अत्याचार कर सकता है, वह घोर-से-घोर कुकर्म भी कर सकता हैं तुम अपने आदर्श से उसी समय पतित हुए, जब तुमने उस विद्रोह को शांत करने के लिए शांत उपायों की अपेक्षा क्रूरता और दमन से काम लेना उचित समझा। शैतान ने पहली बार तुम पर वार किया और तुम फिर न संभले, गिरते ही चले गए। ठोकरों-पर-ठोकरें खाते-खाते अब तुम्हारा इतना पतन हो गया है कि तुममें सज्जनता, विवेक और पुरुषार्थ का लेशांश भी शेष नहीं रहा। तुम्हें देखकर मेरा मस्तक आप-ही-आप झुक जाता था। मेरे प्रेम का आधार भक्ति थी। वह आधार जड़ से हिल गया। तुमने मेरे जीवन का सर्वनाश कर दिया। आह! मुझे जितना मुगालता हुआ है, उतना किसी को कभी न हुआ होगा। जिस प्राणी के लिए अपने माता-पिता से विमुख हुई, देश छोड़ा, जिस पर अपने चिरसंचित सिद्धांतों का बलिदान किया, जिसके लिए अपमान, अपवाद, अपकार, सब कुछ शिरोधार्य किया, वह इतना स्वार्थभक्त, इतना आत्मसेवी, इतना विवेकहीन निकला! कोई दूसरी स्त्री तुम्हारे इन गुणों पर मुग्ध हो सकती है, प्रेम के विषय में नारियाँ आदर्श और त्याग का विचार नहीं करतीं। लेकिन मेरी शिक्षा, मेरी संगति, मेरा अध्ययन और सबसे अधिक मेरे मन की प्रवृत्ति ने मुझे इन गुणों का आदर करना नहीं सिखाया। अगर आज तुम रियासत के हाथों पीड़ित, दलित, अपमानित और दंडित होकर मेरे सम्मुख आते, तो मैं तुम्हारी बलाएँ लेती, तुम्हारे चरणों की रज मस्तक पर लगाती और अपना धन्य भाग्य समझती। किन्तु मुझे उस वस्तु से घृणा है, जिसे लोग सफल-जीवन कहते हैं। सफल-जीवन पर्याय है खुशामद, अत्याचार और धूर्तता का। मैं जिन महात्माओं को संसार में सर्वश्रेष्ठ समझती हूँ, उनके जीवन सफल न थे। सांसारिक दृष्टि से वे लोग साधारण मनुष्यों से भी गये-गुजरे थे, जिन्होंने कष्ट झेले, निर्वासित हुए, पत्थरों से मारे गए, कोसे गए और अंत में संसार ने उन्हें बिना आँसू की एक बूँद गिराये विदा कर दिया, सुरधाम को भेज दिया। तुम पुलिस का एक दल लेकर मुझे खोजने निकले हो। इसका उद्देश्य यही तो है कि प्रजा पर आतंक जमाया जाए! मेरी दृष्टि में जिस राज्य का अस्तित्व अन्याय पर हो, उसका निशान जितनी जल्द मिट जाए, उतना ही अच्छा। खैर, अब इन बातों से क्या लाभ! तुम्हें अपना सम्मान और प्रभुत्व मुबारक रहे, मैं इसी दशा में संतुष्ट हूँ। जिनके साथ हूँ, वे

सहृदय हैं, वे किसी दीन प्राणी की रक्षा प्राणपण से कर सकते हैं, उनमें तुमसे कहीं अधिक सेवा और उपकार के भाव मौजूद हैं।

विनय खिन्न होकर बोले—सोफ़ी, ईश्वर के लिए मुझ पर इतना अन्याय मत करो। अगर मैं प्रभुता और मान-सम्मान का इच्छुक होता, तो मेरी दशा ऐसी न होती। मैंने वही किया, जो मुझे न्यायसंगत जान पड़ा। मैं यथासाध्य एक क्षण के लिए भी न्याय-विमुख नहीं हुआ।

सोफ़ी—यही तो शोक है कि तुम्हें वह बात क्यों न्यायसंगत जान पड़ी जो न्याय-विरुद्ध थी! इससे तुम्हारी आंतरिक प्रवृत्ति का पता मिलता है। तुम स्वभावतः स्वार्थसेवी हो। मनुष्यों को सभी पदार्थ एक-से प्रिय नहीं होते। कितने ही ऐसे प्राणी हैं जो कीर्ति के लिए धन को ठोकरों की भाँति लुटाते हैं। वे अपने को स्वार्थरहित नहीं कह सकते। स्वार्थपरता ऊँचे-आदर्श से मेल नहीं खाती। जिसकी मनोवृत्ति इतनी दुर्बल है, उसकी कम-से-कम मैं इज़्ज़त नहीं कर सकती, और इज़्ज़त के बिना प्रेम कलंक का टीका बन जाता है।

विनय उन मनुष्यों में न थे, जिन पर प्रतिकूल दशाओं का कोई असर नहीं होता। उन पर निराशा का शीघ्र ही आधिपत्य हो जाता है। विकल होकर बोले—सोफ़ी, मुझे तुमसे ऐसी आशा न थी। मैंने जो कुछ किया, न्याय समझकर या परिस्थिति से विवश होकर ही किया है।

सोफ़ी—संसार में जितने अकर्म होते हैं, वे भ्रम या परिस्थिति के कारण ही होते हैं। कोई तीसरा कारण मैंने आज तक नहीं सुना।

विनय—सोफ़ी, अगर मैं जानता कि मेरी ओर से तुम्हारा हृदय इतना कठोर हो गया है, तो तुम्हें मुख न दिखाता।

सोफ़ी—मैं तुम्हारे दर्शनों के लिए उत्सुक न थी।

विनय—यह मुझे नहीं मालूम था। मगर मान लो, मैंने अन्याय ही किये, तो क्या मुझे तुम्हारे हाथों यह दंड मिलना चाहिए? इसका भय मुझे माताजी से था, तुमसे न था। आह सोफ़ी! इस प्रेम का यों अंत न होने दो। यों मेरे जीवन का सर्वनाश न करो। उसी प्रेम के नाते, जो कभी तुम्हें मुझसे था, मुझ पर अन्याय न करो। यह वेदना मेरे लिए असह्य है। तुम्हें विश्वास न आयेगा, क्योंकि इस समय तुम्हारा हृदय मेरी तरफ़ से पत्थर हो गया है, पर यह आघात मेरे लिए प्राणघातक होगा और अगर मृत्यु के पश्चात् भी कोई जीवन है, तो

उस जीवन में भी यही वेदना मेरे हृदय को तड़पाती रहेगी। सोफ़ी, मैं मौत से नहीं डरता, भाले की नोक को हृदय में ले सकता हूँ; पर तुम्हारी यह निष्ठुर दृष्टि, तुम्हारा यह निर्दय आघात मेरे अंतस्थल को छेद डालता है। इससे तो यह कहीं अच्छा है कि तुम मुझे विष दे दो। मैं उस प्याले को आँखें बंद करके यों पी जाऊँगा, जैसे कोई भक्त चरणामृत पी जाता है। मुझे यह संतोष हो जायेगा कि ये प्राण, जो तुम्हें भेंट कर चुका था, तुम्हारे काम आ गए।

ये प्रेम-उच्छृंखल शब्द कदाचित और किसी समय विनय के मुँह से न निकलते, कदाचित् इन्हें फिर स्मरण करके उन्हें आश्चर्य होता कि ये वाक्य कैसे मेरे मुख से निकले, पर इस समय भावोद्गार ने उन्हें प्रगल्भ बना दिया था। सोफ़ी उदासीन भाव से सिर झुकाए खड़ी रही। तब बेदरदी से बोली—विनय, मैं तुमसे याचना करती हूँ, ऐसी बातें न करो। मेरे हृदय में तुम्हारे प्रति अभी जो कुछ आदर रह गया है, उसे भी पैरों से न कुचलो; क्योंकि मैं जानती हूँ, ये शब्द तुम्हारे अंतःकरण से नहीं निकल रहे हैं। इसके विरुद्ध तुम इस समय सोच रहे हो कि क्योंकर इससे इस तिरस्कार का बदला लूँ। मुझे आश्चर्य होगा, अगर सूर्योदय के समय यह स्थान खुफिया पुलिस के सिपाहियों का बिहार-स्थल न बन जाए, यहाँ के रहने वाले हिरासत में न ले लिए जाएँ और उन्हें प्राण-दंड न दे दिया जाए। मेरे दंड के लिए तुमने कोई और ही युक्ति सोच रखी होगी। उसके रूप की मैं कल्पना नहीं कर सकती, लेकिन इतना कह सकती हूँ कि अगर मेरी निन्दा करके, मेरे आचरण पर आक्षेप करके, तुम मुझे शारीरिक या मानसिक पीड़ा पहुँचा सकोगे, तो तुम्हें उसमें लेश-मात्र भी विलम्ब न होगा। सम्भव है, मेरा यह अनुमान अन्यायपूर्ण हो, पर मैं इसे दिल से नहीं निकाल सकती। कोई ऐसी विभूति, कोई ऐसी सिद्धि नहीं, जो तुम्हें फिर मेरा सम्मानपात्र बना सके। जिसके हाथ रक्त में रँगे हुए हों, उसके लिए मेरे हृदय में स्थान नहीं। यह न समझो कि मुझे इन बातों से दुःख नहीं हो रहा है। एक-एक शब्द मेरे हृदय को आरे की भाँति चीरे डालता है। यह भी न समझो कि तुम्हें हृदय से निकालकर मैं फिर किसी दूसरी मूर्ति को यहाँ मर्यादित करूँगी, हालाँकि तुम्हारे मन में दुष्कल्पना हो, तो मुझे कुतूहल न होगा। नहीं, यही मेरी प्रथम और अंतिम प्रेम-प्रदक्षिणा है। अब यह जीवन किसी दूसरे ही मार्ग का अवलंबन करेगा। कौन जाने, ईश्वर ने मुझे कर्त्तव्य-पथ से विचलित

होने का तुम्हारे हाथों यह दण्ड दिलाया हो। तुम्हारे लिए मैंने वह सब कुछ किया, जो न करना चाहिए था। छल, कपट, कौशल, माया, त्रिया-चरित्र, एक से भी बाज न आयी; क्योंकि मेरी सरल दृष्टि में तुम एक दिव्य, निष्काम, पवित्र आत्मा थे! तुम अन्दाज नहीं कर सकते थे कि मि. क्लार्क के साथ आने में मुझे कितनी आत्मवेदना सहनी पड़ी। मैंने समझा था, तुम मेरे जीवन-मार्ग के दीपक बनोगे, मेरे जीवन को सुधारोगे, सफल बनाओगे। आखिर मुझमें कौन-सा गुण है, जिस पर तुम रीझे हुए हो? अगर सौंदर्य के इच्छुक हो, तो संसार में सौंदर्य का अभाव नहीं, तुम्हें मुझसे कहीं रूपवती कन्या मिल सकती है। अगर मेरे वचन कर्ण मधुर लगते हैं, तो तुम्हें मुझसे कहीं मृदुभाषिणी स्त्रियाँ मिल सकती हैं। निराश होने की कोई बात नहीं। जल्द या देर में तुम्हें अपनी रुचि और स्वभाव के अनुसार कोई रमणी मिल जाएगी, जिसके साथ तुम अपने ऐश्वर्य और वैभव का आनन्द उठा सकोगे, क्योंकि सेवक बनने की क्षमता, तुममें नहीं है, और न हो सकती है। मेरा चित्त तो भूलकर भी प्रणय की ओर आँख उठाकर न देखेगा। मै अब फिर यह रोग न पालूँगी। तुमने मुझे संसार से विरक्त कर दिया, मेरी भोग-तृष्णा को शान्त कर दिया। धार्मिक ग्रंथों के निरंतर पढ़ने से जो मार्ग न मिला, वह नैराश्य ने दिखा दिया। इसके लिए मैं तुम्हारी अनुगृहीत हूँ। धर्म और सत्य की सेवा करके कौन-सा रत्न पाया? अधर्म! अब अधर्म की सेवा करूँगी। जानते हो, क्या करूँगी? उन पापियों से खून का बदला लूँगी, जिन्होंने प्रजा की गरदन पर छूरियाँ चलायी हैं। एक-एक को जहन्नुम की आग में झोंक दूँगी, तब मेरी आत्मा तृप्त होगी। जो लोग आज निरपराधियों की हत्या करके सम्मान और कीर्ति का उपभोग कर रहे हैं, उन्हें नरक के अग्निकुंड में जलाऊँगी और जब तक अत्याचारियों के इस जत्थे का मूलोच्छेद न कर दूँगी, चैन न लूँगी, चाहे इस अनुष्ठान में मुझे प्राणों ही से क्यों न हाथ धोना पड़े, चाहे रियासत में विप्लव ही क्यों न हो जाए, चाहे रियासत का निशान ही क्यों न मिट जाए? मेरे दिल में यह दुरुत्साह तुम्हीं ने पैदा किया है, और इसका इलजाम तुम्हारी गरदन पर है। ईसा ही की क्षमा और दया, बुद्ध के धैर्य और संयम, कृष्ण के प्रेम और वैराग्य की अमर कीर्तियाँ भी अब इस रक्त-पिपासा को नहीं बुझा सकतीं। बरसों का मनन और चिंतन, विचार और स्वाध्याय तुम्हारे कुकर्मों की बदौलत निष्फल

हो गया। बस, अब जाओ। मैं जो कुछ करूँगी, वह तुमसे कह चुकी। तुम्हारी जो इच्छा हो, वह तुम करो। मैं आज से क्रांतिकारियों के दल में जाती हूँ, तुम खुफिया पुलिस की शरण लो। जाओ, ईश्वर फिर हमें न मिलाये।

यह कहकर सोफ़ी ने थाल उठा लिया और चली गई, जैसे आशा हृदय से निकल जाये। विनय ने एक ठंडी साँस ली, जो आर्त-ध्वनि से कम करुण न थी और ज़मीन पर बैठ गए, जैसे कोई हतभागिनी विधवा पति की मृत देह उठ जाने के बाद एक आह भरकर बैठ जाये।

तीनों आदमी, जो दूर खड़े थे, आकर विनय के पास खड़े हो गए। नायकराम ने कहा—भैया, आज तो खूब-खूब बातें हुईं! तुमने भी पकड़ पाया, तो इतने दिनों की कसर निकाल ली। आ गई पंजे में न? वह तो मैंने पहले ही कहा था, आसिक लोग बड़े चकमेबाज होते हैं। पहले तो खूब आरती उतारी, दही-चावल का टीका लगाया। मेम हैं। तो क्या हम लोगों का तौर-तरीका जानती हैं। कब चलना तय हुआ? जल्दी चलो, मेरा भी घर बसे।

विनय ने नेत्र सजल थे, पर इस वाक्य पर हँस पड़े। बोले—बस, अब देर नहीं, घर चिट्ठी लिख दो, तैयारी करें।

नायकराम—भैया, आनन्द तो तब आए कि दोनों बारातें साथ ही निकलें।

विनय—हाँ जी, साथ ही निकलेंगी, पहले तुम्हारी, पीछे मेरी।

नायकराम—ठाकुर साहब, अब सवारी-सिकारी का इंतजाम करो, जिसमें हम लोग कल सबेरे ठंडे-ठंडे निकल जायें। यहाँ पालकी तो मिल जायेगी न?

वीरपाल—सब इन्तज़ाम हो जायेगा। भोजन करके आराम कीजिए, देर हो गई।

विनय—यहाँ से जसवंतनगर कितनी दूर है?

वीरपाल—यह पूछकर क्या कीजिएगा?

विनय—मुझे इसी वक़्त वहाँ पहुँचना चाहिए।

वीरपाल—(सशंक होकर) आप दिन-भर के थके-मांदे हैं, रास्ता खराब है।

विनय—कोई चिन्ता नहीं, चला जाऊँगा।

नायकराम—भैया, मिस साहब भी रहेंगी न, रात को कैसे चलोगे?

विनय—तुम तो सनक गए हो, मिस साहब मेरी कौन लगती हैं, और मेरे साथ क्यों जाने लगीं। अगर आज मैं मर जाऊँ, तो शायद उनसे ज़्यादा खुशी

और किसी को न होगी। तुम्हें थकावट आ गई हो, तो आराम करो; पर मैं यहाँ एक क्षण भी नहीं ठहर सकता। मुझे काँटों की राह भी यहाँ की सेज से अधिक सुखकर होगी। आप लोगों में से कोई रास्ता दिखा सकता है?

वीरपाल—चलने को तो मैं खुद हाज़िर हूँ, पर रास्ता अत्यन्त भयानक है।

विनय—कोई मुजायका नहीं। मुझे इसी वक़्त पहुँचा दीजिए और हो सके, तो आँखों पर पट्टी बाँध दीजिए। मुझे अब अपने ऊपर ज़रा भी विश्वास नहीं रहा।

वीरपाल—भोजन तो कर लीजिए। इतना आतिथ्य तो स्वीकार कीजिए।

विनय—अगर मेरा आतिथ्य करना है, तो मुझे गोली मार दीजिए। इससे बढ़कर आप मेरा आतिथ्य नहीं कर सकते। मैंने आपका जितना अपकार किया है, यदि आपने उसका शतांश भी मेरे साथ किया होता, तो मुझे किसी प्रेरणा की जरूरत न पड़ती। मैं पिशाच हूँ, हत्यारा हूँ; पृथ्वी मेरे बोझ से जितनी जल्दी हलकी हो जाये, उतना ही अच्छा है!

नायकराम—मालूम होता है, मिस साहब सचमुच फिरंट हो गईं। मगर मैं कहे देता हूँ, दो-ही-चार दिन में तुम्हारे पीछे-पीछे दौड़ती फिरेंगी। आसिक की हाय बुरी होती है।

वीरपाल—कुँवर साहब, मेरा इतना कहना मानिए, अभी न जाइए। मुझे डर है, कहीं मिस साहब आपके यों चले जाने से घबरा न जायें। मैं वादा करता हूँ, कल सूर्योदय तक आप जसवंतनगर पहुँच जायेंगे। इस वक़्त कुछ भोजन कर लीजिए।

विनय—मेरे लिए अब यहाँ का पानी भी हराम है। तुम्हें नहीं चलना है, तो न सही; मुझे तुमसे इतनी खातिरदारी कराने का अधिकार नहीं है। मैं अकेला ही चला जाऊँगा।

वीरपाल विवश होकर साथ चलने को तैयार हुआ। नायकराम का भूख के मारे बुरा हाल था; पर क्या करते, विनय को चलते देखकर उठ खड़े हुए। तीनों आदमी रवाना हुए।

आध घंटे तक तीनों आदमी चुपचाप चलते रहे। विनय को सोफ़िया की और सब बातें तो याद न थीं, पर उनकी नीयत पर उसने जो आक्षेप किए थे उनके विषय में जो द्वेषपूर्ण भविष्यवाणी की थी, उसका एक-एक शब्द उसके

कानों में गूँज रहा था। सोफ़िया मुझे इतना नीच समझती है। परिस्थिति पर जरा भी विचार नहीं करना चाहती, मन की दशा के लिए स्थान नहीं छोड़ती।

सहसा उन्होंने वीरपाल से पूछा—तुम्हारे विचार में मैं आवेश में आकर यह अन्याय कर बैठा या जैसा मिस सोफ़िया कहती है, मैं स्वभाव ही का नीच हूँ?

वीरपाल—कुँवर साहब, मिस सोफ़िया की इस वक्त की बातों का ज़रा भी बुरा न मानिए। जैसे आप आवेश में विवेकहीन हो गए थे, वैसे ही वह भी आवेश में अनर्गल बातें कर गई होंगी। जब आपने सेवाधर्म और परोपकार के लिए राज्य त्याग दिया, तो किसका मुँह है, जो आपको स्वार्थी कह सके?

विनय—न जाने इतने कटु शब्द कहाँ से सीख लिए! आदमी भिखारी को भी जवाब दे, तो नम्रता से। इसने तो मुझे इस तरह दुतकारा, मानो कोई कुत्ता हो।

नायकराम—किसी अँगरेज को ब्याहेगी, और क्या। यहाँ काले आदमियों के पास क्या धरा है? मुरगी का अंडा कहाँ मिलेगा?

विनय—तुम निरे मूर्ख हो, तुम्हें मुर्गी के अंडे की पड़ी है।

नायकराम—एक बात कहता था। तुम्हारे साथ वह आजादी कहाँ? ले जा कर रानी बना दोगे, परदे में बैठा दोगे। घोड़ी पर सवार कराकर शिकार खेलने तो न जाओगे! कमर में हाथ डालकर टमटम पर तो न बैठाओगे। टोपी उतार कर हुर्रे-हुर्रे तो न करोगे।

विनय—फिर वही उपज। अरे पोंगा महाराज, सोफ़िया को तुमने क्या समझा है? हमारे धर्म का जितना ज्ञान उसे है, उतना किसी पण्डित को भी न होगा। वह हमारे यहाँ की देवियों से किसी भाँति कम नहीं। उसे तो किसी राजा के घर जन्म लेना चाहिए था। न जाने ईसाई-खानदान में क्यों पैदा हुई। मुझसे मुँह फेरकर वह अब किसी को मुँह नहीं लगा सकती। इसका मुझे उतना ही विश्वास है, जितना अपनी आँखों का। वह अब विवाह ही न करेगी।

वीरपाल—आप बहुत सत्य कहते हैं, वास्तव में देवी हैं!

विनय—सच कहना, कभी मेरी चर्चा भी करती थीं?

वीरपाल—इसके सिवा तो उन्हें और कोई बात ही न थी। घाव गहरा था, अचेत पड़ी रहती थीं, पर चौंक-चौंककर, आपको पुकारने लगतीं। कहतीं-विनय को बुला दो, उन्हें देखकर तब मरूँगी। कभी-कभी तो दिन-के-दिन आप ही की रट लगाती रह जाती थीं। जब किसी को देखतीं, यहीं पूछतीं, विनय

आये? कहाँ हैं? मेरे सामने लाना। उनके चरण कहाँ हैं? हम लोग उनकी बेकसी देख-देखकर रोने लगते थे। जर्राह ने ऐसी चीर-फाड़ की कि आपसे क्या बताऊँ, याद करके रोएँ खड़े हो जाते हैं। उसे देखते ही सूख जाती थीं; लेकिन ज्यों ही कह देते कि आज विनयसिंह के आने की खबर है; तुरन्त दिल मजबूत करके महरम पट्टी करा लेती थीं। जर्राह से कहतीं—जल्दी करो, वह आने वाले हैं; ऐसा न हो, आ जाएँ। यह समझिए, आपके नाम ने उन्हें मृत्यु के मुख से निकाल दिया...

विनय अवरुद्ध कंठ से बोले—बस करो, अब और कुछ न कहो। यह करुण कथा नहीं सुनी जाती। कलेजा मुँह को आता है।

वीरपाल—एक दिन उसी दशा में आपके पास जाने को तैयार हो गई। रो-रोकर कहने लगीं, उन्हें लोगों ने गिरफ्तार कर लिया है, मैं उन्हें छुड़ाने जा रही हूँ...

विनय—रहने दो वीरपाल, नहीं तो हृदय फट जायेगा, उसके टुकड़े हो जायेंगे। मुझे जरा कहीं लिटा दो, न जाने क्यों दिल डूबा जाता है। आह! मुझ जैसे अभागे का यही उचित दंड है। देवताओं से मेरा सुख न देखा गया। इनसे किसी का कभी कल्याण नहीं हुआ। चले चलो, न लेटूँगा। मुझे इसी वक्त जसवंतनगर पहुँचना है।

फिर लोग चुपचाप चलने लगे। विनय इतने वेग से चल रहे थे, मानो दौड़ रहे हैं। पीड़ित अंगों में एक विलक्षण स्फूर्ति आ गई थी। बेचारे नायकराम दौड़ते-दौड़ते हाँफ रहे थे। रात के दो बजे होंगे। वायु में प्राणप्रद शीतलता का समावेश हो गया था। निशा-सुन्दरी प्रौढ़ा हो गई थी। जब उसकी चंचल छवि माधुर्य का रूप ग्रहण कर लेती है, जब उसकी मायाविनी शक्ति दुर्निवार्य हो जाती है। नायकराम तो कई बार उँघकर गिरते-गिरते बच गए। विनय को विश्राम करने की इच्छा होने लगी कि वीरपाल बोले—लीजिए, जसवंतनगर पहुँच गए।

विनय—अरे, इतनी जल्द! अभी तो चलते हुए चार घंटे हुए होंगे।

वीरपाल—आज सीधे आये।

विनय—आओ, आज यहाँ के अधिकारियों से तुम्हारी सफाई करा दूँ।

वीरपाल—आपसे सफाई हो गई, तो अब किसी का गम नहीं। अब मुझे यहीं से रुखसत कीजिए।

विनय—एक दिन के लिए तो मेरे मेहमान हो जाइए!

वीरपाल—ईश्वर ने चाहा, तो जल्द ही आपके दर्शन होंगे। मुझ पर कृपा रखिएगा।

विनय—सोफ़िया से मेरा कुछ ज़िक्र न कीजिएगा।

वीरवाल—जब तक वह खुद न छेड़ेंगी, मैं न करूँगा।

विनय—मेरी यह घबराहट, यह बावलापन, इसका ज़िक्र भूलकर भी न कीजिएगा। मैं न जाने क्या-क्या बक रहा हूँ, अपनी भाषा और विचार, एक पर भी मुझे विश्वास नहीं रहा, संज्ञाहीन-सा हो रहा हूँ। आप उनसे इतना ही कह दीजिएगा कि मुझसे कुछ नहीं बोले। इसका वचन दीजिए।

वीरपाल—अगर वह मुझसे कुछ न पूछेंगी, तो मैं कुछ न कहूँगा।

विनय—मेरी खातिर से इतना जरूर कह दीजिएगा कि आपका जरा भी जिक्र न करते थे।

वीरपाल—झूठ तो न बोलूँगा।

विनय—जैसी तुम्हारी इच्छा।

31

भैरों के घर से लौटकर सूरदास अपनी झोंपड़ी में आकर सोचने लगा, क्या करूँ कि सहसा दयागिरि आ गए और बोले—सूरदास, आज तो लोग तुम्हारे ऊपर बहुत गरम हो रहे हैं। कहते हैं इसे घमंड हो गया है। तुम इस माया-जाल में क्यों पड़े हो। क्यों नहीं मेरे साथ कहीं तीर्थयात्रा करने चलते?

सूरदास—यही तो मैं भी सोच रहा हूँ। चलो, तो मैं भी निकल पड़ूँ।

दयागिरि—हाँ, चलो, तब मैं मंदिर का कुछ ठिकाना कर लूँ। यहाँ कोई नहीं, जो मेरे पीछे यहाँ दीया-बत्ती तक कर दे, भोग-भाग लगाना तो दूर रहा।

सूरदास—तुम्हें मंदिर से कभी छुट्टी न मिलेगी।

दयागिरि—भाई, यह भी नहीं होता कि मंदिर को यों ही निराधार छोड़कर चला जाऊँ, फिर न जाने कब लौटूँ, तब तक तो यहाँ घास जम जायेगा।

सूरदास—तो जब तुम आप ही माया में फँसे हो, तो मेरा उद्धार क्या करोगे?

दयागिरि—नहीं, अब जल्दी ही चलूँगा। ज़रा पूजा के लिए फूल लेता आऊँ।

दयागिरि चले गए तो सूरदास फिर सोच में पड़ा—संसार की भी क्या लीला है कि होम करते हाथ जलते हैं। मैं तो नेकी करने गया था, उसका यह फल मिला। मुहल्लेवालों को विश्वास आ गया। बुरी बातों पर लोगों को कितनी जल्दी विश्वास आ जाता है। मगर नेकी-बदी कभी छिपी नहीं रहती। कभी-न-कभी तो असली बात मालूम हो ही जायेगी। हार-जीत तो जिंदगानी के साथ लगी हुई है, कभी जीतूँगा, तो कभी हारूँगा, इसकी चिंता ही क्या? अभी कल बड़े-बड़ों से जीता था, आज जीत में भी हार गया। यह तो खेल में हुआ ही करता है। वह बेचारी सुभागी कहाँ जायेगी? मुहल्लेवाले तो अब उसे यहाँ रहने न देंगे, और रहेगी किसके आधार पर? कोई अपना तो हो। मैके में भी कोई नहीं है। जवान औरत अकेली कहीं रह भी नहीं सकती। जमाना खराब आया हुआ है, उसकी

आबरू कैसे बचेगी। भैरों को कितना चाहती है? समझती थी कि मैं उसे मारने गया हूँ, उसे सावधान रहने के लिए कितना जोर दे रही थी! वह तो इतना प्रेम करती है, और भैरों का कभी मुँह ही सीधा नहीं होता, अभागिनी है और क्या। कोई दूसरा आदमी होता, तो उसके चरन धो-धोकर पीता; पर भैरों को जब देखो, उस पर तलवार ही खींचें रहता है। मैं कहीं चला गया, तो उसका कोई पुछत्तर भी न रहेगा। मुहल्ले के लोग उसकी छीछालेदर होते देखेंगे, और हँसेंगे! कहीं-न-कहीं डूब मरेगी, कहाँ तक संतोष करेगी। इस आँखोंवाले अंधे भैरो को तनिक भी खयाल नहीं कि मैं इसे निकाल दूँगा, तो कहाँ जायेगी। कल को मुसलमान या किरस्तान हो जाएगी, तो सारे शहर में हलचल पड़ जाएगी; पर अभी उसके आदमी को कोई समझाने वाला नहीं। कहीं भरतीवालों के हाथ पड़ गई, तो पता भी न लगेगा कि कहाँ गई। सभी लोग जानकर अनजान बनते हैं।

वह यही सोचता-विचारता सड़क की ओर चला गया कि सुभागी आकर बोली—सूरे, मैं कहाँ रहूँगी?

सूरदास ने कृत्रिम उदासीनता से कहा—मैं क्या जानूँ, कहाँ रहोगी! अभी तू ही तो भैरों से कह रही थी कि लाठी लेकर जाओ। तू क्या यह समझती थी कि मैं भैरों को मारने गया हूँ?

सुभागी—हाँ, सूरे झूठ क्यों बोलूँ? मुझे यह खटका तो हुआ था।

सूरदास—जब तेरी समझ में मैं इतना बुरा हूँ, तो फिर मुझसे क्यों बोलती है? अगर वह लाठी लेकर आता और मुझे मारने लगता, तो तू तमासा देखती और हँसती, क्यों? तुझसे तो भैरों ही अच्छा कि लाठी-लबेद लेकर नहीं आया। जब तूने मुझसे बैर ठान रखा है, तो मैं तुझसे क्यों न बैर ठानूँ?

सुभागी—(रोती हुई) सूरे, तुम भी ऐसा कहोगे, तो यहाँ कौन है, जिसकी आड़ में मैं छिन-भर भी बैठूँगी। उसने अभी मारा है, मगर पेट नहीं भरा, कह रहा है कि जाकर पुलिस में लिखाए देता हूँ। मेरे कपड़े-लत्ते सब बाहर फेंक दिये हैं। इस झोंपड़ी के सिवा अब मुझे और कहीं सरन नहीं।

सूरदास—मुझे भी अपने साथ मुहल्ले से निकलवाएगी क्या?

सुभागी—तुम जहाँ जाओगे, मैं तुम्हारे साथ चलूँगी।

सूरदास—तब तो तू मुझे कहीं मुँह दिखाने लायक न रखेगी। सब यही कहेंगे कि अंधा उसे बहकाकर ले गया।

सुभागी–तुम तो बदनामी से बच जाओगे, लेकिन मेरी आबरू कैसे बचेगी? है कोई मुहल्ले में ऐसा, जो किसी की इज़्ज़त-आबरू जाते देखे, तो उसकी बाँह पकड़ ले? यहाँ तो एक टुकड़ा रोटी भी माँगू, तो न मिले। तुम्हारे सिवा अब मेरा और कोई नहीं है। पहले मैं तुम्हें आदमी समझती थी, अब देवता समझती हूँ। चाहो तो रहने दो; नहीं तो कह दो, कहीं मुँह में कालिख लगाकर जा मरूँ।

सूरदास ने देर तक चिन्ता में मग्न रहने के बाद कहा–सुभागी, तू आप समझदार है, जैसा जी आये, कर। मुझे तेरा खिलाना-पहनाना भारी नहीं है। अभी शहर में इतना मान है कि जिसके द्वार पर खड़ा हो जाऊँगा, वह नाहीं न करेगा। लेकिन मेरा मन कहता है कि तेरे यहाँ रहने से कल्याण न होगा। हम दोनों ही बदनाम हो जायेंगे। मैं तुझे अपनी बहन समझता हूँ, लेकिन अंधा संसार तो किसी की नीयत नहीं देखता। अभी तूने देखा, लोग कैसी-कैसी बातें करते रहे। पहले भी गाली उठ चुकी है। जब तू खुल्लमखुल्ला मेरे घर में रहेगी, तब तो अनरथ ही हो जाएगा। लोग गरदन काटने पर उतारू हो जाएँगे। बता, क्या करूँ?

सुभागी–जो चाहो करो, पर मैं तुम्हें छोड़कर कहीं न जाऊँगी।

सूरदास–यही तेरी मरजी, तो यही सही। मैं सोच रहा था, कहीं चला जाऊँ। न आँखों देखूँगा, न पीर होगी; लेकिन तेरी बिपत देखकर अब जाने की इच्छा नहीं होती। आ, पड़ी रह। जैसी कुछ सिर पर आएगी देखी जाएगी। तुझे मंझधार में छोड़ देने से बदनाम होना अच्छा है।

यह कहकर सूरदास भीख माँगने चला गया। सुभागी झोंपड़ी में आ बैठी। देखा, तो उस मुख्तसर घर की मुख्तसर गृहस्थी इधर-उधर फैली हुई थी। कहीं लुटिया औंधी पड़ी थी, कहीं घड़े लुढ़के हुए थे। महीनों से अन्दर सफाई न हुई थी, जमीन पर मानो धूल बैठी हुई थी। फूस के छप्पर में मकड़ियों ने जाले लगा लिये थे। एक चिड़िया का घोंसला भी बन गया था। सुभागी सारे दिन झोंपड़े की सफाई करती रही। शाम को वही घर जो 'बिन घरनी का भूत का डेरा' को चरितार्थ कर रहा था, साफ-सुथरा, लिपा-पुता नज़र आता था कि उसे देखकर देवताओं को रहने के लिए जी ललचाए। भैरों अपनी दूकान में चला गया, तो सुभागी घर जाकर अपनी गठरी उठा लायी। सूरदास संध्या समय लौटा, तो सुभागी ने थोड़ा-सा चबेना उसे जल-पान करने को दिया, लुटिया

में पानी लाकर रख दिया और आँचल से हवा करने लगी। सूरदास को अपने जीवन में कभी यह सुख और शांति न नसीब हुई थी। गृहस्थी के दुर्लभ आनन्द का उसे पहली बार अनुभव हुआ। दिन-भर सड़क के किनारे लू और लपट में जलने के बाद यह सुख उसे स्वर्गोपम जान पड़ा। एक क्षण के लिए उसके मन में एक नई इच्छा अंकुरित हो आयी। सोचने लगा—मैं कितना अभागा हूँ। काश, यह मेरी स्त्री ह़ोती, तो कितने आनंद से जीवन व्यतीत होता! अब तो भैरों ने इसे घर से निकाल ही दिया; मैं रख लूँ, तो इसमें कौन-सी बुराई है! इससे कहूँ कैसे? न जाने अपने दिल में क्या सोचे। मैं अन्धा हूँ, तो क्या आदमी नहीं हूँ! बुरा तो न मानेगी? मुझसे इसे प्रेम न होता, तो मेरी इतनी सेवा क्यों करती?

मनुष्य-मात्र को, जीव-मात्र को प्रेम की लालसा रहती है। भोग-लिप्सी प्राणियों में यह वासना का प्रकट रूप है, सरल-हृदय दीन-प्राणियों में शांति-भोग का।

सुभागी ने सूरदास की पोटली खोली, तो उसमें गेहूँ का आटा निकला, थोड़ा-सा चावल, कुछ चने और तीन आने पैसे। सुभागी बनिये के यहाँ से दाल लायी और रोटियाँ बनाकर सूरदास को भोजन करने को बुलाया।

सूरदास—मिठुआ कहाँ है?

सुभागी—क्या जानूँ, कहीं खेलता होगा। दिन में एक बार पानी पीने आया था, मुझे देखकर चला गया।

सूरदास—तुझसे सरमाता होगा। देख, मैं उसे बुलाये लाता हूँ।

यह कहकर सूरदास बाहर जाकर मिठुआ को पुकारने लगा। मिठुआ और दिन जब जी चाहता, घर में जाकर दाना निकाल लाता, भुनवाकर खाता; आज सारे दिन भूखों मरा। इस वक्त मन्दिर में प्रसाद के लालच में बैठा हुआ था। आवाज़ सुनते ही दौड़ा। दोनों खाने बैठे। सुभागी ने सूरदास के सामने चावल और रोटियाँ रख दीं और मिठुआ के सामने सिर्फ चावल। आटा बहुत कम था, केवल दो रोटियाँ बन सकी थी।

सूरदास ने कहा—मिटठू, और रोटी लोगे?

मिट्ठू—मुझे तो रोटी मिली ही नहीं।

सूरदास—तो मुझसे ले लो। मैं चावल ही खा लूँगा।

यह कहकर सूरदास ने दोनों रोटियाँ मिट्ठू को दे दीं। सुभागी क्रुद्ध होकर मिट्ठू से बोली—दिन-भर साँड की तरह फिरते हो, कहीं मजूरी क्यों नहीं करते? इसी चक्कीघर में काम करो, तो पाँच-छः आने रोज मिलें।

सूरदास—अभी वह कौन काम करने लायक है। इसी उमिर में मजूरी करने लगेगा, तो कलेजा टूट जायेगा!

सुभागी—मजूरों के लड़कों का कलेजा इतना नरम नहीं होता। सभी तो काम करने जाते हैं, किसी का कलेजा नहीं टूटता।

सूरदास—जब उसका जी चाहेगा, आप काम करेगा।

सुभागी—जिसे बिना हाथ-पैर हिलाए खाने को मिल जाए, उसकी बला काम करने जाती है।

सूरदास—ऊँह, मुझे कौन किसी रिन-धन का सोच है। माँगकर लाता हूँ, खाता हूँ। जिस दिन पौरुख न चलेगा, उस दिन देखी जाएगी। उसकी चिंता अभी से क्यों करूँ?

सुभागी—में इसे काम पर भेजूँगी। देखूँ, कैसे नहीं जाता। यह मुटरमरदी है कि अंधा माँगे और आँखवाले मुसंडे बैठे खाएँ। सुनते हो मिट्ठू, कल से काम करना पड़ेगा।

मिट्ठू—तेरे कहने से न जाऊँगा; दादा कहेंगे तो जाऊँगा।

सुभागी—मूसल की तरह घूमना अच्छा लगता है? इतना नहीं सूझता कि अंधा आदमी तो माँगकर लाता है, और मैं चैन से खाता हूँ। जनम-भर कुमार ही बना रहेगा?

मिट्ठू—तुझसे क्या मतलब, मेरा जी चाहेगा, जाऊँगा, न जी चाहेगा, न जाऊँगा।

इसी तरह दोनों में देर तब वाद-विवाद हुआ, यहाँ तक कि मिठुआ झल्लाकर चौके से उठ गया। सूरदास ने बहुत मनाया, पर वह खाने न बैठा। आखिर सूदरास भी आधा ही भोजन करके उठ गया।

जब वह लेटा, तो गृहस्थी का एक दूसरा चित्र उसके सामने था। यहाँ न वह शांति थी, न वह सुषमा, न वह मनोल्लास। पहले ही दिन यह कलह आरम्भ हुआ, बिस्मिल्लाह ही गलत हुई, तो आगे कौन जाने, क्या होगा। उसे सुभागी की यह कठोरता अनुचित प्रतीत होती थी। जब तक मैं कमाने को

तैयार हूँ, लड़के पर क्यों गृहस्थी का बोझ डालूँ? जब मर जाऊँगा, तो उसके सिर पर जैसी पड़ेगी, वैसी झेलेगा।

वह अंकुर, वह नन्ही-सी आकांक्षा, जो संध्या समय उसके हृदय में उगी थी, इस ताप के झोंके से जल गई, अंकुर सूख गया।

सुभागी को नई चिन्ता सवार हुई–मिठुआ को काम पर कैसे लगाऊँ? मैं उसकी लौंडी तो हूँ नहीं कि उसकी थाली धोऊँ, उसका खाना पकाऊँ और वह मटरगस करे। मुझे भी कोई बैठाकर न खिलाएगा। मैं खाऊँ ही क्यों? जब सब काम करेंगे, तो यह क्यों छैला बन घूमेगा।

प्रातःकाल जब वह झोंपड़ी से घड़ा लेकर पानी भरने निकली, तो घीसू की माँ ने देखकर छाती पर हाथ रख लिया और बोली–क्यों री, आज रात तू यहीं रही थी क्या?

सुभागी ने कहा–हाँ, रही तो फिर!

जमुनी–अपना घर नहीं था?

सुभागी–अब लात खाने का बूता नहीं है।

जमुनी–तो तू दो-चार सिर कटाकर तब चैन लेगी? इस अंधे की भी मत मारी गई है कि जान-बूझकर साँप के मुँह में उँगली देता है। भैरों गला काट लेने वाले आदमी हैं। अभी भी कुछ नहीं बिगड़ा है, चली जा घर।

सुभागी–उस घर में तो अब पाँव न रखूँगी, चाहे कोई मार ही डाले। सूर में इतनी दया तो है कि डूबते हुए की बाँह पकड़ ली; और दूसरा यहाँ कौन है?

जमुनी–जिस घर में कोई मेहरिया नहीं, वहाँ तेरा रहना अच्छा नहीं।

सुभागी–जानती हूँ, पर किसके घर जाऊँ? तुम्हारे घर आऊँ, रहने दोगी? जो कुछ करने को कहोगी, करूँगी, गोबर पाथूँगी, भैंसों को घास-चारा दूँगी, पानी डालूँगी, तुम्हारा आटा पिसूँगी। रखोगी?

जमुनी–न बाबा, यहाँ कौन बैठे-बिठाए रार मोल ले! अपना खिलाऊँ भी, उस पर बद्‌दू भी बनूँ।

सुभागी–रोज गाली-मार खाया करूँ?

जमुनी–अपना मरद है, मारता ही है, तो क्या घर छोड़कर कोई निकल जाता है?

सुभागी–क्यों बहुत बढ़-बढ़कर बात करती हो जमुनी! मिल गया है बैल, जिस कल चाहती हो, बैठाती हो। रात-दिन डंडा लिये सिर पर सवार रहता,

तो देखती कि कैसे घर में रहती। अभी उस दिन दूध में पानी मिलाने के लिए मारने उठा था, तो चादर लेकर मैके भागी जाती थी। दूसरों को उपदेश करना सहज है। जब अपने सिर पड़ती है, तो आँखें खुल जाती हैं।

यह कहती हुई सुभागी कुएँ पर पानी भरने चली गई। यहाँ भी उसने टीकाकारों को ऐसा ही अक्खड़ जवाब दिया। पानी लाकर बर्तन धोये, चौका लगाया और सूरदास को सड़क पर पहुँचाने चली गई। अब तक वह लाठी से टटोलता हुआ अकेले ही चला जाता था, लेकिन सुभागी से यह न देखा गया। अंधा आदमी है; कहीं गिर पड़े तो, लड़के ही दिक करते हैं। मैं बैठी ही तो हूँ। उससे फिर किसी ने कुछ न पूछा। यह स्थिर हो गया कि सूरदास ने उसे घर डाल लिया। अब व्यंग्य, निंदा, उपहास की गुंजाइश न थी। हाँ, सूरदास सबकी नज़रों में गिर गया। लोग कहते—रुपये न लौटा देता, तो क्या करता। डर होगा कि सुभागी एक दिन भैरों से कह ही देगी, मैं पहले ही से क्यों न चौकन्ना हो जाऊँ। मगर सुभागी क्यों अपने घर से रुपये उड़ा ले गई? वाह! इसमें आश्चर्य की कौन-सी बात है। भैरों उसे रुपये-पैसे नहीं देता। मालकिन तो बुढ़िया है। सोचा होगा, रुपये उड़ा लूँ, मेरे पास कुछ पूँजी तो हो जाएगी, अपने पास कहाँ। कौन जाने, दोनों में पहले ही से साठ-गाँठ रही हो। सूरे को भला आदमी समझकर उसके पास रख आयी हो। या सूरदास ने रुपये उठवा लिए हों, फिर लौटा आया कि इस तरह मेरा भरम बना रहेगा। अंधे पेट के बड़े गहरे होते हैं, इन्हें बड़ी दूर की सूझती है।

इस भाँति कई दिनों तक गद्देबाजियाँ हुईं।

परंतु लोगों में किसी विषय पर बहुत दिनों तक आलोचना करते रहने की आदत नहीं होती। न उन्हें इतना अवकाश होता कि इन बातों में सिर खपाएँ, न इतनी बुद्धि ही कि इन गुत्थियों को सुलझाएँ। मनुष्य स्वभावतः क्रियाशील होते हैं, उनमें विवेचन-शक्ति कहाँ? सुभागी से बोलने-चालने, उसके साथ उठने-बैठने में किसी को आपत्ति न रही; न कोई उससे कुछ पूछता, न आवाज़ें कसता। हाँ, सूरदास की मान-प्रतिष्ठा गायब हो गई। पहले मुहल्ले-भर में उसकी धाक थी, लोगों को उसकी हैसियत से कहीं अधिक उस पर विश्वास था। उसका नाम अदब के साथ लिया जाता था। अब उसकी गणना भी सामान्य मनुष्यों में होने लगी, कोई विशेषता न रही।

किन्तु भैरों के हृदय में सदैव यह काँटा खटका करता था। वह किसी भाँति इस सजीव अपमान का बदला लेना चाहता था। दूकान पर बहुत कम जाता। अफसरों से शिकायत भी की गई कि यह ठेकेदार दूकान नहीं खोलता, ताड़ी-सेवियों को निराश होकर जाना पड़ता है। मादक-वस्तु विभाग के कर्मचारियों ने भैरों को निकाल देने की धमकी भी दी; पर उसने कहा—मुझे दूकान का डर नहीं, आप लोग जिसे चाहें रख लें; पर वहाँ कोई दूसरा पासी न मिला, और अफसरों ने एक दूकान टूट जाने के भय से कोई सख्ती करनी उचित न समझी।

धीरे-धीरे भैरों की सूरदास ही से नहीं, मुहल्ले-भर से अदावत हो गई। उसके विचार में मुहल्लेवालों का यह धर्म था कि मेरी हिमायत के लिए खड़े हो जाते और सूरे को कोई ऐसा दंड देते कि वह आजीवन याद रखता—ऐसे मुहल्ले में कोई क्या रहे, जहाँ न्याय और अन्याय एक ही भाव बिकते हैं। कुकर्मियों से कोई बोलता ही नहीं। सूरदास अकड़ता हुआ चला जाता है। यह चुड़ैल आँखों में काजल लगाए फिरा करती है। कोई इन दोनों के मुँह में कालिख नहीं लगाता। ऐसे गाँव में तो आग लगा देनी चाहिए। मगर किसी कारण उसकी क्रियात्मक शक्ति शिथिल पड़ गई थी। वह मार्ग में सुभागी को देख लेता, तो कतराकर निकल जाता। सूरदास को देखता तो ओठ चबाकर रह जाता। वार करने की हिम्मत न होती। वह अब कभी मंदिर में भजन गाने न जाता; मेलों-तमाशें से भी उसे अरुचि हो गई, नशे का चस्का आप-ही-आप छूट गया। अपमान की तीव्र वेदना निरन्तर होती रहती। उसने सोचा था, सुभागी मुँह में कालिख लगाकर कहीं निकल जाएगी, मेरे कलंक का दाग मिट जाएगा। मगर वह अभी तक वहाँ उसकी छाती पर मूंग ही नहीं दल रही थी, बल्कि उसी पुरुष के साथ विलास कर रही थी, जो उसका प्रतिद्वंद्वी था। सबसे बढ़कर दुःख उसे इस बात का था कि मुहल्ले के लोग उन दोनों के साथ पहले ही का-सा व्यवहार करते थे, कोई उन्हें न रगेदता था, न लताड़ता था। उसे अपना अपमान सामने बैठा मुँह चिढ़ाता हुआ मालूम होता था। अब उसे गाली-गलौज से तस्कीन न हो सकती थी। वह इस फिक्र में था कि इन दोनों का काम तमाम कर दूँ। इस तरह मारूँ कि ऐड़ियाँ रगड़-रगड़कर मरें, पानी की बूँद भी न मिले। लेकिन अकेला आदमी कर क्या सकता हैं चारों ओर निगाह

दौड़ाता, पर कहीं से सहायता मिलने की आशा न दिखाई देती। मुहल्ले में ऐसे जीवट का कोई आदमी न था। सोचते-सोचते उसे खयाल आया कि अंधे ने चतारी के राजा साहब को बहुत बदनाम किया था। कारखानेवाले साहब को भी बदनाम करता फिरता था। इन्हीं लोगों से चलकर फरियाद करूँ। अंधे से दिल में तो दोनों खार खाते ही होंगे, छोटे के मुँह लगना अपनी मर्यादा के विरुद्ध समझकर चुप रह गए होंगे। मैं जो सामने खड़ा हो जाऊँगा, तो मेरी आड़ से वे जरूर निशाना मारेंगे। बड़े आदमी हैं, वहाँ तक पहुँचना मुश्किल है; लेकिन जो कहीं मेरी पहुँच हो गई और उन्होंने मेरी सुन ली, तो फिर इन बच्चा की ऐसी खबर लेंगे कि सारा अंधापन निकल जाएगा। (अंधेपन के सिवा यहाँ और रखा ही क्या था)

कई दिनों तक वह इसी हैस-बैस में पड़ा रहा कि उन लोगों के पास कैसे पहुँचूँ। जाने की हिम्मत न पड़ती थी। कहीं उलटे मुझी को मार बैठें, निकलवा दें तो और भी भद्द हो। आखिर एक दिन दिल मज़बूत करके वह राजा साहब के मकान पर गया, और साईस के द्वार पर जाकर खड़ा हो गया। साईस ने देखा, तो कर्कश कंठ से बोला–कौन हो! यहाँ क्या उचक्कों की तरह झाँक रहे हो?

भैरों ने बड़ी दीनता से कहा–भैया, डाँटों मत, ग़रीब-दुखी आदमी हूँ।

साईस–ग़रीब दुखियारे हो, तो किसी साहूकार के घर जाते, यहाँ क्या रखा है?

भैरों–ग़रीब हूँ, लेकिन भिखमंगा नहीं हूँ। इज्जत-आबरू सभी की होती है। तुम्हारी ही बिरादरी में कोई किसी की बहू-बेटी को लेकर निकल जाये, तो क्या उसे पंचाइत यों ही छोड़ देगी? कुछ-न-कुछ दंड देगी ही। पंचाइत न देगी, तो अदालत-कचहरी से तो कुछ होगा।

साईस जात का चमार था, जहाँ ऐसी दुर्घटनाएँ आये दिन होती रहती हैं, और बिरादरी को उनकी बदौलत नशा-पानी का सामान हाथ आता रहता है। उसके घर में नित्य यही चर्चा रहती थी। इन बातों में उसे जितनी दिलचस्पी थी, उतनी और किसी बात से न हो सकती थी। बोला–आओ बैठो, चिलम पियो, कौन भाई हो?

भैरों–पासी हूँ, यहीं पाँड़ेपुर में रहता हूँ।

वह साईस के पास जा बैठा और दोनों में सायं-सायं बातें होने लगीं, मानो वहाँ कोई कान लगाए उनकी बातें सुन रहा हो। भैरों ने अपना सम्पूर्ण वृत्तांत सुनाया और कमर से एक रुपया निकालकर साईस के हाथ में रखता हुआ बोला—भाई, कोई ऐसी जुगुत निकालो कि राजा साहब के कानों में यह बात पड़ जाये। फिर तो मैं अपना सब हाल आप ही कह लूँगा। तुम्हारी दया से बोलने-चालने में ऐसा बुद्धू नहीं हूँ। दारोगा से तो कभी डरा ही नहीं।

साईस को रौप्य मुद्रा के दर्शन हुए, तो मगन हो गया। आज सबेरे-सबेरे अच्छी बोहनी हुई। बोला—मैं राजा साहब से तुम्हारी इत्तला कराए देता हूँ। बुलाहट होगी, तो चले जाना। राजा साहब को घमंड तो छू ही नहीं गया। मगर देखना, बहुत देर न लगाना नहीं तो मालिक चिढ़ जाएंगे। बस, जो कुछ कहना हो, साफ-साफ कह डालना। बड़े आदमियों को बातचीत करने की फुरसत नहीं रहती। मेरी तरह थोड़े ही हैं कि दिन-भर गप्पें लड़ाया करें।

यह कहकर वह चला गया। राजा साहब इस वक़्त बाल बनवा रहे थे, जो उनका नित्य कर नियम था। साईस ने पहुँचकर सलाम किया।

राजा—क्या कहते हो? मेरे पास तलब के लिए मत आया करो।

साईस—नहीं हुज़ूर, तलब के लिए नहीं आया था। वह जो सूरदास पाँड़ेपुर में रहता है।...

राजा—अच्छा, वह दुष्ट अंधा।

साईस—हाँ, हुजूर, वह एक औरत को निकाल ले गया है।

राजा—अच्छा! उसे तो लोग कहते थे, भला आदमी है। अब स्वाँग रचने लगा।

साईस—हाँ हुज़ूर, उसका आदमी फरियाद करने आया है। हुकुम हो, तो लाऊँ।

राजा साहब ने सिर हिलाकर अनुमति दी और एक क्षण में भैरों दबकता हुआ आकर खड़ा हो गया।

राजा—तुम्हारी औरत है?

भैरों—हाँ हुज़ूर, अभी कुछ दिन पहले तो मेरी ही थी!

राजा—पहले से कुछ आमद-रफ्त थी?

भैरों—होगी सरकार, मुझे मालूम नहीं।

राजा—लेकर कहाँ चला गया?

भैरों—कहीं गया नहीं सरकार, अपने घर में है।

राजा—बड़ा ढीठ है। गाँववाले कुछ नहीं बोलते?

भैरों—कोई नहीं बोलता हुजूर।

राजा—औरत को मारते बहुत हो?

भैरों—सरकार, औरत से भूल-चूक होती है, तो कौन नहीं मारता?

राजा—बहुत मारते हो कि कम?

भैरों—हुजूर, क्रोध में यह विचार कहाँ रहता है?

राजा—कैसी औरत है, सुंदर?

भैरों—हाँ, हुजूर देखने-सुनने में बुरी नहीं है।

राजा—समझ में नहीं आता, सुंदर स्त्री ने अंधे को क्यों पसंद किया! ऐसा तो नहीं हुआ कि तुमने दाल में नमक ज्यादा हो जाने पर स्त्री को मारकर निकाल दिया हो और अंधे ने रख लिया हो?

भैरों—सरकार, औरत मेरे रुपये चुराकर सूरदास को दे आयी। सबेरे सूरदास रुपये लौटा गया। मैंने चकमा देकर पूछा, तो उसने चोर को भी बता दिया। इस बात पर मारता न, तो क्या करता?

राजा—और कुछ हो, अंधा है दिल का साफ।

भैरों—हुजूर, नीयत का अच्छा नहीं।

यद्यपि महेन्द्रकुमार सिंह बहुत न्यायशील थे और अपने कुत्सित मनोविचारों को प्रकट करने में बहुत सावधान रहते थे। ख्याति-प्रिय मनुष्य को प्रायः अपनी वाणी पर पूर्ण अधिकार होता है; पर वह सूरदास से इतने जले हुए थे, उसके हाथों इतनी मानसिक यातनाएँ पायी थीं कि इस समय अपने भावों को गुप्त न रख सके। बोले—अजी, उसने मुझे यहाँ इतना बदनाम किया कि घर से बाहर निकलना मुश्किल हो गया। यों मैं किसी गरीब को सताना नहीं चाहता, लेकिन यह भी नहीं देख सकता कि वह भले आदमियों के बाल नोचे। इजलास तो मेरा ही है, तुम उस पर दावा कर दो। गवाह मिल जायेंगे न?

भैरों—हुजूर, सारा मुहल्ला जानता है।

राजा—सबों को पेश करो। यहाँ लोग उसके भक्त हो गए हैं। समझते हैं, वह कोई ऋषि है। मैं उसकी कलई खोल देना चाहता हूँ। इतने दिनों बाद

यह अवसर मेरे हाथ आया है। मैंने अगर अब तक किसी से नीचा देखा, तो इसी अंधे से। उस पर न पुलिस का जोर था, न अदालत का। उसकी दीनता और दुर्बलता उसका कवच बनी हुई थी। यह मुकद्मा उसके लिए वह गहरा गड्ढा होगा, जिसमें से वह निकल न सकेगा। मुझे उसकी ओर से शंका थी, पर एक बार जहाँ परदा खुला कि मैं निश्चिन्त हुआ। विष के दाँत टूट जाने का साँप से कौन डरता है? हो सके, तो जल्दी ही यह मुकद्मा दायर कर दो।

किसी बड़े आदमी को रोते देखकर हमें उससे स्नेह हो जाता है। उसे प्रभुत्व से मंडित देखकर हम थोड़ी देर के लिए भूल जाते हैं कि वह भी मनुष्य है। हम उसे साधारण मानवीय दुर्बलताओं से रहित समझते हैं। वह हमारे लिए एक कुतूहल का विषय होता है। हम समझते हैं, वह न जाने क्या खाता होगा, न जाने क्या पीता होगा, न जाने क्या सोचता होगा, उसके दिल में सदैव ऊँचे-ऊँचे विचार आते होंगे, छोटी-छोटी बातों की ओर तो उसका ध्यान ही न जाता होगा—कुतूहल का परिष्कृत रूप ही आदर है। भैरों को राजा साहब के सम्मुख जाते हुए भय लगता था, लेकिन अब उसे ज्ञात हुआ कि यह भी हमीं-जैसे मनुष्य हैं। मानो उसे आज एक नई बात मालूम हुई। ज़रा बेधड़क होकर बोला—हुज़ूर, है तो अंधा, लेकिन बड़ा घमंडी है। अपने आगे तो किसी को समझता ही नहीं। मुहल्ले वाले जरा सूरदास-सूरदास कह देते हैं, तो बस, फूल उठता है। समझता है, संसार में जो कुछ हूँ, मैं ही हूँ। हुजूर, उसकी ऐसी सजा कर दें कि चक्की पीसते-पीसते दिन जायें। तब उसकी सेखी किरकिरी होगी।

राजा साहब ने देखा, यह गँवार अब ज़्यादा बहकने लगा। बोले—अच्छा, अब जाओ।

भैरों दिल में समझ रहा था, मैंने राजा साहब को अपनी मुट्ठी में कर लिया। अगर उसे चले जाने का हुक्म न मिला होता, तो एकक्षण में उसका हुजूर आप हो जाता। संध्या तक उसकी बातों का तांता न टूटता। वह न जाने कितनी झूठी बातें गढ़ता। पर-निन्दा का मनुष्य की जिह्वा पर कभी इतना प्रभुत्व नहीं होता, जितना सम्पन्न पुरुषों के सम्मुख। न जाने क्यों हम उनकी कृपा-दृष्टि के इतने अभिलाषी होते हैं। हम ऐसे मनुष्यों पर भी, जिनसे हमारा लेशमात्र भी वैमनस्य नहीं है, कटाक्ष करने लगते हैं। कोई स्वार्थ की इच्छा न रखते हुए भी हम उनका सम्मान प्राप्त करना चाहते हैं। उनका विश्वासपत्र

बनने की हमें एक अनिवार्य आन्तरिक प्रेरणा होती है। हमारी वाणी उस समय काबू से बाहर हो जाती है।

भैरों यहाँ से कुछ लज्जित होकर निकला, पर उसे अब इसमें संदेह न था कि मनोकामना पूरी हो गई। घर आकर उसने बजरंगी से कहा—तुम्हें गवाही करनी पड़ेगी। निकल न जाना।

बजरंगी—कैसी गवाही?

भैरों—यही मेरे मामले की। इस अंधे की हेकड़ी अब नहीं देखी जाती। इतने दिनों तक सबर किये बैठा रहा कि अब भी वह सुभागी को निकाल दे, उसका जहाँ जी चाहे, चली जाये, मेरी आँखों के सामने दूर हो जाये। पर देखता हूँ, तो दिन-दिन उसकी पेंग बढ़ती ही जाती है। अंधा छैला बना जाता है। महीनों देह पर पानी नहीं पड़ता था, अब नित्य स्नान करता है। वह पानी लाती है, उसकी धोती छाँटती है, उसके सिर में तेल मलती है। यह अँधेर नहीं देखा जाता।

बजरंगी—अँधेर तो है ही, आँखों से देख रहा हूँ। सूरे को इतना छिछोरा न समझता था। पर मैं कहीं गवाही-साखी करने न जाऊँगा।

जमुनी—क्यों कचहरी में कोई तुम्हारे कान काट लेगा?

बजरंगी—अपना मन है, नहीं जाते।

जमुनी—अच्छा तुम्हारा मन है! भैरों, तुम मेरी गवाही लिखा दो। मैं गवाही दूँगी। साँच को आँच क्या?

बजरंगी—(हँसकर) तू कचहरी जाएगी?

जमुनी—क्या करूँगी जब मरदों की वहाँ जाते चूड़ियाँ मैली होती हैं, तो औरत ही जाएगी। किसी तरह उस कसबिन के मुँह में कालिख तो लगे।

बजरंगी—भैरों, बात यह है कि सूरे ने बुराई ज़रूर की, लेकिन तुम भी तो अनीत ही पर चलते थे। कोई अपने घर के आदमी को इतनी बेदरदी से नहीं मारता। फिर तुमने मारा ही नहीं, मारकर निकाल भी दिया। जब गाय की पगहिया न रहेगी तो वह दूसरों के खेत में जाएगी ही। इसमें उसका क्या दोस?

जमुनी—तुम इन्हें बकने दो भैरों, मैं तुम्हारी गवाही करूँगी।

बजरंगी—तू सोचती होगी, यह धमकी देने से मैं कचहरी जाऊँगा; यहाँ इतने बुद्धू नहीं हैं। और, सच्ची बात तो यह है कि सूरे लाख बुरा हो, मगर अब भी हम सबों से अच्छा है। रुपयों की थैली लौटा देना कोई छोटी बात नहीं।

जमुनी—बस चुप रहो, मैं तुम्हें खूब समझती हूँ। तुम भी जाकर चार गाल हँस-बोल आते हो न, क्या इतनी यारी भी न निभाओगे। सुभागी को सज़ा हो गई, तो तुम्हें भी तो नज़र लड़ाने को कोई न रहेगा।

बजरंगी यह लांछन सुनकर तिलमिला उठा। जमुनी उसका आसन पहचानती थी, बोला—मुँह में कीड़े पड़ जायेंगे।

जमुनी—तो फिर गवाही देते क्यों कोर दबती है?

बजरंगी—लिखा दो भैरों मेरा नाम, यह चुड़ैल मुझे जीने न देगी। मैं अगर हारता हूँ, तो इसी से। पीठ में अगर धूल लगाती है, तो यह। नहीं तो यहाँ कभी किसी से दबकर नहीं चले। जाओ, लिखा दो।

भैरों यहाँ से ठाकुरदीन के पास गया और वही प्रस्ताव किया। ठाकुरदीन ने कहा—हाँ-हाँ, मैं गवाही करने को तैयार हूँ। मेरा नाम सबसे पहले लिखा दो। अंधे को देखकर मेरी आँखें फूटती हैं। अब मुझे मालूम हो गया कि उसे जरूर कोई सिद्धि है; नहीं तो क्या सुभागी उसके पीछे यों दौड़ी-दौड़ी फिरती।

भैरो—चक्की पीसेंगे, तो बच्चा को मालूम होगा।

ठाकुरदीन—ना भैया, उसका अकबाल भारी है, वह कभी चक्की न पीसेगा, वहाँ से भी बेदाग लौट आयेगा। हाँ, गवाही देना धरम है, वह मैं दे दूँगा। जो आदमी सिद्धि से दूसरों का अनभल करे, उसकी गरदन काट लेनी चाहिए। न जाने क्यों भगवान् संसार में चोरों और पापियों को जन्म देते हैं। यही समझ लो कि जब से मेरी चोरी हुई, कभी नींद-भर नहीं सोया। नित्य वही चिंता बनी रहती है। यही खटका लगा रहता है कि कहीं फिर न वही नौबत आ जाए। तुम तो एक हिसाब से मजे में रहे कि रुपये सब मिल गए, मैं तो कहीं का न रहा।

भैरों—तो तुम्हारी गवाही पक्की रही?

ठाकुरदीन—हाँ, एक बार नहीं, सौ बार पक्की। अरे, मेरा बस चलता तो इसे खोदकर गाड़ देता। यों मुझसे सीधा कोई नहीं है, लेकिन दुष्टों के हक में मुझसे टेढ़ा भी कोई नहीं है। इनको सजा दिलाने के लिए मैं झूठी गवाही देने को भी तैयार हूँ। मुझे तो अचरज होता है कि इस अंधे को क्या हो गया। कहाँ तो धरम-करम का इतना विचार, इतना परोपकार, इतना सदाचार, और कहाँ यह कुकर्म।

भैरों यहाँ से जगधर के पास गया, जो अभी खोंचा बेचकर लौटा था और धोती लेकर नहाने जा रहा था।

भैरों—तुम भी मेरे गवाह हो न?

जगधर—तुम हक-नाहक सूरे पर मुकदमा चला रहे हो। सूरे निपराध हैं।

भैरों—क़सम खाओगे?

जगधर—हाँ, जो कसम कहो, खा जाऊँ। तुमने सुभागी को अपने घर से निकाल दिया, सूरे ने उसे अपने घर में जगह दे दी। नहीं तो अब तक वह न जाने किस घाट लगी होती। जवान औरत है, सुन्दर है, उसके सैकड़ों गाहक हैं। सूरे ने तो उसके साथ नेकी की कि उसे कहीं बहकने न दिया। अगर तुम फिर उसे घर में लाकर रखना चाहो और वह उसे आने न दे, तुमसे लड़ने को तैयार हो जाए, तब मैं कहूँगा कि उसका कसूर है। मैंने अपने कानों से उसे सुभागी को समझाते सुना है। वह आती ही नहीं, तो बेचारा क्या करे?

भैरों समझ गया कि यह एक लोटे जल से प्रसन्न हो जानेवाले देवता नहीं, इसे कुछ भेंट करनी पड़ेगी। उसकी लोभी प्रकृत्ति से वह परिचित था।

बोला—भाई, मुआमला इज़्ज़त का है। ऐसी उड़नझाइयाँ न बताओ। पड़ोसी का हक बहुत कुछ होता है; पर मैं तुमसे बाहर नहीं हूँ, जो कुछ दस-बीस कहो हाजिर है। पर गवाही तुम्हें देनी पड़ेगी।

जगधर—भैरों, मैं बहुत नीच रहा हूँ, लेकिन इतना नीच नहीं कि जान-सुनकर किसी भले आदमी को बेकसूर फँसाऊँ।

भैरों ने बिगड़कर कहा—तो क्या समझते हो कि तुम्हारे ही नाम खुदाई लिख गई है? जिस बात को सारा गाँव कहेगा, उसे एक तुम न कहोगे, तो क्या बिगड़ जायेगा? टिड्डी के रोके आँधी नहीं रुक सकती।

जगधर—तो भाई, उसे पीसकर पी जाओ। मैं कब कहता हूँ कि मैं उसे बचा लूँगा। हाँ, मैं उसे पीसने में तुम्हारी मदद न करूँगा।

भैरों तो उधर गया, इधर वही स्वार्थी, लोभी, ईर्ष्यालु, कुटिल जगधर उसके गवाहों को फोड़ने का प्रयत्न करने लगा। उसे सूरदास से इतनी भक्ति न थी, जितनी भैरों से ईर्ष्या। भैरों अगर किसी सत्कर्म में भी उसकी सहायता माँगता, तो भी वह इतनी ही तत्परता से उसकी उपेक्षा करता।

उसने बजरंगी से कहा—क्यों बजरंगी, तुम भैरों की गवाही कर रहे हो?

बजरंगी—हाँ, जाता तो हूँ।

जगधर—तुमने अपनी आँखों कुछ देखा है।

बजरंगी—कैसी बातें करते हो, रोज ही देखता हूँ, कोई बात छिपी थोड़े ही है।

जगधर—क्या देखते हो? यही न कि सुभागी सूरदास के झोंपड़े में रहती है? अगर कोई एक अनाथ औरत का पालन करे, तो बुराई है? अंधे आदमी के जीवट का बखान तो न करोगे कि जो काम किसी से न हो सका, वह उसने कर दिखाया, उलटे उससे और बैर साधते हो। जानते हो, सूरदास उसे घर से निकाल देगा, तो उसकी क्या गत होगी? मुहल्ले की आबरू पुतलीघर के मजदूरों के हाथ बिकेगी। देख लेना। मेरा कहना मानो, गवाही-साखी के फेर में न पड़ो, भलाई के बदले बुराई हो जायेगी। भैरों तो सुभागी से इसलिए जल रहा है कि उसने उसके चुराए हुए रुपये सूरदास को क्यों लौटा दिये। बस, सारी जलन इसी की है। हम बिना जाने-बूझे क्यों किसी की बुराई करें। हाँ, गवाही देने ही जाते हो, तो पहले खूब पता लगा लो कि दोनों कैसे रहते हैं...

बजरंगी—(जमुनी की तरफ इशारा) इसी से पूछो, यही अंतरजामी है, इसी ने मुझे मजबूर किया है।

जमुनी—हाँ, किया तो है, क्या अब भी दिल काँप रहा है?

जगधर—अदालत में जाकर गवाही देना क्या तुमने हँसी समझ ली है? गंगाजली उठानी पड़ती है, तुलसी-दल लेना पड़ता है, बेटे के सिर पर हाथ रखना पड़ता है। इसी से बाल-बच्चेवाले डरते हैं कि और कुछ।

जमुनी—सच कहो, ये सब क़समें भी खानी पड़ती हैं?

जगधर—बिना कसम खाए तो गवाही होती ही नहीं।

जमुनी—तो भैया, बाज आयी ऐसी गवाही से, कान पकड़ती हूँ। चूल्हे में जाय सूरा और भाड़ में जाय भैरों, कोई बुरे दिन काम न आएगा। तुम रहने दो।

बजरंगी—सूरदास को लकड़पन से देख रहे हैं, ऐसी आदत तो उसमें न थी।

जगधर—न थी, न है और न होगी। उसकी बड़ाई नहीं करता, पर उसे लाख रुपये भी दो, तो बुराई में हाथ न डालेगा। कोई दूसरा होता, तो गया हुआ धन पाकर चुपके से रख लेता, किसी को कानोंकान खबर भी न होती, वह तो जाकर सब रुपये दे आया। उसकी सफाई तो इतने ही से हो जाती है।

बजरंगी को तोड़कर जगधर ने ठाकुरदीन को घेरा। पूजा करके भोजन करने जा रहा था। जगधर को आवाज़ सुनकर बोला—बैठो, खाना खाकर आता हूँ।

जगधर—मेरी बात सुन लो, तो खाने बैठो। खाना कहीं भागा नहीं जाता है। तुम भी भैरों की गवाही देने जा रहे हो?

ठाकुरदीन—हाँ, जाता हूँ। भैरों ने न कहा होता, तो आप ही जाता। मुझसे यह अनीत नहीं देखी जाती। जमाना दूसरा है, नहीं नवाबी होती, तो ऐसे आदमी का सिर काट लिया जाता। किसी की बहू-बेटी को निकाल ले जाना कोई हँसी-ठट्ठा है?

जगधर—जान पड़ता है, देवतों की पूजा करते-करते तुम अंतरजामी हो गए हो। पूछता हूँ, किस बात की गवाही दोगे?

ठाकुरदीन—कोई लुका-छिपी बात है, सारा देस जानता है।

जगधर—सूरदास बड़ा गबरू जवान है, इसी से सुंदरी का मन उस पर लोट-पोट हो गया। है न, या उसके रुपये-पैसे, गहने-जेवर के ढेर लगे हुए हैं, इसी से औरत लोभ में पड़ गई होगी। भगवान को देखा नहीं, लेकिन अकल से तो पहचानते हो। आखिर क्या देखकर सुभागी ने भैरों को छोड़ दिया और सूरे के घर पड़ गई?

ठाकुरदीन—कोई किसी के मन की बात क्या जाने, और औरत के मन की बात तो भगवान् भी नहीं जानते। देवता लोग तक उससे त्राह-त्राह करते हैं!

जगधर—अच्छा, तो जाओ, मगर यह कहे देता हूँ कि इसका फल भोगना पड़ेगा। किसी ग़रीब पर झूठा अपराध लगाने से बड़ा दूसरा पाप नहीं होता।

ठाकुरदीन—झूठा अपराध है?

जगधर—झूठा है, सरासर झूठा; रत्ती-भर भी सच नहीं। बेकस की वह हाय पड़ेगी कि जिंदगानी भर याद करोगे। जो आदमी अपना गया हुआ धन पाकर लौटा दे, वह इतना नीच नहीं हो सकता।

ठाकुरदीन—(हँसकर) यही तो अंधे की चाल है। कैसी दूर की सूझी है कि जो सुने, चक्कर में आ जाये।

जगधर—मैंने जता दिया, आगे तुम जानो, तुम्हारा काम जाने। रखोगे सुभागी को अपने घर में? मैं उसे सूरे के घर से लिवाए लाता हूँ, अगर फिर कभी सूरे को उससे बातें करते देखना, तो जो चाहना, सो करना। रखोगे?

ठाकुरदीन—मैं क्यों रखने लगा!

जगधर—तो अगर शिवजी ने संसार-भर का बिस माथे पर चढ़ा लिया, तो क्या बुरा किया? जिसके लिए कहीं ठिकाना नहीं था, उसे सूरे ने अपने घर में जगह दी। इस नेकी की उसे सज़ा मिली चाहिए? यही न्याय है? अगर तुम लोगों के दबाव में आकर सूरे ने सुभागी को घर से निकाल दिया और उसकी आबरू बिगड़ी, तो उसका पाप तुम्हारे सिर भी पड़ेगा याद रखना।

ठाकुरदीन देवभीरु आत्मा था, दुविधा में पड़ गया। जगधर ने आसन पहचाना, इसी ढंग की दो-चार बातें और कीं। आखिर ठाकुरदीन भी गवाही देने से इनकार करने लगा। जगधर की ईर्ष्या साधु के उपदेश का काम कर गई। भैरों को मालूम हो गया कि मुहल्ले में कोई गवाह नहीं मिलेगा। दाँत-पीसकर रह गया। चिराग जल रहे थे। बाजार की ओर दूकानें बंद हो रही थीं। ताड़ी की दूकान खोलने का समय आ रहा था। गाहक जमा होते जाते थे। बुढ़िया चिखौने के लिए मटर के दालमोट और चटपटे-पकौड़े बना रही थी, और भैरों द्वार पर बैठा हुआ जगधर को, मुहल्लेवालों को और सारे संसार की चौपालियाँ सुना रहा था—सब-के-सब नामरद हैं, आँख के अंधे, जभी यह दुरदसा हो रही है। कहते हैं, सूखा क्यों पड़ता है, प्लेग क्यों आता है, हैजा क्यों फैलता है? जहाँ ऐसे-ऐसे बेईमान, पापी, दुष्ट, बसेंगे, वहाँ और होगा ही क्या। भगवान इस देस को गारत क्यों नहीं कर देते, यही अचरज है। खैर जिंदगानी है, तो हम और जगधर इसी जगह रहते हैं, देखी जायेगी।

क्रोध के आवेश में अपनी नेकियाँ बहुत याद आती हैं। भैरों उन उपकारों का वर्णन करने लगा, जो उसने जगधर के साथ किये थे—इसकी घरवाली मर रही थी। किसी ने बता दिया, ताजी ताड़ी पिए, तो बच जाये। मुँह-अँधेरे पेड़ पर चढ़ता था और ताजी ताड़ी उतारकर उसे पिलाता था। कोई पाँच रुपये भी देता, तो उतने सबेरे पेड़ पर न चढ़ता। मटकों ताड़ी पिला दी होगी। तमाखू पीना होता है, तो यहीं आता है। रुपये-पैसे का काम लगता है, तो मैं ही काम आता हूँ, और मेरे साथ यह घाट! ज़माना ही ऐसा है।

जगधर का घर मिला हुआ था। वह यह सब सुन रहा था और मुँह न खोलता था। वह सामने से वार करने में नहीं, पीछे से वार करने में कुशल था।

इतने में मिल का एक मिस्त्री, नीम-आस्तीन पहने, कोयले की भभूत लगाए और कोयले ही का-सा रंग, हाथ में हथौड़ा लिए, चमरौधा जूता डाटे, आकर बोला—चलते हो दूकान पर कि इसी झंझट में पड़े रहोगे? देर हो रही है, अभी साहब के बँगले पर जाना है।

भैरों—अजी जाओ, तुम्हें दूकान की पड़ी हुई है। यहाँ ऐसा जी जल रहा है कि गाँव में आग लगा दूँ।

मिस्त्री—क्या है क्या? किस बात पर बिगड़ रहे हो, मैं भी सुनूँ।

भैरों ने संक्षिप्त रूप से सारी कथा सुना दी और गाँववालों की कायरता और असज्जनता का दुखड़ा रोने लगा।

मिस्त्री—गाँववालों को मारो गोली। तुम्हें कितने गवाह चाहिए? जितने गवाह कहो, दे दूँ, एक-दो, दस-बीस। भले आदमी, पहले ही क्यों न कहा? आज ही ठीक-ठाक किये देता हूँ। सबों को भर-पेट पिला देना।

भैरों की बाँछें खिल गईं, बोला—ताड़ी की कौन बात है, दूकान तुम्हारी है, जितनी चाहो, पियो; पर ज़रा मोतबर गवाह दिलाना।

मिस्त्री—अजी, कहो तो बाबू लोगों को हाजिर कर दूँ। बस, ऐसी पिला देना कि सब यहीं से गिरते हुए घर पहुँचे।

भैरों—अजी, कहो तो इतनी पिला दूँ कि दो-चार लाशें उठ जाएँ।

यों बातें करते हुए दोनों दूकान पहुँचे। वहाँ 20-25 आदमी, जो इसी कारखाने के नौकर थे, बड़ी उत्कंठा से भैरों की राह देख रहे थे। भैरों ने तो पहुँचते ही ताड़ी नापनी शुरू कर दी, और इधर मिस्त्री ने गवाहों को तैयार करना शुरू किया। कानों में बातें होने लगीं।

एक—मौका अच्छा है। अंधे के घर से निकलकर जायेगी कहाँ! भैरों अब उसे न रखेगा।

दूसरा—आखिर हमारे दिल-बहलाव का भी तो कोई सामान होना चाहिए।

तीसरा—भगवान ने आप ही भेज दिया। बिल्ली के भागों छींका टूटा।

इधर तो यह मिसकौट हो रही थी, उधर सुभागी सूरदास से कह रही थी—तुम्हारे ऊपर दावा हो रहा है।

सूरदास से घबराकर पूछा—कैसा दावा?

सुभागी—मुझे भगा लाने का। गवाह ठीक किए जा रहे हैं। गाँव का तो कोई आदमी नहीं मिला, लेकिन पुतलीघर के बहुत-से मजूरे तैयार हैं। मुझसे अभी जगधर कह रहे थे, पहले गाँव के सब आदमी गवाही देने जा रहे थे।

सूरदास—फिर रुक कैसे गए?

सुभागी—जगधर ने सबको समझा-बुझाकर रोक लिया।

सूरदास—जगधर बड़ा भलामानुस है, मुझ पर बड़ी दया करता रहता है।

सुभागी—तो अब क्या होगा?

सूरदास—दावा करने दे, डरने की कोई बात नहीं। तू यही कह देना कि मैं भैरों के साथ न रहूँगी। कोई कारन पूछे, तो साफ-साफ कह देना, वह मुझे मारता है।

सुभागी—लेकिन इसमें तुम्हारी बदनामी होगी।

सूरदास—बदनामी की चिन्ता नहीं, जब तक वह तुझे रखने को राज़ी न होगा, मैं तुझे जाने ही न दूँगा।

सुभागी—वह राज़ी भी होगा, तो उसके घर न जाऊँगी। वह मन का बड़ा मैला आदमी है, इसकी कसर ज़रूर निकालेगा। तुम्हारे घर से भी चली जाऊँगी।

सूरदास—मेरे घर से क्यों चली जायेगी? मैं तो तुझे नहीं निकालता।

सुभागी—मेरे कारन तुम्हारी कितनी जगहँसाई होगी। मुहल्लेवालों का तो मुझे कोई डर न था। मैं जानती थी कि किसी को तुम्हारे ऊपर संदेह न होगा और होगा भी, तो छिन-भर में दूर हो जाएगा। लेकिन ये पुतलीघर के उजड्ड मजूरे तुम्हें क्या जानें। भैरों के यहाँ सब-के-सब ताड़ी पीते हैं। वह उन्हें पिलाकर तुम्हारी आबरू बिगाड़ देगा। मैं यहाँ न रहूँगी, तो उसका कलेजा ठंडा जो जायेगा। बिस की गाँठ तो मैं हूँ।

सूरदास—जायेगी कहाँ?

सुभागी—जहाँ उसके मुँह में कालिख लगा सकूँ, जहाँ उसकी छाती पर मूँग दल सकूँ।

सूरदास—उसके मुँह में कालिख लगेगी, तो मेरे मुँह में पहले ही न लग जायेगी, तू मेरी बहन ही तो है?

सुभागी—नहीं, मैं तुम्हारी कोई नहीं हूँ। मुझे बहन-बेटी न बनाओ।

सूरदास—कहे देता हूँ इस घर से न जाना।

सुभागी—मैं अब तुम्हारे साथ रहकर तुम्हें बदनाम न करूँगी।

सूरदास—मुझे बदनामी कबूल है, लेकिन जब तक यह न मालूम हो जाए कि तू कहाँ जाएगी, तब तक मैं तुझे जाने ही न दूँगा।

भैरों ने रात तो किसी तरह काटी। प्रातःकाल कचहरी दौड़ा। वहाँ अभी द्वार बंद थे, मेहतर झाड़ू लगा रहे थे, अतएव वह एक वृक्ष के नीचे ध्यान लगाकर बैठ गया। नौ बजे से अमले, बस्ते बगल में दबाए, आने लगे और भैरों दौड़-दौड़कर उन्हें सलाम करने लगा। ग्यारह बजे राजा साहब इजलास पर आये तो भैरों ने मुहर्रिर से लिखवाकर अपना इस्तगासा दायर कर दिया। संध्या-समय घर आया, तो बफरने लगा—अब देखता हूँ, कौन माई का लाल इनकी हिमायत करता है? दोनों के मुँह में कालिख लगवाकर यहाँ से निकाल न दिया, तो बाप का नहीं।

पाँचवें दिन सूरदास और सुभागी के नाम सम्मन आ गया। तारीख पड़ गई। ज्यों-ज्यों पेशी का दिन निकट आता जाता था, सुभागी के होश उड़े हाते थे। बार-बार सूरदास से उलझती—तुम्हीं यह सब करा रहे हो। अपनी मिट्टी खराब कर रहे हो और अपने साथ मुझे भी घसीट रहे हो। मुझे चली जाने दिया होता, तो कोई तुमसे क्यों बैर ठानता? वहाँ भरी कचहरी में जाना, सबके सामने खड़ी होना, मुझे ज़हर ही-सा लग रहा है। मैं उसका मुँह न देखूँगी, चाहे अदालत मुझे मार ही डाले।

आखिर पेशी की नियत तिथि आ गई। मुहल्ले में इस मुकदमे को इतनी धूम थी कि लोगों ने अपने-अपने काम बंद कर दिये और अदालत में जा पहुँचे। मिल के श्रमजीवी सैकड़ों की संख्या में गए। शहर में सूरदास को कितने ही आदमी जान गए थे। उनकी दृष्टि में सूरदास निरपराध था। हजारों आदमी कुतूहल-वश अदालत में आए। प्रभु सेवक पहले ही पहुँच चुके थे, इंदु रानी और इंद्रदत्त भी मुकदमा पेश होते-होते आ पहुँचे। अदालत में यों ही क्या कम भीड़ रहती है, और स्त्री का आना तो मंडप में वधू का आना है। अदालत में एक बाजार-सा लगा हुआ था। इजलास पर दो महाशय विराजमान थे—एक तो चतारी के राजा साहब, दूसरे एक मुसलमान, जिन्होंने योरपीय महासमर में रंगरूट भरती करने में बड़ा उत्साह दिखाया था। भैरों की तरफ़ से एक वकील भी था।

भैरों का बयान हुआ। गवाहों का बयान हुआ। तब उसके वकील ने उनसे अपना पक्ष-समर्थन करने के लिए जिरह की।

तब सूरदास का बयान हुआ। उसने कहा—मेरे साथ इधर कुछ दिनों से भैरों की घरवाली रहती है। मैं किसी को क्या खिलाऊँ-पिलाऊँगा, पालने वाला भगवान् है। वह मेरे घर में रहती है, अगर भैरों उसे रखना चाहें और वह रहना चाहे, तो आज ही चली जाये, यही तो मैं चाहता हूँ। इसीलिए मैंने उसे अपने यहाँ रखा है, नहीं तो न जाने कहाँ होती।

भैरों के वकील ने मुस्कराकर कहा—सूरदास, तुम बड़े उदार मालूम होते हो; लेकिन युवती सुंदरियों के प्रति उदारता का कोई महत्त्व नहीं रहता।

सूरदास—इसी से न यह मुकदमा चला है। मैंने कोई बुराई नहीं की। हाँ, संसार जो चाहे, समझे। मैं तो भगवान को जानता हूँ। वही सबकी करनी को देखने वाला है। अगर भैरों उसे अपने घर न रखेगा और न सरकार कोई ऐसी जगह बताइएगी, जहाँ यह औरत इज्जत-आबरू के साथ रह सके, तो मैं उसे अपने घर से निकलने न दूँगा। वह निकलना भी चाहेगी, तो न जाने दूँगा। इसने तो जब से इस मुकदमे की खबर सुनी है, यही कहा करती है कि मुझे जाने दो, पर मैं जाने नहीं देता।

वकील—साफ-साफ क्यों नहीं कहते कि मैंने उसे रख लिया है।

सूरदास—हाँ, रख लिया है, जैसे भाई अपनी बहन को रख लेता है, बाप बेटी को रख लेता है। अगर सरकार ने उसे जबरदस्ती मेरे घर से निकाल दिया, तो उसकी आबरू की जिम्मेदारी उसी के सिर होगी।

सुभागी का बयान हुआ—भैरों मुझे बेकसूर मारता, गालियाँ देता। मैं उसके साथ न रहूँगी। सूरदास भला आदमी है, इसीलिए उसके पास रहती हूँ। भैरों यह नहीं देख सकता; सूरदास के घर से मुझे निकालना चाहता है।

वकील—तू पहले भी सूरदास के घर जाती थी?

सुभागी—जभी अपने घर मार खाती थी, तभी जान बचाकर उसके घर भाग जाती थी। वह मेरे आड़े आ जाता था। मेरे कारन उसके घर में आग लगी, मार पड़ी, कौन-कौन-सी दुर्गत नहीं हुई। अदालत की कसर थी, वह भी पूरी हो गई।

राजा—भैरों, तुम अपनी औरत रखोगे?

भैरों–हाँ सरकार, रखूँगा।

राजा–मारोगे तो नहीं?

भैरों–कुचाल न चलेगी, तो क्यों मारूँगा।

राजा–सुभागी, तू अपने आदमी के घर क्यों नहीं जाती? वह तो कह रहा है, न मारूँगा।

सुभागी–उस पर मुझे विश्वास नहीं। आज ही मार-मारकर बेहाल कर देगा।

वकील–हुज़ूर, मुआमला साफ है, अब मज़ीद-सबूत की ज़रूरत नहीं रही। सूरदास पर ज़ुर्म साबित हो गया।

अदालत ने फैसला सुना दिया–सूरदास पर 200 रु. ज़ुर्माना और ज़ुर्माना न अदा करे, तो छः महीने की कड़ी कैद। सुभागी पर 100 रु. ज़ुर्माना, ज़ुर्माना न दे सकने पर तीन महीने की कड़ी क़ैद। रुपये वसूल हों तो भैरों को दिये जायें।

दर्शकों में इस फैसले पर आलोचनाएँ होने लगीं।

एक–मुझे तो सूरदास बेकसूर मालूम होता है।

दूसरा–सब राजा साहब की करामात है। सूरदास ने ज़मीन के बारे में उन्हें बदनाम किया था न। यह उसी की कसर निकाली गई है। ये हमारे यश-मान-भोगी लीडरों के कृत्य हैं।

तीसरा–औरत चरबांक नहीं मालूम होती।

चौथा–भरी अदालत में बातें कर रही है, चरबांक नहीं, तो और क्या है?

पाँचवा–वह तो यही कहती है कि मैं भैरों के पास न रहूँगी।

सहसा सूरदास ने उच्च स्वर में कहा–मैं इस फैसले की अपील करूँगा।

वकील–इस फैसले की अपील नहीं हो सकती।

सूरदास–मेरी अपील पंचों से होगी। एक आदमी के कहने से मैं अपराधी नहीं हो सकता, चाहे वह कितना ही बड़ा आदमी हो। हाकिम ने सज़ा दे दी, सज़ा काट लूँगा; पर पंचों का फैसला भी सुन लेना चाहता हूँ।

यह कहकर उसने दर्शकों की ओर मुँह फेरा और मर्मस्पर्शी शब्दों में कहा–दुहाई है पंचों, आप इतने आदमी जमा हैं। आप लोगों ने भैरों और उसके गवाहों के बयान सुने, मेरा और सुभागी का बयान सुना, हाकिम का फैसला भी सुन लिया। आप लोगों से मेरी विनती है कि क्या आप भी मुझे

अपराधी समझते हैं? क्या आपको विश्वास आ गया कि मैंने सुभागी को बहकाया और अब अपनी स्त्री बनाकर रखे हुए हूँ? अगर आपको विश्वास आ गया है, तो मैं इसी मैदान में सिर झुकाकर बैठता हूँ, आप लोग मुझे पाँच-पाँच लात मारें। अगर मैं लात खाते-खाते मर भी जाऊँ, तो मुझे दुःख न होगा। ऐसे पापी का यही दंड है। कैद से क्या होगा और अगर आपकी समझ में बेकसूर हूँ, तो पुकारकर कह दीजिए, हम तुझ निरपराध समझते हैं। फिर मैं कड़ी-से-कड़ी क़ैद भी हँसकर काट लूँगा।

अदालत के कमरे में सन्नाटा छा गया। राजा साहब, वकील, अमले, दर्शक, सब-के-सब चकित हो गए। किसी को होश न रहा कि इस समय क्या करना चाहिए। सिपाही दर्जनों थे, पर चित्र लिखित-से खड़े थे। परिस्थिति ने एक विचित्र रूप धारण कर लिया था, जिसकी अदालत के इतिहास में कोई उपमा न थी। शत्रु ने ऐसा छापा मारा था कि उससे प्रतिपक्षी सेना का पूर्व-निश्चित क्रम भंग हो गया।

सबसे पहले राजा साहब सँभले। हुक्म दिया, इसे बाहर ले जाओ। सिपाहियों ने दोनों अभियुक्तों को घेर लिया और अदालत के बाहर ले चले। हज़ारों दर्शक पीछे-पीछे चले।

कुछ दूर चलकर सूरदास जमीन पर बैठ गया और बोला—मैं पंचों का हुकुम सुनकर तभी आगे जाऊँगा।

अदालत के बाहर अदालत की मर्यादा भंग होने का भय न था। कई हज़ार कंठों से ध्वनि उठी—तुम बेकसूर हो, हम सब तुम्हें बेकसूर समझते हैं।

इंद्रदत्त—अदालत बेईमान है!

कई हज़ार आवाज़ों ने दुहराया—हाँ, अदालत बेईमान है!

इन्द्रदत्त—अदालत नहीं, दीनों की बली-वेदी है।

कई हजार कंठों से प्रतिध्वनि निकली—अमीरों के हाथ में अत्याचार का यंत्र है।

चौकीदारों ने देखा, प्रतिक्षण भीड़ बढ़ती और लोग उत्तेजित होते जाते हैं, तो लपककर एक बग्घीवाले को पकड़ा और दोनों को उसमें बैठाकर ले चले। लोगों ने कुछ दूर तक तो गाड़ी का पीछा किया, उसके बाद अपने-अपने घर लौट गए।

इधर भैरों अपने गवाहों के साथ घर चला, तो राह में अदालत के अरदली ने घेरा। उसे दो रुपये निकालकर दिये। दूकान में पहुँचते ही मटके खुल गए और ताड़ी के दौर चलने लगे। बुढ़िया पकौड़ियाँ और पूरियाँ पकाने लगी।

एक बोला—भैरों, यह बात ठीक नहीं, तुम भी बैठो, पीयो और पिलाओ। हम-तुम बद-बदकर पीयें।

दूसरा—आज इतनी पीयूंगा कि चाहे यहीं ढेर हो जाऊँ। भैरों, यह कुल्हड़ भर-भरकर क्या देते हो, हाँडी ही बढ़ा दो।

भैरों—अजी, मटके में मुँह डाल दो, हाँडी-कुल्हड़ की क्या बिसात है। आज मुद्दई का सिर नीचा हुआ है।

तीसरा—दोनों हिरासत में पड़े रो रहे होंगे। मगर भई, सूरदास को सजा हो गई तो क्या, वह है बेकसूर।

भैरों—आ गए तुम उसके धोखे में। इसी स्वांग की तो वह रोटी खाता है। देखो, बात-की-बात में कैसे हजारों आदमियों का मन फेर दिया।

चौथा—उसे किसी देवता का इष्ट है।

भैरों—इष्ट तो तब जानें कि जेहल से निकल आए।

पहला—मैं बद कर कहता हूँ, वह कल जरूर जेहल से निकल आएगा।

दूसरा—बुढ़िया, पकौड़ियाँ ला।

तीसरा—अबे, बहुत न पी, नहीं मर जाएगा। है कोई घर पर रोनेवाला?

चौथा—कुछ गाना हो, उतारो ढोल-मजीरा।

सबों ने ढोल-मँजीरा सँभाला और खड़े होकर गाने लगे :

छत्तीसी, क्या नैना झमकावै!

थोड़ी देर में एक बुड्ढा मिस्त्री उठकर नाचने लगा। बुढ़िया से अब न रहा गया। उसने भी घूंघट निकाल लिया और नाचने लगी। शूद्रों में नृत्य और गान स्वाभाविक गुण हैं, सीखने की जरूरत नहीं। बुड्ढा और बुढ़िया, दोनों अश्लील भाव से कमर हिला-हिलाकर थिरकने लगे। उनके अंगों की चपलता, आश्चर्यजनक थी।

भैरों—मुहल्लेवाले समझते थे, मुझे गवाह ही न मिलेंगे।

एक—सब गीदड़ हैं, गीदड़।

भैरों—चलो, ज़रा सबों के मुँह में कालिख लगा आयें।

सब-के-सब चिल्ला उठे—हाँ, हाँ, नाच होता चले।

एक क्षण में जुलूस चला। सब-के-सब नाचते-गाते, ढोल पीटते, ऊल-जलूल बकते, हू-हा करते, लड़खड़ाते हुए चले। पहले बजरंगी का घर मिला। यहाँ सब रुक गए, और गायाः

ग्वालिन की गैया हिरानी, तब दूध मिलावै पानी।

रात ज़्यादा भीग चुकी थी, बजरंगी के द्वार बंद थे। लोग यहाँ से ठाकुरदीन के द्वार पर पहुँचे और गाया :

तमोलिन के नैना रसीले, यारों से नज़र मिलावै।

ठाकुरदीन भोजन कर रहा था, पर डर के मारे बाहर न निकला। जुलूस आगे बढ़ा, तो सूरदास की झोंपड़ी मिली।

भैरों बोला—बस, यहीं डट जाओ।

'ढोल ढीली पड़ गई।'

'सेंको, सेंको : झोंपड़े में से फूस ले लो।'

एक आदमी ने थोड़ा-सा फूस निकाला, दूसरे ने और ज़्यादा, तीसरे ने एक बोझ खींचा लिया। फिर क्या था, नशे की सनक मशहूर ही है, एक ने जलता हुआ फूस झोंपड़ी पर डाल दिया और बोला—होली है, होली है! कई आदमियों ने कहा—होली है, होली है!

भैरों—यह तुम लोगों ने बुरा किया। भाग चलो, नहीं तो धर लिए जाओगे।

भय नशे में भी हमारा पीछा नहीं छोड़ता। सब-के-सब भागे।

उधर ज्वाला प्रचंड हुई, तो मुहल्ले के लोग दौड़ पड़े। लेकिन फूस की आग किसके वश की थी! झोंपड़ा जल रहा था और लोग खड़े दुःख और क्रोध की बातें कर रहे थे।

ठाकुरदीन—मैं तो भोजन पर बैठा, तभी सबों को आते देखा।

बजरंगी—ऐसा जी चाहता है कि जाकर भैरों को मारते-मारते बेदम कर दूँ।

जगधर—जब तक एक दफे अच्छी तरह मार न खा जायेगा, इसके सिर से भूत न उतरेगा।

बजरंगी—हाँ, अब यही होगा। घिसुआ, ज़रा लाठी तो निकाल ला। आज दो-चार खून हो जाएंगे, तभी आग बूझेगी।

जमुनी–तुम्हें क्या पड़ी है, चलकर लेटो। जो जैसा करेगा, उसका फल भगवान् से पाएगा।

बजरंगी–भगवान् फल दें या न दें, पर मैं तो अब नहीं मानता, जैसे देह में आग लगी हुई है।

जगधर–आग लगने की बात ही है। ऐसे पापी का तो सिर काट लेना भी पाप नहीं।

ठाकुरदीन–जगधर, आग पर तेल छिड़कना अच्छी बात नहीं। अगर तुमको भैरों से बैर है, तो आप जाकर उसे क्यों नहीं ललकारते, दूसरों को क्या उकसाते हो? यह चाहते हो कि ये दोनों लड़ मरें और मैं तमाशा देखूँ। हो बड़े नीच।

जगधर–अगर कोई बात कहना उकसाना है, तो लो, चुप रहूँगा।

ठाकुरदीन–हाँ, चुप रहना ही अच्छा है। तुम भी जाकर सोओ बजरंगी! भगवान! आप पापी को दंड देंगे। उन्होंने तो रावन-जैसे प्रतापी को न छोड़ा, यह किस खेत की मूली है। यह अंधेर उनसे भी न देखा जाएगा।

बजरंगी–मारे घमंड के पागल हो गया है। चलो जगधर, जरा इन सबों से दो-दो बातें न कर लें।

जगधर–न भैया, मुझे साथ न ले जाओ। कौन जानें, वहाँ मार-पीट हो जाए, तो सारा इलजाम मेरे सिर जाए कि इसी ने लड़ा दिया। मैं तो आप झगड़े से कोसों दूर रहता हूँ

इतने में मिठुआ दौड़ा हुआ आया। बजरंगी ने पूछा–कहाँ सोया था रे?

मिट्ठू–पण्डाजी के दालान में तो। अरे, यह तो मेरी झोंपड़ी जल रही है! किसने आग लगाई?

ठाकुरदीन–इतनी देर में जागे हो, सुन नहीं रहे हो, गाना-बजाना हो रहा है?

मिटठू–भैरों ने लगाई है क्या! अच्छा बच्चा, समझूँगा।

लोग अपने-अपने घर लौट गए, तो मिठुआ धीरे-धीरे भैरों की दूकान की तरफ गया। महफिल उठ चुकी थी। अँधेरा छाया हुआ था। जाड़े की रात, पत्ता तक न खड़कता था। दूकान के द्वार पर उपले जल रहे थे। ताड़ीखानों में आग कभी नहीं बुझती, पारसी पुरोहित भी इतनी सावधानी से आग की रक्षा न करता होगा। मिठुआ ने एक जलता हुआ उपला उठाया और दूकान के

छप्पर पर फेंक दिया। छप्पर में आग लग गई, तो मिठुआ बगटुट भागा और पण्डाजी के दालान में मुँह ढाँपकर सो रहा, मानो उसे कुछ खबर ही नहीं। ज़रा देर से ज्वाला प्रचंड हुई, सारा मुहल्ला आलोकित हो गया, चिड़ियाँ वृक्षों पर से उड़-उड़कर भागने लगीं। पेड़ों की डालें हिलने लगीं। तालाब का पानी सुनहरा हो गया और बाँसों की गाँठें ज़ोर-ज़ोर से चिटकने लगीं। आध घंटे तक लंकादहन होता रहा, पर यह सारा शोर वन्यरोदन के सदृश था। दूकान बस्ती से हटकर थी। भैरों नशे में बेसुध पड़ा था।, बुढ़िया नाचते-नाचते थक गई थी। और कौन था, जो इस वक्त आग बुझाने जाता। अग्नि ने निर्विघ्न अपना काम समाप्त किया। मटके टूट गए, ताड़ी बह गई। जब जरा आग ठंडी हुई, तो कई कुत्तों ने आकर वहाँ विश्राम किया।

प्रातःकाल भैरों उठा, तो दूकान सामने न दिखायी दी। दूकान और उसके घर के बीच में दो फर्लांग का अन्तर था, पर कोई वृक्ष न होने के कारण दूकान साफ नजर आती थी। उसे विस्मय हुआ, दूकान कहाँ गई! ज़रा और आगे बढ़ा, तो राख का ढेर दिखायी दिया। पाँव-तले से मिट्टी निकल गई। दौड़ा। दूकान में ताड़ी के सिवा बिक्री के रुपये भी थे। ढोल-मजीरा भी वहीं रखा रहता था। प्रत्येक वस्तु जलकर राख हो गई। मुहल्ले के लोग उधर तालाब में मुँह-हाथ धोने जाया करते थे। सब आ पहुँचे। दूकान सड़क पर थी। पथिक भी खड़े हो गए। मेला लग गया।

भैरों ने रोकर कहा—मैं तो मिट्टी में मिल गया।

ठाकुरदीन—भगवान् की लीला है। उधर वह तमाशा दिखाया, इधर यह तमाशा दिखाया। धन्य हो महाराज!

बजरंगी—किसी मिस्त्री की सरारत होगी। क्यों भैरों, किसी से अदावत तो नहीं थी?

भैरों—अदावत सारे मुहल्ले से है, किससे नहीं है। मैं जानता हूँ, जिसकी यह बदमासी है, बँधवा न दिया, तो कहना। अभी एक को लिया है, अब दूसरे की पारी है।

जगधर दूर ही से आनंद ले रहा था। निकट न आया कि कहीं भैरों कुछ कह बैठे, तो बात बढ़ जाये। ऐसा हार्दिक आनंद उसे अपने जीवन में न प्राप्त हुआ था।

इतने में मिल के कई मज़दूर आ गए। काला मिस्त्री बोला—भाई, कोई माने या न माने, मैं तो यही कहूँगा कि अंधे को किसी का इष्ट है।

ठाकुरदीन—इष्ट क्यों नहीं है। मैं बराबर यही कहता आता हूँ। उससे जिसने बैर ठाना, उसने नीचा देखा।

भैरों—उसका इष्ट मैं जानता हूँ। ज़रा थानेदार आ जायें, तो बता दूँ, कौन इष्ट है।

बजरंगी जलकर बोला—अपनी बेर कैसी सूझ रही है! क्या वह झोंपड़ा न था, जिसमें पहले आग लगी? ईंट का जवाब पत्थर मिलता ही है। जो किसी के लिए गढ़ा खोदेगा, उसके लिए कुआँ तैयार है। क्या उस झोपड़े में आग लगाते समय समझे थे कि सूरदास का कोई है ही नहीं?

भैरों—उसके झोंपड़े में मैंने आग लगाई?

बजरंगी—और किसने लगाई?

भैरों—झूठे हो?

ठाकुरदीन—भैरों, क्यों सीना जोरी करते हो! तुमने लगायी या तुम्हारे किसी यार ने लगायी, एक ही बात है। भगवान ने उसका बदला चुका दिया, तो रोते क्यों हो?

भैरों—सब किसी से समझूँगा।

ठाकुरदीन—यहाँ कोई तुम्हारा दबैल नहीं।

भैरों ओठ चबाता हुआ गया। मानव-चरित्र कितना रहस्यमय है। हम दूसरों का अहित करते हुए ज़रा भी नहीं झिझकते, किन्तु जब दूसरों के हाथों हमें कोई हानि पहुँचती है, तो हमारा खून खौलने लगता है।

32

सूरदास के मुकदमे का फैसला सुनने के बाद इंद्रदत्त चले, तो रास्ते में प्रभु सेवक से मुलाक़ात हो गई। बातें होने लगी।

इंद्रदत्त–तुम्हारा क्या विचार है, सूरदास निर्दोष है या नहीं?

प्रभु सेवक–सर्वथा निर्दोष। मैं तो आज उसकी साधुता का कायल हो गया। फैसला सुनाने के वक्त तक मुझे विश्वास था कि अंधे ने जरूर इस औरत को बहकाया है, मगर उसके अंतिम शब्दों ने जादू का-सा असर किया। मैं तो इस विषय पर एक कविता लिखने का विचार कर रहा हूँ।

इंद्रदत्त–केवल कविता लिख डालने से काम न चलेगा। राजा साहब की पीठ में धूल लगानी पड़ेगी। उन्हें यह संतोष न होने देना चाहिए कि मैंने अंधे से चक्की पिसवाई। वह समझ रहे होंगे कि अंधा रुपये कहाँ से लायेगा। दोनों पर 300 रुपये जुर्माना हुआ है, हमें किसी तरह से जुर्माना आज ही अदा करना चाहिए। सूरदास जेल से निकले, तो सारे शहर में उसका जुलूस निकालना चाहिए। इसके लिए 200 रुपये की और ज़रूरत होगी। कुछ 500 रुपये हों, तो काम चल जाये। बोलो, देते हो?

प्रभु सेवक–जो उचित समझो, लिख लो।

इंद्रदत्त–तुम 50 रुपये बिना कष्ट के दे सकते हो?

प्रभु सेवक–और तुमने अपने नाम कितना लिखा है?

इंद्रदत्त–मेरी हैसियत 10 रुपये से अधिक देने की नहीं। रानी जाह्नवी से 100 रुपये ले लूँगा। कुँवर साहब ज़्यादा नहीं, तो 10 रुपये दे ही देंगे। जो कुछ कमी रह जायेगी, वह दूसरों से माँग ली जायेगी। सम्भव है, डाक्टर गांगुली सब रुपये खुद ही दे दें, किसी से माँगना ही न पड़े।

प्रभु सेवक–सूरदास के मुहल्लेवालों से भी कुछ मिल जायेगा।

इंद्रदत्त—उसे सारा शहर जानता है, उसके नाम पर दो-चार हज़ार रुपये मिल सकते हैं; पर इस छोटी-सी रक़म के लिए मैं दूसरों को कष्ट नहीं देना चाहता।

यों बातें करते हुए दोनों आगे बढ़े कि सहसा इंदु अपनी फ़िटन पर आती हुई दिखायी दी। इंद्रदत्त को देखकर रुक गई और बोली—तुम कब लौटे? मेरे यहाँ नहीं आये!

इंद्रदत्त—आप आकाश पर हैं, मैं पाताल में हूँ, क्या बातें हों?

इंदु—आओ, बैठ जाओ, तुमसे बहुत-सी बातें करनी हैं।

इंद्रदत्त फ़िटन पर जा बैठा। प्रभु सेवक ने जेब से 50 रुपये का एक नोट निकाला और चुपके से इंद्रदत्त के हाथ में रखकर क्लब को चल दिये।

इंदद्रत्त—अपने दोस्तों से भी कहना।

प्रभु सेवक—नहीं भाई, मैं इस काम का नहीं हूँ। मुझे माँगना नहीं आता! कोई देता भी होगा, तो मेरी सूरत देखकर मुट्ठी बन्द कर लेगा।

इंदद्रत्त—(इंदु से) आज तो यहाँ खूब तमाशा हुआ।

इंदु—मुझे तो ड्रामा का-सा आनन्द मिला। सूरदास के विषय में तुम्हारा क्या खयाल है?

इंद्रदत्त—मुझे तो यह निष्कपट, सच्चा, सरल मनुष्य मालूम होता है।

इंदु—बस-बस यही मेरा भी विचार है। मैं समझती हूँ, उसके साथ अन्याय हुआ है। फैसला सुनाते वक्त तक मैं उसे अपराधी समझती थी; पर उसकी अपील ने मेरे विचार मे कायापलट कर दी। मैं अब तक उसे मक्कार, धूर्त, रंगा हुआ सियार समझती थी। उन दिनों उसने हम लोगों को कितना बदनाम किया। तभी से मुझे उससे घृणा हो गई थी। मैं उसे मजा चखाना चाहती थी। लेकिन आज ज्ञात हुआ कि मैंने उसके चरित्र को समझने में भूल की। वह अपनी धुन का पक्का, निर्भीक, निःस्पृह, सत्यनिष्ठ आदमी है, किसी से दबना नहीं जानता।

इंद्रदत्त—तो इस सहानुभूति को क्रिया के रूप में भी लाइएगा? हम लोग आपस में चंदा करके ज़ुर्माना अदा कर देना चाहते हैं। आप भी इस सत्कार्य में योग देंगी?

इंदु ने मुस्कराकर कहा—मैं मौखिक सहानुभूति ही काफ़ी समझती हूँ।

इंद्रदत्त—आप ऐसा कहेंगी, तो मेरा यह विचार पुष्ट हो जायेगा कि हमारे रईसों में नैतिक बल नहीं रहा। हमारे राव-रईस हर एक उचित और अनुचित कार्य में अधिकारियों की सहायता करते रहते हैं, इसीलिए जनता का उन पर से विश्वास उठ गया है। वह उन्हें अपना मित्र नहीं, शत्रु समझती है। मैं नहीं चाहता कि आपकी गणना भी उन्हीं रईसों में हो। कम-से-कम मैंने आपको अब तक उन रईसों से अलग समझा है।

इंदु ने गम्भीर भाव से कहा—इंद्रदत्त, मैं ऐसा क्यों कर रही हूँ, इसका कारण तुम जानते हो। राजा साहब सुनेंगे, तो उन्हें कितना दुःख होगा! मैं उनसे छिपकर कोई काम नहीं करना चाहती।

इंद्रदत्त—राजा साहब से इस विषय में अभी बातचीत नहीं हुई। लेकिन मुझे विश्वास है कि उनके भाव भी हमीं लोगों जैसे होंगे। उन्होंने इस वक़्त क़ानूनी फैसला दिया है। सच्चा फैसला उनके हृदय ने किया होगा। कदाचित् उनकी तरह न्यायपद पर बैठकर मैं भी वही फैसला करता, जो उन्होंने किया है। लेकिन वह मेरे ईमान का फैसला नहीं, केवल कानून का विधान होता। मेरी उनसे घनिष्ठता नहीं है, नहीं तो उनसे भी कुछ-न-कुछ ले मरता। उनके लिए भागने का कोई रास्ता नहीं था।

इंदु—सम्भव है, राजा साहब के विषय में तुम्हारा अनुमान सत्य हो। मैं आज उनसे पूछूँगी।

इंद्रदत्त—पूछिए, मुझे भय है कि राजा साहब इतनी आसानी से न खुलेंगे।

इंदु—तुम्हें भय है, और मुझे विश्वास है। लेकिन यह जानती हूँ कि हमारे मनोभाव समान दशाओं में एक-से होते हैं; इसलिए आपको इंतजार के कष्ट में नहीं डालना चाहती। यह लीजिए, यह मेरी तुच्छ भेंट है।

यह कहकर इंदु ने एक सावरेन निकालकर इंद्रदत्त को दे दिया।

इंद्रदत्त—इसे लेते हुए शंका होती है।

इंदु—किस बात की?

इंद्रदत्त—कि कहीं राजा साहब के विचार कुछ और ही हों।

इंदु ने गर्व से सिर उठाकर कहा—इसकी कुछ परवा नहीं।

इंद्रदत्त—हाँ, इस वक़्त आपने रानियों की-सी बात कही। यह सावरेन सूरदास की नैतिक विजय का स्मारक है। आपको अनेक धन्यवाद! अब मुझे

आज्ञा दीजिए। अभी बहुत चक्कर लगाना हैं जुर्माने के अतिरिक्त और जो कुछ मिल जाए, उसे अभी नहीं छोड़ना चाहता।

इंद्रदत्त उतरकर जाना ही चाहते थे कि इंदु ने दूसरा सावरेन निकालकर कहा–यह भी लो। शायद इससे तुम्हारे चक्कर में कुछ कमी हो जाए।

इंद्रदत्त ने सावरेन जेब में रखा, और खुश-खुश चले। लेकिन इंदु कुछ चिंतित-सी हो गई। उसे विचार आया–कहीं राजा साहब सूरदास को अपराधी समझते हों, तो मुझे ज़रूर आड़े हाथों लेंगे। खैर, होगा, मैं इतना दबना भी नहीं चाहती। मेरा कर्त्तव्य है सत्कार्य में उनसे दबना। अगर कुविचार में पड़कर वह प्रजा पर अत्याचार करने लगें, तो मुझे उनसे मतभेद रखने का पूरा अधिकार है। बुरे कामों में दबना मनुष्य के पद से गिर जाना है। मैं पहले मनुष्य हूँ; पत्नी, माता, बहिन, बेटी पीछे।

इंदु इन्हीं विचारों में मग्न थी कि मि. जॉन सेवक और उनकी स्त्री मिल गई।

जॉन सेवक ने टोप उतारा। मिसेज़ सेवक बोलीं–हम लोग आप ही की तरफ़ जा रहे थे। कई दिन से मुलाक़ात न हुई थी। जी लगा हुआ था। अच्छा हुआ, राह में मिल गईं।

इंदु–जी नहीं, मैं राह में नहीं मिली। ये देखिए, जाती हूँ, आप जहाँ जाती हैं, वहीं जाइए।

जॉन सेवक–मैं तो हमेशा Compromise पसंद करता हूँ; यह आगे पार्क आता है। आज बैंड भी होगा, वहीं जा बैठें।

इंदु–यह Compromise पक्षपात रहित तो नहीं है, लेकिन खैर!

पार्क में तीनों आदमी उतरे और कुर्सियों पर जा बैठे। इंदु ने पूछा–सोफ़िया का कोई पत्र आया था?

मिसेज़ सेवक–मैंने तो समझ लिया कि वह मर गई। मि. क्लार्क जैसा आदमी उसे न मिलेगा। जब तक यहाँ रही, टालमटोल करती रही। वहाँ जाकर विद्रोहियों से मिल बैठी। न जाने उसकी तकदीर में क्या है? क्लार्क से संबंध न होने का दुःख मुझे हमेशा रुलाता रहेगा।

जॉन सेवक–मैं तुमसे हज़ार बार कह चुका, वह किसी से विवाह न करेगी। वह दांपत्य जीवन के लिए बनायी ही नहीं गई। वह आदर्शवादिनी है, और आदर्शवादी सदैव आनन्द के स्वप्न ही देखा करता है, उसे आनन्द की प्राप्ति नहीं होती। अगर कभी विवाह करेगी भी, तो कुँवर विनयसिंह से।

मिसेज़ सेवक—तुम मेरे सामने कुँवर विनयसिंह का नाम न लिया करो। क्षमा कीजिएगा रानी इंदु, मुझे ऐसे बेजोड़ और अस्वाभाविक विवाह पसंद नहीं।

जॉन सेवक—पर ऐसे बेजोड़ और अस्वाभाविक विवाह कभी-कभी हो जाते हैं।

मिसेज़ सेवक—मैं तुमसे कहे देती हूँ, और रानी इंदु, आप गवाह रहिएगा कि सोफ़ी की शादी कभी विनयसिंह से न होगी।

जॉन सेवक—आपका इस विषय में क्या विचार है रानी इंदु? दिल की बात कहिएगा।

इंदु—मैं समझती हूँ, लेडी सेवक का अनुमान सत्य है। विनय को सोफ़ी से कितना ही प्रेम हो, पर वह माताजी की उपेक्षा न करेंगे। माताजी जैसी दुखी स्त्री आज संसार में न होगी। ऐसा मालूम होता है, उन्हें जीवन में अब कोई आशा ही नहीं रही। नित्य गुमसुम रहती हैं। अगर किसी ने भूलकर भी विनय का जिक्र छोड़ दिया, तो मारे क्रोध के उनकी त्योरियाँ बदल जाती हैं। अपने कमरे से विनय का चित्र उतरवा डाला है। उनके कमरे का द्वार बंद करा दिया है, न कभी आप उसमें जाती हैं, न और किसी को जाने देती हैं। और मिस सोफ़िया का नाम ले लेना तो उन्हें चुटकी काट लेने के बराबर है। पिताजी को भी स्वयंसेवकों की संस्था से अब कोई प्रेम नहीं रहा। जातीय कामों से उन्हें कुछ अरुचि हो गई है। अहा! आज अच्छी साइत में घर से चली थी। वह डॉक्टर गांगुली आ रहे हैं। कहिए, डॉक्टर साहब, शिमले से कब लौटे?

गांगुली—सरदी पड़ने लगी। अब वहाँ से सब कोई कूच हो गया। हम तो अभी आपकी माताजी के पास गया। कुँवर विनयसिंह के हाल पर उनको बड़ा दुःख है।

जॉन सेवक—अबकी तो आपने काउंसिल में धूम मचा दी।

गांगुली—हाँ, अगर वहाँ भाषण करना, प्रश्न करना, बहस करना काम है, तो आप हमारा जितना बड़ाई करना चाहता है, करें; पर मैं उसे काम नहीं समझता, यह तो पानी चीरना है। काम उसको कहना चाहिए, जिससे देश और जाति का कुछ उपकार हो। ऐसा तो हमने कोई काम नहीं किया। हमारा तो अब वहाँ मन नहीं लगता। पहले तो सब आदमी एक नहीं होता, और कभी हो भी गया तो गवर्नमेंट हमारा प्रस्ताव खारिज कर देता है। हमारा

मेहनत खराब हो जाता है। यह लड़का का खेल है। हमको नये कानून से बड़ी आशा थी, पर तीन चार साल उसका अनुभव करके देख लिया कि इससे कुछ नहीं होता। हम जहाँ तब था, वहीं अब भी है। मिलिटरी का खरच बढ़ता जाता है; उस पर कोई शंका प्रकट करे, तो सरकार बोलता है, आपको ऐसा बात नहीं कहना चाहिए बजट बनाने लगता है, तो हर एक आइटेम में दो-चार लाख ज्यादा लिख देता है। हम काउंसिल में जब जोर देता हे, तो हमारा बात रखने के लिए वही फालतू रुपया निकाल देता है। मेम्बर खुशी के मारे फूल जाता है—हम जीत गया, हम जीत गया। पूछो, तुम क्या जीत गया? तुम क्या जीतेगा? हमारे पास जीतने का साधन ही नहीं है, तो तुम कैसे जीत सकता है? कभी हमारे बहुत जोर देने पर किफायत किया जाता है, हमारे ही भाइयों का नुकसान होता है। जैसे अबकी हमने पुलिस विभाग में पाँच लाख काट दिया। मगर यह कमी बड़े-बड़े हाकिमों के भत्ते या तलब में नहीं किया गया। बिचारा चौकीदार, कान्सटेबल, थानेदार का तलब घटायेगा, जगह तोड़ेगा। इससे अब किफायत का बात कहते हुए भी डर लगता है कि इससे हमारे ही भाइयों का गरदन कटता है। सारा काउंसिल ज़ोर देता रहा कि बंगाल की बाढ़ के सताए हुए आदमियों के सहायतार्थ 20 लाख मंजूर किया जाये; सारा काउंसिल कहता रहा कि मि. क्लार्क का उदयपुर से बदली कर दिया जाये, पर सरकार ने मंजूर नहीं किया। काउंसिल कुछ नहीं कर सकता। एक पत्ती तक नहीं तोड़ सकता। आदमी काउंसिल को बना सकता है, वही उसको बिगाड़ सकता है। भगवान् जिलाता है, भगवान् ही मारता है। कांउसिल को सरकार बनाता है और वह सरकार के मुट्ठी में है। जब जाति द्वारा काउंसिल बनेगा, तब उससे देश का कल्यान होगा। यह सब जानता है, पर कुछ न करने से कुछ करते रहना अच्छा है। मरना भी मरना है, और खाट पर पड़े रहना भी मरना है; लेकिन एक अवस्था में कोई आशा नहीं रहता, दूसरी अवस्था में कुछ आशा रहता है। बस, इतना ही अन्तर है और कुछ नहीं।

इंदु ने छेड़कर पूछा—जब आप जानते हैं कि वहाँ जाना व्यर्थ है, तो क्यों जाते हैं? क्या आप बाहर रहकर कुछ नहीं कर सकते?

गांगुली—(हँसकर) वही तो बात है इंदुरानी, हम खाट पर पड़ा है, हिल नहीं सकता, बात नहीं कर सकता, खा नहीं सकता; लेकिन बाबा, यमराज को

देखकर हम तो उठ भागेगा, रोयेगा कि महाराज, कुछ दिन और रहने दो। हमारा ज़िन्दगी काउंसिल में गुज़र गया, अब कोई दूसरा रास्ता नहीं दिखायी देता।

इंदु—मैं तो ऐसी ज़िन्दगी से मर जाना बेहतर समझूँ। कम-से-कम यह तो आशा होगी कि कदाचित् आनेवाला जीवन इससे अच्छा हो।

गांगुली—(हँसकर) हमको कोई कह दे कि मरकर तुम फिर इसी देश में आयेगा और फिर काउंसिल में जा सकेगा, तो हम यमराज से बोलेगा—बाबा, जल्दी कर। पर ऐसा तो कहता नहीं।

जॉन सेवक—मेरा विचार है कि चुनाव में व्यापार-भवन की ओर से खड़ा हो जाऊँ।

गांगुली—आप किस दल में रहेगा?

जॉन सेवक—मेरा कोई न दल है और न होगा। मैं इसी विचार और उद्देश्य से जाऊँगा कि स्वदेशी व्यापार की रक्षा कर सकूँ। मैं प्रयत्न करूँगा कि विदेशी वस्तुओं पर बड़ी कठोरता से कर लगाया जाये, इस नीति का पालन किये बिना हमारा व्यापार कभी सफल न होगा।

गांगुली—इंग्लैण्ड को क्या करेगा?

जॉन सेवक—उसके साथ भी अन्य देशों का-सा व्यवहार होना चाहिए। मैं इंग्लैण्ड की व्यावसायिक दासता का घोर विरोधी हूँ।

गांगुली—(घड़ी देखकर) बहुत अच्छी बात है, आप खड़ा हो। अभी हमको यहाँ से अकेला जाना पड़ता है। तब दो आदमी साथ-साथ जायेगा। अच्छा, अब जाता है। कई आदमियों से मिलना है।

डॉक्टर गांगुली के जाने के बाद जॉन सेवक ने घर की राह ली। इंदु मकान पर पहुँची, तो राजा साहब बोले—तुम कहाँ रह गईं?

इंदु—रास्ते में डॉक्टर गांगुली और मि. जॉन सेवक मिल गए, बातें होने लगीं।

महेन्द्र—गांगुली को साथ क्यों न लाईं?

इंदु—जल्दी में थे। आज तो इस अंधे ने कमाल कर दिया।

महेन्द्र—एक ही धूर्त है। जो उसके स्वभाव से परिचित न होगा, ज़रूर धोखे में आ गया होगा। अपनी निर्दोषिता सिद्ध करने के लिए इससे उत्तम और कोई ढंग ध्यान ही में नहीं आ सकता। इसे चमत्कार कहना चाहिए। मानना पड़ेगा कि उसे मानव-चरित्र का पूरा ज्ञान है। निरक्षर होकर भी आज उसने

कितने ही शिक्षित और विचारशील आदमियों को अपना भक्त बना लिया। यहाँ लोग उसका जुर्माना अदा करने के लिए चंदा जमा कर रहे हैं। सुना है, जुलूस भी निकालना चाहते हैं। पर मेरा दृढ़ विश्वास है कि उसने उस औरत को बहकाया और मुझे अफसोस है कि और कड़ी सजा क्यों न दी।

इंदु—तो आपने चंदा भी न दिया होगा?

महेन्द्र—कभी-कभी तुम बेसिर-पैर की बातें करने लगती हो। चंदा कैसे देता, अपने मुँह में आप ही थप्पड़ मारता!

इंदु—लेकिन मैंने तो दिया है। मुझे...

महेन्द्र—अगर तुमने दे दिया है, तो बुरा किया है।

इन्दु—मुझे यह क्या मालूम था कि...

महेन्द्र—व्यर्थ बातें न बनाओ। अपना नाम गुप्त रखने को तो कह दिया है?

इंदु—नहीं, मैंने कुछ नहीं कहा।

महेन्द्र—तो तुमसे ज़्यादा बेसमझ आदमी संसार में न होगा। तुमने इन्द्रदत्त को रुपये दिये होंगे। इन्द्रदत्त यों बहुत विनयशील और सहृदय युवक है, और मैं उसका दिल से आदर करता हूँ। लेकिन इस अवसर पर वह दूसरों से चंदा वसूल करने के लिए तुम्हारा नाम उछालता फिरेगा। जरा दिल में सोचो, लोग क्या समझेंगे। शोक है! अगर इस वक्त मैं दीवार से सिर नहीं टकरा लेता, तो समझ लो कि बड़े धैर्य से काम ले रहा हूँ। तुम्हारे हाथों मुझे सदैव अपमान ही मिला और तुम्हारा यह कार्य तो मेरे मुख पर कालिमा का चिह्न है, जो कभी नहीं मिट सकता।

यह कहकर महेन्द्रकुमार निराश होकर आरामकुर्सी पर लेट गए और छत की ओर ताकने लगे। उन्होंने दीवार से सिर न टकराने में चाहे असीम धैर्य से काम लिया या न लिया हो, पर इंदु ने अपने मनोभावों को दबाने में असीम धैर्य से जरूर काम लिया। जी में आता था कह दूँ, मैं आपकी गुलाम नहीं हूँ, मुझे यह बात संभव ही नहीं मालूम होती थी कि कोई ऐसा प्राणी भी हो सकता है, जिस पर ऐसी करुण अपील का कुछ असर ही न हो। मगर भय हुआ कि कहीं बात बढ़ न जाए। उसने चाहा कि कमरे से चली जाऊँ और निर्दय प्रारब्ध को, जिसने मेरी शांति में विघ्न डालने का ठेका-सा ले लिया है, पैरों-तले कुचल डालूँ और दिखा दूँ कि धैर्य और सहनशीलता से प्रारब्ध के

कठोरतम आघातों का प्रतिकार किया जा सकता है, किन्तु ज्यों ही वह द्वार की तरफ चली कि महेन्द्रकुमार फिर तनकर बैठ गए और बोले—जाती कहाँ हो, क्या मेरी सूरत से भी घृणा हो गई? मैं तुमसे बहुत सफाई से पूछना चाहता हूँ कि तुम इतनी निरंकुशता से क्यों काम करती हो? मैं तुमसे कितनी बार कह चुका हूँ कि जिन बातों का संबंध मुझसे हो, वे मुझसे पूछे बिना न की जाया करें। हाँ, अपनी निजी बातों में तुम स्वाधीन हो; मगर तुम्हारे ऊपर मेरी अनुनय-विनय का कोई असर क्यों नहीं होता? क्या तुमने क़सम खा ली है कि मुझे बदनाम करके, मेरे सम्मान को धूल में मिलाकर, मेरी प्रतिष्ठा को पैरों से कुचलकर तभी दम लोगी?

इंदु ने गिड़गिड़ाकर कहा—ईश्वर के लिए इस वक़्त मुझे कुछ कहने के लिए विवश न कीजिए। मुझसे भूल हुई या नहीं, इस पर मैं बहस नहीं करना चाहती। मैं मान लेती हूँ कि मुझसे भूल हुई और ज़रूर हुई। उसका प्रायश्चित्त करने को तैयार हूँ। अगर अब भी आपका जी न भरा हो, तो लीजिए, बैठी जाती हूँ। आप जितनी देर तक और जो कुछ चाहें, कहें; मैं सिर न उठाऊँगी।

मगर क्रोध अत्यंत कठोर होता है। वह देखना चाहता है कि मेरा एक-एक वाक्य निशाने पर बैठता है या नहीं, वह मौन को सहन नहीं कर सकता। उसकी शक्ति अपार है। ऐसा कोई घातक-से-घातक शस्त्र नहीं है, जिससे बढ़कर काट करनेवाले यंत्र उनकी शस्त्रशाला में न हों, लेकिन मौन वह मंत्र है, जिसके आगे उसकी सारी शक्ति विफल हो जाती हैं मौन उसके लिए अजेय है। महेन्द्रकुमार चिढ़कर बोले—इसका आशय है कि मुझे बकवास का रोग हो गया है और कभी-कभी उसका दौरा हो जाया करता है?

इंदु—यह आप खुद कहते हैं।

इंदु से भूल हुई कि वह अपने वचन को निभा न सकी। क्रोध को एक चाबुक और मिला। महेन्द्र ने आँखें निकालकर कहा—यह मैं नहीं कहता, तुम कहती हो। आखिर बात क्या है? मैं तुमसे जिज्ञासा-भाव से पूछ रहा हूँ कि तुम क्यों बार-बार वे ही काम करती हो, जिनसे मेरी निंदा और जग-हँसाई हो, मेरी मान-प्रतिष्ठा धूल में मिल जाये? मैं किसी को मुँह दिखाने लायक न रहूँ। मैं जानता हूँ, तुम जिद से ऐसा नहीं करतीं। मैं यहाँ तक कह सकता हूँ, तुम मेरे आदेशानुसार चलने का प्रयास भी करती हो। किन्तु फिर भी जो यह अपवाद

हो जाता है, उसका क्या कारण है? क्या यह बात तो नहीं कि पूर्वजन्म में हम और तुम एक-दूसरे के शत्रु थे, या विधाता ने मेरी अभिलाषाओं और मंसूबों का सर्वनाश करने के लिए तुम्हें मेरे पल्ले बाँध दिया है। मैं बहुधा इसी विचार में पड़ा रहता हूँ पर कुछ रहस्य नहीं खुलता।

इंदु–मुझे गुप्त ज्ञान रखने का तो दावा नहीं है। हाँ, अगर आपकी इच्छा हो, तो मैं जाकर इंदद्रत्त को ताकीद कर दूँ कि मेरा नाम न जाहिर होने पाए।

महेन्द्र–क्या बच्चों की-सी बातें करती हो; तुम्हें यह सोचना चाहिए था कि यह चंदा किस नीयत से जमा किया जा रहा है। इसका उद्देश्य है मेरे न्याय का अपमान करना, मेरी ख्याति की जड़ खोदना। अगर मैं अपने सेवक की डाँट-फटकार करूँ और तुम उसकी पीठ पर हाथ फेरो, तो इसके सिवा और क्या समझ सकता हूँ कि तुम मुझे कलंकित करना चाहती हो? चंदा तो खैर होगा ही, मुझे उसे रोकने का अधिकार नहीं है–जब तुम्हारे ऊपर कोई वश नहीं है, तो दूसरों का क्या कहना–लेकिन मैं जुलूस कदापि न निकलने दूँगा। मैं उसे अपने हुक्म से बंद कर दूँगा। और अगर लोगों को ज्यादा तत्पर देखूँगा, तो सैनिक-सहायता लेने में भी संकोच न करूँगा।

इंदु–आप जो उचित समझें, करें; मुझसे ये सब बातें क्यों कहते हैं?

महेन्द्र–तुमसे इसलिए कहता हूँ कि तुम भी उस अंधे के भक्तों में हो। कौन कह सकता है कि तुमने उससे दीक्षा लेने का निश्चय नहीं किया है। आखिर रैदास भगत के चेले ऊँची जातों में भी तो हैं?

इंदु–मैं दीक्षा को मुक्ति का साधन नहीं समझती और शायद कभी दीक्षा न लूँगी। मगर हाँ, आप चाहे जितना बुरा समझें, दुर्भाग्यवश मुझे यह पूरा विश्वास हो गया है कि सूरदास निरपराध है। अगर यही उसकी भक्ति है, तो मैं अवश्य उसकी भक्त हूँ।

महेन्द्र–तुम कल जुलूस में तो न जाओगी?

इंदु–जाना तो चाहती थी, पर अब आपकी खातिर से न जाऊँगी। अपने सिर पर नंगी तलवार लटकते नहीं देख सकती।

महेन्द्र–अच्छी बात है, इसके लिए तुम्हें अनेक धन्यवाद!

इंदु अपने कमरे में जाकर लेट गई। उसका चित्त बहुत खिन्न हो रहा था। वह देर तक राजा साहब की बातों पर विचार करती रही, फिर आप-ही-आप

बोली–भगवान्, यह जीवन असह्य हो गया है। या तो तुम इनके हृदय का उदार कर दो, या मुझे संसार से उठा लो। इन्द्रदत्त इस वक्त न जाने कहाँ होगा। क्यों न उसके पास एक रुक्का भेज दूँ कि खबरदार, मेरा नाम जाहिर न होने पाए। मैंने इनसे नाहक कह दिया कि चंदा दिया। क्या जानती थी कि यह गुल खिलेगा।

उसने तुरंत घंटी बजायी, नौकर अंदर आकर खड़ा हो गया। इंदु ने रुक्का लिखा–प्रिय इन्द्रदत्त, मेरे चंदे को किसी पर जाहिर मत करना, नहीं तो मुझे बड़ा दुःख होगा। मुझे बहुत विवश होकर ये शब्द लिखने पड़े हैं।

फिर रुक्के को नौकर को देकर बोली–इन्द्रदत्त बाबू का मकान जानता है?

नौकर–होई तो कहूँ सहरै में न? पूछ लेबै!

इन्दु–शहर में तो शायद उम्र-भर उनके घर का पता न लगे।

नौकर–आप चिट्ठी तो दें, पता तो हम लगाउब, लगी न, का कहीं।

इन्दु–ताँगा ले लेना, काम जल्दी का है।

नौकर–हमार गोड़ ताँगा से कम थोरे हैं। का हम कौनो ताँगा ससुर से कम चलित है।

इन्दु–बाजार चौक से होते हुए मेरे घर तक जाना। बीस बिस्वे वह तुम्हें मेरे घर ही पर मिलेंगे। इन्द्रदत्त को देखा है? पहचानता है न?

नौकर–जेहका एक बार देख लेई, ओहका जनम-भर न भूली। इंदर बाबू का तो सैकरन बेर देखा है।

इन्दु–किसी को यह खत मत दिखाना।

नौकर–कोऊ देखी कस, पहले ओकी आंखि न फोरि डारब?

इन्दु ने रुक्का दिया और नौकर चला गया। तब वह फिर लेट गई और वे ही बातें सोचने लगीं–मेरा यह अपमान इन्हीं के कारण हो रहा है। इन्द्र अपने दिल में क्या सोचेगा। यही न कि राजा साहब ने इसे डाँटा होगा। मानो मैं लौंडी हूँ, जब चाहते हैं डाँट बता देते हैं। मुझे काम करने की कोई स्वाधीनता नहीं है। उन्हें अख्तियार है, जो चाहें, करें, मैं उनके इशारों पर चलने के लिए मजबूर हूँ। कितनी अधोगति है।

यह सोचते ही वह तेजी से उठी और घंटी बजायी। लौंडी आकर खड़ी हो गई। इन्दु बोली–देख, भीखा चला तो नहीं गया। मैंने एक रुक्का दिया है।

जाकर उससे वह रुक्का माँग ला। अब न भेजूँगी। चला गया हो, तो किसी को साइकिल पर दौड़ा देना। चौक की तरफ मिल जाएगा।

लौंडी चली गई और जरा देर में भीखा को लिए हुए आ पहुँची। भीखा बोला—जो छिन-भर और न जात, तो हम घरमों न मिलित।

इन्दु—काम तो तुमने जुर्माने का किया है कि इतना जरूरी खत और अभी तक घर में पड़े रहे। लेकिन इस वक्त यही अच्छा हुआ। वह रुक्का अब न जाएगा, मुझे दो।

उसने रुक्का लेकर फाड़ डाला। तब आज का समाचार-पत्र खोलकर देखने लगी। पहला ही शीर्षक था—'शास्त्रीजी की महत्त्वपूर्ण वक्तृता'। इंदु ने पत्र को नीचे डाल दिया—यह महाशय तो शैतान से ज़्यादा प्रसिद्ध हो गए। जहाँ देखो, वहीं शास्त्री। ऐसे मनुष्य की योग्यता को चाहे जितनी प्रशंसा की जाए, पर उसका सम्मान नहीं किया जा सकता। शास्त्रीजी का नाम आते ही मुझे इनकी याद आ जाती है। जो आदमी ज़रा-ज़रा से मतभेद पर सिर हो जाये, दाल में जरा-सा नमक ज्यादा हो जाने पर स्त्री को घर से निकाल दे, जिसे दूसरों के मनोभावों का ज़रा भी लिहाज न हो, जिसे ज़रा भी चिन्ता न हो कि मेरी बातों से किसी के दिल पर क्या असर होगा, वह भी कोई आदमी है! हो सकता है कि कल को कहने लगें, अपने पिता से मिलने मत जाओ, मानो, मैं इनके हाथों बिक गई!

दूसरे दिन प्रातःकाल उसने गाड़ी तैयार कराई और दुशाला ओढ़कर घर से निकली। महेन्द्रकुमार बाग में टहल रहे थे। यह उनका नित्य का नियम था। इंदु को जाते देखा, तो पूछा—इतने सबेरे कहाँ?

इंदु ने दूसरी ओर ताकते हुए कहा—जाती हूँ आपकी आज्ञा का पालन करने। इंद्रदत्त से रुपये वापस लूँगी।

महेन्द्र—इन्दु, सच कहता हूँ, तुम मुझे पागल बना दोगी।

इन्दु—आप मुझे कठपुतलियों की तरह नचाना चाहते हैं। कभी इधर, कभी उधर?

सहसा इन्द्रदत्त सामने से आते हुए दिखायी दिए। इंदु उनकी ओर लपककर चली, मानो अभिवादन करने जा रही है, और फाटक पर पहुँचकर बोली—इन्द्रदत्त, सच कहना, तुमने किसी से मेरे चंदे की चर्चा तो नहीं की?

इंद्रदत्त सिटपिटा-सा गया, जैसे कोई आदमी दूकानदार को पैसे की जगह रुपया दे आए। बोला–आपने मुझे मना तो नहीं किया था।

इन्दु–तुम झूठे हो, मैंने मना किया था।

इंद्रदत्त–इंदुरानी, मुझे खूब याद है कि आपने मना नहीं किया था। हाँ, मुझे स्वयं बुद्धि से काम लेना चाहिए था। इतनी भूल ज़रूर मेरी है।

इंदु–(धीरे से) तुम महेन्द्र से इतना कह सकते हो कि मैंने इनकी चर्चा किसी से नहीं की, मुझ पर तुम्हारी बड़ी कृपा होगी। बड़े नैतिक संकट में पड़ी हुई हूँ।

यह कहते-कहते इंदु की आँखें डबडबा आयीं। इंद्रदत्त वातावरण ताड़ गया! बोला–हाँ, कह दूँगा–आपकी खातिर से।

एक क्षण में इंद्रदत्त राजा के पास जा पहुँचा। इंदु घर में चली गई।

महेन्द्रकुमार ने पूछा–कहिए महाशय, इस वक़्त कैसे कष्ट किया?

इंद्रदत्त–मुझे तो कष्ट नहीं हुआ, आपको कष्ट देने आया हूँ। क्षमा कीजिएगा। यद्यपि यह नियम-विरुद्ध है, पर मेरी आपसे प्रार्थना है कि सूरदास और सुभागी का जुर्माना आप इसी वक़्त मुझसे ले लें और उन दोनों को रिहा करने का हुक्म दे दें। कचहरी अभी देर में खुलेगी। मैं इसे आपकी विशेष कृपा समझूँगा।

महेन्द्रकुमार–हाँ, नियम-विरुद्ध तो है, लेकिन तुम्हारा लिहाज करना पड़ता है। रुपये मुनीम को दे दो, मैं रिहाई का हुक्म लिखे देता हूँ। कितने रुपये जमा किये?

इंद्रदत्त–बस, शाम को चुने हुए सज्जनों के पास गया था। कोई पाँच सौ रुपये हो गए।

महेन्द्रकुमार–तब तो तुम इस कला में निपुण हो। इन्दुरानी का नाम देखकर न देनेवालों ने भी दिए होंगे।

इंद्रदत्त–मैं इन्दुरानी के नाम का इससे ज्यादा आदर करता हूँ। अगर उनका नाम दिखाता, तो पाँच सौ रुपये न लाता, पाँच हजार लाता।

महेन्द्रकुमार–अगर यह सच है, तो तुमने मेरी आबरू रख ली।

इंद्रदत्त–मुझे आपसे एक याचना और करनी है। कुछ लोग सूरदास को इज़्ज़त के साथ उनके घर पहुँचाना चाहते हैं। सम्भव है, दो-चार सौ दर्शक जमा हो जायें। मैं आपसे इसकी आज्ञा चाहता हूँ।

महेन्द्रकुमार–जुलूस निकालने की आज्ञा नहीं दे सकता। शांति-भंग होने की शंका है।

इंद्रदत्त–मैं आपको विश्वास दिलाता हूँ कि पत्ता तक न हिलेगा।

महेन्द्रकुमार–यह असंभव है।

इंद्रदत्त–मैं इसकी जमानत दे सकता हूँ।

महेन्द्रकुमार–यह नहीं हो सकता।

इंद्रदत्त समझ गया कि राजा साहब से आग्रह करना व्यर्थ है। जाकर मुनीम को रुपये दिये और ताँगे की ओर चला। सहसा राजा साहब ने पूछा–जुलूस तो न निकलेगा न?

इंद्रदत्त–निकलेगा। मैं रोकना चाहूँ, तो भी नहीं रोक सकता।

इंद्रदत्त वहाँ से अपने मित्रों को सूचना देने के लिए चले। जुलूस का प्रबंध करने में घंटों की देर लग गई। इधर उनके जाते ही राजा साहब ने जेल के दारोगा को टेलीफोन कर दिया कि सूरदास और सुभागी को छोड़ दिया जाये और उन्हें बंद गाड़ी में बैठाकर उनके घर पहुँचा दिया जाये। जब इंद्रदत्त सवारी, बाजे आदि लिए हुए जेल पहुँचे, तो मालूम हुआ, पिंजरा खाली है, चिड़ियाँ उड़ गईं। हाथ मलकर रह गए। उन्हीं पाँवों पाँड़ेपुर चले। देखा, तो सूरदास एक नीम के नीचे राख के ढेर के पास बैठा हुआ है। एक ओर सुभागी सिर झुकाए खड़ी है। इंद्रदत्त को देखते ही जगधर और अन्य कई आदमी इधर-उधर से आकर जमा हो गए।

इंद्रदत्त–सूरदास, तुमने तो बड़ी जल्दी की। लोग तुम्हारा जुलूस निकालने की तैयारियाँ किये हुए थे। राजा साहब ने बाजी मार ली। अब बतलाओ, वे रुपये क्या हों, जो जुलूस के लिए जमा किये गए थे?

सूरदास–अच्छा ही हुआ कि मैं यहाँ चुपके से आ गया, नहीं तो सहर-भर में घूमना पड़ता! जुलूस बड़े-बड़े आदमियों का निकलता है कि अंधे भिखारियों का? आप लोगों ने जरीबाना देकर छुड़ा दिया, यही कौन कम धरम किया?

इंद्रदत्त–अच्छा बताओ, ये रुपये क्या किये जायें? तुम्हें दे दूँ?

सूरदास–कितने रुपये होंगे?

इंद्रदत्त–कोई तीन सौ होंगे।

सूरदास–बहुत हैं। इतने में भैरों की दूकान मजे में बन जायेगी।

जगधर को बुरा लगा, बोला—पहले अपनी झोंपड़ी की तो फिकर करो!

सूरदास—मैं इसी पेड़ के नीचे पड़ रहा करूँगा, या पण्डाजी के दालान में।

जगधर—जिसकी दूकान जली है, वह बनवाएगा, तुम्हें क्या चिन्ता है?

सूरदास—जली तो है मेरे ही कारण!

जगधर—तुम्हारा घर भी तो जला है?

सूरदास—यह भी बनेगा, लेकिन पीछे से। दूकान न बनी, तो भैरों को कितना घाटा होगा! मेरी भीख तो एक दिन भी बंद न होगी!

जगधर—बहुत सराहने से भी आदमी का मन बिगड़ जाता है। तुम्हारी भलमनसी का लोग बखान करने लगे, तो अब तुम सोचते होंगे कि ऐसा काम करूँ जिसमें और बड़ाई हो। इस तरह दूसरों की ताली पर नाचना न चाहिए।

इंद्रदत्त—सूरदास, तुम इन लोगों को बकने दो, तुम ज्ञानी हो, ज्ञान-पक्ष को मत छोड़ो। ये रुपये पास रखे जाता हूँ; जो इच्छा हो, करना।

इन्द्रदत्त चला गया, तो सुभागी ने सूरदास से कहा—उसकी दूकान बनवाने का नाम न लेना।

सूरदास—मेरे घर से पहले उसकी दूकान बनेगी। यह बदनामी सिर पर कौन ले कि सूरदास ने भैरों का घर जलवा दिया। मेरे मन में यह बात समा गई है कि हमीं में से किसी ने उसकी दूकान जलायी।

सुभागी—उससे तुम कितना ही दबो, पर वह तुम्हारा दुसमन ही बना रहेगा। कुत्ते की पूंछ कभी सीधी नहीं होती।

सूरदास—तुम दोनों फिर एक हो जाओगे, तब तुझसे पूछूँगा।

सुभागी—भगवान मार डालें, पर उसका मुँह न दिखावें।

सूरदास—मैं कहे देता हूँ, एक दिन तू भैरों के घर की देवी बनेगी।

सूरदास रुपये लिए हुए भैरों के घर के ओर चला। भैरों रपट करने जाना तो चाहता था; पर शंका हो रही थी कि कहीं सूरदास की झोंपड़ी की भी बात चली, तो क्या जवाब दूँगा। बार-बार इरादा करके रुक जाता था। इतने में सूरदास को सामने आते देखा, तो हक्का-बक्का रह गया। विस्मित होकर बोला—अरे, जरीबाना दे आया क्या?

बुढ़िया बोली—बेटा, इसे ज़रूर किसी देवता का इष्ट है, नहीं तो वहाँ से कैसे भाग आता!

सूरदास ने बढ़कर कहा—भैरों, मैं ईश्वर को बीच में डालकर कहता हूँ, मुझे कुछ नहीं मालूम कि तुम्हारी दूकान किसने जलाई। तुम मुझे चाहे जितना नीच समझो पर मेरी जानकारी में यह बात कभी न होने पाती। हाँ, इतना कह सकता हूँ कि यह किसी मेरे हितू का काम है।

भैरों—पहले यह बताओ कि तुम छूट कैसे आये? मुझे तो यही बड़ा अचरज है।

सूरदास—भगवान् की इच्छा। सहर के कुछ धर्मात्मा आदमियों ने आपस में चंदा करके मेरा जरीबाना भी दे दिया और कोई तीन सौ रुपये जो बच रहे हैं, मुझे दे गए हैं। मैं तुमसे यह कहने आया हूँ कि तुम ये रुपये लेकर अपनी दूकान बनवा लो, जिसमें तुम्हारा हरज न हो। मैं सब रुपये ले आया हूँ।

भैरों भौंचक्का होकर उसकी ओर ताकने लगा। जैसे कोई आदमी आकाश से मोतियों की वर्षा होते देखे। उसे शंका हो रही थी कि इन्हें बटोरूँ या नहीं, इनमें कोई रहस्य तो नहीं हैं, इनमे कोई जहरीला कीड़ा तो नहीं छिपा है, कहीं इनको बटोरने से मुझ पर कोई आफत तो नहीं आ जाएगी? उसके मन में प्रश्न उठा, यह अंधा सचमुच रुपये देने के लिए आया है, या मुझे ताना दे रहा है। ज़रा इसका मन टटोलना चाहिए, बोला—तुम अपने रुपये रखो, यहाँ कोई रुपयों के भूखे नहीं हैं! प्यासों मरते भी हों, तो दुसमन के हाथ से पानी न पिएँ।

सूरदास—भैरों, हमारी-तुम्हारी दुसमनी कैसी? मैं तो किसी को अपना दुसमन नहीं देखता। चार दिन की जिंदगानी के लिए क्या किसी से दुसमनी की जाये! तुमने मेरे साथ कोई बुराई नहीं की। तुम्हारी जगह मैं होता और समझता कि तुम मेरी घरवाली को बहकाए लिए जाते हो, तो मैं भी वही करता, जो तुमने किया। अपनी आबरू किसको प्यारी नहीं होती? जिसे अपनी आबरू प्यारी न हो, उसकी गिनती आदमियों में नहीं पशुओं में हैं। मैं तुमसे सच कहता हूँ, तुम्हारे ही लिए मैंने ये रुपये लिए, नहीं तो मेरे लिए तो पेड़ की छाँह बहुत थी। मैं जानता हूँ, अभी मेरे ऊपर संदेह हो रहा है, लेकिन कभी-न-कभी तुम्हारा मन मेरी ओर से साफ हो जाएगा। ये रुपये लो और भगवान् का नाम लेकर दूकान बनवाने में हाथ लगा दो। कम पड़ेंगे, तो जिस भगवान् ने इतनी मदद की है, वही भगवान् और मदद भी करेंगे।

भैरों को इन वाक्यों से सहृदयता और सज्जनता की झलक दिखायी दी। सत्य विश्वासोत्पादक होता है। नरम होकर बोला—आओ, बैठो, चिलम पियो। कुछ बातें हों, तो समझ में आये। तुम्हारे मन का भेद ही नहीं खुलता। दुसमन के साथ कोई भलाई नहीं करता। तुम मेरे साथ क्यों इतनी मेहरबानी करते हो?

सूरदास—तुमने मेरे साथ कौन-सी दुसमनी की? तुमने वही किया, जो तुम्हारा धरम था! मैं रात-भर हिरासत में बैठा यही सोचता रहा कि तुम क्यों मेरे पीछे पड़े हुए हो, मैंने तुम्हारे साथ कोई बुराई नहीं की, तो मुझे मालूम हुआ कि तुम मेरे साथ कोई बुराई नहीं कर रहे हो। यही तुम्हारा धरम है। औरत के पीछे तो खून हो जाता है। तुमने नालिस ही कर दी, तो कौन बुरा काम किया। बस, अब तुमसे मेरी यही विनती है कि जिस तरह कल भरी अदालत में पंचों ने मुझे निरपराध कह दिया, उसी तरह तुम भी मेरी ओर से अपना मन साफ कर लो। मेरी इससे भी बड़ी दुर्गत हो, अगर मैंने तुम्हारे साथ कोई घाट किया हो। हाँ, मुझसे एक ही बात नहीं हो सकती। मैं सुभागी को अपने घर से निकाल नहीं सकता। डरता हूँ कि कोई आड़ न रहेगी, तो न जाने उसकी क्या दसा हो। मेरे यहाँ रहेगी, तो कौन जाने, कभी तुम्हीं उसे फिर रख लो।

भैरों का मलिन हृदय इस आंतरिक निर्मलता से प्रतिबिम्बित हो गया। आज पहली बार उसे सूरदास की नेकनीयती पर विश्वास हुआ। सोचा—अगर इसका दिल साफ न होता, तो मुझसे ऐसी बातें क्यों करता? मेरा कोई डर तो इसे है नहीं। मैं जो कुछ कर सकता था, कर चुका। इसके साथ तो सारा सहर है। सबों ने जरीबाना अदा कर दिया ऊपर से कई सौ रुपये और दे गए। मुहल्ले में भी इसकी धाक फिर बैठ गई। चाहे तो बात-की-बात में मुझे बिगाड़ सकता है। नीयत साफ न होती, तो अब सुभागी के साथ आराम से रहता। अंधा है, अपाहिज है, भीख माँगता है; पर उसकी कितनी मरजाद है, बड़े-बड़े आदमी आव-भगत करते हैं! मैं कितना अधम, नीच आदमी हूँ, पैसे के लिए रात-दिन दगा-फरेब करता रहता हूँ। कौन-सा पाप है, जो मैंने नहीं किया। इस बेचारे का घर जलाया, एक बार नहीं, दो बार इसके रुपये उठा ले गया। यह मेरे साथ नेकी ही करता चला आता है। सुभागी के बारे में मुझे सक-ही-सक था। अगर कुछ नीयत बद होती, तो इसका हाथ किसने पकड़ा था, सुभागी को खुले-खजाने रख लेता। अब तो अदालत-कचहरी का भी डर नहीं रहा।

यह सोचता हुआ वह सूरदास के पास आकर बोला—सूरे, अब तक मैंने तुम्हारे साथ जो बुराई-भलाई की, उसे माफ करो। आज से अगर तुम्हारे साथ कोई बुराई करूँ, तो भगवान मुझसे समझे। ये रुपये मुझे मत दो, मेरे पास रुपये हैं। ये भी तुम्हारे ही रुपये हैं। दूकान बनवा लूँगा। सुभागी पर भी मुझे अब कोई संदेह नहीं रहा। मैं भगवान् को बीच में डालकर कहता हूँ, अब मैं कभी उसे कोई कड़ी बात तक न कहूँगा। मैं अब तक धोखे में पड़ा हुआ था। सुभागी को मेरे यहाँ आने पर राजी कर दो। वह तुम्हारी बात को नाहीं तो न करेगी?

सूरदास—राजी ही है, बस उसे यही डर है कि तुम फिर मारने-पीटने लगोगे।

भैरों—अब मैं उसे भी पहचान गया। मैं उसके जोग नहीं था। उसका ब्याह तो किसी धर्मात्मा आदमी से होना चाहिए था। (धीरे से) आज तुमसे कहता हूँ, पहली बार भी मैंने ही तुम्हारे घर में आग लगाई थी और तुम्हारे रुपये चुराए थे।

सूरदास—उन बातों को भूल जाओ भैरों! मुझे सब मालूम है। संसार में कौन है, जो कहे कि मैं गंगाजल हूँ। बड़े-बड़े साधु-सन्यासी माया-मोह में फंसे हुए हैं, तो हमारी-तुम्हारी क्या बात है। हमारी बड़ी भूल यही है कि खेल को खेल की तरह नहीं खेलते। खेल में धाँधली करके कोई जीत ही जाए, तो क्या हाथ आएगा? खेलना तो इस तरह चाहिए कि निगाह जीत पर रहे; पर हार से घबराए नहीं, ईमान को न छोड़े। जीतकर इतना न इतराए कि अब कभी हार होगी ही नहीं। यह हार-जीत तो जिंदगानी के साथ है। हाँ, एक सलाह की बात कहता हूँ। तुम ताड़ी की दूकान छोड़कर कोई दूसरा रोजगार क्यों नहीं करते?

भैरों—जो कहो, वह करूँ। यह रोजगार खराब है। रात-दिन जुआरी, चोर, बदमाश आदमियों का ही साथ रहता है। उन्हीं की बातें सुनी, उन्हीं के ढंग सीखो। अब मुझे मालूम हो रहा है कि इसी रोजगार ने मुझे चौपट किया। बताओ, क्या करूँ?

सूरदास—लकड़ी का रोजगार क्यों नहीं कर लेते? बुरा नहीं है। आजकल यहाँ परदेसी बहुत आयेंगे, बिक्री भी अच्छी होगी। जहाँ ताड़ी की दूकान थी, वहीं एक बाड़ा बनवा दो और इन रुपयों से लकड़ी का काम करना शुरू कर दो।

भैरों—बहुत अच्छी बात है। मगर ये रुपये अपने ही पास रखो। मेरे मन का क्या ठिकाना! रुपये पाकर कोई और बुराई न कर बैठूँ। मेरे जैसे आदमी को तो कभी आधे पेट के सिवा भोजन न मिलना चाहिए। पैसे हाथ में आए, और सनक सवार हुई।

सूरदास—मेरे घर न द्वार, रखूँगा कहाँ?

भैरों—इससे तुम अपना घर बनवा लो।

सूरदास—तुम्हें लकड़ी की दूकान से नफ़ा हो, तो बनवा देना।

भैरों—सुभागी को समझा दो।

सूरदास—समझा दूँगा।

सूरदास घर चला। भैरों घर गया, तो बुढ़िया बोली—तुझसे मेल करने आया था न?

भैरों—हाँ, क्यों न मेल करेगा, मैं बड़ा लाट हूँ न! बुढ़ापे में तुझे और कुछ नहीं सूझता। यह आदमी नहीं, साधु है!

33

फ़ैक्टरी करीब-करीब तैयार हो गई थी। अब मशीनें गड़ने लगीं। पहले तो मज़दूर-मिस्त्री आदि प्रायः मिल के बरामदों ही में रहते थे, वहीं पेड़ों के नीचे खाना पकाते और सोते; लेकिन जब उनकी संख्या बहुत बढ़ गई, तो मुहल्ले में मकान ले-लेकर रहने लगे। पाँड़ेपुर छोटी-सी बस्ती तो थी ही, वहाँ इतने मकान कहाँ थे, नतीजा यह हुआ कि मुहल्लेवाले किराए के लालच से परदेशियों को अपने-अपने घरों में ठहराने लगे। कोई परदे की दीवार खिंचवा लेता था, कोई खुद झोंपड़ा बनाकर उसमें रहने लगता और मकान भड़ैतों को दे देता। भैरों ने लकड़ी की दूकान खोल ली थी। वह अपनी माँ के साथ वहीं रहने लगा, अपना घर किराए पर दे दिया। ठाकुरदीन ने अपनी दूकान के सामने एक टट्टी लगाकर गुजर करना शुरू किया, उसके घर में एक ओवरसियर आ डटे। जगधर सबसे लोभी था, उसने सारा मकान उठा दिया और आप एक फूस के छप्पर में निर्वाह करने लगा। नायकराम के बरामदे में तो नित्य एक बरात ठहरती थी। यहाँ तक लोभ ने लोगों को घेरा कि बजरंगी ने भी मकान का एक हिस्सा उठा दिया। हाँ, सूरदास ने किसी को नहीं टिकाया। वह अपने नये मकान में, जो इंदुरानी के गुप्त दान से बना था, सुभागी के साथ रहता था। सुभागी अभी तक भैरों के साथ रहने पर राज़ी न हुई थी। हाँ, भैरों की आमदरफ्त अब सूरदास के घर अधिक रहती थी।

कारखाने में अभी मशीनें न गड़ी थीं, पर उसका फैलाव दिन-दिन बढ़ता जाता था। सूरदास की बाकी पाँच बीघे जमीन भी उसी धारा के अनुसार मिल के अधिकार में आ गई। सूरदास ने सुना, तो हाथ मलकर रह गया। पछताने लगा कि जॉन साहब ही से क्यों न सौदा कर लिया। पाँच हजार देते थे। अब बहुत मिलेंगे, दो-चार सौ रुपये मिल जाएंगे। अब कोई आन्दोलन करना उसे

व्यर्थ मालूम होता था जब पहले ही कुछ न कर सका, तो अबकी क्या कर लूँगा। पहले ही यह शंका थी, वह पूरी हो गई।

दोपहर का समय था। सूरदास एक पेड़ के नीचे झपकियाँ ले रहा था कि इतने में तहसील के एक चपरासी ने आकर उसे पुकारा और एक सरकारी परवाना दिया।

सूरदास समझ गया कि हो-न-हो ज़मीन ही का कुछ झगड़ा है। परवाना लिए हुए मिल में आया कि किसी बाबू से पढ़वाए। कचहरी की सुबोध लिपि बाबुओं से क्या चलती! कोई कुछ बता न सका। हारकर लौट रहा था कि प्रभु सेवक ने देख लिया। तुरंत अपने कमरे में बुला लिया और परवाने को देखा। लिखा हुआ था–अपनी ज़मीन के मुआवज़े के 1000 रुपये तहसील में आकर ले जाओ।

सूरदास–कुल एक हज़ार हैं?

प्रभु सेवक–हाँ, इतना ही तो लिखा है।

सूरदास–तो मैं रुपये लेने न जाऊँगा। साहब ने पाँच हज़ार देने कहे थे, उसके एक हज़ार रहे, घूस-घास में सौ-पचास और उड़ जायेंगे। सरकार का खजाना खाली है, भर जाएगा।

प्रभु सेवक–रुपये न लोगे, जब्त हो जायेंगे। यहाँ तो सरकार इसी ताक में रहती है कि किसी तरह प्रजा का धन उड़ा ले। कुछ टैक्स के बहाने से, कुछ रोजगार के बहाने से, कुछ किसी बहाने से हजम कर लेती है।

सूरदास–ग़रीबों की चीज़ है, तो बाजार-भाव से दाम देना चाहिए। एक तो जबरजस्ती ज़मीन ले ली, उस पर मनमाना दाम दे दिया। यह तो कोई न्याय नहीं है।

प्रभु सेवक–सरकार यहाँ न्याय करने नहीं आयी है भाई, राज्य करने आयी है। न्याय करने से उसे कुछ मिलता है? कोई समय वह था, जब न्याय को राज्य की बुनियाद समझा जाता था। अब वह जमाना नहीं है। अब व्यापार का राज्य है, और जो इस राज्य को स्वीकार न करे, उसके लिए तारों का निशाना मारने वाली तोपें हैं। तुम क्या कर सकते हो? दीवानी में मुक़दमा दायर करोगे, वहाँ भी सरकार ही के नौकर-चाकर न्याय-पद पर बैठे हुए हैं।

सूरदास–मैं कुछ न लूँगा। जब राजा ही अधर्म करने लगा, तो परजा कहाँ तक जान बचाती फिरेगी?

प्रभु सेवक–इससे फायदा क्या? एक हजार मिलते हैं, ले लो। भागते भूत की लंगोटी ही भली।

सहसा इंद्रदत्त आ कर बोले–प्रभु, आज डेरा कूच है, राजपूताना जा रहा हूँ।

प्रभु सेवक–व्यर्थ जाते हो। एक तो ऐसी सख्त गरमी, दूसरे वहाँ की दशा अब बड़ी भयानक हो रही है। नाहक कहीं फँस-फँसा जाओगे।

इंद्रदत्त–बस, एक बार विनयसिंह से मिलना चाहता हूँ। मैं देखना चाहता हूँ कि उनके स्वभाव, चरित्र, आचार-विचार में इतना परिवर्तन, नहीं रूपांतर कैसे हो गया।

प्रभु सेवक–ज़रूर कोई-न-कोई रहस्य है। प्रलोभन में पड़नेवाला आदमी तो नहीं है। मैं तो उनका परम भक्त हूँ। अगर वह विचलित हुए, तो मैं समझ जाऊँगा कि धर्मनिष्ठा का संसार से लोप हो गया।

इंद्रदत्त–यह न कहो प्रभु, मानव-चरित्र बहुत ही दुर्बोध वस्तु है। मुझे तो विनय की काया-पलट पर इतना क्रोध आता है कि पाऊँ, तो गोली मार दूँ। हाँ, संतोष इतना ही है कि उनके निकल जाने का इस संस्था पर कोई असर नहीं पड़ सकता। तुम्हें तो मालूम है, हम लोगों ने बंगाल में प्राणियों के उद्धार के लिए कितना भगीरथ प्रयत्न किया। कई-कई दिन तक तो हम लोगों को दाना तक न मयस्सर होता था।

सूरदास–भैया, कौन लोग इस भाँति ग़रीबों का पालन करते हैं?

इंद्रदत्त–अरे सूरदास! तुम यहाँ कोने में खड़े हो! मैंने तो तुम्हें देखा ही नहीं। कहो, सब कुशल है न?

सूरदास–सब भगवान् की दया है। तुम अभी किन लोगों की बात कर रहे थे?

इंद्रदत्त–अपने ही साथियों की। कुँवर भरतसिंह ने कुछ जवान आदमियों को संगठित करके एक संगत बना दी है, उसके खर्च के लिए थोड़ी-सी ज़मीन भी दान कर दी है। आजकल हम लोग कोई सौ आदमी हैं। देश की यथाशक्ति सेवा करना ही हमारा परम धर्म और व्रत है। इस वक्त हममें से कुछ लोग तो

राजपूताना गये हुए हैं और कुछ लोग पंजाब गये हुए हैं, जहाँ सरकारी फौज ने प्रजा पर गोलियाँ—चला दी हैं।

सूरदास—भैया, यह तो बड़े पुन्न का काम है। ऐसे महात्मा लोगों के तो दरसन करने चाहिए। तो भैया, तुम लोग चंदे भी उगाहते होंगे?

इंद्रदत्त—हाँ, जिसकी इच्छा होती है, चंदा भी दे देता है; लेकिन हम लोग खुद नहीं माँगते फिरते।

सूरदास—मैं आप लोगों के साथ चलूँ, तो आप मुझे रखेंगे? यहाँ पड़े-पड़े अपना पेट पालता हूँ, आपके साथ रहूँगा, तो आदमी हो जाऊँगा।

इंद्रदत्त ने प्रभु सेवक से अँगरेज़ी में कहा—कितना भोला आदमी है। सेवा और त्याग की सदेह मूर्ति होने पर भी गरूर छू तक नहीं गया, अपने सत्कार्य का कुछ मूल्य नहीं समझता। परोपकार इसके लिए कोई इच्छित कर्म नहीं रहा, इसके चरित्र में मिल गया है।

सूरदास ने फिर कहा—और कुछ तो न कर सकूँगा, अपढ़, गँवार ठहरा, हाँ, जिसके सरहाने बैठा दीजिएगा, पंखा झलता रहूँगा, पीठ पर जो लाद दीजिएगा, लिए फिरूँगा।

इंद्रदत्त—तुम सामान्य रीति से जो कुछ करते हो, वह उससे कहीं बढ़कर है, जो हम लोग कभी-कभी विशेष अवसरों पर करते हैं। दुश्मन के साथ नेकी करना रोगियों की सेवा से छोटा काम नहीं है।

सूरदास का मुख-मंडल खिल उठा, जैसे किसी कवि ने किसी रसिक से दाद पायी हो। बोला—भैया, हमारी क्या बात चलाते हो? जो आदमी पेट पालने के लिए भीख माँगेगा, वह पुन्न-धरम क्या करेगा? बुरा न मानो, तो एक बात कहूँ। छोटा मुँह बड़ी बात है; लेकिन आपका हुकुम हो, तो मुझे मावजे के जो रुपये मिले हैं, उन्हें आपकी संगत की भेंट कर दूँ।

इंद्रदत्त—कैसे रुपये?

प्रभु सेवक—इसकी कथा बड़ी लम्बी है। बस, इतना ही समझ लो कि पापा ने राजा महेन्द्रकुमार की सहायता से इसकी जो ज़मीन ले ली थी, उसका एक हज़ार रुपया इसे मुआवज़ा दिया गया है। यह मिल उसी लूट के माल पर बन रही है।

इंद्रदत्त—तुमने अपने पापा को मना नहीं किया?

प्रभु सेवक—खुदा की कसम, मैं और सोफ़ी, दोनों ही ने पापा को बहुत रोका, पर तुम उनकी आदत जानते ही हो, कोई धुन सवार हो जाती है, तो किसी की नहीं सुनते।

इन्द्रदत्त—मैं तो अपने बाप से लड़ जाता, मिल बनती या भाड़ में जाती! ऐसी दशा में तुम्हारा कम-से-कम यह कर्त्तव्य था कि मिल से बिल्कुल अलग रहते। बाप की आज्ञा मानना पुत्र का धर्म है, यह मानता हूँ; लेकिन जब बाप अन्याय करने लगे, तो लड़का उसका अनुगामी बनने के लिए बाध्य नहीं, तुम्हारी रचनाओं में तो एक-एक शब्द से नैतिक विकास टपकता है, ऐसी उड़ान भरते हो कि हरिश्चन्द्र और हुसैन भी मात हो जाएँ, मगर मालूम होता है, तुम्हारी समस्त शक्ति शब्द-योजना ही में उड़ जाती है, क्रियाशीलता के लिए कुछ बाकी नहीं बचता। यथार्थ तो यह है कि तुम अपनी रचनाओं की गर्द को भी नहीं पहुँचते। बस जबान के शेर हो। सूरदास, हम लोग तुम-जैसे ग़रीबों से चंदा नहीं लेते। हमारे दाता धनी लोग हैं।

सूरदास—तुम न लोगे, तो कोई चोर ले जायेगा। मेरे पास रुपयों का काम क्या है। तुम्हारी दया से पेट-भर अन्न मिल ही जाता है, रहने के लिए झोंपड़ी बन ही गई है, और क्या चाहिए? किसी अच्छे काम में लग जाना इससे कहीं अच्छा है कि चोर उठा ले जाएँ। मेरे ऊपर इतनी दया करो।

इंद्रदत्त—अगर देना ही चाहते हो, तो कुआँ खुदवा दो। बहुत दिनों तक तुम्हारा नाम रहेगा।

सूरदास—भैया, मुझे नाम की भूख नहीं। बहाने मत करो, ये रुपये लेकर अपनी संगत में दे दो। मेरे सिर से बोझ टल जाएगा।

प्रभु सेवक—(अँगरेज़ी में) मित्र, इसके रुपये ले लो, नहीं तो इसे चैन न आयेगा। इस दयाशीलता को देवोपम कहना उसका अपमान करना है। मेरी तो कल्पना भी वहाँ तक नहीं पहुँच सकती। ऐसे-ऐसे मनुष्य भी संसार में पड़े हुए हैं। एक हम हैं कि अपने भरे हुए थाल में से एक टुकड़ा उठाकर फेंक देते हैं, तो दूसरे दिन पत्रों में अपना नाम देखने को दौड़ते हैं। संपादक अगर उस समाचार को मोटे अक्षरों में प्रकाशित न करे, तो उसे गोली मार दें। पवित्र आत्मा है।

इंद्रदत्त—सूरदास, अगर तुम्हारी यही इच्छा है, तो मैं रुपये ले लूँगा, लेकिन इस शर्त पर कि तुम्हें जब कोई ज़रूरत हो, हमें तुरंत सूचना देना! मुझे तो ऐसा जान पड़ता है कि शीघ्र ही तुम्हारी कुटी भक्तों का तीर्थ बन जाएगी और लोग तुम्हारे दर्शनों को आया करेंगे।

सूरदास—तो मैं आज रुपये लाऊँगा।

इंद्रदत्त—अकेले न जाना, नहीं तो कचहरी के कुत्ते तुम्हें दिक करेंगे। मैं साथ चलूँगा।

सूरदास—अब एक अरज आपसे भी है साहब! आप पुतलीघर के मजूरों के लिए घर क्यों नहीं बनवा देते? वे सारी बस्ती में फैले हैं और रोज ऊधम मचाते रहते हैं। सारे मुहल्ले में किसी ने औरतों को नहीं छेड़ा था, न कभी इतनी चोरियाँ हुई, न कभी इतने धड़ल्ले से जुआ हुआ, न शराबियों का ऐसा हुल्लड़ रहा। जब तक मजूर लोग वहाँ काम पर नहीं आ जाते, औरतें घरों से पानी भरने नहीं निकलतीं। रात को इतना हुल्लड़ होता है कि नींद नहीं आती। किसी को समझाने जाओ, तो लड़ने पर उतारू हो जाता है।

यह कहकर सूरदास चुप हो गया और सोचने लगा, मैंने बात बढ़ाकर तो नहीं कही! इंद्रदत्त ने प्रभु सेवक को तिरस्कार-पूर्ण लोचनों से देखकर कहा—भाई, यह तो अच्छी बात नहीं। अपने पापा से कहो, इसका प्रबंध करें। न जाने, तुम्हारे वे सब सिद्धान्त क्या हो गए। बैठे-बैठे यह सारा माजरा देख रहे हो, और कुछ करते-धरते नहीं।

प्रभु सेवक—मुझे तो सिरे से इस काम से घृणा है, मैं न इसे पसंद करता हूँ और न इसके योग्य हूँ। मेरे जीवन का सुख-स्वर्ग तो यही है किसी पहाड़ी के दामन में एक जलधारा के तट पर, छोटी-सी झोंपड़ी बनाकर पड़ा रहूँ। न लोक की चिन्ता हो, न परलोक की। न अपने नाम की कोई रोने वाला हो, न हँसनेवाला। यही मेरे जीवन का उच्चतम आदर्श है। पर आदर्श को प्राप्त करने के लिए जिस संयम और उद्योग की जरूरत है, उससे वंचित हूँ। खैर, सच्ची बात तो यह है कि इस तरफ मेरा ध्यान ही नहीं गया। मेरा तो यहाँ आना-न-आना दोनों बराबर है। केवल पापा के लिहाज से चला आता हूँ। अधिकांश समय यही सोचने में काटता हूँ कि क्योंकर इस कैद से रिहाई पाऊँ। आज ही पापा से कहूँगा।

इंद्रदत्त—हाँ, आज ही कहना। तुम्हें संकोच हो, तो मैं कह दूँ?

प्रभु सेवक—नहीं जी, इसमें क्या संकोच है। इससे तो मेरा रंग और जम जायेगा। पापा को खयाल होगा, अब इसका मन लगने लगा, कुछ इसने कहा तो। उन्हें तो मुझसे यही रोना है कि मैं किसी बात में बोलता ही नहीं।

इंद्रदत्त यहाँ से चले तो सूरदास बहुत दूर तक उनके साथ सेवा-समिति की बातें पूछता हुआ चला आया। जब इंद्रदत्त ने बहुत आग्रह किया, तो लौटा। इंद्रदत्त वहीं सड़क पर खड़ा उस दुर्बल, दीन प्राणी को हवा के झोंके से लड़खड़ाते वृक्षों की छाँह में विलीन होते देखता रहा। शायद यह निश्चय करना चाहता था कि वह कोई देवता है या मनुष्य!

34

प्रभु सेवक ने घर आते ही मकान का ज़िक्र छेड़ दिया। जान सेवक यह सुनकर प्रसन्न हुए कि अब इसने कारखाने की ओर ध्यान देना शुरू किया। बोले—हाँ, मकानों का बनना बहुत ज़रूरी है। इंजीनियर से कहो, एक नक्शा बनाएँ। मैं प्रबंधकारिणी समिति के सामने इस प्रस्ताव को रखूँगा। कुलियों के लिए अलग-अलग मकान बनवाने की ज़रूरत नहीं। लम्बे-लम्बे बैरक बनवा दिये जायें, ताकि एक-एक कमरे में 10-12 मज़दूर रह सकें।

प्रभु सेवक—लेकिन बहुत से कुली ऐसे भी तो होंगे, जो बाल-बच्चों के साथ रहना चाहेंगे?

मिसेज़ सेवक—कुलियों के बाल-बच्चों को वहाँ जगह दी जायेगी तो एक शहर आबाद हो जायेगा। तुम्हें उनसे काम लेना है कि उन्हें बसाना है। जैसे फौज के सिपाही रहते हैं, उसी तरह कुली भी रहेंगे। हाँ, एक छोटा-सा चर्च ज़रूर होना चाहिए। पादरी के लिए एक मकान भी होना ज़रूरी है।

ईश्वर सेवक—खुदा तुझे सलामत रखे बेटी, तेरी यह राय मुझे बहुत पसंद आयी। कुलियों के लिए धार्मिक भोजन शारीरिक भोजन से कम आवश्यक नहीं। प्रभु मसीह, मुझे अपने दामन में छिपा। कितना सुन्दर प्रस्ताव है। चित्त प्रसन्न हो गया। वह दिन कब आवेगा, जब कुलियों के हृदय मसीह के उपदेशों से तृप्त हो जाएंगे।

जॉन सेवक—लेकिन यह तो विचार कीजिए कि मैं यह साम्प्रदायिक प्रस्ताव समिति के सम्मुख कैसे रख सकूँगा? मैं अकेला तो सब कुछ हूँ नहीं। अन्य मेम्बरों ने विरोध किया, तो उन्हें क्या जवाब दूँगा। मेरे सिवा समिति में और कोई क्रिश्चियन नहीं है। नहीं, मैं इस प्रस्ताव को कदापि समिति के सामने न रखूँगा। आप स्वयं समझ सकते हैं कि इस प्रस्ताव में कितना धार्मिक पक्षपात भरा हुआ है।

मिसेज़ सेवक—जब कोई धार्मिक प्रश्न आता है, तो तुम उसमें खामख्वाह मीन-मेख निकालने लगते हो! हिन्दू-कुली तो तुरंत किसी वृक्ष के नीचे दो-चार ईंट-पत्थर रखकर जल चढ़ाना शुरू कर देंगे, मुसलमान लोग भी खुले मैदान में नमाज पढ़ लेंगे। तो फिर चर्च से किसी को क्या आपत्ति हो सकती है!

ईश्वर सेवक—प्रभु मसीह, मुझ पर अपनी दया-दृष्टि कर। बाइबिल के उपदेश प्राणिमात्र के लिए शांतिप्रिय हैं। उनके प्रचार में किसी को कोई एतराज नहीं हो सकता और अगर एतराज हो भी, तो तुम इस दलील से उसे रद्द कर सकते हो कि राजा का धर्म भी राजा है। आखिर सरकार ने धर्म-प्रचार का विभाग खोला है, तो कौन एतराज करता है और करे भी, तो कौन उसे सुनता है? मैं आज ही इस विषय को चर्च में पेश करूँगा और अधिकारियों को मजबूर करूँगा कि वे कम्पनी पर अपना दबाव डालें। मगर यह तुम्हारा काम है, मेरा नहीं। तुम्हें खुद इन बातों का खयाल होना चाहिए। न हुए मि. क्लार्क इस वक्त।

मिसेज़ सेवक—वह होते तो कोई दिक्कत ही न होती।

जॉन सेवक—मेरी समझ में नहीं आता है कि इस तजवीज़ को कैसे पेश करूँगा। अगर कम्पनी कोई मंदिर या मस्जिद बनवाने का निश्चय करती, तो मैं भी चर्च बनवाने पर ज़ोर देता। लेकिन जब तक और लोग अग्रसर न हों, मैं कुछ नहीं कर सकता और न करना उचित ही समझता हूँ।

ईश्वर सेवक—हम औरों के पीछे क्यों चलें? हमारे हाथों में दीपक है, कंधे पर लाठी, कमर में तलवार, पैरों में शक्ति, हम लोग क्यों न चलें? क्यों दूसरों का मुँह देखें?

मि. जॉन सेवक ने पिता से और ज़्यादा तर्क-वितर्क करना व्यर्थ समझा। भोजन के पश्चात् वह आधी रात तक प्रभु सेवक के साथ बैठे हुए भिन्न-भिन्न रूप से नक्शे बनाते-बिगाड़ते रहे—किधर की ज़मीन ली जाये, कितनी ज़मीन काफ़ी होगी, कितना व्यय होगा, कितने मकान बनेंगे। प्रभु सेवक हाँ-हाँ करता जाता था। इन बातों में मन न लगता था। कभी समाचार-पत्र देखने लगता, कभी कोई किताब उलटने-पलटने लगता, कभी उठकर बरामदे में चला जाता। लेकिन धुन सूक्ष्मदर्शी नहीं होती। व्याख्याता अपनी वाणी के प्रवाह में यह कब देखता है कि श्रोताओं में कितनों की आँखें खुली हैं। प्रभु सेवक को इस समय

एक नया शीर्षक सूझा था और उस पर अपने रचना-कौशल की छटा दिखाने के लिए वह अधीर हो रहा था। नयी-नयी उपमाएँ, नयी-नयी सूक्तियाँ, किसी जलधारा में बहकर आनेवाले फूलों के सदृश उसके मस्तिष्क में दौड़ती चली जाती थीं और वह उनका संचय करने के लिए उकता रहा था, क्योंकि एक बार आकर, एक बार अपनी झलक दिखाकर, वे सदैव के लि विलुप्त हो जाती हैं। बारह बजे तक इसी संकट में पड़ा रहा। न बैठते बनता था, न उठते। यहाँ तक कि उसे झपकियाँ आने लगीं। जॉन सेवक ने भी अब विश्राम करना उचित समझा। लेकि जब प्रभु सेवक पलंग पर गया, तो निद्रा देवी रूठ चुकी थीं। कुछ देर तक उसने देवी को मनाने का प्रयत्न किया, फिर दीपक के सामने बैठकर उसी विषय पर पद्य-रचना करने लगा। एक क्षण में प्रभु किसी दूसरे ही जगत् में था। वह ग्रामीणों की भाँति सराफे में पहुँचकर उसकी चमक-दमक पर लट्टू न हो जाता था। यद्यपि उस जगत् की प्रत्येक वस्तु रसमयी, सुरभित, नेत्र-मधुर, मनोहर मालूम होती थी, पर कितनी ही वस्तुओं को ध्यान से देखने पर ज्ञात होता था कि उन पर केवल सुनहरा आवरण चढ़ा है, वास्तव में वे या तो पुरानी हैं, अथवा कृत्रिम! हाँ, जब उसे वास्तव में कोई नया रत्न मिल जाता था, तो उसकी मुख श्री प्रज्वलित हो जाती थी। रचयिता अपनी रचना का सबसे चतुर पारखी होता है। प्रभु सेवक की कल्पना कभी इतनी ऊँची न उड़ी थी। एक-एक पद्य लिखकर वह उसे स्वर में पढ़ता और झूमता। जब कविता समाप्त हो गई, तो वह सोचने लगा—देखूँ, इसका कवि-समाज कितना आदर करता है। सम्पादकों की प्रशंसा का तो कोई मूल्य नहीं। उनमें बहुत कम ऐसे हैं, जो कविता के मर्मज्ञ हों। किसी नये, अपरिचित कवि की सुन्दर-से-सुन्दर कविता स्वीकार न करेंगे, पुराने कवियों की सड़ी-गली, खोगीर की भरती, सब कुछ शिरोधार्य कर लेंगे। कवि मर्मज्ञ होते हुए भी कृपण होते हैं। छोट-मोटे तुकबन्दी करनेवालों की तारीफ भले ही कर दें, लेकिन जिसे अपना प्रतिद्वंद्वी समझते हैं, उसके नाम से कानों पर हाथ रख लेते हैं। कुँवर साहब तो जरूर फड़क जाएंगे। काश, विनय यहाँ होते, तो मेरी कलम चूम लेते। कल कुँवर साहब से कहूँगा कि मेरा संग्रह प्रकाशित करा दीजिए। नवीन युग के कवियों में तो किसी का मुझसे टक्कर लेने का दावा हो नहीं सकता, और पुराने ढंग के कवियों से मेरा कोई मुकाबला नहीं। मेरे और उनके क्षेत्र अलग हैं। उनके

यहाँ भाषा-लालित्य है, पिंगल की कोई भूल नहीं, खोजने पर भी कोई दोष न मिलेगा, लेकिन उपज का नाम नहीं, मौलिकता का निशान नहीं। वही चबाये हुए कौर चबाते हैं, विचारोत्कर्ष का पता नहीं होता। दस-बीस पद्य पढ़ जाओ तो कहीं एक बात मिलती है, यहाँ तक कि उपमाएँ भी पुरानी-धुरानी, जो प्राचीन कवियों ने बाँध रखी हैं। मेरी भाषा इतनी मंजी हुई न हो, लेकिन भरती के लिए मैंने एक पंक्ति भी नहीं लिखी। फायदा ही क्या?

प्रातःकाल वह मुँह-हाथ धो, कविता जेब में रख, बिना जलपान किये घर से चला, तो जॉन सेवक ने पूछा—क्या जलपान न करोगे? इतने सबेरे कहाँ जाते हो?

प्रभु सेवक ने रुखाई से उत्तर दिया—ज़रा कुँवर साहब की तरफ़ जाता हूँ।

जॉन सेवक—तो उनसे कल के प्रस्ताव के संबंध में बातचीत करना। अगर वह सहमत हो जायें, तो फिर किसी को विरोध करने का साहस न होगा।

मिसेज़ सेवक—वही चर्च के विषय में न?

जॉन सेवक—नहीं, तुम्हें अपने चर्च ही की पड़ी हुई है। मैंने निश्चय किया है कि पाँड़ेपुर की बस्ती खाली करा ली जाये और वहीं कुलियों के मकान बनवाए जायें। उससे अच्छी वहाँ कोई दूसरी जगह नहीं नज़र आती।

प्रभु सेवक—रात को आपने उस बस्ती को लेने की चर्चा तो न की थी!

जॉन सेवक—नहीं, आओ ज़रा यह नक्शा देखो। बस्ती के बाहर किसी तरफ़ काफ़ी ज़मीन नहीं है। एक तरफ़ सरकारी पागलखाना है, तो दूसरी तरफ रायसाहब का बाग, तीसरी तरफ़ हमारी मिल। बस्ती के सिवा और जगह ही कहाँ है? और, बस्ती है ही कौन-सी बड़ी! मुश्किल से 15-20 या अधिक से अधिक 30 घर होंगे। उनका मुआवज़ा देकर ज़मीन लेने की क्यों न कोशिश की जाये?

प्रभु सेवक—अगर बस्ती को उजाड़कर मज़दूरों के लिए मकान बनवाने हैं, तो रहने ही दीजिए, किसी-न-किसी तरह गुजर तो हो ही रहा है।

जॉन सेवक—अगर ऐसी बस्तियों की रक्षा का विचार किया होता, तो आज यहाँ एक बंगला भी नज़र न आता। ये बँगले ऊसर में नहीं बने हैं।

प्रभु सेवक—मुझे ऐसे बँगले से झोंपड़ी ही पंसद है, जिसके लिए कई ग़रीबों के घर गिराने पड़ें। मैं कुँवर साहब से इस विषय में कुछ न कहूँगा। आप खुद कहिएगा।

जॉन सेवक—यह तुम्हारी अकर्मण्यता है। इसे संतोष और दया कहकर तुम्हें धोखे में न डालूँगा। तुम जीवन की सुख-सामग्रियाँ तो चाहते हो, लेकिन उन सामग्रियों के लिए जिन साधनों की ज़रूरत है, उनसे दूर भागते हो। हमने तुम्हें क्रियात्मक रूप से कभी धन और विभव से घृणा करते नहीं देखा। तुम अच्छे-से-अच्छे मकान, अच्छे-से-अच्छे भोजन, अच्छे-से-अच्छे वस्त्र चाहते हो, लेकिन बिना हाथ-पैर हिलाए ही चाहते हो कि कोई तुम्हारे मुँह में शहद और शर्बत टपका दे।

प्रभु सेवक—रस्म-रिवाज से विवश होकर मनुष्य को बहुधा अपनी आत्मा के विरुद्ध आचरण करना पड़ता है।

जॉन सेवक—जब सुख-भोग के लिए तुम रस्म-रिवाज से विवश हो जाते हो, तो सुख-भोग के साधनों के लिए क्यों उन्हीं प्रथाओं से विवश नहीं होते। तुम मन और वचन से वर्तमान सामाजिक प्रणाली की कितनी ही उपेक्षा क्यों न करो, मुझे जरा भी आपत्ति न होगी। तुम इस विषय पर व्याख्यान दो, कविताएँ लिखो, निबन्ध रचो, मैं खुश होकर उन्हें पढ़ूँगा और तुम्हारी प्रशंसा करूँगा, लेकिन कर्मक्षेत्र में आकर उन भावों को उसी भाँति भूल जाओ, जैसे अच्छे-से-अच्छे सूट पहनकर मोटर पर सैर करते समय तुम त्याग, संतोष और आत्मनिग्रह को भूल जाते हो।

प्रभु सेवक और कितने ही विलास-भोगियों की भाँति सिद्धान्त-रूप से जनवाद के कायल थे। जिन परिस्थितियों में उनका लालन-पालन हुआ था, जिन संस्कारों से उनका मानसिक और आत्मिक विकास हुआ था, उनसे मुक्त हो जाने के लिए जिस नैतिक साहस की, उद्दंडता की ज़रूरत है, उससे वह रहित थे। वह विचारक्षेत्र से त्याग के भावों को स्थान देकर प्रसन्न होते थे और उन पर गर्व करते थे। उन्हें शायद कभी सूझा ही न था कि इन भावों को व्यवहार रूप में भी लाया जा सकता है। वइ इतने संयमशील न थे कि अपनी विलासिता को उन भावों पर बलिदान कर देते। साम्यवाद उनके लिए मनोरंजन का एक विषय था, और बस। आज तक कभी किसी ने उनके आचरण की आलोचना न की थी, किसी ने उनको व्यंग्य का निशाना न बनाया था, और मित्रों पर अपने विचार-स्वातंत्र्य की धाक जमाने के लिए उनके विचार काफी थे। कुँवर भरतसिंह के संयम और विराग का उन पर

इसलिए असर न होता था कि वह उन्हें उच्चतर श्रेणी में मनुष्य समझते थे। अशर्फियों की थैली मखमल की हो या खद्दर की, अधिक अंतर नहीं। पिता के मुख से यह व्यंग्य सुनकर ऐसे तिलमिला उठे, मानो चाबुक पड़ गया हो। आग चाहे फूस को न जला सके, लोहे की कील मिट्टी में चाहे न समा सके, काँच चाहे पत्थर की चोट से न टूट सके, व्यंग्य बिरले ही कभी हृदय को प्रज्वलित करने, उसमें चुभने और उसे चोट पहुँचाने में असफल होते हैं, विशेष करके जब वह उस प्राणी के मुख से निकले, जो हमारे जीवन को बना या बिगाड़ सकता है। प्रभु सेवक को मानो काली नागिन ने डस लिया, जिसके काटे को लहर भी नहीं आती। उनकी सोई हुई लज्जा जाग उठी। अपनी अधोगति का ज्ञान हुआ। कुँवर साहब के यहाँ जाने को तैयार थे, गाड़ी तैयार कराई थी; पर वहाँ न गए। आकर अपने कमरे में बैठ गए। उनकी आँखें भर आयीं, इस वजह से नहीं कि मैं इतने दिनों तक भ्रम में पड़ा रहा, बल्कि इस ख़्याल से कि पिताजी को मेरा पालन-पोषण अखरता है—यह लताड़ पाकर मेरे लिए डूब मरने की बात होगी, अगर मैं उनका आश्रित बना रहूँ। मुझे स्वयं अपनी जीविका का प्रश्न हल करना चाहिए। इन्हें क्या मालूम नहीं था कि मैं प्रथाओं से विवश होकर ही इस विलास-वासना में पड़ा हुआ हूँ? ऐसी दशा में इनका मुझे ताना देना घोर अन्याय है। इतने दिनों तक कृत्रिम जीवन व्यतीत करके अब मेरे लिए अपना रूपांतर कर लेना असंभव है। यही क्या कम है कि मेरे मन में ये विचार पैदा हुए। इन विचारों के रहते हुए कम-से-कम मैं औरों की भाँति स्वार्थान्ध और धन-लोलुप तो नहीं हो सकता। लेकिन मैं व्यर्थ इतना खेद कर रहा हूँ। मुझे तो प्रसन्न होना चाहिए कि पापा ने वह काम कर दिया, जो सिद्धांत और विचार से न हुआ था। अब मुझे उनसे कुछ कहने-सुनने की जरूरत नहीं। उन्हें शायद मेरे जाने से दुःख भी न होगा। उन्हें खूब मालूम हो गया कि मेरी जात से उनकी धन-तृष्णा तृप्त नहीं हो सकती। आज यहाँ से डेरा कूच है, यही निश्चय है। चलकर कुँवर साहब से कहता हूँ, मुझे भी स्वयं-सेवकों में ले लीजिए। कुछ दिनों उस जीवन का आनंद भी उठाऊँ। देखूँ, मुझमें और भी कोई योग्यता है, या केवल पद्य-रचना ही कर सकता हूँ। अब गिरिश्रृंगों की सैर करूँगा, देहातों में घूमूँगा, प्राकृतिक सौंदर्य की उपासना करूँगा, नित्य नया दाना, नया पानी, नयी सैर, नये दृश्य।

इससे ज्यादा आनन्दमय और कौन जीवन हो सकता है? कष्ट भी होंगे। धूप है, वर्षा है, सरदी है, भयंकर जंतु हैं, पर कष्टों से मैं कभी भयभीत नहीं हुआ। उलझन तो मुझे गृहस्थी के झंझटों से होती है। यहाँ कितने अपमान सहने पड़ते हैं। रोटियों के लिए दूसरों की गुलामी। अपनी इच्छाओं को पराधीन बना देना। नौकर अपने स्वामी को देखकर कैसा दबक जाता है, उसके मुख-मंडल पर कितनी दीनता, कितना भय छा जाता है? न मैं अपनी स्वतंत्रता की अब से ज्यादा इज्जत करना सीखूँगा।

दोपहर को जब घर के सब प्राणी पंखों के नीचे आराम से सोए, तो प्रभु सेवक ने चुपके से निकलकर कुँवर साहब के भवन का रास्ता लिया। पहले तो जी में आया कि कपड़े उतार दूँ और केवल एक कुरता पहनकर चला जाऊँ। पर इन फटे हालों घर से कभी न निकला था। वस्त्र-परिवर्तन के लिए कदाचित् विचार-परिवर्तन से भी अधिक नैतिक बल की जरूरत होती है। उसने केवल अपनी कविताओं की कापी ले ली और चल खड़ा हुआ। उसे जरा भी खेद न था, जरा भी ग्लानि न थी। ऐसा खुश था, मानो कैद से छूटा है–आप लोगों को अपनी दौलत मुबारक हो। पापा ने मुझे बिलकुल निर्लज्ज, आत्मसम्मानहीन, विलासलोलुप समझ रखा है, तभी तो जरा-सी बात पर उबल पड़े। अब उन्हें मालूम हो जाएगा कि मैं बिलकुल मुर्दा नहीं हूँ।

कुँवर साहब दोपहर को सोने के आदी नहीं थे। फर्श पर लेटे कुछ सोच रहे थे। प्रभु सेवक जाकर बैठ गए। कुँवर साहब ने कुछ न पूछा, कैसे आये, क्यों उदास हो? आध घंटे तक बैठे रहने के बाद भी प्रभु सेवक को उनसे अपने विषय में कुछ कहने की हिम्मत न पड़ी। कोई भूमिका ही न सूझती थी। यह महाशय आज गुम-सुम क्यों हैं? मेरी सूरत से ताड़ तो नहीं गए कि कुछ स्वार्थ लेकर आया है? यों तो मुझे देखते ही खिल उठते थे, दौड़कर छाती से लगा लेते थे, आज मुखातिब ही नहीं होते। पर-मुखापेक्षी होने का यही दंड है। मैं भी घर से चला, तो ठीक दोपहर को, जब चिड़ियाँ तक घोंसले से नहीं निकलतीं। आना ही था, तो शाम को आता। इस जलती हुई धूप में कोई गरज का बावला ही घर से निकल सकता है। खैर यह पहला अनुभव है। वह निराश होकर चलने के लिए उठे कि भरतसिंह बोले–क्यों?-क्यों? इतनी जल्दी क्या है? क्या इसीलिए कि मैंने बात नहीं कीं? बातों की कमी नहीं है, इतनी बातें

तुमसे करनी है कि समझ में नहीं आता, शुरू क्योंकर करूँ। तुम्हारे विचार में विनय ने रियासत का पक्ष लेने में भूल की?

प्रभु सेवक ने द्विविधा में पड़कर कहा—इस पर भिन्न-भिन्न पहलुओं से विचार किया जा सकता है।

कुँवर—इसका आशय यह है कि बुरा किया। उसकी माता का भी यही विचार है। वह तो इतनी चिढ़ी हुई हैं कि उसकी सूरत भी नहीं देखना चाहतीं। लेकिन मेरा विचार है कि उसने जिस नीति का अनुसरण किया है, उस पर उसे लज्जित होने का कोई कारण नहीं। कदाचित् उन दशाओं में मैं भी यही करता। सोफ़ी से उसे प्रेम न होता, तो भी उस अवसर पर जनता ने जो विद्रोह किया, वह उसके साम्यवाद के सिद्धान्तों को हिला देने को काफ़ी था। पर जब यह सिद्ध है कि सोफ़िया का अनुराग उसके रोम-रोम में समाया है, तो उसका आचरण क्षम्य ही नहीं, सर्वथा स्तुत्य है। वह धर्म केवल जत्थेबंदी है, जहाँ अपनी बिरादरी से बाहर विवाह करना वर्जित हो, क्योंकि इससे उसकी क्षति होने का भय है। धर्म और ज्ञान दोनों एक हैं। और इस दृष्टि से संसार में केवल एक ही धर्म है। हिन्दू, मुसलमान ईसाई, यहूदी, बौद्ध ये नहीं हैं, भिन्न-भिन्न स्वार्थों के दल हैं, जिनसे हानि के सिवा आज तक किसी को लाभ नहीं हुआ। अगर विनय इतना भाग्यवान् हो कि सोफ़िया को विवाह-सूत्र में बाँध सके, तो कम-से-कम मुझे ज़रा भी आपत्ति न होगी।

प्रभु सेवक—मगर आप जानते हैं, इस विषय में रानीजी को जितना दुराग्रह है, उतना ही मामा को भी है।

कुँवर—इसका फल यह होगा कि दोनों का जीवन नष्ट हो जायेगा। ये दोनों अमूल्य रत्न धर्म के हाथों मिट्टी में मिल जायेंगे।

प्रभु सेवक—मैं तो खुद इन झगड़ों से इतना तंग आ गया हूँ कि मैंने दृढ़ संकल्प कर लिया है, घर से अलग हो जाऊँ। घर की साम्प्रदायिक जलवायु और सामाजिक बंधनों से मेरी आत्मा दुर्बल हुई जा रही है। घर से निकल जाने के सिवा मुझे और कुछ नहीं सूझता। मुझे व्यवसाय से पहले ही बहुत प्रेम न था, और अब, इतने दिनों के अनुभव के बाद तो मुझे उससे घृणा हो गई है।

कुँवर—लेकिन व्यवसाय तो नयी सभ्यता का सबसे बड़ा अंग है, तुझे उससे क्यों इतनी अरुचि है?

प्रभु सेवक—इसलिए कि यहाँ सफलता प्राप्त करने के लिए जितनी स्वार्थपरता और नर-हत्या की ज़रूरत है, वह मुझसे नहीं हो सकती। मुझमें इतना उत्साह ही नहीं है। मैं स्वभावतः एकांतप्रिय हूँ और जीवन-संग्राम में उससे अधिक नहीं पड़ना चाहता जितना मेरी कला के पूर्ण विकास और उसमें यथार्थता का समावेश करने के लिए काफी हो। कवि प्रायः एकान्तसेवी हुआ किये हैं, पर इससे उनकी कवित्व-कला में कोई दूषण नहीं आने पाया। संभव था, वे जीवन का विस्तृत और पर्याप्त ज्ञान प्रात करके अपनी कविता को और भी मार्मिक बना सकते, लेकिन साथ ही यह शंका भी थी कि जीवन-संग्राम में प्रवृत्त होने से उनकी कवि-कल्पना शिथिल हो जाती। होमर अंधा था, सूर भी अंधा था, मिल्टन भी अंधा था, पर ये सभी साहित्य-गगन के उज्जवल नक्षत्र हैं; तुलसी, वाल्मीकि आदि महाकवि संसार से अलग, कुटियों में बसनेवाली प्राणी थे; पर कौन कह सकता कि उनकी एकान्तसेवा से उनकी कवित्व-कला दूषित हो गई! नहीं कह सकता है कि भविष्य में मेरे विचार क्या होंगे, पर इस समय द्रव्योपासना से बेजार हो रहा हूँ।

कुँवर—तुम तो इतने विरक्त कभी न थे, आखिर बात क्या है?

प्रभु सेवक ने झेंपते हुए कहा—अब तक जीवन के कुटिल रहस्यों को न जानता था। पर अब देख रहा हूँ कि वास्तविक दशा उससे कहीं जटिल है, जितनी मैं समझता था। व्यवसाय कुछ नहीं है, अगर नर-हत्या नहीं है। आदि से अंत तक मनुष्यों को पशु समझना और उनसे पशुवत् व्यवहार करना इसका मूल सिद्धान्त है। जो यह नहीं कर सकता, वह सफल व्यवसायी नहीं हो सकता। कारखाना अभी बनकर तैयार नहीं हुआ, और भूमि-विस्तार की समस्या उपस्थित हो गई। मिस्त्रियों और कारीगरों के लिए बस्ती में रहने की जगह नहीं है। मजदूरों की संख्या बढ़ेगी, तब वहाँ निर्वाह ही न हो सकेगा। इसलिए पापा की राय है कि उसी कानूनी दफ़ा के अनुसार पाँड़ेपुर पर भी अधिकार कर लिया जाये और बाशिंदों को मुआवज़ा देकर अलग कर दिया जाये। राजा महेन्द्रकुमार की पापा से मित्रता है ही और वर्तमान जिलाधीश मि. सेनापति रईसों से उतना ही मेल-जोल रखते हैं जितना मि. क्लार्क उनसे दूर रहते थे। पापा का प्रस्ताव बिना किसी कठिनाई के स्वीकृत हो जायेगा

और मुहल्लेवाले ज़बरदस्ती निकाल दिये जायेंगे। मुझसे यह अत्याचार नहीं देखा जाता। मैं इसे रोक नहीं सकता हूँ।

कुँवर–तुम्हारे विचार में कम्पनी को नफ़ा होगा?

प्रभु सेवक–मैं समझता हूँ, पहले ही साल 25 रुपये सैकड़े नफ़ा होगा।

कुँवर–तो क्या तुमने कारखाने से अलग होने का निश्चय कर लिया?

प्रभु सेवक–पक्का निश्चय कर लिया।

कुँवर–तुम्हारे पापा काम सँभाल सकेंगे?

प्रभु सेवक–पापा ऐसे आधे दर्जन कारखानों को सँभाल सकते हैं। उनमें अद्‌भुत अध्यवसाय है। ज़मीन का प्रस्ताव बहुत जल्दी कार्यकारिणी समिति के सामने आयेगा। मेरी आपसे यह विनीत प्रार्थना है कि आप उसे स्वीकृत न होने दें।

कुँवर–(मुस्कराकर) बुड्ढा आदमी इतनी आसानी से नई शिक्षा नहीं ग्रहण कर सकता। बूढ़ा तोता पढ़ना नहीं सीखता। मुझे तो इसमें कोई आपत्ति नहीं नज़र आती कि बस्तीवालों को मुआवज़ा देकर ज़मीन ले ली जाये। हाँ, मुआवजा उचित होना चाहिए। जब तुम कारखाने से अलग हो ही रहे हो, तो तुम्हें इन झगड़ों से क्या मतलब? ये तो दुनिया के धंधे हैं, होते आए हैं और होते जाएँगे।

प्रभु सेवक–तो आप इस प्रस्ताव का विरोध न करेंगे?

कुँवर–मैं ऐसे प्रस्ताव का विरोध न करूँगा, जिससे कारखाने की हानि हो। कारखाने से मेरा स्वार्थ-संबंध है, मैं उसकी उन्नति में बाधक नहीं हो सकता। हाँ, तुम्हारा वहाँ से निकल जाना मेरी समिति के लिए शुभ लक्षण है। तुम्हें मालूम है, समिति के अध्यक्ष डॉक्टर गांगुली हैं; पर वृद्धावस्था और काउंसिल के कामों में व्यस्त रहने के कारण वह इस भार से मुक्त होना चाहते हैं। मेरी हार्दिक इच्छा है कि तुम इस भार को ग्रहण करो। समिति इस समय मँझधार में है, विनय के आचरण ने उसे भयंकर दशा में डाल दिया है। तुम्हें ईश्वर ने विद्या, बुद्धि, उत्साह, सब कुछ दिया है। तुम चाहो, तो समिति को उबार सकते हो, और मुझे विश्वास है, तुम मुझे निराश न करोगे।

प्रभु सेवक की आँखें सजल हो गईं। वह अपने को इस सम्मान के योग्य न समझते थे। बोले–मैं इतना उत्तरदायित्व स्वीकार करने के योग्य नहीं हूँ।

मुझे भय है कि मुझ-जैसा अनुभवहीन, आलसी प्रकृति का मनुष्य समिति की उन्नति नहीं कर सकता। यह आपकी कृपा है कि मुझे इस योग्य समझते हैं। मेरे लिए सफ ही काफी है।

कुँवर साहब ने उत्साह बढ़ाते हुए कहा—तुम जैसे आदमियों को सफ में रखूँ तो नायकों को कहाँ से लाऊँ? मुझे विश्वास है कि कुछ दिनों डॉ. गांगुली के साथ रहकर तुम इस काम में निपुण हो जाओगे। सज्जन लोग सदैव अपनी क्षमता की उपेक्षा करते हैं, पर मैं तुम्हें पहचानता हूँ। तुममें अद्‌भुत विद्युत-शक्ति है; उससे कहीं अधिक, जितनी तुम समझते हो। अरबी घोड़ा हल में नहीं चल सकता, उसके लिए मैदान चाहिए। तुम्हारी स्वतंत्र आत्मा कारखाने में संकुचित हो रही थी, संसार के विस्तीर्ण क्षेत्र में निकलकर उसके पर लग जाएँगे। मैंने विनय को इस पद के लिए चुन रखा था, लेकिन उसकी वर्तमान दशा देखकर मुझे अब उस पर विश्वास नहीं रहा। मैं चाहता हूँ, इस संस्था को ऐसी सुव्यवस्थित दशा में छोड़ जाऊँ कि यह निर्विघ्न अपना काम करती रहे। ऐसा न हुआ, तो मैं शांति से प्राण भी न त्याग सकूँगा। तुम्हारे ऊपर मुझे भरोसा है, क्योंकि तुम निःस्वार्थ हो। प्रभु! मैंने जीवन का बहुत दुरुपयोग किया है। अब पीछे फिरकर उस पर नजर डालता हूँ, तो उसका कोई भाग ऐसा नहीं दिखाई देता, जिस पर गर्व कर सकूँ। एक मरुस्थल है, जहाँ हरियाली का निशान नहीं। इस संस्था पर मेरे जीवन-पर्यन्त के दुष्कृत्यों का बोझ लदा हुआ है। यही प्रायश्चित्त का साधन और मेरे मोक्ष का मार्ग है। मेरी सबसे बड़ी अभिलाषा यही है कि मेरा सेवक-दल संसार में कुछ कर दिखाए। उसमें सेवा का अनुराग हो, बलिदान का प्रेम हो, जातीय गौरव का अभिमान हो। जब मैं ऐसे प्राणियों को देश के लिए प्राण-समर्पण करते देखता हूँ, जिनके पास प्राण के सिवा और कुछ नहीं है, तो मुझे अपने ऊपर रोना आता है कि मैंने सब कुछ रहते हुए भी कुछ न किया। मेरे लिए इससे घातक और कोई चोट नहीं है कि यह संस्था विफल-मनोरथ हो। मैं इसके लिए अपना सर्वस्व न्योछावर करने को तैयार हूँ। मैंने दस लाख रुपये इस खाते में जमा कर दिये हैं और इच्छा है कि इस पर प्रतिवर्ष एक लाख और बढ़ाता जाऊँ। इतने विशाल देश के लिए 100 सेवक बहुत कम हैं। कम-से-कम 500 आदमी होने चाहिए। अगर दस साल भी और जीवित रहा, तो शायद मेरी यह मनोकामना पूरी हो

जाये। इन्द्रदत्त में सब गुण तो हैं, पर वह उद्दंड स्वभाव का आदमी है। इस कारण मेरा मन उस पर नहीं जमता। मैं तुमसे साग्रह...

डॉक्टर गांगुली आ पहुँचे, और प्रभु सेवक को देखकर बोले—अच्छा, तुम यहाँ कुँवर साहब को मंत्र दे रहा है, तुम्हारा पापा महेन्द्रकुमार को पट्टी पढ़ा रहा है। पर मैंने साफ-साफ कह दिया कि ऐसा बात नहीं हो सकता। तुम्हारा मिल है, उसका हानि-लाभ तुमको और तुम्हारे हिस्सेदार को होगा, ग़रीबों को क्यों उनके घर से निकालता है; पर मेरी कोई नहीं सुनता। हम कड़वा बात कहता है न, वह काहे को अच्छा लगेगा? मैं काउंसिल में इस पर प्रश्न करूँगा। यह कोई बात नहीं है कि आप लोग अपने स्वार्थ के लिए दूसरों पर अन्याय करें। शहर का रईस लोग हमसे नाराज हो जाएगा, हमको परवाह नहीं है। हम तो वहाँ वही करेगा, जो हमारा आत्मा कहेगा। तुमको दूसरे किसिम का आदमी चाहिए, तो बाबा हमसे इस्तीफा ले लो। पर हम पांडेपुर को उजड़ने न देगा।

कुँवर—यह बेचारे तो खुद उस प्रस्ताव का विरोध करते हैं। आज इसी बात पर पिता और पुत्र में मनमुटाव भी हो गया है। यह घर से चले आये हैं और कारखाने से कोई सम्पर्क नहीं रखना चाहते।

गांगुली—अच्छा, ऐसा बात है! बहुत अच्छा हुआ। ऐसा विचारवान् लोग मील का काम नहीं कर सकता। ऐसा लोग मील में जायेगा, तो हम लोग कहाँ से आदमी लायेगा? प्रभु, हम बूढ़ा हो गया, कल मर जायेगा। तुम हमारा काम क्यों नहीं सँभालता? हमारा सेवक-दल तुम्हारा रेस्पेक्ट करता है। तुम हमें इस भार से मुक्त कर सकता है। बुड्ढा आदमी और सब कुछ कर सकता है, उत्साह तो उसके बस का बात नहीं! हम तुमको अब न छोड़ेगा। काउंसिल में इतना काम है कि हमको इस काम के लिए अवकाश ही नहीं मिलता। हम काउंसिल में न गया होता, तो उदयपुर में यह सब कुछ-नहीं होने पाता। हम जाकर सबको शांत कर देता। तुम इतना विद्या पढ़कर उसको धन कमाने में लगाएगा, छिः-छिः।

प्रभु सेवक—मैं तो सेवकों में भरती होने के लिए घर से आया ही हूँ, पर मैं उसका नायक होने के योग्य नहीं हूँ। यह पद आप ही को शोभा देता है। मुझे सिपाहियों ही में रहने दीजिए। मैं इसी को अपने लिए गौरव की बात समझूँगा।

गांगुली–(हँसकर) हः हः, काम तो अयोग्य ही लोग करता है। योग्य आदमी काम नहीं करता, वह बस बातें करता है। योग्य आदमी का आशय है, बातूनी आदमी, खाली बात, बात। जो जितना ही बात करता है, उतना ही योग्य होता है। वह काम का ढंग बता देगा; कहाँ कौन भूल हो गया, यह बता देगा; पर काम नहीं कर सकता। हम ऐसा आदमी चाहता है, जो मोटा खाए, मोटा पहने, गली-गली, नगर-नगर दौड़े, ग़रीबों का उपकार करे, कठिनाइयों में उनका मदद करे। तो कब से आयेगा?

प्रभु सेवक–मैं तो अभी से हाज़िर हूँ।

गांगुली–(मुस्कराकर) तो पहला लड़ाई तुमको अपने पापा से लड़ना पड़ेगा।

प्रभु सेवक–मैं समझता हूँ, पापा स्वयं इस प्रस्ताव को न उठाएँगे।

गांगुली–नहीं-नहीं, वह कभी अपना बात नहीं छोड़ेगा। हमको उससे युद्ध करना पड़ेगा। तुमको उससे लड़ना पड़ेगा। हमारी संस्था न्याय को सर्वोपरि मानती है, न्याय हमको माता-पिता से, धन-दौलत से, नाम और जस से प्यारा है। हम और सब कुछ छोड़ देगा, न्याय को न छोड़ेगा, यही हमारा व्रत है। तुमको खूब सोच-विचारकर तब यहाँ आना होगा।

प्रभु सेवक–मैंने खूब सोच-विचार लिया है।

गांगुली–नहीं-नहीं, जल्दी नहीं है, खूब सोच-विचार लो, यह तो अच्छा नहीं होगा कि एक बार आकर तुम फिर भाग जाए।

प्रभु सेवक–अब मृत्यु ही मुझे इस संस्था से अलग कर सकती है।

गांगुली–जॉन सेवक तुमसे कहेगा, हम न्याय-अन्याय के झगड़े में नहीं पड़ता, तुम हमारा बेटा है, हमारा आज्ञा पालन करना तुम्हारा धर्म है, तो तुम क्या जवाब देगा? (हँसकर) मेरा बाप ऐसा कहता, तो मैं उससे कभी न कहता कि हम तुम्हारा बात न मानेगा। वह हमसे बोला, तुम बैरिस्टर हो जाय, हम इंगलैंड चला गया। वहाँ से बैरिस्टर होकर आ गया। कई साल तक कचहरी जाकर पेपर पढ़ा करता था। जब फादर का डेथ हो गया तो डॉक्टरी पढ़ने लगा। पिता के सामने हमको यह कहने का हिम्मत नहीं हुआ कि हम कानून नहीं पढ़ेगा।

प्रभु सेवक–पिता का सम्मान करना दूसरी बात है, सिद्धान्त का पालन करना दूसरी। अगर आपके पिता कहते कि जाकर किसी के घर में आग लगा दो, तो आप आग लगा देते?

गांगुली—नहीं-नहीं, कभी नहीं, हम कभी आग न लगाता, चाहे पिताजी हमीं को क्यों न जला देता। लेकिन पिता ऐसी आज्ञा दे भी तो नहीं सकता।

सहसा रानी जाह्नवी ने पदार्पण किया, शोक और क्रोध की मूर्ति, भौंहे झुकी हुई, माथा सिकुड़ा हुआ, मानो स्नान करके पूजा करने जाते समय कुत्ते ने छू लिया हो। गांगुली को देखकर बोलीं—आपकी तबीयत काउंसिल से नहीं थकती, मैं तो ज़िन्दगी से थक गई। जो कुछ चाहती हूँ वह नहीं होता; जो नहीं चाहती, वही होता है। डॉक्टर साहब, सब कुछ सहा जाता है, बेटे का कुत्सित व्यवहार नहीं सहा जाता, विशेषतः ऐसे बेटे का, जिसके बनाने के लिए कोई बात उठा न रखी गई हो। दुष्ट जसवंतनगर के विद्रोह में मर गया होता, तो मुझे इतना दुःख न होता।

कुँवर साहब और ज़्यादा न सुन सके। उठकर बाहर चले गए। रानी ने उसी धुन में कहा—यह मेरा दुःख क्या समझेंगे! इनका सारा जीवन भोग-विलास में बीता है। आत्मसेवा के सामने इन्होंने आदर्शों की चिंता नहीं की। अन्य रईसों की भाँति सुख-भोग में लिप्त रहे। मैंने तो विनय के लिए कठिन तप किया है, उसे साथ लेकर महीनों पहाड़ों में पैदल चली हूँ, केवल इसीलिए कि छुटपन से ही उसे कठिनाइयों का आदी बनाऊँ। उसके एक-एक शब्द, एक-एक काम को ध्यान से देखती रही हूँ कि उसमें बुरे संस्कार न आ जाएँ अगर वह कभी नौकर पर बिगड़ा है, तो तुरंत उसे समझाया है;

यह कहते-कहते रानी की निगाह प्रभु सेवक पर पड़ गई, जो कोने में खड़ा कुछ उलट-पलट रहा था। उनकी ज़बान बंद हो गई। आगे कुछ न कह सकीं। सोफ़िया के प्रति जो कठोर वचन मन में थे, वे मन ही में रह गए। केवल गांगुली से इतना बोलीं—'जाते समय मुझसे मिल लीजिएगा' और चली गईं।

35

विनयसिंह आबादी में दाखिल हुए, तो सबेरा हो गया था। थोड़ी दूर चले थे कि एक बुढ़िया लाठी टेकती सामने से आती हुई दिखायी दी। इन्हें देखकर बोली—बेटा, ग़रीब हूँ। बन पड़े, तो कुछ दे दो। धरम होगा।

नायकराम—सबेरे राम-नाम नहीं लेती, भीख माँगने चल खड़ी हुई। तुझे तो जैसे रात को नींद नहीं आयी। माँगने को दिन-भर है।

बुढ़िया—बेटा, दुखिया हूँ।

नायकराम—यहाँ कौन सुखिया है। रात-भर भूखों मरे? मासूक की घुड़कियाँ खायीं। पैर तो सीधे पड़ते नहीं, तुम्हें कहाँ से पैसा दें?

बुढ़िया—बेटा, धूप में मुझसे चला नहीं जाता, सिर में चक्कर आ जाता है। नई-नई विपत है, भैया, भगवान् उस अधम पापी विनयसिंह का बुरा करे, उसी के कारण बुढ़ापे में यह दिन देखना पड़ा; नहीं तो बेटा दूकान करता था, हम घर में रानी बनी बैठी रहती थीं, नौकर-चाकर थे, कौन-सा सुख नहीं था। तुम परदेसी हो, न जानते होंगे, यहाँ दंगा हो गया था। मेरा लड़का दूकान से हिला तक नहीं, पर उस निगोड़े विनयसिंह ने सहादत दे दी कि यह भी दंगे में मिला हुआ था। पुलिस हमारे ऊपर बहुत दिनों से दाँत लगाये थी, कोई दाँव न पाती थी। यह सहादत पाते ही दौड़ी आ गई, लड़का पकड़ लिया गया और तीन साल की सजा हो गई। एक हज़ार जरीबाना हुआ। घर की बीस हज़ार की गृहस्थी तहस-नहस हो गई। घर में बहू है, बच्चे हैं, इसी तरह माँग-जाँचकर उनको पालती-पोसती हूँ। न जाने उस कलमुँहे ने कब का बैर निकाला।

विनय ने जेब से एक रुपया निकालकर बुढ़िया को दिया और आकाश की ओर देखकर ठंडी साँस ली। ऐसी मानसिक वेदना उन्हें कभी न हुई थी।

बुढ़िया ने रुपया देखा, तो चौंक पड़ी। समझी, शायद भूल से दिया है। बोली—बेटा यह तो रुपया है।

विनय ने अवरुद्ध कंड से कहा—हाँ, ले जाओ। मैंने भूल से नहीं दिया है।

वृद्धा आशीर्वाद देती हुई चली गई। दोनों आदमी और आगे बढ़े तो राह में एक कुआँ मिला। उस पर पीपल का पेड़ था। एक छोटा-सा मंदिर भी बना हुआ था। नायकराम ने सोचा, यहीं हाथ-मुँह धो लें। दोनों आदमी कुएँ पर गये, तो देखा एक—विप्र महाराज पीपल के नीचे बैठ पाठ कर रहे हैं। जब वह पाठ कर चुके, तो विनय ने पूछा—आपको मालूम है, सरदार नीलकंठ आजकल कहाँ हैं?

पण्डितजी ने कर्कश कंठ से कहा—हम नहीं जानते।

विनय—पुलिस के मंत्री तो होंगे?

पण्डित—कह दिया, मैं नहीं जानता।

विनय—मि. क्लार्क तो दौरे पर होंगे?

पण्डित—मैं कुछ नहीं जानता।

नायकराम—पूजा-पाठ में देस-दुनिया की सुध ही नहीं?

पण्डित—हाँ, जब तक मनोकामना न पूरी हो जाय, तब तक मुझे किसी से कुछ सरोकार नहीं। सवेरे तुमने म्लेच्छों का नाम सुना दिया, न जाने दिन कैसे कटेगा!

नायकराम—वह कौन-सी मनोकामना है?

पंण्डित—अपने अपमान का बदला।

नायकराम—किससे?

पण्डित—उसका नाम न लूँगा। किसी बड़े रईस का लड़का है। काशी से दीनों की सहायता करने आया था। सैकड़ों घर उजाड़कर न जाने कहाँ चल दिया। उसी के निमित्त यह अनुष्ठान कर रहा हूँ। यहाँ आधा नगर मेरा यजमान था, सेठ-साहूकार मेरा आदर करते थे। विद्यार्थियों को पढ़ाया करता था। बुराई यह थी कि नाजिम को सलाम करने न जाता था। अमलों की कोई बुराई देखता, तो मुँह पर खोलकर कह देता। इसी से कर्मचारी मुझसे जलते थे। पिछले दिनों जब यहाँ दंगा हुआ, तो सबों ने उसी बनारस के गुंडे से मुझ पर राजद्रोह का अपराध लगवा दिया। सजा हो गई, बेंत पड़ गए, जरीबाना

हो गया, मर्यादा मिट्टी में मिल गई। अब नगर में कोई द्वार पर खड़ा नहीं होने देता। निराश होकर देवी की शरण आया हूँ। पुरश्चरण का पाठ कर रहा हूँ। जिस दिन सुनूँगा कि उस हत्यारे पर देवी ने कोप किया, उसी दिन मेरी तपस्या पूरी हो जाएगी। द्विज हूँ, लड़ना-भिड़ना नहीं जानता, मेरे पास इसके सिवा और कौन-सा हथियार है?

विनय—किसी शराबखाने से निकलते हुए पकड़े जाते, तो भी इतने शर्मिंदा न होते। उन्हें अब इस ब्राह्मण की सूरत याद आयी। याद आया कि मैंने ही पुलिस की प्रेरणा से इसे पकड़ा दिया था। जेब से पाँच रुपये निकाले और पण्डितजी से बोले—यह लीजिए, मेरी ओर से भी उस नरपिशाच के प्रति मारण-मंत्र का जाप कर दीजिएगा। उसने मेरा भी सर्वनाश किया है। मैं भी उसके खून का प्यासा हो रहा हूँ।

पण्डित—महाराज, आपका भला होगा। शत्रु की देह में कीड़े पड़ न जावें तो कहिएगा कि कोई कहता था। कुत्तों की मौत मरेगा। यहाँ सारा नगर उसका दुश्मन है। अब तक इसलिए उसकी जान बची कि पुलिस उसे घेरे रहती थी। मगर कब तक? जिस दिन अकेला घर से निकला, उसी दिन देवी का उस पर कोप गिरा है। वह इसी राज्य में है, कहीं बाहर नहीं गया है, और न अब बचकर जा ही सकता है। काल उसके सिर पर खेल रहा है। इतने दीनों की हाय क्या निष्फल हो जाएगी?

जब यहाँ से और आगे चले, तो विनय ने कहा—पण्डाजी, जल्दी से एक मोटर ठीक कर लो। मुझे भय लग रहा है कि कोई मुझे पहचान न ले। अपने प्राणों का इतना भय मुझे कभी न हुआ था। अगर ऐसे ही दो-एक दृश्य और सामने आये, तो शायद मैं आत्मघात कर लूँ। आह! मेरा कितना पतन हुआ है! और अब तक मैं यही समझ रहा था कि मुझसे कोई अनौचित्य नहीं हुआ। मैंने सेवा का व्रत लिया था, घर से परोपकार करने चला था। खूब परोपकार किया! शायद ये लोग मुझे जीवन-पर्यन्त न भूलेंगे।

नायकराम—भैया, भूल-चूक आदमी ही से होती है। अब इसका पछतावा न करो।

विनय—यह भूल-चूक नहीं है, ईश्वरीय विधान है; ऐसा ज्ञात होता है कि ईश्वर सद्व्रतधारियों की कठिन परीक्षा लिया करते हैं। सेवक का पद इन

परीक्षाओं से सफल हुए बिना नहीं मिलता। मैं परीक्षा में गिर गया, बुरी तरह गिर गया।

नायकराम का विचार था कि ज़रा जेल के दारोग़ा साहब का कुशल-समाचार पूछते चलें; लेकिन मौका न देखा तो तुरंत मोटर-सर्विस के दफ्तर में गए। वहाँ मालूम हुआ कि दरबार ने सब मोटरों को एक सप्ताह के लिए रोक लिया है।

मिस्टर क्लार्क के कई मित्र बाहर से शिकार खेलने आये हुए थे। अब क्या हो? नायकराम को घोड़े पर चढ़ना न आता था और विनय को यह उचित न मालूम होता था कि आप तो सवार होकर चलें और वह पाँव-पाँव।

नायकराम—भैया, तुम सवार हो जाओ, मेरी कौन? अभी अवसर पड़ जाय, तो दस कोस जा सकता हूँ।

विनय—तो मैं ही ऐसा कौन मरा जाता हूँ। अब रात की थकावट दूर हो गई।

दोनों आदमियों ने जलपान किया और उदयपुर चले। आज विनय ने जितनी बात की, उतनी शायद और कभी न की थी, और वह भी नायकराम-जैसे लट्ठ गँवार से। सोफ़ी की तीव्र आलोचना अब उन्हें सर्वथा न्याय-संगत जान पड़ती थी। बोले—पण्डाजी, यह समझ लो कि अगर दरबार ने उन सब कैदियों को छोड़ न दिया, जो मेरी शहादत से फँसे हैं, तो मैं भी अपना मुँह किसी को न दिखाऊँगा। मेरे लिए यही एक आशा रह गई है। तुम घर जाकर माताजी से कह देना कि वह कितना दुखी और अपनी भूल पर कितना लज्जित था।

नायकराम—भैया, तुम घर न जाओगे, तो मैं भी न जाऊँगा। अब तो जहाँ तुम हो, वहीं मैं भी हूँ। जो कुछ बीतेगी, दोनों ही के सिर बीतेगी।

विनय—बस, तुम्हारी यही बात बुरी मालूम होती है। तुम्हारा और मेरा कौन-सा साथ है। मैं पातकी हूँ। मुझे अपने पातकों का प्रायश्चित्त करना है। तुम्हारे माथे पर तो कलंक नहीं है। तुम अपना जीवन क्यों नष्ट करोगे? मैंने अब तक सोफ़िया को न पहचाना था। आज मालूम हुआ कि उसका हृदय कितना विशाल है। मुझे उससे कोई शिकायत नहीं है। हाँ, शिकायत केवल इस बात की है कि उसने मुझे अपना न समझा। वह अगर समझती कि यह मेरे हैं, तो मेरी एक-एक बात क्यों पकड़ती, जरा-जरा-सी बातों पर क्यों गुप्तचरों

की भाँति दृष्टि रखती? वह यह जानती है कि मैं ठुकरा दूँगी, तो यह जान पर खेल जाएँगे। यह जानकर भी उसने मेरे साथ निर्दयता क्यों की? वह यह क्यों भूल गई कि मनुष्य से भूलें होती ही हैं। सम्भव है, अपना समझकर ही उसने मुझे यह कठोर दंड दिया हो। दूसरों की बुराइयों की हमें परवाह नहीं होती, अपनों ही को बुरी राह चलते देखकर दंड दिया जाता है। मगर अपनों को दंड देते समय इसका तो ध्यान रखना चाहिए कि आत्मीयता का सूत्र न टूटने पाए! यह सोचकर मुझे ऐसा मालूम होता है कि उसका दिल मुझसे सदैव के लिए फिर गया।

नायकराम–ईसाइन है न! किसी अँगरेज़ को गाँठेगी।

विनय–तुम बिल्कुल बेहूदे हो, बात करने की तमीज़ नहीं। मैं कहता हूँ, वह अब उम्र-भर ब्रह्मचारिणी रहेगी। तुम उसे क्या जानो? बात समझो न बूझो, चट से कह उठे, किसी अँगरेज की गाँठेगी। मैं उसे कुछ-कुछ जानता हूँ। मेरे लिए उसने क्या-क्या नहीं किया, क्या-क्या नहीं सहा। जब उसका प्रेम याद आता है, तो कलेजे में ऐसी पीड़ा होता है कि कहीं पत्थरों से सिर टकराकर प्राण दे दूँ। अब वह अजेय है, उसने अपने प्रेम का द्वार बंद कर लिया। मैंने उस जन्म में न जाने कौन-सी तपस्या की थी, जिसका सुफल इतने दिनों भोगा। अब कोई देवता बनकर भी उसके सामंने आए, तो वह उसकी ओर आँख उठाकर भी न देखेगी। जन्म से ईसाइन भले ही हो, पर संस्कारों से, कर्मों से वह आर्य महिला है। मैंने उसे कहीं का न रखा। आप भी डूबा, उसे भी ले डूबा। अब तुम देखना कि रियासत को वह कैसा नाकों चने चबवाती है। उसकी वाणी में इतनी शक्ति है कि आन-की-शान में रियासत का निशान मिटा सकती है।

नायकराम–हाँ, है तो ऐसी ही आफत की परकाला।

विनय–फिर वही मूर्खता की बात! मैं तुमसे कितनी बार कह चुका कि मेरे सामने उसका नाम इज्जत से लिया करो। मैं उसके विषय में किसी के मुख से एक भी अनुचित शब्द नहीं सुन सकता। वह अगर मुझे भालों में छेद दें, तो भी उसके प्रति मेरे मन में उपेक्षा का भाव न आएगा। प्रेम में प्रतिकार नहीं होता। प्रेम अनंत क्षमा, अनंत उदारता, अनंत धैर्य से परिपूर्ण होता है।

यों बातें करते हुए दोनों ने दोपहर तक आधी मंजिल काटी। दोपहर को आराम करने लगे, तो ऐसे सोए कि शाम हो गई। रात को वहीं ठहरना पड़ा।

सराय मौजूद थी, विशेष कष्ट न हुआ। हाँ, नायकराम को आज ज़िन्दगी में पहली बार भंग न मिली और वह बहुत दुखी रहे। एक तोले भंग के लिए एक से दस रुपये तक देने का तैयार थे, पर आज भाग्य में उपवास ही लिखा था। चारों ओर से हारकर वह सिर थाम कुएँ की जगत पर आ बैठे, मानों किसी घर के आदमी की दाह-क्रिया करके आए हों।

विनय ने कहा—ऐसा व्यसन क्यों करते हो कि एक दिन भी उसके बिना न रहा जाये? छोड़ो इसे, भले आदमी, व्यर्थ में प्राण दिये देते हो।

नायकराम—भैया, इस जन्म में तो छूटती नहीं, आगे की दैव जाने। यहाँ तो मरते समय भी एक गोला सिरहाने रख लेंगे, वसीयत कर जाएँगे कि एक सेर भंग हमारी चिता में डाल देना। कोई पानी देने वाला तो है नहीं, लेकिन भगवान् ने वह दिन दिखाया, तो लड़कों से कह दूँगा कि पिंड के साथ भंग का पिंडा भी जरूर देना। इसका मजा वही जानता है, जो इसका सेवन करता है।

नायकराम को आज भोजन अच्छा न लगा, नींद न आयी, देह टूटती रही। गुस्से में सरायवाले को खूब गालियाँ दीं। मारने दौड़े। बनिए को डाँटा कि साफ शक्कर क्यों न दी। हलवाई से उलझ पड़े कि मिठाइयाँ क्यों खराब दीं? देख तो, तेरी क्या गति बनाता हूँ चलकर सीधे सरदार साहब से कहता हूँ। बच्चा! दूकान न लुटवा दूँ, तो कहना। जानते हो, मेरा नाम नायकराम है। यहाँ तेल की गंध से घिन है। हलवाई पैरों पड़ने लगा; पर उन्होंने एक न सुनी। यहाँ तक कि धमकाकर उससे 25 रुपये वसूल किए। किन्तु चलते समय विनय ने रुपये वापस करा दिये। हाँ, हलवाई को ताकीद कर दी कि ऐसी खराब मिठाइयाँ न बनाया करे और तेल की चीज के घी के दाम न लिया करे।

दूसरे दिन दोनों आदमी दस बजते-बजते उदयपुर पहुँच गए। पहला आदमी जो उन्हें दिखायी दिया, वह स्वयं सरदार साहब थे। वह टमटम पर बैठे हुए दरबार से आ रहे थे। विनय को देखते ही घोड़ा रोक दिया और पूछा—आप कहाँ?

विनय ने कहा—यहीं तो आ रहा था।

सरदार—कोई मोटर न मिली? हाँ, न मिला होगा। तो टेलीफोन क्यों न कर दिया? यहाँ से सवारी भेज दी जाती। व्यर्थ इतना कष्ट उठाया।

विनय—मुझे पैदल चलने का अभ्यास है, विशेष कष्ट नहीं हुआ। मैं आज आपसे मिलना चाहता हूँ, और एकांत में। आप कब मिल सकेंगे?

सरदार—आपके लिए समय निश्चित करने की ज़रूरत नहीं। जब जी चाहे, चले आइएगा, बल्कि वहीं ठहरिएगा भी।

विनय—अच्छी बात है।

सरदार साहब ने घोड़ों को चाबुक लगाया और चल दिये। यह न हो सका कि विनय को भी बिठा लेते, क्योंकि उनके साथ नायकराम को भी बैठाना पड़ता। विनयसिंह ने एक ताँगा किया और थोड़ी देर में सरदार साहब के मकान पर जा पहुँचे।

सरदार साहब ने पूछा—इधर कई दिनों से आपका कोई समाचार नहीं मिला। आपके साथ के और लोग कहाँ हैं? कुछ मिसेज़ क्लार्क का पता चला?

विनय—साथ के आदमी तो पीछे हैं; लेकिन मिसेज़ क्लार्क का कहीं पता न चला, सारा परिश्रम विफल हो गया। वीरपालसिंह की तो मैंने टोह लगा ली, उसका घर भी देख आया। पर मिसेज़ क्लार्क की खोज न मिली।

सरदास साहब ने विस्मित होकर कहा—यह आप क्या कह रहे हैं? मुझे जो सूचना मिली है, वह तो यह कहती है कि आपसे मिसेज़ क्लार्क की मुलाकात हुई और अब मुझे आपसे होशियार रहना चाहिए। देखिए, मैं वह खत आपको दिखाता हूँ।

यह कहकर सरदार साहब मेज़ के पास गए, एक बादामी मोटे कागज़ पर लिखा हुआ खत उठा लाये और विनयसिंह के हाथ में रख दिया।

जीवन में यह पहला अवसर था कि विनय ने असत्य का आश्रय लिया था। चेहरे पर हवाइयाँ उड़ने लगीं। बात क्योंकर निबाहें, यह समझ में न आया। नायकराम भी फर्श पर बैठे हुए थे। समझ गए कि यह असमंजस में पड़े हुए हैं। झूठ बोलने और बातें बनाने में अभ्यस्त थे। बोले—कुँवर साहब, जरा मुझे दीजिए, किसका खत है?

विनय—इंद्रदत्त का।

नायकराम—ओहो! उस पगले का खत है! वही लौंडा न, जो सेवा समिति में आकर गाया करता था? उसके माँ-बाप ने घर से निकाल दिया था। सरकार, पगला है। ऐसी ही ऊटपटाँग बात किया करता है।

सरदार—नहीं, किसी पगले लौंडे की लेखन-शैली ऐसी नहीं हो सकती। बड़ा चतुर आदमी है। इसमें कोई संदेह नहीं। उसके पत्र इधर कई दिनों से बराबर मेरे पास आ रहे हैं। कभी मुझको धमकाता है, कभी नीति के उपदेश देता है। किन्तु जो कुछ कहता है, शिष्टाचार के साथ। एक भी अशिष्ट अथवा अनर्गल शब्द नहीं होता। अगर यह वही इंद्रदत्त है, जिसे आप जानते हैं, तो और भी आश्चर्य है। सम्भव है, उसके नाम से कोई दूसरा आदमी पत्र लिखता हो। यह कोई साधारण शिक्षा पाया हुआ आदमी नहीं मालूम होता।

विनयसिंह तो ऐसे सिटपिटा गए, जैसे कोई सेवक अपने स्वामी का संदूक खोलता हुआ पकड़ा जाये। मन में झुँझला रहे थे कि क्यों मैंने मिथ्या भाषण किया? मुझे छिपाने की ज़रूरत ही क्या थी? लेकिन इंद्रदत्त का इस पत्र से क्या उद्देश्य है? क्या मुझे बदनाम करना चाहता है?

नायकराम—कोई दूसरा आदमी होगा। उसका मतलब यही है कि यहाँ के हाकिमों को कुँवर साहब से भड़का दे। क्यों भैया; समिति में कोई विद्वान आदमी था?

विनय—सभी विद्वान थे। उनमें मूर्ख कौन है? इन्द्रदत्त भी उच्च कोटि की शिक्षा पाये हुए हैं। पर मुझे न मालूम था कि वह मुझसे इतना देष रखता है।

यह कहकर विनय ने सरदार साहब को लज्जित नेत्रों से देखा। असत्य का रूप प्रतिक्षण भयंकर तथा मिथ्यांधकार और भी सघन होता जाता था।

तब वह सकुचाते हुए बोले—सरदार साहब, क्षमा कीजिएगा, मैं आपसे झूठ बोल रहा था। इस पत्र में जो कुछ लिखा है, वह अक्षरशः सत्य है। निःसंदेह मेरी मुलाकात मिसेज़ क्लार्क से हुई। मैं इस घटना को आपसे गुप्त रखना चाहता था, क्योंकि मैंने उन्हें इसका वचन दे दिया था। वह वहाँ बहुत आराम से है, यहाँ तक कि मेरे बहुत आग्रह करने पर भी मेरे साथ न आयीं।

सरदार साहब ने बेपरवाही से कहा—राजनीति में वचन का बहुत महत्त्व नहीं है। अब मुझे आपसे चौकन्ना रहना पड़ेगा। अगर इस पत्र ने मुझे सारी बातों का परिचय न दे दिया होता, तो आपने तो मुझे मुगालता देने में कोई बात उठा न रखी थी। आप जानते हैं, हमें आजकल इस विषय में गवर्नमेंट से कितनी धमकियाँ मिल रही हैं या कहिए कि मिसेज़ क्लार्क के सकुशल लौट

आने पर ही हमारी कारगुजारी निर्भर है। खैर, यह क्या बात है? मिसेज़ क्लार्क आयीं क्यों नहीं? क्या बदमाशों ने उन्हें आने न दिया?

विनय—वीरपालसिंह तो बड़ी खुशी से उन्हें भेजना चाहता था। यही एक साधन है, जिससे वह अपनी प्राणरक्षा कर सकता है। लेकिन वह खुद ही आने पर तैयार न हुईं।

सरदार—मिस्टर क्लार्क से नाराज़ तो नहीं हैं?

विनय—हो सकता है। जिस दिन विद्रोह हुआ था, मिस्टर क्लार्क नशे में अचेत पड़े थे, शायद इसी कारण उनसे चिढ़ गई हों। ठीक-ठीक कुछ नहीं कह सकता। हाँ, उनसे भेंट होने से यह बात स्पष्ट हो गई कि हमने जसंवतनगर वालों का दमन करने में बहुत-सी बातें न्याय-विरुद्ध कीं। हमें शंका थी कि विद्रोहियों ने मिसेज़ क्लार्क को या तो कैद कर रखा है, या मार डाला है। इसी शंका पर हमने दमन-नीति का व्यवहार किया। सबको एक लाठी से हांका। किन्तु दो बातों में से एक भी सच न निकली। मिसेज़ क्लार्क जीवित हैं, और प्रसन्न हैं। वह वहाँ से स्वयं नहीं आना चाहतीं। जसवंतनगर वाले अकारण ही हमारे कोप के भागी हुए और मैं आपसे बड़े आग्रह से प्रार्थना करता हूँ कि उन गरीबों पर दया होनी चाहिए। सैकड़ों निरपराधियों की गर्दन पर छुरी फिर रही है।

सरदार साहब जान-बूझकर किसी पर अन्याय न करना चाहते थे, पर अन्याय कर चुकने के बाद अपनी भूल स्वीकार करने का उन्हें साहस न होता था। न्याय करना उतना कठिन नहीं है, जितना अन्याय का शमन करना। सोफ़ी के गुम हो जाने से उन्हें केवल गवर्नमेंट की वक्र-दृष्टि का भय था। पर सोफ़ी का पता मिल जाना, समस्त देश के सामने अपनी अयोग्यता और नृशंसता का डंका पीटना था। मिस्टर क्लार्क को खुश करके गवर्नमेंट को खुश किया जा सकता था, पर प्रजा की जबान इतनी आसानी से न बन्द की जा सकती थी।

सरदार साहब ने कुछ सकुचाते हुए कहा—यह तो मैं मान सकता हूँ कि मिसेज़ क्लार्क जीवित हैं। लेकिन आप तो क्या, ब्रह्मा भी आकर कहें कि वह वहाँ प्रसन्न हैं और आना नहीं चाहतीं, तो भी मैं स्वीकार न करूँगा। यह बच्चों की-सी बात है। किसी को अपने घर से अरुचि नहीं होती कि वह शत्रुओं

के साथ रहना पसंद करे। विद्रोहियों ने मिसेज़ क्लार्क को यह कहने के लिए मजबूर किया होगा। वे मिसेज़ क्लार्क को उस वक़्त तक न छोड़ेंगे, जब तक हम सारे कैदियों को मुक्त न कर दें। यह विजेताओं की नीति है और मैं इसे नहीं मान सकता। मिसेज़ क्लार्क को कड़ी-से-कड़ी यातनाएँ दी जा रही हैं, और उन्होंने उन यातनाओं से बचने के लिए आपसे यह सिफारिश की है, और कोई बात नहीं है।

विनय—मैं इस विचार से सहमत नहीं हो सकता। मिसेज़ क्लार्क बहुत प्रसन्न दिखायी देती थीं। पीड़ित हृदय कभी इतना निश्शंक नहीं हो सकता।

सरदार—यह आपकी आँखों का दोष है। अगर मिसेज़ क्लार्क स्वयं आकर मुझसे कहें कि मैं बड़े आराम से हूँ, तो भी मुझे विश्वास न आयेगा। आप नहीं जानते, ये लोग किन सिद्धियों से स्वाधीनता पर जान देने वाले प्राणियों पर भी आतंक जमा लेते हैं, यहाँ तक कि उनके पंजे से निकल आने पर भी कैदी उन्हीं की-सी कहता है और उन्हीं की-सी करता है। मैं एक जमाने में पुलिस का कर्मचारी था। आपसे सच कहता हूँ, मैंने कितने ही राजनीतिक अभियोगों में बड़े-बड़े व्रतधारियों से ऐसे अपराध स्वीकार करा दिए, जिनकी उन्होंने कल्पना तक न की थी। वीरपालसिंह इस विषय में हमसे कहीं चतुर है।

विनय—सरदार साहब, अगर थोड़ी देर के लिए मुझे यह विश्वास भी हो जाये कि मिसेज़ क्लार्क ने दबाव में आकर मुझसे ये बातें कहीं हैं, तो भी अब ठंडे हृदय से विचार करने पर मुझे ज्ञात हो रहा है कि इतनी निर्दयता से दमन न करना चाहिए था। अब उन अभियुक्तों पर कुछ रिआयत होनी चाहिए।

सरदार—रिआयत राजनीति में पराजय का सूचक है। अगर मैं यह भी मान लूँ कि मिसेज़ क्लार्क वहाँ आराम से हैं और स्वतंत्र हैं, तथा हमने जसवंतनगर वालों पर घोर अत्याचार किया, फिर भी मैं रिआयत करने को तैयार नहीं हूँ। रिआयत करना अपनी दुर्बलता और भ्रान्ति की घोषणा करना है। आप जानते हैं, रिआयत का परिणाम क्या होगा? विद्रोहियों के हौंसले बढ़ जायेंगे, उनके दिल से रियासत का भय जाता रहेगा और जब भय न रहा तो राज्य भी नहीं रह सकता। राज्य-व्यवस्था का आधार न्याय नहीं, भय है। भय को आप निकाल दीजिए और राज्य-विध्वंस हो जाएगा, फिर अर्जुन की

वीरता और युधिष्ठिर का न्याय भी उसकी रक्षा नहीं कर सकता। सौ-दो-सौ निरपराधियों का जेल में रहना, राज्य न रहने से कहीं अच्छा है। मगर मैं उन विद्रोहियों को निरपराध क्योंकर मान लूँ? कई हजार आदमियों का सशस्त्र एकत्र हो जाना, यह सिद्ध करता है कि वहाँ लोग विद्रोह करने के विचार से ही गए थे।

विनय–किन्तु जो लोग उसमें सम्मिलित न थे, वे तो बेकसूर हैं?

सरदार–कदापि नहीं, उनका कर्त्तव्य था कि अधिकारियों को पहले ही से सचेत कर देते। एक चोर को किसी के घर में सेंध लगाते देखकर घरवालों को जगाने की चेष्टा न करें, तो आप स्वयं चोर की सहायता कर रहे हैं। उदासीनता बहुधा अपराध से भी भयंकर होती है।

विनय–कम-से-कम इतना तो कीजिए कि जो लोग मेरी शहादत पर पकड़े गए हैं, उन्हें बरी कर दीजिए।

सरदार–असम्भव है।

विनय–मैं शासन-नीति के नाते नहीं, दया और सौजन्य के नाते आपसे यह विनीत आग्रह करता हूँ।

सरदार–कह दिया भाईजान कि यह असम्भव है। आप इसका परिणाम नहीं सोच रहे हैं।

विनय–लेकिन मेरी प्रार्थना को स्वीकार न करने का परिणाम भी अच्छा न होगा। आप समस्या को और जटिल बना रहे हैं।

सरदार–मैं खुले विद्रोह से नहीं डरता। डरता हूँ केवल सेवकों से; प्रजा के हितैषियों से और उनसे यहाँ की प्रजा का जी भर गया है। बहुत दिन बीत जाएँगे, इसके पहले कि प्रजा देश-सेवकों पर फिर विश्वास करे।

विनय–अगर इसी नीयत से आपने मेरे हाथों प्रजा का अनिष्ट कराया, तो आपने मेरे साथ घोर विश्वासघात किया, लेकिन मैं आपको सतर्क किये देता हूँ कि यदि आपने मेरा अनुरोध न माना, तो आप रियासत में ऐसा विप्लव मचा देंगे, जो रियासत की जड़ हिला देगा। मैं यहाँ से मिस्टर क्लार्क के पास जाता हूँ। उनसे भी यही अनुरोध करूँगा और यदि वह भी न सुनेंगे, तो हिज़ हाइनेस की सेवा में यही प्रस्ताव उपस्थित करूँगा। अगर उन्होंने भी न सुना, तो फिर इस रियासत का मुझसे बड़ा और कोई शत्रु न होगा।

यह कहकर विनयसिंह उठ खड़े हुए और नायकराम को साथ लेकर मिस्टर क्लार्क के बँगले पर जा पहुँचे। वह आज ही अपने शिकारी मित्रों को विदा करके लौटे थे और इस समय विश्राम कर रहे थे। विनय ने अरदली से पूछा, तो मालूम हुआ कि साहब काम कर रहे हैं। विनय बाग में टहलने लगे। जब आध घंटे तक साहब ने न बुलाया तो उठे और सीधे क्लार्क के कमरे में घुस गए, वह इन्हें देखते ही उठ बैठे, और बोले—आइए-आइए, आप ही को याद कर रहा था। कहिए, क्या समाचार है? सोफ़िया का पता तो आप लगा ही आये होंगे?

विनय—जी हाँ, लगा आया।

यह कहकर विनय ने क्लार्क से भी वही कथा कही, जो सरदार साहब से कही थी, और वही अनुरोध किया।

क्लार्क—मिस सोफ़ी आपके साथ क्यों नहीं आयीं?

विनय—यह तो मैं नहीं कह सकता, लेकिन वहाँ उन्हें कोई कष्ट नहीं है।

क्लार्क—तो फिर आपने नई खोज क्या की? मैंने तो समझा था, शायद आपके आने से इस विषय पर कुछ प्रकाश पड़ेगा। यह देखिए, सोफ़िया का पत्र है। आज ही आया है। इसे आपको दिखा तो नहीं सकता, पर इतना कह सकता हूँ कि वह इस वक़्त मेरे सामने आ जाये, तो उस पर पिस्तौल चलाने में एक क्षण भी विलम्ब न करूँगा। अब मुझे मालूम हुआ कि धर्मपरायणता छल और कुटिलता का दूसरा नाम है। इसकी धर्म-निष्ठा ने मुझे बड़ा धोखा दिया। शायद कभी किसी ने इतना बड़ा धोखा न खाया होगा। मैंने समझा था, धार्मिकता से सहृदयता उत्पन्न होती है, पर यह मेरी भ्रान्ति थी। मैं इसकी धर्म-निष्ठा पर रीझ गया था। मुझे इंग्लैंड की रंगीली युवतियों से निराशा हो गई थी। सोफ़िया का सरल स्वभाव और धार्मिक प्रवृत्ति देखकर मैंने समझा, मुझे इच्छित वस्तु मिल गई। अपने समाज की उपेक्षा करके मैं उसके पास जाने-आने लगा और अंत में प्रोपोज़ किया। सोफ़िया ने स्वीकार तो कर लिया, पर कुछ दिनों तक विवाह को स्थगित रखना चाहा। मैं क्या जानता था कि उसके दिल में क्या है? राज़ी हो गया। उसी अवस्था में वह मेरे साथ यहाँ आयी, बल्कि यों कहिए कि वही मुझे यहाँ लायी। दुनिया समझती है, वह मेरी विवाहिता थी, कदापि नहीं। हमारी तो मँगनी भी न हुई थी। अब

जाकर रहस्य खुला कि वह बोलशेविकों की एजेंट है। उसके एक-एक शब्द से उसकी बोलशेविक प्रवृत्ति टपक रही है। प्रेम का स्वाँग भरकर वह अँगरेज़ों के आंतरिक भावों का ज्ञान प्राप्त करना चाहती थी। उसका यह उद्देश्य पूरा हो गया। मुझसे जो कुछ काम निकल सकता था, वह निकालकर उसने मुझे दुतकार दिया। विनयसिंह, तुम नहीं अनुमान कर सकते कि मैं उससे कितना प्रेम करता था। इस अनुपम रूपराशि के नीचे इतनी घोर कुटिलता! मुझे धमकी दी है कि इतने दिनों में अंगरेजी समाज का मुझे जो कुछ अनुभव हुआ है, उसे मैं भारतवासियों के विनोदार्थ प्रकाशित कर दूँगी। वह जो कुछ कहना चाहती है, मैं स्वयं क्यों न बतला दूँ? अंगरेज-जाति भारत को अनंत काल तक अपने साम्राज्य का अंग बनाए रखना चाहती है। कंजरवेटिव हो या लिबरल, रेडिकल हो या लेबर, नेशनलिस्ट हो सोशलिस्ट, इस विषय में सभी एक ही आदर्श का पालन करते हैं। सोफ़ी के पहले मैं स्पष्ट कह देना चाहता हूँ कि रेडिकल और लेबर नेताओं के धोखे में न आओ। कंजरवेटिव दल में और चाहे कितनी बुराइयाँ हों, वह निर्भीक हैं, तीक्ष्ण सत्य से नहीं डरता। रेडिकल और लेबर अपने पवित्र और उज्ज्वल सिद्धांतों का समर्थन करने के लिए ऐसी आशाप्रद बातें कह डालते हैं, जिनको व्यवहार में लाने का उन्हें साहस नहीं हो सकता। आधिपत्य त्याग करने की वस्तु नहीं है। संसार का इतिहास केवल इसी एक शब्द 'आधिपत्य-प्रेम' पर समाप्त हो जाता है। मानव स्वभाव अब भी वही है, जो सृष्टि के आदि में था। अंगरेज-जाति कभी त्याग के लिए; उच्च सिद्धांतों पर प्राण देने के लिए प्रसिद्ध नहीं रही। हम सब-के-सब-मैं लेबर हूँ—साम्राज्यवादी हैं। अन्तर केवल उस नीति में है, जो भिन्न-भिन्न दल इस जाति पर आधिपत्य जमाए रखने के लिए ग्रहण करते हैं। कोई कठोर शासन का उपासक है, कोई सहानुभूति का, कोई चिकनी-चुपड़ी बातों से काम निकालने का। बस, वास्तव में नीति कोई है ही नहीं, केवल उद्देश्य है, और वह यह कि क्योंकर हमारा आधिपत्य उत्तरोत्तर सुदृढ़ हो। यही वह गुप्त रहस्य है, जिसको प्रकट करने की मुझे धमकी दी गई है। यह पत्र मुझे न मिला होता, तो मेरी आँखों पर परदा पड़ा रहता और सोफ़ी के लिए क्या कुछ न कर डालता। पर इस इस पत्र ने मेरी आँखें खोल दीं और अब मैं आपकी सहायता नहीं कर सकता; बल्कि आपसे भी अनुरोध करता हूँ कि इस बोलशेविक आंदोलन को

शांत करने में रियासत की सहायता कीजिए। सोफ़ी-जैसी चतुर, कार्यशील, धुन की पक्की युवती के हाथों में यह आंदोलन कितना भयंकर हो सकता है, इसका अनुमान करना कठिन नहीं है।

विनय यहाँ से भी निराश होकर बाहर निकले, तो सोचने लगे, अब महाराज साहब के पास जाना व्यर्थ है। वह साफ कह देंगे, जब मंत्री और एजेंट कुछ नहीं कर सकते, तो मैं क्या कर सकता हूँ। लेकिन जी न माना, ताँगेवाले को राजभवन की ओर चलने का हुक्म दिया।

नायकराम—क्या गिटपिट करता रहा? आया राह पर?

विनय—यही राह पर आ जाता, तो महाराज साहब के पास क्यों चलते?

नायकराम—हज़ार-दो-हज़ार माँगता हो, तो दे क्यों नहीं देते? अफसर छोटे हों या बड़े, लोभी होते हैं।

विनय—क्या पागलों की-सी बात करते हो! अँगरेज़ में अगर ये बुराइयाँ होतीं, तो इस देश से ये लोग कब के सिधार गए होते। यों अँगरेज़ भी रिश्वत लेते हैं देवता नहीं हैं, पहले-पहल जो अँगरेज यहाँ आए थे, वे तो पूरे डाकू थे, लेकिन अपने राज्य का अपकार करके ये लोग कभी अपना उपकार नहीं करते। रिश्वत भी लेंगे, तो उसी दशा में, जब राज्य को उससे कोई हानि न पहुँचे!

नायकराम चुप हो गए। ताँगा राज-भवन की ओर जा रहा था। रास्तें में कई सड़कें, कई पाठशालाएँ, कई चिकित्सालय मिले। इन सबों के नाम अँगरेज़ी थे। यहाँ तक कि एक पार्क मिला, वह भी किसी अँगरेज एजेंट के नाम से अलंकृत था।

ऐसा जान पड़ता था, कोई भारतीय नगर नहीं, अँगरेजों का शिविर है। ताँगा जब राजभवन के सामने पहुँचा तो विनयसिंह उतर पड़े और महाराजा के प्राइवेट सेक्रेटरी के पास गए। यह एक अँगरेज़ था। विनय से हाथ मिलाते हुए बोला—महाराजा साहब तो अभी पूजा पर है। ग्यारह बजे बैठा था, चार बजे उठेगा। क्या आप लोग इतनी देर तक पूजा किया करता है?

विनय—हमारे यहाँ ऐसे-ऐसे पूजा करनेवाले हैं, जो कई-कई दिन तक समाधि में मग्न रहते हैं। पूजा का वह भाग, जिसमें परमात्मा या अन्य देवों से कल्याण की याचना की जाती है, शीघ्र समाप्त हो जाता है; लेकिन वह भाग, जिसमें योग-क्रियाओं द्वारा आत्मशुद्धि की जाती है, बहुत विशद होता है।

सेक्रेटरी—हम जिस राजा के साथ पहले था, वह सबेरे से दो बजे तक पूजा करता था, तब भोजन करता था और चार बजे सोता था। फिर नौ बजे पूजा पर बैठ जाता था और दो बजे रात को उठता था। वह एक घंटे के लिए सूर्यास्त के समय बाहर निकलता था। पर इतनी लम्बी पूजा मेरे विचार में अस्वाभाविक है। मैं समझता हूँ कि यह न तो उपासना है, न आत्मशुद्धि की क्रिया, केवल एक प्रकार की अकर्मण्यता है।

विनय का चित्त इस समय इतना व्यग्र हो रहा था कि उन्होंने इस कटाक्ष का कुछ उत्तर न दिया। सोचने लगे—अगर राजा साहब ने भी साफ जवाब दिया, तो मेरे लिए क्या करना उचित होगा? अभी इतने बेगुनाहों के खून से हाथ रंगे हुए हैं, कहीं सोफ़ी ने गुप्त हत्याओं का अभिनय आरम्भ किया, तो उनका खून भी मेरी ही गर्दन पर होगा। इस विचार से वह इतने व्याकुल हुए कि एक ठंडी साँस लेकर आराम-कुर्सी पर लेट गए और आँखें बंद कर लीं। यों वह नित्य संध्या करते थे, पर आज पहली बार ईश्वर से दया-प्रार्थना की। रात-भर के जगे, दिन-भर के थके थे ही, एक झपकी आ गई। जब आँखें खुलीं, तो चार बज चुके थे। सेक्रेटरी से पूछा—अब तो हिज़ हाइनेस पूजा पर से उठ गए होंगे?

सेक्रेटरी—आपने तो एक लम्बी नींद ले ली।

यह कहकर उसने टेलीफोन द्वारा कहा—कुँवर विनयसिंह हिज़ हाइनेस से मिलना चाहते हैं।

एक क्षण में जवाब आया—आने दो।

विनयसिंह महाराज के दीवान-खाने में पहुँचे। वहाँ कोई सजावट न थी, केवल दीवारों पर देवताओं के चित्र लटके हुए थे। कालीन के फर्श पर सफेद चादर बिछी हुई थी। महाराज साहब मसनद पर बैठे हुए थे। उनकी देह पर केवल एक रेशमी चादर थी और गले में एक तुलसी की माला। मुख से साधुता झलक रही थी। विनय को देखते ही बोले—आओ जी, बहुत दिन लगा दिये। मिस्टर क्लार्क की मेम का कुछ पता चला?

विनय—जी हाँ, वीरपालसिंह के घर है, और बड़े आराम से है। वास्तव में अभी मिस्टर क्लार्क से उसका विवाह नहीं हुआ है, केवल मँगनी हुई है। इनके पास आने पर राज़ी नहीं होती है। कहती है, मैं यहीं बड़े आराम से हूँ और मुझे भी ऐसा ही ज्ञात होता है।

महाराज—हरि-हरि! यह तो तुमने विचित्र बात सुनाई! इनके पास आती ही नहीं! समझ गया, उन सबों ने वशीकरण कर दिया होगा। शिव-शिव! इनके पास आती ही नहीं।

विनय—अब विचार कीजिए कि वह तो जीवित है, और सुखी है और यहाँ हम लोगों ने कितनी ही निरपराधियों को जेल में डाल दिया, और कितने ही घरों को बरबाद कर दिया और कितनों ही को शारीरिक दंड दिये।

महाराज—शिव-शिव! घोर अनर्थ हुआ।

विनय—भ्रम में हम लोगों ने ग़रीबों पर कैसे-कैसे अत्याचार किये कि उनकी याद ही से रोमांच हो जाता है। महाराज बहुत उचित कहते हैं, घोर अनर्थ हुआ। ज्यों ही यह बात लोगों को मालूम हो जायेगी, जनता में हाहाकर मच जायेगा। इसलिए अब यही उचित है कि हम अपनी भूल स्वीकार कर लें और कैदियों को मुक्त कर दें।

महाराज—हरि, हरि, यह कैसे होगा बेटा? राजों से भी कहीं भूल होती है। शिव-शिव! राजा तो ईश्वर का अवतार है। हरि-हरि! वह एक बार जो कर देता है, उसे फिर नहीं मिटा सकता। शिव-शिव! राजा का शब्द ब्रह्मलेख है, वह नहीं मिट सकता, हरि-हरि!

विनय—अपनी भूल स्वीकार करने में जो गौरव है, वह अन्याय को चिरायु रखने में नहीं। अधीश्वरों के लिए क्षमा ही शोभा देती है। कैदियों को मुक्त करने की आज्ञा दी जाये, ज़ुर्माने के रुपये लौटा दिये जायें और जिन्हें शारीरिक दंड दिये गए हैं, उन्हें धन देकर संतुष्ट किया जाये। इससे आपकी कीर्ति अमर हो जायेगी और लोग आपका यश गाएँगे और मुक्त कंठ से आशीर्वाद देंगे।

महाराज—शिव-शिव! बेटा, तुम राजनीति की चालें नहीं जानते। यहाँ एक क़ैदी भी छोड़ा गया और रियासत पर वज्र गिरा। सरकार कहेगी, मेम को न जाने किस नीयत से छिपाए हुए है, कदाचित् उस पर मोहित है, तभी तो पहले दंड का स्वाँग भरकर अब विद्रोहियों को छोड़े देता है! शिव-शिव! रियासत धूल में मिल जायेगी, रसातल को चली जायेगी। कोई न पूछेगा की यह सच है या झूठ। कहीं इस पर विचार न होगा। हरि-हरि! हमारी दशा साधारण अपराधियों से भी गई-बीती है। उन्हें तो सफाई देने का अवसर दिया जाता है, न्याय में उन पर कोई धारा लगाई जाती है और उसी धारा

के अनुसार उन्हें दण्ड दिया जाता है। हमसे कौन सफाई लेता है, हमारे लिए कौन-सा न्यायालय है। हरि-हरि! हमारे लिए न कोई कानून है, न कोई धारा। जो अपराध चाहा, लगा दिया; जो दंड चाहा, दे दिया। न कहीं अपील है, न फरियाद। राजा विषय-प्रेमी कहलाते ही हैं, उन पर यह दोषारोपण होते कितनी देर लगती है! कहा जाएगा, तुमने क्लार्क की अति रूपवती मेम को अपने रनिवास में छिपा लिया और झूठमूठ उड़ा दिया कि वह गुम हो गई? हरि-हरि! शिव-शिव! सुनता हूँ, बड़ी रूपवती स्त्री है, चाँद का टुकड़ा है, अप्सरा है। बेटा, इस अवस्था में यह कलंक न लगाओ। वृद्धावस्था भी हमें ऐसे कुत्सित दोषों से नहीं बचा सकती। मशहूर है, राजा लोग रसादि का सेवन करते हैं, इसलिए जीवन-पर्यंत हृष्ट-पुष्ट बने रहते हैं। शिव-शिव! यह राज्य नहीं है, अपने कर्मों का दंड है। नकटा जिया बुरे हवाल। शिव-शिव! अब कुछ नहीं हो सकता। सौ-पचास निर्दोष मनुष्यों का जेल में पड़ा रहना कोई असाधारण बात नहीं। वहाँ भी तो भोजन-वस्त्र मिलता ही है। अब तो जेलखानों की दशा बहुत अच्छी है। नये-नये कुरते दिए जाते हैं। भोजन भी अच्छा दिया जाता है। हाँ, तुम्हारी खातिर से इतना कर सकता हूँ कि जिन परिवारों का कोई रक्षक न रह गया हो, अथवा जो जुरमाने के कारण दरिद्र हो गए हों, उन्हें गुप्त रीति से कुछ सहायता दे दी जाये। हरि-हरि! तुम अभी क्लार्क के पास तो नहीं गए थे?

विनय—गया था, वहीं से तो आ रहा हूँ।

महाराजा—(घबराकर) उनसे तो यह नहीं कह दिया कि मेम साहब बड़े आराम से हैं और आने पर राज़ी नहीं है?

विनय—कह दिया, छिपाने की कोई बात न थी। किसी भाँति उन्हें धैर्य तो हो।

महाराजा—(जाँघ पर हाथ पटककर) सर्वनाश कर दिया! हरि-हरि! चौपट-नाश कर दिया। शिव-शिव! आग तो लगा दी, अब मेरे पास क्यों आये हो। शिव-शिव! क्लार्क कहेगा, क़ैदी क़ैद में आराम से है, तो इसमें कुछ-न-कुछ रहस्य है। अवश्य कहेगा! ऐसा कहना स्वाभाविक भी है। मेरे अदिन आ गए, शिव-शिव! मैं इस आक्षेप का क्या उत्तर दूँगा। भगवान्! तुमने घोर संकट में डाल दिया। यह कहते हैं बचपन की बुद्धि। वहाँ न जाने कौन-सा शुभ समाचार कहने दौड़े थे। पहले प्रजा को भड़काया, रियासत में आग लगाई,

अब यह दूसरा आघात किया। मूर्ख! तुझे क्लार्क से कहना चाहिए था, वहाँ मेम को नाना प्रकार के कष्ट दिये जा रहे हैं, अनेक यातनाएँ मिल रही हैं। ओह! शिव-शिव!

सहसा प्राइवेट सेक्रेटरी ने फोन में कहा—मिस्टर क्लार्क आ रहे हैं।

महाराजा ने खड़े होकर कहा—आ गया यमदूत, आ गया। कोई है? कोट-पतलून लाओ। तुम जाओ विनय, चले जाओ, रियासत से चले जाओ। फिर मुझे मुँह मत दिखाना। जल्दी पगड़ी लाओ, यहाँ से उगालदान हटा दो।

विनय को आज राजा से घृणा हो गई। सोचा, इतना पतन, इतनी कायरता! यों राज्य करने से डूब मरना अच्छा है! वह बाहर निकले, तो नायकराम ने पूछा—कैसी छनी?

विनय—इनकी तो मारे भय से आप ही जान निकली जाती है। ऐसा डरते हैं, मानो मिस्टर क्लार्क कोई शेर हैं और इन्हें आते-ही-आते खा जायेंगे। मुझसे तो इस दशा में एक दिन भी न रहा जाता।

नायकराम—भैया, मेरी तो अब सलाह है कि घर लौट चलो, इस जंजाल में कब तक जान खपाओगे?

विनय ने सजल नयन होकर कहा—पण्डाजी, कौन मुँह लेकर घर जाऊँ? मैं अब घर जाने योग्य नहीं रहा। माताजी मेरा मुँह न देखेंगी। चला था जाति की सेवा करने, जाता हूँ सैकड़ों परिवारों का सर्वनाश करके। मेरे लिए तो अब डूब मरने के सिवा और कुछ नहीं रहा। न घर का रहा न घाट का। मैं समझ गया नायकराम, मुझसे कुछ न होगा, मेरे हाथों किसी का उपकार न होगा, मैं विष बोने ही के लिए पैदा किया गया हूँ। मैं सर्प हूँ, जो काटने के सिवा और कुछ नहीं कर सकता। जिस पामर प्राणी को प्रांत-का-प्रांत गालियाँ दे रहा हो, जिसके अहित के लिए अनुष्ठान किए जा रहे हों, उसे संसार पर भार-स्वरूप रहने का क्या अधिकार है? आज मुझ पर कितने बेकसों की आहें पड़ रही हैं। जितना जीऊँगा, उतना ही अपने ऊपर पापों का भार बढ़ाऊँगा। इस वक्त अगर अचानक मेरी मृत्यु हो जाये, तो समझूँ, ईश्वर ने मुझे उबार लिया।

इस तरह ग्लानि में डूबे हुए विनय उस मकान में पहुँचे, जो रियासत की ओर से उन्हें ठहरने को मिला था। विनय को देखते ही नौकर-चाकर दौड़े, कोई पानी खींचने लगा, कोई झाड़ू देने लगा, कोई बरतन धोने लगा। विनय ताँगे

से उतरकर सीधे दीवानखाने में गए। अन्दर क़दम रखा ही था कि मेज़ पर बंद लिफाफा मिला। विनय का हृदय धक-धक करने लगा। यह रानी जाह्नवी का पत्र था। लिफाफा खोलने की हिम्मत न पड़ी। कोई माता परदेश में पड़े हुए बीमार बेटे का तार पाकर इतनी शंकातुर न होती होगी। लिफाफा हाथ में लिए हुए सोचने लगे–इसमें मेरी भर्त्सना के सिवा और क्या होगा? इंद्रदत्त ने जो कुछ कहा है, वही तीव्र शब्दों में यहाँ दुहराया गया होगा। लिफाफा ज्यों-का-त्यों रख दिया और सोचने लगे–अब क्या करना चाहिए? क्यों न यहाँ बाज़ार में खड़े होकर जनता को सूचित कर दूँ कि दरबार तुम्हारे साथ यह अन्याय कर रहा है? लेकिन इस समय पीड़ित जनता को सहायता की ज़रूरत है, धन कहाँ से आये? पिताजी को लिखूँ कि आप इस समय मेरे पास जितने रुपये भेज सकें, भेज दीजिए? रुपये आ जायें, तो यहाँ अनाथों में बाँट दूँ? नहीं, सबसे पहले वायसराय से मिलूँ और यहाँ की यथार्थ स्थिति उनसे बयान करूँ। सम्भव है, वह दरबार पर दबाव डालकर कैदियों को मुक्त करा दें। यही ठीक है। अब मुझे सब काम छोड़कर वाइसराय से मिलना चाहिए।

यह यात्रा की तैयारियाँ करने लगे, लेकिन रानीजी के पत्र की याद, सिर पर लटकती हुई नंगी तलवार की भाँति उन्हें उद्विग्न कर रही थी। आखिर उनसे न रहा गया, पत्र खोलकर पढ़ने लगेः

विनय, आज से कई मास पहले मैं तुम्हारी माता होने पर गर्व करती थी, पर आज तुम्हें पुत्र कहते हुए लज्जा से गड़ी जाती हूँ। तुम क्या थे, क्या हो गए! और अगर यही दशा रही, तो अभी और न जाने, क्या हो जाओगे। अगर मैं जानती कि तुम इस भाँति मेरा सिर नीचा करोगे, तो आज तुम इस संसार में न होते। निर्दयी! इसीलिए तूने मेरी कोख में जन्म लिया था! इसीलिए मैंने तुझे अपना हृदय-रक्त पिला-पिलाकर पाला था! चित्रकार जब कोई चित्र बनाते-बनाते देखता है कि इससे मेरे मन के भाव व्यक्त नहीं होते, तो वह तुरन्त उसे मिटा देता है। उसी भाँति मैं तुझे भी मिटा देना चाहती हूँ। मैंने ही तुम्हें रचा है। मैंने ही तुम्हें यह देह प्रदान की है। आत्मा कहीं से आई हो, देह मेरी है। मैं उसे तुमसे वापस माँगती हूँ। अगर तुममें अब भी कुछ आत्मसम्मान है, तो मेरी अमानत मुझे लौटा दो। तुम्हें जीवित देखकर मुझे दुःख होता है। जिस काँटे से हृदय-वेदना हो रही है, उसे निकाल सकूँ,

तो क्यों न निकाल दूँ। क्या तुम यह मेरी अन्तिम अभिलाषा पूरी करोगे या अन्य अभिलाषाओं की भाँति इसे भी धूल में मिला दोगे? मैं अब भी तुम्हें इतना लज्जा-शून्य नहीं समझती, नहीं तो मैं स्वयं आती और तुम्हारे मर्मस्थल से वह वस्तु निकाल लेती, जो तुम्हारी कुमति का मूल है। क्या तुम्हें मालूम नहीं संसार में कोई ऐसी वस्तु भी है, जो संतान से भी अधिक प्रिय होती है? वह आत्मगौरव है। अगर तुम्हारे-जैसे मेरे सौ पुत्र होते, तो मैं उन सबों को उसकी रक्षा के लिए बलिदान कर देती। तुम समझते होगे, मैं क्रोध से बावली हो गई हूँ। यह क्रोध नहीं है, अपनी आत्मवेदना का रोदन है। जिस माता की लेखनी से ऐसे निर्दय शब्द निकलें, उसके शोक, नैराश्य और लज्जा का अनुमान तुम-जैसे दुर्बल प्राणी नहीं कर सकते। अब मैं और कुछ न लिखूँगी। तुम्हें समझाना व्यर्थ है। जब उम्र-भर की शिक्षा निष्फल हो गई, तो एक पत्र की शिक्षा का क्या फल होगा। अब केवल दो इच्छाएँ हैं—ईश्वर से तो यह कि तुम-जैसी संतान सातवें बैरी को भी न दें और तुमसे यह कि अपने जीवन की क्रूर लीला को समाप्त करो।

विनय यह पत्र पढ़कर रोए नहीं, क्रुद्ध नहीं हुए, ग्लानित भी नहीं हुए। उनके नेत्र गर्वोत्तेजना से चमक उठे, मुख-मंडल पर आरक्त तेज की आभा दिखायी दी, जैसी किसी कवीश्वर के मुख से अपने पूर्वजों की वीरगाथा सुनकर मनचले राजपूत का मुख तमतमा उठे—माता, तुम्हें धन्य है। स्वर्ग में बैठी हुई वीर राजपूताना की वीर गाथाएँ तुम्हारी आदर्शवादिता पर गर्व करती होंगी। मैंने अब तक तुम्हारी अलौकिक वीरता का परिचय न पाया था। तुमने भारत की विदुषियों का मस्तक उन्नत कर दिया। देवी! मैं स्वयं अपने को तुम्हारा पुत्र कहते हुए लज्जित हूँ। हाँ, मैं तुम्हारा पुत्र कहलाने योग्य नहीं हूँ। तुम्हारे फैसले के आगे सिर झुकाता हूँ। अगर मेरे पास सौ जानें होतीं, तो मैं सबों को तुम्हारे आत्मगौरव की रक्षा के लिए बलिदान कर देता। अभी इतना निर्लज्ज नहीं हुआ हूँ, लेकिन यों नहीं। मैं तुम्हें इतना संतोष देना चाहता हूँ कि तुम्हारा पुत्र जीना नहीं जानता, पर मरना जानता है। अब विलम्ब क्यों? जीवन में जो कुछ न करना था, वह सब कर चुका। उसके अंत का इससे उत्तम और कौन अवसर मिलेगा? यह मस्तक केवल एक बार तुम्हारे चरणों पर तड़पेगा। संभव है, अन्तिम समय तुम्हारा पवित्र आशीर्वाद पा जाऊँ। शायद तुम्हारे मुख से ये पावन

शब्द निकल जाएँ कि 'मुझे तुमसे ऐसी ही आशा थी, तूने जीना न जाना, लेकिन मरना जानता है।' यदि अन्त समय भी तुम्हारे मुख से 'प्रिय पुत्र' ये दो शब्द सुन सका, तो मेरी आत्मा शान्त हो जाएगी और नरक में भी सुख का अनुभव करेगी। काश! ईश्वर ने पर दिये होते, तो उड़कर तुम्हारे पास पहुँच जाता।

विनय ने बाहर की तरफ़ देखा। सूर्यदेव किसी लज्जित प्राणी की भाँति अपना कांतिहीन मुख पर्वतों की आड़ में छिपा चुके थे। नायकराम पलथी मारे भंग घोट रहे थे। यह काम वह सेवकों से नहीं लेते थे। कहते—यह भी एक विद्या है, कोई हल्दी-मसाला तो है नहीं कि जो चाहे, पीस दे। इसमें बुद्धि खर्च करनी पड़ती है, तब जाकर बूटी बनती है। कल नागा भी हो गया। तन्मय होकर भंग पीसते और रामायण की दो-चार चौपाइयाँ, जो याद थीं, लय से गाते जाते थे। इतने में विनय ने बुलाया।

नायकराम—क्या है भैया? आज मजेदार बूटी बन रही है। तुमने कभी काहे को पी होगी। आज थोड़ी-सी ले लेना, सारी थकावट भाग जाएगी।

विनय—अच्छा, इस वक़्त बूटी रहने दो। अम्माँजी का पत्र आया है, घर चलना है, एक ताँगा ठीक कर लो।

नायकराम—भैया, तुम्हारे तो सब काम उतावली के होते हैं। घर चलना है, तो कल आराम से चलेंगे। बूटी छानकर रसोई बनाता हूँ। तुमने बहुत कशमीरी रसोईयों का बनाया हुआ खाना खाया होगा, आज जरा मेरे हाथ के भोजन का भी स्वाद लो।

विनय—अब घर पहुँचकर ही तुम्हारे हाथ के भोजन का स्वाद लूँगा।

नायकराम—माताजी ने बुलाया होगा?

विनय—हाँ, बहुत जल्द।

नायकराम—अच्छा, बूटी तो तैयार हो जाये। गाड़ी तो नौ बजे रात को जाती है।

विनय—नौ बजने में देर नहीं है। सात तो बज ही गए होंगे।

नायकराम—जब तक असबाब बँधवाओं, मैं जल्दी से बनाए लेता हूँ। तकदीर में इतना सुख भी नहीं लिखा है कि निश्चिंत होकर बूटी तो बनाता।

विनय—असबाब कुछ नहीं जायेगा। मैं घर से कोई असबाब लेकर नहीं आया था। यहाँ से चलते समय घर की कुंजी सरदार साहब को दे देनी होगी।

नायकराम—और यह सारा असबाब?

विनय—कह दिया कि मैं कुछ न ले जाऊँगा।

नायकराम—भैया, तुम कुछ न लो, पर मैं तो यह दुशाला और यह संदूक ज़रूर लूँगा। जिधर से दुशाला ओढ़कर निकल जाऊँगा, देखने वाले लोट जायेंगे।

विनय—ऐसी घातक वस्तु लेकर क्या करोगे, जिसे देखकर ही सुथराव हो जाये। यहाँ की कोई चीज मत छूना, जाओ।

नायकराम भाग्य को कोसते हुए घर से निकले, तो घंटे-भर तक गाड़ी का किराया ठीक करते रहे। आखिर जब यह जटिल समस्या किसी विधि न हल हुई, तो एक को जबरदस्ती पकड़ लाये। ताँगेवाला भुनभुनाता हुआ आया—सब हाकिम-ही-हाकिम तो हैं, मुदा जानवर के पेट को भी तो कुछ मिलना चाहिए; कोई माई का लाल यह नहीं सोचता कि दिन-भर तो बेगार में मरेगा, क्या आप खाएगा, क्या जानवर को खिलायेगा, क्या बाल-बच्चों को देगा। उस पर निरखनामा लिखकर गली-गली लटका दिया। बस, ताँगेवाले ही सबको लूट खाते हैं, और तो जितने अमले-मुलाजिम हैं, सब दूध के धोये हुए हैं। बकचा ढो ले, भीख माँग खाय, मगर ताँगा कभी न चलाए।

ज्योंही ताँगा द्वार पर आया, विनय आकर बैठ गए, लेकिन नायकराम अपनी अधघुटी बूटी क्योंकर छोड़ते? जल्दी-जल्दी रगड़ी, छानकर पी, तमाखू खाई, आईना के सामने खड़े होकर पगड़ी बाँधी, आदमियों को राम-राम कहा और दुशाले को सचेष्ट नेत्रों से ताकते हुए बाहर निकले। ताँगा चला। सरदार साहब का घर रास्ते ही में था। वहाँ जाकर नायकराम ने कुंजी उनके द्वारपाल के हवाले की और आठ बजते-बजते स्टेशन पर पहुँच गए। नायकराम ने सोचा, राह में तो कुछ खाने को मिलेगा नहीं और गाड़ी पर भोजन करेंगे कैसे, दोड़कर पूरियाँ लीं, पानी लाये और खाने बैठ गए। विनय ने कहा, मुझे अभी इच्छा नहीं है। वह खड़े गाड़ियों की समय-सूची देख रहे थे कि यह गाड़ी अजमेर कब पहुँचेगी, दिल्ली में कौन-सी गाड़ी मिलेगी। सहसा क्या देखते हैं कि एक बुढ़िया आर्त्तनाद करते हुए चली आ रही है। दो-तीन आदमी उसे संभाले हुए हैं। वह विनयसिंह के समीप आकर बैठ गई। विनय ने पूछा, तो मालूम हुआ कि इसका पुत्र जसवंतनगर की

जेल का दारोग़ा था, उसे दिन-दहाड़े किसी ने मार डाला। अभी समाचार आया है, और यह बेचारी शोकातुर माता यहाँ से जसवंतनगर जा रही है। मोटरवाले किराया बहुत माँगते थे, इसलिए रेलगाड़ी से जाती है। रास्ते में उतरकर बैलगाड़ी कर लेगी। एक ही पुत्र था, बेचारी को बेटे का मुँह देखना भी न बदा था।

विनयसिंह को बड़ा दुःख हुआ—दारोग़ा बड़ा सीधा-सादा आदमी था। कैदियों पर बड़ी दया किया करता था। उससे किसी को क्या दुश्मनी हो सकती थी? उन्हें तुरंत संदेह हुआ कि यह भी वीरपालसिंह के अनुयायियों की क्रूर लीला है। सोफ़ी ने कोरी धमकी न दी थी। मालूम होता है, उसने गुप्त हत्याओं के साधन एकत्र कर लिए हैं। भगवान्, मेरे दुष्कृत्यों का क्षेत्र कितना विकसित है? इन हत्याओं का अपराध मेरी गर्दन पर है, सोफ़ी की गर्दन पर नहीं। सोफ़िया जैसी कल्याणमयी, विवेकशीला धर्मनिष्ठा रमणी मेरी ही दुर्बलता से प्रेरित होकन हत्या-मार्ग पर अग्रसर हुई है। ईश्वर! क्या अभी मेरी यातनाओं की मात्रा पूरी नहीं हुई? मैं फिर सोफ़िया के पास जाऊँगा। अवश्य जाऊँगा और उसके चरणों पर सिर रखकर विनीत भाव से कहूँगा—देवी! मैं अपने किए का दंड पा चुका, अब यह लीला समाप्त कर दो, अन्यथा यहीं तुम्हारे सामने प्राण त्याग दूँगा! लेकिन सोफ़ी को पाऊँ कहाँ? कौन मुझे उस दुर्गम दुर्ग तक ले जाएगा?

जब गाड़ी आयी, तो विनय ने वृद्धा को अपनी ही गाड़ी में बैठाया। नायकराम दूसरी गाड़ी में बैठे, क्योंकि विनय के सामने उन्हें मुसाफिरों से चुहल करने का मौका न मिलता। गाड़ी चली। आज पुलिस के सिपाही प्रत्येक स्टेशन पर टहलते हुए नज़र आते थे। दरबार ने मुसाफिरों की रक्षा के लिए यह विशेष प्रबंध किया था। किसी स्टेशन पर मुसाफिर सवार होते न नजर आते थे। विद्रोहियों ने कई जागीरदारों को लूट लिया था।

पाँचवें स्टेशन से थोड़ी ही दूर पर एकाएक गाड़ी रुक गई। वहाँ कोई स्टेशन न था। लाइन के नीचे कई आदमियों की बातचीत सुनाई दी। फिर किसी ने विनय के कमरे का द्वार खोला। विनय ने पहले तो आगन्तुक को रोकना चाहा, गाड़ी में बैठते ही उनका साम्यवाद स्वार्थ का रूप धारण कर लेता था। यह भी संदेह हुआ कि डाकू न हों, लेकिन निकट से देखा, तो

किसी स्त्री के हाथ थे, अलग हट गए, और एक क्षण मे एक स्त्री गाड़ी पर चढ़ आई। विनय देखते ही पहचान गए, वह मिस सोफ़िया थी। उसके बैठते ही गाड़ी फिर चलने लगी।

सोफ़िया ने गाड़ी में आते ही विनय को देखा, तो चेहरे का रंग उड़ गया। जी में आया, गाड़ी से उतर जाऊँ। पर वह चल चुकी थी। एक क्षण तक वह हतबुद्धि-सी खड़ी रही, विनय के सामने उसकी आँखें न उठती थीं, तब उसी वृद्धा के पास बैठ गई और खिड़की की ओर ताकने लगी। थोड़ी देर तक दोनों मौन बैठे रहे, किसी को बात करने की हिम्मत न पड़ती थी।

वृद्धा ने सोफ़ी से पूछा—कहाँ जाओगी बेटी?

सोफ़िया—बड़ी दूर जाना है।

वृद्धा—यहाँ कहाँ से आ रही हो?

सोफ़िया—यहाँ से थोड़ी दूर एक गाँव है, वहाँ से आती हूँ।

वृद्धा—तुमने गाड़ी खड़ी करा दी थी क्या?

सोफ़िया—स्टेशनों पर आजकल डाके पड़ रहे हैं। इसी से बीच में गाड़ी रुकवा दी।

वृद्धा—तुम्हारे साथ और कोई नहीं है क्या? अकेले कैसे जाओगी?

सोफ़िया—आदमी न हो, ईश्वर तो है!

वृद्धा—ईश्वर है कि नहीं, कौन जाने। मुझे तो ऐसा जान पड़ता है कि संसार का करता-धरता कोई नहीं है, तभी तो दिन-दहाड़े डाके पड़ते हैं, खून होते हैं। कल मेरे बेटे को डाकुओं ने मार डाला। (रोकर) गऊ था, गऊ। कभी मुझे जवाब न दिया। जेल के क़ैदी उसको असीस दिया करते थे। कभी भलेमानस को नहीं सताया। उस पर यह वज्र गिरा, तो कैसे कहूँ कि ईश्वर है।

सोफ़िया—क्या जसवंतनगर के जेलर आपके बेटे थे?

वृद्धा—हाँ बेटी, यही एक लड़का था, सो भगवान् ने हर लिया।

यह कहकर वृद्धा सिसकने लगी। सोफ़िया का मुख किसी मरणासन्न रोगी के मुख की भाँति निष्प्रभ हो गया। जरा देर तक वह करुणा के आवेश को दबाए हुए खड़ी रही। तब खिड़की के बाहर सिर निकालकर वह फूट-फूटकर रोने लगी। उसका कुत्सित प्रतिकार नग्न रूप में उसके सामने खड़ा था।

सोफ़ी आध घंटे तक मुँह छिपाए रोती रही, यहाँ तक कि वह स्टेशन आ गया जहाँ वृद्धा उतरना चाहती थी। जब वह उतरने लगी, तो विनय ने उसका असबाब उतारा और उसे सांत्वना देकर विदा किया।

अभी विनय गाड़ी में बैठे भी न थे कि सोफ़ी नीचे आकर वृद्धा के सम्मुख खड़ी हो गई और बोली—तुम्हारे पुत्र की हत्या करनेवाली मैं हूँ। जो दंड चाहो, दो! तुम्हारे सामने खड़ी हूँ।

वृद्धा ने विस्मित होकर कहा—क्या तू ही वह पिशाचिनी है, जिसने दरबार से लड़ने के लिए डाकुओं को जमा किया है? नहीं, तू नहीं हो सकती। तू तो मुझे करुणा और दया की मूर्ति-सी दीखती है।

सोफ़ी—हाँ, माता, मैं वही पिशाचिनी हूँ।

वृद्धा—जैसा तूने किया वैसा तेरे आगे आयेगा। मैं तुझे और क्या कहूँ। मेरी भाँति तेरे भी दिन रोते बीतें।

एंजिन ने सीटी दी। सोफ़ी संज्ञा-शून्य-सी खड़ी रही। वहाँ से हिली तक नहीं। गाड़ी चल पड़ी। सोफ़ी अब भी वहीं खड़ी थी। सहसा विनय गाड़ी से कूद पड़े, सोफ़िया का हाथ पकड़कर गाड़ी में बैठा दिया और बड़ी मुश्किल से आप भी गाड़ी में चढ़ गए। एक पल भी विलम्ब होता, तो वहीं रह जाते।

सोफ़िया ने ग्लानि-भाव से कहा—विनय, तुम मेरा विश्वास करो या न करो; पर मैं सत्य कहती हूँ कि मैंने वीरपाल को एक हत्या की भी अनुमति नहीं दी। मैं उसकी घातक प्रवृत्ति को रोकने का यथाशक्ति प्रयत्न करती रही; पर यह दल इस प्रत्याघात की धुन में उन्मत्त हो रहा है। किसी ने मेरी न सुनी। यही कारण है कि मैं अब यहाँ से जा रही हूँ। मैंने उस रात को अमर्ष की दशा में तुमसे न जाने क्या-क्या बातें कीं, लेकिन ईश्वर ही जानते हैं, इसका मुझे कितना खेद और दुःख है। शान्त मन से विचार करने पर मुझे मालूम हो रहा है कि निरन्तर दूसरों को मारने और दूसरों के हाथों मारे जाने के लिए आपत्काल में ही हम तत्पर हो सकते हैं। यह दशा स्थायी नहीं हो सकती। मनुष्य स्वभावतः शान्तिप्रिय होता है। फिर जब सरकार की दमननीति ने निर्बल प्रजा को प्रत्याघात पर आमादा कर दिया, तो क्या सबल सरकार और कठोर नीति का अवलंबन न करेगी? लेकिन मैं तुमसे ऐसी बातें कर रही हूँ, मानो तुम घर के आदमी हो। मैं भूल गई थी कि तुम राजभक्तों के दल में हो।

पर इतनी दया करना कि मुझे पुलिस के हवाले न कर देना। पुलिस से बचने के लिए ही मैंने रास्ते में गाड़ी को रोककर सवार होने की व्यवस्था की। मुझे संशय है कि इस समय भी तुम मेरी ही तलाश में हो।

विनयसिंह की आँखें सजल हो गईं। खिन्न स्वर में बोले—सोफ़िया, तुम्हें अख्तियार है मुझे जितना नीच और पतित चाहो, समझो; मगर एक दिन आयेगा, जब तुम्हें इन वाक्यों पर पछताना पड़ेगा और तुम समझोगी कि तुमने मेरे ऊपर कितना अन्याय किया है। लेकिन ज़रा शांत मन से विचार करो, क्या घर पर, यहाँ आने के पहले, मेरे पकड़े जाने की खबर पाकर तुमने भी वही नीति न धारण की थी? अन्तर केवल इतना था कि मैंने दूसरों को बरबाद किया, तुम अपने ही को बरबाद करने पर तैयार हो गईं। मैंने तुम्हारी नीति को क्षम्य समझा, वह आपद्धर्म था। तुमने मेरी नीति को अक्षम्य समझा और कठोर-से-कठोर आघात जो तुम कर सकती थीं, वह कर बैठीं। किन्तु बात एक ही है! तुम्हें मुझको पुलिस की सहायता करते देखकर इतना शोकमय आश्यर्च न हुआ होगा, जितना मुझको तुम्हें मिस्टर क्लार्क के साथ देखकर हुआ। इस समय भी तुम उसी प्रतिहिसंक नीति का अवलम्बन कर रही हो, या कम-से-कम मुझसे कर चुकी हो। इतने पर भी तुम्हें मुझ पर दया नहीं आती। तुम्हारी झिड़कियाँ सुनकर मुझे जितना मानसिक कष्ट हुआ और हो रहा है, वही मेरे लिए असाध्य था। उस पर तुमने इस समय और भी नमक छिड़क दिया। कभी तुम इस निर्दयता पर खून के आँसू बहाओगी। खैर।

यह कहते-कहते विनय का गला भर आया। फिर वह और कुछ न कह सके।

सोफ़िया ने आँखों में असीम अनुराग भरकर कहा—आओ, अब हमारी-तुम्हारी मैत्री हो जाये। मेरी उन बातों को क्षमा कर दो।

विनय ने कंठस्वर को सँभालकर कहा—मैं कुछ कहता हूँ? अगर जी न भरा हो, तो और जो चाहे, कह डालो। जब बुरे दिन आते हैं, तो कोई साथी नहीं होता। तुम्हारे यहाँ से आकर मैंने कैदियों को मुक्त करने के लिए अधिकारियों से, मिस्टर क्लार्क से, यहाँ तक कि महाराजा साहब से जितनी अनुनय-विनय की, वह मेरा दिल जानता है। पर किसी ने मेरी बातें न सुनीं। चारों तरफ़ से निराश होना पड़ा।

सोफ़ी—यह तो मैं जानती थी। इस वक़्त कहाँ जा रहे हो?

विनय—जहन्नुम में।

सोफ़ी—मुझे भी लेते चलो।

विनय—तुम्हारे लिए स्वर्ग है।

एक क्षण बाद फिर बोले—घर जा रहा हूँ। अम्माँजी ने बुलाया है। मुझे देखने के लिए उत्सुक हैं।

सोफ़िया—इंद्रदत्त तो कहते थे, तुमसे बहुत नाराज़ हैं?

विनय ने जेब से रानीजी का पत्र निकालकर सोफ़ी को दे दिया और दूसरी ओर ताकने लगे। कदाचित् यह सोच रहे थे कि यह तो मुझसे इतनी खिंच रही है, और मैं बरबस इसकी ओर दौड़ा जाता हूँ। सहसा सोफ़िया ने पत्र फाड़कर खिड़की के बाहर फेंक दिया और प्रेमविह्वल होकर बोली—मैं तुम्हें न जाने दूँगी। ईश्वर जानता है, न जाने दूँगी। तुम्हारे बदले मैं स्वयं रानीजी के पास जाऊँगी और उनसे कहूँगी, तुम्हारी अपराधिनी मैं हूँ...यह कहते-कहते उसकी आवाज़ फँस गई। उसने विनय के कंधे पर सिर रख दिया और फूट-फूटकर रोने लगी। आवाज़ हल्की हुई, तो फिर बोली—मुझसे वादा करो कि न जाऊँगा। तुम नहीं जा सकते। धर्म और न्याय से नहीं जा सकते। बोलो, वादा करते हो?

उन सजल नेत्रों में कितनी करुणा, कितनी याचना, कितनी विनय, कितना आग्रह था!

विनय ने कहा—नहीं सोफ़ी, मुझे जाने दो। तुम माताजी को खूब जानती हो। मैं न जाऊँगा, तो वह अपने दिल में मुझे निर्लज्ज, बेहया, कायर समझने लगेंगी और इस उद्विग्नता की दशा में न जाने क्या कर बैठें।

सोफ़िया—नहीं विनय, मुझ पर इतना ज़ुल्म न करो। ईश्वर के लिए दया करो। मैं रानीजी के पास जाकर रोऊँगी, उनके पैरों पर गिरूँगी और उनके मन में तुम्हारे प्रति जो गुबार भरा हुआ है, उसे अपने आँसुओं से धो दूँगी। मुझे दावा है कि मैं उनके पुत्रवात्सल्य को जागृत कर दूँगी। मैं उनके स्वभाव से परिचित हूँ। उनका हृदय दया का आगार है। जिस वक्त मैं उनके चरणों पर गिरकर कहूँगी—अम्माँ! तुम्हारा बेटा मेरा मालिक है, मेरे नाते उसे क्षमा कर दो, उस वक्त वह मुझे पैरों से ठुकराएंगी नहीं वहाँ से झल्लाई हुई उठकर

चली जाएँगी, लेकिन एक क्षण बाद मुझे बुलाएँगी और प्रेम से गले लगाएँगी। मैं उनसे तुम्हारी प्राण-भिक्षा मागूँगी, फिर तुम्हें माँग लूँगी। माँ का हृदय कभी इतना कठोर नहीं हो सकता। वह यह पत्र लिखकर शायद इस समय पछता रही होंगी, मना रही होंगी कि पत्र न पहुँचा हो। बोलो, वादा करो।

ऐसे प्रेम से सने, अनुराग में डूबे वाक्य विनय के कानों ने कभी न सुने थे, उन्हें अपना जीवन सार्थक मालूम होने लगा। आह! सोफ़ी अब भी मुझे चाहती है, उसने मुझे क्षमा कर दिया। वह जीवन, जो पहले मरुभूमि के समान निर्जन, निर्जल, निर्जीव था, अब पशु-पक्षियों, सलिल-धाराओं और पुष्प-लतादि से लहराने लगा। आनन्द के कपाट खुल गए थे और उसके अन्दर से मधुर गान की तानें, विद्युद्दीपों की झलक, सुगन्धित वायु की लपट बाहर आकर चित्त को अनुरक्त करने लगी। विनयसिंह को इस सुरम्य दृश्य ने मोहित कर दिया। जीवन के सुख जीवन के दुख हैं। विराग और आत्मग्लानि ही जीवन के रत्न हैं। हमारी पवित्र कामनाएँ, हमारी निर्मल सेवाएँ, हमारी शुभ-कल्पनाएँ विपत्ति ही की भूमि में अंकुरित और पल्लवित होती हैं।

विनय ने विचलित होकर कहा—सोफ़ी अम्माँजी के पास एक बार मुझे जाने दो। मैं वादा करता हूँ कि जब तक वह फिर स्पष्ट रूप से न कहेंगी...

सोफ़िया ने विनय की गर्दन में बाँहें डालकर कहा—नहीं-नहीं, मुझे तुम्हारे ऊपर भरोसा नहीं। तुम अकेले अपनी रक्षा नहीं कर सकते। तुममें साहस है, आत्माभिमान है, शील है, सब कुछ है, पर धैर्य नहीं। पहले मैं अपने लिए तुम्हें आवश्यक समझती थी, अब तुम्हारे लिए अपने को आवश्यक समझती हूँ। विनय, ज़मीन की तरफ़ क्यों ताकते हो? मेरी ओर देखो। मैंने जो तुम्हें कटु वाक्य कहे, उन पर लज्जित हूँ। ईश्वर साक्षी हैं, सच्चे दिल से पश्चात्ताप करती हूँ। उन बातों को भूल जाओ। प्रेम जितना ही आदर्शवादी होता है, उतना ही क्षमाशील भी। बोलो, वादा करो। अगर तुम मुझसे गला छुड़ाकर चले जाओगे, तो फिर...तुम्हें सोफ़ी न मिलेगी।

विनय ने प्रेम—पुलकित होकर कहा—तुम्हारी इच्छा है, तो न जाऊँगा।

सोफ़ी—तो हम अगले स्टेशन पर उतर पड़ेंगे।

विनय—नहीं पहले बनारस चलें। तुम अम्माँजी के पास जाना। अगर वह मुझे क्षमा कर देंगी...

सोफ़ी—विनय, अभी बनारस मत चलो। कुछ दिन चित्त को शांत होने दो, कुछ दिन मन को विश्राम लेने दो। फिर रानीजी का तुम पर क्या अधिकार है? तुम मेरे हो, समस्त नीतियों के अनुसार, जो ईश्वर ने और मनुष्य ने रची है, तुम मेरे हो। मैं रिआयत नहीं, अपना स्वत्व चाहती हूँ। हम अगले स्टेशन पर उतर पड़ेंगे। इसके बाद सोचेंगे, हमें क्या करना है, कहाँ जाना है।

विनय ने सकुचाते हुए कहा—जीवन का निर्वाह कैसे होगा? मेरे पास जो कुछ है, वह नायकराम के पास है। वह किसी दूसरे डब्बे में है। अगर उसे खबर हो गई, तो वह भी हमारे साथ चलेगा।

सोफ़ी—इसकी क्या चिन्ता। नायकराम को जाने दो। प्रेम जंगलों में भी सुखी रह सकता है।

अँधेरी रात में गाड़ी शैल और शिविर को चीरती चली जाती थी। बाहर दौड़ती हुई पर्वत-मालाओं के सिवा और कुछ न दिखायी देता था। विनय तारों की दौड़ देख रहे थे, सोफ़िया देख रही थी कि आस-पास कोई गाँव है या नहीं।

इतने में स्टेशन नज़र आया। सोफ़ी ने गाड़ी का द्वार खोल दिया और दोनों चुपके से उतर पड़े, जैसे चिड़ियों का जोड़ा घोंसले से दाने की खोज में उड़ जाये। उन्हें इसकी चिन्ता नहीं कि आगे ब्याध भी है, हिंसक पक्षी भी हैं, किसान की गुलेल भी है। इस समय तो दोनों अपने विचारों में मग्न हैं, दाने से लहराते हुए खेतों की बहार देख रहे हैं। पर वहाँ तक पहुँचना भी उनके भाग्य में है, यह कोई नहीं जानता।

36

मिस्टर जॉन सेवक ने ताहिरअली की मेहनत और ईमानदारी से प्रसन्न होकर खालों पर कुछ कमीशन नियत कर दिया था। इससे अब उनकी आय अच्छी हो गई थी, जिससे मिल के मज़दूरों पर उनका रोब था, ओवरसियर और छोटे-छोटे क्लर्क उनका लिहाज़ करते थे। लेकिन आय-वृद्धि के साथ उनके व्यय में भी खासी वृद्धि हो गई थी। जब यहाँ अपने बराबर के लोग न थे, फटे जूतों पर ही बसर कर दिया करते, खुद बाजार से सौदा-सुलफ लाते, कभी-कभी पानी भी खींच लेते थे। कोई हँसनेवाला न था। अब मिल के कर्मचारियों के सामने उन्हें ज्यादा शान से रहना पड़ता था और कोई मोटा काम अपने हाथों से करते हुए शर्म आती थी। इसलिए विवश होकर एक बुढ़िया मामा रख ली थी। पान-इलायची आदि का खर्च कई गुना बढ़ गया था। उस पर कभी-कभी दावत भी करनी पड़ती थी। अकेले रहनेवाले से कोई दावत की इच्छा नहीं करता। जानता है, दावत फीकी होगी। लेकिन सकुटुम्ब रहनेवालों के लिए भागने का कोई द्वार नहीं रहता। किसी ने कहा—खाँ साहब, आज ज़रा जरदे पकवाइए, बहुत दिन हुए, रोटी-दाल खाते-खाते जबान मोटी पड़ गई। ताहिरअली को इसके जवाब में कहना ही पड़ता—हाँ-हाँ, लीजिए, आज ही बनवाता हूँ। घर में एक ही स्त्री होती, तो उसकी बीमारी का बहाना करके टालते, लेकिन यहाँ तो एक छोड़ तीन-तीन महिलाएँ थीं। फिर ताहिरअली रोटी के चोर न थे। दोस्तों के आतिथ्य में उन्हें आनंद आता था। सारांश यह कि शराफत के निबाह में उनकी बधिया बैठी जाती थी। बाजार में तो अब उनकी रत्ती-भर भी साख न रही थी, जमामार प्रसिद्ध हो गए थे, कोई धेले की चीज को भी न पतियाता, इसलिए मित्रों से हथफेर रुपये लेकर काम चलाया करते। बाजारवालों ने निराश होकर तकाजा करना ही छोड़ दिया, समझ गए

कि इसके पास है ही नहीं, देगा कहाँ से? लिपि-बद्ध ऋण अमर होता है। वचन-बद्ध ऋण निर्जीव और नश्वर। एक अरबी घोड़ा है, जो एड़ नहीं सह सकता; या तो सवार का अन्त कर देगा या अपना। दूसरा लद्दू टट्टू है, जिसे उसके पैर नहीं, कोड़े चलाते हैं; कोड़ा टूटा या सवार का हाथ रुका और टट्टू बैठा, फिर नहीं उठ सकता।

लेकिन मित्रों के आतिथ्य-सत्कार ही तक रहता, तो शायद ताहिरअली किसी तरह खींच-तानकर दोनों चूल बराबर कर लेते। मुसीबत यह थी कि उनके छोटे भाई माहिरअली इन दिनों मुरादाबाद के पुलिस-ट्रेनिंग स्कूल में भरती हो गए। वेतन पाते ही उसका आधा, आँखें बंद करके मुरादाबाद भेज देना पड़ता था। ताहिरअली खर्च से डरते थे, पर उनकी दोनों माताओं ने उन्हें ताने देकर घर में रहना मुश्किल कर दिया। दोनों ही की यह हार्दिक लालसा थी कि माहिरअली पुलिस में जाये और दारोग़ा बने। बेचारे ताहिरअली महीनों तक हुक्काम के बँगलों की ख़ाक छानते रहे; यहाँ जा, वहाँ जा; इन्हें डाली, उन्हें नज़राना पेश कर; इनकी सिफ़ारिश करवा, उनकी चिट्ठी ला। बारे मिस्टर जॉन सेवक की सिफ़ारिश काम कर गई। ये सब मोरचे तो पार हो गए। अंतिम मोरचा डॉक्टरी परीक्षा थी। यहाँ सिफारिश और खुशामद की गुजर न थी। 32 रुपये सिविल सर्जन के लिए 16 रुपये असिस्टेंट सर्जन के लिए 8 रुपये क्लर्क तथा चपरासियों के लिए कुल 56 रुपये का जोड़ था। ये रुपये कहाँ से आयें। चारों ओर से निराश होकर ताहिरअली कुल्सूम के पास आये और बोले—तुम्हारे पास कोई जेवर हो, तो दे दो, मैं बहुत जल्द छुड़ा दूँगा। उसने तिनककर संदूक उनके सामने पटक दिया और कहा—यहाँ गहनों की हवस नहीं, सब आस पूरी हो चुकी। रोटी-दाल मिलती जाए, यही गनीमत है। तुम्हारे गहने तुम्हारे सामने हैं, जो चाहो, करो। ताहिरअली कुछ देर तक शर्म से सिर न उठा सके। फिर संदूक की ओर देखा। ऐसी एक भी वस्तु न थी, जिससे इसकी चौथाई रक़म मिल सकती। हाँ, चीजों को कूड़ा कर देने पर काम चल सकता था। सकुचाते हुए सब चीज़ें निकालकर रूमाल में बाँधी और बाहर आकर इस सोच में बैठे थे कि इन्हें क्योंकर ले जाऊँ कि इतने में मामा आयी। ताहिरअली को सूझी, क्यों न इसकी मारफत रुपये मँगवाऊँ। मामाएँ इन कामों में निपुण होती हैं। धीरे से बुलाकर उससे यह समस्या कही। बुढ़िया ने कहा—मियाँ,

यह कौन-सी बड़ी बात है, चीज तो रखनी है, कौन किसी से खैरात माँगते हैं। मैं रुपये ला दूँगी, आप निसाखातिर रहें। गहनों की पोटली लेकर चली, तो जैनब ने देखा। बुलाकर बोलीं—तू कहाँ लिए-लिए फिरेगी, मैं माहिरअली से रुपये मँगवाए देती हूँ, उनका एक दोस्त साहूकारी का काम करता है। मामा ने पोटली उसे दे दी, दो घंटे बाद अपने पास से 56 रुपये निकालकर दे दिये। इस भाँति यह कठिन समस्या हल हुई। माहिरअली मुरादाबाद सिधारे और तब से वहीं पढ़ रहे थे। वेतन का आधा भाग वहाँ निकल जाने के बाद शेष में घर का खर्च बड़ी मुश्किल से पूरा पड़ता। कभी-कभी उपवास करना पड़ जाता। उधर माहिरअली आधे ही पर संतोष न करते। कभी लिखते, कपड़ों के लिए रुपये भेजिए; कभी टेनिस खेलने के लिए सूट की फरमाइश करते। ताहिरअली को कमीशन के रुपयों में से भी कुछ-न-कुछ वहाँ भेज देना पड़ता था।

एक दिन रात-भर उपवास करने के बाद प्रातःकाल जैनब ने आकर कहा—आज रुपयों की कुछ फ़िक्र की, या आज भी रोज़ा रहेगा।

ताहिरअली ने चिढ़कर कहा—मैं अब कहाँ से लाऊँ? तुम्हारे सामने कमीशन के रुपये मुरादाबाद भेज दिये थे। बार-बार लिखता हूँ, कि किफायत से खर्च करो, मैं बहुत तंग हूँ; लेकिन वह हजरत फरमाते हैं, यहाँ एक-एक लड़का घर से सैकड़ों मँगवाता है और बेदरेग खर्च करता है, इससे ज्यादा किफायत मेरे किए नहीं हो सकती। जब उधर का यह हाल है, इधर का यह हाल तो रुपये कहाँ से लाऊँ? दोस्तों में भी तो कोई ऐसा नहीं बचा, जिससे कुछ माँग सकूँ।

जैनब—सुनती हो रकिया, इनकी बातें? लड़के को खर्च क्या दे रहे हैं, गोया मेरे ऊपर कोई एहसान कर रहे हैं। मुझे क्या, तुम उसे खर्च भेजो या बुलाओ उसके वहाँ पढ़ने से यहाँ पेट थोड़े ही भर जाएगा। तुम्हारा भाई है, पढ़ाओ या न पढ़ाओ, मुझ पर क्या एहसान!

ताहिर—तो तुम्हीं बताओ, रुपये कहाँ से लाऊँ?

जैनब—मरदों के हज़ार हाथ होते हैं। तुम्हारे अब्बाजान दस ही रुपये पाते थे कि ज्यादा? 20 रुपये तो मरने के कुछ दिन पहले हो गए थे। आखिर कुनबे को पालते थे कि नहीं। कभी फाके को नौबत नहीं आयी। मोटा-महीन दिन में दो बार जरूर मयस्सर हो जाता था। तुम्हारी तालीम हुई, शादी हुई,

कपड़े लत्ते भी आते थे। खुदा के करम से बिसात के मुआफिक गहने भी बनते थे। वह तो मुझसे कभी न पूछते थे, कहाँ से रुपये लाऊँ। आखिर कहीं से लाते ही तो थे।

ताहिर–पुलिस के मुहकमे में हर तरह की गुंजाइश होती है। यहाँ क्या है, गिनी बोटियाँ, नपा शोरबा।

जैनब–मैं तुम्हारी जगह होती, तो दिखा देती कि इसी नौकरी में कैसे कंचन बरसता। सैकड़ों चमार हैं। क्या कहो, तो सब एक-एक गट्ठा लकड़ी न लाएँ? सबों के यहाँ छान-छप्पर पर तरकारियाँ लगी होंगी। क्यों न तुड़वा मँगाते? खालों के दाम में भी कमी-बेशी करने का तुम्हें अख्तियार है। कोई यहाँ बैठा देख नहीं रहा है। दस के पौने दस लिख दो, तो क्या हरज हो? रुपये की रसीदी पर अँगूठे का निशान ही न बनवाते हो? निशान पुकारने जाता है कि मैं दस हूँ या पौने दस? फिर अब तुम्हारा एतबार जम गया। साहब को सुभा भी नहीं हो सकता। आखिर इस एतबार से कुछ अपना फायदा भी तो हो कि सारी जिंदगी दूसरों ही का पेट भरते रहोगे? इस वक़्त भी तुम्हारी रोकड़ में सैकड़ों रुपये होंगे। जितनी ज़रूरत समझो, इस वक़्त निकाल लो। जब हाथ में रुपये आयें, रख देना। रोज की आमदनी-खर्च का मीजान ही मिलना चाहिए न? यह कौन-सी बड़ी बात आज खाल का दाम न दिया, कल दिया, इसमें क्या तरद्दुद है? चमार कहीं फरियाद करने न जाएगा। सभी ऐसा करते हैं, और इसी तरह दुनिया का काम चलता है। ईमान दुरुस्त रखना हो, तो इंसान को चाहिए कि फकीर हो जाए।

रकिया–बहन, ईमान है कहाँ? जमाने का काम तो इसी तरह चलता है।

ताहिर–भाई, जो लोग करते हों, वे जानें, मेरी तो इन हथकंडों से रूह फना होती है। अमानत में हाथ नहीं लगा सकता। आखिर खुदा को भी तो मुँह दिखाना हैं उसकी मरजी हो, जिंदा रखे या मार डाले।

जैनब–वाह रे मरदुए, कुरबान जाऊँ तेरे ईमान पर। तेरा ईमान सलामत रहे, चाहे घर के आदमी भूखों पर मर जाएँ, तुम्हारी मंशा यही है कि ये सब मुँह में कालिख लगाकर कहीं निकल जाएँ। बस, और कुछ नहीं। फ़िक्र तो आदमी को अपने बीवी-बच्चों की होती है। उनके लिए बाजार मौजूद है। फांका तो हमारे लिए है। उनका फांका तो महज दिखावा है।

ताहिरअली ने इस मिथ्या आक्षेप पर क्षुब्ध होकर कहा—क्यों जलाती हो, अम्मीजान! खुदा गवाह है, जो बच्चे के लिए धेले की भी कोई चीज़ ली हो। मेरी तो नीयत कभी ऐसी न थी, न है, न होगी, यों तुम्हारी तबीयत है, जो चाहो, समझो।

रकिया—दोनों बच्चे रात-भर तड़पते रहे, 'अम्मां, रोटी, अम्मां रोटी!' पूछो, अम्मां क्या आप रोटी हो जाए! तुम्हारे बच्चे और नहीं तो ओवरसियर के घर चले जाते हैं, वहाँ से कुछ-न-कुछ खा-पी आते हैं। यहाँ तो मेरी ही जान खाते हैं।

जैनब—अपने बाल-बच्चों को खिलाने-न-खिलाने का तुम्हें अख्तियार है। कोई तुम्हारा हिसाबिया तो है नहीं, चाहे शीरमाल खिलाओ या भूखों रखो। हमारे बच्चों को तो घर की रूखी रोटियों के सिवा और कहीं ठिकाना नहीं। यहाँ कोई वली नहीं है, जो फांको से जिंदा रहे। जाकर कुछ इंतज़ाम करो।

ताहिरअली बाहर आकर बड़ी देर घोर चिन्ता में खड़े रहे। आज पहली बार उन्होंने अमानत के रुपये को हाथ लगाने का दुस्साहस किया। पहले इधर-उधर देखा, कोई खड़ा तो नहीं है, फिर बहुत धीरे से लोहे का संदूक खोला। यों दिन में सैंकड़ों बार वहीं संदूक खोलने बन्द करते थे, पर इस वक्त उनके हाथ थर-थर काँप रहे थे। आखिर उन्होंने रुपये निकाल लिए, तब सेफ बंद किया। रुपये लाकर जैनब के सामने फेंक दिये और बिना कुछ कहे-सुने बाहर चले गए। दिल को यों समझाया—अगर खुदा को मंजूर होता कि मेरा ईमान सलामत रहे, तो क्यों इतने आदमियों का बोझ मेरे सिर पर डाल देता। यह बोझ सिर पर रखा था, तो उसके उठाने की ताकत भी तो देनी चाहिए थी। मैं खुद फांके कर सकता हूँ, पर दूसरों को मजबूर नहीं कर सकता। अगर इस मजबूरी की हालत में खुदा मुझे सजा के काबिल समझे, तो वह मुंसिफ नहीं है। इस दलील से उन्हें कुछ तस्कीन हुई। लेकिन मि. जॉन सेवक तो इस दलील से माननवाले आदमी न थे। ताहिरअली सोचने लगे, कौन चमार सबसे मोटा है, जिसे आज रुपये न दूँ, तो चीं-चपड़ न करे। नहीं, मोटे आदमी के रुपये रोकना मुनासिब नहीं, मोटे आदमी निडर होते हैं। कौन जाने, किसी से कह बैठे। जो सबसे ग़रीब, सबसे सीधा हो, उसी के रुपये रोकने चाहिए। चुपके से बुलाकर अँगूठे के निशान बनवा लूँगा। उनकी हिम्मत ही न पड़ेगी कि किसी

से कहे। उस दिन से उन्हें जब ज़रूरत पड़ती, रोकड़ से रुपये निकाल लेते, फिर रख देते। धीरे-धीरे रुपये पूरे कर देने की चिन्ता कम होने लगी। रोकड़ के रुपयों में कमी पड़ने लगी। दिल मजबूत होता गया। यहाँ तक कि छठा महीने जाते-जाते वह रोकड़ के पूरे डेढ़ सौ रुपये खर्च कर चुके थे।

अब ताहिरअली को नित्य यही चिन्ता बनी रहती कि कहीं बात खुल न जाये। चमारों से लल्लो-चप्पो की बातें करते। कोई ऐसा उपाय सोच निकालना चाहते थे कि रोकड़ में इन रुपयों का पता न चले। लेकिन बही-खाते में हेर-फेर करने की हिम्मत न पड़ती थी। घर में भी किसी से यह बात न कहते। बस, खुदा से यही दुआ करते थे कि माहिरअली आ जाये। उन्हें 100 रुपये महीना मिलेंगे। दो महीने में अदा कर दूँगा। इतने दिन साहब हिसाब की जाँच न करें, तो बेड़ा पार है।

उन्होंने दिल में निश्चय किया, अब कुछ भी हो, और रुपये न निकालूँगा। लेकिन सातवें महीने में फिर 25 रुपये निकालने पड़ गए। अब माहिरअली का साल भी पूरा हो चला था। थोड़े ही दिनों की और कसर थी। सोचा, आखिर मुझे उसी की बदौलत तो यह जेरबारी हो रही है। ज्यों ही आया, मैंने घर उसे सौंपा। कह दूँगा, भाई, इतने दिनों तक मैंने सँभाला। अपने से जो कुछ बन पड़ा, तुम्हारी तालीम में खर्च किया, तुम्हारा रोजगार लगा दिया। अब कुछ दिनों के लिए मुझे इस फ़िक्र से नजात दो। उसके आने तक यह परदा ढका रह जाए, तो दुम झाड़कर निकल जाता। पहले यह ऐसी ही कोई जरूरत पड़ने पर साहब के पास जाते थे। अब दिन में एक बार जरूर मिलते। मुलाकातों से संदेह को शांत रखना चाहते थे। जिस चीज से टक्कर लगने का भय होता है, उससे हम और भी चिमट जाते हैं। कुल्सूम उनसे बार-बार पूछती कि आजकल तुम इतने रुपये कहाँ पा जाते हो? समझाती—देखो, नीयत न खराब करना। तकलीफ और तंगी से बसर करना इतना बुरा नहीं, जितना खुदा के सामने गुनहगार बनना। लेकिन ताहिरअली इधर-उधर की बातें करके उसे बहला दिया करते थे।

एक दिन सुबह को ताहिरअली नमाज अदा करके दफ्तर में आये तो देखा, एक चमार खड़ा रो रहा है। पूछा, क्या बात है? बोला—क्या बताऊँ खाँ साहब, रात घरवाली गुज़र गई। अब उसका किरिया-करम करना है, मेरा जो कुछ हिसाब हो, दे दीजिए, दौड़ा हुआ आया हूँ, कफन के रुपये भी पास नहीं

है। ताहिरअली की तहवील में रुपये कम थे। कल स्टेशन से माल भेजा था, महसूल देने में रुपये खर्च हो गए थे। आज साहब के सामने हिसाब पेश करके रुपये लानेवाले थे। इस चमार को कई खालों के दाम देने थे। कोई बहाना न कर सके। थोड़े-से रुपये लाकर उसे दिये।

चमार ने कहा—हुजूर, इतने में तो कफन भी पूरा न होगा। मरनेवाली अब फिर आयेगी नहीं, उसका किरिया-करम तो दिल खोलकर कर दूँ। मेरे जितने रुपये आते हैं, सब दे दीजिए। यहाँ तो जब तक दस बोतल दारू न होगी, लाश दरवज्जे से न उठेगी।

ताहिरअली ने कहा—इस वक़्त रुपये नहीं हैं, फिर ले जाना।

चमार—वाह खाँ साहब, वाह! अँगूठे का निशान कराए तो महीनों हो गए; अब कहते हो, फिर ले जाना। इस बखत न दोगे, तो क्या आकबत में दोगे? चाहिए तो यह था कि अपनी ओर से कुछ मदद करते, उलटे मेरे ही रुपये बाकी रखते हो।

ताहिरअली कुछ रुपये और लाये। चमार ने सब रुपये ज़मीन पर पटक दिये और बोला—आप थूक से चुहिया जिलाते हैं! मैं आपसे उधार नहीं माँगता हूँ, और आप यह कटूसी कर रहे हैं, जानो घर से दे रहे हों।

तारिअली ने कहा—इस वक़्त इससे ज़्यादा मुमकिन नहीं।

चमार था तो सीधा, पर उसे कुछ संदेह हो गया, गर्म पड़ गया।

सहसा मिस्टर जॉन सेवक आ पहुँचे। आज झल्लाये हुए थे। प्रभु सेवक की उद्दंडता ने उन्हें अव्यवस्थित-सा कर दिया था। यह झमेला देखा, तो कठोर स्वर से बोले—इसके रुपये क्यों नहीं दे देते? मैंने आपसे ताकीद कर दी थी कि सब आदमियों का हिसाब रोज़ साफ़ कर दिया कीजिए। आप क्यों बाकी रखते हैं? क्या आपकी तहवील में रुपये नहीं हैं?

ताहिरअली रुपये लाने चले, तो कुछ ऐसे घबराए हुए थे कि साहब को तुरंत संदेह हो गया। रजिस्टर उठा लिया और हिसाब देखने लगे। हिसाब साफ था। इस चमार के रुपये अदा हो चुके थे। उसके अँगूठे का निशान मौजूद था। फिर यह बकाया कैसा? इतने में और कई चमार आ गए। इस चमार को रुपये लिए जाते देखा, तो समझे, आज हिसाब चुकता किया जा रहा है। बोले—सरकार, हमारा भी मिल जाये।

साहब ने रजिस्टर ज़मीन पर पटक दिया और डपटकर बोले—यह क्या गोलमाल है? जब इनसे रसीद ली गई, तो इनके रुपये क्यों नहीं दिये गए?

ताहिरअली से कुछ न बन पड़ा, साहब के पैरों पर गिर पड़े और रोने लगे। सेंध में बैठकर घूरने के लिए बड़े घुटे आदमी की जरूरत होती है।

चमारों ने परिस्थिति को ताड़कर कहा—सरकार, हमारा पिछला कुछ नहीं है, हम तो आज के रुपये के लिए कहते थे। ज़रा देर हुई, माल रख गए थे। खाँ साहब उस बखत नमाज पढ़ते थे।

साहब ने रजिस्टर उठाकर देखा, तो उन्हें किसी-किसी नाम के सामने एक हल्का-सा चिह्न दिखायी दिया। समझ गए, हजरत ने ही ये रुपये उड़ाए हैं। एक चमार से, जो बाज़ार से सिगरेट पीता आ रहा था, पूछा—तेरा नाम क्या है?

चमार—चुनकू।

साहब—तेरे कितने रुपये बाकी हैं?

कई चमारों ने उसे हाथ के इशारे से समझाया कि कह दे, कुछ नहीं। चुनकू इशारा न समझा। बोला—17 रुपये पहले के थे, 9 रुपये आज के।

साहब ने अपनी नोटबुक पर उसका नाम टाँक लिया। ताहिरअली को कुछ कहा न सुना, एक शब्द भी न बोले। जहाँ कानून से सज़ा मिल सकती थी, वहाँ डाँट-फटकार की ज़रूरत क्या? सब रजिस्टर उठाकर गाड़ी में रखे, दफ़्तर में ताला बंद किया, सेफ में दोहरे ताले लगाए, चाभियाँ जेब में रखीं और फ़िटन पर सवार हो गए। ताहिरअली को इतनी हिम्मत भी न पड़ी कि कुछ अनुनय-विनय करें। वाणी ही शिथिल हो गई। स्तंभित-से खड़े रह गए। चमारों के चौधरी ने दिलासा दिया—आप क्यों डरते हो खाँ साहब, आपका बाल तो बाँका होने न पाएगा। हम कह देंगे, अपने रुपये भर पाए हैं। क्यों रे चुनकुआ, निरा गंवार ही है, इशारा भी नहीं समझाता?

चुनकू ने लज्जित होकर कहा—चौधरी, भगवान् जानें, जो मैं जरा भी इशारा पा जाता, तो रुपये का नाम ही न लेता।

चौधरी—अपना बयान बदल देना; कह देना, मुझे जबानी हिसाब याद नहीं था।

चुनकू ने इसका कुछ जवाब न दिया। बयान बदलना साँप के मुँह में उँगली डालना था। ताहिरअली को इन बातों से ज़रा भी तस्कीन नहीं हुई। वह

पछता रहे थे। इसलिए नहीं कि मैंने रुपये क्यों खर्च किये, बल्कि इसलिए कि नामों के सामने के निशान क्यों लगाए। अलग किसी कागज पर टांक लेता, तो आज क्यों यह नौबत आती? अब खुदा ही खैर करे। साहब मुआफ करनेवाले आदमी नहीं हैं। कुछ सूझ ही न पड़ता था कि क्या करें? हाथ-पाँव फूल गए थे।

चौधरी बोला—खाँ साहब, अब हाथ-पर-हाथ धरकर बैठने से काम न चलेगा। यह साहब बड़ा जल्लाद आदमी है। जल्दी रुपये जुटाइए। आपको याद है, कुल कितने रुपये निकलते होंगे?

ताहिर—रुपयों की कोई फ़िक्र नहीं है जी, यहाँ तो दाग लग जाने का अफ़सोस है। क्या जानता था कि आज यह आफत आनेवाली है, नहीं तो पहले से तैयार न हो जाता। जानते हो, यहाँ कारखाने का एक-न-एक आदमी कर्ज माँगने को सिर पर सवार रहता है। किस-किससे हीला करूँ? और फिर मुरौवत में हीला करने से भी तो काम नहीं चलता। रुपये निकालकर दे देता हूँ। यह उसी शराफत की सजा है। 150 रुपये से कम न निकलेंगे, बल्कि चाहे 200 रुपये हो गए हों।

चौधरी—भला, सरकारी रक़म इस तरह खरच की जाती है! आपने खरच की या किसी को उधार दे दी, बात एक ही है। वे लोग रुपये दे देंगे?

ताहिर—ऐसा खरा तो एक भी नहीं। कोई कहेगा, तनख्वाह मिलने पर दूँगा। कोई कुछ बहाना करेगा। समझ में नहीं आता क्या करूँ।

चौधरी—घर में तो रुपये होंगे?

ताहिर—होने को क्या दो-चार सौ रुपये न होंगे, लेकिन जानते हो,औरतों का रुपया जान के पीछे रहता हैं खुदा को जो मंजूर है, वह होगा।

यह कहकर ताहिरअली अपने दोस्तों की तरफ़ चले कि शायद यह हाल सुनकर लोग मेरी कुछ मदद करें, मगर कहीं न जाकर एक दरख्त के नीचे नमाज पढ़ने लगे। किसी से मदद की उम्मीद न थी।

इधर चौधरी ने चमारों से कहा—भाइयो, हमारे मुंसीजी इस बखत तंग हैं। सब लोग थोड़ी-थोड़ी मदद करो, तो उनकी जान बच जाए। साहब अपने रुपये ही न लेंगे कि किसी की जान लेंगे। समझ लो, एक दिन नसा नहीं खाया।

चौधरी तो चमारों से रुपये बटोरने लगा। ताहिरअली के दोस्तों ने यह हाल सुना, तो चुपके से दबक गए कि कहीं ताहिरअली कुछ माँग न बैठें।

हाँ, जब तीसरे पहर जब दारोग़ा ने आकर तहकीकात करनी शुरू की और ताहिरअली को हिरासत में ले लिया, तो लोग तमाशा देखने आ पहुँचे। घर में हाय-हाय मच गई। कुल्सूम ने जैनब से कहा—लीजिए, अब तो आपका अरमान निकला!

जैनब ने कहा—तुम मुझसे क्या बिगड़ती हो बेगम! अरमान निकले होंगे तो तुम्हारे, न निकले होंगे तो तुम्हारे। मैंने थोड़े ही कहा था कि जाकर किसी के घर में डाका मारो। गुलछर्रे तुमने उड़ाए होंगे, यहाँ तो रोटी-दाल के सिवा और किसी का कुछ नहीं जानते।

कुल्सूम के पास तो कफन को कौड़ी भी न थी, जैनब के पास रुपये थे, पर उसने दिल जलाना ही काफ़ी समझा। कुल्सूम की इस समय ताहिरअली से सहानुभूति न थी। उसे उन पर क्रोध आ रहा था, जैसे किसी को अपने बच्चे को चाकू से उँगली काटते देखकर गुस्सा आये।

संध्या हो रही थी। ताहिरअली के लिए दारोग़ा ने एक इक्का मँगवाया। उस पर चार कांस्टेबिल उन्हें लेकर बैठे। दारोग़ा जानता था कि यह माहिरअली के भाई हैं, कुछ लिहाज़ करता था। चलते वक़्त बोला, अगर आपको घर में किसी से कुछ कहना हो, तो आप जा सकते हैं। औरतें घबरा रही होंगी, उन्हें जरा तस्कीन देते आइए। पर ताहिरअली ने कहा, मुझे किसी से कुछ नहीं कहना है। वह कुल्सूम को अपनी सूरत न दिखाना चाहते थे। जिसे उन्होंने जान-बूझकर गारत किया था और निराधार छोड़े जाते थे। कुल्सूम द्वार पर खड़ी थी। उसका क्रोध प्रतिक्षण शोक की सूरत पकड़ता जाता था, यहाँ तक कि जब इक्का चला, तो वह पछाड़ खाकर गिर पड़ी। बच्चे 'अब्बा, अब्बा' कहते इक्के के पीछे दौड़े। दारोग़ा ने उन्हें एक-एक चवन्नी मिटाई खाने को देकर फुसला दिया। ताहिरअली तो उधर हिरासत में गए, इधर घड़ी रात जाते-जाते चमारों का चौधरी रुपये लेकर मिस्टर सेवक के पास पहुँचा। साहब बोले—ये रुपये तुम उनके घरवालों को दे दो, तो उनका गुजर हो जाये। मुआमला अब पुलिस के हाथ में हैं, मैं कुछ नहीं कर सकता।

चौधरी—हुजूर आदमी से खता हो ही जाती है। इतने दिनों तक आपकी चाकरी की, हुजूर को उन पर कुछ दया करनी चाहिए। बड़ा भारी परिवार है सरकार! बाल-बच्चे भूखों मर जाएँगे।

जॉन सेवक–मैं यह सब जानता हूँ, बेशक उनका खर्च बहुत था। इसीलिए मैंने माल पर कटौती दे दी थी। मैं जानता हूँ कि उन्होंने जो कुछ किया है, मजबूर होकर किया है, लेकिन विष किसी भी नीयत से खाए, विष ही का काम करेगा, कभी अमृत नहीं हो सकता। विश्वासघात विष से कम घातक नहीं होता। तुम ये रुपये जाकर उनके घरवालों को दे दो। मुझे खाँ साहब से कोई बिगाड़ नहीं है, लेकिन अपने धर्म को नहीं छोड़ सकता। पाप को क्षमा करना पाप करना है।

चौधरी यहाँ से निराश होकर चला गया। दूसरे दिन अभियोग चला। ताहिरअली दोषी पाए गए। वह अपनी सफाई न पेश कर सके। छः महीने की सज़ा हो गई।

जब ताहिरअली कांस्टेबिलों के साथ जेल की तरफ़ जा रहे थे, तो उन्हें माहिरअली ताँगे पर सवार आता हुआ दिखायी दिया। उनका हृदय गद्गद हो गया। आँखों से आँसू की झड़ी लग गई। समझे, माहिर मुझसे मिलने दौड़ा चला आता है। शायद आज ही आया है, और आते-ही-आते यह खबर पाकर बेकरार हो गया है। जब ताँगा समीप आ गया, तो वह चिल्लाकर रोने लगे। माहिरअली ने एक बार उन्हें देखा, लेकिन न सलाम-बंदगी की, न ताँगा रोका, न फिर इधर दृष्टिपात किया, मुँह फेर लिया, मानो देखा ही नहीं। ताँगा ताहिरअली की बगल से निकल गया। उनके मर्मस्थल ने एक सर्द आह निकल गई। एक बार फिर चिल्लाकर रोए। वह आनंद की ध्वनि थी, यह शोक का विलाप, वे आँसू की बूँदें थी, ये खून की।

किन्तु एक ही क्षण में उनकी आत्मवेदना शांत हो गई–माहिर ने मुझे देखा ही न होगा। उसकी निगाह मेरी तरफ उठी जरूर थी, लेकिन शायद वह किसी खयाल में डूबा हुआ था। ऐसा होता भी तो है कि जब हम किसी खयाल में होते हैं, तो न सामने की चीजें दिखाई देती हैं, न करीब की बातें सुनाई देती हैं। यही सबब है। अच्छा ही हुआ कि उसने मुझे न देखा, नहीं तो इधर मुझे नदामत होती, इधर उसे रंज होता।

उधर माहिरअली मकान पर पहुँचे, तो छोटे भाई आकर लिपट गए। ताहिरअली के दोनों बच्चे भी दौड़े, और 'माहिर चाचा आये' कहकर उछलने-कूदने लगे। कुल्सूम भी रोती हुई निकल आयी। सलाम-बंदगी के पश्चात् माहिर अपनी माता के पास गए। उसने उन्हें छाती से लगा लिया।

माहिर—तुम्हारा खत न जाता, तो अभी मैं थोड़े ही आता। इम्तहान के बाद ही तो वहाँ मजा आता है, कभी मैच, कभी सैर, कभी मुशायरे। भाई साहब को यह क्या हिमाकत सूझी!

जैनब—बेगम साहब की फरमाइशें कैसे पूरी होतीं! जेवर चाहिए, जरदा चाहिए, जरी चाहिए, कहाँ से आता! उस पर कहती हैं, तुम्हीं लोगों ने उन्हें मटियामेट किया। पूछो, रोटी-दाल में ऐसा कौन-सा छप्पन टके का खर्च था? महीनों सिर में तेल डालना नसीब न होता था। अपने पास से पैसे निकालो, तो पान खाओ। उस पर इतने ताने!

माहिर—मैंने तो स्टेशन से आते हुए उन्हें जेल जाते देखा। मैं तो शर्म के मारे कुछ न बोला, बंदगी तक न की। आखिर लोग यही न कहते कि इनका भाई जेलखाने जा रहा है। मुँह फेरकर चला आया। भैया रो पड़े मेरा दिल भी मसोस उठा, जी चाहता था, उनके गले लिपट जाऊँ; लेकिन शर्म आ गई। थानेदार कोई मामूली आदमी नहीं होता। उसका शुमार हुक्काम में होता है। इसका खयाल न करूँगा, तो बदनाम हो जाऊँगा।

जैनब—छः महीने की सजा हुई है।

माहिर—जुर्म तो बड़ा था, लेकिन शायद हाकिम ने रहम किया।

जैनब—तुम्हारे अब्बा का लिहाज किया होगा, नहीं तो तीन साल से कम के लिए न जाते।

माहिर—खानदान में दाग लगा लिया। बुजुर्गों की आबरू खाक में मिला दी।

जैनब—खुदा न करे कि कोई मर्द औरत का कलमा पढ़े।

इतने में मामा नाश्ते के लिए मिठाइयाँ लायी। माहिर अली ने एक मिठाई जाहिर को दी, एक जाबिर को। इन दोनों ने जाकर साबिर और नसीमा को दिखायी। वे दोनों भी दौड़े। जैनब ने कहा—जाओ, खेलते क्यों नहीं! क्या सिर पर डट गए! न जाने कहाँ के मरभुखे छोकरे हैं। इन सबों के मारे कोई चीज मुँह में डालनी मुश्किल है। बला की तरह सिर पर सवार हो जाते हैं। रात-दिन खाते ही रहते हैं, फिर भी जी नहीं भरता।

रकिया—छिछोरी माँ के बच्चे और क्या होंगे?

माहिर ने एक-एक मिठाई उन दोनों को भी दी। तब बोले—गुजर-बसर की क्या सूरत होगी? भाभी के पास तो रुपये होंगे न?

जैनब—होंगे क्यों नहीं! इन्हीं रुपयों के लिए तो खसम को जेल भेजा। देखती हूँ, क्या इंतजाम करती हैं। यहाँ किसी को क्या गरज पड़ी है कि पूछने जाए।

माहिर—मुझे अभी न जाने कितने दिनों में जगह मिले। महीना-भर लग जाये, दो महीने लग जायें। तब तक मुझे दिक मत करना।

जैनब—तुम इसका गम न करो बेटा! वह अपना सँभालें, हमारा खुदा हाफिज़ है। वह पुलाव खाकर सोयेंगी, तो हमें भी रूखी रोटियाँ मयस्सर हो ही जायेंगी।

जब शाम हो गई, तो जैनब ने मामा से कहा—जाकर बेगम साहब से पूछो, कुछ सौदा-सुल्फ आयेगा, या आज मातम मनाया जायेगा?

मामा ने लौट आकर कहा—वह तो बैठी रो रही है। कहती हैं, जिसे भूख हो, खाए, मुझे नहीं खाना है।

जैनब—देखा! यह तो मैं पहले ही कहती थी कि साफ जवाब मिलेगा। जानती है कि लड़का परदेस से आया है, मगर पैसे न निकलेंगे। अपने और अपने बच्चों के लिए बाजार से खाना मँगवा लेगी, दूसरे खाएँ या मरें, उसकी बला से। खैर, उन्हें उनके मीठे टुकड़े मुबारक रहें, हमारा भी अल्लाह मालिक है।

कुल्सूम ने जब सुना था कि ताहिरअली को छः महीने की सजा हो गई, तभी से उसकी आँखों में अँधेरा-सा छाया हुआ था। मामा का संदेशा सुना, तो जल उठी। बोली—उनसे कह दो, पकाएँ-खाएँ, यहाँ भूख नहीं है। बच्चों पर रहम आये, तो दो नेवाले इन्हें भी दे दें।

मामा ने इसी वाक्य को अन्वय किया, जिसने अर्थ का अनर्थ कर दिया।

रात के नौ बज गए। कुल्सूम देख रही थी कि चूल्हा गर्म है। मसाले की सुगंध नाक में आ रही थी, बघार की आवाज भी सुनायी दे रही थी, लेकिन बड़ी देर तक कोई उसके बच्चों को बुलाने न आया। तो वह बैठकर रोने लगी। उसे मालूम हो गया कि घरवालों ने साथ छोड़ दिया और अब मैं अनाथ हूँ, संसार में कोई मेरा नहीं। दोनों बच्चे रोते-रोते सो गए। उन्हीं के पैताने वह भी पड़ रही। भगवान् ये दो-दो बच्चे, पास फूटी कौड़ी नहीं, घर के आदमियों का यह हाल, यह नाव कैसे पार लगेगी?

माहिरअली भोजन करने बैठे, तो पूछा—भाभी ने कुछ बाजार से मँगवाया है कि नहीं।

जैनब—मामा से मँगवाएँगी, तो परदा न खुल जायेगा? खुदा के फजल से साबिर सयाना हुआ। गुपचुप सौदे वही लाता है। और इतना घाघ है कि लाख फुसलाओं, पर मुँह नहीं खोलता।

माहिर—पूछ लेना। ऐसा न हो कि हम लोग खाकर सोएँ, यह बेचारी रोज़े से रह जाएँ।

जैनब—ऐसी अनीली नहीं है, वह हम जैसों को चरा लाएँ। हाँ, पूछना मेरा फर्ज है, पूछ लूँगी।

रकिया—सालन और रोटी, किस मुँह से खाएँगी, उन्हें तो जरदा-शीरमाल चाहिए।

दूसरे दिन सबेरे दोनों बच्चे बावर्चीखाने में गए, तो जैनब ने ऐसी कड़ी निगाहों से देखा कि दोनों रोते हुए लौट आये। अब कुल्सूम से न रहा गया। वह झल्लाकर उठी और बावर्चीखाने में जाकर मामा से बोली—तूने बच्चों को खाना क्यों नहीं दिया रे? क्या इतनी जल्दी काया-पलट हो गई? इसी घर के पीछे हम मिट्टी में मिल गए और मेरे लड़के तड़पें, किसी को दर्द न आये?

मामा ने कहा—तो आप मुझसे क्या बिगड़ती हैं, मैं कौन होती हूँ, जैसा हुकुम पाती हूँ, वैसा करती हूँ।

जैनब अपने कमरे से बोली—तुम मिट्टी में मिल गईं, तो यहाँ किसने घर भर लिया। कल तक कुछ नाता निभा जाता था, वह भी तुमने तोड़ दिया। बनिए के यहाँ से कर्ज़ जिंस आयी, तो मुँह में दाना गया। सौ कोस से लड़का आया, तुमने बात तक न पूछी। तुम्हारी नेकी कोई कहाँ तक गाए।

आज से कुल्सूम की रोटियाँ के लाले पड़ गए। माहिरअली कभी दोनों भाइयों को लेकर नानबाई की दूकान से भोजन कर आते, कभी किसी इष्ट-मित्र के मेहमान हो जाते। जैनब और रकिया के लिए मामा चुपके-चुपके अपने घर से खाना बना लाती। घर में चूल्हा न जलता। नसीमा और साबिर प्रातःकाल घर से निकल जाते। कोई कुछ दे देता, तो खा लेते। जैनब और रकिया की सूरत से ऐसे डरते थे, जैसे चूहा बिल्ली से। माहिर के पास भी न जाते। बच्चे शत्रु और मित्र को खूब पहचानते हैं। अब वे प्यार

के भूखे नहीं, दया के भूखे थे। रही कुल्सूम, उसके लिए गम ही काफ़ी था। वह सीना-पिरोना जानती थी, चाहती तो सिलाई करके अपना निर्वाह कर लेती, पर जलन के मारे कुछ न करती थी। वह माहिर के मुँह में कालिख लगाना चाहती थी; चाहती थी कि दुनिया मेरी दशा को देखे और इन पर थूके। उसे अब ताहिरअली पर भी क्रोध आता था—तुम इसी लायक थे कि जेल में पड़े-पड़े चक्की पीसो। अब आँखें खुलेंगी। तुम्हें दुनिया के हँसने की फिक्र थी। अब दुनिया किसी पर नहीं हँसती! लोग मजे से मीठे लुकमे उड़ाते और मीठी नींद सोते हैं। किसी को तो नहीं देखती कि झूठ भी इन मतलब के बन्दों की फजीहत करें। किसी को गरज की क्या पड़ी है कि किसी पर हँसे। लोग समझते होंगे, ऐसे कमसमझों, लाज पर मरने वालों की यही सजा है।

इस भाँति एक महीना गुज़र गया। एक दिन सुभागी कुल्सूम के यहाँ साग-भाजी लेकर आयी। वह अब यही काम करती थी। कुल्सूम की सूरत देखी, तो बोली, बहूजी, तुम तो पहचानी ही नहीं जातीं। क्या कुढ़-कुढ़कर जान दे दोगी। बिपत तो पड़ ही गई है, कुढ़ने से क्या होगा? मसल है, आँधी आये, बैठ गँवाये। तुम न रहोगी तो बच्चों को कौन पालेगा? दुनिया कितनी जल्द अंधी हो जाती है। बेचारे खाँ साहब इन्हीं लोगों के लिए मरते थे। अब कोई बात भी नहीं पूछता। घर-घर यही चर्चा हो रही है कि इन लोगों को ऐसा न करना चाहिए था। भगवान् को क्या मुँह दिखायेंगे?

कुल्सूम—अब तो भाड़ लीपकर हाथ काला हो गया।

सुभागी—बहू, कोई मुँह पर न कहे, लेकिन सब थुड़ी-थुड़ी करते हैं। बेचारे नन्हें-नन्हें बालक मारे-मारे फिरते हैं, देखकर कलेजा फट जाता है। कल तो चौधरी ने माहिरमियाँ को खूब आड़े हाथों लिया था।

कुल्सूम को इन बातों से बड़ी तस्कीन हुई। दुनिया इन लोगों को थूकती तो है, इनकी निंदा तो करती है, इन बेहयाओं को लाज ही न हो, तो कोई क्या करे। बोली—किस बात पर?

सुभागी कुछ जवाब न देने पायी थी कि बाहर से चौधरी ने पुकारा। सुभागी ने जाकर पूछा—क्या कहते हो?

चौधरी—बहूजी से कुछ कहना है। ज़रा परदे की आड़ में खड़ी हो जायें।

दोपहर का समय था। घर में सन्नाटा छाया हुआ था। जैनब और रकिया किसी औलिया के मजार पर शीरनी चढ़ाने गई थीं। कुल्सूम परदे की आड़ में आकर खड़ी हो गई।

चौधरी—बहूजी, कई दिनों से आना चाहता था, पर मौका न मिलता था। जब आता, तो माहिरमियाँ को बैठे देखकर लौट जाता था। कल माहिरमियाँ मुझसे कहने लगे, तुमने भैया की मदद के लिए जो रुपये जमा किये थे, वे मुझे दे दो, भाभी ने माँगे हैं। मैंने कहा, जब तक बहूजी से खुद न पूछ लूँगा, आपको न दूँगा। इस पर बहुत बिगड़े। कच्ची-पक्की मुँह से निकालने लगे—समझ लूँगा, बड़े घर भिजवा दूँगा। मैंने कहा, जाइए समझ लीजिएगा। तो अब आपका क्या हुक्म है? ये सब रुपये अभी तक मेरे पास रखे हुए हैं। आपको दे दूँ न? मुझे तो आज मालूम हुआ कि वे लोग आपके साथ दगा कर गए!

कुल्सूम ने कहा—खुदा तुम्हें इस नेकी का सबब देगा। मगर ये रुपये जिसके हों, उन्हें लौटा दो। मुझे इनकी ज़रूरत नहीं है।

चौधरी—कोई न लौटाएगा।

कुल्सूम—तो तुम्हीं अपने पास रखो।

चौधरी—आप लेतीं क्यों नहीं? हम कोई औसान थोड़े ही जताते हैं। खाँ साहब की बदौलत बहुत कुछ कमाया है, दूसरा मुंसी होता, तो हजारों रुपये नजर ले लेता। यह उन्हीं की नजर समझी जाए।

चौधरी ने बहुत आग्रह किया, पर कुल्सूम ने रुपये न लिए। वह माहिरअली को दिखाना चाहती थी कि जिन रुपयों के लिए तुम कुत्तों की भाँति लपकते थे, उन्हीं रुपयों को मैंने पैर से ठुकरा दिया। मैं लाख गई—गुजरी हूँ, फिर भी मुझमें कुछ गैरत बाकी है, तुम मर्द होकर बेहयाई पर कमर बाँधे हुए हो।

चौधरी यहाँ से चला, तो सुभागी ने बोला—यही बड़े आदमियों की बातें हैं। चाहे टुकड़े-टुकड़े उड़ जायें, मुदा किसी के सामने हाथ न पसारेंगी। ऐसा न होता, तो छोटे बड़े में फर्क ही क्या रहता। धन से बड़ाई नहीं होती, धरम से होती है।

इन रुपयों को लौटाकर कुल्सूम का मस्तक गर्व से उन्नत हो गया। आज उसे पहली बार ताहिरअली पर अभिमान हुआ—यह इज़्ज़त है कि

पीठ-पीछे दुनिया बड़ाई करती रहे। उस बेइज़्ज़ती से तो मर जाना ही अच्छा कि छोटे-छोटे आदमी मुँह पर लताड़ सुनाएँ। कोई लाख उनके एहसान को मिटाए, पर दुनिया तो इंसाफ करती है! रोज ही तो अमले सजा पाते रहते हैं। कोई तो उनके बाल-बच्चों की बात नहीं पूछता; बल्कि उलटे और लोग ताने देते हैं। आज उनकी नेकनामी ने मेरा सिर ऊँचा कर दिया।

सुभागी ने कहा—बहूजी, बहुत औरतें देखीं, लेकिन तुम-जैसी धीरजवाली बिरली ही कोई होगी। भगवान तुम्हारा संकट हरे।

वह चलने लगी, तो कई अमरूद बच्चों के लिए रख दिये।

कुल्सूम ने कहा—मेरे पास पैसे नहीं हैं।

सुभागी मुसकराकर चली गई।

37

प्रभु सेवक बड़े उत्साही आदमी थे। उनके हाथ से सेवक-दल में एक नई सजीवता का संचार हुआ। संख्या दिन-दिन बढ़ने लगी। जो लोग शिथिल और उदासीन हो रहे थे, फिर नये जोश से काम करने लगे। प्रभु सेवक की सज्जनता और सहृदयता सभी को मोहित कर लेती थी। इसके साथ ही अब उनके चरित्र में वह कर्त्तव्यनिष्ठा दिखायी देती थी, जिसकी उन्हें स्वयं आशा न थी। सेवक-दल में प्रायः सभी लोग शिक्षित थे, सभी विचारशील। वे कार्य को अग्रसर करने के लिए किसी नये विधान की आयोजना करना चाहते थे। वह अशिक्षित सिपाहियों की सेना न थी, जो नायक की आज्ञा को तौलती है, तर्क-वितर्क करती है, और जब तक कायल न हो जाय, उसे मानने को तैयार नहीं होती। प्रभु सेवक ने बड़ी बुद्धिमता से इस दुस्तर कार्य को निभाना शुरू किया।

अब तक इस संस्था का कार्य क्षेत्र सामाजिक था। मेलों-ठेलों में यात्रियों की सहायता, बाढ़-बूड़े में पीड़ितों का उद्धार, सूखे-झूरे में विपत्ति के मारे हुओं का कष्ट-निवारण-ये ही इनके मुख्य विषय थे। प्रभुसेवक ने इसका कार्य-क्षेत्र विस्तृत कर दिया, इसको राजनीतिक रूप दे दिया। यद्यपि उन्होंने कोई नया प्रस्ताव न किया, किसी परिवर्तन की चर्चा तक न की, पर धीरे-धीरे उनके असर से नये भावों का संचार होने लगा।

प्रभु सेवक बहुत सहृदय आदमी थे, पर किसी को ग़रीबों पर अत्याचार करते देखकर उनकी सहृदयता हिंसात्मक हो जाती थी।

किसी सिपाही को घसियारों की घास छीनते देखकर वह तुरंत घसियारों की ओर से लड़ने पर तैयार हो जाते थे। दैविक आघातों से जनता की रक्षा करना उन्हें निरर्थक-सा जान पड़ता था। सबलों के अत्याचार पर ही उनकी

खास निगाह रहती थी। रिश्वतखोर कर्मचारियों पर, ज़ालिम, ज़मींदारों पर, स्वार्थी अधिकारियों पर वह सदैव ताक लगाए रहते थे। इसका फल यह हुआ कि थोड़े ही दिनों में इस संस्था की धाक बैठ गई। उसका दफ्तर निर्बलों और दुःखित जनों का आश्रय बन गया। प्रभु सेवक निर्बलों को प्रतिकार के लिए उत्तेजित करते रहते थे। उनका कथन था जब तक जनता स्वयं अपनी रक्षा करना न सीखेगी, ईश्वर भी उसे अत्याचार से नहीं बचा सकता।

हमें सबसे पहले आत्मसम्मान की रक्षा करनी चाहिए। हम कायर और दब्बू हो गए हैं, अभिमान और हानि चुपके से सह लेते हैं, ऐसे प्राणियों को तो स्वर्ग में भी सुख नहीं प्राप्त हो सकता। ज़रूरत है कि हम निर्भीक और साहसी बनें, संकटों का सामना करें, मरना सीखें। जब तक हमें मरना न आएगा, जीना भी न आएगा। प्रभु सेवक के लिए दीनों की रक्षा करते हुए गोली का निशाना बन जाना इससे कहीं आसान था कि वह किसी रोगी के सिरहाने बैठ पंखा झले, या अकाल-पीड़ितों को अन्न और द्रव्य बाँटता फिरे। उसके सहयोगियों को भी इस साहसिक सेवा में अधिक उत्साह था। कुछ लोग तो इससे भी आगे बढ़ जाना चाहते थे। उनका विचार था कि प्रजा में असंतोष उत्पन्न करना भी सेवकों का कर्त्तव्य है। इन्द्रदत्त इस संप्रदाय का अगुआ था, और उसे शांत रखने में प्रभु सेवक को बड़ी चतुराई से काम लेना पड़ता था।

लेकिन ज्यों-ज्यों सेवकों की कीर्ति फैलने लगी, उन पर अधिकारियों का संदेह भी बढ़ने लगा। अब कुँवर साहब डरे कि कहीं सरकार इस संस्था का दमन न कर दे। कुछ दिनों में यह अफवाह भी गर्म हुई कि अधिकारी वर्ग में कुँवर साहब की रियासत जब्त करने का विचार किया जा रहा है। कुँवर साहब निर्भीक पुरुष थे, पर यह अफवाह सुनकर उनका आसन भी डोल गया। वह ऐश्वर्य का सुख नहीं भोगना चाहते थे, लेकिन ऐश्वर्य की ममता का त्याग न कर सकते थे। उनको परोपकार में उससे कहीं अधिक आनन्द आता था, जितना भोग-विलास में। परोपकार में सम्मान था, गौरव था; वह सम्मान न रहा, तो जीने में मजा ही क्या रहेगा! वह प्रभु सेवक को बार-बार समझाते—भाई, ज़रा समझ-बूझकर काम करो। अधिकारियों से बचकर चलो। ऐसे काम करो ही क्यों जिनसे अधिकारियों को तुम्हारे ऊपर संदेह हो। तुम्हारे लिए परोपकार का क्षेत्र क्या कम है कि राजनीति के झगड़े में पड़ो। लेकिन

प्रभु सेवक उनके परामर्श की ज़रा भी परवा न करते—धमकी देते—इस्तीफा दे दूँगा। हमें अधिकारियों की क्या परवा! वे जो चाहते हैं, करते हैं, हमसे कुछ नहीं पूछते, फिर हम क्यों उनका रुख देखकर काम करें? हम अपने निश्चय मार्ग से विचलित न होंगे। अधिकारियों की जो इच्छा हो करे। आत्मसम्मान खोकर संस्था को जीवित ही रखा, तो क्या! उनका रुख देखकर काम करने का आशय तो यही है कि हम खाएँ, मुकद्में लड़े, एक दूसरे का बुरा चेतें और पड़े-पड़े सोएँ। हमारे और शासकों के उद्देश्यों में परस्पर विरोध है। जहाँ हमारा हित है, वहीं उनको शंका है, और ऐसी दशा में उसका संशय स्वाभाविक है। अगर हम लोग इस भाँति डरते रहेंगे, तो हमारा होना-न-होना बराबर है।

एक दिन दोनों आदमियों में वाद-विवाद की नौबत आ गई। बंदोबस्त के अफ़सरों ने किसी प्रांत में भूमि-कर में मनमानी वृद्धि कर दी थी। काउंसिलों, समाचार-पत्रों और राजनीतिक सभाओं में इस वृद्धि का विरोध किया जा रहा था, प्रभुसेवक की राय थी, हमें जाकर असामियों से कहना चाहिए कि साल-भर तक जमीन परती पड़ी रहने दें। कुँवर साहब कहते थे कि यह तो खुल्लम-खुल्ला अधिकारियों से रार मोल लेना है।

प्रभु सेवक—अगर आप इतना डर रहे हैं, तो उचित है कि आप इस संस्था को उसके हाल पर छोड़ दें। आप दो नौकाओं पर बैठकर नदी पर करना चाहते हैं, यह असंभव है। मुझे रईसों पर पहले भी विश्वास न था, और अब तो निराशा-सी हो गई है।

कुँवर—तुम मेरी गिनती रईसों में क्यों करते हो, जब तुम्हें मालूम है कि मुझे रियासत की परवा नहीं। लेकिन कोई काम धन के बगैर तो नहीं चल सकता। मैं नहीं चाहता कि अन्य राष्ट्रीय संस्थाओं की भाँति इस संस्था को भी धनाभाव के कारण हम टूटते देखें।

प्रभु सेवक—मैं बड़ी-से-बड़ी जायदाद को भी सिद्धान्त के लिए बलिदान कर देने में दरेग न करूँगा।

कुँवर—मैं भी न करता, यदि जायदाद मेरी होती। लेकिन यह जायदाद मेरे वारिसों की है, और मुझे कोई अधिकार नहीं है कि उनकी इच्छा के बगैर उनकी जायदाद की उत्तर-क्रिया कर दूँ। मैं नहीं चाहता कि मेरे कर्मों का फल मेरी संतान को भोगना पड़े।

प्रभु सेवक—यह रईसों की पुरानी दलील है। वे अपनी वैभव-भक्ति को इसी परदे की आड़ में छिपाया करते हैं। अगर आपको भय है कि हमारे कामों से आपकी जायदाद को हानि पहुँचेगी, तो बेहतर है कि आप इस संस्था से अलग हो जायें।

कुँवर साहब ने चिंतित स्वर में कहा—प्रभु, तुम्हें मालूम नहीं है कि इस संस्था की जड़ अभी कितनी कमज़ोर है! मुझे भय है कि यह अधिकारियों की तीव्र दृष्टि को एक क्षण भी सहन नहीं कर सकती। मेरा और तुम्हारा उद्देश्य एक ही है; मैं भी वही चाहता हूँ, जो तुम चाहते हो। लेकिन मैं बूढ़ा हूँ, मंद गति से चलना चाहता हूँ; तुम जवान हो, दौड़ना चाहते हो। मैं भी शासकों का कृपापात्र नहीं बनना चाहता। मैं बहुत पहले निश्चय कर चुका हूँ कि हमारा भाग्य हमारे हाथ में है, अपने कल्याण के लिए जो कुछ करेंगे, दूसरों से सहानुभूति या सहायता की आशा रखना व्यर्थ है। किंतु कम-से-कम हमारी संस्था को जीवित तो रहना चाहिए। मैं इसे अधिकारियों के संदेह की भेंट करके उसका अंतिम संस्कार नहीं करना चाहता।

प्रभु सेवक ने कुछ उत्तर न दिया। बात बढ़ जाने का भय था। मन में निश्चय किया कि अगर कुँवर साहब ने ज़्यादा चीं-चपड़ की, तो उन्हें इस संस्था से अलग कर देंगे। धन का प्रश्न इतना जटिल नहीं है कि उसके लिए संस्था के मर्मस्थल पर आघात किया जाए। इंद्रदत्त ने भी यही सलाह दी—कुँवर साहब को पृथक् कर देना चाहिए। हम औषधियाँ बाँटने और अकाल-पीड़ित प्रांतों में मवेशियों का चारा ढोने के लिए नहीं है। है वह भी हमारा काम, इससे हमें इनकार नहीं, लेकिन मैं इसे इतना गुरु नहीं समझता। यह विध्वंस का समय है, निर्माण का समय तो पीछे आयेगा। प्लेग, दुर्भिक्ष और बाढ़ से दुनिया कभी वीरान नहीं हुई और न होगी।

क्रमशः यहाँ तक नौबत आ पहुँची कि अब कितनी ही महत्त्व की बातों में ये दोनों आदमी कुँवर साहब से परामर्श तक न लेते, आपस ही में निश्चय कर लेते। चारों तरफ से अत्याचारों के वृत्तांत नित्य दफ्तर में आते रहते थे। कहीं-कहीं तो लोग इस संस्था की सहायता प्राप्त करने के लिए बड़ी-बड़ी रक़में देने पर तैयार हो जाते थे। इससे यह विश्वास होता जाता था कि संस्था पैरों पर खड़ी हो सकती है, उसे किसी स्थायी कोष की आवश्यकता नहीं।

यदि उत्साही कार्यकर्ता हों, तो कभी धनाभाव नहीं हो सकता। ज्यों-ज्यों यह बात सिद्ध होती जाती थी, कुँवर साहब का आधिपत्य लोगों को अप्रिय प्रतीत होता जाता था।

प्रभु सेवक की रचनाएँ इन दिनों क्रांतिकारी भावों से परिपूर्ण होती थीं। राष्ट्रीयता, द्वंद्व, संघर्ष के भाव प्रत्येक छंद से टपकते थे। उसने 'नौका' नाम की एक ऐसी कविता लिखी, जिसे कविता-सागर का अनुपम रत्न कहना अनुचित न होगा। लोग पढ़ते थे और सिर धुनते थे। पहले ही पद्य में यात्री ने पूछा था—क्यों माँझी, नौका डूबेगी या पार लगेगी? माँझी ने उत्तर दिया था—यात्री, नौका डूबेगी; क्योंकि तुम्हारे मन में यह शंका इसी कारण हुई है। कोई ऐसी सभा, सम्मेलन परिषद् न थी, जहाँ यह कविता न पढ़ी गई हो। साहित्य जगत् में हलचल मच गई।

सेवक-दल पर प्रभु सेवक का प्रभुत्व दिन-दिन बढ़ता जाता था। प्रायः सभी सदस्यों को उन पर श्रद्धा हो गई थी, सभी प्राणपण से उनके आदेशों पर चलने को तैयार रहते थे। सब-के-सब एक रंग में रंगे हुए थे, राष्ट्रीयता के मद में चूर, न धन की चिंता न घर-बार की फिक्र। रूखा-सूखा खाने-वाले, मोटा पहननेवाला, जमीन पर सोकर रात काट देते थे, घर की जरूरत न थी, कभी-कभी वृक्ष के नीचे पड़ रहते, कभी किसी झोपड़े में। हाँ, उनके हृदयों में उच्च और पवित्र देशोपासना हिलोरें ले रही थीं।

समस्त देश में संस्था की सुव्यवस्था की चर्चा हो रही थी। प्रभु सेवक देश के सर्वसम्मानित, सर्वजन-प्रिय नेताओं में थे। इतनी अल्पावस्था में यह कीर्ति! लोगों को आश्चर्य होता था। जगह-जगह से राष्ट्रीय सभाओं ने उन्हें आमंत्रित करना शुरू किया। जहाँ जाते, लोग उनका भाषण सुनकर मुग्ध हो जाते थे।

पूना में राष्ट्रीय सभा का उत्सव था। प्रभु सेवक को निमंत्रण मिला। तुरंत इंद्रदत्त को अपना कार्यभार सौंपा और दक्षिण के प्रदेशों में भ्रमण करने का इरादा करके चले। पूना में उनके स्वागत की खूब तैयारियाँ की गई थीं। यह नगर सेवक-दल का एक केंद्र भी था, और यहाँ का नायक एक बड़े जीवट का आदमी था, जिसने बर्लिन में इंजीनियरी की उपाधि प्राप्त की थी और तीन वर्ष के लिए इस दल में सम्मिलित हो गया था। उसका नगर में बड़ा प्रभाव था। वह अपने दल के सदस्यों को लिए स्टेशन पर खड़ा था। प्रभु सेवक का

हृदय यह समारोह देखकर प्रफुल्लित हो गया। उसके मन ने कहा—यह मेरे नेतृत्व का प्रभाव है। यह उत्साह, यह निर्भीकता, यह जागृति इनमें कहाँ थी? मैंने ही इसका संचार किया। अब आशा होती है कि जिंदा रहा, तो कुछ-न-कुछ कर दिखाऊँगा। हा अभिमान!

संध्या समय विशाल पण्डाल में जब वह मंच पर खड़े हुए, तो कई हज़ार श्रोताओं को अपनी ओर श्रद्धापूर्ण नेत्रों से ताकते देखकर उनका हृदय पुलकित हो उठा। गैलरी में योरपियन महिलाएँ भी उपस्थित थीं। प्रांत के गवर्नर महोदय भी आये हुए थे। जिसकी कलम में यह जादू है, उसकी वाणी में क्या कुछ चमत्कार न होगा, सब यही देखना चाहते थे।

प्रभु सेवक का व्याख्यान शुरू हुआ। किसी को उनका परिचय कराने की ज़रूरत न थी। राजनीति की दार्शनिक मीमांसा करने लगे। राजनीति क्या है? उसकी आवश्यकता क्यों है? उसके पालन का क्या विधान है? किन दशाओं में उसकी अवज्ञा करना प्रजा का धर्म हो जाता है? उसके गुण-दोष क्या हैं? उन्होंने बड़ी विद्वता और अत्यन्त निर्भीकता के साथ इन प्रश्नों कही व्याख्या की। ऐसे जटिल और गहन विषय को अगर कोई सरल, बोधगम्य और मनोरंजक बना सकता था, तो वह प्रभु सेवक थे। लेकिन राजनीति भी संसार की उन महत्त्वपूर्ण वस्तुओं में है, जो विश्लेषण और विवेचना की आँच नहीं सह सकती। उसका विवेचन उसके लिए घातक है, उस पर अज्ञान का परदा रहना ही अच्छा है। प्रभु सेवक ने परदा उठा दिया—सेनाओं की कतारें आँखों से अदृश्य हो गईं, न्यायालय के विशाल भवन जमीन पर गर पड़े, प्रभुत्व और ऐश्वर्य के चिह्न मिटने लगे, सामने मोटे और उज्जवल अक्षरों में लिखा था—सर्वोत्तम राजनीति राजनीति का अंत है। लेकिन ज्यों ही उनके मुख से ये शब्द निकले—हमारा देश राजनीति शून्य है। परवशता और आज्ञाकारिता में सीमाओं का अंतर है। त्यों ही सामने से पिस्तौल छूटने की आवाज़ आयी, और गोली प्रभु सेवक के कान के पास से निकलकर पीछे की ओर दीवार में लगी। रात का समय था; कुछ पता न चला, किसने यह आघात किया। संदेह हुआ, किसी योरपियन की शरारत है। लोग गैलरियों की ओर दौड़े। सहसा प्रभु सेवक ने उच्च स्वर में कहा—मैं उस प्राणी को क्षमा करता हूँ, जिसने मुझ पर आघात किया है। उसका जी चाहे, तो वह फिर मुझ पर निशाना मार सकता

है। मेरा पक्ष लेकर किसी को इसका प्रतिकार करने का अधिकार नहीं है। मैं अपने विचारों का प्रचार करने आया हूँ, आघातों का प्रत्याघात करने नहीं।

एक ओर से आवाज आयी—यह राजनीति की आवश्यकता का उज्जवल प्रमाण है।

सभा उठ गई। योरपियन लोग पीछे के द्वार से निकल गए। बाहर सशस्त्र पुलिस आ पहुँची थी।

दूसरे दिन संध्या को प्रभु सेवक के नाम तार आया—सेवक-दल की प्रबंधकारिणी समिति आपके व्याख्यान को नापा करती है, और अनुरोध करती है कि आप लौट आयें, वरना यह आपके व्याख्यानों की उत्तरदायी न होगी।

प्रभु सेवक ने तार के कागज़ को फाड़कर टुकड़े-टुकड़े कर डाला और उसे पैरों से कुचलते हुए आप-ही-आप बोले—धूर्त, कायर, रँगा हुआ सियार। राष्ट्रीयता का दम भरता है, जाति की सेवा करेगा! एक व्याख्यान ने कायापलट कर दी। उँगली में लहू लगाकर शहीदों में नाम लिखाना चाहता है। जाति-सेवा को बच्चों का खेल समझ रखा है। यह बच्चों का खेल नहीं है, साँप के मुँह में उँगली डालना है, शेर से पंजा लेना है। यदि अपने प्राण और अपनी संपत्ति इतनी प्यारी है, तो यह स्वाँग क्यों भरते हो? जाओ, तुम जैसे देशभक्तों के बगैर देश की कोई हानि नहीं।

उन्होंने उसी वक़्त तार का जवाब दिया—मैं प्रबंध-कारिणी समिति के अधीन रहना अपने लिए अपमानजनक समझता हूँ। मेरा उससे कोई संबंध नहीं।

आध घंटे बाद दूसरा पत्र आया। इस पर सरकार की मुहर थीः

माई डियर सेवक,

मैं नहीं कह सकता कि कल आपका व्याख्यान सुनकर मुझे कितना लाभ और आनंद प्राप्त हुआ। मैं यह अत्युक्ति के भाव से नहीं कहता कि राजनीति की ऐसी विद्वतापूर्ण और तात्त्विक मीमांसा आज तक मैंने नहीं सुनी थी। नियमों ने मेरी जबान बंद कर रखी है, लेकिन मैं आपके भावों और विचारों का आदर करता हूँ और ईश्वर से प्रार्थना करता हूँ कि वह दिन जल्द आये, जब हम राजनीति का मर्म समझें और उसके

सर्वोच्च सिद्धान्तों का पालन कर सकें। केवल एक ही ऐसा व्यक्ति है, जिसे आपकी स्पष्ट बात असह्य हुई, और मुझे बड़े दुःख और लज्जा के साथ स्वीकार करना पड़ता है कि वह व्यक्ति योरोपियन है। मैं योरोपियन समाज की ओर से इस कायरतापूर्ण और अमानुषीय आघात पर शोक और घृणा प्रकट करता हूँ। मैं आपको विश्वास दिलाता हूँ कि समस्त योरोपियन समाज को आपसे हार्दिक सहानुभूति है। यदि मैं उस नर-पिशाच का पता लगाने में सफल हुआ (उसका कल से पता नहीं है), तो आपको इसकी सूचना देने में मुझसे अधिक आनंद और किसी को न होगा।

आपका
एफ. विल्सन

प्रभु सेवक ने इस पत्र को दुबारा पढ़ा। उनके हृदय में गुदगुदी-सी होने लगी। बड़ी सावधानी से उसे अपने संदूक में रख दिया। कोई और वहाँ होता, तो ज़रूर पढ़कर सुनाते। वह गर्वोन्मत्त होकर कमरे में टहलने लगे। यह है जीवित जातियों की उदारता, विशाल-हृदयता, गुणग्राहकता! उन्होंने स्वाधीनता का आनंद उठाया है। स्वाधीनता के लिए बलिदान किए हैं, और इसका महत्त्व जानते हैं। जिसका समस्त जीवन खुशामद और मुखापेक्षा में गुजरा हो, वह स्वाधीनता का महत्त्व क्या समझ सकता है। मरने के दिन सिर पर आ जाते हैं, तो हम कितने ईश्वरभक्त बन जाते हैं, भरतसिंह भी उसी तरफ गए होते, अब तक राम-नाम का जप करते होते, वह तो विनय ने इधर फेर लिया। यह उन्हीं का प्रभाव था। विनय इस अवसर पर तुम्हारी जरूरत है, बड़ी जरूरत है, तुम कहाँ हो? आकर देखो, तुम्हारी बोयी हुई खेती का क्या हाल है। उसके रक्षक उसके भक्षक बने जा रहे हैं।

38

सोफ़िया और विनय रात-भर तो स्टेशन पर पड़े रहे। सबेरे समीप के गाँव में गए, जो भीलों की एक छोटी-सी बस्ती थी। सोफ़िया को यह स्थान बहुत पसंद आया। बस्ती के सिर पर पहाड़ का साया था, पैरों के नीचे एक पहाड़ी नाला मीठा राग गाता हुआ बहता था। भीलों के छोटे-छोटे झोपड़े, जिन पर बेलें फैली हुई थीं, अप्सराओं के खिलौने की भाँति सुन्दर लगते थे। जब तक कुछ निश्चय न हो जाये कि क्या करना है, कहाँ जाना है, कहाँ रहना है, तब तक उन्होंने उसी गाँव में निवास करने का इरादा किया। एक झोंपड़े में जगह भी आसानी से मिल गई। भीलों का आतिथ्य प्रसिद्ध है, और ये दोनों प्राणी भूख-प्यास, गरमी-सरदी सहने में अभ्यस्त थे। जो कुछ मोटा-झोटा मयस्सर हुआ, खा लिया, चाय और मक्खन, मुरब्बे और मेवों का चस्का न था। सरल और सात्विक जीवन उनका आदर्श था। यहाँ उन्हें कोई कष्ट न हुआ। इस झोंपड़ें में केवल एक भीलनी रहती थी। उसका लड़का कहीं फौज में नौकर था। बुढ़िया इन लोगों की सेवा-टहल सहर्ष कर देती। यहाँ इन लोगों ने मशहूर किया कि हम दिल्ली के रहनेवाले हैं, जलवायु बदलने आये हैं। गाँव के लोग उनका बड़ा अदब और लिहाज करते थे।

किन्तु इतना एकांत और इतनी स्वाधीनता होने पर भी दोनों एक-दूसरे से बहुत कम मिलते। दोनों न जाने क्यों सशंक रहते थे। उनमें मनोमालिन्य न था, दोनों प्रेम में डूबे हुए थे। दोनों उद्विग्न थे, दोनों विकल, दोनों अधीर, किन्तु नैतिक बंधनों की दृढ़ता उन्हें मिलने न देती। सात्त्विक धर्म-निरूपण ने सोफ़िया को सांप्रदायिक संकीर्णताओं से मुक्त कर दिया था। उसकी दृष्टि में भिन्न-भिन्न मत केवल एक ही सत्य के भिन्न-भिन्न नाम थे। उसे अब किसी से द्वेष न था, किसी से विरोध न था। जिस अशांति ने कई महीनों तक उसके

धर्म-सिद्धांतों को कुंठित कर रखा था, वह विलुप्त हो गई थी। अब प्राणिमात्र उसके लिए अपना था। और यद्यपि विनय के विचार इतने उदार न थे, संसार की प्रेम-ममता उनके लिए एक दार्शनिक वाद से अधिक मूल्य न रखती थी, किन्तु सोफ़िया की उदारता के सामने उनकी परंपरागत समाज-व्यवस्थाएँ मुँह छिपाती फिरती थीं। वास्तव में दोनों का आत्मिक संयोग हो चुका था और भौतिक संयोग में भी कोई वास्तविक बाधा न थी। किन्तु यह सब होते हुए भी वे दोनों पृथक रहते, एकांत में साथ कभी न बैठते। उन्हें अपने ही से शंका होती थी। वचन का काल समाप्त हो चुका था, लेख का समय आ गया था। वचन से जबान नहीं कटती। लेख से हाथ कट जाता है।

लेकिन लेख से हाथ चाहे कट जाए, इसके बिना कोई बात पक्की नहीं होती थोड़ा-सा मतभेद, जरा-सा असंयम समझौते को रद्द कर सकता है? इसलिए दोनों ही अनिश्चित दशा का अंत कर देना चाहते थे। कैसे करें? यह समझ में नहीं आता था कौन इस प्रसंग को छेड़े? कदाचित् बातों में कोई आपत्ति खड़ी हो जाए। सोफ़िया के लिए विनय का सामीप्य काफ़ी था। वह उन्हें नित्य आँखों से देखती थी, उनके हर्ष और अमर्ष में सम्मिलित होती थी, उन्हें अपना समझती थी। इससे अधिक वह कुछ न चाहती थी। विनय रोज़ आस-पास के देहातों में विचरने चले जाते थे। कोई स्त्री उनसे अपने परदेसी पुत्र या पति के नाम पत्र लिखाती, कहीं रोगियों को दवा देते, कहीं पारस्परिक कलहों में मध्यस्थ बनना पड़ता। भोर के गए पहर रात को लौटते। यह उनकी नित्य की दिनचर्या थी। सोफ़िया चिराग जलाये उनकी बाट देखा करती। जब वह आ जाते, तो उनके हाथ-पैर धुलवाकर भोजन कराती, दिन-भर की कथा प्रेम से सुनती और तब दोनों अपनी-अपनी कोठरियों में सोने चले जाते। वहाँ विनय को अपना घास का बिछौना बिछा हुआ मिलता। सिरहाने पानी की हांडी रखी होती। सोफ़िया इतने ही में संतुष्ट थी। अगर उसे विश्वास हो जाता कि मेरा सम्पूर्ण जीवन इसी भाँति कट जायेगा, तो वह अपना अहोभाग्य समझती। यही उसके जीवन का मधुर स्वप्न था। लेकिन विनय इतने धैर्यशील, इतने विरागी न थे। उनको केवल आध्यात्मिक संयोग से संतोष न होता था। सोफ़िया का अनुपम सौंदर्य, उसकी स्वर्गोपम वचन-माधुरी, उसका विलक्षण अंग-विन्यास उनकी श्रृंगारमयी

कल्पना को विकल करता रहता था। उन्होंने कुचक्रों में पड़कर एक बार उसे खो दिया था। अब दुबारा उस परीक्षा में न पड़ना चाहते थे। जब तक इसकी संभावना उपस्थित थी, उनके चित्त को कभी शांति न हो सकती थी।

ये लोग रेलवे स्टेशन के पते से अपने नाम पत्र-पत्रिकाएँ, पुस्तकें आदि मँगा लिया करते थे। उनसे संसार की प्रगति का बोध हो जाता था। भीलों से उनको कुछ प्रेम-सा भी हो गया था। यहाँ से कहीं और चले जाने की उन्हें इच्छा ही न होती थी। दोनों को शंका थी कि इस सुरक्षित स्थान से निकलकर हमारी न जाने क्या दशा हो जाये, न जाने हम किस भँवर में जा पड़ें। इस शांति-कुटीर को दोनों ही गनीमत समझते थे। सोफ़िया को विनय पर विश्वास था। वह अपनी आकर्षण-शक्ति से अनभिज्ञ थी।

इस तरह एक साल गुज़र गया। सोफ़िया विनय को जल-पान कराकर अँगीठी के सामने बैठी एक किताब देख रही थी। कभी मार्मिक स्थलों पर पेंसिल से × निशान करती, कभी प्रश्नचिह्न बनाती, कहीं लकीर खींचती। विनय को शंका हो रही थी कि कहीं यह तल्लीनता प्रेम-शैथिल्य का लक्षण तो नहीं है? पढ़ने में ऐसी मग्न है कि ताकती तक नहीं। विनय कपड़े पहन, बाहर जाना चाहते थे। ठंडी हवा चल रही थी, जाड़े के कपड़े थे ही नहीं। कम्बल काफ़ी न था। अलसाकर अँगीठी के पास आये और माँची पर बैठ गए। सोफ़िया की आँखें किताब में गड़ी हुई थीं। विनय की लालसा-युक्त दृष्टि अवसर पाकर निर्विघ्न रूप-लावण्य की छटा देखने लगी। सहसा सोफ़िया ने सिर उठाया, तो विनय तो सचेष्ट नेत्रों से अपनी ओर ताकते पाया। लजाकर आँखें नीची कर लीं और बोली—आज तो बड़ी सरदी है, कहाँ जाओगे! बैठो, तुम्हें इस पुस्तक के कुछ भाग सुनाऊँ। बहुत ही सुपाठ्य पुस्तक है। यह कहकर उसने आँगन की ओर देखा, भीलनी गायब थी। शायद लकड़ी बटोरने चली गई थी। अब दस बजे के पहले न आएगी। सोफ़िया कुछ चिंतित-सी हो गई।

विनय ने उत्सुकता के साथ कहा—नहीं सोफ़ी, आज कहीं न जाऊँगा। तुमसे कुछ बातें करने को जी चाहता है। किताब बंद करके रख दो। तुम्हारे साथ रहकर भी तुमसे बातें करने को तरसता रहता हूँ।

यह कहकर उन्होंने सोफ़िया के हाथों से किताब छीन लेने की चेष्टा की। सोफ़िया किताब को दृढ़ता से पकड़कर बोली—ठहरो-ठहरो, क्या करते हो?

अब यही शरारत मुझे अच्छी नहीं लगती। बैठो, इस फ्रेंच फिलॉसफर के विचार सुनाऊँ। देखो उसने कितनी विशाल हृदयता से धार्मिक निरूपण किया है।

विनय—नहीं, आज दस मिनट के लिए तुम इस फिलॉसफर के अवकाश माँग लो और मेरी ये बातें सुन लो, जो किसी पिंजरे-बद्ध पक्षी की भाँति बाहर निकलने के लिए तड़फड़ा रही हैं। आखिर मेरे इस वनवास की कोई अवधि है या सदैव जीवन के सुख-स्वप्न ही देखता रहूँगा?

सोफ़िया—इस लेखक के विचार उस जवाब से कहीं मनोरंजक हैं, जो मैं तुम्हें दे सकती हूँ। मुझे इन पर कई शंकाएँ हैं। संभव है, विचार परिवर्तन से उनकी निवृत्ति हो जाए।

विनय—नहीं, यह किताब बन्द करके रख दो। आज मैं सफर के लिए कमर कसकर आया हूँ। आज तुमसे वचन लिए बिना तुम्हारा दामन न छोड़ूँगा। क्या अब भी मेरी परीक्षा कर रही हो?

सोफ़िया ने किताब बंद करके रख दी और प्रेम-गम्भीर भाव से बोली—मैंने तो अपने को तुम्हारे चरणों पर डाल दिया, अब और मुझसे क्या चाहते हो?

विनय—अगर मैं देवता होता, तो तुम्हारी प्रेमोपासना से संतुष्ट हो जाता; लेकिन मैं भी तो इच्छाओं का दास, क्षुद्र मनुष्य हूँ। मैने जो कुछ पाया है, उससे संतुष्ट नहीं हूँ। मैं चाहता हूँ, सब चाहता हूँ। क्या अब भी तुम मेरा आशय नहीं समझीं? मैं पक्षी को अपनी मुंडेर पर बैठे देखकर संतुष्ट नहीं, उसे अपने पिंजड़े में जाते देखना चाहता हूँ। क्या ओर भी स्पष्ट रूप से कहूँ। मैं सर्वभोगी हूँ, केवल सुगंध से मेरी तृप्ति नहीं होती।

सोफ़िया—विनय, मुझे अभी विवश न करो, मैं तुम्हारी हूँ। मैं इस वक़्त यह बात जितने शुद्ध भाव और निष्कपट हृदय से कह रही हूँ, उससे अधिक किसी मंदिर में, कलीसा में या हवन-कुंड के सामने नहीं कह सकती। जिस समय मैंने तुम्हारा तिरस्कार किया था, उस समय भी तुम्हारी थी। लेकिन क्षमा करना, मैं कभी ऐसा कर्म न करूँगी, जिससे तुम्हारा अपमान, तुम्हारी अप्रतिष्ठा, तुम्हारी निंदा हो। मेरा यह संयम अपने लिए नहीं तुम्हारे लिए है। आत्मिक मिलाप के लिए कोई बाधा नहीं होती, पर सामाजिक संस्कारों के लिए अपने संबंधियों और समाज के नियमों की स्वीकृति अनिवार्य है, अन्यथा वे लज्जास्पद हो जाते हैं। मेरी आत्मा मुझे कभी क्षमा न करेगी,

अगर मेरे कारण तुम अपने माता-पिता, विशेषतः अपनी पूज्य माता के कोप-भाजन बनो और वे मेरे साथ तुम्हें भी कुल-कलंक समझने लगें। मैं कल्पना भी नहीं कर सकती कि इस अवज्ञा के लिए रानीजी तुम्हें और विशेषकर मुझे क्या दंड देंगी। वह सती हैं, देवी हैं, उनका क्रोध न जाने क्या अनर्थ करे। मैं उनकी दृष्टि में कितनी पतित हूँ, इसका मुझे अनुभव हो चुका है और तुम्हें भी उन्होंने कठोर-से-कठोर दण्ड दे दिया, जो उनके वश में था। ऐसी दशा में जब उन्हें ज्ञात होगा कि मैं और तुम केवल प्रेम के सूत्र में नहीं, संस्कारों के सूत्र में बंधे हुए हैं, तो आश्चर्य नहीं कि वह क्रोधावेश में आत्महत्या कर लें। संभव है, इस समय तुम उन समस्त विघ्न-बाधाओं को अंगीकार करने को तैयार हो जाओ, लेकिन मैं बाह्य संस्कारों को इतने महत्त्व की वस्तु नहीं समझती।

विनय ने उदास होकर कहा—सोफ़ी, इसका आशय इसके सिवा और क्या है कि मेरा जीवन सुख-स्वप्न देखने में ही कट जाए।

सोफ़ी—नहीं विनय, मैं इतनी हताश नहीं हूँ। मुझे अब भी आशा है कि कभी-न-कभी रानीजी से तुम्हारा और अपना अपराध क्षमा करा लूँगी, और तब उनके आशीर्वादों के साथ हम दाम्पत्य-क्षेत्र में प्रवेश करेंगे। रानीजी की कृपा और अकृपा, दोनों ही सीमागत रहती है। एक सीमा का अनुभव हम कर चुके। ईश्वर ने चाहा, तो दूसरी सीमा का भी जल्द अनुभव होगा। मैं तुमसे सविनय अनुरोध करती हूँ कि अब इस प्रसंग को फिर मत उठाना, अन्यथा मुझे कोई दूसरा रक्षा-स्थान खोजना पड़ेगा।

विनय ने धीरे से कहा—वह दिन कब आयेगा, जब या तो अम्माँजी न होंगी या मैं न रहूँगा।

तब उन्होंने कम्बल ओढ़ा, हाथ में लकड़ी ली और बाहर चले गए। जैसे कोई किसान महाजन की फटकार सुनकर उसके घर से बाहर निकले।

फिर पूर्ववत् दिन कटने लगे, विनय बहुत मलिन और खिन्न रहते। यथासम्भव घर से बाहर ही विचरा करते, आते भी तो भोजन करके चले जाते। कहीं जाना न होता, तो नदी के तट पर जा बैठते और घंटों जल-क्रीड़ा देखा करते। कभी कागज की नावें बनाकर उसमें तैराते और उनके पीछे-पीछे वहाँ तक जाते, जहाँ वे जल-मग्न हो जातीं। उन्हें अब भ्रम होने लगा था कि

सोफ़िया को अब भी मुझ पर विश्वास नहीं है। वह मुझसे प्रेम करती है, लेकिन मेरे नैतिक बल पर उसे संदेह है।

एक दिन वह नदी के किनारे बैठे हुए थे कि बुढ़िया भीलनी पानी भरने आयी। उन्हें वहाँ बैठे देखकर उसने घड़ा रख दिया बोली—क्यों मालिक, तुम यहाँ अकेले क्यों बैठे हो? घर में मालकिन घबराती न होंगी? मैं उन्हें बहुत रोते देखा करती हूँ। क्या तुमने उन्हें कुछ कहा है? क्या बात है? कभी तुम दोनों को बैठकर हँसते-बोलते नहीं देखती?

विनय ने कहा—क्या करूँ माता, उन्हें यही तो बीमारी है कि मुझसे रूठी रहती हैं। बरसों से उन्हें यही बीमारी हो गई है।

भीलनी—तो बेटा, इसका उपाय में कर दूँगी। ऐसी जड़ी दे दूँ कि तुम्हारे बिना उन्हें छिन-भर भी चैन न आये।

विनय—क्या ऐसी जड़ी भी होती है?

बुढ़िया ने सरल विज्ञता से कहा—बेटा, जड़ियाँ तो ऐसी-ऐसी होती हैं कि चाहे आग बाँध लो, पानी बाँध लो, मुरदे को जिला दो, मुद्दई को घर बैठे मार डालो। हाँ जानना चाहिए। तुम्हारा भील बड़ा गुनी था। राजा के दरबार में आया-जाया करता था। उसी ने मुझे दो-चार बूटियाँ बता दी थीं। बेटा, एक-एक बूटी एक-एक लाख को सस्ती है।

विनय—तो मेरे पास इतने रुपये कहाँ हैं?

भीलनी—नहीं बेटा, तुमसे मैं क्या लूँगी। तुम बिसुनाथपुरी के निवासी हो। तुम्हारे दरसन पा गई, यही मेरे लिए बहुत है। वहाँ जाकर मेरे लिए थोड़ा-सा गंगाजल भेज देना। बुढ़िया तर जाएगी। तुमने मुझसे पहले न कहा, नहीं तो मैं वह जड़ी तुम्हें दे दी होती। तुम्हारी अनबन देखकर मुझे बड़ा दुःख होता है।

संध्या समय, जब सोफ़िया बैठी भोजन बना रही थी, भीलनी ने एक जड़ी लाकर विनयसिंह को दी और बोली—बेटा, बड़े जतन से रखना, लाख रुपये दोगे, तब भी न मिलेगी। अब तो यह विद्या ही उठ गई। इसको अपने लहू में पंद्रह दिन तक रोज भिगोकर सुखाओ। तब इसमें से एक-एक पत्ती काटकर मालकिन को धूनी दो। पंद्रह दिन के बाद जो बच रहे, वह उनके जूड़े में बाँध दो। देखो, क्या होता है। भगवान् चाहेंगे, तो तुम आप उनसे ऊबने लगोगे। वह परछाईं की भाँति तुम्हारे पीछे लगी रहेंगी। फिर उनसे विनय के कान में एक मंत्र

बताया, जो कई निरर्थक शब्दों का संग्रह था, और कहा कि जड़ी को लहू में डुबाते समय यह मंत्र पाँच बार पढ़कर जड़ी पर फूँक देना।

विनयसिंह मिथ्यावादी न थे; मंत्र-तंत्र पर उनका अणु-मात्र भी विश्वास न था। लेकिन सुनी-सुनाई बातों से उन्हें यह मालूम था कि निम्न जातियों में ऐसे तांत्रिक क्रियाओं का बड़ा प्रचार है, और कभी-कभी इनका विस्मयजनक फल भी होता है। उनका अनुमान था कि क्रियाओं में स्वयं कोई शक्ति नहीं, अगर कुछ फल होता है, तो वह मूर्खों के दुर्बल मस्तिष्क के कारण। शिक्षित पर, जो प्रायः शंकावादी होते हैं, जो ईश्वर के अस्तित्व को भी स्वीकार नहीं करते, भला इनका क्या असर हो सकता है? तो भी उन्होंने यह सिद्धि प्राप्त करने का निश्चय किया। उन्हें उससे किसी फल की आशा न थी, केवल उसकी परीक्षा लेना चाहते थे।

लेकिन कहीं सचमुच इस जड़ी में कुछ चमत्कार हो, तो फिर क्या पूछना। इस कल्पना ही से उनका हृदय पुलकित हो उठा। सोफ़िया मेरी हो जाएगी। तब उसके प्रेम में और ही बात होगी।

ज्यों ही मंगल का दिन आया, वह नदी पर गए, स्नान किया और चाकू से अपनी एक उँगली काटकर उसके रक्त में जड़ी को भिगायो, और तब उसे एक ऊँची चट्टान पर पत्थरों से ढककर रख आये। पंद्रह दिन तक लगातार यही क्रिया करते रहे। ठंड ऐसी पड़ती थी कि हाथ-पाँव गले जाते थे, बरतनों में पानी जम जाता था। लेकिन विनय नित्य स्नान करने जाते। सोफ़िया ने उन्हें इतना कर्मनिष्ठ न देखा था। कहती—इतनी सबेरे न नहाओ, कहीं सरदी न लग जाये, जंगली आदमी भी दिन-भर अंगीठियाँ जलाए बैठे रहते हैं, बाहर मुँह नहीं निकाला जाता, ज़रा धूप निकल आने दिया करो। लेकिन विनय मुस्कराकर कह देते, बीमार पड़ूँगा, तो कम-से-कम मेरे पास बैठोगी तो। उनकी कई उँगलियों में घाव हो गए, पर वह इन घावों को छिपाए रहते थे।

इन दिनों विनय की दृष्टि सोफ़िया की एक-एक बात, एक-एक गति पर लगी रहती थी। वह देखना चाहते थे कि मेरी क्रिया का कुछ असर हो रहा है या नहीं, किंतु कोई प्रत्यक्ष फल न दिखायी देता था। पंद्रहवें दिन जाकर उन्हें सोफ़िया के व्यवहार में कुछ थोड़ा-सा अन्तर दिखायी पड़ा। शायद किसी और समय उनका इस ओर ध्यान भी न जाता, किन्तु आजकल तो उनकी दृष्टि

बहुत सूक्ष्म हो गई थी। जब घर से बाहर जाने लगे, तो सोफ़िया अज्ञात भाव से निकल आयी और कई फर्लांग तक उनसे बातें करती हुई चली गई। जब विनय ने बहुत आग्रह किया, तब लौटी। विनय ने समझा, यह उसी क्रिया का असर है।

आज से धूनी देने की क्रिया आरम्भ होती थी। विनय बहुत चिंतित थे—वह क्रिया क्योंकर पूरी होगी! अकेले सोफ़ी के कमरे में जाना सभ्यता, सज्जनता और शिष्टता के विरुद्ध है। कहीं सोफ़ी जाग जाये और मुझे देख ले, तो मुझे कितना नीच समझेगी! कदाचित् सदैव के लिए मुझसे घृणा करने लगे। न भी जागे, तो भी यह कौन-सी भलमनसी है कि कोई आदमी किसी युवती के कमरे में प्रवेश करे। न जाने किस दशा में लेटी होगी। सम्भव है, केश खुले हों, वस्त्र हट गया हो। उस समय मेरी मनोवृत्तियाँ कितनी कुचेष्ट हो जायेंगी। मेरा कितना नैतिक पतन हो गया है।

सारे दिन वह इन्हीं अशांतिमय विचारों में पड़े रहे, लेकिन संध्या होते ही वह कुम्हार के घर से एक कच्चा प्याला लाये और उसे हिफाजत से रख दिया। मानव चरित्र की एक विचित्रता यह है कि हम बहुधा ऐसे काम कर डालते हैं, जिन्हें करने की इच्छा हमें नहीं होती। कोई गुप्त प्रेरणा हमें इच्छा के विरुद्ध ले जाती है।

आधी रात हुई, तो विनय प्याली में आग और हाथ में वह रक्त-सिंचित जड़ी लिए हुए सोफ़ी की कोठरी के द्वार पर आये। कम्बल का परदा पड़ा हुआ था। झोंपड़े में किवाड़ कहाँ। कंबल के पास खड़े होकर कान लगाकर सुना। सोफ़ी मीठी नींद सो रही थी। वह थर-थर काँपते, पसीने से तर, अन्दर घुसे। दीपक के मंद प्रकाश में सोफ़ी निद्रा में मग्न लेटी हुई ऐसी मालूम होती थी, मानो मस्तिष्क में मधुर कल्पना विश्राम कर रही हो। विनय के हृदय पर आतंक-सा छा गया। कई मिनट तक मंत्र-मुग्ध से खड़े रहे, पर अपने को संभाले हुए, मानो किसी देवी के मंदिर में हैं। उन्नत हृदयों में सौंदर्य उपासना-भाव को जागृत कर देता है, वासनाएँ विश्रांत हो जाती है। विनय कुछ देर तक सोफ़ी को भक्ति-भाव से देखते रहे। तब वह धीरे-से बैठ गए, प्याली में जड़ी का एक टुकड़ा तोड़कर रख दिया और उसे सोफ़िया के सिरहाने की ओर खिसका दिया। एक क्षण में जड़ी की सुगंध से सारा कमरा बस उठा। ऊद और अंबर

में यह सुगंध कहाँ? धुएँ में कुछ ऐसी उद्दीपन-शक्ति थी कि विनय का चित्त चंचल हो उठा। ज्यों ही धुआँ बन्द हुआ, विनय ने प्याली से जड़ी की राख निकाल दी। भीलनी के आदेशानुसार उसे सोफ़िया पर छिड़क दिया और बाहर निकल आये। लेकिन अपनी कोठरी में आकर वह घंटों बैठे पश्चात्ताप करते रहे। बार-बार अपने नैतिक भावों को चोट पहुँचाने की चेष्टा की। इस कृत्य को विश्वासघात, सतीत्व-हत्या कहकर मन में घृणा का संचार करना चाहा। सोते वक़्त निश्चय किया कि बस, इस क्रिया का आज से अंत है। दूसरे दिन दिन-भर उनका हृदय खिन्न, मलिन, उद्विग्न रहा। ज्यों-ज्यों रात निकट आती थी, उन्हें शंका होती जाती थी कि कहीं मैं फिर यह क्रिया न करने लगूँ। दो-तीन भीलों को बुला लाये और उन्हें अपने पास सुलाया। भोजन करने में बड़ी देर की, जिसमें चारपाई पर पड़ते-ही-पड़ते नींद आ जाय। जब भोजन करके उठे, तो सोफ़ी आकर उनके पास बैठ गई। यह पहला ही अवसर था कि वह रात को उनके पास बैठी बातें करती रही। आज के समाचार-पत्रों मे प्रभु सेवक की पूना में दी हुई वक्तृता प्रकाशित हुई थी। सोफ़ी ने इसे उच्च स्वर में पढ़ा। गर्व से उसका सिर ऊँचा हो गया, बोली—देखो, कितना विलासप्रिय आदमी था, जिसे सदैव अच्छे वस्त्रों और अन्य सुख-सामग्रियों की धुन सवार रहती थी। उसकी कितनी कायापलट हुई है। मैं समझती थी, इससे कभी कुछ न होगा, आत्मसेवन में ही इसका जीवन व्यतीत होगा। मानव-हृदय कितने दुर्बोध होते हैं। उसका यह त्याग और अनुराग देखकर आश्चर्य होता है।

भीलों के खर्राटों की आवाज़ें आने लगीं। सोफ़ी चलने को उठी, तो उसने विनय को ऐसी चितवनों से देखा, जिसमें प्रेम के सिवा और भी कुछ था—आर्द्र आकांक्षा झलक रही थी। एक आकर्षण था; जिसने विनय को सिर से पैर तक हिला दिया। जब वह चली गई, तो उन्होंने एक पुस्तक उठा ली और पढ़ने लगे। लेकिन ज्यों-ज्यों क्रिया का समय आता था, उनका दिल बैठा जाता था। ऐसा जान पड़ता था, जैसे कोई जबरदस्ती उन्हें ठेल रहा है। जब उन्हें यकीन हो गया कि सोफ़िया सो गई होगी, तो वह धीरे से उठे, प्याली में आग ली और चले। आज वह कल से भी ज्यादा भयभीत हो रहे थे। एक बार जी में आया कि प्याली को पटक दूँ। लेकिन एक क्षण के बाद उन्होंने सोफ़ी के कमरे में कदम रखा। आज उन्होंने आँखें ऊपर उठाई ही नहीं, सिर

नीचा किये धूनी सुलगाई और राख छिड़ककर चले आये। चलती बार उन्होंने सोफ़िया का मुखचंद्र देखा। ऐसा भासित हुआ कि वह मुस्कुरा रही है। कलेजा धक से हो गया। सारे शरीर से सनसनी दौड़ गई। ईश्वर! अब लाज तुम्हारे हाथ है, इसने देख न लिया हो! विद्युतगति से अपनी कोठरी में आये, दीपक बुझा दिया और चारपाई पर गिर पड़े।

इस भाँति पाँच दिनों तक विनय ने बड़ी कठिनाइयों से यह साधना की, और इतने ही दिनों में उन्हें सोफ़िया पर इसका असर साफ नज़र आने लगा। यहाँ तक कि पाँचवें दिन वह दोपहर तक उसके साथ भीलों की झोंपड़ियों की सैर करती रही। उसके नेत्रों में गम्भीर चिन्ता की जगह अब एक लालसापूर्ण चंचलता झलकती थी। और अधरों पर मधुर हास्य की आभा। आज रात को भोजन के उपरांत वह उनके पास बैठकर समाचार-पत्र पढ़ने लगी और पढ़ते-पढ़ते उसने अपना सिर विनय की गोद में रख दिया, और उनके हाथों को अपने हाथ में लेकर बोली—सच बताना विनय, एक बात तुमसे पूछूँ, बताओगे न? सच कहना, तुम यह तो नहीं चाहते कि यह बला सिर से टल जाये? मैं कहे देती हूँ, जीते जी न टलूँगी, न तुम्हें छोड़ूँगी। तुम भी मुझसे भागकर नहीं जा सकते। किसी तरह न जाने दूँगी। जहाँ जाओगे, मैं भी चलूँगी, तुम्हारे गले का हार बनी रहूँगी।

यह कहते-कहते उसने विनय के हाथ छोड़ दिये और गले में बाँहें डाल दीं।

विनय को ऐसा मालूम हुआ कि मेरे पैर उखड़ गए हैं और मैं लहरों में बहा जा रहा हूँ। एक विचित्र आशंका से उनका हृदय काँप उठा, मानो उन्होंने खेल में सिंहनी को जगा दिया हो। उन्होंने अज्ञात भाव से सोफ़ी के कर-पाश से अपने को मुक्त कर लिया और बोले—सोफ़ी!

सोफ़ी चौंक पड़ी, मानो निद्रा में हो। फिर उठ कर बैठ गई और बोली—मुझे ऐसा ज्ञात होता है कि पूर्व-जन्म में, उससे पहले भी आदि से तुम्हारी हूँ, कुछ स्वप्न-सा याद आता है कि हम और तुम नदी के किनारे एक झोपड़े में रहते थे। सच!

विनय ने सशंक होकर कहा—तुम्हारा जी कैसा है?

सोफ़ी—मुझे कुछ हुआ थोड़े ही है, मैं तो अपने पूर्वजन्म की बात याद कर रही हूँ। मुझे ऐसा याद आता है कि तुम मुझे झोंपड़ी में अकेली छोड़कर

अपनी नाव पर कहीं परदेश चले गए और मैं नित्य नदी के तीर बैठी हुई तुम्हारी राह देखती थी, पर तुम न आते थे।

विनय—सोफ़िया मुझे भय हो रहा है कि तुम्हारा जी अच्छा नहीं है। रात बहुत हो गई है, अब सो जाओ।

सोफ़ी—मेरा तो आज यहाँ से जाने का जी नहीं चाहता। क्या तुम्हें नींद आ रही है? तो सोओ, मैं बैठी हूँ। जब तुम सो जाओगे, मैं चली जाऊँगी।

एक क्षण बाद फिर बोली—मुझे न जाने क्यों संशय हो रहा है कि तुम मुझे छोड़कर चले जाओगे। सच बताओ, क्या तुम मुझे छोड़ जाओगे?

विनय—सोफ़ी, अब हम अनंत काल तक अलग न होंगे।

सोफ़ी—तुम इतने निर्दय नहीं हो, मैं जानती हूँ। मैं रानीजी से न डरूँगी, साफ-साफ कह दूँगी, विनय मेरे हैं।

विनय की दशा उस भूखे आदमी की-सी थी, जिसके सामने परसी थाली रखी हुई हो, क्षुधा से चित्त व्याकुल हो रहा हो, आँतें सिकुड़ी जाती हों, आँखों में अँधेरा छा रहा हो; मगर थाली में हाथ न डाल सकता हो, इसलिए कि पहले किसी देवता का भोग लगना है। उन्हें अब इसमें कोई संदेह न रहा था कि सोफ़ी की व्याकुलता उसी क्रिया का फल है। उन्हें विस्मय होता था कि उस जड़ी में ऐसी कौन-सी शक्ति है। वह अपने कृत्य पर लज्जित थे और सबसे अधिक भयभीत थे—आत्मा से नहीं, परमात्मा से नहीं, सोफ़ी से। जब सोफ़ी को ज्ञात हो जाएगा—कभी-न-कभी तो यह नशा उतरेगा ही—तब वह मुझसे इसका कारण पूछेगी और मैं छिपा न सकूँगा। उस समय वह मुझे क्या कहेगी!

आखिर जब अँगीठी की आग ठंडी हो गई और सोफ़ी को सरदी मालूम होने लगी, तो सोफ़ी चली गई। क्रिया का समय भी आ पहुँचा। लेकिन आज विनय को साहस न हुआ। उन्हें उसकी परीक्षा ही करनी थी, परीक्षा हो गई और तांत्रिक साधनों पर उन्हें हमेशा के लिए श्रद्धा हो गई।

सोफ़िया को चारपाई पर लेटते ही भ्रम हुआ कि रानी जाह्नवी सामने खड़ी ताक रही हैं। उसने कम्बल से सिर निकालकर देखा और तब अपनी मानसिक दुर्बलता पर झुँझलाकर सोचने लगी—आजकल मुझे क्या हो गया है? मुझे क्यों भाँति-भाँति के संशय होते रहते हैं? क्यों नित्य अनिष्ट-शंका हृदय पर छायी रहती है? जैसे मैं विचारहीन-सी हो गई हूँ। विनय आजकल क्यों मुझसे खिंचे

हुए हैं? कदाचित् वह डर रहे हैं कि रानीजी कहीं उन्हें शाप न दे दें अथवा आत्मघात न कर लें। इनकी बातों में पहले की उत्सुकता, प्रेमातुरता नहीं है। रानी मेरे जीवन का सर्वनाश किए देती हैं।

इन्हीं अशांतिमय विचारों में डूबी हुई वह सो गई, तो देखती क्या है कि वास्तव में रानीजी मेरे सामने खड़ी क्रोधोन्मत्त नेत्रों से ताक रही हैं और कह रही हैं–विनय मेरा है। वह मेरा पुत्र है, उसे मैंने जन्म दिया है, उसे मैंने पाला है, तू क्यों उसे मेरे हाथों से छीने लेती है? अगर तूने मुझसे उसे छीना, मेरे कुल को कलंकित किया, तो मैं तुम दोनों का इस तलवार से वध कर दूँगी!

सोफ़ी तलवार की चमक देखकर घबरा गई। चिल्ला उठी। नींद टूट गई। उसकी सारी देह तृणवत् काँप रही थी। वह दिल मज़बूत करके उठी और विनयसिंह की कोठरी में जाकर उसके सीने से चिपट गई। विनय की आँखें लग रही थीं। चौंककर सिर उठाया।

सोफ़ी–विनय, विनय जागो, मैं डर रही हूँ।

विनय तुरंत चारपाई से उतरकर खड़े हो गए और पूछा–क्या है सोफ़ी?

सोफ़ी–रानीजी को अभी-अभी मैंने अपने कमरे में देखा। अभी वहीं खड़ी हैं।

विनय–सोफ़ी, शांत हो जाओ। तुमने कोई स्वप्न देखा है। डरने की कोई बात नहीं।

सोफ़ी–स्वप्न नहीं था विनय, मैंने रानीजी को प्रत्यक्ष देखा।

विनय–वह यहाँ कैसे आ जाएँगी? हवा तो हैं नहीं!

सोफ़ी–तुम इन बातों को नहीं जानते विनय! प्रत्येक प्राणी के दो शरीर होते हैं–एक स्थूल, दूसरा सूक्ष्म। दोनों अनुरूप होते हैं, अन्तर केवल इतना ही है कि सूक्ष्म शरीर स्थूल से कहीं सूक्ष्म होता है। वह साधारण दशाओं में अदृश्य है, लेकिन समाधि या निद्रावस्था में स्थूल शरीर का स्थानापन्न बन जाता है। रानीजी का सूक्ष्म शरीर अवश्य यहाँ है।

दोनों ने बैठकर रात काटी।

सोफ़िया को अब विनय के बिना क्षण-भर भी चैन नहीं आता। उसे केवल मानसिक अशांति न थी, ऐंद्रिक सुख-भोग के लिए भी उत्कंठित रहती। जिन विषयों की कल्पनामात्र से उसे अरुचि थी, जिन बातों को याद करके

ही उसके मुख पर लालिमा छा जाती, वे ही कल्पनाएँ और वे ही भावनाएँ अब नित्य उसके चित्त पर आच्छादित रहती हैं। उसे अपनी वासना-लिप्सा पर आश्चर्य होता था। किन्तु जब वह विलास-कल्पना करते-करते उस क्षेत्र में प्रविष्ट होती, जो दाम्पत्य जीवन ही के लिए नियंत्रित हैं, तो रानीजी की वही क्रोध-तेज-पूर्ण मूर्ति उसके सम्मुख खड़ी हो जाती और वह चौंककर कमरे से निकल भागती। इस भाँति उसने दस-बारह दिन काटे। कृपाण के नीचे खड़े अभियोगी की दशा भी इतनी चिंताजनक न होगी!

एक दिन वह घबराई हुए विनय के पास आयी, बोली—विनय, मैं बनारस जाऊँगी। मैं बड़े संकट में हूँ। रानीजी मुझे यहाँ चैन न लेने देंगी। अगर यहाँ रही, तो शायद जीवन से हाथ धोना पड़े, मुझ पर अवश्य कोई-न-कोई अनुष्ठान किया गया! मैं इतनी अव्यवस्थित-चित्त कभी न थी। मुझे स्वयं ऐसा मालूम होता है कि अब मैं वह हूँ ही नहीं, कोई और हूँ। मैं जाकर रानीजी के पैरों पर गिरूँगी। उनसे अपना अपराध क्षमा कराऊँगी और उन्हीं की आज्ञा से तुम्हें प्राप्त करूँगी। उनकी इच्छा के बगैर मैं तुम्हें नहीं पा सकती। और जबरदस्ती ले लूँ, तो कुशल से न बीतेगी। विनय, मुझे स्वप्न में भी यह आशंका न थी कि मैं तुम्हारे लिए इतनी अधीर हो जाऊँगी। मेरा हृदय कभी इतना दुर्बल और इतना मोहग्रस्त न था।

विनय ने चिंतित होकर कहा—सोफ़ी, मुझे आशा है कि थोड़े दिनों में तुम्हारा चित्त शांत हो जायेगा।

सोफ़ी—नहीं विनय, कदापि नहीं। रानीजी ने तुम्हें एक महान् उद्देश्य के लिए बलि कर रखा है। बलि-जीवन का उपभोग अनिष्ट कारक होता है। मैं उनसे भिक्षा माँगूगी।

विनय—तो मैं भी तुम्हारे साथ चलूँगा।

सोफ़ी—नहीं, नहीं ईश्वर के लिए ऐसा मत कहो। मैं तुम्हें रानीजी के सामने न ले जाऊँगी। मुझे अकेले जाने दो।

विनय—इस दशा में मैं तुम्हें अकेले कभी न जाने दूँगा। अगर ऐसा ही है, तो मैं तुम्हें वहाँ छोड़कर वापस आ जाऊँगा।

सोफ़ी—वचन दो कि बिना मुझसे पूछे रानीजी के पास न जाओगे।

विनय—हाँ, सोफ़ी, यह स्वीकार है। वचन देता हूँ।

सोफ़ी—फिर भी दिल नहीं मानता। डर लगता है, वहाँ तुम आवेश में आकर कहीं रानीजी के पास न चले जाओ। तुम यहीं क्यों नहीं रहते? मैं तुम्हें नित्यप्रति पत्र लिखा करूँगी और जल्द-से-जल्द लौट आऊँगी।

विनय ने उसे तस्कीन देने के लिए अकेले जाने की अनुमति दे दी, लेकिन उनका स्नेह-सिंचित हृदय यह कब मान सकता था कि सोफ़िया इस अव्यवस्थित दशा में इतनी लम्बी यात्रा करे। सोचा, उसकी निगाह बचाकर किसी दूसरे डब्बे में बैठ जाऊँगा। उन्हें लौटकर आने की बहुत कम आशा थी। भीलों ने सुना, तो भाँति-भाँति के उपहार लेकर विदा करने आये। मृग-चर्मों, बघनखों और नाना प्रकार की जड़ी-बूटियों कस ढेर लग गया। एक भील ने धनुष भेंट किया। सोफ़ी और विनय, दोनों ही को इस स्थान से प्रेम हो गया था। निवासियों का सरल, स्वाभाविक, निष्कपट जीवन उन्हें ऐसा भा गया था कि उन लोगों को छोड़कर जाते हुए हार्दिक वेदना होती थी। भीलगण रो रहे थे और कह रहे थे, जल्द आना, हमें भूल न जाना। बुढ़िया भीलनी तो उन्हें छोड़ती ही न थी। सब-के-सब भील स्टेशन तक उन्हें पहुँचाने आये। लेकिन जब गाड़ी आयी और वह बैठी, विनय से विदा होने का समय आया, तो वह विनय के गले लिपटकर रोने लगी। विनय चाहते थे कि निकल जाएँ और किसी दूसरे डब्बे में जा बैठें, पर वह उन्हें छोड़ती ही न थी। मानो यह अंतिम वियोग है। जब गाड़ी ने सीटी दी, तो वह हृदय-वेदना से विकल होकर बोली—विनय, मुझसे इतने दिनों कैसे रहा जायेगा? रो-रोकर मर जाऊँगी। ईश्वर, मैं क्या करूँ?

विनय—सोफ़ी, घबराओ नहीं, मैं तुम्हारे साथ चलूँगा।

सोफ़ी—नहीं, नहीं, ईश्वर के लिए नहीं। मैं अकेली ही जाऊँगी।

विनय गाड़ी में आकर बैठ गए। गाड़ी रवाना हो गई। ज़रा देर बाद सोफ़िया ने कहा—तुम न आते, तो मैं शायद घर तक न पहुँचती। मुझे ऐसा ज्ञात हो रहा था कि प्राण निकले जा रहे हैं। सच बताना विनय, तुमने मुझ पर मोहिनी तो नहीं डाल दी है? मैं इतनी अधीर क्यों हो गई हूँ?

विनय ने लज्जित होकर कहा—क्या जाने सोफ़ी, मैंने एक क्रिया तो की है। नहीं कह सकता कि वह मोहनी थी या कुछ और!

सोफ़ी—सच?

विनय—हाँ, बिल्कुल सच। मैं तुम्हारी प्रेम-शिथिलता से डर गया था कि कहीं तुम मुझे फिर से न परीक्षा में डालो।

सोफ़ी ने विनय की गर्दन में हाथ डाल दिये और बोली—तुम बड़े छलिया हो। अपना जादू उतार लो, मुझे क्यों तड़पा रहे हो?

विनय—क्या कहूँ, उतारना नहीं सीखा, यही तो भूल हई।

सोफ़ी—तो मुझे भी वही मंत्र क्यों नहीं सिखा देते? न मैं उतार सकूँगी, न तुम उतार सकोगे। (एक क्षण बाद) लेकिन नहीं, मैं तुम्हें संज्ञाहीन न बनाऊँगी। दो में से एक तो होश में रहना चाहिए। दोनों मदमत्त हो जाएँगे, तो अनर्थ हो जाएगा। अच्छा, बताओ कौन-सी क्रिया की थी?

विनय ने अपनी जेब से जड़ी निकालकर दिखाते हुए कहा—इसी की धूनी देता था।

सोफ़ी—जब मैं सो जाती थी, तब?

विनय—(सकुचाते हुए) हाँ, सोफ़ी, तभी।

सोफ़ी—तुम बड़े ढीठ हो। अच्छा, अब यही जड़ी मुझे दे दो। तुम्हारा प्रेम शिथिल होते देखूँगी, तो मैं भी यही क्रिया करूँगी।

यह कहकर उसने जड़ी लेकर रख ली। थोड़ी देर बाद उसने पूछा—यह तो बताओ, वहाँ तुम रहोगे कहाँ? मैं रानीजी के पास तुम्हें न जाने दूँगी।

विनय—अब मेरा कोई मित्र नहीं रहा। सभी मुझसे असंतुष्ट हो रहे होंगे। नायकराम के घर चला जाऊँगा। तुम वहीं आकर मुझसे मिल लिया करना। वह तो घर पहुँच ही गया होगा।

सोफ़िया—कहीं जाकर कह न दे!

विनय—नहीं, मंदबुद्धि है, पर विश्वासघाती नहीं है।

सोफ़िया—अच्छी बात है। देखें, रानीजी से मुराद मिलती है या मौत!

39

तीसरे दिन यात्रा समाप्त हो गई, तो संध्या हो चुकी थी। सोफ़िया और विनय दोनों डरते हुए गाड़ी से उतरे कि कहीं किसी परिचित आदमी से भेंट न हो जाये। सोफ़िया ने सेवा-भवन (विनयसिंह के घर) चलने का विचार किया; लेकिन आज वह बहुत कातर हो रही थी। रानीजी न जाने कैसे पेश आएँ। वह पछता रही थी कि नाहक यहाँ आयी; न जाने कैसी पड़े, कैसी न पड़े? अब उसे अपने ग्रामीण जीवन की याद आने लगी। कितनी शांति थी, कितना सरल जीवन था, न कोई विघ्न था, न बाधा; न किसी से द्वेष था, न मत्सर। विनयसिंह उसे तस्कीन देते हुए बोले—दिल मज़बूत रखना, ज़रा भी मत डरना, सच्ची घटनाएँ बयान करना। बिलकुल सच्ची, तनिक भी अतिशयोक्ति न हो, जरा भी खुशामद न हो। दया-प्रार्थना का एक शब्द भी मुख से मत निकालना। मैं बातों को घटा-बढ़ाकर अपनी प्राण-रक्षा नहीं करना चाहता। न्याय और शुद्ध न्याय चाहता हूँ। यदि वह तुमसे अशिष्टता का व्यवहार करें, कटु वचनों का प्रहार करने लगें, तो तुम क्षण-भर भी मत ठहरना। प्रातःकाल आकर मुझसे एक-एक बात कहना। या कहो, तो मैं भी तुम्हारे साथ चलूँ?

सोफ़ी उन्हें साथ लेकर चलने पर राज़ी न हुई। विनय तो पाँड़ेपुर की तरफ़ चले, वह सेवा-भवन की ओर चली। ताँगेवाले ने कहा—मिस साहब, आप कहीं चली गई थीं क्या? बहुत दिनों बाद दिखलायी दीं। सोफ़ी का कलेजा धक-धक करने लगा। बोली—तुमने मुझे कब देखा? मैं तो इस शहर में पहली बार आयी हूँ।

ताँगेवाले ने कहा—आप-ही-जैसी एक मिस साहब यहाँ सेवक साहब की बेटी भी थी। मैंने समझा, आप ही होंगी।

सोफ़िया—मैं ईसाई नहीं हूँ।

जब वह सेवा-भवन के सामने पहुँची, तो ताँगे से उतर पड़ी। वह रानीजी से मिलने के पहले अपने आने की कानोंकान भी खबर न होने देना चाहती थी। हाथ में अपना बैग लिये हुए ड्योढ़ी पर गई और दरबान से बोली—जाकर रानीजी से कहो, मिस सोफ़िया आपसे मिलना चाहती हैं।

दरबान उसे पहचानता ही था। उठकर सलाम किया और बोला—हुजूर, भीतर चलें, इत्तला क्या करनी है! बहुत दिनों बाद आपके दरसन हुए।

सोफ़िया—मैं बहुत अच्छी तरह खड़ी हूँ। तुम जाकर इत्तला तो दो।

दरबान—सरकार, उनका मिजाज आप जानती ही हैं। बिगड़ जाएँगी कि उन्हें साथ क्यों न लाया, इत्तिला क्यों देने आया?

सोफ़िया—मेरी खातिर से दो-चार बातें सुन लेना।

दरबान अन्दर गया, तो सोफ़िया का दिल इस तरह धड़क रहा था, जैसे कोई पत्ता हिल रहा हो। मुख पर एक रंग आता था, एक रंग जाता था। धड़का लगा हुआ था—कहीं रानी साहब गुस्से में भरी वहीं से बिगड़ती हुई न आयें, यह कहला दें, चली जा, नहीं मिलती! बिना एक बार उनसे मिले तो मैं न जाऊँगी, चाहे वह हज़ार बार दुतकारें।

एक मिनट भी न गुज़रने पाया था कि रानीजी एक शाल ओढ़े हुए द्वार पर आ गईं और उससे टूटकर गले मिली, जैसे माता ससुराल से आनेवाली बेटी को गले लगा ले। उनकी आँखों से आँसुओं की वर्षा होने लगी। अवरुद्ध कंठ से बोली—तुम यहीं क्यों खड़ी हो गईं बेटी, अन्दर क्यों न चली आयीं? मैं तो नित्यप्रति तुम्हारी बाट जोहती रहती थी। तुमसे मिलने को जी तड़प-तड़पकर रह जाता था। मुझे आशा हो रही थी तुम आ रही हो, पर तुम आती न थीं। कई बार यों ही स्टेशन तक गई कि शायद तुम्हें देख पाऊँ। ईश्वर से नित्य मनाती थी कि एक बार तुमसे मिला दे। चलो, भीतर चलो। मैंने तुम्हें जो दुर्वचन कहे थे, उन्हें भूल जाओ! (दरबान से) यह बैग उठा ले। महरी से कह दे, मिस सोफ़िया का पुराना कमरा साफ कर दे। बेटी, तुम्हारे कमरे की ओर ताकने की हिम्मत नहीं पड़ती, दिल भर-भर आता है।

यह कहते हुए सोफ़िया का हाथ पकड़े अपने कमरे में आयीं और उसे अपनी बगल में मसनद पर बैठाकर बोलीं—आज मेरी मनोकामना पूरी हो गई। तुमसे मिलने के लिए जी बहुत बेचैन था।

सोफ़िया का चिंता-पीड़ित हृदय इस निरपेक्षित स्नेह-बाहुल्य से विह्वल हो उठा। वह केवल इतना कह सकी—मुझे भी आपके दर्शनों की बड़ी अभिलाषा थी। आपसे दया-भिक्षा माँगने आयी हूँ।

रोनी—बेटी, तुम देवी हो, मेरी बुद्धि पर परदा पड़ा था। मैंने तुम्हें पहचाना न था। मुझे मालूम है बेटी, सब सुन चुकी हूँ। तुम्हारी आत्मा इतनी पवित्र है, यह मुझे न मालूम था। आह! अगर पहले से जानती।

यह कहते-कहते रानीजी फूट-फूटकर रोने लगीं। जब चित्त शांत हुआ, तो फिर बोलीं—अगर पहले से जान गई होती, तो आज इस घर को देखकर कलेजा ठंडा होता। आह! मैंने विनय के साथ घोर अन्याय किया। तुम्हें न मालूम होगा बेटी, जब तुमने...(सोचकर) वीरपालसिंह ही नाम था? हाँ, जब तुमने उसके घर पर रात के समय विनय का तिरस्कार किया, तो वह लज्जित होकर रियासत के अधिकारियों के पास कैदियों पर दया करने के लिए दौड़ता रहा। दिन-दिन भर निराहार और निर्जल पड़ा रहता, रात-रात भर पड़ा रोया करता, कभी दीवान के पास जाता, कभी एजेंट के पास, कभी पुलिस के प्रधान कर्मचारी के पास, कभी महाराजा के पास। सबसे अनुनय-विनय करके हार गया। किसी ने न सुनी। कैदियों की दशा पर किसी को दया न आयी। बेचारा विनय हताश होकर अपने डेरे पर आया। न जाने किस सोच में बैठा था कि मेरा पत्र उसे मिला। हाय! (रोकर) सोफ़ी, वह पत्र नहीं था; विष का प्याला था। जिसे मैंने अपने हाथों उसे पिलाया; कटार थी, जिसे मैंने अपने हाथों उसकी गर्दन पर फेरा। मैंने लिखा था—तुम इस योग्य नहीं हो कि मैं तुम्हें अपना पुत्र समझूँ, तुम मुझे अपनी सूरत न दिखाना। और भी न जाने कितनी कठोर बातें लिखी थीं। याद करती हूँ, तो छाती फटने लगती है। यह पत्र पाते ही वह बिना किसी से कुछ कहे-सुने नायकराम के साथ यहाँ आने के लिए तैयार हो गया। कई स्टेशनों तक नायकराम उसके साथ आये। पण्डाजी को फिर नींद आ गई। और जब आँख खुली, तो विनय का कहीं गाड़ी में पता न था। उन्होंने सारी गाड़ी तलाश की। फिर उदयपुर तक गए। रास्ते में एक-एक स्टेशन पर उतरकर पूछ-ताछ की, पर कुछ पता न चला। बेटी, यह इस अभागिनी की राम-कथा है। मैं हत्यारिन हूँ! मुझसे बड़ी अभागिनी संसार में और कौन होगी? न जाने विनय का क्या हाल हुआ; कुछ पता नहीं। उसमें

बड़ा आत्माभिमान था बेटी, बात का बड़ा धनी था। मेरी बातें उसके दिल पर चोट कर गईं। मेरे प्यारे लाल ने कभी सुख न पाया। उसका सारा जीवन तपस्या ही में कटा।

यह कहकर रानी फिर रोने लगीं। सोफ़ी भी रो रही थी। पर दोनों के मनोभावों में कितना अन्तर था! रानी के आँसू दुःख; शोक और विषाद के थे, सोफ़ी के आँसू हर्ष और उल्लास के।

एक कक्ष में रानीजी ने पूछा—क्यों बेटी, तुमने उसे जेल जाते देखा था, तो बहुत दुबला हो गया था?

सोफ़ी—जी हाँ, पहचाने न जाते थे।

रानी—उसने समझा विद्रोहियों ने तुम्हारे साथ न जाने क्या व्यवहार किया हो। इस बात पर उसे जिद्द पड़ गई। आराम से बैठो बेटी, अब यही तुम्हारा घर है। अब मेरे लिए तुम्हीं विनय की प्रतिच्छाया हो। अब यह बताओ, तुम इतने दिनों कहाँ थीं? इन्द्रदत्त तो कहता था कि तुम विनय का तिरस्कार करके तीन ही चार दिन बाद वहाँ से चली आयी थीं। इतने दिनों कहाँ रहीं? साल-भर से ऊपर तो हो गया होगा।

सोफ़िया का हृदय आनंद से गद्‌गद् हो रहा था। जी में तो आया कि इसी वक़्त सारा वृत्तांत कह सुनाऊँ, माता की शोकाग्नि शांत कर दूँ। पर भय हुआ कि कहीं इनका धर्माभिमान फिर न जागृत हो जाये। विनय की ओर से तो अब निश्चिंत हो गई थी। केवल अपने ही विषय में शंका थी। देवता को न पाकर हम पाषाण-प्रतिष्ठा करते हैं। देवता मिल गया; तो पत्थर को कौन पूजे? बोली—क्या बताऊँ, कहाँ थी? इधर-उधर भटकती फिरती थी। और शरण ही कहाँ थी! अपनी भूल पर पछताती और रोती थी। निराश होकर यहाँ चली आयी।

रानी—तुम व्यर्थ इतने दिनों कष्ट उठाती रहीं। क्या यह घर तुम्हारा न था? बुरा न मानना बेटी, तुमने विनय के साथ बड़ा अन्याय किया—उतना ही, जितना मैंने। तुम्हारी बात उसे और भी ज़्यादा लगी; क्योंकि उसने जो कुछ किया था, तुम्हारे ही हित के लिए किया था। मैं अपने प्रियजन के साथ इतनी निर्दयता कभी न कर सकती। अब तुम स्वयं अपनी भूल पर पछता रही होगी। हम दोनों ही अभागिनी हैं। आह! बेचारे विनय को कहीं सुख

न मिला। तुम्हारा हृदय अत्यन्त कठोर है। सोचो, अगर तुम्हें खबर मिलती कि विनय को डाकुओं ने पकड़कर मार डाला है, तो तुम्हारी क्या दशा हो जाती? शायद तुम भी इतनी ही दया-शून्य हो जाती। यह मानवीय स्वभाव है। मगर अब पछताने से क्या होता है मैं आप ही नित्य पछताया करती हूँ। अब तो वह काम सँभालना है, जो उसे अपने जीवन में सबसे प्यारा था। तुमने उसके लिए बड़े कष्ट उठाए; अपमान, लज्जा, दंड, सब कुछ झेला। अब उसका काम सँभालो। इसी को अपने जीवन का उद्देश्य समझो। तुम्हें क्या खबर होगी, कुछ दिनों तक प्रभु सेवक इस संस्था के व्यवस्थापक हो गए थे। काम करने वाला हो, तो ऐसा हो। थोड़े ही दिनों में उसने सारा मुल्क छान डाला और पूरे पाँच सौ वालेंटियर जमा कर लिये, बड़े-बड़े शहरों में शाखाएँ खोल दीं, बहुत-सा रुपया जमा कर लिया। मुझे इससे बड़ा आनंद मिलता था कि विनय ने जिस संस्था पर अपना जीवन बलिदान कर दिया, वह फल-फूल रही है। मगर ईश्वर को न जाने क्या मंजूर था। प्रभु सेवक और कुँवर साहब में अनबन हो गई। प्रभुसेवक उसे ठीक उसी मार्ग पर ले जा रहा था, जिस पर विनय ले जाना चाहता था। कुँवर साहब और उनके परम मित्र डॉ. गांगुली उसे दूसरे ही रास्ते पर ले जाना चाहते थे। आखिर प्रभु सेवक ने पद-त्याग कर दिया। तभी से संस्था डावांडोल हो रही है, जाने बचती है या जाती है। कुँवर साहब में एक विचित्र परिवर्तन हो गया है। वह अब अधिकारियों से सशंक रहने लगे हैं। अफवाह थी कि गवर्नमेंट इनकी कुल जायदाद जब्त करने वाली है। अधिकारी मंडल के इस संशय को शांत करने के लिए उन्होंने प्रभु सेवक के कार्यक्रम से अपना विरोध प्रकाशित करा दिया। यही अनबन का मुख्य कारण था। अभी दो महीने भी नहीं गुजरे, लेकिन शीराज बिखर गया। सैकड़ों सेवक निराश होकर अपने काम-धंधे में लग गए। मुश्किल से दो सौ आदमी और होंगे। चलो बेटी, तुम्हारा कमरा साफ हो गया होगा, तुम्हारे भोजन का प्रबंध करके तब इतमीनान से बातें करूँ। (महाराजिन से) इन्हें पहचानती है न? तब यह मेरी मेहमान थीं, अब मेरी बहू हैं। जा, इनके लिए दो-चार नई चीजें बना ला। आह! आज विनय होता तो मैं अपने हाथों से इसे उसके गले लगा देती, ब्याह रचाती। शास्त्रों में इसकी व्यवस्था है।

सोफ़िया की प्रबल इच्छा हुई कि रहस्य खोल दूँ। बात ओठों तक आयी और रुक गई।

सहसा शोर मचा—लाला साहब आ गए! भैया विनयसिंह आ गए! नौकर-चाकर चारों ओर से दौड़े, लौंडिया-महरियां काम छोड़-छोड़कर भागीं। एक क्षण में विनय ने कमरे में क़दम रखा। रानी ने उसे सिर से पैर तक देखा, मानो निश्चय कर रही थीं कि मेरा ही विनय है या कोई और; अथवा देखना चाहती थीं कि उस पर कोई आघात के चिह्न तो नहीं हैं। तब उठीं और बोलीं—बहुत दिनों में आये बेटा! आओ, छाती से लगा लूँ। लेकिन विनय ने तुरंत उनके चरणों पर सिर रख दिया। रानीजी को अश्रु-प्रवाह में न कुछ सूझता था और न प्रेमावेश में कोई बात मुँह से निकलती थी, झुकी हुई विनय का सिर पकड़कर उठाने की चेष्टा कर रही थीं। भक्ति और वात्सल्य का कितना स्वर्णिम संयोग था।

लेकिन विनय को रानी को बातें न भूली थीं। माता को देखकर उसके दिल में जोश उठा कि इनके चरणों पर आत्मसमर्पण कर दूँ। एक विवशकारी उद्गार था प्राण दे देने के लिए, वहीं माता के चरणों पर जीवन का अन्त कर देने के लिए, दिखा देने के लिए कि यद्यपि मैंने अपराध किए हैं, पर सर्वथा लज्जाहीन नहीं हूँ, जीना नहीं जानता, लेकिन मरना जानता हूँ। उसने इधर-उधर निगाह दौड़ाई। सामने ही दीवार पर तलवार लटक रही थी। वह कौंधकर तलवार उतार लाया और उसे सर से खींचकर बोला—अम्माँ, इस योग्य तो नहीं हूँ कि आपका पुत्र कहलाऊँ; लेकिन अंतिम आज्ञा शिरोधार्य कर अपनी सारी अपकीर्ति का प्रायश्चित्त कर लेता हूँ। मुझे आशीर्वाद दीजिए।

सोफ़िया चिल्लाकर विनय से लिपट गई। जाह्नवी ने लपककर उसका हाथ पकड़ लिया और बोली—विनय, ईश्वर साक्षी है, मैं तुम्हें कब का क्षमा कर चुकी। तलवार छोड़ दो। सोफ़ी, तू इनके हाथ से तलवार छीन ले, मेरी मदद कर।

विनयसिंह की मुखाकृति तेजोमय हो रही थी, आँखें बीरबहूटी बनी हुई थीं। उसे अनुभव हो रहा था कि गर्दन पर तलवार मार लेना कितना सरल है। सोफ़िया ने दोनों हाथों से उसकी कलाई पकड़ ली और अश्रुपूरित लोचनों से ताकती हुई बोली—विनय, मुझ पर दया करो।

उसकी दृष्टि इतनी करुण, इतनी दीन थी कि विनय का हृदय पसीज गया। मुट्ठी ढीली पड़ गई। सोफ़िया ने तलवार लेकर खूंटी पर लटका दी। इतने में कुँवर भरतसिंह आकर खड़े हो गए और विनय को हृदय से लगाते हुए बोले—तुम तो बिल्कुल पहचाने नहीं जाते, मूँछें कितनी बढ़ गई हैं! इतने दुबले क्यों हो? बीमार थे क्या?

विनय—जी नहीं, बीमार तो नहीं था। ऐसा दुबला भी नहीं हूँ। अब माताजी के हाथों के पकवान खाकर मोटा हो जाऊँगा।

कुँवर—तुम दूर क्यों खड़ी हो सोफ़िया? आओ, तुम्हें प्यार कर लूँ। रोज ही तुम्हारी याद आती थी। विनय बड़ा भाग्यशाली था कि तुम-जैसी रमणी पायी। संसार में तो मिलती नहीं, स्वर्ग की मैं नहीं कहता। अच्छा संयोग है कि तुम दोनों एक ही दिन आये। बेटी, मैं तुमसे विनय की सिफारिश करता हूँ। तुमने इन्हें जो फ़टकार बतायी थी, उसे सुनकर बेचारा नायकराम स्त्रियों से इतना डर गया है कि तय की-करायी सगाई से इनकार कर गया। उम्र-भर स्त्री के लिए तरसता रहा, पर अब नाम भी नहीं लेता। कहता है—यह बेवफा जात होती है। भैया विनयसिंह ने जिसके लिए बदनामी सही, जान पर खेले, वही उनसे आँखें फेर ली। कान पकड़े, अब तो मर जाऊँगा पर ब्याह न करूँगा। अपना हाथ बढ़ाओ विनय! सोफ़ी, यह हाथ लो, तो मुझे इतमीनान हो जाये कि तुम्हारे दिल साफ हो गए। जाह्नवी, चलो हम लोग बाहर चलें, इन्हें एक-दूसरे को मनाने दो। इन्हें कितनी ही शिकायतें करनी होंगी, बातें करने के लिए विकल हो रहे होंगे। आज बड़ा शुभ दिन है।

जब एकांत हुआ, तो सोफ़ी ने पूछा—तुम इतनी जल्दी कैसे आ गए?

विनय ने सकुचाते हुए कहा—सोफ़ी, मुझे वहाँ मुँह छिपाकर बैठते हुए शर्म आती थी। प्राण-भय से दबक ज़ाना कायरों का काम हैं माताजी की जो इच्छा हो, वही सही। नायकराम कहता रहा, पहले मिस साहब को आने दो; लेकिन मुझसे न रहा गया।

सोफ़िया—खैर, अच्छा ही हुआ, खूब आ गए। माताजी तुम्हारी चर्चा करके आठ-आठ आँसू रोती थीं। उनका दिल तुम्हारी तरफ से साफ हो गया है।

विनय—तुम्हें तो कुछ नहीं कहा?

सोफ़िया—मुझसे तो ऐसा टूटकर गले मिलीं कि मैं चकित हो गई। यह उन्हीं वचनों का प्रभाव है, जो मैंने तुम्हें कहे थे। माता-पिता चाहे पुत्र को कितनी ही ताड़ना दें, यह गवारा नहीं करतीं कि कोई दूसरा उसे कड़ी निगाह से भी देखे। मेरे अन्याय ने उनकी न्याय-भावना को जागृत कर दिया।

विनय—हम लोग बड़े शुभ मुहूर्त में चले थे।

सोफ़िया—हाँ विनय, अभी तक तो कुशल से बीती। आगे की ईश्वर जाने।

विनय—हम अपना दुःख का हिस्सा भोग चुके।

सोफ़िया ने आशंकित स्वर से कहा—ईश्वर करे, ऐसा ही हो।

किन्तु सोफ़िया के अंतस्तल में अनिष्ट-शंका का प्रतिबिम्ब दिखायी दे रहा था। वह उसे प्रकट न कर सकती थी, पर उसका चित्त उदास था। संभव है कि जन्मगत धार्मिक संस्कारों से विमुख हो जाने का खेद इसका कारण हो अथवा वह इसे वह अतिवृष्टि समझ रही हो, जो अनावृष्टि की सूचना देती है। कह नहीं सकते, पर जब सोफ़ी रात को भोजन करके सोयी तो इसका चित्त किसी बोझ से दबा हुआ था।

40

मिल के तैयार होने में अब बहुत थोड़ी कसर रह गई थी। बाहर से तंबाकू की गाड़ियाँ लदी चली आती थीं। किसानों को तंबाकू बोने के लिए दादनी दी जा रही थी। गवर्नर से मिल को खोलने की रस्म अदा करने के लिए प्रार्थना की गई थी और उन्होंने स्वीकार भी कर लिया था। तिथि निश्चित हो चुकी थी। इसलिए निर्माण-कार्य को उस तिथि तक समाप्त करने के लिए बड़े उत्साह से काम किया जा रहा था। उस दिन तक कोई काम बाकी न रहना चाहिए। मज़ा तो जब आये कि दावत में इसी मिल का बना हुआ सिगार भी रखा जाये। मिस्टर जॉन सेवक सुबह से शाम तक इन्हीं तैयारियों में दत्तचित्त रहते थे। यहाँ तक कि रात को दुगुनी मजदूरी देकर काम कराया जा रहा था। मिल के आस-पास पक्के मकान बन चुके थे। सड़क के दोनों किनारों पर और निकट के खेतों में मजदूरों ने झोपड़ियाँ डाल ली थीं। एक मील तक सड़क के दोनों ओर झोपड़ियों की श्रेणियाँ ही नजर आती थीं। यहाँ बड़ी चहल-पहल रहती थी। दूकानदारों ने भी अपने-अपने छप्पर डाल लिए थे। पान, मिठाई, नाज, गुड़, घी, साग, भाजी और मादक वस्तुओं की दूकानें खुल गई थीं। मालूम होता था, कोई पैठ है।

मिल के परदेसी मजदूर, जिन्हें न बिरादरी का भय था, न संबंधियों का लिहाज, दिन-भर तो मिल में काम करते, रात को ताड़ी-शराब पीते। जुआ नित्य होता था। ऐसे स्थानों पर कुलटाएँ भी आ पहुँचती हैं। यहाँ भी एक छोटा-मोटा चकला आबाद हो गया था। पाँड़ेपुर का पुराना बाजार सर्द होता जाता था। मिठुआ, घीसू, विद्याधर तीनों अकसर इधर सैर करने आते और जुआ खेलते। घीसू तो दूध बेचने के बहाने आता, विद्याधर नौकरी खोजने के बहाने और मिठुआ केवल उन दोनों का साथ देने आया करता था। दस-ग्यारह बजे रात

तक वहाँ बड़ी बहार रहती थी। कोई चाट खा रहा है, कोई तंबोली की दूकान के सामने खड़ा है, कोई वेश्याओं से विनोद कर रहा है। अश्लील हास-परिहास, लज्जास्पद नेत्र-कटाक्ष और कुवासनापूर्ण हाव-भाव का अविरल प्रवाह होता रहता था। पाँड़ेपुर में ये दिलचस्पियाँ कहाँ? लड़कों की हिम्मत न पड़ती थी कि ताड़ी की दूकान के सामने खड़े हों, कहीं घर का कोई आदमी देख न ले। युवकों की मजाल न थी कि किसी स्त्री को छेड़ें, कहीं मेरे घर जाकर कह न दे। सभी एक-दूसरे से संबंध रखते थे। यहाँ वे रुकावटें कहाँ? प्रत्येक प्राणी स्वच्छंद था। उसे न किसी का भय था न संकोच। कोई किसी पर हँसने वाला न था। तीनों ही युवकों को मना किया जाता था, वहाँ न जाया करो, जाओ भी तो अपना काम करके चले आया करो; किन्तु जवानी दीवानी होती है, कौन किसी की सुनता है। सबसे बुरी दशा बजरंगी की थी। घीसू नित्य रुपये-आठ आने उड़ा लिया करता। पूछने पर बिगड़कर कहता, क्या मैं चोर हूँ?

एक दिन बजरंगी ने सूरदास से कहा—सूरे लड़के बरबाद हुआ जाते हैं। जब देखो, चकले ही में डटे रहते हैं। घिसुआ में चोरी की बान कभी न थी। अब ऐसा हथलपका हो गया है कि सौ जतन से पैसे रख दो, खोजकर निकाल देता है।

जगधर सूरदास के पास बैठा हुआ था। ये बातें सुनकर बोला—मेरी भी वही दसा है भाई! विद्याधर को कितना पढ़ाया-लिखाया, मिडिल तक खींच-खांच कर ले गया। आप भूखा रहता था, घर के लोग कपड़ों को तरसते थे, मगर उसके लिए किसी बात की कमी न थी। आशा थी, चार पैसे कमाएगा, मेरा बुढ़ापा कट जायेगा, घर-बार सँभालेगा, बिरादरी में मरजाद बढ़ाएगा। सो अब रोज वहाँ जाकर जुआ खेलता है। मुझसे बहाना करता है कि वहाँ एक बाबू के पास काम सीखने जाता हूँ। सुनता हूँ, किसी औरत से उसकी आसनाई हो गई है। अभी पुतलीघर के कई मजदूर उसे खोजते हुए मेरे पास आये थे। उसे पा जाएँ तो मार-पीट करें। वे भी उसी औरत के आसना हैं। मैंने हाथ-पैर पकड़कर उनको विदा किया। यह कारखाना क्या खुला, हमारी तबाही आ गई। फायदा जरूर है, चार पैसे की आमदनी है। पहले एक ही खोंचा न बिकता था, अब तीन-तीन बिक जाते हैं, लेकिन ऐसा सोना किस काम का, जिससे कान फटे।

बजरंगी–अजी, जुआ ही खेलता, तब तक गनीमत थी, हमारा घीसू तो आवारा हो गया है। देखते नहीं हो, सूरत कैसी बिगड़ गई है। कैसी देह निकल आयी थी। मुझे पूरी आशा थी कि अब दंगल मारेगा, अखाड़े का कोई पठ्ठा उसके जोड़ का नहीं है, मगर जबसे चकले की चाट पड़ गई है, दिन-दिन घुलता जाता है। दादा को तुमने देखा था न? दस-पाँच कोस के इर्द-गिर्द कोई उनसे हाथ न मिला सकता था। चुटकी से सुपारी तोड़ देते थे। मैंने भी जवानी में कितने ही दंगल मारे। तुमने तो देखा ही था, उस पंजाबी को कैसा मारा कि पाँच सौ रुपये इनाम पाये और अखबारों में दूर-दूर तक नाम हो गया। कभी किसी माई के लाल ने मेरी पीठ में धूल न लगायी। तो बात क्या थी? लंगोट के सच्चे थे। मूंछे निकल आयी थीं, तब तक किसी औरत का मुँह न देखा था। ब्याह हो गया तब भी मेहनत-कसरत की धुन में औरत का ध्यान ही न करते थे। उसी के बल पर अब भी दावा है कि दस-पाँच का सामना हो जाए, तो छक्के छुड़ा दूँ, पर इस लौंडे ने डोंगा डुबा दिया? घूरे उस्ताद कहते थे कि इसमें दम ही नहीं है, जहाँ दो पकड़ हुए, बस, भैसों की तरह हाँफने लगता है।

सूरदास–मैं अंधा आदमी लौंडों के ये कौतुक क्या जानूँ, पर सुभागी कहती है कि मिठुआ के ढंग अच्छे नहीं हैं। जब से टेसन पर कुली हो गया है, रुपये-आठ आने रोज कमाता है, मुदा कसम ले लो, जो घर पर एक पैसा भी देता हो। भोजन मेरे सिर करता है, जो कुछ पाता है, नसे-पानी में उड़ा देता है।

जगधर–तुम भी झूठमूठ लाज ढो रहे हो। निकाल क्यों नहीं देते घर से? अपने सिर पड़ेगी, तो आटे-दाल का भाव मालूम होगा। अपना लड़का हो, तो एक बात है; भाई-भतीजे किसके होते हैं?

सूरदास–पाला तो लड़के ही की तरह, दिल ही नहीं मानता।

जगधर–अपना बनाने से थोड़े ही अपना हो जाएगा।

ठाकुरदीन भी आ गया था। जगधर की बात सुनकर बोला–भगवान् ने क्या तुम्हारे करम में काँटे ही बोना लिखा है, किसी का भी भला नही देख सकते?

सूरदास–उसके मन में जो आये, करे मेरे हाथों तो यह नहीं हो सकता कि मैं आप खाकर सोऊँ और उसकी बात न पूछूँ।

ठाकुरदीन–कोई बात कहने के पहले सोच लेना चाहिए कि सुननेवाल को अच्छी लगेगी या बुरी। जिस लड़के को बालपन से पाला और इस तरह पाला कि कोई अपने बेटे को भी न पालता होगा, उसे अब छोड़ दें?

जमुनी–अब के कलजुगी लड़के जो कुछ न करें थोड़ा है। अभी दूध के दाँत नहीं टूटे, सुभागी ने घीसू को गोद खेलाया है, सो आज वह उसी से दिल्लगी करता है। छोटे-बड़े का लिहाज उठ गया। वह तो कहो, सुभागी की काठी अच्छी है, नहीं बाल-बच्चे हुए होते, तो घीसू से जेठे होते।

यहाँ तो ये बातें हो रही थीं, उधर तीनों लौंडे नायकराम के दालान में बैठे हुए मंसूबे बाँध रहे थे। घीसू ने कहा–सुभागी मारे डालती है। देखकर यही जी चाहता है कि गले लगा लें। सिर पर साग की टोकरी रखकर बल खाती हुई चलती है, सो जान ले लेती है। बड़ी काफर है!

विद्याधर–तुम तो हो घामड़, पढ़े-लिखे तो हो नहीं, बात क्या समझो। मासूक कभी अपने मुँह से थोड़े ही कहता है कि मैं राज़ी हूँ। उसकी आँखों से ताड़ जाना चाहिए। जितना ही बिगड़े, उतनी ही दिल से राजी समझो। कुछ पढ़े होते तो जानते कि औरतें कैसे नखरे करती हैं?

मिठुआ–पहले सुभागी मुझसे भी इसी तरह बिगड़ती थी, किसी तरह हत्थे ही न चढ़े, बात तक न सुने; पर मैंने हिम्मत करके एक दिन कलाई पकड़ ली, और बोला–अब न छोड़ूँगा, चाहे मार ही डाल। मरना तो एक दिन है ही, तेरे ही हाथों मरूँगा। यों भी तो मर रहा हूँ, तेरे हाथों मरूँगा, तो सीधे सरग जाऊँगा। पहले तो बिगड़कर गालियाँ देने लगी, फिर कहने लगी–छोड़ दो, कहीं कोई देख ले, तो गजब हो जाए। मैं तेरी बुआ लगती हूँ। पर मैंने एक न सुनी। बस, फिर क्या था। उसी दिन से आ गई चंगुल में।

मिठुआ अपने प्रेम-विजय की कल्पित कथाएँ गढ़ने में निपुण था। निरक्षर होने पर भी गप्पें मारने में उसने विद्याधर को मात कर दिया था। अपनी कल्पनाओं में कुछ ऐसा रंग भरता था कि मित्रों को उन गपोड़ों पर विश्वास आ जाता था। घीसू बोला–क्या करूँ, मेरी तो हिम्मत ही नहीं पड़ती। डरता हूँ, कहीं शोर मचा दे, तो आफत आ जाये। तुम्हारी हिम्मत कैसे पड़ गई थी?

विद्याधर–तुम्हारा सिर, जाहिल-जपाट तो हो। मासूक अपने आसिक को आजमाता है कि इसमें कुछ जीवट भी है कि यों ही छैला बना फिरता है। औरत उसी को प्यार करती है, जो दिलावर हो, निडर हो, आग में कूद पड़े।

घीसू–तुम तैयार हो?

विद्याधर–हाँ, आज ही।

मिठुआ—मगर देख लेना, दादा द्वार पर नीम के नीचे सोते हैं।

घीसू—इसका क्या डर। एक धक्का दूँगा, दूर जाके गिरेगा।

तीनों मिस्कौट करते, इस षड्यंत्र के दाँव-पेच सोचते हुए, कुली बाज़ार की तरफ़ चले गए। वहाँ तीनों ने शराब पी, दस-ग्यारह बजे रात तक बैठे गाना-बजाना सुनते रहे। मदिरालयों में स्वरहीन कानों के लिए संगीत की कभी कमी नहीं रहती। तीनों नशे में चूर होकर लौटे, तो घीसू बोला—सलाह पक्की है न? आज वारा-न्यारा हो जाये, चित्त पड़े या पट।

आधी रात बीत चुकी थी। चौकीदार पहरा देकर जा चुका था। घीसू और विद्याधर सूरदास के द्वार पर आये।

घीसू—तुम आगे चलो, मैं यहाँ खड़ा हूँ।

विद्याधर—नहीं, तुम जाओ। तुम गंवार आदमी हो। कोई देख लेगा, तो बात भी न बना सकोगे।

नशे ने घीसू को अपने से बाहर कर रखा था। कुछ यह दिखाना भी मंज़ूर था कि तुम लोग मुझे जितना बोदा समझते हो, उतना बोदा नहीं हूँ। झोंपड़ी में घुस ही तो पड़ा, और जाकर सुभागी की बाँह पकड़ ली। सुभागी चौंककर उठ बैठी और ज़ोर से बोली—कौन है? हट।

घीसू—चुप-चुप, मैं हूँ।

सुभागी—चोर-चोर! चोर-चोर!

सूरदास जागा। उठकर मड़ैया में जाना चाहता था कि किसी ने उसे पकड़ लिया। उसने डाँटकर पूछा, कौन है? जब कुछ उत्तर न मिला, तब उसने भी उस आदमी का हाथ पकड़ लिया। और चिल्लाया—चोर! चोर! मुहल्ले के लोग ये आवाज़ें सुनते ही लाठियाँ लेकर निकल पड़े। बजरंगी ने पूछा, कहाँ गया? कहाँ...? सुभागी बोली—मैं पकड़े हुए हूँ। सूरदास ने कहा, एक को मैं पकड़े हुए हूँ। लोगों ने आकर देखा, तो भीतर सुभागी घीसू को पकड़े हुए हैं, बाहर सूरदास विद्याधर को। मिठुआ नायकराम के द्वार पर खड़ा था, यह हुल्लड़ सुनते ही भाग खड़ा हुआ। एक क्षण में सारा मुहल्ला टूट पड़ा। चोर को पकड़ने के लिए बिरले ही निकलते हैं, पकड़े गए चोर पर पंचलतियाँ जमाने के लिए सभी पहुँच जाते हैं। लेकिन यहाँ आकर देखते हैं, तो न चोर, न चोर का भाई, बल्कि अपने ही मुहल्ले के लौंडे हैं।

एक स्त्री बोली—यह जमाने की खूबी है कि गाँव-घर का विचार उठ गया, किसकी आबरू बचेगी!

ठाकुरदीन—ऐसे लौंडों का सिर काट लेना चाहिए।

नायकराम—चुप रहो ठाकुरदीन, यह गुस्सा करने की बात नहीं, रोने की बात है।

जगधर, बजरंगी जमुनी सिर झुकाए चुप खड़े थे, मुँह से बात न निकलती थी। बजरंगी को तो ऐसा क्रोध आ रहा था कि घीसू का गला घोंट दे। यह जमाव और हलचल देखकर कई कांस्टेबिल भी आ पहुँचे। अच्छा शिकार फँसा, मुट्ठियाँ गरम होंगी। तुरंत दोनों युवकों की कलाइयाँ पकड़ लीं। जमुनी ने रोकर कहा—ये लौंड़े मुँह में कालिख लगाने वाले हैं। अच्छा होगा, छः-छः महीने की सजा काट आयेंगे, तब इनकी आँखें खुलेंगी। समझाते-समझाते हार गई कि बेटा, कुराह मत चलो, लेकिन कौन सुनता है? अब जाके चक्की पीसो। इससे तो अच्छा था कि बाँझ रहती।

नायकराम—अच्छा, अपने-अपने घर जाव। जमादार, लौंडे हैं, छोड़ दो, आओ चलें।

जमादार—ऐसा न कहो पण्डाजी, कोतवाल साहब को मालूम हो जायेगा, तो समझेंगे, इन सबों ने ले-देकर छोड़ दिया होगा।

नायकराम—क्या कहते हो सूरे, अब ये लोग जायें न?

ठाकुरदीन—हाँ, और क्या। लड़कों से भूल-चूक हो ही जाती है। काम तो बुरा किया, पर अब जाने दो, जो हुआ सो हुआ।

सूरदास—मैं कौन होता हूँ कि जाने दूँ! जाने दें कोतवाल, डिपटी, हाकिम लोग!

बजरंगी—सूरे, भगवान जानता है, जान का डर न होता, तो इसे कच्चा ही चबा जाता।

सूरदास—अब तो हाकिम लोगों के हाथ में है, छोड़ें चाहे सजा दें।

बजरंगी—तुम कुछ न करो, तो कुछ न होगा। जमादारों को हम मना लेंगे।

सूरदास—तो भैया, साफ-साफ बात यह है कि मैं बिना सरकार में रपट किये न मानूँगा, चाहे सारा मुहल्ला मेरा दुसमन हो जाये।

बजरंगी—क्या यही होगा सूरदास? गाँव-घर, टोले-मुहल्ले का कुछ लिहाज न करोगे? लड़कों से भूल हो गई, अब उनकी जिंदगानी खराब करने से क्या मिलेगा?

जगधर—सुभागी ही कहाँ की देवी है! जब से भैरों ने छोड़ दिया, सारा मुहल्ला उसका रंग-ढंग देख रहा है। बिना पहले की साँठ-गाँठ के कोई किसी के घर नहीं घुसता!

सूरदास—तो यह सब मुझसे क्या कहते हो भाई, सुभागी देवी हो, चाहे हरजाई हो, वह जाने, उसका काम जाने। मैंने अपने घर में चोरों को पकड़ा है, इसकी थाने में ज़रूर इत्तिला करूँगा, थानेवाले न सुनेंगे, तो हाकिम से कहूँगा। लड़के लड़कों की राह रहें तो लड़के हैं; सोहदों की राह चलें, तो सोहदे हैं। बदमाशों के और क्या सींग-पूँछ होती है?

बजरंगी—सूरे, कहे देता हूँ, खून हो जाएगा।

सूरदास—तो क्या हो जाएगा? कौन कोई मेरे नाम को रोने वाला बैठा हुआ है?

नायकराम ने वहाँ ठहरना व्यर्थ समझा। क्यों नींद खराब करें? चलने लगे, तो जगधर ने कहा—पण्डाजी, तुम भी जाते हो, यहाँ क्या होगा?

नायकराम ने जवाब दिया—भाई, सूरदास मानेगा नहीं, चाहे लाख कहो। मैं तो कह चुका, कहो और हाथ-पैर पड़ूँ, पर होना-हवाना कुछ नहीं। घीसू और विद्या की तो बात की क्या, मिठुआ भी होता, तो सूरे उसे भी न छोड़ता। जिद्दी आदमी है।

जगधर—ऐसा कहाँ का धन्नासेठ है कि अपने मन ही की करेगा। तुम चलो, ज़रा डाँटकर कहो तो।

नायकराम लौटकर सूरदास से बोले—सूरे, कभी-कभी गाँव-घर के साथ मुलाहजा भी करना पड़ता है। लड़कों की जिंदगानी खराब करके क्या पाओगे?

सूरदास—पण्डाजी, तुम भी औरों की-सी कहने लगे? दुनिया में कहीं नियाव है कि नहीं? क्या औरत की आबरू कुछ नहीं? सुभागी ग़रीब है, अबला है, मजूरी करके अपना पेट पालती है, इसलिए जो कोई चाहे, उसकी आबरू बिगाड़ दे? जो चाहे, उसे हरजाई समझ ले?

सारा मुहल्ला एक हो गया, यहाँ तक दोनों चौकीदार भी मुहल्लेवालों की-सी कहने लगे। एक बोला—औरत खुद हरजाई है।

दूसरा—मुहल्ले के आदमी चाहें, तो खून पचा लें, यह कौन-सा बड़ा जुर्म है।

पहला—सहादत ही न मिलेगी, तो जुर्म क्या साबित होगा?

सूरदास—सहादत तो जब न मिलेगी, जब मैं मर जाऊँगा। वह हरजाई है?

चौकीदार—हरजाई तो है ही। एक बार नहीं, सौ बार उसे बाजार में तरकारी बेचते और हँसते देखा है।

सूरदास—तो बाजार में तरकारी बेचना और हँसना हरजाइयों का काम है?

चौकीदार—अरे, तो जाओगे तो थाने ही तक न! वहाँ भी तो हमीं से रपट करोगे?

नायकराम—अच्छी बात है, इसे रपट करने दो। मैं देख लूँगा। दारोगा जी कोई बिराने आदमी नहीं है।

सूरदास—हाँ दारोग़ाजी के मन में जो आये करें, दोस-पाप उनके साथ हैं।

नायकराम—कहता हूँ, मुहल्ले में न रहने पाओगे।

सूरदास—जब तक जीता हूँ, तब तक तो रहूँगा, मरने के बाद देखी जायेगी।

कोई सूरदास को धमकाता था, कोई समझाता था। वहाँ वही लोग रह गए थे, जो इस मुआमले को दबा देना चाहते थे। जो लोग इसे आगे बढ़ाने के पक्ष में थे, वे बजरंगी और नायकराम के भय से कुछ कह न सकने के कारण अपने-अपने घर चले गए थे। इन दोनों आदमियों से बैर मोल लेने की किसी में हिम्मत न थी। पर सूरदास अपनी बात पर ऐसा अड़ा कि किसी भाँति मानता ही न था। अंत को यही निश्चय हुआ कि इसे थाने जाकर रपट कर आने दो। हम लोग थानेदार ही को राजी कर लेंगे। दस-बीस रुपये से गम खायेंगे।

नायकराम—अरे, वही लाला थानेदार है न? उन्हें मैं चुटकी बजाते-बजाते गाँठ लूँगा। मेरी पुरानी जान-पहचान है।

जगधर—पण्डाजी, मेरे पास तो रुपये भी नहीं हैं, मेरी जान कैसे बचेगी?

नायकराम—मैं भी परदेश से लौटा हूँ। हाथ खाली है। जाके कहीं रुपये की फिकिर करो।

जगधर—मैं सूरे को अपना हितू समझता था। जब कभी काम पड़ा है। उसकी मदद की है। इसी के पीछे भैरों से दुश्मनी हुई। और, अब भी यह मेरा न हुआ!

नायकराम—यह किसी का नहीं है। जाकर देखो, जहाँ से हो सके, 25 रुपये तो ले ही जाओ।

जगधर—भैया, रुपये किससे माँगने जाऊँ! कौन पतियाएगा?

नायकराम—अरे, विद्या की अम्माँ से कोई गहना ही माँग लो। इस बखत तो प्रान बचें, फिर छुड़ा देना।

जगधर बहाने करने लगा—वह छल्ला तक न देगी; मैं मर भी जाऊँ, तो कफन के लिए रुपये न निकालेगी। यह कहते-कहते वह रोने लगा। नायकराम को उस पर दया आ गई। रुपये देने का वचन दे दिया।

सूरदास प्रातःकाल थाने की ओर चला, तो बजरंगी ने कहा—सूरे, तुम्हारे सिर पर मौत खेल रही है, जाओ।

जमुनी सूरे के पैरों से लिपट गई और रोती हुई बोली—सूरे, तुम हमारे बैरी हो जाओगे, यह कभी आसा न थी।

बजरंगी ने कहा—नीच है, और क्या! हम इसको पालते ही चले जाते हैं। भूखों कभी नहीं सोने दिया। बीमारी-आरामी में कभी साथ नहीं छोड़ा। जब कभी दूध माँगने आया, खाली हाथ नहीं जाने दिया। इस नेकी का यह बदला! सच कहा है, अँधों में मुरौवत नहीं होतीः एक पासिन के पीछे।

नायकराम पहले ही लपककर थाने जा पहुँचे और थानेदार से सारा वृत्तांत सुनाकर कहा—पचास का डौल है, कम न ज़्यादा। रपट ही न लिखिए।

दारोग़ा ने कहा—पण्डाजी, जब तुम बीच में पड़े हुए हो, तो सौ-पचास की कोई बात नहीं; लेकिन अंधे को मालूम हो जायेगा कि रपट नहीं लिखी गई, तो सीधा डिप्टी साहब के पास जा पहुँचेगा। फिर मेरी जान आफत में पड़ जायेगी। निहायत रूखा अफसर है, पुलिस का तो जानी दुश्मन ही समझो। अंधा यों मानने वाला आसामी नहीं है। जब इसने चतारी के राजा साहब को नाकों चने चबवा दिए, तो दूसरों की कौन गिनती है! बस, यही हो सकता है कि जब मैं तफतीश करने आऊँ, तो आप लोग किसी को शहादत न देने दें। अदम सबूत में मुआमला खारिज हो जाएगा। मैं इतना ही कर सकता हूँ कि शहादत के लिए किसी को दबाऊँगा नहीं, गवाहों के बयान में भी कुछ काट-छाँट कर दूँगा।

दूसरे दिन संध्या समय दारोग़ाजी तहकीकात करने आये। मुहल्ले के सब आदमी जमा हुए; मगर जिससे पूछो, यही कहता है—मुझे कुछ मालूम नहीं है, मैं कुछ नहीं जानता, मैंने रात को किसी की 'चोर-चोर' आवाज़ नहीं सुनी। मैंने किसी को सूरदास के द्वार पर नहीं देखा, मैं तो घर के द्वार बंद किए पड़ा

सोता था। यहाँ तक कि ठाकुरदीन ने भी साफ कहा—साहब, मैं कुछ नहीं जानता। दारोग़ा ने सूरदास पर बिगड़कर कहा—झूठी रपट करता है बदमाश!

सूरदास—रपट झूठी नहीं है, सच्ची है।

दारोग़ा—तेरे कहने से सच्ची मान लूँ? कोई गवाह भी है?

सूरदास ने मुहल्लेवालों को सम्बोधित करके कहा—यारो, सच्ची बात कहने से मत डरो। मेल-मुरौवत इसे नहीं कहते कि किसी औरत की आबरू बिगाड़ दी जाये और लोग उस पर परदा डाल दें। किसी के घर में चोरी हो जाए और लोग छिपा लें। अगर यही हाल रहा, तो समझ लो कि किसी का आबरू न बचेगी। भगवान् ने सभी को बेटियाँ दी हैं, कुछ उनका खियाल करो। औरत की आबरू कोई हँसी-खेल नहीं है। इसके पीछे सिर कट जाते हैं, लहू की नदी बह जाती है। मैं और किसी से नहीं पूछता, ठाकुरदीन, तुम्हें भगवान का भय है, पहले तुम्हीं आये थे, तुमने यहाँ क्या देखा? क्या मैं और सुभागी दोनों घीसू और विद्याधर का हाथ नहीं पकड़े हुए थे? देखो, मुँहदेखी नहीं, साथ कोई न जाएगा। जो कुछ देखा हो, सच कह दो।

ठाकुरदीन धर्मभीरु प्राणी था। ये बातें सुनकर भयभीत हो गया और बोला—चोरी-डाके की बात तो मैं कुछ नहीं जानता, यही पहले भी कह चुका, बात बदलनी नहीं आती। हाँ, जब मैं आया तो तुम और सुभागी दोनों लड़कों को पकड़े चिल्ला रहे थे।

सूरदास—मैं उन दोनों को उनके घर से तो नहीं पकड़ लाया था?

ठाकुरदीन—यह दैव जाने। हाँ, 'चोर-चोर' की आवाज मेरे कान में आयी थी।

सूरदास—अच्छा, अब मैं तुमसे पूछता हूँ जमादार, तुम आये थे न? बोलो, यहाँ जमाव था कि नहीं?

चौकीदार ने ठाकुरदीन को फूटते देखा, तो डरा कि कहीं अंधा दो-चार आदमियों को और फोड़ लेगा, तो हम झूठे पड़ेंगे। बोला—हाँ, जमाव क्यों नहीं था!

सूरदास—घीसू को सुभागी पकड़े हुए थी कि नहीं? विद्याधर को मैं पकड़े हुए था कि नहीं?

चौकीदार—चोरी होते हमने नहीं देखी।

सूरदास—हम इन दोनों लड़कों को पकड़े थे कि नहीं?

चौकीदार–हाँ, पकड़े तो थे, पर चोरी होते देखी नहीं?

सूरदास–दारोग़ाजी, अभी शहादत मिली कि और दूँ? यहाँ नंगे-लुच्चे नहीं बसते, भलेमानसों ही की बस्ती है। कहिए, बजरंगी से कहला दूँ; कहिए खुद घीसू से कहला दूँ? कोई झूठी बात न कहेगा। मुरौवत मुरौवत की जगह होती है, मुहब्बत, मुहब्बत की जगह है। मुरौवत और मुहब्बत के पीछे कोई अपना परलोक न बिगाड़ेगा।

बजरंगी ने देखा, अब लड़के की जान नहीं बचती, तो अपना ईमान क्यों बिगाड़े? दारोग़ा के सामने आकर खड़ा हो गया और बोला–दारोग़ाजी, सूरे जो बात कहते हैं, वह ठीक है। जिसने जैसी करनी की है, वैसी भोगे। हम क्यों अपनी आकबत बिगाड़ें। लड़का ऐसा नालायक न होता, तो आज मुँह में कालिख क्यों लगती? जब उसका चलन ही बिगड़ गया, तो मैं कहाँ तक बचाऊँगा। सजा भोगेगा, तो आप आँखें खुलेंगी।

हवा बदल गई। एक क्षण में साक्षियों का ताँता बँध गया। दोनों अभियुक्त हिरासत में ले लिए गए। मुकदमा चला, तीन-तीन महीने की सजा हो गई। बजरंगी और जगधर दोनों सूरदास के भक्त थे। नायकराम का यह काम था कि सब किसी से सूरदास का गुन गाया करें। अब ये तीनों उसके दुश्मन हो गए। दो बार पहले भी वह अपने मुहल्ले का द्रोही बन चुका था, उन पर दोनों अवसरों पर किसी को उसकी जात से इतना आघात न पहुँचा था, अबकी तो उसने घोर अपराध किया था। जमुनी जब सूरदास को देखती, तो सौ काम छोड़कर उसे कोसती। सुभागी को घर से निकलना मुश्किल हो गया। यहाँ तक कि मिठुआ ने भी साथ छोड़ दिया। अब वह रात को भी स्टेशन पर ही रह जाता। अपने साथियों की दशा ने उसकी आँखें खोल दीं। नायकराम तो इतने बिगड़े कि सूरदास के द्वार का रास्ता ही छोड़ दिया। चक्कर खाकर आते-जाते बस, उसके सम्बन्धियों में ले-देके एक भैरों रह गया। हाँ, कभी-कभी दूसरों की निगाह बचाकर ठाकुरदीन कुशल-समाचार पूछ जाता। और-तो-और दयागिरी भी उससे कन्नी काटने लगे कि कहीं लोग उसका मित्र समझकर मेरी दक्षिणा-भिक्षा न बन्द कर दें।

सत्य के मित्र कम होते हैं, शत्रुओं से कहीं कम।

41

प्रभु सेवक के तीन वर्ष अमेरिका में रहकर और हज़ारो रुपये खर्च करके जो अनुभव और ज्ञान प्राप्त किया था, वह मि. जॉन सेवक ने उनकी संगति से उतने ही महीनों में प्राप्त कर लिया। इतना ही नहीं, प्रभु सेवक की भाँति वह केवल बतलाए हुए मार्ग पर आँखें बन्द करके चलने पर ही संतुष्ट न थे; उनकी निगाह आगे-पीछे, दायें-बायें भी रहती थी। विशेषज्ञों में एक संकीर्णता होती है, जो उनकी दृष्टि को सीमित रखती है। वह किसी विषय पर स्वाधीन होकर विस्तीर्ण दृष्टि नहीं डाल सकते, नियम, सिद्धान्त और परम्परागत व्यवहार उनकी दृष्टि को फैलने नहीं देते। वैद्य प्रत्येक रोग की औषधि ग्रन्थों में खोजता है; वह केवल निदान का दास है, लक्षणों का गुलाम; वह यह नहीं जानता कि कितने ही रोगों की औषधि लुकमान के पास भी न थी। सहज बुद्धि अगर सूक्ष्मदर्शी नहीं होती, तो संकुचित भी नहीं होती। वह हर एक विषय पर व्यापक रीति से विचार कर सकती है, जरा-जरा सी बातों में उलझकर नहीं रह जाती। यही कारण है कि मंत्री-भवन में बैठा हुआ सेना-मंत्री सेनापति पर शासन करता है। प्रभु सेवक से पृथक हो जाने से मि. जॉन सेवक लेशमात्र भी चिंतित नहीं हुए थे। वह दूने उत्साह से काम करने लगे। व्यवहार-कुशल मनुष्य थे। जितनी आसानी से कार्यालय में बैठकर बहीखाते लिख सकते थे, उतनी ही आसानी से अवसर पड़ने पर एंजिन के पहियों को भी चला सकते थे। पहले कभी-कभी सरसरी निगाह से मिल को देख लिया करते थे, अब नियमानुसार और यथासमय जाते। बहुधा दिन को भोजन वहीं करते और शाम को घर जाते। कभी रात को नौ-दस बजे जाते। वह प्रभु सेवक को दिखा देना चाहते थे कि मैंने तुम्हारे ही बलबूते पर यह काम नहीं उठाया है; कौवे के न बोलने पर भी दिन निकल ही आता है। उनके धन-प्रेम का आधार

संतान-प्रेम न था। वह उनके जीवन का मुख्य अंग, उनकी जीवन-धारा का मुख्य स्रोत था। संसार के और सभी धंधे इनके अंतर्गत थे।

मज़दूरों और कारीगरों के लिए मकान बनवाने की समस्या अभी तक हल न हुई थी। यद्यपि जिले के मजिस्ट्रेट से उन्होंने मेल-जोल पैदा कर लिया था, पर चतारी के राजा साहब की ओर से उन्हें बड़ी शंका थी। राजा साहब एक बार लोकमत की उपेक्षा करके इतने बदनाम हो चुके थे कि उससे कहीं महत्वपूर्ण विजय की आशा भी अब उन्हें वे चोटें खाने के लिए उत्तेजित न कर सकती थी। मिल बड़ी धूम से चल रही थी, लेकिन उसकी उन्नति के मार्ग में मज़दूरों के मकानों का न होना सबसे बड़ी बाधा थी। जॉन सेवक इसी उधेड़-बुन में पड़े रहते थे।

संयोग से परिस्थितियों में कुछ ऐसा उलट-फेर हुआ कि विकट समस्या बिना विशेष उद्योग के हल हो गई। प्रभु सेवक के असहयोग ने वह काम कर दिखाया, जो कदाचित् उनके सहयोग से भी न हो सकता था।

जब से सोफ़िया और विनयसिंह आ गए थे, सेवक-दल बड़ी उन्नति कर रहा था। उसकी राजनीति की गति दिन-दिन तीव्र और उग्र होती जाती थी। कुँवर साहब ने जितनी आसानी से पहली बार अधिकारियों की शंकाओं को शांत कर दिया था, उतनी आसानी से अबकी बार न कर सके। समस्या कहीं विषम हो गई थी। प्रभु सेवक को इस्तीफा देने के लिए मजबूर करना मुश्किल न था, विनय को घर से निकाल देना, उसे अधिकारियों की दया पर छोड़ देना, कहीं मुश्किल था। इसमें संदेह नहीं कि कुँवर साहब निर्भीक पुरुष थे, जाति-प्रेम में पगे हुए, स्वच्छंद, निःस्पृह और विचारशील। उनको भोग-विलास के लिए किसी बड़ी जायदाद की बिल्कुल ज़रूरत न थी। किन्तु प्रत्यक्ष रूप से अधिकारियों के कोपभाजन बनने के लिए वह तैयार थे। वह अपना सर्वस्व जाति-हित के लिए दे सकते थे; किन्तु इस तरह कि हित का साधन उनके हाथ में रहे। उनमें वह आत्मसमर्पण की क्षमता न थी, जो निष्काम और निःस्वार्थ भाव से अपने को मिटा देता हैं उन्हें विश्वास था कि हम आड़ में रहकर उससे कहीं अधिक उपयोगी बन सकते हैं, जितने सामने आकर। विनय का दूसरा ही मत था। वह कहता था, हम जायदाद के लिए अपनी आत्मिक स्वतंत्रता की हत्या क्यों करें? हम जायदाद के स्वामी बनकर रहेंगे, उसके दास बनकर

नहीं। अगर संपत्ति से निवृत्ति प्राप्त न कर सके, तो इस तपस्या का प्रयोजन ही क्या? यह तो गुनाह बेलज्जत है। निवृत्ति ही के लिए तो यह साधना की जा रही है। कुँवर साहब इसका यह जवाब देते कि हम इस जायदाद के स्वामी नहीं, केवल रक्षक हैं। यह आनेवाली संतानों की धरोहर-मात्र है। हमको क्या अधिकार है कि भावी संतान से वह सुख और संपत्ति छीन लें, जिसके वे वारिस होंगे? बहुत संभव है, वे इतने आदर्शवादी न हों, या उन्हें परिस्थिति के बदल जाने से आत्मत्याग की जरूरत ही न रहे। यह भी संभव है कि उनमें वे स्वाभाविक गुण न हों, जिनके सामने संपत्ति की कोई हस्ती नहीं। ऐसी ही युक्तियों से वह विनय का समाधान करने की विफल चेष्टा किया करते थे। वास्तव में बात यह थी कि जीवन-पर्यंत ऐश्वर्य का सुख और सम्मान भोगने के पश्चात् वह निवृत्ति का यथार्थ आशय ही न ग्रहण कर सकते थे। वह संतान न चाहते थे, संपत्ति के लिए संतान चाहते थे। जायदाद के सामने संतान का स्थान गौण था। उन्हे अधिकारियों की खुशामद से घृणा थी; हुक्काम की हाँ में हाँ मिलाना हेय समझते थे; किन्तु हुक्काम की नज़रों में गड़ना, उनके हृदय में खटकना, इस हद तक कि वे शत्रुता पर तत्पर हो जाएँ, उन्हें बेवकूफी मालूम होती थी। कुँवर साहब के हाथों में विनय को सीधी राह पर लाने का एक ही उपाय था, और वह यह कि सोफ़िया से उसका विवाह हो जाये। इस बेड़ी में जकड़कर उसकी उद्दंडता को वह शांत करना चाहते थे; लेकिन अब जो कुछ विलम्ब था, वह सोफ़िया की ओर से। सोफ़िया को अब भी भय था कि यद्यपि रानी मुझ पर बड़ी कृपा-दृष्टि रखती हैं, पर दिल से उन्हें यह संबंध पसंद नहीं। उसका यह भय सर्वथा अकारण भी न था। रानी भी सोफ़िया से प्रेम कर सकती थीं और करती थीं, उसका आदर कर सकती थीं और करती थीं, पर अपनी वधू में वह त्याग और विचार की अपेक्षा लज्जाशीलता, सरलता, संकोच और कुल-प्रतिष्ठा को अधिक मूल्यवान समझती थीं, संन्यासिनी वधू नहीं, भोग करने वाली वधू चाहती थी। किन्तु वह अपने हृदयगत भावों को भूलकर भी मुँह से न निकालती थीं। न ही वह इस विचार को मन में आने ही देना चाहती थीं, उसे कृतघ्नता समझती थीं।

कुँवर साहब कई दिन तक इसी संकट में पड़े रहे। मि. जॉन सेवक से बातचीत किए बिना विवाह कैसे ठीक होता? आखिर एक दिन इच्छा न होने

पर भी विवश होकर जॉन सेवक के पास गए। संध्या हो गई थी। मि. जॉन सेवक अभी-अभी मिल से लौटे थे, मजदूरों के मकानों की स्कीम सामने रखे हुए सोच रहे थे। कुँवर साहब को देखते ही उठे और बड़े तपाक से हाथ मिलाया।

कुँवर साहब कुर्सी पर बैठते हुए बोले—आप विनय और सोफ़िया के विवाह के विषय में क्या निश्चय करते हैं? आप मेरे मित्र और सोफ़िया के पिता हैं, और दोनों ही नाते से मुझे आपसे यह कहने का अधिकार है। कि अब इस काम में देर न कीजिए।

जॉन सेवक—मित्रता के नाते चाहे जो सेवा ले सकते हैं, लेकिन (गम्भीर भाव से) सोफ़िया के पिता के नाते मुझे कोई निश्चय करने का अधिकार नहीं। उसने मुझे इस अधिकार से वंचित कर दिया। नहीं तो इतने दिन यहाँ आए हो गए, क्या एक बार भी यहाँ तक न आती? उसने हमसे यह अधिकर छीन लिया।

इतने में मिसेज़ सेवक भी आ गईं। पति की बातें सुनकर बोलीं—मैं तो मर जाऊँगी, लेकिन उसकी सूरत न देखूँगी। हमारा उससे अब कोई संबंध न रहा।

कुँवर—आप लोग सोफ़िया पर अन्याय कर रहे हैं। जब से वह आयी है, एक दिन के लिए भी घर से नहीं निकली। इसका कारण केवल संकोच है, और कुछ नहीं। शायद डरती है कि बाहर निकलूँ और किसी पुराने परिचित से साक्षात् हो जाए, तो उससे क्या बात करूँगी। थोड़ी देर के लिए कल्पना कर लीजिए कि हममें से कोई भी उसकी जगह होता, तो उसके मन में कैसे भाव आते? इस विषय में वह क्षम्य है। मैं तो इसे अपना दुर्भाग्य समझूँगा, अगर आप लोग उससे विरक्त हो जाएँगे। अब विवाह में विलम्ब न होना चाहिए।

मिसेज़ सेवक—खुदा वह दिन न लाये! मेरे लिए तो वह मर गई, उसका फातेहा पढ़ चुकी, उसके नाम को जितना रोना था, रो चुकी!

कुँवर—यह ज्यादती आप लोग मेरी रियासत के साथ कर रहे हैं। विवाह एक ऐसा उपाय है जो विनय की उद्दंडता को शांत कर सकता है।

जॉन सेवक—मेरी तो सलाह है कि आप रियासत को कोर्ट ऑफ वार्ड्स के सिपुर्द कर दीजिए। गवर्नमेंट आपके प्रस्ताव को सहर्ष स्वीकार कर लेगी

और आपके प्रति उसका सारा संदेह शांत हो जायेगा। तब कुँवर विनयसिंह की राजनीतिक उद्दंडता का रियासत पर जरा भी असर न पड़ेगा; और यद्यपि इस समय आपको यह व्यवस्था बुरी मालूम होगी, लेकिन कुछ दिनों बाद जब उनके विचारों में प्रौढ़ता आ जाएगी, तो वह आपके कृतज्ञ होंगे और आपको अपना सच्चा हितैषी समझेंगे। हाँ, इतना निवेदन है कि इस काम में हाथ डालने के पहले आप अपने को खूब दृढ़ कर लें। उस वक्त अगर आपकी ओर से जरा भी पसोपेश हुआ, तो आपका सारा प्रयत्न विफल हो जाएगा, आप गवर्नमेंट के संदेह को शांत करने की जगह और भी उकसा देंगे।

कुँवर—मैं जायदाद की रक्षा के लिए सब कुछ करने को तैयार हूँ। मेरी इच्छा केवल इतनी है कि विनय को आर्थिक कष्ट न होने पाए। बस, अपने लिए मैं कुछ नहीं चाहता।

जॉन सेवक—आप प्रत्यक्ष रूप से तो कुँवर विनयसिंह के लिए व्यवस्था नहीं कर सकते। हाँ, यह हो सकता है कि आप अपनी वृत्ति में से जितना उचित समझें, उन्हें दे दिया करें।

कुँवर—अच्छा, मान लीजिए, विनय इसी मार्ग पर और भी अग्रसर होते गए, तो?

जॉन सेवक—तो उन्हें रियासत पर कोई अधिकार न होगा।

कुँवर—लेकिन उनकी संतान को तो यह अधिकार रहेगा?

जॉन सेवक—अवश्य।

कुँवर—गवर्नमेंट स्पष्ट रूप से यह शर्त मंजूर कर लेगी?

कुँवर—ऐसा तो न होगा कि विनय के कामों का फल उनकी संतान को भोगना पड़े? सरकार रियासत को हमेशा के लिए जब्त कर ले? ऐसा दो-एक जगह हुआ है। बरार ही को देखिए।

जॉन सेवक—कोई खास बात पैदा हो जाये, तो नहीं कह सकते; लेकिन सरकार की यह नीति कभी नहीं रही। बरार की बात जाने दीजिए। वह इतना बड़ा सूबा है कि किसी रियासत में उसका मिल जाना राजनीतिक कठिनाइयों का कारण हो सकता है।

कुँवर—तो मैं कल डॉक्टर गांगुली को शिमले से तार भेजकर बुलाये देता हूँ?

जॉन सेवक—आप चाहें, तो बुला लें। मैं तो समझता हूँ, यहीं से मसबिदा बनाकर उनके पास भेज दिया जाये या मैं स्वयं चला जाऊँ और सारी बातें आपकी इच्छानुसार तय कर आऊँ।

कुँवर साहब ने धन्यवाद किया और घर चले गए। रात-भर वह इसी हैस-बैस में पड़े रहे कि विनय और जाह्नवी से इस निश्चय का समाचार कहूँ या न कहूँ। उनका जवाब उन्हें मालूम था। उनसे उपेक्षा और दुराग्रह के सिवा सहानुभूति की जरा भी आशा नहीं। कहने से फायदा ही क्या? अभी तो विनय को कुछ भय भी है। यह हाल सुनेगा, तो और भी दिलेर हो जाएगा। अंत को उन्होंने यह निश्चय किया कि अभी बतला देने से कोई फ़ायदा नहीं, और विघ्न पड़ने की संभावना है। जब काम पूरा हो जायेगा, तो कहने-सुनने को काफ़ी समय मिलेगा।

मिस्टर जॉन सेवक पैरों-तले घास न जमने देना चाहते थे। दूसरे ही दिन उन्होनें एक बैरिस्टर से प्रार्थना-पत्र लिखवाया और कुँवर साहब को दिखाया। इसी दिन वह कागज़ डॉक्टर गांगुली के पास भेज दिया। डॉक्टर गांगुली ने इस प्रस्ताव को बहुत पंसद किया और खुद शिमले से आये। यहाँ कुँवर साहब से परामर्श किया और दोनों आदमी प्रांतीय गवर्नर के पास पहुँचे। गवर्नर को इसमें क्या आपत्ति हो सकती थी, विशेषतः ऐसी दशा में जब रियासत पर एक कौड़ी भी कर्ज न था? कर्मचारियों ने रियासत के हिसाब-किताब की जाँच शुरू की और एक महीने के अन्दर रियासत पर सरकारी अधिकार हो गया। कुँवर साहब लज्जा और ग्लानि के मारे इन दिनों विनय से बहुत कम बोलते; घर में बहुत कम आते; आँखें चुराते रहते थे कि कहीं यह प्रसंग न छिड़ जाए। जिस दिन सारी शर्तें तय हो गईं, कुँवर साहब से न रहा गया, विनयसिंह से बोले—रियासत पर तो सरकारी अधिकार हो गया।

विनय ने चौंककर पूछा—क्या जब्त हो गई?

कुँवर—नहीं, मैंने कोर्ट ऑफ वार्ड्स के सिपुर्द कर दिया।

यह कहकर उन्होंने शर्तों का उल्लेख किया और विनीत भाव से बोले—क्षमा करना, मैंने तुमसे इस विषय में सलाह नहीं ली।

विनय—मुझे इसका बिल्कुल दुःख नहीं है, लेकिन आपने व्यर्थ ही अपने को गवर्नमेंट के हाथ में डाल दिया। अब आपकी हैसियत केवल एक वसीकेदार की है, जिसका वसीका किसी वक्त बन्द किया जा सकता है।

कुँवर–इसका इलज़ाम तुम्हारे सिर है।

विनय–आपने यह निश्चय करने से पहले ही मुझसे सलाह ली होती, तो यह नौबत न आने पाती। मैं आजीवन रियासत से पृथक् करने का प्रतिज्ञापत्र लिख देता और आप उसे प्रकाशित करके हुक्काम को प्रसन्न रख सकते थे।

कुँवर–(सोचकर) उस दशा में भी यह संदेह हो सकता था कि मैं गुप्त रीति से तुम्हारी सहायता कर रहा हूँ। इस संदेह को मिटाने के लिए मेरे पास और कौन साधन था?

विनय–तो मैं घर से निकल जाता और आपसे मिलना-जुलना छोड़ देता। अब भी अगर आप इस इंतज़ाम को रद्द करा सकें, तो अच्छा हो। मैं अपने खयाल से नहीं, आप ही के खयाल से कह रहा हूँ। मैं अपने निर्वाह की कोई राह निकाल लूँगा।

कुँवर साहब सजल नयन होकर बोले–विनय, मुझसे ऐसी कठोर बातें न करो। मैं तुम्हारे तिरस्कार का नहीं, तुम्हारी सहानुभूति और दया का पात्र होने योग्य हूँ। मैं जानता हूँ, केवल सामाजिक सेवा से हमारा उद्धार नहीं हो सकता। यह भी जानता हूँ कि हम स्वच्छन्द होकर सामाजिक सेवा भी नहीं कर सकते। कोई आयोजना, जिससे देश में अपनी दशा को अनुभव करने की जागृति उत्पन्न हो, जो भ्रातृत्व और जातीयता के भावों को जगाए, संदेह से मुक्त नहीं रह सकती। यह सब जानते हुए मैंने सेवा-क्षेत्र में कदम रखे थे। पर यह न जानता था कि थोड़े ही समय में यह संस्था यह रूप धारण करेगी और इसका परिणाम यह होगा! मैंने सोचा था, मैं परोक्ष में इसका संचालन करता रहूँगा; यह न जानता था कि इसके बदले मुझे अपना सर्वस्व-और अपना ही नहीं, भावी संतान का सर्वस्व भी–होम कर देना पड़ेगा। मैं स्वीकार करता हूँ कि मुझमें इतने महान् त्याग की सामर्थ्य नहीं।

विनय ने इसका कुछ जवाब न दिया। अपने या सोफ़ी के विषय में उन्हें कोई चिन्ता न थी, चिन्ता थी सेवक-दल के संचालन की। इसके लिए धन कहाँ से आयेगा? उन्हें कभी भिक्षा माँगने की जरूरत न पड़ी थी। जनता से रुपये कैसे मिलते हैं, यह गुण न जानते थे। कम-से-कम पाँच हज़ार माहवार का खर्च था। इतना धन एकत्र करने के लिए एक संस्था की अलग

ही जरूरत थी। अब उन्हें अनुभव हुआ कि धन-सम्पत्ति इतनी तुच्छ वस्तु नहीं। पाँच हजार रुपये माहवार, 60 हजार रुपये साल के लिए 12 लाख का स्थायी कोष होना आवश्यक है। कुछ बुद्धि काम न करती थी। जाह्नवी के पास निज का कुछ धन था, पर वह उसे देना न चाहती थीं और अब तो उसकी रक्षा करने की और भी जरूरत थी, क्योंकि वह विनय को दरिद्र नहीं बनाना चाहती थीं।

तीसरे पहर का समय था। विनय और इंद्रदत्त, दोनों रुपयों की चिन्ता में मग्न बैठे हुए थे, सहसा सोफ़िया ने आकर कहा—मैं एक उपाय बताऊँ?

इंद्रदत्त—भिक्षा माँगने चलें?

सोफ़िया—क्यों न एक ड्रामा खेला जाये! ऐक्टर हैं ही, कुछ परदे बनवा लिए जायें, मैं भी परदे बनाने में मदद दूँगी।

विनय—सलाह तो अच्छी है, लेकिन नायिका तुम्हें बनना पड़ेगा।

सोफ़िया—नायिका का पार्ट इंदुरानी खेलेंगी, मैं परिचारिका का पार्ट लूँगी।

इंद्रदत्त—अच्छा, कौन-सा नाटक खेला जाये? भट्टजी का 'दुर्गावती' नाटक।

विनय—मुझे तो 'प्रसाद' का 'अजातशत्रु' बहुत पसंद है।

सोफ़िया—मुझे 'कर्बला' बहुत पसंद आया। वीर और करुण, दोनों ही रसों का अच्छा समावेश है।

इतने में एक डाकिया अन्दर दाखिल हुआ और एक मुहरबंद रजिस्टर्ड लिफाफा विनय के हाथ में रखकर चला गया। लिफाफे पर प्रभु सेवक की मुहर थी। लंदन से आया था।

विनय—अच्छा, बताओ, इसमें क्या होगा?

सोफ़िया—रुपये तो होंगे नहीं, और चाहे जो हो। वह ग़रीब रुपये कहाँ पाएगा? वहाँ होटल का खर्च ही मुश्किल से दे पाता होगा।

विनय—और मैं कहता हूँ कि रुपयों के सिवा और कुछ हो ही नहीं सकता।

इंद्रदत्त—कभी नहीं। कोई नई रचना होगी।

विनय—तो रजिस्ट्री कराने की क्या जरूरत थी?

इन्द्रदत्त—रुपये होते, तो बीमा न कराया होता?

विनय—मैं कहता हूँ, रुपये हैं, चाहे शर्त बद लो।

इन्द्रदत्त—मेरे पास कुल पाँच रुपये हैं, पाँच-पाँच की बाजी है।

विनय–यह नहीं। अगर इसमें रुपये हों, तो मैं तुम्हारी गर्दन पर सवार होकर यहाँ से कमरे के उस सिरे तक जाऊँगा। न हुए तो तुम मेरी गर्दन पर सवार होना। बोलो?

इन्द्रदत्त–मंजूर है, खोलो लिफाफा।

लिफाफा खोला गया, तो चेक निकला। पूरे दस हज़ार रुपये का। लंदन बैंक के नाम। विनय उछल पड़े। बोले–मैं कहता न था! यहाँ सामुद्रिक विद्या पढ़े हैं। आइए, लाइए गर्दन।

इन्द्रदत्त–ठहरो-ठहरो, गर्दन तोड़के रख दोगे क्या! जरा खत तो पढ़ो, क्या लिखा है, कहाँ हैं, क्या कर रहे हैं? लगे सवारी गाँठने।

विनय–जी नहीं, यह नहीं होने का। आपको सवारी देनी होगी। गर्दन टूटे या रहे, इसका मैं जिम्मेदार नहीं। कुछ दुबले-पतले तो हो नहीं, खासे देव तो बने हुए हों।

इन्द्रदत्त–भाई, आज मंगल के दिन नज़र न लआगो। कुल दो मन पैंतीस सेर तो रह गया हूँ। राजपूताना जाने के पहले तीन मन से ज्यादा था।

विनय–खैर, देर न कीजिए, गर्दन झुकाकर खड़े हो जाइए।

इन्द्रदत्त–सोफ़िया, मेरी रक्षा करो। तुम्हीं ने पहले कहा था, इसमें रुपये न होंगे। वही सुनकर मैंने भी कह दिया था।

सोफ़िया–मैं तुम्हारे झगड़े में नहीं पड़ती। तुम जानो, यह जानें। यह कहकर उसने खत पढ़ना शुरू किया–

प्रिय बंधुवर,

मैं नहीं जानता कि मैं यह पत्र किसे लिख रहा हूँ। कुछ खबर नहीं कि आजकल व्यवस्थापक कौन है। मगर सेवक-दल से मुझे अब भी वही प्रेम है, जो पहले था। उसकी सेवा करना अपना कर्त्तव्य समझता हूँ। आप मेरा कुशल समाचार जानने के लिए उत्सुक होंगे। मैं पूना ही में था कि वहाँ के गवर्नर ने मुझे मुलाकात करने को बुलाया। उनसे देर तक साहित्य-चर्चा होती रही। एक ही मर्मज्ञ हैं। हमारे देश में ऐसे रसिक कम निकलेंगे। विनय (उसका कुछ हाल नहीं मालूम) के सिवा मैंने और किसी को इतना काव्य-रस-चतुर नहीं पाया। कितनी सजीव सहृदयता थी! गवर्नर महोदय

की प्रेरणा से मैं यहाँ आया, और जब से आया हूँ, आतिथ्य का अविरल प्रवाह हो रहा है। वास्तव में जीवित राष्ट्र ही गुणियों का आदर करना जानते हैं। बड़े ही सहृदय, उदार, स्नेहशील प्राणी हैं। मुझे इस जाति से अब श्रद्धा हो गई है, और मुझे विश्वास हो गया कि इस जाति के हाथों हमारा अहित कभी नहीं हो सकता। कल यूनिवर्सिटी की ओर से मुझे एक अभिनंदन-पत्र दिया गया। साहित्य-सेवियों का ऐसा समारोह मैंने काहे को कभी देखा था! महिलाओं का स्नेह और सत्कार देखकर मैं मुग्ध हो गया। कल लिबरल-एसोसिएशन दावत देगा। परसों पारसी समाज का नम्बर है। उसी दिन यूनियन क्लब की ओर से पार्टी दी जाएगी। मुझे स्वप्न में भी आशा न थी कि मैं इतना जल्द बड़ा आदमी हो जाऊँगा। मैं ख्याति और सम्मान के निंदकों में नहीं हूँ। इसके सिवा गुणियों को और क्या पुरस्कार मिल सकता है? मुझे अब मालूम हुआ कि मैं क्या करने के लिए संसार में आया हूँ। मेरे जीवन का उद्देश्य क्या है? अब तक भ्रम में पड़ा हुआ था। अब से मेरे जीवन का मिशन होगा प्राच्य और पाश्चात्य को प्रेम-सूत्र में बाँधना, पारस्परिक द्वंद्व को मिटाना और दोनों में समान भावों को जागृत करना। मैं यही व्रत धारण करूँगा। पूर्व ने किसी जमाने में पश्चिम को धर्म का मार्ग दिखाया था; अब वह उसे प्रेम का शब्द सुनाएगा, प्रेम का पथ दिखाएगा। मेरी कविताओं का पहला संग्रह मैकमिलन कम्पनी द्वारा शीघ्र प्रकाशित होगा। गवर्नर महोदय मेरी उन कविताओं की भूमिका लिखेंगे। इस संग्रह के लिए प्रकाशकों ने मुझे चालीस हज़ार रुपये दिये हैं। इच्छा तो यही थी कि ये सब रुपये अपनी प्यारी संस्था को भेंट करता; पर विचार है कि अमेरिका की सैर भी करूँ। इसलिए इस समय जो भेजता हूँ, उसे स्वीकार कीजिए। मैंने अपने कर्त्तव्य का पालन किया है। इसलिए धन्यवाद की आशा नहीं रखता। हाँ, इतना निवेदन करना आवश्यक समझता हूँ कि आपको सेवा के उच्चादर्शों का पालन करना चाहिए, और राजनीतिक परिस्थितियों से विरक्त होकर 'वसुधैव कुटुम्कबम्' के प्रचार को अपना लक्ष्य बनाना चाहिए। मेरे व्याख्यानों की रिपोर्ट आपको यहाँ के समाचार-पत्रों में मिलेगी। आप देखेंगे कि मेरे राजनीतिक विचारों में कितना अन्तर हो गया हैं मैं अब स्वदेशी नहीं, सर्वदेशीय हूँ, अखिल संसार मेरा स्वदेश है; प्राणिमात्र से मेरा

बंधुत्व है और भौगोलिक तथा जातीय सीमाओं को मिटाना मेरे जीवन का उद्देश्य है प्रार्थना कीजिए कि अमेरिका से सकुशल लौट आऊँ।

आपका सच्चा बंधु

प्रभु सेवक

सोफ़िया ने पत्र मेज़ पर रख दिया और गम्भीर भाव से बोली—इसके दोनों ही अर्थ हो सकते हैं, आत्मिक उत्थान या पतन। मैं तो पतन ही समझती हूँ।

विनय—क्यों? उत्थान क्यों नहीं?

सोफ़िया—इसलिए कि प्रभु सेवक की आत्मा शृंगारप्रिय है। वह कभी स्थिर चित्त नहीं रहे। जो प्राणी सम्मान से इतना फूल उठता है, वह उपेक्षा से इतना ही हताश भी हो जायेगा।

विनय—यह कोई बात नहीं। कदाचित् मैं भी इसी तरह फूल उठता। यह तो बिलकुल स्वाभाविक है। यहाँ उनकी क्या कद्र हुई? मरते दम तक गुमनाम पड़े रहते।

इन्द्रदत्त—जब हमारे काम के नहीं रहे, तो प्रसिद्ध हुआ करें। ऐसे विश्वप्रेमियों से कभी किसी का उपकार न हुआ है, न होगा। जिसमें अपना नहीं, उसमें पराया क्या होगा?

सोफ़िया—सार्वदेशिकता हमारे कई कवियों को ले डूबी, इन्हें भी ले डूबेगी। इनका होना, न होना हमारे लिए दोनों बराबर हैं; बल्कि मुझे तो अब इनसे हानि पहुँचने की शंका है। मैं जाकर अभी इस पत्र का जवाब लिखती हूँ।

यह कहते हुए सोफ़िया वह पत्र हाथ में लिए हुए अपने कमरे में चली गई। विनय ने कहा—क्या करूँ, रुपये वापस कर दूँ?

इंद्रदत्त—रुपये क्यों वापस करोगे? उन्होंने कोई शर्त तो की नहीं है! मित्रोचित सलाह दी है और बहुत अच्छी सलाह दी है हमारा भी तो उद्देश्य है। अंतर केवल इतना है कि वह समता के बिना ही बंधुत्व का प्रचार करना चाहते हैं, हम बंधुत्व के लिए समता को आवश्यक समझते हैं।

विनय—यों क्यों नहीं कहते कि बंधुत्व समता पर स्थित है?

इन्द्रदत्त—सोफ़िया देवी खूब खबर लेंगी।

विनय—अच्छा, अभी रुपये रखे लेता हूँ, पीछे देखा जाएगा।

इन्द्रदत्त—दो-चार ऐसे ही मित्र और मिल जाएँ, तो हमारा काम चल निकले।

विनय—सोफ़िया की ड्रामा खेलने की सलाह कैसी है?

इन्द्रदत्त—क्या पूछना, उनका अभिनय देखकर लोग दंग रह जाएँगे।

विनय—तुम मेरी जगह होते, तो उसे स्टेज पर लाना पसंद करते?

इन्द्रदत्त—पेशा समझकर तो नहीं, लेकिन परोपकार के लिए स्टेज पर लाने में शायद मुझे आपत्ति न होती।

विनय—तो तुम मुझसे कहीं ज्यादा उदार हो। मै तो इसे किसी हालत में पसंद न करूँगा। हाँ, यह तो बताओ, सोफ़िया आजकल कुछ उदास मालूम होती है? कल इसने मुझसे जो बातें कीं, वे बहुत निराशाजनक थीं। उसको भय है कि उसी के कारण रियासत का यह हाल हुआ है। माताजी तो उस पर जान देती हैं, पर वह उनसे दूर भागती है। फिर वही आध्यात्मिक बातें करती है, जिनका आशय आज तक मेरी समझ में नहीं आया—मैं तुम्हारे पाँव की बेड़ी नहीं बनना चाहती मेरे लिए केवल तुम्हारी स्नेह-दृष्टि काफी है, और जाने क्या-क्या। और मेरा यह हाल है कि घंटे-भर भी उसे न देखूँ, तो चित्त विकल हो जाता है।

इतने में मोटर की आवाज़ आयी और एक क्षण में इंदु आ पहुँची।

इंद्रदत्त—आइए, इंदुरानी, आइए। आप ही का इंतज़ार था।

इंदु—झूठे हो, मेरी इस वक़्त ज़रा भी चर्चा न थी, रुपये की चिन्ता में पड़े हुए हो।

इंद्रदत्त—तो मालूम होता है, आप कुछ लायी हैं। लाइए, वास्तव में हम लोग बहुत चिंतित हो रहे थे।

इंदु—मुझसे माँगते हो? मेरा हाल जानकर भी? एक बार चंदा देकर हमेशा के लिए सीख गई। (विनय से) सोफ़िया कहाँ है? अम्माँजी तो अब राज़ी हैं न?

विनय—किसी की दिल की बात कोई क्या जाने।

इंदु—मैं तो समझती हूँ अम्माँजी राज़ी भी हो जायें, तो भी तुम सोफ़ी को न पाओगे। तुम्हें इन बातों से दुःख तो अवश्य होगा, लेकिन किसी आघात के लिए पहले से तैयार रहना इससे कहीं अच्छा है कि वह आकस्मिक रीति से सिर पर आ पड़े।

विनय ने आँसू पीते हुए कहा—मुझे भी कुछ ऐसा ही अनुमान होता है।

इंदु—सोफ़िया कल मुझसे मिलने गई थी। उसकी बातों ने उसे भी रुलाया ओर मुझे भी। बड़े धर्मसंकट में पड़ी हुई है। न तुम्हें निराश करना चाहती है, न माताजी को अप्रसन्न करना चाहती है। न जाने क्यों उसे अब भी संदेह है कि माताजी उसे अपनी वधू नहीं बनाना चाहतीं। मैं समझती हूँ कि यह केवल उसका भ्रम है, वह स्वयं अपने मन के रहस्य को नहीं समझती। वह स्त्री नहीं है, केवल एक कल्पना है, भावों और आकांक्षाओं से भरी हुई। तुम इसका रसास्वादन कर सकते हो, पर उसे अनुभव नहीं कर सकते, उसे प्रत्यक्ष नहीं देख सकते। कवि अपने अंतरतम भावों को व्यक्त नहीं कर सकता। वाणी में इतना सामर्थ्य ही नहीं। सोफ़िया वही कवि की अंतरतम भावना है।

इंद्रदत्त—और आपकी यह सब बातें भी कोरी कवि-कल्पना है। सोफ़िया न कवि-कल्पना है और न कोई गुप्त रहस्य; न देवी है न देवता। न अप्सरा है न परी। जैसी अन्य स्त्रियाँ होती हैं, वैसी ही एक स्त्री वह भी है, वही उसके भाव हैं, वही उसके विचार हैं। आप लोगों ने कभी विवाह की तैयारी की, कोई भी ऐसी बात की, जिससे मालूम हो कि आप लोग विवाह के लिए उत्सुक हैं? तो जब आप लोग स्वयं उदासीन हो रहे हैं, तो उसे क्या गरज पड़ी हुई है कि इसकी चर्चा करती फिरे। मैं तो अक्खड़ आदमी हूँ। उसे लाख विनय से प्रेम हो, पर अपने मुँह से तो विवाह की बात न कहेगी। आप लोग वही चाहते हैं, तो किसी तरह नहीं हो सकता। इसलिए अपनी लाज की रक्षा करने को उसने यही युक्ति निकाल रखी है। आप लोग तैयारियाँ कीजिए, फिर उसकी ओर से आपत्ति हो, तो अलबत्ता उससे शिकायत हो सकती है। जब देखती है, आप लोग स्वयं धुकुर-पुकुर कर रहे हैं, तो वह भी इन युक्तियों से अपनी आबरू बचाती है।

इन्दु—ऐसा कहीं भूलकर भी न कहना, नहीं तो वह इस घर में भी न रहेगी।

इतने में सोफ़िया वह पत्र लिए हुए आती दिखायी दी, जो उसने प्रभु सेवक के नाम लिखा था। इंदु ने बात पलट दी, और बोली—तुम लोगों को तो अभी खबर न होगी, मि. सेवक को पाँड़ेपुर मिल गया।

सोफ़िया ने इंदु से गले मिलते हुए पूछा—पापा वह गाँव लेकर क्या करेंगे?

इन्दु—अभी तुम्हें मालूम ही नहीं? वह मुहल्ला खुदवाकर फेंक दिया जायेगा और वहाँ मिल के मज़दूरों के लिए घर बनेंगे।

इंद्रदत्त—राजा साहब ने मंजूर कर लिया? इतनी जल्दी भूल गए। अबकी शहर में रहना मुश्किल हो जाएगा।

इंदु—सरकार का आदेश था, कैसे न मंज़ूर करते।

इंद्रदत्त—साहब ने बड़ी दौड़ लगाई। सरकार पर भी मंत्र चला दिया।

इन्दु—क्यों, इतनी बड़ी रियासत पर सरकार का अधिकार नहीं करा दिया? एक राजद्रोही राजा को अपंग नहीं बना दिया? एक क्रांतिकारी संस्था की जड़ नहीं खोद डाली? सरकार पर इतने एहसान करके यों ही छोड़ देते? चतुर व्यवसायी न हुए, कोई राजा-ठाकुर हुए। सबसे बड़ी बात तो यह है कि कंपनी ने पच्चीस सैकड़े नफा देकर बोर्ड के अधिकांश सदस्यों को वशीभूत कर लिया।

विनय—राजा साहब को पद-त्याग कर देना चाहिए। इतनी बड़ी ज़िम्मेदारी सिर पर लेने से तो यह कहीं अच्छा होता।

इंदु—कुछ सोच-समझकर तो स्वीकार किया होगा। सुना, पाँड़ेपुरवाले अपने घर छोड़ने पर राज़ी नहीं होते।

इंद्रदत्त—न होना चाहिए।

सोफ़िया—ज़रा चलकर देखना चाहिए, वहाँ क्या हो रहा है। लेकिन कहीं मुझे पापा नज़र आ गए, तो? नहीं, मैं न जाऊँगी, तुम्हीं लोग जाओ।

तीनों आदमी पाँड़ेपुर की तरफ़ चले।

42

अदालत ने अगर दोनों युवकों को कठिन दंड दिया, तो जनता ने भी सूरदास को उससे कम कठिन दंड न दिया। चारों ओर थुड़ी-थुड़ी होने लगी। मुहल्लेवालों का तो कहना ही क्या, आस-पास के गाँववाले भी दो-चार खोटी-खरी सुना जाते थे—माँगता तो है भीख, पर अपने को कितना लगाता है? जरा चार भले आदमियों ने मुँह लगा लिया, तो घमंड के मारे पाँव धरती पर नहीं रखता। सूरदास को मारे शर्म के घर से बाहर निकलना मुश्किल हो गया। इसका एक अच्छा फल यह हुआ कि बजरंगी और जगधर का क्रोध शांत हो गया। बजरंगी ने सोचा, अब क्या मारूँ-पीटूँ, उसके मुँह में तो यों ही कालिख लग गई; जगधर की अकेले इतनी हिम्मत कहाँ! दूसरा फल यह हुआ कि सुभागी फिर भैरों के घर जाने को राज़ी हो गई। उसे ज्ञात हो गया कि बिना आड़ के मैं इन झोंकों से नहीं बच सकती। सूरदास की आड़ केवल टट्टी की आड़ थी।

एक दिन सूरदास बैठा हुआ दुनिया की हठधर्मी और अनीति का दुखड़ा रो रहा था कि सुभागी बोली—भैया, तुम्हारे ऊपर मेरे कारन चारों ओर से बौछार पड़ रही है, बजरंगी और जगधर दोनों मारने पर उतारू हैं, न हो तो मुझे भी अब मेरे घर पहुँचा दो। यही न होगा, मारे-पीटेगा, क्या करूँगी, सह लूँगी, इस बेआबरुई से तो बचूँगी?

भैरों तो पहले ही से मुँह फैलाये हुए था, बहुत खुश हुआ, आकर सुभागी को बड़े आदर से ले गया। सुभागी जाकर बुढ़िया के पैरों पर गिर पड़ी और खूब रोई। बुढ़िया ने उठाकर छाती से लगा लिया। बेचारी अब आँखों से माजूर हो गई थी। भैरों जब कहीं चला जाता, तो दूकान पर कोई बैठनेवाला न रहता, लोग अँधेरे में लकड़ी उठा ले जाते थे। खाना तो खैर किसी तरह बना लेती थी, किन्तु इस नोच-खसोट का नुकसान न सहा जाता था। सुभागी घर की

देखभाल तो करेगी। रहा भैरों, उसके हृदय में अब छल-कपट का लेश भी न रहा था। सूरदास पर उसे इतनी श्रद्धा हो गई कि कदाचित् किसी देवता पर भी न होगी। अब वह अपनी पिछली बातों पर पछताता और मुक्त कंठ से सूरदास के गुण गाता था।

इतने दिनों तक सूरदास घर-बार की चिंताओं से मुक्त था, पकी-पकाई रोटियाँ मिल जाती थीं, बरतन धुल जाते थे; घर में झाड़ू लग जाती थी। अब फिर वही पुरानी विपत्ति सिर पर सवार हुई। मिठुआ अब स्टेशन ही पर रहता था। घीसू और विद्याधर के दंड से उसकी आँखें खुल गई थीं। कान पकड़े, अब कभी जुआ और चरस के नगीच न जाऊँगा! बाजार से चबेना लेकर खाता और स्टेशन के बरामदे में पड़ा रहता था। कौन नित्य तीन-चार मील चले! जरा भी चिंता न थी कि सूरदास की कैसे निभती है, अब मेरे हाथ-पाँव हुए, कुछ मेरा धर्म भी उसके प्रति है या नहीं, आखिर किस दिन के लिए उसने मुझे अपने लड़के की भाँति पाला था! सूरदास कई बार खुद स्टेशन पर गया और उससे कहा कि सांझ को घर चला आया कर, क्या अब भी भीख माँगूं? मगर उसकी बला सुनती थी। एक बार उसने साफ कह दिया—यहाँ मेरा गुजारा तो होता नहीं, तुम्हारे लिए कहाँ से लाऊँ? मेरे लिए तुमने कौन-सी तपस्या की थी, एक टुकड़ा रोटी दे देते थे, कुत्ते को न दिया, मुझी को दे दिया। तुमसे मैं कहने गया था कि मुझे खिलाओ-पिलाओ? छोड़ क्यों न दिया? जिन लड़कों के माँ-बाप नहीं होते, वे सब क्या मर जाते हैं? जैसे तुम एक टुकड़ा दे देते थे, वैसे बहुत टुकड़े मिल जाते। इन बातों से सूरदास का दिल ऐसा टूटा कि फिर उससे घर आने को न कहा।

इधर सोफ़िया कई बार सूरदास से मिल चुकी थी। वह और तो कहीं न जाती, पर समय निकालकर सूरदास से अवश्य मिल जाती। ऐसे मौके से आती कि सेवकजी से सामना न होने पाए। जब आती, सूरदास के लिए कोई-न-कोई सौगात ज़रूर लाती। उसने इंद्रदत्त से उसका सारा वृत्तांत सुना था। उसका अदालत में जनता से अपील करना, चंदे के रुपये स्वयं न लेकर दूसरे को दे देना, ज़मीन के रुपये, जो सरकार से मिले थे, दान दे देना—तब से उसे उससे और भी भक्ति हो गई थी। गंवारों की धर्मपिपासा ईंट-पत्थर पूजने से शांत हो जाती है, भद्रजनों की भक्ति सिद्ध पुरुषों की सेवा से। उन्हे

प्रत्येक दीवाना पूर्वजन्म का कोई ऋषि मालूम होता है। उसकी गालियां सुनते हैं, उसके जूठे बरतन धोते हैं, यहाँ तक कि उसके धूल-धूसरित पैरों को धोकर चरणामृत लेते हैं। उन्हें उसकी काया में कोई देवात्मा बैठी हुई मालूम होती है। सोफ़िया को सूरदास से कुछ ऐसी ही भक्ति हो गई थी। एक बार उसके लिए संतरे और सेब ले गई। सूरदास घर लाया, पर आप न खाया, मिठुआ की याद आयी, उसकी कठोर बातें विस्मृत हो गईं, सवेरे उन्हें लिये स्टेशन गया और उसे दे आया। एक बार सोफ़ी के साथ इंदु भी आयी थी। सरदी के दिन थे। सूरदास खड़ा कांप रहा था। इंदु ने वह कम्बल, जो वह अपने पैरों पर डाले हुए थी, सूरदास को दे दिया। सूरदास को वह कम्बल ऐसा अच्छा मालूम हुआ कि खुद न ओढ़ सका। मैं बुड्ढ़ा भिखारी, यह कम्बल ओढ़कर कहाँ जाऊँगा? कौन भीख देगा? रात को जमीन पर लेटूँ, दिनभर सड़क के किनारे खड़ा रहूँ, मुझे यह कम्बल लेकर क्या करना? जाकर मिठुआ को दे आया। इधर तो अब भी इतना प्रेम था, उधर मिठुआ इतना स्वार्थी था कि खाने को भी न पूछता। सूरदास समझता कि लड़का है, यही इसके खाने-पहनने के दिन हैं। मेरी खबर नहीं लेता, खुद तो आराम से खाता-पहनता है। अपना है, तो कब न काम आएगा।

फागुन का महीना था, संध्या का समय। एक स्त्री घास बेचकर जा रही थी। मज़दूरों ने अभी-अभी काम से छुट्टी पायी थी। दिन भर चुपचाप चरखियों के सामने खड़े-खड़े उकता गए थे। विनोद के लिए उत्सुक हो रहे थे। घसियारिन को देखते ही उस पर अश्लील कबीरों की बौछार शुरू कर दी। सूरदास को यह बुरा मालूम हुआ।

बोला—यारों, क्यों अपनी जबान खराब करते हो? वह बेचारी तो अपनी राह चली जाती है, और तुम लोग उसका पीछा नहीं छोड़ते। वह भी तो किसी की बहू-बेटी होगी।

एक मज़दूर बोला—भीख माँगो भीख, जो तुम्हारे करम में लिखा है। हम गाते हैं, तो तुम्हारी नानी क्यों मरती है?

सूरदास—गाने को थोड़े ही कोई मने करता है।

मजदूर—तो हम क्या लाठी चलाते हैं?

सूरदास—उस औरत को छेड़ते क्यों हो?

मजदूर—तो तुम्हें क्या बुरा लगता है? तुम्हारी बहन है कि बेटी?

सूरदास—बेटी भी है, बहन भी है। हमारी हुई तो, किसी दूसरे भाई की हुई तो?

उसके मुँह से वाक्य का अंतिम शब्द निकलने भी न पाया था कि मज़दूर ने चुपके से जाकर उसी टाँग पकड़कर खींच ली। बेचारा बेखबर खड़ा था। कंकड़ पर इतनी ज़ोर से मुँह के बल गिरा कि सामने के दो दाँत टूट गए, छाती में बड़ी चोट आयी, ओठ कट गए, मूर्च्छा-सी आ गई। पंद्रह-बीस मिनट तक वहीं अचेत पड़ा रहा। कोई मजदूर निकट भी न आया, सब अपनी राह चले गए। संयोग से नायकराम उसी समय शहर से आ रहे थे। सूरदास को सड़क पर पड़े देखा, तो चकराए कि माजरा क्या है, किसी ने मारा-पीटा तो नहीं? बजरंगी के सिवा और किसमें इतना दम है। बुरा किया। कितना ही हो, अपने धर्म का सच्चा है। दया आ गई। समीप आकर हिलाया, तो सूरदास को होश आया, उठकर नायकराम का एक हाथ पकड़ लिया और दूसरे हाथ से लाठी टेकता हुआ चला।

नायकराम ने पूछा—किसी ने मारा है क्या सूरे, मुँह से लहू बह रहा है?

सूरदास—नहीं भैया, ठोकर खाकर गिर पड़ा था।

नायकराम—छिपाओ मत, अगर बजरंगी या जगधर ने मारा हो, तो बता दो। दोनों को साल-साल भर के लिए भिजवा न दूँ, तो ब्राह्मण नहीं।

सूरदास—नहीं भैया, किसी ने नहीं मारा, झूठ किसे लगा दूँ?

नायकराम—मिलवालों में से तो किसी ने नहीं मारा? ये सब राह-चलते आदमियों को बहुत छेड़ा करते हैं। कहता हूँ, लुटवा दूँगा, इन झोपड़ों में आग न लगा दूँ, तो कहना। बताओ, किसने यह काम किया? तुम तो आज तक कभी ठोकर खाकर नहीं गिरे। सारी देह लहू से लथपथ हो गई है।

सूरदास ने किसी का नाम न बतलाया। जानता था कि नायकराम क्रोध में आ जाएगा, तो मरने-मारने को न डरेगा। घर पहुँचा, तो सारा मुहल्ला दौड़ा। हाय! हाय! किस मुद्दई ने बेचारे अंधे को मारा! देखो तो, मुँह कितना सूज आया है। लोगों ने सूरदास को बिछावन पर लिटा दिया। भैरों दौड़ा बजरंगी ने आग जलायी, अफीम और तेल की मालिश होने लगी। सभी के दिल उसकी तरफ़ से नम पड़ गए। अकेला जगधर खुश था, जमुनी से

बोला—भगवान ने हमारा बदला लिया है। हम सबर कर गए, पर भगवान तो न्याय करनेवाले हैं।

जमुनी चिढ़कर बोली—चुप रहो, आये हो बड़े न्याय की पूँछ बनके! बिपत में बैरी पर भी न हँसना चाहिए। वह हमारा बैरी नहीं है। सच बात के पीछे जान दे देगा, चाहे किसी को अच्छा लगे या बुरा। आज हममें से कोई बीमार पड़ जाये, रात-की-रात बैठा रहता है कि नहीं। ऐसे आदमी से क्या बैर।

जगधर लज्जित हो गया।

पंद्रह दिन तक सूरदास घर से निकलने लायक न हुआ। कई दिन मुँह से खून आता रहा। सुभागी दिन-भर उसके पास बैठी रहती। भैरों रात को उसके पास सोता। जमुनी नूर के तड़के गरम दूध लेकर आती और उसे अपने हाथों से पिला जाती। बजरंगी बाज़ार से दवाएँ लाता। अगर कोई उसे देखने न आया, तो वह मिठुआ था। उसके पास तीन बार आदमी गया, पर उसकी इतनी हिम्मत भी न हुई कि सेवा-सुश्रूषा के लिए नहीं, तो कुशल-समाचार पूछने ही के लिए चला आता। डरता था कि जाऊँगा तो लोगों के कहने-सुनने से कुछ-न-कुछ देना ही पड़ेगा। उसे अब रुपये का चस्का लग गया था। सूरदास के मुँह से भी इतना निकल ही गया—दुनिया अपने मतलब की है। बाप नन्हा-सा छोड़कर मर गया। माँ-बेटे की परवस्ती की, माँ मर गई, तो अपने लड़के की तरह पाला-पोसा, आप लड़कोरी बन गया, उसकी नींद सोता था, उसकी नींद जागता था, आज चार पैसे कमाने लगा, तो बात नहीं पूछता। खैर, हमारे भी भगवान हैं। जहाँ रहे, सुखी रहे। उसकी नीयत उसके साथ, मेरी नीयत मेरे साथ उसे मेरी कलक न हो, मुझे तो उसकी कलक है। मैं कैसे भूल जाऊँ कि मैंने लड़के की तरह उसको पाला है।

इधर तो सूरदास रोग-शय्या पर पड़ा हुआ था, उधर पाँड़ेपुर का भाग्य-निर्णय हो रहा था। एक दिन प्रातःकाल राजा महेन्द्रकुमार, मि. जॉन सेवक, जायदाद के तखमीने का अफसर, पुलिस के कुछ सिपाही और एक दारोग़ा पाँड़ेपुर आ पहुँचे। राजा साहब ने निवासियों को जमा करके समझाया—सरकार को एक खास सरकारी काम के लिए इस मुहल्ले की ज़रूरत है। उसने फ़ैसला किया है कि तुम लोगों को उचित दाम देकर यह ज़मीन ले ली जाये, लाट साहब का हुक्म आ गया है। तखमीने के अफसर साहब इसी काम के लिए तैनात

किये गए हैं। कल से उनका इजलास यहीं हुआ करेगा। आप सब मकानों की कीमत का तखमीना करेंगे और उसी के मुताबिक तुम्हें मुआवजा मिल जाएगा। तुम्हें जो कुछ अर्ज-मारूज करना हो, आप ही से करना। आज से तीन महीने के अन्दर तुम्हें अपने-अपने मकान खाली कर देने पड़ेंगे, मुआवज़ा पीछे मिलता रहेगा। जो आदमी इतने दिनों के अन्दर मकान न खाली करेगा, उसके मुआवज़े के रुपये जब्त कर लिए जायेंगे और वह ज़बरदस्ती घर से निकाल दिया जायेगा। अगर कोई रोक-टोक करेगा, तो पुलिस उसका चालान करेगी, उसको सजा हो जाएगी। सरकार तुम लोगों को बेवजह तकलीफ नहीं दे रही है, उसको इस जमीन की सख्त जरूरत है। मैं सिर्फ सरकारी हुक्म की तामील कर रहा हूँ।

गाँववालों को पहले ही इसकी टोह मिल चुकी थी, किन्तु इस ख्याल में मन को बोध दे रहे थे कि कौन जाने, खबर ठीक है या नहीं। ज्यों-ज्यों विलंब होता था, उनकी आलस्य-प्रिय आत्माएँ निश्चिंत होती जाती थीं। किसी को आशा थी कि हाकिमों से कह-सुनकर अपना घर बचा लूँगा, कोई कुछ दे-दिलाकर अपनी रक्षा करने की फिक्र कर रहा था, कोई उज्रदारी करने का निश्चय किये हुए था, कोई यह सोचकर शांत बैठा हुआ था कि न जाने क्या होगा, पहले से क्यों अपनी जान हलकान करें, जब सिर पर पड़ेगी, तब देखी जाएगी। तिस पर भी आज जो लोगों ने सहसा ये हुक्म सुना तो मानो बज्राघात हो गया। सब-के-सब हाथ बाँधकर राजा साहब के सामने खड़े हो गए और कहने लगे—सरकार, यहाँ रहते हमारी कितनी पीढ़ियाँ गुज़र गईं, अब सरकार हमको निकाल देगी, तो कहाँ जायेंगे? दो-चार आदमी हों, तो कहीं घुस पड़े, मुहल्ले-का-मुहल्ला उजड़कर कहाँ जाएगा। सरकार जैसे हमें निकालती है, वैसे कहीं ठिकाना भी बता दे।

राजा साहब बोले—मुझे स्वयं इस बात का बड़ा दुःख है और मैंने तुम्हारी ओर से सरकार की सेवा में उज्र भी किया था; मगर सरकार कहती है, इस ज़मीन के बगैर हमारा काम नहीं चल सकता। मुझे तुम्हारी साथ सच्ची सहानुभूति है, पर मजबूर हूँ, कुछ नहीं कर सकता, सरकार का हुक्म है, मानना पड़ेगा।

इसका जवाब देने की किसी को हिम्मत न पड़ती थी। लोग एक-दूसरे को कुहनियों से ठेलते थे कि आगे बढ़कर पूछो, मुआवजा किस हिसाब से मिलेगा,

पर किसी के कदम न बढ़ते थे। नायकराम यों तो बहुत चलते हुए आदमी थे, पर इस अवसर पर वह भी मौन साधे हुए खड़े थे। वह राजा साहब से कुछ कहना-सुनना व्यर्थ समझकर तखमीने के अफसर से तखमीने की दर में कुछ बेशी करा लेने की युक्ति सोच रहे थे। कुछ दे-दिलाकर उनसे काम निकालना ज्यादा सरल जान पड़ता था। इस विपत्ति में सभी को सूरदास की याद आती थी। वह होता, तो जरूर हमारी ओर से अरज-विनती करता। इतना गुरदा और किसी का नहीं हो सकता। कई आदमी लपके हुए सूरदास के पास गए और उससे समाचार कहा।

सूरदास ने कहा—और सब लोग तो हैं ही, मैं चलकर क्या कर लूँगा। नायकराम क्यों सामने नहीं आते? यों तो बहुत गरजते हैं, अब क्यों मुँह नहीं खुलता? मुहल्ले ही में रोब दिखाने को हैं?

ठाकुरदीन—सबकी देखी गई। सबके मुँह में दही जमा हुआ है। हाकिमों से बोलने को हिम्मत चाहिए, अकिल चाहिए।

शिवसेवक बनिया ने कहा—मेरे तो उनके सामने खड़े होते पैर थरथर काँपते हैं। न जाने कोई कैसे हाकिमों से बातें करता है। मुझे तो वह जरा डाँट दें, तो दम ही निकल जाए।

झींगुर तेली बोला—हाकिमों का बड़ा रोब होता है। उनके सामने तो अकिल ही खप्त हो जाती है।

सूरदास—मुझसे तो उठा ही नहीं जाता। चलना भी चाहूँ, तो कैसे चलूँगा।

सूरदास यों लाठी के सहारे घर से बाहर आने-जाने लगा था, पर इस वक्त अनायास उसे कुछ मान करने की इच्छा हुई। कहने से धोबी गधे पर नहीं चढ़ता।

ठाकुरदीन—यह कौन मुश्किल काम है। हम लोग तुम्हें उठा ले चलेंगे।

सूरदास—भाई, करोगे सब जने अपने-अपने मन ही की, मुझे क्यों नक्कू बनाते हो? जो सबकी गत होगी, वही मेरी भी गत होगी। भगवान की जो मरजी है, वह होगी।

ठाकुरदीन ने बहुत चिरौरी की, पर सूरदास चलने पर राज़ी न हुआ। तब ठाकुरदीन को क्रोध आ गया। बेलाग बात कहते थे। बोले—अच्छी बात है, मत जाओ। क्या तुम समझते हो, जहाँ मुर्गा न होगा वहाँ सबेरा ही न होगा?

चार आदमी सराहने लगे, तो अब मिज़ाज ही नहीं मिलते। सच कहा है, कौवा धोने से बगुला नहीं होता।

आठ बजते-बजते अधिकारी लोग बिदा हो गए। अब लोग नायकराम के घर जाकर पंचायत करने लगे कि क्या किया जाये।

जमुनी—तुम लोग यों ही बकवास करते रहोगे और किसी का किया कुछ न होगा। सूरदास के पास जाकर क्यों नहीं सलाह करते? देखो, क्या कहता है?

बजरंगी—तो जाती क्यों नहीं, मुझी को ऐसी कौन-सी गरज पड़ी हुई है?

जमुनी—तो फिर चलकर अपने-अपने घर बैठो, गपड़चौथ करने से क्या होना है।

भैरों—बजरंगी, यह हेकड़ी दिखाने का मौका नहीं है। सूरदास के पास सब जने मिलकर चलो। वह कोई-न-कोई राह ज़रूर निकालेगा।

ठाकुरदीन—मैं तो अब कभी उसके द्वार पर न जाऊँगा। इतना कह-सुनकर हार गया, पर न उठा। अपने को लगाने लगा है।

जगधर—सूरदास क्या कोई देवता है, हाकिम का हुकुम पलट देगा?

ठाकुरदीन—मैं तो गोद में उठा लाने को तैयार था।

बजरंगी—घमंड है घमंड कि और लोग क्यों नहीं आए? गया क्यों नहीं हाकिमों के सामने? ऐसा मर थोड़े ही रहा है।

जमुनी—कैसे आता? वह तो हाकिमों से बुरा बने, यहाँ तुम लोग अपने-अपने मन की करने लगे, तो उसकी भद्द हो।

भैरों—ठीक तो कहती हो, मुद्दई सुस्त, तो गवाह कैसे चुस्त होगा। पहले चलकर पूछो, उसकी सलाह क्या है। अगर मानने लायक हो, तो मानो; न मानने लायक हो, न मानो। हाँ, एक बात जो तय हो जाये, उस पर टिकना पड़ेगा। यह नहीं कहा तो कुछ, पीछे से निकल भागे, सरदार तो भरम में पड़ा रहे कि आदमी पीछे हैं, और आदमी अपने-अपने घर की राह लें।

बजरंगी—चलो पण्डाजी, पूछ ही देखें।

नायकराम—वह कहेगा, बड़े साहब के पास चलो, वहाँ सुनाई न हो, तो परागराज लाट साहब के पास चलो। है इतना बूता?

जगधर—भैया की बात, महाराज, यहाँ तो किसी का मुँह नहीं खुला, लाट साहब के पास कौन जाता है।

जमुनी—एक बार चले क्यों नहीं जाते? देखो तो, क्या सलाह देता है?

नायकराम—मैं तैयार हूँ, चलो।

ठाकुरदीन—मैं न जाऊँगा, और जिसे जाना हो जाये।

जगधर—तो क्या हमीं को बड़ी गरज पड़ी है?

बजरंगी—जो सबकी गत होगी, वह हमारी भी होगी।

घंटे-भर तक पंचायत हुई, पर सूरदास के पास कोई न गया। साझे की सूई ठेले पर लदती है। तू चल, मैं आता हूँ, यही हुआ किया। फिर लोग अपने-अपने घर चले गए। संध्या समय भैरों सूरदास के पास गया।

सूरदास ने पूछा—आज क्या हुआ?

भैरों—हुआ क्या, घंटे-भर बकवास हुई। फिर लोग अपने-अपने घर चले गए।

सूरदास—कुछ तय न हुआ कि क्या किया जाये?

भैरों—निकाले जायेंगे, इसके सिवा और क्या होगा। क्यों सूरे, कोई न सुनेगा?

सूरदास—सुननेवाला भी वही है, जो निकालनेवाला है। तीसरा होता, तब न सुनता।

भैरों—मेरी मरन है। हज़ारों मन लकड़ी है, कहाँ ढोकर ले जाऊँगा? कहाँ इतनी जमीन मिलेगी कि फिर टाल लगाऊँगा।

सूरदास—सभी की मरन है। बजरंगी ही को इतनी ज़मीन कहाँ मिली जाती है कि पंद्रह-बीस जानवर भी रहें, आप भी रहें। मिलेगी भी तो इतना किराया देना पड़ेगा कि दिवाला निकल जायेगा। देखो, मिठुआ आज भी नहीं आया। मुझे मालूम हो जाए कि वह बीमार है तो छिन-भर न रुकूँ, कुत्ते की भाँति दौड़ूँ, चाहे वह मेरी बात भी न पूछे। जिनके लिए अपनी जिंदगी खराब कर दो, वे भी गाढ़े समय पर मुँह फेर लेते हैं।

भैरों—अच्छा, तुम बताओ, तुम क्या करोगे, तुमने भी कुछ सोचा है?

सूरदास—मेरी क्या पूछते हो, ज़मीन थी, वह निकल ही गई; झोंपड़े के बहुत मिलेंगे, तो दो-चार रुपये मिल जायेंगे। मिले तो क्या, और न मिले तो क्या? जब तक कोई न बोलेगा, पड़ा रहूँगा। कोई हाथ पकड़कर निकाल देगा, बाहर जा बैठूँगा। वहाँ से उठा देगा, फिर आ बैठूँगा। जहाँ जन्म लिया है, वहीं मरूँगा। अपना झोंपड़ा जीते-जी न छोड़ा जायेगा। मरने पर जो चाहे, ले ले। बाप-दादों की जमीन खो दी, अब इतनी निसानी रह गई है, इसे न छोड़ूँगा। इसके साथ ही आप भी मर जाऊँगा।

भैरों—सूरे, इतना दम तो यहाँ किसी में नहीं।

सूरदास—इसी से तो मैंने किसी से कुछ कहा ही नहीं। भला सोचो, कितना अंधेर है कि हम, जो सत्तर पीढ़ियों से यहाँ आबाद हैं, निकाल दिये जायें और दूसरे यहाँ आकर बस जायें। यह हमारा घर है, किसी के कहने से नहीं छोड़ सकते। जबरदस्ती जो चाहे, निकाल दे, न्याय से नहीं निकाल सकता। तुम्हारे हाथ में बल है, तुम हमें मार सकते हो। हमारे हाथ में बल होता, तो हम तुम्हें मारते। यह तो कोई इंसाफ नहीं है। सरकार के हाथ में मारने का बल है, हमारे हाथ में और कोई बल नहीं है, तो मर जाने का बल तो है!

भैरों ने जाकर दूसरों से ये बातें कहीं। जगधर ने कहा—देखा, यह सलाह है! घर तो जायेगा ही, जान भी जायेगी।

ठाकुरदीन—यह सूरदास का किया होगा। आगे नाथ न पीछे पगहा, मर ही जायेगा, तो क्या? यहाँ मर जायें, तो बाल-बच्चों को किसके सिर छोड़ें?

बजरंगी—मरने के लिए कलेजा चाहिए। जब हम ही मर गए, तो घर लेकर क्या होगा?

नायकराम—ऐसे बहुत मरनेवाले देखे।, घर से तो निकला ही नहीं गया, मरने चले हैं।

भैरों—उसकी न चलाओ पण्डाजी, मन में आने की बात है।

दूसरे दिन से तखमीने के अफसर ने मिल के एक कमरे में इजलास करना शुरू किया। एक मुंशी मुहल्ले के निवासियों के नाम, मकानों की हैसियत, पक्के हैं या कच्चे, पुराने हैं या नये, लम्बाई, चौड़ाई आदि की एक तालिका बनाने लगा। पटवारी और मुंशी घर-घर घूमने लगे। नायकराम मुखिया थे। उनका साथ रहना ज़रूरी था। इस वक़्त सभी प्राणियों का भाग्य-निर्णय इसी त्रिमूर्ति के हाथों में था। नायकराम की चढ़ बनी। दलाली करने लगे। लोगों से कहते, निकलना तो पड़ेगा ही, अगर कुछ गम खाने से मुआवजा बढ़ जाए, तो हरज ही क्या है? बैठे-बिठाए, मुट्ठी गर्म होती थी, तो क्यों छोड़ते। सारांश यह कि मकानों की हैसियत का आधार वह भेंट थी, जो इस त्रिमूर्ति को चढ़ाई जाती थी। नायकराम टट्टी की आड़ में शिकार खेलते थे। यश भी कमाते थे, धन भी। भैरों का बड़ा मकान और सामने का मैदान सिमट गए, उनका क्षेत्रफल घट गया, त्रिमूर्ति की वहाँ कुछ पूजा न हुई। जगधर का छोटा-सा

मकान फैल गया। त्रिमूर्ति ने उसकी भेंट से प्रसन्न होकर रस्सियाँ ढीली कर दीं, क्षेत्रफल बढ़ गया। ठाकुरदीन ने इन देवताओं को प्रसन्न करने के बदले शिवजी को प्रसन्न करना ज्यादा आसान समझा। वहाँ एक लोटे जल के सिवा विशेष खर्च न था। दोनों वक्त पानी देने लगे। पर इस समय त्रिमूर्ति का दौरदौरा था, शिवजी की एक न चली। त्रिमूर्ति ने उनके छोटे, पर पक्के घर को कच्चा सिद्ध किया था। बजरंगी देवताओं को प्रसन्न करना क्या जानें, उन्हें नाराज ही कर चुका था, पर जमुनी ने अपनी सुबुद्धि से बिगड़ता काम बना लिया। मुंशीजी उसकी एक बछिया पर रीझ गए, उस पर दाँत लगाए। बजरंगी पछताओगे। बजरंगी ने कहा, चाहे एक कौड़ी मुआवजा न मिले, पर बछिया न दूँगा। आखिर जमुनी ने, तो सौदे पटाने में बहुत कुशल थी, उसको एकांत में ले जाकर समझाया कि जानवरों के रहने का कहीं ठिकाना भी है? कहाँ लिये-लिये फिरोगे? एक बछिया के देने से सौ रुपये का काम निकलता है, तो क्यों नहीं निकालते? ऐसी न जाने कितनी बछिया पैदा होंगी, देकर सिर से बला टालो। उसके समझाने से अंत में बजरंगी भी राजी हो गया।

पंद्रह दिन तक त्रिमूर्ति का राज्य रहा। तखमीने के अफसर बारह बजे घर से आते, अपने कमरे में दो-चार सिगार पीते, समाचार-पत्र पढ़ते, एक दो बजे घर चल देते। जब तालिका तैयार हो गई, तो अफसर साहब उसकी जाँच करने लगे। फिर निवासियों की बुलाहट हुई। अफसर ने सबके तखमीने पढ़-पढ़कर सुनाए। एक सिरे से धाँधली थी। भैरों ने कहा–हुजूर, हमारा घर देख लें, वह बड़ा है कि जगधर का? इनको मिले 400 रुपये और मुझे 300 रुपये। इस हिसाब से मुझे 600 रुपये मिलना चाहिए।

ठाकुरदीन बिगड़े दिल थे ही, साफ-साफ कह दिया–साहब, तखमीना किसी हिसाब से थोड़े ही बनाया गया है। जिसने मुँह मीठा कर दिया, उसकी चाँदी हो गई; जो भगवान् के भरोसे बैठा रहा, उसकी बधिया बैठ गई। अब भी आप मौके पर चलकर जाँच नहीं करते कि ठीक-ठीक तखमीना हो जाए, गरीबों के गले रेत रहे हैं।

अफसर ने बिगड़कर कहा–तुम्हारे गाँव का मुखिया तो तुम्हारी तरफ़ से रख लिया गया था। उसकी सलाह से तखमीना किया गया है। अब कुछ नहीं हो सकता।

ठाकुरदीन–अपने कहलानेवाले तो और लूटते हैं।

अफसर–अब कुछ नहीं हो सकता।

सूरदास की झोंपड़ी का मुआवज़ा 1 रुपये रक्खा गया था, नायकराम के घर के पूरे तीन हज़ार! लोगों ने कहा–यह है गाँव-घरवालों का हाल! ये हमारे सगे हैं, भाई का गला काटते हैं। उस पर घमंड यह कि हमें धन का लोभ नहीं। आखिर तो है पंडा ही न, जात्रियों को ठगनेवाला। जभी तो यह हाल हैं जरा-सा अख्तियार पा के आँखें फिर गईं। कहीं थानेदार होते तो किसी को घर में रहने न देते। इसी से कहा है, गंजे के नख नहीं होते।

मिस्टर क्लार्क के बाद मि. सेनापति जिलाधीश हो गए। सरकार का धन खर्च करते काँपते थे। पैसे की जगह धेले से काम निकालते थे। डरते रहते थे कि कहीं बदनाम न हो जाऊँ। उनमें वह आत्मविश्वास न था, जो अंगरेज अफसरों में होता है। अंगरेजों पर पक्षपात का संदेह नहीं किया जा सकता, वे निर्भीक और स्वाधीन होते हैं। मि. सेनापति को संदेह हुआ कि मुआवजे बड़ी नरमी से लिखे गए हैं। उन्होंने उसकी आधी रक़म काफ़ी समझी। अब यह मिसिल प्रांतीय सरकार के पास स्वीकृति के लिए भेजी गई। वहाँ फिर उसकी जाँच होने लगी। इस तरह तीन महीने की अवधि गुज़र गई, और मि. जॉन सेवक पुलिस के सुपरिटेंडेंट, दारोग़ा माहिर अली और मज़दूरों के साथ मुहल्ले को खाली कराने के लिए आ पहुँचे। लोगों ने कहा, अभी तो हमको रुपये नहीं मिले। जॉन सेवक ने जवाब दिया, हमें तुम्हारे रुपयों से कोई मतलब नहीं, रुपये जिससे-मिलें, उससे लो। हमें तो सरकार ने 1 मई को मुहल्ला खाली करा देने का वचन दिया है, और अगर कोई कह दे कि आज 1 मई नहीं है, तो हम लौट जायेंगे। अब लोगों में बड़ी खलबली पड़ी, सरकार की क्या नीयत है? क्या मुआवजा दिये बिना ही हमें निकाल दिया जाएगा? घर-का-घर छोड़ें और मुआवजा भी न मिले। यह तो बिना मौत मरे। रुपये मिल जाते, तो कहीं जमीन लेकर घर बनवाते, खाली हाथ कहाँ जाएँ? क्या घर में खजाना रखा हुआ है। एक तो रुपया के चार आने मिलने का हुक्म हुआ, उसका भी यह हाल! न जाने सरकार की नीयत बदल गई कि बीचवाले खाये जाते हैं।

माहिरअली ने कहा–तुम लोगों को जो कुछ कहना-सुनना है, जाकर हाकिम जिला से कहो। मकान आज खाली करा लिए जायेंगे।

बजरंगी—मकान कैसे खाली होंगे, कोई राहजनी है! जिस हाकिम का यह हुकुम है, उसी हाकिम का तो यह हुकुम भी है।

माहिर—कहता हूँ, सीधे से अपने बोरिए-बकचे लादो और चलते-फिरते नज़र आओ। नाहक हमें गुस्सा क्यों दिलाते हो? कहीं मि. हंटर को आ गया जोश, तो फिर तुम्हारी खैरियत नहीं।

नायकराम—दारोग़ाजी, दो-चार दिन की मुहल्लत दे दीजिए। रुपये मिलेंगे ही, ये बेचारे क्या बुरे कहते हैं कि बिना रुपये-पैसे कहाँ भटकते फिरें।

मि. जॉन सेवक तो सुपरिंटेंडेंट को साथ लेकर मिल की सैर करने चले गए थे, वहाँ चाय-पानी का प्रबन्ध किया गया था, माहिरअली की हुकूमत थी। बोले—पण्डाजी, ये झाँसे दूसरों को देना। यहाँ तुम्हें बहुत दिनों से देख रहे हैं और तुम्हारी नस-नस को पहचानते हैं। मकान आज और आज ही खाली होंगे।

सहसा एक ओर से दो बच्चे खेलते हुए आ गए, दोनों नंगे पाँव थे, फटे हुए कपड़े पहने, पर प्रसन्न-बदन। माहिरअली को देखते ही चचा-चचा कहते हुए उसकी तरफ दौड़े। ये दोनों साबिर और नसीमा थे। कुल्सूम ने इसी मुहल्ले में एक छोटा-सा मकान एक रुपये किराये पर ले लिया था। गोदाम का मकान जॉन सेवक ने खाली करा लिया था। बेचारी इसी छोटे-से घर में पड़ी अपने मुसीबत के दिन काट रही थी। माहिर ने दोनों बच्चों को देखा, तो कुछ झेंपते हुए बोले—भाग जाओ, यहाँ क्या करने आये? दिल में शरमाये कि सब लोग कहते होंगे, ये इनके भतीजे हैं, इतने फटे हाल, यह उनकी खबर भी नहीं लेते।

नायकराम ने दोनों बच्चों को दो-दो पैसे देकर कहा—जाओ, मिठाई खाना। ये तुम्हारे चचा नहीं हैं।

नसीमा—हूँ! चचा तो हैं, क्या मैं पहचानती नहीं?

नायकराम—चचा होते, तो तुझे गोद में न उठा लेते, मिठाइयाँ न मँगा देते? तू भूल रही है।

माहिरअली ने क्रूद्ध होकर कहा—पण्डाजी, तुम्हें इन फिजूल बातों से क्या मतलब? मेरे भतीजे हों या न हों, तुमसे सरोकार? तुम किसी की निज की बातों में बोलनेवाले कौन होते हो? भागो साबिर, नसीमा भाग, नहीं तो सिपाही पकड़ लेगा।

दोनों बालकों ने अविश्वासपूर्ण नेत्रों से माहिरअली को देखा और भागे। रास्तें में नसीमा ने कहा—चचा ही जैसे तो हैं, क्यों साबिर, चचा ही हैं न?

साबिर—नहीं तो और कौन है?

नसीमा—तो फिर हमें भगा क्यों दिया?

साबिर—जब अब्बा थे, तब न हम लोगों को प्यार करते थे। अब तो अब्बा नहीं हैं, तब तो अब्बा ही सबको खिलाते थे।

नसीमा—अम्माँ को तो अब अब्बा नहीं खिलाते। वह तो हम लोगों को पहले से ज्यादा प्यार करती हैं। पहले कभी पैसे न देती थीं, अब तो पैसे भी देती हैं।

साबिर—वह तो हमारी अम्माँ हैं न।

लड़के तो चले गए, इधर दारोगाजी ने सिपाहियों को हुक्म दिया—फेंक दो असबाब और मकान फौरन खाली करा लो। ये लोग लात के आदमी हैं, बातों से न मानेंगे।

दो कांस्टेबिल हुक्म पाते ही बजरंगी के घर में घुस गए, और बरतन निकाल-निकाल फेंकने लगे। बजरंगी बाहर लाल आँखें किए खड़ा ओठ चबा रहा था। जमुनी घर में इधर-उधर दौड़ती फिरती थी, कभी हाँडियाँ उठाकर बाहर लाती, कभी फेंके हुए बरतनों को समेटती। मुँह एक क्षण के लिए बंद न होता था—मूड़ी काटे कारखाना बनाने चले हैं, दुनिया को उजाड़कर अपना घर भरेंगे। भगवान् भी ऐसे पापियों का संहार नहीं करते, न जाने कहाँ जाके सो गए हैं! हाय! हाय! घिसुआ की जोड़ी पटककर तोड़ डाली।

बजरंगी ने टूटी हुई जोड़ी उठा ली और एक सिपाही के पास जाकर बोला—जमादार, यह जोड़ी तोड़ डालने से तुम्हें क्या मिला? साबित उठा ले जाते, तो भला किसी काम तो आती। कुशल है कि लाल पगड़ी बाँधें हुए हो, नहीं तो आज...

उसके मुँह से पूरी बात भी न निकली थी कि दोनों सिपाहियों ने उस पर डंडे चलाने शुरू किये। बजरंगी से अब जब्त न हो सका, लपककर एक सिपाही की गर्दन एक हाथ से और दूसरे की गर्दन दूसरे हाथ से पकड़ ली, और इतनी ज़ोर से दबायी कि दोनों की आँखें निकल आयीं। जमुनी ने देखा, अब अनर्थ हुआ चाहता है, तो रोती हुई बजरंगी के पास जाकर बोली—तुम्हें

भगवान की कसम है, जो किसी से लड़ाई करो। छोड़ो-छोड़ो। क्यों अपनी जान से बैर कर रहे हो।

बजरंगी—तू जा बैठ। फाँसी पा जाऊँ, तो मैके चली जाना। मैं तो इन दोनों के प्राण ही लेकर छोड़ूगा।

जमुनी—तुम्हें घीसू की कसम, तुम मेरा ही मांस खाओ, जो इन दोनों को छोड़कर यहाँ से चले न जाओ।

बजरंगी ने दोनों सिपाहियों को छोड़ दिया, पर उसके हाथ से छूटना था कि वे दौड़े हुए माहिरअली के पास पहुँचे, और कई सिपाहियों को लिए हुए फिर आये। पर बजरंगी को जमुनी पहले ही से टाल ले गई थी। सिपाहियों को शेर न मिला, तो शेर की मांद को पीटने लगे, घर की सारी चीजें तोड़-फोड़ डालीं। जो अपने काम की चीज नजर आयीं, उस पर हाथ भी साफ किया। यही लीला दूसरे घरों में भी हो रही थी। चारों तरफ़ लूट मची हुई थी। किसी ने अंदर से घर के द्वार बंद कर लिए, कोई अपने बाल-बच्चों को लेकर पिछवाड़े से निकल भागा। सिपाहियों को मकान खाली कराने का हुक्म क्या मिला, लूट मचाने का हुक्म मिल गया। किसी को अपने बरतन-भांडे समेटने की मुहलत भी न देते थे। नायकराम के घर पर भी धावा हुआ। माहिरअली स्वयं पाँच सिपाहियों को लेकर घुसे। देखा, तो वहाँ चिड़िया का पूत भी न था, घर में झाड़ू फिरी हुई थी, एक टूटी हाँडी भी न मिली। सिपाहियों के हौंसले मन ही में रह गए। सोचे थे, इस घर में खूब बढ़-चढ़कर हाथ मारेंगे, पर निराश और लज्जित होकर निकलना पड़ा। बात यह थी कि नायकराम ने पहले ही अपने घर की चीजें निकाल फेंकी थीं।

उधर सिपाहियों ने घरों के ताले तोड़ने शुरू किए। कहीं किसी पर मार पड़ती थी, कहीं कोई अपनी चीजें लिये भागा जाता था। चिल्ल-पों मची हुई थी। विचित्र दृश्य था, मानो दिन-दहाड़े डाका पड़ रहा हो। सब लोग घरों से निकलकर या निकाले जाकर सड़क पर जमा होते जाते थे। ऐसे अवसरों पर प्रायः उपद्रवकारियों का जमाव हो ही जाता है। लूट का प्रलोभन था ही, किसी को निवासियों से बैर था, किसी को पुलिस से अदावत। प्रतिक्षण शंका होती थी कि कहीं शांति न भंग हो जाए, कहीं कोई हंगामा न मच जाए। माहिरअली ने जनसमुदाय की त्योरियाँ देखीं, तो तुरंत एक सिपाही को पुलिस की छावनी की ओर दौड़ाया, और चार बजते-बजते सशस्त्र पुलिस की एक

टोली और आ पहुँची। कुमुक आते ही माहिर अली और भी दिलेर हो गए। हुक्म दिया—मार-मारकर सबों को भगा दो। लोग वहाँ क्यों खड़े हैं? भगा दो। जिस आदमी को यहाँ खड़े देखो, मारो। अब तक लोग अपने माल और असबाब समेटने में लगे हुए थे। मार भी पड़ती थी, चुपके से सह लेते थे। घर में अकेले कई सिपाहियों से कैसे भिड़ते? अब सब-के-सब एक जगह खड़े हो गए थे। उन्हें कुछ तो अपनी सामूहिक शक्ति का अनुभव हो रहा था, उस पर नायकराम उकसाते जाते थे—यहाँ आएँ तो बिना मारे न छोड़ना, दो-चार के हाथ-पैर जब तक न टूटेंगे, ये सब न भागेंगे। बारूद भड़कनेवाली ही थी कि इतने में इंदु की मोटर आ पहुँची और उसमें से विनय, इंद्रदत्त और इंदु उतर पड़े। देखा, तो कई हजार आदमियों का हुजूम था। कुछ मुहल्ले के निवासी थे, कुछ राह-चलते मुसाफिर, कुछ आस-पास के गाँवों के रहनेवाले, कुछ मिल के मजदूर। कोई केवल तमाशा देखने आया था, कोई पड़ोसियों से सहानुभूति करने और इस उपद्रव का ईर्ष्यापूर्ण आनंद उठाने। माहिरअली और उनके सिपाही उस उत्साह के साथ, जो नीची प्रकृति के प्राणियों के दमन में होता है, लोगों को सड़क पर से हटाने की चेष्टा कर रहे थे, पर भीड़ पीछे हटने के बदले और आगे ही बढ़ती जाती थी।

विनय ने माहिर अली के पास जाकर कहा—दारोग़ाजी, क्या इन आदमियों को एक दिन की भी मुहलत नहीं मिल सकती?

माहिर—मुहलत तो तीन महीने की थी, और अगर तीन साल की भी जो जाये, तो भी मकान खाली करने के वक़्त यही हालत होगी। ये लोग सीधे से कभी न जायेंगे।

विनय—आप इतनी कृपा कर सकते हैं कि थोड़ी देर के लिए सिपाहियों को रोक लें। जब तक मैं सुपरिंटेंडेंट को यहाँ की हालत की खबर दे दूँ?

माहिर—साहब तो यहीं हैं। मि. जॉन सेवक उन्हें मिल दिखाने गए थे। मालूम नहीं, वहाँ से कहाँ चले गए, अब तक नहीं लौटे।

वास्तव में साहब बहादुर कहीं गये न थे, जॉन सेवक के साथ दफ्तर में बैठे आनंद से शराब पी रहे थे। दोनों ही आदमियों ने वास्तविक स्थिति को समझने में गलती की थी। उनका अनुमान था कि हमको देखकर लोग रोब में आ गए होंगे और मारे डर के आप-ही-आप भाग जाएँगे।

विनय साहब को खबर देने के लिए लपके हुए मिल की तरफ़ चले, तो राजा साहब को मोटर पर आते हुए देखा ठिठक गए। सोचा, जब यह आ गए हैं, तो साहब के पास जाने की क्या ज़रूरत, इन्हीं से चलकर कहूँ। लेकिन उनके सामने जाते हुए शर्म आती थी कि कहीं जनता ने इनका अपमान किया, तो मैं क्या करूँगा, कहीं यह न समझ बैठें कि मैंने ही इन लोगों को उकसाया है। वह इसी दुविधा में पड़े हुए थे कि राजा साहब की निगाह इंदु की मोटर पर गई। जल उठे; इंद्रदत्त और विनय को देखा, ज्वर-सा चढ़ आया–ये लोग यहाँ विराजमान हैं, फिर क्यों न दंगा हो। जहाँ ये महापुरुष होंगे, वहाँ जो कुछ न हो जाए, थोड़ा है। उन्हें क्रोध बहुत कम आता था, पर इस समय उनसे जब्त न हुआ, विनय से बोले–यह सब आप ही की करामात मालूम होती है।

विनय ने शांत भाव से कहा–मैं तो अभी आया हूँ। सुपरिंटेंडेंट के पास जा ही रहा था कि आप दिखायी दिए।

राजा–खैर, अब तो आप नेता हैं, इन्हें अपने किसी जादू-मंत्र से हटाइएगा कि मुझे कोई दूसरा उपाय करना पड़ेगा?

विनय–इन लोगों को केवल इतनी शिकायत है कि अभी हमें मुआवज़ा नहीं मिला, हम कहाँ जाएँ? कैसे जमीन खरीदें? कैसे नये मकान के सामान लें? आप अगर इन्हें कह करके तसल्ली दे दें, तो सब आप-ही-आप हट जायेंगे।

राजा–यह इन लोगों का बहाना है। वास्तव में ये लोग उपद्रव मचाना चाहते हैं।

विनय–अगर इन्हें मुआवजा दे दिया जाए, तो शायद कोई दूसरा उपाय न करना पड़े।

राजा–आप छः महीने वाला रास्ता बताते हैं, मैं एक महीनेवाली राह चाहता हूं।

विनय–उस राह में काँटे हैं।

राजा–इसकी कुछ चिंता नहीं। हमें काँटेवाली राह ही पसंद है।

विनय–इस समय इस समूह की दशा सूखे पुआल की-सी है।

राजा–अगर पुआल हमारा रास्ता रोकता है, तो हम उसे जला देंगे।

सभी लोग भयातुर हो रहे हैं, न जाने किस क्षण क्या हो जाए, फिर भी मनुष्यों का समूह किसी अज्ञात शक्ति के वशीभूत होकर राजा साहब की ओर

बढ़ता चला आता था। पुलिसवाले भी इधर-उधर से आकर मोटर के पास खड़े हो जाते थे। देखते-देखते उनके चारों ओर मनुष्यों की एक अथाह, अपार नदी लहर मारने लगी, मानो एक ही रेले में इन गिने-गिनाये आदमियों को निगल जाएगी, इस छोटे-से कगार को बहा ले जाएगी।

राजा महेन्द्रकुमार यहाँ आग में तेल डालने नहीं, उसे शांत करने आये थे। उनके पास दम-दम की खबरें पहुँच रही थीं। वह अपने उत्तरदायित्व का अनुभव करके बहुत चिंतित हो रहे थे। नैतिक रूप से तो उन पर कोई जिम्मेदारी न थी। जब प्रांतीय सरकार का दबाव पड़ा, तो वह कर ही क्या सकते थे? अगर पद-त्याग कर देते, तो दूसरा आदमी आकर सरकारी आज्ञा का पालन करता। पाँड़ेपुरवालों के सिर से किसी दशा में भी यह विपत्ति न टल सकती थी, लेकिन वह आदि से निरंतर यह प्रयत्न कर रहे थे कि मकान खाली कराने के पहले लोगों को मुआवज़ा दे दिया जाये। बार-बार याद दिलाते थे। ज्यों-ज्यों अंतिम तिथि आती जाती थी, उनकी शंकाएँ बढ़ती जाती थीं। वह तो यहाँ तक चाहते थे कि निवासियों को कुछ रुपये पेशगी दे दिये जाएँ, जिसमें वे पहले ही से अपना-अपना ठिकाना कर लें। पर किसी अज्ञात कारण से रुपये की स्वीकृति में विलम्ब हो रहा था। वह मि. सेनापति से बार-बार कहते कि आप मंजूरी की आशा पर अपने हुक्म से रुपये दिला दें, पर जिलाधीश कानों पर हाथ रखते थे कि न-जाने सरकार का क्या इरादा है। मैं बिना हुक्म पाये कुछ नहीं कर सकता। जब आज भी मंजूरी न आयी, तो राजा साहब ने तार द्वारा पूछा। दोपहर तक वह जवाब का इंतज़ार करते रहे। आखिर जब इस जमाव की खबर मिली, तो घबराए। उसी वक़्त दौड़े हुए जिलाधीश के बँगले पर गए कि उनसे कुछ सलाह लें। उन्हें आशा थी कि वह स्वयं घटनास्थल पर जाने को तैयार होंगे, पर वहाँ जाकर देखा, तो साहब बीमार पड़े थे। बीमारी क्या थी, बीमारी का बहाना था। बदनामी से बचने का यही उपाय था। साहब राजा से बोले—मुझे खेद है, मैं नहीं जा सकता। आप जाकर उपद्रव को शांत करने के लिए जो उचित समझें, करें।

महेन्द्रकुमार अब बहुत घबराए, अपनी जान किसी भाँति बचती न नज़र आती थी। अगर कहीं रक्तपात हो गया, तो मैं कहीं का न रहूँगा! सब कुछ मेरे ही सिर आएगी। पहले ही से लोग बदनाम कर रहे हैं। आज मेरे सार्वजनिक

जीवन का अन्त है। निरपराध मारा जा रहा हूँ। मुझ पर कुछ ऐसा शनीचर सवार हुआ है कि जो कुछ करना चाहता हूँ, उसके प्रतिकूल करता हूँ, जैसे अपने ऊपर कोई अधिकार ही न रहा हो। इस जमीन के झमेले में पड़ना ही मेरे लिए जहर हो गया। तब से कुछ ऐसी समस्याएँ उपस्थिति होती चली आती हैं, जो मेरी महत्त्वकांक्षाओं का सर्वनाश किए देती हैं। यहाँ कीर्ति, नाम, सम्मान को कौन रोये, मुँह दिखाने के लाले पड़े हुए हैं।

यहाँ से निराश होकर वह फिर घर आये कि चलकर इंदु से राय लूँ, देखूँ, क्या कहती है। पर यहाँ इंदु न थी। पूछा, तो मालूम हुआ कि सैर करने गई हैं।

इस समय राजा साहब की दशा उस कृपण की-सी थी, जो अपनी आँखों से अपना धन लुटते देखता हो, और इस भय से कि लोगों पर मेरे धनी होने का भेद खुल जाएगा, कुछ बोल न सकता हो। अचानक उन्हें एक बात सूझी—

क्यों न मुआवज़े के रुपये अपने ही पास से दे दूँ? रुपये कहीं जाते तो हैं नहीं। जब मंजूरी आ जायेगी, वापस ले लूँगा। दो-चार दिन का मुआमला है, मेरी बात रह जाएगी और जनता पर इसका कितना अच्छा असर पड़ेगा। कुल सत्तर हज़ार तो हैं, ही। और इसकी क्या ज़रूरत है कि सब रुपये आज ही दे दिये जायें? कुछ आज दे दूँ, कुछ कल दे दूँ, तब तक मंजूरी आ ही जायेगी। जब लोगों को रुपये मिलने लगेंगे तो तस्कीन हो जाएगी, यह भय न रहेगा कि कहीं सरकार रुपये जब्त न कर ले। खेद है, मुझे पहले यह बात न सूझी, नहीं तो इतना झमेला ही क्यों होता। उन्होंने उसी वक्त इंपीरियल बैंक के नाम बीस हजार का चेक लिखा। देर बहुत हो गई थी, इसलिए बैंक के मैनेजर के नाम एक पत्र लिख दिया था कि रुपये देने में विलंब न कीजिएगा, नहीं तो शांति भंग हो जाने का भय है। बैंक से आदमी रुपये लेकर लौटा तो पाँच बज चुके थे। तुरंत मोटर पर सवार होकर पाँड़ेपुर आ पहुँचे। आये तो थे ऐसी शुभेच्छाओं से, पर वहाँ विनय और इंदु को देखकर तैश आ गया। जी में आया, लोगों से कह दूँ, जिनके बूते पर उछल रहे हो, उनसे रुपये लो, इधर सरकार को लिख दूँ कि लोग विद्रोह करने पर तैयार हैं, उनके रुपये जब्त कर लिए जाएँ। उसी क्रोध में उन्होंने विनय से वे बातें की, जो ऊपर लिखी जा चुकी हैं। मगर जब उन्होंने देखा कि जन-समूह का रेला बढ़ा चला आ रहा है, लोगों के मुख आवेश-विकृत हो रहे हैं, सशस्त्र पुलिस संगीनें चढ़ाये हुए हैं,

और इधर-उधर दो-चार पत्थर भी चल रहे हैं, तो उनकी वही दशा हुई, जो भय में नशे की होती है। तुरंत मोटर पर खड़े हो गए और ज़ोर से चिल्लाकर बोले–मित्रो, ज़रा शांत हो जाओ। यों दंगा करने से कुछ न होगा। मैं रुपये लाया हूँ, अभी तुमको मुआवज़ा मिल जायेगा। सरकार ने अभी मंज़ूरी नहीं भेजी है, लेकिन तुम्हारी इच्छा हो तो तुम मुझसे अपने रुपये ले सकते हो। इतनी-सी बात के वास्ते तुम्हारा यह दुराग्रह सर्वथा अनुचित है। मैं जानता हूँ कि यह तुम्हारा दोष नहीं है, तुमने किसी के बहकाने से ही शरारत पर कमर बाँधी है। लेकिन मैं तुम्हें उस विद्रोह-ज्वाला में न कूदने दूँगा, जो हमारे शुभचिंतकों ने तैयार कर रक्खी है। यह लो, तुम्हारे रुपये हैं। सब आदमी बारी-बारी से आकर अपने नाम लिखाओ, अँगूठे का निशान करो, रुपये लो और चुपके-चुपके घर जाओ।

एक आदमी ने कहा–घर तो आपने छीन लिए।

राजा–रुपयों से घर मिलने में देर न लगेगी। हमसे तुम्हारी जो कुछ सहायता हो सकेगी, वह उठा न रक्खेंगे। इस भीड़ को हट जाना चाहिए, नहीं तो रुपये मिलने में देर होगी।

जो जन-समूह उमड़े हुए बादलों की तरह भयंकर और गम्भीर हो रहा था, यह घोषणा सुनते ही रूई के गालों की भाँति फट गया। न जाने लोग कहाँ समा गए। केवल वे ही लोग रह गए, जिन्हें रुपये पाने थे। सामयिक सुबुद्धि मंडलाती हुई विपत्ति का कितनी सुगमता से निवारण कर सकती है, इसका यह उज्जवल प्रमाण था। एक अनुचित शब्द, एक कठोर वाक्य अवस्था को असाध्य बना देता।

पटवारी ने नामावली पढ़नी शुरू की। राजा साहब अपने हाथों से रुपये बाँटने लगे। आसामी रुपये लेता था, अँगूठे का निशान बनाता था, और अब दो सिपाही उसके साथ कर दिये जाते थे कि जाकर मकान खाली करा लें।

रुपये पाकर लौटते हुए लोग यों बातें करते थे–

एक मुसलमान–यह राजा बड़ा मूजी है, सरकार ने रुपये भेज दिये थे, पर दबाये बैठा था। हम लोग गरम न पड़ते तो हजम कर जाता।

दूसरा–सोचा होगा, मकान खाली करा लूँ, और रुपये सरकार को वापस करके सुर्खरू बन जाऊँ।

एक ब्राह्मण ने इसका विरोध किया—क्या बकते हो! बेचारे ने रुपये अपने पास से दिये हैं।

तीसरा—तुम गौंखे हो, ये चालें क्या जानो, जाके पोथी पढ़ो और पैसे ठगो।

चौथा—सबों ने पहले ही सलाह कर ली होगी। आपस में रुपये बाँट लेते, हम लोग ठाठ ही पर रह जाते।

एक मुंशीजी बोले—इतना भी न करें, तो सरकार कैसे खुश हो। इन्हें चाहिए था कि रिआया की तरफ से सरकार से लड़ते, मगर आप खुद ही खुशामदी टट्टू बने हुए हैं। सरकार का दबाव तो हीला है।

पाँचवां—तो यह समझ लो, हम लोग न आ जाते, तो बेचारों को कौड़ी भी न मिलती। घर से निकल जाने पर कौन देता हे, और कौन लेता है? बेचारे माँगने जाते, तो चपरासियों से मारकर निकलवा देते।

जनता की दृष्टि में एक बार विश्वास खोकर फिर जमाना मुश्किल है। राजा साहब को जनता के दरबार से यह उपहार मिल रहा था।

संध्या हो गई थी। चार ही पाँच असामियों को रुपये मिलने पाए थे कि अँधेरा हो गया। राजा साहब ने लैम्प की रोशनी में नौ बजे रात तक रुपये बाँटे। तब नायकराम ने कहा—सरकार, अब तो बहुत देर हुई। न हो, कल पर उठा रखिए।

राजा साहब भी थक गए थे, जनता को भी अब रुपये मिलने में कोई बाधा न दिखती थी, काम कल के लिए स्थगित कर दिया गया। सशस्त्र पुलिस ने वहीं डेरा जमाया कि कहीं फिर न लोग जमा हो जाएं।

दूसरे दिन दस बजे फिर राजा साहब आये, विनय और इंद्रदत्त भी कई सेवकों के साथ आ पहुँचे। नामावली खोली गई। सबसे पहले सूरदास की तलबी हुई। लाठी टेकता हुआ आकर राजा साहब के सामने खड़ा हो गया।

राजा साहब ने उसे सिर से पाँव तक देखा और बोले—तुम्हारे मकान का मुआवज़ा केवल एक रुपये है, यह लो, और घर खाली कर दो।

सूरदास—कैसा रुपया है?

राजा—अभी तुम्हें मालूम ही नहीं, तुम्हारा मकान सरकार ने ले लिया है। यह उसी का मुआवजा है।

सूरदास—मैंने तो अपना मकान बेचने को किसी से नहीं कहा।

राजा—और लोग भी तो खाली कर रहे हैं।

सूरदास—जो लोग छोड़ने पर राज़ी हों, उन्हें दीजिए। मेरी झोंपड़ी रहने दीजिए। पड़ा रहूँगा और हुजूर का कल्यान मनाता रहूँगा।

राजा—यह तुम्हारी इच्छा की बात नहीं है, सरकारी हुक्म है। सरकार को इस ज़मीन की ज़रूरत है। यह क्योंकर हो सकता है कि और मकान गिरा दिये जाएं और तुम्हारा झोंपड़ा बना रहे?

सूरदास—सरकार के पास ज़मीन की क्या कमी है। सारा मुलुक पड़ा हुआ है। एक गरीब की झोंपड़ी छोड़ देने से उसका काम थोड़े ही रुक जाएगा?

राजा—व्यर्थ की हुज्जत करते हो, यह रुपया लो, अँगूठे का निशान बनाओ, और जाकर झोंपड़ी में से अपना सामान निकाल लो।

सूर—सरकार ज़मीन लेकर क्या करेगी? यहाँ कोई मंदिर बनेगा? कोई तालाब खुदेगा? कोई धरमशाला बनेगी? बताइए।

राजा—यह मैं कुछ नहीं जानता।

सूर—जानते क्यों नहीं, दुनिया जानती है, बच्चा-बच्चा जानता है। पुतलीघर के मजूरों के लिए घर बनेंगे। बनेंगे, तो उससे मेरा क्या फायदा होगा कि घर छोड़कर चला जाऊँ। जो कुछ फ़ायदा होगा, साहब को होगा। परजा की तो बरबादी ही है। ऐसे काम के लिए मैं अपना झोंपड़ा न छोड़ूँगा। हाँ, कोई धरम का काम होता, तो सबसे पहले मैं अपना झोंपड़ा दे देता। इस तरह जबरदस्ती करने का आपको अख्तियार है, सिपाहियों को हुक्म दे दें, फूस में आग लगते कितनी देर लगती है? पर यह न्याय नहीं है। पुराने जमाने में एक राजा अपना बगीचा बनवाने लगा, तो एक बुढ़िया की झोंपड़ी बीच में पड़ गई। राजा ने उसे बुलाकर कहा, तू यह झोंपड़ी मुझे दे दे, जितने रुपये कह, तुझे दे दूँ, जहाँ कह, तेरे लिए घर बनवा दूँ। बुढ़िया ने कहा, मेरा झोंपड़ा रहने दीजिए। जब दुनिया देखेगी कि आपके बगीचे के एक कोने में बुढ़िया की झोंपड़ी है, तो आपके धरम और न्याय की बड़ाई करेगी। बगीचे की दीवार दस-पाँच हाथ टेढ़ी हो जाएगी, पर इससे आपका नाम सदा के लिए अमर हो जाएगा। राजा ने बुढ़िया की झोंपड़ी छोड़ दी। सरकार का धरम परजा को पालना है कि उसका घर उजाड़ना, उसको बरबाद करना।

राजा साहब ने झुँझलाकर कहा—मैं तुमसे दलील करने नहीं आया हूँ, सरकारी हुक्म की तामील करने आया हूँ।

सूर—हुजूर, मेरी मजाल है कि आपसे दलील कर सकूँ। मगर मुझे उजाड़िए मत, बाप-दादों की निशानी यही झोंपड़ी रह गई है, इसे बने रहने दीजिए।

राजा साहब को इतना अवकाश कहाँ था कि एक-एक असामी से घंटों वाद-विवाद करते? उन्होंने दूसरे आदमी को बुलाने का हुक्म दिया।

इंद्रदत्त ने देखा कि सूरदास अब भी वहीं खड़ा है, हटने का नाम नहीं लेता, तो डरे कि राजा साहब कहीं उसे सिपाहियों से धक्के देकर हटवा न दें। धीरे से उसका हाथ पकड़कर अलग लग गए और बोले—सूरे, है तो अन्याय; मगर क्या करोगे, झोंपड़ी तो छोड़नी ही पड़ेगी। जो कुछ मिलता है, ले लो। राजा साहब की बदनामी का डर है, नहीं तो मैं तुमसे लेने को न कहता।

कई आदमियों ने इन लोगों को घेर लिया। ऐसे अवसरों पर लोगों की उत्सुकता बढ़ी हुई होती है। क्या हुआ? क्या जवाब दिया? सभी इन प्रश्नों के जिज्ञासु होते हैं। सूरदास ने सजल नेत्रों से ताकते हुए आवेश-कम्पित कंठ से कहा—भैया, तुम भी कहते हो कि रुपया ले लो! मुझे तो इस पुतलीघर ने पीस डाला। बाप-दादों की निशानी दस बीघे ज़मीन थी, वह पहले ही निकल गई, अब यह झोंपड़ी भी छीनी जा रही है। संसार इसी माया-मोह का नाम है। जब इससे मुक्त हो जाऊँगा, तो झोंपड़ी में रहने न आऊँगा। लेकिन जब तक जीता रहूँगा, अपना घर मुझसे न छोड़ा जायेगा। अपना घर है, नहीं देते। हाँ, जबरदस्ती जो चाहे ले ले।

इंद्रदत्त—जबरदस्ती कोई नहीं कर रहा है! कानून के अनुसार ही ये मकान खाली कराए जा रहे हैं। सरकार को अधिकार है कि वह किसी सरकारी काम के लिए जो मकान या ज़मीन चाहे, ले ले।

सूरदास—होगा कानून, मैं तो एक धरम का कानून जानता हूँ। इस तरह जबरदस्ती करने के लिए जो कानून चाहे, बना लो। यहाँ कोई सरकार का हाथ पकड़ने वाला तो है नहीं। उसके सलाहकार भी तो सेठ-महाजन हैं।

इंद्रदत्त ने राजा साहब के पास जाकर कहा—आप अंधे का मुआमला आज स्थगित कर दें, तो अच्छा हो। गँवार आदमी, बात नहीं समझता, बस अपनी ही गाए जाता है।

राजा ने सूरदास को कुपित नेत्रों से देखकर कहा—गंवार नहीं है, छटा हुआ बदमाश है। हमें और तुम्हें, दोनों ही को कानून पढ़ा सकता है। है भिखारी, मगर टर्रा मैं इसका झोंपड़ा गिरवाये देता हूँ।

इस वाक्य के अन्तिम शब्द सूरदास के कानों में पड़ गए। बोला—झोंपड़ा क्यों गिरवाइएगा? इससे तो यही अच्छा कि मुझे ही गोली मरवा दीजिए।

यह कहकर सूरदास लाठी टेकता हुआ वहाँ से चला गया। राजा साहब को उसकी धृष्टता पर क्रोध आ गया। ऐश्वर्य अपने को बड़ी मुश्किल से भूलता है, विशेषतः जब दूसरों के सामने उसका अपमान किया जाए। माहिरअली को बुलाकर कहा—इसकी झोंपड़ी अभी गिरा दो।

दारोग़ा माहिरअली चले, निःशस्त्र पुलिस और सशस्त्र पुलिस और मज़दूरों का एक दल उनके साथ चला, मानो किसी किले पर धावा करने जा रहे हैं। उनके पीछे-पीछे जनता का एक समूह भी चला। राजा ने इन आदमियों के तेवर देखे, तो होश उड़ गए। उपद्रव की आशंका हुई। झोंपड़े को गिराना इतना सरल न प्रतीत हुआ, जितना उन्होंने समझा था। पछताए कि मैंने व्यर्थ माहिरअली को यह हुक्म दिया। जब मुहल्ला मैदान हो जाता, तो झोंपड़ा आप-ही-आप उजड़ जाता, सूरदास कोई भूत तो है नहीं कि अकेला उसमें पड़ा रहता। मैंने चिंउटी को तलवार से मारने की चेष्टा की। माहिरअली क्रोधी आदमी है, और इन आदमियों के रुख भी बदले हुए हैं। जनता क्रोध में अपने को भूल जाती है, मौत पर हँसती है। कहीं माहिरअली उतावली कर बैठा, तो निस्संदेह उपद्रव हो जाएगा। इसका सारा इलजाम मेरे सिर जाएगा। यह अंधा आप तो डूबा ही हुआ है, मुझे भी डुबोये देता हैं बुरी तरह मेरे पीछे पड़ा हुआ है। लेकिन इस समय वह हाकिम की हैसियत में थे। हुक्म को वपास न ले सकते थे। सरकार की आबरू में बट्टा लगने से कहीं ज्यादा भय अपनी आबरू में बट्टा लगने का था। अब यही एक उपाय था कि जनता को झोंपड़े की ओर न जाने दिया जाये। सुपरिटेंडेंट अभी-अभी मिल से लौटा था, और घोड़े पर सवार सिगार पी रहा था कि राजा साहब ने जाकर उससे कहा—इन आदमियों को रोकना चाहिए।

उसने कहा—जाने दीजिए, कोई हरज नहीं, शिकार होगा।

'भीषण हत्या होगी।'

'हम इसके लिए तैयार हैं।'

विनय के चेहरे का रंग उड़ा हुआ था। न आगे जाते बनता था, न पीछे। घोर आत्मवेदना का अनुभव करते हुए बोले—इंद्र, मैं बड़े संकट में हूँ।

इंद्रदत्त ने कहा—इसमें क्या संदेह है।

'जनता को क़ाबू में रखना कठिन है।'

'आप जाइए, मैं देख लूँगा। आपका यहाँ रहना उचित नहीं।'

'तुम अकेले हो जाओगे।'

'कोई चिंता नहीं।'

'तुम भी मेरे साथ क्यों नहीं चलते? अब हम यहाँ रहकर क्या कर लेंगे, हम अपने कर्त्तव्य का पालन कर चुके।'

'आप जाइए। आपको जो संकट है, वह मुझे नहीं। मुझे अपने किसी आत्मीय के मान-अपमान का भय नहीं।'

विनय वहीं अशांत और निश्चल खड़े रहे, या यों कहो कि गड़े रहे, मानो कोई स्त्री घर से निकाल दी गई हो। इंद्रदत्त उन्हें वहीं छोड़कर आगे बढ़े, तो जन-समूह उसी गली के मोड़ पर रुका हुआ था, जो सूरदास के झोंपड़े की ओर जाती थी। गली के द्वार पर पाँच सिपाही सँगीनें चढ़ाए खड़े थे। एक कदम आगे बढ़ना संगीन की नोक को छाती पर लेना था। संगीनों की दीवार सामने खड़ी थी।

इंद्रदत्त ने एक कुएँ की जगत पर खड़े होकर उच्च स्वर से कहा—भाइयों, सोच लो, तुम लोग क्या चाहते हो? क्या इस झोंपड़ी के लिए पुलिस से लड़ोगे? अपना और अपने भाइयों का रक्त बहाओगे? इन दामों यह झोंपड़ी बहुत महँगी है। अगर उसे बचाना चाहते हो, तो इन आदमियों ही से विनय करो, जो इस वक़्त वरदी पहने, संगीनें चढ़ाए यमदूत हुए तुम्हारे सामने खड़े हैं। और यद्यपि प्रकट रूप से वे तुम्हारे शत्रु हैं, पर उनमें एक भी ऐसा न होगा, जिसका हृदय तुम्हारे साथ न हो, जो एक असहाय, दुर्बल, अंधे की झोंपड़ी गिराने में अपनी दिलचस्पी समझता हो। इनमें सभी भले आदमी हैं, जिनके बाल-बच्चे हैं, जो थोड़े वेतन पर तुम्हारे जान-माल की रक्षा करने के लिए घर से आये हैं।

एक आदमी—हमारे जान-माल की रक्षा करते हैं, या सरकार के रोब-दाब की?

इंद्रदत्त–एक ही बात है। तुम्हारे जान-माल की रक्षा के लिए सरकार के रोब-दाब की रक्षा करनी परमावश्यक है। इन्हें जो वेतन मिलता है, वह एक मजूर से भी कम है...।

एक प्रश्न–बग्घी-इक्केवालों से पैसे नहीं लेते?

दूसरा प्रश्न–चोरियाँ नहीं कराते? जुआ नहीं खेलाते? घूस नहीं खाते?

इंद्रदत्त–यह सब इसलिए होता है कि वेतन जितना मिलना चाहिए, उतना नहीं मिलता। ये भी हमारी और तुम्हारी भाँति मनुष्य हैं, इनमें भी दया और विवेक हैं, ये भी दुर्बलों पर हाथ उठाना नीचता समझते हैं। जो कुछ करते हैं, मजबूर होकर। इन्हीं से कहो, अंधे पर तरस खाएँ, उसकी झोंपड़ी बचाएँ। (सिपाहियों से) क्यों मित्रों, तुमसे इस दया की आशा रखें?

इंद्रदत्त ने एक ओर जनता के मन में सिपाहियों के प्रति सहानुभूति उत्पन्न करने की चेष्टा की और दूसरी ओर सिपाहियों की मनोगत दया को जागृत करने की। हवलदार बोला–हमारी रोजी बचाकर और जो चाहे कीजिए। इधर से न जाइए।

इंद्रदत्त–तो रोजी के लिए इतने प्राणियों का सर्वनाश कर दोगे? ये बेचारे भी तो एक दीन की रक्षा करने आये हैं। जो ईश्वर यहाँ तुम्हारा पालन करता वह क्या किसी दूसरी जगह तुम्हें भूखों मारेगा? अरे! यह कौन पत्थर फेंकता है? याद रखो, तुम लोग न्याय की रक्षा करने आये हो, बलवा करने नहीं। ऐसे नीच आघातों से अपने को कलंकित न करो। मत हाथ उठाओ, अगर तुम्हारे ऊपर गोलियों की बाढ़ भी चले...।

इंद्रदत्त को कुछ कहने का अवसर न मिला। सुपरिंटेंडेंट ने गली के मोड़ पर आदमियों का जमाव देखा, तो घोड़ा दौड़ाता उधर चला। इंद्रदत्त की आवाज़ कानों में पड़ी, तो डाँटकर बोला–हटा दो इसको। इन सब आदमियों को अभी सामने से हटा दो। तुम सब आदमी अभी हट जाओ, नहीं हम गोली मार देगा।

समूह जौ-भर भी न हटा।

'अभी हट जाओ, नहीं हम फायर कर देगा।'

कोई आदमी अपनी जगह से न हिला।

सुपरिंटेंडेंट ने तीसरी बार आदमियों को हट जाने की आज्ञा दी।

समूह शांत, गंभीर, स्थिर रहा।

फायर करने की आज्ञा हुई, सिपाहियों ने बंदूकें हाथ में लीं। इतने में राजा साहब बदहवास आकर बोले—For God's sake Mr. Brown, spare me. लेकिन हुक्म हो चुका था। बाढ़ चली, बंदूकों के मुँह से धुँआ निकला, धाँय-धाँय की रोमांचकारी ध्वनि निकली और कई चक्कर खाकर गिर पड़े। समूह की ओर से पत्थरों की बौछार होने लगी। दो-चार टहनियों गिर पड़ी थीं, किन्तु वृक्ष अभी तक खड़ा था।

फिर बंदूकें चलने की आज्ञा हुई। राजा साहब ने अबकी बहुत गिड़गिड़ाकर कहा—Mr. Brown, these shots are piercing my heart! किन्तु आज्ञा मिल चुकी थी, दूसरी बाढ़ चली, फिर कई आदमी गिर पड़े। डालियाँ गिरीं, लेकिन वृक्ष स्थिर खड़ा रहा।

तीसर बार फायर करने की आज्ञा दी गई। राजा साहब ने सजल नयन होकर व्यथित कंठ से कहा—Mr. Brown, now I am done for! बाढ़ चली; कई आदमी गिरे और उनके साथ इंद्रदत्त भी गिरे। गोली वक्षःस्थल को चीरती हुई पार हो गई थी।

समूह में भगदड़ पड़ गई। लोग गिरते-पड़ते, एक-दूसरे को कुचलते, भाग खड़े हुए। कोई किसी पेड़ की आड़ में छिपा, कोई किसी घर में घुस गया, कोई सड़क के किनारे की खाइयों में जा बैठा, पर अधिकांश लोग वहाँ से हटकर सड़क पर आ खड़े हुए।

नायकराम ने विनयसिंह से कहा—भैया, क्या खड़े हो, इंद्रदत्त को गोली लग गई!

विनय अभी तक उदासीन भाव से खड़े थे। यह खबर पाते ही गोली-सी लग गई। बेतहाशा दौड़े और संगीनों के सामने, गली के द्वार पर आकर खड़े हो गए। उन्हें देखते ही भागनेवाले संभल गए; जो छिपे बैठे थे, निकल पड़े। जब ऐसे-ऐसे लोग मरने को तैयार हैं, जिनके लिए संसार में सुख-ही-सुख है, तो फिर हम किस गिनती में हैं। यह विचार लोगों के मन में उठा। गिरती हुई दीवार फिर खड़ी हो गई। सपुरिटेंडेंट ने दाँत पीसकर चौथी बार फायर का हुक्म दिया। लेकिन यह क्या? कोई सिपाही बंदूक नहीं चलाता, हवलदार ने बंदूक ज़मीन पर पटक दी, सिपाहियों ने भी उसके साथ ही अपनी-अपनी

बंदूकें रख दीं। हवलदार बोला—हुजूर को अख्तियार है, जो चाहें करें; लेकिन अब हम लोग गोली नहीं चला सकते। हम भी मनुष्य हैं, हत्यारे नहीं।

ब्रॉउन—कोर्टमार्शल होगा।

हवलदार—हो जाये।

ब्रॉउन—नमकहराम लोग।

हवलदार—अपने भाइयों का गला काटने के लिए नहीं, उनकी रक्षा करने के लिए नौकरी की थी।

यह कहकर सब-के-सब पीछे की ओर फिर गए, और सूरदास के झोंपड़े की तरफ़ चले। उनके साथ ही कई हजार आदमी जय-जयकार करते हुए चले। विनय उनके आगे-आगे थे। राजा साहब और ब्रॉउन, दोनों खोए हुए-से खड़े थे। उनकी आँखों के सामने एक ऐसी घटना घटित हो रही थी, जो पुलिस के इतिहास में एक नूतन युग की सूचना दे रही थी, जो परम्परा के विरुद्ध, मानव-प्रकृति के विरुद्ध, नीति के विरुद्ध थी। सरकार के वे पुराने सेवक, जिनमें से कितनों ही ने अपने जीवन का अधिकांश प्रजा का दमन करने ही में व्यतीत किया था, यों अकड़ते हुए चले जाएं। अपना सर्वस्व, यहाँ तक कि प्राणों को भी समर्पित करने को तैयार हो जाएँ। राजा साहब अब तक उत्तरदायित्व के भार से काँप रहे थे, अब यह भय हुआ कि कहीं ये लोग मुझ पर टूट न पड़ें। ब्रॉउन तो घोड़े पर सवार आदमियों को हंटर मार-मारकर भगाने की चेष्टा कर रहा था और राजा साहब अपने लिए छिपने की कोई जगह तलाश कर रहे थे, लेकिन किसी ने उनकी तरफ ताका भी नहीं। सब-के-सब विजय-घोष करते हुए, तरल वेग से सूरदास की झोंपड़ी की ओर दौड़े चले जाते थे। वहाँ पहुँचकर देखा, तो झोंपड़े के चारों तरफ सैकड़ों आदमी खड़े थे। माहिरअली अपने आदमियों के साथ नीम के वृक्ष के नीचे खड़े नई सशस्त्र पुलिस की प्रतीक्षा कर रहे थे, हिम्मत न पड़ती थी कि इस व्यूह को चीरकर झोंपड़े के पास जायें। सबके आगे नायकराम कंधे पर लट्ठ रखे खड़े थे। इस व्यूह के मध्य में, झोंपड़े के द्वार पर, सूरदास सिर झुकाए बैठा हुआ था, मानो धैर्य, आत्मबल और शांत तेज की सजी मूर्ति हो।

विनय को देखते ही नायकराम आकर बोला—भैया, तुम अब कुछ चिन्ता मत करो! मैं यहाँ सँभाल लूँगा। इधर महीनों से सूरदास से मेरी अनबन थी,

बोल-चाल तक बंद था, पर आज उसका जीवट-जिगर देखकर दंग हो गया। एक अंधे अपाहिज में यह हियाव! हम लोग देखने ही को मिट्टी का यह बोझ लादे हुए...

विनय—इंद्रदत्त का मरना गज़ब हो गया।

नायकराम—भैया, दिल न छोटा करो, भगवान् की यही इच्छा होगी।

विनय—कितनी वीर-मृत्यु पायी है।

नायकराम—मैं खड़ा देखता ही था, माथे पर सिकन तक नहीं आयी।

विनय—मुझे क्या मालूम था कि आज यह नौबत आयेगी, नहीं तो पहले खुद जाता। वह अकेले सेवा-दल का काम सँभाल सकते थे, मैं नहीं सँभाल सकता। कितना सहासमुख था। कठिनाइयों को तो ध्यान में ही न लाते थे, आग में कूदने के लिए तैयार रहते थे। कुशल यही है कि अभी तक विवाह नहीं हुआ था।

नायकराम—घरवाले कितना जोर देते रहे, पर इन्होंने एक बार नहीं करके फिर हाँ न की।

विनय—एक युवती के प्राण बच गए।

नायकराम—कहाँ की बात भैया, ब्याह हो गया होता, तो वह इस तरह बेधड़क गोलियों के सामने जाते ही न। बेचारे माता-पिता का क्या हाल होगा?

विनय—रो-रोकर मर जाएँगे और क्या।

नायकराम—इतना अच्छा है कि कई भाई हैं, और घर के पोढ़े हैं।

विनय—देखो, इन सिपाहियों की क्या गति होती है। कल तक फौज आ जाएगी। इन गरीबों की भी कुछ फिक्र करनी चाहिए।

नायकराम—क्या फिकिर करोगे भैया? उनका कोर्ट मार्शल होगा। भागकर कहाँ जाएँगे?

विनय—यही तो उनसे कहना है कि भागें नहीं, जो कुछ किया है उसका यश लेने से न डरें। हवलदार को फाँसी हो जाएगी।

यह कहते हुए दोनों आदमी झोंपड़े के पास आये, तो हवलदार बोला—कुँवर साहब, मेरा तो कोर्टमार्शल होगा ही, मेरे बाल-बच्चों की खबर लीजिएगा। यह कहते-कहते वह धाड़ मार-मार रोने लगा।

बहुत-से आदमी जमा हो गए और कहने लगे—कुँवर साहब, चंदा खोल दीजिए। हवलदार! तुम सच्चे सूरमा हो, जो निर्बलों पर हाथ नहीं उठाते।

विनय–हवलदार, हमसे जो कुछ हो सकेगा, वह उठा न रखेंगे। आज तुमने हमारे मुख की लाली रख ली।

हवलदार–कुँवर साहब, मरने-जीने की चिन्ता नहीं, मरना तो एक दिन होगा ही, अपने भाइयों की सेवा करते हुए मारे जाने से बढ़कर और कौन मौत होगी? धन्य है आपको, जो सुख-विलास त्यागे हुए अभागों की रक्षा कर रहे हैं।

विनय–तुम्हारे साथ के जो आदमी नौकरी चाहे, उन्हें हमारे यहाँ जगह मिल सकती है।

हवलदार–देखिए, कौन बचता है और कौन मरता है।

राजा साहब ने अवसर पाया, तो मोटर पर बैठकर हवा हो गए। मि. ब्रॉउन सैनिक सहायता के विषय में जिलाधीश से परामर्श करने चले गए। माहिरअली और उनके सिपाही वहाँ जमे रहे। अँधेरा हो गया था, जनता भी एक-एक करके जाने लगी। सहसा सूरदास आकर बोला–कुँवरजी कहाँ हैं? धर्मावतार, हाथ-भर ज़मीन के लिए क्यों इतना झंझट करते हो? मेरे कारन आज इतने आदमियों की जान गई। मैं क्या जानता था कि राई का परबत हो जायेगा, नहीं तो अपने हाथों से इस झोंपड़ें में आग लगा देता और मुँह में कालिख लगाकर कहीं निकल जाता। मुझे क्या करना था? जहाँ माँगता, वहीं पड़ा रहता। भैया मुझसे यह नहीं देखा जाता कि मेरी झोंपड़ी के पीछे कितने ही घर उजड़ जाएँ। जब मर जाऊँ, तो जो जी में आये करना।

विनय–तुम्हारी झोंपड़ी नहीं, यह हमारा जातीय मंदिर है। हम इस पर फावड़े चलते देखकर शांत नहीं बैठे रह सकते।

सूरदास–पहले मेरी देह पर फावड़ा चल चुकेगा, तब घर पर फावड़ा चलेगा।

विनय–और अगर आग लगा दें?

सूरदास–तब तो मेरी चिता बनी-बनाई है। भैया, मैं तुमसे और सब भाइयों से हाथ जोड़कर कहता हूँ कि अगर मेरे कारन किसी माँ की गोद सूनी हुई या मेरी कोई बहन विधवा हुई, तो मैं इस झोंपड़ी में आग लगाकर जल मरूँगा।

विनय ने नायकराम से कहा–अब?

नायकराम–बात का धनी है; जो कहेगा, ज़रूर करेगा।

विनय–तो फिर अभी इसी तरह चलने दो। देखो, उधर से कल क्या गुल खिलता है। उनका इरादा देखकर हम लोग सोचेंगे, हमें क्या करना चाहिए।

अब चलो, अपने वीरों का सद्गति करें। ये हमारे कौमी, शहीद हैं, इनका जनाजा धूम से निकलना चाहिए।

नौ बजते-बजते नौ अर्थियाँ निकलीं और तीन जनाज़े! आगे-आगे इंद्रदत्त की अर्थी थी, पीछे-पीछे अन्य वीरों की। जनाजे कब्रिस्तान की तरफ गए। अर्थियों के पीछे कोई दस हजार आदमी नंगे पाँव, सिर झुकाये, चले जाते थे। पग-पग पर समूह बढ़ता जाता था। चारों ओर से लोग दौड़े चले आते थे। लेकिन किसी के मुख पर शोक या वेदना का चिह्न न था, न किसी आँख से आँसू थे, न किसी कंठ से आर्तनाद की ध्वनि निकलती थी। इसके प्रतिकूल लोगों के हृदय गर्व से फूले हुए थे, आँखों में स्वदेशाभिमान का मद भरा हुआ था। यदि इस समय रास्ते में तोपें चढ़ा दी जातीं, तो भी जनता के कदम पीछे न हटते। न कहीं शोक ध्वनि थी, न विजयनाद था, अलौकिक निस्तब्धता थी–भावमयी, प्रवाहमयी, उल्लासमयी।

रास्ते में राजा महेन्द्रकुमार का भवन मिला। राजा साहब छत पर खड़े यह दृश्य देख रहे थे। द्वार पर सशस्त्र रक्षकों का एक दल संगीन चढ़ाये खड़ा था। ज्यों ही अर्थियाँ उनके द्वार के सामने से निकलीं, एक रमणी अन्दर से निकलकर जन-प्रवाह में मिल गई। यह इंदु थी। उस पर किसी की निगाह न पड़ी। उसके हाथों में गुलाब के फूलों की एक माला थी जो उसने स्वयं गूंथी थी। वह यह हार लिये हुए आगे बढ़ी और इंद्रदत्त की अर्थी के पास जाकर अश्रुबिंदुओं के साथ उस पर चढ़ा दिया। विनय ने देख लिया। बोले–इंदु!–इंदु ने उनकी ओर जल-पूरित लोचनों से देखा, और कुछ न बोली, कुछ बोल न सकी।

गंगे! ऐसा प्रभावशाली दृश्य कदाचित् तुम्हारी आँखों ने भी न देखा होगा। तुमने बड़े-बड़े वीरों को भस्म का ढेर होते देखा है, जो शेरों का मुँह फेर सकते थे, बड़े-बड़े प्रतापी भूपति तुम्हारी आँखों के सामने राख में मिल गए, जिनके सिंहनाद से दिक्पाल थर्राते थे, बड़े-बड़े प्रभुत्वशाली योद्धा यहाँ चिताग्नि में समा गए। कोई यश और कीर्ति का उपासक था, कोई राज्य-विस्तार का, कोई मत्सर-ममत्व का। कितने ज्ञानी, विरागी, योगी, पंडित तुम्हारी आँखों के सामने चितारूढ़ हो गए। सच कहना, कभी तुम्हारा हृदय इतना आनंद-पुलकित हुआ था? कभी तुम्हारी तरंगों ने इस भाँति सिर उठाया था? अपने लिए सभी मरते हैं, कोई इह-लोक के लिए, कोई परलोक के लिए।

आज तुम्हारी गोद में वे लोग आ रहे हैं, जो निष्काम थे, जिन्होंने पवित्र-विशुद्ध न्याय की रक्षा के लिए अपने को बलिदान कर दिया।

और ऐसा मंगलमय शोक-समाज भी तुमने कभी देखा, जिसका एक-एक अंग भ्रातृप्रेम, स्वजाति-प्रेम और वीर-भक्ति से परिपूर्ण हो?

रात-भर ज्वाला उठती रही, मानो वीरात्माएँ अग्नि-विमान पर बैठी हुई स्वर्ग-लोक को जा रही हैं।

उषा-काल की स्वर्णमयी किरणें चिताओं से प्रेमालिंगन करने लगीं। यह सूर्य देव का आशीर्वाद था।

लौटते समय तक केवल गिने-गिनाये लोग रह गए थे। महिलाएँ वीरगान करती हुई चली आती थीं। रानी जाह्नवी आगे-आगे थीं, सोफ़ी, इंदु और कई अन्य महिलाएँ पीछे। उनकी वीर-रस में डूबी हुई मधुर संगीत-ध्वनि प्रभात की आलोक-रश्मियों पर नृत्य कर रही थी, जैसे हृदय की तंत्रियों पर अनुराग नृत्य करता है।

43

सोफ़िया के धार्मिक विचार, उसका आचार-व्यवहार, रहन-सहन, उसकी शिक्षा-दीक्षा, ये सभी बातें ऐसी थीं, जिनसे एक हिंदू महिला को घृणा हो सकती थी। पर इतने दिनों के अनुभव ने रानीजी की सभी शंकाओं का समाधान कर दिया। सोफ़िया अभी तक हिंदू धर्म में विधिवत् दीक्षित न हुई थी, पर उसका आचरण पूर्ण रीति से हिंदू धर्म और हिंदू समाज के अनुकूल था। इस विषय में अब जाह्नवी को लेश-मात्र भी संदेह न था। उन्हें अब अगर संदेह था, तो यह कि दाम्पत्य प्रेम में फँसकर विनय कहीं अपने उद्देश्य को न भूल बैठे। इस आंदोलन में नेतृत्व का भार लेकर विनय ने इस शंका को भी निर्मूल सिद्ध कर दिया। रानीजी अब विवाह की तैयारियों में प्रवृत्त हुईं। कुँवर साहब तो पहले ही से राज़ी थे, सोफ़िया की माता की रज़ामंदी आवश्यक थी। इंदु को कोई आपत्ति हो ही न सकती थी। अन्य संबंधियों की इच्छा या अनिच्छा की उन्हें कोई चिंता न थी। अतएव रानीजी एक दिन मिस्टर सेवक के मकान पर गईं कि इस संबंध को निश्चित कर लें। मिस्टर सेवक तो प्रसन्न हुए, पर मिसेज़ सेवक का मुँह न सीधा हुआ। उनकी दृष्टि में एक योरोपियन का जितना आदर था, उतना किसी हिन्दुस्तानी का न हो सकता था, चाहे वह कितना ही प्रभुताशाली क्यों न हो। वह जानती थीं कि साधारण-से-साधारण योरोपियन की प्रतिष्ठा यहाँ के बड़े-से-बड़े राजा से अधिक है। प्रभु सेवक ने योरोप की राह ली, अब घर पर पत्र तक न लिखते थे। सोफ़िया ने इधर यह रास्ता पकड़ा। जीवन की सारी अभिलाषाओं पर ओस पड़ गई। जाह्नवी के आग्रह पर क्रुद्ध होकर बोलीं—खुशी सोफ़िया की चाहिए; जब वह खुश है, तो मैं अनुमति दूँ, या न दूँ, एक ही बात है! माता हूँ, संतान के प्रति मुँह से जब निकलेगी, शुभेच्छा ही निकलेगी, उसकी अनिष्ट-कामना नहीं कर सकती, लेकिन

क्षमा कीजिएगा, मैं विवाह-संस्कार में सम्मिलित न हो सकूँगी। मैं अपने ऊपर जब्र कर रही हूँ कि सोफ़िया को शाप नहीं देती, नहीं तो ऐसी कुल-कलंकिनी लड़की का तो मर जाना ही अच्छा है, जो अपने धर्म से विमुख हो जाए।

रानीजी को और कुछ कहने का साहस न हुआ। घर आकर उन्होंने एक विद्वान् पंडित बुलाकर सोफ़िया के धर्म और विवाह-संस्कार का मुहूर्त निश्चित कर डाला।

रानी जाह्नवी तो इन संस्कारों को धूमधाम से करने की तैयारियाँ कर रही थीं, उधर पाँड़ेपुर का आंदोलन दिन-दिन भीषण होता था। मुआवज़े के रुपये तो अब किसी के बाकी न थे, यद्यपि अभी तक मंज़ूरी न आयी थी, और राजा महेन्द्रकुमार को अपने पास से सभी असामियों को रुपये देने पड़े थे, पर इन खाली मकानों को गिराने के लिए मज़दूर न मिलते थे। दुगुनी-तिगुनी मजदूरी देने पर भी कोई मजदूर काम करने न आता था। अधिकारियों ने जिले के अन्य भागों से मजदूर बुलाये, पर जब वे आये और यहाँ की स्थिति देखी, तो रातों-रात भाग खड़े हुए। तब अधिकारियों ने सरकारी बर्कन्दाजों और तहसील के चपरासियों को बड़े-बड़े प्रलोभन देकर काम करने के लिए तैयार किया, पर जब उनके सामने सैकड़ों युवक, जिनमें कितने ही ऊँचे कुलों के थे, हाथ बाँधकर खड़े हो गए और विनय की—भाइयों, ईश्वर के लिए फावड़े न चलाओ, और अगर चलाना ही चाहते हो, तो पहले हमारी गरदन पर चलाओ, तो उन सबों की कायापलट हो गई। दूसरे दिन से वे लोग फिर काम पर न आये। विनय और उनके सहकारी सेवक आजकल इस सत्याग्रह को अग्रसर करने में व्यस्त रहते थे।

सूरदास सवेरे से संध्या तक झोंपड़े के द्वार पर मूर्तिवत् बैठा रहता। हवलदार और उसके सिपाहियों पर अदालत में अभियोग चल रहा था। घटनास्थल की रक्षा के लिए दूसरे जिले से सशस्त्र पुलिस बुलायी गई थी। वे सिपाही संगीनें चढ़ाये चौबीसों घण्टे झोंपड़ी के सामने वाले मैदान में टहलते रहते थे। शहर के हज़ार-दो-हज़ार आदमी आठों पहर मौजूद रहते थे। एक जाता, तो दूसरा आता। आने-जानेवालों का तांता दिन-भर न टूटता था। सेवक-दल भी नायकराम के खाली बरामदे में आसन जमाए रहता था कि न जाने कब क्या उपद्रव हो जाये। राजा महेन्द्रकुमार और सुपरिटेंडेंट पुलिस दिन में दो-दो

बार अवश्य जाते थे, किन्तु किसी कारण झोंपड़ा गिराने का हुक्म न देते थे। जनता की ओर से उपद्रव का इतना भय न था, जितना पुलिस की अवज्ञा का। हवलदार के व्यवहार से समस्त अधिकारियों के दिल में हौल समा गया था। प्रान्तीय सरकार को यहाँ की स्थिति की प्रतिदिन सूचना दी जाती थी। सरकार ने भी आश्वासन दिया था कि शीघ्र ही गोरखों का एक रेजिमेंट भेजने का प्रबंध किया जाएगा। अधिकारियों की आशा अब गोरखों ही पर अवलंबित थी, जिनकी राजभक्ति पर उन्हें पूरा विश्वास था। विनय प्रायः दिन-भर यहीं रहा करते थे। उनके और राजा साहब के बीच में अब नंगी तलवार का बीच था। वह विनय को देखते, तो घृणा से मुँह फेर लेते। उनकी दृष्टि में विनय सूत्रधार था, सूरदास केवल कठपुतली।

रानी जाह्नवी ज्यों-ज्यों विवाह की तैयारियाँ करती थीं और संस्कारों की तिथि समीप आती जाती थी, सोफ़िया का हृदय एक अज्ञात भय, एक अव्यक्त शंका, एक अनिष्ट चिन्ता से आच्छन्न होता जाता था। भय यह था कि कदाचित् विवाह के पश्चात् हमारा दाम्पत्य जीवन सुखमय न हो, हम दोनों को एक-दूसरे के चरित्र-दोष ज्ञात हों, और हमारा जीवन दुःखमय हो जाये। विनय की दृष्टि में सोफ़ी निर्विकार, निर्दोष, दिव्य, सर्वगुण-सम्पन्न देवी थी। सोफ़ी को विनय पर इतना विश्वास न था। उसके तात्त्विक विवेचन ने उसे मानव-चरित्र की विषमताओं से अवगत करा दिया था। उसने बड़े-बड़े महात्माओं, ऋषियों, मुनियों, विद्वानों, योगियों और ज्ञानियों को, जो अपनी घोर तपस्याओं से वासनाओं का दमन कर चुके थे, संसार के चिकने, पर काई से ढके हुए तल पर फिसलते देखा था। वह जानती कि यद्यपि संयमशील पुरुष बड़ी मुश्किल से फिसलते हैं, मगर जब एक बार फिसल गए, तो किसी तरह नहीं संभल सकते, उनकी कुंठित वासनाएँ उनकी पिंजर-बद्ध इच्छाएँ, उनकी संयत प्रवृत्तियाँ बड़े प्रबल वेग से प्रतिकूल दिशा की ओर चलती है। भूमि का चलनेवाला मनुष्य गिरकर फिर उठ सकता है, लेकिन आशा में भ्रमण करनेवाला मनुष्य गिरे, तो उसे कौन रोकेगा, उसके लिए कोई आशा नहीं, कोई उपाय नहीं। सोफ़िया को भय होता था कि कहीं मुझे भी यही अप्रिय अनुभव न हो, कहीं वही स्थिति मेरे गले में न पड़ जाए। संभव है, मुझमें कोई ऐसा दोष निकल आए, जो मुझे विनय की दृष्टि में गिरा दे, वह मेरा अनादर करने लगें।

यह शंका सबसे प्रबल, सबसे निराशामय थी। आह! तब मेरी क्या दशा होगी। संसार में ऐसे कितने दम्पति हैं कि अगर उन्हें दूसरी बार चुनाव का अधिकार मिल जाए, तो अपने पहले चुनाव पर संतुष्ट रहें?

सोफ़ी निरंतर इन्हीं आशंकाओं में डूबी रहती थी। विनय बार-बार उसके पास आते, उससे बातें करना चाहते, पांड़ेपुर की स्थिति के विषय में उससे सलाह लेना चाहते, पर उसकी उदासीनता देखकर उन्हें कुछ करने की इच्छा न होती।

चिंता रोग का मूल है। सोफ़ी इतनी चिंताग्रस्त रहती कि दिन-दिन-भर कमरे से न निकलती, भोजन भी बहुत सूक्ष्म करती, कभी-कभी निराहार ही रह जाती। हृदय में एक दीपक-सा जलता रहता था, पर किससे अपने मन की कहे? विनय से इस विषय में एक शब्द भी न कह सकती थी। जानती थी कि इसका परिणाम भयंकर होगा। नैराश्य की दशा में विनय न जाने क्या कर बैठें। अंत को उसकी कोमल प्रकृति इस मर्मदाह को सहन न कर सकी। पहले सिर में दर्द रहने लगा, धीरे-धीरे ज्वर का प्रकोप हो गया।

लेकिन रोग-शय्या पर गिरते ही सोफ़ी को विनय से एक क्षण अलग रहना भी दुस्सह प्रतीत होने लगा। निर्बल मनुष्य को अपनी लकड़ी से भी अगाध प्रेम हो जाता है। रुग्णावस्था में हमारा मन स्नेहापेक्षी हो जाता है। सोफ़िया, जो कई दिन पहले कमरे में विनय के आते ही बिल-सा खोजने लगती थी कि कहीं यह प्रेमालाप न करने लगें, उनके तृषित नेत्रों से, उनकी मधुर मुस्कान से, उनके मृदु हास्य से थर-थर काँपती रहती थी, जैसे कोई रोगी उत्तम पदार्थों को सामने देखकर डरता हो कि मैं कुपथ्य न कर बैठूँ, अब द्वार की ओर अनिमेष नेत्रों से विनय की भी बाट जोहा करती थी। वह चाहती कि यह अब कहीं न जाएँ, मेरे पास ही बैठे रहें। विनय बहुधा उसके पास ही रहते। पाँड़ेपुर का भार अपने सहकारियों पर छोड़कर विनय सोफ़िया की सेवा-शुश्रूषा में तत्पर हो गए। उनके बैठने से सोफ़ी का चित्त बहुत शांत हो जाता था। वह अपने दुर्बल हाथों को विनय की जाँघ पर रख देती और बालोचित आकांक्षा से उनके मुख की ओर ताकती। विनय को कहीं जाते देखती, तो व्यग्र हो जाती और आग्रहपूर्ण नेत्रों से बैठने की याचना करती।

रानी जाह्नवी के व्यवहार में भी अब एक विशेष अन्तर दिखायी देता था। स्पष्ट तो न कह सकतीं, पर संकेतों से विनय को पाँड़ेपुर के सत्याग्रह में सम्मिलित होने से रोकती थीं। इंद्रदत्त की हत्या ने उन्हें बहुत सशंक कर दिया था। उन्हें भय था कि उस हत्याकांड का अन्तिम दृश्य उससे कहीं भयंकर होगा। और, सबसे बड़ी बात तो यह थी कि विवाह का निश्चय होते ही विनय का सदुत्साह भी क्षीण होने लगा था। सोफ़िया के पास बैठकर उससे सांत्वनाप्रद बातें करना और उसकी अनुरागपूर्ण बातें सुनना उन्हें अब बहुत अच्छा लगता था। सोफ़िया की गुप्त याचना ने प्रेमोद्गार को और भी प्रबल कर दिया। हम पहले मनुष्य हैं, पीछ देशसेवक। देशानुराग के लिए हम अपने मानवीय भावों की अवहेलना नहीं कर सकते। यह अस्वाभाविक है। निज पुत्र की मृत्यु का शोक जाति पर पड़नेवाली विपत्ति से कहीं अधिक होता है। निज शोक मर्मान्तक होता है, जाति शोक निराशाजनक! निज शोक पर हम रोते हैं, जाति शोक पर चिंतित हो जाते हैं।

एक दिन प्रातःकाल विनय डॉक्टर के यहाँ से दवा लेकर लौटे थे (सद्वैद्यों के होते हुए भी उनका विश्वास पाश्चात्य चिकित्सा ही पर अधिक था) कि कुँवर साहब ने उन्हें बुला भेजा। विनय इधर महीनों से उनसे मिलने न गए थे। परस्पर मनोमालिन्य-सा हो गया था। विनय ने सोफ़ी को दवा पिलाई और तक कुँवर साहब से मिलने गए। वह अपने कमरे में टहल रहे थे, इन्हें देखकर बोले—तुम तो अब कभी आते ही नहीं?

विनय ने उदासीन भाव से कहा—अवकाश नहीं मिलता। आपने कभी याद भी तो नहीं किया। मेरे आने से कदाचित् आपका समय नष्ट होता है।

कुँवर साहब ने इस व्यंग की परवा न करके कहा—आज मुझे तुमसे एक महान् संकट में राय लेनी है। सावधान होकर बैठ जाओ, इतनी जल्द छुट्टी न होगी।

विनय—फरमाइए, मैं सुन रहा हूँ।

कुँवर साहब ने घोर असमंजस के भाव से कहा—गवर्नमेंट का आदेश है कि तुम्हारा नाम रियासत से...

यह कहते-कहते कुँवर साहब रो पड़े। ज़रा देर में करुणा का उद्वेग कम हुआ, बोले—मेरी तुमसे विनीत याचना है कि तुम स्पष्ट रूप से अपने

को सेवक-दल से पृथक कर लो और समाचार-पत्रों में इसी आशय की एक विज्ञप्ति प्रकाशित कर दो। तुमसे यह याचना करते हुए मुझे कितनी लज्जा और कितना दुःख हो रहा है, इसका अनुमान तुम्हारे सिवा और कोई नहीं कर सकता, पर परिस्थिति ने मुझे विवश कर दिया है। मैं तुमसे यह कदापि नहीं कहता कि किसी की खुशामद करो, किसी के सामने सिर झुकाओ, नहीं। मुझे स्वयं इससे घृणा थी और है। किंतु अपनी भू-संपत्ति की रक्षा के लिए मेरे अनुरोध को स्वीकार करो। मैंने समझा था, रियासत को सरकार के हाथ में दे देना काफी होगा। किंतु अधिकारी लोग इसे काफी नहीं समझते। ऐसी दशा में मेरे लिए दो ही उपाय है—या तो तुम स्वयं इन आंदोलनों से पृथक् हो जाओ, या कम-से-कम उनमें प्रमुख भाग न लो, या मैं एक प्रतिज्ञा-पत्र द्वारा तुम्हें रियासत से वंचित कर दूँ। भावी संतान के लिए इस सम्पत्ति का सुरक्षित रहना परमावश्यक है। तुम्हारे लिए पहला उपाय जितना कठिन है, उतना ही कठिन मेरे लिए दूसरा उपाय है, तुम इस विषय में क्या निश्चय करते हो?

विनय ने गर्वान्वित भाव से कहा—मैं सम्पत्ति को अपने पाँव की बेड़ी नहीं बनाना चाहता। अगर सम्पत्ति हमारी है तो उसके लिए किसी शर्त की ज़रूरत नहीं; अगर दूसरे की है, और आपका अधिकार उसकी कृपा के अधीन है, तो मैं उसे सम्पत्ति नहीं समझता। सच्ची प्रतिष्ठा और समाज के लिए संपत्ति की जरूरत नहीं, उसके लिए त्याग और सेवा काफी है।

भरतसिंह—बेटा, मैं इस समय तुम्हारे सामने संपत्ति की विवेचना नहीं कर रहा हूँ, उसे केवल क्रियात्मक दृष्टि से देखना चाहता हूँ। मैं इसे स्वीकार करता हूँ कि किसी अंश में सम्पत्ति हमारी वास्तविक स्वाधीनता में बाधक होती है, किन्तु इसका उज्जवल पक्ष भी तो है—जीविका की चिंताओं से निवृत्ति और आदर तथा सम्मान का वह स्थान, जिस पर पहुँचने के लिए असाधारण त्याग और सेवा की ज़रूरत होती है, मगर जो यहाँ बिना किसी परिश्रम से आप-ही-आप मिल जाता है। मैं केवल तुमसे केवल इतना चाहता हूँ कि तुम इस संस्था से प्रत्यक्ष रूप से कोई संबंध न रखो, यों अप्रत्यक्ष रूप से उसकी जितनी सहायता करना चाहो, कर सकते हो। बस, अपने को कानून के पंजे से बचाये रहो।

विनय—अर्थात् कोई समाचार-पत्र भी पढ़ूँ, तो छिपकर, किवाड़ बंद करके कि किसी को कानों-कान खबर न हो। जिस काम के लिए परदे की जरूरत है, चाहे उसका उद्देश्य कितना ही पवित्र क्यों न हो, वह अपमानजनक है। अधिक स्पष्ट शब्दों में मैं उसे चोरी कहने में भी कोई आपत्ति नहीं देखता। यह संशय और शंका से पूर्ण जीवन मनुष्य के सर्वोत्कृष्ट गुणों का ह्रास कर देता है। मैं वचन और कर्म में इतनी स्वाधीनता अनिवार्य समझता हूँ, जो हमारे आत्मसम्मान की रक्षा करे। इस विचार में मैं अपने विचार इससे स्पष्ट शब्दों में व्यक्त नहीं कर सकता।

कुँवर साहब ने विनय को जलपूर्ण नेत्रों से देखा। उनमें कितनी उद्विग्नता भरी हुई थी! तब बोले—मेरी खातिर से इतना मान जाओ।

विनय—आपके चरणों पर अपने को न्योछावर कर सकता हूँ, पर अपनी आत्मा की स्वाधीनता की हत्या नहीं कर सकता।

विनय यह कहकर जाना ही चाहते थे कि कुँवर साहब ने पूछा—तुम्हारे पास रुपये तो बिल्कुल न होंगे?

विनय—मुझे रुपये की फ़िक्र नहीं।

कुँवर—मेरी खातिर से-यह लेते जाओ।

उन्होंने नोटों का पुलिंदा विनय की तरफ़ बढ़ा दिया। विनय इनकार न कर सके। कुँवर साहब पर उन्हें दया आ रही थी। अब वह नोट लेकर कमरे से चले गए, तो कुँवर साहब क्षोम और निराशा से व्यथित होकर कुर्सी पर गिर पड़े। संसार उनकी दृष्टि में अँधेरा हो गया।

विनय के आत्मसम्मान ने उन्हें रियासत का त्याग करने पर उद्यत तो कर दिया पर उनके सम्मुख अब एक नई समस्या उपस्थित हो गई। वह जीविका की चिन्ता थी। संस्था के विषय में तो विशेष चिन्ता न थी, उसका भार देश पर था, और किसी जातीय कार्य के लिए भिक्षा माँगना लज्जा की बात नहीं। उन्हें इसका विश्वास हो गया था कि प्रयत्न किया जाए, तो इस काम के लिए स्थायी कोष जमा किया जा सकता है, किन्तु जीविका के लिए क्या हो? कठिनाई यह थी कि जीविका उनके लिए दैनिक आवश्यकताओं की पूर्ति न थी, कुल-परम्परा की रक्षा भी उसमें शामिल थी। अब तक इस प्रश्न की गुरुता का उन्होंने अनुमान न किया था। मन में किसी इच्छा के उत्पन्न होने की देर

रहती थी। अब जो आँखों के सामने यह प्रश्न अपना विशद् रूप धारण करके आया, तो वह घबरा उठे। संभव था कि अब भी कुछ काल तक माता-पिता का वात्सल्य उन्हें इस चिंता से मुक्त रखता, किन्तु इस क्षणिक आधार पर जीवन-भवन का निर्माण तो नहीं किया जा सकता। फिर उनका आत्मगौरव यह कब स्वीकार कर सकता था कि अपनी सिद्धांत-प्रियता और आदर्श-भक्ति का प्रायश्चित्त माता-पिता से कराएँ? कुछ नहीं, यह निर्लज्जता है, निरी कायरता। मुझे कोई अधिकार नहीं कि अपने जीवन का भार माता-पिता पर रखूँ। उन्होंने इस मुलाकात की चर्चा माता से भी न की, मन-ही-मन डूबने-उतराने लगे। और, फिर अब अपनी ही चिन्ता न थी, सोफ़िया भी उनके जीवन का अंश बन चुकी थी। इसलिए यह चिन्ता और भी दाहक थी। माना कि सोफ़ी मेरे साथ जीवन की बड़ी-से-बड़ी कठिनाई सहन कर लेगी, लेकिन क्या यह उचित है कि उसे प्रेम का यह कठोर दंड दिया जाये? उसके प्रेम को इतनी कठिन परीक्षा में डाला जाये? वह दिन-भर इन्हीं चिंताओं में मग्न रहे। यह विषय उन्हें असाध्य-सा प्रतीत होता था। उनकी शिक्षा में जीविका के प्रश्न पर लेशमात्र भी ध्यान न दिया गया था। अभी थोड़े ही दिन पहले उनके लिए इस प्रश्न का अस्तित्व ही न था। वह स्वयं कठिनाइयों के अभ्यस्त थे। विचार किया था कि जीवन-पर्यन्त सेवा-व्रत का पालन करूँगा। किन्तु सोफ़िया के कारण उनके सोचे हुए जीवन-क्रम में कायापलट हो गई थी। जिन वस्तुओं का पहले उनकी दृष्टि में कोई मूल्य न था, वे अब परमाश्यक जान पड़ती थीं। प्रेम को विलास-कल्पना ही से विशेष रुचि होती है। वह दुख और दरिद्रता के स्पप्न नहीं देखता। विनय सोफ़िया को एक रानी की भाँति रखना चाहते थे, उसे जीवन की उन समस्त सुख-सामग्रियों से परिपूरित कर देना चाहते थे, जो विलास ने आविष्कृत की हैं, पर परिस्थितियाँ ऐसा रूप धारण करती थीं, जिनसे वे उच्चाकांक्षाएँ मटियामेट हुई जाती थीं। चारों ओर विपत्ति और दरिद्रता का ही कंटकमय विस्तार दिखायी पड़ रहा था। इस मानसिक उद्वेग की दशा में वह कभी सोफ़ी के पास आते, कभी अपने कमरे में जाते, कुछ गुमसुम, उदास, मलिनमुख, निष्प्रभ, उत्साहहीन, मानो कोई बड़ी मंजिल मारकर लौटे हों। पाँड़ेपुर से बड़ी भयप्रद सूचनाएँ आ रही थीं, आज कमिश्नर आ गया, आज गोरखों का रेजिमेंट आ पहुँचा, आज गोरखों ने मकानों को गिराना

शुरू किया, और लोगों के रोकने पर उन्हें पीटा, आज पुलिस ने सेवकों को गिरफ्तार करना शुरू किया, दस सेवक पकड़ लिए गए, आज बीस पकड़े गए, आज हुक्म दिया गया है कि सड़क से सूरदास की झोंपड़ी तक काँटेदार तार लगा दिया जाये, कोई वहाँ जा ही नहीं सकता। विनय ये खबरें सुनते थे और किसी पंखहीन पक्षी की भाँति एक बार तड़पकर रह जाते थे।

इस भाँति एक सप्ताह बीत गया और सोफ़ी का स्वास्थ्य सुधरने लगा। उसके पैरों में इतनी शक्ति आ गई कि पाँव-पाँव बगीचे में टहलने चली जाती, भोजन में रुचि हो गई, मुखमंडल पर आरोग्य की कांति झलकने लगी। विनय की भक्तिपूर्ण सेवा ने उस पर सम्पूर्ण विजय प्राप्त कर ली थी। वे शंकाएँ, जो उसके मन में पहले उठती रहती थीं, शांत हो गई थीं। प्रेम के बंधन को सेवा ने और भी सुदृढ़ कर दिया था। इस कृतज्ञता को वह शब्दों से नहीं, आत्मसमर्पण से प्रकट करना चाहती थीं। विनयसिंह को दुःखी देखकर कहती, तुम मेरे लिए इतने चिंतित क्यों होते हो? मैं तुम्हारे ऐश्वर्य और संपत्ति की भूखी नहीं हूँ, जो मुझे तुम्हारी सेवा करने का अवसर न देगी, जो तुम्हें भावहीन बना देगी। इससे मुझे तुम्हारा गरीब रहना ज्यादा पसंद है। ज्यों-ज्यों उसकी तबियत संभलने लगी, उसे यह खयाल आने लगा कि कहीं लोग मुझे बदनाम न करते हों कि इसी कारण विनय पाँड़ेपुर नहीं जाते, इस संग्राम में वह भाग नहीं लेते, जो उनका कर्त्तव्य है, आग लगाकर दूर खड़े तमाशा देख रहे हैं। लेकिन यह खयाल आने पर भी उसकी इच्छा न होती थी कि विनय वहाँ जाएँ।

एक दिन इंदु उसे देखने आयी। बहुत खिन्न और विरक्त हो रही थी। उसे अब अपने पति से इतनी अश्रद्धा हो गई थी कि इधर हफ्तों से उसने उनसे बात तक न की थी, यहाँ तक कि वह खुले-खुले उनकी निंदा करने से भी न हिचकती थी। वह भी उससे न बोलते थे। बातों-बातों में विनय से बोली—उन्हें तो हाकिमों की खुशामद ने चौपट किया, पिताजी को सम्पत्ति-प्रेम ने चौपट किया, क्या तुम्हें भी मोह चौपट कर देगा? क्यों सोफ़ी, तुम इन्हें एक क्षण के लिए भी क़ैद से मुक्त नहीं करती? अगर अभी से इनका यह हाल है, तो विवाह हो जाने पर क्या होगा! तब तो यह कदाचित् दीन-दुनिया कहीं के भी न होंगे, भौंरे की भाँति तुम्हारा प्रेम-रस पान करने में उन्मत्त रहेंगे।

सोफ़िया बड़ी लज्जित हुई, कुछ जवाब न दे सकी। उसकी यह शंका सत्य निकली कि विनय की उदासीनता का कारण मैं ही समझी जा रही हूँ। लेकिन कहीं ऐसा तो नहीं है कि विनय अपनी संपत्ति की रक्षा के विचार से बीमारी का बहाना लेकर इस संग्राम से पृथक रहना चाहते हों? यह कुत्सित् भाव बलात् उसके मन में उत्पन्न हुआ। वह इसे हृदय से निकाल देना चाहती थी, जैसे हम किसी घृणित वस्तु की ओर से मुँह फेर लेते हैं। लेकिन इस आक्षेप को अपने सिर से दूर करना आवश्यक था। झेंपते हुए बोली—मैंने तो कभी मना नहीं किया।

इंदु—मना करने के कई ढंग हैं।

सोफ़िया—अच्छा, तो मैं आपके सामने कह रही हूँ कि मुझे इनके वहाँ जाने में कोई आपत्ति नहीं है, बल्कि इसे मैं अपने और इनके, दोनों ही के लिए गौरव की बात समझती हूँ। अब मैं ईश्वर की दया और इनकी कृपा से अच्छी हो गई हूँ, और इन्हें विश्वास दिलाती हूँ कि इनके जाने से मुझे कोई कष्ट न होगा। मैं स्वयं दो-चार दिन में जाऊँगी।

इंदु ने विनय की ओर सहास नेत्रों से देखकर कहा—लो, अब तो तुम्हें कोई बाधा नहीं रही? तुम्हारे वहाँ रहने से सब काम सुचारु रूप से होगा, और सम्भव है कि शीघ्र ही अधिकारियों को समझौता कर लेना पड़े। मैं नहीं चाहती कि उसका श्रेय किसी दूसरे आदमी के हाथ लगे।

लेकिन जब इस अंकुश का भी विनय पर कोई असर न हुआ, तो सोफ़िया को विश्वास हो गया कि इस उदासीनता का कारण संपत्ति-लालसा चाहे हो, लेकिन प्रेम नहीं है। जब इन्हें मालूम है कि इनके पृथक रहने से मेरी निन्दा हो रही है, तो जान-बूझकर क्यों मेरा उपहास करा रहे हैं? यह तो ऊँघते को ठेलने का बहाना हो गया। रोने को थे ही, आँखों में किरकिरी पड़ गई। मैं उनके पैर थोड़े ही पकड़े हुए हूँ। वह तो अब पाँड़ेपुर का नाम तक नहीं लेते, मानो वहाँ कुछ हो ही नहीं रहा है। उसने स्पष्ट नहीं, लेकिन सांकेतिक रीति से विनय को वहाँ जाने की प्रेरणा भी की, लेकिन वह फिर टाल गए। वास्तव में बात यह थी कि इतने दिनों तक उदासीन रहने के पश्चात् विनय अब वहाँ जाते हुए झेंपते थे, डरते थे कि कहीं मुझ पर लोग तालियाँ न बजायें कि डर के मारे छिपे बैठे रहे। क्यों अपनी व्यक्तिगत चिंताओं को अपने कर्त्तव्य-मार्ग का काँटा बनने दिया? सोफ़ी की अनुमति लेकर मैं जा सकता था, वह कभी

मुझे मना न करती। सोफ़ी में एक बड़ा ऐब यह है कि मैं उसके हित के लिए भी जो काम करता हूँ, उसे भी वह निर्दय आलोचक की दृष्टि से ही देखती है। खुद चाहे प्रेम के वश कर्त्तव्य की तृण-बराबर भी परवाह न करे, पर मैं आदर्श से जौ-भर नहीं टल सकता। अब उन्हें ज्ञात हुआ कि यह मेरी दुर्बलता, मेरी भीरुता और मेरी अकर्मण्यता थी जिसने सोफ़िया की बीमारी को मेरे मुँह छिपाने का बहाना बना दिया, वरना मेरा स्थान तो सिपाहियों की प्रथम श्रेणी में था। वह चाहते थे कि कोई ऐसी बात पैदा हो जाये कि मैं इस झेंप को मिटा सकूँ—इस कालिख को धो सकूँ। कहीं दूसरे प्रांत से किसी भीषण दुर्घटना का समाचार आ जाए और वहाँ अपनी लाज रखूँ। सोफ़िया को अब उनका आठों पहर अपने समीप रहना अच्छा न लगता। हम बीमारी में जिस लकड़ी के सहारे डोलते हैं, निरोग हो जाने पर उसे छूते तक नहीं। माँ भी तो चाहती है कि बच्चा कुछ देर जाकर खेल आए। सोफ़ी का हृदय अब भी विनय को आँखों से परे न जाने देना चाहता था, उन्हें देखते ही उसका चेहरा फूल के समान खिल उठता था, नेत्रों में प्रेम-मद छा जाता था, पर विवेक-बुद्धि उसे तुरन्त अपने कर्त्तव्य की याद दिला देती थी। वह सोचती थी कि जब विनय मेरे पास आएं तो मैं निष्ठुर बन जाऊँ, बोलूँ ही नहीं, आप चले जायेंगे, लेकिन यह उसकी पवित्र कामना थी। वह इतनी निर्दय, इतनी स्नेह-शून्य न हो सकती थी। भय होता था, कहीं बुरा न मान जाएँ। कहीं यह न समझने लगें कि इसका चित्त चंचल है, यह स्वार्थपरायण है, बीमारी में तो स्नेह की मूर्ति बनी हुई थी, अब मुझसे बोलते भी जबान दुखती है। सोफ़ी! तेरा मन प्रेम में बसा हुआ है, बुद्धि यश और कीर्ति में। और इन दोनों में निरन्तर संघर्ष हो रहा है।

संग्राम को छिड़े हुए दो महीने हो गए। समस्या प्रतिदिन भीषण होती जाती थी, स्वयंसवकों की पकड़-धकड़ से संतुष्ट न होकर गोरखों ने अब उन्हें शारीरिक कष्ट देना शुरू कर दिया था, अपमान भी करते थे और अपने अमानुषिक कृत्यों से उनको भयभीत कर देना चाहते थे। पर अंधे पर बंदूक चलाने या झोंपड़े में आग लगाने की हिम्मत न पड़ती थी। क्रांति का भय न था, भीषण-से-भीषण विद्रोह भी उनको आशंकित न कर सकता था, भय था हत्याकांड का, न जाने कितने गरीब मर जाएँ, न जाने कितना हाहाकार मच जाए। पाषाण-हृदय भी एक बार रक्त प्रवाह में काँप उठता है।

सारे नगर में, गली-गली में, घर-घर यही चर्चा होती रहती थी। सहस्त्रों नगरवासी रोज वहां पहुंच जाते थे, केवल तमाशा देखने ही नहीं, बल्कि एक बार उस पर्ण-कुटी और उसके चक्षुहीन निवासी का दर्शन करते के लिए और अवसर पड़ने पर अपने से जो कुछ हो सके, कर दिखाने के लिए। सेवकों की गिरफ्तारी से उनकी उत्सुकता और भी बढ़ गई थी। आत्मसमर्पण की हवा-सी चल पड़ी थी।

तीसरा पहर था। एक आदमी डौंडी पीटता हुआ निकला। विनय ने नौकर को भेजा कि क्या बात है। उसने लौटकर कहा, सरकार का हुक्म हुआ कि आज से शहर का कोई आदमी पाँड़ेपुर न जाये, सरकार उसकी प्राण-रक्षा की ज़िम्मेदार न होगी।

विनय ने सचिन्त भाव से कहा—आज कोई नया आघात होने वाला है।

सोफ़िया—मालूम तो ऐसा ही होता है।

विनय—शायद सरकार ने इस संग्राम का अंत करने का निश्चय कर लिया है।

सोफ़िया—ऐसा ही जान पड़ता है।

विनय—भीषण रक्त-पात होगा!

सोफ़िया—अवश्य होगा।

सहसा एक वालंटियर ने आकर विनय को नमस्कार किया और बोला—आज उधर का रास्ता बंद कर दिया गया है। मि. क्लार्क राजपूताना से जिलाधीश की जगह आ गए हैं। मि. सेनापति मुअत्तल कर दिये गए हैं।

विनय—अच्छा! मि. क्लार्क आ गए! कब आये?

सेवक—आज ही चार्ज लिया है। सुना जाता है, उन्हें सरकार ने इसी कार्य के लिए विशेष रीति से यहाँ नियुक्त किया है।

विनय—तुम्हारे कितने आदमी वहाँ होंगे?

सेवक—कोई पचास होंगे।

विनय कुछ सोचने लगे। सेवक ने कई मिनट बाद पूछा—आप कोई विशेष आज्ञा देना चाहते हैं?

विनय ने ज़मीन की तरफ़ ताकते हुए कहा—बरबस आग में मत कूदना; और यथासाध्य जनता को उस सड़क पर जाने से रोकना।

सेवक—आप भी आयेंगे?

विनय ने कुछ खिन्न होकर कहा—देखा जायेगा।

सेवक के चले जाने के पश्चात् विनय कुछ देर तक शोक-मग्न रहे। समस्या थी, जाऊँ या न जाऊँ? दोनों पक्षों में तर्क-वितर्क होने लगा—मैं जाकर क्या कर लूँगा? अधिकारियों की जो इच्छा होगी, वह तो अवश्य ही करेंगे। अब समझौते की कोई आशा नहीं। लेकिन यह कितना अपमानजनक है कि नगर के लोग तो वहाँ जाने के लिए उत्सुक हों, और मैं, जिसने यह संग्राम छेड़ा, मुँह छिपाकर बैठा रहूँ। इस अवसर पर मेरा तटस्थ रहना मुझे जीवन-पर्यंत के लिए कलंकित कर देगा, मेरी दशा महेन्द्रकुमार से भी गई-बीती हो जायेगी। लोग समझेंगे, कायर है। एक प्रकार से मेरे सार्वजनिक जीवन का अंत हो जाएगा।

लेकिन बहुत संभव है, आज भी गोलियाँ चलें। अवश्य चलेंगी। कौन कह सकता है, क्या होगा? सोफ़िया किसकी होकर रहेगी। आह! मैंने व्यर्थ जनता में यह भाव जगाया। अंधे का झोंपड़ा गिर गया होता और सारी कथा समाप्त हो जाती। मैंने ही सत्याग्रह का झंडा खड़ा किया, नाग को जगाया, सिंह के मुँह में उँगली डाली।

उन्होंने अपने मन का तिरस्कार करते हुए सोचा—आज मैं इतना कायर क्यों हो गया हूँ? मौत से क्या डरता हूँ? मरना तो एक दिन है ही। क्या मेरे मरने से देश सूना हो जायेगा? क्या मैं ही कर्णधार हूँ? क्या कोई दूसरी वीर-प्रसू माता देश में है ही नहीं?

सोफ़िया कुछ देर तक टकटकी लगाए उनके मुँह की ओर ताकती रही। अकस्मात् वह उठ खड़ी हुई और बोली—मैं वहाँ जाती हूँ।

विनय ने भयातुर होकर कहा—आज वहाँ जाना दुस्साहस है। सुना नहीं, सारे नाके बंद कर दिये गए हैं?

सोफ़िया—स्त्रियों को कोई न रोकेगा।

विनय ने सोफ़िया का हाथ पकड़ लिया और अत्यंत प्रेम-विनीत भाव से कहा—प्रिये, मेरा कहना मानो, आज मत जाओ। कोई अनिष्ट होने वाला है।

सोफ़िया—इसीलिए तो मैं जाना चाहती हूँ। औरों के लिए भय बाधक हो, तो मेरे लिए भी क्यों हो?

विनय—क्लार्क का आना बुरा हुआ।

सोफ़िया—इसलिए मैं और जाना चाहती हूँ। मुझे विश्वास है कि मेरे सामने क्लार्क कोई पैशाचिक आचरण न कर सकेगा। इतनी सज्जनता अभी उसमें है।

यह कहकर सोफ़िया अपने कमरे में गई और अपना पुराना पिस्तौल सलूके की जेब में रखा। गाड़ी तैयार करने को पहले ही कह दिया था। वह बाहर निकली, तो गाड़ी तैयार खड़ी थी। जाकर विनयसिंह के कमरे में झाँका, वह वहाँ न थे। तब वह द्वार पर कुछ देर तक खड़ी रही, एक अज्ञात शंका ने, किसी अमंगल के पूर्वाभास ने उसके हृदय को आंदोलित कर दिया। वह अपने कमरे में लौट जाना चाहती थी कि कुँवर साहब आते हुए दिखायी दिये। सोफ़ी डरी कि यह कुछ पूछ न बैठें, तुरंत गाड़ी में आ बैठी और कोचवान को तेज़ चलने का हुक्म दिया। लेकिन जब गाड़ी कुछ दूर निकल गई, तो वह सोचने लगी कि विनय कहाँ चले गए? कहीं ऐसा तो नहीं हुआ कि वह मुझे जाने पर तत्पर देखकर मुझसे पहले ही चल दिये हों? उसे मनस्ताप होने लगा कि मैं नाहक यहाँ आने को तैयार हुई। विनय की आने की इच्छा न थी। वह मेरे ही आग्रह से आये हैं। ईश्वर! तुम उनकी रक्षा करना। क्लार्क उनसे जला हुआ है ही, कहीं उपद्रव न हो जाए? मैंने विनय को अकर्मण्य समझा। मेरी कितनी धृष्टता है। यह दूसरा अवसर है कि मैंने उन पर मिथ्या दोषारोपण किया। मैं शायद अब तक उन्हें नहीं समझी। वह वीर आत्मा हैं। यह मेरी क्षुद्रता है कि उनके विषय में अकसर मुझे भ्रम हो जाता है। अगर मैं उनके मार्ग का कंटक न बनी होती, तो उनका जीवन कितना निष्कलंक, कितना उज्जवल होता? मैं ही उनकी दुर्बलता हूँ, मैं ही उनको कलंक लगानेवाली हूँ! ईश्वर! करे, वह इधर न आये हों। उनका न आना ही अच्छा। यह कैसे मालूम हो कि यहाँ आये या नहीं! चलकर देख लूँ।

उसने कोचवान को और तेज चलने का हुक्म दिया।

उधर विनयसिंह दफ्तर में जाकर सेवक-संस्था के आय-व्यय का हिसाब लिख रहे थे। उनका चित्त बहुत उदास था। मुख पर नैराश्य छाया हुआ था। रह-रहकर अपने चारों ओर वेदनातुर दृष्टि से देखते और फिर हिसाब लिखने लगते थे। न जाने वहाँ से लौटकर आना हो या न हो, इसलिए हिसाब-किताब ठीक कर देना आवश्यक समझते थे। हिसाब पूरा करके उन्होंने प्रार्थना के भाव से ऊपर की ओर देखा; फिर बाहर निकले, बाइसिकल उठाई और तेज़ी से चले, इतने सतृष्ण नेत्रों से पीछे फिरकर भवन, उद्यान और विशाल वृक्षों को देखते जाते थे, मानो उन्हें फिर न देखेंगे, मानो यह उसका अंतिम दर्शन है। कुछ दूर आकर उन्होंने देखा, सोफ़िया चली जा रही है। अगर वह उससे

मिल जाते, कदाचित् सोफ़िया भी उनके साथ लौट पड़ती; पर उन्हें तो यह धुन सवार थी कि सोफ़िया के पहले वहाँ जा पहुँचूँ। मोड़ आते ही उन्होंने अपनी पैरगाड़ी को फेर दिया और दूसरा रास्ता पकड़ा। फल यह हुआ कि जब वह संग्राम-स्थल में पहुँचे, तो सोफ़िया अभी तक न आयी थी। विनय ने देखा, गिरे हुए मकानों की जगह सैकड़ों छोलदारियाँ खड़ी हैं और उनके चारों ओर गोरखे खड़े चक्कर लगा रहे हैं। किसी की गति नहीं है कि अन्दर प्रवेश कर सके। हज़ारों आदमी आस-पास खड़े हैं, मानो किसी विशाल अभिनय को देखने के लिए दर्शकगण वृत्ताकार खड़े हों। मध्य में सूरदास का झोंपड़ा रंगमंच के समान स्थिर था। सूरदास झोंपड़े के सामने लाठी लिए खड़ा था, मानो सूत्रधार नाटक का आरम्भ करने को खड़ा है। सब-के-सब सामने का दृश्य देखने में इतने तन्मय हो रहे थे कि विनय की ओर किसी का ध्यान आकृष्ट नहीं हुआ। सेवक दल के युवक झोंपड़े के सामने रातों रात ही पहुँच गये थे। विनय ने निश्चय किया कि मैं भी वहीं जाकर खड़ा हो जाऊँ।

एकाएक किसी ने पीछे से उनका हाथ पकड़कर खींचा। उन्होंने चौंककर देखा, तो सोफ़िया थी। उसके चेहरे का रंग उड़ा हुआ था। घबराई हुई आवाज़ से बोली—तुम क्यों आये?

विनय—तुम्हें अकेले क्योंकर छोड़ देता?

सोफ़िया—मुझे बड़ा भय लग रहा है। ये तोपें लगा दी गई हैं!

विनय ने तोपें न देखी थीं। वास्तव में तीन तोपें झोंपड़े की ओर मुँह किये हुए खड़ी थीं, मानों रंगभूमि में दैत्यों ने प्रवेश किया हो।

विनय—शायद आज इस सत्याग्रह का अंत कर देने का निश्चय हुआ है।

सोफ़िया—मैं यहाँ नाहक आयी। मुझे घर पहुँचा दो।

आज सोफ़िया को पहली बार प्रेम के दुर्बल पक्ष का अनुभव हुआ। विनय की रक्षा की चिन्ता में वह कभी इतनी भय-विकल न हुई थी। जानती थी कि विनय का कर्त्तव्य, उनका गौरव, उनका श्रेय यहीं रहने में है। लेकिन यह जानते हुए भी उन्हें यहाँ से हटा ले जाना चाहती थी। अपने विषय में कोई चिन्ता न थी। अपने को वह बिलकुल भूल गई थी।

विनय—हाँ, तुम्हारा यहाँ रहना जोखिम की बात है। मैंने पहले ही मना किया था, तुमने न माना। सोफ़िया विनय का हाथ पकड़कर गाड़ी पर बैठा

देना चाहती थी कि सहसा इंदुरानी की मोटर आ गई। मोटर में उतरकर वह सोफ़िया के पास आई, बोली—क्यों सोफ़ी, जाती हो क्या?

सोफ़िया ने बात बनाकर कहा—नहीं, जाती नही हूँ, जरा पीछे हट जाना चाहती हूँ।

सोफ़िया को इंदु का आना कभी इतना नागवार नहीं मालूम हुआ था। विनय को भी बुरा मालूम हुआ। बोले—तुम क्यों आयीं?

इंदु—इसलिए कि तुम्हारे भाई साहब ने आज पत्र द्वारा मुझे मना कर दिया था।

विनय—आज की स्थिति बहुत नाजुक है। हम लोगों के धैर्य और साहस की आज कठिनतम परीक्षा होगी।

इंदु—तुम्हारे भाई साहब ने भी उस पत्र में यही बात लिखी थी।

विनय—क्लार्क को देखो, कितनी निर्दयता से लोगों को हंटर मार रहा है। किन्तु कोई हटने का नाम भी नहीं लेता। जनता का संयम और धैर्य अब अंतिम बिन्दु तक पहुँच गया है। कोई नहीं कह सकता कि कब क्या हो जाये।

साधारण जनता इतनी स्थिर-चित्त और दृढ़-व्रत हो सकती है, इसका आज विनय को अनुभव हुआ। प्रत्येक व्यक्ति प्राण हथेली पर लिये हुए मालूम होता था। इतने में नायकराम किसी ओर से आ गए और विनय को देखकर विस्मय से पूछा—आज तुम इधर कैसे भूल पड़े भैया?

इस प्रश्न में कितना व्यंग्य, कितना तिरस्कार, कितना उपहास था! विनय ऐंठकर रह गए। बात टालकर बोले—क्लार्क बड़ा निर्दयी है!

नायकराम ने अँगोछा उठाकर अपनी पीठ विनय को दिखायी। गर्दन से कमर तक एक नीली, रक्तमय रेखा खिंची हुई थी, मानो किसी नोकदार कील से खुरच लिया गया हो। विनय ने पूछा—यह घाव कैसे लगा?

नायकराम—अभी यह हंटर खाए चला आता हूँ। आज जीता बचा, तो समझूँगा। क्रोध तो ऐसा आया कि टाँग फाड़कर नीचे घसीट लूँ लेकिन डरा कि कहीं गोली न चल जाए, तो नाहक सब आदमी भुन जाएँ। तुमने तो इधर आना ही छोड़ दिया। औरत का माया-जाल बड़ा कठिन है!

सोफ़िया ने इस कथन का अंतिम वाक्य सुन लिया। बोली—ईश्वर को धन्यवाद दो कि तुम इस जाल में नहीं फँसे।

सोफ़िया की चुटकी ने नायकराम को गुदगुदा दिया। सारा क्रोध शांत हो गया। बोले—भैया, मिस साहब को जवाब दो। मुझे मालूम तो है, लेकिन कहते नहीं बनता।

विनय—क्यों, तुम्हीं ने तो निश्चय किया था कि अब स्त्रियों के नगीच न जाऊँगा, ये बड़ी बेवफा होती हैं। उसी दिन की बात है, जब मैं सोफ़ी की लताड़ सुनकर उदयपुर जा रहा था।

नायकराम—(लज्जित होकर) वाह भैया, तुमने तो मेरे ही सिर झोंक दिया!

विनय—और क्या कहूँ! सच कहने में क्या संकोच? खुश हों, तो मुसीबत; नाराज़ हों, तो मुसीबत।

नायकराम—बस भैया, मेरे मन की बात कही। ठीक यही बात है। हर तरह मरदों ही पर मार। राजी हों, तो मुसीबत, नाराज हों, तो उससे भी बड़ी मुसीबत!

सोफ़िया—जब औरतें इतनी विपत्ति हैं, तो पुरुष क्यों उसे अपने सिर मढ़ते हैं? क्या दुनिया के सभी पुरुष मूर्ख हैं, किसी को बुद्धि नहीं छू गई?

नायकराम—भैया, मिस साहब ने मेरे सामने पत्थर लुढ़का दिया। बात तो सच्ची है कि जब औरत इतनी बड़ी बिपत है, तो लोग क्यों उसके पीछे हैरान रहते हैं? एक की दुर्दशा देखकर दूसरा क्यों नहीं सीखता? बोलो भैया, है कुछ जवाब?

विनय—जवाब क्यों नहीं है, एक तो तुम्हीं ने मेरी दुर्दशा से सीख लिया। तुम्हारी भाँति और भी कितने ही पड़े होंगे।

नायकराम—(हँसकर) भैया, तुमने फिर मेरे ही सिर डाल दिया। यह तो कुछ ठीक जवाब न बन पड़ा।

विनय—ठीक वही है, जो तुमने आते-ही-आते कहा था कि औरत का माया-जाल बड़ा कठिन है।

मनुष्य स्वभावतः विनोदशील है। ऐसी विडम्बना में भी उसे हँसी सूझती है, फाँसी पर चढ़नेवाले मनुष्य भी हँसते देखे गए हैं। यहाँ ये ही बातें हो रही थीं कि मि. क्लार्क घोड़ा उछालते, आदमियों को हटाते, कुचलते आ पहुँचे। सोफ़ी पर निगाह पड़ी। तीर-सा लगा। टोपी उठाकर बोले—यह वही नाटक है, या कोई दूसरा शुरू कर दिया।

नश्तर से भी तीव्र, पत्थर से भी कठोर, निर्दय वाक्य था। मि. क्लार्क ने अपने मनोगत नैराश्य, दुःख, अविश्वास और क्रोध को इन चार शब्दों में कूट-कूटकर भर दिया था।

सोफ़ी ने तत्क्षण उत्तर दिया—नहीं, बिल्कुल नया। तब जो मित्र थे, वे अब शत्रु हैं।

क्लार्क व्यंग्य समझकर तिलमिला उठे। बोले—यह तुम्हारा अन्याय है। मैं अपनी नीति से जौ-भर नहीं हटा।

सोफ़ी—किसी को एक बार शरण देना और दूसरी बार उसी पर तलवार उठाना, क्या एक ही बात है? जिस अंधे के लिए कल तुमने यहाँ के रईसों का विरोध किया था, बदनाम हुए थे, दंड भोगा था, उसी अंधे की गरदन पर तलवार चलाने के लिए आज राजपूताने से दौड़े आये हो। क्या दोनों एक ही बात हैं?

क्लार्क—हाँ मिस सेवक, दोनों एक ही बात हैं। हम यहाँ शासन करने के लिए आते हैं, अपने मनोभावों और व्यक्तिगत विचारों का पालन करने के लिए नहीं। जहाज से उतरते ही हम अपने व्यक्तित्व को मिटा देते हैं। हमारा न्याय हमारी सहृदयता, हमारी सद्इच्छा, सबका एक ही अभीष्ट है। हमारा प्रथम और अंतिम उद्देश्य शासन करना है।

मि. क्लार्क का लक्ष्य सोफ़ी की ओर इतना नहीं, जितना विनय की ओर था। वह विनय को अलक्षित रूप से धमका रहे थे। खुले हुए शब्दों में उनका आशय यही था कि हम किसी के मित्र नहीं हैं, हम यहाँ राज्य करने आए हैं, और जो हमारे कार्य में बाधक होगा, उसे हम उखाड़ फेंकेंगे।

सोफ़ी ने कहा—अन्यायपूर्ण शासन, शासन नहीं युद्ध है।

क्लार्क—तुमने फावड़े को फावड़ा कह दिया। हममें इतनी सज्जनता है। अच्छा, मैं तुमसे फिर मिलूँगा।

यह कहकर उन्होंने घोड़े को एड़ लगाई। सोफ़िया ने उच्च स्वर में कहा—नहीं, कदापि न आना; मैं तुमसे नहीं मिलना चाहती।

आकाश मेघ-मंडित हो रहा था। संध्या से पहले संध्या हो गई थी। मि. क्लार्क अभी गए ही थे कि मि. जॉन सेवक की मोटर आ पहुँची। वह ज्यों ही मोटर से उतरे कि सैकड़ों आदमी उनकी तरफ़ लपके। जनता शासकों से दबती है, उनकी शक्ति का ज्ञान उन पर अंकुश जमाता रहता है। जहाँ उस शक्ति का

भय नहीं होता, वहीं वह आपे से बाहर हो जाती है। मि. सेवक शासकों के कृपापात्र होने पर भी शासक नहीं थे। जान लेकर गोरखों के कैम्प की तरफ़ भागे, सिर पर पाँव रखकर दौड़े, लेकिन ठोकर खायी, गिर पड़े। मि. क्लार्क ने घोड़े पर से उन्हें दौड़ते देखा था। उन्हें गिरते देखा, तो समझे, जनता ने उन पर आघात कर दिया। तुरंत गोरखों का एक दल उनकी रक्षा के निमित्त भेजा। जनता ने भी उग्र रूप धारण किया—चूहे बिल्ली से लड़ने के लिए तैयार हुए। सूरदास अभी तक चुपचाप खड़ा था। यह हलचल सुनी, तो भयभीत होकर भैरों से बोला, जो एक क्षण के लिए उसे न छोड़ता था—भैया, तुम मुझे ज़रा अपने कंधे पर बैठा लो, एक बार और लोगों को समझा देखूँ। क्यों लोग यहाँ से हट नहीं जाते? सैकड़ों बार कह चुका, कोई सुनता ही नहीं। कहीं गोली चल गई, तो आज उस दिन से भी अधिक खून-खच्चर हो जाएगा।

भैरों ने सूरदास को कंधे पर बैठा लिया। इस जन-समूह में उसका सिर बालिश्त भर ऊँचा हो गया। लोग इधर-उधर से उसकी बातें सुनने दौड़े। वीर-पूजा जनता का स्वाभाविक गुण है। ऐसा ज्ञात होता था कि कोई चक्षुहीन यूनानी देवता अपने उपासकों के बीच खड़ा है।

सूरदास ने अनी तेजहीन आँखों से जन-समूह को देखकर कहा—भाइयों, आप लोग अपने-अपने घर जायें। आपसे हाथ जोड़कर कहता हूँ, घर चले जायें। यहाँ जमा होकर हाकिमों को चिढ़ाने से क्या फ़ायदा? मेरी मौत आवेगी, तो आप लोग खड़े रहेंगे, और मैं मर जाऊँगा। मौत न आवेगी, तो मैं तोपों के मुँह से बचकर निकल आऊँगा। आप लोग वास्तव में मेरी सहायता करने नहीं आये, मुझसे दुसमनी करने आए हैं। हाकिमों के मन में, फौज के मन में, पुलिस के मन में जो दया और धरम का खयाल आता, उसे आप लोगों ने जमा होकर क्रोध बना दिया हैं। मैं हाकिमों को दिखा देता कि एक दीन, अंधा आदमी एक फौज को कैसे पीछे हटा देता है, तोप का मुँह कैसे बंद कर देता है, तलवार की धार कैसे मोड़ देता है। मैं धरम के बल से लड़ना चाहता था...।

इसके आगे वह और कुछ न कह सका। मि. क्लार्क ने उसे खड़े होकर कुछ बोलते सुना, तो समझे, अंधा जनता में उपद्रव मचाने के लिए प्रेरित कर रहा है। उनकी धारणा थी कि जब तक यह आत्मा जीवित रहेगी, अंगों की गति बन्द न होगी। इसलिए आत्मा ही का नाश कर देना आवश्यक है। उद्गम

को बन्द कर दो, जल-प्रवाह बन्द हो जाएगा। वह इसी ताक में लगे हुए थे कि इस विचार को कैसे कार्य-रूप में परिणत करें, किन्तु सूरदास के चारों तरफ नित्य आदमियों का जमघट रहता था, क्लार्क को इच्छित अवसर न मिलता था। अब जो उसके सिर को ऊपर उठा देखा, तो उन्हें वह अवसर मिल गया—वह स्वर्णावसर था, जिसके प्राप्त होने पर ही इस संग्राम का अंत हो सकता था। इसके पश्चात् जो कुछ होगा, उसे वह जानते थे। जनता उत्तेजित होकर पत्थरों की वर्षा करेगी, घरों में आग लगायेगी, सरकारी दफ्तरों को लूटेगी। इन उपद्रवों को शांत करने के लिए उनके पास पर्याप्त शक्ति थी। मूल-मंत्र अंधे को समरस्थल को हटा देना था—यही जीवन का केन्द्र है, यही गति-संचालक सूत्र है। उन्होंने जेब से पिस्तौल निकाली और सूरदास पर चला दिया। निशाना अचूक पड़ा। बाण ने लक्ष्य को बेध दिया। गोली सूरदास के कंधे में लगी, सिर लटक गया, रक्त-प्रवाह होने लगा। भैरों उसे सँभाल न सका, वह भूमि पर गिर पड़ा।

सोफ़िया ने मि. क्लार्क को जेब से पिस्तौल निकालते और सूरदास को लक्ष्य करते देखा था। उसको ज़मीन पर गिरते देखकर समझी, घातक ने अपना अभीष्ट पूरा कर लिया। फ़िटन पर खड़ी थी, नीचे कूद पड़ी और हत्याक्षेत्र की ओर चली, जैसे कोई माता अपने बालक को किसी आनेवाली गाड़ी की झपेट में देखकर दौड़े। विनय उसके पीछे-पीछे उसे रोकने के लिए दौड़े, वह कहते जाते थे—सोफ़ी! ईश्वर के लिए वहाँ न जाओ, मुझ पर इतनी दया करो। देखो, गोरखे बंदूकें सँभाल रहे हैं। हाय! तुम नहीं मानतीं। यह कहकर उन्होंने सोफ़ी का हाथ पकड़ लिया और अपनी ओर खींचा। लेकिन सोफ़ी ने एक झटका देकर अपना हाथ छुड़ा लिया और फिर दौड़ी। उसे इस समय कुछ न सूझता था, न गोलियों का भय था, न संगीनों का। लोग उसे दौड़ते देखकर आप-ही-आप रास्ते से हटते जाते थे। गोरखों की दीवार सामने खड़ी थी, पर सोफ़ी को देखकर वे भी हट गए। मि. क्लार्क ने पहले ही बड़ी ताकीद कर दी थी कि कोई सैनिक रमणियों से छेड़छाड़ न करे। विनय इस दीवार को न चीर सके। तरल वस्तु छिद्र के रास्ते निकल गई, ठोस वस्तु न निकल सकी।

सोफ़ी ने जाकर देखा तो सूरदास के कंधे से रक्त प्रवाहित हो रहा था, अंग शिथिल पड़ गए थे, मुख विवर्ण हो रहा था, पर आँखें खुली हुई थीं और उनमें से पूर्ण शांति, संतोष और धैर्य की ज्योति निकल रही थी; क्षमा थी,

क्रोध का नाम न था। सोफ़ी ने तुरंत रूमाल निकालकर रक्त-प्रवाह को बंद किया और कंपित स्वर में बोलीं—इन्हें अस्पताल भेजना चाहिए। अभी प्राण है; संभव है, बच जायें। भैरों ने उसे गोद में उठा लिया। सोफ़िया उसे अपनी गाड़ी तक लायी, उस पर सूरदास को लिटा दिया, आप गाड़ी पर बैठ गई और कोचवान को शफाखाने चलने का हुक्म दिया।

जनता नैराश्य और क्रोध से उन्मत्त हो गई। हम भी यहीं मर मिटेंगे। किसी को इतना होश न रहा कि यों मर मिटने से अपने सिवा किसी दूसरे की क्या हानि होगी। बालक मचलता है, तो जानता है कि माता मेरी रक्षा करेगी। यहाँ कौन माता थी, जो इन मचलने वालों की रक्षा करती। लेकिन क्रोध में विचार-पट बंद हो जाता है। जनसमुदाय का वह अपार सागर उमड़ता हुआ गोरखों की ओर चला। सेवक-दल के युवक घबराए हुए इधर-उधर दौड़ते-फिरते थे; लेकिन उनके समझाने का किसी पर असर न होता था। लोग दौड़-दौड़कर ईंट और कंकड-पत्थर जमा कर रहे थे। खण्डहरों में मलवे की क्या कमी। देखते-देखते जगह-जगह पत्थरों के ढेर लग गए।

विनय ने देखा, अब अनर्थ हुआ चाहता है। आन-की-आन में सैकड़ों जानों पर बन आयेगी, तुरंत एक गिरी हुई दीवार पर चढ़कर बोले—मित्रों, यह क्रोध का अवसर नहीं है, प्रतिकार का अवसर नहीं है, सत्य की विजय पर आनंद और उत्सव मनाने का अवसर है।

एक आदमी बोला—अरे! यह तो कुँवर विनयसिंह हैं।

दूसरा—वास्तव में आनंद मनाने का अवसर है; उत्सव मनाइए, विवाह मुबारक!

तीसरा—जब मैदान साफ हो गया, तो आप मुरदों की लाश पर आँसू बहाने के लिए पधारे हैं! जाइए, शयनागार में रंग उड़ाइए। यह कष्ट क्यों उठाते हैं?

विनय—हाँ, यह उत्सव मनाने का अवसर है कि अब भी हमारी पतित, दलित, पीड़ित जाति में इतना विलक्षण आत्मबल है कि एक निस्सहाय, अपंग, नेत्रहीन भिखारी शक्ति-संपन्न अधिकारियों का इतनी वीरता से सामना कर सकता है।

एक आदमी ने व्यंग्य-भाव से कहा—एक बेकस अंधा जो कुछ कर सकता है, वह राजे-राईस नहीं कर सकते।

दूसरा–राजभवन में जाकर शयन कीजिए। देर हो रही है। हम अभागों को मरने दीजिए।

तीसरा–सरकार से कितना पुरस्कार मिलने वाला है।

चौथा–आप ही ने तो राजपूताने में दरबार का पक्ष लेकर प्रजा को आग में झोंक दिया था।

विनय–भाइयो, मेरी निंदा का समय फिर मिल जायेगा। यद्यपि मैं कुछ विशेष कारणों से इधर आपका साथ न दे सका, लेकिन ईश्वर जानता है, मेरी सहानुभूति आप ही के साथ थी। मैं एक क्षण के लिए आपकी तरफ से गाफिल न था!

एक आदमी–यारों, यहाँ खड़े क्या बकवास कर रहे हो? कुछ दम हो तो चलो, कट मरें।

दूसरा–यह व्याख्यान झाड़ने का अवसर नहीं है। आज हमें यह दिखाना है कि हम न्याय के लिए कितनी वीरता से प्राण दे सकते हैं।

तीसरा–चलकर गोरखों के सामने खड़े हो जाओ। कोई कदम पीछे न हटावे। वहीं अपनी लाशों का ढेर लगा दो। बाल-बच्चों को ईश्वर पर छोड़ो।

चौथा–यह तो नहीं होता कि आगे बढ़कर ललकारें कि कायरों का रक्त भी खौलने लगे। हमें समझाने चले हैं, मानो हम देखते नहीं कि सामने फौज बंदूकें भरे खड़ी है और एक बाढ़ में कत्लेआम कर देगी।

पाँचवां–भाई, हम ग़रीबों की जान सस्ती होती है। रईसजादे होते, तो हम भी दूर-दूर से खड़े तमाशा देखते।

छठा–इससे कहो, जाकर चुल्लू-भर पानी में डूब मरे। हमें इसके उपदेशों की ज़रूरत नहीं। उँगली में लहू लगाकर शहीद बनने चले हैं!

ये अपमानजनक, व्यंग्यपूर्ण, कटु वाक्य विनय के उर-स्थल में बाण के सदृश्य चुभ गए–हा हतभाग्य! मेरे जीवन-पर्यंत के सेवानुराग, त्याग, संयम का यही फल है! अपना सर्वस्व-देशसेवा की वेदी पर आहुति देकर रोटियों को मोहताज होने का यही पुरस्कार है! क्या रियासत का कलंक मेरे माथे से कभी न मिटेगा? वह भूल गए–मैं यहाँ जनता की रक्षा करने आया हूँ, गोरखे सामने हैं। मैं यहाँ से हटा, और एक क्षण में पैशाचिक नर-हत्या होने लगेगी। मेरा मुख्य कर्त्तव्य अंत समय तक इन्हें रोकते रहना है। कोई मुजायका नहीं, अगर

इन्होंने ताने दिये, अपमान किया, कलंक लगाया, दुर्वचन कहे। मैं अपराधी हूँ, अगर नहीं हूँ, तो भी मुझे धैर्य से काम लेना चाहिए। ये सभी बातें वे भूल गए। नीति-चतुर प्राणी अवसर के अनुकूल काम करता है। जहाँ दबना चाहिए, वहाँ दब जाता है, जहाँ गरम होना चाहिए, वहाँ गरम होता है। उसे मानापमान का हर्ष या दुःख नहीं होता। उसकी दृष्टि निरंतर अपने लक्ष्य पर रहती है। वह अविरल गति से, अदम्य उत्साह से उसी ओर बढ़ता है, किन्तु सरल, लज्जाशील, निष्कपट आत्माएँ मेघों के समान होती हैं, जो अनुकूल वायु पाकर पृथ्वी को तृप्त कर देते हैं और प्रतिकूल वायु के वेग से छिन्न-छिन्न हो जाते हैं। नीतिज्ञ के लिए अपना लक्ष्य ही सब कुछ है, आत्मा का उसके सामने कुछ मूल्य नहीं। गौरव-सम्पन्न प्राणियों के लिए अपना चरित्र-बल ही सर्वप्रधान है। वे अपने चरित्र पर किए गए आघातों को सह नहीं सकते। वे अपनी निर्दोषिता सिद्ध करने को अपने लक्ष्य की प्राप्ति से कहीं अधिक महत्त्वपूर्ण समझते हैं। विनय की सौम्य आकृति तेजस्वी हो गई, लोचन लाल हो गए। वह उन्मत्तों की भाँति जनता का रास्ता रोककर खड़े हो गए और बोले—क्या आप देखना चाहते हैं कि रईसों के बेटे क्योंकर प्राण देते हैं? देखिए।

यह कहकर उन्होंने जेब से भरी हुई पिस्तौल निकाल ली, छाती में उसकी नली लगाई और जब तक लोग दौड़े, भूमि पर गिर पड़े। लाश तड़पने लगी। हृदय की संचित अभिलाषाएँ रक्त की धान बनकर निकल गईं। उसी समय जल-वृष्टि होने लगी। मानो स्वर्गवासिनी आत्माएँ पुष्पवर्षा कर रही हों।

जनता-सूत्र कितना कोमल हैं वह क्या पुष्प से कोमल नहीं, जो वायु के झोंके सहता है और मुरझाता नहीं? क्या वह लताओं से कोमल नहीं, जो कठोर वृक्षों के झोंके सहती और लिपटी रहती है? वह क्या पानी के बबूलों से कोमल नहीं, जो जल की तरंगों पर तैरते हैं, और टूटते नहीं? संसार में और कौन-सी वस्तु इतनी कोमल, इतनी अस्थिर, इतनी सारहीन है, जिससे एक व्यंग्य, एक कठोर शब्द, एक अन्योक्ति भी दारुण, असह्य, घातक है। और इस भित्ति पर कितने विशाल, कितने भव्य, कितने वृहदाकार भवनों का निर्माण किया जाता है?

जनता स्तंभित हो गई, जैसे आँखों में अँधेरा छा जाए! उसका क्रोधावेश करुणा के रूप में बदल गया। चारों तरफ़ से दौड़-दौड़कर लोग आने लगे,

विनय के दर्शनों से अपने नेत्रों को पवित्र करने के लिए, उनकी लाश पर चार बूँद आँसू बहाने के लिए। जो द्रोही था, स्वार्थी था, काम-लिप्सा रखनेवाला था, एक क्षण में देव-तुल्य, त्याग-मूर्ति, देश का प्यारा, जनता की आँखों का तारा बना हुआ था। जो लोग गोरखों के समीप पहुँच गए थे, वे भी लौट आये। हजारों शोक विह्वल नेत्रों से अश्रु-वृष्टि हो रही थी, जो मेघ की बूंदों से मिलकर पृथ्वी को तृप्त करती थी। प्रत्येक हृदय शोक से विदीर्ण हो रहा था, प्रत्येक हृदय अपना तिरस्कार कर रहा था, पश्चात्ताप कर रहा था—आह! यह हमारे ही व्यंग्य-बाणों का, हमारे ही तीव्र वाक्य-शरों का पाप-कृत्य है। हमीं इसके घातक हैं, हमारे ही सिर यह हत्या है! हाय! कितनी वीर आत्मा, कितना धैर्यशील, कितना गंभीर, कितना उन्नत-हृदय, कितना लज्जाशील, कितना आत्माभिमानी, दीनों का कितना सच्चा सेवक और न्याय का कितना सच्चा उपासक था, जिसने इतनी बड़ी रियासत को तृणवत् समझा और हम पामरों ने उसकी हत्या कर डाली, उसे न पहचाना!

एक ने रोकर कहा—खुदा करे, मेरी ज़बान जल जाये। मैंने ही शादी पर मुबारकबादी का ताना मारा था।

दूसरा बोला—दोस्तो, इस लाश पर फिदा हो जाओ, इस पर निसार हो जाओ, इसके कदमों पर गिरकर मर जाओ।

यह कहकर उसने कमर से तलवार निकाली, गरदन पर चलाई और वहीं तड़पने लगा।

तीसरा सिर पीटता हुआ बोला—कितना तेजस्वी मुख-मंडल है! हा, मैं क्या जानता था कि मेरे व्यंग्य वज्र बन जायेंगे!

चौथा—हमारे हृदयों पर यह घाव सदैव हरा रहेगा, हम इस देवमूर्ति को कभी विस्मृत न कर सकेंगे। कितनी शूरता से प्राण-त्याग दिये, जैसे कोई एक पैसा निकालकर किसी भिक्षुक के सामने फेंक दे। राजपुत्रों में ये ही गुण होते हैं। वे अगर जीना जानते हैं, तो मरना भी जानते हैं। रईस की यही पहचान है कि बात पर मर मिटे।

अँधेरा छाया था। पानी मूसलाधार बरस रहा था। कभी ज़रा देर के लिए बूँदें हलकी पड़ जातीं, फिर ज़ोरों से गिरने लगतीं, जैसे कोई रोने वाला थककर ज़रा दम ले ले और फिर रोने लगे। पृथ्वी ने पानी में मुँह छिपा लिया था,

माता मुँह पर अंचल डाले रो रही थी। रह-रहकर टूटी हुई दीवारों के गिरने का धमाका होता था, जैसे कोई धम-धम छाती पीट रहा हो। क्षण-क्षण बिजली कौंधती थी, मानो आकाश के जीव चीत्कार कर रहे हों। दम-के-दम चारों तरफ शोक-समाचार फैल गया। इंदु मि. जॉन सेवक के साथ थी। यह खबर पाते ही मूर्च्छित होकर गिर पड़ी।

विनय के शव पर एक चादर तान दी गई थी। दीपकों के प्रकाश में उनका मुख अब भी पुष्प के समान विहसित था। देखनेवाले आते थे, रोते थे, और शोक-समाज में खड़े हो जाते थे। कोई-कोई फूलों की माला रख देता था। वीर पुरुष यों ही मरते हैं। अभिलाषाएँ उनके गले की जंजीर नहीं होतीं। उन्हें इनकी चिंता नहीं होती कि मेरे पीछे कौन हँसेगा और कौन रोएगा। उन्हें इसका भय नहीं होता कि मेरे बाद काम कौन संभालेगा। यह सब संसार से चिमटनेवालों के बहाने हैं। वीर पुरुष मुक्तात्मा होते हैं। जब तक जीते हैं, निर्द्वन्द्व जीते हैं, मरते हैं, तो निर्द्वन्द्व मरते हैं।

इस शोक-वृत्तांत को क्यों तूल दें। जब बेगानों की आँखों में आँसू और हृदय से आह निकल पड़ती थी, तो अपनों का कहना ही क्या! नायकराम सूरदास के साथ शफाखाने गए थे। लौटे ही थे कि यह दृश्य देखा। एक लम्बी साँस खींचकर विनय के चरणों पर सिर रख दिया और बिलख-बिलखकर रोने लगे। ज़रा चित्त शांत हुआ, तो सोफ़ी को खबर देने चले, जो अभी शफाखाने ही में थी।

नायकराम रास्ते-भर दौड़ते हुए गए, पर सोफ़ी के सामने पहुँचे, तो गला इतना फँस गया कि मुँह से एक शब्द भी न निकला। उसकी ओर ताकते हुए सिसक-सिसककर रोने लगे। सोफ़ी के हृदय में शूल-सा उठा। अभी नायकराम गए और उलटे पाँव लौट आये। ज़रूर कोई अमंगल सूचना है। पूछा—क्या पण्डाजी; यह पूछते ही उसका कंठ भी रुँध गया।

नायकराम की सिसकियाँ आर्त्तनाद हो गईं। सोफ़ी ने दौड़कर उनका हाथ पकड़ लिया और आवेश-कम्पित कंठ से पूछा—क्या विनय...? यह कहते-कहते शोकातिरेक की दशा में शफाखाने से निकल पड़ी और पाँड़ेपुर की ओर चली। नायकराम आगे-आगे लालटेन दिखाते हुए चले। वर्षा ने जल-थल एक कर दिया था। सड़क के किनारे के वृक्ष, जो पानी में खड़े थे, सड़क का चिह्न बता रहे थे। सोफ़ी का शोक एक ही क्षण में आत्मग्लानि के

रूप में बदल गया—हाय! मैं ही हत्यारिन हूँ। क्यों आकाश से वज्र गिरकर मुझे भस्म नहीं कर देता? क्यों कोई सांप जमीन से निकलकर मुझे डस नहीं लेता? क्यों पृथ्वी फटकर मुझे निगल नहीं जाती? हाय! आज मैं वहाँ न गई होती, तो वह कदापि न जाते। मैं क्या जानती थी कि विधाता मुझे सर्वनाश की ओर लिये जाता है! मैं दिल में उन पर झुँझला रही थी, मुझे यह संदेह भी हो रहा था कि यह डरते हैं! आह! यह सब मेरे कारण हुआ, मैं ही अपने सर्वनाश का कारण हूँ! मैं अपने हाथों लुट गई! हाय! मैं उनके प्रेम के आदर्श को न पहुँच सकी।

फिर उसके मन में विचार आया—कहीं खबर झूठी न हो। उन्हें चोट लगी हो और वह संज्ञा-शून्य हो गए हों। आह! काश, मैं। एक बार उनके वचनामृत से अपने हृदय को पवित्र कर लेती! नहीं-नहीं, वह जीवित हैं, ईश्वर मुझ पर अत्याचार नहीं कर सकता। मैंने कभी किसी प्राणी को दुःख नहीं पहुँचाया, मैंने कभी उस पर अविश्वास नहीं किया, फिर वह मुझे इतना वज्र दंड क्यों देगा!

जब सोफ़िया संग्राम-स्थल के समीप पहुँची, तो उस पर भीषण भय छा गया। वह सड़क के किनारे एक मील के पत्थर पर बैठ गई। वहाँ कैसे जाऊँ? कैसे उन्हें देखूँगी, कैसे उन्हें स्पर्श करूँगी? उनकी मरणावस्था का चित्र उसकी आँखों के सामने खिंच गया, उसकी मृत देह रक्त और धूल में लिपटी हुई भूमि पर पड़ी हुई थी। इसे उसने जीते-जागते देखा था। उसे इस जीर्णावस्था में वह कैसे देखेगी? उसे इस समय प्रबल आकांक्षा हुई कि वहाँ जाते ही मैं भी उनके चरणों पर गिरकर प्राण त्याग दूँ। अब संसार में मेरे लिए कौन-सा सुख है! हाय! यह कठिन वियोग कैसे सहूँगी? मैंने अपने जीवन को नष्ट कर दिया, ऐसे नर-रत्न को धर्म की पैशाचिक क्रूरता पर बलिदान कर दिया।

यद्यपि वह जानती थी कि विनय का देहावसान हो गया, फिर भी उसे भ्रांत आशा हो रही थी कि कौन जाने, वह केवल मूर्च्छित हो गए हों! सहसा उसे पीछे से एक मोटरकार पानी को चीरती हुई आती दिखायी दी। उसके उज्जवल प्रकाश में फटा हुआ पानी ऐसा जान पड़ता था, मानो दोनों ओर से जल-जंतु उस पर टूट रहे हों! वह निकट आकर रुक गई। रानी जाह्नवी थीं। सोफ़ी को देखकर बोलीं—बेटी! तुम यहाँ क्यों बैठी हो? आओ, साथ चलो। क्या गाड़ी नहीं मिली?

सोफ़ी चिल्लाकर रानी के गले से लिपट गई। किन्तु रानी की आँखों में आँसू न थे, मुख पर शोक का चिह्न न था। उनकी आँखों में गर्व का मद छाया हुआ था, मुख पर विजय की आभा झलक रही थी! सोफ़ी को गले से लगाती हुई बोलीं—क्यों रोती हो बेटी? विनय के लिए? वीरों की मृत्यु पर आँसू नहीं बहाए जाते, उत्सव के राग गाए जाते हैं। मेरे पास हीरे-जवाहिर होते, तो उसकी लाश पर लुटा देती। मुझे उसके मरने का दुःख नहीं है। दुःख होता, अगर वह आज प्राण बचाकर भागता। यह तो मेरी चिर-संचित अभिलाषा थी, बहुत ही पुरानी। जब मैं युवती थी और वीर राजपूतों तथा राजपूतानियों के आत्मसमर्पण की कथाएँ पढ़ा करती थी, उसी समय मेरे मन में यह कामना अंकुरित हुई थी कि ईश्वर मुझे भी कोई ऐसा भी पुत्र देता, जो उन्हीं वीरों की भाँति मृत्यु से खेलता, जो अपना जीवन देश और जाति-हित के लिए हवन कर देता, जो अपने कुल का मुख उज्जवल करता। मेरी वह कामना पूरी हो गई। आज मैं एक वीर पुत्र की जननी हूँ। क्यों रोती हो? इससे उसकी आत्मा को क्लेश होगा। तुमने तो धर्मग्रंथ पढ़े हैं। मनुष्य कभी मरता है? जीव तो अमर है। उसे तो परमात्मा भी नहीं मार सकता। मृत्यु तो केवल पुनर्जीवन की सूचना है, एक उच्चतर जीवन का मार्ग। विनय फिर संसार में आएगा, उसकी कीर्ति और फैलेगी। जिस मृत्यु पर घरवाले रोयें, वह भी कोई मृत्यु है! वह तो एड़ियाँ रगड़ना है। वीर मृत्यु वही है, जिस पर बेगाने रोयें और घरवाले आनंद मनाएँ। दिव्य मृत्यु दिव्य जीवन से कहीं उत्तम है। दिव्य जीवन में कलुषित मृत्यु की शंका रहती है, दिव्य मृत्यु में यह संशय कहाँ? कोई जीव दिव्य नहीं है, जब तक उसका अंत भी दिव्य न हो। यह लो, पहुँच गए। कितनी प्रलयंकार वृष्टि है, कैसा गहन अंधकार! फिर भी सहस्त्रों प्राणी उसके शव पर अश्रु-वर्षा कर रहे हैं, क्या यह रोने का अवसर है?

मोटर रुकी। सोफ़िया और जाह्नवी को देखकर लोग इधर-उधर हट गए। इंदु दौड़कर माता से लिपट गई। हजारों आँखों से टप-टप आँसू गिरने लगे। जाह्नवी ने विनय का मस्तक अपनी गोद में लिया, उसे छाती से लगाया, उसका चुम्बन किया और शोक-सभा की ओर गर्व-युक्त नेत्रों से देखकर बोली—यह युवक, जिसने विनय पर अपने प्राण समर्पित कर दिये, विनय से बढ़कर है। क्या कहा? मुसलमान है! कर्त्तव्य के क्षेत्र में हिंदू और मुसलमान का भेद नहीं,

दोनों एक ही नाव में बैठे हुए हैं; डूबेंगे, तो दोनों डूबेंगे; बचेंगे तो दोनों बचेंगे। मैं इस वीर आत्मा का यहीं मजार बनवाऊँगी। शहीद के मजार को कौन खोदकर फेंक देगा, कौन इतना नीच अधर्म होगा! यह सच्चा शहीद था। तुम लोग क्यों रोते हो? विनय के लिए? तुम लोगों में कितने ही युवक हैं, कितने ही बाल-बच्चों वाले हैं। युवकों से मैं कहूँगी—जाओ, और विनय की भाँति प्राण देना सीखो। दुनिया केवल पेट पालने की जगह नहीं है। देश की आँखें तुम्हारी ओर लगी हुई हैं, तुम्हीं इसका बेड़ा पार लगाओगे। मत फँसो, गृहस्थी के जंजाल में, जब तक देश का कुछ हित न कर लो। देखो, विनय कैसा हँस रहा है! जब बालक था, उस समय की याद आती है। इसी भाँति हँसता था। कभी उसे रोते नहीं देखा। कितनी विलक्षण हँसी है! क्या इसने धन के लिए प्राण दिये? धन इसके घर में भरा हुआ था, उसकी ओर कभी आँख उठाकर नहीं देखा। जरा देखो, उसके पैरों में कैसे घट्ठे पड़ गए हैं! विरागी था, साधु था, तुम लोग भी ऐसे ही साधु बन जाओ। बाल-बच्चेंवालों से मेरा निवेदन है, अपने प्यारे बच्चों की चक्की का बैल न बनाओ, गृहस्थी का गुलाम न बनाओ। ऐसी शिक्षा दो कि जिएँ, किन्तु जीवन के दास बनकर नहीं, स्वामी बनकर। यही शिक्षा है, जो इस वीर आत्मा ने तुम्हें दी है। जानते हो, उसका विवाह होने वाला था। यही प्यारी बालिका उसकी वधू बननेवाली थी। किसी ने ऐसा कमनीय सौंदर्य, ऐसा अलौकिक रूप-लावण्य देखा है? रानियाँ इसके आगे पानी भरें! विद्या में इसके सामने कोई पंडित मुँह नहीं खोल सकता। जिह्वा पर सरस्वती है, घर का उजाला है। विनय को इससे कितना प्रेम था, यह इसी से पूछो। लेकिन क्या हुआ? जब अवसर आया, उसने प्रेम के बंधन को कच्चे धागे की भाँति तोड़ दिया, उसे अपने मुख का कलंक नहीं बनाया, उस पर अपने आदर्श का बलिदान नहीं किया। प्यारों! पेट पर अपने यौवन को, अपनी आत्मा को, अपनी महत्त्वाकांक्षाओं को मत कुर्बान करो। इंदु बेटी, क्यों रोती हो? किसको ऐसा भाई मिला है?

इंदु के अंतस्थल में बड़ी देर से एक ज्वाला-सी दहक रही थी। वह इन सारी वेदनाओं का मूल कारण अपने पति को समझती थी। अब तक ज्वाला उर-स्थल में थी, अब बाहर निकल पड़ी। यह ध्यान न रहा कि मैं इतने आदमियों के सामने क्या कहती हूँ, औचित्य की ओर से आँखें बंद करके

बोली—माताजी, इस हत्या का कलंक मेरे सिर है। मैं अब उस प्राणी का मुँह न देखूँगी, जिसने मेरे वीर भाई की जान लेकर छोड़ी, और वह केवल अपने स्वार्थ की सिद्धि के लिए।

रानी जाह्नवी ने तीव्र स्वर में कहा—क्या महेन्द्र को कहती हो? अगर फिर मेरे सामने मुँह से ऐसी बात निकाली, तो तेरा गला घोंट दूँगी। क्या तू उन्हें अपना गुलाम बनाकर रखेगी? तू स्त्री होकर चाहती है कि कोई तेरा हाथ न पकड़े, वह पुरुष होकर क्यों न ऐसा चाहें? वह संसार को क्यों तेरे ही नेत्रों से देखें, क्या भगवान् ने उन्हें आँखें नहीं दीं? अपने हानि-लाभ का हिसाबदार तुझे क्यों बनाएँ, क्या भगवान ने उन्हें बुद्धि नहीं दी? तेरी समझ में, मेरी समझ में, यहाँ जितने प्राणी खड़े हैं, उनकी समझ में यह मार्ग भयंकर है, हिंसक जंतुओं से भरा हुआ है। इसका बुरा मानना क्या? अगर तुझे उनकी बातें पसंद नहीं आतीं, तो कोशिश कर कि पसंद आयें। वह तेरे पतिदेव हैं, तेरे लिए उनकी सेवा से उत्तम और कोई पथ नहीं है।

दस बज गए थे। लोग कुँवर भरतसिंह की प्रतीक्षा कर रहे थे। जब दस बजने की आवाज़ कानों में आयी, तो रानी जाह्नवी ने कहा—उनकी राह अब मत देखो, वह न आयेंगे, और न आ सकते हैं। वह उन पिताओं में हैं, जो पुत्र के लिए जीते हैं, पुत्र के लिए मरते हैं, और पुत्र के लिए मंसूबे बाँधते हैं। उनकी आँखों में अँधेरा छा गया होगा, सारा संसार सूना जान पड़ता होगा, अचेत पड़े होंगे। सम्भव है, उनके प्राणांत हो गए हों। उनका धर्म, उनका कर्म, उनका जीवन, उनका मरण, उनका दीन, उनकी दुनिया, सब कुछ इसी पुत्र-रत्न पर अवलम्बित थी। अब वह निराधार हैं, उनके जीवन का कोई लक्ष्य, कोई अर्थ नहीं है। वह अब कदापि न आएँगे, आ ही नहीं सकते। चलो, विनय के साथ अपना अंतिम कर्त्तव्य पूरा कर लूँ; इन्हीं हाथों से उसे हिंडोले में झुलाया था, इन्हीं हाथों से उसे चिता में बैठा दूँ। इन्हीं हाथों से उसे भोजन कराती थी; इन्हीं हाथों से गंगा-जल पिला दूँ।

44

गंगा से लौटते सुबह के नौ बज गए। हज़ारों आदमियों का जमघट, गलियाँ तंग और कीचड़ से भरी हुई, पग-पग पर फूलों की वर्षा, सेवक-दल का राष्ट्रीय संगीत, गंगा तक पहुँचते-पहुँचते ही सवेरा हो गया था। लौटते हुए जाह्नवी ने कहा—चलो, ज़रा सूरदास को देखते चलें, न जाने मरा या बचा; सुनती हूँ, घाव गहरा था।

सोफ़िया और जाह्नवी, दोनों शफाखाने गईं, तो देखा, सूरदास बरामदे में चारपाई पर लेटा हुआ है, भैरों उसके पैताने खड़ा है और सुभागी सिरहाने बैठी पंखा झल रही है। जाह्नवी ने डॉक्टर से पूछा—इसकी दशा कैसी है, बचने की कोई आशा है?

डॉक्टर ने कहा—किसी दूसरे आदमी को यह जख्म लगा होता, तो अब तक मर चुका होता। इसकी सहन-शक्ति अद्भुत है। दूसरों को नश्तर लगाने के समय क्लोरोफार्म देना पड़ता है, इसके कंधे में दो इंच गहरा और दो इंच चौड़ा नश्तर दिया गया, पर इसने क्लोरोफार्म न लिया। गोली निकल आयी है, लेकिन बच जाये, तो कहें।

सोफ़िया को एक रात की दारुण शोक-वेदना ने इतना घुला दिया था कि पहचानना कठिन था, मानो कोई फूल मुरझा गया हो। गति मंद, मुख उदास, नेत्र बुझे हुए, मानों भूत-जगत् में नहीं, विचार-जगत् में विचर रही हैं आँखों को जितना रोना था, रो चुकी थीं, अब रोयाँ-रोयाँ रो रहा था। उसने सूरदास के समीप जाकर कहा—सूरदास, कैसा जी है? रानी जाह्नवी आयी हैं।

सूरदास—धन्य भाग। अच्छा हूँ।

जाह्नवी—पीड़ा बहुत हो रही है?

सूरदास—कुछ कष्ट नहीं है। खेलते-खेलते गिर पड़ा हूँ; चोट आ गई है, अच्छा हो जाऊँगा। उधर क्या हुआ, झोपड़ी बची कि नहीं?

सोफ़ी—अभी तो नहीं गई है, लेकिन शायद अब न रहे। हम तो विनय को गंगा की गोद में सौंपे चले आते हैं।

सूरदास ने क्षीण स्वर में कहा—भगवान् की मरजी, वीरों का यही धरम है। जो ग़रीबों के लिए जान लड़ा दे, वही सच्चा वीर है।

जाह्नवी—तुम साधु हो। ईश्वर से कहो, विनय का फिर इसी देश में जन्म हो।

सूरदास—ऐसा ही होगा माताजी, ऐसा ही होगा। अब महान् पुरुष हमारे ही देश में जन्म लेंगे। जहाँ अन्याय और अधरम होता है, वहीं देवता लोग जाते हैं। उनके संस्कार उन्हें खींच ले जाते हैं। मेरा मन कह रहा है कि कोई महात्मा थोड़े ही दिनों में इस देश में जनम लेनेवाले हैं...!

डॉक्टर ने आकर कहा—रानीजी, मैं बहुत खेद के साथ आपसे प्रार्थना करता हूँ कि सूरदास से बातें न करें, नहीं तो ज़ोर पड़ने से इनकी दशा बिगड़ जायेगी। ऐसी हालत में सबसे बड़ा विचार यह होना चाहिए कि रोगी निर्बल न होने पाए, उसकी शक्ति क्षीण न हो।

अस्पताल के रोगियों और कर्मचारियों को ज्यों ही मालूम हुआ कि विनयसिंह की माताजी आयी हैं, तो सब उनके दर्शनों को जमा हो गए, कितनों ही ने उनकी पद-रज माथे पर चढ़ाई। यह सम्मान देखकर जाह्नवी का हृदय गर्व से प्रफुल्लित हो गया। विहसित मुख से सबों को आशीर्वाद देकर यहाँ से चलने लगीं, तो सोफ़िया ने कहा—माताजी, आपकी आज्ञा हो, तो मैं यहीं रह जाऊँ। सूरदास की दशा चिंताजनक जान पड़ती है। इसकी बातों में वह तत्त्वज्ञान है, जो मृत्यु की सूचना देता है। मैंने इसे होश में कभी आत्मज्ञान की ऐसी बातें करते नहीं सुना।

रानी ने सोफ़ी को गले लगाकर सहर्ष ही आज्ञा दे दी। वास्तव में सोफ़िया सेवा-भवन जाना न चाहती थी। वहाँ की एक-एक वस्तु, वहाँ के फूल-पत्ते, यहाँ तक कि वहाँ कि वायु भी विनय की याद दिलाएगी। जिस भवन में विनय के साथ रही, उसी में विनय के बिना रहने का खयाल ही उसे तड़पाए देता था।

रानी चली गईं, तो सोफ़िया एक मोढ़ा डालकर सूरदास की चारपाई के पास बैठ गई। सूरदास की आँखें बंद थीं, पर मुख पर मनोहर शांति छायी हुई थी। सोफ़िया को आज विदित हुआ कि चित्त की शांति ही वास्तविक सौंदर्य है।

सोफ़ी को वहाँ बैठे-बैठे दिन गुज़र गया। वह निर्जल, निराहार, मन मारे बैठी हुई सुखद स्मृतियों के स्वप्न देख रही थी, और जब आँखें भर आती थीं, तो आड़ में जाकर रुमाल से आँसू पोंछ आती थी। उसे अब सबसे तीव्र वेदना यही थी कि मैंने विनय की कोई इच्छा तो पूरी नहीं की, उनकी अभिलाषाओं को तृप्त न किया, उन्हें वंचित रखा। उनके प्रेमानुराग की स्मृति उसके हृदय को ऐसा मसोसती थी कि विकल होकर तड़पने लगती थी।

संध्या हो गई थी। सोफ़िया लैम्प के सामने बैठी हुई सूरदास को प्रभु मसीह का जीवन-वृत्तांत सुना रही थी। सूरदास ऐसा तन्मय हो रहा था, मानो उसे कोई कष्ट नहीं है। सहसा राजा महेन्द्रकुमार आकर खड़े हो गए और सोफ़ी की ओर हाथ बढ़ा दिया। सोफ़िया ज्यों-की-त्यों बैठी रही। राजा साहब से हाथ मिलाने की चेष्टा न की।

सूरदास ने कहा—कौन है मिस साहब?

सोफ़िया ने कहा—राजा महेन्द्रकुमार हैं।

सूरदास ने आदर-भाव से उठना चाहा, पर सोफ़िया ने लिटा दिया और बोली—हिलो मत, नहीं तो घाव खुल जायेगा। आराम से पड़े रहो।

सूरदास—राजा साहब हैं। उनका इतना आदर भी न करूँ? मेरे ऐसे भाग्य तो हुए। कुछ बैठने को है?

सोफ़िया—हाँ, कुर्सी पर बैठ गए।

राजा साहब ने पूछा—सूरदास कैसा जी है?

सूरदास—भगवान् की दया है।

राजा साहब जिन भावों को प्रकट करने यहाँ आये थे, वे सोफ़ी के सामने उनके मुख से निकलते हुए सकुचा रहे थे। कुछ देर तक वे मौन बैठे रहे, अंत को राजा साहब—सूरदास, मैं तुमसे अपनी भूलों की क्षमा माँगने आया हूँ। अगर मेरे वश की बात होती, तो मैं आज अपने जीवन को तुम्हारे जीवन से बदल लेता।

सूरदास—सरकार, ऐसी बात न कहिए; आप राजा हैं, मैं रंक हूँ। आपने जो कुछ किया, दूसरों की भलाई के विचार से किया। मैंने जो कुछ किया, अपना धरम समझकर किया। मेरे कारन आपको अपजस हुआ, कितने घर नास हुए, यहाँ तक कि इंद्रदत्त और कुँवर विनयसिंह जैसे दो रतन जान से गए। पर अपना क्या बस है! हम तो खेल खेलते हैं, जीत-हार तो भगवान् के हाथ है। वह जैसा उचित जानते हैं, करते हैं, बस, नीयत ठीक होनी चाहिए।

राजा—सूरदास, नीयत को कौन देखता है। मैंने सदैव प्रजा-हित ही पर निगाह रखी, पर आज सारे नगर में एक भी प्राणी ऐसा नहीं है, जो मुझे खोटा, नीच, स्वार्थी, अधर्मी, पापिष्ठ न समझता हो। और तो क्या, मेरी सहधर्मिणी भी मुझसे घृणा कर रही है। ऐसी बातों से मन क्यों न विरक्त हो जाए? क्यों न संसार से घृणा हो जाए? मैं तो अब कहीं मुँह दिखाने-योग्य नहीं रहा।

सूरदास—इसकी चिन्ता न कीजिए। हानि, लाभ, जीवन, मरन, जस, अपजस विधि के हाथ है, हम तो खाली मैदान में खेलने के लिए बनाए गए हैं। सभी खिलाड़ी मन लगाकर खेलते हैं, सभी चाहते हैं कि हमारी जीत हो; लेकिन जीत एक ही की होती है, तो क्या इससे हारनेवाले हिम्मत हार जाते हैं? वे फिर खेलते हैं; फिर हार जाते हैं, तो फिर खेलते हैं। कभी-न-कभी उनकी जीत होती ही है। जो आपको आज बुरा समझ रहे हैं, वे कल आपके सामने सिर झुकाएँगे। हाँ, नीयत ठीक रहनी चाहिए। मुझे क्या उनके घरवाले बुरा न कहते होंगे, जो मेरे कारन जान से गए? इन्द्रदत्त और कुँवर विनयसिंह—जैसे दो लाल, जिनके हाथों संसार का कितना उपकार होता, संसार से उठ गए। जस-अपजस भगवान् के हाथ है, हमारा यहाँ क्या बस है।

राजा—आह सूरदास, तुम्हें नहीं मालूम कि मैं कितनी विपत्ति में पड़ा हुआ हूँ। तुम्हें बुरा कहनेवाले अगर दस-पाँच होंगे, तो तुम्हारा जस गानेवाले असंख्य हैं, यहाँ तक कि हुक्काम भी तुम्हारी दृढ़ता और धैर्य का बखान कर रहे हैं। मैं तो दोनों ओर से गया। प्रजाद्रोही भी ठहरा और राजद्रोही भी। हुक्काम इस सारी दुर्व्यवस्था का अपराध मेरे ही सिर पर थोप रहे हैं। उनकी समझ में भी मैं अयोग्य, अदूरदर्शी और स्वार्थी हूँ। अब तो यही इच्छा होती है कि मुँह में कालिख लगाकर कहीं चला जाऊँ।

सूरदास—नहीं-नहीं, राजा साहब, निराश होना खिलाड़ियों के धरम के विरुद्ध है। अबकी हार हुई, तो फिर कभी जीत होगी।

राजा—मुझे तो विश्वास नहीं होता कि फिर कभी मेरा सम्मान होगा। मिस सेवक, आप मेरी दुर्बलता पर हँस रही होंगी, पर मैं बहुत दुखी हूँ।

सोफ़िया ने अविश्वास—भाव से कहा—जनता अत्यंत क्षमाशील होती है। अगर अब भी आप जनता को यह दिखा सकें कि इस दुर्घटना पर आपको दुःख है, तो कदाचित् प्रजा आपका फिर सम्मान करे।

राजा ने अभी उत्तर न दिया था कि सूरदास बोल उठा—सरकार, नेकनामी और बदनामी बहुत आदमियों के हल्ला मचाने से नहीं होती। सच्ची नेकनामी अपने मन में होती है। अगर अपना मन बोले कि मैंने जो कुछ किया, वही मुझे करना चाहिए था, इसके सिवा कोई दूसरी बात करना मेरे लिए उचित न था, तो वही नेकनामी है। अगर आपको इस मार-काट पर दुःख है, तो आपका धरम है कि लाट साहब से इसकी लिखा-पढ़ी करें। वह न सुनें, तो जो उनसे बड़ा हाकिम हो, उससे कहें-सुनें, और जब तक सरकार परजा के साथ न्याय न करे, दम न लें। लेकिन अगर आप समझते हैं कि जो कुछ आपने किया, वही आपका धरम था, स्वार्थ के लोभ से आपने कोई बात नहीं की, तो आपको तनिक भी दुख न करना चाहिए।

सोफ़ी ने पृथ्वी की ओर ताकते हुए कहा—राजपक्ष लेनेवालों के लिए यह सिद्ध करना कठिन है कि वे स्वार्थ से मुक्त हैं।

राजा—मिस सेवक, मैं आपको सच्चे हृदय से विश्वास दिलाता हूँ कि मैंने अधिकारियों के हाथों सम्मान और प्रतिष्ठा पाने के लिए उनका पक्ष नहीं ग्रहण किया, और पद का लोभ तो मुझे कभी रहा ही नहीं। मैं स्वयं नहीं कह सकता कि वह कौन-सी बात थी, जिसने मुझे सरकार की ओर खींचा। संभव है अनिष्ट का भय हो, या केवल ठकुरसुहाती; पर मेरा कोई स्वार्थ नहीं था। संभव है मैं उस समाज की आलोचना, उसके कुटिल कटाक्ष और उसके व्यंग्य से डरा होऊँ। मैं स्वयं इसका निश्चय नहीं कर सकता। मेरी धारणा थी कि सरकार का कृपा-पात्र बनकर प्रजा का जितना हित कर सकता हूँ, उतना उसका द्वेषी बनकर नहीं कर सकता। पर आज मुझे मालूम हुआ कि वहाँ भलाई होने की जितनी आशा है, उससे कहीं अधिक बुराई होने का भय है। यश और कीर्ति

का मार्ग वही है, जो सूरदास ने ग्रहण किया। सूरदास, आशीर्वाद दो कि ईश्वर मुझे सत्पथ पर चलने की शक्ति प्रदान करें।

आकाश पर बादल मंडरा रहे थे। सूरदास निद्रा में मग्न था। इतनी बातों से उसे थकावट आ गई थी। सुभागी एक टाट का टुकड़ा लिए आयी और सूरदास के पैताने बिछाकर लेट रही, शफाखाने के कर्मचारी चले गए। चारों ओर सन्नाटा छा गया।

सोफ़ी गाड़ी का इंतज़ार कर रही थी—दस बजते होंगे। रानीजी शायद गाड़ी भेजना भूल गईं। उन्होंने शाम ही को गाड़ी भेजने का वादा किया था। कैसे जाऊँ? क्या हरज है, यहीं बैठी रहूँ। वहाँ रोने के सिवा और क्या करूँगी। आह! मैंने विनय का सर्वनाश कर दिया। मेरे ही कारण वह दो बार कर्त्तव्य-मार्ग में विचलित हुए, मेरे कारण उनकी जान पर बनी? अब वह मोहिनी मूर्ति देखने को तरस जाऊँगी। जानती हूँ कि हमारा फिर संयोग होगा, लेकिन नहीं जानती, कब! उसे वे दिन याद आये, जब भीलों के गाँव में इसी समय वह द्वार पर बैठी उनकी राह जोहा करती थी और वह कम्बल ओढ़े, नंगे सिर, नंगे पाँव हाथ में एक लकड़ी लिए आते थे और मुस्कुराकर पूछते थे, मुझे देर तो नहीं हो गई? वह दिन याद आया, जब राजपूताना जाते समय विनय ने उनकी ओर आतुर, किंतु निराश नेत्रों से देखा था। आह! वह दिन याद आया जब उसकी ओर ताकने के लिए रानी जी ने उन्हें तीव्र नेत्रों से देखा था और वह सिर झुकाए बाहर चले गए थे। सोफ़ी शोक से विह्वल हो गई। जैसे हवा के झोंके धरती पर बैठी हुई धूल को उठा देते हैं, उसी प्रकार इस नीरव निशा ने उसकी स्मृतियों को जागृत कर दिया, सारा हृदय-क्षेत्र स्मृतिमय हो गया। वह बेचैन हो गई, कुर्सी से उठकर टहलने लगी। जी न जाने क्या चाहता था—कहीं उड़ जाऊँ, मर जाऊँ, कहाँ तक मन को समझाऊँ, कहाँ तक सब्र करूँ! अब न समझाऊँगी, रोऊँगी, तड़पूँगी, खूब जी भरकर! वह जो मुझ पर प्राण देता था, संसार से उठा जाए और मैं अपने को समझाऊँ कि अब रोने से क्या होगा? मैं रोऊँगी, इतना रोऊँगी कि आँखें फूट जाएंगी हृदय-रक्त आँखों के रास्ते निकलने लगेगा, कंठ बैठ जाएगा। आँखों को अब करना ही क्या है। वे क्या देखकर कृतार्थ होंगी। हृदय-रक्त अब प्रवाहित होकर क्या करेगा।

इतने में किसी की आहट सुनाई दी। मिठुआ और भैरों बरामदे में आये। मिठुआ ने सोफ़ी को सलाम किया और सूरदास की चारपाई के पास जाकर खड़ा हो गया। सूरदास ने चौंककर पूछा—कौन है, भैरों?

मिठुआ—दादा, मैं हूँ।

सूरदास—बहुत अच्छे आये बेटा, तुमसे भेंट हो गई। इतनी देर क्यों हुई?

मिठुआ—क्या करूँ दादा, बड़े बाबू से साँझ से छुट्टी माँग रहा था, मगर एक-न-एक काम लगा देते थे। डाउन नंबर थ्री को निकाला, अप नंबर वन को निकाला, फिर पारसल गाड़ी आयी, उस पर माल लदवाया, डाउन नंबर थर्टी को निकालकर तब आने पाया हूँ। इससे तो कुली था, तभी अच्छा था कि जब जी चाहता था, आता, कोई रोकनेवाला न था। अब तो नहाने-खाने की फुरसत नहीं मिलती, बाबू लोग इधर-उधर दौड़ाते रहते हैं। किसी को नौकर रखने की समाई तो है नहीं, सेत-मेंत में काम निकालते हैं।

सूरदास—मैं न बुलाता, तो तुम अब भी न आते। इतना भी नहीं सोचते कि अंधा आदमी है, न जाने कैसा होगा, चलकर जरा हाल-चाल पूछता आऊँ। तुमको इसलिए बुलाया है कि मर जाऊँ तो मेरा किरिया-करम करना, अपने हाथों से पिंडदान देना, बिरादरी को भोज देना और हो सके, तो गया कर आना। बोलो, इतना करोगे?

भैरों—भैया, तुम इसकी चिन्ता मत करो, तुम्हारा किरिया-करम इतनी धूमधाम से होगा कि बिरादरी में कभी किसी का न हुआ होगा।

सूरदास—धूमधाम से नाम तो होगा, मगर मुझे पहुँचेगा तो वही, जो मिठुआ देगा।

मिठुआ—दादा, मेरी नंगाझोली ले लो, जो मेरे पास धेला भी हो। खाने-भर को तो होता ही नहीं, बचेगा क्या?

सूरदास—अरे, तो क्या तुम मेरा किरिया-करम भी न करोगे?

मिठुआ—कैसे करूँगा दादा, कुछ पल्ले पास हो, तब न?

सूरदास—तो तुमने यह आसरा भी तोड़ दिया। मेरे भाग में तुम्हारी कमाई न जीते-जी बदी थी, न मरने के पीछे।

मिठुआ—दादा, अब मुँह न खुलवाओ, परदा ढका रहने दो। मुझे चौपट करके मरे जाते हो; उस पर कहते हो, मेरा किरिया-करम कर देना, गया-पराग

कर देना। हमारी दस बीघे मौरूसी ज़मीन थी कि नहीं, उसका मुआवज़ा दो पैसा, चार पैसा कुछ तुमको मिला कि नहीं, उसमें से मेरे हाथ क्या लगा? घर में भी मेरा कुछ हिस्सा होता है या नहीं? हाकिमों से बैर न ठानते, तो उस घर के सौ से कम न मिलते। पंडाजी ने कैसे पाँच हजार मार लिये? है उनका घर-पाँच हजार का? दरवाजे पर मेरे हाथों के लगाए दो नीम के पेड़ थे। क्या वे पाँच-पाँच रुपये में भी महँगे थे? मुझे तो तुमने मटियामेट कर दिया, कहीं का न रखा। दुनिया-भर के लिए अच्छे होगे, मेरी गरदन पर तो तुमने छुरी फेर दी, हलाल कर डाला। मुझे भी तो अभी ब्याह-सगाई करनी है, घर-द्वार बनवाना है। किरिया-करम करने बैठूँ, तो इसके लिए कहाँ से रुपये लाऊँगा? कमाई में तुम्हारे सक नहीं, मगर कुछ उड़ाया, कुछ जलाया और अब मुझे बिना छाँह के छोड़े चले जाते हो, बैठने का ठिकाना भी नहीं। अब तक मैं चुप था, नाबालिग था। अब तो मेरे भी हाथ-पाँव हुए। देखता हूँ, मेरी ज़मीन का मुआवज़ा कैसे नहीं मिलता! साहब लखपति होंगे, अपने घर के होंगे, मेरा हिस्सा कैसे दबा लेंगे? घर में भी मेरा हिस्सा होता है। (झाँककर) मिस साहब फाटक पर खड़ी हैं, घर क्यों नहीं जातीं? और सुन ही लेंगी, तो मुझे क्या डर? साहब ने सीधे से दिया, तो दिया, नहीं तो फिर मेरे मन में भी जो आएगा, करूँगा। एक से दो जानें तो होंगी नहीं, मगर हाँ, उन्हें भी मालूम हो जाएगा कि किसी का हक छीन लेना दिल्लगी नहीं है।

सूरदास भौंचक्का-सा रह गया। उसे स्वप्न में भी न सूझा था कि मिठुआ के मुँह से मुझे कभी ऐसी कठोर बातें सुननी पड़ेंगी। उसे अत्यंत दुःख हुआ, विशेष इसलिए कि ये बातें उस समय कही गई थीं, जब वह शांति और सांत्वना का भूखा था। जब यह आकांक्षा थी कि मेरे आत्मीय जन मेरे पास बैठे हुए मेरे कष्ट-निवारण का उपाय करते होते। यही समय होता है, जब मनुष्य को अपना कीर्ति-गान सुनने की इच्छा होती है, जब उसकी जीर्ण हृदय बालकों की भाँति गोद में बैठने के लिए, प्यार के लिए, मान के लिए, सुश्रूषा के लिए ललचाता है। जिसे उसने बाल्यावस्था से बेटे की तरह पाला, जिसके लिए उसने न जाने क्या-क्या कष्ट सहे, वह अंत समय आकर उससे अपने हिस्से का दावा कर रहा था! आँखों से आँसू निकल आये। बोला—बेटा, मेरी भूल थी कि तुमसे किरिया-करम करने को कहा। तुम कुछ मत करना। चाहे

मैं पिंडदान और जल के बिना रह जाऊँ, पर यह उससे कहीं अच्छा है कि तुम साहब से अपना मुआवज़ा माँगो। मैं नहीं जानता था कि तुम इतना कानून पढ़ गए हो, नहीं पैसे-पैसे का हिसाब लिखता जाता।

मिठुआ—मैं अपने मुआवज़े का दावा ज़रूर करूँगा। चाहे साहब दें, चाहे सरकार दे; चाहे काला चोर दे, मुझे तो अपने रुपये से काम है।

सूरदास—हाँ सरकार भले ही दे दे; साहब से कोई मतलब नहीं।

मिठुआ—मैं तो साहब से लूँगा, वह चाहे जिससे दिलाएँ न दिलाएँगे, तो जो कुछ मुझसे हो सकेगा, करूँगा। साहब कुछ लाट तो हैं नहीं। मेरी जायदाद उन्हें हजम न होने पाएगी। तुमको उसका क्या कलक था। सोचा होगा, कौन मेरे बेटा बैठा हुआ है, चुपके से बैठे रहे। मैं चुपके बैठनेवाला नहीं हूँ।

सूरदास—मिट्ठू, क्यों मेरा दिल दुखाते हो? उस जमीन के लिए मैंने कौन-सी बात उठा रखी। घर के लिए तो प्राण तक दे दिए। अब और मेरे किए क्या हो सकता था? लेकिन भला बताओ तो, तुम साहब से कैसे रुपये ले लोगे? अदालत में तो तुम उनसे ले नहीं सकते। रुपयेवाले हैं, और अदालत रुपयेवालों की है। हारेंगे भी, तो तुम्हें बिगाड़ देंगे। फिर तुम्हारी जमीन सरकार ने जापते से ली है, तुम्हारा दावा सरकार पर चलेगा कैसे?

मिठुआ—यह सब पढ़े बैठा हूँ। लगा दूँगा आग, सारा गोदाम जलकर राख हो जायेगा। (धीरे से) बम-गोले बनाना जानता हूँ। एक गोला रख दूँगा, तो पुतलीघर में आग लग जायेगी। मेरा कोई क्या कर लेगा!

सूरदास—भैरों, सुनते हो इसकी बातें, जरा तुम्हीं समझाओ।

भैरों—मैं तो रास्ते-भर समझाता आ रहा हूँ, सुनता ही नहीं।

सूरदास—तो फिर मैं साहब से कह दूँगा कि इससे होशियार रहें।

मिठुआ—तुमको गऊ मारने की हत्या लगे, अगर तुम साहब या किसी और से इस बात की चरचा तक करो। अगर मैं पकड़ा गया, तो तुम्हीं को उसका पाप लगेगा। जीते-जी मेरा बुरा चेता, मरने के बाद काँटे बोना चाहते हो? तुम्हारा मुँह देखना पाप है।

यह कहकर मिठुआ क्रोध से भरा हुआ चला गया! भैरों रोकता ही रहा, पर उसने न माना। सूरदास आधा घंटे तक मूर्च्छावस्था में पड़ा रहा। इस आघात का घाव गोली से भी घातक था। मिट्ठू की कुटिलता, उसके परिणाम

का भय, अपना उत्तरदायित्व, साहब को सचेत कर देने का कर्त्तव्य, यह पहाड़-सी कसम, निकलने का कहीं रास्ता नहीं, चारों ओर से बंधा हुआ इसी असमंजस में पड़ा हुआ था कि कि मिस्टर जॉन सेवक आये। सोफ़िया भी उनके साथ फाटक से चली। सोफ़ी ने दूर ही से कहा—सूरदास, पापा तुमसे मिलने आये हैं। वास्तव में मिस्टर सेवक सूरदास से मिलने नहीं आये थे, सोफ़ी से संवेदना प्रकट करने का शिष्टाचार करना था। दिन-भर अवकाश न मिला। मिल से नौ बजे चले, तो याद आई, सेवक भवन गए, वहाँ मालूम हुआ कि सोफ़िया शफाखाने में है, गाड़ी इधर फेर दी। सोफ़िया रानी जाह्नवी की गाड़ी की प्रतीक्षा कर रही थी। उसे ध्यान भी न था कि पापा आते होंगे और यह बात यथार्थ थी। मिस्टर सेवक को सोफ़िया की याद आती रहती थी। व्यवसाय में व्यस्त रहने पर भी सोफ़िया की तरफ से वह निश्चिंत न थे। अपनी पत्नी से मजबूर थे, जिसका उनके ऊपर पूरा आधिपत्य था। सोफ़ी को रोते देखकर दयार्द्र हो गए, गले से लगा लिया और तस्कीन देने लगे। उन्हें बार-बार यह कारखाना खोलने पर अफ़सोस होता था, जो असाध्य रोग की भाँति उनके गले पड़ गया था। इसके कारण पारिवारिक शांति में विघ्न पड़ा, सारा कुनबा तीन-तेरह हो गया, शहर में बदनामी हुई, सारा सम्मान मिट्टी में मिल गया, घर के हज़ारों रुपये खर्च हो गए और अभी तक नफे की कोई आशा नहीं। अब कारीगर और कुली भी काम छोड़-छोड़कर अपने घर भागे जा रहे थे। प्रभु सेवक का गृहत्याग दीपक की भाँति हृदय को जलाता रहता था। न जाने खुदा को क्या मंजूर था।

मिस्टर सेवक कोई आधा घंटे तक सोफ़िया से अपनी विपत्ति कथा कहते रहे। अंत में बोले—सोफ़ी, तुम्हारी मामा को यह संबंध पसंद न था, पर मुझे कोई आपत्ति न थी। कुँवर विनयसिंह जैसा पुत्र या दामाद पाकर ऐसा कौन है, जो अपने को भाग्यवान् न समझता। धर्म-विरुद्ध होने की मुझे ज़रा भी परवा न थी। धर्म हमारी रक्षा और कल्याण के लिए है। अगर वह हमारी आत्मा को शांति और देह को सुख नहीं प्रदान कर सकता, तो मैं उसे पुराने कोट की भाँति उतार फेंकना पसंद करूँगा। जो धर्म हमारी आत्मा का बंधन हो जाए, उससे जितनी जल्द हम अपना गला छुड़ा लें, उतना ही अच्छा। मुझे हमेशा इसका दुःख रहेगा कि परोक्ष या अपरोक्ष रीति से मैं तुम्हारा द्रोही हुआ। अगर

मुझे ज़रा भी मालूम होता कि यह विवाद इतना भयंकर हो जायेगा और इसका इतना भीषण परिणाम होगा, तो मैं उस गाँव पर कब्ज़ा करने का नाम भी न लेता। मैंने समझा था कि गाँववाले कुछ विरोध करेंगे, लेकिन धमकाने से ठीक हो जाएँगे। यह न जानता था कि समर ठन जाएगा और उसमें मेरी ही पराजय होगी। यह क्या बात है कि सोफ़ी कि आज रानी जाह्नवी ने मुझसे बड़ी शिष्टता और विनय का व्यवहार किया? मैं तो चाहता था कि बाहर ही से तुम्हें बुला लूँ, लेकिन दरबान ने रानी जी से कह दिया और वह तुरंत बाहर निकल आयीं। मैं लज्जा और ग्लानि से गड़ा जाता था और वह हँस-हँसकर बातें कर रही थीं। बड़ा विशाल हृदय है। पहले का-सा गरूर नाम को न था। सोफ़ी, विनयसिंह की अकाल मृत्यु पर किसे दुःख न होगा; पर उनके आत्मसमर्पण ने सैकड़ों जानें बचा लीं, नहीं तो जनता आग में कूदने को तैयार थी। घोर अनर्थ हो जाता। मि. क्लार्क ने सूरदास पर गोली चला दी थी, पर जनता का रुख देखकर सहम जाते थे कि न जाने क्या हो। वीरात्मा पुरुष था, बड़ा ही दिलेर!

सोफ़िया को परितोष देने के बाद मि. सेवक ने उससे घर चलने के लिए आग्रह किया। सोफ़िया ने टालकर कहा—पापा, इस समय मुझे क्षमा कीजिए, सूरदास की हालत बहुत नाज़ुक है। मेरे रहने से डॉक्टर और अन्य कर्मचारी विशेष ध्यान देते हैं। मैं न रहूँगी, तो कोई उसे पूछेगा भी नहीं। आइए, जरा देखिए। आपको आश्चर्य होगा कि इस हालत में भी वह कितना चैतन्य है और कितनी अकलमंदी की बातें करता है। मुझे तो वह मानव-देह में कोई फ़रिश्ता मालूम होता है।

सेवक—मेरे जाने से उसे रंज तो न होगा?

सोफ़िया—कदापि नहीं, पापा इसका विचार ही मन में न लाइए। उसके हृदय में द्वेष और मालिन्य की गंध तक नहीं है।

दोनों प्राणी सूरदास के पास गए, तो वह मनस्ताप से विकल हो रहा था। मि. सेवक बोले—सूरदास, कैसी तबीयत है?

सूरदास—साहब, सलाम। बहुत अच्छा हूँ। धन्य भाग। मैं मरते-मरते बड़ा आदमी हो जाऊँगा।

सेवक—नहीं-नहीं सूरदास, ऐसी बातें न करो, तुम बहुत जल्द अच्छे हो जाओगे।

सूरदास—(हँसकर) अब जीकर क्या करूँगा? इस समय मरूँगा, तो बैकुंठ पाऊँगा, फिर न जाने क्या हो। जैसे खेत कटने का एक समय है, उसी तरह मरने का भी एक समय होता है। पक जाने पर खेत न कटे तो नाज सड़ जाएगा, मेरी भी वह दशा होगी। मैं भी कई आदमियों को जानता हूँ, जो आज से दस बरस पहले मरते, तो लोग उनका जस गाते, आज उनकी निन्दा हो रही है।

सेवक—मेरे हाथों तुम्हारा बड़ा अहित हुआ। इसके लिए मुझे क्षमा करना।

सूरदास—मेरा तो आपने कोई अहित नहीं किया, मुझसे और आपसे दुसमनी ही कौन-सी थी। हम और आप आमने-सामने की पालियों में खेले। आपने भरसक ज़ोर लगाया, मैंने भी भरसक ज़ोर लगाया। जिसको जीतना था, जीता; जिसको हारना था, हारा। खिलाड़ियों में बैर नहीं होता। खेल में रोते तो लड़कों को भी लाज आती है। खेल में चोट लग जाए, चाहे जान निकल जाए, पर बैर-भाव न आना चाहिए। मुझे आपसे कोई शिकायत नहीं है।

सेवक—सूरदास, अगर इस तत्त्व को, जीवन के इस रहस्य को, मैं भी तुम्हारी भाँति समझ सकता, तो आज यह नौबत न आती। मुझे याद है, तुमने एक बार मेरे कारखाने को आग से बचाया था। मैं तुम्हारी जगह होता, तो शायद आग में और तेल डाल देता। तुम इस संग्राम में निपुण हो सूरदास, मैं तुम्हारे आगे निरा बालक हूँ। लोकमत के अनुसार मैं जीता और तुम हारे, पर मैं जीतकर भी दुखी हूँ, तुम हारकर भी सुखी हो। तुम्हारे नाम की पूजा हो रही है, मेरी प्रतिमा बनाकर लोग जला रहे हैं। मैं धन, प्रतिष्ठा रखते हुए भी तुमसे सम्मुख होकर न लड़ सकता। सरकार की आड़ से लड़ा। मुझे जब अवसर मिला, मैंने तुम्हारे ऊपर कुटिल आघात किया। इसका मुझे खेद है।

मरणासन्न मुनष्य का वे लोग भी स्वच्छन्द होकर कीर्ति-गान करते हैं, जिनका जीवन उससे बैर साधने में ही कटा हो, क्योंकि अब उससे किसी हानि की शंका नहीं होती।

सूरदास ने उदार भाव से कहा—नहीं साहब, आपने मेरे साथ कोई अन्याय नहीं किया। धूर्तता तो निर्बलों का हथियार है। बलवान कभी नीच नहीं होता।

सेवक—हाँ सूरदास, होना वही चाहिए, जो तुम कहते हो; पर ऐसा होता नहीं। मैंने नीति का कभी पालन नहीं किया। मैं संसार को क्रीड़ा-क्षेत्र नहीं,

संग्राम-क्षेत्र समझता रहा और युद्ध में छल, कपट, गुप्त आघात सभी कुछ किया जाता है। धर्मयुद्ध के दिन अब नहीं रहे।

सूरदास ने इसका कुछ उत्तर न दिया। वह सोच रहा था कि मिठुआ की बात साहब से कह दूँ या नहीं। उसने कड़ी कसम रखायी। पर कह देना ही उचित है। लौंडा हठी और कुचाली है, उस पर घीसू का साथ, कोई-न-कोई अनीति अवश्य करेगा। कसम रखा देने से तो मुझे हत्या लगती नहीं। कहीं कुछ नटखटी कर बैठा तो साहब समझेंगे, अंधे ने मरने के बाद भी बैर निभाया। बोला—साहब, आपसे एक बात कहना चाहता हूँ।

सेवक—कहो, शौक से कहो।

सूरदास ने संक्षिप्त रूप से मिठुआ की अनर्गल बातें मि. सेवक से कह सुनाई और अंत में बोला—मेरी आपसे इतनी ही बिनती है कि उस पर कड़ी निगाह रखिएगा। अगर अवसर पा गया तो चूकनेवाला नहीं है। तब आपको भी उस पर क्रोध आ ही जाएगा, और आप उसे दण्ड देने का उपाय सोचेंगे। मैं इन दोनों बातों में से एक भी नहीं चाहता।

सेवक अन्य धनी पुरुषों की भाँति बदमाशों से बहुत डरते थे, सशंक होकर बोले—सूरदास, तुमने मुझे होशियार कर दिया, इसके लिए तुम्हारा कृतज्ञ हूँ। मुझमें और तुममें यही अंतर है। मैं तुम्हें कभी यों सचेत न करता। किसी दूसरे के हाथों तुम्हारी गरदन कटते देखकर भी कदाचित् मेरे मन में दया न आती। कसाई भी सदय और निर्दय हो सकते हैं। हम लोग द्वेष में निर्दय कसाई से भी बढ़ जाते हैं। (सोफ़िया से अँगरेज़ी में) बड़ा सत्यप्रिय आदमी है। कदाचित् संसार ऐसे आदमियों के रहने का स्थान नहीं है। मुझे एक छिपे शत्रु से बचाना अपना कर्त्तव्य समझता है। यह तो भतीजा है, किंतु पुत्र की बात होती, तो भी मुझे अवश्य सतर्क कर देता।

सोफ़िया—मुझे अब विश्वास होता है कि शिक्षा धूर्तों की है, प्रकृति सत्पुरुषों की।

जॉन सेवक को यह बात कुछ रुचिकर न लगी। शिक्षा की इतनी निंदा उन्हें असह्य थी। बोले—सूरदास, मेरे योग्य कोई और सेवा हो तो बताओ।

सूरदास—कहने की हिम्मत नहीं पड़ती।

सेवक—नहीं-नहीं, जो कुछ कहना चाहते हो, निस्संकोच होकर कहो।

सूरदास—ताहिरअली को फिर नौकर रख लीजिएगा। उनके बाल-बच्चे कष्ट में हैं।

सेवक—सूरदास, मुझे अत्यंत खेद है कि मैं तुम्हारे आदेश का पालन न कर सकूँगा। किसी नीयत के बुरे आदमी को आश्रय देना मेरे नियम के विरुद्ध है। मुझे तुम्हारी बात न मानने का बहुत खेद है, पर यह मेरे जीवन का एक प्रधान सिद्धांत है, और उसे तोड़ नहीं सकता।

सूरदास—दया कभी नियम-विरुद्ध नहीं होती।

सेवक—मैं इतना कर सकता हूँ कि ताहिरअली के बाल-बच्चों का पालन-पोषण करता रहूँ। लेकिन उसे नौकर न रखूँगा।

सूरदास—जैसी आपकी इच्छा। किसी तरह उन ग़रीबों की परवस्ती होनी चाहिए।

अभी ये बातें हो रही थीं कि रानी जाह्नवी की मोटर आ पहुँची। रानी उतरकर सोफ़िया के पास आयीं और बोलीं—बेटी, क्षमा करना, मुझे बड़ी देर हो गई। तुम घबराई तो नहीं? भिक्षुओं को भोजन कराकर यहाँ आने को घर से निकली, तो कुँवर साहब आ गए थे। बातों-बातों में उनसे झड़प हो गई। बुढ़ापे में मनुष्य क्यों इतना मायांध हो जाता है, यह मेरी समझ में नहीं आता। क्यों मि. सेवक, आपका क्या अनुभव है?

सेवक—मैंने दोनों ही प्रकार के चरित्र देखे हैं। अगर प्रभु धन को तृण समझता है, तो पिताजी को फीकी चाय, सादी चपातियाँ और धुँधली रोशनी पसंद है। इसके प्रतिकूल डॉ. गांगुली हैं कि जिनकी आमदनी खर्च के लिए काफ़ी नहीं होती और राजा महेन्द्रकुमार सिंह, जिनके यहाँ धेले तक का हिसाब लिखा जाता है।

यों बातें करते हुए लोग मोटरों की तरफ़ चले। मि. सेवक तो अपने बँगले पर गए; सोफ़िया रानी के साथ सेवा-भवन गई।

45

पाँड़ेपुर में गोरखे अभी तक पड़ाव डाले हुए थे। उनके उपलों के जलने से चारों तरफ़ धुआँ छाया हुआ था। उस श्यामावरण में बस्ती के खंडहर भयानक मालूम होते थे। यहाँ अब भी दिन में दर्शकों की भीड़ रहती थी। नगर में शायद ही कोई ऐसा आदमी होगा, जो इन दो-तीन दिनों में यहाँ एक बार न आया हो। यह स्थान अब मुसलमानों का शहीदगाह और हिन्दुओं की तपोभूमि के सदृश हो गया था। जहाँ विनयसिंह ने अपनी जीवन-लीला समाप्त की थी, वहाँ लोग आते, तो पैर से जूते उतार देते। कुछ भक्तों ने वहाँ पत्र-पुष्प भी चढ़ा रखे थे। यहाँ की मुख्य वस्तु सूरदास के झोंपड़े के चिह्न थे।

फूस के ढेर अभी तक पड़े हुए थे। लोग यहाँ आकर घण्टों खड़े रहते और सैनिकों को क्रोध तथा घृणा की दृष्टि से देखते। इन पिशाचों ने हमारा मान-मर्दन किया और अभी तक डटे हुए हैं। अब न जाने, क्या करना चाहते हैं। बजरंगी, ठाकुरदीन, नायकराम, जगधर आदि अब भी अपना अधिकांश समय यहीं विचरने में व्यतीत करते थे। घर की याद भूलते-भूलते ही भूलती है। कोई अपनी भूली-भटकी चीजें खोजने आता, कोई पत्थर या लकड़ी खरीदने और बच्चों को तो अपने घरों का चिह्न देखने ही में आनंद आता था। एक पूछता, अच्छा बताओ, हमारा घर कहाँ था? दूसरा कहता, वह जहाँ कुत्ता लेटा हुआ है। तीसरा कहता, वहाँ तो बेचू का घर था। देखते नहीं, यह अमरूद का पेड़ उसी के आँगन में था। दूकानदार आदि भी यहीं शाम-सवेरे आते और घंटों सिर झुकाए बैठे रहते, जैसे घरवाले मृत देह के चारों ओर जमा हो जाते हैं। यह मेरा आँगन था, यह मेरा दालान था, यहीं बैठकर तो मैं बही लिखा करता था, अरे मेरी घी की हांडी पड़ी हुई है, कुत्तों ने मुँह डाल दिया होगा, नहीं तो लेते चलते। कई साल की हाँडी थी। अरे! मेरा पुराना जूता पड़ा हुआ

है। पानी में फूलकर कितना बड़ा हो गया है। दो-चार सज्जन भी थे, जो अपने बाप-दादों के गाड़े हुए रुपये खोजने आते थे। जल्दी में उन्हें घर खोदने का अवकाश न मिला था। दादा बंगाल की सारी कमाई अपने सिरहाने गाड़कर मर गए, कभी उसका पता न बताया। कैसी ही गरमी पड़े, कितने ही मच्छर काटे वह अपनी कोठरी ही में सोते थे। पिताजी खोदते-खोदते रह गए। डरते थे कि कहीं शोर न मच जाए। जल्दी क्या है घर में ही तो है, जब जी चाहेगा, निकाल लेंगे, मैं यही सोचता रहा। क्या जानता था कि आफत आनेवाली है, नहीं तो पहले ही से खोद न लिया होता। अब कहाँ पता मिलता है, जिसके भाग्य का होगा, वह पाएगा।

संध्या हो गई थी। नायकराम, बजरंगी और उनके अन्य मित्र आकर एक पेड़ के नीचे बैठ गए।

नायकराम—कहो बजरंगी, कहीं कोई घर मिला?

बजरंगी—घर नहीं, पत्थर मिला। सहर में रहूँ, तो इतना किराया कहाँ से लाऊँ, घास-चारा कहाँ मिले? इतनी जगह कहाँ मिली जाती है? हाँ, औरों की भाँति दूध में पानी मिलाने लगूँ, तो गुज़र हो सकती है; लेकिन यह करम उम्र-भर नहीं किया, तो अब क्या करूँगा। दिहात में रहता हूँ, तो घर बनवाना पड़ता है; ज़मींदार को नज़र-नज़राना न दो, तो ज़मीन न मिले। एक-एक बिस्वे के दो-दो सौ माँगते हैं। घर बनवाने को अलग हजार रुपये चाहिए। इतने रुपये कहाँ से लाऊँ? जितना मावजा मिला है, उतने में तो एक कोठरी भी नहीं बन सकती। मैं तो सोचता हूँ, जानवरों को बेच डालूँ और यहीं पुतलीघर में मजूरी करूँ। सब झगड़ा ही मिट जाये। तलब तो अच्छी मिलती है। और कहाँ-कहाँ ठिकाना ढूँढ़ते फिरें?

जगधर—यही तो मैं भी सोच रहा हूँ, बना-बनाया मकान रहने को मिल जायेगा, पड़े रहेंगे। कहीं घर-बैठे खाने को तो मिलेगा नहीं। दिन-भर खोंचा लिये न फिरे, यहीं मजूरी की।

ठाकुरदीन—तुम लोगों से मजूरी हो सकती है, करो; मैं तो चाहे भूखों मर जाऊँ, पर मजूरी नहीं कर सकता। मजूरी सूद्रों का काम है, रोजगार करना बैसों का काम है। अपने हाथों अपना मरतबा क्यों खोएँ, भगवान कहीं-न-कहीं ठिकाना लगाएंगे ही। यहाँ तो अब कोई मुझे सेंत-मेंत रहने को कहे, तो न

रहूँ। बस्ती उजड़ जाती है, तो भूतों का डेरा हो जाता हैं देखते नहीं हो, कैसा सियापा हुआ है, नहीं तो इस बेला यहाँ कितना गुलजार रहता था।

नायकराम–मुझे क्या सलाह देते हो बजरंगी, दिहात में रहूँ कि सहर में?

बजरंगी–भैया, तुम्हारा दिहात में निबाह न होगा। कहीं पीछे हटना ही पड़ेगा। रोज सहर का आना-जाना ठहरा, कितनी जहमत होगी। फिर तुम्हारे जात्री तुम्हारे साथ दिहात में थोड़े ही जाएंगे। यहाँ से तो सहर इतना दूर नहीं था, इसलिए सब चले आते थे।

नायकराम–तुम्हारी सलाह क्या है जगधर?

जगधर–भैया, मैं तो सहर में रहने को न कहूँगा। खरच कितना बढ़ जायेगा, मिट्टी भी मोल मिले, पानी के भी दाम दो। चालीस-पचास का तो एक छोटा-सा मकान मिलेगा। तुम्हारे साथ नित्त दस-बीस आदमी ठहरा चाहें। इसलिए बड़ा घर लेना पड़ेगा। उसका किराया सौ से नीचे न होगा। गायें-भैंसें कहाँ रखोगे? जात्रियों को कहाँ ठहराओगे? तुम्हें जितना मावजा मिला है, उतने में तो इतनी जमीन भी न मिलेगी, घर बनवाने को कौन कहे।

नायकराम–बोलो भाई बजरंगी, साल के 1200 रुपये किराये के कहाँ से आयेंगे? क्या सारी कमाई किराए ही में खरच कर दूँगा?

बजरंगी–ज़मीन तो दिहात में भी मोल लेनी पड़ेगी, सेंत तो मिलेगी नहीं। फिर कौन जाने, किस गाँव में जगह मिले। बहुत से आस-पास के गाँव तो ऐसे भरे हुए हैं कि वहाँ अब एक झोंपड़ी भी नहीं बन सकती। किसी के द्वार पर आँगन तक नहीं है। फिर मिल गई, तो मकान बनवाने के लिए सारा सामान सहर से ले जाना पड़ेगा। उसमें कितना खरच पड़ेगा? नौ की लकड़ी नब्बे खरच। कच्चे मकान बनवाओगे, तो कितनी तकलीफ! टपके, कीचड़ हो, रोज मनो कूड़ा निकले, सातवें दिन लीपने को चाहिए, तुम्हारे घर में कौन लीपनेवाला बैठा हुआ है? तुम्हारा रहा कच्चे मकान में न रहा जाएगा। सहर में आने-जाने के लिए सवारी रखनी पड़ेगी। उसका खरच भी 50 रुपये से नीचे न होगा। तुम कच्चे मकान में तो कभी रहे नहीं। क्या जानो दीमक, कीड़े-मकोड़े सील। पूरी छीछालेदर होती है। तुम सैरबीन आदमी ठहरे। पान-पत्ता, साग-भाजी दिहात में कहाँ? मैं तो यही कहूँगा कि दिहात के एक की जगह सहर में दो खरच पड़ें, तब भी तुम सहर ही में रहो। वहाँ हम लोगों

से भी भेंट-मुलाकात हो जाया करेगी। आखिर दूध-दही लेकर सहर तो रोज जाना ही पड़ेगा।

नायकराम—वाह बहादुर, वाह! मान गया। तुम्हारा जोड़ तो भैरों था, दूसरा कौन तुम्हारे सामने ठहर सकता है? तुम्हारी बात मेरे मन में बैठ गई। बोलो जगधर, इसका कुछ जवाब देते हो तो दो, नहीं तो बजरंगी की डिग्री होती है। सौ रुपये किराया देना मंजूर, यह झंझट कौन सिर पर लेगा!

जगधर—भैया, तुम्हारी मरजी है, तो सहर ही में चले जाओ, मैं बजरंगी से लड़ाई थोड़े ही करता हूँ। पर दिहात दिहात ही है, सहर सहर ही! सहर में पानी तक तो अच्छा नहीं मिलता। वही बंबे का पानी पीओ, धरम जाए और कुछ स्वाद भी न मिले।

ठाकुरदीन—अंधा आगमजानी था। जानता था कि एक दिन यह पुतलीघर हम लोगों को बनवास देगा, जान तक गँवाई, पर अपनी ज़मीन नहीं दी। हम लोग इस किरंटे के चकमों में आकर उसका साथ न छोड़ते, तो साहब लाख सिर पटककर मर जाते, एक न चलती।

नायकराम—अब उसके बचने की कोई आसा नहीं मालूम होती। आज मैं गया था। बुरा हाल था। कहते हैं, रात को होश में था। जॉन सेवक साहब और राजा साहब से देर तक बातें की, मिठुआ से भी बातें कीं। सब लोग सोच रहे थे, अब बच जाएगा। सिविलसारजंट ने मुझसे खुद कहा, अंधे की जान का कोई खटका नहीं है। पर सूरदास यही कहता रहा कि आपको मेरी जो सांसत करनी है, कर लीजिए, मैं बचूँगा नहीं। आज बोल-चाल बंद है। मिठुआ बड़ा कपूत निकल गया। उसी की कपूती ने अंधे की जान ली। दिल टूट गया, नहीं तो अभी कुछ दिन और चलता। ऐसे वीर विरले ही कहीं होते हैं। आदमी नहीं था, देवता था।

बजरंगी—सच कहते हो भैया, आदमी नहीं था, देवता था। ऐसा सेर आदमी कहीं नहीं देखा। सच्चाई के सामने किसी की परवा नहीं की, चाहे कोई अपने घर का लाट ही क्यों न हो। घीसू के पीछे मैं उससे बिगड़ गया था, पर अब जो सोचता हूँ, तो मालूम होता है कि सूरदास ने कोई अन्याय नहीं किया। कोई बदमास हमारी ही बहू-बेटी को बुरी निगाह से देखे, तो बुरा लगेगा कि नहीं? उसके खून के प्यासे हो जाएँगे, घात पाएँगे, तो सिर उतार

लेंगे। अगर सूरे ने हमारे साथ वही बरताव किया, तो क्या बुराई की? घीसू का चलन बिगड़ गया था। सजा न पा जाता तो न जाने क्या अँधेर करता।

ठाकुरदीन–अब तक या तो उसी की जान पर बन गई होती, या दूसरों की।

जगधर–चौधरी, घर-गाँव में इतनी सच्चाई नहीं बरती जाती। अगर सच्चाई से किसी का नुकसान होता हो, तो उस पर परदा डाल दिया जाता है। सूरे में और सब बातें अच्छी थीं, बस इतनी ही बुरी थी।

ठाकुरदीन–देखो जगधर, सूरदास यहाँ नहीं है, किसी के पीठ-पीछे निंदा नहीं करनी चाहिए। निंदा करनेवाले की तो बात ही क्या, सुननेवालों को भी पाप लगता है। न जाने पूरब-जनम में कौन-सा पाप किया था, सारी जमा-जथा चोर मूस ले गए, यह पाप अब न करूँगा।

बजरंगी–हाँ, जगधर, यह बात अच्छी नहीं। मेरे ऊपर भी तो वही पड़ी है, जो तुम्हारे ऊपर पड़ी; लेकिन सूरदास की बदगोई नहीं सुन सकता।

ठाकुरदीन–इनकी बहू-बेटी को कोई घूरता, तो ऐसी बातें न करते।

जगधर–बहू-बेटी की बात और है, हरजाइयों की बात और।

ठाकुरदीन–बस, अब चुप ही रहना जगधर! तुम्हीं एक बार सुभागी की सफाई करते फिरते थे, आज हरजाई कहते हो। लाज भी नहीं आती?

नायकराम–यह आदत बहुत खराब है।

बजरंगी–चाँद पर थूकने से थूक अपने ही मुँह पर पड़ता है।

जगधर–अरे, तो मैं सूरे की निंदा थोड़े ही कर रहा हूँ। दिल दुखता है, तो बात मुँह से निकल ही जाती है। तुम्हीं सोचो, विद्याधर अब किस काम का रहा? पढ़ाना-लिखाना सब मिट्टी में मिला कि नहीं? अब न सरकार में नौकरी मिलेगी, न कोई दूसरा रखेगा। उसकी तो जिंदगानी खराब हो गई। बस, यही दुख है, नहीं तो सूरदास का-सा आदमी कोई क्या होगा।

नायकराम–हाँ, इतना मैं भी मानता हूँ कि उसकी जिंदगानी खराब हो गई। जिस सच्चाई में किसी का अनभल होता हो, उसका मुँह से न निकालना ही अच्छा। लेकिन सूरदास को सब कुछ माफ है।

ठाकुरदीन–सूरदास ने इलम तो नहीं छीन लिया?

जगधर–यह इलम किस काम का, जब नौकरी-चाकरी न कर सके। धरम की बात होती, यों भी काम देती। यह विद्या हमारे किस काम आवेगी?

नायकराम—अच्छा, यह बताओ कि सूरदास मर गए, तो गंगा नहाने चलोगे कि नहीं?

जगधर—गंगा नहाने क्यों नहीं चलूँगा! सबके पहले चलूँगा। कंधा तो आदमी बैरी को भी दे देता है, सूरदास हमारे बैरी नहीं थे। जब उन्होंने मिठुआ को नहीं छोड़ा, जिसे बेटे की तरह पाला, तो दूसरों की बात ही क्या। मिठुआ क्या, वह अपने खास बेटे को न छोड़ते।

नायकराम—चलो, देख आएँ।

चारों आदमी सूरदास को देखने चले।

46

चारों आदमी शफ़ाख़ाने पहुँचे, तो नौ बज चुके थे। आकाश निद्रा में मग्न, आँखें बंद किये पड़ा हुआ था, पर पृथ्वी जाग रही थी। भैरों खड़ा सूरदास को पंखा झल रहा था। लोगों को देखते ही उसकी आँखों से आँसू गिरने लगे। सिरहाने की ओर कुर्सी पर बैठी हुई सोफ़िया चिंताकुल नेत्रों से सूरदास को देख रही थी। सुभागी अँगीठी में आग बना रही थी कि थोड़ा-सा दूध गर्म करके सूरदास को पिलाये। तीनों ही के मुख पर नैराश्य का चित्र खिंचा हुआ था। चारों ओर वह निःस्तब्धता छाई हुई थी, जो मृत्यु का पूर्वाभास है।

सोफ़ी ने कातर स्वर में कहा—पण्डाजी, आज शोक की रात है। इनकी नाड़ी का कई-कई मिनटों तक पता नहीं चलता। शायद आज की रात मुश्किल से कटे। चेष्टा बदल गई।

भैरों—दोपहर से यही हाल है; न कुछ बोलते हैं, न किसी को पहचानते हैं।

सोफ़ी—डॉक्टर गांगुली आते होंगे। उनका तार आया था कि मैं आ रहा हूँ। यों तो मौत की दवा किसी के पास नहीं; लेकिन संभव है, डॉक्टर गांगुली के हाथों कुछ यश लिखा हो।

सुभागी—मैंने शाम को पुकारा था, तो आँखें खोली थीं; पर बोले कुछ नहीं।

ठाकुरदीन—बड़ा प्रतापी जीव था।

यहीं बातें हो रही थीं कि एक मोटर आयी और कुँवर भरतसिंह, डॉक्टर गांगुली और रानी जाह्नवी उतर पड़ीं। गांगुली ने सूरदास के मुख की ओर देखा और निराशा की मुस्कराहट के साथ बोले—हमको दस मिनट का भी देर होता, तो इनका दर्शन भी न पाते। विमान आ चुका है। क्यों दूध गरम करता है भाई, दूध कौन पीएगा? यमराज तो दूध पीने का मुहलत नहीं देता।

सोफ़िया ने सरल भाव से कहा—क्या अब कुछ नहीं हो सकता डॉक्टर साहब?

गांगुली—बहुत कुछ हो सकता है मिस सोफ़िया! हम यमराज को परास्त कर देगा। ऐसे प्राणियों का यथार्थ जीवन तो मृत्यु के पीछे ही होता है, जब वह पंचभूतों के संस्कार से रहित हो जाता है। सूरदास अभी नहीं मरेगा, बहुत दिनों तक नहीं मरेगा। हम सब मर जायेगा, कोई कल, कोई परसो; पर सूरदास तो अमर हो गया, उसने तो काल को जीत लिया। अभी तक उसका जीवन पंचभूतों के संस्कार से सीमित था। अब वह प्रसारित होगा, समस्त प्रांत से, समस्त देश को जागृति प्रदान करेगा, हमें कर्मण्यता का, वीरता का आदर्श बताएगा। यह सूरदास की मृत्यु नहीं है सोफ़ी, यह उसकी जीवन-ज्योति का विकास है। हम तो ऐसा ही समझता है।

यह कहकर डॉक्टर गांगुली ने जेब से एक शीशी निकाली और उसमें से कई बूँदें सूरदास का मुँह खोलकर पिला दीं। तत्काल उसका असर दिखायी दिया। सूरदास के विवर्ण मुख-मंडल पर हलकी सुरखी दौड़ गई। उसने आँखें खोल दीं, इधर-उधर अनिमेष दृष्टि से देखकर हँसा और ग्रामोफोन की-सी कृत्रिम बैठी हुई, नीरस आवाज़ से बोला—बस-बस, अब मुझे क्यों मारते हो? तुम जीते, मैं हारा। यह बाजी तुम्हारे हाथ रही, मुझसे खेलते नहीं बना। तुम मंजे हुए खिलाड़ी हो, दम नहीं उखड़ता, खिलाड़ियों को मिलाकर खेलते हो और तुम्हारा उत्साह भी खूब है। हमारा दम उखड़ जाता है, हाँफने लगते हैं और खिलाड़ियों को मिलाकर नहीं खेलते, आपस में झगड़ते हैं, गाली-गलौज, मार-पीट करते हैं, कोई किसी की नहीं मानता। तुम खेलने में निपुण हो, हम अनाड़ी हैं। बस, इतना ही फरक है। तालियाँ क्यों बजाते हो, यह तो जीतनेवालों का धरम नहीं? तुम्हारा धरम तो है हमारी पीठ ठोकना। हम हारे, तो क्या, मैदान से भागे तो नहीं, रोये तो नहीं, धाँधली तो नहीं की। फिर खेलेंगे, जरा दम ले लेने दो, हार-हारकर तुम्हीं से खेलना सीखेंगे और एक-न-एक दिन हमारी जीत होगी, जरूर होगी।

डॉक्टर गांगुली इस अनर्गल कथन को आँखें बंद किये इस भाव से तन्मय होकर सुनते रहे, मानो ब्रह्म-वाक्य सुन रहे हों। तब भक्तिपूर्ण भाव से बोले—बड़ी विशाल आत्मा है। हमारे सारे पारस्परिक, सामाजिक-राजनीतिक जीवन की अत्यंत सुंदर विवेचना कर दी और थोड़े-से शब्दों में।

सोफ़ी ने सूरदास से कहा—सूरदास, कुँवर साहब और रानीजी आये हुए हैं। कुछ कहना चाहते हो?

सूरदास ने उन्मादपूर्ण उत्सुकता से कहा—हाँ-हाँ-हाँ, बहुत कुछ कहना है, कहाँ हैं? उनके चरणों की धूल मेरे माथे पर लगा दो, तर जाऊँ; नहीं-नहीं, मुझे उठाकर बैठा दो, खोल दो यह पट्टी, मैं खेल चुका, अब मुझे मरहम-पट्टी नहीं चाहिए। रानी कौन, विनयसिंह की माता न? कुँवर साहब उनके पिता न? मुझे बैठा दो, उनके पैरों पर आँखें मलूँगा। मेरी आँखें खुल जायेंगी। मेरे सिर पर हाथ रखकर असीस दो, माता, अब मेरी जीत होगी। कहो! वह, सामने विनयसिंह और इंद्रदत्त सिंहासन पर बैठे हुए मुझे बुला रहे हैं। उनके मुख पर कितना तेज है। मैं भी आता हूँ। यहाँ तुम्हारी कुछ सेवा न कर सका। अब वहीं करूँगा। माता-पिता, भाई-बंद, सबको सूरदास का राम-राम, अब जाता हूँ। जो कुछ बना-बिगड़ा हो, छमा करना।

रानी जाह्नवी ने आगे बढ़कर, भक्ति-विह्वल दशा में, सूरदास के पैरों पर सिर रख दिया और फूट-फूटकर रोने लगीं। सूरदास के पैर अश्रु-जल से भीग गए। कुँवर साहब ने आँखों पर रूमाल डाल लिया और खड़े-खड़े रोने लगे।

सूरदास की मुखश्री फिर मलिन हो गई। औषधि का असर मिट गया। ओठ नीले पड़ गए। हाथ-पाँव ठंडे हो गए।

नायकराम गंगाजल लाने दौड़े। जगधर ने सूरदास के समीप जाकर कहा—सूरदास, मैं हूँ जगधर, मेरा अपराध क्षमा। यह कहते-कहते आवेग से उसका कंठ रुँध गया।

सूरदास मुँह से कुछ न बोला, दोनों हाथ जोड़े, आँसू की दो बूँदें गालों पर बह आयीं, और खिलाड़ी मैदान से चला गया।

क्षण-मात्र में चारों तरफ़ खबर फैल गई। छोटे-बड़े, अमीर-ग़रीब, स्त्री-पुरुष, बूढ़े-जवान, हज़ारों की संख्या में निकल पड़े। सब नंगे सिर, नंगे पैर, गले में अँगोछियाँ डाले शफाखाने के मैदान में एकत्र हुए। जिसका कोई नहीं होता, उसके सब होते हैं। सारा शहर उमड़ा चला आता था। सब-के-सब इस खिलाड़ी को एक आँख देखना चाहते थे, जिसकी हार में भी जीत का गौरव था। कोई कहता था, सिद्ध था; कोई कहता था, वली था; कोई देवता कहता था; पर वह यथार्थ में खिलाड़ी था—वह खिलाड़ी; जिसके माथे पर

कभी मैल नहीं आया, जिसने कभी हिम्मत नहीं हारी, जिसने कभी क़दम पीछे नहीं हटाए। जीता, तो प्रसन्नचित्त रहा; हारा, तो प्रसन्नचित्त रहा; हारा तो जीतनेवाले से कीना नहीं रखा; जीता तो हारनेवाले पर तालियाँ नहीं बजाईं। जिसने खेल में सदैव नीति का पालन किया, कभी धाँधली नहीं की, कभी द्वंदी पर छिपकर चोट नहीं की। भिखारी था, अपंग था, अंधा था, दीन था, कभी भर-पेट दाना नहीं नसीब हुआ, कभी तन पर वस्त्र पहनने को नहीं मिला; पर हृदय धैर्य और क्षमा, सत्य और साहस का अगाध भंडार था। देह पर मांस न था, पर हृदय में विनय, शील और सहानुभूति भरी हुई थी।

हाँ, वह साधु न था, महात्मा न था, देवता न था, फरिश्ता न था। एक क्षुद्र, शक्तिहीन प्राणी था, चिंताओं और बाधाओं से घिरा हुआ, जिसमें अवगुण भी थे, और गुण भी। गुण कम थे, अवगुण बहुत। क्रोध, लोभ, मोह, अहंकार, ये सभी दुर्गुण उसके चरित्र में भरे हुए थे, गुण केवल एक था। किन्तु ये सभी दुर्गुण उस पर गुण के सम्पर्क से, नमक की खान में जाकर नमक हो जानेवाली वस्तुओं की भाँति, देवगुणों का रूप धारण कर लेते थे—क्रोध सत्क्रोध हो जाता था, लोभ सदानुराग, मोह सदुत्साह के रूप में प्रकट होता था और अहंकार आत्माभिमान के वेष में! और वह गुण क्या था? न्याय-प्रेम, सत्य-भक्ति, परोपकार, दर्द या उसका जो नाम चाहे, रख लीजिए। अन्याय देखकर उससे न रहा जाता था, अनीति उसके लिए असह्य थी।

मृत देह कितनी धूमधाम से निकली, इसकी चर्चा करना व्यर्थ है। बाजे-गाजे न थे, हाथी-घोड़े न थे, पर आँसू बहानेवाली आँखों और कीर्ति-गान करनेवाले मुखों की कमी न थी। बड़ा समारोह था। सूरदास की सबसे बड़ी जीत यह थी कि शत्रुओं को भी उससे शत्रुता न थी। अगर शोक-समाज में सोफ़िया, गांगुली, जाह्नवी, भरतसिंह, नायकराम, भैरों आदि थे, तो महेन्द्रकुमार सिंह, जॉन सेवक, जगधर यहाँ तक कि मि. क्लार्क भी थे। चंदन की चिता बनाई गई थी, उस पर विजय-पताका लहरा रही थी। दाहक्रिया कौन करता? मिठुआ ठीक उसी अवसर पर रोता हुआ आ पहुँचा। सूरदास जीते-जी जो न कर पाया था, मरकर किया!

इसी स्थान पर कई दिन पहले यही शोक-दृश्य दिखायी दिया था। अन्तर केवल इतना था कि उस दिन लोगों के हृदय शोक से व्यथित थे, आज

विजय-गर्व से परिपूर्ण। वह एक वीरात्मा की वीर मृत्यु थी, यह एक खिलाड़ी की अंतिम लीला। एक बार सूर्य की किरणें चिता पर पड़ीं, उनमें गर्व की आभा थी, मानों आकाश से विजय-गान के स्वर आ रहे हैं।

लौटते समय मि. क्लार्क ने राजा महेन्द्रकुमार से कहा—मुझे इसका अफ़सोस है कि मेरे हाथों से ऐसे अच्छे आदमी की हत्या हुई।

राजा साहब ने कुतूहल से कहा—सौभाग्य कहिए, दुर्भाग्य क्यों?

क्लार्क—नहीं राजा साहब, दुर्भाग्य ही है। हमें आप-जैसे मनुष्य से भय नहीं, भय ऐसे ही मनुष्यों से है, जो जनता के हृदय पर शासन कर सकते हैं। यह राज्य करने का प्रायश्चित्त है कि इस देश में हम ऐसे आदमियों का वध करते हैं, जिन्हें इंग्लैंड में हम देव-तुल्य समझते।

सोफ़िया इसी समय उनके पास से होकर निकली। यह वाक्य उसके कान में पड़ा, बोली—काश, ये शब्द आपके अंतःकरण से निकले होते!

यह कहकर वह आगे बढ़ गई। मि. क्लार्क यह व्यंग्य सुनकर बौखला गए, जब्त न कर सके। बोले—यह तुम्हारे उस अन्याय का फल है, जो तुमने मेरे साथ किया है।

सोफ़ी आगे बढ़ गई थी। ये शब्द उसके कान में न पड़े।

गगन-मण्डल के पथिक, जो मेघ के आवरण से बाहर निकल आये थे, एक-एक करके विदा हो रहे थे। शव के साथ आनेवाले भी एक-एक करके चले गए। पर सोफ़िया कहाँ जाती? उसी दुविधा में खड़ी थी कि इंदु मिल गई। सोफ़िया ने कहा—इन्दु, जरा ठहरो, मैं भी तुम्हारे साथ चलूँगी।

47

संध्या हो गई थी। मिल के मज़दूर छुट्टी पा गए थे। आजकल दूनी मज़दूरी देने पर भी बहुत थोड़े मज़दूर काम करने आते थे। पाँड़ेपुर में सन्नाटा छाया हुआ था। वहाँ अब मकानों के भग्नावशेष के सिवा कुछ नज़र न आता था। हाँ, वृक्ष अभी तक ज्यों-के-त्यों खड़े थे। वह छोटा-सा नीम का वृक्ष अब सूरदास की झोंपड़ी का निशान बतलाता था, फूस लोग बटोर ले गए थे। भूमि समतल की जा रही थी और कहीं-कहीं नये मकानों की दाग-बेल पड़ चुकी थी। केवल बस्ती के अंतिम भाग में एक छोटा-सा खपरैल का मकान अब तक आबाद था, जैसे किसी परिवार के सब प्राणी मर गए हों, केवल एक जीर्ण-शीर्ण, रोग-पीड़ित, बूढ़ा नामलेवा रह गया हो। यही कुल्सूम का घर है, जिसे अपने वचनानुसार, सूरदास की खातिर से मि. जॉन सेवक ने गिराने नहीं दिया है। द्वार पर नसीमा और साबिर खेल रहे हैं और ताहिर अली एक टूटी हुई खाट पर सिर झुकाए बैठे हुए हैं। ऐसा मालूम होता है कि महीनों से उनके बाल नहीं बने। शरीर दुर्बल है, चेहरा मुरझाया हुआ, आँखें बाहर को निकल आयी हैं। सिर के बाल भी खिचड़ी हो गये हैं। कारावास के कष्टों और घर की चिंताओं ने कमर तोड़ दी है। काल-गति ने उन पर बरसों का काम महीनों में कर डाला हैं उनके अपने कपड़े जो जेल से छूटते समय वापस मिले हैं, उतारे के मालूम होते हैं। प्रातःकाल वह नैनी जेल से आये हैं और अपने घर की दुर्दशा ने उन्हें इतना क्षुब्ध कर रखा है कि बाल बनवाने तक की इच्छा नहीं होती। उनके आँसू नहीं थमते, बहुत मन को समझाने पर भी नहीं थमते। इस समय भी उनकी आँखों में आँसू भरे हुए हैं। उन्हें रह-रहकर माहिरअली पर क्रोध आता है और वह एक लम्बी साँस खींचकर रह जाते हैं। वे कष्ट याद आ रहे हैं, जो उन्होंने खानदान के लिए सहर्ष झेले थे—वे सारी तकलीफें,

सारी कुरबानियाँ, सारी तपस्याएँ बेकार हो गईं। क्या इसी दिन के लिए मैंने इतनी मुसीबतें झेली थीं? इसी दिन के लिए अपने खून से खानदान के पेड़ को सींचा था? यही कड़ुवे फल खाने के लिए? आखिर मैं जेल ही क्यों गया था? मेरी आमदनी मेरे बाल-बच्चों की परवरिश के लिए काफी थी। वही मेरी तबाही का सबब हुआ। गजब खुदा का। मुझ पर यह सितम। मुझ पर यह कहर! मैंने कभी नये जूते नहीं पहने, बरसों कपड़े में थिगलियाँ लगा-लगाकर दिन काटे, बच्चे मिठाइयों को तरस-तरस कर रह जाते थे, बीवी को सिर के लिए तेल भी मयस्सर न होता था, चूड़ियाँ पहनना नसीब न था, हमने फाके किए, जेवर और कपड़ों की कौन कहे, ईद के दिन भी बच्चों को नये कपड़े न मिलते थे, कभी इतना हौसला न हुआ कि बीवी के लिए एक लोहे का छल्ला बनवाता। उलटे उसके सारे गहने बेच-बेचकर खिला दिए। इस सारी तपस्या का यह नतीजा! और वह भी मेरी गैर हाजिरी में! मेरे बच्चे इस तरह घर से निकाल दिए गये, गोया किसी गैर के बच्चे हैं, मेरी बीवी को रो-रोकर दिन काटने पड़े, कोई आँसू पोंछनेवाला भी न हुआ, और मैंने इसी लौंडे के लिए गबन किया था? इसी के लिए अमानत की रकम उड़ायी थी। क्या मैं मर गया था? अगर वे लोग मेरे बाल-बच्चों को अच्छी तरह इज्जत-आबरू के साथ रखते, तो क्या मैं ऐसा गया-गुजरा था कि उनके एहसान का बोझ बतारने की कोशिश न करता? न दूध-घी खिलाते, न तंजेब-अद्धी पहनाते, रूखी रोटियाँ देते, गजी-गाढ़ा ही पहनाते, पर घर में तो रखते। वे रुपयों के पान खा जाते होंगे और यहाँ मेरी बीवी को सिलाई करके अपना गुजर-बसर करना पड़ा। उन सबों से तो जॉन सेवक ही अच्छे, जिन्होंने रहने का मकान तो न गिरवाया, मदद करने के लिए आये तो।

कुल्सूम ने ये विपत्ति के दिन सिलाई करके काटे थे। देहात की स्त्रियाँ उसके यहाँ अपने कुरतियाँ, बच्चों के लिए टोप और कुरते सिलातीं। कोई पैसे दे जातीं, कोई अनाज। उसे भोजन-वस्त्र का कष्ट न था। ताहिरअली अपनी समृद्धि के दिनों में भी इससे ज़्यादा सुख न दे सके थे। अन्तर यह था कि तब सिर पर अपना पति था, अब सिर पर कोई न था। इस आश्रयहीनता ने विपत्ति को और भी असह्य बना दिया था। अंधकार में निर्जनता और भी भयप्रद हो जाती है।

ताहिरअली सिर झुकाए शोक-मग्न बैठे थे कि कुल्सूम ने द्वार पर आकर कहा—शाम हो गई और अभी तक कुछ नहीं खाया। चलो, खाना ठंडा हुआ जाता है।

ताहिरअली ने सामने के खँडहरों की ओर ताकते हुए कहा—माहिर थाने ही में रहते हैं या कहीं और मकान लिया है?

कुल्सूम—मुझे क्या खबर, यहाँ तब से झूठों भी तो नहीं आये। जब ये मकान खाली करवाए जा रहे थे, तब एक दिन सिपाहियों को लेकर आये थे। नसीमा और साबिर चचा-चचा कह के दौड़े पर दोनों को दुतकार दिया।

ताहिर—हाँ, क्यों न दुतकारते, उनके कौन थे?

कुल्सूम—चलो, दो लुकमे खा लो।

ताहिर—माहिर मियाँ से मिले और बगैर मुझे दाना-पानी हराम है।

कुल्सूम—मिल लेना, कहीं भागे जाते हैं।

ताहिर—जब तक जी-भर उनसे बात न कर लूँगा, दिल को तस्कीन न होगी।

कुल्सूम—खुदा उन्हें खुश रखे, हमारी भी तो किसी तरह कट ही गई। खुदा ने किसी-न-किसी हीले से रोजी पहुँचा तो दी। तुम सलामत रहोगे, तो हमारी फिर आराम से गुजरेगी, और पहले से ज़्यादा अच्छी तरह। दो को खिलाकर खाएँगे। उन लोगों ने जो कुछ किया, उसका सबाब और अजाब उनको खुदा से मिलेगा।

ताहिर—खुदा ही इंसाफ करता, तो हमारी यह हालत क्यों होती? उसने इंसाफ करना छोड़ दिया।

इतने में एक बुढ़िया सिर पर टोकरी रखे आकर खड़ी हो गई और बोली—बहू, लड़कों के लिए भुट्टे लायी हूँ, क्या तुम्हारे मियाँ आ गए?

कुल्सूम बुढ़िया के साथ कोठरी में चली गई। उसके कुछ कपड़े सिए थे। दोनों में इधर-उधर की बातें होने लगीं।

अँधेरी रात नदी की लहरों की भाँति पूर्व दिशा से दौड़ी चली आती थी। वे खंडहर ऐसे भयानक मालूम होने लगे, मानो कोई कब्रिस्तान है। नसीमा और साबिर, दोनों आकर ताहिरअली की गोद में बैठ गए।

नसीमा ने पूछा—अब्बा, अब तो हमें छोड़कर न जाओगे?

साबिर—अब जायेंगे, तो मैं इन्हें पकड़ लूँगा। देखें, कैसे चले जाते हैं।

ताहिर–मैं तो तुम्हारे लिए मिठाइयाँ भी नहीं लाया।

नसीमा–तुम तो हमारे अब्बाजान हो। तुम नहीं थे, तो चचा ने हमें अपने पास से भगा दिया था।

साबिर–पंडाजी ने हमें पैसे दिये थे, याद है न नसीमा?

नसीमा–और सूरदास की झोंपड़ी में हम-तुम जाकर बैठे, तो उसने हमें गुड़ खाने को दिया था। मुझे गोद में उठाकर प्यार करता था।

साबिर–उस बेचारे को एक साहब ने गोली मार दी अब्बा! मर गया।

नसीमा–यहाँ पलटन आयी थी अब्बा। हम लोग डर के मारे घर से न निकलते थे, क्यों साबिर?

बच्चे तो बाप की गोद में बैठकर चहक रहे थे; किन्तु पिता का ध्यान उनकी ओर न था। वह माहिरअली से मिलने के लिए विकल हो रहे थे, अब अवसर पाया, तो बच्चों से मिठाई लाने का बहाना करके चल खड़े हुए! थाने पर पहुँचकर पूछा, तो मालूम हुआ कि दारोग़ाजी अपने मित्रों के साथ बँगले में विराजमान हैं। ताहिरअली बँगले की तरफ़ चले! वह फूस का अठकोना झोंपड़ा था, लताओं और बेलों से सजा हुआ। माहिरअली ने बरसात में सोने और मित्रों के साथ विहार करने के लिए इसे बनवाया था। चारों तरफ से हवा जाती थी। ताहिरअली ने समीप जाकर देखा, तो कई भद्र पुरुष मसनद लगाए बैठे हुए थे। बीच में पीकदान रखा हुआ था। खमीरा तम्बाकू धुआँधार उड़ रहा था। एक तश्तरी में पान-इलायची रखे हुए थे। दो चौकीदार खड़े पंखा झल रहे थे। इस वक़्त ताश की बाजी हो रही थी। बीच-बीच में चुहल भी हो जाती थी। ताहिरअली की छाती पर साँप लोटने लगा। यहाँ ये जलसे हो रहे हैं, यह ऐश का बाजार गर्म है, और एक मैं हूँ कि कहीं बैठने का ठिकाना नहीं, रोटियों के लाले पड़े हैं। यहाँ जितना पान-तंबाकू में उड़ जाता होगा, उतने में मेरे बाल-बच्चों की परवरिश हो जाती। मारे क्रोध के ओठ चबाने लगे। खून खौलने लगा। बेधड़क मित्र-समाज में घुस गए और क्रोध तथा ग्लानि से उन्मत्त होकर बोले–माहिर! मुझे पहचानते हो, कौन हूँ? गौर से देख लो। बढ़े हुए बालों और फटे हुए कपड़ों ने मेरी सूरत इतनी नहीं बदल डाली है कि पहचाना न जा सकूँ। बदहाली सूरत को नहीं बदल सकती। दोस्तो, आप लोग शायद न जानते होंगे, मैं इस बेवफा, दगाबाज, कमीने आदमी का भाई हूँ। इसके लिए

मैंने क्या-क्या तकलीफें उठाईं, यह मेरा खुदा जानता है। मैंने अपने बच्चों को, अपने कुनबे को, अपनी जात को इसके लिए मिटा दिया, इसकी माँ और इसके भाइयों के लिए मैंने वह सब कुछ सहा, जो कोई इंसान सह सकता है। इसी की ज़रूरतें पूरी करने के लिए, इसके शौक और तालीम का खर्च पूरा करने के लिए मैंने कर्ज लिए, अपने आका की अमानत में खयानत की और जेल की सजा काटी। इन तमाम नेकियों का यह इनाम है कि इस भले आदमी ने मेरे बाल-बच्चों की बात भी न पूछी। यह उसी दिन मुरादाबाद से आया, जिस दिन मुझे सज़ा हुई थी। मैंने इसे तांगे पर आते देखा, मेरी आँखों में आँसू छलक आए, मेरा दिल बल्लियों उछलने लगा कि मेरा भाई अभी आकर मुझे दिलासा देगा और खानदान को संभालेगा। पर यह एहसान-फरामोश आदमी सीधा चला गया, मेरी तरफ ताका तक नहीं, मुँह फेर लिया। उसके दो-चार दिन बाद यह अपने भाइयों के साथ यहाँ चला आया; मेरे बच्चों को वहीं वीराने में छोड़ दिया। यहाँ मजलिस सजी हुई है, ऐश हो रहा है और वहाँ मेरे अँधेरे घर में चिराग-बत्ती का भी ठिकाना नहीं। खुदा अगर मुंसिफ होता, तो इसके सिर पर उसका कहर बिजली बनकर गिरता। लेकिन उसने इंसाफ करना छोड़ दिया। आप लोग इस जालिम से पूछिए कि क्या मैं इसी सूलूक और बेदरदी के लायक था, क्या इसी दिन के लिए मैंने फकीरों की-सी ज़िन्दगी बसर की थी? इसको शरमिंदा कीजिए, इसके मुँह में कालिख लगाइए, इसके मुँह पर थूकिये। नहीं, आप लोग इसके दोस्त हैं, मुरौवत के सबब इंसाफ न कर सकेंगे। अब मुझी को इंसाफ करना पड़ेगा। खुदा गवाह है और खुद इसका दिल गवाह है कि आज तक मैंने इसे कभी तेज निगाह से भी नहीं देखा, इसे खिलाकर खुद भूखों रहा, इसे पहनाकर खुद नंगा रहा। मुझे याद नहीं आता कि मैंने कब नये जूते पहने थे, कब नये कपड़े बनवाये थे, इसके उतारों ही पर मेरी बसर होती थी। ऐसे जालिम पर अगर खुदा का अजाब नहीं गिरता, तो इसका सबब यही है कि खुदा ने इंसाफ करना छोड़ दिया।

ताहिर अली ने जलप्रवाह के वेग से अपने मनोद्‌गार प्रकट किये और इसके पहले कि माहिरअली कुछ जवाब दें, या सोच सकें कि क्या जवाब दूँ, या ताहिरअली को रोकने की चेष्टा करें, उन्होंने झपटकर कलमदान उठा लिया, उसकी स्याही निकाल ली और माहिरअली की गरदन ज़ोर से पकड़कर

स्याही मुँह पर पोत दी, तब तीन बार उन्हें झुक-झुककर सलाम किया और अंत में यह कहकर वहीं बैठ गए—मेरे अरमान निकल गए, मैंने आज से समझ लिया कि तुम मर गए और तुमने तो मुझे पहले ही से मरा समझ लिया है। बस, हमारे दरमियान इतना ही नाता था। आज यह भी टूट गया। मैं अपनी सारी तकलीफों का सिला और इनाम पा गया। अब तुम्हें अख्तियार है, मुझे गिरफ्तार करो, मारो-पीटो, जलील करो। मैं यहाँ मरने ही आया हूँ, जिन्दगी से जी भर गया, दुनिया रहने की जगह नहीं, यहाँ इतनी दगा है, इतनी बेवफाई है, इतना हसद है, इतना कीना है कि यहाँ जिन्दा रहकर कभी खुशी नहीं मयस्सर हो सकती।

माहिरअली स्तंभित-से बैठे रहे। पर उनके एक मित्र ने कहा—मान लीजिए, इन्होंने बेवफाई की...

ताहिरअली बोले—मान क्या लूँ साहब, भुगत रहा हूँ, मानने की बात नहीं है।

मित्र ने कहा—मुझसे ग़लती हुई, इन्होंने ज़रूर बेवफाई की; लेकिन आप बुज़ुर्ग हैं, यह हरकत शराफत से बईद है कि किसी को सरे मजलिस बुरा-भला कहा जाये और उसके मुँह में कालिख लगा दी जाये।

दूसरे मित्र बोले—शराफत से बईद ही नहीं है, पागलपन है, ऐसे आदमी को पागलखाने में बंद कर देना चाहिए।

ताहिर—जानता हूँ, इतना जानता हूँ, शराफत से बईद है; लेकिन मैं शरीफ नहीं हूँ, पागल हूँ, दीवाना हूँ, शराफत आँसू बनकर आँखों से बह गई। जिसके बच्चे गलियों में, दूकानों पर भीख माँगते हों, जिसकी बीवी पड़ोसियों का आटा पीसकर अपना गुजर करे, जिसकी कोई खबर लेनेवाला न हो, जिसके रहने का घर न हो, जिसके पहनने को कपड़े न हों, वह शरीफ नहीं हो सकता, और न वही आदमी शरीफ हो सकता है, जिसकी बेरहमी के हाथों मेरी यह दुर्गत हुई। अपने जेल से लौटनेवाले भाई को देखकर मुँह फेर लेना अगर शराफत है, तो यह भी शराफत है। क्यों मियाँ माहिर, बोलते क्यों नहीं? याद है, तुम नई अचकन पहनते थे और जब तुम उतारकर फेंक दिया करते थे, तो मैं पहन लेता था! याद है, तुम्हारे फटे जूते गठवाकर मैं पहना करता था! याद है मेरा मुशाहरा कुल 25 रुपये माहवार था, और वह सब-का-सब तुम्हें

मुरादाबाद भेज दिया करता था! याद है, ज़रा मेरी तरफ़ देखो तुम्हारे तम्बाकू का खर्च मेरे बाल-बच्चों के लिए काफ़ी हो सकता था। नहीं, तुम सब कुछ भूल गए। अच्छी बात है, भूल जाओ, न मैं तुम्हारा भाई हूँ, न तुम मेरे भाई हो। मेरी सारी तकलीफों का मुआवजा यही स्याही है, जो तुम्हारे मुँह पर लगी हुई है। लो, रुखसत, अब तुम फिर यह सूरत न देखोगे, अब हिजाब के दिन तुम्हारा दामन न पकड़ूँगा। तुम्हारे ऊपर मेरा कोई हक नहीं है।

यह कहकर ताहिरअली उठ खड़े हुए और उसी अँधेरे में जिधर से आये थे, उधर चले गए, जैसे हवा का एक झोंका आये और निकल जाये। माहिरअली ने बड़ी देर बाद सिर उठाया और फौरन साबुन से मुँह धोकर तौलिए से साफ किया। तब आईने में मुँह देखकर बोले–आप लोग गवाह रहें, मैं इनको इस हरकत का मज़ा चखाऊँगा।

एक मित्र–अजी, जाने भी दीजिए, मुझे तो दीवाने-से मालूम होते हैं।

दूसरे मित्र–दीवाने नहीं, तो और क्या हैं, यह भी कोई समझदारों का काम है भला!

माहिरअली–हमेशा से बीवी के गुलाम रहे; जिस तरफ चाहती है, नाक पकड़कर घुमा देती है। आप लोगों से खानगी दुखड़े क्या रोऊँ, मेरे भाइयों की और माँ की मेरी भावज के हाथों जो दुर्गत हुई है, वह किसी दुश्मन की भी न हो। कभी बिना रोये दाना न नसीब होता था। मेरी अलबत्ता यह ज़रा खातिर करते थे। आप समझते रहे होंगे कि इसके साथ जाहिरदारी कर दो, बस, ज़िन्दगी-भर के लिए मेरा गुलाम हो जायेगा। ऐसी औरत के साथ निबाह क्योंकर होता। यह हजरत तो जेल में थे, वहाँ उसने हम लोगों को फाके कराने शुरू किये। मैं खाली हाथ, बड़ी मुसीबत में पड़ा। वह तो कहिए, दवा-दविश करने से यह जगह मिल गई, नहीं तो खुदा ही जानता है, हम लोगों की क्या हालत होती? हम नेहार मुँह दिन-के-दिन बैठे रहते थे, वहाँ मिठाइयाँ मँगा-मँगाकर खायी जाती थीं। मैं हमेशा से इनका अदब करता रहा, यह उसी का इनाम है, जो आपने दिया है। आप लोगों ने देखा, मैंने इतनी ज़िल्लत गवारा की; पर सिर तक नहीं उठाया, ज़बान नहीं खोली, नहीं, एक धक्का देता, तो बीसों लुढ़कनियाँ खाते। अब भी दावा कर दूँ, तो हजरत बँधे-बँधे फिरें, लेकिन तब दुनिया यही कहेगी कि बड़े भाई को जलील किया।

एक मित्र—जाने भी दो मियाँ, घरों में ऐसे झगड़े होते ही रहते हैं। बेहयाओं की बला दूर, मरदों के लिए शर्म नहीं है। लाओ, ताश उठाओ, अब तक तो एक बाजी हो गई होती।

माहिरअली—क़सम कलामेशरीफ की, अम्माँजान ने अपने पास के दो हज़ार रुपये इन लोगों को खिला दिये, नहीं तो 25 रुपये में यह बेचारे क्या खाकर सारे कुनबे का खर्च सँभालते।

एक कांस्टेबिल—हुजूर, घर-गिरस्ती में ऐसा हुआ ही करता है। जाने दीजिए जो हुआ, सो हुआ।, वह बड़े हैं, आप छोटे हैं, दुनिया उन्हीं को थूकेगी, आपकी बड़ाई होगी।

एक मित्र—कैसा शेर-सा लपका हुआ आया, और कलमदान से स्याही निकालकर मल ही तो दी। मानता हूँ।

माहिर—हज़रत, इस वक़्त दिल न जलाइए, क़सम खुदा की, बड़ा मलाल है।

ताहिरअली यहाँ से चले, तो उनकी गति में वह व्यग्रता न थी। दिल में पछता रहे थे कि नाहक अपनी शराफत में बट्टा लगाया। घर आये, तो कुल्सूम ने पूछा—कहाँ गायब हो गए थे? राह देखते-देखते आँखें थक गईं। बच्चे रोकर सो गए कि अब्बा फिर चले गए।

ताहिर अली—ज़रा माहिर अली से मिलने गया था।

कुल्सूम—इसकी ऐसी क्या जल्दी थी! कल मिल लेते। तुम्हें यों फटेहाल देखकर शरमाएँ तो न होंगे?

ताहिरअली—मैंने उसे वह लताड़ सुनाई कि उम्र-भर न भूलेगा। जबान तक न खुली। उसी गुस्से में मैंने उसके मुँह में कालिख भी लगा दी।

कुल्सूम का मुख मलिन हो गया। बोली—तुमने बड़ी नादानी का काम किया। कोई इतना जामे से बाहर हो जाता है! यह कालिख तुमने उनके मुँह में नहीं लगाई, तुम्हारे जिंदगी-भर के किए-धरे पर स्याही फिर गई। तुमने अपनी सारी नेकियों को मटियामेल कर दिया। आखिर यह तुम्हें सूझी क्या? तुम तो इतने गुस्सेवर कभी न थे। इतना सब्र न हो सका कि अपने भाई ही थे, उनकी परवरिश की, तो कौन-सी हातिम की कब्र पर लात मारी। छी-छी! इनसान किसी गैर के साथ भी नेकी करता है, तो दरिया में डाल देता है, यह नहीं कि कर्ज वसूल करता फिरे। तुमने जो कुछ किया, खुदा की राह में किया,

अपना फर्ज समझकर किया। कर्ज नहीं दिया था कि सूद के साथ वापस ले लो! कहीं मुँह दिखाने के लायक न रहे, न रखा। अभी दुनिया उनको हँसती थी, देहातिनियाँ भी उनको कोसने दे जाती थीं। अब लोग तुम्हें हँसेंगे। दुनिया हँसे या न हँसे, इसकी परवा नहीं। अब तक खुदा और रसूल की नजरों में वह खतावार थे, अब तुम खतावार हो।

ताहिरअली ने लज्जित होकर कहा–हिमाकत हो तो गई, मगर मैं तो बिल्कुल पागल हो गया था।

कुल्सूम–भरी महफिल में उन्होंने सिर तक न उठाया, फिर भी तुम्हें गैरत न आयी? मैं तो कहूँगी, तुमसे कहीं शरीफ वही हैं, नहीं तुम्हारी आबरू उतार लेना उनके लिए क्या मुश्किल था?

ताहिरअली–अब यही खौफ है कि कहीं मुझ पर दावा न कर दे।

कुल्सूम–उनमें तुमसे ज्यादा इनसानियत है।

कुल्सूम ने इतना लज्जित किया कि ताहिरअली रो पड़े और देर तक रोते रहे। फिर बहुत मनाने पर खाने उठे और खा-पीकर सोए।

तीन दिन तक तो वे इसी कोठरी में पड़े रहे। कुछ बुद्धि काम न करती थी कि कहाँ जायें, क्या करें, क्योंकर जीवन का निर्वाह हो। चौथे दिन घर से नौकरी तलाश करने निकले, मगर कहीं कोई सूरत न निकली। सहसा उन्हें सूझी कि क्यों न जिल्दबंदी का काम करूँ; जेलखाने में वह यह काम सीख गए थे। इरादा पक्का हो गया। कुल्सूम ने भी पसंद किया। बला से थोड़ा मिलेगा, किसी के गुलाम तो न रहोगे। सनद की जरूरत नौकरी के लिए ही है, जेल भुगतने वालों की कहीं गुजर नहीं। व्यवसाय करनेवालों के लिए किसी सनद की जरूरत नहीं, उनका काम ही उनकी सनद है। चौथे दिन ताहिरअली ने यह मकान छोड़ दिया और शहर के दूसरे मुहल्ले में एक छोटा-सा मकान लेकर जिल्दबंदी का काम करने लगे।

उनकी बनायी हुई जिल्दें बहुत सुंदर और सुदृढ़ होती हैं। काम की कमी नहीं है, सिर उठाने की फुरसत नहीं मिलती। उन्होंने अब दो-तीन जिल्दबंद नौकर रख लिये हें और शाम तक दो-तीन रुपये दिन की मज़दूरी कर लेते हैं। इतने समृद्ध वह कभी न थे।

48

काशी के म्युनिसिपल बोर्ड में भिन्न-भिन्न राजनीतिक संप्रदायों के लोग मौजूद थे। एकवाद से लेकर जनसत्तावाद तक सभी विचारों के कुछ-न-कुछ आदमी थे। अभी तक धन का प्राधान्य नहीं था, महाजनों और रईसों का राज्य था। जनसत्ता के अनुयायी शक्तिहीन थे। उन्हें सिर उठाने के लिए साहस न होता था। राजा महेन्द्रकुमार की ऐसी धाक बँधी हुई थी कि कोई उनका विरोध न कर सकता था। पर पाँड़ेपुर के सत्याग्रह ने जनसत्तावादियों में एक नई संगठन-शक्ति पैदा कर दी। उस दुर्घटना का सारा इलज़ाम राजा साहब के सिर मढ़ा जाने लगा। ये आंदोलन शुरू हुआ कि उन पर अविश्वास का प्रस्ताव उपस्थित किया जाए। दिन-दिन आंदोलन जोर पकड़ने लगा। लोकमतवादियों ने निश्चय कर लिया कि वर्तमान व्यवस्था का अंत कर देना चाहिए, जिसके द्वारा जनता को इतनी विपत्ति सहनी पड़ी। राजा साहब के लिए यह कठिन परीक्षा का अवसर था। एक ओर तो अधिकारी लोग उनसे असंतुष्ट थे दूसरी ओर यह विरोधी दल उठ खड़ा हुआ। बड़ी मुश्किल में पड़े। उन्होंने लोकवादियों की सहायता से विरोधियों का प्रतिकार करने की ठानी थी। उनके राजनीतिक विचारों में भी कुछ परिवर्तन हो गया था। वह अब जनता को साथ लेकर म्युनिसिपैलिटी का शासन करना चाहते थे। पर अब क्या हो? इस प्रस्ताव को रोकने के लिए उद्योग करने लगे। लोकमतवाद के प्रमुख नेताओं से मिले, उन्हें बहुत कुछ आश्वासन दिया की भविष्य में उनकी इच्छा के विरुद्ध कोई काम न करेंगे, इधर अपने दल को भी संगठित करने लगे। जनवादियों को वह सदैव नीची निगाह से देखा करते थे। पर अब मजबूर होकर उन्हीं की खुशामद करनी पड़ी। वह जानते थे कि बोर्ड में यह प्रस्ताव आ गया, तो उसका स्वीकृत हो जाना निश्चित है। खुद दौड़ते थे अपने मित्रों को दौड़ाते थे

कि किसी उपाय से यह बला सिर से टल जाए, किन्तु पाँड़ेपुर के निवासियों का शहर में रोते फिरना उनके सारे यत्नों का विफल कर देता था। लोग पूछते थे, हमें क्योंकर विश्वास हो कि ऐसी ही निरंकुशता का व्यवहार न करेंगे। सूरदास हमारे नगर का रत्न था, कुँवर विनयसिंह और इंद्रदत्त मानव-समाज के रत्न थे। उनका खून किसके सिर पर है?

अंत में यह प्रस्ताव नियमित रूप से बोर्ड में आ ही गया। उस दिन प्रातःकाल से म्युनिसिपल-बोर्ड के मैदान में लोगों का जमाव होने लगा। यहाँ तक कि दोपहर होते-होते 10-20 हज़ार आदमी एकत्र हो गए। एक बजे प्रस्ताव पेश हुआ। राजा साहब ने खड़े होकर बड़े करुणोत्पादक शब्दों में अपनी सफाई दी; सिद्ध किया कि मैं विवश था, इस दशा में मेरी जगह कोई दूसरा आदमी होता, तो वह भी वही करता, जो मैंने किया, इसके सिवा अन्य कोई मार्ग न था। उनके अंतिम शब्द ये थे—मैं पद-लोलुप नहीं हूँ, सम्मान-लोलुप नहीं हूँ, केवल आपकी सेवा का लोलुप हूँ, अब और भी ज़्यादा, इसलिए कि मुझे प्रायश्चित्त करना है, जो इस पद से अलग होकर मैं न कर सकूँगा, वह साधन ही मेरे हाथ से निकल जायेगा। सूरदास का मैं उतना ही भक्त हूँ, जितना और कोई व्यक्ति हो सकता है। आप लोगों को शायद मालूम नहीं है कि मैंने शफाखाने में जाकर उनसे क्षमा-प्रार्थना की थी और सच्चे हृदय से खेद प्रकट किया था। सूरदास का ही आदेश था कि मैं अपने पद पर स्थिर रहूँ, नहीं तो मैंने पहले ही पद-त्याग करने का निश्चय कर लिया था। कुँवर विनयसिंह की अकाल मृत्यु का जितना दुःख मुझे है, उतना उनके माता-पिता को छोड़कर किसी को नहीं हो सकता। वह मेरे भाई थे। उनकी मृत्यु ने मेरे हृदय पर वह घाव कर दिया है, जो जीवन-पर्यन्त न भरेगा। इंद्रदत्त से भी मेरी घनिष्ठ मैत्री थी। क्या मैं इतना अधम, इतनी कुटिल, इतना नीच, इतना पामर हूँ कि अपने हाथों अपने भाई और अपने मित्र की गर्दन पर छुरी चलाता? यह आक्षेप सर्वथा अन्यायपूर्ण है, यह मेरे जले में नमक छिड़कना है। मैं अपनी आत्मा के सामने, परमात्मा के सामने निर्दोष हूँ। मैं आपको अपनी सेवाओं की याद नहीं दिलाना चाहता, वह स्वयंसिद्ध है। आप लोग जानते हैं, मैंने आपकी सेवा में अपना कितना समय लगाया है, कितना परिश्रम, कितना अनवरत उद्योग किया है! मैं रिआयत नहीं चाहता, केवल न्याय चाहता हूँ।

वक्तृता बड़ी प्रभावशाली थी, पर जनवादियों को अपने निश्चय से न डिगा सकी। पंद्रह मिनट में बहुमत से प्रस्ताव स्वीकृत हो गया और राजा साहब ने भी तत्क्षण पद-त्याग की सूचना दे दी।

जब वह सभा-भवन से बाहर निकले, तो जनता ने, जिन्हें उनका व्याख्यान सुनने का अवसर न मिला था, उन पर इतनी फब्तियाँ उड़ाईं, इतनी तालियाँ बजाईं कि बेचारे बड़ी मुश्किल से अपनी मोटर तक पहुँच सके। पुलिस ने चौकसी न की होती, तो अवश्य दंगा हो जाता। राजा साहब ने एक बार पीछे फिरकर सभा-भवन को सजल नेत्रों से देखा और चले गए। कीर्ति-लाभ उनके जीवन का मुख्य उद्देश्य था और उसका यह निराशापूर्ण परिणाम हुआ। सारी उम्र की कमाई पर पानी फिर गया, सारा यश, सारा गौरव, सारी कीर्ति जनता के क्रोधप्रवाह में बह गई।

राजा साहब वहाँ से जले हुए घर आये, तो देखा कि इंदु और सोफ़िया दोनों बैठी बातें कर रही हैं। उन्हें देखते ही इंदु बोली—मिस सोफ़िया सूरदास की प्रतिमा के लिए चंदा जमा कर रही हैं। आप भी तो उसकी वीरता पर मुग्ध हो गए थे, कितना दीजिएगा?

सोफ़ी—इंदुरानी ने 1000 रुपया दिया है, इसके दुगने से कम देना आपको शोभा न देगा।

महेन्द्रकुमार ने त्योरियाँ चढ़ाकर कहा—मैं इसका जवाब सोचकर दूँगा।

सोफ़ी—फिर कब आऊँ?

महेन्द्रकुमार ने ऊपरी मन से कहा—आपके आने की ज़रूरत नहीं है, मैं स्वयं भेज दूँगा।

सोफ़िया ने उनके मुख की ओर देखा, तो त्योरियाँ चढ़ी हुई थीं। उठकर चली गई। तब राजा साहब इंदु से बोले—तुम मुझसे बिना पूछे क्यों ऐसा काम करती हो, जिससे मेरा सरासर अपमान होता है? मैं तुम्हें कितनी बार समझाकर हार गया। आज उसी अंधे की बदौलत मुझे मुँह की खानी पड़ी, बोर्ड ने मुझ पर अविश्वास का प्रस्ताव पास कर दिया, और उसी की प्रतिमा के लिए तुमने चंदा दिया और मुझे भी देने को कह रही हो!

इंदु—मुझे क्या खबर थी कि बोर्ड में क्या हो रहा है। आपने भी तो कहा था कि उस प्रस्ताव के पास होने की संभावना नहीं है।

राजा—कुछ नहीं, तुम मेरा अपमान करना चाहती हो।

इन्दु—आप उस दिन सूरदास का गुण-गान कर रहे थे। मैंने समझा, चंदे में कोई हरज नहीं है। मैं किसी के मन के रहस्य थोड़े ही जानती हूँ। आखिर वह प्रस्ताव पास क्योंकर हो गया?

राजा—अब मैं यह क्या जानूँ, क्योंकर पास हो गया। इतना जानता हूँ कि पास हो गया। सदैव सभी काम अपनी इच्छा या आशा के अनुकूल ही तो नहीं हुआ करते। जिन लोगों पर मेरा पूरा विश्वास था, उन्हीं ने अवसर पर दगा दी, बोर्ड में आये ही नहीं। मैं इतना सहिष्णु नहीं हूँ कि जिसके कारण मेरा अपमान हो, उसी की पूजा करूँ। मैं यथाशक्ति इस प्रतिमा-आंदोलन को सफल न होने दूँगा। बदनामी तो हो ही रही है, और हो, इसकी परवा नहीं। मैं सरकार को ऐसा भर दूँगा कि मूर्ति खड़ी न होने पाएगी। देश का हित करने की शक्ति अब चाहे न हो, पर अहित करने की है, और दिन-दिन बढ़ती जाएगी। तुम भी अपना चंदा वापस कर लो।

इंदु—(विस्मित होकर) दिए हुए रुपये वापस कर लूँ?

राजा—हाँ, इसमें कोई हरज नहीं।

इंदु—आपको कोई हरज न मालूम होता हो, मेरी तो इसमें सरासर हेठी है।

राजा—जिस तरह तुम्हें मेरे अपमान की परवा नहीं, उसी तरह यदि मैं भी तुम्हारी हेठी की परवा न करूँ, तो कोई अन्याय न होगा।

इन्दु—मैं आपसे रुपये तो नहीं माँगती।

बात-पर-बात निकलने लगी, विवाद की नौबत पहुँची, फिर व्यंग्य की बारी आयी, और एक क्षण में दुर्वचनों का प्रहार होने लगा। अपने-अपने विचारों से दोनों ही सत्य पर थे, इसलिए कोई न दबता था।

राजा साहब ने कहा—न जाने वह कौन दिन होगा कि तुमसे मेरा गला छूटेगा। मौत के सिवा शायद अब कहीं ठिकाना नहीं है।

इंदु—आपको अपनी कीर्ति और सम्मान मुबारक रहे। मेरा भी ईश्वर मालिक है। मैं भी जिंदगी से तंग आ गई! कहाँ तक लौंडी बनूँ, अब हद हो गई।

राजा—तुम मेरी लौंडी बनोगी! वे दूसरी सती स्त्रियाँ होती हैं, जो अपने पुरुष पर प्राण दे देती हैं। तुम्हारा बस चले, तो मुझे विष दे दो, और दे ही रही हो, इससे बढ़कर और क्या होगा!

इंदु—विष क्यों उगलते हो? साफ-साफ क्यों नहीं कहते कि मेरे घर से निकल जा। मैं जानती हूँ, आपको मेरा रहना अखरता है। आज से नहीं, बहुत दिनों से जानती हूँ। उसी दिन जान गई थी, जब मैंने एक महरी को अपनी नई साड़ी दे दी थी और आपने महाभारत मचाया था। उसी दिन समझ गई थी कि यह बेल मुढ़े चढ़ने की नहीं। जितने दिन यहाँ रही, कभी आपने यह न समझने दिया कि यह मेरा घर है। पैसे-पैसे का हिसाब देकर भी पिंड नहीं छूटा। शायद आप समझते होंगे कि यह मेरे ही रुपये को अपना कहकर मनमाना खर्च करती है, और यहाँ आपकी एक धेला छूने की कसम खाती हूँ। आपके साथ विवाह हुआ है, कुछ आत्मा नहीं बेची है।

महेन्द्र ने ओठ चबाकर कहा—भगवान् सब दुःख दे, बुरे का संग न दे। मौत भले ही दे दे। तुम-जैसी स्त्री का गला घोंट देना भी धर्म-विरुद्ध नहीं। इस राज्य की कुशल मनाओ कि चैन कर रही हो। अपना राज्य होता, तो यह कैंची की तरह चलने वाली जबान तालू से खींच ली जाती।

इंदु—अच्छा, अब चुप रहिए, बहुत हो गया। मैं आपकी गालियाँ सुनने नहीं आयी हूँ, यह लीजिए अपना घर, खूब टाँगें फैलाकर सोइए।

राजा—जाओ, किसी तरह अपना पौरा तो ले जाओ। बिल्ली बख्शे, चूहा अकेला ही भला!

इन्दू ने दबी जबान से कहा—यहाँ कौन तुम्हारे लिए दीवाना हो रहा है।

राजा ने क्रोधोन्मत्त होकर कहा—गालियाँ दे रही है! जबान खींच लूँगा। इन्दु जाने के लिए द्वार पर आयी थी। यह धमकी सुनकर फिर लौट पड़ी और सिंहनी की भाँति बिफरकर बोली—इस भरोसे न रहिएगा। भाई मर गया है तो क्या गुड़ का बाप कोल्हू तैयार है। सिर के बाल न बचेंगे। ऐसे ही भले होते तो दुनिया में इतना अपयश कैसे कमाते?

यह सुनकर इंदु अपने कमरे में आयी। उन चीज़ों को समेटा, जो उसे मैके में मिली थीं। वे सब चीजें अलग कर दीं, जो यहाँ की थीं। शोक न था, दुःख न था, एक ज्वाला थी, जो उसके कोमल शरीर में विष की भाँति व्याप्त हो रही थी। मुँह लाल था, आँखें लाल थीं, नाक लाल थी, रोम-रोम से चिनगारियाँ-सी निकल रही थीं। अपमान आग्नेय वस्तु है।

अपनी सब चीज़ें सँभालकर इन्दु ने अपनी निजी गाड़ी तैयार करने की आज्ञा दी। जब तक गाड़ी तैयार होती रही, वह बरामदे में टहलती रही। ज्यों

ही फाटक पर घोड़ों की टाप सुनाई दी, वह आकर गाड़ी में बैठ गई, पीछे फिरकर भी न देखा। जिस घर की वह रानी थी, जिसको वह अपना समझती थी, जिसमें जरा-सा कूड़ा रहने पर नौकरों के सिर हो जाती थी, उसी घर से इस तरह निकल गई, जैसे देह से प्राण निकल जाता है—उसी देह से, जिसकी वह सदैव रक्षा करता था, जिसके जरा-जरा से कष्ट से स्वयं विकल हो जाता था। किसी से कुछ न कहा, न किसी की हिम्मत पड़ी कि उससे कुछ पूछे। उसके चले जाने के बाद महाराजिन ने जाकर महेन्द्र से कहा—सरकार, रानी बहू जाने कहाँ चली जा रही हैं!

महेन्द्र ने उसकी ओर तीव्र नेत्रों से देखकर कहा—जाने दो।

महराजिन—सरकार, सन्दूक और सन्दूकचे लिए जाती हैं।

महेन्द्र—कह दिया, जाने दो।

महाराजिन—सरकार, रूठी मालूम होती हैं। अभी दूर न गई होंगी, आप मना लें।

महेन्द्र—मेरा सिर मत खा।

इंदु लदी-फँदी सेवा-भवन पहुँची, तो जाह्नवी ने कहा—तुम लड़कर आ रही हो, क्यों?

इंदु—कोई अपने घर में नहीं रहने देता, तो क्या जबरदस्ती है?

जाह्नवी—सोफ़िया ने आते-ही-आते मुझसे कहा था, आज कुशल नहीं है।

इंदु—मैं लौंडी बनकर नहीं रह सकती।

जाह्नवी—तुमने उनसे बिना पूछे चंदा क्यों लिखा?

इन्दु—मैंने किसी के हाथों अपनी आत्मा नहीं बेची है।

जाह्नवी—जो स्त्री अपने पुरुष का अपमान करती है, उसे लोक-परलोक कहीं शांति नहीं मिल सकती!

इन्दु—क्या आप चाहती हैं कि यहाँ से भी चली जाऊँ? मेरे घाव पर नमक न छिड़कें।

जाह्नवी—पछताओगी, और क्या। समझाते-समझाते हार गई तुमने अपना हठ न छोड़ा।

इंदु यहाँ से उठकर सोफ़िया के कमरे में गई। माता की बातें उसे ज़हर-सी लगीं।

यह विवाद दाम्पत्य क्षेत्र से निकलकर राजनीतिक क्षेत्र में अवतरित हुआ। महेन्द्रकुमार उधर एड़ी-चोटी का ज़ोर लगाकर इस आंदोलन का विरोध कर रहे थे। लोगों को चंदा देने से रोकते थे, प्रांतीय सरकार को उत्तेजित करते थे, इधर इंदु सोफ़िया के साथ चंदे वसूल करने में तत्पर थी। मि. क्लार्क अभी तक दिल में राजा से द्वेष रखते थे, अपना अपमान भूले न थे, उन्होंने जनता के इस आंदोलन में हस्तक्षेप करने की कोई ज़रूरत न समझी, जिसका फल यह हुआ कि राजा साहब की एक न चली। धड़ाधड़ चंदे वसूल होने लगे। एक महीने में एक लाख से अधिक वसूल हो गया। किसी पर किसी तरह का दबाव न था, किसी को कोई सिफारिश न करता था। वह दोनों रमणियों के सदुद्योग ही का चमत्कार था; नहीं शहीदों की वीरता की विभूति थी, जिनकी याद में अब भी लोग रोया करते थे। लोग स्वयं आकर देते थे, अपनी हैसियत से ज्यादा। मि. जॉन सेवक ने भी स्वेच्छा से एक हजार रुपये दिये, इन्दु ने अपना चंदा एक हजार तो दिया ही, अपने कई बहुमूल्य आभूषण भी दे डाले, जो बीस हजार के बिके। राजा साहब की छाती पर साँप लोटता रहता। पहले अलक्षित रूप से विरोध करते थे, फिर प्रत्यक्ष रूप से दुराग्रह करने लगे। गवर्नर के पास स्वयं गये, रईसों को भड़काया। सब कुछ किया; पर जो होना था, वह होकर रहा।

छः महीने गुज़र गए। सूरदास की प्रतिमा बनकर आ गई। पूना के एक प्रसिद्ध मूर्तिकार ने सेवा-भाव से इसे रचा। पाँड़ेपुर में उसे स्थापित करने का प्रस्ताव था। जॉन सेवक ने सहर्ष आज्ञा दे दी। जहाँ सूरदास का झोंपड़ा था, वहीं मूर्ति का स्थापन हुआ। कीर्तिमानों की कीर्ति को अमर करने के लिए मनुष्य के पास और कौन-सा साधन है? अशोक की मूर्ति भी तो उसके शिला-लेखों ही से अमर है। वाल्मीकि और व्यास, होमर और फिरदौसी, सबको तो नहीं मिलते।

पाँड़ेपुर में बड़ा समारोह था। नगर-निवासी अपने-अपने काम छोड़कर इस उत्सव में सम्मिलित हुए थे। रानी जाह्नवी ने करुण कंठ और सजल नेत्रों से मूर्ति को प्रतिष्ठित किया। इसके बाद देर तक संकीर्तन होता रहा। फिर नेताओं के प्रभावशाली व्याख्यान हुए, पहलवानों ने अपने-अपने करतब दिखाये। संध्या-समय प्रीति-भोज हुआ, छूत और अछूत साथ बैठकर एक ही पंक्ति में खा रहे थे। यह सूरदास की सबसे बड़ी विजय थी। रात को एक नाटक-मंडली

ने 'सूरदास' नाम का नाटक खेला, जिसमें सूरदास ही के चरित्र का चित्रण किया गया था। प्रभुसेवक ने इंग्लैंड से वह नाटक रचकर इसी अवसर के लिए भेजा था। बारह बजते-बजते उत्सव समाप्त हुआ। लोग अपने-अपने घर सिधारे। वहाँ सन्नाटा छा गया।

चाँदनी छिटकी हुई थी, और शुभ्र ज्योत्सना में सूरदास की मूर्ति एक हाथ से लाठी टेकती हुई और दूसरा हाथ किसी अदृश्य दाता के सामने फैलाए खड़ी थी—वही दुर्बल शरीर था, हँसलियाँ निकली हुई, कमर टेढ़ी, मुख पर दीनता और सरलता छाई हुई, साक्षात् सूरदास मालूम होता था। अन्तर केवल इतना था कि वह चलता था, वह अचल थी; वह सबोल था, यह अबोली थी; और मूर्तिकार ने यहाँ वह वात्सल्य अंकित कर दिया था, जिसका मूल में पता न था। बस, ऐसा मालूम होता था, मानो कोई स्वर्गलोक का भिक्षुक देवताओं से संसार के कल्याण का वरदान माँग रहा है।

आधी रात बीत चुकी थी। एक आदमी साइकिल पर सवार मूर्ति के समीप आया। उसके हाथ में कोई यंत्र था। उसने क्षण-भर तक मूर्ति को सिर से पाँव तक देखा, और तब उसी यंत्र से मूर्ति पर आघात किया। सड़ाक की आवाज़ सुनाई दी और मूर्ति धमाके के साथ भूमि पर आ गिरी और उसी मनुष्य पर, जिसने उसे तोड़ा था। वह कदाचित् दूसरा आघात करनेवाला था, इतने में मूर्ति गिर गई, भाग न सका, वह मूर्ति के नीचे दब गया।

प्रातःकाल लोगों ने देखा, तो राजा महेन्द्रकुमार सिंह थे। सारे नगर में खबर फैल गयी कि राजा साहब ने सूरदास की मूर्ति तोड़ डाली और खुद उसी के नीचे दब गए। जब तक जिए, सूरदास के साथ वैर-भाव रखा, मरने के बाद भी द्वेष करना न छोड़ा। ऐसे ईर्ष्यालु मनुष्य भी होते हैं। ईश्वर ने उसका फल भी तत्काल ही दे दिया। जब तक जिये, सूरदास से नीचा देखा; मरे भी, तो उसी के नीचे दबकर। जाति का द्रोही, दुश्मन, दंभी, दगाबाज और इनसे भी कठोर शब्दों में उनकी चर्चा हुई।

कारीगरों ने फिर मसालों से मूर्ति के पैर जोड़े और उसे खड़ा किया। लेकिन उस आघात के चिह्न अभी तक पैरों पर बने हुए हैं और मुख भी विकृत हो गया है।

49

इधर सूरदास के स्मारक के लिए चंदा जमा किया जा रहा था, उधर कुलियों के टोले में शिलान्यास की तैयारियाँ हो रही थीं। नगर के गणमान्य पुरुष निमंत्रित हुए थे। प्रांत के गवर्नर से शिला-स्थापना की प्रार्थना की गई थी। एक गार्डन पार्टी होनेवाली थी। गवर्नर महोदय को अभिनंदन-पत्र दिया जानेवाला था। मिसेज़ सेवक दिलोजान से तैयारियाँ कर रही थीं। बँगले की सफाई और सजावट हो रही थी। तोरण आदि बनाये जा रहे थे। अँगरेजी बैंड बुलाया गया था। मि. क्लार्क ने सरकारी कर्मचारियों को मिसेज़ सेवक की सहायता करने का हुक्म दे दिया था, और स्वयं चारों तरफ़ दौड़ते फिरते थे।

मिसेज़ सेवक के हृदय में अब एक नई आशा अंकुरित हुई थी। कदाचित् विनयसिंह की मृत्यु सोफ़िया को मि. क्लार्क की ओर आकर्षित कर दे, इसलिए वह मि. क्लार्क की और भी खातिर कर रही थीं। सोफ़िया को स्वयं जाकर साथ लाने का निश्चय कर चुकी थी—जैसे बनेगा, वैसे लाऊँगी, खुशी से न आयेगी, ज़बरदस्ती लाऊँगी, रोऊँगी, पैरों पड़ूँगी और बिना साथ लाये उसका गला न छोड़ूँगी।

मि. जॉन सेवक कंपनी का वार्षिक विवरण तैयार करने में दत्तचित्त थे। गत साल के नफे की सूचना देने के लिए उन्होंने यही अवसर पसंद किया। यद्यपि यथार्थ लाभ बहुत कम हुआ था, किन्तु आय-व्यय में इच्छापूर्वक उलटफेर करके वह आशातीत लाभ दिखाना चाहते थे, जिससे कंपनी के हिस्सों की दर चढ़ जाये और लोग हिस्सों पर टूट पड़ें। इधर के घाटे को वह इस चाल से पूरा करना चाहते थे। लेखकों को रात-रात भर काम करना पड़ता था और स्वयं मि. सेवक हिसाबों की तैयारी में उससे कहीं ज्यादा परिश्रम करते थे, जितना उत्सव की तैयारियों में।

किन्तु मि. ईश्वर सेवक को ये तैयारियाँ, जिन्हें वह अपव्यय कहते थे, एक आँख न भाती थीं। वह बार-बार झुँझलाते थे, बेचारे वृद्ध आदमी को सुबह से शाम तक सिर-मगजन करते गुजरता था। कभी बेटे पर झल्लाते, कभी बहू पर, कभी कर्मचारियों पर, सेवकों पर—यह पाँच मन बर्फ की क्या ज़रूरत है, क्या लोग इसमें नहाएँगे? मन-भर काफी थी। काम आधे मन ही में चल सकता था। इतनी शराब की क्या ज़रूरत? कोई परनाला बहाना है या मेहमानों को पिलाकर उनके प्राण लेने हैं? इससे क्या फायदा कि लोग पी-पीकर मदमस्त हो जाएँ और आपस में जूती-पैजार होने लगे? लगा दो घर में आग या मुझी को ज़हर दे दो; न ज़िंदा रहूँगा, न जलन होगी। प्रभु मसीह? मुझे अपने दामन में ले। इस अनर्थ का कोई ठिकाना है, फ़ौजी बैंड की क्या जरूरत? क्या गवर्नर कोई बच्चा है, जो बाजा सुनकर खुश होगा या शहर के रईस बाजे के भूखे हैं? आतिशबाजियाँ क्या होंगी? गजब खुदा का, क्या एक सिरे से सब भंग खा गए हैं? यह गवर्नर का स्वागत है या बच्चों का खेल? पटाखे और छछूंदरें किसको खुश करेंगी? माना, पटाखे और छछूंदरें न होंगी, अँगरेजी आतिशबाजियाँ होंगी, मगर क्या गवर्नर ने आतिशबाजियाँ नहीं देखी हैं? ऊटपटांग काम करने से क्या मतलब? किसी गरीब का घर जल जाए, कोई और दुर्घटना हो जाए, तो लेने के देने पड़ें। हिन्दुस्तानी रईसों के लिए फल-मेवे और मुरब्बे, मिठाइयाँ मँगाने की क्या जरूरत? वे ऐसे भुक्खड़ नहीं होते। उनके लिए एक-एक सिगरेट काफी थी। हाँ, पान-इलायची का प्रबंध और कर दिया जाता। वे यहाँ कोई दावत खाने तो आएँगे नहीं, कंपनी का वार्षिक विवरण सुनने आएँगे। अरे, ओ खानसामा, सुअर, ऐसा न हो कि मैं तेरा सिर तोड़कर रख दूँ। जो-जो वह पगली (मिसेज़ सेवक) कहती है, वही करता है। मुझे भी कुछ बुद्धि है या नहीं? जानता है, आजकल 4 रुपये सेर अँगूर मिलते हैं। इनकी कोई जरूरत नहीं। खबरदार, जो यहाँ अँगूर आए। सारांश यह कि कई दिनों तक निरंतर बक-बक, झक-झक से उनका चित्त कुछ अव्यवस्थित-सा हो रहा था। कोई उनकी सुनता न था, सब अपने-अपने मन की करते थे। जब वह बकते-बकते थक जाते, तो उठकर बाग में चले जाते। लेकिन थोड़ी ही देर में फिर घबराकर आ पहुँचते और पूर्ववत् लोगों पर वाक्यप्रहार करने लगते। यहाँ तक कि उत्सव के एक सप्ताह पहले जब मि. जॉन सेवक ने प्रस्ताव

किया कि घर के सब नौकरों और कारखाने के चपरासियों को एल्गिन मिल की बनी हुई वर्दियाँ दी जाएँ, तो मि. ईश्वर सेवक ने मारे क्रोध के इंजील जिसे वह हाथ में लिए प्रकट रूप से ऐनकी की सहायता से, पर वस्तुतः स्मरण से पढ़ रहे थे, अपने सिर पर पटक ली और बोले–या खुदा, मुझे इस जंजाल से निकाल। सिर दीवार के समीप था, यह धक्का लगा, तो दीवार से टकरा गया। 90 वर्ष की अवस्था, जर्जर शरीर, वह तो कहो, पुरानी हड्डियाँ थीं कि काम देती जाती थीं, अचेत हो गए। मस्तिष्क इस आघात को सहन कर न सका, आँखें निकल आयीं, ओठ खुल गए और जब तक लोग डॉक्टर को बुलाएँ, उनके प्राण-पखेरू उड़ गए! ईश्वर ने उनकी अंतिम विनय स्वीकार कर ली, इस जंजाल से निकाल दिया! निश्चय रूप से नहीं कहा जा सकता कि उनकी मृत्यु का क्या कारण था, यह आघात या गृहदाह?

सोफ़िया ने यह शोक-समाचार सुना, तो मान जाता रहा। अपने घर में अब अगर किसी को उससे प्रेम था, तो वह ईश्वर सेवक ही थे। उनके प्रति उसे भी श्रद्धा दी। तुरंत मातमी वस्त्र धारण किए और घर गई। मिसेज़ सेवक दौड़कर उससे गले मिली और माँ-बेटी मृत देह के पास खूब रोईं।

रात को जब मातमी दावत समाप्त हो गई और लोग अपने-अपने घर गए, तो मिसेज़ सेवक ने सोफ़िया से कहा–बेटी, तुम अपना घर रहते हुए दूसरी जगह रहती हो, क्या यह हमारे लिए लज्जा और दुःख की बात नहीं? यहाँ अब तुम्हारे सिवा और कौन वली-वारिस है! प्रभु का अब क्या ठिकाना, घर आए या न आए। अब तो जो कुछ हो, तुम्हीं हो। हमने अगर कभी कड़ी बात कही होगी, तो तुम्हारे ही भले की कही होगी। कुछ तुम्हारी दुश्मन तो हूँ नहीं। अब अपने घर में रहो। यों आने-जाने के लिए कोई रोक नहीं है, रानी साहब से भी मिल आया करो, पर रहना यहीं चाहिए। खुदा ने और तो सब अरमान पूरे कर दिए, तुम्हारा विवाह भी हो जाता, तो निश्चिंत हो जाती। प्रभु जब आता, देखी जाती। इतने दिनों का मातम थोड़ा नहीं होता, अब दिन गँवाना अच्छा नहीं। मेरी अभिलाषा है कि अबकी तुम्हारा विवाह हो जाए, और गर्मियों में हम सब दो-तीन महीने के लिए मंसूरी चलें।

सोफ़ी ने कहा–जैसी आपकी इच्छा, कर लूँगी।

माँ—और क्या बेटी ज़माना सदा एक-सा नहीं रहता, हमारी ज़िन्दगी का क्या भरोसा। तुम्हारे बड़े पापा यह अभिलाषा लिए ही सिधार गए। तो मैं तैयारी करूँ?

सोफ़िया—कह तो रही हूँ।

माँ—तुम्हारे पापा सुनकर फूले न समाएँगे। कुँवर विनयसिंह की मैं निंदा नहीं करती, बड़ा जवाँमर्द आदमी था; पर बेटी, अपनी धर्मवालों में करने की बात ही और है।

सोफ़िया—हाँ, और क्या।

माँ—तो अब रानी जाह्नवी के यहाँ न जाओगी न?

सोफ़िया—जी नहीं, न जाऊँगी।

माँ—आदमियों से कह दूँ, तुम्हारी चीजें उठा लाएँ?

सोफ़िया—कल रानीजी आप ही भेज देंगी।

मिसेज़ सेवक खुश-खुश दावत का कमरा साफ कराने गईं।

मि. क्लार्क अभी वहीं थे। उन्हें यह शुभ सूचना दी। सुनकर फड़क उठे। बाँछें खिल गईं। दौड़े हुए सोफ़िया के पास आ गए और बोले—सोफ़ी, तुमने मुझे ज़िंदा कर दिया। अहा! मैं कितना भाग्यवान हूँ! मगर तुम एक बार अपने मुँह से यह मेरे सामने कह दो। तुम अपना वादा पूरा करोगी?

सोफ़िया—करूँगी।

और भी बहुत-से आदमी मौजूद थे, इसलिए मि. क्लार्क सोफ़िया का आलिंगन न कर सके। मूँछों पर ताव देते, हवाई किले बनाते, मनमोदक खाते घर गए। प्रातःकाल सोफ़िया का अपने कमरे में पता न था! पूछताछ होने लगी। माली ने कहा, मैंने उन्हें जाते तो नहीं देखा पर जब यहाँ सब लोग सो गए थे, तो एक बार फाटक के खुलने की आवाज आयी थी। लोगों ने समझा, कुँवर भरतसिंह के यहाँ गई होगी। तुरंत एक आदमी दौड़ाया गया। लेकिन वहाँ भी पता न चला। बड़ी खलबली मची, कहाँ गई!

जॉन सेवक—तुमने रात को कुछ कहा-सुना तो नहीं था?

मिसेज सेवक—रात को तो विवाह की बातचीत होती रही। मुझसे तैयारियाँ करने के लिए कहा। खुश-खुश सोयी।

जॉन सेवक—तुम्हारी समझ का फर्क था। उसने तो अपने मन का भाव प्रकट कर दिया। तुमको जता दिया कि कल मैं न रहूँगी। जानती हो, विवाह

से उसका आशय क्या था? आत्मसमर्पण। अब विनय से उसका विवाह होगा; यहाँ जो न हो सका, वह स्वर्ग में होगा। मैंने तुमसे पहले ही कह दिया था, यह किसी से विवाह न करेगी। तुमने रात को विवाह की बातचीत छेड़कर उसे भयभीत कर दिया। जो बात कुछ दिनों में होती, वह आज ही हो गई। अब जितना रोना हो, रो लो; मैं तो पहले ही रो चुका हूँ।

इतने में रानी जाह्नवी आयीं। आँखें रोते-रोते बीरबहूटी हो रही थीं। उन्होंने एक पत्र मि. सेवक के हाथ में रख दिया और एक कुर्सी पर बैठकर मुँह ढाँप रोने लगीं।

यह सोफ़िया का पत्र था, अभी डाकिया दे गया था। लिखा था—पूज्य माताजी, आपकी सोफ़िया आज संसार से विदा होती है। जब विनय न रहे, तो यहाँ मैं किसके लिए रहूँ? इतने दिनों मन को धैर्य देने की चेष्टा करती रही। समझती थी, पुस्तकों में अपनी शोक-स्मृतियों को डूबा दूँगी और अपना जीवन सेवा-धर्म का पालन करने में सार्थक करूँगी। किन्तु मेरा प्यारा विनय मुझे बुला रहा है। मेरे बिना उसे वहाँ एक क्षण चैन नहीं है। उससे मिलने जाती हूँ। यह भौतिक आवरण मेरे मार्ग में बाधक है, इसलिए इसे यहीं छोड़े जाती हूँ। गंगा की गोद में इसे सौंपे देती हूँ। मेरा हृदय पुलकित हो रहा है, पैर उड़े जा रहे हैं, आनन्द से रोम-रोम प्रमुदित है, अब शीघ्र ही मुझे विनय के दर्शन होंगे। आप मेरे लिए दुःख न कीजिएगा, मेरी खोज का व्यर्थ प्रयत्न न कीजिएगा। कारण, जब तक यह पत्र आपक हाथों में पहुँचेगा, सोफ़िया का सिर विनय के चरणों पर होगा।

मुझे प्रबल शक्ति खींचे लिए जा रही है। और बेड़ियाँ आप-ही-आप टूटी जा रही हैं।

मामा और पापा से कह दीजिएगा, सोफ़ी का विवाह हो गया, अब उसकी चिन्ता न करें।

पत्र समाप्त होते ही मिसेज़ सेवक उन्मादिनी की भाँति कर्कश स्वर में बोलीं—तुम्हीं विष की गाँठ हो, मेरे जीवन का सर्वनाश करनेवाली, मेरी जड़ों में कुल्हाड़ी मारनेवाली, मेरी अभिलाषाओं को पैरों से कुचलनेवाली, मेरा मान-मर्दन करनेवाली काली नागिन तुम्हीं हो। तुम्हीं ने अपनी मधुर वाणी से, अपने छल-प्रपंच से; अपने कूट-मंत्रों से मेरी मेरी सरला सोफ़ी को मोहित कर

लिया और अंत को उसका सर्वनाश कर दिया। यह तुम्हीं लोगों के प्रलोभन और उत्तेजना देने का फल है कि मेरा लड़का आज न जाने कहाँ और किस दशा में है और मेरी लड़की का यह हाल हुआ। तुमने मेरे सारे मंसूबे खाक में मिला दिये।

वह उसी क्रोध-प्रवाह में न जाने और क्या-क्या कहतीं कि मि. जॉन सेवक उनका हाथ पकड़कर वहाँ से खींच ले गए। रानी जाह्नवी ने इस अपमानसूचक, कटु शब्दों का कुछ भी उत्तर न दिया, मिसेज़ सेवक को संवेदना-पूर्ण नेत्रों से देखती रहीं और अब बिना कुछ कहे-सुने वहाँ से उठकर चली गईं।

मिसेज़ सेवक की महत्त्वाकांक्षाओं पर तुषार पड़ गया। उस दिन से फिर उन्हें किसी ने गिरजाघर जाते नहीं देखा, वह फिर गाउन और हैट पहने हुए न दिखायी दीं, फिर योरपियन क्लब में नहीं गईं और फिर अँगरेज़ी दावतों में सम्मिलित नहीं हुईं। दूसरे दिन प्रातःकाल पादरी पिम और मि. क्लार्क मातम पुरसी करने आये। मिसेज़ सेवक ने दोनों को वह फटकार सुनाई कि अपना-सा मुँह लेकर चले गए। सारांश यह कि उसी दिन उनकी बुद्धि भ्रष्ट हो गई, मस्तिष्क इतने कठोराघात को सहन न कर सका। वह अभी तक जीवित हैं, पर दशा अत्यंत करुण है। आदमियों की सूरत से घृणा हो गई है, कभी हँसती हैं, कभी रोती हैं, कभी नाचती हैं, कभी गाती हैं। कोई समीप जाता है, तो दाँतों काटने दौड़ती हैं।

रहे मिस्टर जॉन सेवक। वह निराशामय धैर्य के साथ प्रातःकाल से संध्या तक अपने व्यावसायिक धंधों में रत रहते हैं। उन्हें अब संसार में कोई अभिलाषा नहीं है, कोई इच्छा नहीं है, धन से उन्हें निस्वार्थ प्रेम है, कुछ वही अनुराग, जो भक्तों को अपने उपास्य से होता है, धन उनके लिए किसी लक्ष्य का साधन नहीं है, स्वयं लक्ष्य है। न दिन समझते हैं, न रात। कारबार दिन-दिन बढ़ता जाता है। लाभ दिन-दिन बढ़ता जाता है या नहीं, इसमें संदेह है। देश में गली-गली, दूकान-दूकान, इस कारखाने के सिगार और सिगरेटों की रेल-पेल है। वह अब पटने में एक तंबाकू की मिल खोलने का आयोजन कर रहे हैं, क्योंकि बिहार-प्रात में तंबाकू कसरत से पैदा होती है। उनकी धनकामना विद्या-व्यसन की भाँति तृप्त नहीं होती।

50

कुँवर विनयसिंह की वीर मृत्यु के पश्चात रानी जाह्नवी का सदुत्साह दुगुना हो गया। वह पहले से कहीं ज़्यादा क्रियाशील हो गईं। उनके रोम-रोम में असाधारण स्फूर्ति का विकास हुआ। वृद्धावस्था की आलस्यप्रियता यौवन-काल की कर्मण्यता में परिणत हो गई। कमर बाँधी और सेवक-दल का संचालन अपने हाथ में लिया। रनिवास छोड़ दिया, कर्म-क्षेत्र में उतर आयीं और इतने जोश से काम करने लगीं कि सेवक-दल को जो उन्नति कभी न प्राप्त हुई थी, वह अब हुई। धन का इतना बाहुल्य कभी न था, और न सेवकों की संख्या ही इतनी अधिक थी। उनकी सेवा का क्षेत्र भी इतना विस्तीर्ण न था। उनके पास निज का जितना धन था, वह सेवक-दल को अर्पित कर दिया, यहाँ तक कि अपने लिए एक आभूषण भी न रखा। तपस्विनी का वेश धारण करके दिखा दिया कि अवसर पड़ने पर स्त्रियाँ कितनी कर्मशील हो सकती है।

डॉक्टर गांगुली का आशावाद भी अंत में अपने नग्न रूप में दिखायी दिया। उन्हें विदित हुआ कि वर्तमान अवस्था में आशावाद आत्मवंचना के सिवा और कुछ नहीं है। उन्होंने कौंसिल में मि. क्लार्क के विरुद्ध बड़ा शोर मचाया, पर यह अरण्य-रोदन सिद्ध हुआ। महीनों का वाद-विवाद, प्रश्नों का निरंतर प्रवाह, सब व्यर्थ हुआ। वह गवर्नमेंट को मि. क्लार्क का तिरस्कार करने पर मजबूर न कर सके। इसके प्रतिकूल मि. क्लार्क की पद-वृद्धि हो गई। इस पर डॉक्टर साहब इतने झल्लाये कि आपे में न रह सके। वहीं भरी सभा में गवर्नर को खूब खरी-खरी सुनाई, यहाँ तक कि सभा के प्रधान ने उनसे बैठ जाने को कहा। इस पर वह और गर्म हुए और प्रधान की भी खबर ली। उन पर पक्षपात का दोषारोपण किया। प्रधान ने तब उनको सभा-भवन से चले जाने का हुक्म दिया और पुलिस को बुलाने की धमकी दी। मगर डॉक्टर

साहब का क्रोध इस पर भी शांत न हुआ। वह उत्तेजित होकर बोले–आप पशु-बल से मुझे चुप कराना चाहते हैं, इसलिए कि आपमें धर्म और न्याय का बल नहीं है। आज मेरे दिल में यह विश्वास उठ गया, जो गत चालीस वर्षों से जमा हुआ था कि गवर्नमेंट हमारे ऊपर न्यायबल से शासन करना चाहती है। आज उस न्याय-बल की कलई खुल गई, हमारी आँखों से पर्दा उठ गया और हम गवर्नमेंट को उसके नग्न, आवरणहीन रूप में देख रहे हैं। अब हमें स्पष्ट दिखायी दे रहा है कि केवल हमको पीसकर तेल निकालने के लिए, हमारा अस्तित्व मिटाने के लिए, हमारी सभ्यता और हमारे मनुष्यत्व की हत्या करने के लिए हमको अनंत काल तक चक्की का बैल बनाए रखने के लिए हमारे ऊपर राज्य किया जा रहा है। अब तक जो कोई मुझसे ऐसी बातें कहता था, मैं उससे लड़ने पर तत्पर हो जाता था, मैं रिपन, ह्यूम और बेसेंट आदि की कीर्ति का उल्लेख करके उसे निरुत्तर करने की चेष्टा करता था। पर अब विदित हो गया कि उद्देश्य सबका एक ही है, केवल साधनों में अन्तर है।

वह और न बोलने पाए। पुलिस का एक सार्जेण्ट उन्हें सभा-भवन से निकाल ले गया। अन्य सभासद भी उठकर सभा-भवन से चले गए। पहले तो लोगों को भय था कि गवर्नमेंट डॉक्टर गांगुली पर अभियोग चलाएगी, पर कदाचित् व्यवस्थाकारों को उनकी वृद्धावस्था पर दया आ गई, विशेष इसलिए कि डॉक्टर महोदय ने उसी दिन घर आते ही अपना त्याग-पत्र भेज दिया।

वह उसी दिन वहाँ से रवाना हो गए और तीसरे दिन कुँवर भरतसिंह से आ मिले। कुँवर साहब ने कहा–तुम तो इतने गुस्सेवर न थे, यह तुम्हें क्या हो गया?

गांगुली–हो क्या गया! वहीं हो गया, जो आज से चालीस वर्ष पहले होना चाहिए था। अब हम भी आपका साथी हो गया। अब हम दोनों सेवक-दल का काम खूब उत्साह से करेगा।

कुँवर–नहीं डॉक्टर साहब, मुझे खेद है कि मैं आपका साथ न दे सकूँगा। मुझमें वह उत्साह नहीं रहा। विनय के साथ सब चला गया। जाह्नवी अलबत्ता आपकी सहायता करेंगी। अगर अब तक कुछ संदेह था, तो आपके निर्वासन ने उसे दूर कर दिया कि अधिकारी-वर्ग सेवक दल से सशंक है, और यदि मैं

इससे अलग न रहा तो मुझे अपनी जायदाद से हाथ धोना पड़ेगा। अब यह निश्चय है कि हमारे भाग्य में दासता ही लिखी हुई है...

गांगुली–यह आपको कैसे निश्चय हुआ?

कुँवर–परिस्थितियों को देखकर, और क्या। जब यह निश्चय है कि हम सदैव गुलाम ही रहेंगे, तो मैं अपनी जायदाद क्यों हाथ से खोऊँ? जायदाद बची रहेगी, तो हम इस दीनावस्था में भी अपने दुखी भाइयों के कुछ काम आ सकेंगे। अगर वह भी निकल गई, तो हमारे दोनों हाथ कट जाएँगे। हम रोनेवालों के आँसू भी न पोंछ सकेंगे।

गांगुली–आह! तो कुँवर विनयहसिंह का मृत्यु भी आपकी इस बेड़ी को नहीं तोड़ सका। हम समझा था, आप निर्द्वंद्व हो गया होगा। पर देखता है, तो यह बेड़ी ज्यों-का-त्यों आपके पैरों में पड़ा हुआ है। अब आपको विदित हुआ होगा कि हम क्यों संपत्तिशाली पुरुष का भरोसा नहीं करता। वे तो अपनी संपत्ति का गुलाम है। वे कभी सत्य के समर में नहीं आ सकता। जो सिपाही सोने की ईंट गर्दन में बाँधकर लड़ने चले, वह कभी नहीं लड़ सकता। उसको तो अपने ईंट की चिंता लगा रहेगा। जब तब हम लोग ममता का परित्याग नहीं करेगा, हमारा उद्देश्य कभी पूरा नहीं होगा। अभी हमको कुछ भ्रम था, पर वह भी मिट गया कि संपत्तिशाली मनुष्य हमारा मदद करने के बदले उलटा हमको नुकसान पहुँचाएगा। पहले आप निराशावादी था, वह आप संपत्तिवादी हो गया।

यह कहकर डॉक्टर गांगुली विमन हो यहाँ से उठे और जाह्नवी के पास आये, तो देखा कि वह कहीं जाने को तैयार बैठी हैं। इन्हें देखते ही विहसित मुख से इनका अभिवादन करती हुई बोली–अब तो आप भी मेरे सहकारी हो गए। मैं जानती थी कि एक-न-एक दिन हम लोग आपको अवश्य खींच लेंगे। जिनमें आत्मसम्मान का भाव जीवित है, उनके लिए वहाँ स्थान नहीं है। वहाँ उन्हीं के लिए स्थान है, जो या तो स्वार्थ-भक्त हैं अथवा अपने को धोखा देने में निपुण। अभी यहाँ दो-एक दिन विश्राम कीजिएगा। मैं तो आज की गाड़ी से पंजाब जा रही हूँ।

गांगुली–विश्राम करने का समय तो अब निकट आ गया है, उसका क्या जल्दी है। अब अनंत विश्राम करेगा। हम भी आपके साथ चलेगा।

जाह्नवी–क्या कहें, बेचारी सोफ़िया न हुई, नहीं तो उससे बड़ी सहायता मिलती।

गांगुली–हमको तो उसका समाचार वहीं मिला था। उसका जीवन अब कष्टमय होता। उसका अंत हो गया, बहुत अच्छा हुआ। प्रणय-वंचित होकर वह कभी सुखी नहीं रह सकता था। कुछ भी हो, वह सती था; और सती नारियों का यही धर्म है। रानी इन्दु तो आराम से है न?

जाह्नवी–वह तो महेन्द्रकुमार से पहले ही रूठकर चली आयी थी। अब यहीं रहती है। वह भी तो मेरे साथ चल रही है। उसने अपने रियासत के सुप्रबंध के लिए एक ट्रस्ट बनाना निश्चय किया है, जिसके प्रधान आप होंगे। उसे रियासत से कोई संपर्क न रहेगा।

इतने में इंदु आ गई और डॉक्टर गांगुली को देखते ही उन्हें प्रणाम करके बोली–आप स्वयं आ गए, मेरा तो विचार था कि पंजाब होते हुए आपकी सेवा में भी जाऊँ।

डॉक्टर गांगुली ने कुछ भोजन किया और संध्या समय तीनों आदमी यहाँ से रवाना हो गए। तीनों के हृदय में एक ही ज्वाला थी, एक ही लगन। तीनों का ईश्वर पर पूर्ण विश्वास था।

कुँवर भरतसिंह अब फिर विलासमय जीवन व्यतीत कर रहे हैं, फिर वही सैर और शिकार है, वही अमीरों के चोंचले, वही रईसों के आडम्बर, वही ठाट-बाट। उनके धार्मिक विश्वास की जड़े उखड़ गई हैं। इस जीवन से परे अब उनके लिए अनंत शून्य और अनंत आकाश के अतिरिक्त और कुछ नहीं है। लोक असार है, परलोक भी असार है, जब तक जिंदगी है, हँस-खेलकर काट दो। मरने के पीछे क्या होगा, कौन जानता है। संसार सदा इसी भाँति रहा है और इसी भाँति रहेगा। उसकी सुव्यवस्था न किसी से हुई है न होगी। बड़े-बड़े ज्ञानी, बड़े-बड़े तत्त्ववेत्ता ऋषि-मुनि मर गए, और कोई इस रहस्य का पार न पा सका। हम जीव मात्र हैं और हमारा काम केवल जीना है। देश-भक्ति, सेवा, विश्व भक्ति, परोपकार, यह ढकोसला है अब उनके नैराश्य-व्यथित हृदय को इन्हीं विचारों से शांति मिलती है।